KiWi

1845

Über das Buch

Hochsommer in Süditalien: Im beschaulichen Girifalco steht das Fest des Dorfheiligen San Rocco an. Höhepunkt des Jahres und ein feuchtfröhliches Familienfest. Alt und Jung sind in heller Aufregung. Und in diesem Jahr verirrt sich auch noch ein Zirkus in die Stadt, und seine Anwesenheit scheint einen wundersamen Einfluss auf die Dorfbewohner zu nehmen. Denn inmitten der Dorfgemeinschaft gibt es allerdings einige, die mit ihrem Schicksal hadern, wie zum Beispiel Archidemu, ein Menschen- und Sternenbeobachter, oder die vom Leben verbitterte Mararosa. Und auch der virtuose Schneider Venanziu hat sein Päckchen zu tragen. Aber als der Zirkus kommt, scheint plötzlich alles möglich. Ein poetischer und märchenhafter Roman, der von individuellen Wünschen und verborgenen Träumen erzählt. Und davon, dass man ihnen manchmal auf ganz unverhofften Wegen näherkommt.

Über den Autor

Domenico Dara, geboren 1971 in Catanzaro, Kalabrien, aufgewachsen in Girifalco. Sein Debütroman »Der Postbote von Girifalco oder Eine kurze Geschichte über den Zufall« und »Der Zirkus von Girifalco« sind in Italien von Lesern und Kritik gleichermaßen begeistert aufgenommen worden. Domenico Dara war damit nominiert für den renommierten Italo-Calvino-Preis und hat zahlreiche weitere Preise gewonnen, u. a. den Premio Palmi, Premio Viadana und die Debütpreise des Premio Corrado Alvaro und des Premio Città di Como.

Über die Übersetzerin

Anja Mehrmann, geboren 1965, studierte Romanistik in Osnabrück. Dort lebt sie auch heute und übersetzt aus dem Englischen, Französischen und Italienischen.

Domenico Dara

Der Zirkus von Girifalco

Roman

Aus dem Italienischen von
Anja Mehrmann

Kiepenheuer
& Witsch

Aus Verantwortung für die Umwelt hat sich der *Verlag Kiepenheuer & Witsch* zu einer nachhaltigen Buchproduktion verpflichtet. Der bewusste Umgang mit unseren Ressourcen, der Schutz unseres Klimas und der Natur gehören zu unseren obersten Unternehmenszielen. Gemeinsam mit unseren Partnern und Lieferanten setzen wir uns für eine klimaneutrale Buchproduktion ein, die den Erwerb von Klimazertifikaten zur Kompensation des CO_2-Ausstoßes einschließt.

Weitere Informationen finden Sie unter *www.klimaneutralerverlag.de*

MIX
Papier aus verantwortungsvollen Quellen
FSC® C014496

1. Auflage 2022

Titel der Originalausgabe *Appunti di meccanica celeste*

Aus dem Italienischen von Anja Mehrmann

Covergestaltung Sabine Kwauka
Covermotive © Archivi Alinari, Firenze; Seiltänzer: © ullstein bild – RDB; Zuschauer: © ullstein bild – imageBROKER/ Fotothek Mai Leipzig
Gesetzt aus der Celeste ST
Satz Dörlemann Satz, Lemförde
Druck und Bindung GGP Media GmbH, Pößneck
ISBN 978-3-462-00363-5

Für Francesco, Cassandra und Penelope

Das höchste Geheimnis des Universums,
das einzige im Grunde,
besteht darin, dass es ein Geheimnis
des Universums gibt,
dass es das Universum gibt
und das Sein.

Fernando Pessoa, Faust

Engel sind wir, geformt aus vergänglichem Lehm
und doch gemacht für die Ewigkeit.

Francesco Zaccone, Engel sind wir

Wie ein Buckelwal: Auf seiner jahreszeitlich bedingten Wanderschaft legt er sechstausend Kilometer im grenzenlosen Wasser des Ozeans zurück und hält jedes Jahr mit absoluter Genauigkeit ein und dieselbe Route ein. Von den norwegischen Fjorden Ålesunds bis zur afrikanischen Küste Nouadhibous weicht er keinen Zentimeter von der üblichen Strecke ab, so als folge er einer gedachten Straße, als bewege sich das Tier auf einer unsichtbaren Umlaufbahn.

Auch die Menschen schienen vorgezeichneten Bahnen zu folgen, wie zum Beispiel Caracantulu, der jedes Mal demselben Loch im Bürgersteig auswich, als könne er nicht anders, oder wie Lulù, der jeden Tag dieselbe Straße entlanglief und sich unter das Dach der Bushaltestelle setzte. Lulùs überquellend fetter Körper war es, der Archidemu an einen Wal denken ließ.

Wenn er den Piano von oben betrachtete, den weiträumigen Platz in der Mitte des Dorfes, auf den die vier Hauptstraßen zuliefen und den er tagsüber ebenso erforschte wie abends das gestirnte Firmament, schienen sich die Menschen darauf zu bewegen wie Himmelskörper. Sie kamen von der Piazza, aus Le Cruci oder Musconì, zeichneten ihre geheimnisvolle, aber unumstößlich festgelegte Flugbahn nach und verschwanden dann wer weiß wo. Wie Buckelwale in Menschengestalt. Oder wie Planeten in ihrer Rotations- und Umlaufbewegung.

Auch in dem Augenblick, in dem Cuncettina sich aufmachte, um am Brunnen eine Flasche zu füllen, drehte sich die Erde auf einer um dreiundzwanzig Komma fünf Grad geneigten Achse. Diese Neigung war nicht vorherbestimmt; sie gehörte nicht zu den Grundprinzipien der Natur, kein physikalisches Gesetz hatte sie festgelegt. Seit dem Moment seines Entstehens hatte der Planet reglos und unerschütterlich am Himmel gestanden – so wie Angeliaddu jetzt vor dem Kiosk stand –, bis er eines Tages heftig von einem Asteroiden getroffen wurde, sodass er um die eigene Achse gekreist war wie der Hund von Gogò Mattarùanzu um den Baum, ehe er beschloss, ihn anzupinkeln. Im richtigen Moment hielt die Erde wieder an, und die Neigung rettete sie – ein Grad mehr oder weniger, ein kümmerliches Grad, und es gäbe nichts, weder Tag noch Nacht, weder Jahreszeiten noch den Flug der Vögel, keine Zeit und auch nicht die Menschen mit ihren endlosen Ängsten und Sorgen. Nichts. *Nulla.*

Ein einziges Grad: ein Haar von Don Venanziu, das im Kamm hängen blieb, ein Stückchen von Mararosas Fingernagel, das sie abgebissen und ausgespuckt hatte, die Stärke des Papiers, in das Rorò ihr Gebäck einpackte, der Stiel einer Schlüsselblume, eine vertrocknete Nisse, ein Blättchen Oregano, ein Traubenkern, ein schwarzes Pfefferkorn, eine Feinunze Silber, eine verlorene Wimper, eine Nadel, ein Brokatfaden, ein Kaninchenfell, der Flügel einer Schmeißfliege, eine Trochophora-Larve, der Punkt eines

Marienkäfers, ein Körnchen Salz, eine Pore der Haut, eine Kaulquappe, ein Weizenkorn, eine unreife Weintraube, ein Skrupel Gold, ein Rosendorn, die Schraube eines Winkelmessers, ein Gramm Rost, ein Kreuzstich, die Fuge in einem Mosaik, ein Flachssamen, ein Glassplitter, ein Tropfen bei der chinesischen Wasserfolter, eine Fliegenmade, eine Libellenlarve, ein Komma, die Stärke einer Hostie, eine Haarwurzel, ein Gehörknöchelchen, ein rotes Blutkörperchen, ein Holzwurm, die Metallspitze eines Zirkels, eine Blütenpolle, die Planck-Skala, das Nichts zwischen Kette und Schuss.

I
Der Verrückte

Es war ein sehr heißer Tag, und die Luft dampfte wie Zeppole, die aus dem siedenden Öl geholt werden.

Erst kürzlich hatte Lulù welche gekostet. Er war von der Piazza Cannaletta zurückgekehrt und hatte einen Duft wahrgenommen, der ihn an das Dorf erinnerte, in dem er geboren und aufgewachsen war. Darum schaute er zu Rosuzza Stranìaris Fenster hinein, und auf dem Tisch sah er Zeppole in einer Reihe liegen, bereit, in kochend heißes Öl getaucht zu werden. Die Nachbarin packte ihm ein Stück Gebäck in Zeitungspapier ein, und da der Junge Geburtstag hatte, gab sie ihm außerdem ein Glas Limonade. Lulù freute sich wie eine junge Braut und leckte sogar das öldurchtränkte Papier ab, wobei ihn Caracantulu beobachtete. Und da auf der Seite eine Schauspielerin im Badeanzug abgebildet war, ging dieser Schuft einfach los und verbreitete schlimme Gerüchte über Lulù, der angeblich ein Perverser war und früher oder später nicht mehr Bilder in der Zeitung, sondern Frauen aus Fleisch und Blut ablecken würde, vielleicht sogar deine Mutter oder deine Schwester, wer weiß.

Ohne etwas von dem Netz obszöner Bosheiten zu ahnen, das gerade geknüpft wurde, kehrte Lulù zu seiner

Pritsche in Halle C der Nervenheilanstalt von Girifalco zurück.

Luciano Segareddu, von allen Lulù genannt, wurde an einem 23. April in Brancaleone als rechtmäßiger Sohn von Vrasciò und Pietrina Spordigna und als uneheliches Kind *Anankes* und *Achlys'* geboren.

Lulùs vom Schicksal gebeutelter Vater besaß nicht einmal genug Geld, um sich einen Sack Weizen zu kaufen, und seine unglückselige Frau, die die Sonne verfluchte, weil die ihr die leeren Truhen und die Löcher in den Strümpfen zeigte, musste sich abmühen, um ihre armen Kinder zu ernähren. Gaetanu, der älteste Sohn, hatte wenigstens Arbeit als Tagelöhner, Lucianu hingegen war ein Problem, ein seltsamer, stotternder kleiner Junge, ein Trottel, wie ihn der Vater zu nennen pflegte, ehe er ihm die tägliche Ohrfeige verpasste.

In der Schule hinkte Luciano hinterher wie ein lahmer Hund. Ihm wollte einfach nicht in den Kopf, dass es auf der Welt Zahlen und Buchstaben gibt, Zeichen, die ihm so gleichgültig waren wie die Fliegen auf dem Fell eines Ziegenbocks. Was in Lulùs Kopf hineinging, tropfte gleich wieder heraus, so wie Wasser aus einem Brotkorb. Alles, nur die Liebe zu seiner Mutter und zur Musik nicht, was im Grunde aber ein und dasselbe war.

Jeden Donnerstagmorgen setzte sich Pietrina Spordigna den Korb mit Zwiebeln, Knoblauchkränzen und Oreganosträußchen auf den Kopf und machte sich mit Lulù auf den Weg zum Markt. Aus dem Haus des Lehrers Malfarà drangen die Töne seines Plattenspielers. Hoffen wir, dass er heute wieder diese schöne Musik spielt, flüsterte Pietrina ihrem Sohn zu, und wenn es die richtigen Klänge waren, merkte der Kleine es daran, dass *màmmasas* Gesicht zu leuchten begann wie eine große Kerze. Sie beschleunigte den Schritt, und kaum waren sie unter dem Fenster angekommen, befreite sie sich von dem Lastenkranz auf ihrem Kopf, legte ihn am Brunnen gegenüber ab und genoss die Musik.

In solchen Augenblicken lebte sie auf. Ihr verhangener Blick wurde klar wie Kristall, sie befeuchtete die ausgedörrten Lippen, und ihre Wangen und die von feinen Fältchen durchzogene Stirn glätteten sich, als wäre eine unsichtbare Feile über sie hinweggegangen.

»Hör nur, Lulù, hör zu mit den Ohren und dem Herzen, denn wenn der Herrgott wieder auf die Erde käme, würde er sich mit dieser Musik ankündigen.«

Also konzentrierte sich der Junge, schloss die Augen, wie er es bei seiner Mutter gesehen hatte, und dachte, dass manche Wunder nur im Dunkeln geschehen können. Unter halb geschlossenen Lidern hervor beobachtete er sie und sah, dass sie glücklich war, denn die Klänge machten mit ihrem Gesicht dasselbe wie Hände mit einem Mandelteig: Jede Note ergab eine Rundung, eine Falte, ein Lächeln, und so verwandelte sich Pietrina Spordignas ausdrucksloses, wächsernes Gesicht an diesem Ort und in diesem Moment unter den verblüfften Blicken ihres Sohnes in ein Notenblatt, auf dem Runzeln und Liniensysteme Kindheit spielten. Durch das Glück, das sie seiner Mutter verschaffte, lernte Lulù, die Musik zu lieben.

»Wenn du wüsstest, Lulù, wie es war, als ich das zum ersten Mal gehört habe! Ich war ein Kind, noch jünger als du jetzt, und zum ersten Mal kam mir die Welt schön vor, ich verstand auf einmal, was die Leute meinen, wenn sie vom Paradies sprechen. *Vieni ccà,* komm her, lass dich umarmen.«

Und Lulù verkroch sich in ihre Arme, die nach Wiege und Schlaflied rochen, und für kurze Zeit durfte auch er auf dieser fehlerhaften Welt ein Stückchen Vollkommenheit kosten.

Als die Musik zu Ende war, stand *màmmasa* auf, setzte sich den Korb wieder auf den Kopf und eilte weiter zum Markt. Bevor sie aufs Land zurückkehrten, hinterließen sie jedes Mal eine Blume bei der Madonnenstatue, mach das immer, *Luciano mio,* damit das Leben dich behütet.

Lulù ließ seine Mama nie allein. Er heftete sich an ihre Fersen wie das Schicksal, vor allem spätabends im Frühling, wenn Pietrina unter der Zibibbolaube Platz nahm und zusah, wie die Dunkelheit von der Welt Besitz ergriff, weil sich womöglich auch in dieser Wachablösung des Universums eine Art Musik verbarg.

»Lulù«, flüsterte sie manchmal, »wie schön es ist, wenn die Welt sich ausschaltet und alles so schwarz wird wie das Innere eines Heizkessels. Im Dunkeln sind wir alle gleich, Gute und Böse, Hässliche und Schöne, Kluge und Dumme ... ja nicht einmal unsere Armut gehört dann uns allein.«

Eines Donnerstags gingen sie zum Markt, und da war wieder diese Musik, die sich Lulù um Herz und Kopf gelegt hatte wie eine Dornenkrone, und als sie auf dem steinernen Brunnen saßen wie in einer Theaterloge, sah Lulù seine Mutter zum ersten Mal weinen.

»Warum weinst du, Mama?«

»Luciano mio«, flüsterte sie, »ich weine, weil diese Musik so schön ist, aber Leuten wie uns sind schöne Dinge

verboten. Du, mein Sohn, wirst so eine Melodie niemals spielen können. Für den Unterricht und die Instrumente braucht man Geld, und wir sind arm.«

Manchmal ließ Lulù das Haus und die Felder von Muscedda hinter sich und stellte sich unter das Fenster des Lehrers, um der Musik zu lauschen. An einem Nachmittag, die Straßen waren menschenleer, trat der Maestro ans Fenster, um eine Nazionale zu rauchen. Lulù stand auf und tat so, als tränke er am Brunnen. Als er das Rinnsal Wasser wegwischte, das ihm über den Hals lief, hörte er eine Stimme: »Gefällt dir die Musik?«

Lulù hob ängstlich den Kopf und blickte zum Fenster hinauf.

»Ja, dich meine ich. Du magst diese Musik, nicht wahr?«

Der Junge wischte sich den Mund ab und nickte.

»Dann komm rauf, *sàgghia,* hier oben kannst du sie besser hören.«

Der Lehrer Malfarà warf die Kippe fort und verschwand wieder in der Wohnung. Lulù spürte, dass seine Wangen so heiß und rot wie eine Chilischote wurden, und er war kurz davor, einfach wegzulaufen, aber dann hörte er, wie sich die Haustür mit einem metallischen Klappern öffnete.

»Komm rauf, du musst keine Angst haben.«

In der Wohnung des Lehrers im ersten Stock roch es nach Basilikum.

Der Plattenspieler stand auf einem Tischchen unter dem Fenster. Nie zuvor hatte Lulù einen gesehen. Er ging näher heran und starrte auf die Platte, die sich um sich selbst drehte wie ein Mühlrad.

»Ich sehe dich oft am Donnerstagmorgen hier unten stehen, weißt du, mit deiner Mama. Und dann lege ich immer dieselbe Platte auf, weil ich weiß, dass ihr sie mögt. Warte mal.«

Er hob die Nadel von der Schallplatte und suchte aus dem Regal eine andere aus.

Malfarà steckte sich eine neue Zigarette an und nahm ein Heft in die Hand. Lulù ging zu ihm, um es zu betrachten.

»Die Musik, die du gerade hörst, steht hier geschrieben.«

Das kam Lulù ausgesprochen merkwürdig vor. Er betrachtete die Seiten voller Linien und Kügelchen, und ihm wurde schwindelig wie in der Schule, denn vielleicht hatte Mama sich geirrt: Um Musik zu machen, brauchte man nicht nur Geld, sondern auch Verstand, und Lulù besaß nicht einmal den.

Der Lehrer zeigte ihm den Einband: ein Herbstwald mit Bäumen und bunten Blättern. »Es heißt *Valse triste,* das ist der Titel des Stücks, das euch so gut gefällt.«

Eine halbe Stunde später verließ er Malfaràs Haus wie eine Biene, die Blütenstaub gesammelt hat, und lief zu seiner Mutter, um ihn ihr aufs Haar zu streuen. Er hatte ihr Geschichten zu erzählen, zum Beispiel wie ein Plattenspieler aussieht oder wie Musik in Hefte geschrieben wird, vor allem aber brachte er ihr den Namen der verzauberten Melodie mit, der einer Beschwörungsformel ähnelte.

Bald darauf begann der Herbst und machte Lulù noch melancholischer. Wenn er die Blätter fallen und gelb werden sah, hörte er in seinem Kopf diese traurige Musik, aber seine Trauer hatte nichts mit der Verzweiflung zu tun, die man manchmal beim Aufwachen verspürt. *Màmmasa* hatte recht, diese Art von Traurigkeit fühlte sich gut an.

Als er eines Tages durch die Weizenfelder von Cannariari streifte wie ein kleines Reptil, hörte er eine Art Gesang.

Unter einem Olivenbaum saß Misticheddu Fricalora und blies eine Tonleiter auf einem Blatt.

»Was machen Sie da?«

»Ich *mache* hier den Musikanten«, antwortete der Schafhirt sarkastisch.

»Und wie geht das?«

»Lulù, gleich fressen dich die Hunde! Was stellst du für Fragen? Nimm dir ein Blatt und versuch es, blas einfach, dann kommt ein Ton.«

Verärgert, weil er sich in der Pause nicht gern stören ließ, stand Misticheddu auf, pfiff die Hunde herbei und ging zur Herde zurück. Lulù klebte an ihm wie eine Klette.

»Was ist denn, Lulù? Lass mich in Ruhe, heute ist kein guter Tag für mich.«

Der Junge folgte ihm weiterhin schweigend, als wäre nichts gewesen.

»Sag schon, Lulù, was willst du von mir?«

»Zeig mir, wie man auf Blättern spielt!«

»Was für Blätter denn?!«

»Zeig mir, wie man auf Blättern von einem Baum Musik macht!«

Misticheddu fuhr herum. Er hob den Stock, den er in der Hand hielt, und machte Anstalten, wütend auf Lulù einzuschlagen, aber der Gleichmut des Jungen ließ ihn mitten in der Bewegung erstarren. Lulù hatte sich keinen Millimeter vom Fleck gerührt, hatte weder den Arm gehoben, um sich zu schützen, noch vor lauter Angst die Augen geschlossen. Unter dem drohenden Schatten des

Kastanienstocks stand er einfach da, unerschütterlich wie eine Eiche am Wegesrand.

Um sich abzureagieren, hieb Misticheddu mit dem Stock auf den Boden ein und fluchte auf die Muttergottes und sämtliche Heiligen.

»Das hat mir gerade noch gefehlt, ein Schwachkopf, der Musik machen will!«

Er näherte sich der Schafherde, und Lulù folgte ihm dichtauf.

»Du willst auf Blättern blasen? Gut, aber dafür musst du schwitzen. Da, nimm den Wasserkrug und füll ihn auf.«

Lulù führte diesen Befehl aus wie alle anderen, die Misticheddu ihm von nun an Tag für Tag erteilte, und dafür brachte der Schäfer ihm bei, wie er geeignete Blätter auswählen, die Lippen in die richtige Stellung bringen, den Atem anhalten und wieder ausstoßen musste.

Als er zum ersten Mal eine Melodie spielte, war Lulù elf Jahre, vier Monate und drei Tage alt. Er hatte keine Ahnung, dass es sein letzter Sommer in seinem Heimatdorf sein würde.

Dort wurde ein Fest gefeiert, und in den Straßen leuchteten die Lichter wie Kerzen auf einer Geburtstagstorte. Lulù hatte sich den ganzen Tag nicht wohlgefühlt, war aber dennoch der Menschenmenge gefolgt, die sich in dem kleinen Ort bei der Prozession der Madonna drängte. Am Ende der großen Runde hielt der Prozessionszug auf dem Kirchplatz an, wo sämtliche Dorfbewohner in frommer Andacht vernehmlich das Vaterunser beteten.

Ausgerechnet in diesem Augenblick, am falschen Ort und zur falschen Zeit, stürzte Lulù. Wie von Sinnen wälzte er sich auf dem Boden herum, schüttelte sich und brüllte wie von der Tarantel gestochen. Entsetzt wichen die Leute zurück. Der Pfarrer unterbrach das Gebet, und in der ursprünglichen Stille des Platzes hallte das Wehklagen des Jungen wider wie infernalisches Gewinsel. Als die Carabinieri näher kamen, versetzte Lulù dem Brigadiere versehentlich einen Schlag, und er ging zu Boden. Er rappelte sich wieder auf, stürzte sich auf den Jungen und packte ihn am Arm. Auch die anderen griffen nach ihm. Sie rangen ihn nieder und hielten ihn auf den Boden gedrückt, während er noch knurrte wie ein tollwütiger Hund. Einige alte Frauen bekreuzigten sich. Kurze Zeit später traf Fazzolaro ein, der für das Dorf zuständige Amtsarzt, und beim Anblick des milchweißen Geifers, der krampfenden Glieder und verdrehten Augen begriff er sofort, dass es sich um einen epileptischen Anfall handelte. Wenige Sekunden darauf ließen die Zuckungen nach, und das einzige Anzeichen für den gerade überstandenen Anfall war ein schleimiges Röcheln tief in Lulùs Brust.

Er wurde in die Kaserne der Carabinieri gebracht. Man ließ seine Mutter holen, fragte sie, ob dies der erste Anfall dieser Art gewesen sei, und sie senkte den Kopf und sagte Nein, das sei bereits mehrmals vorgekommen, wenn auch noch nie so heftig. Wie soll es denn nun weitergehen?, fragte sie und bekam zur Antwort, ihr Sohn sei eine Gefahr für die Allgemeinheit, man werde mit dem Bürgermeister und dem Arzt reden und dann entscheiden, was zu tun sei.

Tatsächlich hatte Brigadiere Verratanu – auf der Wange ein Pflaster und in der Brust ein Herz, das vor Hass auf diese mittellosen Schmarotzer fast platzte – bereits eine

Entscheidung getroffen. Am Morgen darauf erhielt er Fazzolaros Arztbericht und die amtliche Genehmigung des Bürgermeisters für die Einweisung des Jungen.

Verratanu selbst war es, der dem hilflosen Vater erklärte: »Überlegen Sie mal, Vrasciò, dieser Sommer ist so heiß, der kommt direkt aus der Hölle, und Sie wissen doch selbst, wie hart die Böden sind. Die Pflanzen verdorren, die Quellen sind ausgetrocknet. Überall herrscht Hunger, nicht wahr, Vrasciò? Welchen Heiligen wollt ihr denn anrufen, wo ihr nicht mal ein eigenes Feld besitzt? Auf diese Art habt ihr ein hungriges Maul weniger zu stopfen.«

Vrasciò dachte, dass der Brigadiere so unrecht nicht hatte, denn es gab Tage, an denen sie nicht einmal Salat aus Wildkresse und Kräutern zu essen hatten, und sein Sohn, dieser Schwachkopf, lief ständig mit einem verdammten Blatt im Mund herum. Er hatte versucht, ihn mit aufs Feld zu nehmen, aber er war zu nichts in der Lage, und jetzt fing er auch noch an, Misticheddu hinterherzulaufen, diesem Halunken. Was sollte er denn machen? Der Brigadiere und der Dottore hatten ihre Entscheidung bereits getroffen, und da, wo sein Sohn hinging, würde es ihm an Nahrung nicht mangeln, genau das würde er seiner Frau erzählen, dachte er, während er ein Kreuz unter das Schriftstück setzte, das Verratanu ihm reichte, es ist so ähnlich wie ein Krankenhaus, er wird in einem Bett schlafen und jeden Tag warme Suppe essen, deswegen machen wir das, nur für ihn.

Einsamer als der drei Jahre alte Kalender an der Wand saß Pietrina im Wartezimmer. Sie weinte, denn sie war zwar arm und Analphabetin, aber dumm war sie nicht. Die Würfel waren gefallen, und ihr würde nichts anderes übrig bleiben, als die Zahlen zu verkünden, so wie immer in ihrem Leben.

Als sie ihr befahlen, sich von Lulù zu verabschieden, weil sie ihn nun wegbringen würden, fing Pietrina an, zu wehklagen und zu weinen. Sie umarmte ihren Sohn, als wollte sie ihn in sich verschwinden lassen, umklammerte ihn fest, damit niemand sie je trennen sollte, und Lulù weinte verzweifelt und bettelte, Mama, ich will bei dir bleiben, bitte, lass mich nicht allein, halt mich, binde mich fest ... mein Sohn, *figghiu mio,* Herz deiner Mutter, bleib bei mir, du gehörst zu mir, ich habe dich aufgezogen, ich habe dich gestillt, du bist mein, und ihr, sagte sie zu den Männern in Uniform, ihr lasst ihn gefälligst in Ruhe.

Verratanu hatte es satt. Er baute sich vor ihr auf und sagte: »Hör zu, Bäuerin, machen wir's kurz: Dein Sohn wird zwangseingewiesen, und du hast die Wahl, ob ins Gefängnis oder in die Klapsmühle.«

Diese Worte schmerzten Pietrina wie ein Messerstich, und angesichts der unvermeidlichen Trennung schloss sie Lulù erneut in die Arme, *Luciano mio,* flüsterte sie ihm ins Ohr und drückte ihn ein letztes Mal an sich, du bist mein Leben, ohne dich sterbe ich, hab keine Angst, mein Sohn, ich lass dich nicht allein, ich komme zu dir, ich bin bei dir, weine nicht, mein Augenstern, nicht weinen, umarme mich, *abbràzzami.*

Die Carabinieri mussten die beiden Körper, die einer zu sein schienen, mit Gewalt voneinander trennen, und unter Schreien, Schluchzen und Kratzen wurde Lulù weggebracht.

Am Tag darauf sperrte man Luciano Segareddu in der Nervenheilanstalt von Girifalco ein. Sein irdisches Leben vertrocknete wie ein Zweig, der auf einmal keine Blüten mehr hervorbringt; vom Licht und vom Land der Mutter getrennt, blieb das schwache Gehirn, wie es war, obwohl Arme, Beine und Körper weiterwuchsen.

Seine einzige Leidenschaft blieb die Musik, und er übte stunden-, tage-, jahrelang. Stets hatte er die Taschen voller Blätter. Wenn jemand ihn bat, etwas vorzuspielen, holte er sofort das passende Blatt heraus und musizierte im Tausch gegen die Zitronenlimonade, die er so liebte. Lulù spielte jede Melodie, um die man ihn bat – jede, bis auf eine.

Viele Jahre später, am Nachmittag des 9. August, rief Krankenpfleger Sciccaparìddi nach ihm, denn Lulù hatte Besuch. Der Pfleger kämmte ihn, ließ ihn ein sauberes T-Shirt anziehen und führte ihn zum ersten Mal ins Wartezimmer. Lulù war aufgeregt, darum schob er die Hand in die Hosentasche, berührte zwei schwesterlich beieinander liegende Blätter und beruhigte sich wieder.

Langsam öffnete sich die Tür, und eine Gestalt kam herein. Lulù musterte sie. Regungslos saß er da und fragte sich, wer diese schwarz gekleidete Alte sein mochte, die in den Raum geschlurft kam und ihm in die Augen sah, ohne ein Wort zu sagen. Als sie nur noch einen Meter von ihm entfernt war, streckte die Frau eine zitternde Hand aus, strich ihm über die Wange und brachte kurzatmig heraus: »Luciano, *Luciano mio,* bist du es?«

Es war, als hätte diese uralte Stimme eine Kellerluke geöffnet, durch die Lulù in eine vergessene Welt rutschte: Klatschmohnfelder, ein musizierender Schäfer, ein Plattenspieler, die Umarmungen seiner Mutter, *màmmasa* ... Das Gesicht, das er nun vor sich sah, ähnelte dem Heiligenbild der Madonna von Torre di Ruggiero, das er eines Tages auf der Kirmes gefunden und mit einer Stecknadel an seinem T-Shirt befestigt hatte, weil das Gesicht ihn an jemanden erinnerte, auch wenn er nicht wusste, an wen. Nun aber wurde ihm klar, dass er es eingesteckt hatte, weil diese Madonna seiner Mutter ähnelte. Er kam nicht dazu, nach ihr zu rufen, denn die Alte umarmte ihn und drückte ihn mit neu gefundener Energie an sich, als wollte sie alle versäumten Umarmungen aus ihm herauspressen, alle Küsse und Seufzer, die das Leben ihr vorenthalten hatte, dieses verfluchte Leben, das getrennt hatte, was niemals hätte getrennt werden dürfen.

Pietrina schluchzte herzzerreißend, denn sie konnte kaum glauben, dass sie tatsächlich ihren Luciano im Arm hielt. Überall hatte sie nach ihm gesucht! Dieser niederträchtige Brigadiere hatte sie glauben gemacht, Lulù sei in Sizilien eingesperrt worden, und dorthin war sie gefahren, die Arme, aber vergebens, sodass sie nicht mehr wusste, was sie tun sollte. Fortan trug sie Trauer und beweinte ihren Sohn wie einen Toten, jeden Tag, bis ihr jemand riet, auch in Girifalco nach ihm zu suchen, weil es dort eine Nervenheilanstalt gab.

Lulù freute sich unbändig und war nun völlig verwirrt. Das konnte doch nicht wahr sein, vielleicht träumte er, vielleicht hatte er nie eine Mama gehabt, und die Alte dort war die leibhaftige Muttergottes, gekommen, um ihn zu trösten.

Als Pietrina das Gesicht ihres Sohnes betrachtete, das noch genauso aussah wie das ihres kleinen Jungen, begriff ihr Herz viele Dinge auf einmal, aber davon wollte sie nichts wissen, denn jetzt war sie endlich hier. Sie hielt ihn im Arm, und nichts sollte diesen Augenblick verderben.

Sie setzten sich, und sie drückte seine Hand.

»Wie geht es dir, mein Junge? Was haben sie mit dir gemacht?«

Lulù lächelte, er schwieg und lächelte und schwang hin und her wie das Pendel einer Standuhr.

»Dein Vater ist tot, es ist kein Tag vergangen, an dem er mich nicht gefragt hat: Was Luciano wohl macht um diese Zeit? Dieser Unglückliche, welch schlimmes Ende hat es mit ihm genommen! Mein Sohn, wie sehnsüchtig ich auf diesen Augenblick gewartet habe; wie viele Nächte habe ich davon geträumt, dich zu umarmen so wie jetzt! Ich werde dich auf keinen Fall hierlassen. Nein, *Luciano mio,* deine Mama nimmt dich mit nach Hause, denn die bösen Menschen, die dir wehgetan haben, haben das Dorf verlassen. Jetzt kümmere *ich* mich um dich, *Luciano mio.* Du brauchst keine Medikamente, ich weiß, was du brauchst, damit es dir gut geht. Es ist ein Wunder, mein Sohn, ein richtiges Wunder! Ach übrigens, der Lehrer ist auch gestorben, du erinnerst dich doch an ihn, oder? Das war der mit der traurigen Musik.«

Lulùs Gesicht begann zu leuchten, er nickte, lächelte und brabbelte etwas Unverständliches. Er holte eine Handvoll Blätter aus der Hosentasche, wählte ein Blatt aus, steckte die anderen wieder ein und sah seiner Mutter in die Augen, wie um zu sagen: Hör zu, und dann fing er an zu spielen, als hätte er kein Kastanienblatt im Mund, sondern eine Glasflöte. Eine süße, traurige Melodie begann die Falten seiner Mutter zu glätten, der Walzer, den sie an jedem Donnerstagmorgen gehört hatten und den

Lulù nach unzähligen Versuchen gelernt, aber nie einer Menschenseele vorgespielt hatte, denn dies war die Musik der Mutter und der Madonna, und nur für sie würde er sie spielen.

Seine Mutter weinte, weil ihr Sohn wie ein Engel spielte, seine Lippen die Noten von Herbst und Frühling erklingen ließen, sein Atem von vergeudeten Leben erzählte, von misslungenen Existenzen. Sie weinte vor Freude und Traurigkeit, denn manchmal kondensiert ein ganzes Leben – Millionen von Sekunden, die Sonnenuntergänge vieler Jahre – in einem Augenblick, in einer Geste, in einer unendlich bedeutsamen Minute, so als dienten Geburten, Pflanzen, Lieben und Trennungen nur dazu, die Bühne vorzubereiten, auf der in einem flüchtigen, einzigartigen Moment das Stück aufgeführt wird, das allein das Leben ist. Weder vorher noch nachher gibt es etwas anderes, wie bei einem Schauspieler, der sich jahrelang einen Satz zurechtlegt, ihn ausspricht und dann für immer hinter den Kulissen verschwindet. Pietrina ging das Herz über, sie schloss die Augen und sah sich mit ihrem Sohn am Brunnen sitzen und zu einem leeren Fenster hinaufblicken; sie dachte an all die schönen Dinge, die ihr entgangen waren; sie dachte, dass vielleicht irgendwo ein anderes, verborgenes Leben auf sie wartete, Straßen, die mit Musik und Frühling gepflastert waren. Dann verstummte die Musik. Pietrina schlug die Augen auf und beugte sich zu Lulù: »Wie schön du spielen kannst, *Luciano mio*, du bist ein Meister geworden, ein Lehrer, du machst das sehr gut, mein Junge.«

Erneut öffnete sich die Tür, und der Pfleger erschien.

»Keine Angst, Lulù, ich gehe jetzt zum Direktor. Ich

frage ihn, was ich tun muss, um dich hier rauszuholen, und dann komme ich wieder und nehme dich mit, für immer, denn wir werden uns nie wieder trennen, nie mehr.«

Ein letztes Mal schloss sie ihn fest in die Arme und küsste ihn auf die Stirn, dann machte sie sich auf den Weg zum Ausgang.

»Ich komme wieder, mein Junge, bald bin ich wieder da«, und auf einmal war es, als hätte ein Kurzschluss die alte Glühbirne in Lulùs Gehirn wieder eingeschaltet und ihm gezeigt, wie man die Wörter aneinanderreiht: »Mama, geh nicht weg, Mama, nimm mich mit!«

Pietrina konnte es nicht ertragen. Sie kehrte um, umarmte und beruhigte ihren Sohn, wie sie es früher nach schlimmen Träumen immer getan hatte, hab keine Angst, deine Mama lügt dich niemals an, Mama kommt und holt dich ab. Da, nimm dieses Bildchen der Madonna von Polsi, das ist, als wäre ich hier bei dir, um dich zu beschützen, in den paar Tagen, die ich wegbleiben muss, wird sie sich um dich kümmern. Und bete, bete zum Engel Gottes, erinnerst du dich noch? *Engel Gottes, mein Beschützer*, bete, dass der Engel das Wunder wirkt und mich zurückkommen lässt.

Luciano Segareddu, den alle Lulù nannten, weil seine stotternde Zunge den eigenen Namen so aussprach, sollte seine Mutter an diesem Tag zum letzten Mal gesehen haben. Arme Pietrina. Als sie die Tür schloss, glaubte sie wegen der Musik, ein anderes Leben sei möglich, sie glaubte, ihr Sohn habe die Blätter aus der Hecke gerissen, hinter der sich dieses andere, glückliche Leben verbarg, die Hecke habe sich geöffnet, glaubte sie, und lasse Licht hindurchscheinen.

Sie ging zum Direktor und sagte, sie habe die Absicht, Lulù mit nach Hause zu nehmen. Er erhob keine Einwände. Seit einigen Jahren ließen sich epileptische Anfälle mit Medikamenten behandeln, aber dafür mussten etliche Dokumente besorgt werden, in erster Linie ein Papier des Bürgermeisters, in dem darzulegen war, dass die aufnehmende Familie – Sie, Signora – in der Lage war, den Erfordernissen des Pfleglings gerecht zu werden, und danach trat die Kommission zusammen, die nach Kenntnisnahme der positiven Umstände die zeitweilige Entlassung des Kranken bestätigte. Auch die Worte des Direktors kamen Pietrina wie Musik vor, wie weitere Blätter, die aus der Hecke gepflückt wurden, und als sie Girifalco verließ, hoppelte ihr das Herz in der Brust wie ein Kaninchen im Käfig.

Arme Pietrina, wie dumm du bist!

Glaubst du wirklich, dass es Leuten wie dir vergönnt ist, ein anderes Leben zu führen? Glaubst du wirklich, dass irgendjemand nach Lust und Laune den verdammten Knoten lösen kann, mit dem er an die Welt gebunden ist wie ein Tuch um den Hals? Im Grunde hast du recht: Es gibt ein anderes Leben, eines, das nach Brot frisch aus dem Ofen duftet und nach reifen Feigen, aber nicht für uns, die wir es gewöhnt sind, kümmerliche Reste und Wildkräutersuppe zu essen, für uns niemals.

Und darum starb Pietrina Spordigna, geboren unter einem unglücklichen Stern, drei Tage später, weil das unerwartete Glück sie ins Herz getroffen hatte wie ein Blitz, ihr Herz, das nun zu schnell schlug, nachdem es jahrelang ruhig und beständig seine Arbeit getan hatte. Sie starb nachts, als sie in ihrer Zibibbolaube saß, um der lieblichen, traurigen Musik sich abwechselnder, gleichgültiger Universen zu lauschen.

Lulù erfuhr es nie. Sein Leben lang wartete er auf Mama, die kommen und ihn mitnehmen würde, seine Mama, die er zuletzt vom Fenster aus gesehen hatte, als sie in den Bus stieg, und während er sie wegfahren sah und sich einsam fühlte, betete er: *Engel Gottes, leite ihn, dass er mich mit der Vaterliebe erleuchtet ... Màmmasa,* die der Mutter Gottes ähnelte und niemals log, *màmmasa,* nach der er von nun an täglich im Dorf suchte und jeden fragte: *Vidìstuvu mammà?* Haben Sie meine Mama gesehen?

Auch an diesem Abend viele Jahre später lag Lulù in Halle C der Nervenheilanstalt von Girifalco auf seiner Pritsche, blickte in den Himmel und wartete auf seine Mama, als hätten sie sich erst am Tag zuvor getrennt, als wäre sie wie ein Stern dazu bestimmt, ihm auf den Kopf zu fallen.

Es war warm, und er trat ans Fenster. Er nahm einen ungewohnten Duft wahr. Die Luft roch nach Rosmarin und frischem Klee, so intensiv, wie wenn jemand einen Parfümflakon geöffnet hätte, und er sah sich um, weil er wissen wollte, wie das geschehen konnte.

2
Die Vertrocknete

Es war ein sehr heißer Tag, und die Luft kochte wie das Morzello im Tontopf.

Cuncettina, von boshaften Dorfbewohnerinnen die Vertrocknete genannt, hatte das Fleisch schon morgens aufgesetzt, denn das Erfolgsgeheimnis bestand darin, es lange kochen zu lassen. Bei dieser Hitze wollte sie nicht in der Nähe des Herds sein, aber am Tag zuvor hatte ihr Mann Lust bekommen, sich mit Morzello und *pìtta,* hausgemachten Brotkringeln, vollzustopfen, darum war Cuncettina noch am Abend bei Pinnazzu vorbeigegangen und hatte ein Kilo Innereien gekauft. Sie hatte sie gewaschen und die ganze Nacht in Öl, Zitrone und Essig ziehen lassen.

Sie war zu Pinnazzu gegangen, denn Nina Curàtulas Metzgerei, die nur sechzehn Meter von ihrem Haus entfernt lag, betrat sie seit dem Tag nicht mehr, an dem dieses blutbesudelte, grobschlächtige Mannweib, das Lämmer und Kühe zerteilen konnte wie Erdnüsse, ihr verkündet hatte, dass sie mit dem vierten Kind schwanger war.

Concetta Licatedda, Tochter von Antonio Licatedda und Maria Rondinelli, wurde an einem 24. Juni in Girifalco geboren. Als sie zur Welt gekommen war, stieg ihr Vater auf dem Balkon auf einen Stuhl, hielt das Kind hoch wie eine Trophäe und verkündete lauthals: »Läutet die Glocken, denn endlich ist meine Cuncettina da!« Man hatte auf sie gewartet wie auf das Jesuskind, denn Mariuzza Rondinelli war es in fünf Jahren Ehe nicht gelungen, schwanger zu werden.

Ihr Unterleib schien so trocken wie gebrannter Ton. Es war, als wäre der Samen, den Antonuzzu fast täglich in den geheimen Kirchenschiffen seiner Frau ablegte wie eine Opfergabe, von minderer Qualität. Denn anstatt das erwartete Wunder zu tun, wurde er sinnlos an den Wänden der Gebärmutter zerquetscht wie Mücken auf der Windschutzscheibe und würde sich beim ersten Wasserlassen erneut zu den wundervollen, aber nie erzählten Geschichten verhinderter Menschenleben gesellen.

Antonuzzu aber waren die verhinderten Geschichten scheißegal, er wollte nur einen Sohn, in dem der Vater weiterleben würde, auf dass sein Nachname nicht auf dieselbe fruchtlose Weise vergehen möge wie sein Samen. Wenn er die Straße entlanglief, spürte er die Blicke der anderen und hatte das Gefühl, dass sich alle über ihn lustig machten.

Jeder konnte Kinder zeugen, sogar Turi Imbaracchiu, dieser arme Teufel, der keine zwei Wörter herausbrachte, ohne zu stottern. Wäre seine Frau schuld gewesen, hätte Antonuzzu die Situation weniger bedrückt, aber die Frage, ob vielleicht er selbst der Unfähige war, raubte ihm den Schlaf. Jedes Mal, wenn er sich entlud, kam ihm der Schwanz zwischen seinen Beinen wie eine leere Doppelflinte vor oder wie ein Schneckenhaus ohne Schnecke.

Mariuzzas Gedanken waren ebenso trostlos, denn sie

fand, dass eine Frau, die keine Kinder bekommen kann, auf dieser Welt zu nichts nütze sei, und wäre es nach ihr gegangen, hätte sie Trauer getragen, denn keine Kinder bekommen zu können, schien ihr ebenso tragisch, wie wenn sie einem sterben. Bleib ruhig, sagten die älteren Nachbarinnen, das ist die beste Medizin, aber schon der Gebrauch dieses Wortes sagte alles: Eine Frau, die keine Kinder bekommen konnte, war krank.

Und zum Arzt gingen sie regelmäßig, Antonuzzu und Mariuzza, sogar nach Catanzaro fuhren sie, nachdem Dottor Vonella sie dorthin geschickt hatte, aber es war nichts zu machen, die Frau schien so trocken wie ein Stein. Zwei Jahre nach der Hochzeit und nach einer endlosen Reihe von Arztbesuchen in der Hauptstadt, nach Kuren auf der Grundlage von Wachteleiern und Hühnerbrühe und Paarungen bei Vollmond wusch Maria noch immer den blutigen, weinroten Strom aus ihren Unterhosen, der ihr einmal pro Monat ins Gedächtnis rief, dass sie nur eine halbe Frau war.

»Antonuzzu«, sagte sie eines Abends, als der Vollmond, weiß vor Sehnsucht, am Himmel glänzte, »ich bin schuld daran, ich ganz allein, du hättest mich nicht heiraten dürfen, denn die Natur hat mich leider so geschaffen, und wenn du mich verlassen willst ...«

Antonuzzu spürte, wie ihm warm ums Herz wurde, und er nahm sie so zärtlich in den Arm, als wäre sie ein kostbarer Gegenstand.

»*Mariuzza mia,* ich bleibe bei dir, und wenn es unser Schicksal ist, keine Kinder zu haben, dann heißt das, dass Gott es so will.«

Diese Worte und weitere Umarmungen vertrieben

Sturm und dunkle Wolken aus den Seelen dieser beiden unglücklichen Menschen, sodass sie ein wenig zur Ruhe kamen.

Nach jenem Abend vergingen drei Jahre, in denen Antonuzzu und Mariuzza ihre Wünsche und Hoffnungen zu vergessen versuchten. Dann, eines Abends, als sie zum Schlafen in der Hütte beim Feld geblieben waren, weil sie bis spät abends die Ernte eingebracht hatten, überkam Antonuzzu die Lust, seine Frau inmitten der Ähren zu nehmen, so wie er es am Morgen bei den Pferden gesehen hatte. Der Mond schien hell wie eine Straßenlaterne, und Maria fand es wundervoll, auf diese Art ausgefüllt zu werden, während sie in den Sternenhimmel blickte und den Geruch von Erde und Brot einatmete.

In dieser Nacht empfing sie Cuncettina.

Als Mariuzzas Bauch zu schwellen begann, schien sich eine Wolke aus Lächeln und Segnungen auf das Haus Licatedda zu senken. Ihr Mann behandelte sie wie eine Prinzessin. Damit sie sich ausruhen konnte, stellte er eine Haushälterin ein, und er kam nie ohne ein kleines Geschenk für Mariuzza nach Hause: eine Feldblume, eine Kette aus Brombeeren, eine Handvoll Aprikosen. Am liebsten wäre sie ihr Leben lang schwanger geblieben, denn herumzulaufen und sich den Bauch zu streicheln machte sie unsagbar glücklich.

Als Cuncettina zur Welt kam, sehnsüchtig erwartet wie eine Sternschnuppe, wurde im Haus Licatedda eine Woche lang gefeiert. Die Kleine wurde mit den schönsten Schühchen, den elegantesten Kleidchen, mit allen erdenklichen hübschen Dingen bedacht. Und dazu Puppen jeder Art, um die sich die Kleine mit der gleichen Aufmerksamkeit kümmerte, die ihre Mutter ihr selbst zukommen ließ: Sie badete sie, bereitete ihnen etwas zu essen zu, fütterte sie, legte sie in die Wiege und sang ihnen Schlaflieder vor.

Cuncettina besuchte die Pädagogische Hochschule in Catanzaro Lido. Antonuzzu Licatedda schwitzte Unter- und Oberhemd voll, damit es ihr an nichts mangeln sollte. All die Mühe und sein Rücken, der schlapp zu machen drohte, spielten keine Rolle angesichts der Vorstellung, dass eine Licatedda, seine Cuncettina, Lehrerin für die ganz Kleinen werden würde.

Ein vorgezeichnetes Schicksal, denn kaum hatte sie die Ausbildung beendet, trat Cuncettina eine Stelle in der Vorschule von Girifalco an und erfüllte Antonuzzus Traum und die Hälfte seiner Wünsche.

Für die andere Hälfte musste sie allmählich etwas tun, und da sie Arbeit und das richtige Alter hatte, sollte sie nun heiraten.

Drei oder vier Dorfbewohner hatten ihr Avancen gemacht, aber keiner davon entsprach ihren Vorstellungen. Eines Tages jedoch fand sie auf dem Weg zum Kindergarten einen Schnuller aus Kautschuk vor dem Gittertor. Sie hob ihn auf, wischte rasch die Erde ab, die daran klebte, und bewahrte ihn in ihrer Tasche auf, überzeugt, dass er ihr Glück bringen würde. Und es erwies sich als glücklicher Zufall, dass sie sogleich Cosimo Vaiti behände von seiner Vespa springen sah und sich in dessen Leichtigkeit verliebte. Als sie an ihm vorbeiging, blickte sie ihn lächelnd an, und ehe sie den Kindergarten betrat, drehte sie sich um und lächelte ihn ein weiteres Mal an. Cosimo dachte, die Tochter von Antonuzzu Licatedda scheint mich tatsächlich zu mögen. Auf diese Art führten alltägliche Handlungen wie das geschickte Absteigen von einem Motorroller und der Zufallsfund eines Schnullers zu einer Ehe.

Sie heirateten in der Chiesa delle Croci, und die Braut wurde von den Kindern aus der Vorschule begleitet.

»Der Moment ist gekommen«, flüsterte ihre Mutter ihr zu, ehe sie Cuncettina in die Hochzeitsnacht entließ, »und jetzt, *figlia mia,* jetzt darfst du keinen Tag mehr warten.«

Wer weiß schon, wer darüber entscheidet, was wir sind? Wer weiß, aus welcher Kombination winziger Zellkerne sich die Augenfarbe ergibt, die Schuhgröße, oder welcher molekulare Hauch über das Maß unserer Zurückhaltung oder Anmaßung entscheidet? Eine Lostrommel, die sich dreht, eine von Tausenden Kugeln, die aus dem Loch fällt und auf der wie in einem Kochbuch die Dosis unseres Glücks und unseres Schmerzes notiert ist, von welchen Hoffnungen wir leben, welchen Tod wir sterben werden. Aber warum ausgerechnet *diese* Kugel? Warum dieses Leben und nicht eine der unzähligen anderen Möglichkeiten? Aufgrund dieser rätselhaften geheimen Gesetze, die uns an unsichtbaren Fäden halten, erbte Cuncettina nicht nur die prächtigen haselnussbraunen Haare ihrer Mutter, sondern auch deren heimliches Unglück.

Nachdem sie im Juli geheiratet hatte, war sie überzeugt, dies sei ihr letzter Sommer ohne Kind, und sie träumte bereits von ihrem dicken Bauch, den geschwollenen Füßen und den ersten Tritten im Unterleib. Stattdessen tat sich auch ein Jahr später noch nichts.

Nein, das kann nicht sein, dachte sie, das ist unmöglich, sicher ist es nur ein Missgeschick, die Dringlichkeit, mit der ich Mutter werden will, etwas anderes kann es nicht sein, denn der Herr ist nicht so grausam, einem Vogel Flügel zu schenken und ihm dann die Füße an den Zweig zu binden.

Die Dürre des Fleisches, das nicht trägt, hatte begonnen, ihren Schatten auf den Körper der jungen Frau zu werfen. Mariuzza, die die Leiden der Unfruchtbarkeit kannte, versuchte, ihre Tochter zu beruhigen, indem sie ihr Geduld befahl, Vertrauen einflüsterte, Beharrlichkeit vorschrieb, denn du selbst bist gekommen, obwohl bereits jede Hoffnung verloren war, obwohl das Unglück der Resignation meine Seele schon hatte verdorren lassen. Und dann kamst du, mein Licht, als das Leben eine sternenlose Nacht war, und ich sage dir, auch für dich wird es hell werden, denn im Geist sehe ich meine Enkelin bereits um mich herum und durch das Haus tanzen.

Aber nichts davon trat ein, und Cuncettina fügte der Dunkelheit der Universen und all der Leben, die ihre Umlaufbahn verfehlt hatten, ihren eigenen Nebelfleck hinzu.

Sie hatte ein sanftes Gemüt wie eine Taube, die sich mit den Brotkrumen begnügt, die sie aufpicken kann. Sie fluchte nicht und bekam keine Tobsuchtsanfälle; sie verbarg ihre Enttäuschung und den Schmerz über die ausbleibende Mutterschaft; wie lautlose Sturmfluten unterspülten diese Gefühle die Ufer ihres Körpers, trugen ein Körnchen ums andere ab, bis sich die sandigen Küsten unwiderruflich auflösen würden.

Cuncettina kannte die Erzählungen ihrer Mutter und Großmutter, in denen es um das lange, verzweifelte Warten auf Empfängnis ging, in- und auswendig, und die Schwierigkeit, ein Kind zu bekommen, war ihr so vertraut wie eine Gutenachtgeschichte. Das war hilfreich, denn anfangs sagte sie sich, dass es ihr ebenso ergehen würde wie ihrer Mutter, sodass sie sich, wenn die Natur einmal im Monat in blutiger Trauer der Dürre ihres Fleisches gedachte, mit der Aussicht auf den folgenden Monat tröstete. Sie beschloss, dass sie erst fünf lange Jahre später die Hoffnung würde aufgeben müssen.

Aber bald, allzu bald, nutzte der Glanz sich ab, und Cuncettina begriff, dass vielleicht nichts von dem eintreten würde, wovon sie schon als *piccirìdda,* als kleines Mädchen, geträumt hatte, dass sie niemals einen schwangeren Bauch haben würde, keine Kinder, die sie im Arm wiegen und füttern, keinen kleinen Jungen, der sie Mama nennen würde.

Wenn sie hörte, dass eine Dorfbewohnerin schwanger war, schloss sie sich zu Hause im Dunkeln ein wie eine zum Tode Verurteilte, die darauf wartet, am eigenen Leib das Leiden der Kreuzigung und der sofortigen Wiederauferstehung des Fleisches zu erleben. Und in ihren düsteren Fantasien schien es, als täten die Frauen dieser Welt nichts anderes, als Kinder zu bekommen. Wohin sie auch sah, überall entdeckte sie die universellen Zeichen der Fruchtbarkeit: schwangere Bäuche, Neugeborene und Kinderwagen. Offenbar fand die Welt Gefallen daran, ihr das Verzeichnis ihrer Leiden unter die Nase zu halten.

Weil sie an jedem Tag diese kleinen Tode starb, kam Cuncettinas Verstand manchmal vom Weg ab, zum Beispiel als Cosimo nach Hause kam und sie dabei ertappte, wie sie im Zimmerchen des verhinderten Kindes das Bett machte und dabei mit monotoner Stimme Kinderlieder vor sich hin sang, oder an den Abenden, an denen sie, eine Hand auf dem Bauch, weinend auf der Terrasse saß und unnütze Sternschnuppen betrachtete.

Nervöse Erschöpfung, hatte Dottor Vonella mehrmals festgestellt, lassen Sie sie einfach in Ruhe, und machen Sie ihr keine zusätzlichen Probleme.

Cosimo hatte resigniert: In seinem kiesigen, ausgetrockneten Körper war die Hoffnung, Kinder zu zeugen, versiegt wie ein Flüsschen im Sommer. Im Lauf der Jahre hatte er gelernt, mit derselben Ungewissheit an der Seite seiner Frau zu leben wie jemand, der mit dem Schiff fahren muss und auf ruhige See hofft, Unwetter und Sturmfluten einfach hinnimmt und nach den Sonnenstrahlen Ausschau hält, die sich hinter Wolkenbänken ankündigen. Wenn er sie heimlich im Kinderzimmer mit jemandem sprechen hörte, der nicht da war, zog sich sein Herz so schmerzlich zusammen, dass er das Haus verließ und den ganzen Tag draußen verbrachte, in der Hoffnung, dass sie bei seiner Heimkehr am späten Abend bereits die Augen geschlossen haben und den Wahnsinn auf den Feldern ihrer Träume kultivieren würde. Wie konnte er dieser Frau, die ihn wie einen Prinzen behandelte, böse sein?

Das tat sie auch an diesem Abend, an dem er vor einem warmen Brotkringel voll köstlichem Morzello saß, nur weil er den Wunsch danach geäußert hatte. Er hatte sogar ein paar Gläser Wein getrunken, gerade so viel, dass er ein bisschen beschwipst und in der Lage war, seiner Frau klarzumachen, was sie ihm geben musste, damit dieser Tag einen würdigen Abschluss fand. Cuncettina ging ins Bad, kämmte sich die Haare und zog das transparente geblümte Unterkleid an. Als sie zu ihm ins Bett stieg, lag ein ungewohnter Duft in der Luft, es roch nach Rosmarin und Klee.

»Bist du das?«, fragte er und schob ihr die BH-Träger über die Schultern hinab.

»Nein, das kommt von draußen«, flüsterte seine Frau.

Als er sich später auf die Seite drehte, dachte Cosimo, dass das Leben ihm besser schmecken würde, wenn es mehr Tage wie diesen gäbe, und während sich Cuncettina im Bad den nutzlosen Samen aus der Leiste wusch, den sie so abstoßend fand wie Schneckenschleim, drang der Duft von Rosmarin und Klee noch stärker zum Fenster herein, so langanhaltend wie ein Lockruf.

3
Der Stoiker

Es war ein sehr heißer Tag, und die Luft glühte wie die Eisen, mit denen Ruaccu Conte das Fell seiner Schafe brandmarkte.

Archidemu bemerkte es, noch ehe er die Augen öffnete, denn während er langsam erwachte und Träume mit Gedanken verwechselte, spürte er die schweißnassen Laken bereits unangenehm auf der Haut. Er schob sie weg, drehte sich auf die Seite und versuchte, wieder einzuschlafen.

Aber die irdische Mechanik hatte bereits das Räderwerk in Betrieb gesetzt, das auch ihn erfasste, und so weckte ihn nach wenigen Minuten trügerischer Ruhe erneut die gellende Stimme des diensttuenden Straßenhändlers: *Melooonen, frische Melooonen!* Verwirrt stand er auf und ging ins Badezimmer, und während er sich erleichterte, fiel ihm wieder ein, dass er eigentlich gar nicht aufwachen wollte, weil es der Morgen des 9. August war.

Archidemu Cucuzzuna Crisippu, Sohn von Musoniu Crisippu und Maria Imperatrice Vonella, wurde in Girifalco als drittes Kind nach Aristinu und Doduru und vor Maria Ausiliatrice und Maria Beata geboren.

Der Spitzname Cucuzzuna ging auf den Urgroßvater väterlicherseits und dessen Erbe der Kahlköpfigkeit zurück, denn die Männer der Familie Crisippu waren immer schon so kahl wie Kürbisse gewesen.

Glatzköpfig, sodass er der vornehmen Familie von Geburt an Ehre machte, kam Archidemu am 2. Februar – allgemein als Mariä Lichtmess bekannt – zur Welt, und beim ersten Wimmern sagte sein Vater Musoniu leise den alten Spruch auf: *Wer an Mariä Lichtmess zur Welt gekommen, bleibt kühl im Herzen und handelt besonnen.*

Den Zauber des Gleichmuts setzte er sich auf den Kopf wie eine Krone, die ihn vor den spitzen Giftpfeilen des Lebens beschützte. Schon als kleiner Junge nahm Archidemu die Ereignisse der Welt mit derselben Gleichmut hin, mit der Colajizzus Esel die Schläge seines Herrn einsteckte, während er mit gesenktem Kopf weiterhumpelte. Es handelte sich um einen Erbfehler, denn es schien, als hätten sich in dieser Familie die Gene der Tat- und Entscheidungskraft in den Haaren abgesetzt, die sie nicht besaßen, und so wanderten sie von Generation zu Generation auf der Welt umher wie in einem ewigen Herbst, dessen gefallene, von Schirokko und Westwind umhergewirbelte Blätter sie selbst waren.

Die Untätigkeit der Familie Crisippu beruhte nicht auf einem pädagogischen Grundsatz, sondern gehörte zu den rätselhaften Eigenschaften, die sich in einem mikroskopisch kleinen Gen verbergen, das sich in seiner kurzen Existenz zwischen Nerven und Muskeln, Hohlräumen und Mittelhandknochen herumtreibt, um sich schließlich in jenes ebenso winzige Teilchen eines Spermiums zu betten, das der Vernichtung entgehen wird.

Gewiss, beim Heranwachsen in einer Familie, die keine Lust hatte, sich um irgendetwas zu kümmern, wurde das

Gen vermutlich bis an den äußersten Rand der Trägheit getrieben: Die Welt konnte ihnen vor die Füße fallen, die Crisippus rührten dennoch keinen Finger, und der ständige Anblick von Menschen, die sich nicht einmal vom Stuhl erhoben, um sich ein Taschentuch zu holen oder ein Glas Wasser einzugießen, diente ihren Kindern als Vorbild, sodass Verzicht und Untätigkeit zu täglichen Gewohnheiten wurden.

Da die Dinge so standen, hätten die Crisippus keine vier Generationen überlebt, wären sie noch dazu blöd gewesen – im Gegenteil, die natürliche Auslese wollte es, dass sich zu dem Gen des Nichtstuns jenes der Gerissenheit gesellte.

Getreu ihrem Grundsatz der Zurückhaltung nutzten die Crisippus ihr verborgenes Talent und bauten sich einen Käfig, in dem sie sorglos leben konnten. Um den Widrigkeiten des Lebens zu trotzen, die ihre irdische Gleichgültigkeit tagtäglich auf eine harte Probe stellten, erledigten sie zwei Aufgaben mit großer Sorgfalt: eine Arbeit suchen, bei der sie nicht schwitzen mussten, und eine Frau heiraten, die an ihrer Stelle schwitzen würde. Erledigten sie beide Aufgaben mit Erfolg, war dieser Familie von Müßiggängern ein glückliches Leben im Zeichen von Untätigkeit und Seelenruhe vergönnt.

Und eines muss man den Crisippus lassen: In dieser Hinsicht erwiesen sie sich als einfallsreich. Musoniu, Archidemus Vater, hatte sich als Gemeindediener einstellen lassen, sein Onkel Vacchianu arbeitete als Telefonist bei der Bezirksregierung, Großvater Mucciuni war Portier im Stadtkrankenhaus von Catanzaro, und Urgroßvater Lentinu war leitender Friedhofswärter gewesen. Eine vornehme Familie, konnten sich die Crisippus doch rühmen, noch nie einen Maurer oder Bauern in ihren Reihen gehabt zu haben, denn Anstrengung und Schweiß waren ihnen unangenehmer als Durchfall oder eine Blinddarmentzündung.

Die Sache mit den Frauen ging problemlos über die Bühne, denn in einem süditalienischen Dorf war eine unterwürfige Frau leichter zu finden als Steinpilze und Kaiserlinge auf dem Berg Contìsa nach einer verregneten Nacht.

Ob die Auserwählte schön war, spielte keine Rolle, auch angesichts der mäßig ausgeprägten Anmut der Crisippus selbst. Sie musste lediglich in der Lage sein, sich um den Haushalt zu kümmern und die Kinder allein zu erziehen. Sie musste Holz hacken, schneidern und kochen, Rechnungen bezahlen, zu Beerdigungen und Hochzeiten gehen und behördlichen Aufforderungen Folge leisten können. Die Ehefrau eines Crisippus musste ein stets aktiver Vulkan sein.

Bis jetzt war es immer gut gegangen, denn alle hatten Hausstände gegründet, die eines Sultans würdig gewesen wären. Vor allem Maria Imperatrice Vonella, Archidemus Mutter, war eine Frau, wie man sie nur selten findet: bienenfleißig, stark wie ein Stier und stur wie ein Esel, aber dafür war die Arme – *scentìna ìdda!* – hässlich wie die Nacht.

Was das andere Geschlecht betraf, war Archidemu eine Ausnahme, denn er wollte von einer Frau im Haus nichts wissen. Keine Braut, keine Schulfreundin, die er je geküsst, keine Freundin, der er sich anvertraut hätte. Frauen waren für ihn eine fremde Welt, ein dunkles Zimmer, das er lieber nicht betrat. Und so blieb Archidemu sein Leben lang jungfräulich, rein und unbefleckt wie die Statue des heiligen Rocco. Für den Haushalt war Rosetta Mpalisata da, ein junges Mädchen aus Carrùsi, das jede Woche zum Putzen kam und alle möglichen Aufgaben für ihn erledigte.

Was die Arbeit betraf, so hatte Archidemu getreu dem Motto, nur ja keinen Finger zu rühren, stets fleißig gelernt. Er fand Gefallen an Philosophie, schloss die Mittelschule und die Universität ab und fing an zu unterrichten, sodass er der erste und einzige Philosoph in der Dynastie der Crisippus wurde.

Ein Stoiker, um genau zu sein.

An einem Ostermontag – die ganze Familie war auf dem Land in Mangraviti um einen langen, festlich gedeckten Tisch versammelt – erhob sich Archidemu, der in Messina soeben seine erste Prüfung in Philosophiegeschichte abgelegt hatte, bat um Ruhe und setzte zu einer Rede an, in der er schwülstige, zum größten Teil unverständliche Wörter aneinanderreihte: Viele Jahrhunderte zuvor habe es eine Gruppe von Philosophen gegeben, die genauso dachten wie sie, wichtige Leute, die die Tugend der Selbstbeherrschung und die Abkehr von irdischen Dingen predigten, weil ihr Ideal die Gleichgültigkeit war, das heißt die absolute Kontrolle über die Leidenschaft, die Ursache aller Übel. Man müsse dem Wesen der Welt gemäß leben, dürfe sich den Ereignissen nicht widersetzen, sondern solle ihnen im Gegenteil Folge leisten, *abstine sustine*, man müsse entsagen, ertragen und seelenruhig hinnehmen, was das Schicksal für einen bereithielt. Die Crisippus blieben ihrem Naturell treu. Bereits nach zwei Minuten gähnten sie und reckten sich. Sie wurden etwas wacher, als sie die Geschichte von dem Hund hörten, der an einen Wagen gebunden war und nur deswegen lief, weil er sich sonst den Hintern verbrannt hätte. Aber als sich der Redner dazu verstieg, die Sache mit einem Zitat von Seneca zu würzen – *ducunt volentem fata, nolentem trahunt* –, fielen alle endgültig in tiefen Schlaf. Sie schnarchten und röchelten, sodass der betrübte Redner gezwungen war, seine Ansprache vorzeitig zu beenden und kurz und bündig zu dem Schluss zu kommen, dass wir keine Idioten, sondern Stoiker sind, *cùnni non sìmu ma stoici* – was zu einer Losung wurde, einem Sinnspruch für das Familienwappen, den die Crisippus auswendig lernten und immer dann von sich gaben, wenn ein Dorfbewohner einen Kommentar zu ihrer Faulenzerei abgab.

Für Archidemu war die Entdeckung des Stoizismus eine Offenbarung, denn was ihn tatsächlich zum Studium der Philosophie trieb, war der Wunsch, diese Gruppe von seltsamen Menschen, zu der auch seine Familie gehörte, genauer kennenzulernen, Menschen, die sich den Ereignissen der Welt beugten, ja mehr noch: die sie als notwendig hinnahmen. Es war ein Fieber, das nie nachließ und seinen Hang zur Untätigkeit noch verstärkte, ihn geradezu adelte.

Archidemu kam zu der Überzeugung, dass ein entfernter Vorfahre von ihm mehr darüber gewusst haben musste, seinen Nachkommen aber offenbar verschwiegen hatte, dass die immer gleichen Vornamen der Crisippus exakt auf diese Gruppe schicksalsergebener Denker zurückgingen, dass ihr Blut möglicherweise direkt von dieser Bewohnerschar der Magna Graecia stammte. War ihr Nachname vielleicht eine Dialektform des Namens

Chrysippos von Soloi, eines berühmten Meisters der Stoa Poikile?. Und die Namen Archedemus und Musonius Rufus? Und die Tatsache, dass die Stoiker als Büsten immer ohne Haare dargestellt waren und einer von ihnen, Ariston, sogar »der Kahle« genannt wurde? Also war seine Familie von stoischem Blut und stoischer Noblesse, weshalb Archidemu für einige Monate sogar den typischen kurzen Umhang getragen hatte wie der zwölfjährige Marc Aurel.

Archidemu hatte einen Bruder namens Sciachineddu, sechs Jahre jünger als er, ein Junge, der gar kein Crisippu zu sein schien, so neugierig und rege war er und bewegte sich flink wie ein Tier, ein quietschfideles Kerlchen, das alle zur Verzweiflung brachte. Er war Archidemus Schatten. Er folgte ihm überallhin, ließ sich die Welt von ihm erklären und wollte alles nachmachen, was der große Bruder tat.

Sciachineddu hing an Archidemus Lippen, und der liebte ihn mehr als alles andere auf der Welt. Der Abstand, den er sonst zu allem Irdischen wahrte, verschwand, wenn der Kleine ihn anlächelte und umarmte. Sie schliefen sogar im selben Bett, und sobald Sciachineddu eingeschlafen war – nicht ohne sich zuvor von seinem Bruder eine Geschichte erzählen zu lassen –, musterte Archidemu ihn voller Bewunderung, und er hätte sein Leben für das dieses engelgleichen Wesens gegeben. Archidemu beneidete Sciachineddu um sein starkes, entschiedenes Naturell, so wie Sciachineddu gern die Weisheit seines älteren Bruders gehabt hätte. Sie schienen zwei Seiten derselben Medaille, die beiden Henkel desselben Wasserkrugs, zwei Bruchstücke der Welt zu sein, die sich ausnahmsweise wiedergefunden hatten und genau ineinanderpassten.

Aber dann kam es zu dem Vorfall, dem Pragma, der Episode, die Archidemus Leben verdrehte wie einen ausgewrungenen Lappen.

Es war ein 9. August, und die Familie Crisippu hatte sich auf dem Land zusammengefunden, wie sie es häufig tat, um der brütenden Hitze im Dorf zu entfliehen. Nach dem Mittagessen fragte Sciachineddu den Bruder, ob er mit ihm Brombeeren suchen würde. Archidemu ging es gründlich gegen den Strich, seinem Bruder bei dieser Hitze in die Wälder von Covello zu folgen, aber um nichts in der Welt hätte er ihn allein gelassen, und darum machten sich die beiden auf den Weg in den Wald, während ihre Angehörigen, die einzigen Überlebenden der tausendjährigen stoischen Diaspora, sich ein Plätzchen im Schatten suchten, die Glieder ausstreckten und einschliefen. Sie kannten die Gegend gut, und dennoch bat Archidemu seinen kleinen Bruder, in seiner Nähe zu bleiben und auf keinen Fall weiterzugehen als bis zur Lichtung. Dieser Winkel des Waldes wirkte wie eine andere Welt: Kühlende Schatten und dichtes Geäst machten ihn zu einem zeitlosen Ort, und die Sonnenstrahlen, die mancherorts durch das Laub drangen, legten sich auf den Humus wie eine segnende Hand. Archidemu blickte sich gebannt um, und auf einmal hörte er zu seinen Füßen etwas rascheln. Er senkte den Kopf und sah, dass eine Schlange seinen Schuh streifte. Er bekam Angst, brachte es aber fertig, wie angewurzelt stehen zu bleiben: Ohne den Kopf zu bewegen, folgte er mit dem Blick der kriechenden Viper. Reglos, wie man es ihm beigebracht hatte, stand er vor dieser Erscheinung und wartete, dass das Reptil verschwinden würde und er weiteratmen, das Blut wieder im Kreis fließen lassen und sich überlegen konnte, ob er sich langsam zurückziehen oder lieber wegrennen sollte. In diesem Moment hob er den Kopf und suchte nach Sciachineddu. Sciachiné, Sciachiné!, schrie er, Sciachiné, komm schnell her, da ist eine Viper! Niemand war zu sehen oder zu hören. Erneut rief er nach seinem Bruder, und zwischen den im Wind rauschenden Blättern glaubte er von der Ebene her eine Stimme zu hören. Archidemu vergaß die Bedrohung durch den giftigen Biss und rannte in die Richtung, aus der die Stimme kam. Der dichte Kiefernwald ging in eine Wiese voller Sträucher über. Archidemu sah sich um und rief: *Sciachiné, Sciachiné!*, aber außer dem Zirpen der Zikaden war nichts zu hören. Es war, als wäre die Welt stehen geblieben. Er rannte in alle Himmelsrichtungen und ließ den Namen seines Bruders durch die Luft hallen, aber von dem Jungen war keine Spur zu sehen. Gleich nach der Lichtung mit den Sträuchern begann ein noch dichterer Wald. Archidemu lief darauf zu, überzeugt, dass sein Bruder hineingelaufen war. Vor den ersten Bäumen hielt er inne, entdeckte ein paar Brombeeren, die auf den Boden gefallen waren, und dann ging er weiter bis zu dem Punkt, an dem er sich ebenfalls verlaufen hätte, wäre er nicht umgekehrt. Zurück in der Sonne, brüllte Archidemu weinend den Namen seines Bruders. Im Laufschritt kehrte er zu seiner Familie zurück, erklärte, Sciachineddu habe sich verlaufen, und sie müssten sich beeilen. Alle gingen mit in den Wald und begannen, nach dem Jüngsten zu suchen. Auf dem Rückweg zu der Stelle, an der er die letzte Spur menschlicher Aktivität gesehen hatte – einen zerbrochenen Ast und ein paar Brombeeren auf der Erde –, nahm Archidemu eine Bewegung unter einem Strauch wahr. Er hielt inne. Erneut bewegte sich etwas. Langsam ging er auf die Stelle zu und drückte das Buschwerk zur Seite, um besser sehen zu können. Dort fand er das letzte irdische Andenken an den Bruder.

Nach einer halben Stunde erfolglosen Suchens lief Mucciuni los, um die Carabinieri zu verständigen. Die Nachricht verbreitete sich im Dorf, und es wurden Suchtrupps zusammengestellt, die die ganze Nacht hindurch die Gegend durchkämmten. Vergeblich. Nach jenem 9. August hat nie wieder jemand etwas von Sciachineddu Crisippu gehört. Zum ersten Mal lebte Archidemu wie alle anderen Menschen. Er spürte den Atem des Lebens auf der Haut, besudelte sich die Füße mit dem Schlamm einer Welt, zu der er nicht gehörte. Der in sich gekehrte Archidemu, so verzweifelt, dass es ihm das Herz zerriss, wurde noch menschenscheuer, und wegen der Schuldgefühle, die ihm den Schlaf raubten und die Gedanken verwirrten wie ein Schwarm Stechmücken, verbannte er sich selbst aus der Gemeinschaft der Menschen, von der er sich jeden Tag erdrückt fühlte. Nur der Philosophie gelang es hin und wieder, ihm seine Last zu erleichtern, gerade genug, dass er weiterleben konnte.

Seit jenem tragischen Tag saugte die Reue das Leben aus ihm heraus wie den Dotter aus einem rohen Ei. Als er zu Hause auszog und allein zu leben begann, errichtete er in seinem Haus zum Gedenken an Sciachineddu einen kleinen Altar mit seinem Foto und einer Kerze, die er niemals erlöschen ließ, und um die Welt daran zu erinnern, dass er ein Mensch in ewiger Trauer war, steckte er sich einen mit schwarzem Stoff überzogenen Knopf an die Kleidung.

Dieser 9. August, an dem ihn morgens der Schrei des Obsthändlers wieder auf die Erde zurückholte, war der schlimmste Tag des Jahres. Wie an jedem Jahrestag pilgerte Archidemu zu dem Ort, an dem der Bruder verschwunden war, und schritt im Geiste die Erinnerungen an die einzige Person ab, die er mehr geliebt hatte als sich selbst. Im Stillen betete er sein Leben voller Schuld und Gewissensbisse herunter wie einen Rosenkranz.

Er blieb dort bis um fünf Uhr nachmittags, dann ging er wieder nach Hause und begann zu lesen, obwohl er mit den Gedanken woanders war.

Er ließ das Abendessen ausfallen und legte sich auf die Liege auf dem Balkon, um den Sternenhimmel zu betrachten, einfach so, ohne Fernrohr, wie immer, wenn er Trost brauchte. Einem traurigen Menschen helfen reale Beweise für seinen Zustand, weil ihm auf diese Art wenigstens der Trost der Objektivität bleibt. Archidemu gefiel es, dem dunklen Himmel entgegenzutreten und die unendliche Größe des Universums wie Westwind auf der Haut zu spüren, die immense Weite der Galaxie, die unbedeutende Winzigkeit des Menschen.

Ehe er aufstand, um ins Bett zu gehen und diesen unnützen Tag ad acta zu legen wie Hunderte andere Tage seines Lebens auch, nahm er einen ungewohnten Duft in der Luft wahr: Es roch nach Rosmarin und frischem Klee.

4
Die Böse

Es war ein sehr heißer Tag, und die Luft loderte wie der trockene Ginster in den Feuern zur Feier des heiligen Antonio.

Kaum hatte Mararosa die Augen geöffnet und glaubte, die Wärme eines Freudenfeuers auf der Haut zu spüren, dachte sie schon besorgt an die armen Terracottatöpfe auf dem Balkon. Sie füllte Wasser in Plastikflaschen und ging hinaus, um die Blumen zu gießen, ungewaschen und noch im kurzen rosa Nachthemd.

Die Petunie hatte es am schlimmsten getroffen, und als Mararosa sah, dass sie den Kopf hängen ließ wie eine Sonnenblume, traf sie fast der Schlag. Sie goss nicht nur eine ganze Flasche Wasser in den Topf, sondern zog auch rasch die Markise herunter, um die Pflanze vor der Sonne zu schützen, und schließlich fächelte sie ihr sogar mit ihrem Lieblingsfächer Luft zu. Als Mararosa genug getan zu haben glaubte, ging sie in die Küche und bereitete sich eine Milchsuppe mit Brot zu.

Mariarosa Praganà wurde an einem 18. Oktober in Girifalco geboren, als Erste der beiden Töchter von Petrantuani Praganà und Vicenza Pirritanu. Das Unglück, dachte sie wie schon viele Male zuvor, hatte sie umarmt wie eine

Geliebte, sobald sie das Licht der Welt erblickte. Denn schon wenige Stunden nach dem ersten Schrei fing der Ofen Feuer und stieß dunklen Rauch aus, der alles schwarz färbte, Wände, Möbel, Kleider, und Vicenza floh auf die Straße, ihre neugeborene Tochter, die *figghiolèdda*, im Arm, die aussah wie mit Kohle bemalt. Den Grund dieses Unfalls verstand Petrantuani nicht, aber Vicenza, die an Prophezeiungen glaubte wie Don Guari an die göttliche Barmherzigkeit, deutete den schwarzen Rauch als Zeichen eines bösen Geistes, der bei der Geburt ins Haus gekommen war, darum rieb sie die Haut des Mädchen nach Nicuzzu Trincadurus Anweisungen mit Eselsmilch und geschlagenem Taubenei ab und legte ihr einen blühenden Rosmarinzweig unter das Kissen.

Als Mararosa erwachsen war und von diesen heidnischen Zaubereien erfuhr, stieß sie einen Fluch aus, der Nicuzzu treffen sollte, obwohl er bereits verstorben war, denn nicht nur war ihre Haut wegen ihm und seiner ekelhaften Mischung so weiß wie das Laken einer Jungfrau geblieben, immun gegen jede Spur von Sonnenbräune, sondern sie konnte sich auch keinem blühenden Rosmarinstrauch nähern, ohne Übelkeit zu empfinden.

Weil Vicenza sich fragte, ob der unglückselige heidnische Geist vielleicht ein Engel war, der sich im Haus geirrt hatte, vertraute sie sich außerdem der orthodoxen Kur des Pfarrers an, bestehend aus einem Spritzer Weihwasser, dem Anzünden dreier großer Kerzen und fünf Ave-Maria. Offenbar handelte es sich um einen standhaften Geist, denn alle Anstrengungen waren umsonst, und die arme Kleine, die die erste Nacht ihres Lebens auf einem kalten Speicher verbracht hatte, legte die Decke aus Unheil und

Missgeschick nie wieder ab, hüllte sich vielmehr darin ein wie in ein wärmendes Tuch.

Der schwarze Rauch breitete Schwaden von Missgunst und Garstigkeit über ihrer Kindheit aus, und ihre zarte Seele ließ sich in einem fettleibigen, butterweichen Körper nieder, ähnlich dem verstümmelt gewachsenen Ast eines Olivenbaums, an dem die belaubten Zweige und silbrig glänzenden Oliven fehlen.

Es gab auf dieser Welt keinen Mann und keine Frau, die sie nicht beneidet, keine Gabe, die sie nicht gern für sich selbst gehabt hätte: Annicedda Cucchiàras samtige Haut, die schwarzen Lackschuhe von Don Rivaschiaris Tochter, Ninettas blonde Haare oder Vaccarisas karierten Rock. Mararosa empfand Missgunst für jede, die mehr besaß als sie, und da sie der Meinung war, dass es ihr an allem mangelte, bestand ihr Verhältnis zur Welt aus Groll und Bitterkeit. Sogar ihre Schwester quälte sie mit ihrer Bosheit, denn nachdem sie sie bei einem heimlichen Kuss beobachtet hatte, lief sie eifersüchtig zum Vater und erzählte ihm davon, sodass die Schwester ihre tägliche Ration Schläge mit dem Gürtel unter Mararosas mitleidlosem Blick bekam.

Arme Mararosa. Wenn sie auf dem Balkon die Wäsche aufhängte, sah sie auf der Straße die Pärchen, die sich verliebt in die Augen blickten. Sie hingegen musste ganze Tage damit verbringen, das Haus aufzuräumen, während ihre Kindheit dahinging.

Unter ihren Schulkameradinnen stach sie hervor wie eine Krähe aus einem Schwarm weißer Tauben. Sie hatte keine Freundinnen, weil es keine Geheimnisse gab, die sie ihnen anvertrauen konnte, keine Geständnisse, die sie für sich behalten sollten, und darum flüchtete sie in ihren wenigen freien Momenten in die Dachkammer und öffnete die geheime Kiste mit ihren geliebten Zeitschriften, die nach Einsamkeit und Illusionen rochen. Sie bewunderte die exotischen Strände darin, die gewiss nach Zucker und Karamell dufteten, die Städte mit Wolkenkratzern oder glühend heiße Wüsten, und bei jedem Bild träumte sie davon, diese Dinge eines Tages selbst zu sehen, zu fotografieren, zu beschnuppern und zu kosten. Hörte sie plötzlich die Stimme ihrer Mutter, stürzte sie aus dem Hotel auf der Spitze des Eiffelturms und landete erneut in Castagnaredda. Eilig schloss sie die Kiste mit den Träumen und lief in die Küche, um den Tisch zu decken.

So ist es auf der Welt: Die eine wird schön geboren, die andere hässlich, und diejenige, die im Schatten leben muss, verbringt ihre Zeit mit der Frage: Warum gerade ich? Warum bin ich nicht so schön wie die anderen? Warum? Im Leben ist es wie bei der Lotterie, dachte Mararosa, es ist, als hättest du bei einer Tombola eine Nummer gezogen, dir hätten ebenso gut andere Erlebnisse gewährt werden können, sie beruhen nicht auf einem Verdienst oder einer Verfehlung deinerseits, aber danach ... Du kannst nichts daran ändern, du bist das Los, das du gezogen hast, und es ist sinnlos, dich immer wieder zu fragen, warum alles schiefgeht, die *Welt* ist schief, und das Glück ist nur für die anderen bestimmt.

Mararosa kam sich vor wie eine Schauspielerin, die ihre Rolle gelernt hat, kurz vor der Aufführung aber durch eine andere ersetzt und gezwungen wird, im Parkett Platz zu nehmen, wo sie im Geist die Sätze wiederholt, die ihr gehören, nun aber von einer anderen vorgetragen werden, und zwar schlecht.

Mararosa tat nichts, um ihre Gemeinheit zu verbergen: Den Eidechsen schnitt sie den Schwanz ab und genoss es, die Tiere mit halbem Körper herumlaufen zu sehen; ohne Gewissensbisse ebnete sie Ameisennester ein, drehte Bockkäfer auf den Rücken und hatte Spaß daran, sie mit den Beinen in der Luft zappeln zu sehen. Es gefiel ihr, die Welt ihrem fehlerhaften Selbst anzugleichen.

Dann erwischte ihre Mutter sie eines Tages dabei, wie sie im Garten, hinter dem Walnussbaum, einem Schmetterling den Flügel mit einer Stecknadel durchbohrte, und beim Anblick dieser grundlosen Grausamkeit verlor Vicenza die Beherrschung. Sie versetzte ihrer Tochter eine Ohrfeige, deren Spuren für den Rest der Woche zu sehen waren.

»Ich habe dir den falschen Namen gegeben, *Mala*rosa hätte ich dich nennen sollen, die böse Rose, denn das bist du!«, schimpfte ihre Mutter und belegte die Tochter mit einer Wortschöpfung, die diese von jenem Tag an trug wie eine in der Sonne funkelnde Amethystkette.

»Ja, ich bin böse, *su mala*«, antwortete das Mädchen und berührte die schmerzende Wange, »aber die anderen sind auch nicht besser als ich. Nicht mal dieser Schmetterling«, sagte sie und schnippte ihn weit von sich.

Mararosa hätte gern einen Verlobten gehabt, und wenn sie sich vorstellte, auf den Bildern in den Illustrierten zu sein, gab es immer jemanden an ihrer Seite, denn auch sie träumte davon, eines Tages zu heiraten, ein eigenes Haus zu haben, Leute zum Abendessen einzuladen oder auszugehen und auf einer Terrasse am Strand von Soverato Pizza zu essen. Aber wer sollte sie schon wollen, sie, die so aufgedunsen war wie eine Aubergine?

Sarvatùra Chiricu hatte einige Monate zuvor ein Lebensmittelgeschäft auf der Piazza eröffnet, einen Laden, wie man ihn im Dorf noch nicht gesehen hatte, groß, hell erleuchtet, vollgepackt mit Leckerbissen jeder Art, sodass Mararosa eine Seite aus ihren Magazinen zu durchqueren glaubte, als sie den Laden zum ersten Mal zusammen mit ihrer Mutter betrat.

Alles war sauber und ordentlich, bis auf eine Schachtel Natron, die jemand versehentlich umgestoßen hatte. Mararosa fühlte sich, als hätte eine Wespe sie gestochen. Sie näherte sich der disziplinlosen Verpackung mit einer Eile, wie wenn sie dringend ihre Blase entleeren müsste, reckte sich auf die Zehenspitzen, und mit einer anmutigen Bewegung, die ihr niemand zugetraut hätte, schob sie das Natron zurück in die feststehende Ordnung der Welt.

Als Sarvatùra die Szene beobachtete, entbrannte in seinem Inneren ein Feuer, denn eine so aufmerksame Frau wäre ein Glück für sein Geschäft und, wer weiß, vielleicht auch für sein Leben, das ebenfalls einer Ansammlung vollgestopfter, staubiger Regale glich.

»Mir fehlt hier eine Frau, die so aufmerksam ist wie Ihre Tochter«, sagte er zu Vicenza, und dabei handelte es sich nicht nur um ein Stellenangebot.

Mararosas Mutter verstand. Sie musterte ihre Tochter, deren Wangen sich gerötet hatten. So etwas hatte sie noch nie bei ihr gesehen, darum brach sie das verlegene Schweigen, indem sie dreihundert Gramm Mortadella und ein Stück Provolone piccante verlangte.

An diesem und den folgenden Tagen spürte Mararosa eine Art Stachel im Fleisch. Sarvatùras Worte hallten in ihr wider wie die Glockenschläge, mit denen man Hochzeiten oder Taufen ankündigt. Die Stimme, die aus ihnen sprach, war nicht nur die des Herzens, denn bei der Vorstellung, Herrin über dieses Reich von Handelswaren zu werden, hinter einer festlich beleuchteten Theke zu stehen, wie eine Dame gegrüßt zu werden und zu sehen, wie eine Dorfbewohnerin nach der anderen an ihr vorbeiging und sie neidisch musterte, als wäre sie eine Königin, bei dem Gedanken, endlich zufrieden zu sein und in den Träumen der anderen vorzukommen, anstatt immer selbst von ihnen zu träumen – bei dieser Vorstellung schwankte ihr Herz wie eine Kiepe am Tag der Getreideernte.

Dieselben Gedanken hatten sich in Sarvatùras Geist eingenistet: Mit seinem großen Kopf, dem untersetzten Körper und der schwammigen Haut sah er aus wie ein Satansröhrling auf Beinen und war zu sehr mit Geldverdienen und dem Kauf von Grundstücken beschäftigt, um sich mit der Suche nach einer Frau aufzuhalten.

Aber Mararosas Geste in seinem Laden, dieser Hinweis auf ein Naturell, das dem seinen ähnelte, setzte ihm Flausen in den Kopf, so lästig wie Konfetti im Haar, und zum ersten Mal blitzte die Idee in ihm auf, dass er heiraten und einen Hausstand gründen könnte. Dass Mararosa hässlich war, spielte keine Rolle; auch die Gerüchte über ihre Bosheit waren ihm scheißegal, im Gegenteil, in geschäftlichen Dingen zahlt sich Hinterlist doppelt und dreifach aus, und außerdem war sie die Tochter von Petrantuani Praganà, einem Mann, wie es in Girifalco nur wenige gab, ein findiger, arbeitsamer Mensch mit Ländereien in Jìdari und Mangraviti. Also rechnete Sarvatùra alles gründlich durch, zählte die Posten zusammen und kam zu dem Schluss, dass die Hochzeit stattfinden konnte.

Sie ist seltsam, die Liebe. Unwägbar und geheimnisvoll wie die Flugbahn einer Stubenfliege ist sie in der Lage, urplötzlich aufzutauchen und ebenso schnell wieder zu verschwinden; sie spürt den winzigsten Zwischenraum auf und kriecht hinein, ist störrisch genug, um wie Moos auf Steinen zu wachsen, und zugleich so flatterhaft wie ein Tuch, das in den Westwind gehängt wird. Seltsam war sie, die Liebe, denn sie schlich sich klammheimlich in Sarvatùras und Mararosas Kopf, in Form von Genugtuung und Rache, Berechnungen und Überträgen. In beider Verstand ließ der Widerschein des Lichts, das den jeweiligen Berechnungen entsprang, schließlich auch die Person heller strahlen, mit deren Hilfe das Projekt verwirklicht werden sollte, sodass sie einander im Laufe mehrerer Monate immer schöner fanden und ihre Herzen im Gleichtakt schlugen.

Nach drei Monaten beschloss Sarvatùra, den entscheidenden Schritt zu tun, und am Abend des 9. August wurde er zusammen mit seiner Mutter und seinem Onkel Francesco, Bruder des im Krieg gefallenen Vaters, bei Petrantuani Praganà vorstellig.

Nachbarin Peddasicca hatte den Besuch angekündigt, darum stand auf dem Tischchen im Wohnzimmer bereits das Tablett mit Wermut und Gebäck. Mararosa saß neben Vicenza, die Gäste nahmen auf dem Sofa gegenüber Platz.

Kaum trat der Onkel ein, schien sich eine eisige Decke über das Zimmer zu legen, und Mararosa verstand nicht, warum ihr Vater auf einmal die Augen zusammenkniff, als empfände er Hass auf die ganze Welt. Sie glaubte, erneut den schwarzen Rauch ihrer Geburt zu atmen.

Sarvatùras Onkel war es, der das Wort ergriff und die üblichen Floskeln über die ewige Zauberkraft der Ehe von sich gab, über die edle Abstammung der Verlobten, die Kinder, die geboren werden würden, allesamt gesunde Menschen wie die Chiricus ...

»Sind wir Praganàs etwa nicht gesund?«

»Aber ja, Petrantuani, ich wollte es gerade sagen.«

»Sie hätten es aber sofort sagen müssen!«

Alle staunten über den autoritären, unhöflichen Tonfall. Petrantuani fühlte sich, als hätte man ihm eine Brille aufgesetzt, durch die er alles schwarzsah, denn er war zwar ein Herr, eine echte Persönlichkeit, aber es gab da etwas, das ihn wütender machte als alles andere, und das war die Eifersucht wegen seiner Frau. Viele Jahre zuvor, als er bereits verlobt und Vicenza ein schönes, begehrenswertes Mädchen gewesen war, hatte Francesco ihr eines Tages einen Brief geschrieben. Petrantuani hatte ihn zurechtgewiesen: So etwas sollte er sich kein zweites Mal erlauben. Einige Jahre später hatte Francesco wieder begonnen, ihn zu grüßen, und er hatte zurückgegrüßt, aber ihm kochte dabei jedes Mal das Blut.

Und als er dreißig Jahre später erfuhr, dass Sarvatùra in seine Tochter verliebt war, freute er sich sehr und dachte, der Onkel würde bestimmt nicht den Mut aufbringen, bei ihm zu Hause aufzutauchen. Francesco aber begleitete seinen Neffen sehr wohl, überzeugt, dass der Groll nach all den Jahren vergessen war, und nicht nur das: Beim Betreten des Hauses erdreistete er sich, Vicenza mit einem

Handkuss zu begrüßen, und der Anblick dieser Lippen auf der Haut seiner Frau verfinsterte Petrantuanis Verstand. Niemand konnte ihm ausreden, dass dieser Scheißkerl nur deshalb bei ihnen aufgetaucht war.

Francesco Chiricu verzog keine Miene, denn kaltblütig war er immer schon gewesen, und auf die Grobheit des Hausherrn antwortete er in provozierendem Ton: »Stimmt etwas nicht?«

»Sie wissen genau, was hier nicht stimmt, Francesco, Sie haben sich bei mir zu Hause nicht blicken zu lassen.«

»Ich bin aus Anstand und Respekt mitgekommen.«

»Wann haben Sie in Ihrem Leben schon mal Respekt vor etwas gehabt?«

Mararosa wurde aus dem Zimmer geschickt. *Scentìna!* Sie hatte das Gefühl, über einen Boden aus morschen Holzbrettern zu gehen, die jederzeit nachgeben konnten. Sie schloss sich in ihrem Zimmer ein und fing an zu weinen, verzweifelt, aber lautlos, denn sie versuchte zu belauschen, was unten vor sich ging, jedoch vergeblich.

Minuten kamen ihr vor wie Jahre, bis sie auf einmal jemanden die Treppe hinuntergehen und die Tür zuschlagen hörte. Sie lief ans Fenster, und durch den Tränenschleier, der ihre Sicht behinderte, sah sie Francesco in Richtung Piano eilen, gefolgt von seiner Schwester und Sarvatùra.

Sie drückte eine Hand an die Fensterscheibe, als wollte sie ihn aufhalten, und ihre Schluchzer wurden zum Glockengeläut eines Begräbnisses, das der Welt das Dahinscheiden ihrer Träume von einem Leben als erfolgreiche Frau verkündete, den Abschied von der beleuchteten Theke, von den Dorfbewohnerinnen, die sie gegrüßt und verehrt hätten, und von der nach Gegrilltem und Frittiertem duftenden Terrasse in Soverato.

Nach der Hälfte des Wegs blieb Sarvatùra stehen und drehte sich um. Mararosa sollte sein schmerzerfülltes, eingefallenes Gesicht mit den traurigen, resignierten Augen nie mehr vergessen. Und erneut begann sie zu weinen, drückte die Hand noch fester ans Fenster und nahm auf diese Art die Erinnerung an Sarvatùra in ihr Herz auf, kummervoll wie das Heiligenbildchen einer Märtyrerin.

So wie sich ein tollwütiger Hund nicht beruhigt, sondern noch wilder wird, wenn man ihn tritt, so wurde Mararosa den Menschen gegenüber noch grimmiger und schüttete Kübel voller Hass und Missgunst in jedem Winkel ihrer Welt aus.

Als sie ein Jahr später von Sarvatùras und Rorò Partitarus Verlobung hörte, war Mararosa so wütend, dass sie glaubte, platzen zu müssen, und weil sie genug von den Ohrfeigen hatte, die das Leben ihr versetzte, beschloss sie am Tag der Hochzeit, sich umzubringen. Während die Glocken der Chiesa Matrice die Hochzeit im Dorf bekannt gaben, schloss sie sich in der Weinkelterei ein und stürzte ein Glas Sulfat hinunter.

Erst als er sie so fand, mit einem bläulichen Speichelfaden, der ihr über die Wange lief, begriff Petrantuani, welche nicht wiedergutzumachende Tragödie er hervorgerufen hatte: Dottor Vonella nahm rasch eine Magenspülung vor, und Mararosa wurde gerettet, sodass sie sich selbst verfluchte, weil sie glaubte, nicht einmal für den Teufel in der Hölle gut genug zu sein.

Sie fügte sich in ihre unglückliche Existenz, und indem sie Nicuzzu Trincaduru, den Tod und das Leben verfluchte, wandte sich Mararosa mit der Kälte eines Menschen, der bereits auf die Welt verzichtet hatte, dieser Welt ein weiteres Mal zu.

Zwei Jahre später tauchte Càrru Curajìsima, angestellter Automechaniker, bei Petrantuani auf und hielt um Mararosas Hand an. Sie willigte mit derselben Ergebenheit ein wie Gerolamo Scalogna, wenn der Maestro ihm nur die Hälfte des vereinbarten Lohns gab: Entweder du nimmst das hier, oder du gehst leer aus.

Sie zogen in das Haus, das Petrantuani ihnen gebaut hatte, ein in Dornbüsche und Gestrüpp gebettetes Nest, in dem für Mararosa der Aufstieg nach Golgota begann, denn sie ertrug den Anblick dieses Mannes nicht, dessen Hände ständig ölverschmiert waren und der ihr das ganze Haus dreckig machte. Manchmal brachte er nicht einmal genug Geld für Essen mit nach Hause, sodass sie tagelang Kartoffeln kochen musste, die ihr der Vater aus Mangraviti mitbrachte, und wenn donnerstags Peppa Treqquartis Kleintransporter voller Garnelen und Tintenfische auftauchte, musste sie ihm aus dem Weg gehen.

Ihre einzige Freude und ein schwacher, allzu schwacher Trost war Tochter Barbarina, die genau neun Monate nach der Hochzeit zur Welt kam. Es war nur ein kurzer Windhauch, denn der schwarze Rauch kehrte rasch zurück und verfinsterte ihnen erneut das Leben: Acht Jahre später starb Càrru Curajìsima, zerquetscht von einem Autowrack, und Mararosa zog die *piccirìdda*, die die Ernüchterung ihrer Mutter aufsog wie ein Schwamm, alleine groß.

Mit neunzehn heiratete Barbarina einen Mann aus Borgia und ging fort, um mit ihm in seinem Dorf zu leben, sodass Mararosa allein zurückblieb und sich mit ihrem verfehlten Leben auseinandersetzen musste. Sie verfluchte das Unglück, das sie gleich nach der Geburt in ihre Arme geschlossen hatte wie eine Geliebte, und sie verwünschte auch die schönen Dinge des Lebens wie diesen herrlichen Duft nach Rosmarin und frischem Klee, der an diesem Abend auf einmal durch das Dorf wehte, als wäre Girifalco ein Ort in der Provence während der Lavendelblüte.

5
Der Epikureer

Es war ein sehr heißer Tag, und die Luft dampfte wie das behaarte Geschlecht von Nachbarin Saveruzza, die schon seit zwanzig Jahren nicht mehr in den Genuss der fruchtbaren Schwellung des Fleisches gekommen war.

Don Venanziu träumte von ihr, nachdem er ihr an der von San Marco her abfallenden Straße begegnet war, während vom Berg Covello her ein kalter Wind wehte. Ein gesegnetes Lüftchen, denn wenn es den Frauen über die Haut fuhr, ließ es ihnen das Blut und vor allem die Brustwarzen gefrieren, die auf einmal so hart wie Eicheln wurden. Als Don Venanziu sah, wie sich die Spitzen unter dem eng anliegenden Gewebe von Saveruzzas weißem Pullover abzeichneten, lief ihm das Wasser im Mund zusammen. Er wollte an ihnen saugen, malte sich bereits aus, wie er sie mit der Zunge befeuchtete, sie behutsam mit den Zähnen packte wie den Stiel einer Weintraube, um die Frucht davon zu lösen; er würde daran saugen, wie man das Blut aus einer kleinen Wunde saugt. Eine nahezu unwiderstehliche Lust überfiel ihn, was er der Frau mit einer angedeuteten Verbeugung signalisierte. Saveruzza war solche Schmeicheleien nicht gewöhnt und geriet sogleich in Verzückung. Sie war keine schöne Frau, die Bewunderung erregte, aber in diesem Moment, als Don Venanzius erotische Fantasie ihm alle möglichen Leckereien vorgaukelte, wurde sie in seinen Augen zur begehrenswertesten Frau der Welt.

Venanziu Micchiaduru wurde an einem 2. Februar in Girifalco geboren, an einem frühlingshaften Tag, an dem der Duft nach Glyzinien und salzigem Meer in der Luft lag. Das Erste, was er von der Welt sah, waren die enormen Brüste Cimmarosa Fraccanderas, seiner Amme, die nach links und nach rechts schaukelten wie zwei weiße Wiegen, was natürlich Blödsinn ist, denn wenn ein *guagliùno* zur Welt kommt, sieht er nur Umrisse, reiner Schwindel ist das, aber Don Venanziu rief sich dieses Schauspiel immer wieder ins Gedächtnis wie den Klang der Osterglocken. Nicht erinnern konnte er sich hingegen, dass Cimmarosa ihn auf den Arm genommen, wie eine Hostie gen Himmel gehoben hatte und seiner hungrigen Schwertmuschel, seines *cannolicchio,* ansichtig geworden war, woraufhin sie eine eindeutige Prophezeiung aussprach: »Venanzì, Venanzì, du kommst zu den Frauen im Dorf wie einer der Heiligen Drei Könige, der in einem einzigen Paket Gold, Weihrauch und Myrrhe mitbringt. Gesegnet seist du, und gesegnet seien die Glücklichen, die dich genießen dürfen.« Und sie leckte sich das Wasser von den Lippen, die Spur eines ertrunkenen Wunsches.

Mit *cannelloni* und *cannolicchi,* kurz: mit Fleischröllchen jeder Art, kannte die Fraccandera sich aus, sie hatte Hunderte davon gesehen, darum waren ihre Worte ein Garantiestempel, ähnlich den Lacksiegeln, die Vicenzuzzu Rosanò auf die Fässer mit seinem ganz speziellen Wein drückte.

Es stimmt tatsächlich, dass das Leben, wenn man es zu lesen versteht wie ein groß gedrucktes Buch, mehr Sinn ergibt, als man ihm gemeinhin zugesteht, und Don Venanziu war der lebende Beweis für diese vernünftige Lebensphilosophie: Die Natur macht keine Fehler. Wenn sie dir etwas schenkt, darfst du es nicht einfach wegfließen lassen wie Schweiß, sondern du musst es sammeln und auffangen wie frisch gepresstes Öl. Die Natur hatte Venanziu eine außergewöhnliche Gabe geschenkt, und wenn du eine Gabe hast, musst du sie entwickeln, denn die Natur hat dir den rechten Weg unter Tausenden Wegen gezeigt, die der Mensch vor sich sieht und dabei oftmals den richtigen verfehlt. Bei Micchiadurus Erbe war kein Irrtum möglich, denn der übertrieben große Auswuchs, der zwischen seinen Beinen baumelte, ließ keinen Zweifel an seiner Berufung zu. Mozart spielte mit drei Jahren meisterhaft Klavier, Leopardi schrieb mit fünf auf Griechisch, aber er, Venanziu Micchiaduru, hatte in diesem zarten Alter einen Schwanz, so groß wie eine Aubergine, und wie der Himmel es wollte, dauerte es nicht lange, bis er verstand, wozu er diente.

Beim Tod seines Vaters war Venanziu erst neun, und da *màmmasa* ständig arbeitete, zog ihn im Grunde genommen Bettina auf, eine Nachbarin, sieben Jahre älter als er. Als der Kleine zwölf war, ließ sie ihn drei Monate vor ihrer Eheschließung mit einem Fremden aus Schiddaci an einem 9. August, an dem sonst niemand zu Hause war, zu sich in die Wohnung kommen. An einer Wand stand ein Stuhl.

»Setz dich«, sagte Bettina und blieb mitten im Zimmer stehen. Venanziu bekam eine Gänsehaut wie sonst nur, wenn ihm kalt war.

»Alles, was du weißt, habe ich dir beigebracht«, erklärte Bettina mit ungewohntem Ernst. »Ich habe dir Lesen und Schreiben beigebracht«, sagte sie und legte die Hände auf den Kragen ihrer Bluse. »Ich habe dir gezeigt, wie man Eidechsen fängt«, fuhr sie fort, während sie den ersten Knopf aufspringen ließ. »Und wie man Eier aussaugt«, fügte sie hinzu, öffnete die Bluse ganz und zog sie aus.

Oh göttliches Wunder! Bettinas *mìnni* hingen an ihrem Oberkörper wie Wolken am Himmel. Sie nahm die linke in die Hand und näherte sich Venanziu, der sie anstarrte wie die Madonna, die aus dem Bild in der Chiesa Matrice heraustritt.

»Jetzt ist der Moment gekommen, dir das Letzte beizubringen, das Wichtigste von allem, und pass gut auf, es ist nämlich eine Art Magie – wenn du sie beherrschst, gehört dir die Welt.« Sie hatte den Satz noch nicht beendet, da griff sie ihm mit der Rechten bereits ins Haar.

»Mach den Mund auf, sperr ihn weit auf, gleich wirst du den Geschmack des Lebens kosten, besser als die Hostie, denn das hier ist die wahre Kommunion«, sagte sie und schob ihm die Spitze der Brust in den Mund.

Als sie seine Spucke auf der Haut und die Erregung des Jungen an ihrem Schenkel fühlte, ging sie vor ihm auf die Knie und zog den Reißverschluss seiner Hose auf.

»Und jetzt bin ich dran mit Kosten.«

Sie schob ihm eine Hand in die Unterhose und holte den *micciùna* heraus, der so hart war wie ein Pfahl aus altem Eichenholz.

»Ich habe gesehen, womit du gesegnet bist, Venanziu, und seitdem habe ich auf diesen Augenblick gewartet.«

Es war, als hätte Bettina an diesem Tag den Vorhang gehoben, hinter dem sich die Welt verbarg, oder als hätte sie in einem dunklen Zimmer ein Licht angezündet, denn in dem Augenblick, in dem er die Innenwände ihres durstigen Mundes mit klebrigem Likör weißelte, wurde ihm klar, womit er den Rest seines Lebens verbringen wollte.

Von diesem Nachmittag an sah er die Welt mit anderen Augen: Für ihn gab es nur noch Frauen, und er bekam nie genug davon, sie anzusehen und zu beobachten, sie alle zu begehren, dicke und dünne, schöne und hässliche, krumm gewachsene und wohlgeformte, alte und junge. Sobald Venanziu irgendwo den Duft einer Frau witterte, rannte er los wie ein Spürhund. Wenn sie auf dem Balkon die Wäsche aufhängten, wenn sie sich auf die Stufen setzten und der Rock sich hob, wenn sie Oliven ernteten oder sich bei der Weinlese bückten – Venanziu war zur Stelle, ohne gesehen zu werden, denn von jenem Tag an pflegte er wie eine Berufung die Gaben der Vorsicht und des Taktgefühls, er beobachtete und bewegte sich, ohne sich bemerkbar zu machen, eine Zurückhaltung, die er sein Leben lang beibehielt. Darum hatte außer den Glücklichen, die seinen wundertätigen Stab zu spüren bekamen, niemand Don Venanziu als Erotomanen in Verdacht.

Er widmete sein Leben der Kunst des Geschlechtlichen, und alsbald reifte die Gewissheit in ihm, dass er, Venanziu Micchiaduru, niemals heiraten würde, weil er sich dem Gebot der Treue nicht würde unterwerfen können, vor allem aber, weil es eine Sünde wäre, nicht alle Frauen in den Genuss des kostbaren Schatzes zwischen seinen Beinen kommen zu lassen – das wäre, als hätte Mozart sein Leben lang ohne Zuhörer Klavier gespielt oder Leopardi sein wenige Jahrzehnte währendes Leben in Monaldos Bibliothek verbracht, um sich selbst Stellen aus der *Batrachomachia* aufzusagen.

Um seiner Berufung zu folgen, verdingte sich der junge Venanziu bei Schneidermeister Gatànu als Lehrling. Das war eine umsichtige Wahl, denn er hätte niemals als Tischler oder Maurer oder Schuhmacher oder Klempner arbeiten wollen, weil er bereits als Kind eine gewisse Abneigung gegen Schmutz auf Haut und Kleidung entwickelt hatte. Er kleidete sich gern elegant und liebte es, sich zu parfümieren, weil er wusste, dass er damit die Aufmerksamkeit der Frauen auf sich zog. Außerdem kannte er die weibliche Schwäche für Kleider, auch darum wählte er diesen Beruf. Es gab noch andere Schneidermeister in Girifalco, aber alle beschäftigten bereits Lehrlinge, während Maestro Gatànu keinen einzigen hatte, *nùddu*. Den Grund dafür kannte der junge Venanziu noch nicht, und ihm war unbegreiflich, warum seine Mutter sich so hartnäckig weigerte, ihn zu Gatanù zu schicken, sodass er auf seinem Wunsch beharrte. Warum es keine anderen Lehrlinge gab und die Leute ihn eigenartig amüsiert musterten, seitdem er regelmäßig mit dem Schneider verkehrte, begriff Venanziu eine Woche später, denn da fasste der Maestro ihm an den Hintern, während er ihm zeigte, wie man mit dem Band richtig Maß nimmt. Der Junge wurde verlegen, sagte im ersten Moment aber nichts, sondern rückte nur von ihm ab.

Die ganze Nacht tat er kein Auge zu. Er hielt sich gern auf an diesem Ort zwischen Scheren und Schnittmustern, Stoffen und Nadelkissen, darum musste er sich etwas einfallen lassen, um bleiben zu können, ohne jedoch Maestro Gatànus ganz spezielle Gliederpuppe zu werden.

Also nahm er tags darauf all seinen Mut zusammen und sagte seinem Lehrherrn klar und deutlich, dass er das Schneiderhandwerk lernen, aber keine Scherereien haben wollte, dass Gatànu anfassen konnte, wen er wollte, und machen sollte, was ihm gefiel, aber nicht mit ihm, Venanziu. Das sagte er mit rührendem Ernst, denn er hatte keinen Vater, und Gatànu, so er denn wollte, könnte wie ein Vater für ihn sein. Wenn der Meister damit einverstanden war, gut, wenn nicht, würde er eben gehen.

Venanziu hatte die Spur zu seinem Herzen gefunden, denn Gatànu hatte sich schon immer einen Sohn gewünscht. Er sagte weder Ja noch Nein, befahl ihm aber, die Kreide zu nehmen, und Venanziu gehorchte ohne Widerrede.

Die Dorfbewohner, die von diesem Treuepakt nichts wussten, hatten ihr Urteil bereits vollumfänglich und unwiderruflich gefällt. Wenn er bei einer *ricchiùna,* einem Schwulen, in die Lehre ging, musste auch Venanziu selbst einer sein, und so stichelten sie jedes Mal, wenn er das Haus verließ, mit Scherzen und Gelächter, mit dummen Sprüchen, grinsender Miene und Augenzwinkern, so wie Venanziu mit der Nadel in den Stoff stach, um ihn zu heften oder zu besticken. Nicht selten sah ihn seine Mutter mit einem blauen Auge nach Hause kommen.

Es waren lange Monate des Leidens, in denen er mehr als einmal versucht war, den Maestro zu verlassen, damit die Sache ein Ende nehmen würde, aber das Leben lehrte ihn, dass Ereignisse wie Landschaften sind: Sie verändern sich, je nachdem, von welchem Standpunkt aus man sie betrachtet. Diese Lektion lernte Venanziu an einem besonderen Tag seines Lebens, und zwar als Rosamaruzza Sciccatrana das Atelier betrat.

Ihre Tochter Ndolorata würde bald heiraten, und für die Hochzeit wollte Rosamaruzza sich ein Kleid nach Maß fertigen lassen, aber kein normales, nein, es sollte eins sein, das jeden Betrachter in Erstaunen versetzte.

»Bitte, Gatànu, Sie sind der beste Schneider weit und breit!«

Rosamaruzza, Ehefrau des örtlichen Unteroffiziers der Carabinieri, war eine schöne Frau, wie es sie im Dorf nur selten gab, mit Brüsten, die Venanziu an die *mìnni* der Amme erinnerten. Die Eifersucht zerfraß Unteroffizier di Loreto bis auf die Knochen, und er ließ seine arme Frau, die sich gern mal eine kleine Liebelei gegönnt hätte, nicht aus dem Haus gehen, es sei denn, eskortiert von Hilfscarabiniere Pigafetta, der den unumstößlichen Befehl erhalten hatte, sich der Frau bis auf höchstens zwei Meter zu nähern, wollte er nicht in eine winzige Wache in irgendeinem Nest im Friaul versetzt werden.

Diesmal begleitete sie ihr Ehemann höchstpersönlich, denn das Atelier war angesichts der Vorlieben des Schneiders und seines Lehrjungen der einzige Ort, an dem ein Mann um Rosamaruzza herumscharwenzeln durfte, ohne einen Schuss aus der Dienstpistole zu riskieren. Der Unteroffizier ging zur Polizeistation zurück und ließ Pigafetta auf dem Bürgersteig gegenüber Wache halten, damit niemand das Haus verließ oder hineinging.

Der Schneider bat die Frau, sich zu setzen, und brachte ihr das Buch mit den Stoffmustern. Wie beim Durchblättern eines bebilderten Lexikons ließ sich Rosamaruzza alle Zeit der Welt, und endlich, nach langem Suchen und aufgrund des Rats von Maestro Gatànu, fiel ihre Wahl auf einen grünen geblümten Musselinstoff.

»Nehmen Sie Platz, Signora, ich werde jetzt Maß nehmen«, sagte er, aber auf dem Weg zu der Ecke mit den Schneiderpuppen rutschte er auf einem Stückchen Leinen aus, das aus dem Musterkatalog gefallen war. Rücken und Oberschenkel blieben heil, aber er verstauchte sich die rechte Hand, die rasch anschwoll. Der Meister weinte fast vor Schmerz, während Venanziu zur Bar nebenan lief und Eis holte.

»Lassen Sie lieber Vonella einen Blick darauf werfen«, sagte Rosamaruzza bekümmert, »ich glaube, das mit dem Messen wird heute ...«

»Seien Sie unbesorgt, meine Liebe«, fiel Gatànu ihr ins Wort, denn er fürchtete, eine Kundin zu verlieren, die bar zahlen würde, »den Doktor brauchen wir nicht, und Ihre Maße wird der Junge nehmen. Er ist sehr begabt für diesen Beruf, wissen Sie.«

»Wenn Sie meinen«, antwortete Rosamaruzza und zog sich bereits die Jacke aus.

Venanziu spürte, wie ihm die Knie weich wurden, denn bis zu diesem Tag hatte er immer nur an der Schneiderpuppe geübt. Mit zitternder Hand griff er nach dem Maßband. Gatànu bemerkte seine Verlegenheit und bedachte ihn mit einem strengen Blick, der besagte: Konzentrier dich gefälligst auf deine Aufgabe.

Rosamaruzzas Haut verströmte einen Duft, so betörend wie blühender Jasmin, und Venanziu kochte bereits das Blut. Als er ihren Hüftumfang maß, wobei der leichte Stoff des Kleides das Gummiband ihres Höschens erahnen ließ, wurde sein *miccio* so groß, dass er beinahe herausgesprungen wäre wie eine zu stark gefüllte Presswurst, deren Hülle zu platzen droht.

Es kam der Augenblick, in dem er die Vorderseite ihres Körpers vermessen musste. Venanziu war verlegen, er hätte sich gern die Hand in die Hose gesteckt und sein Juwel zurechtgerückt, um es zu verbergen, aber wie sollte er das anstellen? Und so stand er höchst befangen vor zwei prächtigen Brüsten, die sich genau auf Höhe seines Gesichts befanden, mit einem Spalt dazwischen, der der Abstieg zur Hölle sein musste. Benommen von solch sinnlichen Freuden, verlor er beim Messen des Brustumfangs das Gleichgewicht und prallte gegen die Frau.

»Venanziu, was machst du denn?«, schimpfte der Schneider und eilte der Signora zu Hilfe.

Der Junge errötete und senkte beschämt den Blick, aber Rosamaruzza nahm ihn in Schutz: »Es ist nichts passiert, Maestro Gatànu, der arme *guagliùna* ist nur ausgerutscht, das kann doch mal vorkommen. Verzeiht ihm.«

»Da gibt es nichts zu verzeihen, und du«, sagte er, an Venanziu gewandt, »mach gefälligst deine Arbeit.«

Da hob der Junge den Kopf und sah die Frau dankbar an. Ihr Blick hatte etwas Zweideutiges an sich, denn er war nicht der Einzige, der sich an die Intensität der Berührungen erinnerte. Als er auf sie gefallen war, hatte Rosamaruzza an ihrem Oberschenkel etwas Hartes gespürt, das keinen Zweifel an den Fantasien des Lehrlings ließ, und das überraschte sie, denn sie kannte die Gerüchte, die über die beiden Männer im Umlauf waren. Als der Lehrling sich zurückzog, schielte sie nach seinem Hosenschlitz und sah die üppige Schwellung unter dem Stoff.

Sie bekam große Lust, nach dem *miccio* zu greifen und Venanziu auf andere Weise Maß nehmen zu lassen. Weil der Junge ihren Blick bemerkt hatte, näherte er sich ihr nun weniger schüchtern, und in diesem Augenblick nahm er den herben Geruch wahr, der vom Schoß der Frau aufstieg, ein Geruch, den er von jenem Tag an unter tausend anderen zu erkennen vermochte, den rauchig scharfen Duft weiblichen Verlangens. Als die Arbeit erledigt war, zog die Signora ihr Jäckchen wieder über und verabschiedete sich, wobei sie einen Hauch Unvollendetes zurückließ wie ein Bild, das noch fertiggestellt werden muss.

Am Markttag, dem Donnerstag der darauffolgenden Woche, sah Rosamaruzza den Maestro zwischen den Ständen herumlaufen, und so ließ sie sich unter dem Vorwand, sie müsse das Kleid anprobieren, von Pigafetta zur Schneiderei begleiten. Als er sie eintreten sah, wusste Venanziu mit Bestimmtheit, wie die Sache enden würde, denn sie fragte sofort nach einer Kammer, in der sie sich ausziehen konnte, um das Kleid überzustreifen.

»Aber es ist noch nicht fertig.«

»Nun, dann probiere ich es so an, wie es jetzt ist.«

Bei dieser ersten Begegnung explodierte die Begierde wie eine Bombe in einer Blechbüchse. Die Frau war verblüfft von Venanzius Gemächt und von der Raffinesse seiner Liebeskunst: Geschickt wusste er Kraft und Sanftheit zu dosieren und liebkoste die richtigen Punkte, als wäre der Körper einer Frau ein Gebet, das er längst auswendig konnte.

Als sie sich wieder anzog, verwirrt und mit dem Gefühl, weiblicher zu sein als je zuvor, musterte sie ihn und sagte: »Du bist raffiniert, Bürschchen.«

Venanziu, damit beschäftigt, den Aal wieder in die Hose zu zwängen, verstand nicht, was sie meinte.

»Sehr raffiniert sogar. Du weißt doch, was man über dich sagt, oder?«

»Alles nur Gerüchte.«

»Das habe ich gemerkt«, sagte sie und lächelte schelmisch, »aber du machst das absichtlich, du arbeitest hier, damit alle dich für harmlos halten. Von wegen harmlos!«

Als Rosamaruzza fortging – beim Anblick ihrer Rückseite bekam er erneut Lust –, dachte der Lehrling an diese Worte und an die Klugheit, die aus ihnen sprach.

Venanzius Arbeitsstelle war perfekt, und es war gut, dass die Dorfbewohner so über ihn dachten, denn auf diese Art konnte er sich den Frauen nähern, ohne Verdacht zu erregen. Von jenem Tag an nährte er das Geschwätz und die Gerüchte nach Kräften, weil er wusste, dass dieses Verhalten ihm erlauben würde, die schönsten Frauen des Dorfes zu vögeln.

Als Venanziu dreiundzwanzig war, starb Maestro Gatànu nach langer Krankheit, während der ihn der junge Mann wie einen Vater gepflegt hatte.

»Venanzì«, sagte er kurz vor seinem Tod zu ihm, »das Atelier gehört dir, denn du warst wie ein Sohn für mich; aber eins musst du mir schwören, nur eine Sache: Leg immer frische Blumen auf mein Grab. Ich möchte nach meinem Tod nicht so einsam und verlassen sein, wie ich es im Leben war.«

Venanziu Micchiaduru wurde der berühmteste Schneider von Girifalco und Umgebung, ein Spezialist für Damenkleider und -kostüme und insgeheim einer der größten Liebhaber der Geschichte.

Dass er Gatànus Lehrling gewesen war und nun unverheiratet ein einsames Leben fristete, war ein mehr als hinreichender Beweis für die Richtigkeit des Dorftratsches. Immer elegant gekleidet und nach Zitrus-Bergamotte-Parfüm duftend, begegneten ihm alle mit Respekt und Sympathie, und die Dorfbewohnerinnen, die an die Gesellschaft grober und stark nach Wein riechender Männer gewöhnt waren, fühlten sich, als säßen sie in einem Karussell, wenn sie mit ihm gingen, als befänden sie sich in einer Modezeitschrift oder führten das Leben einer Schauspielerin aus dem Fernsehen.

Das Hinterzimmer der Schneiderei stattete er aus wie einen Alkoven: ein rundes Himmelbett, dazu einige Spiegel, Bücher mit den erotischen Gedichten von Duonnu Pantu und Ammirà, Parfüms auf dem Nachttisch und ein erotischer Kalender an der Wand, und keine Frau, die eingetreten war, um ein Kleid anzuprobieren, kam ohne den säuerlichen Geruch seines Spermas auf der Haut wieder heraus.

An diesem Abend viele Jahre später war es Nachbarin Saveruzza, die sich seine kraftvollen Spritzer aus der Leistengegend wischte. Nachdem er ihr am Morgen bereits begegnet war, sah er sie nachmittags an der Schneiderei vorbeigehen. Er sprach sie an, behauptete, er habe einen schönen Stoff, wenn sie wolle, könne sie ihn sich unverbindlich ansehen, und so besuchte er sie am Abend zu Hause. Ungesehen schlüpfte er später wieder hinaus, und während er den Knoten seiner Krawatte richtete, dachte er, dass es ein schöner Abend gewesen war, aller Mühen wert, und den Duft nach Rosmarin und frischem Klee, der auf einmal die Luft erfüllte, empfand er als eine Segnung des Universums.

6
Die Glückliche

Es war ein sehr heißer Tag, und die Luft glühte wie die Ziegel von Mariuzzas Ofen, nachdem sie die ganze Nacht lang *cuzzuppe*, *torta cassata* und anderes österliches Backwerk herausgeholt hatte.

Rorò Partitaru wurde allerdings nicht von der Hitze, sondern von Scianùrzus Pfeifen geweckt, das war der Nachbar, der ihnen den Rasen im Garten mähte. Rorò räkelte sich zwischen den Laken, und wenn sie die Augen öffnete, würde es ihr immer noch gut gehen, denn für sie waren Träumen und Leben ein und dasselbe. So war es seit genau dreiundzwanzig Jahren, zwei Monaten, sechs Tagen und vier Stunden, seit dem gesegneten Augenblick, in dem Sarvatùra Chiricu mit einem Strauß Blumen und der Absicht, um ihre Hand anzuhalten, an der Tür des bescheidenen Häuschens ihrer Mutter geklingelt hatte. Und Rorò hatte sich sehr darauf gefreut, ihn zu heiraten, denn Sarvatùra war ein guter Mann, ein ernster, tüchtiger Arbeiter.

Rosaria Partitaru, Tochter von Girolamu Partitaru und Gioiosa Mbarazzu, wurde am 18. Oktober in Girifalco geboren. Das Blut, das ihre Ankunft auf der Welt ankündigte, zeichnete samtig rote Streifen auf das reine Betttuch, auf dem Rorò sanft ins Licht des Lebens glitt. Nicht einmal ein Wimmern war zu hören, sodass ihre Mutter für einige Sekunden befürchtete, sie habe einen kleinen Leichnam geboren, aber dann nahm sie das Kind in die Arme und sah, dass es heiter war und lächelte.

»Die Frau hat ein glücklich Herz, die nicht weinen muss vor Schmerz«, verkündete Hebamme Maraggemma, während sie die Nabelschnur durchtrennte, und Rosaria, die ihren Namen zu Ehren der Madonna del Rosario erhielt, schien tatsächlich Marias Lieblingskind zu sein. Es war, als hätte das Schicksal sie zum Schutz gegen die großen und kleinen Unannehmlichkeiten, die den Rest der Menschheit piesackten, in ein Mäntelchen gehüllt.

Mit vier Jahren wusste sie noch immer nicht, was Weinen heißt. Andere Neugeborene hatten Koliken, sie nicht, von Ohrenschmerzen keine Spur, und auch von Windpocken und Masern konnte keine Rede sein. Als ihr Cousin Linardu so heftig an Röteln erkrankte, dass sie ihn ins Jenseits zu befördern drohten, ließ man die kerngesunde Rosaria einen ganzen Tag bei ihm bleiben in der Hoffnung, wenigstens dieser für Schwangere so gefährlichen Krankheit Tribut zu zollen, aber die Kleine kam gesünder aus dem verseuchten Zimmer heraus, als sie hineingegangen war.

Ehrlich gesagt, machte sich Gioiosa Mbarazzu diesmal doch Sorgen, und heimlich, ohne dass Girolamu, der so viel Gesundheit als ein kraftvolles Gütezeichen ihrer Herkunft betrachtete, es mitbekam, ging sie zu Dottor Vonella.

»Signora«, sagte der renommierte Arzt, »im Allgemeinen kommen die Leute zu mir, weil sie krank sind, und sie schimpfen auf Tabletten und Spritzen. Dass sich jemand über zu viel Gesundheit beschwert, kommt mir beinahe vor wie ein Affront gegen Gott, unseren Herrn!«

»*Dottòra mia*, diese *guagliunèdda* war noch nie krank, kein einziges Mal. Sie kennt weder Fieber noch Bauchweh oder Durchfall. Das kann doch nicht normal sein.«

In diesem Augenblick erklang im Wartezimmer ein grausiges, hohles Husten.

»Haben Sie gehört? Stehlen Sie mir nicht meine Zeit, denn es gibt Menschen, die mich wirklich brauchen. Wenn Sie das nächste Mal Zweifel haben, gehen Sie in die Chiesa Matrice und zünden eine Kerze für die Heilige Muttergottes an, weil sie Ihnen eine so gesunde Tochter geschenkt hat.«

Diese Worte beruhigten Gioiosa. Hinzu kamen die Beteuerungen Illuminatuzza Corarandas, ihrer Mutter, die sie eines Tages, als sie Rosaria am Wegesrand hinfallen sah, ohne dass sich das Kind auch nur eine Schramme zuzog, fragte, ob sie selbst, Gioiosa, als Kind ebenfalls so überaus gesund gewesen sei.

»*Fìgghiama*, dein Name bedeutet fröhlich, und du warst auch fröhlich. Genau wie Rosaria hast du nie geklagt, und krank und bettlägerig warst du das erste Mal mit zwölf – dann aber mit einer so schlimmen Bronchitis, dass du nachts manchmal einundvierzig Grad Fieber hattest und ich schon deinen Tod beweint habe. Als der Doktor kam, um dich zu untersuchen, meinte er, dass du die vielen gesunden Jahre auf einen Schlag zurückgezahlt hast, denn so ist es auf der Welt: Irgendwann kommt die Zeit, in der sich Lachen und Weinen in zwei gleiche Hälften teilen.«

Gioiosa beruhigte sich, hoffte aber, dass ihre Mutter

sich gründlich irrte, denn wenn Rorò für ihre himmlische Gesundheit auf einen Schlag bezahlen musste, welches Ende würde es dann mit ihrer armen Kleinen nehmen!

Das Einzige, das nicht zu diesem glücklichen Schicksal passen wollte, war die Furcht, ja Panik, die die Kleine vor Feuer empfand: Sobald jemand ein Feuerzeug aufflammen ließ, rannte sie vor Angst davon, sodass Feuer und Öfen aus dem Hause Partitaru verbannt wurden. Wer weiß, woher diese Angst kommt, dachte ihre Mutter, war jedoch froh, weil ihre Tochter ihr dadurch normaler vorkam.

Rorò war sieben, als die Dorfbewohner allmählich den Glorienschein aus Glück und Licht bemerkten, mit dem die Madonna sie bekränzt hatte. Es war am Tag des Markts von Sant'Antonio, des größten Viehmarkts der Provinz. Das ganze Dorf, von der Nervenheilanstalt bis zum Friedhof, von der Chiesa dell'Annunciata bis nach San Marco, schien ein riesiger Stall zu sein, in dem die Viehherden der gesamten Provinz ästen. Es war ein Festtag, denn die Schulen waren geschlossen, die Läden und Bars hingegen blieben den Tag über geöffnet und stellten wie an San Rocco ihre Tische auf den Bürgersteig.

Auch Rorò nahm an dem Fest teil: Girolamu Partitaru hatte Kaninchen und Hühner zum Ponte dell'Aceduzzu gebracht, um sie zu verkaufen, und ihre Mutter Gioiosa hatte die Gelegenheit genutzt und einen Spaziergang gemacht, um sich einen Rest Satin zu besorgen. Es war ein schöner Frühlingstag, und Rorò, eine Lakritzstange und das soeben für sie erstandene Stoffpüppchen in der Hand, hing am Rockzipfel der Mutter, weil sie andernfalls in dem Gewimmel verloren gegangen wäre. Auf einmal erhoben sich am Brunnen vor dem Haus von Malermeister Lamantea Geschrei, Geheul und lautes Getöse. Für einen Moment herrschte Panik, und die Leute rannten schreiend davon, versteckten sich in Hauseingängen oder hinter Bäumen oder kletterten, wenn sie wendig genug dazu waren, auf die Balkone. Gioiosa brauchte einen Moment, um zu begreifen, was vor sich ging, aber als sich die Mauer aus Menschen aufzulösen begann, sah sie am Ende der Straße einen rasenden Stier, der alles um sich herum in Stücke riss, egal, ob es Käfige mit Hühnern und Kaninchen darin waren oder das Bein des unglücklichen Marvinu, der mit schmerzverzerrtem Gesicht auf der Erde lag. Gioiosa lief mit ihrer Tochter zu einer Gruppe von Menschen auf Bettinuzza Sampòs Treppe. Mit den vielen Leuten, die sich am Straßenrand drängten, sah der Corso Teodosia aus wie am Ostermorgen, wenn die heiligen Statuen bei der Cunfrunta, der Begegnung des wiederauferstandenen Jesus mit der Muttergottes und dem Apostel Johannes, durch den Ort ziehen. Schnaubend kam der Stier näher und suchte nach einem Ziel für seine rasende Wut.

In diesem Moment glaubte Gioiosa, sie müsse sterben, denn als sie den Blick von dem Tier abwandte, sah sie die Stoffpuppe ihrer Tochter mitten auf der Straße liegen, und Roró, die sich unbemerkt ihrem Griff entzogen hatte, verließ bereits den Bürgersteig, um sich die Puppe zurückzuholen. Als Gioiosa einen Schrei ausstieß, der alle erschreckte, war es bereits zu spät, denn inzwischen war der Stier nur noch wenige Meter von dem Mädchen entfernt. Es wurde so still wie bei der heiligen Messe, und die Schwächsten schlugen die Hände vor die Augen, um das Zermalmen des armen Körpers nicht mitansehen zu müssen. Doch wie durch ein Wunder verwandelte sich der eben noch wütende Stier, der dem Mädchen bereits sehr nahe gekommen war, plötzlich in ein Lämmchen, und Rorò lächelte ihn sogar an, ehe sie mit ihrer Puppe in die zitternden Arme ihrer Mutter zurückkehrte.

Der Stier hatte sich beruhigt, und so konnten sie ihn zu viert an die Kette nehmen und wegbringen. Doch ringsum war alles wie in Licht getaucht, in die verblüffende, strahlende Reinheit, die eine Erscheinung hinterlässt. Die Leute fingen an zu flüstern, und das beharrliche Gemurmel verbreitete sich im ganzen Dorf, fuhr wie ein Wind über Haustüren und Fenster und wusste zu berichten, dass Girolamu Partitarus Tochter von der Heiligen Muttergottes durch ein Wunder gerettet worden war, denn sie war nicht nur ein heiles, sondern auch ein heiliges kleines Mädchen. Gioiosa Mbarazzu fürchtete sich vor diesem Gerede und beschloss, es zum Verstummen zu bringen, indem sie gleich am darauffolgenden Tag beginnen würde, die Gesundheit ihrer Tochter menschlicher wirken zu lassen.

Noch am Abend verband sie ihr den Arm und legte ihr eine Stoffschlinge um den Hals, und am Morgen darauf schickte sie das Mädchen überall im Dorf herum, wo sie jedem erzählte, der Stier habe sie am Arm verletzt und sie habe die ganze Nacht vor Schmerz kein Auge zugetan. Etwa zehn Tage später sperrte Gioiosa das kerngesunde Mädchen für eine Woche zu Hause ein und verkündete jedem, dem sie begegnete, ihre Tochter habe hohes Fieber bekommen, vielleicht wegen des furchtbaren Schreckens, der ihr in die Glieder gefahren sei. Wer an jenem Tag dabei gewesen war, hätte bei den Gebeinen der eigenen

Mutter geschworen, dass das wütende Tier sich dem Mädchen nicht einmal auf einen Meter genähert hatte, aber angesichts des Verbands und weil die Familie für ihre Ehrlichkeit bekannt war, glaubten alle, sie hätten sich geirrt, und der Stier sei tatsächlich auf das kleine Mädchen losgegangen.

Die Krankheiten, die Rosaria vortäuschen musste, erzielten die gewünschte Wirkung, denn im Lauf eines Monats wurde sie wieder zu einem Mädchen wie jedes andere auch. Zumindest kam es den Leuten so vor. Die Besorgnis ihrer Mutter hingegen wuchs von Tag zu Tag, zum Beispiel als Rorò von der Leiter fiel, ohne sich auch nur die Haut aufzuschürfen, als sie Brennholz sammelten und das Mädchen eine Viper in die Hand nahm, ohne gebissen zu werden, oder als Rorò auf den Feldern von Broviàri von einem Schwarm Wespen eingehüllt wurde, ohne dass die Tiere sie auch nur berührten.

Nach der achten Klasse setzte sich Rorò in den Kopf, Konditorin zu werden.

Die einzige Konditorei im Ort war die der Macrìs am Anstieg zur Nervenklinik, aber die Schwestern Cittìna und Maretta, denen der Laden gehörte, hatten bereits zwei Mädchen, die ihnen halfen, und sie teilten Gioioisa mit, dass drei eine zu viel seien.

»Tut mir leid«, sagte sie zu ihrer Tochter, »du musst noch warten.«

Aber nicht lange, denn eine Woche später ließ eins der Mädchen, Danieledda Gangala, eine ganze Ofenladung Biskuitteig anbrennen, der für Don Azzaritis Hochzeit bestimmt war. Cittìna und Maretta, deren Herzen härter waren als ihre angebrannten Kekse, packten sie an den

Haaren und warfen sie hinaus, ohne ihr auch nur eine Lira zu geben.

Danach nahmen sie Roròin ihre Dienste, und die störte sich weder an Cittìnas schriller Stimme noch an Marettas Bosheiten, und sie lächelte immer, selbst wenn sie eine Holzkiste schleppen oder Töpfe auswaschen musste, die größer waren als sie selbst, oder wenn sie einen ganzen Vormittag lang Eier aufschlagen und verrühren musste. Außerdem war der Backofen elektrisch, sodass sie kein Feuer zu sehen bekam. Rorò war dermaßen hilfsbereit, dass die Schwestern Macrì nach einigen Monaten beschlossen, sie auf die Probe zu stellen.

Am Morgen, noch bevor sie die Konditorei öffneten, legten sie einen Fünfhundert-Lire-Schein unter den Arbeitstisch in der Küche, zerknüllt, sodass es aussah, als hätte ihn jemand dort vergessen. Nachdem Rorò am Abend die Küche geputzt hatte, war der Schein verschwunden. Cittìna und Maretta gaben einander ein Zeichen, das besagte: Sie sind doch alle gleich, keinem dieser Mädchen kann man trauen. Und als Rorò, die dem Buchhalter ein Tablett Cigarettes russes gebracht hatte, wieder hereinkam, erwarteten die beiden Schwestern sie mit in die Hüften gestemmten Händen wie zwei Amphoren.

»Hier ist das Geld, das der Buchhalter mir gegeben hat«, sagte das Mädchen.

Maretta streckte einen Arm aus, der aussah wie der Ast einer Korkeiche, riss ihr das Geld aus der Hand und sagte in verächtlichem Ton: »Und das andere Geld, wo ist das?«

Rorò war so verblüfft, dass ihr Gesicht aufleuchtete wie eine durchbrennende Glühbirne, und sie spürte, dass sie unter dem Blick der vertrockneten alten Jungfer ganz klein wurde. Sie zählte das Geld des Buchhalters nie nach, weil er ein vornehmer Mann war, und bislang hatte er sich noch nie verrechnet, aber jetzt ...

»Und?«

Roròs Stimme wurde so leise wie die der Kirchendienerin, wenn sie das Vaterunser aufsagte: »Der Buchhalter ...«

»Man versteht dich nicht, was hast du gesagt?«

»Der Buchhalter ...«

»Wir sprechen nicht von *diesem* Geld«, sagte Maretta und hielt ihr die Faust vors Gesicht, »sondern von den fünfhundert Lire, die in der Küche unter dem Tisch lagen und jetzt nicht mehr da sind!«

Cittìna starrte auf den Mund des Mädchens, bekam aber kein Schuldeingeständnis zu hören. Stattdessen sah sie, wie sich ein Lächeln in Roròs Gesicht ausbreitete.

»Zeig mir deine Taschen«, befahl Cittìna.

Rorò zeigte ihr ihre leeren Taschen.

»Wo hast du sie versteckt?«

»Ich habe sie genommen ...«

»Natürlich hast du sie genommen, wer denn sonst? Etwa die Katze?«

»Ja, ich habe sie aufgehoben, aber ich habe sie in den Kasten mit dem Geld gelegt, wo sie hingehören.«

Maretta griff nach dem kostbaren Behälter.

»Wo ist das Geld? Wo? Willst du uns auf den Arm nehmen?«

»Erlauben Sie?«, sagte Rorò, nun wieder unbeschwert.

Sie nahm ein Bündel Banknoten aus dem Kasten, und darunter lag der Schein, den sie unter dem Tisch gefunden hatte.

»Da ist er, ich habe ihn nach unten gelegt, weil er ganz

zerknautscht war, und das Gewicht der anderen Scheine hat ihn wieder geglättet.«

Cittìna und Maretta waren so verblüfft wie damals, als der Apotheker ihnen fünfzigtausend Lire geschenkt hatte, weil er so zufrieden mit dem Empfang gewesen war, den sie für die Hochzeit seiner Tochter ausgerichtet hatten. Jeder Irrtum war ausgeschlossen, denn sie hatten das Geld mit einem Zeichen versehen. Cittìna war geradezu gerührt von Roròs Verhalten, und sofort bereute sie, dass sie schlecht von ihr gedacht hatte. Um ihre niederträchtigen Gedanken wiedergutzumachen, sagte sie zu ihr: »Du hast das Geld gefunden, also nimmst du es auch mit nach Hause. Es gehört dir.«

Von jenem Tag an schienen die Schwestern Macrì nicht mehr sie selbst zu sein, denn sie verwöhnten das Mädchen mit Karamellbonbons und Zuckerstangen. Zwei Jahre später und nach unzähligen Beweisen ihrer Aufrichtigkeit und Tüchtigkeit durfte Rorò bereits hinter der Ladentheke stehen, wenn die Schwestern beschäftigt waren; sie durfte Torte und Biskuitkuchen einpacken und sogar das Geld entgegennehmen und in den Schuhkarton legen, der hinten in der Schublade mit den Quadrelli verstaut war.

Die Schwestern Macrì, ledig und kinderlos, behandelten sie wie eine Nichte, und als sie einmal krank wurden – sie machten immer alles gemeinsam –, gaben sie ihr sogar die Schlüssel zur Konditorei.

Rorò verbrachte ihr Leben zwischen den Wänden dieses Hauses, in dem es nach Mehl und Eiern roch. Sie schob zentnerweise Biskuitteig, Cigarettes russes, Quadrelli und Amaretti in den Ofen und holte sie wieder heraus, und sie wurde zu einer hervorragenden Konditorin, glücklich und so süß wie ihre Butterkekse.

An diesen Ort verirrte sich eines Tages mit unsicherem Schritt Sarvatùra Chiricu, denn nachdem er den Weg zu Mararosa verfehlt hatte, war er den Kieselsteinchen gefolgt, die ihn in dieses Haus voller Karamellbonbons und Kekse führten.

Sarvatùra war wegen der gescheiterten Verlobung noch schwer gekränkt, und für einige Monate wirkte er, als trüge er Trauer, denn seine Miene war so finster wie ein Stück Kohle. Aber das durfte nicht lange so weitergehen, denn er brauchte Hilfe im Laden und bei seinen Geschäften, und obwohl sein Herz in sich zusammengefallen war wie ein leerer Sack, begann er, sich erneut nach einer Frau umzusehen.

Rorò Partitaru war – nach Mararosa – die ideale Kandidatin: eine zuverlässige Frau, nie ein Wort zu viel, aus guter Familie und in der Lage, zwei so harte Herzen wie die der Schwestern Macrì zu erobern, vor allem aber bereits erfahren darin, einen Betrieb durch meisterhafte Arbeit voranzubringen, und wer weiß, vielleicht würden ihr Cittìna und Maretta am Ende sogar dieses Juwel von Konditorei vererben.

So wurde Sarvatùra bei Girolamu und Gioiosa Mbarazzu vorstellig, diesmal nur in Begleitung seiner Mutter, und erklärte, er wolle Rorò heiraten, was von allen begrüßt und gefeiert wurde. Sie freute sich sehr, denn Sarvatùra war ein tüchtiger Mann, weder schön noch vornehm, aber wie der Buchhalter trug auch er stets Krawatte.

Acht Monate später heirateten sie, am 9. August, und auf diesen Tag folgten weitere glückliche Tage und Jahre.

Nach einem Jahr Ehe wurde Rosalba geboren, deren Taufpatinnen Cittìna und Maretta waren.

Auch dabei beschützte Rorò der gute Stern, der sie noch nie im Stich gelassen hatte, und sie gebar ohne Schmerzen, als wären die dreieinhalb Kilo, die sie zwischen ihren Beinen herauspresste, nur lang zurückgehaltener Harndrang.

Die kleine Rosalba begann sofort, an der Brust zu trinken, und bereitete ihrer Mutter auch sonst keinerlei Kummer: Sie spuckte nicht, wachte nachts niemals auf und gehorchte wie ein abgerichtetes Hündchen. Als das Mädchen elf Jahre alt war, starben die Schwestern Cittìna und Maretta im Abstand von einem Monat wie Wurzeln ein und derselben Pflanze. Um die junge Frau zu belohnen, die sie großgezogen hatten wie eine Tochter und die ihnen eine Mutterschaft wie eine geschälte Kaktusfeige geschenkt hatte – komplikationslos und saftig vor Freude –, hinterließen sie ihr die Konditorei als Erbe.

Rorò war stolz, dass sie Sarvatùras wachsendem Reich eine weitere Perle hinzugefügt hatte, und so erweiterte sie mit ihrem angeborenen Geschäftssinn die Konditorei und nahm die kleine Rosalba einfach mit in den Laden. Rorò Partitaru wurde zu einer reichen, allseits geachteten Signora wie die Ehefrau des Apothekers oder des kommunalen Vermessungstechnikers. Viele Frauen beneideten sie um ihren guten Stern, und eine tat das ganz besonders.

Mit zwanzig heiratete Rosalba den Sohn von Rechtsanwalt Bova und zog in das nahe gelegene Amaroni, das Dorf der Erdbeerbäume, nur einen Monat, bevor Sarvatùra in Castagnaredda den ersten Supermarkt Girifalcos eröffnete.

Am Abend jenes 9. August waren Rosalba und ihr Mann

bei Rorò und Sarvatùra zum Essen eingeladen. Als die beiden jungen Leute nach Amaroni zurückkehren wollten und Rorò sie zum Auto begleitete, lag auf einmal ein unbekannter Duft nach Rosmarin und frischem Klee in der Luft. Sie atmete einmal tief durch und ging wieder ins Haus.

7
Der Sohn

Es war ein sehr heißer Tag, und die Luft war so aufgeheizt wie der Ofen, den Peppinuzzu sich mithilfe einer Gasflasche gebaut hatte. Angeliaddu fühlte sich schon beim Aufwachen schlecht, denn er hatte geträumt, jemand sei ins Haus eingedrungen und habe die Ovomaltinedose gestohlen. Noch ganz verschlafen ging er rasch in die Küche. Er grüßte seine Mutter nur flüchtig und nahm die Dose aus der Anrichte, öffnete sie und stellte erleichtert fest, dass das Geld noch an seinem Platz war. Seine Miene hellte sich auf, und er ging zu *màmmasa,* um sie zu umarmen, denn sie war seit mindestens zwei Stunden auf den Beinen und bügelte.

»Ich habe geträumt, dass uns jemand das Geld gestohlen hat. Schönes Kleid«, fügte er beim Blick auf Donna Linuzzas Kostüm hinzu, das seine Mutter gerade fertig gebügelt hatte. »Wenn ich groß bin, kaufe ich dir eins, das noch schöner ist.«

»Ja, ich weiß«, lautete Talianas nüchterne Antwort.

»Vielleicht kommen heute oder morgen die Karussells.«

Angeliaddu, genannt *u Biondu,* der Blonde, wurde am 24. Juni in Girifalco geboren und blieb Taliana Passataccus einziger Sohn. Sie hatte sich erst kurz vor seiner Geburt in dem Ort niedergelassen. Als sie, obwohl weder verlobt noch verheiratet, schwanger geworden war, begann im Hause Passataccu ein Albtraum, denn niemand wusste, mit wem sich dieses ehrbare Mädchen eingelassen haben konnte.

Ihr Vater Orazio, ein Mann mit sehr traditionellen Werten, konnte eine solche Schmach nicht zulassen, und darum jagte er seine Tochter aus dem Haus, wie man es sonst mit einem Schwarm Fliegen tut.

Während Taliana bereits ihre wenigen Habseligkeiten in dem löchrigen Koffer verstaute, hatte ihre Mutter sie bis zuletzt weinend zu überreden versucht, sie möge den Namen des Kindsvaters nennen, ich bitte dich, sag ihm, wer es war, sag ihm den Namen, dann kommt alles wieder in Ordnung. Aber die Tochter blieb stumm wie die Madonna auf dem Bild, und die Tränen liefen ihr über die Wangen wie Tautropfen, weil sie ihr Zimmer nicht mehr wiedersehen würde, ihre Mama und diesen mürrischen Vater nicht, der sie verstieß und den sie dennoch von Herzen liebte, so wie wir jemanden lieben, der uns ähnelt, einen Bruder, einen Zwilling, den besseren Teil unseres Selbst. Sag mir, wer es war, flehte ihre Mutter verzweifelt, bevor Taliana die Tür hinter sich zuzog. Ein Engel, *mammà, n'angelu*, es war ein Engel.

Schwanger und allein ging Taliana nach Girifalco, um dort zu leben, und nicht einmal sie selbst wusste, warum es ausgerechnet dieser Ort sein musste. Sie war zum Bahnhof der kalabrisch-lukanischen Eisenbahn gegangen und hatte sich erschöpft in den erstbesten Überlandbus gesetzt. Als der Motor ansprang und der Bus losfahren wollte, fehlte ihr die Kraft, aufzustehen und auszusteigen, also vertraute sie sich dem Zufall an, denn der würde sie mit Sicherheit an einen besseren Ort als den bisherigen bringen. Das Schicksal wählte den Markttag von Girifalco, um einen kräftigen Wind über die Piazza und auf die Fensterbank ihres Lebens wehen zu lassen, einen Wind, der von den kargen Ebenen des Lebens von Varvaruzza Marzannetta stammte. Die Alte hatte eine Kiste rote Kartoffeln gekauft, sie auf den Kopf gesetzt und sorgfältig festgehalten, aber auf dem Heimweg stieß sie mit einer Gruppe rennender Mädchen zusammen, und die Last fiel hinunter.

Die *patàti* kullerten Taliana vor die Füße, sodass sie ihren Koffer abstellte und sich trotz des dicken Bauches bückte, um der Alten zu helfen. Varvaruzza blickte ihr direkt in die Augen: »*De dùva sìti,* Fremde?«

»Aus Catanzaro.«

»Und was verkaufen Sie aus diesem Koffer da?«

»Elend und Verzweiflung.«

»Nein, danke, davon habe ich in meinem Leben schon genug gehabt.«

»Dann beliefert uns offenbar dasselbe Geschäft.«

»Und was wollen Sie hier?«

Taliana musterte sie schweigend. Für Varvaruzza waren die Köpfe der Menschen wie offene Granatäpfel, sie sah jeden roten Kern, und darum reichte ihr ein einziger Blick, um zu verstehen, dass dieses junge Mädchen am Rand eines Abgrunds stand und ein kleiner Schubs genügen würde, um sie in die Tiefe stürzen zu lassen. Auf einmal fiel Varvaruzza wieder ein, dass sie selbst auch Mutter sein könnte, völlig unverhofft kam ihr dieser Gedanke, wie wenn wir ein Buch woanders hinstellen und ein Jahre zuvor beschriebener und längst vergessener Zettel zwischen den Seiten herausfällt. Plötzlich fühlte sie sich für dieses Mädchen verantwortlich wie Kinder für einen verletzten Vogel, der im Gemüsegarten liegt. »Wann kommt das Kind zur Welt?«

»Ich weiß es nicht, aber ich bete zum Herrn, dass es so spät wie möglich passiert, damit es warm ist und das Baby etwas zu essen hat, da, wo wir dann sind.«

»*Pigghiàti*, fassen Sie mit an!«, sagte Varvaruzza energisch. Sie zeigte auf einen Henkel der Kiste, und die beiden Frauen machten sich auf den Weg zu ihr nach Hause.

Angeliaddu kam nachts zur Welt. Alles ging gut, aber kaum hatte Varvaruzza ihn hochgehoben, bemerkte sie etwas Seltsames. Sie durchtrennte die Nabelschnur, legte sie in einen Teller Öl, den sie auf die vom Vollmond erleuchtete Fensterbank stellte und sagte: *Heiliger Johannes mein, lass dies Kind gesegnet sein.*

»Was machen Sie da, Varvaruzza?«

»Sieh mal, hier«, sagte die Alte und zeigte auf den Nacken des Kindes.

Zwischen spärlich wachsenden Haaren, die das Blond bereits erahnen ließen, spross, so unheilvoll wie Quecken, ein Büschel weißer Haare hervor. Taliana schien es nicht zu kümmern, so glücklich war sie, den *picciriddu* in die Arme zu schließen; die Alte hingegen sah aus, als lasteten die Sorgen der ganzen Welt auf ihren Schultern.

»Das ist nicht gut!«

Und das war es auch nicht, dieses Büschel weißer Haare, das mit dem Kleinen wuchs wie ein Schandmal. Varvaruzza wollte es um jeden Preis verstecken, darum ließ sie ihn sommers wie winters ein Hütchen tragen. Inzwischen experimentierte sie mit Mixturen, um ihm die Haare zu färben, aber das Weiß war stärker, wie eine Wahrheit, die sich nicht unterdrücken lässt, so wie jeder Millimeter unseres Körpers sein sollte, jedes Tausendstel unserer Existenz. Je energischer Varvaruzza es auszulöschen versuchte, desto entschlossener kam das Weiß zurück, dieses Weiß von Milch, Marmor oder Schaum, gestärkt durch jeden Versuch, es zu zerstören. Taliana begriff nicht, warum die Alte diese unnötigen Anstrengungen unternahm.

Nachdem Varvaruzza die weiße Stelle mit einer übel riechenden Mischung aus Kamille, Ei, Leinöl und wer weiß was sonst noch bedeckt hatte und zum hundertsten Mal gescheitert war, zog sie Taliana zu sich unter die Laube und gab zu: »Es nützt alles nichts.«

»Aber warum regt Sie das so auf?«

»Bis jetzt konnten wir das Büschel verstecken, aber früher oder später werden es alle sehen, und auf diesen Moment müssen wir vorbereitet sein.«

»Das verstehe ich nicht.«

»Du wirst es verstehen, Taliana, irgendwann verstehst du es, denn Andersartiges ist niemals willkommen, und in einem Dorf wie diesem schon gar nicht!«

Und tatsächlich: Als Angeliaddu von seinen Kameraden verhöhnt wurde, verstand Taliana. Er unterschied sich von den anderen bereits dadurch, dass er blond war, und noch dazu hatte er dieses weiße Büschel! Wie oft kam er mit Schrammen oder Blutergüssen im Gesicht nach Hause, wie oft hörte sie ihn heimlich weinen, wie oft wurde sie in die Schule zitiert, weil ihr Sohn einen Klassenkameraden geschlagen hatte! Angeliaddu, der ein ruhiger, sanfter Junge war, aber den ständigen Spott nicht ertrug, wurde von Anfang an als schwieriges Kind betrachtet, der Sohn einer Fremden ohne Ehemann, die bei Varvaruzza der Zauberin lebte, ein Junge, der ständig seine Spielkameraden verprügelte. Für die Dorfbewohner war Angeliaddu ein Gezeichneter, einer von denen, die das Unglück nicht nur im Blut haben wie alle anderen auch, sondern denen es auf den Leib geschrieben steht, auf dem Haar, mit deutlichen Buchstaben, die jeder lesen kann. Das wird mal ein Krimineller, sagten die Leute, wenn sie ihn auf der Straße sahen mit dem unsicheren Schritt eines Menschen, der nicht wusste, wohin er sich wenden sollte, das wird mal ein Krimineller, wartet's nur ab, ihr werdet schon sehen, ein Verbrecher wie Pilujàncu der Albino, denn sie haben beide das Mal des Teufels. Sie sprachen im Flüsterton über ihn, denn alle im Dorf fürchteten sich vor Varvaruzza und ihrer Zauberei.

Eines Morgens erwachte Taliana mit einem Lächeln auf den Lippen.

»Varvaruzza«, sagte sie, während sie ihren Sohn umarmte, »Angeliaddu hat Ihr Leben verlängert. Er sagt, er hat heute Nacht geträumt, wie Sie mit verschränkten Armen im Sarg liegen. Sie werden uns also noch lange ertragen müssen.«

Varvaruzza verzog das Gesicht und setzte sich auf einen Stuhl. Sie rief Angeliaddu zu sich und ließ sich haarklein erzählen, woran er sich noch erinnerte. Nachdenklich saß sie da.

»Was beunruhigt Sie? Sie haben doch selbst gesagt, dass sich das Leben eines Menschen verlängert, wenn jemand von seinem Tod träumt.«

»Ja, schon«, räumte Varvaruzza ein.

Einige Minuten später erhob sie sich. »Zieh dir deine guten Sachen an, wir gehen zum Notar«, sagte sie zu Taliana in einem entschiedenen Ton, der jede Nachfrage im Keim erstickte. Zwei Stunden später saßen sie in der Kanzlei des Notars di Stefano an der abfallenden Straße von Parrìadi her, und Varvaruzza Marzannetta legte schriftlich nieder, dass Signora Vitaliana Passataccu aus Catanzaro ihr kleines Haus, die Ländereien in Ponticèdda und ihr Postsparbuch erben würde. Als sie wieder auf der Straße waren, umarmte Taliana sie weinend und sagte: »Varvaruzza, wenn Sie damals nicht gewesen wären ... Sie sind besser als eine Mutter zu mir. Darf ich Sie so nennen: Mama?«

Zum ersten Mal in den beinahe hundert Jahren ihres Lebens wurden der Alten vor Rührung die Augen feucht. Aber das dauerte nur einen Moment.

»Ach, lass mich, geh nach Hause zu Angeliaddu, ich muss noch ein paar Dinge erledigen.«

»Soll ich mitkommen?«

»Geh nach Hause, mit seinen Gewissensbissen muss jeder allein fertigwerden.«

Taliana dachte, dass Varvaruzza ein wenig übertrieb, aber wenn eine weise Frau wie sie, die die Dorfbewohner praktisch als Priesterin betrachteten und häufig um Rat baten, um Amulette oder darum, den bösen Blick abzuwenden, wenn Varvaruzza also diesem Traum Glauben schenkte ... Taliana ging nach Hause, denn es war schon zwei Uhr, und sie begann, sich Sorgen zu machen. Der Gesichtsausdruck der Alten war anders gewesen als sonst, aber Taliana wusste nicht zu sagen, ob er heiter oder schicksalsergeben wirkte.

Varvaruzza wollte nichts essen, angeblich hatte sie keinen Hunger, und machte sich den ganzen Tag im Haus zu schaffen. Sie öffnete Kisten und Truhen, räumte auf und gab Taliana Anweisungen: Wirf von diesen Stoffen weg, was du nicht gebrauchen kannst, die anderen behältst du, ich habe sie eigenhändig auf dem Webstuhl von Großmutter Catena hergestellt. Und so ging es weiter; sie klärte ihre neue Tochter über die Herkunft und Geschichte aller Gegenstände in ihrem Haus auf.

»Und dieses schwarze Schultertuch trägst du bitte nur bei der Beerdigung.«

Taliana wollte es wieder in die Schublade legen, aber Varvaruzza sagte: »Lass es draußen, du wirst es bald brauchen.«

An diesem Abend, Angeliaddu schlief bereits, setzte sich Varvaruzza draußen in den von Zibibbo überwachsenen Gang und betrachtete den dunklen Himmel. Taliana gesellte sich zu ihr.

Es herrschte eine tiefe Stille, wie wenn die Sterne eine Messe feierten, an der auch alles Irdische andachtsvoll teilnahm.

»Ich finde das seltsam, Mama. Glauben Sie wirklich, dass Angeliaddus Traum Wirklichkeit wird? Bereiten Sie sich auf Ihren Tod vor?«

Varvaruzza betrachtete weiterhin das Himmelsgewölbe, und während sie Luft holte, um zu antworten, starben Millionen Sterne, wurden Galaxien und Universen von winzigen schwarzen Löchern verschluckt, explodierten Planeten und wurden neue Sonnen und Monde geboren.

»Ja, *figghia mia,* es wird nicht mehr lange dauern.«

»Sagen Sie doch so etwas nicht.«

»Ich spüre es schon seit Tagen, und dann kam Angeliaddus Traum.«

»Was spüren Sie?«

»Auch ich habe geträumt, dass ich in einem Sarg liege, vorige Woche noch. Es stimmt, wenn man vom Tod eines Menschen träumt, verlängert sich sein Leben, aber zwei Träume von ein und demselben Tod sind vielleicht tödlicher als ein Glas Schwefel.«

Talianas brüchige Stimme verriet ihre Bestürzung: »Aber es ist doch nur ein Traum!«

»Es ist das Leben, *figghiama cara,* es ist das Leben.«

Am Tag darauf rief die Alte Angeliaddu zu sich und befahl ihm, ihr gegenüber Platz zu nehmen. Seine Mutter war bereits bei ihr.

»Mein Junge, bald werde ich nicht mehr da sein, um dich zu beschützen, aber diese Kette wird es an meiner Stelle tun.«

Aus einem zusammengefalteten Taschentuch nahm sie eine Kette mit einem goldenen Anhänger in Form von Engelsflügeln und legte sie ihm um den Hals.

»Sprich mir nach: *Engel Gottes, mein Beschützer, erleuchte, beschütze, regiere und leite mich, heute und alle Zeit.«*

Der Junge wiederholte das Gebet, und seine Mutter stimmte mit ein.

»Dein Schutzengel wird dich behüten, *figghiuma,* wer auch immer er sei. Gib die Hoffnung niemals auf. Denk an meine Worte, leg sie dir um den Hals wie diese Kette.«

Mehr tat Varvaruzza nicht. Taliana versuchte, sie zum Aufstehen zu bewegen, indem sie sie an die Auberginensamen erinnerte, die noch in die Erde gebracht werden mussten, aber die Alte blieb reglos wie ein Stein: »*Fìgghiama,* geh und mach es allein, denn es steht mir nicht zu, etwas anzufangen, das ich nicht zu Ende bringen kann.«

Varvaruzza Marzannetta starb am Tag darauf, still und leise wie eine Sternschnuppe. Taliana weinte um sie wie um eine Mutter und Angeliaddu wie um eine Großmutter, denn manchmal sind die Eltern, die wir uns aussuchen, besser als die, die die Natur und das Schicksal für uns ausgelost haben. Als der *piccirìddu* sie im Sarg liegen sah, dachte er, er habe sie mit seinem Traum umgebracht, und das sagte er auch seiner Mutter.

»Nein, du hast sie nicht umgebracht, denn der Tod ist uns vorbestimmt, sobald wir auf der Welt sind, und nichts kann daran etwas ändern. Im Gegenteil, du hast ihr geholfen, denn du hast ihr Zeit gegeben, die Türen zu schließen, die sie offen gelassen hatte, und das ist gut so, mein Junge.«

An diesem Morgen viele Jahre später erwachte Angeliaddu in bester Stimmung.

»Vielleicht kommen heute oder morgen ja die Karussells«, sagte er zu seiner Mutter, während er sich zum Frühstück an den Tisch setzte.

Rasch lief er zu dem großen Platz in San Marco, aber die Karussells waren noch nicht da. Den ganzen Tag über ging er immer wieder vergebens hin, und am Abend kehrte er früh nach Hause zurück, in der Hoffnung, dass die Fahrgeschäfte am nächsten Tag endlich eintreffen würden. Auf dem Bett liegend dachte er darüber nach, wie traurig die Woche von San Rocco ohne die Karussells sein würde, und auf einmal nahm er einen ungewöhnlichen, aber angenehmen Duft nach Rosmarin und frischem Klee wahr, der zum Fenster hereinwehte.

8
Langes Warten

Girifalco wurde im Norden von der Nervenheilanstalt und im Süden vom Friedhof begrenzt, sodass seine Bewohner sich täglich zwischen Wahnsinn und Tod bewegten.

Über den Tod gibt es nur wenig zu sagen: Schwanzwedelnd wie ein streunender Hund, der jeden Moment jemanden beißen konnte, lief er durch die Straßen. Abgesehen von einem kleinen Dorf in Portugal ist nichts darüber bekannt, dass es sich irgendwo auf der Welt anders verhalten würde.

Der Wahnsinn hingegen kam von oben wie Blütenstaub, der sich, wenn der Wind wehte, auf die ahnungslosen Köpfe der Menschen senkte und ihre Gehirne bestäubte. Vielleicht trugen die Männer aus diesem Grund stets einen Hut, und die Frauen banden sich ein Tuch um die Haare und verschnürten es so fest wie die Pakete für ihre emigrierten Verwandten. Selbst wenn es die Nervenklinik irgendwann nicht mehr geben sollte, würden die Pollen weiterhin durch die Luft trudeln, sich hin und wieder in irgendeine Ohrmuschel graben und das Räderwerk der irdischen und menschlichen Mechanik verändern. Das Risiko war hoch, denn in Girifalco hörte der Wind nie auf zu wehen.

Es gab den Westwind, der vom Monte Covello kam und Ponente genannt wurde, und den aus dem Osten vom Golf von Squillace, den man Schirokko nannte. Jeder Wind in Girifalco war entweder Ponente oder Schirokko, denn in diesem Ort gab es keine Nuancen und Mittelwege: zwei Himmelsrichtungen, zwei Winde und das Leben, das aus Geburt und Tod bestand, Sonne und Regen, Weinen und Lachen, Schmerz und Wohlbefinden.

Auch das Dorf war auf diese Art erbaut worden: zwei breite Straßen, zwei Kirchen, zwei Brunnen und zwei Märkte, so als bildete sich in diesem Fleckchen kalabrischer Erde das Gleichgewicht des gesamten Sonnensystems ab, die Stabilität der Sterne, die Regelmäßigkeit der planetaren Umlaufbahnen, das Überleben des Kosmos insgesamt.

Es gab auch zwei Fußballfelder, und auf einem davon, dem von San Marco, kamen jedes Jahr am 10. August, pünktlich wie die Regel von Cuncettina Licatedda, die Karussells an. Einige Tage vorher schickte der Bürgermeister die Gemeindearbeiter los, damit sie den Platz in Ordnung brachten. Sie mähten das Gras, sammelten Abfälle auf und ebneten die Löcher im Boden ein.

Die Ankunft der Karussells kennzeichnete den Beginn des Patronatsfestes, das in religiöser Hinsicht erst fünf Tage später begann, am Abend des 15. Augusts mit dem rituellen Aufeinandertreffen der Statuen der Madonna und des heiligen Rocco. Um Mitternacht wurde das schönste Feuerwerk im ganzen Bezirk gezündet, und am Tag darauf, am 16. August, fand in den Straßen, kunstvoll beleuchtet von der Firma Fratelli Cerullo aus Montauro, das Fest des Schutzheiligen statt.

Wie in jedem Dorf in Kalabrien gaben auch in Girifalco die religiösen Feste den Takt des Lebens vor, zumal bei solchen Anlässen die emigrierten Angehörigen in den Ort zurückkehrten, sodass Familien wieder zusammenfanden, Häuser sich füllten, Mütter wieder zu Müttern wurden und Söhne zu Söhnen, und das war die eigentliche Magie. Girifalco hatte das Glück, dass die beiden wichtigsten Feste in die Ferienzeit fielen: Die Cunfrunta fand am Morgen des Ostersonntags statt, und San Rocco fiel auf den sechzehnten, genau auf den Tag nach Mariä Himmelfahrt, ein besseres Datum hätte sich der Heilige nicht aussuchen können. Die Bewohner von Girifalco hatten großes Glück. Wo wäre der Genuss geblieben, hätte das Patronatsfest am 16. November oder 4. Februar stattgefunden, wenn es kalt war und regnete und die Verwandten weit weg unter einer Dunstglocke aus eisengrauen Wolken arbeiten mussten?

Für die Jüngeren begann das wahre Glück mit dem Eintreffen der Karussells: kein Fest des heiligen Rocco ohne Autoskooter, Popcorn und Luftdruckgewehre, mit denen man Spirituosen kurz vor dem Verfallsdatum gewinnen konnte und Goldfische, deren Tage bereits gezählt waren.

In diesem Jahr jedoch traf morgens nicht einmal das Wägelchen mit der Zuckerwattemaschine ein. Der große Platz war leer und so kahl wie Archidemu Crisippus Kopf. Die Nachricht von den ausbleibenden Karussells verbreitete sich wie ein Lauffeuer im Dorf und hinterließ bei Großen und Kleinen eine Spur von Ärger und Enttäuschung.

Man kann nie wissen

Das Sonnensystem schickte Archidemu Botschaften, die er jedes Mal auffangen, interpretieren und in die Tat umsetzen musste. Am Morgen nach dem Jahrestag des Verschwindens seines Bruders gerann die Stimme des Universums zu einer Kurznachricht auf Seite vierundzwanzig der *Gazzetta del Sud,* die bekannt gab, dass ein Rentner aus Olivadi, der einundsiebzigjährige Fausto Vitaliano, sich bei der Pilzsuche in den Wäldern des Monte Contìsa in der Nähe von Covello verlaufen hatte. Archidemu schnitt den Artikel aus und bewahrte ihn zusammen mit einigen ähnlichen auf. Es hatte in seinem Leben eine Zeit gegeben, in der er – unfähig, sich das blitzartige Verschwinden seines Bruders zu erklären – alle möglichen Hypothesen in Betracht gezogen hatte, selbst die unwahrscheinlichsten, denn auch das Verschwinden war äußerst unwahrscheinlich gewesen, und vielleicht musste man dem Unwahrscheinlichen ja mit etwas ebenso Unwahrscheinlichem begegnen, um die Reichweite der Ereignisse und die der Werkzeuge einander anzugleichen. Eine Zeit lang glaubte er, sein Bruder sei von etwas verschluckt worden, das man, wie er später las, *wormhole* nennt, Durchgänge in Raum und Zeit, die es einem erlauben, von einem Punkt der Galaxie zu einem anderen zu gelangen. Wenn es diese Tunnel im Universum gab, dachte Archidemu, dann konnte es sie auch auf der Erde geben, wofür das Bermuda- und das Burle-Dreieck Beispiele waren. Es gab Orte, an denen Dinge und Menschen plötzlich und ohne offensichtlichen Grund verschwanden, und so etwas geschah auch in den Bergen von Covello. Darüber begann er nachzudenken, als er erfuhr, dass in Jacurso ein Fünfundfünzigjähriger beim Wasserholen verschwunden war. In der Zeitung hieß es, er sei umgebracht und verscharrt worden, eine Abrechnung, schrieben sie, aber Archidemu hatte eine andere Erklärung dafür. Drei Jahre später war in Torre di Ruggiero während der Festtage der Madonna ein Mädchen namens Mirellina Serrazzi aus San Vito allo Jonio verschwunden. Sie hatte zusammen mit ihrer Mutter die Wallfahrtskirche betreten und tauchte nie mehr aus der Menge der Betenden wieder auf. Auch ihr Leichnam wurde nie gefunden, vielleicht, dachte Archidemu, weil es keinen Leichnam gab, den man hätte finden können. Also begann er nach dem dritten Fall, auf einer kleinen Landkarte die Punkte des Verschwindens zu markieren, die zu drei Spitzen wurden: Er zog die Seitenlinien nach und erhielt ein Dreieck, das sich mit den Grenzen von Covello deckte. Genau dort war einige Jahre zuvor ein Hubschrauber der Carabinieri abgestürzt, von dem seltsamerweise nur ein Rotorblatt gefunden worden war. Vielleicht gab es in diesen Wäldern tatsächlich ein Wurmloch. Eine Zeit lang sah er sich auf der Suche nach dem Loch immer wieder auf den Wegen und in den Wäldern dort um, in der Hoffnung, hineingesaugt zu werden und sich an der Seite seines inzwischen erwachsenen Bruders und Mirellinas wiederzufinden, mit der Sciachiné möglicherweise verlobt war – und bei all den anderen Leuten, die ohne sein Wissen dort verschwunden waren. Nachdem er die Spitzen und Winkel jenes unglückseligen Dreiecks bestimmt hatte, waren zwei weitere Menschen verschwunden. Der zweite Fall – Franco Pignataro della Marina, der Kastanien sammeln gegangen war, um sie auf den Märkten der Hauptstadt zu verkaufen – war Aufsehen erregend, denn mit dem Mann verschwand auch die schrottreife alte Lambretta, mit der er unterwegs gewesen war, genau wie die Schiffe im weltberühmten Bermudadreieck. Und eines Tages, davon war Archidemu überzeugt, würde dieser Schrotthaufen aus Metall irgendwo wiederauftauchen, an den Ufern des Pìaspu oder zwischen den Weinstöcken von Mangraviti. Eines Tages hörte er von der Theorie der hohlen Erde, weswegen er die Hypothese des verfluchten Dreiecks beiseiteschob und zum Anhänger dieser Theorie wurde, die sich von den Völkern der Antike über Halley, Cleves Symmes, Reed und Ossendowski fortsetzte und in dem armen norwegischen Fischer Olaf Jansen, dessen Verrücktheit ihn zwar ins Irrenhaus brachte, zugleich aber seine Wahrhaftigkeit bekräftigte, ihren Messias fand. Wie jeder Bewohner von Girifalco hatte Archidemu großen Respekt vor der Verrücktheit, und vielleicht war auch in der Nervenheilanstalt des Ortes einmal ein Bauer, ein armer Mann wie Jansen, eingesperrt worden, weil er behauptet hatte, er habe eine Höhle betreten und sei dort dem großen König der unterirdischen Welt begegnet. Nicht nur in der Polkappe der Antarktis oder in Zentralasien konnte sich der Eingang zum Reich von Shambhala befinden, sondern auch im Monte Covello, und Sciachineddu Crisippu war womöglich für die ehrenvolle Rolle eines Durchquerers unterirdischer Welten nach dem Vorbild von Nicolai Klim und Adam Seaborn auserkoren worden. Darum glaubte Archidemu eine Zeit lang, dass sein Bruder den Eingang von Agartha gefunden hatte und eines Tages auf der anderen Seite der Welt wiederauftauchen würde. Aber so dachte er nur wenige Monate lang, in denen der Schmerz seinen Verstand erdrückte, bis sein Gehirn endlich wieder in Ordnung kam und die Vorstellung von Wurmlöchern und unterirdischen Welten aufgab. Nachrichten von Dorfbewohnern, die in der Umgebung verschwunden waren, bewahrte er trotzdem weiterhin auf, denn man kann nie wissen, was im Leben noch geschieht.

Wehmut des Blutes

Es war so heiß, dass die Kerzen schmolzen. Was für eine miese Jahreszeit war das, der Sommer hatte ihr noch nie etwas Gutes gebracht, und sie war überzeugt, dass sie auch der entscheidende Schlag im Sommer treffen würde. Manchmal ist es besser zu leben wie die Igel oder die Fledermäuse oder wie Schnecken, die den Sommer unter der Erde verbringen, oder wie Schnurwürmer, die sich mittels ihres angetrockneten Schleims in sich selbst verkapseln. Wenn den Menschen wenigstens das Wunder der Keimruhe oder der Kryptobiose zugestanden wäre, wenn sie beschließen könnten, die kältere, schmerzhaftere, widerwärtigere Hälfte ihres Lebens nicht bewusst zu erleben, den Kopf auszuschalten und ein halbes Jahr lang träumend zu überwintern, um dann aufzuwachen und das Leben so vorzufinden, wie sie es hinterlassen haben; wenn sie sich einbilden könnten, dass nichts Neues geschehen kann, da doch das Neue immer den bitteren Beigeschmack einer Niederlage, einer Enttäuschung, eines Tritts in den Hintern hat. Und tatsächlich kam der entscheidende Schlag im Sommer. An jenem Morgen waren exakt fünfzig Tage vergangen. Am 20. Juni, wie an jedem verdammten zwanzigsten eines Monats, war Cuncettina ins Bett gegangen und hatte zuvor eine große Binde für die Nacht benutzt, denn wenn die Regel über sie hereinbrach, lief es aus ihr heraus wie aus Roccuzzus Bewässerungsbecken, nachdem er den Stöpsel gezogen hatte. Sie hatte sich noch nie im Datum geirrt, darum erschrak sie, als sie am nächsten Morgen ins Badezimmer ging und die Binde so schneeweiß war wie Don Guaris Korporale. Sie wischte sich gründlich mit Toilettenpapier ab, aber außer einem kleinen gelblichen Tropfen fing sie nichts auf. In diesem Augenblick der Verwirrung dachte sie alles Mögliche, unter anderem dass die Erde aufgehört hatte, sich zu drehen. Tausend Gedanken gingen ihr durch den Kopf, ehe sie zu den zwei Schlussfolgerungen kam, die sie sich bis zum Ende aufgespart hatte. Denn die Mehrdeutigkeit mancher Ereignisse trägt eine ganze Mustersammlung menschlicher Gefühle einschließlich ihrer Gegenteile in sich, schließlich kann ein und dasselbe Ereignis Freude oder Schmerz, Hoffnung oder Enttäuschung, Leben oder Tod bedeuten. Die kindliche Reinheit dieser Unterhose konnte ein Beginn oder ein Ende sein. Aber das Leben hatte Cuncettina an Enttäuschungen gewöhnt, sodass sie nach einem kurzen Schauer der Illusion zu der Überzeugung kam, sie sei am Ende angelangt. Schließlich konnte nur eine Verrückte mit vierundvierzig Jahren und in ihrem Zustand an eine Schwangerschaft glauben, und sei es nur für eine Sekunde, nur eine Irre konnte sich vormachen, dass an diesem Tag das letzte Kapitel ihrer Biografie als unglückliche halbe Frau aufgeschlagen worden war. Ihr Körper, so sah sie es, war ein Stamm ohne Wurzeln, ein trockener Ast, der nicht einmal dazu taugte, verbrannt zu werden. Cuncettina hätte nicht gedacht, dass sie eines Tages den Blutstropfen nachweinen würde, die den Takt ihres monatlichen Scheiterns markierten, dass sie der fleckigen Binde nachtrauern würde, den Bauchschmerzen, dem metallischen Geruch der frischen Wunde, aus der das Blut floss. Der Doppelsinn mancher Ereignisse verändert sich im Lauf der Zeit, und was einmal Schmerz war, verwandelt sich in Hoffnung. Sie verfluchte sich selbst, weil sie das Blut verflucht hatte, jenes Blut, das ihr die Illusion nahm, um ihr gleich darauf eine neue zu schenken, jenes Blut, das die Möglichkeiten der sechzig Kilogramm erschöpften Fleisches besiegelte, aus denen sie bestand.

Ihrem Mann sagte sie es nicht sofort. Für ihn würde sich nichts ändern, denn inzwischen hatte er resigniert, aber hätte sie ihm diese Tragödie anvertraut und somit der Welt die Bestätigung ihres Scheiterns verkündet, hätte sie es ausgesprochen, ja, nur ausgesprochen, wäre ihr Schmerz noch größer geworden. Solange nämlich ein Ereignis geheim bleibt, ist es, als gehörte es nicht zur Welt, als wäre es nicht vollständig geschehen, und Cuncettina glaubte, es noch auslöschen zu können, indem sie es für sich behielt, wie man es auch mit Träumen macht. Manchmal scheinen unsere Gedanken nicht Teil dieser Welt zu sein, wie wenn wir und unser Kopf ein vom Sonnensystem getrenntes Wesen wären, ein Floß, das nicht von den Strömungen der Erde umspült wird. Und hätte sie mit ihrem Mann darüber gesprochen, wäre es Cuncettina vorgekommen, als hielte sie eine Hand in den Ozean, als badete sie in der Existenz des Universums und ließe sich hineinziehen. Sie würde weder mit ihm noch mit ihrer Mutter oder sonst jemandem darüber reden, denn sie brauchte Zeit, um sich an das Ende zu gewöhnen. Als sie nun erkannte, dass ihr Leben niemals so sein würde, wie sie es sich wünschte, war sie dankbar für ihre langjährige Übung in Resignation und Einsicht, für die Formeln der Unfruchtbarkeit, die sie täglich in ihrem auf der Kippe stehenden Verstand aufsagte, die hypnotische Selbstüberzeugung, dass nichts mehr möglich sei. Obwohl ihr Körper ihr einen Hoffnungsschimmer schickte und sie jeden Monat daran erinnerte, dass sehr wohl noch etwas möglich war, dass ihr Organismus in seinen Tiefen eine Quelle von Keimzellen besaß und die Kinematik ihr bewies, dass ihr Körper, egal aus welchem Grund, Bewegung erzeugte.

An jenem Morgen jedoch vergoss sie auf den wenigen Quadratzentimetern aus Zellulose und supersaugfähigem Pulver, Latex und bleichendem Chlor keinen Tropfen des verdammten Bluts, das Wein in Essig verwandelt, Samen abtötet, Gärten verwüstet, Spiegel trübt, Eisen und Kupfer rosten, Bienen sterben und Stuten Fehlgeburten erleiden lässt, weder Urintröpfchen noch chromosomische Überreste besiegter Keimzellen gab es, sondern stattdessen ergoss sich ein Sturzbach kleiner Illusionen, schwacher Hoffnungen, unnützer Prinzipien einer statischen Mechanik und ihres universellen Grundsatzes des hilflosen Schwebezustands der Körper in ihre Unterhose. Und Cuncettina wurde immer trauriger und schweigsamer und trübsinniger und sehnte sich noch verzweifelter nach Ablenkung.

»Ein Päckchen Nazionali!«

Aceto legte die Zigaretten auf die Ladentheke, neben die Münzen, die Angeliaddu darauf gelegt hatte. Der Junge steckte die Packung ein und ging hinaus.

Immer schickten sie ihn zum Zigarettenholen, und dann sahen ihn die Leute mit den Glimmstängeln in der Hand und glaubten, dass er bereits rauchte, obwohl er noch nie eine Zigarette angerührt hatte.

»Hier«, sagte er und legte das Päckchen vor Caracantulu auf den Tisch im hinteren Teil der Bar Centrale, an dem er wie üblich saß.

»Hol dir ein Wassereis, sag Micu, ich bezahle es später.«

»Ich möchte lieber das Wechselgeld.«

Der Mann mit dem unvermeidlichen schwarzen Hemd überließ ihm die Münzen, ehe er eine neapolitanische Schwerterkarte ausspielte. Die linke Hand, in der er die Karten hielt, steckte in einem Handschuh, denn seitdem er Jahre zuvor aus *Doicland* zurückgekehrt war, um sich einem Leben aus Spiel und Bosheit zu widmen, hielt Caracantulu diese Hand stets bedeckt. Er behauptete, er habe sie sich in der Fabrik verbrannt, und sie dürfe weder mit Luft noch mit Sonne in Berührung kommen, andernfalls würde er sich eine Infektion zuziehen. Diese kranke Hand, die er nur benutzte, um die Karten zu halten oder sich auf seinen Stock zu stützen, und die er beim Gehen an der Seite baumeln ließ wie Ballast, diese Hand, die ihn, wenn es so warm war wie in diesen Tagen, mit unerträglichem Juckreiz quälte. Als die Partie zu Ende war, ging Caracantulu zur Toilette und schloss sich ein. Er zog den Handschuh aus und fing an, die Hand zu kratzen und zu massieren. Diese Erleichterung bringende Tätigkeit wurde unterbrochen, als jemand energisch an die Tür klopfte. Eilig bedeckte er die Hand wieder und machte auf. Lächelnd wie immer stand Lulù vor ihm, aber das war Caracantulu völlig egal. Er packte ihn mit der Rechten am Arm und drückte zu, bis es schmerzte.

»*Che cazzu*, was klopfst du hier an, du Idiot, du pisst dir sonst doch auch einfach in die Hose!«

Er ließ Lulù los und ging zu dem Tisch zurück, an dem die Karten bereits gegeben worden waren. Der Junge hingegen rührte sich nicht vom Fleck. Er betrachtete den roten Striemen an seinem Arm und hatte bereits vergessen, warum er angeklopft hatte.

Elektrodynamik von Körpern in Bewegung

Er war gerade vom Friedhof zurückgekehrt, wo er einen Strauß Nelken zu Maestro Gatànus Grab gebracht hatte, da klopfte jemand an die Hintertür. Venanziu legte die Hose auf den Hocker und ging nachsehen. Erneutes Klopfen, leise. Der Schneider öffnete, und Ngelarosa Castanò schlüpfte herein. Er hatte ihr seit Anfang Juni Avancen gemacht, als er sie in einem dekolletierten Trägerkleid gesehen und der Anblick des dichten Flaums unter ihren Achseln ihn wie ein elektrischer Schlag getroffen und so sehr erregt hatte, dass er vor Begierde beinahe krank geworden war. Es war eine Phase, in der er mit der quälenden Einsamkeit experimentierte, die in seinen Augen das besondere Kennzeichen eines echten Liebhabers war. Und

Don Venanziu war ein echter Liebhaber, denn ihm gefielen alle Frauen, wirklich alle, weil seiner Meinung nach jede von ihnen irgendein Merkmal besaß, das Aufmerksamkeit verdiente. Er musste sich nur auf dieses Merkmal konzentrieren und es heftig begehren, schon war auf magische Weise auch alles darum herum in sinnlich strahlendes Licht getaucht. So geschah es auch bei Ngelarosa. Das Merkmal der Haare unter ihren Achseln, das auf einen noch viel pikanteren verborgenen Flaum hinwies, beanspruchte seine Aufmerksamkeit so sehr, dass ihm weder ihre Hüften, die weich wie Brotteig waren, noch ihre muskulösen Hilfsarbeiterinnen-Arme, ja, nicht einmal ihr leichtes Schielen auffiel. Das Auge des Liebhabers wurde in solchen Momenten von einer Art grauem Star befallen, und er nahm nichts mehr wahr außer jenem Detail, das er in Händen halten wollte, nach dem er lechzte wie nach einem Schluck Wasser nach einer Reihe von Dürretagen.

»Ich kann nur kurz bleiben«, sagte sie und zog sich Rock und Bluse aus. Venanziu kannte die kleinen Ticks und Vorlieben all seiner Frauen, also nahm er im Sessel Platz, weil Ngelarosa sich gern auf ihn setzte, ohne ihm ins Gesicht zu sehen.

Als sie fortging, schloss sich der Epikureer im Badezimmer ein und musste lange warten, bis er sich entleeren konnte, zu lange für die paar Tropfen, die aus seinem *miccio* kamen, so viel anstrengendes Drücken und Stoßen für zwei armselige blassgelbe Perlen. Wenn es dann wenigstens aufgehört hätte, aber nein, als wollten die Tröpfchen ihm einen Streich spielen, rutschten ihm weitere durch Harnleiter und Harnröhre, als er den Reißverschluss schon wieder zugezogen hatte. Wie schrecklich unangenehm war es zu spüren, dass die Unterhose feucht wurde, winzige Tropfen, die er seit Monaten aufsaugte, indem er ein Stück Toilettenpapier zwischen Eichel und Stoff legte, Zeichen unwillkürlichen Harnlassens, verursacht von der abnehmenden Kraft seines Körpers, die er jedoch ungeachtet des plötzlich auftretenden Ärgernisses herunterspielte, hatte er doch immer noch sein gutes Stück: Stark und kraftvoll, wie es war, würde es die Zeit anhalten und ihm ewige Jugend schenken.

Ein hauchdünnes Scheibchen

Mit Lina Strumbu ins Gespräch vertieft, betrat Mararosa die Metzgerei. Sie bemerkte sie nicht sofort, aber als sie Roròs Stimme hörte und sie von hinten erblickte, spürte sie, wie ihr das Blut in den Adern zu kochen begann, und sie wäre am liebsten aus dem Laden gestürmt, aber dann hätten alle gewusst, warum.

»Ein Kilo Hackfleisch, beste Qualität, ohne Fett«, bestellte das Glückskind soeben beim Metzger.

Hasserfüllt musterte Mararosa sie von hinten und suchte den schlanken Körper nach unsichtbaren Mängeln ab. Sie lauerte auf nicht vorhandene Fettröllchen unter den Rockfalten auf der Hüfte, suchte in den Kniekehlen und auf den Waden nach Krampfadern, die ein sichtbares Zeichen für einen in Auflösung befindlichen Körper gewesen wären.

»Und geben Sie mir vier schöne dicke Scheiben Kalbfleisch, die *liebt* mein Sarvatùra!«

Maledetta vipera, du hast mich nicht gesehen, aber

du riechst mich, du weißt, dass ich hinter dir stehe, und erdolchst mich, indem du seinen Namen aussprichst, du mieses Flittchen. Sie betrachtete Rorò hasserfüllt aus schmalen Augen und hoffte, dass sich unter deren Markenkleidung zwischen Zellen und Muskelfasern bereits ein Übel regte, vor dem es kein Entrinnen gab, ein Leiden, das binnen eines Monats sämtliche Organe verschlingen würde.

»Und auch die Knochen da, wenn Sie mir die bitte sauber machen würden.«

Der Metzger steckte alles in eine Tüte. Rorò nahm sie und ging hinaus, aber ehe sie sich umgedreht hatte, war Mararosa bereits ans Fenster getreten, um ihr den Rücken zuzuwenden und sie nicht ansehen zu müssen. Als sie an der Reihe war, verlangte sie angesichts der abgezählten Münzen, die sie in der Hand hielt, eine Scheibe Schweinelende, aber hauchdünn, noch ein bisschen dünner, was kostet die, und sie atmete erleichtert auf, weil das Geld reichte. Sie verließ die *gucceria* mit einem Päckchen in der Hand, das so leicht war wie ein winziger Wurm, denn das war nun einmal die Portion Glück, die das Leben ihrem Vogelschnabel zugestand.

Das Gesetz der Nippesfigur

Die Uhr an seinem Handgelenk, eine alte Zenith, hatte ihm sein Vater geschenkt, und den Kratzern auf dem Glas des Zifferblatts nach zu urteilen war auch der nicht der erste Besitzer gewesen. Archidemu gefiel der Gedanke, dass es sich um die Familienuhr handelte, um die Zeit, die von einer Generation an die nächste weitergereicht wurde und die er leider endgültig anhalten würde. Für immer. Er wusste, dass er mit seinen fünf Litern Blut Generationen von Stoikern auslöschen würde, *ad aeternum*. Er stellte sich vor, wie die Kämpfe seiner Ahnen, die Wechselfälle des Lebens, die Kümmernisse und Sorgen der Urväter an diesem Punkt endeten; in seinem verbrauchten Körper, seinem ertraglosen Samen würden Jahrhunderte in einem einzigen Augenblick ausgelöscht werden. Das Schicksal befiehlt, dachte er, und offensichtlich waren die Crisippus dazu bestimmt, vernichtet zu werden wie ihre Haare. Aber sie waren nicht die Einzigen, denn der Mensch als solcher ist eine aussterbende Spezies: Er sorgt sich um Elefanten und Tiger, um den Iranischen Bergmolch und den Tonkin-Goldaffen, vergisst aber, dass er selbst kurz vorm Untergang steht wie manche Sterne, die im Augenblick ihrer höchsten Leuchtkraft explodieren. Wie lange wird er noch überleben können auf der sich erwärmenden Erde mit schmelzenden Gletschern, ansteigenden Meeresspiegeln, abgeholzten Wäldern und Meeren, die zu Müllkippen geworden sind? Und eines Tages würde die *Ekpyrosis* kommen, der Weltenbrand, der das Universum am Ende seines Lebenszyklus explodieren lassen wird, und wenn die Welt ohnehin vergehen muss, was soll eine Handvoll Jahrhunderte da noch ändern? Wie alle Menschen sind auch die Crisippus dazu bestimmt zu verschwinden, es ist nur eine Frage der Zeit. Und so tröstete sich Archidemu, indem er wie üblich die Vergänglichkeit der Menschheit mit der des Universums verglich und sie dadurch milder erscheinen ließ.

Die Uhr an seinem Handgelenk erfüllte mehrere Funktionen: Sie gemahnte ihn an seine eigene Auslöschung und an die des Universums. Sie war der einzige Gegenstand, der ihm von seinem Vater geblieben war, und er zog sie jeden Tag auf, wie um die Erinnerung an ihn aufzufrischen. Und manchmal half sie ihm auch, das Ausmaß seines Verzichts zu ermessen. Wenn er einen Blick auf mehrere Uhren gleichzeitig warf, zeigten nie alle dieselbe Zeit an. Immer gingen sie eine Minute vor oder nach. Ein Versagen des *Bureau international des poids et mesures* in Sèvres. Wie an jenem Morgen, als er vor Sabettuzza stand, die Turmuhr der Chiesa Matrice Mittag schlug, auf seiner Uhr noch eine Minute dazu fehlte, die Uhr über der Apotheke aber bereits zwölf Uhr eins anzeigte. Eine Frage von Minuten, vielleicht nur Sekunden, könnte man meinen, aber Archidemu empfand diese zeitliche Abweichung als Scheitern. Der Mensch war auf dem Mond angekommen, er konnte Leben verlängern, Lebewesen klonen, aber er schaffte es nicht, drei verdammte Uhren übereinstimmen zu lassen. Eine Frage von Minuten, vielleicht nur Sekunden, könnte man meinen, aber eine Minute ist das Leben, in einer Minute können ganze Galaxien geboren werden und wieder verglühen. Unzählige Nebelflecke durchlaufen Jahrtausende, nur um sich auf ein kurzes Aufflammen vorzubereiten wie Menschen, die manchmal nur leben, um ein Wort auszusprechen oder einen anderen auf der Straße flüchtig zu berühren, gerade so lange, dass derjenige den Schritt verlangsamt und die Straße nicht in dem Augenblick überquert, in dem ihn ein Auto überfahren hätte, gerade lange genug, um auf dieselbe Weise über sein Schicksal zu entscheiden, wie ein Schlüssel im Schloss abbricht oder ein Nagel den Reifen eines

Fahrrads durchlöchert. Denn manchmal besteht der Daseinszweck eines Menschen darin, dass sich ein anderes Schicksal erfüllen kann. Der Sinn besteht darin, ein Stein zu sein oder ein Nagel, ein Ast oder Staub, das Geländer, nach dem eine Hand greift, um den Sturz zu vermeiden, oder der Ölfleck, der jemanden von der Straße schleudert, nichts anderes zu sein als eine Nippesfigur, einer dieser bedeutungslosen Gegenstände auf dem Regal, deren einziger Zweck darin besteht, uns an die Existenz des Staubs zu erinnern. Millionen Lebensjahre einer explodierenden Galaxie, die innerhalb einer Minute zu Ende gehen, Tausende von Tagen und Gedanken der Familie Crisippu, die in dem Augenblick verschwinden werden, in dem Archidemus Herz für immer zu schlagen aufhört. Und wenn es tatsächlich diese verhängnisvolle Minute sein sollte, die auf den Uhren der Menschen am Ende fehlt? Wenn die Explosion zwischen den Sekunden Versteck spielt, die sich die Uhren miteinander teilen und verschlingen? Wenn nun ausgerechnet, dachte Archidemu, jene Minute in seinem Leben fehlte? Und so wie er sich entschuldigte, wenn er auf der Straße jemanden anstieß, zog er den Knopf der Uhr heraus und glich die Stellung der Zeiger jenen der Apotheke oder des Kirchturms an, sobald die Zenith der Familie Crisippu von deren Stand abwich, denn gewiss war *sein* Mechanismus der fehlerhafte, *seine* Zeit war es, die nicht mit der des Universums synchron ging. Eine zu früh vergangene Minute, vielleicht genau die, in der seine Galaxie hätte explodieren können.

9
Eine kurze Geschichte des Wünschens

Es heißt, die Sterne leiten die Buckelwale und geben ihnen die Route vor. Wie so oft im Sommer vor dem Schlafengehen nahm Archidemu auf der Terrasse Platz und betrachtete die Sterne durch sein Fernrohr. An diesem Abend würde am Firmament das meistgesehene aller Schauspiele stattfinden, Dutzende, Hunderte, Tausende Augen würden sich dem Universum zuwenden, Dutzende, Hunderte, Tausende Herzen bereit sein, ihm ihr tiefstes Geheimnis zuzuflüstern, in der trügerischen Erwartung eines anderen Lebens. Er, Archidemu Crisippu, Teil des Sonnensystems, eines von Milliarden Bruchstücken, die die Sternbilder auf ihrem Weg hinterlassen, würde weder mit jammervollem Blick sein persönliches Universum betrachten noch heimliche Hoffnungen zum Ausdruck bringen, denn Archidemu Crisippu glaubte nicht an Wünsche. Eines Tages war er auf die Welt gekommen, hatte sich zufällig von einem Meteoriten gelöst, an einem anderen Tag war er mit einem Himmelskörper zusammengestoßen, von seiner Umlaufbahn abgebracht und dabei nahezu zerstört worden, und eines Tages würde er sterben und sich wieder in ursprünglichen Staub verwandeln. Denn was waren Wünsche, wenn nicht ein stillschweigendes Eingeständnis des Scheiterns? Die Erkenntnis, dass uns das, was wir wollen, nicht gehört, dass wir etwas anderes sind, als wir gern wären, dass unser Leben einer falschen Bahn folgt. Archidemu glaubte nicht an Wünsche, weil seine Hoffnungen zu häufig unerfüllt geblieben waren. Zu oft hatte er das Universum, die Statue des heiligen Rocco oder der Madonna um ein Wunder gebeten, er, der nicht an ihn glaubte, hatte sich sogar vor Gott auf die Knie geworfen, er, der die Gesichtszüge jedes Fremden, dem er im Dorf begegnete, genau betrachtete, um Vertrautes darin zu entdecken, er, der Artikel sammelte, in denen von verschwundenen oder wiedergefundenen Menschen die Rede war, von Männern und Frauen, die das Gedächtnis verloren hatten, er, der einmal sogar bis zum Strand von Gioiosa Jonica vorgedrungen war, überzeugt, dass der Gedächtnislose, der seit einigen Tagen vor dem Bahnhof kampierte und von dem er in der Zeitung ein Foto gesehen hatte, Sciachineddu war. Zu oft hatte er vergeblich vertraut: Sein Bruder würde ihn nie wieder umarmen, denn ein Loch im Gewebe des Universums hatte ihn verschluckt wie Gewölle, und wenn er ihm erneut begegnen wollte, musste er auf ein anderes Sonnensystem mit einem anderen Neigungsgrad warten.

In dem Wissen, dass er nicht der Einzige war, betrachtete Archidemu an jenem Abend den Himmel, dieses Schauspiel des Todes, den Meteoritenschwarm, der bald das Firmament durchlöchern würde, die Erde, die auf ihrer tödlichen Reise um die Sonne eine Wolke von Gesteinsbrocken in der Umlaufbahn eines Kometen durchquerte.

Die Perseiden waren die Meteoroiden des Sternbilds Perseus, Überbleibsel der fortschreitenden Auflösung des Swift-Tuttle-Kometen. Wörter bieten eine Deutung für das Leben, dachte er, denn das Wünschen, das *de-siderum,* kam geradewegs von den Sternen, den hellseherischen Sternen, ohne die nur noch der Wunsch nach etwas bleibt, das fehlt. Und es war seltsam, dass dieses unter einem schwarzen Himmel geborene Wort in einem Firmament widerhallte, das von Sternen durchsetzt war wie ein leuchtendes Schultertuch. In dieser Nacht würden sich manche Menschen ihren Illusionen und andere ihren Hoffnungen hingeben, was im Grunde ein und dasselbe war.

Perseide 1428

Am 10. August, um 22:47 Uhr Ortszeit, offizielle Greenwich-Zeit 21:47 Uhr, fiel sie auf die Erde. Der Punkt der größten Sichtbarkeit lag bei 38,9 Grad Breite und 16,6 Grad Länge.

Die Gesamtdauer betrug 2 Minuten und 16 Sekunden.

Erster Wunsch

Mararosa entdeckte sie, als sie hinuntergegangen war, um den Müll wegzubringen. Die idiotischen Geschichten über Sternschnuppen hatte sie noch nie geglaubt. Als sie ein kleines Mädchen war, hatte ihre Mutter ihr gesagt, sie solle in den Himmel sehen und einen Wunsch aussprechen, so, wie sie auch die kleinen Kerzen auf dem Kuchen ausblasen musste, aber Mararosa hatte jedes Mal nur so getan, als ob. Wie merkwürdig, dachte sie, dass man Wünsche immer dann formuliert, wenn etwas zu Ende geht, wenn die Dinge erlöschen, sei es ein Stern oder eine Kerze. Hast du es gesagt? Sie nickte, aber es stimmte nicht, denn ihre Wünsche waren so zahlreich, dass sie nicht gewusst hätte, wo sie anfangen sollte, und tatsächlich wünschte sie sich auch nichts für sich selbst, sondern nur für andere, Verwünschungen, die hoffentlich all jenen schaden würden, die mehr besaßen als sie. Aber kein Fluch hatte je getroffen! Erfüllt von Schadenfreude, wünschte sie sich, das Leben anderer zu zerstören, um die Leere in ihrem eigenen als normaler zu empfinden. Der erste Wunsch, an den sie sich erinnerte – vor einem Schokoladenkuchen mit sechs brennenden Kerzen sitzend –, hatte darin bestanden, das wunderschöne weiße Spitzenkleid einer Klassenkameradin möge in Flammen aufgehen und zu Asche verbrennen. So ging es weiter, bis sie Sarvatùra kennenlernte, denn während der kurzen Verlobung blieb ihr keine Zeit, Flüche zu formulieren. Sie trennten sich am 9. August, direkt vor der Nacht von San Lorenzo, nachdem ihr zum hundertsten Mal ein einziger Tag gefehlt hatte, um einen anständigen Wunsch auszusprechen – nämlich den, Sarvatùra zu heiraten. Und so begann sie tags darauf erneut, anderen Böses zu wünschen. Den ersten und alle folgenden Sterne in dieser Nacht bat sie, Sarvatùra möge sein Leben lang allein bleiben und keiner anderen gehören. Als sie Monate später von seiner Verlobung mit Rorò erfuhr, galten ihre Flüche nur noch einem einzigen Menschen: Ich will Rorò Partitaru, diese Männer- und Glücksdiebin, ins Gras beißen sehen. Das war der Wunsch – derselbe wie in jedem anderen Jahr –, den sie aussprach, als sie um 22:47 Uhr nach der Wiederholung der einhundertzehnten Folge ihrer Lieblingstelenovela *Cuore selvaggio* eine Sternschnuppe irgendwo auf dem Monte Covello niedergehen sah. Denn sie hatte zwar nie an die idiotischen Wunschgeschichten geglaubt, aber in diesem Jahr wollte sie es sicherheitshalber doch einmal laut aussprechen: Ich will, dass die widerwärtige Rorò Partitaru auf der Stelle tot umfällt. Schließlich kann man nie wissen, welches Jahr das richtige dafür ist.

Zweiter Wunsch

Rorò sah sie, als sie Sarvatùra, der in dem Weidensessel im Garten bereits eingeschlafen war, den Kaffee brachte. Sie rief leise nach ihm, aber sein Schnarchen übertönte ihre Stimme, darum stellte sie das Tässchen auf den steinernen Tisch und setzte sich. Sie brauchte keine Wünsche. Hätte sie nur einen einzigen ausgesprochen, wäre es ihr vorgekommen wie eine Todsünde, so als setzte sie sich mit vollem Bauch an den Tisch, während andere hungers sterben und sich nach ein paar Brotkrumen sehnen. Sie wünschte sich also nichts, betrachtete nur die Sternschnuppe und dachte an nichts anderes als die Schönheit dieser kurzlebigen Erscheinung, denn wer weiß, warum die Sterne aufleuchten, ehe sie fallen, wie wenn ihr Schicksal darin bestünde, für die Herrlichkeit ihrer Existenz mit vorzeitigem Erlöschen zu büßen. Gleich darauf erblickte sie einen weiteren Stern, aber der beeindruckte sie weniger als die Perseide 1428. Er projizierte einen Schatten in ihren Kopf, als wollte ihr der Himmel eine zweite Chance geben, die sie aber ablehnte – ein finsterer Gedanke, denn es kann auch eine Todsünde sein, sich von jemandem abzuwenden, der einem die Hand reicht.

Dritter Wunsch

Cuncettina Licatedda, Tochter von Antonio Licatedda und Maria Rondinelli, sah sie vom Badezimmerfenster aus. Sie saß rittlings auf dem Bidet, wartete, dass der von Cosimo großzügig verströmte Samen aus ihr herausfloss, damit sie sich waschen konnte, und blickte dabei zum Himmel hinauf. Sie sprach ihren üblichen Wunsch aus: dass es einem, nur einem einzigen Tropfen dieser Flüssigkeit, die ihr über die Finger lief, gelingen möge, im Strom ihres Körpers aufzusteigen und ihren Eileiter zu erreichen, dass das Ausbleiben der monatlichen Blutung nur vorübergehend war, dass ihr Körper sich nach jahrelangen Mühen lediglich eine Auszeit genommen hatte und dass, wenn der Tropfen es nicht schaffte, wenigstens das Blut zurückkehren würde, so reichlich wie Hagel im Sommer. Es schien ihr ein bedeutsamer Zufall zu sein, dass sie eine Sternschnuppe ausgerechnet in dem Augenblick sah, in dem der Samen sinnlos auf die Keramik des Bidets fiel, nachdem er in die Atmosphäre ihres Uterus hineinexplodiert war. Darum tat sie etwas, das sie seit Jahren nicht mehr getan hatte: Sie legte sich auf den Boden und die Füße auf die Fensterbank in der Hoffnung, auf diese Weise den Aufstieg des milchigen Bächleins in die geheimnisvolle Galaxie ihres Fortpflanzungsapparats zu begünstigen. Und während sie so dalag und in den Himmel blickte, dachte sie, dass es traurig war, jedes Jahr denselben Wunsch zu äußern, immer denselben, als entrichtete sie heimlich eine Steuer, um weiterhin im Land der Illusion leben zu dürfen.

Vierter Wunsch

Venanziu sah sie, ohne es zu wollen. Nackt auf dem Bett liegend, während sich sein *miccio* langsam in sich selbst zurückzog wie ein Wurm nach einer leichten Berührung, sah er zu, wie sich Costantina im Gegenlicht vor dem Fenster Mund und Wangen abwischte, die er kurz zuvor mit seiner heiligen Milch gesegnet hatte. Er musterte sie und fragte sich, wie viele Männer in seinem Alter sich noch eine so hübsche junge Frau leisten konnten, mit straffer, duftender Haut, glühend vor Begeisterung, weil sie die Erotik gerade erst entdeckte, eines jener jungen, frisch verheirateten Mädchen, die sich einmal im Monat an ihn wandten, kurz vor der Regel, wenn der Fortpflanzungsapparat einiger geschickter Feineinstellungen bedurfte. Er wünschte, es würde niemals enden, obwohl die Tropfen, die ihm die Unterhose gelblich färbten, nachdem er sich erleichtert hatte, und die Mühe, die es ihn kostete, morgens gleich nach dem Aufstehen zu urinieren, auf das Gegenteil hindeuteten. Er wünschte, es würde niemals enden, und sobald Costantina aus seinem Blickfeld verschwunden war, um ihr Kleid vom Stuhl zu nehmen, wodurch Venanziu in einer Ecke des Fensters die Perseide 1428 in der Atmosphäre verbrennen und für immer dem Zerstörungskreislauf des Universums anheimfallen sah, in diesem Moment wünschte er sich darum, dass ihm seine Manneskraft erhalten bleiben und er bis zum letzten Tag seines Lebens fähig sein möge, schöne junge Frauen zu lieben wie jetzt die Schwiegertochter des Stadtrats. Er wünschte sich – falls es dazu noch nicht zu spät war –, sein Herz möge in hundert Jahren exakt in dem Augenblick stehen bleiben, in dem die letzten Reste seines Spermas in die intrauterine Atmosphäre hineinexplodierten, um hilflos am Firmament der im Nichts gelebten und vom Nichts verschlungenen Leben dahinzugleiten.

Fünfter Wunsch

Angeliaddu und Taliana betrachteten sie gemeinsam. Jedes Jahr setzten sie sich am Abend des 10. August in den kleinen Gemüsegarten hinter dem Haus. Taliana nahm ihren Sohn in den Arm, und sie begannen, den Himmel zu betrachten wie eine Kinoleinwand. Sie spielten ein Spiel: Aus den verschiedenen Sternschnuppen mussten sie sich eine aussuchen und sich im Geist etwas wünschen, und erst wenn der Wunsch gedacht und der Lichtschweif verschwunden war, durften sie »fertig« sagen. In dieser Nacht war der Himmel wunderschön, überzogen von einem Glanz, den man mit Händen greifen zu können glaubte, wenn man ihn lange genug betrachtete. Normalerweise war Angeliaddu der Erste, der sich etwas wünschte, und nicht Taliana, die aus der Tiefe ihrer Enttäuschung heraus bis zu den letzten Sternschnuppen wartete, aber in dieser Nacht sagten die beiden zum ersten Mal gleichzeitig »fertig«, und zwar als der letzte Lichtschein der Perseide 1428 erloschen war. Der Wunsch der Mutter wurde von Gravitationswellen zu den Planeten Pluto und Uranus getragen, wo er flüsternd zu den Göttern der Intermundien gelangen würde, auf dass sie sich um ihren Sohn kümmerten, damit er ein unbeschwertes, ruhiges Leben führen konnte. Sie sollten ihn wie einen wertvollen Gegenstand behüten und ihn vor Krankheiten und bösen Menschen schützen, damit Angeliaddu kraft seines Namens, der den Engeln näher war als irdischen Dingen, das Elend, die Erniedrigungen und die Schmerzen erspart blieben, die sie selbst erlebt hatte. *Fertig.*

Als *màmmasa* ihn umarmte, wusste Angeliaddu noch nicht, welchen der beiden üblichen Wünsche er äußern würde, ob er dieses verdammte weiße Haarbüschel verschwinden lassen sollte oder lieber ... Über die zweite Möglichkeit dachte er bereits seit mehreren Tagen nach, und zwar seitdem er Saverio Procopio Hand in Hand mit seinem Vater aus der Eisdiele hatte kommen sehen. Bei diesem Anblick war ein solcher Schmerz in ihm aufgestiegen, dass er fast geweint hätte, denn er war für immer aus dem speziellen Universum ausgeschlossen, in dem Väter ihre Söhne beschützen. Mit einem Vater, der dich bei der Hand nimmt und die Bosheiten der Welt wiedergutmacht, läge dir auch eine weiße Haarsträhne nicht so schwer auf der Seele. Und während er sich miteinander verflochtene Hände und schützende Umarmungen vorstellte, eine Tausendstel Sekunde, ehe der Schweif des Kometen verschwand, dachte Angeliaddu: Ich möchte meinen Vater kennenlernen. *Fertig.*

Lulù entdeckte sie, als er ausgestreckt auf seiner Pritsche lag. Während er durch das Fenster in den Himmel blickte, schlief er ein. Mehrmals war er wegen irgendeines Notfalls in ein Bett verlegt worden, von dem aus er nicht zum Fenster hinaussehen konnte, und er hatte nicht in den Schlaf gefunden. Wie als Kind, da hatte er sich in solchen Fällen auf dem Speicher unter die Dachluke gelegt. Wenn der Vater betrunken nach Hause kam, war seine Mutter meistens bei Lulù geblieben, und in ihren Armen schloss er die Augen und hielt das Gesicht gen Himmel. Sie war es, die ihm die ersten Sternschnuppen gezeigt hatte, aber Lulù erinnerte sich nicht mehr daran. In seinem Verstand gab es keine deutlichen Erinnerungen, er besaß keinen sequenziellen Zugriff auf seine Daten. Er war wie ein Gravitationsfeld ohne Zeit, in dem hin und wieder Quantengedanken aufblitzten und kollidierten, und nur dann funktionierte er. Lulù wusste nicht, was das war, ein Wunsch, denn ein Wunsch ist Zeit, die sich strukturiert, eine Vergangenheit aus Bedauern, eine Zukunft aus Möglichkeiten und eine Gegenwart des Wartens. Lulù konnte weder das Wort aussprechen, *Wunsch*, noch wusste er, dass man dazu die hypothetische Formulierung »ich möchte, dass« gebrauchte, aber er lebte es tagtäglich, dieses Wünschen, denn jeder Tag war für ihn Warten auf die Mutter, auf jenes Hologramm, das gelegentlich in seinem stets gleich bleibenden Universum aufleuchtete, das Warten auf die Umarmung, die Stimme, die geschenkte Blume, das Gesicht, das aus jeder Madonna lachte. Lulù lächelte, wenn er in den Himmel blickte und dort am stellaren Gegenpol die mütterlichen Züge entdeckte, er lächelte, während sein rechtes Auge zu tränen begann.

Ein heimlicher Wunsch

Caracantulu erblickte sie, als er die Bar Centrale verließ, in der Tasche das Geld, das er beim Bazzica gerade Pinu Sciancalàtu abgenommen hatte, einem, der irgendwann noch sein letztes Hemd verspielen würde. Mit dir spiele ich nicht mehr, hatte Pinu gesagt und wütend den Queue auf das Tuch geworfen, bei dir gleitet der Stock wegen dem Handschuh viel besser, du gewinnst nur, weil du den Handschuh trägst. Zieh dir doch auch einen an; wenn du willst, gebe ich dir einen von meinen, antwortete Caracantulu sarkastisch, aber innerlich verfluchte er Pinu, denn jetzt war diese verdammte Hand auch noch etwas, worum er zu beneiden war, diese Hand, geformt wie ein Amulett gegen den bösen Blick, wie die roten Hörner, die sich die Dorfbewohner, die in die Schweiz emigriert waren, an den Rückspiegel ihres großen Autos hängten. Der Juckreiz, den er während der Partie an der Hand verspürt hatte, kam nun wieder, stärker als zuvor. Er zog den Handschuh bis zu den Fingerknöcheln hinunter und kratzte sich energisch. Im fahlen Licht der Nacht zur Faust geballt, sah die Hand genauso aus wie jede andere, und er wirkte wie ein ganz normaler Mann. Caracantulu wusste nicht, dass es die Nacht der Sternschnuppen war. Er sah die Perseide 1428 bereits über der Häuserreihe von San Marco stehen, während er sich noch fragte, woher dieses kalte Licht kam. Welchen Sinn hatte es, sich etwas zu wünschen, das nicht eintreten konnte? Welchen Sinn hatte es, sich im Stillen zu wünschen: Ich möchte, dass meine Hand wieder normal wird, wenn der Wunsch unmöglich in Erfüllung gehen konnte? Er war in Neapel bei einem Spezialisten gewesen, um sich zu erkundigen, ob eine Transplantation infrage kam, doch nach gründlichen Studien und Untersuchungen hatte der Arzt gesagt, es sei ausgeschlossen, er könne höchstens eine Prothese anbringen und auch das nur zur Verschönerung. Er hatte tatsächlich dieses Wort benutzt, Verschönerung, und Caracantulu hatte sich regelrecht verarscht gefühlt. Was nützen unmögliche Wünsche? Geld gewinnen, jemandem begegnen, den man liebt, hoffen, dass es den eigenen Kindern gut geht, das waren Wünsche, die in Erfüllung gehen konnten, sie ließen sich auch am letzten Tag eines Lebens noch verwirklichen, und das machte sie so besonders: Sie konnten jederzeit in Erfüllung gehen. Aber die Heilung seiner Hand war kein Wunsch, sondern ein Traum, das heißt die Möglichkeit einer anderen Vergangenheit – was das Gegenteil eines Wunsches ist. Denn die Sehnsucht nach etwas, das man niemals bekommen kann, ist die Bahn, die das universelle Schicksal den verfluchten Existenzen vorbehält.

Siebter und letzter Wunsch

Archidemu interessierte sich für die Sternschnuppe als Phänomen des Himmels, als Gefährtin seiner Wahl, als Schwester. An Wunder glaubte er nicht, und darum misstraute er den Wünschen, die unerfüllte Wunder sind. Er suchte den Himmel nach der Perseide 1428 ab. Als sie erschien, folgte er ihrer kurzen Epiphanie zwischen Schedir und Segin, und eine Nanosekunde, bevor der Schweif verschwand, dachte er, dass er irgendwann und irgendwo auf der Welt gern seinem Bruder begegnen und ihn umarmen würde. Es ist nur ein Gedanke, sagte er sich im Stillen sofort, um sich von den restlichen Zuschauern dieses Todesspektakels zu unterscheiden, nur ein Gedanke, wiederholte er und versank in der Erkenntnis, dass Gedanken manchmal kleinen Wünschen ohne jeden Ehrgeiz entsprechen.

10

Der Zirkus

Die Sternschnuppen der Nacht waren wie duftendes Saatgut, und das Aroma von Rosmarin und frischem Klee, das am Vortag aufgetreten war, entfaltete sich in all seiner Pracht. Girifalco schien sich parfümiert zu haben wie eine Frau vor dem ersten Rendezvous. Roró und Venanziu rochen es, als sie die Rollläden vor ihren Geschäften hochzogen, Archidemu, als er ein Blatt Kopfsalat für Sciachiné, seine Schildkröte, zerpflückte, Lulù, als er die erste Limonade des Tages trank, Angeliaddu und Mararosa, als sie ins Bad gingen, und Cuncettina, als sie nach einer unruhigen Nacht aus dem Bett stieg. Aber der berauschende Duft, der alle in gute Stimmung versetzte, war nicht das Einzige, das aus den Kiefernwäldern zu ihnen gelangte.

Am 11. August um 9:24 Uhr näherte sich auf der Straße, die im Lauf der Jahre von wütenden Wildschweinherden bis zu Strömen von Regenwasser alles Mögliche ins Dorf gebracht hatte, ein Zirkus dem Ort. Die Wohnwagen kamen von San Marco herunter, erreichten die Ampel und bogen rechts ab zum Piano, dem Dorfplatz, der groß genug war, um dort gemeinsam haltzumachen. Neugierig kamen die Dorfbewohner näher. Aus dem ersten Wohnwagen stiegen zwei Männer, blickten sich um und sagten etwas zueinander. Einer der beiden kehrte um und kam mit einer Landkarte zurück.

»Buongiorno.«

Wachtmeister Ciccio Marvarusu trank in der Bar Centrale eine Brasilena, als er die Wagen vorbeiziehen sah und ihnen zu folgen beschloss.

»Kann ich Ihnen helfen?«

Der Mann mit der Landkarte in der Hand drehte sich um: »Danke, wir brauchen tatsächlich Hilfe. Wo sind wir hier?«

»In Girifalco«, antwortete Ciccio erstaunt.

Die beiden Männer tauschten zweifelnde Blicke und suchten den seltsamen Namen auf der Landkarte.

»Das ist hier, genau in der Mitte der Landenge, der schmalste Teil der Halbinsel«, sagte der eine und deutete mit dem Finger auf die Karte.

»Wir haben uns verfahren, und zwar nicht zu knapp«, sagte der andere.

»Wo müssen Sie denn hin?«

Die Gesichter der beiden Männer verfinsterten sich. Der Wachtmeister bekam keine Antwort und war ein bisschen verwirrt, denn diese Leute mit der Landkarte in der Hand schienen aus Gott weiß welch fernem Ort und aus längst vergangener Zeit zu ihnen ins Dorf katapultiert worden zu sein.

»Was machen wir jetzt, Cassiel?«, fragte der eine den anderen.

»Ich weiß es nicht, aber ich bezweifle, dass wir es noch rechtzeitig schaffen.«

Der Bürgermeister beobachtete die Szene vom Fenster seines Büros aus, und als er Marvarasu mit den Fremden reden sah, trat er auf die Straße hinaus.

Der Zirkus Engelmann war keiner jener Zirkusse, die hin und wieder im Dorf haltmachten, mit Wagen, von denen der Lack abblätterte, und deren Eigentümer, gekleidet in fadenscheinige, fleckige Trainingsanzüge, ihre bis auf die Knochen abgemagerten Tiere grasen ließen. Dieser Zirkus duftete nach Blumen und großen Städten; die Männer und Frauen, die nach und nach aus den Wohnwagen kamen, waren so sauber und blond, als wären sie einem Altarbild entstiegen. Auch der Bürgermeister hatte den Eindruck, vor einer ungewöhnlichen Erscheinung zu stehen.

»*Buongiorno*, ich bin Domenico Migliaccio, der Bürgermeister«, sagte er und streckte die Hand aus.

»Guten Tag, mein Name ist Cassiel Engelmann vom Zirkus Engelmann, und das hier ist meine Familie«, antwortete einer der beiden und deutete auf die Zirkusmitglieder, die sich hinter ihm im Halbkreis versammelt hatten.

»Ihr seid keine Italiener.«

Cassiel lächelte. »Italiener, Polen, Deutsche, Ungarn, Franzosen und noch anderes mehr.«

»Aber der Nachname ist deutsch«, stellte Ciccio fest.

»Genau, deutsch.«

»Warum haben Sie hier angehalten?«, fragte der Bürgermeister.

»Seien Sie unbesorgt, es ist nur ein kurzer Zwischenhalt.«

»Oh, ich wollte Sie nicht wegschicken, ich frage aus reinem Interesse.«

»Wir haben uns verfahren. Wir waren auf dem Weg zu einem Festival, aber wir sind spät dran, und inzwischen glaube ich tatsächlich, dass wir nicht mehr pünktlich dort ankommen werden.«

Der Bürgermeister dachte an die Karussells, die in diesem Jahr auf sich warten ließen.

»Warum bleiben Sie nicht einfach bei uns? In ein paar Tagen beginnt unser Patronatsfest, dann kommen jede Menge Leute her. Ich weiß, dass Sie ein anderes Publikum gewöhnt sind, aber ich versichere Ihnen, Sie werden es hier gut haben.«

Die beiden sahen sich an: Der Vorschlag schien ihnen eine gute Alternative.

»Wenn Sie uns ein paar Minuten allein lassen würden«, sagte Cassiel mit einer entschuldigenden Geste.

Die Männer zogen sich zurück, und der Halbkreis von Zirkusmitgliedern zog sich noch enger um den Anführer zusammen. Mit einem katzenhaften Sprung gelangte Cassiel auf einen Wohnwagen und erklärte seinen Gefährten Migliaccios Vorschlag. Einer nach dem anderen sagte seine Meinung dazu. Die einen wollten zu dem Festival, andere waren müde von der langen Reise und zogen es vor haltzumachen, der Mann, der anfangs mit Cassiel geflüstert hatte und jetzt erneut an seiner Seite war, gab zu bedenken, dass sie zwar die Nacht durchfahren konnten, aber dennoch Zeit brauchen würden, um alles aufzubauen, und danach wären sie so müde, dass die Vorstellung darunter leiden würde. Viele Kommentare wurden abgegeben, und am Ende war Cassiel dran. Er sprach mit leiser Stimme, und der Bürgermeister verstand nur seine letzten Worte: Normalerweise entscheiden wir über den Weg, aber heute hat der Weg über uns entschieden.

Der Halbkreis öffnete sich, und wie auf Befehl gingen alle zu ihren Wohnwagen zurück. Cassiel sprach noch kurz mit dem Mann, der auf dem Wagen neben ihm saß, dann ging er auf den Bürgermeister zu und sagte: »Wir bleiben.«

Migliaccio schüttelte ihm die Hand.

»Gut, sehr gut, das freut mich.« An den Wachtmeister gewandt, fuhr er fort: »Ciccio, bring sie zum Feld von San Marco, dort sollen sie sich niederlassen.«

»Und wenn die Fahrgeschäfte kommen?«

»Die hätten gestern schon hier sein sollen. Sagen wir ihnen, sie sollen woanders aufbauen!«

Der Wachtmeister gehorchte und ging los, um den Dienstwagen der Stadtverwaltung zu holen. Nach wenigen Minuten kehrte er zurück und bedeutete den Männern bei laufendem Motor, ihm zu folgen.

»Einen Moment noch«, sagte Cassiel. Er blickte zum letzten Zirkuswagen, und sobald er eine Reaktion bekommen hatte, hob er einen Arm und senkte ihn sofort wieder. Es war, als liefe auf dieses Zeichen hin eine Spieluhr ab: An den Seiten der Zirkuswagen wurden lange Tücher aus amarantrotem Samt entrollt, auf denen in goldenen Buchstaben die Aufschrift ZIRKUS ENGELMANN prangte. Die Käfigwagen mit den Tieren darin wurden geöffnet, man holte einen Elefanten heraus und spannte ihn vor einen Wagen, der auf allen vier Seiten mit geschnitzten und geflügelten Figuren geschmückt war, eine historische Kalliope in neuem Gewand. Einige zogen blitzschnell eine rote Livree mit Kragenspiegeln, vergoldeten Schnüren und Knebelverschlüssen in Form kleiner Trommeln an und stellten sich vor dem ersten Zirkuswagen auf, gleich hinter dem freigelassenen Elefanten.

»Es kann losgehen«, verkündete Cassiel.

Ciccio Marvarusu am Steuer des Autos führte den festlichen Zug an, so langsam wie ein Leichenwagen oder wie jemand, der unterwegs Bleichmittel verkaufen will.

Trotz der frühen Stunde waren viele Menschen auf der Straße. Weitere, neugierig geworden durch den Lärm, blickten aus Fenstern und von Balkonen, grüßten den vorbeiziehenden Zirkus und applaudierten.

Eine solche Parade hatten die Dorfbewohner, die sich auf dem Bürgersteig drängten wie Mehlsäcke in der Mühle, noch nie gesehen. Sie waren nur die Zirkusse gewöhnt, die bislang gelegentlich auf diesem Flecken Erde ihre Zelte aufgeschlagen hatten: traurige Karawanen aus Menschen und Tieren, zusammengehalten vom Mangel, die mit ihren zerschlissenen Kleidern und der billigen Schminke ebenso viel Bedauern und Mitleid auslösten wie ein Tiergerippe, das am Rand der Landstraße liegt. Der Zirkus Engelmann hingegen war ein richtiger Zirkus, und wären die vergoldeten Ornate und die moderne Kalliope kein ausreichender Beweis gewesen, hätte Annibale, der Dickhäuter, der so groß war wie Micu Strumbus Schaufelbagger und hin und her schaukelte wie eine Hängematte, noch den letzten Zweifel ausgeräumt.

All das musste ein Traum sein.

Zwanzig Minuten später erreichte der Zug das Feld.

Die Nachricht vom Zirkus sprach sich so schnell herum wie ein Lottogewinn, und die Dorfbewohner änderten das Ziel ihrer Spaziergänge und marschierten allesamt nach San Marco hinauf.

Auch der Bürgermeister, begleitet vom kommunalen Vermessungstechniker Filippu Discianzu, wollte beim Aufbau des großen Zeltes zusehen. Angeliaddu kletterte auf einen Baum, um den Platz überblicken zu können.

Ein Mann in Livree hatte sich am Beginn der Lichtung postiert und blickte sich so aufmerksam um wie ein Jäger, der nach einem Platz sucht, an dem er sich auf die Lauer legen kann. Er hob den Arm, um alle zum Schweigen zu bringen, dann brüllte er: *»Vatì stanòs!«*

Zwischen den Zirkuswagen tauchte ein Junge auf und reichte ihm einen Hering und einen Holzhammer. Der Mann in der Livree ging gemessenen Schritts, und nachdem er die Mitte des ebenen Platzes erreicht und sich noch einmal umgesehen hatte, als müsste er sich von der Richtigkeit seiner Berechnungen überzeugen, rammte er mit ein paar energischen Schlägen den ersten Hering in die Erde.

Es war die Mitte der Zirkuskuppel, der Ursprung, um den herum die Engelmanns ihre provisorische kleine Stadt errichten würden. Das Stück Holz wurde zu dem Stäbchen, um das sich die Zuckerwatte spinnt, um diesen Hering herum würden ordentlich die Lkw und Wohnwagen angeordnet werden: ganz hinten die der Arbeiter, davor die Anhänger und die Tierkäfige, dann die Lastwagen mit den Gerätschaften und an den Seiten die Wohnwagen der Artisten. Sie bildeten eine Art Hufeisen, in dessen Mitte genug Platz blieb, um das Zirkuszelt aufzubauen. Als die Fahrzeuge haltgemacht hatten, stiegen alle aus; aufgeregt stoben sie auseinander wie Bienen, die aus einem brennenden Bienenstock flüchten. Es war, als beobachtete man eine der mechanischen Krippen, die Pepè Rosanò für die Nervenheilanstalt baute und in denen jeder Hirte immer wieder dieselbe Bewegung ausführte.

An dem Hering wurde ein etwa dreißig Meter langes Seil befestigt, mit dessen Hilfe der Kreisumfang bestimmt wurde. Jeder erfüllte seine Aufgabe mit großem Geschick: Die Mittelstange wurde in die Mitte gebracht, mithilfe des Elefanten aufgerichtet und mit Stahlseilen an ihrem Platz gehalten. An dem Kreis entlang wurden kleinere Stangen eingeschlagen, dann folgte längeres Hantieren mit Seilen, Riemenscheiben und Flaschenzügen, bis schließlich etwa zwanzig Männer das riesige Zelt herbeischafften, dessen Ränder erst miteinander und dann mit der kranzförmigen Spitze verbunden wurden, die sodann auf die Mittelstange gehoben werden musste.

Für die Dorfbewohner war es sehr bewegend zu sehen, wie sich das scheinbar unförmige, riesengroße weiß-rote Gewebe unter den Hauruck-Rufen der Zirkusmitglieder Stück für Stück aufrichtete, als höbe eine Braut den Schleier ihres Kleides an, damit er nicht schmutzig wird. Während die Zeltplane mithilfe von Schlaufen an den Heringen befestigt und die ersten Lichter angebracht wurden, nahm Cassiel ein Megafon und näherte sich den Dorfbewohnern, die sich hinter dem Zaun drängten. Er fragte die Jungen, wer im Tausch gegen ein paar Eintrittskarten helfen wollte. Eine ganze Schar ungeduldiger Jungen strömte unter der Kuppel zusammen. Auch Angeliaddu war unter ihnen und sah sich verwundert im Zelt um, weil er den Eindruck hatte, sich im Bauch eines großen, atmenden Tieres zu befinden.

Mit einem kürzeren Seil wurde der Umfang der Manege festgelegt, um die herum bunte Holzkästen angeordnet wurden, die die Piste bildeten, die breite Umrandung der Manege. Während hinter ihnen die Arbeiter die Treppen aufbauten, nahmen die Jungen die Klappstühle und stellten sie in den vorderen Reihen auf, dann bedeckten sie sie mit nummerierten Samtbezügen. In der Zwischenzeit streuten einige Frauen Sägespäne in die Manege wie Bäuerinnen, die die Saat ausbringen. Der Mann in der Livree, der den ersten Hering eingeschlagen hatte und zu dem sich inzwischen der Bürgermeister und der Vermesser gesellt hatten, zog die Aufmerksamkeit auf sich, indem er mit einem Bündel Eintrittskarten wedelte: »Na, wer hat sich so eine verdient?«

Die Jungen liefen los, um die Belohnung für ihre Mühen einzuheimsen.

»Langsam, langsam«, sagte der Bürgermeister und lächelte, aber der Vermesser war weniger gut gelaunt, und als Angeliaddu in seine Nähe kam, versetzte er ihm einen Schlag in den Nacken, so heftig, dass der arme Junge, der zwei Eintrittskarten in der Hand hielt, vor Überraschung und Schmerz zu weinen begann.

»Beruhig dich, du Affe, wir sind hier nicht im Dschungel!«, sagte der Vermesser und musterte ihn verächtlich.

Angeliaddu senkte den Kopf. Er griff sich in den Nacken und massierte ihn, um den Schmerz zu lindern, und in der Haltung eines geprügelten Hundes drehte er sich um und entfernte sich von der Schar der freudig erregten Jungen wie ein Beiboot, das sich zufällig vom Schiff gelöst hat.

Die schillernden Formen der Welt

»*Ragazzino*, komm mal her!«

Ein großer Mann mit blondem Haar, um das er ein Tuch gebunden hatte, winkte ihn zu sich.

Er hatte den Schlag gesehen und glaubte, ihn am eigenen Leib zu spüren.

Angeliaddu schämte sich, denn wenn kein anderer sie sieht, wiegt eine Demütigung weniger schwer.

Er musterte den Mann: Unter dem weißen Trainingsanzug zeichneten sich seine enormen Armmuskeln ab.

Batral, der Trapezkünstler des Zirkus, deutete ein weiteres Mal auf ihn, diesmal begleitet von einem Lächeln: »Ja, dich meine ich, komm schon, komm her!«

Angeliaddu hörte auf, die schmerzende Stelle zu betasten, und schluckte den Kummer hinunter, der ihn zu überwältigen drohte.

»Hast du Lust, mir zu helfen?«

Der Junge nickte.

»Hat er dir wehgetan?«, fragte Batral und deutete auf seinen Hals.

Angeliaddu hatte den Blick eines Menschen, der mit wenig Freundlichkeit groß geworden ist. »Daran bin ich gewöhnt«, sagte er mit gesenktem Blick.

Er spürte, wie ihm eine Hand über den Kopf strich. »An Schläge gewöhnt man sich nie.«

Beim väterlichen Klang dieser Worte stieg der Kummer, den er zuvor unterdrücken konnte, wieder in ihm auf.

»Komm mit.«

Batral öffnete eine große schwarze Kiste, in der ein Gewirr von Schnüren und Seilen lag, was Angeliaddu an *vudèdda di maiali,* an Schweinedärme, erinnerte, die in eine Wanne geworfen und ausgewaschen werden, ehe man sie mit Fleisch füllt.

»Da, nimm«, sagte Batral und drückte ihm einen Metallstab in die Hand, an dessen Enden je eine Schnur befestigt war. »Geh damit so weit, bis ich Stopp sage.«

Angeliaddu zog die Schnüre auseinander. Batrals Anweisungen folgend, legte er das Gerät auf den Boden, dann setzten sie die Arbeit fort, bis die Kiste leer war.

»Was ist das?«

»Das sind Trapeze«, antwortete der Mann, aber als er sah, dass das Wort keinen Eindruck auf den Jungen machte, fuhr er fort: »Die hängt man da oben auf, direkt unter der Kuppel, und es gibt tatsächlich ein paar Verrückte, die dort oben herumspringen.«

Er lächelte, dann nahm er die Kiste und machte Anstalten fortzugehen: »Kommst du morgen Abend?«

Der Junge zuckte mit den Schultern. Batral gab ihm weitere Eintrittskarten, dann verließ er das Zelt.

Angeliaddu starrte den verdammten Vermessungstechniker an, der blasiert zu den Worten des Bürgermeisters nickte, und er malte sich den Tag aus, an dem er endlich groß genug sein würde, um ihm auf der Straße urplötzlich eine zu knallen, so heftig, dass er zu Boden gehen würde.

Erneut begann sein Nacken zu schmerzen. Er wartete noch einen Moment, aber da Batral nicht zurückkehrte, drehte er sich um und ging fort.

Als er nach Hause kam, bemerkte seine Mutter, dass etwas nicht in Ordnung war.

»Der Vermesser hat mich geschlagen, im Zirkus.«

Es war nicht das erste Mal, dass Discianzu ihn schlecht behandelte. Die Dorfbewohner begegneten Angeliaddu im Allgemeinen mit Gleichgültigkeit, aber dieser Kerl war schlimmer als die anderen.

»Warum hat er mich so auf dem Kieker?«, fragte er und zeigte seiner Mutter den Abdruck auf seinem Hals.

Talianas Miene verfinsterte sich, denn in solchen Momenten bedauerte sie stets, dass sie keinen Mann an ihrer Seite hatte.

»Ich habe etwas für dich«, sagte er und zeigte ihr die Eintrittskarten des Zirkus. »Er hat mir acht Stück gegeben.«

»Wer?«, fragte sie und griff erneut nach der Bügelwäsche.

»Einer vom Zirkus, ich habe ihm geholfen, die Seile zu sortieren. Wir gehen zusammen hin, Mama, nicht wahr?«

»Natürlich, ich komme mit.«

»Du und ich, Mama, eingehakt wie Braut und Bräutigam.«

»Ja, wie Braut und Bräutigam.«

»Bist du schon mal in einem Zirkus gewesen?«

»Ja, einmal, da war ich schon älter als du jetzt.«

»Und hat es dir gefallen?«

»Ja, Angelì, es hat mir gefallen, aber das waren andere Zeiten damals. Heute sind die Zirkusse bestimmt noch schöner.«

»Ja, Mama, du musst unbedingt sehen, was es dort alles gibt. Gehen wir morgen Abend hin?«

»Mal sehen.«

Als er die Karten wieder in die Tasche steckte, berührte er die Münze, die ihm Caracantulu am Tag zuvor gegeben hatte. Er nahm sie und legte sie in die Dose zu den anderen. Wenn alles glattging, würde er seiner Mutter am Ende des Sommers eine Brille kaufen können, denn durch das viele Weinen und die nächtlichen Stick- und Häkelarbeiten hatte sie sich die Augen verdorben, sodass die Formen der Welt allmählich vor ihnen zu verschwimmen begannen. Und Angelo ertrug den Anblick nicht, wenn sie die Lider schloss, weil ihr die Augen brannten, wie sie blinzelte und ihr ein paar Tränen über die Wangen liefen. Am liebsten hätte er sich selbst die Augen herausgenommen und sie ihr gegeben.

Vom Körper und von der Seele

Nachdem er den Laden abgeschlossen hatte, ging Sarvatùra nach Hause, denn er wusste, dass Rorò bereits mit dem Kochen begonnen hatte.

»Ich habe dir etwas mitgebracht«, sagte er und durchsuchte die Tasche des weißen Kittels, den er nur auszog, wenn er sich zum Abendessen an den Tisch setzte. Er legte einige bunte Zettel auf den Tisch. »Heute ist ein Fremder in den Laden gekommen, einer von diesen Zirkusleuten, ich habe ihm ein schönes Tramezzino gemacht, und er hat mir die hier gegeben.«

Rorò hatte noch nie einen Zirkus von innen gesehen, und darum war sie glücklich, dass sie nun zum ersten Mal eine Vorstellung besuchen würde, aber während sie die Kartoffeln zerdrückte, beschlich sie ein seltsames Gefühl. Auf einmal hatte sie den Eindruck, eine andere zu sein. Sie glaubte, hinter sich zu stehen und sich beim Hantieren zu beobachten, und diese Frau, die sie selbst war, gefiel ihr nicht. Sie hätte nicht sagen können, warum, aber ihr war, als hätte sie plötzlich gemerkt, dass sie ein Leben führte, das nicht zu ihr passte, wie wenn sie ein Kleid anprobierte, sich im Spiegel anschaute und es sofort wieder auszog, weil sie dick darin aussah. Auf einmal schien ihr Körper nicht mehr ihr zu gehören, dieser Mann war nicht ihrer, und auch das Haus gehörte nicht ihr. Die Karten auf dem Tisch waren Klingen, die den Körper von der Seele trennten, so, wie man es mit einem Schwein macht, das man an den Haken hängt, nachdem man es gehäutet und in zwei Hälften geteilt hat, die Seele auf der einen und den Körper auf der anderen Seite. Urplötzlich verspürte sie eine nie gekannte Müdigkeit, und für einen Moment überlegte sie, alles stehen und liegen zu lassen und ins Bett zu gehen. Aber sie tat es nicht, und bald darauf kehrte alles an seinen Platz zurück. Sie schlüpfte wieder in ihren eigenen Körper, und die Spaltung war nur noch eine undeutliche Erinnerung.

Doch als sie im Bett lag und Sarvatùra bereits schnarchte, fand Roró nicht in den Schlaf, denn das schreckliche Gefühl war auf einmal wieder da.

Sie drehte sich zu ihrem Mann um, betrachtete lange sein Gesicht, und wie es in solchen Momenten oft geschieht, kam er ihr erneut wie ein Fremder vor. Sie fand es unlogisch, dass zwei einander Unbekannte fast ihr ganzes Leben miteinander verbringen konnten und sich am Ende immer noch fremd waren. Wie der Mond und die Erde. Das hatte sie in einem Dokumentarfilm im Fernsehen gesehen. Der Mond zeigt uns Menschen immer dasselbe Gesicht. Er dreht sich um sich selbst, stimmt diese Rotation aber gleichzeitig auf seine Bahn um die Erde ab. Der Mond und die Erde rotieren synchron, sodass der umlaufende Körper dem Himmelskörper, den er umkreist, immer dasselbe Gesicht zeigt. Im ersten Augenblick interessierte sie diese Wahrheit nicht besonders. Wie viele andere Informationen auch hatte sie sie ganz hinten in ihrem Kopf abgelegt. Plötzlich jedoch kam sie wieder an die Oberfläche wie aufgewühlter Bodensatz, genau in dem Moment, in dem sie beim Anblick des scheinbar unbekannten Gesichts ihres Mannes einen Fremden vor sich zu haben glaubte, als hätten sie einander ihr Leben lang nur einen kleinen Teil von sich selbst gezeigt, den offensichtlichsten, während der Rest in der Dunkelheit verborgen blieb. Es ist möglich, jemanden nicht zu kennen, obwohl man ein ganzes Leben an seiner Seite verbracht hat. Sie waren Fremde, sie und ihr Mann, wie eine misslungene Veredelung. Schließlich nimmt man Veredelungen vor, um Pflanzen zu verbessern und hochwertigere Wesen hervorzubringen, während die Menschen sich oftmals nur zu verbinden scheinen, um zu überleben, um die Verluste auf dem Weg des Lebens auszugleichen, die sie durch die bloße Tatsache ihrer Existenz erleiden. Und dann ist es zwecklos, sich zu fragen, warum die Kreuzung danebengegangen ist, ob die Jahreszeit schuld ist oder der Boden, die Unterlage oder das Pfropfreis.

Rorò starrte noch immer auf ihre misslungene Veredelung und fragte sich, woher plötzlich diese schwarze Decke gekommen sein mochte, die sich auf sie gelegt zu haben schien und so gar nicht zu ihrer duftenden, bestickten Bettwäsche passen wollte.

II
Reliquien und Plakate

In Gegenwart des Bürgermeisters, des jeweiligen Vorsitzenden der *Congrega del Santissimo Rosario* und des *Comitato San Rocco,* Don Guari Calopresas im goldenen Ornat sowie Don Antonio Ranieris, des vorläufig der Gemeinde Girifalco zugewiesenen Novizen, wurden am Morgen des 12. August feierlich die Reliquien des heiligen Rocco zur Schau gestellt. Nicht die echten, beurkundeten, die sich in der gleichnamigen Kirche in Venedig befanden, und auch nicht der Abschnitt des Schienbeins aus Montpellier oder das Stück von der Kniescheibe aus Locorotondo, ebenso wenig die beinernen Überreste aus Vernazza, Pignola oder San Giovanni La Punta. Diese Namen gingen Don Guari Calopresa als Teil der großen und womöglich einzigen Betrübnis, die ihm auf der Seele lag, durch den Kopf, denn er hatte sich Don Ciccio Palaias Mission zu eigen gemacht, wenigstens einmal eine echte Reliquie des Heiligen nach Girifalco zu holen. Auf jede erdenkliche Weise hatte er es versucht, angefangen ganz oben, indem er mehrmals flehentlich an den Patriarchen von Venedig schrieb, und er hatte sich nach unten durchgearbeitet, indem er nach Montpellier, Locorotondo und an alle anderen Orte schrieb, aber er erhielt stets eine zwar höfliche, aber unmissverständliche Absage. Doch da steter Tropfen den Stein höhlt, schritt er erneut zur Tat, und so verschickte er die üblichen Briefe jedes Jahr im Marienmonat Mai in der Hoffnung, früher oder später eine positive Antwort zu erhalten. Denn so, wie Venanziu davon träumte, die drei Schwestern Manziccaru gleichzeitig zu vögeln, und wie Mararosa sich wünschte, Rorò krepieren zu sehen, so sehr wünschte sich Don Guari, bei der Prozession des Schutzheiligen eine echte Reliquie durchs Dorf zu tragen.

In der Wartezeit am Morgen des 12. August musste sich Don Guari jedes Jahr erneut damit begnügen, auf dem Seitenaltar der Kirche des heiligen Rocco etwas auszustellen, das er Reliquien nannte, obwohl es sich lediglich um Nachbildungen aus Pappmaschee handelte, die allein der Glaube zu Körperteilen des Heiligen machte, versehen mit wundertätigen Eigenschaften.

Das ganze Jahr über drängten sich die Glieder in einer Truhe im Haus der Pfarrgemeinde und wurden nur für das knapp zwei Wochen dauernde Patronatsfest hervorgeholt. Sie waren das Ziel der täglichen Pilgerfahrten, die die Dorfbewohner antreten würden, um sie zu berühren und sie auf das entsprechende schmerzende Körperteil zu legen, denn das war wirksamer als jedes Arzneimittel oder ein päpstlicher Segen.

Sorgfältig legte Don Guari alles auf dem kleinen Altar zurecht: Hände und Füße, Brustkästen und Köpfe und Herzen. Letztere waren am stärksten abgenutzt. An den Seiten standen sich Kinder in grünen, dem Kleid des Heiligen nachempfundenen Umhängen gegenüber, die sie sich um die Schultern gelegt hatten, um sich vor den Übeln der Welt zu bewahren. Küster Filippu beweihräucherte den Ritus mit derselben pendelnden Armbewegung, mit der Carruba in diesem Moment außerhalb der Kirche an Paola Zaccones Mauer eines der vielen Zirkusplakate einkleisterte, die er in den Straßen des Dorfes verteilte und die wie ein kleiner Windhauch das Feuer der Ungeduld anfachten, mit der man die erste Vorstellung um achtzehn Uhr an diesem Abend erwartete. Carruba war müde, denn er war sehr früh aufgestanden und hatte sich auf den Weg gemacht, um Plakate an die Hauswände von Squillace, Vallefiorita, Amaroni, Borgia, Cortale, Jacurso, Maida und San Floro zu kleben.

Die Plakate, die der Bürgermeister sich am Vortag von Cassiel hatte geben lassen, sahen nicht alle gleich aus, was bewies, dass es sich um einen besonderen Zirkus handelte, einen aus der großen Stadt. Bevor Carruba sie aufhängte, warf er einen Blick darauf: Die Aufschrift ZIRKUS ENGELMANN ganz oben lautete auf allen Plakaten gleich, aber in der Mitte waren unterschiedliche Artisten und ihre Namen zu sehen, und gewissenhaft, wie Carruba nun mal war, beschloss er, die Orte, an denen er die Plakate aufhängen würde, sorgfältig auszuwählen und seinem Künstlergeist zu folgen, der ihn sogar Todesanzeigen zu raffinierten, harmonischen Gebilden zusammenfügen ließ.

Am besten gefiel ihm das Plakat von Mikaela, der Schlangenfrau im eng anliegenden weißen Trikot. Er würde es sogar in den kleinen Garten seiner nächtlichen Träume mitnehmen, in dem er gern junges Obst und Gemüse anpflanzte und erntete. Und darum hängte er dieses Plakat an seinen Lieblingsstellen auf: beim Trinkbrunnen von San Marco, an der Chiesa Annunciata, in der abfallenden Straße hinter der Piazza. Die anderen verteilte er spontan nach Lust und Laune. Als er zum Beispiel Mararosa Praganà auf dem Balkon sah, dachte er, dass er ihr ein bisschen Dünnpfiff durchaus gönnen würde, darum hängte er an ihrer Hauswand den Messerwerfer mitsamt seiner von scharfen Klingen umrahmten Assistentin auf. Im Viertel Pioppi Vecchi in der Nähe von Angeliaddus Haus hingegen inspirierte ihn das Gewirr von Elektrokabeln dazu, das Plakat von Batral dem Trapezkünstler aufzuhängen, der die Hände ins Leere streckte wie ein Engel, der sich von einer Wolke stürzt.

Von einem Duft, der Männer betört

Der Zirkus hatte eine Art Fieber ins Dorf gebracht, unterstützt von einer geradezu tropischen Hitze, die die Feigen offenbar schon vor der Ernte rösten wollte. Grüppchen von Schaulustigen drängten sich um die verschiedenen Plakate, und überall wurde über wundersame Dinge und die abendliche Vorstellung gesprochen. Am Morgen begann der offizielle Kartenverkauf: Gegen neun Uhr liefen Zirkusleute in bunter Uniform und mit kleinen Kartenblöcken durch die Straßen von Girifalco, und um den Leuten Lust auf mehr zu machen, zog Cassiel den Elefanten hinter sich her. Das war ein geschickter Schachzug, denn als sie den Dickhäuter auf der Straße spazieren gehen sahen, kamen die Leute herbeigelaufen. Von San Marco aus über den Corso und durch Castagnaredda erreichte der Zug die Piazza.

»Ich glaub, mich tritt ein Pferd«, dachte Don Guari, als er auf den Kirchplatz hinaustrat, denn er glaubte, dass sich diese Schar von Menschen dort zusammengefunden hatte, um die ausgestellten Reliquien aus Pappmaschee zu bewundern, aber als er die Zirkusleute und den Elefanten sah, der aus dem Carlo-Pacino-Brunnen trank wie aus einem Taufbecken, erlosch seine Verblüffung wie eine große Kerze ohne Docht.

Er folgte dem Bürgermeister, der mit ausgebreiteten Armen auf Cassiel zuging, und in diesem Augenblick der Vermischung von Heiligem und Profanem wurden die ersten Feuerwerkskörper fürs Fest gezündet.

Angesichts des plötzlichen Lärms trat Don Venanziu, der gerade eine Weste für Emilio Rosanò nähte, mit dem Nadelkissen in der Hand auf die Türschwelle, ohne jedoch sogleich zum Himmel zu sehen. Stattdessen zog das frisch angeklebte Plakat auf der anderen Straßenseite seine Aufmerksamkeit auf sich, und er überquerte die Straße, um es aus der Nähe zu betrachten.

Er hatte richtig gesehen: Es war eine *fimmina* namens Mikaela, die ihren Körper rund machte wie ein Rad, sodass ihr Engelsgesicht zwischen ihren Beinen hervorblickte, direkt unter der *pitteddìna,* die sich unter dem eng anliegenden weißen Trikot abzeichnete.

Sofort hatte Venanziu Rosinen im Kopf, und sein *miccio* brannte wie ein Kastanienzweig, als er sich die Schlangenfrau in seinem Hinterzimmer vorstellte. Was man mit einer solchen Frau alles machen konnte, welch seltsame Stellungen da möglich waren, und vor allem eine ging ihm nicht mehr aus dem Kopf: die Stellung der Frau auf dem Plakat. Er fand sie so erregend, dass er bereits befürchtete, die Schwellung in seiner Hose würde die Nähte platzen lassen.

Von der Piazza drang das laute Geschrei der Menge an sein Ohr.

»Was ist da oben los?«, fragte er Picarazzu, der leichtfüßig heruntergelaufen kam.

»Die vom Zirkus verkaufen Eintrittskarten. Und sie haben einen Elefanten, einen echten, wissen Sie, einen richtigen, echten Elefanten.«

Erneut betrachtete Venanziu das Plakat. Er würde die Vorführung besuchen, denn er wollte Mikaela aus der Nähe sehen. Er ging zurück in sein Atelier, legte das Nadelkissen beiseite, wischte sich Faden und Fädchen von der Kleidung und ging, nachdem er die Tür hinter sich geschlossen hatte, auf die Menschenmenge zu.

In dem Gewühl war ihm unbehaglich zumute, darum versuchte er, möglichst rasch herauszufinden, wo die Karten verkauft wurden. Zwischen Brunnen und Kirche unterhielten sich zwei Burschen in roter Jacke leise mit einigen Dorfbewohnern. Er näherte sich einem der beiden und bat ihn um eine Karte für den Abend. Er zahlte, steckte das Billett in die Tasche und wollte zurück in sein Atelier gehen, als er hinter dem Dickhäuter die Frau von dem Plakat auftauchen sah.

Don Venanziu wurde so starr wie die marmorne Statue von Carlo Pacino, denn noch nie hatte er eine Frau von solcher Schönheit gesehen: glänzende blonde Haare, die ihr bis zum Kinn reichten, dunkle, leuchtende Augen und Bewegungen, so leichtfüßig wie die eines Rotkehlchens. Sie trug einen kurzen Rock und ein gelbes Oberteil, das mit Sicherheit ein Body war, so ein Ding, dessen Knöpfe genau über der *pittèdda* saßen und die er gern einen nach dem anderen öffnete, während er die Spalte betrachtete, die sich dabei bildete, Zentimeter für Zentimeter. Eine Sekunde lang begegnete der Blick der Frau dem seinen, und ihm schien, als lächelte sie ihn an. Er deutete eine Verbeugung an, denn auf diese Art pflegte er sein Werben zu beginnen. Aber als er den Kopf wieder hob, hatte sie sich umgedreht und lächelte bereits andere Dorfbewohner an, vielleicht hatte er sich also alles nur eingebildet. Er betrachtete sie von hinten, und ihr Körper erschien ihm noch schöner, sodass er Lust bekam, sie zu berühren. Unauffällig schob er sich durch die Menschenmenge, näherte sich ihr langsam, ganz langsam, bis er neben ihr ankam, genau in dem Augenblick, in dem sie sich umdrehte und ihr Arm den seinen streifte. Mikaelas Körper roch nach Rosenwasser, und er atmete tief ein, um den Duft in sich aufzunehmen. Sie lächelte über sein eigenartiges Verhalten und fragte: »Kommen Sie heute Abend zur Vorstellung?«

In diesem Augenblick schien die ganze Welt zu verschwinden – der Zirkus, die Dorfbewohner, Girifalco, die Geschichte der Menschheit. Venanziu sah nichts außer dieser Frau, die duftete wie eine Blume und sprach, wie ein warmer Schirokko spräche, wäre er in der Lage, menschliche Wörter hervorzubringen. Schließlich fand er seine Stimme wieder, und als wären sie tatsächlich allein auf der Welt, flüsterte er: »Das lasse ich mir auf keinen Fall entgehen.«

Sie signalisierte ihm mit einer Geste, dass sie nicht verstanden hatte, und er antwortete ihr mit einem Nicken. Bei dieser Frau schienen Worte überflüssig zu sein, und vielleicht galt dasselbe für Gesten, denn manchmal lässt sich die Harmonie zwischen zwei Menschen nicht mit Worten, sondern nur mit Schweigen ermessen.

Dann ging die Gruppe in Richtung Nervenheilanstalt davon, und Venanziu blieb stehen, die Eintrittskarte in der Hand, unentschlossen, ob er ihr folgen sollte oder nicht. Schließlich betrat er die Bar, um eine Brasilena zu trinken, aber ihm war unbehaglich zumute, und als er in sein Atelier zurückkehrte und die Glastür hinter sich schloss, hatte er den Eindruck, nicht allein zu sein, wie wenn ein Hauch dieser Frau ihm gefolgt wäre, ihr Parfüm, ihr Blick, eine unbekannte Empfindung, so als wäre Mikaela dort. Er betrachtete das Plakat. Er hatte das Bedürfnis, sich zu bewegen, dieses Etwas abzuschütteln, von dem er nicht wusste, was es war. Also nahm er seine Jacke, schloss das Atelier ab und ging auf die Straße, denn Emilio Rosanòs Weste konnte warten.

Schicksale, mit Kleister geschrieben

»Was für einen Unsinn hat dieser *scemunito* von Carruba da wieder verzapft?«

Als sie das Zirkusplakat an ihrer Hauswand neben der Tür zur Garage erblickte, aus der sie gerade eine Flasche Ragù holen wollte, ließ Mararosa eine ihrer üblichen Liebenswürdigkeiten mit Blick auf das Menschengeschlecht fallen wie eine Ziege ihre Köttel auf die Weide. Sicher, die Wand bröckelte, sie war schon halb eingestürzt, sodass es vielleicht besser war, sie zu verdecken, aber warum hatte dieser verdammte stotternde Nichtsnutz das Plakat ausgerechnet an dieser Stelle aufgehängt? Denn dort konnte, ja *musste* nur ein Plakat hängen, und zwar die Todesanzeige, die der Welt das Hinscheiden einer frevelhaften Männerfresserin namens Rorò Partitaru verkünden würde. Zuerst war sie versucht, es abzureißen, denn der Kleister war noch nass, und ein energischer Ruck hätte genügt, aber auf einmal fühlte sie sich von dem Mann auf dem Plakat angezogen, der ausholte, um ein Messer zu werfen. Er war schön, das ließ sich nicht leugnen. Er hatte ein markantes Kinn wie der Schauspieler aus ihrer Lieblingsseifenoper, und um mit dem Messer auf jemanden zu werfen, noch dazu auf eine Frau, die man liebt, braucht man Mut.

In diesem Augenblick kam Rorò vorbei. Sie war auf dem Weg zur Metzgerei, und bei ihrem Anblick hatte Mararosa das Gefühl, dass ihre Hand in einem Korb voll stacheliger Artischocken steckte. Um sich abzureagieren, griff sie nach dem unteren Rand des Plakats und riss es energisch von der Wand. Sie zerknüllte das Papier und warf es in den Mülleimer neben der Tür.

»Carruba ... na warte ... dem werd ich was erzählen ...«, murmelte sie beim Betreten des Hauses, und darum bemerkte sie den Kleisterfleck nicht, der auf der Hauswand zurückgeblieben war und so traurig aussah wie alle Gegenstände, die die Spuren vergangener Handlungen tragen. Wäre die *mala* aufmerksamer gewesen, hätte sie gesehen, wie sich aus den zufälligen Flecken ein Bild zusammensetzte, noch deutlicher als jenes, das sie gerade abgerissen hatte. Es ähnelte einer geheimnisvollen Karte, mit der eine unbekannte Wahrsagerin ihr mithilfe von Kleisterklümpchen und Putzbröckchen ihr nahe bevorstehendes Schicksal vorhergesagt und es auf dieser Wand verewigt hatte. Auf dieser Wand, die immer weiter abbröckeln und zu Staub werden würde, der von dahineilenden Sohlen platt getreten und aufgewirbelt und sodann vom heißen Schirokko von der Küste her über die ganze Welt verteilt werden würde, Staub, der durch die unaufhörliche Verwandlung der Welt zu etwas anderem werden würde, so, wie auch ihr Leben ein anderes sein würde als zuvor. Und zwar unter anderem wegen eines abgerissenen Plakats.

Von der menschlichen Regel des Ausgleichs

Archidemu kehrte entnervt nach Hause zurück, denn zum x-ten Mal hatte ihn Pinu Piraredda auf der Straße angehalten und gefragt, wie viel er für sein Grundstück in Cuvìaddu haben wolle. Er war vom Landvermesser Discianzu geschickt worden, der ihn seit genau einem Jahr immer wieder wegen dieser zwielichtigen Geschichte mit den Windrädern aufsuchte. Er goss sich ein Glas kühle Mandelmilch ein und setzte sich auf die Veranda, wo ein leichter Wind wehte. Von dort aus sah er, wie Carruba zwischen zwei Rollgittern auf dem gegenüberliegenden Bürgersteig stehen blieb und ein Plakat aufhängte, dem Archidemu entnahm, dass sich ein Zirkus im Dorf aufhielt. Ein Seiltänzer war zu sehen, ein magerer Mann, spindeldürr geradezu, der reglos in einer ob ihrer Instabilität magisch anmutenden Stellung auf einem Stuhl das Gleichgewicht hielt und dabei einen Ball auf dem Rist seines Standbeins balancierte; zwei Bälle hielt er irgendwie mit dem anderen Fuß fest, ein weiterer lag in seinem Nacken, und zwei kleinere Kugeln tanzten auf den Fingerspitzen.

Den Namen konnte Archidemu nicht lesen, aber das hier war garantiert eine Fotomontage – kein Mensch wäre zu so etwas in der Lage. Wenn jemandem dieses Kunststück gelänge, nun, dann würde er aus dem eigenen Körper eine Demonstration des menschlichen Gesetzes vom Ausgleich machen, welches bewirkt, dass sich die Ereignisse auf der Welt gegenseitig aufheben, dass Links und Rechts sich überlagern, Gut und Böse sich auslöschen. Im Grunde war auch Archidemu ein Seiltänzer des Lebens, damit beschäftigt, die Kräfte der Natur zu widerlegen. Dennoch: Hierbei musste es sich um eine Fotomontage handeln, und weil ihm die Verwandlungen der Welt gleichgültig waren, ging er rasch ins Haus zurück.

Was man nicht mehr braucht, aber dennoch aufbewahrt

Als wäre das Versiegen des Bluts nicht genug, tat eine unglückliche Sternenkonstellation ein Übriges, um Cuncettina zu betrüben. Sie war zu Mariuzza Migliazzas Bäckerei gegangen, um Brot zu kaufen, und hörte nun, wie die Bäckerin beim Einpacken des Stangenbrots beiläufig zu ihrem Mann sagte, Gisella Saracena sei schwanger. Cuncettina bekam beinahe einen Herzinfarkt. Mit übermenschlicher Anstrengung gelang es ihr, das Brot zu nehmen, ihr Portemonnaie zu öffnen und die Münzen herauszuholen, wobei ihr einige herunterfielen, sich zu bücken, sie aufzusammeln und mit zitternder Hand der Bäckerin zu geben, aus dem Geschäft zu stürmen wie aus einem einstürzenden Palazzo, sich in einem kleinen Gässchen zu verstecken, das Stangenbrot auf eine Fensterbank zu legen, die mit Schmerz vermischten Essensreste zu erbrechen, sich den Mund am Ärmel abzuwischen, die Hände vors Gesicht zu schlagen und zu schluchzen, schließlich das Brot wieder an sich zu nehmen, sich die Augen zu reiben, weiterzugehen, den Hausschlüssel herauszuholen, aufzuschließen, sich auf die Couch zu werfen – und zu verzweifeln. Sogar Gisella, *pùru ìdda,* ihre Leidensgefährtin, auch sie eine Vertrocknete, die Tochter des Kaufmanns Saraceno, die ebenfalls seit Jahren vergeblich versuchte, schwanger zu werden. Sie hatten im Abstand von einem Jahr geheiratet, und seitdem war es keiner von ihnen gelungen, ein Kind zu bekommen. Gisellas Vater hatte sie in eine Klinik in der Schweiz geschickt, in der man sogar Steine fruchtbar machte, aber es war nichts zu machen. Sie waren nicht befreundet, aber wenn sie sich auf der Straße begegneten, blickten sie sich in stillem Einvernehmen an wie zwei Überlebende eines Krieges. Sie waren die beiden Vertrockneten in der Gegend. *Waren.* Denn jetzt war nur noch Cuncettina selbst übrig, und zwar ausgerechnet zu einer Zeit, in der die Natur unbarmherzig ihr Urteil ewiger Trockenheit fällte. Vielleicht hatte sie deshalb an diesem Morgen stärker als sonst das Gefühl, beobachtet zu werden, vielleicht spürte sie aus diesem Grund die Augen, die auf sie gerichtet waren, und hörte das Flüstern der Münder, die ständig wiederholten: *Ecco,* da ist die Arme, die einzige Frau, die ohne Leben geblieben ist, der einzige Olivenbaum, der von Beginn an vertrocknet und nur als Brennholz zu gebrauchen war, nun war nur noch sie selbst übrig, die einzige Verdammte. Wie immer, wenn sie Ablenkung brauchte, begann Cuncettina fieberhaft, das ganze Haus aufzuräumen, angefangen beim Schlafzimmer. Aufräumen und umräumen, das war ihre Art, sich zu zerstreuen, nicht nachzudenken, den normalen Takt des Lebens wiederaufzunehmen: die Kleider aus den Schubladen holen, sie ausschütteln, waschen und trocknen und sie dann, perfekt ausgerichtet, wieder hineinlegen, Hose auf Hose, Rock auf Rock, Pullover auf Pullover, denn indem wir die Welt um uns herum neu ordnen und überschaubar einrichten, machen wir uns vor, dass es sehr wohl einen Sinn gibt in diesem Leben. Wir tun es auf die Art der Himmelsmechanik, die die Beklemmung angesichts des endlosen Raums abzuwehren versucht, indem sie am Himmelszelt nach Vernunft sucht. Und an diesem Morgen fand Cuncettina hinten in der Schublade mit den Unterhosen und BHs, hinter einer noch versiegelten Packung Binden, den alten Schnuller aus Kautschuk. Es war seltsam, ihn nach so vielen Jahren wieder in die Hand zu nehmen: Ihr stand klar vor Augen, wie sie ihn vor dem Tor des Kindergartens aufgehoben hatte, überzeugt, er sei ein göttliches Zeichen, ein himmlischer Glücksbringer, den sie stets in ihrer Handtasche bei sich getragen hatte. Sie wusste nicht mehr, wann sie ihn in die Kommode gelegt, ihn zu den vielen nutzlosen Dingen gestopft hatte, die man nicht mehr braucht, aber trotzdem nicht wegwerfen will, als sei die Schublade ein Archiv von Möglichkeiten, aus dem man im richtigen Moment den richtigen Gegenstand hervorholt. Denn der Nutzen von Dingen und vielleicht auch von Menschen berechnet sich immer nach der Zeit, die vergeht. Sie erinnerte sich nicht, wann sie ihn vor der Welt und sich selbst versteckt hatte, aber es musste an einem besonders traurigen und verzweifelten

Tag gewesen sein. Cuncettina verspürte eine starke Abneigung gegen den Schnuller, und der Kautschuk, der klebrig zu werden begann, verstärkte ihren Verdruss. Als sie den Sauger an ihren Fingerkuppen haften spürte, beschloss sie, ihn wegzuwerfen. Sie hätte ihn nicht aufheben dürfen, denn er war kein glückbringendes Amulett, wie sie lange geglaubt hatte, sondern der Fetisch einer Hexe, die ihr nichts Gutes wünschte. Alles ist ambivalent: Was uns beim Leben hilft, hilft manchmal auch beim Sterben, und ihr brachte dieser Schnuller Pech. Sie ging in die Küche und öffnete den Mülleimer, aber als sie den Schnuller hineinwerfen wollte, hielt etwas sie zurück, eine Angst, ein Grauen beinahe, als beginge sie einen Frevel, einen Fluch, so als zöge sie bis in alle Ewigkeit sämtliche Flüche der Welt auf sich, indem sie die Hand öffnete und sechzehn Gramm Kautschuk in den Müll fallen ließ. Sie fürchtete sich vor der Endgültigkeit dieser Handlung, glaubte, sie mache sich Gott zum Feind, und obwohl sie wegen ihres Schoßes, der keine Früchte tragen wollte, nun endlich jede Hoffnung verloren hatte, lief doch so etwas wie ein Echo durch die irrationalen Tiefen ihres Inneren, ein Nachhall ihrer vergangenen Träume. Und so schloss sie nach langem Zögern den Mülleimer und tauchte den Schnuller in ein Glas voll Wasser, um ihn wieder abzuwaschen.

Manofatale

Die dunkle Decke war in der Nacht von Träumen zerfetzt worden und hatte Rorò Konfetti aus schwarzen Fädchen, so lästig wie Spinnweben, auf den Kopf und in die Gedanken gestreut. Sie erwachte mit einem Gefühl von Furcht, und als sie in die Küche ging, wirkten die Zirkuskarten wie ein Lichtschalter, denn sie erhellten die mäandernden Pfade ihres Gehirns, sodass sie auf einmal wieder wusste, was sie geträumt hatte. Sie versteckte die Karten in einer Schublade und zog sich an.

Jeden Morgen ging sie zu ihrer Mutter, die gegenüber wohnte, und trank mit ihr Kaffee. An diesem Tag ging sie früher als üblich hinüber, denn sie hatte eine Frage, an der sie zu ersticken drohte wie an einem Taschentuch, das ihr jemand auf die Nase drückte.

»*Senti,* Mama ... Warst du mal mit mir im Zirkus, und es ist etwas vorgefallen?«

Die Mutter goss den Kaffee ein.

»Was sollte denn im Zirkus passiert sein?«

»*Chi sàcciu!* Was weiß ich? Gestern, als Sarvatùra mir die Karten gebracht hat, habe ich mich erst gefreut, aber dann überkam mich auf einmal so ein komisches Gefühl, mir stockte das Blut in den Adern, und heute Nacht habe ich etwas Seltsames geträumt von einem Zirkus, der in Brand gerät. Ich war im Zelt und wäre an dem Rauch fast erstickt.«

Màmmasa stellte nachdenklich die Espressokanne ab, denn sie hatte die rätselhafte Angst ihrer Tochter, die sie so lange beunruhigt hatte, inzwischen vergessen.

»Du hast von Feuer geträumt?«

Rorò griff nach dem Tässchen.

»Ja.«

Ihre Mutter versuchte, sie zu beruhigen, aber es wollte ihr nicht gelingen, ihre eigene Besorgnis zu verbergen, und wenn Varvaruzza, Gott hab sie selig, noch gelebt hätte, wäre sie zu ihr gelaufen und hätte den Traum von ihr deuten lassen.

Ernster und nachdenklicher, als sie gekommen war, verließ Rorò das Haus ihrer Mutter. Sie ging gleich zur Metzgerei, um Fleisch zu kaufen, und von dort aus weiter zur Konditorei. Die Straße erschien ihr weniger schön als üblich, und als sie ankam, stand auf dem gegenüberliegenden Bürgersteig Carruba *manofatale*, die Hand des Schicksals, und hängte das letzte Plakat an diesem langen Vormittag auf. Auch Rorò Partitaru hatte die Vorsehung den Messerwerfer zugedacht. Er befand sich direkt gegenüber der Konditorei, und während sie das Rollgitter hochzog, ihr der Duft von Kuchen in die Nase stieg und Carruba müde, aber leichten Schritts davonging, um ein Bier zu trinken, dachte sie, dass sie um nichts auf der Welt an der Stelle dieser armen Frau auf dem Plakat sein wollte, die Gefahr lief, zerteilt zu werden wie ein Kaninchen.

12
Ein kleiner Vorfall

Der Zirkus hatte den Ort gepackt wie eine Flasche Limonade, die man so heftig schüttelt, dass sie überzuschäumen droht. Die Dorfbewohner blieben vor den Plakaten stehen und gaben ihre Kommentare ab, und gemäß der örtlichen Gewohnheit, auch unspektakuläre Existenzen aufzubauschen, schmückten sie die Bilder an den Hauswänden mit Legenden und Heldentaten aus. Die Spannung wuchs so sehr, dass sich bereits eine halbe Stunde vor der Vorstellung eine Schlange von dreißig Personen an der Kasse gebildet hatte, und sie bestand nicht nur aus Bewohnern von Girifalco, sondern man erkannte Leute aus Amaroni und Cortale, aus Borgia und Squillace, ja sogar welche aus Catanzaro waren dabei. Die Lichter gingen blinkend an, aus den Lautsprechern ertönte ein Wiener Walzer, der Geruch nach Zuckerwatte und Popcorn schlug die Kinder in seinen Bann. Von Minute zu Minute wurde die Schlange länger, die Spannung stieg, und es spielte keine Rolle, dass die Plätze nummeriert waren und jeder seinen eigenen bekommen würde – alle waren begierig, die Kuppel als Erste zu betreten.

Auch Lulù traf ein, aber anstatt sich in die Schlange einzureihen, wanderte er zwischen den Zelten des Zirkus hin und her, staunend und mit einem Lächeln auf den Lippen, weil jeder neue Eindruck das verkehrte Universum in seinem Kopf mit Freude erfüllte. Vor den Tierkäfigen blieb er stehen, aber als der Löwe das erste Mal brüllte, bekam er Angst und verdrückte sich. Er trieb sich zwischen den Zelten und Wohnwagen herum wie der Däumling im nächtlichen Wald, bis er endlich auf leuchtende Steinchen in Form von Musiknoten traf. Wie auf einen geheimen Befehl hin schloss er die Augen, weil sich Wunder manchmal im Dunklen vollziehen, und in dieser inneren Welt, die so finster wie ein Kupferkessel war und die Unterschiede zwischen den Menschen auslöschte, erschien vor seinem geistigen Auge ein Plattenspieler zwischen bunten Blättern mitten im Herbstwald, und *màmmasa* war da und saß an einem Brunnen. Wie viele Jahre war es her, dass er sich so deutlich an ihr junges Gesicht erinnert hatte, wie lange hatte er den traurigen Walzer des Lehrers nicht mehr gehört! Er öffnete die Augen, hatte aber den Eindruck, immer noch in dem Wald zu sein, darum folgte er dem Weg, der ihn zum Lebkuchenhaus führen würde. Die Musik wurde lauter: Lulù näherte sich dem Wohnwagen, reckte sich auf die Zehenspitzen und spähte hinein. Er sah das Profil einer Frau in einem Morgenrock aus weißem Satin, die an einem Tischchen saß und eine Illustrierte durchblätterte. Er starrte sie an wie gebannt, als wäre sie ein Heiligenbildchen oder eine Statue der Madonna. *Engel Gottes, mein Beschützer, von Gottes Liebe dir anvertraut, erleuchte, regiere mich.* Die Frau stand auf, zog den Morgenmantel aus und schlüpfte in ein prächtiges Bühnenkostüm, und Lulù beobachtete sie weiterhin, gleichgültig der menschlichen Nacktheit gegenüber, Lulù der Geschlechtslose, den seine Leidensgenossen wegen des Schwänzchens auf die Schippe nahmen, das genauso geblieben war wie zu der Zeit, als er noch in der Wiege lag, und das sich für gewöhnlich unter der herabhängenden Schürze seines Bauches versteckte. Die Frau machte die Musik aus, und damit war der Bann gebrochen. Der Verrückte zog den Strick um seinen Hosenbund, der sich gelockert hatte, wieder enger und streunte weiter durch die Gegend, während in seinem Kopf pausenlos der Walzer spielte.

Um halb sechs begannen die Zirkusleute, die Eintrittskarten von den Blöcken zu lösen, und die ersten Zuschauer betraten das Zelt. Entlang der Gänge zwischen den Sitzen standen die Mitarbeiter in amarantroter Livree mit vergoldeten Knöpfen, schauten nach den Nummern der Billetts und wiesen den Zuschauern die Plätze an. Innerhalb weniger Minuten hatte sich das große Zelt gefüllt: Um neun nach sechs verstummte die Musik, und, angekündigt vom Trommelwirbel, betrat der Stallmeister die Manege, mit einem Mikrofon in der Hand und so elegant gekleidet wie eine Schaufensterpuppe in einem Luxusgeschäft im Zentrum von Catanzaro.

Von geschlossenen Systemen, die unvorhersehbare Dinge vorhersagen

Noch am Tag zuvor hatten die Eintrittskarten für den Zirkus ein seltsames Gefühl von Entfremdung in ihr hervorgerufen, und nun saß sie hier in der zweiten Reihe auf Platz siebenundzwanzig.

Eine Stunde hatte sie im Bad verbracht, um sich schön zu machen. Sàrvatura war zu spät gekommen, weil er im Laden noch etwas zu tun hatte, aber er verlor keine Zeit und beschränkte sich darauf, eine andere Jacke anzuziehen, ein paar Tropfen Parfüm aufzusprühen, und schon war er fertig. Ihre Mutter war vorbeigekommen, und als er Rorò mit gelockten Haaren und im eleganten dunkelblauen Kleid aus dem Badezimmer kommen sah, fand er sie so schön, dass er sofort an Unglück denken musste. Für einen Moment wurde er zu einem dieser unsicheren Menschen, die, sobald sie ein paar Krumen Schönheit und Glück aufsammeln, sofort glauben, durch eine unvorhergesehene Strafe dafür büßen zu müssen. Während sie das Glück in die Tasche stecken, sehen sie sich bereits um und versuchen herauszufinden, wann und woher die Maßregelung kommen wird. Er dachte an Unglück und griff auf den einzig möglichen Schutz zurück: »Hast du die Anstecknadel mit dem kleinen roten Horn dabei, den Glücksbringer?«

Rorò hatte es eilig, aus dem Haus zu kommen und zum Zirkus zu gehen. In der Konditorei hatte sie tagsüber bei jeder Gelegenheit nach dem Plakat gelinst, das Carruba ans Schaufenster gehängt hatte. Immer wieder hatte sie nach dem Messerwerfer und der an die Scheibe gefesselten Frau geschaut, ständig landete ihr Blick darauf, wie angesaugt vom gekrümmten Rand eines Strudels, und obwohl sie jedes Mal erschauerte, konnte sie die Augen nicht abwenden.

Als sie das Haus verließen, war ihr anzusehen, dass sie mit den Gedanken woanders war. Nur zwei Personen standen vor ihnen in der Reihe, und während nach und nach die Zuschauer eintrafen, sah sich Rorò auf der Suche nach einem Grund für das Unbehagen um, das ihr so fremd war. Dasselbe tat sie, als sie das Zelt betrat und Platz nahm.

Das Licht ging aus, und die Vorstellung begann. In ehrfürchtiges Schweigen versunken saß Rorò da und zischte gelegentlich Sarvatùra an, der ihr wegen jeder Kleinigkeit auf die Nerven ging. Nach dem Einmarsch des Dompteurs in die Manege begriff sie auf einmal, dass sie tatsächlich nur auf die Vorstellung des Mannes wartete, der auf dem Plakat vor ihrem Haus zu sehen war.

Er hieß Nakir, den Namen hatte sie sich gemerkt, und als der Ansager ihn ankündigte, stützte Rorò das Kinn in die Hand und beugte sich vor, weil sie nichts verpassen wollte.

»Und jetzt brauchen wir die Hilfe einer Person aus dem Publikum. Bitte sehr, Grafathas.«

Ein schwarz gekleideter Mann, der irgendwo abseits zwischen den Treppen und der Manege saß, stand auf. Groß, mit rabenschwarzem Haar und kräftig gebaut, näherte er sich dem Ansager, wobei er den rechten Fuß nachzog, obwohl er sich große Mühe gab, das Hinken mit einer geraden Körperhaltung zu überspielen.

»Stellt sich eine Dame aus dem Publikum freiwillig zur Verfügung?«

Der Scheinwerfer wurde auf die Treppe gerichtet.

»Keine Freiwillige? Nun, dann suchen wir jemanden aus.«

Grafathas näherte sich den Treppenaufgängen und musterte die Damen mit Respekt einflößender Miene. Beim Blick in seine Augen wurde Rorò so kalt, als hätte er sie bedroht. Tatsächlich blieb Grafathas vor ihr stehen und streckte die Hand aus. Sarvatùra applaudierte heftig, er lächelte und drängte seine Frau aufzustehen. Rorò hörte den Applaus hinter sich und reichte dem schwarzen Mann widerstrebend die Hand. Er führte sie in die Mitte der Manege und ging dann zu seinem Platz zurück. Nakir forderte das Publikum auf, der Frau zu applaudieren, nahm eine schwarze Binde und hielt sie ihr vor die Augen, um ihr zu beweisen, dass sie dahinter nichts mehr sehen konnte; dann nahm er die Binde weg und gab ihr eine Zeitung, die er mit einem Messer entzweischnitt, um dem Publikum zu zeigen, wie scharf die Klingen waren. Er griff nach ihrer Hand und hob sie hoch, um erneut Applaus zu fordern, dann gab er Grafathas ein Zeichen. Der schwarze Mann erhob sich und führte Rorò hinkend zurück an ihren Platz, doch als er ihr half, in den Zuschauerraum zu steigen, stolperte sie über etwas und fiel. Glücklicherweise war der Sturz nicht schlimm, aber sie landete mit der Hüfte auf der Kante der Einfassung.

Grafathas half ihr sofort auf und erwies sich dabei als überraschend stark. »Haben Sie sich wehgetan, Signora? Entschuldigen Sie, das wollte ich nicht.«

»Es ist nicht Ihre Schuld, mir ist nichts passiert«, sagte Rorò.

Sarvatùra dankte Grafathas und half seiner Frau, sich zu setzen. Kaum saß sie wieder in normaler Haltung auf dem Stuhl, begann sie erneut zu grübeln. Zum ersten Mal hatte sie etwas empfunden, das leichtem Schmerz ähnelte, ein kleiner Stich in die Seite, genau an der Stelle, wo sie sich gestoßen hatte. Nie zuvor hatte sie so etwas erlebt, und die unbekannte Empfindung erschreckte sie ein wenig. Sie legte eine Hand auf den schmerzenden Punkt und stellte fest, dass sich die Sicherheitsnadel mit dem kleinen roten Horn daran geöffnet und sie gestochen hatte. Sie schloss sie wieder, rieb unauffällig über den Stich, und als der Schmerz nachließ, konzentrierte sie sich erneut auf die Vorstellung. Bei Trommelwirbel, mit dem man wichtige Ereignisse ankündigt, verband sich Nakir mit dem von Rorò geprüften Stück Stoff die Augen. Eisige Stille senkte sich auf die Manege, als ein Assistent ihm fünf Messer reichte. Der Trommelwirbel wurde lauter. Nakir holte aus, Rorò dachte, dass der Mann wahnsinnig war und die an das Rad gefesselte Frau noch wahnsinniger als er, denn es gab keinen Trick bei der Sache, sie hatte die Dunkelheit selbst gesehen, und nun stellte sie sich vor, der Mann mit den verbundenen Augen zu sein, bereit, ein extrem scharfes Messer auf einen menschlichen Körper zu werfen; eine Kleinigkeit genügte, um ihn zu zerstören, um dieses Leben auszulöschen, denn es gibt keine geschlossenen Systeme, die die Welt und ihre Einflüsse aussperren können. Die Gesetze des Universums sehen winzige, nicht wahrnehmbare Abweichungen vor, denn auch die Planeten kommen gelegentlich von ihrer Bahn ab. Weder Gewohnheit noch das bei Tausenden Versuchen erworbene Geschick wird je die verhängnisvolle unbekannte Größe ausschalten, den Fuß, der sich um einen Millimeter verschiebt, den Schweißtropfen auf der Handfläche, der das Messer zu früh entgleiten lässt, ein plötzliches Nachgeben der Armmuskeln, das die Flugbahn um ein Grad verändert, das eine schicksalhafte Grad. Oder die kreisende und sich zugleich um die eigene Achse drehende Bewegung, die Anziehungskraft des Mondes, überhaupt alles, was auf dieser Welt existiert. Rorò wagte nicht hinzusehen und hielt den Atem an wie alle anderen auch. Der Arm führte die Bewegung aus, ein entschlossener Peitschenhieb, und das Messer flog davon, um eine Sekunde später am Rand der Scheibe einzuschlagen, wenige Zentimeter vom Arm des Mädchens entfernt. Jemand applaudierte, wurde aber von Nakir, der erneut ausholte, zum Schweigen gebracht. Noch einmal folgten Stille und Trommelwirbel, aber diesmal ließ der Werfer Rorò keine Zeit zum Fantasieren, sondern warf in rascher Folge die vier übrig gebliebenen Messer, die rund um die Frau herum in die Scheibe eindrangen. Im selben Atemzug nahm Nakir die Binde ab und verbeugte sich vor dem begeisterten Publikum, das stehend applaudierte, als hätten die Zuschauer selbst, jeder Einzelne von ihnen, sein Leben riskiert und die Kräfte des Universums daran gehindert, Einfluss auf die Pläne in diesem Winkel der Welt zu nehmen. Auch Rorò sprang auf, klatschte in die Hände und vergaß für einen Moment den kleinen Schmerz in der Hüfte.

Was man im Leben tun soll

Angeliaddu war allein gekommen, denn seine Mutter musste dringend die Uniformen für die Musikkapelle bügeln. Die Freikarten galten für die hinteren Reihen. Er nahm dort Platz, wartete jedoch ab, ob ganz vorn etwas frei blieb, und nach der zweiten Nummer ging er in dem dunklen Zelt nach vorn, um sich auf einen von zwei freien Plätzen in der ersten Reihe zu setzen. Zwanzig Minuten später war es so weit: Batral kam herein, ein silbrig glänzendes Kopftuch um die Haare geschlungen, umringt von drei weiteren Trapezkünstlern, darunter eine Frau. Er verbeugte sich, nahm den Applaus entgegen und stieg außerordentlich behände auf das Sicherheitsnetz. Er näherte sich der Trittleiter und erklomm sie bis zum Podest, so hoch, dass er beinahe das Zeltdach berührte. Angeliaddu war völlig hingerissen von diesem Körper, der einer Eidechse glich. Batral und die Frau standen rechts, die anderen beiden links. Einer der Männer nahm das Trapez und begann, vor und zurück zu schwingen wie ein Uhrenpendel. Trommelwirbel erklang. Batral griff nach der Vorrichtung über seinem Kopf, nahm mit einem Hüpfer Anlauf und stürzte sich ins Leere. Angeliaddu betrachtete die Schwünge voller Furcht und Bewunderung. Der Trommelwirbel wurde schneller, dann hörte er plötzlich auf, so, wie die Zuschauer zu atmen aufhörten, und in diesem Augenblick, auf dem Höhepunkt des Aufschwungs, ließ Batral das Trapez los und forderte das Gesetz der Schwerkraft heraus. Er vollführte zwei Überschläge, streckte im Fall die Arme aus und ergriff die Hände des Fängers, die ihn vor der Leere retteten. Mit dem tosenden Applaus des Publikums setzte auch der Trommelwirbel wieder ein, während Angeliaddu den Blick nicht von dem Mann abwenden konnte, der nun zum Podest zurückkehrte, als wäre nichts gewesen, und die Welt von dort oben betrachtete. Die Vorführung der Trapezkünstler dauerte noch ungefähr zehn Minuten, und als sie zu Ende ging, war Angeliaddu traurig. Er hätte ihnen die ganze Nacht lang zusehen können, ohne je genug zu bekommen, weil er zum ersten Mal einer Sache begegnet war, die er selbst gern tun würde. Ihm schoss der Gedanke durch den Kopf, dass auch er eines Tages wie Batral sein und zum Reich der Erde und der Luft gehören, sich für einen Augenblick fühlen wollte wie die Vögel, wenn sie über die Welt hinweggleiten.

An der äußersten Grenze

Als Don Venanziu das Zirkuszelt erreichte, waren viele Plätze bereits belegt. Er wäre gern früher gekommen, aber Lisetta war an diesem Tag wie besessen gewesen. Entgegen ihrer sonstigen Gewohnheit wollte sie es zweimal nacheinander tun, von vorn und von hinten, denn zu ihren heimlichen Tugenden gehörte auch ein prächtiger Arsch, den man unter den langen Röcken, die sie nachlässig trug, nicht erahnte, den der geübte Liebhaber jedoch auf den ersten Blick erkannte. Er setzte sich auf seinen Platz in der ersten Reihe, von dem aus er Mikaelas Kunststücke bestmöglich genießen konnte, und er musste nur ihr Bild und ihren Duft in sich wachrufen, damit sein *miccio* erwachte wie eine indische Kobra beim Klang der Flöte. Weil er so erregt war, vermochte nur ein einziges Kunststück seine Aufmerksamkeit zu fesseln, als nämlich Tzadkiel der Zauberkünstler ein Mädchen aus dem Publikum zu sich bat und sie hypnotisierte. Venanziu hätte wer weiß was dafür gegeben, diese Fähigkeit zu besitzen und alle Frauen der Welt dazu zu bringen, sich in ihn zu verlieben.

Als der Stallmeister Mikaela ankündigte, war Venanziu seltsam gerührt. In einem weißen, glänzenden Kaftan tauchte sie zwischen den roten Vorhängen am Rand der

Manege auf. Der Applaus verebbte, Stille kehrte ein, und ein Akkordeon begann, eine Zigeunermelodie zu spielen. Mikaela stand in der Mitte der Manege. Mit einer energischen Geste legte sie den Kaftan ab und war nur noch mit einem Trikot bekleidet wie auf dem Plakat. Venanziu musste seine Fantasie nicht sonderlich anstrengen, denn der Satin schmiegte sich an ihren Oberkörper wie eine zweite Haut, und er genoss den Anblick jedes einzelnen Zentimeters. Für einige Sekunden blieb die junge Frau reglos stehen. Dann deutete sie ein paar Tanzschritte an, bückte sich, stützte die Hände auf den Boden und streckte ein Bein vollkommen gerade in die Luft. Gleich darauf löste sie auch das andere vom Boden, und während sie sich nur auf den Händen hielt, bewegte sie die Beine wie ein Pfauenrad, beugte und streckte sie, als wären sie Gummibänder. Sie drehte sich um die eigene Achse, berührte mit den Füßen ihre Stirn und schob sich die Zehen ins Haar, streifte ihre Nase und warf dem Publikum Küsse zu. Sie lächelte, als die Zuschauer applaudierten. Nur Venanziu klatschte nicht, denn er sah noch die Stellung vor sich, dieselbe wie auf dem Plakat, bei deren Anblick er innerlich jede Zurückhaltung verlor, weil er sich göttlichen erotischen Fantasien hingab. Hätte Mikaela ihm für einige Stunden auf diese Art gehört, hätte er die äußerste Grenze seiner Lust erreicht, eine Grenze, die er immer weiter verschieben wollte, denn das war seine Mission.

Lulù durfte ohne Eintrittskarte hinein. Er lächelte die ganze Zeit, als hätte er eine griechische Maske vor dem Gesicht, und klatschte nach jedem Auftritt, doch mit einem Mal verschwand sein Lächeln und machte einer melancholischen Miene Platz. Es passierte beim Auftritt des Clowns. Dieses komische Wesen mit den riesigen Schuhen, der roten Nase und dem gelb-orangefarben gestreiften Anzug hatte eine Blume in der Hand, die verwelkte, als er sie jemandem aus dem Publikum reichte, und er setzte ein trauriges Gesicht auf. Als er sich die Blume zurückholte, blühte sie wieder auf, und er jubelte. Kurz vor Schluss aber wurde die Musik traurig, und der Clown, die Blume auf die Herzgegend gedrückt, näherte sich einem kleinen Mädchen und reichte sie ihm. Ängstlich streckte das Mädchen die Hand aus, nahm die Blume, die diesmal nicht welkte, und der Clown warf ihr eine Kusshand zu. Er legte den Kopf schief und verließ die Manege. Alle applaudierten, nur Lulù nicht, der noch immer die Blume anstarrte und vor seinem inneren Auge erneut die Szene sah, die ihn ins Herz getroffen hatte. Das passierte äußerst selten, nur seiner Mutter war so etwas bisher gelungen, und genau die tauchte nun in dem wirren Universum seines Verstands auf, in dem die Bilder wild aufeinanderfolgten. Lulù sah, wie *màmmasa* viele Jahre zuvor Blumen zur Madonna gebracht hatte, immer donnerstags. Er drehte sich zu Michìali Speranza um, der neben ihm saß, und fragte ihn, ob er zufällig seine Mama gesehen habe.

Es herrschte eine Hitze wie im sechsten Höllengraben, und Rorò konnte es kaum erwarten, sich endlich auszuziehen. Sie ging ins Badezimmer und streifte die Bluse ab, aber als sie die Sicherheitsnadel öffnete, bemerkte sie erschrocken, dass die Spitze des kleinen roten Horns abgesplittert war.

Wenn sie aus dem Haus ging, trug sie es stets bei sich. Ihre Mutter hatte es ihr an jenem denkwürdigen Abend geschenkt, an dem ein Wunder sie vor dem Stier gerettet hatte. Während sie es ihr ans Unterhemd heftete, sagte sie mit ernster, feierlicher Stimme: »*Rorò mia,* dieses *corno* musst du immer bei dir tragen, verstanden? Es wirkt wie ein Schild, es beschützt dich vor Lästermäulern, die dir Böses wollen, vor dem Neid derer, die dich ansehen, und vor dem bösen Zauber hässlicher, missgünstiger Menschen. Geh niemals ohne diesen Glücksbringer aus dem Haus, niemals, verstanden?«

Die Kleine gehorchte und hielt sich an ihr stilles Versprechen.

Rorò zog sich vollständig aus, um die abgebrochene Spitze vielleicht doch noch zu finden; sie bückte sich und suchte auf dem Boden danach, aber vergebens.

Beim Anblick ihres Spiegelbilds fühlte sie sich erneut so fremd und unbehaglich wie am Tag zuvor, denn zum ersten Mal in ihrem Leben fürchtete sie sich: vor dem Sturz, vor Schmerzen, vor dem beschädigten roten Horn.

»Was ist los?«, fragte ihr Mann, als er sie mit trauriger und nachdenklicher Miene aus dem Bad kommen sah.

»Nènta, nènta«, sagte Rorò rasch, aber in ihrer Stimme lag eine Besorgnis, die ihr Mann nicht von ihr kannte.

Wie an jedem Abend legte sie die Sicherheitsnadel und das beschädigte Horn in die Aluminiumdose, in der Lakritze von Amarelli gewesen waren und die sie in der kleinen Schublade ihres Nachttisches aufbewahrte. Aber das düstere Gefühl ließ sich nicht abschütteln, und so war sie zum ersten Mal in ihrem Leben nicht glücklich, als Sarvatùra ihr eine Hand auf die Hüfte legte und ihr mit der anderen den BH öffnete.

13
Ein plötzliches Gewitter

»Kommen Sie bei mir vorbei, heute Abend noch«, raunte ihr Varvaruzza Marzannetta leise, aber entschieden zu, während Gioiosa ihre Tochter umarmte, die auf wundersame Weise der Raserei des Bullen entkommen war.

Das musste sie ihr kein zweites Mal sagen, denn Varvaruzzas Stimme war klangvoller als die Kirchenglocken, und so ging sie noch am selben Abend zu ihr nach Hause.

Die Alte kam gleich zur Sache: »Heute haben es alle gesehen: Deine Tochter ist ein richtiger Glückspilz. Aber zu viel Glück ist manchmal schlimmer als Unglück, es zieht nämlich Zaubereien an, Missgunst und böse Taten.«

»Helfen Sie mir, *Varvaruzza mia.«*

»Deshalb solltest du ja herkommen, also setz dich.«

Sie gehorchte, und die Alte ging ein Stück zusammengefaltetes Zeitungspapier holen.

»Mach es auf!«

Gioiosa hielt ein kleines rotes Horn in Händen.

»Hör gut zu. Das hier wird deine Tochter vor dem Neid anderer beschützen. Sie muss es immer tragen, wirklich immer, und sie soll es so pfleglich behandeln, als wäre es die letzte Hostie auf Erden. Es ist wichtig, denn deine Rosaria ist schon mehrmals vom bösen Blick gestreift worden.«

Gioiosa bekreuzigte sich, faltete das Zeitungspapier mit dem Horn sorgfältig wieder zusammen und schob es sich in den Büstenhalter. Sie stand auf und entfaltete ein Taschentuch auf dem Tisch. Ein goldener Anhänger in Form von Engelsflügeln kam zum Vorschein.

»Hier, ich möchte mich revanchieren.«

»Nun geh, und vergiss nicht, was ich dir gesagt habe.«

Viele Jahre später noch erinnerte sich Gioiosa Mbarazzu an diese Begegnung, als hätte sie am Tag zuvor stattgefunden. Nun erzählte ihre Tochter ihr von dem abgesplitterten Horn, und sie hatte den Eindruck, erneut in Varvaruzzas Haus zu sein und über deren Prophezeiungen nachzudenken.

»Glaubst du, das ist ein schlechtes Omen?«

Rorò war mit dem unangenehmen Gefühl aufgewacht, die Nachwirkungen bislang unbekannter Albträume zu erleben.

Kaum erwacht, hatte sie die Hand nach der Metalldose ausgestreckt, denn vielleicht war das mit dem Horn nur ein schlechter Traum gewesen.

Eilig hatte sie sich angezogen und beschlossen, sich ihrer Mutter anzuvertrauen, dem einzigen Menschen, der die Bedeutung dieses Vorkommnisses verstand.

»Den Rest des Horns hast du ja noch«, beruhigte Gioiosa sie, »und das ist das Wichtigste. Natürlich wäre es besser, wenn du das fehlende Stück findest«, fuhr sie fort, schien aber ihren eigenen Worten nicht recht zu glauben.

»Es ist im Zirkus kaputtgegangen, als ich hingefallen

bin und mich an der Hüfte gestoßen habe«, sagte Rorò und durchlebte den Vorfall in Gedanken erneut. »Vielleicht ist es ja noch dort, wer weiß? Hingehen und nachgucken kostet nichts.«

Sie umarmte ihre Mutter, die sie fest an sich drückte, und machte sich auf den Weg.

Die Glocken der Matrice schlugen gerade elf, als sie das Feld in San Marco erreichte. Das Zirkuszelt war geschlossen.

Der Erste, den sie vorbeigehen sah, war ein Hilfsarbeiter namens Melioth. Sie sprach ihn an:

»Entschuldigen Sie, ich habe bei der Vorführung gestern Abend etwas verloren.«

»Dann kommen Sie mal mit«, sagte er und ging auf einen Wohnwagen links von der Zirkuskuppel zu.

Energisch klopfte er an die Tür, und ein schmächtiger Mann im Unterhemd öffnete.

»Damabiah, hast du beim Saubermachen etwas gefunden?«

Der so Angesprochene verschwand in dem Wohnwagen und kam mit einem Schuhkarton zurück.

»Sehen Sie mal nach, vielleicht ist das, was Sie suchen, hier drin«, sagte Melioth und reichte Rorò den Karton.

Sie warf einen flüchtigen Blick hinein, schob eine Brille und einen Schlüsselbund beiseite, aber vergebens.

»Was ich verloren habe, ist sehr klein, vielleicht liegt es noch auf dem Boden.«

»Folgen Sie mir bitte.«

Melioth betrat die Kuppel durch einen Seiteneingang, und Rorò folgte ihm dichtauf. In der Mitte der Manege war ein Mann gerade dabei, den Boden zu glätten.

»Wissen Sie noch, wo Sie gesessen haben?«

Die Glückliche blickte zum Haupteingang, rechnete kurz nach und zeigte dann auf ihren Platz.

Sie umrundeten die Manege, ohne sie zu betreten. Rorò blickte sich um.

»Ja, genau der ist es«, sagte sie und deutete erneut auf den Platz, auf dem sie gesessen hatte.

»Bitte, sehen Sie nach. Wenn Sie mir sagen, was es ist, kann ich Ihnen vielleicht helfen.«

»Ein winziges Stück von einem roten Anhänger.«

Sie fingen an zu suchen, der Boden war glatt, und wenn das Bruchstück des roten Hörnchens dort gewesen wäre, hätten sie es gesehen. Aber sie fanden nichts.

Rorò bedankte sich, ging fort und fragte sich beunruhigt, in welchem Teil der Welt dieser Splitter ihres Glücks wohl herumliegen mochte.

Auf den Engeln der Schnee

Nach dem Prinzip der Entsprechung würde an diesem Tag in Girifalco jemand sterben, aber noch wusste niemand, wen es treffen würde. Es konnte Filodemu Arabbia sein oder Pasquale Marcarizzu, die schon lange krank waren, genauso gut aber Marastella Mpidicisa oder Franca *a maestra*, beide völlig gesund. Ein Quantenprinzip, das Archidemu in den Sinn kam, als er an der Anschlagtafel mit den Todesanzeigen vorbeiging und sah, dass oben links eine Lücke war, die noch vor dem Abend geschlossen werden würde. Wir können zwar sagen, wie viele Partikel in einer Stunde zugrunde gehen, nicht aber, wann ein ganz bestimmtes Teilchen an der Reihe ist. Und da im Sommer in Girifalco täglich jemand starb, musste man nur warten – irgendein menschliches Partikel des Universums würde auf jeden Fall vertrocknen und verenden.

Präzise wie ein Planet auf seiner Umlaufbahn hatte er sich auf den Heimweg gemacht. Er kam vom Piano, ging an den Häusern von Musconì vorbei und weiter auf dem Bürgersteig bis zu Roccuzzus Kiosk. Aber just an diesem Morgen hatte der Vermessungstechniker, dieser unverschämte Kerl, seinen Wagen ausgerechnet dort geparkt und die Straße abgesperrt, um einen Kanalschacht zu öffnen, sodass der Stoiker gezwungen war, die Straßenseite zu wechseln. Er empfand diesen Wechsel wie einen Zusammenstoß mit einem Meteoriten, doch hin und wieder bewirkt so ein Aufprall auch etwas Gutes – wenn er zum Beispiel dafür sorgt, dass sich die Erde um das eine lebenswichtige Grad neigt, oder in diesem Fall dafür, dass der Planet Archidemu, gestreift von einem stürzenden Meteor, um vier Komma sieben Grad von seiner stellaren Umlaufbahn abweicht und zu fruchtbarem Humus für die Entstehung neuen Lebens wird. Dieses Leben war das bunt bedruckte Stück Papier im Format fünfzig mal siebzig, das Carruba am Tag zuvor an Archidemus Hauswand aufgehängt hatte. Er warf einen Blick auf das Plakat und blieb abrupt stehen. Er trat näher, um es genauer zu betrachten. Es muss sich wohl um eine Fotomontage handeln, dachte er. Einer der vielen Gegenstände, die der Mann auf dem Plakat auf magische Weise im Gleichgewicht hielt wie Planeten, die von der Schwerkraft gehalten werden, zog ihn besonders an, ein Gegenstand unter vielen: eine Schneekugel aus Glas, in der sich ein winziger Engel befand. Der Jongleur balancierte sie auf der Kuppe seines rechten Zeigefingers. Archidemu war verblüfft, und wäre das Herz ein Muskel, der aus freiem Willen arbeitet, wäre es stehen geblieben – das Blut hingegen stockte ihm tatsächlich in den Adern. Archidemu, wie der mythische *Stein ohne Lachen* am Eingang zur Unterwelt, ein Wesen, das zum Sonnensystem gehörte und die Wechselfälle des menschlichen Lebens mit dem ihm eigenen Gleichmut betrachtete, wurde innerhalb einer Sekunde in den menschlichen Zustand beschleunigter Herzschläge, getrübten Bewusstseins und erstarrter Glieder geworfen. Die Glaskugel balancierte vor seinen Augen auf dem Fingerglied eines unbekannten Menschen, der ihr eine Achse des Gleichgewichts bot. Er betrachtete das Gesicht: die schwarzen Augen, die zurückgekämmten dunklen Haare, die vorspringende Nase, den mageren Körper. Er versuchte, sich das Bild einzuprägen, und ging mit dem Gefühl nach Hause, einen lieben Menschen zurückgelassen zu haben. Zu Hause angekommen, öffnete er sofort die Schublade, in der er die wenigen Habseligkeiten seines Bruders aufbewahrte.

Die Glaskugel war da, nach all den Jahren so unversehrt wie ein in Bernstein konserviertes Insekt. Sciachineddu hatte Schneekugeln geliebt. Diese hatte ihm jemand aus Rom mitgebracht, und er hatte sie neben seinem Bett auf dem Nachttisch aufbewahrt. Tatsächlich hatte seine Mutter ihm das Gebet des Engels, der die Menschen beschützt und regiert, genau wegen dieser Figur beigebracht. Jeden Abend hatten sie es vor dem Schlafengehen gemeinsam aufgesagt. Er drehte die Kugel um, der Schnee begann, auf die Haare und die Flügel des Engels zu sinken, und für einen Augenblick glaubte er, Sciachineddu sei zu ihm zurückgekehrt, sodass sie dieses Wunder im Miniaturformat gemeinsam betrachteten, den Schnee, der auf Befehl zu fallen beginnt, die Zeit, die ihnen gehorcht. *Fratello mio,* wie hast du mir gefehlt! Das Schneien hörte auf. Archidemu schloss die Schublade und legte die Glaskugel auf die Konsole mit dem kleinen Altar, gleich neben das Foto des Bruders. Die Übereinstimmung mit dem Plakat bedeutete womöglich, dass ihm das Universum noch weitere Zeichen schicken würde. Denn ob Zufall oder nicht: Das eine Grad Neigung ist vielleicht kein Ergebnis einer Belanglosigkeit, sondern birgt die Vernunft des Universums in sich. Und nun kam ihm der Verdacht, dass der Mann auf dem Plakat mit der Glaskugel auf der Fingerspitze möglicherweise sein Bruder war, der Jahre zuvor verschwunden und in einem Zirkus wiederaufgetaucht war, um das Gleichgewicht zur Richtschnur seines Lebens zu machen. Von diesem Moment an überlagerten sich das Gesicht auf dem Plakat und das seines Bruders wie zwei Negative, und in der entlegenen Dunkelkammer eines Neurons in seinem Gehirn entwickelte sich ein einziges Gesicht, das Vergangenheit und Gegenwart, Kindheit und Reife, Sciachineddu Crisippu und den Artisten Jibril in sich vereinte.

Lob der Auferstehung

Als wäre es des Unglücks noch nicht genug, stieß sie auf der Schwelle zu Roccuzzus Kiosk, wo sie Kreuzworträtsel für ihren Mann erstehen wollte, beinahe mit Mararosa zusammen. Sie trat beiseite, konnte aber nicht verhindern, dass sie sie streifte, obwohl sie lieber dem Teufel persönlich begegnet wäre als dieser Frau. Rorò hatte im Grunde nichts gegen sie, obwohl Mararosa viele Jahre zuvor plötzlich aufgehört hatte, sie zu grüßen. Ihr entging nicht, dass die andere sie jedes Mal voller Verachtung musterte und unverständliches Zeug murmelte. Sie wusste also, dass Mararosa sie hasste, war aber verblüfft, dass dieser Groll so viele Jahre überdauert hatte. Rorò und Mararosa – zwei Elektronen, die sich im Innern ein und desselben Atoms niemals gleichzeitig in ein und demselben Quantenzustand befinden können, ein Mensch gewordenes Beispiel für das Ausschlussprinzip. Ausgerechnet dort, auf der Schwelle von Roccuzzus Kiosk, neben dem Carruba das Plakat mit Nakir darauf aufgehängt hatte, begegneten sie sich. Ausgerechnet dort, neben dem Messerwerfer und seiner auf die Scheibe gefesselten Assistentin, neben dem Bild, das nicht nur ihre gemeinsame, sondern auch die verdichtete Geschichte Girifalcos und der Menschheit symbolisierte, einer Geschichte, die man schreiben könnte, indem man auf einer Seite die wenigen Werfer und auf der anderen die unzähligen Zielscheiben aufführt. So, wie sich nun auf diesem Quadratmeter Straßenpflaster die Wege der Messerwerferin Rorò und ihrer Assistentin Mararosa kreuzten, der armen, auf das Rad gebundenen Zielscheibe, die sich auf die Treffsicherheit der anderen verlassen musste.

»Miststück«, zischte Mararosa leise, sobald sie draußen auf dem Gehsteig stand. Roròs Anblick ärgerte sie wie der plötzliche Juckreiz, nachdem einen etwas an der einzigen Stelle des Körpers gestochen hat, die man mit den Händen nicht erreichen kann, auf der Mitte des Rückens, unter dem Schulterblatt, sodass man sich, um Erleichterung zu finden, den wohlwollenden Händen eines Vorübergehenden überlassen muss, einer Mauerkante oder dem nächstbesten, nicht allzu spitzen Gegenstand.

»Ausgerechnet dir muss ich heute Morgen begegnen! Dabei ist es sowieso schon ein Morgen zum Vergessen, *una giornata di merda*, und jetzt erst recht – *ma mò!* Dieses Flittchen hat mich sogar gestreift«, murmelte sie und wischte sich mit der Hand über die Stelle an ihrem Arm. »Ja, geh nur, eines Tages wirst du es mir büßen, und zwar alles auf einmal!«

Seit dem Tag, an dem sie erfahren hatte, dass sich der ihr versprochene Sarvatùra im Haus von Girolamu Partitaru und Gioiosa Mbarazzu mit deren Tochter verlobt hatte, überschüttete Mararosa sie mit der Gemeinheit und Bosheit, mit der die Natur sie so reichlich ausgestattet hatte. Kein Tag ihres Lebens verging, ohne dass sie Rorò verfluchte und ihr die schlimmsten Qualen der Welt an den Hals wünschte, dieser Schlampe, die ihr den Mann gestohlen hatte und an ihrer Stelle die große Dame spielte, die Goldschmuck und Markenkleider trug, während sie selbst ...

Vor der Haustür angekommen, fand Mararosa ihren Schlüssel nicht. Sie ist es, die mir Pech bringt, dachte sie und fluchte erneut auf Rorò, sogar meinen Schlüssel hat sie verschwinden lassen. Sie schüttete den Inhalt ihrer Tasche auf die steinerne Bank, aber der Schlüssel blieb verschwunden. Verzweifelt setzte sie sich auf die Mauerkante und wartete auf jemanden, der ihr helfen konnte.

Angeliaddu hatte gerade der Frau des Bürgermeisters die von seiner Mutter gebügelten Kleidungsstücke gebracht, da erblickte er Mararosa. Sie winkte ihn zu sich.

»Ich habe die Schlüssel im Haus vergessen, Angeliaddu. Könntest du vielleicht zum Fenster hineinklettern?«

Der Junge blickte kurz zum ersten Stock hinauf, kletterte an der Regenrinne hoch und öffnete wenige Sekunden später die Haustür.

»Vielen Dank, Angeliaddu, *grazieassai,* hier, nimm diesen Pfirsich«, sagte sie.

In der Wohnung holte sie die Einkäufe aus der Tasche, verzichtete aber aufs Kochen, weil ihr der Appetit vergangen war. Als die Glocken eins schlugen und bevor sie sich auf die Couch setzte, um die Klatschzeitung durchzublättern und ihre täglichen drei Stunden Seifenoper zu schauen, ging Mararosa auf den Balkon und sah nach, ob sie die Pflanzen gießen musste. Sie empfand sie als ihre Schwestern, denn genau wie eine Pflanze war auch Mararosa gezwungen, sich von anorganischen Stoffen zu ernähren, damit ihr Überleben von keinem anderen Wesen abhing. Und von allen Pflanzen war ihr die *selaginella lepidophylla* am ähnlichsten, die Rose von Jericho, denn die war außergewöhnlich anpassungsfähig. Wenn es nicht regnete, rollte sie sich ein; ihre Zweiglein kräuselten sich, bis sich die Pflanze zu einer braunen Kugel zusammengerollt hatte. In diesem Zustand konnte sie jahrelang überleben, als Spielball des Windes, der sie über den Strand trieb wie gewöhnliches Gestrüpp. Jahrzehntelang konnte sie austrocknen, aber dann reichte ein einziger Regenguss, damit sich die Zweige wieder öffneten, damit sie ins Leben zurückkehrte und ihre glänzende grüne Farbe wiedererlangte. Aus diesem Grund nannte man sie auch die Auferstehungspflanze.

Mararosa blickte nach oben. Die Hitze war drückend,

aber der Himmel über Covello war bereits schwarz, und bald würden die Wolken über dem Dorf angekommen sein.

»Es ist sinnlos, euch zu gießen, das erledigt bald jemand anders«, sagte sie.

Hinter dem Haufen

Caracantulu blickte in den Himmel. Auf das Jucken in seiner Hand war Verlass – bald würde ein Gewitter kommen. Zum hundertsten Mal hatte er Anlass, den zu verfluchen, der sich hinter diesem unförmigen Haufen aus Sauerstoff und Stickstoff versteckte und ihn, Caracantulu, in ein menschliches Hygrometer verwandelt hatte, nicht mehr und nicht weniger.

Wie man Paprikaschoten schneidet

Zwei Stunden später ging über Girifalco ein furchterregender Wolkenbruch nieder, der sich durch die Sommerhitze noch verheerender auswirkte. Innerhalb weniger Minuten waren die Straßen überflutet, und Gullys flogen durch die Luft, als wäre der Herrgott von seiner Schöpfung enttäuscht und hätte es sich anders überlegt. Er schien Menschen, Vieh, Reptilien und die Vögel des Himmels vernichten zu wollen, jeden Leib, in dem ein Hauch Leben steckte.

Auch Rorò Partitaru blieb nicht verschont. Sie schnitt gerade Paprika und Kartoffeln fürs Abendessen, als die ersten Tropfen die Terrasse sprenkelten. Anfangs konnte sie das Geräusch nicht zuordnen, aber dann setzte der Wolkenbruch ein, und bevor sie auch nur das Geschirrtuch weglegen konnte, glich die Terrasse einem Teich. Sie band sich ein Tuch um den Kopf und ging hinaus, um die Feigen, die sie zum Trocknen auf der Darre gelassen hatte, hereinzuholen, ehe sie verdarben. Vier Hüpfer, vier nur, dann rutschte sie in ihren Hausschuhen aus und schlug heftig mit dem Kopf auf den Boden. Und so starb sie, so schlicht und einfach, wie es ihren alltäglichen Handlungen entsprach: Biskuitteig mischen, Wechselgeld herausgeben, Paprika schneiden. Sterben, wie man sich wäscht, wie man isst oder sich auszieht. Der Tod, der neben uns atmet, den wir täglich streifen, sobald wir die ersten Schritte gehen, und der auf den Kanten von Treppenstufen liegt, zwischen den Falten der Kissen, in Tablettenhälften, auf Messerklingen, steilen Abhängen, in unübersichtlichen Kurven, im Auto, das neben uns fährt. Denn nicht der Tod, sondern das Leben ist unerklärlich; manchmal ist kaum zu verstehen, wie wir die Löcher im Netz unseres Alltags überqueren können, ohne hineinzufallen, und wie es uns gelingt, immer wieder die Füße auf den zarten Faden zu setzen, der eine Leere von der anderen trennt.

Sarvatùra fand sie einige Stunden später und rief sofort den Krankenwagen. Dottor Vonella, der zehn Minuten vor den Sanitätern ankam, befand ernst: Da ist nichts mehr zu machen, Rorò hat uns verlassen.

Sarvatùra sah ihr ins Gesicht – sie war in heiterer Verfassung gestorben.

So schnell, wie der Wind durch Rollläden bläst, sprach sich die Neuigkeit im Dorf herum, und die Leute konnten es kaum glauben. Es musste ein Irrtum sein, vielleicht handelte es sich um Rorò Curciantìna, die war alt und krank, aber doch nicht die andere Rorò, die war doch von den Engeln geküsst, wie jemand nicht ohne eine Spur von Bitterkeit anmerkte.

Als sich die Neuigkeit herumsprach und die Zweifel sich in Luft auflösten, hieß es überall, die arme Rorò sei im Grunde bedauernswert, denn nun habe sie für all ihre Freuden auf einmal bezahlt, und den Dorfbewohnern wurde klar, wie unbeständig das Urteil der Welt ist. Abgerechnet wird erst ganz am Schluss, und was in einem Augenblick bewundernswert erscheint, erweist sich im nächsten als nichtig.

Rorò Partitaru, die nicht von dieser Welt zu sein schien, starb wie alle anderen auch und vielleicht sogar schlechter als diese, nämlich in der Blüte eines glücklichen, freudvollen Lebens.

Die Todesnachricht verstimmte die Dorfbewohner, denn wenn der Tod sogar Rorò geholt hatte, die doch zum Glücklichsein prädestiniert war, konnte sich niemand mehr vor unerwarteten Schicksalsschlägen sicher fühlen.

Das aperiodische System

Es war, wie wenn die Glaskugel zerbrochen wäre und der Schnee in Form von scharfen Gedanken auf Archidemus kahlen Kopf fiele. Man müsste einfach auf das Denken verzichten, denn ein Gedanke ist wie ein wackelnder Zahn, den man immer wieder mit der Zunge berührt und sie dagegen drückt, immer stärker, bis er sich schließlich mitsamt der Wurzel aus dem Zahnfleisch löst. Der Gedanke ist die Qual, die bis ins Wesen der Dinge vordringt: Es beginnt mit dem Gedanken an die Rechnung, die man nicht bezahlen kann, oder an das Fieber, das unerklärlicherweise den kleinen Sohn befallen hat, oder an zwei Glaskugeln, die sich ähneln, und von dort aus landet man unausweichlich bei der Frage nach dem Warum des Lebens und der Welt. Diese verdammte naturgegebene, angeborene Unsitte, um jeden Preis den Zahn ziehen, die letzte Ursache finden zu wollen, obwohl uns alle vorhergehenden Gedanken gelehrt haben, dass dabei nichts anderes herauskommen kann als ein sinnloses Loch im Fleisch. Dieses angeborene Übel, immer wieder an das zu denken, was hätte sein können. Wie oft fragte er sich, ob er an jenem Tag hätte umkehren können, um seinen Bruder nicht allein zu lassen; wie oft wünschte sich Mararosa, sie könnte den Abend der Katastrophe noch einmal erleben und ihn anders enden lassen, und Caracantulu und Taliana und die Männer und Frauen in Girifalco, in Kalabrien und auf der ganzen Welt, alle wünschten sich eine zweite Chance, um ihr Leben zu verändern. Denn stets tritt ein Ereignis ein, das dem Leben seinen Stempel aufdrückt, und fast immer hat es mit einer zwischenmenschlichen Beziehung zu tun, sei sie real oder verhindert. Nichts lässt sich ausradieren. Darum ist das Leben der Versuch, sich dennoch eine Existenz aufzubauen, die Konstruktion eines Nichtereignisses, die in letzter Konsequenz die Wiederherstellung eines Gleichgewichts ist, die Wiederherstellung der Ausgangsbedingungen. Und häufig verändert sich ein Ereignis im Lauf der Zeit, denn so ist es im Leben: Erst schlägt es uns die Tür vor der Nase zu, aber viele Jahre später, wenn das

Schloss bereits ausgetauscht wurde, gibt es uns den alten Schlüssel in die Hand, damit wir sie noch einmal öffnen können. Und doch, dachte der Physiker Archidemu Crisippu aus Girifalco, letzter Nachfahr des vornehmen Geschlechts der Stoiker, schenkt einem das Leben manchmal eine zweite Chance, die wir vielleicht nicht bemerken, weil sie keine Wiederholung des Ereignisses ist, sondern eine verschleierte Version davon. Wir wollen jenen Tag und jene Stunde wiederholen, aber dorthin kehren wir niemals zurück, und während wir vergeblich warten, dass sich die Spirale der Zeit in die andere Richtung dreht, entgeht uns, dass die Chance in der Zwischenzeit auf einem Seitenpfad zurückgekommen ist. Im Universum laufen ständig geordnete Kreisläufe ab, aber sie zeigen sich nie zweimal auf dieselbe Weise: Wir sind Teil eines aperiodischen Systems, in dem die Umlaufbahnen der Phänomene identisch sind, sich aber nicht übereinanderlegen lassen, denn die Rückkehr desselben bringt die Verwandlung durch die Zeit mit sich. Vielleicht ist jeder Tag eine Wiederkehr, dachte Archidemu, vielleicht können wir den auf Abwege geratenen Verlauf des Lebens jederzeit ändern und wissen es nur nicht. An diesem Morgen sah sich Archidemu in Girifalco, diesem gottverlassenen Punkt auf der Landkarte des Universums, mit Sicherheit dem Wiederauftauchen eines Ereignisses gegenüber, das ihn aus den Intermundien verjagt, auf die Erde gestürzt und ihm die menschliche Fähigkeit verliehen hatte, eine neue Flugbahn des Lebens zu entwerfen.

14
Die Mechanismen des Wartens

Du bist eine richtige Nutte, Brooke, *una puttana,* du solltest in der Hölle schmoren! Wäre ich an der Stelle dieser unfähigen Stephanie, würde ich dir schon zeigen, was man mit solchen Flittchen macht, mit Weibern, die die Männer anderer Frauen verführen! Erst der Sohn, dann der Ehemann und dann noch mal der Sohn! Mit diesem Engelsgesicht siehst du aus wie eine Jungfrau bei der Erstkommunion, aber in Wirklichkeit versteckst du darunter die Schuppen einer Giftschlange. Vom selben verdammten Menschenschlag wie die Partitaru bist du, eine von denen, die mit dem Ehemann einer anderen ins Bett gehen. Aber dafür wirst du bezahlen, genau wie sie, du verfluchtes Weib, und zwar auf einen Schlag.

Jede Folge ihrer Lieblingsseifenoper bot Mararosa einen Vorwand, ihren alten Groll gegen die ewige Rivalin auszukotzen.

Ihr Tagesablauf mit seinen Verpflichtungen richtete sich nach den Fernsehserien. Einladungen zum Mittag- oder Abendessen, Ausfahrten, Einkäufe, Gottesdienste, Besuche zur Kommunion oder anlässlich einer Geburt, alltägliche Aufgaben, all das organisierte sie um die Sendezeiten der Folgen herum. Was auch passierte, sobald sie in dem Sessel anderthalb Meter vor dem Fernseher Platz genommen hatte, wäre sie um nichts in der Welt wieder aufgestanden.

Sie wusste bereits, was passieren würde, denn sie kaufte sich jede Woche eine Fernsehzeitschrift, aber sobald sie die Titelmelodie hörte, vergaß sie die Welt um sich herum; sie starrte auf den Bildschirm und knabberte an den Fingernägeln. Sie verpasste keine Folge, je mehr ausgestrahlt wurden, desto mehr sah sie sich an, aber sie hatte ihre Lieblingsserie.

Seitdem sie die Titelmelodie zum ersten Mal gehört hatte, konnte sie nicht mehr darauf verzichten, vor allem wenn sie Eric sah, mit diesem kleinen Grübchen im Kinn, das er mit Sarvatùra gemeinsam hatte. Die Tage ihres Lebens waren durch die Anzahl der gesehenen Folgen gekennzeichnet, und an diesem Tag war es die Nummer tausendzweihundertvierundfünfzig.

Es war eine wichtige Folge, denn Brooke wusste nicht, welchen Bruder sie für eine flüchtige Liebesnacht wählen sollte. Mararosas Herz fieberte mit dem der Serienfigur mit, und ausgerechnet, als die Spannung sich dem Höhepunkt näherte, fünf Minuten vor dem Ende, klingelte es an der Tür.

Mararosa stieß einen Fluch aus, an dem der Unglückliche, hätte er ihn getroffen, auf der Stelle gestorben wäre. Vielleicht hat sich jemand in der Tür geirrt, dachte sie, und sah weiterhin atemlos zu, wie Brooke ihre amourösen Pläne schmiedete.

Es klingelte erneut, und Mararosa fluchte noch einmal, heftiger als zuvor, weil es sie Anstrengung kostete, sich aus dem Sessel zu erheben. Nur jemand, der sie nicht kannte, würde sie um diese Zeit stören, darum näherte sie sich, während ihr Blick weiterhin an der Mattscheibe klebte, langsam dem Fenster in der Tür. Sie öffnete es und brüllte: »Wer ist da?«

»Ich bin's!«, brüllte ihre Tochter zurück.

»Was willst du um diese Zeit hier?«

»Machst du mir jetzt auf oder nicht?«

Wie eine Seiltänzerin in Aktion trat Mararosa einen Schritt zurück. Sie tastete mit ausgestrecktem Arm nach der Wand und hielt die Augen weiterhin auf den Bildschirm gerichtet. Sie riss die Tür auf und stürmte zurück zu ihrem Sessel, denn gleich würde Brooke den entscheidenden Orakelspruch von sich geben.

»Was ist denn los, Mama?«

»Psst ...!«, zischte Mararosa.

Die Kamera fängt das Gesicht der nunmehr entschlossenen Brooke ein: Sie senkt den Kopf, sieht sich ein letztes Mal mit funkelnden Augen um, die Kamera hält auf ihre Lippen, und als sie gerade den Mund öffnen und den Namen des Auserwählten flüstern will, wobei Mararosa vollkommen synchron die Lippen bewegt, als träfe sie selbst diese schicksalhafte Entscheidung, ausgerechnet in diesem Augenblick – *tatatataaaa!* – zerstört die gotteslästerliche Melodie des Titellieds die heilige Andacht.

»Futtìtivi, diese verdammten Scheißkerle, so machen die das immer!«, schimpfte Mararosa ernüchtert, denn nun wurde die Entscheidung ein weiteres Mal hinausgezögert. »Die machen das absichtlich, diese *cornuti,* wenn es am schönsten ist, hören sie auf. Wo bleibt da der Spaß, wenn man so hängen gelassen wird? Morgen sehe ich doch sowieso, wie es ausgeht.«

Inzwischen kannte Mararosa sich mit den Mechanismen der Seifenoper aus. Sie wusste, dass man immer einen Augenblick vor der Auflösung in der Luft hängen blieb, sodass die Spannung ins Unendliche gesteigert wurde, der Zweifel einen Tag und Nacht begleitete und man sich beim Einkaufen fragte: Was wird sie wohl sagen? Beim Kochen denkst du: Wer wird der Glückliche sein? Und während sie dich vom Leben ablenkt, fesselt dich diese von Gedanken und Befürchtungen aufgeblähte Erwartung am nächsten Tag nicht nur zehn Minuten vor Sendebeginn an den Sessel, sondern löst sich im Augenblick der Enthüllung mit solcher Heftigkeit auf, dass es einer Katharsis ähnelt.

Mararosa kannte diese faulen Tricks sehr gut, und dennoch ärgerte sie sich jedes Mal. Sie hoffte immer, die Handlung würde durch einen Fehler im Drehbuch oder eine falsche Berechnung der Sendedauer an dem Punkt enden, an dem sie sinnvollerweise enden musste, um den einmal begonnenen Kreis zu schließen.

Inzwischen kannte Mararosa sich ebenfalls aus mit den Mechanismen des Lebens, sie wusste, dass man immer einen Augenblick vor der Vollendung in der Luft hängen blieb, um eine schmerzhafte Sehnsucht unendlich zu verlängern. Niemand wusste das besser als sie, und so durchlebte sie am Ende jeder Folge erneut den Schmerz des Verlassenwerdens, so, wie manche Frömmler an ihrem gottesfürchtigen Körper erneut die bitteren Qualen der Kreuzigung durchleben.

»Was hast du um diese Zeit hier zu suchen? Und wie siehst du überhaupt aus?«, fragte sie, als sie die klitschnasse Kleidung ihrer Tochter sah.

»Peppino musste Pflanzen ausliefern, und ich wollte die Gelegenheit nutzen, um dich zu besuchen. Aber vielleicht hätte ich bei dem Regen lieber zu Hause bleiben sollen«, antwortete sie, während sie nach einem Küchentuch griff, um sich abzutrocknen.

Schulterzuckend ging Mararosa zum Ofen. »Hier, nimm diese *braciole* mit, die sind von gestern«, sagte sie und packte die gefüllten Kartoffelkroketten in Küchenpapier ein.

»Hast du gehört, was sie auf der Piazza erzählen, Mama?«

»Nein.«

»Rorò Partitaru ist gestürzt, und sie ist daran gestorben. Als ich mit Peppino an der Konditorei vorbeikam, haben wir einen Haufen Leute davor gesehen und ...«

Mararosa hörte ihre Tochter nicht mehr.

Aus dem Fernseher erklangen die letzten Noten der Schlussmelodie, aber für sie waren es die Töne, die eine neue Folge einleiteten, eine echte Fortsetzung diesmal. Denn endlich geschah auch in ihrem eigenen Leben etwas Aufsehenerregendes, etwas Magisches wie die Zufälle, die das Leben der Schauspieler veränderten, und wenn du sie im Fernsehen siehst, denkst du, so was passiert mir nicht, ein solches Wunder werde ich nie erleben.

Doch Mararosa widerfuhr dasselbe Glück wie einer Schauspielerin in einer Telenovela. Auf einmal geschah ihr etwas, das ihre Vorstellungskraft überstieg, die Rückkehr der ersten, totgeglaubten Liebe, das war wie die richtige Zahl in der Lotterie, die einen reich machte.

Tatatatà, tatatatatà, endlich begann die nächste Folge ihres Lebens, und es handelte sich um eine ganz besondere, eine von denen, die im Vorabendprogramm ausgestrahlt werden und Millionen von Zuschauern erreichen, eine Folge, auf die sie seit Jahren wartete, nachdem die letzte auf dem Höhepunkt unterbrochen worden war.

Mararosa war so glücklich wie nur einmal zuvor in ihrem Leben. Alles konnte sich plötzlich verändern oder von einem Moment zum anderen zu Ende gehen, wie damals, als Ridge aus der Dusche kam und damit alles auslöschte, was in den hundertsechzig Folgen zuvor geschehen war, als wären sie nur ein Ausrutscher im Drehbuch gewesen, ein Versehen oder ein unbefriedigendes Schicksal, das korrigiert wurde.

Nun war es an ihr, die Realität der letzten Jahre in pure Fantasie zu verwandeln, den Bademantel anzuziehen und in das Leben zurückzukehren, das durch die Dusche unterbrochen worden war, als Sarvatùra ihr Haus verlassen und sie aus traurigen, verweinten Augen angesehen hatte.

»Mama! Lachst du etwa?«

Niemand, nicht einmal ihre Tochter, wusste von ihrem Hass. Sie hatte keine Ahnung von all dem, und Mararosa machte Anstalten, die *braciole di patate* in den Müll zu werfen.

»Aber was machst du denn da? Du bist wirklich komisch heute.«

Mararosa hielt inne und wusste selbst nicht recht, was sie da tat. Sie ließ das Essen auf der Marmorplatte liegen, ging ins Bad und schloss sich ein. Sie war verwirrt, denn sie fühlte sich, als wäre sie selbst vom Regen durchnässt worden und die *selaginella lepidophyalla* endlich wieder zum Leben erwacht, um in der Auferstehung ihr Schicksal zu vollenden. In diesem Augenblick hängte Carruba drei Meter unter ihr die Anzeige, die vom plötzlichen und unerklärlichen Hinscheiden Roròs kündete, an die Hauswand neben der Garage.

Eine nummerierte und ausgeloste Kugel

Überall im Dorf hängte Carruba die Todesanzeige auf, die mit der Ankündigung der Trauerfeier in der Chiesa Matrice um sechzehn Uhr am folgenden Tag endete. Auf diese Art erfuhr Archidemu von Roròs Tod, und Carruba verkörperte eine angemessene Fußnote, weil er diese seelenlose Mitteilung mündlich durch eine Fülle von Details ergänzte.

Alles kommt wieder, dachte Archidemu, und er begriff nicht, wie es die Menschen angesichts solch banaler Tode fertigbrachten, die Vergeblichkeit ihres Handelns zu ignorieren, anstatt die Ruder einzuziehen und zu der Einsicht zu kommen, dass es unmöglich war, die Ereignisse des Universums zu beeinflussen. Denn wir existieren auf dieselbe Weise wie die Mücke, die wir auf unserem Arm zerquetschen, oder wie die Taufliege, die auf der Windschutzscheibe ihr Ende findet: Wir sind nichts und wieder nichts.

Bisher war Rorò eine vom Glück verwöhnte Frau gewesen, das hatte Carruba eigens betont, aber was hieß das schon: Glück? Und was nützt es, ein Leben lang Glück zu haben, wenn dann ein Augenblick genügt, ein winziger Bruchteil der Zeit, damit alles kippt? Archidemu hatte diesen verdammten Augenblick viele Jahre zuvor selbst erlebt: ein normales Erwachen, der Himmel so blau wie jeden Tag, Vorbereitungen für das Mittagessen und ein gedeckter Tisch wie an jedem Sonntag im Sommer, ein Lächeln von Bruder zu Bruder wie tausendmal zuvor. Und dann, von jetzt auf gleich, verschwindet er, und jenes Lächeln wird zum letzten überhaupt. Jeden Tag führen wir Handlungen aus, ohne daran zu denken, dass es das letzte Mal sein und sich unser Leben für immer verändern kann, einfach so, ganz plötzlich, ohne dass uns genug Zeit bliebe, uns darüber klar zu werden, und ohne dass wir etwas tun könnten, denn wir sind nichts als eine nummerierte Kugel, die aus der Lostrommel gezogen wird.

Untröstlich wie einer, der sich aufs Sterben vorbereitet, grüßte Archidemu den Plakatkleber und dachte, dass er im Grunde nichts dagegen hätte, tot zu sein, weil es niemanden gab, dem er fehlen würde, und weil er keine Projekte hatte, die er abschließen musste. Projekte waren etwas für Architekten, aber nichts für normale Menschen, dachte er, um sich zu trösten. Er ging seine schwarze Jacke holen und begab sich zu Sarvatùra Chiricus Haus, um ihm sein Beileid zum Tod seiner Frau auszusprechen, denn manchmal finden Begräbnisse im richtigen Moment statt und mildern eine unverhofft aufgetretene Verstimmung.

Der Ursprung der Welt

Don Venanziu erhob sich vom Tisch, nachdem er ein Spiegelei zu Mittag gegessen hatte. Sein Stuhl stand so, dass er beim Essen vor dem Ursprung der Welt saß.

Vincenzo Lamantea, ein berühmter Maler, war sein Blutsbruder. Sie waren zusammen an der abschüssigen Straße von Pioppi Vecchi aufgewachsen und hatten alles miteinander geteilt, sogar das weiche Innere des Brotes. Vincenzo hatte die Kunst im Blut und war an der Kunstschule in Catanzaro eingeschrieben. Wenn er aus der Hauptstadt ins Dorf zurückkam, erwartete Venanziu ihn an der Haltestelle des Überlandbusses, und sie trieben sich im Ort herum. Auf einer dieser nachmittäglichen Touren entdeckte er, wo die Welt ihren Ursprung hatte. Sie saßen auf den Stufen vor der Chiesa dell'Addolorata und beobachteten die Mädchen auf dem Weg zum Unterricht, als Venanziu eines von Vincenzos großen Büchern in die Hand nahm und darin zu blättern begann. Und dort, auf Seite zweihundierteinunddreißig, sah er sich einem Wunder gegenüber, das ihm den Atem raubte, einer *pitteddùna,* so groß wie die ganze Seite, schön, behaart, saftig, genauso, wie sie ihm gefielen. Er hätte nicht geglaubt, dass es so etwas auf Bildern gab, die man sich im Wohnzimmer, wo jeder sie sah, an die Wand hängen konnte, als wären sie ein Stillleben oder eine Landschaft; ein Geschlecht, so groß, dass es wirkungsvoller als tausend Demonstrationen zu Revolte und Freiheit aufrief. Erfreut stellte er fest, dass auch dies Kunst sein konnte, und weil er sie anbetete und vergötterte, war auch er ein Künstler, ein Fachmann für dieses Nest von Haaren, das die Frauen wie eine Sünde versteckten und das der Priester den jungen Katechisten als Versuchung des Teufels verbot; ein Fachmann für das Dreieck aus Haut war er, das die Natur auserwählt hatte, um dort ihre duftigen, fruchtbaren Wälder anzupflanzen und ihre eigene Entwicklung voranzutreiben. Venanziu bat seinen Freund um das Buch und nahm es mit nach Hause. Er betrachtete es viele Tage lang, dieses Bild, es diente ihm als Anreiz für Fantasien und neue Einfälle, denn seine Seele war für immer verdorben, und diese Vulva einer Unbekannten wurde für Don Venanziu aus Girifalco zu einem Modell, mit dem er in Zukunft die unzähligen Spalten vergleichen würde, die er erforschte. Ein ganzes Jahr musste er warten, bis er ein dicht behaartes Geschlecht aus Fleisch und Blut zu sehen bekam, das diesem ähnelte, und zwar das von Quaresimara, der ersten Vierzigjährigen, mit der er sich vergnügte. Es geschah während der Erntezeit in Jiaddùsi, als sie nach einem sonnigen Morgen voller Schweiß und verlangender Blicke hinter einer Himbeerhecke übereinander herfielen. Anschließend zog sich Venanziu die Hose hoch und bedauerte, dass die Quaresimara keine zwanzig mehr war, denn sonst hätte er sie an die Hand genommen, sie auf Cosimateddus Karren gesetzt und wäre zur Kirche gefahren, um sie zu heiraten. Er hatte Vincenzo gefragt, ob er die Seite herausreißen dürfe, doch der Freund hatte geantwortet, das sei nicht nötig, er werde eine Kopie für ihn anfertigen. Und so war das hübsche Geschenk nach einigen Wochen fertig, mit denselben Maßen wie das Original, betonte der Freund, sechsundvierzig mal fünfundfünfzig. Venanziu nahm es mit nach Hause und legte es unter einer Decke verborgen hinten in den Schrank, damit seine Mutter es nicht entdeckte, denn die wäre angesichts dieses plutonischen Waldes sofort losgerannt, um ihrem Sohn den Teufel austreiben zu lassen. Der Realismus des Bildes erschütterte ihn, er glaubte, den starken Geruch des Geschlechts wahrzunehmen, es flüstern zu hören, und manchmal konnte er nicht widerstehen: Er schloss die Augen und berührte es mit der Zungenspitze.

Eine menschliche Unrast

Der sintflutartige Regen, der über der kalabrischen Landenge niederging, traf den Zirkus Engelmann unvorbereitet. Der gestampfte Boden des Felds von San Marco verwandelte sich innerhalb kürzester Zeit in einen schlammigen Acker, in dem die Füße der darüber hinwegeilenden Zirkusmitglieder versanken wie in Treibsand. Im prasselnden Regen kamen sie aus den Wohnwagen hervor wie Ameisen, deren Nest brennt. Die Frauen holten die Wäsche herein, Cassiel kümmerte sich mit einigen Helfern um die Tiere, Tzadkiel und Batral eilten denen zu Hilfe, die die Zeltbahnen der Zirkuskuppel schlossen. Nur zwei Zirkusangehörige hielten sich von der allgemeinen Unrast fern: Jibril, die Ausgeglichenheit in Menschengestalt, dem seine Disziplin jede Hektik und jede unbesonnene Handlung, jede noch so geringe Beschleunigung seines Lebensrhythmus verbot, und Grafathas, der aus dem Fensterchen seines Wohnwagens das geschäftige Treiben mit der nächtlichen Gleichgültigkeit einer Schleiereule betrachtete. Auf den Regen folgte derart starker Hagel, dass alle im Zelt Zuflucht suchten, und auch dort gab es viel zu tun, denn durch die Zwischenräume war Wasser eingedrungen. Die Sitze waren nass, die Manege drohte sich in einen Sumpf zu verwandeln. Nakir und einige andere holten die Säcke mit den Sägespänen, um die größten Pfützen trockenzulegen, und genau in dem Augenblick, in dem er wie ein Sämann die erste Handvoll der faserigen Holzreste auf den Boden warf, genau in dem Moment, in dem das erste hölzerne Löckchen die Wasseroberfläche berührte, ausgerechnet in diesem Augenblick, in tausendvierhundertsechsundachtzig Metern relativer irdischer Distanz und vierzehn Millionen dreihundertsechs Kilometern absoluter Distanz vom Stern Vaktinez, berührte Roròs Hausschuh das nasse Steinzeug der Terrasse.

Wie Laplace

Angeliaddu war es, der dem Zirkus die Nachricht von Roròs Tod überbrachte. Er nutzte das Regenwetter, um seiner Mutter zu helfen, die die Soßen in der Abstellkammer neu ordnete. Als es eine Viertelstunde nicht mehr geregnet hatte, ging er aus dem Haus. Taliana hatte ihm ein paar Münzen gegeben, damit er sich Naschereien kaufen konnte, aber als der Junge bei der Konditorei ankam, sah er, dass wegen des Todesfalls bereits Stühle draußen vor der Tür standen. Darum kaufte er sich in der Bar ein Eis und ging nach San Marco hinauf. Mit schlammverschmierten Füßen und einem Sack in der Hand stand Batral vor dem Zirkuszelt. Er begrüßte ihn.

»Was machst du da?«

»Sägemehl, das Wasser ist überall eingedrungen, wir müssen etwas dagegen tun.«

Sie traten ein, und Angeliaddu hatte wie bereits beim ersten Mal das seltsame Gefühl, sich im Bauch eines großen Fisches zu befinden. Alle waren mit irgendetwas beschäftigt: die Zeltbahnen zurechtlegen, den Boden der Manege erneuern, die Werkzeuge abtrocknen. Batral streute Sägespäne zwischen die Sitzreihen.

»Im Dorf ist eine Frau gestorben.«

»Heute?«

»Ja, sie ist ausgerutscht und hat sich den Kopf aufgeschlagen. Sie hatte eine Konditorei.«

»War sie noch jung?«

»Ja«, sagte Angeliaddu, nahm zwei Händevoll Sägespäne aus Batrals Sack und warf sie auf die Erde.

Völlig durchnässt und mit nacktem Oberkörper näherte sich in diesem Augenblick Cassiel, und der Junge sah erschrocken, dass sein Rumpf von Narben bedeckt war, die von Kratz- und Bisswunden stammen mussten.

»Wer ist gestorben?«

Batral wiederholte die Worte des Jungen.

Cassiel setzte sich auf den nächstgelegenen Platz und begann, auf einen unbestimmten Punkt im Raum zu starren. Seine Zweifel bezüglich der Abendaufführung, die, sollte sie überhaupt stattfinden, dem Ruhm des Zirkus Engelmann mit Sicherheit nicht gerecht werden würde, verwandelten sich angesichts dieser Todesnachricht in Gewissheit, denn Cassiel glaubte an die Zeichen des Himmels wie Laplace an die Himmelsmechanik, und an jenem Tag hatte es innerhalb weniger Stunden zwei unmissverständliche Zeichen gegeben: das Gewitter und den Tod der jungen Frau. Das deutete er als Empfehlung, die Vorstellung an diesem Abend lieber ausfallen zu lassen. Er und sein Zirkus zogen durch die Welt, indem sie auf den Zufall und das Glück vertrauten, darum konnte er derart offensichtliche Zeichen nicht missachten. Die Welt spricht, genau wie die Menschen, dachte Cassiel, sie verwendet nur eine andere Sprache, und man muss lernen, sie zu übersetzen. An diesem Tag war die Botschaft deutlich. Wenn er sie missachtete, gefährdete er womöglich alle. Die Zirkusleute – Dompteure und Seiltänzer, Trapezkünstler und

Messerwerfer – waren oftmals nur einen Millimeter oder eine Millisekunde vom Tod entfernt, deshalb mussten sie die Zeichen besser zu deuten wissen als andere, was bedeutete, dass Herausforderungen häufig bereits endeten, bevor sie beginnen konnten.

Unter den Zirkuskuppeln der Welt macht eine Legende die Runde, nach der jeder Zwischenfall, vom misslungenen Make-up bis zum Feuer, das die gesamte Kuppel verschlingt, durch ein winziges Ereignis, ein Indiz, eine Warnung, die irgendjemand nicht richtig gedeutet hat, angekündigt wird. Immer. So wie vielleicht auch im täglichen Leben allen wichtigen Ereignissen, guten wie schlechten, winzige Vorkommnisse vorausgehen, die sie ankündigen. Es hieß, der Tag, an dem Kolima, Vassily Mostokovs geliebter Löwe, das Herz seines Dompteurs fraß, sei in zwanzig Jahren der einzige gewesen, an dem sich das Tier seiner täglichen Fleischration nicht einmal genähert habe. Die schöne Mariposa Soledad, die große Akrobatin von Gruss-Jeannet, starb nach einem Sturz aus fünfzehn Meter Höhe, nachdem sie am Morgen auf dem Badezimmerteppich ausgerutscht war, und der Zwerg Banonghi Medoni erstickte im brennenden Zirkuszelt, nachdem er sich am Tag zuvor an einem Feuerzeug verbrannt hatte.

Nun aber musste er, Cassiel Engelmann, für sich selbst und für die anderen eine Entscheidung treffen, und das tat er, indem er den menschlichen Entsprechungen der Natur Beachtung schenkte.

»Rasuil«, sagte er in Richtung des Mannes, der die Sitze abtrocknete. Der Angesprochene kam näher. »Rasuil, geh und läute die Glocke.«

Cassiel stand auf und rief die anderen zusammen: »Kommt alle in die Mitte.«

Er trat ins Zentrum der Manege, während drei metallische Glockenschläge erklangen. Batral folgte ihm als Erster, Angeliaddu setzte sich neben ihn. Wie Tauben um Maiskörner herum versammelten sich alle im Kreis, auch Grafathas, der zuletzt hereinkam, in trockenen schwarzen Kleidern.

»Heute Abend fällt die Vorstellung aus«, sagte Cassiel, nachdem er mit erhobener Hand für Ruhe gesorgt hatte. »Wir nehmen uns einen Abend frei.«

Wie aus einem Mund stimmten alle zu. Manche lächelten, andere applaudierten, nur auf Jibril schien die Ankündigung keinerlei Eindruck zu machen. Grafathas freute sich, einen Abend lang würde er nicht an dieser sinnlosen Inszenierung teilnehmen müssen.

Er wollte gerade hinausgehen, da rief Cassiel ihn zu sich.

»Grafathas, eine junge Frau ist gestorben. Lass dir Geld geben, kauf Blumen und sprich der Familie unser Beileid aus. Dieser Junge hier wird dich begleiten«, sagte er und zeigte auf Angeliaddu.

Als sie erfuhren, dass die Vorstellung wegen des Trauerfalls abgesagt worden war, empfanden die Einwohner von Girifalco Sympathie und Brüderlichkeit für den Zirkus, und wer sich gefragt hatte, ob er hingehen sollte oder nicht, würde nun an einem der nächsten Abende eine Vorstellung besuchen, und sei es nur, um diese Geste allumfassender menschlicher Gemeinschaft zu erwidern.

Von einem Mückenstich

Ehe er ins Dorf aufbrach, wollte Cassiel sich ein wenig ausruhen. Nachdem er die Entscheidung getroffen hatte, war ihm leichter ums Herz, denn er war sich fast sicher, dass etwas Schlimmes passiert wäre, wenn die Vorstellung stattgefunden hätte. Batral hätte ausrutschen und sich wegen des feuchten Trapezes den Hals brechen können, oder sein eigener Kopf hätte dem Löwen zum Opfer fallen können. Bei dem Gedanken überfiel ihn die Angst, die er jedes Mal empfand, wenn er lächelnd den Kopf in das Maul der Raubkatze steckte und dachte, wenn sie es jetzt zumacht, wenn dieses Tier jetzt das Maul schließt, und sei es wegen eines Mückenstichs, ist mein Leben vorbei, viele Jahre einer Existenz, ausgelöscht durch einen Mückenstich oder, treffender, durch ein plötzliches Gewitter oder den Tod einer Unbekannten.

Vom Versuch, der Leere auszuweichen

Als der gleichmütige Archidemu, den die Explosion des Zwillingsplaneten an die Grenzen der menschlichen Intermundien verbannt hatte, den Wolkenbruch bemerkte, legte er sich aufs Bett, um zu lesen. Bevor er das Plakat mit Jibril gesehen hatte und der Gedanke an seinen Bruder in seinem Kopf aufgeflammt war, hatte er sich in einer Lebensphase befunden, in der er sich besänftigt fühlte, obwohl ein Schmerz, den man beiseiteschiebt, natürlich immer noch existiert und einen leiden lässt. Durch unsere Versuche, ihn zu verdrängen, ist er erst recht präsent, so wie der Flicken auf dem fadenscheinigen Ellenbogen der Jacke den Riss zwar verbirgt, den Fehler im Gewebe aber erst recht hervorhebt.

Einige Stunden später machte er sich auf den Weg zum Zirkus. Der Regen hatte das Plakat gegenüber seinem Haus ruiniert; Jibrils Gesicht war nur noch ein verschwommener Fleck. Während er zum Fußballfeld in San Marco hinaufging, senkte er den Blick auf seine Füße, und wie es gelegentlich vorkam, wenn er das Bedürfnis hatte, sich seine eigenen Gewissheiten zu bestätigen, versuchte er, sie auf die Steinplatten des Gehwegs zu setzen, ohne die Fugen zu berühren. Entweder die Fuge oder die Platte. Das Spiel beginnt bereits im Kindesalter: Die einen setzen den Fuß auf die Steinplatten und geben acht, die Linien dazwischen nicht zu berühren, andere wiederum treten absichtlich auf die Fugen, und in dieser scheinbar spielerischen Tätigkeit zeigt sich ihre Art, Mensch zu sein, die Art, wie sie zukünftig auf den Straßen der Welt unterwegs sein werden. Die Pessimisten entscheiden sich für die Platte. Sie brauchen Sicherheit und haben gern viel Platz, der ihren gesamten Fußabdruck aufnehmen kann. In diesem Hang zum Bequemen, zum Mosaikstein am rechten Fleck, zum Verfolgen vorgezeichneter Wege, in der Neigung zu täglicher Muße, zu bestätigten Gewissheiten und gewohnten Routen zeichnet sich bereits die Suche nach dem Weg als Erwachsener ab. Auf der anderen Seite gibt es diejenigen, deren Leben von den Linien abhängt, als wäre der Bürgersteig ein Netz über einem bodenlosen Abgrund. Sie gehen wie Seiltänzer, und wenn keine Linien gezogen sind, stellen sie sich welche vor. Normalerweise sind dies die Kinder, die zurückbleiben, wenn ein eiliger Elternteil sich umdreht und sie auffordert, schneller zu gehen, während sie noch damit beschäftigt sind, die schmale Fuge wie eine Tänzerin mit den Zehenspitzen zu berühren, und schließlich macht die Mutter oder der Vater ungeduldig kehrt und zieht das Kind am Arm, das lieber eine Ohrfeige riskiert, als den Pflasterstein zu berühren. Diese Kinder werden zu Optimisten, vorsichtig, aber zuversichtlich, sie werden ihre Möglichkeiten abwägen, denn ihr Fuß braucht nicht viel Platz, ihm reicht ein schmaler, kaum sichtbarer Grat, auf den er treten kann.

Pflasterstein für Pflasterstein gelangte Archidemu zum Fußballfeld in San Marco, das unter Wasser stand wie ein Reisfeld. Überall liefen Zirkusmitglieder herum, transportierten Eimer, Decken, Sägespäne. Am Zaun blieb er stehen. Einige Minuten später kam Angeliaddu vorbei und sagte: »Wenn Sie auf den Zirkus warten: Das können Sie sich sparen, heute fällt die Vorstellung aus.«

Um zu sehen, ob er unter all diesen Leuten den Gleichgewichtskünstler erkennen würde, verweilte Archidemu hinter dem Zaun, der das Gelände umgab. Aber die Suche war zwecklos, denn Jibril aß um diese Zeit bereits zu Abend, und in dem Augenblick, in dem Archidemu sich an den Zaun lehnte, führte er mit der rechten Hand den Suppenlöffel zum Mund. Er schluckte langsam, dann legte er den Löffel auf den Teller und nahm ihn mit der linken Hand wieder auf, um noch ein wenig Suppe zu essen. Abwechselnd mit rechts und mit links, denn Jibril strebte nach Ausgeglichenheit in seinen Bewegungen wie eine Balancierstange, von deren Stabilität das Überleben des Universums abhängt.

Archidemu ging wieder nach Hause. Nicht nur in seinen eigenen vier Wänden herrschte tiefe Stille, sondern auch draußen auf der Straße. Das Gewitter schien alles Leben hinweggefegt zu haben wie der Meteorit in Tunguska: Der Piano war verlassen, kein Wind ließ das Laub der Platanen rascheln, auf den Fensterbänken waren keine Katzen zu sehen und in der Ferne keine Geräusche zu hören. Nichts. Als wäre Girifalco auf einmal eine Geisterstadt wie Pentedattilo, Acerenthia oder Rocca Falluca. Archidemu legte sich auf die Liege auf dem Balkon und schloss die Augen. In dieser absoluten Aufhebung von Raum und Zeit hörte er unter sich etwas metallisch quietschen. Er bückte sich und sah, dass eine Feder dabei war, sich vom Haken zu lösen, und herunterzufallen drohte. Er hakte die Feder wieder ein und setzte sich auf. Hätte das übliche Getümmel, das normale Durcheinander, geherrscht, dachte er, hätte er das metallische Geräusch nicht gehört und wäre von der Liege gefallen. Das Knirschen, mit dem sich das Ereignis ankündigte, wäre ihm entgangen, weil es im Getöse der Welt versunken wäre. Womöglich handelte es sich um eine Bedingung der universellen Harmonie: Den Ereignissen gehen kleine Vorfälle voraus, die sie ankündigen, und der Mensch erkennt sie oftmals nicht, weil sie sich mit den zahllosen Hintergrundgeräuschen des Universums vermischen.

Von den Umlaufbahnen der Sterne und Menschen

Grafathas saß auf der Treppe vor seinem Wohnwagen und schaute in den rötlichen Himmel, an dem Blitze zuckten, als hätten sich die Universen in der Umlaufbahn geirrt und wären gewaltig zusammengekracht. Endlich, dachte er, endlich, denn an das Märchen von der vollkommenen Bewegung der Gestirne, an die Geschichten von perfekten Parabeln und von Schicksalen, die einander streifen, ohne je zu kollidieren, hatte er nie geglaubt. Im Leben gibt es keine freundlichen Begegnungen, dachte er, sondern nur frontale Zusammenstöße, Beulen und Wunden. Millionen von Umlaufbahnen, Millionen von einander streifenden Möglichkeiten, die manchmal eben doch kollidierten und bei dem Aufprall erloschen, aber die Unendlichkeit nahm keine Notiz davon, die Weite des Himmels stand den flammenden Kollisionen gleichgültig gegenüber.

Zum Glück hatte die Vorstellung, die er eintönig fand wie eine immer gleiche Sternenkonstellation, nicht stattgefunden. Grafathas fragte sich jedes Mal, warum er damit weitermachte, obwohl es ihm nicht gefiel, warum er Gegenstände in die Manege trug oder Zuschauer zu ihren Plätzen begleitete, als wüssten die ohne seine Hilfe nicht, wie man sich fortbewegt. Und wie an jedem Abend versuchte er, im Himmel und bei den Sternen eine Antwort zu finden, einen Rat, etwas, das ihn dazu bringen würde, eine erahnte, aber nie getroffene Entscheidung zu fällen.

Er ging hinein, denn von Covello her wehte ein kalter Wind. Als er sich das Hemd auszog, hörte er, dass etwas auf den Boden fiel.

Er bückte sich. Es war ein rotes Steinchen, ein Splitter von einem Knochen vielleicht, der irgendwie auf seinem Hemd gelandet war. Er betrachtete das Stückchen Materie für einige Sekunden, dann trat er ans Fenster und warf es weit fort.

Viele Jahre zuvor, als er noch berühmt war, hatte Sylarikov zu seinem Zirkus gehört, die menschliche Kanonenkugel. Eines Abends hatten sie getrunken, und Grafathas fragte ihn, ob er sich nicht, klein, wie er war, davor fürchte, über das Auffangnetz hinausgeschleudert zu werden. Der Zwerg wurde ernst, näherte seinen Mund Grafathas' Ohr und flüsterte, ja, er habe immer Angst, aber er habe einen Gedanken gefunden, der ihn ablenke: Jede Bewegung ist eine Aufeinanderfolge von kleinen Pausen, habe man ihm erklärt. Die Flugbahn ist die Gesamtheit der Fixpunkte, an denen ein Stück Materie während der Bewegung vorbeikommt, und wenn er flog, dachte er in jedem Moment: Jetzt stehe ich still, ich stehe still, ich stehe still, ich stehe still. Auch das Leben funktioniert auf diese Weise, Grafathas, du hast den Eindruck, dich zu bewegen, aber du häufst nur fein säuberlich stillstehende Tage an, einen nach dem anderen, und um besser für den letzten Aufprall gerüstet zu sein, sagst du dir immer wieder vor: Ich lebe, ich lebe, ich lebe.

Auch die Parabel, die das fliegende Hornstückchen beschrieb, war eine Folge von Fixpunkten. Für einen Moment vermischte sie sich mit den Gestirnen, überlagerte die jahrtausendealten Bahnen der Planeten, erreichte ihren Zenit und fiel ab, bis das kleine rote Bruchstück auf dem Straßenpflaster neben Dutzenden unbedeutenden Steinchen landete, um am Morgen darauf von Tieren und

Menschen mit Füßen getreten und in die Erde gedrückt zu werden, auf dass es erneut ein Teil des ewigen Kreislaufs von Geburt und Tod werde, der alles im Universum erwartet.

15
Der Tag der Beerdigung

Ungefähr dreißig Jahre zuvor war Caracantulu nach Oberstdorf in Bayern, *Doicland*, emigriert. Er war seinem nörglerischen Onkel gefolgt, einem ewigen Besserwisser, der, obwohl alle anderen Dorfbewohner sich in der Schweiz niedergelassen hatten, weiter nach Norden zog und in der erstbesten Stadt blieb, die auf dem Weg lag. Dort begann Caracantulu, in einer Schmiede zu arbeiten, wo Scheren und Klingen hergestellt wurden. Ein derart gefährlicher Ort, dass jemand mit dunklem Lack *Mögen die Engel eure Finger beschützen* an die Wand geschrieben hatte. Aber Caracantulus Engel war abgelenkt, und so sorgte ein spöttisches Schicksal oder die Müdigkeit nach unruhigem Schlaf an einem verfluchten *Samstag* dafür, dass er die Hand erst eine Sekunde, nachdem der Kolben sich zu senken begonnen hatte, aus der Presse zog – nur eine Sekunde, die aber ausreichte, damit seine Hand unter tonnenschwerem Stahl zerquetscht wurde. Tatsächlich spürte er unmittelbar danach nichts; er fühlte weder, wie die Knochen zertrümmert, noch, wie die Muskeln zerfetzt wurden. Erst ein paar Sekunden später, als er die blutige Hand und seine Finger erblickte, die aussahen wie aus dem Darm gequollene Würstchen, spürte er die unmenschliche Qual, erst dann, so als gehörte der Schmerz nicht zum Fleisch, sondern wäre ein Reflex des Bewusstseins. Er fing an zu schreien, und danach wusste er nichts mehr. Man erzählte ihm, er sei sofort ohnmächtig geworden, man habe ihn schnell ins Krankenhaus gebracht und eine Notoperation durchgeführt, und obwohl die Hand verloren schien, hätten die Ärzte Wunder vollbracht, wahre Wunder, sieh nur, sieh dich an, sagte sein Onkel Giuànni Trastutu ein ums andere Mal und starrte auf die verbundene Hand. Caracantulu aber verstand nicht. Erst etwa zwanzig Tage später erkannte er an seinem Körper das Stigma eines zerstreuten Emigranten. Er lag im Dämmerschlaf und erblickte die Krankenschwester, die ihm den Verband abnahm, um die Wunde zu desinfizieren. Er glaubte, sterben zu müssen, als ihm klar wurde, was geschehen war. Am liebsten hätte er geschrien, aber er schwieg, drehte sich nur auf dem Kissen zur Seite und weinte. Caracantulu war nicht mehr er selbst. Er war nun einer der Menschen, die von den Ereignissen der Welt abhängig sind, genauso, wie aus einem Stück Eisen in der Schmiede je nach Gussform entweder eine Schere oder eine Klinge wird. Das höhnische Schicksal hatte einen anderen aus ihm geformt, einen, der sein Leben als sardonischen Scherz empfand, weil die Natur ihn verspottete. Wegen eines seltsamen teuflischen Zufalls waren ihm außer dem Daumen nur noch zwei Finger geblieben, der Zeigefinger und der kleine Finger, sodass seine Hand bis in alle Ewigkeit in die Form zweier Hörner gepresst war, die er nicht einziehen konnte. Er hatte damals lange gelitten, der unglückliche Caracantulu, und wenn du unbedingt willst, dass ich ein Gehörnter des Schicksals bin, sagte er sich nach den Monaten der Depression, die auf den Unfall folgten, dann bin ich es eben, aber ich werde es nicht allein sein. Er jagte den Onkel, der ihn an jenen verdammten Ort geführt hatte, aus seinem Leben, spuckte aus dem kleinen Fenster des Überlandbusses auf den letzten Stein der Stadt und fing an, alles zu hassen, was teutonisch roch. Mit einer Invalidenrente kehrte er nach Girifalco zurück. Er verkaufte zwei der drei Häuser, die seine Mutter ihm vererbt hatte, und häufte einen kleinen Berg Geld an, *na muntagnèdda de dinàri,* der als Vermögen durchgehen konnte. Von da an konnte er seiner Bosheit bedenkenlos freien Lauf lassen. Er war tatsächlich ein *cornùtu*, aber er war auch clever, das musste man ihm lassen, denn von seinem körperlichen Defekt erfuhr in Girifalco niemand etwas. Nachdem er tagelang überlegt hatte und zu dem Schluss gekommen war, dass er sich im Dorf in diesem Zustand nicht sehen lassen konnte, war er zum *Haus des Handschuhs* in der Leibnizstraße gegangen und hatte sich zehn ganz spezielle linke Handschuhe anfertigen lassen, ehe er ein letztes Mal auf den verfluchten germanischen Boden gespuckt hatte. Die Ausstülpungen, in die seine zwei fehlenden Finger gehört hätten, ließ er mit festem Polstermaterial füllen, das sich genauso wie seine Fingerglieder anfühlte. Und so kehrte er nach Girifalco zurück, mit Handschuhen, die er an jedem Tag des Jahres trug, dünne im Sommer und dicke im Winter, und allen erzählte er, er verhülle seine Hand, weil er Brandwunden habe und eine Infektion verhindern wolle. Um der Welt seine Trauer zu zeigen, kleidete er sich stets schwarz, und der Hass hatte seinem Gesicht einen furchterregenden Ausdruck verliehen, sodass die Kinder bei seinem Anblick davonliefen, als wären sie dem Oger aus dem Märchen begegnet.

Lektion in Optik

Seit einigen Tagen fand Cosimo sie bei der Heimkehr so finster vor wie einen Wintertag. Einsilbig beantwortete sie seine Fragen und drehte ihm dabei den Rücken zu.

»Alles in Ordnung?«, fragte er zögerlich, und der Ton, in dem sie »Ja« sagte, bestätigte seine Befürchtungen.

Diesen Zustand war Cosimo nicht mehr gewöhnt. In der vermeintlichen Normalität der letzten Jahre hatte er sich eingebildet, die Zeiten seien vorbei, in denen die verhinderte Mutter, überwältigt von Sehnsucht nach einem Kind, ganze Tage im Bett verbrachte, ohne je das Licht einzuschalten, und auf seine Fragen nur mit Jammern und Weinen reagierte. Er war nicht mehr daran gewöhnt und wusste folglich nicht, wie er sich verhalten sollte, darum vermied er es seit einiger Zeit, mittags zum Essen nach Hause zu kommen, und begnügte sich mit einem *panino* in Gesellschaft seiner unbeschwerten Kollegen.

An diesem Morgen hatte er sie vor dem Aufstehen nicht einmal geweckt, und während er schweigend das Haus verließ, fiel sein Blick auf die kleine Statue des heiligen Rocco, die auf der Kommode im Eingang stand. »*Santu Ruaccu mio*, mach, dass sie heute Abend, wenn ich nach Hause komme, wieder normal ist«, bat er ihn, denn in unseren Gebeten bitten wir fast immer um Normalität.

Als Cuncettina aufstand, fühlte sie sich wegen Cosimos fehlenden Abschieds noch einsamer als sonst. Sie wusste, welches Leid sie ihm zufügte, aber sie war noch nicht bereit, mit ihm zu reden. Das Haus kam ihr kahler und trauriger als üblich vor, und der warme Schirokko, der vom Balkon hereinwehte und die Gardinen blähte, ermunterte sie hinauszugehen. Sie trank ein Glas kalte Milch, nahm eine leere Flasche und ging in Richtung Vuttandìar .

Sie glaubte, bei der Hitze dort sonst niemanden anzutreffen, doch schon von Ferne sah sie einen Mann am Brunnen stehen und trinken. Sie kam näher und wünschte ihm einen guten Tag, wie es am Brunnen auch zwischen Menschen üblich war, die sich nicht kannten, so als machten der Durst und der antike Platz alle Menschen zu Familienangehörigen.

Der Fremde erwiderte den Gruß. Er war schön. Er trug eine eng anliegende Hose mit einem roten Streifen an der Seite und dazu ein schwarzes Trikot, das seine alabasterweiße Haut hervorhob, sodass er Cuncettina wie eine Marmorstatue vorkam.

Sie betrachtete die Wassertropfen, die ihm aus dem Mund und über den muskulösen Hals liefen, dann senkte sie den Blick.

»Ist es hier immer so heiß?«

Noch nie hatte sie eine so sanfte Stimme aus dem Mund eines Mannes gehört, und darum antwortete sie ihm, obwohl sie sich unter anderen Umständen in einer solchen Situation zusammengerollt hätte wie eine Raupe.

»Natürlich, wir haben August, da ist es immer heiß.«

»Wenn wenigstens ein bisschen Wind ginge!«

Wie durch Zauberei wehte eine frische Brise über den kleinen Platz und erfrischte für einen Moment die schweißbedeckte Haut.

»Sie haben ihn herbeigerufen.«

»In solchen Dingen bin ich gut.«

»Darin, den Wind zu rufen?«

Der Mann lächelte, und sie fand ihn noch schöner.

»Sozusagen.«

Cuncettina hatte das Gefühl, dass er sich über sie lustig machte.

»Woher kommen Sie eigentlich?«

»Verzeihung, ich habe mich noch gar nicht vorgestellt. Tzadkiel Engelmann, stets zu Diensten«, sagte er und deutete eine Verbeugung an.

Der Name sagte ihr nichts, darum musterte sie ihn mit fragendem Blick.

»Ich komme vom Zirkus«, fügte der Mann rasch hinzu.

»Ah, verstehe. Und was machen Sie da?«

»Und Sie, was machen Sie hier beim Brunnen?«

»Ich bin gekommen, um ...«, hob Cuncettina an, brachte den Satz aber nicht zu Ende, denn als sie die Hand hob, erblickte sie anstelle der Flasche einen Strauß gelber Blumen darin. Erschrocken sah sie den Mann an; für einen Augenblick war sie verwirrt und begriff überhaupt nichts mehr. Sie öffnete die Faust, und der Blumenstrauß fiel auf den Boden.

»Vorsicht, so kann die Flasche zerbrechen.«

Der Mann bückte sich und hob den Strauß auf, aber als er ihn Cuncettina reichte, hatte er sich in die leere Glasflasche zurückverwandelt.

»Wie haben Sie das denn gemacht? Sind Sie etwa der Teufel?«

Tzadkiel lächelte und sagte: »Keine Sorge, es ist mein Beruf, die Dinge anders aussehen zu lassen, als sie sind.«

»Dann sind Sie also ein Zauberer.«

»So ähnlich. Ich bin Illusionist.«

»Und was ist der Unterschied? Sie zaubern doch auch.«

Prüfend betrachtete Cuncettina die Flasche, um sich davon zu überzeugen, dass sie heil geblieben war, dann näherte sie sich der Öffnung des Brunnens und begann, sie aufzufüllen.

»Zauberei verändert Dinge, ich hingegen lasse sie nur anders aussehen, als sie tatsächlich sind.«

»Ist das etwa keine Zauberei? Eine Flasche in einen Blumenstrauß zu verwandeln ist keine Magie?«

»Sie sind es, die die Blumen gesehen hat, die Flasche ist eine Flasche geblieben.«

»Sie nehmen mich auf den Arm.«

»Die Augen täuschen einen, manchmal sehen sie, was sie sehen wollen.«

»Wenn Sie es sagen«, versetzte Cuncettina und machte Anstalten fortzugehen.

»Es wäre eine nützliche Übung, alltägliche Dinge von einem anderen Standpunkt aus zu betrachten ... Was haben Sie vor? Wollen Sie gehen, ohne Ihre Flasche zu füllen?«

Cuncettina wollte entgegnen, sie habe die Flasche bereits gefüllt, aber tatsächlich: Sie war leer. Und doch war sie überzeugt, es getan zu haben.

»Ist das auch einer von Ihren Scherzen?«, fragte sie verschnupft, während sie zurück zum Brunnen ging.

»Vielleicht habe ich Sie abgelenkt.«

Cuncettina begann erneut, Wasser in die Flasche zu füllen, wobei sie darauf achtete, dass es auch tatsächlich hineinlief.

»Gehen Sie gern in den Zirkus?«

Sie steckte einen Finger in den Flaschenhals, der Finger wurde nass, und sie hielt ihn dem Mann vors Gesicht. »So sind wir sicher, dass ich sie diesmal wirklich gefüllt habe.« Dann beantwortete sie die offene Frage: »Ich war erst einmal dort, vor vielen Jahren.«

Tzadkiel holte einen Block mit Eintrittskarten aus der Gesäßtasche und fragte: »Würde Ihr Mann Sie begleiten?«

»Ohne ihn gehe ich nirgendwohin.«

»Gut, dann gebe ich Ihnen zwei Karten, damit Sie sehen können, was ich mache.«

»Aber nein ...«

»Nehmen Sie, bitte, Sie machen mir eine Freude.«

Cuncettina streckte die Hand aus.

»Vielen Dank. Das wäre doch nicht nötig gewesen.«

Verhinderter Applaus

Auch die Zunge streckte er heraus, ehe er hinter dem Vorhang hervorkam, aber nur die Spitze, wie zum Gruß. Angestrahlt von einem Scheinwerfer, näherte er sich mit schlenkernden Schritten dem Mädchen in der ersten Reihe. Er blieb stehen und verbeugte sich, wobei er den gestreiften Zylinder zog, eine Hand hineinsteckte und eine welke Plastikblume herausholte. Er setzte eine traurige Miene auf, hielt dem Mädchen die Blume hin und forderte es mit einer Geste auf, sie in die Hand zu nehmen. Auch die Mutter ermunterte es, und das Kind griff nach der Blume, die sich plötzlich wiederaufrichtete. Zuerst wirkte das Mädchen ungläubig, dann lächelte es, und auch der Clown lächelte, während er ins Publikum blickte und vor

Freude in die Hände klatschte. Gleich darauf ließ er sich die Blume zurückgeben, aber kaum hielt er sie in der Hand, verwelkte sie erneut, und er wurde wieder traurig. Und so ging es weiter, bis der Clown schließlich aufgab, die Blume in dem Zylinder versenkte und ihn sich wieder auf den Kopf setzte, doch bevor er ging, zog er eine echte Blume aus der Tasche und schenkte sie dem Mädchen. Lulù glaubte, ein Wunder gesehen zu haben. Wer weiß, warum ihn unter allen Nummern des Abends, vom Löwenbändiger bis zum Trapezkünstler, vom Messerwerfer bis zu dem hervorragenden Seiltänzer, ausgerechnet diese so tief beeindruckte, dass er davon träumte und an den folgenden Tagen immer wieder daran dachte. Wer weiß, warum sich ein Duft unserem Gedächtnis nachhaltiger einprägt als ein anderer, ein Gesicht, eine Szene, ein Schmerz, immer gibt es ein Detail, an das wir uns länger erinnern als an andere. Und warum muss es überhaupt für alles einen Grund geben, woher kommt diese Besessenheit, immer eine Erklärung finden, die Ereignisse in eine Reihenfolge, die Bruchstücke in eine Ordnung bringen zu müssen?

In Lulùs Gedächtnis brannte sich dieses Bild ein, und als er am Tag darauf an Ndolorata Rasòs Strauch vorbeikam, konnte er der Versuchung nicht widerstehen und riss eine Blüte ab. Er setzte sich an die Bushaltestelle, denn vielleicht würde an diesem Tag seine Mutter eintreffen, aber anstelle des Überlandbusses sah er Rina Spricchiara mit ihrer Tochter Marialovigia von der Piazza her auf sich zukommen. Mit der Blüte in der Hand hatte Lulù das Gefühl, wie der Clown mitten in einem Zirkuszelt zu stehen, und es schien ihm nur natürlich, sich vor dem Mädchen zu verbeugen und sie ihr zu überreichen. Aber anstelle von Applaus brachte ihm das nur einen schrägen Blick der Mutter ein, die ihm die Blüte aus der Hand schlug und ihn, den Schwachkopf, anzischte, er solle sich bloß nie wieder ihrer Tochter nähern. Lulù stand stocksteif da und konnte einfach nicht fassen, dass der Beifall ausblieb.

Er ging in die Kirche, setzte sich in die letzte Bank, und wie so oft in Momenten, in denen sein schwerer Körper auf puffernde Kräfte traf, als wäre er ein Fragment meteorischen Gerölls, ein Spielball wechselhafter kosmischer Störungen, hielt er sich aufrecht, indem er sich an die magische Wortfolge klammerte, die ihm *màmmasas* Stimme in den Kopf gepustet hatte, so durcheinander wie die nachlässig zusammengesetzten Teile eines zerrissenen Zettels: *Engel Gottes, hab Erbarmen, beschütze mich, du Wärter des Himmels.*

Vorboten eines Talents

Er erwachte früh, denn er hatte die ganze Nacht von fliegenden Trapezkünstlern geträumt. Er sagte seiner Mutter guten Morgen, und mit dem Gedanken, sich ein Trapez zu bauen, ging er gleich darauf zu dem Grundstück, das Varvaruzza ihm in Ponticèdda hinterlassen hatte. Sie hatte immer alles aufbewahrt, sodass er rasch zwei passende Seile fand. Er befestigte sie an einem Besenstiel, schulterte die Holzleiter und machte sich auf die Suche nach einem stabilen Ast. Er brachte das grobe Trapez so hoch an, dass er gerade noch danach greifen konnte, dann begann er zu schwingen. Ihm gefiel das Gefühl, sich von der Erde zu lösen, und so verbrachte er mindestens eine Stunde mit Anlaufen, Zugreifen und Schwingen, bis seine Arme und Finger zu schmerzen begannen. Schließlich ließ er alles stehen und liegen und begab sich zum Zirkus. Batral trainierte unter der Kuppel. Angeliaddu nahm im Zuschauerraum Platz, ohne dass Batral ihn sah, und saugte das Schauspiel, das nur ihm galt, mit Herz und Augen in sich auf. Sie waren zu zweit: Batral auf dem Trapez, ein grünes Tuch um die Haare geschlungen, und ein schwarz gekleideter Mann auf dem Podest, der ebenfalls ein Trapez in der Hand hielt. Angeliaddu betrachtete die Männer aufmerksam und versuchte, sich Batrals Bewegungen einzuprägen, die Übungen, die er durchführte, ehe er nach dem Trapez griff, den Neigungswinkel seiner Arme und Beine, die Art, wie er Anlauf nahm. Am Ende ließ sich der Artist ins Netz fallen, während der andere Mann langsam die Strickleiter hinunterstieg. Angeliaddu stand auf und ging auf die beiden zu.

»Wie war es?«, fragte Batral den Mann.

»Der Anlauf, du stößt dich nicht stark genug ab. Du musst dich strecken und die Bauchmuskeln anspannen. Alles hängt von den Bauchmuskeln ab, und deine sind zu schlaff.«

Die Stimme klang hart und vorwurfsvoll.

Angeliaddu war noch einen Meter entfernt.

»Was hast du hier zu suchen, Kleiner?«, herrschte ihn der Mann in Schwarz an.

Angeliaddu erkannte den Assistenten, der Rorò bei der Vorstellung am ersten Abend in die Mitte der Manege geführt hatte.

»Lass ihn, er will zu mir«, antwortete Batral an Angeliaddus Stelle.

Der andere drehte sich verärgert um und ging fort. Er hinkte.

»Trainierst du jeden Tag?«

»Das gehört dazu, es ist sogar der wichtigste Teil der Arbeit«, antwortete Batral.

»Wie alt warst du, als du angefangen hast?«

»Ungefähr so alt wie du. Mein Vater war beim Zirkus.«

»Dann ist es ja noch früh genug für mich. Ich kann sehr gut klettern.«

»Hast du vor, Trapezkünstler zu werden?«

Angeliaddu senkte den Blick. »Ich weiß nicht, was ich mal werden will. Ehrlich gesagt, weiß ich überhaupt nichts. Aber neulich abends, als ich dich da oben gesehen habe, da ist irgendwas mit mir passiert, es war wie ein Licht.«

Batral lächelte. »Licht braucht man immer, und wenn es nur ist, um zu sehen, wohin man den Fuß setzt.«

Aus irgendeinem Grund fiel Angeliaddu Batrals erste Antwort wieder ein, und er fragte: »Ist dein Vater auch hier?«

Der Artist blickte ihm unverwandt in die Augen, und der Junge glaubte für einen Moment, es habe ihm die Sprache verschlagen. Schließlich sagte er: »In gewissem Sinne, ja.«

Als sie sich später wieder trennten, gingen Batral in seinen Wohnwagen und Angeliaddu nach Hause, erfüllt von dem Gedanken, dass auch er zu diesem Beruf bestimmt war, dass man vielleicht keinen Vater brauchte, um sich ins Leere zu stürzen und einem Vogel ähnlich zu sein.

Eine geschenkte Blume – doch noch

Als die Glocken die Mittagsstunde schlugen, verließ Lulù die Kirche und steuerte mit dem ihm eigenen schaukelnden Gang, mit dem er nun aber den Clown imitieren wollte, auf die Nervenheilanstalt zu. Beim Abstieg zur Piazza angekommen, traf ihn am rechten großen Zeh, auf den er ohnehin gerade starrte, ein Ball, der aus der Querstraße Via Carlo Pacino angerollt kam. Mit einer für ihn typischen langsamen Bewegung hob er ihn auf. Mariagraziella Ranìa kam ihm entgegen und blickte auf den Ball. Als sie nahe genug herangekommen war, reichte der Verrückte ihn ihr. Das Mädchen dankte ihm mit einem Lächeln. Lulù hatte das Gefühl, erneut die Szene im Zirkus zu erleben, mit den Füßen im Sägemehl, die Augen der Zuschauer und den Scheinwerfer auf sich gerichtet, eine rote Plastiknase im Gesicht und einen lustigen Zylinder auf dem Kopf. Darum holte er die zerdrückte Blüte heraus, die er in der Hosentasche aufbewahrte, und überreichte sie Mariagraziella. Das Mädchen – offenbar dasselbe wie in der Vorstellung, die schwarzen Haare waren zu Zöpfen geflochten – folgte dem Drehbuch. Es streckte die Hand aus, nahm die Blüte und lief in die Richtung zurück, aus der es gekommen war. Lulù sah zu, wie es die steile Straße hinaufging, in dem kurzen Rock, der flatterte wie ein Schmetterling, und er glaubte, erneut den tosenden Beifall des Publikums zu hören. Also verneigte er sich bescheiden, und in der Verbeugung küsste er die kleine Marienfigur, die an seinem T-Shirt steckte. Das Geräusch eines sich schließenden Fensterladens holte ihn in die Realität zurück. Caracantulu konnte eine Grimasse genüsslicher Verachtung nicht unterdrücken.

Eine halbe Stunde vor der Beerdigung, die Kirchenglocken von San Rocco schlugen halb vier, drängten sich die Menschen in Sarvatùras Haus bereits wie eingelegte Auberginen im Glas. Als der Sarg geschlossen werden sollte, konnten Roròs Eltern sich nicht von ihrer Tochter trennen; sie wollten bei ihr bleiben, in einer Ecke liegen wie weggeworfene Stofffetzen, und als sich der Sargdeckel senkte, zerriss der Schrei der Mutter die Stille im Dorf und die Herzen derer, die ihn hörten. Selbst Mararosas Herz versetzte dieser Schrei einen Stich, aber nur einen kleinen. Sie wusste nicht, ob sie sich bei der Beerdigung sehen lassen sollte, wollte aber wissen, was Sarvatùra tun würde. Mit anderen Worten: Sie wollte sehen, ob er um sie weinen würde wie um eine geliebte Ehefrau oder nicht. Was konnte es schon schaden? Niemand wusste, wie sehr sie Rorò gehasst hatte, nicht nur weil sie mit niemandem darüber gesprochen hatte, sondern auch weil ihre Verachtung für das gesamte Menschengeschlecht so groß war, dass ohnehin alle das Gefühl hatten, von ihr in ein und denselben Topf geworfen und gekocht zu werden. Nicht einmal Sarvatùra wusste Bescheid: Sicher, er hatte sich so etwas gedacht, denn die wenigen Male, die er ihr auf der Straße begegnet war, seine Frau bei ihm eingehakt, hatte er natürlich bemerkt, dass Mararosa die Straßenseite wechselte oder in irgendein Geschäft schlüpfte, aber das konnte höchstens eine leichte Antipathie sein und nicht dieser Sack voll tödlichen Hasses, den Mararosa in all den Jahren gefüllt hatte. Er wäre erschrocken, hätte er erfahren, dass Mararosa ihrer Rivalin jeden Tag den Tod gewünscht hatte, dass ihr täglicher Bittgesang darin bestand, Rorò Partitaru zu verfluchen. Sie war sogar nach Catanzaro gefahren, zu einer Zauberin auf der Durchreise, damit die ihr die magische Formel sagte, die Rorò verdiente, eine, die sie ins Herz treffen würde, sodass es zu schlagen aufhörte, ja, ganz recht, Sie sollen sie sterben lassen, dieses Flittchen. Die Zauberei und die täglichen Flüche hatten Roròs Niedergang gewiss begünstigt, vor allem aber war er das Werk eines gnädigen, mild gestimmten Himmels, dachte Mararosa. Und außerdem: Es war einfach lächerlich! Wie kann jemand sterben, indem er auf der eigenen Terrasse ausrutscht, wie blöd muss man dazu sein? Oder, dachte sie, während sie das schöne Kleid aus der Kiste holte, oder man ist irgendeinem Gott lästig geworden, denn was die Götter geben, das nehmen sie auch wieder, und Rorò hatten sie eindeutig zu viel gegeben. Dieses zerstörte junge Leben war ihr scheißegal, *gliene fotteva una beata minchia,* denn auch ihr Leben war viele Jahre zuvor von dieser Hure zerstört worden, nur dass ihr Tod ein stiller Tod gewesen und niemand zu ihrer Beerdigung gekommen war wie jetzt. Sie hatte ganz allein um sich weinen müssen, war die Verstorbene und zugleich deren Verwandte gewesen, ihr gehörten die entseelte Hand und die Hand, die nach ihr griff, um sie nicht gehen zu lassen. An dem verdammten Tag, an dem Rorò zu leben anfing, starb Mararosas Herz, und jetzt, da sie tatsächlich tot war, fing sie wieder an zu atmen, als wären sie zwei Seiten einer Medaille, entweder Kopf oder Zahl, zwei sich streifende Gestalten, die Erlebnisse der einen bestimmten das Schicksal der anderen und hinderten sie daran, gleichzeitig zu existieren, denn die Menschen können auf verschiedene Art miteinander verbunden sein, nicht nur durch das Blut. Vielleicht ist die genaue Anzahl derer, die auf dieser Welt leben, eine gerade Zahl, sodass jedes Schicksal seine Kehrseite hat. Auch die Blumen in der Vase verdanken ihren Duft dem ekelerregenden Wasser, in dem ihre Stiele stehen. Solange sie duften, riecht das Wasser abgestanden, wenn sie aber welken und weggeworfen werden, wird das Wasser in einem endlosen Kreislauf der Erneuerung wieder zu sich selbst. Vielleicht gibt es ein Prinzip der menschlichen Gleichwertigkeit, das auf diese Art funktioniert und dafür sorgt, dass jedem menschlichen Glück ein Unglück entspricht, das auf der Waage der Welt dasselbe Gewicht hat. Mararosa hatte lange darüber nachgedacht, ob sie zu dem Begräbnis gehen sollte, aber um nichts auf der Welt hätte sie auf diesen kleinen Triumph verzichtet. Erst als sie sich Sarvatùra näherte, um ihm ihr Beileid auszusprechen, als sie so nahe vor dem Mann ihres Lebens stand, dass sie ihn hätte küssen können, erst da kam ihre Überzeugung ins Wanken, aber das dauerte nur einen Moment. Sie gab ihm die Hand und ging fort, ohne Roròs leblosen Körper in dem Sarg auch nur eines Blickes zu würdigen, denn sie hätte ein zufriedenes Grinsen nicht unterdrücken können. Und bevor sie die Küche betrat, um sich zu den anderen Frauen zu setzen, kam ihr der Gedanke, dass sie diese schreckliche Vase von Capodimonte, die jetzt mit Blumen darin mitten auf dem Tisch stand, in den Garten stellen würde, sobald dieses Haus ihr gehörte.

Der Todesengel

Wie ein Todesengel wich Lulù den Verstorbenen nicht von der Seite. Er ähnelte aber nicht dem grausamen Engel, der alles Leben dahinrafft, sondern dem Psychopomp, der auf dem Friedhof wacht und sich zu dem Verstorbenen legt, um ihm beim Überschreiten der Schwelle zu unsichtbaren Parallelwelten zu helfen. Diese Aufgabe übernahm er in der Nervenklinik, wenn ein Leidensgefährte starb. Er wusch den Leichnam, puderte ihn und kleidete ihn an, verscheuchte die Fliegen und brachte ihn zu dem kleinen Klinikfriedhof, wo er von den Verwandten des Verstorbenen zum Dank ein Trinkgeld erhielt. Dasselbe tat er für die Toten des Dorfs. Wenn er die Totenglocke hörte, begab er sich mit schaukelnden Schritten zum Haus des Verstorbenen, sprach den Angehörigen sein Beileid aus und ließ sich in einer Ecke nieder, unauffällig wie ein Staubkörnchen und stets bereit, einen Stuhl zu verrücken, kleine Botengänge zu erledigen oder die Kränze und Gestecke zu ordnen.

Bei der Ankunft des Leichenzugs fuhr Venanziu zum Zeichen der Trauer das Rollgitter halb herunter, so, wie es auch die anderen Geschäfte, Bars und Werkstätten taten. Als die Menschen vorübergegangen waren, trat er aus dem Haus, um das Gitter wieder hochzuziehen, aber auf einmal strich ihm ein warmer Windhauch über das Gesicht, kräftig, aber nur kurz, und im Gegensatz zu anderen Winden wehte dieser nicht nur Luft und ein Sturmtief, sondern auch Samenkörner und Hoffnungen heran.

Das Rollgitter vor der Konditorei der seligen Rorò hatte

allerdings niemand schließen müssen, das hatte das Schicksal selbst erledigt. Archidemu kam nach der Beerdigung auf dem Heimweg dort vorbei und verweilte vor dem Plakat mit dem Messerwerfer und der armen Unglücklichen, die auf die Scheibe gebunden war und ihr Überleben dem ungewissen Los des Chaos überantwortet hatte. Im Grunde sind wir alle an eine Scheibe gefesselt, die sich um sich selbst dreht, und wir hoffen, dass nichts geschieht, dass die Ereignisse uns nur streifen, aber nicht treffen, denn wir, wir alle, werden immer Zielscheiben sein. Ich zum Beispiel bin in diesem Moment ein Ziel für Dutzende, ach was, Hunderte von Werfern, eine Silhouette, die Tausende Umlaufbahnen kreuzt, ein Umriss auf einer Drehscheibe. Archidemu blickte sich um. So viele Zielscheiben direkt vor seinen Augen, in diesem kleinen Winkel des Universums! Zielscheiben, die auf Bänken saßen, plaudernd auf den Gehwegen standen oder an Mauern lehnten, die Arme auf dem Rücken verschränkt. Und dazu die Flugbahnen der Würfe, die sie streiften: Autos, die über die Straßen preschten, der Geranientopf vor Rosaruzzas angelehntem Fenster, der jeden Moment herunterfallen konnte, das Feuerzeug, mit dem sich Filippu Laganu die Zigarette anzündete, der hinterhältige kleine Krebs, der begonnen hatte, sich in die Leber eines Dorfbewohners zu fressen, sogar die Tauben, die in einer Reihe auf der Stromleitung saßen, sogar sie, mit dem Hintern in der Luft, denn wenn sie alle gleichzeitig auf die Windschutzscheibe des Punto von Maestro Peppinu gekackt hätten und dieser instinktiv die Scheibenwischer eingeschaltet hätte, während er an der Ampel abbog, hätte die schmutzige Scheibe dafür gesorgt, dass er irgendwo platt gedrückt worden wäre. Angesichts dieser Szenerie unendlicher Möglichkeiten fühlte er sich wie jemand bei einem Abklatschspiel, der jederzeit damit rechnet, von einer Hand getroffen zu werden. Er wandte sich wieder dem Plakat mit dem Messerwerfer zu. Aus Platzmangel hatte Carruba Roròs Todesanzeige darüber geklebt, ein bisschen nach rechts versetzt, über die Drehscheibe mit der Frau, und er fand es seltsam, dass das fliegende Messer, das in der Luft hängen geblieben war, ausgerechnet auf den Namen der Unglücklichen zeigte. Ihm fiel wieder ein, was er im Haus der Toten aus der Flut an Worten herausgehört hatte, mit der die Mutter der Unglückseligen die Welt überhäufte: Vor allem Roròs Angst vor Feuer hatte sich ihm ins Gedächtnis eingebrannt, vor Feuer hattest du Angst, *figghiama,* nur vor Feuer. Und so legten die Elemente Rorò aufs Kreuz: Ihr Leben lang hatte sie sich vor den Flammen gefürchtet, aber schuld an ihrem Tod war das Wasser. Ein bisschen wie ich, dachte Archidemu, ein Luftwesen, eine Bewohnerin des Sonnensystems, dazu gezwungen, auf der Erde zu leben und zu sterben.

16
Das Wunder

Am Morgen des 15. August, an Mariä Himmelfahrt, weckte die Kapelle das Dorf mit Trompeten, Posaunen und Klarinetten. Jedes Jahr machten die Musiker dieselbe Runde und trugen dasselbe Repertoire vor, immer zur selben Zeit. Auch die Ruhepausen waren immer dieselben, denn natürlich konnte die Kapelle nicht überall im Städtchen auftauchen, sodass sie in einigen Straßen spielte und in anderen nicht. Auch um die Musik zu hören, brauchte man also Glück, woran es Vito Passamanu jedoch mangelte. Er war seit jeher ein Liebhaber von Märschen und Mazurken, wohnte aber an der Wegbiegung von Marzìgghia, weshalb es ihm noch nie vergönnt gewesen war, die Kapelle unter seinem Fenster ein Stück anstimmen zu hören. Ja mehr noch, jedes Mal verstummte die Musik genau einen Meter vor seinem Haus, bei der vorhergehenden Hausnummer, jedes Mal, so als gäbe es eine Demarkationslinie oder, schlimmer noch, als hätten die Musiker ein Komplott gegen ihn geschmiedet – angezettelt von Maestro Rocco Olivadese persönlich. Im Jahr zuvor war er so enttäuscht, dass er sogar zum Maestro nach Hause gegangen war, um ihn zu fragen, ob er ihn verärgert hatte, ob er das absichtlich machte, ob er ihm jemals etwas getan hatte. Rocco versuchte, ihm zu erklären, dass nicht er über die Spielzeiten entschied, sondern dass man es um der alten Traditionen willen so hielt, seit der Nachkriegszeit schon und wegen Maestro Cristofaro, fügte er hinzu. Bei diesem Namen und weil der Mann offensichtlich die Wahrheit sagte, entschuldigte sich Vito, fragte ihn aber, ob er ihm im folgenden Jahr den Gefallen tun und vor seinem Haus spielen könne, nur ein einziges Mal. Am Tag zuvor hatte Vito ihn an seine Bitte vom Vorjahr erinnert, und Olivadese forderte seine Musiker auf, die letzte Strophe des kleinen Marsches *Aria di primavera,* geschrieben von Maestro Michele Cristofaro, ausnahmsweise zweimal zu spielen. Vito freute sich wie ein Schneekönig, und um sich zu revanchieren, ließ er seine Frau ein Teigfigürchen zusätzlich kneten, das er am Nachmittag zu Olivadese bringen würde. Die Hausfrauen von Girifalco ehrten das Fest des heiligen Rocco, indem sie ununterbrochen diese Plätzchen in Menschenform aus dem Ofen holten, und wenn sie sie zur Kirche brachten, um sie dem Heiligen als Opfer darzubringen, küssten sie der Statue die Füße.

Den ganzen Vormittag zog die Kapelle durch die Straßen, gegen halb zwölf hielten sie dann vor der Kirche San Rocco an, stellten sich im Viereck auf und spielten stehend eine halbe Stunde. Um zwölf Uhr begannen das Glockenläuten und das Feuerwerk, und am Ende der Messe ließ man drei weiße Tauben fliegen.

Lulù stand neben dem Maestro und dirigierte mit seinem Holzstock, und als er die Vögel in den Himmel steigen sah, winkte er ihnen lachend zum Abschied.

Vorbeugende Maßnahmen gegen Seuchen

Es klopfte an der Tür. Seit sich der Ruhm seiner vortrefflichen Rute unter den Frauen der Gegend herumgesprochen hatte, hatte Don Venanziu mehr Kundinnen als Pietro der Apotheker, aber während man in der historischen Apotheke jederzeit Hustensirup oder Zäpfchen gegen Kopfschmerzen verlangen konnte, gab es in einem Ort, in dem jede Frau, die etwas auf sich hielt, selbst eine Bluse nähen oder eine Hose kürzen konnte, nur selten Anlass für einen Besuch beim Schneider. Darum bereitete Venanziu der Zulauf von Frauen, die sich davon überzeugen wollten, dass ihnen der riesige *miccio* des Schneiders ebenso wohltun würde wie Honig einer geröteten Kehle, einiges Kopfzerbrechen. Früher oder später würde eine über ihn zu reden beginnen, und dann flog die Deckung auf. Die Lösung fand er an einem Ort, an dem er sie nie vermutet hätte, nämlich als er eines Tages bei Dottor Vonella war, und zwar genau in dem Augenblick, in dem der umsichtige Mann Venanzius rechtes Ei in der Hand wog, um die kleine Entzündung darin zu untersuchen. Er sei auf der Suche nach einer größeren Praxis, erklärte der Arzt, um sich für die großen Pappkartons zu rechtfertigen, die im Sprechzimmer herumstanden, aber die neuen Räume müssten in der Ortsmitte liegen, da, wo Sie Ihr Atelier haben, wäre es perfekt, fügte er hinzu. Der Schürzenjäger achtete nicht auf Vonellas Worte, denn er war besorgt wegen der Schmerzen, die er Tirèsa Libretta zu verdanken hatte. Bei ihrem letzten Treffen hatte sie sich auf seine Hoden gesetzt, sie zwischen Oberschenkel und Leiste eingeklemmt und sich derart heftig an ihm gerieben, dass er schließlich aussah wie eine Marandella.

Es war Nachmittag. Über eine halbe Stunde lang hatte er auf der Schwelle seines Ateliers gewartet, ehe er Maria Rivaschera mit einer Geste bedeutete, dass die Luft rein war und sie ungesehen verschwinden konnte. Während er über eine Lösung für dieses Problem nachdachte, kamen ihm Vonellas Worte in den Sinn, und auf einmal war es, als hätte die Kirchendienerin in seinem Kopf eine große Kerze angezündet. Wenn es um *mìnni* und *pittèdde* ging, war er ein Genie. Warum überließ er Vonella nicht einfach die leer stehenden Räumlichkeiten neben der Schneiderei? Er legte seine Arbeit auf den Stuhl, griff nach dem Schlüsselbund und ging nachsehen. Die Schneiderei lag an der Ecke zwischen der abschüssigen Straße von der Piazza her und der Via del Mulino, und die Tür, die in die Wohnung führte, war tatsächlich die erste in der Straße. Es gab einen kleinen Vorraum, zwei mal zwei Meter groß, und eine Tür auf der rechten Seite führte in die Vierzimmerwohnung, die dem Arzt ein Sprechzimmer, ein Wartezimmer, eine Toilette und sogar einen Abstellraum bieten würde. Aber was Venanziu am meisten interessierte, war der Vorraum. Die linke Wand grenzte an die Schneiderei. Dort könnte man eine Tür einfügen, die direkt in seinen Lagerraum führte, dachte er, und auf diese Art konnte jeder eintreten, ohne von der Straße aus gesehen zu werden. Er war so begeistert von der Idee, dass er gleich zu Vonella ging und ihm den Vorschlag unterbreitete. Der Arzt nahm das Angebot an, und Venanziu verlor keine Zeit. Schon am nächsten Tag ließ er Maestro Ielapi kommen, damit der eine Türöffnung in die Wand schlug. Im darauffolgenden Monat verlegte der Arzt seine Praxis in die Via del Mulino, während Dottor Venanziu, spezialisiert auf

Leiden der *pittèdda* und vergleichbare Phänomene, heimlich seine Privatpraxis einweihte. Ein genialer Schachzug, keine Frage. Unter dem Vorwand, zum Arzt zu gehen, bogen die Frauen in die Querstraße ab und betraten die Praxis, aber anstatt durch die rechte Tür zu gehen, schlüpften sie zur linken hinein, nachdem sie dreimal leise geklopft hatten, denn das war für den Schneider das Zeichen, ihnen zu öffnen. Über der Tür hatte er eine kleine Madonnenfigur an einen Nagel gehängt. Wenn sie aufrecht hing, konnte man klopfen, andernfalls wusste die Kranke, dass der Schneider beschäftigt war. Von jenem Tag an traten Kopfschmerzen und Schwindel bei vielen Frauen beinahe wöchentlich auf, sodass die Ehemänner glaubten, eine Seuche sei ausgebrochen. Dottor Vonella erhöhte die Anzahl seiner Verschreibungen, schließlich mussten die Frauen mit einem Rezept nach Hause kommen. Eins aber stand fest: Bei der Rückkehr vom Arzt strotzten die Frauen von Girifalco vor Gesundheit.

Für immer und ewig

Die Zweifel vom Vortag, ob sie an der Beerdigung teilnehmen sollte oder nicht, blieben an diesem Morgen aus, und um neun Uhr ging sie, stolz wie die Statuen, die bei der Prozession über der Schulter getragen werden, zum Friedhof, um der Bestattung ihrer Erzfeindin beizuwohnen. Sie wollte dabei sein, um sicherzugehen, dass die verdammte Pharisäerin auch wirklich begraben wurde, denn sonst wäre es nur halb so schön gewesen. Mararosa hatte gelegentlich von Scheintoten gehört, die nach einigen

Stunden den Sargdeckel anhoben, von Lazarussen, die tot zu sein schienen und plötzlich wieder auferstanden, als wäre nichts gewesen. Alles deutete darauf hin, dass Roro gestorben war, aber sie wollte jeden Zweifel ausräumen, denn wer das Glück nicht gewöhnt ist, fürchtet immer den Betrug, darum wollte sie mit eigenen Augen sehen, wie das feuchte Erdreich ihre Nemesis für immer und ewig unter sich begrub. Mit jeder Schaufel Erde auf dem Sarg bekam Mararosas Herz einen Schlag geschenkt, so, wie die Puppen, die man aufziehen muss, damit sie zu laufen beginnen, und als die Erde den Sarg vollständig bedeckte, höhnte sie leise, aber stolz wie ein Brigant, der sich an den Invasoren gerächt hat: Na komm, wach schon auf, du verdammte Nutte, mach ruhig die Augen auf, da unten holt dich nicht mal deine Madonna wieder heraus. Sarvatùra und die Eltern der Verstorbenen verweilten noch einige Minuten am Grab, dann gingen sie zusammen fort. Ungesehen begab sich Mararosa auf die andere Seite des Friedhofs, um eine halbe Stunde später erneut vor dem frischen Erdhaufen zu stehen, als wäre nichts gewesen. Sie sah sich um, und geschützt von überirdischer Einsamkeit näherte sie sich der aufgeschüttetetn Erde, setzte einen Fuß darauf und trat fest zu, um der Konkurrentin auch noch das letzte Röcheln in der Kehle zu ersticken. Angesichts ihres Triumphs, von dem der Abdruck ihrer Schuhsohle auf dem Grab zeugte, konnte sie nicht widerstehen: Sie bekreuzigte sich, und die Lästerin, die auf alle Heiligen und Madonnen fluchte, spürte, wie in ihrem Herzen plötzlich, aber zwingend das Bedürfnis entstand, dem Himmel mit einem Gebet zu danken. Sie betete weder zur Muttergottes, die auf immer verdammte Beschützerin ihrer Rivalin, noch das Vaterunser oder zum heiligen Rocco, sondern sie sprach ein vergessenes Gebet, das ihr direkt aus der Kindheit wieder ins Gedächtnis kam. Obwohl bereits in den schwarzen Umhang ihres Unglücks gehüllt, hatte sie damals noch geglaubt, ein Schutzengel könne herabsteigen und sie behüten wie seinen Augapfel. Und als sie Amen sagte, genau in diesem Moment, machte Carancantulu am Kartenspieltisch in der Bar Anstalten, seinen Stich anzusagen.

Ähnlich einem Reflex

Immer wieder musste sie daran denken, dass er ihren Sohn geohrfeigt hatte. Als Angeliaddu ihr noch am selben Abend davon erzählt hatte, überkam sie eine solche Wut, dass sie nicht schlafen konnte. Sobald sie die Augen schloss, sah sie vor dem schwarzen Hintergrund das zufriedene Gesicht des Vermessungstechnikers und das schmerzerfüllte ihres Sohnes, und dann regte sie sich auf und musste aufstehen und herumlaufen, damit ihr Groll sich legte. Am nächsten Tag würde sie zu diesem Scheißkerl gehen, doch bis dahin mussten Roròs Tod und die Beerdigung sie ablenken. Nachdem sie vom Vermesser und seinem Hyänenlachen geträumt hatte, stand sie am nächsten Morgen auf, fest entschlossen, mit ihm zu reden. Sie ging zum Rathaus und ins Büro dieses Schufts, aber er war nicht da. Sie wartete etwa zehn Minuten, und als sie die vielsagenden Blicke der Archivarin satthatte, dieser Pharisäerin, die eine von sechzehn Geliebten des pockennarbigen Kerls war, ging sie wieder hinaus. Ihre Wut war so groß, dass sie für einen Moment in Erwägung zog, zu ihm nach Hause zu gehen und sich von seiner Frau die Tür öffnen zu lassen. Sie erwog es ernsthaft, bis sie ihr Spiegelbild in der Scheibe der Telefonzelle erblickte, ihren mageren Körper, das grüne Kleid, das Donna Giacinta ihr geschenkt hatte, weil es ihr nicht mehr passte, und diesen Heiligenschein mit dem eingeflochtenen Dornenkranz um den Kopf herum, den nur sie selbst sah. Der Anblick ließ sie innehalten, und sie dachte nach. Du bist hier die Fremde, Taliana Passattaccu. Und eine Fremde wirst du immer bleiben, eine, die es nicht schafft, einen Ehemann zu halten, die Fremde, die einen Maulesel mit weißem Haar zur Welt gebracht hat, die Fremde, die Kleider bügelt, die sie selbst niemals tragen wird, *la scentìna*, die von Vararuzza der Hexe gerettet wurde. Was gedenkst du zu tun im Haus des Vermessers und seiner werten Gattin? Auf einmal hatte sie das Gefühl, so körperlos zu sein wie ihr Spiegelbild, und tatsächlich wäre sie längst ein Geist geworden, hätte die Anwesenheit ihres Sohnes es nicht verhindert. Wie oft hatte sie daran gedacht, sich umzubringen, und wäre Angeliaddu nicht gewesen, hätte sie es längst getan, weil sie diese Augenblicke heftigen, durchdringenden Schmerzes nicht mehr ertrug, in denen sie das Elend des Lebens am eigenen Leib spürte. Ihre Augen wurden feucht. Mit gesenktem Kopf ging sie zwei Schritte weiter, um sich vom Fenster der Telefonzelle zu entfernen und sich einzubilden, diese verzweifelte Gestalt, die sie kurz zuvor gesehen hatte, sei nicht sie. Und da erblickte sie den Vermessungstechniker, der mit eiligen Schritten näher kam. Wie sie diesen schnellen Gang hasste, die siegessicheren Gesten, diese selbstgewisse Miene. Sie sahen einander an. In seinen Augen lag eine Verachtung, die sie normalerweise den Blick senken ließ, aber der Zorn wegen der Ohrfeige verlieh ihr Mut. »Ich muss mit Ihnen reden.«

»Für Besuche gibt es Sprechzeiten.«

»Gut, dann komme ich eben zu Ihnen nach Hause, um zu reden.«

»Nein, wir sprechen in meinem Büro.«

»Lassen Sie meinen Angelo in Ruhe, erlauben Sie sich nie wieder, ihn auch nur anzusehen, geschweige denn anzufassen!«, fauchte sie mit dem Mut der Verzweiflung.

»Was soll das, willst du mir etwa drohen?«

»Fassen Sie ihn nie wieder an, er hat nichts damit zu tun!«

»Du bist diejenige, die nichts damit zu tun hat, Taliana.«

»Legen Sie sich mit mir an, aber lassen Sie meinen Sohn in Ruhe.«

»Du redest hier nicht mit deinesgleichen«, sagte Discianzu herablassend, »ich mache, was ich will, und wag es ja nicht, mich noch einmal auf der Straße anzusprechen.«

In einer Sekunde, gerade so lange, wie die Sonne braucht, um vierhundert Millionen Tonnen Wasserstoff in Helium zu verwandeln, fochten ihre Blicke tausend Kreuzzüge aus.

»Niemand kann machen, was er will«, flüsterte Taliana mit schmerzerfüllter Stimme, ehe sie ihn einfach stehen ließ wie kurz zuvor ihr Spiegelbild.

Als sie an ihm vorbeiging, streckte Lulù die Hand aus, aber Taliana ignorierte ihn, obwohl sie ihm sonst immer eine Münze zusteckte. Der Verrückte zuckte mit den Schultern und versuchte, den Vermessungstechniker einzuholen, aber der war bereits im Rathaus verschwunden. Und so machte er sich auf den Weg zum Tempel des Trinkgelds, genannt Bar Centrale.

Wenn Caracantulu gewann, war er gut gelaunt und großzügig. »Komm her, Lulù, spiel mir ein schönes Lied, ein fröhliches, wie es mir gefällt!«, rief er aus, als er ihn hereinkommen sah, und hielt ihm ein paar Münzen hin.

Lulù holte ein Blatt aus der Hosentasche und stimmte den Marsch an, den er bei solchen Gelegenheiten immer spielte. Caracantulu wiegte den Kopf und spielte auch die Karten im Takt aus, denn es kam ihm eleganter vor, seinen Kumpanen das Geld auf diese Weise abzunehmen.

»Nicht aufhören, Lulù, spiel weiter, heute bringst du mir Glück«, sagte er, als der Verrückte den Marsch beendet hatte. Also noch ein Blatt und noch eine Melodie. Caracantulu konnte nicht fassen, was für Blätter er spielte. In der Endrunde gegen seinen stärksten Herausforderer, Vitu Mazzaru, hatte er zwei Dreier und eine Kelch-Napoletana gespielt und würde gleich einen Betrag einsacken, für den der Friedhofswärter zwei Wochen lang arbeiten musste. Er wollte die Karte gerade auf den Tisch werfen, da kam Cicarazzu schreiend in die Bar gestürzt.

Giobbe Maludente konnte wieder sehen. Ein Wunder, posaunte seine Frau heraus, die auf die Straße gelaufen kam, um Nachbarn und Verwandten zu verkünden, was soeben geschehen war: *Miràculu, miràculu!!!* Seit mehr als zwanzig Jahren bereits versteckte sich die Welt hinter zwei schwarzen Vorhängen vor Giobbe Maludente. Es war sein verdammtes Schicksal, es lag ihm im Blut, der Augenarzt hatte ihm bereits als Sechzehnjährigem die unglückliche Zukunft vorhergesagt, die in diesen zwei Wörtern steckte: Retinitis pigmentosa.

Er wurde nicht plötzlich blind, sondern seine Lider senkten sich nach und nach, Tag für Tag, Spalt um Spalt. Er fühlte sich wie jemand, der in einen Sarg gelegt wird, auf den sich ganz langsam der Deckel senkt, sodass ein Teil von ihm tatsächlich gestorben zu sein schien, als er der Blindheit und mit ihr dem höllischen Abgrund ewiger Nacht gegenüberstand. Auf das Unglück reagiert jeder nach seiner Fasson: Caracantulu fluchte angesichts seiner entweihten Hand und verwünschte die Menschen und das Schicksal. Giobbe hingegen verkroch sich vor der Welt, die er nicht mehr sehen konnte, in die Abstellkammer eines grenzenlosen Glaubens, um sich vor den Fallstricken eines Lebens zu bewahren, das ihn in die unteren Etagen verbannt hatte.

Er betete ständig und trug den Rosenkranz um den Hals wie ein Lätzchen, mit dem er auffing und abwischte, was seine sündige sterbliche Seele ausspuckte, und es verging kein Tag, an dem er nicht eine Kerze auf dem kleinen Altar des heiligen Rocco anzündete, den er in seinem Garten hatte errichten lassen. Diese rückhaltlose Hingabe erregte die Bewunderung vieler Leute, denn Gott schien seine Kreaturen zu kennen und wusste offenbar, wer Kummer und Schicksalsschläge ertragen konnte.

Giobbe wollte nie Kinder haben, denn die Ärzte hatten ihm gesagt, dass er seine Krankheit vermutlich vererben würde. Er suchte sich also eine Frau, die nicht nach Mutterschaft strebte, und konnte dank einer Invalidenrente recht gut leben.

Dem heiligen Rocco treu ergeben, erwartete er die Festwochen mit Spannung. Während die Pappmaschee-Reliquien zur Schau gestellt wurden, führte er das alljährliche gnädig stimmende Ritual durch, bei dem er sich die Maske mit den aufgemalten Augen aufs Gesicht legte. Als Giobbe schließlich unter einer Sonne, die er nicht sehen konnte, aus der Kirche kam, glaubte er tief im Herzen vielleicht tatsächlich an das wundersame Ergebnis dieser Zeremonie.

Aber was auch immer er gedacht haben mag – an diesem Morgen erfüllte ihm der Heilige von Montpellier seinen Wunsch. Er betrat die Küche und sagte mit vor Rührung brechender Stimme: »Ich kann sehen!«

Seine Frau musterte ihn verblüfft. »Was soll das heißen?«

»Es ist ein Wunder! Ich kann sehen, was im Fernsehen läuft!«

Als sie auf die Straße stürzte, um die Neuigkeit lauthals zu verkünden, glaubte ihr niemand, doch als sich herausstellte, dass es stimmte, glaubten alle an ein Wunder, das dem Eingreifen des heiligen Schutzpatrons zuzuschreiben war.

Gefolgt von der halben Nachbarschaft, brach Giobbe auf, um dem Heiligen zu danken, und unterwegs gesellten sich weitere Menschen zu der Gruppe, sodass er bei der Ankunft vor der Kirche Jesus glich, der am Palmsonntag Einzug in Jerusalem hält, und Don Guari empfing ihn wie eine lebendige Reliquie. In der Kirche entfernte der Florist soeben den Blumenschmuck von der Beerdigung am Vortag, denn Roròs Mutter hatte sich gewünscht, dass die Kirche die ganze Nacht lang geschmückt bleiben sollte.

»Lassen Sie nur«, sagte Giobbes Frau, »Blumen für eine Beerdigung sind auch für ein Wunder gut genug.«

Vom Wunder: erster Kommentar

Angela, die Nachbarin, erzählte es ihr vor der Haustür.

»Wer? Der Blinde?«

»Genau der. Er kann wieder sehen.«

»So was soll vorkommen«, antwortete Mararosa mit gönnerhafter Miene.

»Wie bitte? So was soll vorkommen? Wollen Sie etwa behaupten, es ist normal, dass Blinde wieder sehen können, Frau Nachbarin?«

Mararosa ließ sich nicht beirren.

»Freuen Sie sich denn gar nicht?«

»Was soll ich tun? Soll ich tanzen?«

Tatsächlich würde sie später im Haus genau das tun, aber nicht wegen Giobbe, denn was auf der Welt vor sich ging, interessierte sie nicht. Sie würde tanzen wegen des kleinen Wunders, das auch ihr einige Tage zuvor geschehen war: Rorò Partitarus wundersamer Tod, herbeigeführt durch ein freundlich gesinntes Schicksal. Und sie dachte, dass Wunder ein bisschen wie die Blumen waren, die allesamt in der sonnigen Jahreszeit aufblühen: Vielleicht war es die schwüle Hitze von Girifalco, verursacht von einem glühenden Stern, der sich vorübergehend aus einer anderen Galaxie in unser Sonnensystem verirrt hatte, die in diesen Tagen Wunder sprießen ließ.

Zweiter Kommentar: Wer dran ist, ist dran

Angeliaddu befand sich auf dem Rückweg von dem Grundstück in Ponticèdda, wo er am Trapez trainiert hatte.

Er hörte das Geschrei vor der Bar Duemila, und was seine Fantasie in Gang setzte und ihn faszinierte, war nicht das für ihn bedeutungslose Wort Wunder, sondern der Umstand, der dieses Wunder verursacht hatte.

Ein Bier in der Hand, rief Savìari Capituna: »Ich sag's dir, das waren nicht die Gebete, oder doch, die helfen natürlich, die begünstigen so ein Wunder, aber eigentlich liegt es an den Reliquien!«

Er trank einen Schluck kühles Bier. »Mein Vater, Gott hab ihn selig, hat mir von den Wundern erzählt, die Reliquien vollbringen können! Erinnert ihr euch an Saccaru? Wisst ihr noch, warum sie ihn ins Irrenhaus gesperrt haben?«

Schweigend hörten die anderem seinem Monolog zu; auch Angeliaddu war unter den Zuhörern.

»Weil er am Tag des heiligen Rocco in der Kirche gesagt hat, dass es die Muttergottes nicht gibt. Dabei hat er wütend mit einer Reliquie gewedelt, einem Teil vom Gesicht, und wisst ihr, was passiert ist? Das Ding fing an zu reden und meinte, er sollte die Klappe halten. Von da an brachte er kein Wort mehr heraus, und sie haben ihn eingesperrt!«

»Dann müsste also jeder, der die Reliquie berührt, ein Wunder erleben.«

»*Che cazzu*, das ist doch Unsinn! Haben etwa alle, die Lotto spielen, sechs Richtige? Gebete sind hilfreich, und Reliquien bringen einen auch weiter, aber letztlich braucht es die Vorsehung, und da, *amici mia*, heißt es nur: Wer dran ist, ist dran.«

Giobbe war zu seinem Wunder gekommen, indem er die Pappmaschee-Reliquien des heiligen Schutzpatrons berührt hatte. Angeliaddu hatte denselben Gedanken wie das halbe Dorf: Ich gehe auch hin und fasse sie an, wer weiß, vielleicht geschieht auch mir ein Wunder. Ich bin zwar keiner, der betet, das stimmt, aber im Grunde handelt es sich nur um einen kleinen Schubs, das Entscheidende ist schließlich die Vorsehung. Vielleicht wirkt ihre Kraft noch nach, denn erst vor fünf Tagen habe ich abends meinen Wunsch ausgesprochen, der sich möglicherweise verwirklichen lässt. Genau das ist nämlich ein Wunder: ein Wunsch, der in Erfüllung geht. Ich möchte meinen Vater kennenlernen, klar, aber ich will auch Trapezkünstler werden, wenn ich groß bin, wie Batral, denn auf einen solchen Sohn wäre mein Vater stolz, und wer weiß, vielleicht war auch er ein Trapezkünstler, einer von den ganz großen.

Diese Teile aus Pappmaschee, die er oftmals gleichgültig betrachtet, aber niemals zu berühren gewagt hatte, weil sie modrig rochen und mit dem Schweiß der Hände alter

Leute getränkt schienen, wurden in seinen Gedanken zu etwas Wertvollem, Funkelndem wie der vergoldete Ornat des Erzpriesters.

Dritter Kommentar: falls es Wunder gibt

Auf dem Weg aus dem Badezimmer spürte er noch leicht brüskiert, wie ihm die letzten rebellischen Tropfen die Unterhose nass machten, da hörte er von der Straße her ungewöhnlich lautes Geschrei. Er blickte aus dem Fenster und sah eine Menschenmenge, lauter Seelen, die vom sehenden Giobbe zur Weide geführt wurden.

»Ein Wunder ist geschehen, Don Venanziu, der heilige Rocco war mir gnädig! Ich kann sehen! Ich kann wieder sehen!«, rief der wundersam Geheilte.

Venanziu grüßte ihn mit einem Lächeln und winkte. Als er wieder hineinging, um weiterzunähen, dachte er – nur für einen Moment –, dass Gott wohl existieren musste, denn schließlich war ein Wunder geschehen. Er schloss die Faust, und in einem seiner seltenen Momente des Nachdenkens und der inneren Sammlung kam ihm der Gedanke, dass dies möglicherweise ein Problem darstellte. Wenn es Gott gab, den Gott der Kirche, dann war er selbst ein unverbesserlicher Sünder, und auf solche wie ihn warteten nach dem Tod nur die Flammen der Hölle oder, um es mit den Worten seines Freundes Lamantea auszudrücken, der Höllensturm, der sie umherwirbeln und auf sie niedergehen würde. Da lief Venanziu ein angstvoller Schauer über den Rücken.

Vierter Kommentar: das Schicksal der Unfruchtbaren

»Was für ein Glück, Giobbe! Und können Sie wirklich wieder richtig sehen?«, fragte Cuncettina, die ihn besuchte, weil sie mit seiner Frau verwandt war.

»Na ja, nicht alles. Ich nehme Umrisse und Licht wahr, es gibt auch viel Schatten, aber ich kann sehen«, antwortete der Geheilte. »San Rocco hat das getan, weil ich so oft zu ihm gebetet haben. Ich habe nie an der Güte des Herrn gezweifelt, und der Allerhöchste hat es mir vergolten.«

Als Cuncettina hinausging, legte sie sich eine Hand auf den Bauch, was sie schon seit Jahren nicht mehr getan hatte. Wie viele Gebete hatte sie gesprochen, wie viele Messen gesungen, damit ein kleines Wunder in der dicht gedrängten Konstellation ihres Bauches geschehen sollte. Es wäre ein viel kleineres Wunder als das, das dem Freund widerfahren war, denn überall im Universum gab es Dinge, die einander berührten. Es gab Dinge, die sich überlagerten und sich stritten, elektrische Ladungen, die einander anzogen, das Gesetz der Schwerkraft, das die Körper auf dem Boden hielt; es gab den Abdruck ihrer Schuhe, der sich auf dem Asphalt verdoppelte. All das gab es im gesamten Universum mit Ausnahme der abgeschlossenen Galaxie ihres Bauches, in der die einzelnen Schicksale umherstreiften, ohne sich je zu berühren, in der das Gesetz der Ablenkung herrschte, eine unaufmerksame Galaxie, die die Gründe ihres eigenen Daseins vergessen hatte. Sie hatte vergessen, wie schön es war, sich über den Bauch zu streichen, die Wärme ihrer Hand auf der Haut zu spüren; sie hatte vergessen, dass sie nicht durch ein

Wunder geheilt worden war, sie, die jede Hoffnung verloren hatte, sie, übersehen vom Himmel und von der Erde und gezwungen, für immer das verfluchte Schicksal einer Unfruchtbaren zu erleiden.

Fünfter Kommentar: eine Blüte aus der Hecke

Er hörte auf, Musik zu machen, und trat mit den anderen vor die Tür der Bar. Als er den Festzug näher kommen sah, konnte er kaum glauben, dass er erneut eine Prozession begleiten würde. Er steckte sich das Bildchen des heiligen Rocco, das er in der Tasche hatte, ans Hemd, strich sich mit dem Rest seiner Limonade die Haare glatt und reihte sich, festlich gestimmt und froh, neben Giobbes Frau ein, während er auf Blättern einen Marsch spielte. Lulù blieb bis zum Abendessen in der Kirche, dann ging er zur Nervenheilanstalt zurück und hielt unterwegs für einen Augenblick vor Arcangela Vaitis Haus an, ohne zu ahnen, dass er den entferntesten Stern des Universums in Bewegung setzte, indem er eine Blüte aus ihrer Hecke zupfte.

Sechster Kommentar: wie Abfall

Er wollte gerade die Karte ausspielen, da kam Cicarazzu in die Bar gestürmt. Er verkündete das Wunder und sagte, sie müssten alle sofort herauskommen, Giobbe sei auf dem Weg zur Kirche, um dem Heiligen zu danken. Alle standen auf und strömten auf die Straße, alle bis auf Caracantulu, der nach wie vor mit undurchdringlicher Miene die Karten in der heilen Hand hielt, und zwar nicht, weil er zwei Dreier und eine Napoletana gespielt hatte, sondern weil der Beutel voll bitterer Galle, der den Menschen am Boden hält, anschwoll wie eine Blase, die sich nicht entleeren kann. Er fluchte lauthals, weil die Vorsehung ihn erneut außer Acht gelassen hatte wie Abfall. Natürlich, ihm würde kein Wunder widerfahren, klar, aber ein Wunder hatte er sich auch gar nicht gewünscht. Er hätte sich mit dem begnügt, was er einmal gehabt hatte, zwei normale Hände wie alle anderen auch, und jetzt widerfuhr ausgerechnet Giobbe, diesem Esel, ein Wunder. Wie oft hatte er dessen halsstarrigen Glauben an einen Gott verhöhnt, der ihn rein zum Vergnügen hatte erblinden lassen. Und jetzt zeichnete ihn der Herr Jesus Christus aus, genau der, auf den Caracantulu schimpfte und den er von nun an erst recht verfluchen würde. Er knallte die Karten auf den Tisch, wie er es sonst immer tat, wenn er verloren hatte, und verließ die Bar durch den Seitenausgang, so, wie ein verlassener Liebhaber dem Hochzeitszug der Frau aus dem Weg geht, die ihn wegen eines anderen verlassen hat.

Über das Wunder: letzter Kommentar

Nachdem er auf dem Piano die Neuigkeit gehört hatte, ging er nach Hause. Er stellte sich auf den Balkon, um die Leute zu beobachten, die sich nach und nach draußen versammelten, weil sie die rituelle Begegnung zwischen der Madonna und San Rocco sehen wollten. Die kunstvolle Festbeleuchtung wurde eingeschaltet, und das Dorf sah aus wie eine Torte mit kleinen Kerzen darauf. Eigentlich hätte das bereits am Tag zuvor geschehen müssen, aber wegen Roròs Beerdigung hatte man das Fest verschoben. Innerhalb weniger Minuten füllte sich die Piazza, wobei ein schmaler Gang zwischen dem Portal der Chiesa Matrice und der zur Kirche des Heiligen hin abfallenden Straße frei gelassen wurde, denn von dort würde die Statue heraufgetragen werden. Bei den ersten Glockenklängen verließ die Madonna die Kirche und hielt vor der Freitreppe an. Die Spannung wuchs mit jeder Sekunde, Kinder wurden auf die Schultern gehoben, und die Leute reckten sich auf die Zehenspitzen, um die Statue des Schutzpatrons näher kommen zu sehen. Das einsetzende Spiel der Kapelle war das Startsignal: Die Madonna setzte sich in Richtung des Heiligen in Bewegung, der seinerseits feierlich vorangetragen wurde, und unter anschwellendem Trommelwirbel begegneten sich die beiden Heiligenfiguren unter dem Lichtbogen gegenüber dem Rathaus. Tosender Applaus begleitete die Vereinigung, die Statuen standen nun nebeneinander und strebten, gefolgt von den Gläubigen, zu der Kirche auf dem Platz, wo sie bis zur Prozession am Tag darauf zusammenbleiben würden. Damit begann in Girifalco das Fest, und in diesem Jahr stand es unter dem Glück verheißenden Vorzeichen eines Wunders, eines Segens für die gesamte Gemeinschaft.

Diese Gedanken gingen Archidemu durch den Kopf, als er sah, wie sich Giobbe Maludente, Hand in Hand mit seiner Frau, der Statue des heiligen Schutzpatrons anschloss.

Sciachiné, sagte er zu seiner Schildkröte, während er ins Haus ging, um ihr ein Salatblatt kleinzuschneiden, die

Frage ist nicht, ob es Wunder gibt oder nicht, die Frage ist, warum sie anderen geschehen und nicht uns.

Beruhige dich, Sciachiné, ganz ruhig.

17
Das Fest der Madonna

Am Tag des Verschwindens war er mit seinen Angehörigen noch einmal an jenen Ort zurückgekehrt und hatte bemerkt, dass sich unter einem Strauch etwas bewegte. Er war erschrocken und hatte erneut an die Schlange denken müssen. Er wich zurück und starrte in den Schatten. Nach einigen Sekunden kam eine Schildkröte daraus hervor. Im selben Augenblick rief sein Vater nach ihm, aber als er eine halbe Stunde später zurückkam, war die Schildkröte immer noch dort und bewegte sich unerschrocken auf den dichten Wald zu, in dem bereits zwei Suchtrupps unterwegs waren. Und während er das gepanzerte kleine Tier beobachtete, das darauf bestand, sich so langsam vorwärtszubewegen wie ein Planet oder ein Stern, kam ihm der tröstliche Gedanke, dass es vielleicht der wohlriechenden Spur seines Bruders folgte. Aber wie viele Monate oder Jahre würde das dauern? Er wartete eine Weile, aber nach einer Viertelstunde war das Tier noch immer nicht am Waldrand angekommen. Archidemu verzweifelte, denn um an ein Ziel zu gelangen, reicht es manchmal nicht aus, nur den Weg zu kennen. Er näherte sich der Schildkröte und nahm sie in die Hand, und ehe sie sich in ihren Panzer verkriechen konnte wie ein Waisenkind in die Einsamkeit seines Betts, blickte er ihr in die Augen, starrte auf die dunklen Pupillen und dachte, dass diese Chelone das letzte Lebewesen war, das Sciachinedu gesehen hatte, dass sich das Gesicht seines Bruders darin eingeprägt hatte wie auf Fotopapier und für immer dort bleiben würde. Archidemu steckte das Tier in einen Beutel und nahm es mit nach Hause. Am Abend, als die Suchmannschaften bereits ohne Hoffnung zurückkamen, zeigte er sie niemandem, damit sich kein anderes Bild in diese Pupillen einprägen konnte. Auf diese Art hatte er das Gefühl, ihn bei sich zu haben, den Bruder, sein letztes irdisches Fragment, ein lebendes Foto, aufgehängt an der Hornhautwand eines tausendjährigen Tieres, das er aus Ehrfurcht von da an Sciachiné nannte, sein persönlicher Trabant auf seiner Umlaufbahn im Universum. Denn manchmal nahm Archidemu die Schildkröte in die Hand und blickte ihr fest in die Augen, hoffend, aus dem trüben, stehenden Grund das Bild seines Bruders im Augenblick seines Abschieds von der Welt auftauchen zu sehen.

Auch an diesem Nachmittag hatte er dem Tier in die Augen geblickt, ehe er aus dem Haus und zum Feld in San Marco gegangen war.

Es gibt Gedanken, die Gänge in unser Gehirn treiben und dafür sorgen, dass sie irgendwann einstürzen. Archidemu hatte nur für einen Moment glauben müssen, der Mann auf dem Plakat sei sein Bruder, und schon wurde er in seinen Gedanken dazu. Im Geist gibt es keinen Unterschied zwischen dem, was ist, und dem, was sein kann, denn in unserem kranken Kopf sind jede Möglichkeit ein Ereignis und jedes Ereignis eine Möglichkeit. Nichts anderes hatte er mehr im Sinn: Der Gedanke an seinen Bruder war wie ein Magnet, auf den all seine Überlegungen zustrebten.

Das Dorf feierte Mariä Himmelfahrt, ein Fest, das Archidemu gefiel, weil ein Feuerwerk den Tag beschließen würde. An diesem Abend würde er zur Vorstellung gehen, um Jibril aus der Nähe zu betrachten.

Viel zu früh kam er an und umrundete den Zaun, der das Zirkusgelände umgab. Wo er auch stehen blieb, immer versperrte ihm etwas den Blick auf das Ganze, ein Wohnwagen oder zum Trocknen aufgehängte Wäsche, und Jibril war in diesem Moment vielleicht dort, aber er konnte ihn nicht sehen. Im Grunde erging es ihm wie sonst auch, denn es spielte keine Rolle, ob ihm der Vulkan Nevado Ojos del Salado oder ein Bettlaken die Sicht versperrte. Er suchte nach einem höher gelegenen Aussichtspunkt. Dabei entdeckte er auf der anderen Seite des Feldes, nach Covello hin, das Gerippe des Hauses, das der Stadtrat sich bauen ließ. Er ging hin, stieg über die Schutthaufen hinweg, ging hinauf ins erste Stockwerk und blickte von dort aus auf das Gelände. Die Aussicht war perfekt. Vielleicht ließ sich dieser Verbrecher sein Haus tatsächlich dort errichten, um die großartigen Spiele des Vereins U.S Girifalco, in dem sein Sohn spielte, bequem vom Balkon aus verfolgen zu können.

Er blickte auf das Feld und versuchte, im Gewimmel den Mann von dem Plakat zu erkennen. Er wollte sich setzen. Er fand einen alten Metallkanister, drehte ihn um und machte einen Hocker daraus, den er an den Rand des offenen Stockwerks stellte. Er nahm Platz. Von oben betrachtet, aus der Perspektive eines leihweise der Erde überlassenen Himmelsmechanikers, waren das Gelände von San Marco das Universum und der Zirkus die Milchstraße, die Kuppel in der Mitte war die Sonne, die Wohnwagen wurden zu Planeten, und die Menschen, die sich bewegten wie Bienen oder Ameisen, waren Satelliten und Sterne, Asteroiden und Kometen. Und das Himmelsphänomen, mit dem er seinen Bruder verglich, war ein Komet, einer von denen, die im Abstand von Jahrhunderten mit demselben Schweif an derselben Stelle erscheinen, denn die Jahrhunderte eines Planeten entsprechen den Jahrzehnten eines Menschen.

Die Geschichte vom schwarzen Engel

Ohne etwas von Archidemus wissenschaftlichem Blick zu ahnen, der ihn in die Nähe eines Asteroiden gerückt hatte, erreichte Angeliaddu den Zirkus und betrat unverzüglich das Zelt in der Erwartung, Batral beim Training anzutreffen. Stattdessen war nur der hinkende schwarze Mann zu sehen. Er blickte sich um wie ein Wildschwein, das den Jäger wittert, und der Junge versteckte sich ängstlich hinter einem Sitz. Kurz darauf erschien Batral.

»Du kommst zu spät!«, herrschte der andere ihn an.

»Ich hatte noch zu tun.«

»Was du nicht sagst, du hattest zu tun? Na schön, dann habe ich jetzt auch zu tun«, sagte er verärgert und ging fort.

Für einige Sekunden stand Batral wie angewurzelt da, dann ging er zur Strickleiter und stieg zum Trapez hinauf. Angeliaddu kam hinter dem Sitz hervor und rief nach ihm. Mit einer Geste bedeutete Batral ihm, näher zu kommen.

»Ich habe mir ein Trapez gebaut.«

»Aha, du willst also besser werden als ich.«

»Nein, ich will sein wie du, ich will so gut werden wie du.«

Batral blickte zum Podest hinauf.

»Du hast gesagt, du kannst gut klettern. Und da man mich gerade im Stich gelassen hat: Würde es dir etwas ausmachen, heute mein Helfer zu sein?«

Angeliaddus Gesicht begann vor Freude zu leuchten.

»Aber du musst mir versprechen, dass du gut aufpasst.«

»Ich werde gut aufpassen.«

»Dann los.«

Bei der Strickleiter angekommen, blieb Angeliaddu stehen. »Warum ist er immer so wütend auf dich?«

»Hast du mitbekommen, was passiert ist?«

Angeliaddu senkte den Kopf.

»Wenn man ihn sieht, glaubt man es kaum, aber dieser Mann war früher ein Trapezkünstler, vielleicht der größte aller Zeiten. Sein Name prangte in großen Buchstaben auf Plakaten überall auf der Welt, Grafathas der schwarze Engel, so nannten ihn die Journalisten wegen seiner dunklen Strumpfhosen. Er war der Erste und Einzige, der einen fünffachen Salto mortale geschafft hat, auch wenn die Welt es nie erfahren hat. Hunderte von Artisten hatten es bereits versucht. Er und sein getreuer Fänger haben monatelang täglich geübt, bis der schwarze Engel eines Nachmittags unter den ungläubigen Blicken der wenigen glücklichen Anwesenden nach einem fünffachen Salto mortale die Hände des Fängers ergriff. Vielleicht hatte er recht, als er behauptete, er sei kein Mensch. Nachdem er vom Netz hinuntergestiegen war und alle sich um ihn versammelten, um ihn zu umarmen, war er ein anderer geworden, so als hätte der Sprung sein Wesen verändert. Er kündigte zur allgemeinen Überraschung an, er würde das Kunststück noch am selben Abend während der Vorstellung wiederholen. Der Fänger versuchte, ihn davon abzubringen, sie mussten noch mehr üben, ausprobieren, die Mechanismen vervollkommnen und aufeinander abstimmen, aber Grafathas war unbelehrbar. Es war sein Glückstag, und den musste er ausnutzen bis zum Letzten. Er war der schwarze Engel, also war er auch derjenige, der entschied. Er ließ der Presse mitteilen, dass sich an jenem Abend und in jenem Zirkus ein epochales Ereignis abspielen würde. Sogar das nationale Fernsehen war angereist. Grafathas verlor nicht die Fassung, sondern legte eine nahezu übermenschliche Entschlossenheit an den Tag. Der einzige Mensch, der seine Garderobe betreten durfte und mit dem er einige Worte wechselte, war sein getreuer Fänger. Während er in nie gesehener Pracht in die Manege einzog, grüßte Grafathas wie ein Kaiser. Der Ansager forderte Ruhe, Trommelwirbel setzte ein und wurde immer schneller, bis Grafathas dem Fänger ein Zeichen gab. Er vollführte sechs endlos scheinende Pendelbewegungen. Bei der siebten stieß er wie vereinbart einen Pfiff aus, so leise wie ein geräuschvoller Atemzug, und stürzte sich ins Leere. Ein, zwei, drei Schwünge, alle mit angehaltenem Atem, und beim vierten, als er genug Schwung aufgebaut hatte, ließ er auf dem Höhepunkt der Flugbahn das Trapez los und begann, sich um sich selbst zu drehen, einmal, zweimal, dreimal, viermal. Beim fünften Salto streckte er die Arme aus und umfasste die Finger des Fängers, das Publikum vergaß sich und schrie auf, aber Grafathas hörte es nicht, denn nicht die Finger sollte er am Ende der Umdrehung ergreifen, sondern die ganze Hand, und da begriff er, dass er gescheitert war. Mit aller Kraft versuchte er, sich festzuhalten, er spürte, wie sehr der Fänger sich anstrengte, um ihn zu packen, und beinahe wäre es ihnen gelungen, beinahe, aber den letzten Schwung hätten sie sich besser gespart, denn er verlieh Grafathas' Körper noch mehr Schub, sodass er nicht ins Auffangnetz fiel, sondern darüber hinausflog. In einem letzten, verzweifelten Versuch streckte er die Arme aus, um sich an das Netz zu klammern. Es gelang ihm nicht, aber wenigstens federte er auf diese Weise den verheerenden Sturz ein wenig ab. Das Publikum war entsetzt. Jemand eilte Grafathas zu Hilfe, und er wurde ins Krankenhaus gebracht. Sein linkes Bein war gebrochen. Den schwarzen Engel, der die Welt verzaubert hatte, gab es nicht mehr. Seitdem ist er ein anderer: Er hasst die Welt und die Menschen. Einen hasst er ganz besonders, und dieser Eine bin ich, denn ich war an jenem Tag dabei, näher als jeder andere. Ich war sein Fänger, mir gehören die Hände, die ihn nicht gehalten haben.«

Angeliaddu war verblüfft, aber Batral ließ ihm keine Zeit zum Nachdenken: »Steig die Strickleiter hinauf, und oben auf dem Podest legst du dir den Sicherheitsgurt um die Hüfte. Nimm das Trapez, und wenn ich ›Jetzt!‹ rufe, lässt du los. Alles klar?«

Für Angeliaddu, der leihweise dem Himmelreich überlassen wurde, war es einer der wenigen unvergesslichen Tage seines noch jungen Lebens.

Den Kopf der Frau einfach abtrennen, das war der Geniestreich des französischen Malers gewesen. Hätte sie ein Gesicht gehabt, wäre es nicht dasselbe, denn Lamanteas Bücher und Bilder waren voller nackter Frauen – aber eine Vulva ohne Kopf ... Ein vortrefflicher Geist, dieser Franzose. Wenn man Männer diese Sprache sprechen hört, möchte man nicht glauben, dass sie etwas von Frauen verstehen, aber dieser Curvé musste wohl einen süditalienischen Großvater gehabt haben, sonst wäre er kein solcher Fachmann für unanständige Motive gewesen. Was für eine Idee, eine nackte Frau zu enthaupten und ihr Geschlecht in die Mitte des Bildes zu rücken, sodass einem weder Zeit noch Raum bleiben, ihm zu entkommen. Und Geschmack hatte er auch, das muss man ihm lassen, denn er hätte jede x-beliebige Vulva malen können, aber er hatte die beste ausgesucht, die man sich vorstellen konnte, mit diesem Spalt, der von unten nach oben verläuft und dabei langsam breiter wird, gerade genug, dass man sich wer weiß welche Tiefen ausmalen kann. Und genau am Punkt der Enthüllung liegt unter dichtem, haarigem Gestrüpp das Geheimnis verborgen, ein nuancenloses Schwarz, das dem Blick nichts mehr schenkt. Hätte sich darüber ein Kopf befunden, wäre es nicht dasselbe gewesen, denn das hätte zu einem Kampf um die Aufmerksamkeit des Betrachters geführt, und was für ein Gesicht hätte man einer solchen *pittèdda* auch geben sollen? Oder hatte Curvé diese unanständige, den Schlaf raubende Sibylle etwa enthauptet, damit jeder ihr das Gesicht geben konnte, das ihm gefiel? Venanziu interessierte sich weder für das Aussehen der Frau, noch hatte er je daran gedacht, das Gesicht irgendeiner Dorfbewohnerin darauf zu kleben, obwohl die *pittèdda* auf dem Bild ehrlich gesagt exakt so aussah wie die von Lucentina Sdarrabazzu, der unnahbaren Frau des Gemeindesekretärs.

Dass Venanziu mit diesem üppigen, wohlgeformten Weib hatte allein sein können, war einer glückliche Fügung des Schicksals zu verdanken gewesen. Glücklich für ihn natürlich und weniger für Modestino Candeliere, der an jenem Nachmittag zehn Jahre zuvor plötzlich das Zeitliche gesegnet hatte. Unverzüglich wurde der Schneider gerufen, denn der einzige Anzug des Toten war dreizehn Jahre alt und sein Besitzer in der Zwischenzeit zwanzig Kilo schwerer geworden, sodass er anpassen musste, was sich anpassen ließ. Das alles selbstverständlich in bekleidetem Zustand, wodurch das Hochheben, Umdrehen und Beugen des Toten ziemlich mühsam wurden. Dennoch erledigte der Schneider seine Aufgabe mit einer Heiterkeit, die er nicht vollständig unterdrücken konnte, sodass ihn die weinende Witwe schließlich fragte, was am Einkleiden eines Toten so vergnüglich sei. Das Vergnügliche war, dass sich Venanziu eine halbe Stunde, ehe er das Zimmer betrat, im Stockwerk geirrt hatte und in das große Zimmer darunter geschlüpft war, wohin Lucentina Sdarrabazzu, die hilfsbereite Nachbarin von gegenüber, geeilt war, um die Stühle des Wohnzimmers für die Dorfbewohner, die zur Totenwache kommen würden, zu entstauben und aufzustellen.

»Verzeihen Sie«, hatte er auf die ihm eigene distinguierte Art gesagt, »ich bin hier, um die Maße des armen Modestino zu nehmen.«

»Oben, die wohnen oben, Don Venanziu«, antwortete die Frau, während sie sich bückte, um einen Sessel zu verrücken. Ihr grauer Rock saß so eng, und der Sessel war so schwer, dass durch die Anstrengung die Naht aufplatzte und der obere, dunklere Teil der halterlosen Strümpfe zum Vorschein kam. Don Venanziu stieg das Blut zu Kopf, und sein Verstand setzte aus. Augenblicklich legte Lucentina eine Hand auf den Riss, um sich zu bedecken. Venanziu machte einen Schritt auf sie zu.

»Wenn Sie wollen, bringe ich das sofort für Sie in Ordnung.«

»Machen Sie keine Witze, Don Venanziu, da oben liegt ein Toter.«

»Ja, und wenn Sie mich daran hindern, gibt es hier bald eine zweite Leiche!«

Die Frau bemerkte die Schwellung, die sich unter dem hellen, fast hautfarbenen Baumwollstoff so deutlich abzeichnete, dass sie ihn beinahe zu sehen glaubte. Gewöhnt an das mickrige Schwänzchen des Gemeindesekretärs, konnte sie kaum glauben, dass es solche Presssäcke tatsächlich gab, und ihr kam ein unsittlicher Gedanke, den sie sofort unterdrückte. Aber es war bereits zu spät, denn Don Venanzius fachkundiges Auge hatte das Zögern im Blick der *fimmina* sofort gesehen.

»Ich dachte, Sie interessieren sich nur für Männer?«

»*Signora mia*, eine Frau wie Sie bringt sogar einen Planeten dazu, sich andersherum zu drehen! Ich werde perfekte Arbeit leisten und keine Spuren hinterlassen«, flüsterte er, nur noch wenige Zentimeter von Lucentina entfernt, deren feuchte Tiefen sie davon zu überzeugen versuchten, dass sie nie wieder einem Mann so nahekommen würde wie in diesem Moment. Nie wieder würde sich ihr eine solche Gelegenheit zur Rache an ihrem eifersüchtigen Mann bieten, der sie zu Hause einsperrte und außereheliche fleischliche Genüsse allein sich selbst vorbehielt. Außerdem ging ihr das Bild der verlockenden Wölbung nicht aus dem Kopf, und so kam es, dass sie keinen Widerstand leistete, als Don Venanziu sie in den Sessel drückte und ihr die Schenkel spreizte. Für einen Moment glaubte er, die Frau ohne Kopf von dem Bild vor sich zu haben, denn die *pittèdda* war dieselbe, was den animalischen Instinkt in ihm auslöste, in die Tat umzusetzen, wozu ihn das Gemälde von Anfang an gedrängt hatte, und so senkte er die Lippen auf den taufeuchten Körper der geplagten Frau.

»Halten Sie sich nicht zurück, Don Venanziu, es ist wie bei einer Briefmarke, an der kann man auch nur einmal lecken.«

Und die unnahbare Lucentina Sdarrabazzu hielt Wort.

Auch an diesem Abend des 15. August, Mariä Himmelfahrt, als die Verkaufsstände auf dem Piano und am Corso das Dorf verzierten wie Schleifen ein Tellerchen mit Feingebäck, betrachtete Venanziu noch einmal das Bild, ehe er sich auf den Weg zum Zirkus machte.

Dass die Vorstellung wegen Roròs Tod an einem Abend ausgefallen war, hatte die Vorfreude erhöht, sodass sich in Girifalco und Umgebung allgemeine Begeisterung breitgemacht hatte. Auch wer wie Angeliaddu und Venanziu bereits die erste Vorstellung gesehen hatte, wollte diese nicht verpassen.

Der Schneider traf sehr früh beim Zirkus ein und nahm in der ersten Reihe Platz. Den ganzen Tag über hatte er an die Schlangenfrau gedacht, woran auch das Plakat vor dem Atelier schuld war, eine ständige Ablenkung, eine extreme Erregung, die ihn hätte explodieren lassen, wäre nicht wie von Gott gesandt die nimmersatte Filadelfia Marinaro bei ihm vorbeigekommen. Aber auch die hatte ihn nicht beruhigen können, und darum schloss der Schneider das Atelier eine halbe Stunde früher, um sich vorzubereiten. Nachdem er Platz genommen hatte, piekste ihn erneut die Ungeduld, als hätte er sich auf den Trieb eines blühenden Feigenkaktus gesetzt, und er kam einfach nicht zur Ruhe. Tatsächlich war ihm diese Erregung ein Rätsel, denn sie ging nicht wie üblich von unten aus, angetrieben von seinem unersättlichen *miccio*, sondern saß weiter oben, oberhalb des Bauchnabels, bei den Lungenflügeln, ja, genau auf Höhe der Lunge. Manchmal glaubte er, den Moment des Einatmens zu verpassen, aber es kam auch von noch weiter oben, und hätte er seinem Herzen weniger misstraut, hätte er gesagt, dass alles dort seinen Anfang nahm.

Endlich erschien Mikaela, schöner noch, als er sie in Erinnerung hatte, und Don Venanziu hatte das Bedürfnis, zu lächeln und heftig zu applaudieren, um die angstvolle Beklemmung abzuschütteln. Mikaela begann ihre Übungen mit dem gewohnten Geschick, aber als sie dieselbe Haltung wie auf dem Plakat einnahm, blickte sie sich im Gegensatz zum ersten Abend suchend um. Sie entdeckte Venanziu, lächelte, zwinkerte ihm zu und formte mit den Lippen einen Kuss. Zumindest kam es dem Schneider, der beinahe aus der Haut fuhr, so vor. Ein Kuss, nur für mich? Ihre geschürzten Lippen gingen ihm den ganzen Abend nicht mehr aus dem Sinn, er bewahrte das Bild in seinem

Geist auf, und es begleitete ihn bis spät in die Nacht, bis er endlich die Augen schloss in der Hoffnung, im Traum diesem nach Blüten duftenden Mund zu begegnen und alles mit ihm anzustellen, was einem menschlichen Wesen je vergönnt sein würde.

Vergessene Galaxien

»Lu!«

Auf Cassiels Ruf hin drehte Lulù sich um. »Komm her«, sagte er und winkte ihn zu sich.

Der Verrückte, der in einer Gruppe von Menschen vor dem Zirkuszelt stand, kannte Cassiel nicht, aber im Grunde kannte Lulù überhaupt niemanden. Er gehorchte einfach, wenn jemand ihn rief oder ihm ein Zeichen gab, näher zu kommen. Diesmal war er nicht der Einzige, der auf den Zuruf reagierte. Mit ihm trat eine Frau vor, die ihn stark an diejenige erinnerte, die er wenige Tage zuvor in dem Wohnwagen gesehen hatte, als er den traurigen Walzer spielte. Die Frau hieß Luvia und blickte nun ihrerseits Lulù an, der gemeinsam mit ihr vor Cassiel stehen blieb. Das gab ihr Gelegenheit, den Verrückten genauer zu betrachten: schmutzige Füße, die zu weite Hose mit einem Stück Seil um die Hüfte gebunden, das T-Shirt mit Flecken übersät, die an den Gürtelschlaufen baumelnde Tüte, die Anstecknadel mit der Marienfigur auf der Brust und über dem stämmigen, kraftvollen Körper das Gesicht eines Menschen, der Kind geblieben war, ein Gesicht mit dem Ausdruck ewiger Erwartung darin. Die Frau lächelte ihn an.

»Lu?«, wiederholte Cassiel und sah ihm in die Augen.

Lulù nickte, blickte aber sogleich wieder auf den Boden.

An die Frau gewandt, sagte Cassiel: »Gehen wir, es wird Zeit.«

Luvia beobachtete ihn, diesen Mann mit dem dicken, mächtigen Körper, der eine leere Seele zu beherbergen schien, ähnlich manchen Olivenbäumen in der Gegend, die zwar riesig und uralt, deren raue Stämme bisweilen jedoch hohl waren. Die Frau blickte Cassiel an, und sie verstanden einander sofort.

»Willst du mich begleiten?«, fragte sie.

Lulù brabbelte etwas, und das Sprechen bereitete ihm wie üblich solche Mühe, dass seine Ohren tiefrot anliefen. Aber in der vergessenen Galaxie seines Gehirns war dieses Gesicht mit seinem traurigen Walzer und dadurch mit seiner Mama verbunden, sodass er ihr hinterherlief, als sie ihm bedeutete, ihr zu folgen.

Gleichgewicht als kosmologische Konstante

Die Vorstellung begann unter allgemeinem Jubel, aber einer unter den vielen Zuschauern ließ sich von der Euphorie nicht anstecken, sondern beobachtete die Szenerie leidenschaftslos und mit kühlem Blick. Archidemu Crisippu, dem Deserteur des irdischen Lebens, der nur gekommen war, um den Jongleur zu sehen, waren Frauen, die aus Gummi zu sein schienen, ebenso gleichgültig wie Männer, die wie Papageien von einer Stange zur nächsten sprangen. Er hatte den Kartenverkäufer um einen Platz direkt an der Manege gebeten, obwohl es die teuerste Karte war. Als der Dompteur mit seiner Tiger- und Löwenschar in Archidemus Nähe kam, bereute der seine Wahl, aber auf einige angstvolle Minuten folgte der entscheidende Moment.

»Und nun für Sie: der Mann, der die ganze Welt im Gleichgewicht halten kann. Sehr verehrte Damen und Herren, einen kräftigen Applaus für den erstaunlichen Jibril Namenlos!«

Das Licht wurde gedämpft, und, angekündigt von fröhlicher, lebhafter Musik, trat der Mann vom Plakat ein. Er wirkte noch kleiner als auf dem Papier: weiße Haut, kurze schwarze, zurückgekämmte Haare, der Körper mager und wohlproportioniert. In der Mitte der Manege blieb er stehen und sah sich mit munterem, aber gebieterischem Blick um. Hinter ihm standen zwei Assistentinnen. Der Mann konnte offenbar nicht lange stillstehen, sein Körper wirkte hochfahrend, wie elektrisiert, und Archidemu schaffte es nicht, ihm länger ins Gesicht zu sehen. Der Artist gab den Mädchen ein Zeichen und fing an. Er hob die Flöte an den Mund, warf den ovalen Ball hoch in die Luft, und als er wieder herunterfiel, fing er ihn mit der Spitze des Instruments auf. Es war ein würdiger Beginn für eine erstaunliche Vorstellung, während derer der Künstler sämtliche Gegenstände zu beherrschen schien. Eins der Mädchen trug ein Netz voller Lederbälle. Jibril nahm einen, legte ihn auf den Boden, stieg mit dem rechten Fuß darauf und breitete die Arme aus. Sofort fand er die Balance und gab der jungen Frau ein Zeichen, die daraufhin die anderen Bälle auf verschiedene Teile seines Körpers legte, auf Hände, Schulter, Kopf; einen fing er mit dem Spann des linken Fußes, einen weiteren mit der Ferse desselben Fußes auf. Reglos wie eine griechische Statue stand er da. Die Bälle schienen an seinem Körper befestigt zu sein. Jeder Gegenstand, den er in die Luft warf, von Ringen bis zu Messern, kehrte in seine Hand zurück, als wäre dort sein rechtmäßiger Platz auf dieser Welt, als hätten die Gegenstände einen Orbit, und er war der Schöpfer dieses Systems, in dem jede Umdrehung, jeder Umlauf perfekt mit den anderen übereinstimmte – zum Beispiel wenn er sieben Bälle gleichzeitig kreisen ließ wie Planeten oder wenn er eine Kerze in die Luft warf und sie mit der Halterung des Kerzenständers wieder auffing. Er ließ alles ganz einfach aussehen, wie wenn das offensichtliche Chaos, das die Welt regierte, nur eine Phase der Neuordnung wäre, denn alles drehte und wendete sich, entfernte sich und verschwand, nur um seinen Platz im Sonnensystem zu finden. Er stand keine Sekunde still. Sein Körper, seine Muskeln und Knochen, alles befand sich in unaufhörlicher, kräftezehrender Bewegung, und während Jibril die Muskeln anspannte, stellte Archidemu sich vor, wie der Künstler nach dem Auftritt im Wohnwagen auf dem Bett lag, regungslos, um mit ewig scheinender Ruhe für seine fieberhafte Aktivität zu büßen. Die Bewegung, in die er Gegenstände und den eigenen Körper fortwährend versetzte, ließ ihn kaum zu Atem kommen, und als wäre das nicht genug, wurde nun eine kleine drehbare Bühne hereingefahren, auf der er einen Kopfstand machte, während er mit den Händen Bälle warf, um einen Fuß einen Ring und um den anderen einen Kegel kreisen ließ. Jibril war das Gleichgewicht der Welt, verkörpert in einem Menschen.

Trotz der zahlreichen Gegenstände, die bei seiner Vorführung zum Einsatz kamen, fehlte Archidemu noch einer, und zwar der wichtigste. Er rechnete jeden Moment damit, dass eines der Mädchen die Schneekugel bringen würde, die auf dem Plakat abgebildet war. Aber dazu kam es nicht, und als Jibril sich vom Publikum verabschiedete und hinter dem Vorhang verschwand, war der Stoiker ein wenig enttäuscht. Vielleicht, dachte er, während er sich zusammen mit den anderen Zuschauern erhob, vielleicht hat er die Kugel nicht benutzt, weil sie zu wertvoll ist, und obwohl er sich seiner Fähigkeiten sicher ist, befürchtet er, sie zu zerbrechen. Darum bewahrt er sie sorgsam in seinem Nachtschränkchen im Wohnwagen auf und hat sie nur aus Wertschätzung auf das Plakat malen lassen oder vielleicht auch, um der Welt eine Spur von sich selbst zu schenken, ein Indiz seiner verlorenen Identität. Denn als Jibril diese Glaskugel zum ersten Mal an einem Verkaufsstand auf einem Stadtteilmarkt gesehen hatte, rief sie so etwas wie eine Erinnerung in ihm wach, sie zündete ein Lämpchen in ihm an wie kein anderer Gegenstand zuvor. Er hatte sie gekauft und mitgenommen in der Hoffnung, die kleine Flamme möge größer werden.

Staunend über Jibrils wundersame Kunststücke verließ Archidemu die Zirkuskuppel. Vergeblich versuchte er, sich zu erinnern, ob sein Bruder eine ähnliche Gabe besessen hatte, ob er je beobachtet hatte, dass er bei Tisch eine Gabel balanciert oder draußen Steine in die Luft geworfen hatte, aber die ersehnten Antworten blieben aus. Am Abend ging er noch einmal zum Zirkus. Er hoffte, weitere Anhaltspunkte zu finden, kehrte jedoch mit noch größeren Zweifeln zurück.

Er aß in Speditus Trattoria zu Abend und wollte sich danach auf der Piazza das Konzert der Kapelle unter der Leitung von Maestro Rocco Olivadese anhören. Der Abend der Madonna war in Girifalco vor allem der Abend des Feuerwerks. Die Leute kamen aus den angrenzenden Gemeinden, um es zu sehen, denn es gab eine Art inoffiziellen Wettbewerb zwischen den Dörfern, wer am schönsten knallen konnte. Sobald das Konzert um Mitternacht zu Ende war, strömten sämtliche Christenmenschen zu den Plätzen mit der besten Aussicht: zur Cannaletta, nach Le Cruci und Vuttandìari. Und so begann gegen halb eins, angekündigt vom Knall des ersten Böllers, das pyrotechnische Schauspiel, das die Menschen zwang, zum Himmelszelt hinaufzublicken. Archidemu nahm auf seinem Balkon Platz, der ein besonders geeignetes Observatorium war.

Das Schauspiel der Kugel- und Zylinderbomben, der fluoreszierenden Sterne und römischen Lichter dauerte ungefähr eine halbe Stunde. Am Ende zog sich der Stoiker nicht ins Haus zurück, sondern blieb noch auf dem Balkon sitzen, um von oben zuzusehen, wie die Dorfbewohner nach Hause gingen. Ein Strom von Menschen, eine Schule von Buckelwalen, die auf ihrer täglichen Wanderung jedes Mal mit absoluter Präzision derselben Umlaufbahn folgte, ohne auch nur ein Grad von ihr abzuweichen. Sie tauchten auf, zogen ihre geheimnisvolle, aber unwiderruflich festgelegte Bahn und verschwanden dann wer weiß wohin. Dies dauerte eine weitere halbe Stunde, an deren Ende sich das Chaos allmählich legte, bis nächtliche Stille einkehrte und erneut die Herrschaft in diesem kleinen Spiegel des Universums übernahm. Der Geruch nach Schwarzpulver war verflogen, die Farben und das

Donnergrollen nur noch Erinnerung. Nun war der Mond der absolute Herrscher über das Himmelszelt, und dieser Mond war wunderschön. Wer weiß, warum die Menschen von jeher den Vollmond bewundern, warum Dichter und Schriftsteller das leuchtende, vollkommene Rund besingen. An diesem Abend stand nur eine schmale Sichel am Himmel, und sie hätte schöner nicht sein können, dünn und unvollkommen, der letzte Splitter, ehe die ewige Nacht den Trabanten verschlucken würde. Ein winziges Stück Mond, das wie ein Abschied war, wie die Hand, die aus dem Zugfenster winkt, oder die Tür, die sich vor dem geliebten Gesicht schließt, weit entfernt von der Vollkommenheit des Kreises, so unvollkommen und endlich wie der Mensch. Ein Mond, der in den unendlichen Raum flüchten möchte, aber von der Anziehungskraft der Erde gezwungen wird, sie zu umrunden, als wären auch die Planeten nicht zum Alleinsein gemacht. Und darum rächt er sich, indem er die Meere aufwühlt, das Wasser herbeiströmen und wieder zurückweichen, die Ozeane ansteigen und wieder sinken lässt. Vielleicht funktionieren die Menschen wie die Gezeiten, dachte Archidemu, und auch ihre Herzen werden von der Anziehungskraft des Mondes verformt, wenn sich das Blut tatsächlich hebt und senkt wie ein Ozean, wenn der Atem sich kräuselt wie die Wellen. Wer weiß, ob nicht auch für die Menschen, für mich, Archidemu Crisippu, und für meinen von der Flut fortgerissenen Bruder Sciachineddu das Gesetz der universellen Gravitation gilt. Zwei beliebige, mit Masse versehene Körper ziehen einander mit einer Kraft an, die umso größer ist, je höher der Wert ihrer Masse ist, und die sich umgekehrt proportional zum Quadrat des zwischen ihnen liegenden Abstands verhält. *Fratello mio*, lieber Bruder, wer weiß, ob diese Nacht die richtige ist, ob dieser Abschied des Mondes die Straßen verbogen hat, sodass unsere Umlaufbahnen sich überschneiden, ob die Kraft unserer mit Masse versehenen Körper den Abstand und sein verdammtes umgekehrt proportionales Quadrat zunichtegemacht hat.

18
Das Orakel

In Girifalco schienen die Lichter in sämtlichen Häusern gleichzeitig anzugehen, denn das Wunder war wie ein Kurzschluss im Verteilerkasten der Engel. Im Kopf von Turuzzu de Cecè funkelten goldene Fläschchen, weil er dem Etikett seiner Brasilena das Wort SACRA in der Schriftart FONTE DI MONTE COVELLO hinzufügen würde; vor dem geistigen Auge des Bürgermeisters blitzten geldwerte Wahlmandate auf, und er träumte bereits von vierstöckigen Parkhäusern und Mautgebühren für die Gemeinde; in dem Pfarrer Don Guari entflammte derweil ein irdischer und daher verwerflicher Stolz, denn Girifalco würde sein wie Medjugorje oder Santiago de Compostela, und nun endlich würde der Bischof von Venedig ihm schreiben, dass er die berühmten Gebeine des heiligen Rocco in der bedeutenden Kirche auf der Piazza ausstellen durfte. So wie Palmi das heilige Haupthaar der Jungfrau Maria und Borgia einen feuchten Fleck auf dem Antlitz von Padre Pio besaß Girifalco seinen Giobbe, schon dem Namen nach eine biblische Gestalt, der die unvergängliche Tradition der Blindenheilung wiederbelebt hatte.

»*Tutti cazzàti*, so ein Schwachsinn!«, donnerte Tummasi Ferraina, als Barbesitzer Micu ein Bildchen des heiligen Rocco mit Klebeband an der Kasse befestigte. »Was sollen das für Wunder sein? Was ist eigentlich los mit euch?«

»Wo ist das Problem, Tummasi?«

»Alle reden nur noch von Wundern.«

»Na und? Wie würdest du es denn nennen? Giobbe *u cecàtu* läuft ohne Stock durch die Gegend. Was glaubst du, was das ist?«

»Dafür gibt es sicher eine Erklärung, wir kennen sie nicht, aber es muss eine geben.«

»Das Licht des heiligen Rocco, das ist die Erklärung.«

Und das Licht erhellte an diesem Tag tatsächlich jeden Winkel im Dorf, denn die Prozession zog mit der Heiligenstatue durch die Straßen. Die einzige Neuerung im Vergleich zu den Vorjahren war das massive Aufgebot an Carabinieri vor und hinter der Statue, wobei Polizeimeister Maresciallo Talamone sogar seine Paradeuniform trug. Der Grund war allgemein bekannt, denn ein epochales Ereignis hatte sich in diesem heiteren, ruhigen Ort zugetragen, der für seine Nervenheilanstalt und die Güte der Kartoffeln aus Mangraviti berühmt war: Ein *capondrìna*, ein Clanchef aus der Gegend von Reggio, war einen Monat zuvor vom Staat in die Verbannung geschickt worden, und wie er es von zu Hause gewohnt war, sollten auch in Girifalco die heiligen Statuen an seinem Haus vorbeikommen und sich davor verneigen, obwohl es sich an abgelegener Stelle außerhalb des Ortes befand. Der Pfarrer wurde darüber informiert und sprach sofort mit dem Maresciallo, der sich sogleich mit dem Capitano verständigte, der den Bischof anhörte, der den Pfarrer anrief und ihm sagte, dass sie so etwas auch unter Androhung von

Waffengewalt nicht tun würden. Und darum wurde ein Ordnungsdienst eingerichtet, wie er bis dato nicht einmal für den Präsidenten der Region arrangiert worden war. Als er von der misslichen Situation erfuhr, sagte sich der berühmte *capondrìna*, fest entschlossen, seine Ehre bis zum bitteren Ende zu verteidigen: Wenn die Statue nicht zum *ndrìno* kommt, geht der *ndrìno* eben zur Statue, und nachdem er sich nach der Route der Prozession erkundigt hatte, mietete er für eine Woche ein Haus direkt an der abschüssigen Straße von Le Cruci. Mehr noch: Unter einem Vorwand gelang es ihm, die Stromleitung ein wenig tiefer hängen zu lassen, sodass die Träger gezwungen waren, die Statue zu senken, und diese Bewegung ähnelte durchaus einer Verbeugung. Vor der Tür ließ der berühmte *capondràngheta* einen vier Meter langen Tisch mit Getränken wie Brasilena, mit Presssäcken und anderen Wurstspezialitäten aufstellen, um seinen genialen Einfall gemeinsam mit dem vielköpfigen Festzug zu feiern.

Anmerkungen zu den Farben

Die Geschichte, die ihm Maestra Gioconda in den letzten Schultagen erzählt hatte, dass nämlich das Licht den Gegenständen ihre Farben verlieh, konnte Angeliaddu nicht überzeugen. Für ihn besaßen die Dinge weiterhin ihre eigene Farbe, auch wenn es dunkel war. Raffaele Scozzafava ließ sich die Gelegenheit, den Jungen zu verspotten, nicht entgehen. Mit der von seinem Vater, dem Stadtrat, geerbten Unverfrorenheit stand er auf und fragte die Lehrerin, ob das Licht auch an dem weißen Fleck am Hinterkopf des blonden Angeliaddu schuld sei. Der warf ihm seinen Füllhalter ins Gesicht und beendete das Schuljahr mit einer Suspendierung. Und während er vorzeitig nach Hause ging, fragte er sich, wie sein weißes Haarbüschel zu erklären war, wenn die Theorie der Lehrerin stimmte. Ob es einen Lichtstrahl gab, der immer da war, in jedem Winkel der Welt, um stets dieselbe Anzahl an Haaren aufzuhellen? Weiße Gegenstände reflektieren alle Bestandteile des Lichts, hatte die Maestra gesagt, aber Angeliaddu wusste nicht, ob das gut oder schlecht war. Als an diesem Morgen des 16. August ein Sonnenstrahl zum Fenster hereinfiel und sein Auge traf, kam ihm erneut die Geschichte vom Licht und den Farben in den Sinn. Er zog sich an und verließ das Haus. Um 8:46 Uhr überquerte er die Ampel mitten im Ort, zwischen dem Piano und dem Corso.

Silvio war um halb acht aus dem Haus gegangen, um sein Geschäft aufzuschließen, und beim Blick auf das Schaufenster traf ihn fast der Schlag: Jemand hatte es mit einem Stein eingeworfen. Er begann zu schreien wie ein Verurteilter auf dem Schafott, denn er war ein Ordnungs- und Sauberkeitsfanatiker, und dieses Gemetzel aus Glassplittern, verteilt zwischen Parfümfläschchen und Sonnenbrillen, war die Apokalypse für ihn. Ihr verdammten Verbrecher!, schrie er, was habe ich euch getan, dass ihr mich so hasst? Ruiniert habt ihr mich, ruiniert! Niedergeschlagen öffnete er die Tür, während die ersten Schaulustigen auftauchten. Rufen Sie die Carabinieri, schlug Pasquala Cafìssu vor. Ein eingeschlagenes Schaufenster war für Girifalco wie ein faschistischer Anschlag auf die Banca dell'Agricoltura, ein unmissverständliches Zeichen für die Verrohung und Gefährlichkeit dieser Zeit. In der Traube der Schaulustigen, die immer größer wurde, gab nun jeder seine eigene Theorie bezüglich des Ereignisses zum Besten, nur ein böser Streich, jemand, der Sie nicht leiden kann, vielleicht war es gar keine Absicht, oder ein Betrunkener, und wusstest du, dass sie jetzt auch bei uns Schutzgeld verlangen? Um 8:44 Uhr kam der Vermessungstechniker an dem Geschäft vorbei. Er war auf dem Weg zum Rathaus, blieb stehen und verlangte eine Erklärung. Irgendein Besoffener, dachte der Scheißkerl, aber er musste nur Angeliaddu aus der Gasse von Marzìgghia her auftauchen sehen, schon verflüchtigte sich der Gedanke wieder. Neugierig geworden durch die Gruppe von Schaulustigen, kam der Junge näher.

Als der Vermessungstechniker ihn vor sich sah, fiel er Silvio ins Wort und sagte gedehnt: »Das war bestimmt ein junger Kerl, der seine Bosheit an Ihnen ausgelassen hat, einer, von dem so etwas früher oder später zu erwarten war.« Er drehte sich zu Angeliaddu um und musterte ihn böse: »Und du, Blonder? Was weißt du darüber?«

Der Junge spürte, wie ihn alle anstarrten.

»Was wollen Sie von mir?«, brachte er mühsam heraus.

»Was hattest du heute Nacht auf der Straße zu suchen?«

»Aber ...«

»Ich habe dich gesehen, von meinem Balkon aus. Willst du etwa behaupten, dass ich lüge?«

Wie ein Gewicht lasteten die Blicke der Dorfbewohner auf Angeliaddus Brust.

»Neulich bist du nach Mitternacht auch an meinem Haus vorbeigegangen«, plapperte Pasquala Cafissu, offizielle Arschkriecherin des Vermessers.

»Silvio, zeigen Sie uns den Stein, mit dem die Scheibe eingeschlagen wurde«, sagte der Vermessungstechniker und ließ sich das *corpus delicti* von dem Kaufmann geben. Er nahm den Brocken und warf ihn dem Jungen vor die Füße: »Da, der gehört doch dir, oder etwa nicht? Nimm ihn wieder mit.«

Angeliaddu starrte auf den Stein, und für einen Augenblick war er versucht, ihn aufzuheben und diesem Arschloch ins Gesicht zu schleudern. Er ballte so heftig die Fäuste, dass seine Finger rot anliefen. *U vàsu era chìnu*, das Fass war zum Überlaufen voll, und nun sorgte der Vermesser selbst dafür, dass das Wasser überschwappte: »Hätte deine Mutter dich nur anständig erzogen!«

Wie bitte? Seine Mutter, die jeden Tag schuftete, damit es ihm an nichts fehlte? Seine Mutter, die nachts leise weinte und die nur ihr Sohn ans Leben band? Diese Frau, die von heimlichen Schmerzen gequält und verzehrt wurde? Es geschah in Sekundenschnelle. Er bückte sich, hob den Stein vor seinen Füßen auf und schleuderte ihn in Richtung des Vermessungstechnikers, aber nicht, um ihn zu treffen, denn dann hätte er sein Ziel nicht verfehlt, sondern nur, um seine Wut abzureagieren. Der Stein traf das Schaufenster oder das, was davon übrig war, und zerstörte es noch ein bisschen mehr.

Der Vermessungstechniker betrachtete Angeliaddu mit zufriedener Geringschätzung: »Na also, jetzt hast du dein Werk vollbracht, Pilujàncu!«

Angeliaddu lief davon, ohne auf die Blicke und Bemerkungen der Leute zu achten. Er steuerte auf den Anstieg nach San Marco zu, zu dem Feld, auf dem der Zirkus sein Lager aufgeschlagen hatte, aber an diesem Tag ließ er es hinter sich. Im Laufschritt erreichte er Ponticèdda und den Maulbeerbaum am Ufer des Wildbachs, der seine geheime Zuflucht war. Dort warf er sich ins Gras und weinte. Er verfluchte den bösartigen Mann, sich selbst, die lästige weiße Strähne, und während er das taufeuchte Gras an Mund und Nase spürte, drang ein Sonnenstrahl durchs Geäst und ließ sein Haar hell leuchten.

Spinnbar und flüssig

Am Abend zuvor hatte Cosimo bis spät in die Nacht Karten gespielt, und sie hatte auf der Couch gelegen, denn bei offener Balkontür wehte dort eine leichte Brise. Früher oder später würde sie es ihm sagen müssen, und wer weiß, ob das erste Gefühl ihres Mannes Schmerz oder Erleichterung sein würde. Wer weiß, wie ihr Cosimo reagieren würde, ob die Ruhe, die er an den Tag legte, womöglich nur vorgespielt war und ein uneingestandenes Bedürfnis nach Vaterschaft verhüllte, das sich unversehens Luft machen konnte an einem Abend wie diesem, während er Karten spielte und trank. Er trank, und man lachte ihn aus, weil er es nicht einmal geschafft hatte, ein Kind zu zeugen. Die Worte ließen einen Graben aufbrechen, und das Wasser quoll heraus, dir werd ich's zeigen, und ob wir Vaiti Kinder zeugen können, und Cuncettina stellte sich vor, wie Cosimo aufsprang, den Stuhl umwarf und besoffen zu Curtalita lief. Sie stellte sich vor, wie er mit ihr im Bett lag, nackt, und sich auf ihrem Körper bewegte, und es war nicht diese Szene, die sie quälte, sondern der Abschluss, der Mann, der sich in den fruchtbaren Körper der Frau ergoss, Hunderte Millionen von Spermien, verschleudert wie Spucke, Spermien, die wie Lachse gegen den Strom schwammen, die auf dem Weg durch die Vagina millionenfach verendeten, während es nur wenige Überlebende bis zum Muttermund schafften. Sie kannte sämtliche Bezeichnungen ihres fehlerhaften Körperteils, Millimeter für Millimeter, sie hatte sie heruntergerasselt wie Geständnisse, und sie hoffte, dass dort, in diesem Teil von Curtalitas Körper, den sie sich wie ein wachsames Tier vorstellte, nicht gerade der Eisprung stattfand, dass die Armen auf einen Gebärmutterschleim treffen würden, der so dicht war wie eine Wand und sie sinnlos zerquetschen oder abführen würde wie feindliche Soldaten. Wäre sie hingegen – hundertster Fluch des Himmels! – fruchtbar, wäre der Schleim von spinnbarer, flüssiger Konsistenz, das hatte ihr der Spezialist in Rom erklärt, spinnbar und flüssig, sodass Cuncettina jedes Mal, wenn sie sich die Hände wusch oder irgendein Kleidungsstück flickte, an diese beiden Wörter denken musste, spinnbar und flüssig, und die Spermien würden hindurchgehen wie durch diesen Vorhang, den man im Sommer benutzt, damit die Mücken nicht hereinkommen, auch weil die im Sperma enthaltenen Prostaglandine Kontraktionen auslösen. Wort für Wort erinnerte sie sich an diese Erklärung und sah die Spermatozoen in ihrer Vagina dem Uterus zustreben und noch weiter zum Trichter des Eileiters, dem Heiligen Gral, dem Ort, an dem ein Spermium, ein einziges, in die Eizelle einzudringen und sie zu befruchten vermag, ehe die Membran der Zelle sich verschließt und undurchlässig wird. Und an dieser Stelle malte sie sich die Vereinigung der Zellen aus, zwei Punkte, die sich umfingen, bis sie übereinstimmten, aber das hier sind keine normalen Zellen, hatte der Spezialist weiter erklärt, sondern Gameten, Keimzellen also, das sind besondere Zellen, die einzigen, die kein Chromosomenpaar aufweisen, sondern nur ein einziges Chromosom, nämlich X oder Y. Wenn das Paar sich wieder zusammengesetzt hat, entstehen endlich die Zygote und daraus die Morula, der Zellhaufen, der tatsächlich einer kleinen Maulbeere, einer *mora*, ähnelt, diese Beere, die sie niemals ernten würde und die ihr Cosimo möglicherweise genau jetzt, während sie an sie dachte, in einen hübschen Bauch einpflanzte, und sie betete zum *Signoriddio*, dass die Unglückliche ebenso vertrocknet war wie sie selbst, wenigstens unfruchtbar sollte sie sein, denn alles andere wäre unerträglich gewesen.

Ehe sie am Morgen auf dem Sofa in dem leeren Haus erwacht war, musste sie von diesen Dingen geträumt haben, die sie sich im Wachzustand vorgestellt hatte, denn ihr erster Gedanke war, dass Cosimo vielleicht tatsächlich in jenem verbrauchten Körper gekommen war, dass Curtalitas Schamhaare noch von der abstoßenden Flüssigkeit bedeckt waren. Cuncettina hatte nie begriffen, wie aus diesem widerwärtigen Ausfluss ein Wunder entstehen konnte, denn Gott hatte eigenhändig das Göttliche mit dem Profanen vermischt und die Menschen gelehrt, dass kein Heiligtum auf dieser Welt davor gefeit war, von irdischem Verfall befleckt zu werden.

Es war noch nie vorgekommen, dass Sarvatùras Laden geschlossen blieb. Für ihn gab es weder Weihnachten noch Neujahr, weder Sonn- noch Feiertage. Wie eine Kirche war sein Geschäft an der Piazza stets geöffnet, denn er leistete Dienst an der Gemeinschaft, wie er jedem erklärte, der ihm von den bösartigen Gerüchten über seine frevlerische Habgier erzählte. Er hielt eine Stärkung für jeden bereit, der etwas vergessen hatte, denn manchmal entscheiden eine in letzter Minute gekaufte Packung Kaffee oder zwei Landeier über den Erhalt einer Familie. Darum wunderte sich niemand, als Sarvatùra am Morgen nach der Beerdigung den Rollladen hochzog wie an jedem anderen Tag auch. Obwohl sie ihn kannte, deutete Mararosa dies als Zeichen dafür, dass seine verstorbene Ehefrau ihm im Grunde genommen scheißegal war, denn andernfalls hätte er tagelang um sie geweint. Stattdessen verhielt er sich, als wäre nichts gewesen. Das Leben geht weiter, und manchmal ist es gut, dass es keine Zeichen der hinter ihm liegenden Wegstrecke mehr trägt.

Als er sie in den Laden kommen sah, konnte er es kaum glauben. Wie viele Jahre war es her, dass sie zuletzt über die Schwelle getreten war? Wie lange schon hatte sie keinen Fuß mehr in sein Geschäft gesetzt? Mararosas Blick wanderte sofort zu den Schachteln mit Natron, denn nach all der Zeit standen sie immer noch an derselben Stelle, aufgereiht wie Socken auf der Leine. Fast alles in diesem Laden hatte sich verändert, von der Verkaufstheke bis zur Beleuchtung, von den Regalwänden bis zum Fußboden, aber das Natron war in derselben Ecke geblieben, und dass er es dort aufbewahrte, schrieb Mararosa den Gefühlen zu, die Sarvatùra insgeheim nach all den Jahren immer noch für sie hegte. Liebe teilt sich nämlich auf verschiedene Arten mit, durch aufbewahrte Fotos oder nie abgeschickte Briefe, heimliche Geständnisse oder Botschaften und bisweilen eben auch durch den unveränderten Standort einer Schachtel Natron. Dadurch bedeutete ihr Sarvatùra nun noch mehr, und gestärkt von dem Gefühl seiner Treue, begrüßte sie ihn mit einer Vertrautheit, als wären sie erst am Tag zuvor auseinandergegangen. Sie bemerkte den schwarzen Knopf auf der Brusttasche des weißen Kittels mit dem Schriftzug Galbani. Nach dem Tod ihres Mannes hatte Mararosa nur in der ersten Woche nach der Beerdigung schwarze Kleidung getragen; am achten Tag legte sie die Witwenschaft ab, wie die Madonnenstatue bei der Cunfrunta den plutonischen Umhang abwirft. Sollten die Frauen im Dorf sie doch kritisieren, es war ihr scheißegal! Sie würde nicht länger im Schwarz der Trauernden herumlaufen, im Gegensatz zu Sarvatùra legte sie sogar den schwarzen Knopf auf der Brust ab; diese Genugtuung würde sie der Welt nicht gönnen, sie würde kein Schwarz tragen, denn diese Farbe der Nacht trug sie bereits in ihrem Inneren, wo niemand sie sehen konnte. Die schwarze Bluse hätte nur dazu geführt, dass sich Rorò oder Ninetta oder Annicedda Cucchiàra gefreut hätten, all die Frauen, die mehr besaßen als sie. Und dann war da noch die Sache mit der Witwe Totuzza gewesen. Sie ging ihr einfach nicht aus dem Sinn, die Nachbarin, die ihren Mann am Tag der Hochzeit verloren, ihr weißes Kleid noch an demselben Tag schwarz gefärbt hatte und darin zum Begräbnis gegangen war. Die schwarze Braut, *a spùsa nigra* – diese Geschichte hatte die kleine Mararosa damals nachhaltig beeindruckt.

Sarvatùra stand hinter der Ladentheke und bediente Carmelina Zumbetta, für die er dreihundert Gramm Mortadella in Scheiben schnitt, nicht zu dick und nicht zu dünn, genau richtig. Als sie den Laden verließ, konnte er Mararosa endlich in die Augen sehen.

Samenkörner und Hoffnungen

»*Buongiorno.*«

Noch ehe er aufblickte, stieg ihm der berauschende Duft in die Nase, sodass er zu träumen glaubte, als er den Umschlagsaum losließ und den Kopf hob.

»Ach, Sie sind es«, sagte die Frau und blickte ihm ins Gesicht. »Ich wusste nicht, dass Sie Schneider sind.«

Venanziu erinnerte sich an die Kusshand vom Vorabend und errötete. Wie war das möglich bei einem so erfahrenen Liebhaber wie ihm? Er verhaspelte sich sogar, und ihm fiel nichts Besseres ein, als den Faden abzureißen, der ihm von den Lippen hing.

Mikaela holte ein weißes Trikot aus einer Tüte.

»Kleinere Flickarbeiten erledigen wir eigentlich selbst, aber in diesem Fall«, sie hielt ihm das Trikot so hin, dass er den Riss sehen konnte, »wird das nicht reichen.«

Das Vorderteil des Trikots war praktisch zerfetzt.

Venanziu machte sich Sorgen, ohne zu wissen, warum. »Haben Sie sich wehgetan?«

Mikaela lächelte. »Nein. Der Wind hat es vorgestern in den Löwenkäfig geweht.«

Venanziu dachte an den warmen Wind voller Samenkörner und Hoffnungen, der nach dem Trauerzug aufgekommen war. Dann betrachtete er erneut das Trikot. »Das lässt sich wohl nicht mehr retten, ich müsste Ihnen ein neues anfertigen.«

»Würden Sie das bis zur Vorstellung heute Abend schaffen?«

»Wenn ich den richtigen Stoff finde, ja.«

Venanzius Mund war wie ausgetrocknet.

»Ich selbst habe leider keinen weißen Satin.«

Mikaela senkte den Kopf. Sie schien eine andere zu sein, so sehr unterschied sie sich von der selbstsicheren, herausfordernden Frau auf dem Plakat; sie wirkte so zerbrechlich, dass er sie am liebsten in den Arm genommen und beschützt hätte.

»Aber wenn Sie zu Rosuzza Lanerossi gehen, finden Sie bestimmt etwas Passendes.«

Venanziu betrachtete das Trikot eingehend.

»Zwei Meter. Suchen Sie sich einen Stoff aus, der Ihnen gefällt, und lassen Sie sich zwei Meter davon geben. Bringen Sie ihn mir, dann lege ich die anderen Arbeiten beiseite, und heute Abend ist Ihr Trikot fertig.«

Mikaela lächelte, und der Schneider war glücklich.

»Gehen Sie denselben Weg zurück. Rosuzzas Laden befindet sich auf dem Corso, gegenüber der Apotheke. Und bezahlen Sie nicht, sagen Sie, dass ich den Stoff brauche, dass Venanziu Sie schickt.«

»So heißen Sie also. Schöner Name. Na, dann gehe ich mal los. Danke.«

Und auf der Haut und im Herzen spürte er die Einsamkeit, die im Klirren der sich schließenden Glastür steckte.

An den Festtagen ähnelte Lulù einer Heiligenstatue, denn er hielt sich entweder in der Kirche oder bei der Prozession auf. Er trug das granatrote Hemd des Pfarrrektorats von San Rocco und hatte mit einer Sicherheitsnadel ein Bildchen des Heiligen auf der rechten Brust befestigt. Er war stets bereit, jemandem zu helfen oder sich in die Bank zu setzen und auf unzusammenhängende Art zu beten: *Leuchtender Engel, Beschützer des Himmels, regiere mit himmlischem Erbarmen mich, der ich dir anvertraut bin.*

Weil die Kirchendienerin wegen der Hochzeit ihres Enkelsohns am Morgen des Marienfestes nicht kommen konnte, hatte Don Guari Lulù die Aufgabe übertragen, die auf dem Nebenaltar ausgestellten Reliquien zu entstauben. Er machte das nicht zum ersten Mal: Vorsichtig nahm er eine nach der anderen in die Hand und putzte sie, die Füße, das Herz, die Hände, den Ellbogen, und dann, bei den Köpfen, ging er noch behutsamer vor, und er starrte sie an, als könnten sie plötzlich zum Leben erwachen und die Augen schließen, die Nase hochziehen oder lächeln. Und da er einen angeborenen Sinn für die Ordnung von Dingen hatte, ließ er die Teile nicht einfach herumliegen, sondern sortierte sie nach Ähnlichkeit – Fuß zu Fuß, Hand zu Hand, Kopf zu Kopf –, um dann alles links und rechts gemäß dem Aufbau des Körpers abzulegen, beginnend von unten, sodass der kleine Altar am Ende nicht mehr dem Schaufenster von Pina Ferrainas Metzgerei ähnelte, sondern einen zerstückelten und wieder zusammengesetzten Körper zeigte. Don Guari gefiel die Ordnung, obwohl er wusste, dass die Kirchendienerin am Tag darauf nach dem unbewussten Diktat menschlicher Unbeständigkeit und Liederlichkeit alles wieder willkürlich verstreuen würde – ein zwischen Heiligem und Profanem angesiedelter Beweis für das einzige Gesetz, das Menschen und Mikrokosmen regiert.

Wie eine Brieftaube

Beim Aufwachen war Archidemu pessimistisch gestimmt. All die Gedanken und Mutmaßungen über seinen Bruder beruhten letztlich auf dem Zufall mit der Schneekugel, sodass er sich die physischen Ähnlichkeiten vielleicht nur eingeredet hatte. Auf der Suche nach Übereinstimmungen, die die Identität bekräftigen sollten, stellte Archidemu fest, dass Jibril zwei Tage nach dem Jahrestag von Sciachineddus Verschwinden im Dorf aufgetaucht war. Aber das allein reichte nicht aus. Er war unsicher, ob ein Spaziergang zum Zirkus angebracht war, darum beschloss er, sich Rat zu holen. Da er um 5:33 Uhr zur Welt gekommen war, zu einer Zeit, in der der Tag noch nicht Tag und die Nacht nicht mehr Nacht sind, wusste Archidemu nie, wofür er sich entscheiden sollte. Tatsächlich glaubte er, dass der Mensch keine Wahl hat, dass man alles festhalten muss, was einem zufällt, und dass sich die Götter von Zeit zu Zeit einen Spaß daraus machen, den Menschen eine Wahlmöglichkeit zu bieten, aber nur bei kleinen Sachen, so, wie man Pferden Johannisbrot oder Zuckerstückchen gibt, um sie zu besänftigen. Archidemu wollte nicht einmal unbedeutende Entscheidungen treffen, und wie Zenon, der das Orakel mit derselben Selbstverständlichkeit konsultierte, mit der er atmete, vertraute er jede Entscheidung Sciachiné an. Auf diese Art hatte er das Gefühl, seinen Bruder um Rat zu fragen, der die Dinge von oben aus dem Universum betrachtete. In seinen Augen war die Welt nämlich eine Murmel, die sich immer auf dieselbe Weise drehte, ein Luftballon, der jederzeit platzen konnte. Darum gefiel ihm die Vorstellung, dass sein Bruder, als Schildkröte reinkarniert, alle Entscheidungen für ihn traf. Nicht zufällig war Sciachineddu ausgerechnet in diesem Tier wiedergeboren worden und nicht zum Beispiel als Biene, die Nektar sammelt, oder als Marienkäfer oder Ameise. Die Schildkröte war das stoische Tier par excellence, weil sein Panzer es gegen irdische Ereignisse abschirmte und vor den Schlägen des Universums schützte, gleichgültig gegenüber der Welt, unzerstörbar wie das Tier von Vicianzu Brunu, das auf den verkohlten Schilden seines Brustpanzers die Spuren des Feuers trug.

Archidemus Wirkungsbereich befand sich im Wohnzimmer vor dem Sofa. Ein Glastischchen, auf dem er das vollständige Puzzle einer Weltkarte aus dem *Theatrum Orbis Terrarum sive Atlas Novus in quo Tabulae et Descriptiones Omnium Regionum* von Blaeu dem Jüngeren aus dem Jahr 1665 gelegt hatte. Dies war seine Welt, vierzig mal sechzig, und wenn er vor einer Entscheidung stand, setzte er Sciachiné, den Götterboten, der sich aus den Intermundien als gleichgültiges Panzertier verkörpert hatte, in die exakte Mitte des Puzzles. Es musste die exakte Mitte sein, die er mit einem Punkt markiert hatte, weil die genaue Verteilung der Maße, die perfekte Übereinstimmung der gegenüberliegenden Teile unabdingbar war, damit seine Wahl Gültigkeit hatte, denn oftmals sind unsere scheinbar bewussten Entscheidungen nur die logische Konsequenz einer falschen Verteilung der Elemente. Jeder Himmelsrichtung überantwortete er eine Entscheidung, und je nachdem, wohin sich die Schildkröte bewegte, tat er, was ihm geraten wurde. Nach Osten oder Süden bedeutete Nein, Westen und Norden hieß Ja. Verloren in der Wüste der Welten, blickte Sciachiné sich um, wobei er sich der mit ihm verbundenen Botschaft ebenso wenig bewusst war wie eine Brieftaube. Der Antwort, die ihn erreichte, gehorchte der Stoiker wie einem überirdischen Orakel. Da er ein Teil des Sonnensystems war, empfand Archidemu mit der Zeit auch die Grenzen der Erde als beengt, und nach einigen Jahren ersetzte er das Bild der Weltkarte durch ein Puzzle der Milchstraße. Auf diese Weise bewegte sich Sciachiné an Orten, die ihm vertrauter waren, zwischen Neptun und seinen Satelliten, so fern und zugleich so nah. An diesem Morgen fiel der Orakelspruch aus dem Universum positiv aus, darum machte sich der Stoiker auf den Weg zum Zirkus.

Auf dem Feld in San Marco waren immer irgendwelche Leute, vor allem aber Kinder, die von ihren Eltern auf dem Arm getragen wurden, damit sie die Tiere betrachten konnten. In der Nähe befand sich auch der öffentliche Park mit Wippen und Rutschen, und so spazierten die Familien zwischen den Wohnwagen herum, als flanierten sie über den Corso. Archidemu setzte sich im Rohbau des Hauses auf den umgedrehten Kanister, der für ihn zu einem ebenso privilegierten Beobachtungsposten geworden war wie sein Balkon über dem Piano mit dem ins Himmelszelt gerichteten Fernrohr. Er sah die Leute vom Zirkus zwischen den Wohnwagen und Zelten umherwandern wie ahnungslose Elemente eines Sternbilds. Fast alle waren blond, und obgleich er für menschliche und irdische Reize unempfänglich war, musste er anerkennen, dass sie gut gebaut waren, ja mehr noch, sie waren so schön wie Engel, vielleicht wegen der verschiedenen Sorten Blut, die durch ihre Adern flossen, als wären sie die letzte Phase eines universellen Experiments, in dem unterschiedliche Dosen Hämoglobin und DNA zur perfekten Synthese gefunden hatten, die Formel für Schönheit in einer Art natürlicher, wohlwollend-väterlicher Eugenik. Vielleicht war dies die wahre Reinheit der Rasse: Nicht die Auswahl bestimmter Gene, sondern ihre Durchmischung, denn die Menschen bewegen sich, sie emigrieren, gehen fort und kommen zurück, nur um zur Bildung der perfekten Alchemie beizutragen, pharmazeutische Dosen, die zu Menschen werden, Versuchsmengen von Blut und Gameten, die sich vermischen und vermengen, menschliche Verbindungen, Bruchstücke, die zu Körpern werden in dem Wissen, dass Reinheit nicht in der Erhaltung des Einzelnen, sondern in der Synthese der Vielheit besteht.

Jibril war nicht blond, darum glaubte er, nicht voll und ganz zu dieser Gruppe zu gehören. Er ließ sich fast nie sehen, und in der Zirkusgalaxie, in der sich alle miteinander verständigten, wirkte er wie ein Fremdkörper. Er schien wie eines dieser seltsamen und geheimnisvollen Objekte, die hin und wieder von wer weiß woher im Sonnensystem auftauchen wie der Zwergplanet Sedna, der auf seiner exzentrischen Umlaufbahn in den interstellaren Raum ein- und wieder austritt, oder wie die fehlerhaften Flugbahnen von Asteroiden, die nach fünfhunderttausend Jahren plötzlich ihre Bahn verlassen und in einen chaotischen Orbit eintreten. Auf diese Art funktionierte auch Jibril, der mit Sicherheit kein Engelmann war, er gehörte nicht zu dieser Familie.

Herbeigerufen von Archidemus Gedanken, tauchte er nun im meteorischen Schwarm des Zirkus auf. Archidemu sah ihn aus dem letzten Wohnwagen auf der linken Seite kommen, und er musste ihn nur einige Schritte gehen sehen, um ihn zu erkennen. Es war wie ein Fausthieb gegen die Brust. Die Gravitationswellen, die ihn bislang zwischen Planeten und Satelliten hatten kreisen lassen, stießen ihn für kurze Zeit auf die Erde hinab. Es war eine flüchtige Erscheinung: Jibril holte sich ein Trikot, das zum Trocknen draußen hing, und verschwand sofort wieder im Wohnwagen, um sich in seinem kleinen Universum aus Plastik und Polyurethan abzuschotten. Archidemu fühlte sich belebt. Er hatte das deutliche und zutiefst menschliche Gefühl, dass sein Leben mit dem eines anderen Lebewesens verbunden war und dass die Geschichte mit den Gameten vielleicht doch nicht ganz stimmte, weil manche Menschen ihr Leben lang Gameten bleiben, umherirrende Hälften, die darauf warten, endlich miteinander zu einer Zygote zu verschmelzen.

19
Die Macht des Samens

Zum Glück hatte Rosuzza den Stoff vorrätig, sodass Mikaela sehr bald mit zwei Meter hochglänzendem violettem Satin wieder zu ihm kam.

»Ich muss noch Maß nehmen.«

»Soll ich mich dazu ausziehen?«

»Nein, es geht auch so.« Venanziu fragte sich, warum er das gesagt hatte, denn normalerweise war dies der Augenblick, in dem er die Frauen bat, sich zu entkleiden.

Der Duft dieses Körpers, der ihn seit Tagen umtrieb, war jetzt noch stärker, und gewiss war dies der Grund, warum er zitterte. Als er die Hände auf Mikaelas Schultern legte, war sein *miccio* bereits so hart, dass es schmerzte. Als er sie von hinten sah, war er für eine Sekunde versucht, sie auf diese Art zu nehmen, gleich hier im Stehen, vor allem als er ihren Hintern berührte, *chìddu culu miracolato*, diesen wundervollen Arsch, mit dem keine Dorfbewohnerin konkurrieren konnte.

»Leben Sie allein?«

»Ja«, antwortete er und versuchte, sich von der körperlichen Pein abzulenken, die langsam unerträglich wurde.

Er trat vor sie hin. Es mussten ihre Lippen sein, die derart dufteten, denn die Intensität nahm zu. Er bekam

Lust, sie zu küssen, er, der sonst niemals auf den Mund küsste.

»Bitte heben Sie die Arme.«

Mikaela tat, worum sie gebeten wurde, und als Venanziu sie so dastehen sah, dachte er an das Foto auf dem Plakat, an die unwahrscheinliche Stellung, die der Ursprung seiner fixen Idee war.

»Sie sind sehr schön«, sagte er unverfroren, während er mit dem Maßband den Abstand von der Hand bis zur Achselhöhle maß.

Mikaela lächelte.

»Finden Sie?«

»Schön und wohlproportioniert. Sie haben die Maße einer Schneiderpuppe.«

»Soll ich das als Kompliment verstehen?«

»Ja. Jetzt das letzte Maß ... Die Oberweite«, fügte er ein wenig verlegen hinzu.

»Soll ich noch einmal die Arme heben?«

»Ja, genau wie eben.«

Venanziu ließ den Anfang des Maßbandes hinter ihrem Rücken verschwinden und holte ihn wieder nach vorn, exakt auf der Höhe des Busens.

»Entschuldigen Sie, anders geht es leider nicht.«

»Macht nichts, ich bin bestimmt nicht die erste Frau, bei der Sie Maß nehmen.«

Die Selbstverständlichkeit, mit der sich Mikaela seinen Schneiderhänden überließ, die Art, wie sie sich ihm – im Gegensatz zu den Frauen des Dorfes – ohne jeden Hintergedanken anvertraute, überraschte ihn, ja, er war beinahe gerührt, und für einen Augenblick vergaß er, was seine Hände gerade berührten. Doch dann streifte sein rechter

Handballen eine Brust, nahezu unmerklich zwar, aber dennoch spürte seine Meisterhand, dass sie straff war, so, wie es ihm gefiel, und erneut flammte sein Begehren auf.

Venanziu notierte die letzte Zahl in sein Heft.

»Wann kann ich das Trikot abholen?«

»Wenn Sie wollen, bringe ich es Ihnen mit, ich komme heute Abend zur Vorstellung.«

»Ich weiß wirklich nicht, wie ich Ihnen danken soll. Dann also bis heute Abend.«

Venanziu begann sofort, den Stoff zuzuschneiden und zu nähen. Er musste sich beeilen, und er tat, was er konnte, um die immer beklemmender werdenden Gedanken aus seinem Kopf zu vertreiben.

Über die Notwendigkeit der Fortsetzung

Während Mararosa die Sachen einräumte, die sie bei Sarvatùra gekauft hatte, versuchte sie, dessen Worte und Gesten zu deuten. Erstaunt war er, dachte sie und legte den Schinken in den Kühlschrank, denn seit jenem verfluchten Abend hatte er sie nicht mehr von so Nahem gesehen, aber auch verlegen, denn er hatte es kaum erwarten können, dass der letzte Kunde den Laden verließ. Doch als er sie schließlich begrüßte, gab seine Stimme nichts preis. Vielleicht, dachte Mararosa für einen Moment, hatte die Sache mit dem Natron ja doch nichts zu bedeuten, und Sarvatùra hatte seit jenem verdammten Abend, an dem er ihr Haus verlassen hatte, keine Sekunde mehr an sie gedacht. Dann war sie eine Kundin wie jede andere auch, wie Carmelina Zumbetta, die gerade hinausgegangen war, unzufrieden mit der Dicke der Mortadellascheiben. Was darf ich Ihnen geben?, hatte er mit belegter Stimme gefragt und sie wie üblich gesiezt. Hundert Gramm Schinken, sagte Mararosa, und schneiden Sie ihn, wie Sie wollen. Sie betrachtete ihn von hinten, während er an der Wurstschneidemaschine stand, und nutzte die Zeit, die er für die hundert Gramm brauchte, um ihre Stimme zu ölen. Dann zwang sie sich zu lügen: Mein Beileid wegen Ihrer Frau. Sarvatùra drehte sich um, danke, vielen Dank, sagte er mit einer sanften Stimme, die Mararosa nicht an ihm kannte. Er wog den Aufschnitt. Geben Sie mir noch zwei Panini. Mararosa atmete tief durch, denn Roròs Tod allein genügte ihr nicht, dieser erfüllte Wunsch war nur ein Teil von dem, was sie wollte. Es stimmt nämlich, dass man nie aufhört, etwas zu wollen. Ihr Verlangen war wie ein Film in zwei Teilen, der gerade Pause hat, und wenn Sarvatùra nicht zu ihr zurückkam, war Rorò umsonst gestorben. Etwas musste passieren, damit das Ganze einen Sinn bekam. Noch etwas? Mararosa blickte ihm in die Augen. Bitte geben Sie mir noch eine Packung Natron, die da vorne, ja, genau die.

Die nicht

Angeliaddu kam zeitig zum Mittagessen nach Hause, denn seine Mutter hatte bereits von der Sache mit Silvios Schaufenster gehört. Die Welt erdrückte sie, was ungerecht war, aber sie wusste sich nicht dagegen zu wehren. Ihr Sohn war unschuldig, und so ging sie der Welt und den Menschen zum Trotz zur Metzgerei und kaufte ein paar Scheiben mageres Kalbfleisch. Als Angeliaddu der Duft in die Nase stieg, wurde seine Laune wieder besser.

»Ich habe *carne alla pizzaiola* gemacht«, sagte sie und drückte ihn an sich.

»Ich war das nicht.«

»Das musst du *mir* nicht erzählen.«

»Immer dieser Scheißkerl!«, sagte er, während er sich das erste Stück Fleisch in den Mund schob.

Taliana begriff und fühlte sich noch schlechter.

Zwei Wochen nach ihrer Ankunft in Girifalco war der Vermessungstechniker Discianzu zum ersten Mal an sie herangetreten. Ein vornehmer Mann; seine Stimme verriet, dass er gewohnt war zu bekommen, was er wollte, und an der Art, wie er sie musterte, erkannte sie, dass nun sie das Objekt seiner Begierde war. Er stellte sich vor und sagte, wenn sie etwas brauche, könne sie sich an ihn wenden. Er sprach so vertraulich mit ihr wie mit einer alten Bekannten, und wäre nicht Varvaruzza aufgetaucht und hätte ihn unterbrochen, wäre er vielleicht noch weitergegangen. Als sie wieder allein waren, erklärte die Alte entschieden: »*Chìddu è nu figghiu de puttana,* das ist ein Hurensohn, der rennt jedem Rock hinterher, und jetzt hat er ein Auge auf dich geworfen. Pass bloß auf!«

Solange Varvaruzza und mit ihr ihre furchterregenden Zaubereien lebten, war Taliana geschützt, aber schon wenige Tage nach ihrem Tod bestellte sie der Vermessungstechniker unter einem fadenscheinigen Vorwand in sein Büro.

Als Discianzu sich ihr näherte, sagte sie klar und deutlich: »Bitte lassen Sie mich. Sie sind ein verheirateter Mann, und ich will nichts von Ihnen.«

»Aber du machst mich verrückt, ich denke ständig an dich, ich kann nicht mehr«, erwiderte er. Es klang aufrichtig, vielleicht stimmte es, und für einen Moment glaubte sie, er hätte sich verliebt. Doch er zog sie grob an sich und schob ihr eine Hand unter den Rock. Taliana verpasste ihm eine kräftige Ohrfeige, sodass seine Brille auf dem Boden landete.

Sie erinnerte sich, wie still es in jenem Moment gewesen war, wie er sich, eine Hand an der Wange, langsam gebückt, nach der Brille gegriffen und sie wieder aufgesetzt hatte, wie er langsam hinter den Schreibtisch gegangen war, sich gesetzt und die Worte gesagt hatte, die seither wie Hieroglyphen in Stein gemeißelt schienen: »Von heute an wird dein Leben die Hölle sein, du wirst auf Knien bei mir angekrochen kommen.«

Und der Scheißkerl hielt Wort. In Girifalco gab ihr niemand mehr Arbeit, nur Catarnuzza stellte sie einmal in ihrem Wäschegeschäft an, aber vier Tage später musste Taliana wieder zu Hause bleiben. »Sie sind eine tüchtige junge Frau, aber Sie haben sich mächtige Feinde gemacht.« Seither war sie gezwungen, sich mit Gelegenheitsarbeiten durchzuschlagen: bügeln, in fremden Häusern putzen, Tomaten und Oliven ernten, babysitten. Ihr Leben wurde tatsächlich zur Hölle, aber in einer Hinsicht hatte sich der *bastardo* getäuscht: Angekrochen kam sie bei ihm nicht.

»Mama«, sagte Angeliaddu.

»Was denn?«

»Es hat geklingelt.«

Vor den Augen ihres Sohnes öffnete sie die Tür.

»*Scusatimi*, dass ich um diese Uhrzeit noch störe«, sagte eine dünne Männerstimme.

»Kommen Sie herein.«

Als er den alten Silvio erblickte, bei sich zu Hause, in seinem eigenen Universum, hatte Angeliaddu das Gefühl, als wäre ihm ein Wurm unters Hemd gekrochen.

»Worum geht's?«, fragte Taliana, die bereits wusste, was sie zu hören bekommen würde.

»Na ja, Sie wissen doch, Ihr Sohn ...«

»Ich war das nicht!«, brüllte Angeliaddu, und seine Mutter blitzte den Besucher wütend an: »Ich will es nicht hören. Sagen Sie mir einfach, wie viel Ihr Schaufenster kostet.«

Die Summe, die der Mann nannte, war enorm. Angeliaddu erschrak, aber Taliana zuckte nicht mit der Wimper. »Warten Sie«, sagte sie nur, »ich gebe Ihnen das Geld.«

Sie öffnete den Küchenschrank, nahm die Ovomaltinedose und holte die Banknoten heraus, die sie sorgsam darin verwahrte.

»Nein, Mama, bitte, die nicht!«

Unbeeindruckt zählte sie die Scheine ab und hielt sie Silvio hin: »Und jetzt verlassen Sie mein Haus.«

Der Kaufmann steckte zufrieden das Geld ein und verschwand.

Angeliaddu ballte die Fäuste, dass es schmerzte. Als der Besucher die Tür hinter sich schloss, schlug er heftig auf den Tisch, und ihm kamen die Tränen. Um vor seiner Mutter nicht zu weinen, sprang er auf und lief in sein Zimmer. Nach einer Viertelstunde – sie war weggegangen, um etwas zu erledigen – kam er wieder heraus, und unter Umgehung der Hauptstraßen gelangte er zum Zirkus, dem einzigen Ort, an dem man ihn nicht als Kriminellen betrachtete.

Batral saß vor seinem Wohnwagen. Er war immer traurig, dieser Junge, aber an diesem Morgen wirkte er noch trauriger als sonst, und der Trapezkünstler fragte ihn nach dem Grund.

»Wenn hier etwas Schlimmes passiert, geben immer alle mir und diesen verdammten Haaren die Schuld. Alle haben mich auf dem Kieker«, sagte Angeliaddu und berührte die nahezu weiße Stelle.

»Und was sagt dein Vater dazu?«

Die Frage traf den Jungen wie ein Schlag in die Magengrube. Instinktiv wollte er antworten, sein Vater sei tot, denn das erzählte er allen anderen, aber Batral gegenüber wollte er ehrlich sein.

»Keine Ahnung, ich habe ihn nie kennengelernt.«

Seine Mutter hatte er nicht nach ihm gefragt. Ihre Lebensumstände kamen ihm so normal vor, dass er keine Erklärungen brauchte. Nur einmal, zwei Jahre zuvor, als er nach den üblichen Demütigungen durch seine Schulkameraden nach Hause gekommen war, hatte er sie gefragt, warum er keinen Vater hatte wie die anderen. Taliana zögerte einen Moment, als riefe sie sich eine Rede ins Gedächtnis, die sie sich im Stillen schon oft zurechtgelegt hatte, und dann erzählte sie ihm etwas, das sie noch keinem anderen erzählt hatte, nicht einmal Varvaruzza.

Und jetzt, vor Batrals Augen, rückte der Junge mit der Wahrheit heraus. Angeliaddu spürte noch die Freude, mit der er den Artisten um das Trapez hatte kreisen sehen, so als wäre dieser Anblick nicht nur ein Wunsch für die Zukunft, sondern auch eine Erinnerung, eine sichtbare Spur, ein vertrautes Bild, das er früher schon einmal gesehen und erlebt hatte. Und da er nie zuvor in einem Zirkus gewesen und noch nie an einer solchen Vorstellung teilgenommen hatte, sich aber dennoch mit Batral identifizierte, dachte er, dass vielleicht auch sein Vater, dieser Mann, den er nicht kannte, zu einem Zirkus gehört hatte, vielleicht sogar als Trapezkünstler. Auf diese Art konnte er sich vieles erklären: seine plötzliche brennende Leidenschaft für diese Disziplin, die Leichtigkeit, mit der er kletterte und sprang, die Tatsache, dass er Halbwaise war, denn Zirkusleute sind immer unterwegs. Diese Erklärung gefiel ihm besser als alle anderen, die ihm bislang in den Sinn gekommen waren. Es ist schwer, die quälenden Grübeleien aufzuzählen, die vaterlose Kinder Tag und Nacht in Atem halten: wie sie bei Männern, die ihnen zufällig auf der Straße begegnen, nach dem Gesicht des Vaters suchen, ihr Bedürfnis, einen Kompromiss zwischen Realität und Fantasie zu finden, der sie halbwegs im Gleichgewicht hält, ein Geländer zum Anlehnen, um nicht in die Leere der Verzweiflung zu stürzen, ein Geländer aus morschem Holz, sicher, wacklig, zweifellos, kurz vorm Einstürzen, klar, aber dennoch ein Geländer.

»Du kennst bestimmt viele Trapezkünstler, oder?«, fragte er Batral.

»Ja, sehr viele, wir kennen uns untereinander praktisch alle.«

Angeliaddu kam ein verrückter Gedanke, und er wollte ihn nicht für sich behalten: »Sieh mich mal genau an. Bist du schon mal jemandem begegnet, der mir ähnlich ist?«

Die Frage überraschte Batral, aber er verstand sofort. Er betrachtete den Jungen aufmerksam. »Ich kann mir Gesichter nicht gut merken, aber du ähnelst bestimmt einem von ihnen.«

Für Angeliaddu war es, als hätte er an diesem Morgen eine Tür der Hoffnung aufgestoßen, und Batral hatte den Fuß hineingestellt, damit sie nicht wieder zufallen konnte. Es war einer von diesen Blitzen, die noch lange im Kopf nachwirken, und bei genauerem Überlegen fand er es absolut logisch, vor allem aber faszinierend, der Sohn eines Trapezkünstlers zu sein. Im Nu hatte er das Schaufenster und den Vermessungstechniker vergessen, denn nun ging es außer um die Zukunft auch darum, eine Tradition fortzuführen. Unsere Eltern mögen unser Blut mit wer weiß wie vielen Wahrscheinlichkeitsteilchen versetzen, aber wir sind es, die sich für das richtige entscheiden müssen.

»Wo muss ich denn anfangen, um so zu werden wie du?«

»Bei den Armen. Fühl mal«, sagte Batral.

»Die sind wie aus Eisen.«

»Wenn du oben bleiben willst, müssen sie aus Eisen sein. Nur darauf kannst du dich verlassen. Lass mich mal deine Muskeln fühlen.«

Schüchtern streckte Angeliaddu einen Arm aus.

»Deine Anlagen sind gut. Du hast noch viel Arbeit vor dir, aber das Material ist in Ordnung.«

Dann stand er auf. »Ich gehe jetzt, ich habe noch zu tun.«

Der Junge verabschiedete sich von ihm.

»Mach die Fledermaus«, sagte Batral, ehe er im Wohnwagen verschwand.

»Die Fledermaus?«

»Eine Übung, um die Arme zu kräftigen: Halt dich irgendwo fest und bleib so lange wie möglich hängen. Versuch es, du wirst sehen, was mit deinen Muskeln passiert. Also, bis heute Abend.«

Angeliaddu nickte und ging nach Hause, wobei er erneut die Hauptstraßen mied. Seine Mutter kochte gerade, und er suchte derweil nach einem Gegenstand, an den er sich hängen konnte. Da entdeckte er die Eisenstange in der Überdachung des Gemüsegartens. Er nahm einen Holzstuhl, griff nach der Stange und hängte sich daran. So blieb er, bis seine Mutter nach ihm rief. So blieb er, obwohl seine Arme und Hände so sehr brannten, dass er sie kaum noch spürte. So blieb er und dachte, dass eines Tages auch seine Muskeln hart wie Eisen sein würden, dass auch er sich vor den bewundernden Augen der Zuschauer in die Luft schwingen würde, um die Freude und Aufregung zu spüren, ein fliegender Mensch zu sein wie Batral und wie, vielleicht, auch sein Vater.

Mehr als der Tod vermochte der Samen

Cuncettina blätterte zerstreut in der TV-Zeitschrift *Sorrisi e canzoni*. Ein alter Fotoroman-Darsteller war an einer unheilbaren Krankheit gestorben. Am Ende des Artikels schrieb der Journalist, der Tod sei nichts, was man erfahren könne. Die Vertrocknete war verblüfft, denn den Tod konnte man sehr wohl erfahren, und ob, gerade die Lebenden erfuhren ihn, die Hinterbliebenen, denn wer gestorben war, empfand nichts mehr. Den Tod kann man nicht erfahren? Jede Trennung von einem Menschen lässt einen den Tod spüren. Fragt mal Franco, der seinen sechsjährigen Sohn verloren hat, ob man den Tod nicht erfahren kann, fragt den liebenden Mann, der gesehen hat, wie seine Frau von einem Auto überfahren wurde, ob man nicht fühlt, wie man innerlich stirbt, fragt Caterina und Ezio, die nichts mehr von ihrem geliebten Sohn Fabrizio hören, fragt sie, ob man den Tod erfahren kann oder nicht. Denn er zeigt sich in verschiedenen Formen, so, wie in Rezepten als Mengenangabe *nach Belieben* stehen kann, wie schwarzer Pfeffer, der niemals fehlt, denn auch Teresa erfährt an einsamen Abenden, wenn ihr Sohn weit weg ist, den Tod, auch Giovanni, der die Liebe nie kennengelernt, oder Archidemu, der die Verabredung mit ihr verpasst hat. Der Tod ist sogar das, was man am häufigsten erlebt, denn vielleicht ist das Leben selbst nur ein geschlossenes System, in dem seine unzähligen Spielarten erprobt werden. Doch obwohl *Sorrisi e canzoni* in drei aufeinander folgenden Artikeln die Nachricht vom Tod eines Schauspielers, von einer schwangeren sechzigjährigen Schauspielerin und ein sommerliches Rezept auf der Basis von Merendella brachte, wusste Cuncettina nicht, dass auch sie jedes Mal den Tod erfuhr, wenn sie eine schwangere Frau sah, ganz gleich, ob es sich um eine Dorfbewohnerin aus Fleisch und Blut oder um ein Foto in einem Klatschblatt handelte. Eine schwangere Frau wie die im Nachthemd aufgenommene Schauspielerin, die im Vordergrund des Bildes ihren dicken Bauch liebkost und mit ihren sechzig Jahren eigentlich Großmutter sein müsste, durch künstliche Befruchtung aber selbst ein Kind bekommen würde. Cuncettina wusste, welch geheime Tragödie sich hinter diesem strahlenden Lächeln verbarg, welche kleinen Tode, regelmäßig wiederkehrend wie die Kommunion, sich hinter dem runderneuerten und gebleichten Schmelz dieses Lächelns versteckten, der fruchtbare Samen, der endlich sein Ziel erreicht und jeden Schmerz erstickt hatte wie eine Auferstehung. Sie starrte auf diesen dicken Bauch, nachdem sie vom Tod des Schauspielers gelesen hatte, und blätterte weiter, um sich das sommerliche Rezept durchzulesen, aber dann, nach Salz und Pfeffer n.B., kehrte sie zum vorherigen Artikel zurück und starrte lange auf den schwangeren Bauch unter dem durchsichtigen Unterrock. Sie war verblüfft, denn hätte ihr in diesem Moment jemand gesagt, dass ein lieber Mensch gestorben war, hätte ihr Schmerz nicht größer sein können. Für Cuncettina Licatedda war der Samen, der sein Ziel verfehlte, schlimmer als der Tod.

Die Physik des Verzichts

Sie hatte auf ihn gewartet, aber vergeblich. Seit sie ihn das erste Mal hinter der Kasse des Fahrgeschäfts gesehen hatte, wartete Taliana jeden Tag auf ihn. Er hatte blonde Locken, die unter einem kleinen Hut hervorquollen, und sah aus wie ein Schauspieler, eingerahmt vom Kassenfenster wie von einem Fernseher. Solche Jungen gab es in Catanzaro sonst nicht. Sie verliebte sich auf der Stelle in ihn. Und auch er wählte sie unter so vielen anderen, sofort, am ersten Abend, sobald er sie gesehen hatte, und als sie sich ihm näherte, schenkte er ihr fünf Chips für den Autoscooter unter der Bedingung, dass sie die letzte Fahrt gemeinsam unternahmen. Es war die schönste und glücklichste Woche ihres Lebens und zugleich die letzte, die schön und glücklich war. Am Abend der Abreise, als die Karussells bereits abgebaut waren und die beiden sich hinter einem Wohnwagen versteckten, weinte sie wie ein Kind. Sie nahm seine Hände, küsste sie und bat ihn zu bleiben, denn sie konnte auf diese Liebe nicht verzichten. Auch er hatte feuchte Augen. Vor den anderen trat er hart und entschlossen auf, aber mit ihr allein war er sanft und liebevoll. Er hatte sie nicht verarscht, wie ihre Freundinnen dauernd wiederholten, wer weiß, wie viele Frauen ihn in jedem Ort erwarten, aber tief im Inneren wusste sie, dass sie unrecht hatten, und nun bestätigten ihr die Tränen, die er sich schweigend, fast verschämt mit einem Finger von der Wange wischte, dass sie recht hatte. Er drückte sie an sich, küsste sie und versprach ihr, bald wiederzukommen. Aber dazu kam es nicht. Und als sie erfuhr, dass sie schwanger war, war sie weder überrascht noch enttäuscht, im Gegenteil, sie war beinahe glücklich, es kam ihr vor wie das angemessene Nachspiel einer unendlichen Liebe, ein Pfand für die Ewigkeit, für das sie bewusst mit Schmerzen und Entbehrungen bezahlen würde. Sie hatte ihrem Vater geschworen, dass sie nicht einmal den Namen des Unglücksmenschen kannte, aber das stimmte nicht, im Gegenteil, sein Name hallte in ihrem Kopf wider wie eine Melodie, weil sie ihn innerlich wiederholte wie eine Formel gegen den bösen Blick. Hätte sie ihn preisgegeben, hätte das nicht viel geändert, denn ihr Vater hätte ihn trotzdem nicht gekannt, es hätte der Tragödie der ledigen Mutter weder etwas hinzugefügt noch etwas genommen. Dennoch behielt sie den Namen für sich und fing sich eine weitere Ohrfeige ein; sie verschwieg ihn, weil sie das Gefühl hatte, sonst einen geheimen Reichtum zu verschwenden, denn nur er hatte gewusst, wie er sie ansehen und mit ihr reden musste, und einen geliebten Namen preiszugeben, das ist, als machten wir absichtlich ein Loch in die Hosentasche, in der wir die wertvollsten Münzen unserer Sammlung aufbewahren. Nicht einmal mit Varvaruzza redete sie, obwohl die häufig nachfragte. Nur ihr Sohn wusste Bescheid, er hatte sie gefragt, und sie hatte ihn nicht anlügen wollen. Kein Tag verging, an dem Taliana nicht an ihn gedacht hätte, wer weiß, wo er gerade ist und ob er noch lebt. Welches unumgängliche Ereignis hat ihn von der Rückkehr abgehalten? Nur etwas sehr Wichtiges konnte ihn dazu zwingen, es war nicht seine Entscheidung, sondern irgendein Befehl des Universums. Sie dachte jeden Tag daran, obwohl die Erinnerung an das Glück, an die Freude der Berührung zweier Körper, im Vergleich zu ihrer mittelmäßigen Gegenwart derart immens war, dass sie ein nahezu körperliches Gefühl von Verzweiflung verursachte. Und wie sollte sie ihn je vergessen, wenn Angeliaddu ihm wie aus dem Gesicht geschnitten war? Jeden Tag ging sie aus dem Haus und hoffte, ihm zu begegnen, ihn in die Arme zu schließen und zu küssen, und allein die Vorstellung brachte sie zum Weinen. Jeder ihrer Handlungen und jedem Gedanken lag die heimliche Überzeugung zugrunde, dass es eines Tages passieren würde, er würde zurückkommen, und sie konnte wieder anfangen zu leben. Andere Männer existierten für sie nicht. Der Vermessungstechniker hatte ihr auf jede erdenkliche Weise den Hof gemacht, und er war nicht der Einzige, viele hatten es versucht, aber keinen hatte sie erhört. Sie verzehrte sich schweigend, opferte ihr Leben für diese noch immer lebendige Liebe, ohne ein Wort, denn um echt zu sein, muss ein Opfer geheim bleiben.

Musikalische Methode für Blattsolo

Lulù hatte sich angewöhnt, immer eine Blume mitzunehmen. Wenn er die Hände frei haben wollte, steckte er sie auf Brusthöhe mit dem Stiel in ein Loch in seinem T-Shirt wie in eine Tasche. Er bot sie niemandem mehr an. Er wartete darauf, Mariagraziella Ranìa zu begegnen, dem Mädchen mit dem Ball. An diesem Morgen jedoch war sie nicht da, darum machte er vor der Rückkehr in die Anstalt einen Abstecher zu der kleinen Kapelle, die Linardu Proganò als Votivgabe vor seinem Haus errichtet hatte. Lulù ging gelegentlich dort vorbei, weil das Gesicht der kleinen Madonna ihn an seine Mutter erinnerte, genau wie das ans Hemd gesteckte Bildchen, sein wertvollster Besitz. Vielleicht folgte er deshalb jeder Prozession – er hatte dann das Gefühl, mit *màmmasa* spazieren zu gehen. Er nahm die Blume heraus und stellte sie in die Terracottavase, denn ob er diese Blume dem Mädchen oder der Madonna überreichte, lief im Grunde auf dasselbe hinaus. Für Lulùs begrenzten Verstand bedeutete beides, dass er sie seiner Mutter gab. Aufgeregt wegen der Kapelle, die vor der Kirche aufgespielt hatte, holte er an diesem Tag auch ein Kastanienblatt aus der Tasche und begann, den traurigen Walzer für seine Mutter zu spielen, der ihm seit dem Tag, an dem er ihn in Luvias Wohnwagen erneut gehört hatte, ständig im Kopf herumschwirrte. Als er damit fertig war, kehrte er ein bisschen trauriger als sonst in die Nervenheilanstalt zurück, und wer weiß, warum sein rechtes Auge, und nur das rechte, zu tränen begonnen hatte.

20
Die Kirche des heiligen Rocco

Vom Tag des Wunders an verließ Giobbe die Kirche San Rocco praktisch nicht mehr. Wie eine Heiligenstatue saß er neben den Reliquien, zwischen der Magdalena und dem heiligen Giovanni. Darf ich Ihre Augen berühren, Maestro Giobbe?, lautete der Satz, den die Gläubigen flüsterten, ehe sie sich dem Pappmaschee zuwandten. Und der durch ein Wunder Geheilte ließ es zu, als wäre er eine lebende Reliquie. Ja, aber seien Sie bitte vorsichtig, fügte seine Frau in feierlichem Ton hinzu. Wenn die Glocke neunzehnmal schlug, reichte sie ihm die Hand, und sie machten sich auf den Weg nach Hause, verließen ihre Plätze in der Kirchenbank, die kein anderer mehr einzunehmen wagte, nicht einmal bei der Messe. Und während einer dieser Stellungswechsel zwischen dem Haus des Salbenden und dem des Gesalbten geschah es, dass sich Angeliaddu an das Wunder erinnerte. Sein Zorn hatte sich noch nicht gelegt. Er lief die Steigung zum Zirkus hinauf, und als er Silvios kaputtes Schaufenster erblickte, das Maestro Panduri gerade für das Geld aus seiner Büchse ersetzte, stieg heftige Wut in ihm auf. Ausgerechnet in diesem Moment ging das durch ein Wunder geheilte Ehepaar zwischen dem Jungen und dem Schaufenster vorbei; sie folgten ihrer täglichen Umlaufbahn und schoben sich wie eine Sonnenfinsternis zwischen das Auge und sein Objekt. Ein plötzlicher Gedanke ließ ihn zögern, innehalten, sich an die wundertätigen Kräfte der Reliquien erinnern, die alles vermochten, und schließlich wich er von seiner eigenen Bahn ab wie ein Asteroid, der von einem Planeten gestreift wird. Und zwar in Richtung der Kirche des heiligen Rocco.

Im Sommer war die Bar gegenüber der Kirche zu jeder Tageszeit zum Platzen voll. Die Tische davor waren begehrter als ein Logenplatz im Theater, darum setzten sich die Leute mit Flaschen, Chips oder Eis in der Hand an den Carlo-Pacino-Brunnen oder auf den Kirchplatz. Um diese Zeit hatte Angeliaddu nicht mehr mit so vielen Menschen gerechnet, und für einen Moment war er versucht kehrtzumachen. Beim Blick in den Innenraum der Kirche wurde ihm jedoch klar, dass sich dort niemand befand. Um nicht bemerkt zu werden, drückte er sich an der Wand entlang und trat ein.

»Dass der die Stirn besitzt, in die Kirche zu gehen!«

»Von wem sprichst du?«

»Von Angeliaddu, das ist der Sohn von der aus Catanzaro, ein richtiger kleiner Gauner.«

Seit er Taliana in der Woche zuvor mit Tonino Lanatà hatte sprechen sehen, kochte dem Vermesser mal wieder das Blut. So ging es ihm jedes Mal, wenn er sie in der Nähe eines Mannes sah. Dass er nach so vielen Jahren noch auf diese Weise reagierte, hatte einen Grund, den er sich selbst nicht eingestand. Er blickte aus dem Fenster seines Büros in der Hoffnung, sie vorbeikommen zu sehen, er trödelte in Geschäften oder auf der Post herum, um ihr zu begegnen, und je öfter er an sie dachte, desto mehr hasste er sie. Die Ohrfeige für Angeliaddu diente als Strafe für seine Mutter, sie war vererbtes Leid. Die Vorstellung, dass irgendein Dorfbewohner, womöglich einer von denen, die er verachtete, sie besitzen, sie berühren, sie nehmen könnte, trieb ihn in den Wahnsinn. Und dafür würde Taliana büßen, auf die grausamste Art, die ihm zur Verfügung stand, indem er nämlich ihren Sohn schlug, dessen weißes Haar die Welt erahnen ließ, wie schlecht er war. Und wenn sie glaubte, dass mit dem Schaufenster schon alles erledigt war, hatte sie sich gründlich getäuscht.

»Na und? Darf er etwa nicht in die Kirche gehen?«

»Wenn Angeliaddu irgendwo hingeht, dann nur, um Unheil anzurichten. Komm mit.«

»Wohin?«

»Nachsehen, was er wieder anstellt.«

»Lass mich erst austrinken«, antwortete der Stadtrat.

Rituzza Catarisanu stand vor den Reliquien. Angeliaddu postierte sich in der Nähe des Weihwasserbeckens und wartete, dass sie weggehen würde. Doch Rituzza setzte sich, weil es offenbar Wunder gab, um die sie San Rocco bitten wollte, und Angeliaddu ging zu einer Bank und setzte sich auf einen Platz im Schatten. Die Kirche war hell erleuchtet, und der Junge betrachtete jede Einzelheit: die Stationen des Kreuzwegs, die Statue des heiligen Rocco mit der Wunde am Knie, das Fresko *Jesus heilt den Blinden bei Jericho* von Maestro Defilippu und neben der Empore das kleinere Fresko, eine Reproduktion von Guido Renis *Der Kampf des Erzengels Michael mit dem Satan.* Nie zuvor hatte er das Bild so genau betrachtet, und von den Figuren ging eine Kraft aus, die ihn anzog.

Es hätte ihm gefallen, wenn anstelle des geflügelten Satans der Vermessungstechniker mit dem Gesicht auf den Boden gedrückt worden und jemand auf ihm herumgetrampelt wäre, und während er das Antlitz des Erzengels betrachtete, erschauerte er, weil er darin Züge von Batral zu erkennen glaubte. Verblüfft sah er genauer hin, und je länger er das tat, desto deutlicher sah er den Artisten vor sich, und für einen Moment wurde das Bild zur Projektion eines Wunsches: Erzengel Batral, der Flipuu Discianzu zertrat wie einen Wurm.

Rituzza erhob sich aus der Bank, bekreuzigte sich und verließ die Kirche. Endlich allein, näherte sich Angeliaddu den Reliquien. Er betrachtete sie von Nahem: Das schäbige Pappmaschee, das er bei anderen Gelegenheiten abstoßend gefunden hatte, kam ihm jetzt schön vor, und die Teile eines menschlichen Körpers, die zuvor kunterbunt durcheinandergelegen hatten wie Fleisch im Schaufenster einer Metzgerei, strahlten eine neue Ordnung aus und flößten ihm Respekt ein. Die roten Haare waren geformt wie ein kleiner Helm, zu klein, um ihn auf den Kopf zu setzen; darunter war die Andeutung einer Stirn zu sehen. Er berührte die Haare. Das Material war im Vergleich zu den anderen Reliquien in recht gutem Zustand, denn wer liebkoste schon Haare, Archidemu Crisippuu vielleicht oder Enzu Cascatu, dem es einfach nicht gelang, Herr über seine Läusefarm zu werden. Oder er selbst, der einzige Blondschopf in der Gegend. Er strich über den Teil der Perücke, der seinem Fleck entsprach, und versuchte dann, die weiße Stelle in seinem Nacken daraufzulegen.

»Bleib stehen, du Dieb!«

Angeliaddu erschrak, und die Reliquie fiel auf den

Boden. Er blickte zum Eingang, eine der zwei Gestalten zeigte auf ihn, und auch im Gegenlicht erkannte er den Vermessungstechniker, diesen Scheißkerl. Er ließ die Reliquie liegen und rannte weg, ohne zu wissen, warum er zwischen den Bänken hindurch flüchtete wie ein Dieb, warum er über den Marmorboden rannte wie ein Verbrecher, aber er wollte nur fort, raus da, zur Seitentür hinaus und verschwinden, denn seinetwegen würde niemals ein Engel kommen und die Köpfe seiner Feinde zerquetschen. Erst unter den Bögen des Aquädukts blieb er stehen.

Als die Prozession zu Ende war, nahm der Vermessungstechniker zusammen mit dem Stadtrat Don Guari beiseite und erzählte ihm, beeidigt von seinem Freund, Angeliaddu habe versucht, eine der heiligen Reliquien zu stehlen, und nur ihr Einschreiten habe dieses Unheil bringende Verbrechen verhindert. Auf jeden Fall müsse man wegen dieses kleinen Gauners etwas unternehmen, denn seine Mutter sei nicht mehr in der Lage, auf ihn aufzupassen, und wenn die Familie es nicht schaffe, müsse sich eben die Kirche oder das Gesetz darum kümmern. Übrigens, fügte er hinzu, ehe er den Pfarrer stehen ließ, der Teil, den er stehlen wollte, ist auf die Erde gefallen und dabei leicht beschädigt worden. Vielleicht müssen Sie ihn reparieren lassen. Dem Vermessungstechniker traute der Pfarrer nicht, dem Stadtrat hingegen sehr wohl, und wenn der es bestätigte, dann hatte der arme Junge tatsächlich eine Grenze überschritten. Vielleicht war es an der Zeit, mit seiner Mutter zu reden, bevor etwas geschah, das sich nicht wiedergutmachen ließ.

Caracantulu konnte die Geschichte von dem Wunder nicht mehr hören, es schüttelte ihn förmlich. In der Bar wurde von nichts anderem mehr gesprochen, und alle Dorfbewohner, unwissende Anhänger des Ursache-Wirkungs-Prinzips, waren davon überzeugt, dass Giobbe wieder sehen konnte, weil er die Pappreliquien des Heiligen von Montpellier liebkost und geküsst hatte.

»*Cazzàti*«, bemerkte Caracantulu gereizt und senkte die Karten.

»Ach ja? Und warum ist sein Sehvermögen ausgerechnet am Vorabend des Festes zurückgekehrt? Warum ausgerechnet gestern, nachdem sich Giobbe Jahr um Jahr die Reliquien auf die Augen gelegt hat?«

»Das solltest du auch mal versuchen, Caracantulu«, herrschte Bertuca ihn an, »reib deine Hand an den Reliquien, vielleicht erweist der Heilige auch einem Lästermaul wie dir die Gnade.«

»Die Gnade, dir ein Bein zu brechen, soll er mir erweisen«, versetzte Caracantulu.

Als die Partie beendet war, holte er sich etwas zu trinken und setzte sich an einen Tisch auf dem Gehweg. Was sich vor seinen Augen abspielte, betrachtete er als geschlossenes System, in dem die Gesetze der Welt erprobt wurden. Dem Mädchen mit der Blume fiel das Eis aus der Hand, weil sie es nicht richtig festhielt, Caliòs Hund bellte, weil Testona ihm einen Tritt gegeben hatte, Archidemu Crisippu würde gleich vom Bürgersteig abkommen, weil er beim Gehen in den Himmel blickte. Alles kehrt wieder, dachte Caracantulu. Alles schien einer Ordnung zu gehorchen: Ich fluche seit zwanzig Jahren und habe keine Angst vor dem Herrgott, Giobbe betet sein Leben lang und wird durch ein Wunder geheilt. Alles zu einfach, um wahr zu sein. In dem Moment, in dem er einhundertzwölf Gramm Fleisch, Fingernägel und Sehnen unter einer kalten germanischen Presse gelassen hatte, in dem der Schöpfer oder Töpfer, irgendein Arschloch halt, seine Hand wie Ton modelliert und sie in eine Flagge der Schmach und Verdammnis verwandelt hatte, in diesem Augenblick hatte die Welt in Caracantulus Augen ihre Ordnung verloren und war zu einem Ort des Sinnlosen und Unerklärlichen geworden. Nichts ergab irgendeinen Sinn, es war sinnlos, etwas zu tun, und sinnlos zu lieben, denn das Universum würde ohnehin darauf scheißen, das Schicksal eines Menschen hing von denselben bedeutungslosen Umständen ab, die zum Beispiel auch das Überleben einer Ameise bestimmten oder die Größe des Schuhs, der sie zertrat. Ein Universum, regiert vom schlichten Gesetz des Zufalls, empfand er als tröstlich, weil es auf diese Art keinen Grund für seine Strafe gab. Für einen Moment war er durch das Geräusch einer Schere abgelenkt gewesen, die jemandem hinuntergefallen war, nur für einen Moment, das konnte Gott gewiss nicht auf so bösartige Weise bestrafen. Aber nun bestätigte Giobbes Wunder eine andere Wahrheit, nämlich die, dass der Himmel und die göttliche Vorsehung ihre Gaben sehr wohl nach dem individuellen Verdienst verteilen. Alles kommt wieder, dachte Caracantulu, als er die Bar verließ, um zum Essen zu seiner Schwester zu gehen.

Lieber als das Fest von San Rocco war ihr das der Muttergottes, die eine Frau war wie sie selbst, denn im Grunde können Männer die Tragödie der Unfruchtbarkeit nicht verstehen. Wie oft stellte sie sich vor, dass der Erzengel Gabriel an ihr Fenster klopfte und ihr die bevorstehende Mutterschaft verkündete. Auch an diesem Morgen würde sie der Madonna die Ehre erweisen, obwohl sie keine Lust dazu hatte, weil ihr Körper vertrocknet war und ihr Ehemann seinen Samen in den Schößen der Dorfbewohnerinnen vergoss, aber es gab sonst niemanden, mit dem sie hätte reden können. Darum machte sie sich um kurz nach elf auf den Weg, als die Leute sich bereits beim Gottesdienst in der Chiesa Matrice drängten und sich in der Kirche des heiligen Rocco kaum jemand aufhielt. Als sie auf dem Weg zur Statue den Eingangsbereich durchquerte, lenkten die Reliquien sie ab. Sie dachte an Giobbe und daran, was er an dem bewussten Abend getan hatte. Wer weiß, warum sollte das nicht auch mir passieren, vielleicht funktionieren die Reliquien ja aufgrund einer seltenen Sternenkonstellation noch. Also verließ sie das Mittelschiff und näherte sich dem Nebenaltar. Sie sah sich um: Nur Lulù saß in einer Bank weiter vorn. Cuncettina ekelte sich vor den überaus realistisch wirkenden Körperteilen wie vor einem Mann, der auf dem Schlachtfeld in Fetzen gerissen worden war. Und dann dieser Kinderkopf ... der eines Kindes, das sie niemals bekommen würde. Jetzt, da Lulù die Reliquien geordnet hatte, war es leicht, sie zu zählen, und das tat Cuncettina: fünf Füße, ein Knie, ein Unterleib, zwei Herzen, zwei weibliche Brüste, zwei Arme, zwei Hände, zwei Augen und drei Köpfe. Einen Unterleib gab es, nur einen. Und Cuncettina fragte sich, wer darüber entschieden hatte, wie viele Teile nachgebildet werden sollten. Diesen Unterleib hatte der Pfarrer mit Sicherheit nicht bei dem Handwerker bestellt, aber der hatte ihn hinzugefügt, weil er sich eine zur Frau genommen hatte, die so trocken war wie eine Erdscholle im August, und er hoffte, ihr auf diese Art zu helfen, denn vielleicht würde der Herr ihn für dieses Werk belohnen, das er aus reiner Frömmigkeit getan hatte. Lulù hatte sie geschickt angeordnet; sie wirkten tatsächlich wie zwei oder mehr Körper, aufgebahrt in einer Leichenhalle. Dieser Gedanke rührte sie noch mehr, und ihre Augen wurden feucht, weil auch ihr Leben zu Ende schien, und so näherte sie die linke Hand zögerlich der Reliquie. Als sie den kalten Unterleib aus Pappmaschee berührte, fing Cuncettina an zu weinen. Ich bitte dich, *Signore mio*, wirke auch an mir ein kleines Wunder, mach, dass das Blut zu mir zurückkommt, schenke mir die Fähigkeit, Kinder zu bekommen, ich flehe dich an, mein Herr und Gott, das hier kann nicht mein Leben, nicht Ausdruck Deiner Gnade sein, ich flehe Dich an, nimm Dir dafür, was Du willst, führe Cosimo zu einer anderen Frau, aber tu dieses kleine Wunder an mir, nur ein bisschen Blut, denn tief in meinem Herzen habe ich nie die Hoffnung verloren, das habe ich jetzt verstanden, jetzt, da ich beinahe zu alt bin. Sag, dass es nur ein schlechter Traum ist, *santo Rocco mio,* weck mich auf.

Lulù musste husten, und Cuncettina trocknete sich die Augen. Ein weiteres Mal strich sie über den papierenen Bauch, und ehe sie zur Muttergottes ging, ohne auf Lulù oder den Rest der Welt zu achten, verneigte sie sich und küsste ihn so sanft, wie man den schwangeren Bauch seiner Schwester küsst.

Verdammt, was mache ich hier?

Ohne zu wissen, warum, war er nach dem Mittagessen bei seiner Schwester zum Brunnen von San Rocco gegangen. Er hatte daraus getrunken und stand nun vor der Kirche, wo er sich mit dem Handschuh die Visage abtrocknete. Alle liefen bei der Prozession mit, niemand befand sich in dem Gebäude. Er ging auf das Portal zu und stellte sich unterwegs die ewig gleiche Frage. In den vielen Jahren seit der Tragödie hatte er keinen Fuß mehr in die Kirche gesetzt. In einer Nacht, kurz nachdem er mit verstümmelter Hand ins Dorf zurückgekehrt war, hatte er sich in einem Wutanfall vor das geschlossene Portal gestellt und es angespuckt, um die Grenzen seines Territoriums abzustecken wie ein Hund, der irgendwo hinpinkelt. Bis zu diesem Augenblick. Er hatte vergessen, wie hoch so eine Kirche war – wie ein Himmelszelt, das dem Ehrgeiz der Menschen eine Grenze setzt. Die plötzliche Kälte ließ ihn schaudern. Er hatte das Gefühl, im Zentrum der Aufmerksamkeit zu stehen, und schlich sich in das rechte Seitenschiff, wo die alte Statue des heiligen Rocco stand. Die Pappreliquien waren in etwa zehn Meter Entfernung ausgestellt. Niemand war dort, *nùddu*. Langsam, als hüllten ihn seine zögerlichen Bewegungen in einen Umhang, der ihn unsichtbar machte, näherte er sich den Reliquien. Wie viele Hände hatten im Lauf der Jahre dieses Pappmaschee berührt? Wie viele tausend Gedanken und Wünsche hatten diese Handlung begleitet? Er glaubte, alle Abdrücke zu sehen, einen über dem anderen, jeden Schweißtropfen und die winzigen Hautpartikel, die sich darauf abgesetzt hatten, schweigende Zeugen heimlicher menschlicher Tragödien. Und wer weiß, wie viele Wunder unbemerkt in diesen Leben geschehen waren, geheilte Söhne, wiedergefundene Lieben, verschwundene Krankheiten. Wer weiß, auf welche der beiden Masken mit Augen Giobbe seine ergebene Hand gelegt hatte und ob die andere Hand dieselbe Wirkung hervorgerufen hätte. Er starrte auf die Masken und fragte sich, wie diese Gegenstände Wunder wirken konnten oder ob es in Wirklichkeit die erste Lektion war, die Gott erteilen wollte, dass sich nämlich ausgerechnet in der Absurdität dieser irrationalen Handlungen der Glaube beweist, der zur Gnade führt. Er empfand eine unerwartete Gelassenheit, beinahe Frieden: Der Juckreiz war verschwunden. Mitten auf dem Altar lagen zwei Hände, eine rechte und eine linke. Er war besser dran als Giobbe, denn er musste nicht wählen. Er starrte auf die linke Hand: Es schien sich um eine der Prothesen zu handeln, die sie ihm in der deutschen Klinik angeboten hatten und die er fluchend abgelehnt hatte. Die Hand war offen, als wollte sie nach etwas greifen, wer weiß, wem sie gerade hatte helfen wollen, vielleicht den Dorfbewohnern, die nach dem Krieg von Minen verstümmelt heimgekehrt waren. Aber vielleicht war sie auch extra für ihn angefertigt worden, und er dachte erneut an das Gesetz des gerechten Ausgleichs, daran, dass alles wiederkam, dass offensichtlich alles in Ordnung gebracht wurde. Es war an der Zeit, die Heil bringende Reliquie mit dem Handschuh zu berühren, aber als er gerade die Hand aus der Tasche ziehen wollte, betrat Micu Paparone die Kirche, sein üblicher Gegner beim Kartenspiel, und ihm voraus eilten die Freudenschreie seines Sohnes. Caracantulu versteckte sich hinter der Säule. Innerlich hörte er bereits, wie sie ihn in der Bar verarschten, er sah das Grinsen, hörte die Sprüche und Frotzeleien. Hinter der Säule blieb er stehen, und als er sah, wie Paparone vor der Statue seinen Sohn auf den Arm nahm, um ihn die Wunde am Knie des Heiligen küssen zu lassen, ging er hinaus.

Gedankenexperiment

An den Festtagen musste Mararosa keine Ausreden erfinden, um zu Sarvatùra in den Laden zu gehen, denn es war das einzige Geschäft im Ort, das geöffnet war. Sie wartete, bis die hundertsechsundvierzigste Folge von *Amori nella steppa* zu Ende war, und ging aus dem Haus. Im Laden saß Roròs Vater auf einem Stuhl. Er wirkte gebrochen, seine Miene war traurig, sein Blick gesenkt. Für einen Moment fürchtete Mararosa, er würde auf sie losgehen, sobald er sie sah, würde sie am Arm packen und hochkant hinauswerfen, aber sie irrte sich, denn als der Alte den Blick auf sie richtete, schien er sie gar nicht wahrzunehmen. Und in dem Moment, in dem Mararosa in der Gleichgültigkeit eines Menschen die Gleichgültigkeit des Universums ihrem kleinen Leben gegenüber erkannte, verstand sie, dass diese aus Hass und Schwarzmalerei bestehende Existenz allein ihr und ihrem Verstand gehörte, dass all die Jahre, in denen sie diese Mordswut geschürt und ihr Leben darauf gebaut hatte, ein anderes Leben zu verfluchen, nur ihr allein gehörten und dass kein Mensch auf dieser Welt, von Sarvatùra bis zu Roròs Vater, etwas von diesem Universum aus Verachtung und Bosheit ahnte. Bei diesem Gedanken fühlte sich Mararosa so schlecht wie ein Athlet, der im Training, wo niemand ihn sieht, einen Rekord bricht. Dieses Leben gehörte ihr allein, denn andernfalls hätte Sarvatùra sie beim Hinausgehen nicht mit einem Lächeln verabschiedet. Begraben unter den Trümmern eines nicht gelebten Lebens näherte sie sich der Kirche von San Rocco und sah Micu Paparone mit seinem Sohn auf dem Arm herauskommen. Sie beschloss hineinzugehen, denn sie hatte das Bedürfnis, an einem kühlen Ort zu sitzen.

Würdigung des Festtags

Jedes Jahr an Mariä Himmelfahrt, *festa dell'Assunta*, klopfte Assuntinuzza Stranedda am frühen Nachmittag an Don Venanzius Nebentür, um sich ordentlich beschenken zu lassen. Aber da sie am Tag zuvor bei der Hochzeit einer Nichte beschäftigt gewesen war, besuchte sie ihn diesmal erst am Tag danach. Es war ein Geschenk, an dem sie sich nur für kurze Zeit erfreuen konnte, und zwar nicht, weil Assuntinuzza keine reizvolle Frau gewesen wäre – im Gegenteil, sie war ein fünfzigjähriger Vulkan mitten im Ausbruch –, sondern der Grund war, dass Venanziu offen gesagt nicht besonders viel Spaß daran hatte. Gegen Ende verspürte er sogar einen Anflug schwanzmäßigen Erschlaffens, das ihn zwang, die letzten Stöße zu beschleunigen. Als Assuntinuzza, satt und zufrieden, als hätte sie gefüllte Auberginen geschlemmt, fortging, um sich vom Arzt ein Rezept ausstellen zu lassen, drehte Don Venanziu das Madonnenfigürchen um, weil er erstaunlicherweise für diesen Tag genug hatte. Ihm war nicht bewusst, wie widersprüchlich die Empfindung war, denn im Grunde war er nach diesem Besuch nicht wirklich befriedigt. Wer weiß, warum er für einen Moment gehofft hatte, dass Mikaela irgendwie von seinem System erfahren hatte und dass sie es war, die an die Tür klopfte. Als er an seinen Platz am Schaufenster zurückkehrte, setzte er sich nicht gleich, denn von der Straße her drang Lärm herein. Er blickte aus dem Fenster und sah Girolamu Catalanu und Franciscu Baruna, die Bertuca unter die Arme griffen und ihn zu Dottor Vonella schleppten. Catalanu kam seiner Frage zuvor: »Bertuca ist auf dem Bürgersteig gestolpert und hat sich ein Bein gebrochen!«

21
Die Verschwörung

Es war ein schwüler Morgen. Aus der Ferne wehte von Graziadidios Olivenhain der Gesang der Zikaden herbei, lästig wie eine mit Maisrispen gefüllte Matratze, die bei jeder Bewegung so laut knistert, dass sie sogar eine Schleiereule aufwecken würde.

Wie die meisten Kalabresen waren auch die Einwohner von Girifalco den Eidechsen in der Hinsicht ähnlich, dass sie das Leben bei Sonne und Wärme voll auszukosten verstanden. In diesen Tagen, in denen die Kerzen sogar im Schatten schmolzen und der Teer so weich war wie das Brot in der Milch, kam es den *girifalcesi* so vor, als lebten sie im Paradies, denn durch das Wetter tat der Herrgott den Erdenbewohnern seine seelische Befindlichkeit kund. Ob der alte Tata seine Kappe nach vorn oder hinten drehte, je nachdem, was er geträumt hatte; ob Misculinu eine dunkle Brille aufsetzte, um seinen Mitmenschen klarzumachen, dass sie ihm nicht auf die Eier gehen sollten und dass es Ärger geben würde, falls doch; ob Tirèsa Marvasìa jedes Mal etwas Rotes trug, wenn sie sich mit ihrem Ehemann vergnügte – der Herrgott schickte Wasser oder Sonne, Regen oder Wind, je nachdem, wie er sich beim Aufwachen gefühlt hatte. Die Sonne war das Zeichen, dass

Girifalco von Gottes Gunst gestreift worden war, sodass die Bewohner dieses Fleckchens geweihter Erde jeder anderen Wetterlage gegenüber unduldsam waren und sie als Demütigung empfanden. Nebel, Schnee und Wasser waren ein Unrecht, auf das man mindestens so empfindlich reagierte wie auf ein leichtes Erdbeben. Denn schlechtes Wetter, *u malutìampu,* hatte dem Ort in seiner langen Geschichte stets Unglück gebracht. Die Sarazenen kamen unter aschegrauen Wolken vom Meer her, das Erdbeben zerstörte die Häuser, während es drei Tage lang ununterbrochen regnete, Salvatore Misdea kam auf die Welt, als ein starker Wind die alte Eiche in Potèdda entwurzelte. Darum passte die Sonne nicht zu dem Gerücht, das der Vermessungstechniker im Ort in Umlauf setzte, dass nämlich der Blondschopf, dieser kleine Gauner, nach der Zerstörung des Schaufensters noch dreister geworden war und die Reliquien des heiligen Rocco zu stehlen versucht hatte. Aus Verachtung und weil er sie nicht mitnehmen konnte, hatte er sie an einem Pfeiler zertrümmert. Er hatte sie sich bereits unters T-Shirt geschoben, als ich ihn aufgehalten habe, erzählte Discianzu jedem, der ihn danach fragte, von den Hintergründen des Kirchenraubs, und jedes Mal fügte er ein Detail hinzu, die Anzahl der Reliquien, Angeliaddus Drohung und wie er die Heiligenstatue mit Flüchen überzogen hatte. Nach wenigen Stunden wusste das Dorf über alles Bescheid und fällte sein Urteil, womit es dem verdammten Gesetz der Menschheit folgte, gewohnheitsmäßig jeden Angeklagten ohne Prozess zu verurteilen.

Von all dem ahnte Angeliaddu nichts. Nach seiner Flucht aus der Kirche wollte er seine Wut abreagieren, indem er auf dem Feld trainierte. Wegen seiner schmerzenden

Arme hatte er in der Nacht zuvor kaum geschlafen, aber er war mit dem Gefühl aufgewacht, stärker zu sein als zuvor, und als er nach dem kleinen Podest griff, das an der Eiche lehnte, kam es ihm leichter vor als bisher. Er erinnerte sich an Batrals Übung und versuchte, sie nachzuahmen: sich am Trapez festhalten und die Beine nach vorn ausstrecken, bis sie im rechten Winkel zum Oberkörper stehen. Er hatte sich inzwischen sicher genug gefühlt, um das Seil an einen höheren Ast zu knüpfen und daneben eine Art Podest zu bauen. Mit einer Heugabel, die Varvaruzza benutzt hatte, um die Äste des Feigenbaums herunterdrücken, holte er das Trapez heran. Er hatte Schwielen an den Händen, die ihm das Gefühl gaben, ein Mann zu sein, und jedes Mal, wenn er sich ins Leere stürzte, kam es ihm vor, als wäre er Batral.

Als er nach Hause ging, um sich auf den abendlichen Zirkusbesuch vorzubereiten, bemerkte er gleich bei der Ankunft auf dem Piano, dass etwas passiert war, denn das verschwörerische Grüppchen von Menschen hatte ihn kaum entdeckt, da fingen sie auch schon an, zu tuscheln und ihn anzustarren. Er spürte die vorwurfsvollen Blicke; sie durchbohrten ihn wie der Pfeil den heiligen Sebastian. Pisciàru erdreistete sich sogar, ihm unverwandt in die Augen zu sehen und verächtlich auszuspucken.

»*Stavòta la cumbinàsti grossa*, Angelì, diesmal bist du zu weit gegangen«, sagte Mariu Pitusu und drohte mit dem Zeigefinger.

»Ich habe nichts getan, lasst mich doch alle in Ruhe!«

Pitusu baute sich vor ihm auf. »*Nènta?* So nennst du das, wenn du die Reliquien des heiligen Rocco klaust?«, schimpfte er und schlug ein schiefes Kreuz.

Und da begriff der Junge.

»Ich habe nichts gestohlen!«

»Aber den Kopf hast du ihm gespalten, stimmt's? Nicht mal vor den Heiligen habt ihr heute noch Respekt!«

Angeliaddu machte einen Schritt über den Speichelfleck hinweg und lief rasch nach Hause, denn jeder Blick, der ihn traf, war wie eine Ohrfeige. Nicht einmal Nachbarin Totuzza, die ihn gern hatte und sonst immer in Schutz nahm, grüßte ihn; sie begnügte sich mit einem Nicken.

In der Hoffnung auf Zuflucht betrat er das Haus, aber kaum war er in der Küche angelangt, sah er seine Mutter mit Don Guari am Tisch sitzen. Sie schwieg, und er sah ihr an, dass sie geweint hatte. Wut stieg in ihm auf.

»Sie sind umsonst gekommen.«

»Setz dich, Angelì, und hör dir an, was Don Guari dir zu sagen hat.«

Der Junge näherte sich dem Tisch, blieb aber stehen.

»Angelì, der Vermesser und der Stadtrat ...«

»Der Vermesser hat mich auf dem Kieker, Don Guari, ich weiß nicht, warum, aber er würde mich am liebsten tot sehen. Ich habe nichts gemacht!«

»Der Stadtrat war auch dabei.«

»Er hat mich angeschrien, und ich habe mich erschrocken, und da ist mir das Ding runtergefallen. Ich wollte nichts stehlen!«

»Habe ich es Ihnen nicht gesagt, Don Guari? Genau so war es!«, sagte Taliana, ermutigt von den Worten ihres Sohnes.

Der Pfarrer senkte unschlüssig den Kopf. »Hier steht es Wort gegen Wort, ein junger Bursche gegen zwei angesehene Bürger ...«

»Einer dieser angesehenen Bürger will uns ruinieren, Don Guari!«, sagte die Mutter verärgert.

Der Pfarrer stand auf und schob den Stuhl an seinen Platz zurück. »Angelì, ich weiß, dass du kein schlechter Kerl bist, aber tu nichts, was du eines Tages vielleicht bereuen könntest, denk an deine Mutter, sie braucht dich.« Und mit diesen Worten verließ er das Haus.

Die Sonne begann, sich hinter den Kiefernwäldern von Covello zu verstecken und breitete eine Art Brautschleier über die Straßen, der die Sünden und bösen Absichten des Tages mit sich nahm.

Die ersten Zuschauer näherten sich bereits dem Zirkus.

Steinchen, denen man besser ausweicht

Archidemu ging nach San Marco hinauf, nachdem er zum x-ten Mal das Orakel befragt hatte. Das tat er häufig in diesen Tagen, ehe er den Zirkus aufsuchte, und jedes Mal bewegte sich Sciachiné auf den Neptun oder die Sonne zu, was beides positiv war. Das fand er seltsam, denn normalerweise fielen die Antworten der wahrsagenden Schildkröte abschlägig aus, aber jetzt nicht mehr, so als hätte sich, unterstützt von Sciachiné, die magnetische Achse der Erde verändert und stieße ihn in Richtung der Kollision zwischen seinem Körper und dem ellipsenförmigen Körper des Bruders.

Als er beim Zirkus ankam, waren schon etliche Besucher dort. Manche standen in der Schlange vor der Kuppel, ein paar Familien mit kleinen Kindern drängten sich wie im Zoo um die Tierkäfige, Angeliaddu war sowieso immer vor Ort, und Lulù lief sogar mit einer Frau vom Zirkus durch die Gegend. Solch enge Verbindungen hatte er nicht erwartet. Dorfbewohner und Fremde vermischten sich wie Wasser und Tinte, ungefähr so, wie es in Girifalco zwischen den Einwohnern und den Verrückten in der Nervenklinik war. Also nutzte er die Gelegenheit und drang ebenfalls zwischen Käfige und Wohnwagen vor, auf der Suche nach etwas oder jemandem, der ihn zu Jibril führen würde. Vergeblich blickte er sich um. Die Schlange vor dem Zelt war inzwischen länger geworden, aber er würde nicht sofort hineingehen, denn der größte Teil der Vorstellung war ihm im Grunde egal. Er würde bleiben, wo er war, und abwarten, bis er den Seiltänzer sah. Die Vorstellung hatte vor einer halben Stunde begonnen – soeben hatte der Stallmeister Mikaelas Nummer angekündigt –, da hörte Archidemu, dass sich eine Tür öffnete. In einem weißen Umhang trat Jibril aus der Dunkelheit hervor. Er bewegte sich so vorsichtig, wie Archidemu es tat, wenn er die Linien auf dem Bürgersteig nicht berühren wollte, nur dass Jibril in diesem Fall keinem Muster folgen, sondern Steinchen ausweichen wollte, Fallen im Boden, die er umgehen, spitzen, unregelmäßigen Gegenständen, denen er aus dem Weg gehen musste, weil sie das magische Gleichgewicht seines Körpers stören könnten. Archidemu betrat das Zelt in dem Augenblick, in dem der Applaus losbrach. Er beeilte sich, weil der Ansager bereits das Mikrofon in die Hand nahm, um den größten Jongleur aller Zeiten anzukündigen, und er schaffte es gerade noch zu seinem Platz, ehe Jibril leichtfüßig in die Manege getrabt kam. Von dem Mann, der kurz zuvor im Mondschein gewissenhaft den Unebenheiten des Bodens ausgewichen war, war keine Spur mehr zu sehen. Da stand er, nur wenige Meter von Archidemu entfernt. Er hatte nie geglaubt, dass sein Bruder wirklich tot war. In den Tagen nach seinem Verschwinden war die Contìsa Zentimeter für Zentimeter durchkämmt worden, und wenn sein Leichnam irgendwo dort gewesen wäre, hätten sie ihn gefunden. Er hatte alle möglichen Vermutungen angestellt, auch ganz unwahrscheinliche wie das magische Dreieck, die Tür von Agartha oder die Einstein-Rosen-Brücke. Aber im Grunde hatte er seine eigene Wahrheit, seine persönliche Rekonstruktion des Ereignisses: Sciachineddu war an jenem Tag aus dem Schatten des Waldes getreten und den Weg hinaufgegangen. Die plötzliche Einwirkung des Lichts war so stark, dass er glaubte, vom Blitz getroffen zu sein. Auf dem Gipfel blieb er stehen, und Archidem sah ihn im Geist von hinten, wie er dort unter der glühend heißen Sonne stand und regungslos die Szenerie betrachtete. Die Hitze ist ihm zu Kopf gestiegen, und so, wie eine Sturmflut alle Spuren im Sand einebnet, spürt er eine Art Schwindel, auf einmal erkennt er nichts mehr, vor ihm erstrahlt ein Weg in hellem Licht, und er geht darauf zu. Einfach so, ohne jede Vorankündigung. Was war in den folgenden Jahren geschehen? Und war das überhaupt wichtig? Sciachineddu war an einem Tag verschwunden und an einem anderen wiederaufgetaucht, und das, was dazwischenlag, war womöglich vollkommen bedeutungslos. Funktioniert nicht auch die subatomare Welt auf diese Art? Um von A nach B zu gelangen, nimmt ein Elektron nicht den kürzesten Weg, sondern es verhält sich, als durchliefe es alle möglichen Routen. Sciachineddu konnte alles oder nichts getan haben, er konnte für immer dortgeblieben oder um die Welt gereist sein, aber nach seinem Verschwinden war er zurückgekommen, und das war das Einzige, das zählte. In der Quantenmechanik existieren Elektronen nur, wenn sie interagieren. In der Zeitspanne zwischen zwei Interaktionen steht ihre Position nicht eindeutig fest, vielleicht nicht einmal ihre Existenz. In der Quantenmechanik existiert ein Gegenstand nur in Bezug auf andere Gegenstände, in der menschlichen Mechanik lebt man einzig und allein in Bezug auf einen anderen Menschen. Er, Archidemu, ein auf dem Feld der Quanten umherirrendes Teilchen, existierte nur in Bezug auf seinen Bruder. Was passiert war, nachdem sich die Bande zwischen ihnen gelöst hatten, konnte ihm im Grunde egal sein. Sein Leben fand hier und jetzt statt. Und auch wenn es sich bei Jibril in letzter unglücklicher Konsequenz nicht um Sciachineddu handeln sollte, hatte ihm dessen Existenz immerhin erlaubt, daran zu glauben, dass sein Bruder auf einmal wieder auftauchen könnte; sie gab ihm das deutliche Gefühl, dass er sich sehr wohl in irgendeinem anderen Teil der Welt aufhalten konnte. Denn oftmals ist nicht der Tod rätselhaft, sondern das Leben, das Seil, auf dem wir wunderbarerweise über einem klaffenden Schlund tanzen, einem Schlund, geöffnet von hundert Milliarden zerbrechlichen Neuronen, der Instabilität von hundertsechzigtausend Kilometern Nervenfaser, der Veränderlichkeit von Genen, von Schlaganfällen, stillen Invasionen von Pilzen und Protozoen, von der Verstopfung durch arteriosklerotische Ablagerungen und der Anhäufung undisziplinierter Zellen.

Lulùs Leben ähnelte einem Stück Karton, um den man so lange den Faden wickelt, bis schließlich ein Wollknäuel daraus wird. Das Schicksal hatte ihn in ein verworrenes Knäuel aus grauen und schwarzen Fäden eingesponnen, sodass er sich in seinem kleinen dunklen Geist gefangen, geknebelt und unfrei fühlte. Aber wenn er zum Zirkus ging, schien er Luft zu bekommen und durchzuatmen, und die Fäden des Knäuels wurden in lebhafte Farben getaucht. Begünstigt durch den traurigen Walzer, den er in dem Wohnwagen nach vielen Jahren erneut gehört hatte, überkam ihn das Gefühl, ein magisches Königreich zu betreten, sobald er den Zaun durchschritt. In seinem Kopf ertönte erneut die Musik, die er so sehr liebte, und er glaubte, zwischen den Wohnwagen dahinzufliegen, mit dem Elefanten oder dem Affen zu sprechen und kleinen Mädchen Blumen zu schenken. Und dann war da noch Luvia. Wenn er sie ansah, schien es ihm, als bewegte sich die Madonnenstatue oder – wie in diesem Augenblick – als tauchte seine Mutter aus dem langen, Schatten spendenden Korridor seiner schwachen Erinnerungen auf und liefe ihm freudig entgegen.

»Was hast du in der Tüte da?«, fragte Luvia.

Das weiße Plastik ließ erkennen, dass es sich um Laub handelte, aber sie glaubte, dass er noch etwas anderes darin aufbewahrte, eine Frucht, die noch reifen musste, oder das Junge irgendeines Tierchens.

Lulù löste die Tüte von der Gürtelschlaufe und öffnete sie vor ihren Augen.

»Und was hast du mit diesen Blättern vor?«

Der Verrückte schob eine Hand in die Tüte, mischte das Laub und zog ein Blatt heraus. Er stellte die Tüte auf dem Boden ab und begann zu spielen. Eine sanfte, herzzerreißende Musik, die aus einer Geige zu kommen schien.

Luvias Gesicht begann zu strahlen, und die Melodie rührte sie.

»So etwas habe ich noch nie gehört. Du machst das sehr gut, du bist ein richtiger Künstler!«

Lulù war verlegen. Errötend senkte er den Blick, hob die Tüte auf und knüpfte sie wieder an seine Hose.

»Komm, Lulù, komm mit, meine Freunde sollen dich auch hören«, sagte sie, und als er reglos stehen blieb wie ein Pfahl, den man in den Boden gerammt hatte, streckte sie eine Hand aus und wiederholte: »Komm.«

Lulù musterte sie eine Weile. Er konnte sich nicht erinnern, dass ihn je zuvor jemand an die Hand genommen hatte, mit Ausnahme seiner Mutter, dieser Madonna, die auf dem Heiligenbildchen an seinem T-Shirt abgebildet war. Aber das war viele Jahre her, so lange, dass er sich kaum noch daran erinnerte.

»Na komm, Lulù, keine Angst«, sagte Luvia leise, und da nahm der kleine Luciano Segareddu ihre Hand. Er griff nach seiner Mutter und ließ los wie ein Blatt, das vom Baum fällt.

Endlich

In die Kirche zu gehen und den heiligen Unterleib zu berühren und zu küssen, das war für Cuncettina, als hätte sie die Hälfte ihres Korbs voll Schmerzen der Madonna aufs gekrönte Haupt gesetzt. Als sie wieder nach Hause ging, war ihr leichter ums Herz, und ihre Verzweiflung hatte sich gelegt. An der abschüssigen Straße zum Piano sah sie den Stand mit Süßwaren und bekam Lust auf *mastazzòle* aus Soriano Calabro, knusprige Kekse aus Mehl und Honig, aber um diese Uhrzeit war eine Plane über die Ware gebreitet, denn der Verkäufer hatte sich zum Schlafen auf eine Liege gelegt. Wie überrascht war sie, beim Heimkommen ihren Cosimo im Sessel sitzen und mitten auf dem Tisch eine Packung ebendieser *mastazzòle* zu sehen! Der Anblick kam ihr vor wie zwei Hände, die ihr die andere Hälfte des schweren Korbs vom Kopf nahmen.

»Was machst du hier? Warum bist du nicht bei der Arbeit?«

Cosimo hatte getrunken. Er hoffte auf ein Wunder, nichts Großes wie das, was Giobbe widerfahren war, nein, er wünschte sich nur ein kleines Wunder: Er wollte nach Hause kommen und seine Frau bei Verstand antreffen, denn diesen Gemütszustand zwischen Verzweiflung und Resignation war er seit Jahren nicht mehr gewöhnt, und er fand ihn einfach unerträglich. In Girifalco trank man gelegentlich ein Bierchen mehr, um ein Wunder zu begünstigen, denn wenn auch Don Guari beim Sakrament der Eucharistie einen Schluck Wein trank, konnte das so falsch nicht sein. Außerdem war es heiß, die Luft schien förmlich zu brennen, und die vereisten Peroni-Flaschen, die Cosimo eine nach der anderen geleert hatte, schienen auch den universellen Durst zu lindern. Das ganze Jahr über wartete er auf das Fest des heiligen Rocco, um ein paar unbeschwerte Stunden mit seiner Frau und den Freunden zu verbringen, um einen Spaziergang zu machen, ein Eis zu essen, zwischen den Verkaufsständen umherzuschlendern und am Abend den Konzerten zu lauschen. In diesem Jahr war auch noch der Zirkus gekommen, sodass er sich jeden Tag erneut vornahm, mit seiner Frau eine Vorstellung zu besuchen, aber sobald er Cuncettina ansah, die erloschen wirkte wie ein Kohlebecken im Sommer, verging ihm die Lust. Jeden Morgen wachte er mit Magenschmerzen und vor Nervosität zitternd auf. Er hatte getrunken, um das Wunder zu begünstigen und um den Mut aufzubringen, ihr all das zu sagen.

Cuncettina setzte sich neben ihn und senkte den Kopf.

»Du bist ein Heiliger, Cosimo. Eigentlich müsstest du mich wegen meines Unglücks verlassen, aber du bist bei mir geblieben. Und wie danke ich es dir? Sogar *mastazzòle* hast du mir mitgebracht, gerade jetzt, da ich Lust darauf habe. Ich glaube, du kannst Gedanken lesen.«

»Ich will nicht, dass du unglücklich bist.«

»Und ich will nicht, dass du wegen mir unglücklich bist.«

»Lass uns ausgehen, heute Abend noch, da ist doch dieser Zirkus. Na komm, gib dir einen Ruck.«

»Warte«, sagte sie, stand auf und öffnete eine Schublade. »Die Karten haben wir schon.«

»Und woher hast du die?«

»Ich habe sie geschenkt bekommen.«

Cosimo musste lächeln.

»Wann beginnt die Vorstellung? Wollen wir uns fertig machen?«

Hand in Hand verließen sie das Haus und atmeten den Festtagsduft ein, der durch die Straßen wehte. Vor dem Zirkuszelt standen viele Leute, und Cosimo begrüßte seine Freunde aus Amaroni. Sie setzten sich auf ihre Plätze in der zweiten Reihe, und in diesem Augenblick fiel Cuncettina die seltsame Begegnung am Brunnen wieder ein. Es war der Artist, der als Dritter auftrat, noch vor Mikaela.

»Machen Sie sich bereit, eine magische Welt zu betreten, in der nichts so ist, wie es scheint. Begrüßen Sie mit einem Applaus: Tzadkiel den Zauberkünstler.«

Cuncettina sah ihn hereinkommen, mit erhobenen Armen wie ein Pfarrer, der den Segen erteilt, und als der Applaus verebbte, betrat ein Mädchen die Manege. Es schob einen kleinen Tisch mit einem leeren Käfig darauf vor sich her. Mit feierlicher Geste hob Tzadkiel ihn hoch und umrundete die Piste, um ihn den Zuschauern zu zeigen. Er ging zu dem Tischchen zurück, nahm ein schwarzes Tuch und legte es über den Käfig. Ins Scheinwerferlicht getaucht, steuerte er gleich darauf auf das Publikum zu. Vor Cuncettina blieb er stehen und lächelte sie an. Sie war verlegen. Der Zauberer näherte den Käfig ihrem Gesicht und forderte sie mit einer Geste auf hineinzublasen. Sie tat es. Tzadkiel kehrte in die Mitte der Manege zurück, nahm das schwarze Tuch ab, und in dem Käfig war eine Taube zu sehen. Die Leute applaudierten. Dann breitete der Zauberer erneut das Tuch über den Käfig. Nach einigen Sekunden nahm er es wieder ab, und die Taube war verschwunden. Er vollführte eine ausladende Geste, der Scheinwerfer richtete sich auf das Publikum, und ein greller Lichtstrahl traf Cuncettina. Auf ihren Beinen saß die Taube. Applaus brandete auf, und der Vogel flog hoch in die Dunkelheit unter der Kuppel. Tzadkiel lächelte Cuncettina an, dann verschwand er hinter dem Vorhang. Die

Vertrocknete aber erwiderte weder das Lächeln, noch applaudierte sie wie die anderen Zuschauer, denn ihr stand vor Staunen der Mund offen. An den Rest der Vorstellung konnte sie sich später nicht mehr erinnern.

Wunsch Nummer zwei

Nachdem er auf dem Friedhof Blumen auf Maestro Gatànus Grab gelegt hatte, machte er sich auf den Weg zum Zirkus. Es war ein warmer Abend, an den Straßen standen Verkaufsstände, und viele Menschen waren unterwegs. Im Allgemeinen gefiel Venanziu das Durcheinander, das an Festtagen herrschte, weil es seine Einsamkeit milderte und er neue Frauen aus den Nachbardörfern entdeckte. Diesmal jedoch ging er rasch weiter, denn er wollte das Päckchen überreichen, das er in der Hand hielt.

Auf dem Weg zum Zirkusgelände spielte er die Begegnung mit Mikaela bereits im Geiste durch. Er stellte sich ihre dankbare Miene vor; vielleicht würde sie ihn sogar in ihren Wohnwagen bitten und den Body vor seinen Augen anprobieren, damit er sich vergewissern konnte, dass er perfekt saß. Für alle Fälle hatte er sein Täschchen mit Nähnadeln, Stecknadeln und Garn dabei. Beim Zirkus angekommen, bat er jemanden, ihn zu Mikaelas Wohnwagen zu führen, aber sie war nicht dort. Ernüchtert übergab Venanziu das Päckchen dem Zirkusmitarbeiter: »Dann geben Sie es ihr bitte.«

Als die Vorstellung begann, schob der Schneider seinen Verdruss beiseite. All seine Gedanken galten nun Mikaela, der Frau mit dem biegsamen Körper, deren magische Verrenkungen er bald zu sehen bekommen würde. Er hatte vergessen, dass sein Interesse ursprünglich von diesen physischen Kunststücken hervorgerufen worden war. Alles hatte mit dem Plakat angefangen, auf dem ihr Mund ihrer *pittèdda* derart nah war, dass er bei der Vorstellung, im echten Leben zu tun, was er nie zuvor getan hatte, hart geworden war wie ein Stein. Damit hatte alles angefangen, aber inzwischen war nur noch wenig von diesem extremen Verlangen übrig. Er empfand es nach wie vor, aber nicht mehr so heftig wie damals, es war nicht mehr an die unnatürliche Nähe dieser beiden verlockenden Öffnungen gebunden, sondern an einen Duft und an die Frau, die ihn ausstrahlte. Das wurde ihm nun klar, während er in der ersten Reihe saß und das Bild von dem Plakat vor seinen Augen Gestalt annahm. Mikaela, in dem Trikot, das er ihr mit sorgfältigen Stichen genäht hatte, spreizte die Beine, stützte die Hände auf den Boden und beschrieb eine Parabel, die menschlichen Gesetzen und himmlischen Umlaufbahnen zuwiderlief, so als hätten der Mond und die Planeten eines Tages beschlossen, ihre Bahnen umzudrehen. So unnatürlich verbog sie ihren Körper, dass sie es nach und nach schaffte, den Kopf zwischen den Beinen hervorschauen zu lassen wie ein Krebs, dachte Peppa Treqquarti, wie eine Göttin, dachte Venanziu und konnte den Blick nicht von Mikaelas Gesicht abwenden, und zwar nur von ihrem Gesicht. Kaum zu glauben, dass sie am Morgen noch in seinem Atelier gewesen war, dass er sich Sorgen um ihre Gesundheit gemacht und sie berührt hatte, aber trotz seines Verlangens verlegen gewesen war, wie wenn ihn etwas blockierte, ein Herzschlag vielleicht, der schneller kam als die anderen. Als Tzadkiel der Zauberer mit seiner Hypnosenummer an der Reihe war, ertappte sich Don Venanziu dabei, dass er etwas anderes dachte als bei der ersten Vorstellung: Er hätte zwar selbst gern die Macht gehabt, andere auf diese Art zu beeinflussen, aber er hätte sie nicht auf jede beliebige Frau, sondern nur auf Mikaela angewendet, um sie zu verzaubern und zu entführen.

In der Hoffnung, sie zu sehen, wartete er nach der Vorstellung vor dem Zelt. Das Trikot konnte er als Vorwand benutzen und sie fragen, ob es ihr passte oder zu eng war und ob er es vielleicht nachbessern musste. Aber Mikaela tauchte nicht auf. Venanziu wartete lange, ehe er als einer der Letzten nach San Marco hinunterging. Er kam an Antonia Panduris Haustür vorbei, ausgedörrt vor Verlangen und Bedauern, dass er die Gelegenheit am Nachmittag nicht genutzt hatte. Ausgerechnet in diesem Augenblick sah er eine Reihe von Sternschnuppen, und er dachte, dass sich Wünsche innerhalb weniger Tage verändern können und dass dies womöglich der Grund war, warum in den Nächten nach San Lorenzo noch weitere Sternschnuppen vom Himmel fielen, wie er in der Zeitung gelesen hatte. Sie gaben den Wünschen eine zweite Chance, denn wer weiß, wie oft uns das Leben, das sich um sich selbst dreht wie ein Planet auf seiner Umlaufbahn, eine zweite Chance gibt, ohne dass wir es bemerken. Vielleicht besteht darin das Wunder: jeden Tag eine neue Gelegenheit zu bekommen. Auch Wünsche konnten sich ändern, und während er in den dunklen Himmel blickte und auf eine Sternschnuppe wartete, die auch tatsächlich sogleich kam, bat Don Venanziu Micchiaduru aus Girifalco das Sonnensystem, seinen Wunsch zu erfüllen und ihn Mikaela küssen zu lassen, nur einmal, denn danach – das war der Tauschhandel, falls sein Wunsch in Erfüllung gehen sollte –, danach konnte sein *miccio* ruhig für immer vertrocknen wie der Schössling eines Weinstocks.

Von der Entstehung eines Sterns

Cosimo ging früh schlafen, weil er am nächsten Tag noch eine dringende Reparatur zu Ende bringen musste, obwohl Sonntag war. Cuncettina lag neben ihm. Es war eine herrliche Nacht, und sie hatte den Vorhang halb offen gelassen, um in den Himmel zu sehen. Ihre Hand lag auf ihrem Bauch. Seit Stunden schon verspürte sie Lust, wartete aber darauf, dass ihr Mann einschlief. Sie hatte Lust, seitdem die Taube, die Tzadkiel auf ihren Schenkeln hatte Gestalt annehmen lassen, beim Auffliegen mit den Flügeln ihren Bauch gestreift hatte. Auf einmal hatte sie eine Hitze verspürt, die sie benommen machte und ihr die Sprache verschlug. Das Brennen verwandelte sich rasch in angenehme Wärme, wie wenn eine Wärmflasche nie gekannte Ruhe in ihren Körper strömen ließe. Nach der Vorstellung schlenderte sie von einem Verkaufsstand zum anderen und ließ sich von ihrem Mann Ohrringe schenken. Auf den Stufen des Corsos sitzend, aßen sie ein Panino; sie besuchten ein Konzert und gingen danach ein Eis essen. Die ganze Zeit war da diese Wärme in ihrem Inneren wie eine Erinnerung. Endlich schloss Cosimo die Augen, und sie konnte sich liebkosen, die Wärme an ihrer Hand spüren, noch einmal an Tzadkiel und die Taube denken. Nach Monaten voller Unruhe konnte sie sich endlich entspannen und lag nun da, um die Sterne zu betrachten. Ohne es zu bemerken, glitt sie in den Schlaf, und sie träumte, zwischen ihnen dahinzufliegen.

22
Entrissen

Von den Überfällen der Sarazenen und Araber im Altertum zeugte das Auf und Ab der Straßen, das Gekröse aus ansteigenden und abfallenden engen Gassen, die antike Bollwerke der Verteidigung waren, das architektonisch-städtebauliche Manifest eines Volks, das Jahrhunderte damit verbracht hatte, Verteidigungsstrategien auf der Grundlage rettender Anhöhen zu ersinnen, von denen aus man das Nahen der *turchicani*, der türkischen Hunde, beobachten, Steine werfen und sie mit siedendem Öl übergießen konnte. Denn die Ebenen gehören den glücklichen Völkern, die Anhöhen hingegen den unglücklichen. An diesem Morgen schien er sich inmitten einer antiken Kampfszene zu befinden, wie wenn die feigen Sarazenen beschlossen hätten, Girifalco mittels brennender Geschosse aus Katapulten in ihren Besitz zu bringen. Der untere Teil von Covello brannte, und die ersten Dorfbewohner, die aus dem Fenster blickten, nahmen einen Geruch nach Asche und brennendem Holz wahr. Auf der Straße und den Autos sahen sie schwarzen Staub liegen, der an Schießpulver erinnerte. Hoffentlich verbrennt ihr alle, zischte Caracantulu, der das Fenster geöffnet hatte und in der Ferne die Flammen sah.

Beim Aufwachen ging es ihm schlecht. Die ganze Nacht hatte er sich im Bett herumgewälzt, und als er endlich eingeschlafen war, träumte er von der Statue des heiligen Rocco, der ihn spöttisch angrinste und schließlich in triumphierendes Gelächter ausbrach. Ebenso gut hätte er ihm in den Arsch treten können, denn am Ende löste der Heilige die Hand vom Knie und drückte sie ihm ins Gesicht, sodass er ihm links und rechts Hörner aufzusetzen schien, die seiner verstümmelten Hand ähnelten. Beim Aufwachen war er aufgewühlt, denn der ungewohnte Kirchenbesuch am Vortag und die versäumte Berührung der Hand aus Pappmaschee hatten das Gegenteil der gewünschten Wirkung gezeigt, sonst wäre ihm der Heilige nicht im Traum erschienen, um ihm ins Gesicht zu lachen und ihn, den mit den Hörnern, zu verhöhnen. Und da wurde Caracantulu noch wütender. Er bereute seine barmherzige Geste vom Tag zuvor und stieg mit der Absicht aus dem Bett, die ganze Welt für die traumbedingte Unverschämtheit des Heiligen büßen zu lassen.

Lulù litt unter der Hitze. Mit seinem dicken Hals fiel ihm das Atmen schwer, darum stand ihm der Mund offen, und in den Mundwinkeln setzte sich schaumiger Speichel ab. Der Ventilator in seinem Zimmer war schon seit Jahren kaputt, darum hatte er die Nacht bei eingeschaltetem Ventilator auf einem Haufen schmutziger Laken in der Wäscherei verbracht. Er steckte sich das Bildchen der Madonna della Torre ans T-Shirt, nicht, ohne es vorher zu küssen. Auf dem Weg durch den Garten fand er eine leere Limonadenflasche aus Glas. Er füllte sie mit Wasser, denn der Arzt hatte ihm gesagt, er solle sich häufig Nacken und

Stirn befeuchten, darum sah Lulù aus, als hätte er den Kopf gerade in ein Taufbecken getaucht. Er ging zur großen Wiese, um sich einen Vorrat an Blättern anzulegen, denn an Festtagen war sein Bedarf größer als sonst. Als er genügend gesammelt hatte, befestigte er die Tüte an einer Gürtelschlaufe und machte sich auf den Weg ins Dorf.

8:32 auf der Uhr der Chiesa Matrice

Er öffnete die Tür und sah den kleinen Lovigi Petito im grünen Umhang mit Goldrand auf der Treppe sitzen. Dass der Junge im Kostüm des Heiligen vor seiner Wohnung saß, war für Caracantulu, als folgten den Arschtritten aus dem Traum noch weitere, und er spürte, wie ihm das Blut in den Adern zu kochen begann. Mit einem leichten, aber entschlossenen Tritt in den Rücken beförderte er den Kleinen von den Stufen hinunter. Er war noch keine drei Meter vom Haus entfernt, da war sein Hemd bereits so nass wie ein Putzlappen. Caracantulu hasste den Sommer, denn bei dieser beschissenen Hitze wurde der Juckreiz an seiner Hand schier unerträglich. In der ersten Zeit nach der Operation war alles in Ordnung gewesen, aber seit einigen Jahren schien seine Hand in einer Dornenhecke zu stecken, sobald die Tage wärmer wurden. Das Gewebe des Handschuhs fühlte sich äußerst unangenehm an, aber es gab keine Alternative, denn Caracantulu glaubte, ersticken zu müssen bei der Vorstellung, einsam zu Hause zu sitzen und über sein verkorkstes Leben nachzudenken. Außerdem wusste er, dass der Juckreiz zunahm, wenn er nervös und wütend wurde, weil das Blut dann schneller floss. Er beschleunigte den Schritt und steuerte auf die Bar Centrale zu in der Hoffnung, dass Micus Ventilator auf höchster Stufe lief.

Der Postbus fuhr vorüber, aber *màmmasa* saß nicht darin, und die Sonne schien so heiß auf die Bank, dass die braven Dorfbewohner zu schmelzen drohten. Lulù blieb nicht stehen, sondern lief rasch weiter zur Kirche. Er bekreuzigte sich mit Weihwasser. Niemand war dort. Er ging zu seinem Lieblingsplatz und setzte sich. Von dem glänzenden Marmor ging eine angenehme Kühle aus, sodass sein Körper sich rasch erholte. Auf dieser Holzbank, dem Geschenk eines argentinischen Emigranten, zu sitzen beruhigte ihn mehr als die Pillen, die ihn sein Leben lang beim Einschlafen und Aufwachen unterstützten. Denn er sprach mit den Heiligenstatuen, er vertraute ihnen seine verworrenen Gedanken an, sang ihnen in seinem Kopf die Melodien vor, die er später auf der Straße auf einem Blatt spielen würde. Und er flüsterte ihnen das einzige Gebet zu, dass seine Mutter ihn gelehrt hatte, *Engel Gottes, mein Gott, beleuchte und hüte mich, beschütze, regiere, Amen.* Er starrte die Madonna auf dem Altarbild an. *Mammà.*

9:14 auf der Uhr der Chiesa Matrice

Vor dem Eingang zur Bar versetzte ihm der Heilige einen weiteren Tritt in den Hintern, denn dort stand regungslos Rocco Conte, dienstältester Träger der Statue des Schutzpatrons, und hatte bereits das granatrote T-Shirt des Pfarrektorats an, mit dem Bild des Heiligen auf der Brust. Caracantulus Juckreiz und die Wut nahmen zu. Er bat Micu um ein eiskaltes Bier. Jemand hatte bereits begonnen, Bàzzica zu spielen, denn er hörte, wie die Kugeln in die Löcher fielen. Mit der Bierflasche in der Hand tauchte er auf der Schwelle zum Spielzimmer auf. An den Kartentischen saß niemand. Er setzte sich neben den Billardtisch, wo der Ventilator ihm Kühlung verschaffte, und musterte Pinu Sciancalàtu mit bösem Blick. Seine Hand juckte immer stärker, sodass er nicht aufhören konnte, sie an seinem Bein zu reiben, am Tisch, an der Wand. Er ging zur Toilette, zog den Handschuh aus und hielt die Hand unter kaltes Wasser, um sich wenigstens für eine Minute Erleichterung zu verschaffen. Was für ein beschissenes Leben hatte ihm das Schicksal zugedacht, am liebsten hätte er diese gestanzten Hörner mit all seinem Hass überschüttet, und nicht zum ersten Mal in seinem Leben dachte er an diesem Morgen daran, nach einem Beil zu greifen und mit der gesunden Hand kräftig zuzuschlagen. Dann hätte der heilige Rocco wenigstens Grund gehabt, ihn auszulachen. Das unverschämte Gelächter aus dem Traum klang ihm noch in den Ohren. Er streifte den Handschuh über, der Ärger kehrte zurück. Er betrachtete sich im Spiegel und sah das hölzerne Kruzifix, das Micu über der Tür aufgehängt hatte. Er drehte sich um, um dem Herrn ins Gesicht zu sehen wie einem echten Menschen. An Giobbe Maludente hast du ein Wunder gewirkt, aber mit mir treibst du deine Späßchen und schickst mir nachts deine Heiligen vorbei, damit sie mich verhöhnen. Du hast mich zu dem mit den Hörnern gemacht, um mich daran zu erinnern, dass ich der Letzte aller Unglücklichen bin, jeden Morgen, wenn ich die Augen öffne. Aber warum gerade ich, sag es mir, jetzt, da wir allein sind in diesem Pissoir, das deine Kirche ist. Warum gerade ich? Dabei bin ich hin und wieder zur Messe gegangen, und es gab einen Moment, in dem ich wirklich an dich geglaubt habe, weißt du noch? Du kannst doch in die Menschen hineinblicken, oder nicht? Caracantulu spuckte aus. *Dùva càzzu,* wo zum Teufel war dein Engel, als ich ihn gebraucht hätte? Sag es mir, warum ausgerechnet ich? Verdammt noch mal, was habe ich verbrochen? Nichts, gar nichts, nie habe ich jemandem auch nur ein Haar gekrümmt, *mai nu capìddu tirato a qualcuno,* nie geflucht, nie einen Bockkäfer mit dem Schuh zertreten. Also warum? Warum ich? Für welche Sünde muss ich büßen? Für wessen Sünde? Er schlug mit der Faust gegen die Wand. Diese verfluchte Hand, woher kommt die? Sag's mir, woher? Wo war deine himmlische Barmherzigkeit? Wo zum Teufel war mein Engel?

Sieben Kerzen angezündet, vier Münzen in die Spendenkisten fallen gelassen, einen Geldschein an den Umhang des heiligen Rocco geheftet, neunmal die Pappmaschee-Reliquien berührt, zweimal am Arm, einmal am Knie, einmal die Augen, fünfmal das Herz.

Die Namen der Leute kannte er nicht, wohl aber die Zahlen bis zehn, und er zählte die Ereignisse, die er während seiner Erholungspause in der Kirche beobachtete. Er stand auf, als er die alte Ninuzza Giampà erblickte, der es nicht gelingen wollte, die Kerze anzuzünden, nachdem sie Geld in den Opferstock gesteckt hatte. Er trat zu ihr heran. Der Docht war in der Kerze verschwunden, und die Alte schaffte es nicht, ihn herauszuholen. Lulù nahm die Kerze, drückte seine langen, schwarzen Fingernägel hinein, brach etwas Wachs ab und zog den Docht heraus. Er gab Ninuzza die Kerze zurück, und sie lächelte ihn an. Er wischte sich die Hände an seinem T-Shirt ab, und weil er bereits stand, verließ er die Kirche. Manchmal erinnert ein Leben im Ruhezustand an eine missratene Kerze, deren Docht im Wachs verschwunden ist.

9:31 auf der Uhr der Chiesa Matrice

Wenn das nicht aufhört, gehe ich zu Vonella und lasse mir etwas gegen die Schmerzen verschreiben. Bislang hatte er nicht einmal dem Arzt seine Hand gezeigt. Der Doktor hatte ihn mehrfach darum gebeten, aber Caracantulu hatte sich irgendwann nicht mehr blicken lassen. Außer diesen verdammten Deutschen in dem Krankenhaus wusste niemand von seinen Hörnern.

Von seinen üblichen Mitspielern tauchte keiner auf, aber Caracantulu brauchte dringend Ablenkung. Er nahm die einzige Einladung zum Spiel an, ausgesprochen von Rocco Chirinu, obwohl es mit dem keinen Spaß machte, weil Caracantulu ihn jedes Mal besiegte und sie ohnehin nur um ein paar Gläser Bier spielen würden. Doch als sie an diesem Morgen Platz nahmen, sagte Chirinu, er habe wohl eine Glückssträhne. Er habe vom heiligen Rocco geträumt und wolle um Geld spielen. Caracantulu nahm sich vor, ihn auszuziehen bis aufs letzte Hemd.

Auf dem ersten Blatt spielte er für Mararosa. Sie war ungewöhnlich fröhlich, als er ihr beim Schuster begegnete, wo sie sich die schwarzen Lackschuhe besohlen ließ, die seit

Jahren im Schrank standen. Etwas Heiteres, Lulù, bat sie und ließ ihm die kleinste Münze in die Hand fallen, die sie in ihrem Portemonnaie finden konnte, eine fröhliche Melodie, wie man sie bei einer Hochzeit spielt. Und Lulù spielte einen Marsch, dem Mararosa in Micuzzus schwüler Bar mit der Inbrunst ihrer übergroßen Hoffnung lauschte. Sie fühlte sich wie eine Braut, und für einen Moment war sie versucht, Lulù zu bitten, diese Melodie an dem Tag, an dem sie Sarvatùra heiraten würde, auf den Stufen vor dem Rathaus zu spielen, vor dem Standesamt, während Reiskörner und Rosenblüten auf sie niedergingen.

10:01 *auf der Uhr der Chiesa Matrice*

Der Juckreiz an der Hand war unerträglich. Chirinu hatte bemerkt, dass es seinem Gegner schwerfiel, die Karten zu halten, denn eine hatte er ihn sogar sehen lassen, unglaublich für einen so erfahrenen Spieler, und auch die Karten, die er ausspielte, schienen seinem Können nicht gerecht zu werden. Caracantulu war anzusehen, dass ihn etwas schwer beschäftigte. Wenn er ihn an diesem Morgen nicht schlug, würde er es niemals schaffen. Und als es eins zu eins stand, beschloss Chirinu, den Einsatz zu verdreifachen, ach verdammt, fügte er mit unerhörter Überheblichkeit hinzu, wer die entscheidende Partie gewinnt, soll zehnmal so viel erhalten. Caracantulu, der zwischendurch sogar erwogen hatte, das Spiel sausen zu lassen und nach Hause zu gehen, um sich den Handschuh auszuziehen, ging mit wenig Begeisterung mit. Um den heiligen Rocco bezahlen zu lassen, mischte er die Karten und begann das

Spiel, während sich alle Anwesenden, neugierig geworden durch Chirinus ungewöhnliche Erhöhung, um den Tisch herum versammelten.

Mararosas mickrige Münze hatte ihm gefehlt, um sich eine Limonade kaufen zu können, darum betrat Lulù nun die Bar Centrale, legte das Geld auf die Theke und nahm die kleine Flasche in Empfang. Er näherte sich dem Tisch, um den sich alle drängten, und exakt in dem Augenblick, in dem Caracantulu gab, begann er zu trinken.

10:26 auf der Uhr der Chiesa Matrice

Es war die letzte Partie. Jedem fehlten noch zwei Punkte zum Sieg. Im Spiel davor hatte Chirinu einen Vierer gehabt, und als er ihn ansagte, indem er auf den Tisch klopfte, verzog er das Gesicht zu einer höhnischen Grimasse, die Caracantulu in Rage brachte, weil sie ihn an den Albtraum vom heiligen Rocco erinnerte und an die weiteren Ereignisse, mit denen sich die Welt an diesem Morgen offenbar gegen ihn verschworen hatte. Vor allem aber verstärkte sie diesen nervtötenden Juckreiz, ebenfalls ein Werk des Heiligen und die Bestätigung, dass er nicht nur kein Wunder an ihm wirken, sondern ihn stattdessen streng bestrafen würde. Er wurde immer wütender, und wenn er diese Hand gewann, würde ihn das ein wenig besänftigen, weil er damit diesem Scheißkerl Rocco Chirinu das Grinsen austreiben würde, ihm und seinem Namen, der im Dorf weitervererbt wurde wie eine Auszeichnung, obwohl er total bescheuert war. Dem kleinen Lovigi mit dem grünen Umhang des Heiligen hatte er nicht den kräftigen Tritt versetzen können, nach dem ihm zumute gewesen war, das Kruzifix auf der Toilette hatte er nicht zerbrechen dürfen, aber Rocco Chirinu, ja, dem würde er für sein Grinsen eine saftige Rechnung präsentieren und ihm das Geld aus der Tasche ziehen. Caracantulu blickte ihm in die Augen, um herauszufinden, ob er gute oder schlechte Karten hatte, aber nach einigen Sekunden nahm etwas anderes seine Aufmerksamkeit gefangen. Hinter ihm, genau über dem Kopf des Gegners, tauchte tatsächlich eine Madonna auf, die Madonna hatte sich wirklich und wahrhaftig herbewegt, um dem heiligen Rocco auf seinem Vernichtungsfeldzug zu helfen. Aha, du also auch, du dummes Huhn.

»Komm her, Lulù! Wenn mir die Madonna an deiner Brust hilft, kaufe ich dir eine ganze Kiste Limonade!«

Rocco Chirinu befahl dem Schwachkopf, sich hinter ihn zu stellen, auch weil Lulù nicht einmal den Unterschied zwischen einem König und einem Schwert-Ass kannte.

10:28 *auf der Uhr der Chiesa Matrice*

Alle sind gegen mich, aber ihr werdet schon sehen, was ihr davon habt. Es war das letzte, das entscheidende Spiel, das mit nur einem Punkt Unterschied enden würde. Caracantulu überlegte, welche Karte er ausspielen sollte. In diesem Moment stieß Pinu Scialancàtu am Billardtisch so heftig zu, dass die weiße Kugel über die Bande sprang und seinem Bruder auf den Fuß fiel. Dieser fing an, zu jammern und auf einem Bein herumzuhüpfen. Auf Lulùs Gesicht, diesem Banner der Heiligkeit, breitete sich ein Lächeln aus, das Caracantulu vorkam wie das boshafte Grinsen des Heiligen in der Nacht zuvor. Die Augen des Einhändigen wurden schmal vor Wut, seine Hand juckte so stark, dass sie zu brennen schien, er vergaß seine Berechnungen und die möglichen Spielausgänge und warf eine beliebige Karte auf den Tisch. Als er sie dort liegen sah, die Münz Zwei, begriff er, dass er einen nicht wiedergutzumachenden Fehler begangen hatte, denn mit der Münz Drei, dem Siegespunkt, führte Chirinu den Stoß aus, mit dem ihn der heilige Rocco in den Abgrund stürzte. Caracantulu verstand die Welt nicht mehr: Er ertrug die triumphierende Miene, mit der Chirinu die Glückwünsche entgegennahm, er ertrug den Juckreiz, der sich inzwischen in Schmerz verwandelt hatte, er ertrug Lulùs Gesicht, das eine Maske der Genugtuung zu sein schien, bis der Schwachkopf sich schließlich erhob und auf die Tür zusteuerte. Caracantulu sprang auf, zog das Geld aus der Tasche und knallte es auf den Tisch. Heute bringt dir der heilige Rocco kein Glück, stellte Savìari fest, aber Caracantulu nahm sich nicht einmal die Zeit, ihn zu verfluchen, so eilig hatte er es, nach Hause zu kommen und den widerwärtigen Handschuh auszuziehen. Scheiß doch auf euch und euren Heiligen.

10:32 *auf der Uhr der Chiesa Matrice*

Als er den Piano erreichte, erblickte Caracantulu von Weitem Lulù, der in das Gässchen nach Le Cruci einbog. All die Missgunst und Wut, die sich seit dem Traum vom heiligen Rocco in ihm angestaut hatten, materialisierten sich in diesem Körper, der so adipös war wie der eines Buckelwals und den das Universum bei seinen Planungen übersehen hatte, als wäre er ein bedeutungsloses Bruchstück eines Asteroiden. Caracantulu zündete sich eine Toscanello an und schob die verstümmelte Hand in die Tasche, um sie am Oberschenkel zu reiben. Er beschloss, dem Verrückten zu folgen, denn er fühlte sich wie eine Viper: Wenn er nicht endlich eine Dosis Gift in die Welt spritzen konnte, würde er platzen.

10:39 auf der Uhr der Chiesa Matrice

Bleib endlich stehen, verdammter Idiot. Die Sonne stieg höher, und Lulù ging weiter nach Le Cruci hinauf. Bei jedem Schritt bedachte Caracantulu ihn mit einem Fluch, bei jedem Schritt wurde das Jucken schlimmer, kochte die Wut in ihm höher. Lulù kämpfte sich den kurzen Anstieg zur Kirche hinauf. Als Caracantulu auf dem Kirchplatz ankam, sah er ihn auf der Freitreppe unterhalb der Ikone der Madonna delle Nevi sitzen. Es schien ein Ort außerhalb der Welt zu sein, der höchste Punkt des Dorfes, von dem aus man es auf einen Blick erfassen konnte, die Stelle des Passionswegs, an der schließlich die drei Kreuze aufgestellt wurden. Ein Ort, der den Menschen verborgen blieb, weil vor dem Eingang wie ein Paravent zahlreiche Votivkapellen standen, die den Leidensweg Christi darstellten. Caracantulu, der Lulù aufhalten wollte, ohne gesehen zu werden, hätte sich keinen besseren Ort dafür aussuchen können. Er atmete durch und kratzte sich die Hand. Der

Verrückte hob den Kopf und blickte ihn an, als wäre nichts gewesen.

»Endlich bleibst du mal stehen, Blödmann!«

Lulù fuhr fort, in seinem Beutel voller Blätter zu wühlen, denn vielleicht war er hierhergekommen, um der Madonna ein Lied vorzuspielen.

»Ich rede mit dir, Dämlack, hast du mich gehört?«

Lulù blickte nicht einmal auf, und da versetzte Caracantulu dem Beutel einen wütenden Tritt, sodass die Blätter sich überall auf dem Boden verteilten.

»Gegen den heiligen Rocco kann ich nichts ausrichten und gegen diesen Haufen Idioten, die ihm hinterherlaufen, auch nicht, aber du, Lulù, du wirst mir für alles büßen! Steh auf!«, sagte er und packte ihn am T-Shirt. Verängstigt gehorchte Lulù.

»Manchmal glaube ich, du hast es am besten von uns allen getroffen. Diese Welt ist widerlich, auf dieser verdammten Erde läuft alles falsch, denn wer Böses tut, bekommt etwas Gutes zurück, aber einer wie ich, der keinem Menschen etwas zuleide getan hat, steht von einem Tag auf den anderen vor einem Scherbenhaufen, ohne zu wissen, warum. Es gibt kein Warum, denn wenn es eins gäbe, könnte man darüber nachdenken, aber auf dieser verfluchten Erde gibt es nie einen Grund, alles passiert durch Zufall, durch Vorsehung, und wenn du Glück hast, ist alles gut, die Welt ist schön und gerecht, aber wenn du zufälligerweise zu denen gehörst, die immer Pech haben, weil die Vorsehung sie vergessen hat, *allora sù cazzi tùa*, dann kannst du sehen, wo du bleibst, du bist im Arsch, für immer, denn eine zweite Chance bekommst du nicht. Glaubst du, es macht Spaß, jeden Morgen aufzuwachen und zu wissen, dass du in der Herde der Vergessenen weidest, weil die Vorsehung dich nicht mal mit dem Hintern anguckt? Kann sein, dass du im nächsten Leben mehr Glück hast, aber bis dahin ärgerst du dich schwarz, denn du bist nun mal, wie du bist. Ach verdammt, warum erzähle ich dir das alles, du kapierst es ja doch nicht. Du bist ein Schwachkopf, Lulù, ein Trottel, manche Sachen verstehst du einfach nicht. Du stehst auf, trinkst was, gehst pissen und legst dich wieder hin, und damit ist für dich alles geritzt. Sogar du, Lulù, sogar du hast mehr Glück als ich. Sogar dich zieht die verdammte Vorsehung mir vor, der heilige Rocco ist persönlich vorbeigekommen, um es mir zu sagen, stell dir vor. Heute Nacht, ausgerechnet an dem Tag, an dem ich ihn in der Kirche besucht habe, ausgerechnet heute Nacht ist er gekommen, um sich über mich lustig zu machen und mich zu verscheißern; er hat mich verhöhnt und daran erinnert, dass ich ein schwarzes Schaf bin. Er hat mich ausgelacht, weil ich ihm immer schon auf die Eier gegangen bin. Aaah ... du und deine verdammten Heiligen!«

Er packte Lulù am Kragen und drückte ihn an die Wand.

»Sogar gegen diesen Scheißkerl Chirinu hast du mich verlieren lassen. Du! Dich hat der heilige Rocco nämlich geschickt, damit du mich verhöhnst, dich, seinen treuesten Jünger, direkt hinter ihm hast du gestanden und im richtigen Augenblick gelacht wie dein Herr, genau im passenden Moment, du und dieses dämliche Figürchen da!«, brüllte er und wollte nach dem Heiligenbildchen greifen, das Lulù sich auf Höhe des Herzens an sein T-Shirt gesteckt hatte, aber der Verrückte legte rasch eine Hand darauf. Für einen Moment verlor seine Miene die übliche

Unschuld, und zum ersten Mal hielt er Caracantulus Blick stand.

»Was glotzt du mich so an? Ein bisschen was kapierst du also doch, Schwachkopf! Na los, ich will dich treten, nur ein einziges Mal, dein verdammtes Bildchen rühre ich nicht an, keine Angst!«

Caracantulu ließ ihn los. Da er sich außer Gefahr wähnte, senkte auch Lulù die Hand, aber es dauerte nur eine Sekunde, und Caracantulu riss das Heiligenbild der Madonna von der Sicherheitsnadel, zerknüllte es in der Faust und hielt es ihm hin. Augenblicklich verwandelte sich Lulùs Miene: Er zog die Brauen hoch, legte die Stirn in Falten, das Lächeln verschwand, und sein Gesicht nahm einen bösen Ausdruck an. Für eine Sekunde fürchtete sich Caracantulu. Der Verrückte ergriff die Hand mit dem Heiligenbildchen darin und drückte fest zu, sodass Caracantulu die verstümmelte Hand ausstrecken musste, um sich zu befreien, und in diesem Moment drückte Lulù auch mit der anderen Hand zu. Er schrie wie ein Schwein, das abgestochen wird, und zog mit aller Kraft, bis er Caracantulus Handschuh in der rechten Hand hielt. Er blickte auf die verkrüppelten Finger, und seine Wut legte sich, sein verkrampftes Gesicht entspannte sich und nahm einen erstaunten Ausdruck an, als er die Hörner sah, die die Hand des Unglücklichen geformt hatte. Reglos stand Caracantulu im Sonnenlicht, das die vernarbte Haut noch betonte, und starrte auf seine Hand. Zum ersten Mal sah er sie bei Tageslicht, im Freien, und sie kam ihm noch hässlicher vor. Mit einer jähen Bewegung versteckte er sie hinter dem Rücken, dann entriss er dem ungläubig dreinblickenden Lulù den Handschuh und zog ihn wieder an. Um sicherzugehen, dass niemand sie beobachtet hatte, sah er sich um: Außer Lulù und der Madonna an der Wand war niemand zu sehen.

Er musterte ihn mit einem Hass, der die aufgestaute Wut seines ganzen Lebens beinhaltete. Lulù stand da wie gelähmt, noch völlig unter dem Eindruck der entstellten Hand, bis Caracantulu zischte: »Jetzt bist du zu weit gegangen. Wehe, du erzählst jemandem, was du gesehen hast, dann werde ich wirklich zum Teufel und schlage dich tot!«

Er hob die Hand, wie um ihn zu ohrfeigen, drehte sich dann aber um und ging eilig fort.

Lulù wartete einige Sekunden, ehe er sich setzte. Er legte das zerknitterte Bildchen auf ein Bein und begann, es glatt zu streichen, als wollte er eine Falte herausbügeln, denn darin besteht das unbewusste Leben: Man glättet Falten, löscht Zeichen und Mängel aus, schreibt alte Pläne um. Er heftete sich das Bild wieder an die Brust, obwohl es oben etwas eingerissen war, sammelte seine Blätter ein und steckte sie in den Beutel, und bevor er den Kirchplatz verließ, betrachtete er lange seine linke Hand. Er zog zwei Finger ein und so, mit dem Zeichen des Gehörnten, machte er sich auf den Weg zur Nervenheilanstalt, genau in dem Augenblick, in dem auf den Hügeln hinter ihm das funkelnde Festtagsfeuerwerk gezündet wurde.

23
Ein Frevel

»Buongiorno.«

Ohne auf die Erwiderung des Schneiders zu warten, ging Silvio zu der Vitrine, in der er Venanzius bevorzugtes Eau de Cologne aufbewahrte. Fünf Flakons, alle für den Schneider.

Wenige Jahre zuvor hatte er dieses Duftwässerchen literweise verkauft, aber dann fing Don Venanziu an, so viel davon zu gebrauchen, dass er auf der Straße eine unverwechselbare Duftspur hinterließ, und die Männer des Ortes kauften den Duft nicht mehr, denn wenn du rochst wie der Schneider, zerstörte es deine Männlichkeit, sie wurde schlecht wie der aufgetaute Fisch, den die Catanzarisa als frisch gefischten verkaufte.

»Ist es schon wieder leer?«, fragte der Kaufmann in dem sarkastischen Ton, den Venanziu bereits kannte. Er machte sich nichts daraus, mehr noch, er lächelte, wie immer, wenn ihn jemand wegen seiner halb offiziellen Umleitung durch die Arztpraxis aufzog, und er dachte an Silvios nächste Verwandte, die er kürzlich noch in seinem Schlafgemach beherbergt hatte. Mit dessen lediger Schwester Adelaide hatte er nämlich vergnügliche Nachmittage voller fleischlicher Gefälligkeiten verbracht, was die Frau so sehr zu schätzen wusste, dass sie sich einmal verplapperte und ihm erzählte, sie habe ihren Bruder dabei erwischt, wie er ihre Schublade geöffnet und vor dem Spiegel ihre rote Unterwäsche anprobiert habe. Darum stellte Venanziu sich den Kaufmann nun in BH und Spitzenunterhöschen vor, und er musste lachen, so sehr, dass sein Gelächter noch in seinen Worten an Silvio nachklang, während der bereits die kleine Vitrine öffnete.

»Nein, Silvio, ich will kein Eau de Cologne, ich habe noch welches.«

Der Kaufmann drehte sich verblüfft um, denn Venanziu kam normalerweise nur deswegen zu ihm.

»Ich brauche Rosenwasser, das beste, das du hast.«

Lächelnd ging Silvio zurück hinter die Ladentheke. »Was ist passiert, hat sich Ihr Geschmack verändert?«

»Es ist ein Geschenk.«

»Verstehe«, sagte der Kaufmann und reihte die drei Sorten Rosenwasser auf der Theke auf, die er im Schaufenster hatte.

»Darf ich mal riechen?«

»Aber selbstverständlich, probieren Sie es aus, Sie haben eine feine Nase.«

Die ganze Nacht hatte Don Venanziu den Duft von Mikaelas Körper in der Nase gehabt, diese Essenz von Rosenwasser, die ihn zwickte wie Zahnschmerzen, sodass er nichts anderes mehr wahrnahm, nicht einmal das Aroma des Guglielmo-Kaffees, der ihn morgens weckte. In dieser Nacht war es besonders schlimm gewesen, denn der Duft war so stark, wie wenn die Frau neben ihm im Bett läge. Um drei Uhr, während ihn der nächtliche Glockenschlag erschütterte, als wäre er selbst der wehrlose Klöppel, trat er, benommen vor Hitze und Verlangen, ans Fenster. Sein Blick fiel auf das Plakat von Mikaela, das von einem boshaften Mondstrahl beleuchtet wurde wie ein Gemälde im Museum – ein Keil, unter die Tür des Schlafs geschoben, sodass sie sich nicht mehr schließen ließ. Schicksalsergeben ging er in die Küche und schaltete den Fernseher ein. So war er später im Sessel erwacht, weil die Hitze zum Fenster hereinwehte wie aus einer Ofentür, und ein Gedanke, ein einziger, hatte sich in seinem Kopf und seinem Körper festgesetzt.

Nun öffnete er die ersten beiden Flakons, die ihn jedoch nicht zufriedenstellten, als er aber das letzte Fläschchen öffnete, das kostbarste, weil aus geschliffenem Glas, erfüllte auf einmal ein solches Glücksgefühl seinen Körper, dass er über eine blühende Wiese zu laufen glaubte.

»Ich nehme dieses hier.«

»Sie haben einen guten Geschmack, es ist das teuerste. Ich packe es Ihnen als Geschenk ein. Ist rotes Papier in Ordnung?«

»Ja, sehr gut«, sagte Venanziu und dachte, dass Rot offenbar tatsächlich die Lieblingsfarbe dieses Unglücklichen war. »Was bin ich Ihnen schuldig?«

Vom leibhaftigen Teufel

Kaum zu Hause angekommen, zog Caracantulu sich den Handschuh aus und lief ins Badezimmer, um die Hand unter kaltes Wasser zu halten. Die sofort einsetzende Linderung konnte ihn jedoch nicht besänftigen; die Vorstellung, dass Lulù die Hörner gesehen hatte, ließ ihm keine

Ruhe. Er füllte Wasser in eine kleine Schüssel und ging in die Küche. Hoffentlich redete der Schwachkopf nicht! Zwar konnte er sich in Sicherheit wähnen, weil er eben schwachsinnig war und außerdem stotterte. Aber sollte er ein einziges verständliches Wort herausbringen, zum Beispiel gegenüber einem Pfleger oder in der Bar, ein Wort nur, würden in den Köpfen der Dorfbewohner die Zweifel keimen, denn manche glaubten vermutlich sowieso nicht an die Geschichte von der verbrannten Hand. Komm schon, Caracantulu, zeig sie uns, so leicht lassen wir uns nicht ins Bockshorn jagen, he, ganz ruhig, zeig mal her, wenn du es nicht freiwillig tust, ziehen wir dir eben den Handschuh aus, wir sind zu fünft und machen mit dir, was wir wollen. Na also, wir wollen uns doch nicht wehtun, nur einen Moment, nur mal sehen, ob Lulù recht hat, ob sie wirklich kaputt ist, wir wollen ja keinen in unserer Nähe, dem der Teufel selbst die Finger verstümmelt hat. Denn wenn es stimmt, was der Schwachkopf sagt, dass sie nämlich die Form von Hörnern haben, dann konnte nur der Leibhaftige dich auf diese Art brandmarken. Caracantulu wusste, dass er keine Freunde hatte, weil er selbst niemandes Freund war. Viele warteten sogar ungeduldig auf eine Gelegenheit, es ihm heimzuzahlen, und Lulù konnte ihnen dafür den Vorwand liefern. Der Groll, den er in den Tagen zuvor an ihm ausgelassen hatte, fand nun seine Berechtigung. Er musste dafür sorgen, dass Lulù nicht redete. Er musste ihn verstummen lassen, ihn vernichten. Und er begann, darüber nachzudenken, wie sich das bewerkstelligen ließe.

Er war wie vom Donner gerührt. Als er auf den Piano hinaustrat, um einen einsamen Spaziergang zu machen, stand auf einmal Jibril vor ihm. Sein Herz war Gefühle und Überraschungen dieser Art nicht gewöhnt. Ausgerechnet in dem Moment, in dem er nach San Marco aufbrechen wollte, drehten sich die Planeten und Sterne weiter und ließen den Jongleur an ihm vorbeigehen, in Alltagskleidung, die Haare in der Mitte gescheitelt und mit einem weißen Hemd, das ihn jünger aussehen ließ. Wenn man ihn so sah, glaubte man nicht, dass er ein Mensch war, der erstaunliche Kunststücke vollbringen konnte. Er ging mit gesenktem Kopf und einer gewissen Schwerfälligkeit, darauf konzentriert, seine Schritte abzumessen, damit das rechte und das linke Bein nach Art eines Zirkels stets dieselbe Amplitude beschrieben. Er näherte sich der Piazza. Als er noch etwa zwanzig Meter davon entfernt war, folgte ihm Archidemu und sah ihn kurz darauf in die Kirche San Rocco gehen. Das überraschte ihn, sodass er hinterherging, ohne sich zu fragen, warum, obwohl er seit Jahren keinen heiligen Ort mehr betreten hatte. Jibril setzte sich auf die Holzbank, die der Madonnenstatue am nächsten war. Um ihn zu beobachten, stellte sich Archidemu hinter eine Säule des Seitenschiffs. Mit gesenktem Kopf und geschlossenen Augen saß der Jongleur da. Bei einem, den er aus irgendeinem Grund für einen Atheognostiker gehalten hatte, kam ihm so viel Andacht geradezu skurril vor. Aber dann dachte er, dass Männer, die jeden Tag das Leben auf die Probe stellten, indem sie den Tod streiften – nicht Jibril, dem konnte höchstens ein Kegel herunterfallen oder ein Teller zerbrechen –, aber die anderen, die zig Meter über dem Boden auf einem Seil tanzten, die den Kopf in den Rachen des Löwen steckten, deren Körper von Messerklingen umrahmt wurden und die sich ins Leere stürzten in der Hoffnung auf Hände, die sie wohlwollend ergreifen würden –, diese Menschen mussten stärker als andere an eine göttliche Vorsehung glauben, die in der Lage war, die Zerstreuung der Menschen und die Schräglage der Objekte zu korrigieren. Archidemu dachte, dass alle Wesen auf der Erde auf ihre Weise Seiltänzer und Dompteure waren, Trapezkünstler, die, ohne es zu wissen, in die Leere der Existenz geworfen und gezwungen waren, sich an irgendetwas zu klammern – wohlwollende Hände im besten Fall oder behelfsmäßige Haltegriffe, denn alle Gegenstände und Handlungen der Welt sind Versuche, die Leere zu umgehen. Jibril legte die Hände auf die Oberschenkel und betrachtete eingehend die Statue, und er schien tatsächlich ein anderer zu sein als der Jongleur, der die Erwachsenen zum Staunen und die Kinder zum Lachen brachte. Welch seltsamer Mensch sein Bruder geworden war! In diesem Moment hätte Archidemu zu gern die Bilder gesehen, die diesem durch den Kopf gingen. Vielleicht dachte Jibril gerade an den Tag, an dem der Zirkus ihn von der Straße aufgelesen hatte, nach frostigen Nächten hatte ihn ein Wunder gerettet, *Madonna mia*, du, die du deinen gestirnten Umhang abnahmst, um ihn mir umzulegen zu meinem Schutz. Seit damals war er ihr dankbar, weil sie ihn ins Leben zurückgeführt hatte, nachdem er zuvor nicht nur kein Leben, sondern nicht einmal einen Namen gehabt hatte. Er hatte sich selbst, seine Heimatstadt, seine

Familie vergessen. Der einzige vertraute Gegenstand, bei dessen Anblick er etwas zu empfinden glaubte, war eine Glaskugel, eine, in der es schneit, wann immer wir wollen, andachtsvolle Welten, in denen wir mit einer Handbewegung über das Wetter entscheiden und die Jahreszeiten erschaffen, um für einen Moment ein Gefühl von Allmacht zu erleben. Sicherlich steckte auch für seinen Bruder unsere gesamte Galaxie in einer riesigen Glaskugel, der Himmel oben, die Erde unten und die Planeten rundherum, eine Kugel, die jemand in der Hand hielt und gelegentlich umdrehte, um über das Wetter zu entscheiden und die Jahreszeit zu wechseln, aber auch um den Verlauf des Lebens zu verändern – wie damals, als ihn der Zirkus aufgenommen und die umgedrehte Kugel sein neues Schicksal schneeweiß gefärbt hatte. Seitdem dankte Jibril der Muttergottes immer wieder für sein neues Leben und das übermenschliche Geschick, mit dem er Gegenstände balancieren konnte und von dem er zuvor nichts gewusst hatte. Denn vielleicht war auch diese Fähigkeit direkt von einem Stern auf dem Marienmantel, der in seinen Haaren hängen geblieben war, zu ihm gekommen.

Die Statue aus der Nähe

Caracantulu war im Sessel eingeschlafen, wurde aber von unruhigen Träumen heimgesucht, und er wälzte sich hin und her wie ein Sieb, in dem das Korn verlesen wird. Geweckt wurde er von der Musik der Kapelle, die mit der Prozession näher kam. Sofort war er hellwach, ging zum Balkon und blickte zum Fenster hinaus, die nackte Hand hinter dem Rücken versteckt. Er sah die Jungen mit den Holzkisten für die Opfergaben, den Wachtmeister, die Pfarrer und gleich hinter ihnen die Statue. Die Straße war sehr schmal, sodass die Heiligen, die normalerweise Seite an Seite voranschritten, den Schritt verlangsamen und hintereinander gehen mussten. Caracantulu befand sich auf derselben Höhe wie die Statue und betrachtete das Antlitz des heiligen Rocco aus der Nähe. Er fixierte es, wie er seine Gegner beim Kartenspiel fixierte, starrte dann auf den Finger, der auf die Wunde am Knie wies, und dieser Anblick ging ihm ebenso sehr auf die Nerven wie Giobbe, der dem Heiligen Arm in Arm mit seiner Frau folgte. Er ging zurück in die Wohnung und zog den Handschuh über, ehe er das Haus verließ.

Sieben, vielleicht acht

Sein Herz flatterte so aufgeregt wie ein kleiner Vogel, und er bekam keinen Bissen hinunter. Wie üblich legte er sich in den Schatten unter der großen Kiefer, aber nicht einmal der kühle Westwind, der von Covello her wehte, konnte ihn beruhigen, und so schlurfte er auf der Suche nach Stille zur Kirche des heiligen Rocco.

Er nahm in der viertletzten Bank auf der linken Seite Platz. Er war allein, denn um diese Uhrzeit war es so heiß, dass niemand das Haus verließ. Normalerweise beruhigte es ihn, das Gesicht der Madonnenstatue zu betrachten, aber an diesem Nachmittag half es nicht, und außerdem störte ihn das grelle Licht, das auf die Statue fiel. Er hob den Blick zu den Glasfenstern weit oben, durch die die Sonnenstrahlen hereinfielen, und betrachtete die Reihe hoher Fenster. Die Engelpaare, die an den Seiten der Fenster dargestellt waren, hatte er noch nie bemerkt, oder er hatte sie gesehen und wieder vergessen, denn die Dinge flossen in seinen Verstand hinein und wieder heraus wie Wasser aus einem Brotkorb. Von seinem Platz aus sah er alle Engel im rechten Kirchenschiff. Bis zehn konnte er zählen: ein Fenster, zwei Engel, zwei Fenster, vier Engel, drei Fenster, sechs Engel, vier Fenster, acht Engel. In der chaotischen Galaxie seines Kopfes, in der nichts in Ordnung war, in der Eindrücke, Erinnerungen und Bilder tanzten wie Sterne am Himmelszelt, in der es weder vorher noch nachher, weder oben noch unten, weder klein noch groß gab, sondern eines dem anderen und alles sich selbst glich, in seinem fleckigen Gehirn, das durch einen teilweisen Ausfall des Gesichtsfelds die irdische Mechanik versagen ließ, überlagerten sich Linien und Formen, und für einen Augenblick sah er, wie sich auch die Engel bewegten, nur ganz kurz, und dann an ihren Platz zurückkehrten. Dieses Flimmern war nicht vergebens, denn nach langem Hinsehen schien der erste Engel jemandem zu ähneln, die Nummer eins mit den goldenen Flügeln und dem Messbuch in der Hand schien ihm der Mann vom Zirkus zu sein, der die Tiere führte und mit ihnen sprach, obwohl er nicht wusste, dass er Cassiel hieß, oder er wusste es und hatte es nur vergessen. Der Engel ihm gegenüber, Nummer zwei, der mit der blauen Tunika, genau, das war der Mann vom Zirkus, der oben am Trapez schaukelte, und dann Nummer drei und vier, nacheinander, der Mann, der mit allen Bällen auf einmal spielte, und dann derjenige, der Messer auf Engel Nummer fünf warf, und gegenüber der magere Mann, der die Tauben auftauchen und wieder verschwinden ließ, das war der Engel, der Geige spielte. Als wäre Carruba über die Köpfe der Statuen auf die Empore geklettert, um die Zirkusplakate eins nach dem anderen entlang der Reihe von Bogenfenstern aufzuhängen. Er drehte den Kopf zum letzten Fenster, und das Antlitz des orangefarben gekleideten Engels Nummer sieben leuchtete am hellsten, denn das Licht, das zum Fenster hereinfiel, schien hier zu verweilen, auf Luvias Haaren, der lichtvollsten, schönsten, die er nun anlächelte und die sein Lächeln erwiderte. Beim achten und letzten Engel hingegen war es nicht so klar, denn eine Ähnlichkeit war zwar vorhanden, doch wusste er nicht, mit wem. Er überlegte, wer es sein könnte, und holte zahlreiche Gesichter aus seinem Gedächtnis hervor, von denen aber keines passte. Er hatte zu viel nachgedacht, sodass er müde wurde, und als er erneut Luvia anblickte, bekam er Lust, sie zu besuchen, denn wahrscheinlich war sie die Einzige, die ihn beruhigen konnte.

Luvia merkte sofort, dass etwas passiert war. Er blieb vor ihr stehen, senkte aber rasch den Blick. Lächelnd legte sie ihm eine Hand auf die Schulter und fragte: »Was ist passiert?«

Lulù starrte auf seine Hände und bewegte die Finger, wie wenn er eine Form beschreiben wollte. Luvia führte ihn behutsam zu einem Stuhl und ließ ihn Platz nehmen.

»Also, sagst du mir, was passiert ist?«

Lulù schüttelte den Kopf, als wollte er sagen, nein, ich kann nicht, aber immerhin reagierte er auf ihr Lächeln.

»Na komm, ich weiß, wie ich dich wieder fröhlich machen kann.«

Der Verrückte nickte und folgte ihr in den Wohnwagen, und als Luvia die Tür schloss, war Lulù so glücklich, als läge er beschützt im Schoß einer Mutter.

Die letzte Saison der Illusionen

Ihr Bauch war wie ein alter Ofen, der tagelang warm bleibt, nachdem das Brot gebacken wurde. Cuncettina fühlte sich immer noch wohl. Am Morgen hatte sie so fest geschlafen, dass sie Cosimo nicht einmal hatte aufstehen hören. Ihr Körper, dessen Räderwerk sie in- und auswendig kannte, fühlte sich fremdartig an, und das bescherte ihr eine völlig neue Seelenruhe. Sie hob das Nachthemd hoch und streckte den Bauch heraus, wie sie es seit Jahren nicht mehr getan hatte. Dabei kam ihr eine verrückte Idee. Vielleicht war dies der Grund, warum sie nicht mehr blutete? Und wenn mir deshalb innerlich so heiß ist? Sie verscheuchte den Gedanken nicht gleich wieder wie eine Schmeißfliege, sondern wiegte ihn in ihrem Kopf sanft hin und her, weil er ihr ausnahmsweise nicht völlig absurd vorkam. Sie verbrachte fast eine Stunde auf dieser Insel der Glückseligkeit, obwohl sie wusste, dass es riskant war, sich selbst etwas vorzumachen. Wie Liebe oder Hass sind auch Illusionen eine feine Sache, solange sie einen nicht dazu verleiten, allzu sehr an eine Möglichkeit zu glauben oder einen Plan zu verfolgen, denn sie bringen den braven Christen um, wenn schließlich offenkundig wird, dass sie sich nicht realisieren lassen.

Den ganzen Vormittag – vor allem als sie beim Schulsekretariat vorbeiging, um eine Karte abzugeben und dabei der Frau mit dem dicken Bauch begegnete – war sie von einer Art Gier befallen. Sie musste unbedingt wissen, ob ihre innere Hitze auf dem Wunder der Gameten beruhte, die sich zu einer Zygote vereint hatten, denn manche Gedanken sind wie Zecken, die einem langsam unter die Haut kriechen: Wenn du sie nicht sofort vollständig herausziehst, verwandeln sie sich selbst in Haut. Wie sähe es aus, wenn sie, Cuncettina Licatedda, die Vertrocknete, in der Apotheke vor den Verkaufstresen treten und eins von diesen Reagenzgläschen für die Schwangerschaft verlangen würde! Pietro Defilippo war ein anständiger Kerl und würde bestimmt nichts dazu sagen, aber sie würde sich lächerlich vorkommen, schließlich war sie kein junges Mädchen mehr. Und wenn sie sich nun getäuscht hatte? Sie könnte zur Apotheke in Borgia fahren und das Ding dort kaufen, nach Hause fahren, es benetzen und auf die Fensterbank stellen und warten, bis sie einen roten Streifen sah. Vielleicht kommt ja einer, vielleicht kannst du ihn erkennen, aber vielleicht auch nicht, sieh dir lieber noch mal das Bild auf der Verpackung an, der Streifen ist nicht so klar umrissen und deutlich zu sehen, also beschließt du, vier Minuten zu warten, Zeit genug, um hinunterzugehen und die Waschmaschine einzuschalten, und dann kommst du zurück und lässt dich auf den Boden rutschen, weil alles verloren ist, für immer! Nein, sie würde sich die letzte Saison ihrer Illusionen nicht ruinieren, denn dass nun diese Hoffnung in ihr aufgestiegen war, machte ihr Leben wieder erträglich. Auf einmal verspürte sie den Wunsch, in die Kirche zu gehen und zur Muttergottes zu beten, damit die kleine Flamme, die sie in ihrem Bauch spürte, nicht erlosch.

Antonia Panduri rührte gerade die Soße für das Entrecôte um, als es an der Tür klingelte.

Sie trocknete sich die Hände ab und machte auf.

»Komm schnell rein, nicht, dass dich jemand sieht.«

Als sie die Tür wieder schloss, sah sie, dass er eine Tüte in der Hand hielt.

»Was hast du da?«

»Ein Geschenk für dich!«

»Für mich? Wirklich?«

Antonias Augen begannen zu leuchten, und sie öffnete das Päckchen, als wäre Weihnachten.

»Rosenwasser! So wertvoll wie du.«

Als ihn der Duft in der Nase kitzelte, musterte Don Venanziu sie mit einer Hitze im Blick, die keiner Erklärung bedurfte.

»Sprüh es auf.«

»Jetzt?«

»Ja, sofort«, sagte er und zog sich die Jacke aus, ohne sie aus den Augen zu lassen.

Antonia hielt seinem Blick stand, öffnete den Flakon und sprühte sich etwas Parfüm auf den Hals.

»Gut so?«, fragte sie und zog sich einen Schuh aus.

»Mehr, weiter unten«, sagte er und nickte ihr zu, während er bereits den Knoten der Krawatte löste.

»Weiter unten«, murmelte Antonia, während sie mit der rechten Hand den Reißverschluss ihres schwarzen Rocks hinunterzog und so tat, als hätte sie nicht verstanden, was sie durchaus verstanden hatte.

»Noch weiter unten«, befahl Venanziu.

Antonia Panduri zog den Slip zur Seite und sprühte Rosenwasser auf das wilde Buschwerk. Sie schaffte es nicht mehr, den Flakon auf den Nachttisch zu stellen, denn sie lag bereits auf dem Sofa, und Venanzius Mund begann, das Gebiet zu erkunden, in das er sehr bald kraftvoll mit seinem Kastanienstock eindringen würde. Schließlich nahm er sie von hinten.

»Was ist denn heute los mit dir? Du bist ja wie besessen«, sagte sie, während sie mit dem Taschentuch in der Hand wartete, dass es aus ihr herausfloss.

»Das liegt an dir«, antwortete er lächelnd, während er sich wieder anzog, »an dir und diesem Parfüm.«

In Wirklichkeit, dachte er auf dem Rückweg ins Atelier, lag es an diesem Parfüm und dem unbefriedigten Verlangen, das er mit sich herumtrug. Er machte bei der Bar Centrale halt, um eine Brasilena zu trinken und das Gefühl von Fülle zu genießen, das ihn manchmal nach einem besonders befriedigenden Akt überkam. Aber als er sich der Schneiderei näherte und das Plakat mit dem Mädchen darauf sah, überfiel ihn erneut diese Ruhelosigkeit, die noch stärker wurde, als er die Nadel in die Hand nahm, und da wurde ihm klar, dass sein Ausflug zu Antonia kaum etwas genützt hatte, denn dem durstigen Tier kann das Plätschern der Quelle nicht genügen.

Die himmlische Barmherzigkeit

Beim Verlassen der Kirche ging er dicht an Cuncettina Licatedda vorbei, genau in dem Augenblick, in dem sie die Hände faltete und murmelte: *Barmherziger Vater im*

Himmel ... Er fand es seltsam, dass dieses letzte Wort, das sich auf sein persönliches Sternenuniversum und dessen Größe bezog, bei einem Adjektiv stand, das mit jener Welt nicht das Geringste zu tun hatte. Vom Himmel war ihm nur die Mechanik bekannt, welche die Bewegung der Astralkörper berechnete und vorhersagte und dafür sorgte, dass sich ein Planet mit gleichbleibender Geschwindigkeit um eine ellipsenförmige Bahn drehte, diese Mechanik, die Planeten und Trabanten paarweise nach den Gesetzen eines Walzers tanzen ließ, Drehungen und Rotationen veranlasste und den Apparat, die Unfehlbarkeit des Mechanismus, perfekt einstellte. Jedenfalls nahezu perfekt. Denn da gab es noch diesen unangepassten Pluto, der sich nicht auf der Ebene des Tierkreises drehte, sondern sich auf einer abweichenden Umlaufbahn befand, die sich an zwei Punkten mit der des Neptuns überschnitt, mit dem er irgendwann kollidieren würde. Nach den Berechnungen der Himmelsmechanik müssen Pluto und Neptun früher oder später zusammenstoßen, aber tatsächlich kommt es nie dazu, weil die Dauer ihrer Umläufe miteinander vergleichbar ist, und wenn Neptun Plutos Orbit kreuzt, befindet sich Letzterer am äußersten gegenüberliegenden Punkt seiner elliptischen Umlaufbahn. Niemand konnte sich das erklären. Sieh mal einer an, dachte Archidemu deshalb, auch in der unfehlbaren Himmelsmechanik ist Platz für Barmherzigkeit. Denn Barmherzigkeit ist nur eine andere Bezeichnung für die Ausnahme, die Abweichung von der Regel. Barmherzigkeit ist das orbitale und menschliche Echo, das die Welt hin und wieder nachjustiert, die geringfügige Abweichung, die die Regel außer Kraft setzt, die Umlaufbahn eines Asteroiden, die die

Erde um 23,5 Grad neigt, der Weg, den die Vorsehung einschlägt, wenn der Mechanismus blockiert.

Von einem frevelhaften Diebstahl

Die Kirchendienerin bemerkte es zuerst. Wenn Mariettuzza abends das Portal der Kirche schloss, die nur im August bis Mitternacht geöffnet war, gehörte es zu ihren Aufgaben, die Pappmaschee-Gebeine auf dem Nebenaltar in Ordnung zu bringen. Und ihr schien, als fehlte eine Hand. Sie zählte, zählte noch einmal, sah auf dem Boden nach, hinter dem Altar und unter den Bänken, im Weihwasserbecken und in der Monstranz, und nachdem sie überall gesucht hatte, wo ein allzu zerstreuter oder allzu andächtiger Gläubiger – was im Grunde ein und dasselbe war – die Hand aus Pappe hätte liegen lassen können, kam sie zu dem Schluss, dass jemand sie gestohlen haben musste. Sie bekreuzigte sich, blickte sich ängstlich um, und aus Furcht, dass der Dieb noch in der Kirche war, lief sie davon und empfahl sich der Obhut der Madonna.

Don Guari zog gerade seinen Talar aus, da klingelte es an der Tür, und weil er keine Lust hatte, sich wieder anzuziehen, nahm er die Tagesdecke von seinem Bett, hüllte sich darin ein und trat ans Fenster.

»Kommen Sie schnell, Don Guari, kommen Sie zur Kirche, es ist etwas Schlimmes passiert!«

»Aber ...«

»Bitte, kommen Sie, hier können wir nicht sprechen!«

Fünf Minuten später standen Don Guari und die Kirchendienerin vor dem Altar mit den Reliquien.

»Hast du überall nachgesehen?«

»Überall, aber schauen Sie ruhig noch einmal nach, wenn Sie wollen.«

Der Pfarrer folgte ihrem Rat, und zu zweit durchsuchten sie jeden Winkel; beim Portal fingen sie an, und im Chorraum hörten sie auf. Resigniert beschloss der Kirchenmann, am nächsten Morgen zur Kaserne der Carabinieri zu gehen und Anzeige zu erstatten. Er kehrte schweigsam nach Hause zurück, zog sich den Pyjama an und dachte, dass sich Don Ciccio bestimmt im Grab umdrehen würde, weil er, Don Guari, nicht nur daran gescheitert war, eine echte Reliquie des heiligen Rocco nach Girifalco zu bringen, sondern er war nicht einmal fähig, angemessen auf ihre Imitationen aus Pappmaschee achtzugeben.

24
Das Werkzeug und das Maß

Als hätten sich die Leute ihre Klatschgeschichten gegenseitig im Traum erzählt, wussten am nächsten Morgen bereits alle Bescheid. Und ein Gefühl von Verwirrung, ja nahezu Niedergeschlagenheit erfasste die Dorfgemeinschaft, denn noch nie war man so tief gesunken, nie zuvor in der tausendjährigen Geschichte des Ortes, die mit den Dörfern Toco und Carìa in die Altsteinzeit zurückreichte, hatte jemand gewagt, einen derartigen Frevel zu begehen. Um eine regelrechte Schändung handelte es sich, denn dieses Stück Pappmaschee besaß keinerlei materiellen Wert. Hätten sie den Kerzenleuchter oder den Opferkasten geklaut, wäre es immerhin zu verstehen gewesen, aber das hier war ein Akt der Geringschätzung gegen Unseren Herrn Jesus Christus, gegen Don Guari und die überaus anständigen Bewohner von Girifalco.

Die Leute redeten über nichts anderes mehr. Bereits frühmorgens hatte sich auf der Piazza vor der Kirche eine Gruppe von Menschen zusammengefunden, die alles genau wissen wollten, Frauen, die sich bekreuzigten und beteten, Männer, die den Blick schweifen ließen auf der Suche nach dem Schuldigen. Bald trafen auch die Carabinieri ein; Don Guari erwartete sie auf dem Kirchplatz wie die Braut den Bräutigam. Begleitet von der Kirchendienerin und dem Bürgermeister, die unmittelbar nach den Polizisten eingetroffen waren, traten sie vor den Nebenaltar.

»Welche Teile fehlen?«, fragte Polizeimeister Maresciallo Talamone Guido aus dem Norden.

»Eine Hand«, antwortete Don Guari.

»Und wann ist das passiert?«

»Zehn Minuten nach Mitternacht waren sie nicht mehr da«, sagte die Kirchendienerin eilig.

»Und davor?«

»Ich bin ein paarmal hier vorbeigegangen, aber ich habe nicht darauf geachtet. Gestern Abend waren doch noch alle da, oder?«, fragte Don Guari, an die Kirchendienerin gewandt.

»Ja, alle.«

»Es kann also jederzeit passiert sein. Wer könnte denn Näheres wissen?«

»Giobbe Maludente hält sich den ganzen Tag hier auf.«

»Gut, dann fragen wir ihn. Aber sagen Sie, Don Guari, haben Sie keinerlei Verdacht?«

Nachdem die Kirchendienerin ihm am Abend zuvor von dem Raub berichtet hatte, war ihm beim Schließen der Fensterläden und beim Niederknien am Fußende des Bettes Angeliaddu in den Sinn gekommen. War es möglich, dass er sich dazu hatte hinreißen lassen? Wer weiß, was einem Jungen in diesem Alter alles einfällt, vielleicht eine Herausforderung durch einen Freund, eine Provokation, die er nicht ignorieren konnte. Es konnte doch kein Zufall sein, dass die Reliquie verschwunden war, nachdem er sie zwei Tage zuvor zu stehlen versucht hatte. Don Guari zerbrach sich den Kopf, denn eigentlich wollte er den Namen des Jungen nicht ins Spiel bringen. Er tat ihm leid, weil er – wie er selbst – ohne Vater aufgewachsen war, aber der Maresciallo würde ohnehin von dem Vorfall erfahren, also war es besser, ihn zu informieren und zu hoffen, dass seine Reaktion ein wenig milder ausfallen würde.

»Nein, eigentlich nicht, aber vor ein paar Tagen ... ach nein, das war nur eine Kinderei.«

»Sagen Sie es mir, Don Guari, dann werden wir sehen, ob es eine Kinderei war.«

»Jemand hat erzählt, dass Angeliaddu der Blonde ... na ja ... man hat ihn mit einer Reliquie in Händen gesehen, und sie ist ihm runtergefallen und beschädigt worden.« Er hatte den Satz noch nicht beendet, da verzog Talamone bereits die Lippen zu einem befriedigten Lächeln.

»Soso, Kindereien, meinen Sie. Nun, wir werden sehen.« Und damit verließen der Maresciallo und der Unteroffizier die Kirche.

»Das war mit Sicherheit dieser kleine *disgraziàtu*«, verkündete die Kirchendienerin laut, was fast alle Bewohner von Girifalco dachten, denn die Bosheit sickert in die Köpfe der Menschen wie Öl in einen porösen Stein, und wenn der Fleck sich einmal mit ihm vereint hat, lässt er sich nicht mehr entfernen.

Das Spinnentier und das Netz

Jeden Morgen brachte Michìali Carcarazza ein Exemplar der *Gazzetta del Sud* in die Bar Centrale mit und bekam dafür einen Cappuccino. Nachdem er die Zeitung als Erster durchgeblättert hatte, machte er sich zum Sprachrohr der Welt in diesem Winkel der Erde, indem er einige Nachrichten auswählte, die zum Gesprächsthema des Vormittags wurden. An diesem Morgen suchte er die Geschichte von der elfjährigen C. M. aus Cropani aus, die von einem Nachbarn belästigt worden war. Dreckskerl, sagte er laut, die Hände müsste man ihm abhacken. Nur die Hände?, fragte Micu, der die Tässchen abwusch. Man müsste ihm sein Ding sauber abschneiden, zack, sodass er nichts mehr damit anfangen kann. Die Debatte war entbrannt, und jeder, der an diesem Vormittag hereinkam, um eine Partie Bàzzicca oder Tressette zu spielen, ein Gläschen Weißwein oder ein Bier zu trinken, sagte, was er von dieser traurigen Geschichte hielt.

»Warum glaubt ihr eigentlich, dass es in Girifalco keine Dreckskerle dieser Sorte gibt?«

Caracantulus rhetorische Frage ließ alle verstummen.

Er warf eine Karte auf den Tisch, als wäre nichts gewesen.

»Wie meinst du das?«

Wann immer er Lulù begegnete, musterte er ihn voller Hass und Verachtung und versuchte, in seinen Gebärden und seinem Gemurmel etwas zu erkennen, das auf ihr gemeinsames Geheimnis hinwies. Und so schienen ihm Lulùs Finger Hörner anzudeuten, während er aus seinen abgehackten Sätzen das verhasste Wort herauszuhören glaubte. Einmal war er sicher, dass er sich nicht verhört hatte. Als er an der Theke stand und Lulù in der Nähe des Wachtmeisters und des Baristas auf die ihm eigene Art stammelte, war Caracantulu völlig klar, dass er *cornùtu* gesagt hatte. Die Furcht, dass die anderen etwas erfahren könnten, war zu einer Besessenheit geworden, und wenn er sich nicht bald davon befreite, würden seine Kopfschmerzen und das Sodbrennen unerträglich werden.

»Ich meine, was ich sage: dass es auch unter uns solche Scheißkerle gibt.«

»Was redest du denn da? Kannst du das beweisen?«, forderte Micu ihn heraus.

Der Bösewicht, der seit dem Vortag nach einer Möglichkeit suchte, sich zu rächen, fand in der von Michìali vorgelesenen Nachricht, was er gesucht hatte, denn auch Gemeinheiten haben manchmal etwas Geniales an sich. Caracantulu musste nur an eine Blume denken, die einem Mädchen überreicht worden war, und schon breitete sich ein zufriedenes Grinsen in seinem Gesicht aus.

»Also, Caracantulu, wen meinst du?«

Und er, das ungelenke Spinnentier, begann, mit seiner Antwort ein Netz zu knüpfen, in das er selbst hineingezogen werden würde: »Lulù!«

Nur ein paar Fragen

Als Taliana die Tür öffnete und der Maresciallo vor ihr stand, dachte sie, dass Angeliaddu etwas passiert sein musste. Ihr blieb fast das Herz stehen, und sie sagte mit leiser Stimme: »*Buongiorno.* Ist meinem Sohn etwas zugestoßen?«

»Guten Tag, Signora, dürfen wir hineinkommen?«

Sie gab den Weg frei, und die beiden Männer traten ein.

»Ist meinem Angeliaddu etwas passiert?«

»Nein, Signora. Ihr Sohn ist also nicht zu Hause?«

»Nein, aber warum suchen Sie nach ihm?«

»Haben Sie nichts von dem Diebstahl in der Kirche gehört?«

»Nein.«

»Nun, eine Reliquie ist entwendet worden«, sagte der Maresciallo in dem provozierenden, leicht ironischen Tonfall, der seinem nordischen Überlegenheitsgefühl entsprang. »Wir wissen, dass Ihr Sohn das vor einigen Tagen schon einmal versucht hat.«

»Das behaupten die Lästermäuler, die uns etwas anhängen wollen«, versetzte sie mit wiedergefundenem Stolz.

»Aber natürlich, die Lästermäuler. Dürfen wir uns kurz im Haus umsehen?«

»Wir haben nichts zu verbergen.«

»Wo schläft Ihr Sohn?«

»In seinem Zimmer, ich zeige es Ihnen.«

Der Unteroffizier sah unter dem Bett, im Schrank und in den anderen Zimmern nach, ohne jedoch die geweihte Hand zu finden.

»Hier ist nichts, mein Sohn ist nicht so, wie Sie denken!«

»Wissen Sie, wo wir ihn finden können?«

»Warum?«

»Ein paar Fragen, Signora, nur ein paar Fragen.«

Wie schneebedeckte Gipfel

Was war nur in sie gefahren, dass sie sich dem Mann ihres Lebens in diesem Zustand gezeigt hatte? Sie sah aus wie eine schlecht gemachte Karnevalsmaske, die jemand das ganze Jahr über draußen vergessen hatte, sodass man sie schließlich wegwerfen muss. Jahrzehntelang war sie ihm aus dem Weg gegangen, und nun war sie dermaßen darauf versessen, über die Schwelle des Ladens und damit erneut in sein Leben zu treten, dass sie sich in diesem Zustand sehen ließ!

Am Morgen hatte sie sich mit neuen Augen im Spiegel betrachtet und sich unansehnlich gefunden, vor allem wegen ihrer Haare, die sie hatte weiß werden lassen wie Alpengipfel, und sie war fest entschlossen, sich Sarvatùra beim nächsten Mal wie aus dem Ei gepellt zu präsentieren. Sie zählte das Geld, das ihr noch geblieben war: zu wenig, um sich einen Friseurbesuch zu leisten. Darum ging sie zu Silvio und kaufte sich Haarfarbe in kräftigem Mahagonirot, die billigste, die es gab. Und so verbrachte Mararosa den Vormittag zu Hause und pendelte zwischen dem angeschlagenen Badezimmerspiegel und dem Fernseher hin und her, denn dort wurde gerade die letzte Folge von *Marilena* wiederholt, die sie bereits am Abend zuvor gesehen hatte. Die Hände hatte sie in löchrige Plastikhandschuhe gesteckt, um sich die Haare mit rötlicher Pampe zu bepinseln und mit den wenigen Schweineborsten, die der Pinsel noch hatte, die Zeichen jahrelanger unmenschlicher Vernachlässigung auszulöschen und ihre Schneekugel umzudrehen – nicht, um Schneeflocken, sondern um die Sonne zu sehen.

Die Entführung

»Beim Zirkus, er ist immer beim Zirkus«, erhielten sie als Antwort auf ihre Frage nach Angeliaddu, und so gingen der Maresciallo und der Unteroffizier nach San Marco hinauf.

Luvia begegnete ihnen als Erste.

»Guten Tag. Wir suchen einen blonden Jungen, Angelo, er ist angeblich hier gesehen worden.«

»Der ist bestimmt bei Batral, gehen Sie weiter bis zum Ende, hinter dem Wohnwagen dort.«

Auf dem hinteren Teil des Feldes war eine Art Freiluft-Turnhalle mit Bänken, Sprungtüchern und Gewichten aufgebaut worden. Batral trainierte gerade am Reck, und Angeliaddu versuchte, die Übungen an einer tieferen Stange nachzumachen. Als der Junge den Maresciallo erblickte, bedeutete dieser ihm mit einer Handbewegung, zu ihm zu kommen.

Batral sah es. Er ließ das Reck los, und während er sich den Schweiß abwischte, näherte er sich den beiden, um zuzuhören.

»Was machst du da, Angeliaddu, lernst du etwa ein Handwerk?«

Der Maresciallo blickte den Unteroffizier an, wie um ihn zum Mitlachen aufzufordern.

»Oder trainierst du, damit du besser auf Balkone steigen und zum Fenster hineinklettern kannst?«

Der Junge schwieg. Er senkte den Blick und fragte sich, wegen welcher Teufelei die Polizei nach ihm suchen mochte.

»Nun hast du es ja doch noch geschafft, beim ersten Mal ist es schiefgegangen, aber jetzt ...«

»Ich weiß nicht, wovon Sie reden.«

»Oh, du weißt sehr gut, wovon wir reden, stimmt's? Sieh mir in die Augen«, sagte Talamone und legte Angeliaddu einen Finger unter das Kinn, sodass er ihn ansehen musste. »Du weißt, wovon ich spreche, nicht wahr?«

Bei dieser Geste kam Batral noch etwas näher. »Entschuldigen Sie, dürfte ich erfahren, was Sie dem Jungen vorwerfen?«

Der Maresciallo musterte ihn misstrauisch. »Wer hat Sie denn gefragt? Und wer sind Sie überhaupt?«

An Angeliaddu gewandt, fuhr er fort: »Du kommst jetzt mit, wir unterhalten uns in der Kaserne weiter.«

»Aber ich habe nichts getan!«

Batral legte Angeliaddu eine Hand auf die Schulter, als wollte er ihn zurückzuhalten. »Auch wenn er noch ein Junge ist, hat er das Recht zu erfahren, warum Sie ihn mitnehmen wollen.«

In der Zwischenzeit war der Gewichtheber von der Bank aufgestanden und hatte seinen hünenhaften Körper zu Batral bewegt. Und er war nicht der Einzige: Wie ein heimlicher Hilferuf hatten die Worte des Trapezkünstlers auch Cassiel und Tzadkiel herbeigerufen.

Der Maresciallo erfasste die ungünstige Situation und sagte: »Er weiß, wovon wir reden, stimmt's, Angeliaddu? Von den Reliquien, die gestern aus der Kirche gestohlen wurden, nachdem er es zuvor schon einmal versucht hatte.«

»Aber ich habe nichts getan, ich schwöre, überhaupt nichts!«

»Wenn das stimmt, wovor fürchtest du dich dann? Und jetzt komm mit in die Kaserne, wir müssen den Fall zu Protokoll nehmen – natürlich nur, wenn niemand etwas dagegen hat.«

Cassiel gab Batral ein Zeichen, der Angeliaddu daraufhin frei gab.

»Keine Sorge, wenn du nicht wieder zu mir kommst, komme ich eben zu dir. Bis später!«

Gefolgt vom Maresciallo, trottete Angeliaddu hinter

dem Unteroffizier her. Auf dem Weg über das Zirkusgelände spürte er die Blicke aller Anwesenden und wäre vor Scham am liebsten gestorben. Und während er die regelmäßigen Bewegungen seiner Fußspitzen beobachtete, dachte er, dass all das niemals passiert wäre, wenn er einen Vater gehabt hätte.

Das Unendliche zwischen Caminia und Copanello

Mit dem Raum erging es den Menschen nicht unbedingt besser als mit der Zeit. Jedes Jahr am 18. August brachte Archidemu einen Strauß weiße Chrysanthemen zum Grab seiner Mutter, die an diesem Tag gestorben war. Maria Imperatrice Vonella, eine arbeitsame, dickköpfige Frau, hatte sich nach Sciachineddus Verschwinden an diesem 9. August nicht wieder erholt, und in ihrem letzten Lebensjahr hatte sie Archidemu anvertraut, dass sie gern an einem 9. August sterben würde. Sie hatte sich nur um wenige Tage verrechnet. Archidemu achtete darauf, dass er exakt um 17:22 Uhr auf dem Friedhof eintraf, um die Uhrzeit, zu der sie entschlafen war. Längs der Straße vermaßen der Vermessungstechniker und sein Assistent gerade einen Olivenhain, dessen uralte Bäume entwurzelt und verbrannt worden waren, um an ihrer Stelle eines der zahlreichen Windräder des im Entstehen befindlichen Windparks namens *Il vento del Sud* zu errichten. Dieser Windpark würde Kalabrien eines Tages zur energetischen Lunge Italiens machen, wie die Reklame an den Mauern behauptete, war aber vorläufig keine Lunge, sondern ein Krebs, der den gesamten Organismus verpestete und brandig werden ließ. Discianzu stand hinter dem Stativ der Messstation und gab dem Assistenten Anweisungen, der mit Maßband und Pflöcken kreuz und quer über das Gelände lief. Der kommunale Vermessungstechniker verdiente mit dieser Windradgeschichte einen Haufen Geld. Nimm nur Maß, du armer Träumer, dachte Archidemu, du kannst messen, so viel du willst, es ist und bleibt zwecklos. Was du gestern gemessen hast, unterscheidet sich von den heutigen Maßen, die wiederum anders sind als die von morgen. Uns Menschen ist es nicht vergönnt, die Welt zu vermessen, denn sie gehört uns nicht, obwohl wir sie vergewaltigen und zerstören, diese Welt, die wir nicht auf unsere Maße zurechtstutzen können. Und die Planeten sterben nicht nur, indem sie explodieren oder implodieren, sondern auch weil sie verlassen sind wie mancher Garten, manche Friedhöfe und viele Menschen. Ist es nicht seltsam? Während der Mensch im Weltraum spazieren geht, versagen wir nicht nur, wenn wir drei verdammte Uhren aufeinander abstimmen sollen, sondern wir können nicht einmal mit Sicherheit angeben, wie lang unser Haus ist. Selbst wenn wir die präzisesten Messinstrumente benutzen, werden wir lediglich sehr nahe beieinanderliegende Werte erhalten, denn die Präzision des Werkzeugs darf nicht mit der der Messung verwechselt werden. Archidemu hatte gelesen, dass die wahre Ausdehnung der Küste der Bretagne niemals berechnet werden kann, dass diese je nach Maßeinheit variiert, denn je kleiner die Einheit, desto genauer wird die Messung zwar ausfallen, aber sie wird dennoch niemals mit der tatsächlichen Länge der Küste übereinstimmen. Und wer weiß, warum Archidemu beim Lesen dieser Nachricht so verblüfft war, als hätte man ihm ein Zutrittsverbot fürs Universum vor die Nase gehalten. Sosehr er sich auch anstrengen mochte, niemals würde ein Mensch genau sagen können, wie hoch der Felsen Pietragrande, wie lang die Marina von Soverato oder wie breit die Bucht von Caminia bis Copanello war, und ihm, der es gewöhnt war, sich mit dem himmlischen Unendlichen auseinanderzusetzen, ihm kam die Vorstellung seltsam vor, dass auch die Erde, zu der er zufällig und notwendigerweise gehörte, auf ihre Weise unendlich war. Beim Anblick der Pietragrande erinnerte er sich von nun an jedes Mal daran, dass nichts, was existiert, gemessen werden kann, nicht einmal eine Straße und schon gar nicht der Schmerz. Archidemu setzte sich auf den Baumstumpf vor Maria Imperatrices Grab, denn auch den Tod konnte man nicht messen, und dieser zwei mal einen Meter große Marmorblock kam ihm lächerlich vor, schwebte doch die Seele seiner Mutter frei zwischen den Umlaufbahnen der Milchstraße umher.

Träum von ihnen

»Rede endlich! Mach den Mund auf, oder es kommt dich teuer zu stehen.«

Aus der Nähe betrachtet, sah das löchrige Gesicht des Maresciallo wie die von Wunden und Kratern übersäte Vorderseite des Mondes aus, Spuren, die Bombardements von Asteroiden und Felsblöcken im Lauf von hundert Millionen Jahren auf seiner Oberfläche hinterlassen hatten. Er war mit dem Jungen in seinem Büro allein.

»Ich war das nicht, warum wollen Sie mir nicht glauben?«

Der Maresciallo war nicht nur wütend auf Angeliaddu, sondern er konnte zudem nicht dulden, dass in seinem Zuständigkeitsbereich ein Delikt ungestraft blieb, denn das hätte womöglich seine Versetzung nach Oberitalien hinausgezögert. Das galt erst recht für einen Kirchenraub. Die Nachricht würde mit Sicherheit dem Bischof von Squillace zu Ohren kommen, der daraufhin sofort das Provinzkommando alarmieren würde. Er sah bereits die Schlagzeile in der Zeitung vor sich, mit einem Bild von sich, auf dem er die wiedererlangte Reliquie in die Kamera hielt. Im Geist hörte er, wie ihm der General der Carabinieri persönlich gratulierte und ihn wegen besonderer Verdienste unverzüglich in den Norden versetzte.

»Aber eines kann ich mir nicht erklären«, sagte er, als hätte der Junge bereits gestanden, während er um ihn herumspazierte, »was willst du mit einer schwitzigen Reliquie anfangen, die keinen Pfifferling wert ist?«

Das Schweigen des Jungen machte ihn ungeduldig, darum versetzte er ihm eine Kopfnuss, als er gerade hinter ihm stand. »Redest du jetzt oder nicht?«

»Ich habe nichts gestohlen!«

»*Basta!* Du kommst in die Zelle, dann fällt es dir vielleicht wieder ein.«

Er rief den Unteroffizier herbei, der Angeliaddu abführte.

Chiappa, Chiapparedda und Malarazza mussten den Jungen nur die Kaserne betreten sehen, schon wusste der ganze Ort, dass der kleine Gauner wegen des Diebstahls in der Kirche festgenommen worden war. Und ein halbes

Stündchen später wusste es auch *màmmasa*. Sie zog sich sofort an und ging zur Kaserne, um eine Erklärung zu verlangen, wobei sie den Blicken der Dorfbewohner auswich wie Messern, die man nach ihr warf.

»*Duvè figghiuma* – wo ist mein Sohn?«, fragte sie den Maresciallo.

»An einem Ort, der ihn zum Reden bringen wird.«

»Aber er hat nichts gemacht, er ist gar nicht fähig, etwas Böses zu tun.«

»Natürlich nicht, Sie sind ja seine Mutter.«

»Wo ist er? Ich will ihn sehen.«

»Ich erlaube es nicht.«

»Das können Sie nicht machen.«

»Ach nein? Da täuschen Sie sich, Signora, das kann ich sehr wohl«, sagte Talamone und zeigte auf die Abzeichen an seiner Uniform, »Sie sind hier diejenige, die nicht kann.«

Taliana senkte den Blick.

»Wenn Sie glauben, dass ich dazu nicht befugt bin, warum rufen Sie dann keinen Anwalt an?«

Während er die Frage aussprach, verweilte der Blick des Maresciallo auf dem Loch in der Bluse der Frau. Sie bemerkte es und verdeckte es sofort mit dem Arm.

»Und jetzt gehen Sie, ich habe zu tun. Ihren Sohn bekommen Sie zu sehen, wenn es mir passt.«

Auf der Treppe der Kaserne begegnete Taliana dem Vermessungstechniker. Er musterte sie mit einem Blick, der alles sagte.

»Bist du jetzt zufrieden?«

»Ich habe doch gesagt, das wirst du mir büßen.«

»Bist du hergekommen, um zu sehen, wie ich gedemütigt werde?«

»Nein. Der Maresciallo hat mich als Zeugen einbestellt.«

»Als Zeugen wofür?«

»Dass ich gesehen habe, wie dein Sohn neulich versucht hat, die Reliquien zu stehlen.«

»Du bist ein Schwein! Irgendwann wirst du dafür bezahlen, und zwar für alles!«

Der anzügliche Blick des Vermessers fiel auf den Büstenhalter, der unter der weißen Bluse zu erahnen war, und sein altes Verlangen brach sich heftig Bahn.

»Wenn du willst, lässt sich alles regeln, ich kann zum Maresciallo gehen und ihm sagen, dass ich mich geirrt habe, du musst nur ...« Er verstummte und starrte ihr erneut auf den Busen.

»Ja, sieh sie dir an, diese Brüste, sieh sie dir an und träum von ihnen!«, fauchte sie und rückte den Träger zurecht, »du wirst sie nämlich nicht berühren, niemals, nur über meine Leiche.«

Der Vermesser wurde wütend und packte sie am Arm.

»Ich werde dich ...«, hob er an, konnte den Satz aber nicht beenden, denn auf einmal griff jemand seinen Arm so fest, als wollte er ihn brechen.

»Lass sie in Ruhe«, sagte Batral und ließ den Arm so plötzlich wieder los, dass Disczianzu beinahe hingefallen wäre.

Der Vermesser rieb sich die schmerzende Stelle. »Was geht Sie das an?«

Batral schwieg, aber sein Blick war furchterregend.

»Da hast du ja jemanden, der dich anfasst«, sagte Disczianzu. »Und jetzt entschuldigt mich, es gibt da noch jemanden, den ich fertigmachen muss.«

Als er verschwand, fing Taliana an zu weinen.

»Danke«, sagte sie, während sie sich die Augen wischte und um Fassung rang.

»Ich bin ...«

»Ich weiß, wer Sie sind, mein Sohn redet ständig von Ihnen.«

»Wo ist er?«

Taliana erzählte ihm alles.

»Das können die doch nicht machen!«

»Er bräuchte einen Anwalt, aber wir gehören nicht zu den Leuten, die sich das leisten können. Auch dafür braucht man Geld.«

»Ich gebe euch Geld«, sagte Batral, ohne zu zögern.

»Nein, das möchte ich nicht.«

»Aber Angelo hilft mir im Zirkus, ich bin ihm etwas schuldig.«

Unter anderen Umständen hätte Taliana aus Stolz abgelehnt, aber es ging um ihren Sohn, und den wollte sie keine Sekunde länger dort drin lassen. Und so ging sie in Begleitung Batrals zur Kanzlei von Rechtsanwältin Grattà, denn die war selbst Mutter und würde sie bestimmt verstehen.

Verschwendung als Ordnungsprinzip

Caracantulu war auf den Balkon gegangen, um eine Zigarette zu rauchen.

»Morgen Nachmittag«, kam Arcangeluzzas Stimme aus dem Fenster gegenüber. »Ich weiß nicht«, sagte sie zu der Person am anderen Ende der Leitung, »die alte Schachtel? Nein, für eine Stunde lohnt es sich nicht, dass ich sie herhole. Die Kleine ist das Alleinsein gewöhnt, ich lasse sie einfach zu Hause.«

Caracantulu lauschte, während er den Rauch aufsteigen sah. Tiefe Züge an der Zigarette wirkten wie eine Triebfeder für seine Bosheit.

»*Allora, restiamo accussì!* So machen wir's. Morgen um drei komme ich zu dir.«

Auch dies muss ein Quantengesetz sein: Die Beobachtung chaotischer Systeme ruft einfache, geradlinige Gedanken hervor, und so brachten ihn die Rauchspiralen auf eine Idee, die genial war, falls sie sich in die Tat umsetzen ließ – auf böse Art genial, denn Arcangeluzza war die Mutter von Mariagraziella Ranìa, der *piccirìdda*, der Lulù mehr als einmal eine Blume geschenkt hatte. Auf diese Weise nahm die Falle, die er seit einiger Zeit plante und die durch die Anschuldigung in der Bar am Tag zuvor Kontur bekommen hatte, innerhalb kürzester Zeit Gestalt an, und zwischen den Windungen des Rauchs erblickte er das Hologramm seiner endgültigen Rache. Vor lauter Ungeduld warf er die halb aufgerauchte Zigarette auf die Straße.

Seit der Auseinandersetzung vor der Chiesa delle Cruci senkte Lulù den Kopf, sobald er ihn sah, und wechselte die Straßenseite oder verließ den Platz. Im chaotischen Universum seines Geistes hatte sich die Erinnerung an die dämonischen Hörner festgesetzt, die ihm Furcht einflößten wie eine Karnevalsmaske, sodass seine gestammelten Gebete seit jenem Tag persönliche Amulette gegen dieses bedrohliche Bild waren. Er ertrug es nicht, dem Blick des stets schwarz gekleideten Mannes zu begegnen, denn der Hass in seinen Augen war so groß, dass Lulù in sich zusammenfiel wie ein vertrockneter Grashalm. Als er jedoch am Abend die Bar betrat, hatte er sich im Kartenzimmer noch nicht einmal blicken lassen, da rief Caracantulu ihn bereits zu sich: »Da ist ja unser kleiner Irrer!«

Im ersten Augenblick blieb Lulù verängstigt stehen, aber als Caracantulu ihm eine Münze zeigte, kam er näher und nahm das Geld, um sich eine kühle Limonade davon zu kaufen. Er kam zurück, und der Bösewicht forderte ihn auf, neben ihm Platz zu nehmen.

Als Lulù ausgetrunken hatte, bestellte Caracantulu ihm eine weitere Limonade, und in der darauffolgenden Stunde ließen vier Gläser Limo Lulù vergessen, wie böse dieser Mann war. Nach dem Abendessen begegneten sie sich erneut in der Bar, und Caracantulu verhielt sich genauso, sodass der Verrückte an diesem Abend ruhig und zufrieden in die Nervenheilanstalt zurückging. Währenddessen saß sein Feind an einem Tischchen auf dem Bürgersteig vor der Bar und genoss die letzte Zigarette des Tages, in deren chaotischen Rauchspiralen die definitive Lösung verborgen war.

25
Die Waage der Welt

Jeden Tag stoßen wir die Welt in die eine oder andere Richtung; jeden Tag erwacht irgendein Mensch, der keinerlei Einfluss auf die Geschicke des Universums zu nehmen scheint, und entscheidet dennoch mit seinem Verhalten darüber, ob er das ein Gramm leichte Steinchen in die Waagschale des Guten oder des Bösen legt. Egal wie gering, manchmal entscheiden ein paar Gramm, unbedeutende Gesteinssplitter, ob die Schalen in der Schwebe bleiben oder ob eine sich senkt.

Das Leben in Girifalco ähnelte einer großen Waage, und darum wusste Calamatrà nicht, dass er, wenn er die Erde abwog, die er unter den Kalk mischen musste, ein Gewicht in die Waagschale der Welt legte. Roccuzzu hatte keine Ahnung, dass das Kilo Paprika, das er auf die Balkenwaage legte, die abgestorbene Wurzel aufwog, die Vicenzuzzu in Mangraviti ausgegraben hatte, und Spallanzanu, der von seinem Gewicht besessen war und jeden Morgen eine Münze in die Personenwaage der Apotheke steckte, um sich auszurechnen, wie viele Zehntelgramm er abgenommen hatte, ahnte nicht, dass er seine Missetaten auf der Waage des Universums wog. Das Maß der Welt schien den Menschen von Girifalco weit entfernt, und darauf gründete ihre Gleichgültigkeit irdischen Dingen gegenüber, ihre trügerische Überzeugung, an den Geschehnissen auf der Erde nichts ändern, keinen Einfluss auf den Lauf der Geschichte nehmen und höchstens über die Farbe eines Hemds oder darüber entscheiden zu können, was sie zu Abend essen würden. Hätten sie nur gewusst, dass ihr Fuß, sobald er am Morgen den Boden berührte, bereits auf der Waagschale lastete und das heikle Spiel des universellen Gleichgewichts in Gang setzte! Mararosa, deren erste Handlung nach dem Augenöffnen in einem Fluch gegen Rorò bestand, hinterließ ein Gewicht auf der schwarzen Schale, die sich senkte, während Lulù, der mit seiner Musik die Seelen gütig stimmte, ein Steinchen in die weiße Schale legte. Das galt für alle Menschen auf der Welt, aber an diesem Morgen war es Caracantulu, der in Girifalco das schwerste Gewicht in die schwarze Schale fallen ließ.

In den Tagen, nachdem er die entstellte Hand gesehen hatte, ging es Lulù nicht gut. Seine strahlende Laune hatte Flecken bekommen, und er war bereits beim Aufwachen so nervös, dass der Pfleger sich fragte, ob er ihm besser zwei Pillen statt einer geben sollte. Deutliches Zeichen seines Zustands waren die Speicheltröpfchen, die sich in seinen Mundwinkeln sammelten. Der Waffenstillstand vom Abend zuvor hatte seinen Zustand jedoch verbessert, und auch am Morgen gab ihm Caracantulu so viele Limonaden aus, dass Lulù ungefähr zehn Gläser getrunken hatte, als er gegen elf Uhr zum Zirkus aufbrach. Luvia freute sich, ihn so gut gelaunt zu sehen, und sie machten es sich bis zum Mittag in ihrem Wohnwagen bequem.

Als Angeliaddu die Kaserne in Begleitung seiner Mutter verließ, ging ihm auf, dass sein Leben von nun an noch schlimmer als vorher sein würde, denn nicht nur musterten ihn die Leute angewidert, nicht nur wandte sich die alte Sabbettuzza von ihm ab, sondern als er in die Straße nach Hause einbiegen wollte, stand er auf einmal Rocco Marapeda gegenüber, ausgerechnet ihm, dem Vorsitzenden des Gemeindevorstands. Er erdreistete sich, Angeliaddu anzuhalten, ohne Taliana zu beachten, und ihn übel zu beschimpfen, obwohl seine Mutter ihn mehrmals aufforderte, den Mund zu halten. Einige Dorfbewohner hatten jedes Schamgefühl verloren und behandelten sie wie Menschen dritter Klasse, indem sie sich alle möglichen Unverfrorenheiten erlaubten. Taliana hatte die Nase voll. Sie schickte Angeliaddu zum Ausruhen in sein Zimmer und legte sich selbst aufs Sofa. Sie war verzweifelt. Hasserfüllt dachte sie an Rocco und seine Unverschämtheiten, an Angeliaddus sinnlosen Versuch, mit leiser Stimme und halb verschluckten Worten etwas zu erwidern, sodass Marapeda zum Schluss höhnte, er stottere wohl auch noch. *Angeliaddu mio*, wie konnte es nur so weit kommen? Es ist meine Schuld, ich weiß, ich bin schuld daran, dass du so unsicher durch die Welt läufst und die Leute anstarrst, als stündest du vor einem Schaufenster voller Bonbons, als besäßen alle mehr als du. Ich habe dir diese unsichtbare Brille aufgesetzt, durch die du eine Welt betrachtest, die so zu sein scheint, wie du selbst gern wärst. Glaubst du, ich weiß nicht, wie du dich fühlst, *Angelo mio?* Glaubst du, ich weiß nicht, warum du immer so sprichst, dass niemand dich versteht, warum du die Wörter halb verschluckst, die gern zu dieser Welt gehören wollen, es aber nicht wagen? Die Wörter, die du durchkaust, verkürzt und abschneidest und all jenen ins Gesicht spucken möchtest, die dich fragen: Was hast du gesagt? Ich habe dich nicht verstanden, sodass du erneut gezwungen bist, dich anzustrengen, um die Wörter deutlich auszusprechen, und jede Silbe ist ein Schritt zurück, die Tür zur Welt schließt sich um einen weiteren Zentimeter. So unsicher, so zart, dass ich manchmal glaube, selbst ein Regenguss könnte dich vernichten, ein Windstoß, genau wie mich selbst, *Angelo mio*. Es ist alles meine Schuld, denn ich habe deine Zerbrechlichkeit bis ins Mark gespürt, kaum dass du geboren warst, und ich habe sie angenommen wie ein Schicksal. Warum musst du so sein, mein Sohn, von allen gemieden wie ein tollwütiger Hund, Erbe der verfluchten Sippe, deren Ursprung ich allein bin? Verzeih mir, das wollte ich nicht, so ein Leben habe ich dir nicht gewünscht, und jeden Tag hoffe ich, dass dir etwas Besseres widerfahren wird, vielleicht weit weg von mir, die ich meinen Schatten auf dich werfe. Unsere Fehler werden unerträglich, wenn wir sie an den Menschen sehen, die wir lieben. Er könnte uns umbringen, dieser Schmerz der Bewusstwerdung, und wir würden den Spiegel zerbrechen, wäre nicht der Spiegel, dieser reflektierende Körper aus Fleisch und Blut, unser einziger Grund zu leben. Nur für dich lebe ich weiter, jeden Tag, denn wenn du nicht wärst, hätte ich mich längst umgebracht.

Als Angeliaddu an diesem Morgen aus unruhigen Träumen von Übergriffen und Ungerechtigkeit erwachte, beschloss er, dass er niemanden sehen und mit niemandem sprechen wollte. Außer mit Batral. Er würde zum Zirkus gehen, ohne dass ihn jemand entdeckte, denn von diesem Tag an wollte er ein Gespenst sein, vor dem sich die Leute fürchteten wie vor einer Hungersnot.

Warten auf Mais

Als Mararosa an diesem Morgen Sarvatùras Laden betrat, begegnete ihr an der Tür Santina Parrasia mit einer vollen Einkaufstasche in der Hand, vor allem aber mit einem Lächeln im Gesicht, als hätte sie in der Lotterie gewonnen. Vielleicht gab es tatsächlich einen Hauptgewinn, dessen Buchstabenfolge S-a-r-v-a-t-ù-r-a lautete, denn der war nach dem willkommenen Hinscheiden von Rorò der fette erste Preis in der Lotterie, an der die Frauen, die in Girifalco eine Familie gründen wollten, von Rechts wegen teilnehmen durften. Und dieser Eindruck verstärkte sich, als Mararosa, selbst verwitwet, das Geschäft betrat und Mirella Currìja, Rosanna Grattasòla und Francesca Tagghiòla erblickte, die hintereinander vor der Ladentheke standen wie Hühner, die auf ihre Ration Mais warten. Es konnte kein Zufall sein, dass eine der drei Unglücklichen verwitwet und die anderen beiden ledig waren und dass der Bruder der Witwe ein Lebensmittelgeschäft am Corso besaß, in dem sie bislang immer eingekauft hatte, jetzt aber – und Mararosa wusste genau, warum – tatsächlich den weiten Weg bis zur Piazza auf sich nahm. Hitze stieg Mararosa ins Gesicht, denn ihr kochte das Blut in den Adern wie die Soße im Topf, als sie sich hinten in der Schlange anstellte. Diese Huren, wie sie lächelten! Mirella Currìja trug eine so tief ausgeschnittene Bluse, dass sogar die hellblaue Spitze darunter zu sehen war, und sie beugte sich zu dem Mann vor, obwohl es gar nicht nötig war. Auf Rosanna Grattasòlas Hals waren noch Spuren der schwarzen Haarfarbe zu sehen, die sie benutzt hatte, und Francesca Tagghiòla hatte sich dermaßen parfümiert, das sogar ein Mimosenstrauch weniger gestunken hätte als sie. Sie zwinkerten einander zu, die dummen Hühner, fast als wollten sie sagen: Möge die Beste gewinnen. Sarvatùra hinter der Theke mit Schinken und Mortadella bemerkte es überhaupt nicht, oder zumindest kam es Mararosa so vor. So gleichgültig er den fleischlichen Reizen der Frauen gegenüber war, so feinfühlig war er, wenn es um die Grammzahl von Wurstscheiben oder die elektronische Waage ging, die er nach jedem Gebrauch reinigte. Denn eines von beidem musste es sein, dachte Mararosa: Entweder hatte Sarvatùra beschlossen, zeitlebens Witwer zu bleiben, was recht unwahrscheinlich war, oder er sah sich bereits nach einer neuen Frau zum Heiraten und fürs Geschäft um. Da sie wusste, welch gewissenhafter Mann er war, stellte sie sich vor, wie er jeden Abend das Bestell- und Anschreibebuch zur Hand nahm und auf der letzten Seite eine Liste der ledigen und verwitweten Frauen erstellte, die sich Hoffnung auf den Lotteriegewinn machen durften. Auch ihr Name stand dort zwischen den anderen, trotz ihrer alten Liebe, trotz der Jahre, die sie in seinem Schatten verbracht hatte, trotz ihres stillen, der Rache und dem Witwenstand geweihten Lebens. Mararosa überkam eine unbändige Lust, Francesca Tagghiòla einen solchen Tritt in den Hintern zu geben, dass sie wie eine Wachtel davonfliegen würde. Aber sie hielt sich zurück, während sich Mirella Currìja mit der hundertsten Verbeugung, um ihre Titten zu zeigen, ehrerbietig verabschiedete und das Geschäft verließ. Mararosa näherte sich den Regalen mit Wasch- und Putzmitteln und rückte die ersten beiden Flaschen zurecht, die leicht schief standen. Sie tat es betont langsam, damit Sarvatùra sie bemerkte. Dann sah sie die Pflanze neben dem Stuhl, auf dem normalerweise Roròs Vater saß. Die Blätter waren schlaff, die Erde ausgetrocknet. Als die Flittchen gegangen waren und sie an die Reihe kam, verlangte sie hundert Gramm Mortadella und zwei Panini.

»Die Pflanze da geht ein«, sagte sie, als Sarvatùra mit dem Rücken zu ihr an der Schneidemaschine stand.

»Sie haben recht, ich hatte eine Weile vergessen, sie zu gießen. Heute Morgen habe ich ihr Wasser gegeben, mal sehen, ob sie sich erholt. Darum hat sich immer meine Frau gekümmert, Gott hab sie selig.«

»Wasser ist nicht genug, die Pflanze braucht auch geeigneten Dünger.«

Wusste Sarvatùra, dass Pflanzen neunzig Prozent ihres Gewichts verlieren können, ohne abzusterben? Dass sie bis zu einhundert verschiedene Sinne entwickeln, um sich zu ernähren und zu verteidigen? Dass ihre Wurzeln die Wuchsrichtung wechseln, wenn sie auf eine giftige Substanz treffen? Dass sie den Bienen Koffein anbieten, damit diese zu ihnen zurückkommen? Wusste er, dass sie, Mararosa Praganà, jahrelang wie eine Pflanze vor sich hin vegetiert hatte, um zu überleben?

»Ich habe welchen zu Hause, wenn Sie wollen, bringe ich Ihnen nächstes Mal einen Becher davon mit, Sarvatùra.«

Es hatte eine merkwürdige Wirkung auf sie, seinen Namen laut auszusprechen, diesen lieben Namen, heraufbeschworen wie eine Zauberformel, heruntergebetet wie einen Rosenkranz, geträumt, begehrt, neun Buchstaben, die ihr ganzes Leben enthielten, das gelebte und das erträumte, das Elend und ihre Erlösung, das Kennwort, das die Türen der Existenz weit aufsperrte.

»Danke, ich würde sie nur ungern verlieren.«

Weil sie deiner Frau gehört hat, ich weiß, aber jetzt gehört sie mir, diese Pflanze, ich werde dafür sorgen, dass sie grün und üppig wird wie nie zuvor; sie wird mir gehören genau wie alles andere, was in all den Jahren ihr gehört hat. Und auch du wirst mir gehören.

»Darf es noch etwas sein?«

»Wir sehen uns morgen«, sagte sie vor dem Hinausgehen, als wären sie miteinander verabredet.

Der Trost des Vergessens

Wie ein Luftballon, dachte Don Venanziu. Du bläst ihn auf, so weit es geht, und wenn er kurz vorm Platzen ist, ziehst du den Hals auseinander und lässt die Luft entweichen, bis du nur noch ein schlaff herunterhängendes Stück Plastik in der Hand hältst. Wie ein Luftballon, dachte er, als er sich zur anderen Seite drehte, nachdem er auf Carmela Foresteras Bauch gekommen war. Wie so oft überfiel ihn ein Gefühl der Leere, ja fast des Ekels vor dem Körper, der ihn in sich aufgenommen hatte. Wer weiß, ob es stimmte, dass es bei den Frauen anders funktionierte, er glaubte es jedenfalls, denn nach dem Genuss suchten sie Hautkontakt, umarmten einen, manche wollten sogar geküsst werden, aber keine wandte sich je von ihm ab oder äußerte das Bedürfnis, allein zu sein. Im Gegensatz zu ihm selbst: Wenn er sich entleert hatte, empfand er ein Gefühl von Ärger, eine Art Katzenjammer, der sich umgekehrt proportional zum anfänglichen Verlangen verhielt. Höchste Lust und höchste Unlust innerhalb weniger Sekunden. So ähnlich, wie es in schönen Träumen geschieht, die im Halbschlaf nachwirken und die Beschränktheit der Existenz ermessen lassen, aber dann schlagen wir die Augen auf, und das Gefühl des Scheiterns verschwindet. Nie ekelte sich Venanziu mehr vor dem Leben als nach dem Moment der höchsten Lust. Hätte dieses Gefühl physischer und metaphysischer Entleerung länger angehalten, wäre es sein Ruin gewesen, aber nein, dieses Geschenk immerhin machte das Leben den Menschen: die Möglichkeit, schnell zu vergessen, die Fähigkeit, lästige Gedanken im Handumdrehen abzuschütteln. Carmela liebkoste seinen Arm, und es war, wie wenn ihm ein Gecko über die Haut liefe. Er stand auf, um sich anzuziehen, in einem Zimmer, das ihm auf einmal klein und armselig vorkam. Und als er die Frau ansah, die gezwungen lächelte, fiel sein Blick auf die Samenflüssigkeit, die sich in ihrem Bauchnabel gesammelt hatte und dort zu trocknen begann wie ein spermatöser Vulkansee. In diesem Augenblick kam ihm der traurige Gedanke, das sein ganzes Leben, sein tiefstes Wesen, die Bedeutung der unendlichen Kette von Atemzügen in dieser winzigen weißlichen Pfütze enthalten waren, so abstoßend wie der frische Auswurf, mit dem erkältete alte Männer die Bürgersteige übersäen.

Sie konnte nicht mehr, und zum Engel und zur Muttergottes zu beten reichte nicht aus. Zwar wollte sie das Land der Illusionen im Grunde nicht verlassen und eine letzte Zeit der Hoffnung erleben, aber zwei Tage voller Grübeleien und Zweifel hatten sie so mürbe gemacht, dass es an der Zeit war, sich Erleichterung zu verschaffen. Sie ging zu Dottor Vonella.

Sie nahm im Wartezimmer Platz und spürte, dass aller Augen auf sie gerichtet waren. Sie hustete. Um ihren Auftritt glaubwürdiger zu gestalten, nahm sie ein Taschentuch aus der Handtasche und drückte es auf ihren Mund. Sie hustete ein ums andere Mal, und als sie endlich aufgerufen wurde, war es wie eine Befreiung.

»Cuncettina, du hast dich erkältet«, sagte der Arzt in väterlichem Ton, weil sie auch beim Betreten des Sprechzimmers noch hustete.

Sie setzte sich, senkte den Kopf und nahm ihren Mut zusammen, obwohl sie den gar nicht brauchte bei diesem Arzt, dem sie sich von jeher anvertraut hatte, der sie behandelte wie eine Tochter und ihr immer gute Ratschläge gegeben hatte, um sie glücklich zu machen.

»Mir ist etwas Merkwürdiges passiert.«

»Was gibt's? Erzähl.«

»Seit zwei Monaten habe ich meine Regel nicht mehr bekommen.«

»Zwei Monate ...«

»Ja, und das ist noch nicht alles. Seit ein paar Tagen ist da so eine Hitze in meinem Bauch, ich kann es mir nicht erklären«, sagte sie mit hoffnungsvoller Stimme.

Vonella war ein Mann der Wissenschaft, und in den langen Jahren seiner Tätigkeit war die Arme mehr als einmal in diesem Zustand zu ihm gekommen: Hoffnungsvoll wie eine Märtyrerin fürchtete sie sich vor einer Schwangerschaft, die sich letztlich als null und nichtig erweisen würde. Dem Arzt bot sich also eine Szenerie dar, die er viele Male zuvor gesehen hatte, und es machte ihn traurig, dass diese rechtschaffene Frau immer noch in einem Zustand ständiger Depression gefangen war. Er betrachtete sie: Er wusste, was die Kopfhaltung, die dünne Stimme, das Zögern bedeuteten, sodass er keineswegs überrascht war, als Cuncettina sagte: »Vielleicht bin ich ja schwanger.«

Sie blickte ihm ins Gesicht und sah, was sie bereits wusste, darum fügte sie eilig hinzu: »Ich weiß, das habe ich schon oft gedacht, aber diesmal ist es anders. So eine Hitze habe ich noch nie gespürt, und meine Regel war auch immer pünktlich, immer, sie ist noch nie später gekommen, es ist wirklich das erste Mal.«

»Cuncettina, ich verstehe dich, und glaub mir, auch jede andere an deiner Stelle würde denken, was du denkst, aber wir müssen realistisch sein und der Wahrheit ins Auge sehen, auch wenn es wehtut. Dein Krankheitsbild gibt leider keinen Anlass zur Hoffnung.«

»Aber Dottore, ich habe keine Regel mehr, wie erklären Sie sich das?«

»Dafür gibt es tausend Erklärungen, Cuncettina, und deine ist nicht die wahrscheinlichste. Es könnte sich zum Beispiel um vorzeitige Wechseljahre handeln.«

Die Vertrocknete musterte ihn verblüfft.

»Bei manchen Frauen tritt die Menopause, die normalerweise mit etwa fünfzig Jahren beginnt, bereits mit vierzig ein. Dafür gibt es viele Gründe, genetische, familiäre, nicht erkannte und verschleppte Krankheiten, aber um eindeutig von Wechseljahren sprechen zu können, müssen wir zwölf Monate warten.«

Cuncettina senkte den Blick und sagte gereizt: »Diese Krankheit habe ich schon, seit ich auf der Welt bin.«

Sie hatte keine Lust mehr zu reden. Sie verließ die Praxis, und auf dem Rückweg nach Hause hallte in ihrem Kopf die Abkürzung wider, die Vonella für ihre Wechseljahre gebraucht hatte: POF. Auf Englisch bedeuteten diese Buchstaben etwas, für Cuncettina aber klangen sie wie das Geräusch eines platzenden Luftballons, wie ein Leben, das zerstört wird, obwohl es vielleicht nie richtig angefangen hat. Im Gegensatz zu den Spermien der Männer sind die Eizellen der Frauen abgezählt, sie produzieren eine von Geburt an vorherbestimmte, präzise festgelegte Anzahl davon. So hatte es ihr einmal der Arzt in Rom erklärt: vorherbestimmt und präzise festgelegt. Diese Worte kamen ihr wieder in den Sinn, und die Erkenntnis, dass sie schon vor ihrer Geburt für das Unglück programmiert worden war, stieß sie geradewegs zurück in die Verzweiflung.

Von der Mutation der Himmelskörper

Archidemu stand auf dem Balkon, seinem astronomischen Observatorium für menschliche Ereignisse, und sah zum zweiten Mal in drei Tagen, wie Jibril den Piano überquerte. Auf seiner wöchentlichen Wanderung legte er etliche Kilometer auf unermesslichen irdischen Wegen zurück und folgte jedes Mal mit absoluter Präzision genau derselben graduellen Abweichung, als bewegte er sich auf einer unsichtbaren elliptischen Umlaufbahn. Aber die übliche Bahn schien sich allmählich zu verschieben und eine andere Parabel zu beschreiben, denn manchmal unterliegen Himmelskörper plötzlichen Veränderungen, bevor sie ihre ursprüngliche Kreisbewegung wiederaufnehmen.

Mit für ihn untypischer Eile verließ der Stoiker das Haus. Jibril, nein, Sciachineddu hatte an einem Tischchen vor der San-Rocco-Bar Platz genommen. Archidemu verlor keine Zeit und setzte sich an den Tisch daneben, um ihn unauffällig zu beobachten.

Der Grund für die veränderte Flugbahn eines Himmelskörpers ist häufig der Zusammenstoß mit einem Asteroiden. Und Archidemu dachte, dass seinem Bruder, dem angesichts der vertrauten Straßen und des Kindheitsdufts nach Kartoffeln und Paprika das Wasser im Mund zusammenlief, soeben mit dem felsigen Körper seiner Vergangenheit kollidierte.

Jibril bestellte eine Orangenlimonade. Übertrieben langsam führte er das Glas an den Mund. Der Stoiker betrachtete ihn aufmerksam: der schmale Körperbau, die glatte weiße Haut, die zurückgekämmten Haare. Er legte seine Auftrittskleidung niemals ab, blieb Seiltänzer bei jeder alltäglichen Handlung. Er trug ein weites Hemd, um nicht eingeengt zu werden und um zu verhindern, dass ein zu straff sitzendes Kleidungsstück seinen Muskeln auch nur den winzigsten Kratzer zufügte. Er strengte sich niemals an. Er fuhr nicht mit dem Auto, damit sich die Muskeln des rechten Arms nicht verhärteten oder allzu kräftig wurden, und im Lauf der Jahre hatte er mit Ausdauer und Disziplin gelernt, beide Hände zu gebrauchen, um Energie und Muskeln im Gleichgewicht zu halten, denn das größte Übel auf der Welt war für ihn die Asymmetrie. Mittags aß er mit der rechten Hand und abends mit der linken, er wusch sich abwechselnd mit je einer Hand, so, wie er nun vor der Bar das Glas einmal mit der rechten und einmal mit der linken Hand zum Mund führte. Er machte mit seinem Körper, was ein Gott mit seiner Welt tun müsste, was Bastianu auf dem Markt mit seiner Waage tat, wenn er in die eine Schale ein Gewicht und in die andere Kartoffeln oder Paprikaschoten legte, bis das Gleichgewicht hergestellt war. So machte es auch Jibril, der Waagenmensch, und jeder Bewegung seiner rechten Hemisphäre musste eine in der linken entsprechen. Wenn er sich auf die rechte Seite des Stuhls setzte, stand er von der linken wieder auf, wenn er mit rechts nach dem Brot griff, goss er das Wasser mit links ein, wenn jemand nach ihm rief und er sich umdrehen musste, wiederholte er dasselbe sofort zur anderen Seite. Er war von Symmetrie geradezu besessen. Er hasste ungerade Zahlen, und in seinem Wohnwagen war alles in vollkommenem Gleichgewicht angeordnet. Auch Sciachineddu hatte in seinem Zimmer übertriebene Ordnung gehalten, und als Archidemu diese Erinnerung kam, zeigte sich eine andere von größerer Dringlichkeit in seinem Geist: das Bild seines Bruders bei einer der zahlreichen sommerlichen Landpartien der Familie Crisippu. Er trank gierig seine Orangenlimonade, genau wie Jibril in diesem Moment. Als Archidemu sein Tässchen *caffè* bekam, hatte er das angenehme Gefühl, neben seinem Bruder zu sitzen und zu trinken, dort, in der San-Rocco-Bar, und es spielte keine Rolle, dass sie weder Worte noch Erinnerungen austauschen konnten. Sie waren dort, einer neben dem anderen, nach vielen Jahren der Trennung, und das war es, was zählte. Nur einmal kreuzten sich ihre Blicke, weil sich Sciachineddu zu ihm drehte und den Blick auf seinen schwarzen Knopf richtete. Vielleicht dachte er an einen aktuellen Trauerfall und konnte sich nicht vorstellen, dass es um ihn ging, dass er selbst in diesem dunklen Stoff enthalten war. Als Jibril sich nach einer Weile erhob und fortging, hatte Archidemu nicht das Bedürfnis, ihm zu folgen, sondern er blieb sitzen vor dem Tässchen, das er nicht austrinken wollte, mit der Gewissheit, seinem Bilderrätsel nach der Schneekugel ein weiteres erhellendes Element hinzugefügt zu haben. Dann tat er etwas Seltsames: Er stand auf, griff nach dem Glas, aus dem Jibril getrunken hatte, und nahm es mit nach Hause. Er stellte es auf den kleinen Altar zwischen das Foto seines Bruders und die Schneekugel. Instinktiv nahm er sie in die Hand und drehte sie um, um es schneien zu lassen, und als er die weißen Pünktchen chaotischen Richtungen folgen sah, dachte er, dass es wirklich eigenartig ist: Die Mathematik kann zwar die Bewegung eines Satelliten des Planeten Jupiter berechnen, nicht aber die Turbulenzen der Schneeflocken in einer Glaskugel, in der es stürmt.

Wie ein nasser Sack

Caracantulu ließ den Mittagsschlaf ausfallen und setzte sich gegen halb drei auf den Balkon. Im Dorf war keine Menschenseele zu sehen, und es war so still, dass er die Zikaden im Kiefernwald zu hören glaubte.

»Mariagraziella, ich muss gleich los, es wird nicht lange

dauern. Du bleibst zu Hause. Wenn du willst, setz dich auf die Treppe, aber geh nicht auf die Straße hinunter, *capiscìsti*? Wenn du brav bist, kaufe ich dir heute Abend eine Zuckerwatte!«

Zehn Minuten später ging Arcangeluzza, geschminkt wie für eine Firmung oder Kommunion, aus dem Haus, ohne die Tür abzuschließen. Als er sie um die Ecke biegen sah, kam auch Caracantulu heraus. An schwülen Tagen wie diesem hielt Lulù sein Mittagsschläfchen im Schatten der großen Kiefer im Garten vor der Nervenklinik, darum war der Erfolg ihm gewiss.

»Lulù!«

Ein wenig benommen richtete sich der gutmütige Riese auf. Caracantulu rief ein weiteres Mal nach ihm und zeigte ihm die kleine Flasche Limonade, die er mitgebracht hatte. Lulù brauchte einen Augenblick, bis er sich zurechtfand, dann erhob er sich so schwerfällig wie ein Buckelwal und ging auf ihn zu.

»Komm, ich habe ganz viel Limonade für dich!«

An Caracantulus Seite ging der Verrückte auf die Piazza zu. Auf halber Höhe des Anstiegs hielt der schwarze Mann an, anstatt weiter auf die Bar zuzusteuern.

»Komm, wir gehen zu mir nach Hause, da gibt es so viel Limo, wie du willst!«

Lulù folgte ihm in die kleine Gasse. Der schwarze Mann blickte ihm prüfend ins Gesicht, um zu sehen, ob er sich an den Weg erinnerte, ob er sich der zahllosen Male entsann, die er das Sträßchen bereits hinaufgegangen war, um Mariagraziella eine Blume zu schenken oder um nach ihr zu suchen. Vor Caracantulus Haus hielten sie an. Arcangeluzzas Tür stand offen.

»Setz dich da hin«, sagte er und zeigte auf die Stufen, »ich hole dir noch eine Limonade!«

Lulù nahm Platz und starrte vor sich hin. Caracantulu kam mit einer Literflasche Limonade wieder herunter und setzte sich neben ihn. Dann tat er etwas Merkwürdiges: Er gab Lulù die Flasche und sagte, er solle einen Moment warten. Er löste den Strick aus den Gürtelschlaufen von Lulùs Hose, und als Rechtfertigung für dieses seltsame Tun band er ein Ende des Seils um den Flaschenhals und das andere um die Türklinke.

»So hast du die Hände frei. Du weißt doch, wer dort wohnt, oder?«

Lulù nickte.

»Und du schenkst ihr gern Blumen, stimmt's? Ich habe dich dabei gesehen, weißt du.«

Und dann, mit erhobener Stimme: »Arcangeluzza, Arcangeluzza!«

Das Mädchen trat auf den Balkon. »Mama ist nicht da, aber sie kommt bald wieder.«

Als er sie sah, begann Lulùs Gesicht zu leuchten. Caracantulu streckte eine Hand aus und holte eine Margerite hinter der Tür hervor, die er extra dort hingelegt hatte. Das Mädchen war bereits wieder im Haus verschwunden.

»Da, nimm«, sagte er und hielt Lulù die Blume hin, »bring sie ihr. Na mach schon!« Er versetzte ihm einen Stoß.

Lulù stand auf, aber ohne den Strick rutschte die zu weite Hose herunter, darum hielt er sie mit der linken Hand fest, während er die Blume in der rechten hielt. Er ging ein paar Schritte und blieb schließlich stehen. Caracantulu stand ebenfalls auf und schubste ihn erneut. Er riss Mariagraziellas angelehnte Haustür auf, stieß den armen Kerl ohne Verstand hinein und schloss die Tür dann ganz. Eine Minute später kam Valentinu Valenta vorbei.

»Haben Sie Arcangeluzza gesehen?«, fragte Caracantulu, scheinbar besorgt.

»Nein, leider nicht.«

»Was sollen wir bloß machen? Lulù hat das Mädchen gesehen, sie ist allein zu Hause, und er ist reingegangen und hat sich mit ihr eingeschlossen!«

»Wie bitte? Lulù? Wie ist das möglich?«

»Ja, es war Lulù, und das arme Kind hat geschrien. Keine Angst, Mariagraziella, wir holen deine Mama!«, brüllte Caracantulu in Richtung Tür. Jedem, der vorüberging, erzählte er dieselbe Geschichte, und als fünf oder sechs Leute stehen geblieben waren, sah er von Weitem die Mutter des Mädchens herankommen. Caracantulu ging ihr entgegen und fuchtelte mit der gesunden Hand.

»Arcangeluzza, kommen Sie, schnell, Sie glauben ja nicht, was passiert ist!«

»Was ist mit Mariagraziella? *Chi succedìu a figghiama?*«

»Lulù der Verrückte ist ins Haus gegangen und hat sich mit üblen Absichten dort eingeschlossen.«

Die Mutter glaubte, den Verstand zu verlieren. Sie beschleunigte den Schritt und suchte in ihrer Handtasche nach dem Schlüssel.

»Mariagraziella, ich bin's, deine Mama, ich bin da!«

Immer wieder rief sie nach ihrer Tochter, während sie nervös den Schlüssel ins Schloss zu stecken versuchte. Dicht gefolgt von Caracantulu und allen anderen, betrat sie die Wohnung. Das Erste, was sie sah, war ihre Tochter.

Sie saß im Sessel; vor ihr stand Lulù und hielt sich mit der linken Hand die Hose fest.

»*Disgraziato*, was hast du mit meiner Tochter gemacht?«

Sie lief zu dem Mädchen, drückte es an sich und warf die Blume, die sie in Händen hielt, auf den Boden. Caracantulu verlor keine Zeit. Er stürzte sich auf Lulù und packte ihn am T-Shirt. »Du verkommenes Subjekt, was hast du mit ihr gemacht? Diesmal kommst du mir nicht mit heiler Haut davon!«

Lulù verstand überhaupt nichts, sein geistiges System versank noch tiefer im Chaos. Als Caracantulu, dessen Gesicht inzwischen wieder den üblichen finsteren Ausdruck angenommen hatte, ihn schubste, glaubte er sich an jenen Tag in Le Cruci zurückversetzt; er dachte an die Hörner und empfand Furcht und Abscheu. Der schwarze Mann lockerte für einen Moment den Griff, gerade lange genug, um das Heiligenbildchen abzureißen, dass sich Lulù an sein T-Shirt gesteckt hatte. Der Scheißkerl wusste genau, welche Wirkung das haben würde. Lulùs Gesicht verzog sich zu einer bösartigen Fratze. Er erkannte in Caracantulu den Abgesandten des Dämons, der ihm zum zweiten Mal seine Mama von der Brust riss. Auf einmal bekam er einen epileptischen Anfall und versetzte Caracantulu eine so heftige Ohrfeige, dass der, obwohl er darauf vorbereitet war, hinfiel wie ein nasser Sack. Der Verrückte hörte nicht auf zu brüllen, sich zu winden und zu zittern und alle Gegenstände in seiner Reichweite auf den Boden zu reißen. Er ließ die Hose los, sodass sie herunterrutschte. Für einen Moment befürchtete Caracantulu das Schlimmste: Mit ihrer Tochter auf dem Arm rannte Arcangeluzza schreiend aus dem Haus, gefolgt von den anderen, die die

Szene beim Eintreten beobachtet hatten. Kurz darauf kam Lulù heraus. Er hielt seine Hose fest und schrie unzusammenhängendes Zeug, stieß knurrende Laute und unverständliche Worte aus. Er lief auf die abfallende Straße zur Piazza, zitternd, mit Schaum vor dem Mund, der ihm über das Kinn und am Hals hinunterlief. *Erleuchte Beschützer mein Engel Gottes, Erbarmen! Der Beschützer beschützt, vom Himmel anvertraut. Mein Gott, Erbarmen des Engels, regiere mich.*

Zuletzt sahen sie ihn auf den Anstieg nach San Marco zulaufen, Furcht einflößend wie ein wilder Eber, bezeugte der Jäger Ferraina, wie Rafialis Schwein, wenn es vom Dielenboden zu entkommen versucht, um nicht abgestochen zu werden, sagte Valenziano.

Lulù kehrte nicht mehr in die Nervenklinik zurück und verschwand aus Girifalco. Die Dorfbewohner hörten nie wieder von ihm.

26
Menschliche Thermodynamik

»Der? Unmöglich.«

»Warum das denn?«

»Aber das weiß doch jeder!«

»Was weiß jeder?«

Chiapparedda kam näher und fragte mit gesenkter Stimme: »Ja, wissen Sie etwa nicht, dass Lulù ... wie die Engel ist?«

Bettina Saramaga verstand nicht.

»Nun, meine Liebe, er ist wie die Engel, das bedeutet, zwischen seinen Beinen spielt sich nichts ab.«

Die Nachbarin war verblüfft. »Woher wissen Sie das? Sie haben doch nicht etwa ...«

»Was denn? Jeder, der in der Nervenheilanstalt arbeitet, weiß darüber Bescheid!«

Lulù war verflogen wie ein Geruch. Als er zur Sperrstunde nicht wieder in der Klinik auftauchte, benachrichtigte der Pfleger den Direktor, der wiederum wie üblich die Carabinieri verständigte. Am folgenden Morgen begann die Suche nach ihm. Die Polizisten erschienen auch beim Zirkus und befragten jeden dort, aber niemand hatte Lulù gesehen, und allmählich rechneten viele mit dem Schlimmsten. Der Maresciallo ging davon aus, dass der Verrückte nach Covello gelaufen war und sich dort im Wald verirrt hatte, nachdem man ihn wie ein dem Schächter entkommenes Schwein nach San Marco hatte rennen sehen.

Caracantulu hoffte, dass es sich tatsächlich so verhielt, dass Lulù und die Enthüllung, die er in seinem chaotischen Geist mit sich herumtrug, für immer verschwunden waren. Tief im Innern jedoch befürchtete er, dass der Irre plötzlich und wütender als zuvor wiederauftauchen und die Geschichte von den Hörnern hervorkramen würde. Mit der Falle hatte er erreichen wollen, dass Lulù keinen Ausgang mehr bekam, da er eine Gefahr für die Allgemeinheit darstellte, aber jetzt, da er frei herumlief, konnte er mit jedem reden, der ihm begegnete. Als Wachtmeister Ngelarosa in die Bar kam, um einen Kaffee zu trinken, nutzten Caracantulu und die anderen die Gelegenheit, um ihn nach Neuigkeiten zu fragen.

»Habt ihr ihn gefunden?«, fragte Micu, der Wirt.

»Ach was! Wer weiß, wohin der verschwunden ist. Wir haben überall gesucht, sogar in Covello bis zum Häuschen der Forstverwaltung.

»Er hat sich bestimmt irgendwo versteckt«, sagte Caracantulu.

»Wenn Sie wissen, wo, sagen Sie es uns, dann finden wir ihn!«

»Keine Ahnung, wo er ist, aber verschwunden ist er nicht.«

»Und haben Sie mal beim Zirkus nachgefragt?«, wollte Michìali wissen.

»Ja, die haben ihn auch nicht gesehen.«

Caracantulu überzeugte diese Antwort nicht, und auf

dem Grund seiner Seele spürte er die Angst wie eine Art Bodensatz, der nur darauf wartete, aufgewirbelt zu werden und sein Blut zu verderben.

»Micu, gib mir ein Bier!«

Es war an diesem Morgen bereits das dritte, und alle wunderten sich, dass er so viel trank. Aus irgendeinem Grund schien ihm die Sache mit Lulù schwer auf der Seele zu liegen.

Alles, was man verlassen muss

Archidemu saß vor der Bar auf der Piazza, als er die Fahrzeuge des *Dipartimento di Protezione Civile,* des Zivilschutzes, in Richtung Covello vorbeifahren sah. »Sie suchen nach Lulù«, erklärte Peppa Rosanò, »der ist seit gestern Abend verschwunden, sie können ihn nirgendwo finden.«

Wie immer, wenn er das Wort verschwunden hörte, hatte der Stoiker das Gefühl, dass ihm jemand ein Stück Eis in den Nacken gelegt hatte. Wie Sciachineddu, dachte er, und erinnerte sich an jede Sekunde jenes längst vergangenen Tages, die lange Suche, die Hoffnung, die Verzweiflung und schließlich die Resignation. Ein weiterer Mensch war von der Erde verschwunden, erneut in Covello, weil sich die Einstein-Rosen-Brücke wegen einer kurzen astralen Überschneidung möglicherweise wieder geöffnet hatte.

Manchmal hätte er die Resignation der Hoffnung, den Tod dieser Unterbrechung vorgezogen. Denn bei genauerer Betrachtung sind unsere Leben eine Kette von unterbrochenen Ereignissen: Nachrichten ohne Antwort, auf halber Strecke aufgegebene Projekte, Absicht gebliebene Pläne, Menschen, die ein Stück Wegs mit uns gehen und dann einfach verschwinden, ohne je wieder von sich hören zu lassen. Unsere Leben sind eher die Summe von Vorkommnissen, die wir nur zum Teil kennen, als eine Folge abgeschlossener Handlungen. Aber das ist im Grunde nicht das Problem, dachte Archidemu, während er eine kühle Limonade trank, das Problem ist, dass Ereignisse einfach ohne Ankündigung oder Vorwarnung abbrechen, sodass wir keine Zeit haben, uns darauf einzustellen. Das ist es, was schmerzt: nicht die Unabgeschlossenheit an sich, sondern dass sie uns unvorbereitet trifft. Er wusste sehr gut, dass alles im Leben dazu bestimmt war, zu Ende zu gehen, mehr noch, das Leben selbst war ein Zeichen der Endlichkeit, aber Schmerz, echter Schmerz, entstand aus dem Bedauern über ein nicht gesagtes Wort, eine nur angedeutete Liebkosung, einen zurückgehaltenen Kuss. Der versäumte Abschied, der sich auf den Grund der Seele legt und wie ein kleiner Magnet all die eisenhaltigen Bruchstücke unserer zukünftigen Schmerzen anzieht, bis er eines Tages so schwer wird, dass unsere Schritte und Worte nur noch zögerlich kommen, unsere Reflexe sich verlangsamen, die Stimme schwächer wird, das Herz gefesselt ist. Ein versäumter Abschied liegt einem manchmal schwerer auf der Seele als etwas, das man verloren hat. Unternähme es je ein Mensch, eine Abhandlung über die menschliche Thermodynamik zu schreiben – und in seiner Träumerei glaubte Archidemu, dass er dies eines Tages tun würde –, müsste dies das erste Prinzip sein: Von allem, was man verlassen muss (A), muss man sich eine Zeit lang (T) verabschieden, deren Dauer der Anziehungskraft (F) der Körper plus ihrer Masse (MC) entspricht.

Der Forscher stand auf und ging nach Hause, und weil er der Menschenmenge ausweichen wollte, die von den Sirenen des Zivilschutzes auf den Piano gelockt worden war, bog er nach Le Cruci ab. Ein segensreicher Umweg, eine günstige Kollision, denn am Beginn des Gässchens zum Brunnen La Cannaletta erblickte er ein Plakat von Jibril. Es hing unter einem Balkon und war völlig intakt. Er blieb stehen, um es zu betrachten. Diesen Balkon kannte er. Er hatte in seinen ersten Lebensjahren auf ihm gespielt, an diesem Ort, der das Haus seines Vaters gewesen war, das Domizil der Crisippus, das sie sofort nach Sciachineddus Verschwinden verlassen hatten. Und ausgerechnet dort hatte jemand – vermutlich Carrubas prophetische Hand – das Plakat aufgehängt, um die Rückkehr des verlorenen Sohns in das Haus seiner Vorfahren zu bestätigen. Dieser Zufall war die hundertste Nachricht, die ihm das Sonnensystem schickte: der Bruder, der in das Haus der Familie zurückkehrte. Archidemu trat näher und blickte ihm ins Gesicht. Das Poster hatte oben einen kaum sichtbaren Riss, ähnlich der Lasche an einer kleinen Schachtel, eine Aufforderung, sie ganz aufzureißen. Archidemus schwankender Wille gab der Versuchung nach, und nachdem er sich vergewissert hatte, dass ihn niemand sah, bearbeitete er den oberen Teil des Plakats. Danach riss er sorgsam das Papier rund um die Glaskugel herum ab. Er faltete es zusammen, wobei er darauf achtete, das abgebildete Gesicht nicht zu zerstören, und ging fort.

Zu Hause angekommen, nahm er eine Schere, breitete den Plakatausschnitt auf dem Tisch aus und schnitt Jibrils

Gesicht heraus – ein Rechteck, zwanzig mal fünfundzwanzig Zentimeter, das er in einen alten Bilderrahmen ohne Glas steckte und auf den kleinen Altar neben das Foto seines Bruders als kleiner Junge stellte. Archidemu setzte sich und betrachtete die beiden Fotos, suchte nach der Ähnlichkeit zwischen beiden wie bei den Rätselbildern, auf denen man die Unterschiede zwischen zwei annähernd identischen Zeichnungen finden muss. Und nachdem er sich überzeugt hatte, dass die beiden Gesichter einander glichen, konzentrierte er sich ausschließlich auf das des Seiltänzers. Du hast dich ja ganz schön rumgetrieben, *fràtama,* aber am Ende bist du zu mir zurückgekehrt.

Auch du, Batral

Auch an diesem Abend wollte seine Mutter nicht zum Zirkus gehen. Sie behauptete, sie müsse arbeiten, aber ihm war klar, dass sie einfach niemanden sehen wollte. Angeliaddu ging es genauso, und er hatte Batral gefragt, ob er sich die Vorstellung hinter dem Vorhang stehend anschauen könnte. Die Nummer seines Mentors betrachtete er nicht länger als Zuschauer, sondern mit dem wachsamen Blick eines Lehrlings in einer Werkstatt, der in die Geheimnisse seines Meisters eingeweiht wird. Keine Bewegung entging ihm, er beobachtete und erforschte alles, prägte es sich ein: Sprünge, Griffe, Überschläge, lebensgefährliche Drehungen. Aber an diesem Abend geschah etwas Neues.

Gegen Ende der Übung, während eines dreifachen Salto mortale, verlor Batral durch den Fehler eines Menschen oder der Natur – was ein und dasselbe war – das Tuch, mit dem er seine Haare bedeckte. Für einen Moment folgte Angeliaddus Blick dem silbrig glänzenden Stück Stoff, das wie ein Blatt durch die Luft flatterte und im Sicherheitsnetz liegen blieb, aber als er wieder nach oben schaute, wo Batral das Trapez ergriffen hatte, hielt er erstaunt inne. Es war nicht zu glauben. Das konnte nicht wahr sein. Die blonden, kurzen Haare des Trapezkünstlers hatten im Nacken einen weißen Fleck wie er selbst, genau an der gleichen Stelle. Er hörte auf zu denken. Er sah, wie Batral seine Nummer beendete, dem Publikum dankte, sich in das Netz warf und den Applaus entgegennahm. Das Tosen holte Angeliaddu aus der Leere zurück, die ihn eingesaugt hatte. Batral drehte sich um die eigene Achse, und der Junge hoffte, dass alle im Publikum die weiße Strähne bemerkt hatten und nun dachten: Seht nur, genau wie Angeliaddu, also ist es nicht wahr, dass Albinos Unglück bringen und zu nichts zu gebrauchen sind wie Pilujàncu, auch sie können erfolgreich sein, ja, sie sind für den Erfolg geradezu prädestiniert, auserwählt unter vielen Namenlosen, um Großes zu vollbringen. Er fühlte sich Batral noch näher und betrachtete die weiße Strähne als spezielles Merkmal von Trapezkünstlern – auch er war also dazu berufen, einer zu werden. Als der Artist hinter den Kulissen hervorkam, ging der Junge ihm entgegen, aber ihm blieb keine Zeit, mit ihm zu sprechen, denn nun erschien auch Grafathas. Eingehüllt in seinen dunklen Mantel, kam er näher, bewegte sich langsam und behäbig wie ein Gockel vor einer Reihe von Hennen.

»Endlich haben sie gesehen, wer du wirklich bist, Batral!«

»Lass mich in Ruhe, Grafathas, jetzt ist nicht der richtige Zeitpunkt dafür«, antwortete der Trapezkünstler so barsch, wie Angeliaddu ihn noch nie gehört hatte. Die Sache beunruhigte ihn, denn wenn dieser Mann seine weiße Strähne unter einem Tuch versteckte, bedeutete das, dass er sie nicht zeigen wollte, weil er sich dafür schämte. Ein Junge brachte ihm sein Kopftuch, und Batral band es sich sofort um.

»Ja, versteck dich nur, inzwischen haben alle gesehen, dass du gezeichnet bist, ein Verfluchter, ein Verräter.«

»Pass bloß auf, treib es nicht auf die Spitze! Ich habe dich nicht verraten, ich bin kein Verräter. Und du ... du bist niemand mehr.«

Grafathas musterte ihn eine Weile, schweigend und mit dem Hass, den er im Lauf vieler Jahre angesammelt hatte. Vielleicht hätte er ihn sogar geschlagen, wäre da nicht die Ungleichheit der Körper und Kräfte gewesen. Stattdessen trat er einen Schritt zurück und ging fort.

Batral blickte Angliaddu an und sagte: »Wir sehen uns später, ich muss jetzt gehen.«

Zum ersten Mal, seit er ihn kannte, sprach Batral in strengem Ton mit ihm. Der Junge wandte sich wieder der Vorstellung zu und hoffte, Batral würde zurückkommen. Als er nach dem Ende der Darbietungen nicht wiederauftauchte, machte er sich auf den Weg zu seinem Wohnwagen. Drinnen brannte Licht. Er wartete noch eine Viertelstunde, dann ging er nach Hause.

Über das Problem der drei Körper und die Bewegungsgleichungen

Solange es nur um zwei Körper ging, waren die Berechnungen einfach: Umlaufbahnen, Anziehungskräfte, Resonanzen, alles entsprach der zu ihrer Masse direkt proportionalen und zum Quadrat ihrer Entfernung umgekehrt proportionalen Gravitationskraft. Aber sobald ein dritter Körper ins Spiel kam, brach jede Berechnungsmöglichkeit in sich zusammen: Das Regime des Chaos gewann die Oberhand, und das Verhalten des Systems wurde unvorhersehbar, weil es nun von winzigen Veränderungen abhing. Damit musste Isaac sich abfinden. Dennoch muss man ihm zugutehalten, dass er auf das Gesetz der Menschen gestoßen war, denn seitdem die Welt besteht, richtet sich der größte Teil von ihnen nach der Gravitationsbewegung. Der Mensch sucht seine verwandte Seele, und wenn er sie gefunden hat, beginnt die Phase der Angleichung, bei der das Gleichgewicht ermittelt und schließlich erreicht wird. Ein sehr labiles Gleichgewicht, um ehrlich zu sein: In diese Zweierbeziehung muss nur unverhofft ein dritter Körper eindringen, zum Beispiel der der Nachbarin oder des Metzgers, und schon ist das Gleichgewicht gestört, und das Chaos triumphiert mit seiner wechselhaften Folge sündiger Gedanken, Hoffnungen, Schamgefühle, Zögern, Zurückweisungen und Begierden. So funktionieren die Menschen: Solange sie sich zu Paaren zusammenfinden, ist alles in Ordnung, aber wenn der störende Dritte hinzukommt, bricht das System zusammen.

Venanziu war eine Anomalie innerhalb der physischen Gesetze des Universums, ein himmlischer Körper, der sich fehlerhaft inkarniert hatte und den strengen stellaren Auflagen entwischt war, denn er hatte nie erlebt, was eine Zweierbeziehung war. Er genoss es, von vielen Körpern umgeben zu sein, liebte es, wenn sich das ganze weibliche Universum um ihn drehte und er aus dem Bett der einen in das Bett der Nächsten steigen konnte, denn je mehr Frauen es gab, desto ruhiger wurden sein Körper und sein Geist. Jetzt aber schien er vom Unglück heimgesucht zu werden, denn er nahm all die Planeten, Himmelskörper und himmlischen Körper nicht mehr wahr. Nur die Getrenntheit zweier menschlicher Körper bereitete ihm Qualen. Sie machte ihn ungeduldig wie an diesem Abend, als er aus dem Fenster sah und sein ruheloser Blick auf Mikaelas Plakat fiel.

Die Erdumdrehung und die Anziehungskraft des Mondes ließen einen Lichtstrahl darauf fallen, ähnlich einem Scheinwerfer wie demjenigen, der die einzige Heldin seiner Fantasie während ihrer Darbietung beleuchtete. In seinem Kopf erwachte erneut der Wunsch, sie zu besitzen wie am Abend jener Vorstellung, als er den Blick von diesem Wunder der Evolution gelöst, sich umgedreht und überall Blicke männlicher Aufmerksamkeit bemerkt hatte, Männer, die ihrem Reiz erlegen waren und sie mit hungrigen Augen voller Verlangen anstarrten. Venanziu, der Priester des Sex, Liebhaber jeder und zugleich keiner Frau, entdeckte in diesem Augenblick die Eifersucht. Er war verblüfft, denn mit sechzig erlebt man kein neues Gefühl mehr, und er fühlte sich klein, weil Mikaela den Blicken der anderen ebenso gehörte wie seinen eigenen, sodass er am liebsten aufgestanden wäre, um alle Männer aus dem großen Zelt zu vertreiben und die Frauen gleich mit, die auch, denn die betrachteten Mikaela mit einem Neid, der böse Blicke nach sich zog. Wenn es Eifersucht war, die ihn die Fäuste ballen ließ und ihm Kopfschmerzen bereitete, die sein Herz hämmern und ihn heftiges Verlangen empfinden ließ, wenn das Eifersucht war, dann konnte er die Männer verstehen, die an der Liebe zugrunde gingen. Er wollte aufstehen, Mikaela hochheben, sie hinter die Kulissen tragen und vor der Welt verstecken. Dasselbe Gefühl überkam ihn in diesem Augenblick unter dem boshaften Mondstrahl. Allerdings konnte er diesmal die Vorhänge zuziehen, was er auch tat. Er schlüpfte in seine Jacke und ging auf die Straße hinunter. Er näherte sich dem Plakat und blickte sich um. Er versuchte, es abzureißen, aber das Papier gehorchte den Bewegungen seiner Hand nicht; es löste sich nur stückchenweise, sodass es nicht möglich war, es vollständig abzunehmen. Also konzentrierte er sich auf das Gesicht, um wenigstens das zu retten. Er griff nach dem oberen Rand und hob ihn langsam an, aber das Papier riss noch weiter ein. Wenn sie nicht ihm allein gehören konnte, dachte er, dann sollte sie auch keinem anderen gehören, und als er an den nächsten Tag dachte, hätte er das Plakat am liebsten komplett zerrissen, denn wie sollte er es aushalten, am Fenster zu nähen und sie nicht mehr zu sehen, wenn er den Kopf hob?

Also ließ er es bleiben. Die wunderschöne Nacht aber lud zum Spazierengehen ein, und weil das Plakat ein ärgerliches Gefühl der Unvollständigkeit in ihm hinterlassen hatte, traf Venanziu die seltsame Entscheidung, sich auf die Suche nach den übrigen Plakaten der Schlangenfrau zu machen, die überall in der Gegend verteilt waren – obwohl er nicht wusste, ob er sie zerstören oder mit nach

Hause nehmen wollte. Er kam an Pioppi Vecchi vorbei, an Marzìgghia, Castagnaredda, der Chiesa dell'Annunciata, aber es war, als hätte sich alles gegen ihn verschworen, denn das Papier zerriss kein einziges Mal auf die Art, die er sich wünschte. Vielleicht gibt es auch für Risse ein Gesetz, wer weiß, warum Venanziu dachte, dass der Riss im Papier den aufgedruckten Zeichen folgen müsste, als wären die Linien eine Anleitung. Tatsächlich hatte das Papier nichts mit dem Bild zu tun, und während Venanzius Hände und sein Herz hofften, dass der Riss der Kontur des Gesichts folgen würde, beschrieb das Papier auf einmal eine Kurve nach rechts und hinterließ eine Schramme auf Mikaelas Wange. Seine Hand hielt inne, löste mühsam eine andere Kante, das Plakat ließ sich ein Stückchen abheben, aber wenn er sich den Haaren näherte, zack, gehorchte der Riss den Quantengesetzen des Chaos und schnitt eine Braue ab. Und so ging es weiter, bis das Bild unrettbar beschädigt war. Nicht ein einziges der neun Plakate von Mikaela konnte er im Ganzen abreißen, nur bei dem in Marzìgghia ging es etwas besser, und es gelang ihm, wenigstens die rechte Hälfte des Gesichts mitzunehmen.

Der Schneider begriff, dass die Gesetze des Risses unmöglich zu berechnen waren, dass es immer einen Scheitelpunkt gab – einen Sattel, eine Trennlinie, einen Attraktor, einen Grenzzyklus –, an dem die periodische Wiederkehr dem Chaos wich. Auch im Leben ist es so, dachte er. Wir finden einen abstehenden Rand und ziehen daran, aber der Riss folgt einer anderen Richtung und pfeift auf unseren Willen. Denn das Papier ist etwas anderes als die Zeilen, die darauf geschrieben stehen, die Menschen sind etwas anderes als ihre Absichten. Für einen Moment schlüpfte Venanziu in die Haut des Stoikers und dachte angesichts der überraschenden Eifersucht, dass er auf das Blatt seiner Tage so viele Linien und Zeichen malen konnte, wie er wollte – das Leben würde am Ende dennoch seine eigenen Wege gehen.

Über die Tiefe der Schnitte

Er verbrachte den Nachmittag beim Kartenspielen und Trinken, und abends setzte er sich an ein Tischchen, immer eine Flasche in der Hand, bis Micu die Bar um Mitternacht schließen wollte und ihn hinauskomplimentierte. Aber Caracantulu ging nicht nach Hause. Beim Zirkus ist er, *è allu circu*, war der Satz, der ihm bei jedem Glas aufs Neue wie ein Kreisel durch den Kopf getanzt war, er hat sich beim Zirkus versteckt. Und als er sich endlich schwankend erhoben hatte, schlug Caracantulu die Straße zum Ponte dell'Aceduzzu ein, um nach San Marco hinaufzugehen. Im Mondlicht kam ihm der Zirkus wie eine der antiken Ruinen vor, die das Land rund um Girifalco sprenkeln und es zu einem Monument der Verlassenheit machen. Er ging auf die Zirkuskuppel zu. Trotz des Alkohols war er umsichtig genug, sich im Schatten zu halten und langsam an das Zelt heranzupirschen. Er trat ein, ging zwischen den Sitzreihen hindurch und näherte sich dem Podest. Beduselt, wie er war, wusste Caracantulu nicht recht, warum er hergekommen war. Seine Gedanken schienen an den Trapezen zu hängen, die über seinem Kopf schwebten und die er hin und her schwingen sah. Plötzlich hörte er rechts von sich ein Geräusch und versteckte sich instinktiv. Jemand kam hinkend näher. In der Hand hielt er einen Gegenstand aus Metall, der kurz aufblitzte. Caracantulu hätte den Teufel in dem Mann gesehen, hätte er sich in jener Nacht nicht selbst wie das personifizierte Böse gefühlt. Der Lahme näherte sich dem Sicherheitsnetz. Die Stahlseile, die es hielten, waren so straff gespannt wie die Saiten einer kalabrischen Lyra. Er hob die Metallsäge, die er in der Hand hielt, und begann zu sägen. Als er das Seil mehr als zur Hälfte durchtrennt hatte, ging er auf die andere Seite und wiederholte den Vorgang dort. Caracantulu war verblüfft. Was für einen Hinterhalt mochte der Scheißkerl da aushecken? Die Gestalt erinnerte ihn an sich selbst am Tag zuvor – womöglich war dieser schwarze Mann nur eine Projektion seines Geistes. Jetzt zögerte der Lahme. Er beugte sich vor, um den Schnitt zu begutachten, und berührte das Metall, vielleicht aus Angst, zu tief hineingeschnitten zu haben. Nach etwa fünf Minuten machte der Mann Anstalten, sich von dem Netz zu entfernen. Anstatt kehrtzumachen, ging er auf Caracantulu zu, der versteinerte wie der Löwe vor dem Rathaus, als er ihn näher kommen sah. Doch Grafathas war zu sehr mit seinen eigenen Gedanken und vielleicht auch mit seinem schlechten Gewissen beschäftigt, um zu bemerken, dass sich ihre Schatten im Mondlicht streiften, das an einigen Stellen durch das Zeltdach fiel, er sah nicht, dass sie sich berührten und überlagerten wie zwei Insekten auf ein und derselben Stecknadel. Caracantulu wartete ein paar Minuten, dann stolperte er auf das Netz zu. Nachdem er so lange reglos ausgeharrt hatte, schwankte er noch stärker. Angestrengt betrachtete er den Schnitt in dem Stahlseil, das ihm am nächsten war, und als er sich vorbeugte, verlor er das Gleichgewicht und stützte sich mit seinem vollen Gewicht auf der kranken Hand ab. Es war nur ein Augenblick. Das Stahlseil riss ab, und die Spannung war so groß, dass es sich in eine Peitsche verwandelte, in eine scharfe Klinge. Caracantulu glaubte zu träumen. Er stürzte, schloss die Augen und spürte nichts mehr, als träumte er, in einem Sarg zu liegen und zuzusehen, wie sich der Deckel schließt, bis die Welt in Dunkelheit versinkt.

27
Beinahe eine Tragödie

Nu màla de càpu. Kopfschmerzen. Immer wenn Archidemu eine Störung seines leiblichen Systems verspürte, Bauchweh oder Fieber oder ein meteoritisches Steinchen, das in den Hohlräumen einer Niere umherstreifte, dachte er sofort an Sciachineddu. Wie es bei Zwillingen so ist: Wenn der eine Brustschmerzen bekommt, hat sie der andere auch. Aber er war ein Profidenker, er liebte es, zu vertiefen, nachzuhaken, zu erklären, und so traf er bei seiner breit gefächerten Lektüre eines Tages auf eine bizarre Theorie, auf die sich angeblich die Telepathie unter Zwillingen zurückführen lässt und nach der sich zwei interagierende Systeme auch dann noch gegenseitig beeinflussen, wenn sie getrennt werden – was dem einen System widerfährt, verändert auch das andere. Er ging folgendermaßen vor: Er nahm sich ein Buch über Physik, Chemie oder eine andere Wissenschaft vor, ließ die schwierigen Berechnungen und Abbildungen beiseite und beschäftigte sich mit den Schlussfolgerungen, Postulaten und Theoremen. Er befragte die Gesetze, die aus unverständlichen Diagrammen hervorgingen, und zwar um seinem Denken den Mantel der Wissenschaftlichkeit umzuhängen und es auf eine objektive, unumstößliche

Basis zu stellen. Was im Grunde ein Versuch war, seine Ahnungen bezüglich der Unhaltbarkeit seiner eigenen Theorien zu unterdrücken, ungefähr so, wie es den ersten unwissenden Himmelsmechanikern ergangen war, die in der Regelmäßigkeit himmlischer Phänomene den Beweis dafür suchten, dass das Universum rational sei, weil sie sich damit über die irdische Ungewissheit hinwegtrösten wollten. Wenn er selbst es war, der behauptete, mit seinem Bruder in geistiger Verbindung zu stehen, würde man ihn womöglich flugs ins Irrenhaus sperren, aber wenn Wissenschaftler so etwas sagten, sah die Sache schon anders aus. Es traf ihn wie ein Blitz. Nicht einmal Entfernung existierte, denn in einem anderen Buch hatte er gelesen, dass sich Elektronen augenblicklich miteinander verständigen können, unabhängig von Zeit und Raum, durch die sie getrennt sind, so als wären sie durch etwas Unsichtbares miteinander verbunden. Und das war möglich, weil ihre Trennung nur scheinbar bestand, weil auf einer tieferen Ebene der Wirklichkeit alle Dinge auf ewig miteinander verbunden waren, vor allem zwei Brüder, in deren Adern dasselbe Blut zirkulierte. Die Wissenschaft bestätigte, dass er und sein Bruder sich in gewisser Weise noch immer mittels einer Art kovalenter Bindung miteinander verständigten, dass es sich nicht um eine Frage von Raum oder Zeit handelte, sondern dass vielmehr eine für die Menschheit unsichtbare Nabelschnur sie an die Welt band, sie dort festhielt und – seitdem der Zirkus angekommen war – einander näherbrachte. Und wenn das stimmte, was es gewiss tat, hatte auch Jibril an diesem Morgen starke Kopfschmerzen.

Am Abend zuvor war Don Venanziu seltsam zumute gewesen, und der Stärke dieser Empfindung entsprachen die Hektik, mit der er sich auf die Suche nach den Plakaten machte, und die Gleichgültigkeit, mit der er nach seiner Heimkehr auf das Bild an der Wand reagierte. Wie war es möglich, dass ihn der Ursprung der Welt dermaßen kaltließ? Er hatte keine Lust, darüber nachzudenken; vermutlich brütete er gerade eine schlimme Grippe aus. Darum zog er sich aus, ging zu Bett, ohne sich seiner üblichen Abendtoilette zu widmen, und begab sich in eine Dunkelheit, die nach verkorkstem Leben roch. Aber als er am nächsten Morgen nach einer unruhigen Nacht voll wirrer Träume erwachte, hielt sein Verdruss noch immer an. Er schlug die Augen auf und wurde von dem allumfassenden, schrecklichen Gefühl überfallen, dass sein Leben auf einmal seinen Sinn verloren hatte. Er stand auf und bereitete das Frühstück zu. Die geheimnisvolle Faszination der ursprünglichen *pittèdda*, vor der sich seine Potenz so häufig verschwörerisch aufgerichtet hatte, blieb wirkungslos, und Venanziu ging bekümmert in sein Atelier hinunter. Er setzte sich auf den Stuhl vor dem Schaufenster, um das Plakat der Schlangenfrau besser sehen zu können. Etwa eine Stunde später hob er den Blick von der Hose, die er gerade mit großen Stichen nähte, und sah, dass Mikaelas Hologramm von Enzarìaddu Graffiuni und Micantuani Culuvàsciu verdeckt wurde, die stehen geblieben waren, um die Frau zu betrachten. Er sah sie von hinten, hatte aber den Eindruck, dass sie lachten. Dann zeigte Enzarìaddu auf das Plakat, und zwar nicht irgendwohin, sondern genau auf jenen Punkt, und Venanziu fühlte sich, als hätte ihm jemand mit dem Finger ins Auge gestochen. Er legte die Hose weg, ging hinaus und gesellte sich zu den beiden Betrachtern.

»Ich kann dir sagen, was ich mit so einer machen würde«, sagte Graffiuni und begleitete seine Worte mit anzüglichem Lachen.

»Nicht nur du«, antwortete ihm Culuvàsciu. Als er den Schneider bemerkte, drehte er sich zu ihm und fuhr fort: »Lieber Don Venanziu, sehen Sie sich bloß diese Frau an, welch Wunder der Natur. Sie haben ja keine Ahnung, was Ihnen entgeht.«

Deine Frau ist mir jedenfalls nicht entgangen, dachte der Schneider. Grinsend und mit großen Rosinen im Kopf gingen die beiden fort. Venanziu blieb stehen und verfluchte sich selbst, weil er das Plakat am Abend zuvor nicht abgerissen hatte. Wäre niemand in der Nähe gewesen, hätte er es sofort erledigt, aber spätestens in der Nacht würde er endlich zur Tat schreiten. Wenn es keine Grippe war, die er ausbrütete, musste es etwas gleichermaßen Beunruhigendes sein, darum beschloss er, zu Antonia Panduri zu gehen, deren Körper noch jedes Unwohlsein kuriert hatte. Außerdem wollte er sich nach den kürzlichen Anzeichen von Schwäche beweisen, dass seine Manneskraft keinen Schaden gelitten hatte. Er parfümierte sich die Ohrläppchen, nahm das Stück Toilettenpapier aus der Unterhose und ging aus dem Haus.

Wie zur Bestätigung, dass zwischen den beiden in Liebesdingen eine besondere Übereinstimmung bestand, war Antonia zu Hause und trug Strümpfe, schwarze Strumpfhalter ohne Höschen und oben herum nur ein Tuch aus schwarzer Spitze. Beim Anblick dieser Freudenspenderin vergaß Venanziu Grippe und Verzweiflung. Ohne zu zögern, spreizte er ihr die Schenkel und fing an, sie zu küssen: Er musste nur den nach feuchtem Wald duftenden Tau auf seinen Lippen spüren, und schon ging es ihm besser. Die Seufzer der Frau verursachten eine Sturmflut in seinen Adern, den Schläfen und in seinem *tùacciu*, der zu explodieren drohte. Einen Moment noch, dann würde er dafür sorgen, dass sie ihn in sich spürte, aber so plötzlich, wie ein Insekt zum halb geöffneten Fenster hineinfliegt, erschien ein lästiger Gedanke im Hohlraum seines Kopfes. Er stellte sich vor, Mikaela wäre in dem Zimmer und sähe ihm zu, und da kam er sich komisch vor, weil er so gekrümmt dalag wie ein Hund, der seine Wunden leckt. Zum ersten Mal in seinem Leben spürte Venanziu, wie sein legendärer Schwanz erschlaffte, wie er langsam, aber erbarmungslos weich wurde, Faser für Faser, Zentimeter für Zentimeter, wie Brot, das in Wasser getunkt wird. Er schloss die Schenkel, spannte die Muskeln an, dachte an den Ursprung und an die riesigen, schaukelnden Brüste des Kindermädchens, aber es war zwecklos: Am liebsten wäre er auf die Straße hinausgelaufen, um wieder frische Luft zu atmen. Als er spürte, dass sich Antonias Körper zu schütteln begann wie ein Olivenbaum bei der Ernte und Fluten von Körpersäften ihm die Zunge nässten, versuchte er, sich mit der Hand Erleichterung zu verschaffen. Normalerweise war dies die Vorspeise, und gleich darauf pflegte Venanziu in sie einzudringen. Diesmal nicht. Von unten, geschützt durch die Hecke aus Haaren, betrachtete er ihr Gesicht, und als er sah, dass sie zur Ruhe gekommen war, stand er auf und zog sich wieder an. Das überraschte

Antonia, die zum ersten Mal sah, dass sich *u tràvu siccàtu* dem verdammten Gesetz der Schwerkraft unterwarf wie eine große Weintraube, die an der Rebe baumelt. Venanziu rückte ihn mit beiden Händen in der Unterhose zurecht.

»Soll ich dir helfen?«, fragte Antonia.

»Was ist, hat dir meine Zunge etwa nicht gereicht?« In seiner Stimme lag verräterischer Groll.

Zum ersten Mal nach vielen Jahren saß Antonia am längeren Hebel. Sie hatte ihn vom ersten Tag an geliebt, seitdem er sie von hinten genommen und sie begriffen hatte, dass sie bis zu jenem Tag Jungfrau gewesen war, denn zusammen mit seinem Schwanz war jener Duft nach Leben und Freude in sie eingedrungen, der einem nur hin und wieder im Frühjahr vergönnt ist. Ungerührt hatte sie zur Kenntnis genommen, dass dies die einzige blühende Jahreszeit war, die das Leben für eine junge Witwe wie sie bereithielt. Die Einsamkeit verstärkte ihr Verlangen, und ihre Gedanken klebten an diesem Mann wie Muscheln an der Klippe; sie liebte ihn jeden Tag ein bisschen mehr, eine Liebe aus Blut und Leidenschaft. Aber nie sagte sie ein Wort zu viel, in all den Jahren hatte sie ihm keinen Hinweis auf dieses überschäumende Gefühl gegeben, denn es hätte ihm einen Schrecken einjagen können, immer war sie unterwürfig und verfügbar gewesen, bereit, all seinen Ticks und Marotten nachzugeben. Nicht nur ihre Liebe musste sie unter Kontrolle halten, sondern auch die heftige Eifersucht auf all die Frauen, die Venanziu vögelte, diese verheirateten Schlampen, die sich nur die Zeit mit ihm vertrieben und ihn nicht liebten so wie sie. Aber angesichts der ersten Anzeichen eines gewissen physischen Verfalls würde sie ihn vielleicht doch endlich ganz für sich haben. Sie dachte an die Abende, an denen sie ihn begehrt hatte, während er in irgendeinem miesen Weibsbild steckte, an seine vielen Besuche, bei denen sie auf seinen Händen und auf seinem Mund den scharfen Geruch des kurz zuvor stattgefundenen Verkehrs wahrgenommen hatte. Sie dachte daran, wie oft sie ihn gesehen hatte, wenn er sich auf der Suche nach einer liederlichen Spaziergängerin auf der Straße herumgetrieben hatte.

»Ach, bei dir reicht mir sogar ein Finger. Komm her, lass mich auch mal kosten«, sagte sie und legte ihm eine Hand zwischen die Beine.

Venanziu wich ein paar Zentimeter zurück, die Antonia wie mehrere Meter vorkamen.

»Nicht, lass gut sein.«

Sie betrachtete ihn besorgt.

»Ich hätte besser zu Hause bleiben sollen, ich habe Kopfschmerzen.«

Während er sich in sich selbst zurückzog, trat sie ans Fenster. Durch die Scheibe sah sie Pittìmma auf der Straße vorübergehen, und ihr schoss die Erinnerung durch den Kopf, wie sie Venanziu eines Nachmittags in seinem Atelier besuchen wollte, weil eine unwiderstehliche Lust sie überkommen hatte. Die Tür war verschlossen, aber es brannte Licht, also blieb sie ein Stück weiter beim Tabakladen stehen, und eine Viertelstunde später sah sie diese Matrone herauskommen, mit zerknautschtem Rock und vor Hitze geröteten Wangen. Nutte, hatte sie im Stillen gesagt wie von da an immer, wenn sie ihr begegnete, also auch an diesem Nachmittag am Fenster, als ein Funken Eifersucht ihr den weiblichen Stolz versengte: »Seit wann können Kopfschmerzen einen großen Liebhaber zähmen?«

Venanziu steckte den Hieb wortlos ein. Er zog sich fertig an und ging ohne prüfenden Blick in den Spiegel hinaus, wobei er leise sagte: »Heute hätte ich nicht herkommen dürfen.«

Er schloss die Tür hinter sich, während sich in Antonias Zimmer und in ihrem Herzen ein See trostlosen Schweigens ausbreitete. Und wenn er sie nun nicht mehr begehrte? Sie glaubte, sterben zu müssen. Sie blieb am Fenster stehen und sah ihn die Straße betreten, sich unentschlossen umblicken und schließlich in Richtung San Marco davongehen, und als sie von der Seite die Wölbung seines *miccio* sah, den sie auch im Ruhezustand unter dem Leinenstoff seiner Hose erkennen konnte, durchströmte Antonia eine heiße Welle des Verlangens und setzte erneut die Fantasien in Gang, die der Mann unterbrochen hatte, denn ihn in den Mund zu nehmen war für sie eine absolute Delikatesse. Sie spürte ihre Nässe auf den Schenkeln, schloss die Augen und konnte nicht widerstehen. Sie schob ihre Finger in sich hinein und begann, sie zu bewegen, schnell, weil das Verlangen so groß war und weil sie kommen wollte, ehe *Venanziu suo* aus ihrem Blickfeld verschwand. Sie stellte es so geschickt an, dass sie den erstickten, einsamen Schrei tatsächlich ausstieß, noch bevor er um die Ecke bog.

An besonders traurigen Tagen glaubte Cuncettina, dass sie kein Teil dieser Welt war. Die Geschichte besteht aus Generationen, die aufeinanderfolgen, aus Leben, das weitervererbt wird, aus Männern und Frauen, die Erben hinterlassen, damit diese ihr Andenken fortschreiben, aber sie stand außerhalb der Geschichte, sie, die mit ihrem trockenen, kargen Unterleib nicht in der Lage war, Kinder zu bekommen, und folglich auch keinen Einfluss auf die künftigen Geschicke der Welt nehmen konnte, sie, die wie ein Abstellgleis war.

Heute weht der Schirokko, sagte sie zu den Nachbarinnen, wenn sie sich auf dem Balkon zeigte. Sie betrat die Welt auf ihre Art, indem sie die Winde aufzählte. Sie sagte es so dahin, denn in Wirklichkeit konnte sie nicht unterscheiden, ob der Schirokko oder der Westwind ging, sie wusste nicht, ob ihre aufgehängte Wäsche nach Osten oder Westen wehte. Heute ist Schirokko, prophezeite sie jeden Morgen, um sich als Teil einer Welt zu fühlen, die in der Ferne wehte und nach Schwefel und Bergamotte roch, *òja è scirùaccu*, murmelte sie, während sie die Fensterläden wieder zuzog, um in die abgestandene Luft und zu den sterilen Möbeln in ihrem stillen Haus zurückzukehren. Heute ist Schirokko, hallte es immer leiser nach, bis ihre Stimme schließlich verstummte. Aber der Schirokko brachte ihr nie etwas Gutes. Das Gelobte Land war verloren. Ihr war der mosaische Trost zuteilgeworden, es von Weitem zu sehen, aber das hatte ihr nur Leid gebracht.

Cuncettina war ohne die Hitze im Unterleib aufgewacht, denn der Ofen war erkaltet, ohne dass Brot und Kuchen herausgekommen wären. Der Kummer übermannte sie, und sie fing an zu weinen; sie verfluchte sich, weil sie für einen Moment zu denken gewagt hatte, dass die Planeten sich andersherum drehen würden, dass das Leben der Tod und der Tod das Leben seien. Erneut hatte sie sich der Illusion hingegeben, wegen einer Taube, die nicht fliegen konnte, wegen eines Fremden, der sie verzaubert hatte, und ihre Tränen waren die gerechte Strafe dafür, dass sie den Verstand verloren hatte. Und so begriff sie an diesem Morgen, wie schwer es ist, ganz ohne Illusionen zu leben.

Wie ein Trapezkünstler

Es war später Nachmittag, als das Dorf, das einem ruhigen Feiertagsabend entgegenging, in Aufruhr geriet. In der Konditorei der seligen Rorò Partitaru, deren Rollläden seit ihrem Tod geschlossen blieben, war ein schlimmes Feuer ausgebrochen. Filicia Giampà hatte den Rauch, der aus dem Inneren drang, nicht rechtzeitig gesehen, sodass die Flammen das komplette Erdgeschoss verschlangen. Von überallher strömten Menschen herbei, die Nachbarn von gegenüber befestigten Schläuche am Brunnen und versuchten, das Feuer zu löschen, aber das Wasser war so nutzlos wie Spucke. *Facìti lesto,* macht schnell, sonst verbrennt alles, schrien die Frauen. Aber es schien ein teuflisches Feuer zu sein wie das der Scheiterhaufen am Tag des heiligen Antonius, denn wenn sie trockenen Ginster benutzten, schien sogar der Himmel abzubrennen. Sarvatùra traf kurz darauf ein und raufte sich die Haare bei dem Gedanken, was dort drin alles verbrannte. Nachdem die Flammen das Erdgeschoss verschlungen hatten, schlugen sie aus dem Balkon im ersten Stock, wobei sie die Mauern kohlschwarz färbten. Habt ihr die Feuerwehr gerufen? Ja, natürlich, aber bis die es aus Catanzaro hierherschafft! Holt Cicco Piciùna, er soll sofort kommen. Cicco Piciùna besaß eine Zisterne, die er mit Wasser aus Covello füllte, das er im Sommer am Strand verkaufte. Jemand machte sich auf den Weg. Aber beeil dich, die Flammen haben schon Giovannuzzas Wohnung erreicht. Die Schwiegermutter des Vermessungstechnikers wohnte im zweiten Stock. Jemand sagte, er habe sie in der Kirche gesehen; so konnten sie wenigstens sicher sein, dass kein Mensch in dem Feuer geröstet wurde. Hauptsache, es ist niemand mehr drin, soll doch alles verbrennen, Geld hat er wie Heu! Auf einmal ließ ein entsetzliches Miauen den Leuten das Blut in den Adern stocken. Haben Sie eine Katze, Sarvatùra?, fragte jemand. Ja, es gab eine Katze, sie hatte Rorò immer Gesellschaft geleistet, eine wilde Katze, die stets zum hinteren Fenster hereinkam, bestimmt ist sie im Haus eingeschlossen. Die alte Lucentuzza hielt sich sogar die Ohren zu, um das furchtbare Gejammer nicht zu hören. Aber dann geschah etwas noch Schlimmeres, denn unter dem halb heruntergelassenen Rollladen des Balkons im zweiten Stock, aus dem nun schwarzer Rauch hervorquoll, tauchte hustend ein Mädchen auf. Seht nur, seht doch!, brüllte Filicia Giampà, das ist Annarella, die Tochter des Vermessers. Das Mädchen, dessen Gesicht von Ruß gezeichnet war wie das eines Köhlers, hustete und weinte. Genau in diesem Augenblick tauchte brüllend Großmutter Maristella auf. Sie schlug sich auf die Brust und schrie: *Napùtama*, meine Enkelin, ich Arme, ich Arme, rettet meine Enkelin! Nur eine Sekunde, eine Sekunde nur war ich draußen, brüllte sie und warf die Eier auf den Boden, die sie von der Nachbarin geholt hatte, nur eine Sekunde, weil ich ihr ein Omelett machen wollte. Agazio Marascazo war mit einer Leiter herbeigeeilt, aber wegen der Flammen konnte er sie nicht an die Hauswand lehnen. Kurz darauf traf der Vermesser ein, und als er begriff, was vor sich ging, lief er schreiend auf das Haus zu. Jemand versuchte, ihn zurückzuhalten, damit er nicht selbst Feuer fing, und es gelang ihm, obwohl der Vermesser tobte wie ein Berserker. Die Schwiegermutter kam näher, als wollte sie sich entschuldigen, aber er nahm sie überhaupt nicht wahr. Auf dem Balkon waren inzwischen die Flammen zu erahnen, die sich durch die Rollläden aus Plastik fraßen. Annarella, geh weg, geh da weg, schrie ihr machtloser Vater, geh weg da, Papa kommt! Und das tat er. Er schüttelte die Hände ab, die ihn festhielten, nahm die Leiter, lehnte sie an die Wand und versuchte hinaufzusteigen, aber nach vier Sprossen zwangen ihn die Flammen, sich auf den Boden zu werfen. Von Weitem kam Cicco Piciùna mit seinem Lieferwagen voller Wasser an, und seine Hupe klang wie die Trompete des Jüngsten Gerichts. Er parkte vor dem brennenden Haus, schloss unverzüglich die Schläuche an die vier Hähne am Heck an und begann, Wasser auf das Feuer zu spritzen, aber der Wasserdruck war zu gering, um den zweiten Stock zu erreichen. Der Vermesser versuchte hinaufzuklettern und wurde erneut vom Feuer zurückgedrängt. Irgendwann war nur noch sein Weinen zu hören, und eine unwirkliche Stille senkte sich auf die Straße, wie wenn die Menschen sich der Tragödie ergeben hätten und deshalb verstummt wären, als wäre allen gleichzeitig der Gedanke gekommen, dass nichts mehr zu machen war, dass es für das arme, vor Qual weinende Mädchen zu spät war. Irgendjemand hielt sich sogar die Augen zu. Aber auf einmal sagte Marascazu: Seht nur! Er klang so verwundert wie Jaïrus, nachdem Jesus seine Tochter geheilt und zu ihr gesagt hatte: Steh auf und geh. Seht nur, wiederholte Marascazu. Alle Blicke folgten seiner Hand wie einem Kometen, und sie fielen auf den mageren Körper eines Jungen vor dem Nachbarhaus. Angeliaddu näherte sich dem Fallrohr. Wie eine Katze kletterte er zum ersten Stock hinauf, hielt einen Moment inne und sah sich um, kletterte dann weiter zum zweiten Stock, und als er auf der Höhe des Balkons am Nachbarhaus angekommen war, sprang er mit einem großen Satz darauf. Die Dorfbewohner verfolgten seine Taten wie am Karfreitag das Stöhnen des Herrn Jesus Christus am Kreuz. Sogar der Vermesser hörte auf zu weinen. Vom Balkon der Nachbarin bis zu jenem, auf dem sich Annarella befand, waren es fast zwei Meter, und außerdem hing der Balkon mit dem Mädchen darauf mindestens anderthalb Meter höher. Soll er doch runterfallen und sich den Hals brechen, lautete Dejìsus zynischer Kommentar. Er schafft es nicht, meinte Cicco. Angeliaddu nahm ein Laken, band es sich um den Fuß und ließ es in der Luft baumeln. Er kletterte auf die Brüstung, umfasste mit beiden Händen die untere Stange des Balkons über ihm und blickte zum Balkon gegenüber. Einen Moment verharrte er reglos, aber das Schweigen des Mädchens, das inzwischen nahezu besinnungslos war, riss ihn aus seiner Erstarrung. Er holte mit dem Becken Schwung und begann, hin und her zu schwingen wie an einem Trapez. Die Fledermausübung kam ihm in den Sinn; er versuchte, sich zu vergegenwärtigen, wie sich Batral bewegte, wenn er abspringen musste, die gebeugten Beine, das peitschende Becken, und endlich, nach einem letzten Stoß, sprang er ab. Die zwei Meter schienen eine Ewigkeit zu dauern. Jemand schloss die Augen, während die Großmutter mit gefalteten Händen ein Gebet sprach. Angeliaddu streckte sich, schloss die Beine und streckte die Arme aus wie ein Trapezkünstler, der nach dem Gerät greifen muss. Und endlich umklammerte er die Eisenstäbe des Balkons. Jemand applaudierte. Der Junge verlor keine Zeit. Mit den Armen, die durch die Übungen in den Wochen zuvor trainiert und gekräftigt waren, zog er sich hoch, sprang auf den Balkon, löste das Laken von der Fessel und band es dem Mädchen unterhalb der schlaff herabhängenden Arme um die Brust. Mit ungeahnter Kraft hob er sie über die Brüstung und ließ sie Stück für Stück mit dem Laken hinunter. Ruaccu a Guardia, ein Riese von zwei Metern, kam näher. Er reckte sich auf die Zehenspitzen, und mit einem kleinen Sprung bekam er das Mädchen zu fassen. Die Menge jubelte, alle waren gerührt, viele weinten. Der Vermessungstechniker lief zu seiner Tochter und übergab sie unverzüglich Dottor Vonella, der sie auf eine Decke auf dem Boden legte, ihr Herz abhörte und lächelte. Er ließ sich Wasser bringen, benetzte ihr Gesicht und schüttelte sie leicht, sodass das Mädchen hustend die Augen aufschlug. Nun blickten alle erneut zum Haus, auch der Vermesser, der die kühle, kleine Hand seiner Tochter hielt. Inzwischen hatten die Flammen den Balkon eingenommen. Die heimtückischste von ihnen hatte Angeliaddus T-Shirt angesengt, und er zog es sofort aus und warf es weg. Er kletterte auf die

Brüstung und machte sich zum Sprung bereit, aber inzwischen war er müde, und ihm blieb kaum Zeit, Anschwung zu holen. Also sprang er, als er spürte, dass er sich den Rücken verbrannte, er sprang und streckte sich wie beim ersten Mal, aber es war nicht genug. Für einen Moment schien es, wie wenn er ins Leere stürzen würde. Ruaccu a Guardia hatte bereits die Arme nach ihm ausgestreckt, aber nach einem kräftigen Schwung aus der Hüfte bekam Angeliaddu den Zementboden des Balkons am Nebenhaus zu fassen. Mühsam zog er sich hoch, stieg über das Geländer und ließ sich erschöpft auf den Boden fallen. Die Leute applaudierten gerührt, und für einen Augenblick wünschten sie dem Jungen all das Gute, das man auch dem eigenen Sohn wünscht.

28
Wandelbare Schicksale

Ehe er die Rollläden vor seinem Laden hochzog, begab sich Sarvatùra zu dem, was von der Konditorei übrig geblieben war. Nach der Rettung des Mädchens durch Angeliaddu hatten die Flammen das komplette zweite Stockwerk verschlungen. Die Feuerwehr aus Catanzaro war nach einer knappen Stunde eingetroffen, und es war ihr nur mit Mühe gelungen, den Brand zu löschen. Danach hatten die Feuerwehrleute ringsum Absperrband angebracht. Sarvatùra fühlte sich elend, als er die völlig verkohlte Konditorei betrachtete und den durchdringenden Brandgeruch wahrnahm. Er hob das Band hoch und trat ein. Ursache des Feuers war ein Kurzschluss gewesen, der vom Ofen ausgegangen war. In einigen Ecken rauchte es noch. Er konnte kaum glauben, dass dieses Schauspiel von Verzweiflung und Todesnähe echt war. Auf dem Boden erblickte er eine verkohlte Masse; vermutlich die Katze. Sie war in der Feuersbrunst umgekommen, es war ihr nicht gelungen, sich in Sicherheit zu bringen. Als ihm das schreckliche Miauen wieder in den Sinn kam und er vor seinem inneren Auge sah, wie das Tier sich mit brennendem Fell gegen die Wand oder die geschlossenen Fenster geworfen haben musste, dachte er an Roròund ihre Angst vor Feuer. Kein Familienmitglied hatte sich dieses seltsame Phänomen erklären können. Ihre Mutter hatte ihm erzählt, dass sie sich wahrscheinlich als kleines Mädchen irgendwo verbrannt oder etwas Furchterregendes mitangesehen hatte, aber als er den Tierkörper auf dem Boden betrachtete, dachte Sarvatùra, dass Rorò, hätte sie noch gelebt, zu dem Zeitpunkt, an dem das Feuer ausgebrochen war, in der Küche gewesen wäre, in der Nähe des Ofens. Und wenn sich die Katze nicht retten konnte, hätte auch sie es nicht geschafft, denn das Feuer hatte sich nach Auskunft der Feuerwehrleute blitzartig ausgebreitet. Da kam ihm eine Idee, die gar nicht so abwegig war, dass nämlich Roròs Angst vor dem Feuer nicht auf der Erinnerung an etwas Schlimmes beruhen musste, sondern auch eine Art von Hellseherei gewesen sein könnte, die Vorwegnahme dessen, was mit ihrer Konditorei geschehen würde und was womöglich auch ihr selbst zugestoßen wäre, hätte sie noch gelebt. Und angesichts des verkohlten Raums zwischen Wänden, die man alsbald niederreißen würde, war es ein Segen, dass sie wenige Tage zuvor auf andere Weise umgekommen war, indem sie auf der Terrasse ausgerutscht und sofort tot gewesen war, ohne Bewusstsein, ohne Schmerzen, ohne Leiden. Vielleicht war dieser Tod ein Segen im Vergleich zu dem, was sie dort drin erwartet hätte, das bittere Schicksal der verbrannten Katze, dieses Ende, das sie im Geist ihr Leben lang gequält hatte. Sarvatùras Gedanke war klug, denn wenn man ständig Mortadella und Provolone abwiegt, bemächtigt man sich des Gesetzes der Waage und erlangt die Fähigkeit, auch menschliche Ereignisse abzuwiegen und sie dünner oder dicker zu schneiden, bis der Zeiger das richtige Gewicht anzeigt, weder ein Gramm zu viel noch eines zu wenig. Ein Schauer überlief Sarvatùra, als er sich vorstellte, dass seine Frau verbrannte wie ein Lagerfeuer, und er war dankbar für den plötzlichen Tod, der ihr dieses tragische Schicksal erspart hatte.

Irgendwo muss man ja anfangen

Taliana schnitt die Pflaumen, die sie auf dem Land gepflückt hatte, um Marmelade zu kochen, da klingelte es an der Tür. Sie legte sich das Geschirrtuch über die Schulter, trocknete sich die Hände ab und machte auf.

»Buongiorno.«

Mit jedem anderen hätte sie gerechnet, aber nicht mit ihm. Bis zu ihr nach Hause war er noch nie vorgedrungen. Und jetzt stand er da, am helllichten Tag, wo ihn jeder sehen konnte. Aber nicht nur das war eigenartig: Er schien auch ein anderer zu sein. Als sie zögerte und ihn fragend ansah, weil sie sich kein weiteres Mal von ihm einschüchtern lassen wollte, senkte er den Blick.

»Was gibt's? Wollen Sie mich jetzt in meinem eigenen Haus beleidigen?«

»Ich muss mit dir reden. Darf ich reinkommen?«

Die Stimme des Vermessers verriet eine Demut, die überhaupt nicht zu ihm passte. Schweigend trat sie beiseite, und er kam herein. Er blieb in der Mitte des Zimmers stehen, während sie die Tür wieder schloss.

»Ich bin wegen deinem Sohn hier.«

»Willst du ihn noch einmal ohrfeigen?«

»Nein, ich möchte mich bei ihm bedanken.«

»Er ist nicht da. Er ist zum Zirkus gegangen.«

Der kommunale Vermessungstechniker blickte sich um.

»Es ist das erste Mal, dass ich bei dir zu Hause bin.«

»Sag, was du zu sagen hast, ich habe keine Zeit zu verlieren.

Er blickte ihr unverwandt in die Augen und erklärte: »Meine Tochter wäre gestern beinahe auf schreckliche Weise ums Leben gekommen. Ich war dabei, völlig machtlos, ich habe gesehen, wie das Feuer auf sie zugekrochen ist, und für einen Moment habe ich geglaubt, ich würde sie verlieren. Ich dachte, mein Leben ist vorbei, und ich habe Gott angefleht, sie zu retten, er sollte mir alles nehmen, aber nicht sie. Und da kam plötzlich dein Sohn. Ich habe zum Herrn gebetet, und dein Sohn ist gekommen und hat sie gerettet wie ein Held, du hättest ihn sehen sollen, er hat sein Leben riskiert, um sie zu retten, und so hat er auch mich gerettet, mich und mein Leben.«

In seinen Worten lag so viel Gefühl, dass Taliana ihren Groll beiseiteschob und ihn fragte, ob er sich setzen wolle.

»Nein, danke, ich gehe gleich wieder. Ich bin gekommen, um mich bei dir zu entschuldigen, bei dir und deinem Sohn, für all das Böse, das ich dir angetan habe, für meine Bosheit. Don Guari sagt, das Böse, das man anderen antut, wendet sich immer gegen einen selbst, aber wenn das stimmt, müssen ja auch die guten Taten auf einen zurückfallen. Dein Sohn kann auf mich zählen, solange ich lebe, ich werde alles tun, damit es ihm so gut geht, wie er es verdient, und das gilt auch für dich. Heute Morgen, bevor ich hierhergekommen bin, habe ich mit den Leuten vom Supermarkt gesprochen. Sie brauchen eine Kassiererin, und ich habe ihnen deinen Namen genannt. Sie erwarten dich übermorgen früh, sie zahlen gut, und auf diese Art könntest du mit dem Bügeln und Putzen aufhören. Aber wenn du es dort nicht gut hast oder das Geld nicht reicht, finde ich etwas anderes für dich. Ich weiß nicht, ob es reicht, um alles wiedergutzumachen, aber irgendwo muss ich ja anfangen. Sag es deinem Sohn, wenn er heimkommt, sag ihm, dass er keine Angst mehr vor mir haben muss, dass sein Leben von heute an anders verlaufen wird.«

Er griff in die Tasche und holte eine Kette mit einem Anhänger heraus.

»Die wurde nach dem Brand unter dem Balkon gefunden, vermutlich gehört sie deinem Sohn.«

Taliana streckte die Hand aus. Es war das Kettchen mit dem Engel, das Angeliaddu stets um den Hals trug, seitdem Varvaruzza es ihm geschenkt hatte.

»Ja, die gehört ihm.«

Der Vermesser ging zur Tür.

»Seit du mich damals abgewiesen hast, habe ich immer Hass auf dich empfunden, wenn ich dich auf der Straße vorbeigehen sah. Ich habe mich gefragt: Was macht diese Fremde in meinem Ort, warum musste sie sich ausgerechnet dieses Dorf aussuchen? Nach all den Jahren habe ich gestern Nachmittag die Antwort auf meine Frage gefunden.«

Er zog die Tür hinter sich zu. Ungläubig stand Taliana da und rührte sich nicht vom Fleck. Sie blickte auf das Foto von Varvaruzza, das über dem Kamin hing, und dankte ihr im Stillen für dieses kleine Wunder. Nun würde sich ihr Leben ändern, sie würde bekommen, was sie sich immer schon gewünscht hatte, eine gute Arbeit, ein normales Ansehen im Dorf. Aber vor allem würde ihr Sohn unbeschwerter leben können. Sie schloss die Hand um das Kettchen. Und dann tat Taliana, was man manchmal tut, wenn einem bewusst wird, dass man an einem Wendepunkt angekommen ist: Sie prägte sich ein, was sie sah, was sie hörte und was sie dachte, um sich *ad aeternum* an die Einzelheiten dieses denkwürdigen Augenblicks zu erinnern, wie ein imaginäres Foto, das sie mitten in das Album ihres beklagenswerten Lebens klebte.

Über die Nachwirkungen des Zusammenstoßes

Wer hätte das gedacht! Peppa Cannarussu! Wohlgemerkt einer, mit dem sie nie etwas zu tun gehabt, nie ein Wort gewechselt, keine Meinung ausgetauscht, für den sie nicht einmal oberflächliche Sympathie empfunden hatte. Warum hatte ausgerechnet er sie am Morgen auf dem Gehweg angehalten, um zu fragen, ob die Geschichte mit dem Brand tatsächlich stimmte? Im ersten Moment war Mararosa so überrascht, dass ihr keine Antwort einfiel, sie nickte nur, murmelte etwas vor sich hin, doch als er ihr eine weitere Frage stellte, riss sie sich zusammen und antwortete. Er dankte ihr für die Auskunft. Alles in allem hatte das Gespräch höchstens zwei Minuten gedauert, und von da an bis zum Laden fragte sie sich, was zum Teufel diese Begegnung zu bedeuten hatte. Sie betrat das Geschäft ausgerechnet in dem Augenblick, in dem Sarvatùra zu seinem Schwiegervater sagte, er würde am darauffolgenden Abend zum Zirkus gehen, auch wenn er keine Lust dazu habe, weil der Zirkus nur etwas für Kinder und glückliche Menschen sei. Aber seine Tochter kam extra mit dem Kind aus Amaroni, und sie bestand darauf, dass er sie begleitete, denn es war die letzte Vorstellung, also musste er sich wohl oder übel damit abfinden. Sarvatùra und Mararosa begrüßten sich auf eine Art, die von Tag zu Tag vertraulicher wurde, und als er hinausging und die Vorhänge im Eingang zur Seite schob, dachte sie zweierlei: Peppa Cannarussu musste ein Vorbote des Schicksals gewesen sein, das die Richtung zu wechseln schien, denn auch sie würde am folgenden Abend zum ersten Mal eine Zirkusvorstellung besuchen. Und als wollten sie ihr den Weg weisen, entdeckte sie mitten auf dem Piano Zirkusmitglieder wie Kieselsteinchen, die sie in die richtige Richtung führten. Sie machten die Runde, um Karten zu verkaufen. Und an diesem Morgen war ein hübsches Mädchen unter ihnen, offenbar dieselbe, die auf dem Plakat an die Scheibe des Messerwerfers gefesselt war. Mit einem breiten Lächeln im Gesicht fragte Mararosa: »Was kostet eine Karte für morgen Abend?«

Sie fand den Preis nicht zu hoch, um mit ihrem Sarvatùra zusammen zu sein, also öffnete sie die Handtasche und holte Geld heraus. Als sie es der jungen Frau gab, blickte die ihr für einige Sekunden in die Augen. Dann tat sie etwas Ungewöhnliches: Sie riss die Eintrittskarte nicht von dem Block in ihrer Hand ab, sondern rief den Mann, der neben ihr stand und offenbar der Messerwerfer höchstpersönlich war. Das Mädchen ließ sich einen anderen Block geben, den sie öffnete, als suchte sie nach einer ganz bestimmten Karte – ja, genau die – und riss sie ab.

»Danke«, sagten die beiden Frauen wie aus einem Mund.

Ausnahmsweise würde es der Bösen nichts ausmachen, die abendlichen Folgen ihrer geliebten, unverzichtbaren Telenovelas zu verpassen.

Contra miracula

»*Ma quale miràculu e miràculu!* Von wegen Wunder! Ich hatte recht, es war idiotisch von euch, an ein Wunder zu glauben«, tönte Tummasi Ferraina, als er die Bar Centrale betrat. »Kein Heiliger ist Giobbe gnädig gewesen. Ein Eingriff an den Augen, eine Operation hat sein Sehvermögen wiederhergestellt. Das hat mir der Augenarzt klipp und klar gesagt, Michìali Sergi, bei dem war ich gestern zur Kontrolle, und wo wir schon mal unter vier Augen sprechen konnten, habe ich ihn gefragt, ob er wirklich an ein Wunder glaubt. Da hat er gelächelt und gesagt, möglich sei natürlich alles, aber die Operation wegen grauem Star sei dem heiligen Rocco bestimmt zu Hilfe gekommen. Operation wegen grauem Star?, habe ich gefragt. Jawohl, meine Herren, eine Woche vor dem sogenannten Wunder hat unser Augenarzt Giobbe von der Trübung seiner Augenlinsen befreit. Auf Nachfrage hat er mir erklärt, dass eine solche Operation zu einer leichten Verbesserung der Sehfähigkeit führen kann, ganz leicht nur, denn natürlich kann Giobbe nicht lesen, aber Umrisse kann er unterscheiden, das wohl, und darum kann er beim Gehen auch Hindernissen ausweichen. Von wegen Wunder! Es gibt keine Wunder, aber ihr Dummköpfe schluckt ja alles, was man euch vorsetzt. Wunder! Das eigentliche Wunder ist, dass ihr mit eurem bisschen Hirn irgendwie durchs Leben kommt!«

»Willst du damit sagen, dass Giobbe sich das alles nur ausgedacht hat?«

»Der arme Kerl kann nichts dafür. Eine Woche nach der Operation glaubt er, mit neuen Augen zu sehen, und hält es für ein Wunder, die Krankheit hat er längst vergessen. Vielleicht ist ihm der Gedanke mal gekommen, aber manchmal ist es eben gut, wenn man sich am Leben rächen kann.«

Die Nachricht verbreitete sich so schnell wie der Wind, der aus Marzìgghia heranwehte. Innerhalb weniger Stunden wusste das ganze Dorf über den grauen Star Bescheid, und Giobbes Wunder fiel in sich zusammen wie aufgegangener Hefeteig bei der ersten Berührung. Alle bedauerten die Entwicklung ein wenig, denn nun würde es keine Busse voller Touristen und auch keine heiligen Quellen geben, manche waren sogar richtig ärgerlich auf den armen Giobbe Maludente, der die Sache vermutlich aufgebläht hatte, um Geld zu verdienen wie alle falschen Heiligen dieser Welt. Aber es ist nicht seine Schuld, sagten die meisten Leute, auf einmal konnte er wieder sehen, und da hat er an den heiligen Rocco gedacht. Alle fragten Sergi, um sich Tummasis Worte bestätigen zu lassen, und gingen dem Augenarzt damit dermaßen auf den Geist, dass er sogar auf seinen Abendspaziergang nach Potèdda verzichtete. Aber am schlechtesten erging es Giobbe Maludente selbst. In Windeseile wurde er vom Lazarus zum erfolgreich behandelten Patienten zurückgestuft. Er erfuhr es in der Kirche, wo er auf seinem unantastbaren Platz saß und im Stillen plante, die Reliquien des Heiligen das ganze Jahr über auszustellen. Ntuani Focularu war es, der ihm alles erzählte.

»Maestro Giobbe, haben Sie eine Erscheinung gehabt, bevor Sie wieder sehen konnten?«

»Nein, Ntuani, keine Erscheinung.«

»Sie sind also aufgewacht und ...«

»Ich bin nicht aufgewacht, ich habe plötzlich etwas gesehen.«

»Aber wie lange hat dieses Plötzlich gedauert?«

»Wie meinen Sie das?«

»Na ja, haben Sie sofort wieder etwas gesehen oder Stück für Stück ein bisschen mehr?«

»Ich verstehe nicht ganz, Focularu«, meldete sich Giobbes Frau zu Wort, »worauf wollen Sie hinaus?«

»Ich will auf gar nichts hinaus, aber wissen Sie, im Dorf fangen sie an zu reden, das heißt, Tummasi Ferraina hat angefangen, nachdem der Augenarzt es ihm bestätigt hatte, das möchte ich betonen, er sagt, das Wunder ... Na ja, es handelt sich sozusagen um ein halbes Wunder oder sagen wir, ein Drittel, denn Ihr Sehvermögen ist nicht durch das Eingreifen des Heiligen, sondern durch die Operation an der Augenlinse wiedergekommen.«

Dies war die Verkündigung, die dem kurzlebigen Ruhm von Giobbe Maludente und seiner Frau ein Ende setzte, denn obwohl frei von Ehrgeiz, war er für einige Tage auf dem schmutzigen Karren des Ruhms gefahren und hatte sich daran gewöhnt. Die Enttäuschung des geheilten Blinden legte sich jedoch rasch, denn nach einem Gespräch mit dem Augenarzt war er überzeugt, dass dieser die Wahrheit sagte, und der Schimmer des Universums, den seine gesäuberten Pupillen ihm zeigten, war ihm genug und hatte überdies Bestand.

Bevor er sein Atelier aufschloss, war Don Venanziu zum Friedhof gegangen, um einen Strauß weißer Chrysanthemen zur letzten Ruhestätte von Maestro Gatànu zu bringen. Er hatte sein Versprechen gehalten, das Grab war stets gepflegt. Aber während er die Blumen auf den Marmor legte, kam ihm zum ersten Mal ein trauriger Gedanke: Ihm würde niemand Blumen bringen. In einem einzigen Augenblick konnte er die Einsamkeit seines Lebens ermessen. Er sah sich um. Wer weiß, wo sie ihn begraben würden. Sein Blick fiel auf eine der in die Wand eingelassenen Grabstätten, die höchstgelegene, bereits aufgegebene, mit Blumen, die Jahre zuvor vertrocknet waren, und man würde eine Leiter brauchen, um sie wegzuräumen und den Marmor zu reinigen. Er fragte sich, welche seiner Frauen ihn nach seinem Tod besuchen würde, und ihm fielen zwar eine Menge ein, die in seinem Bett gelegen hatten, aber für diese Aufgabe erschien ihm keine Einzige geeignet. Erst ganz zum Schluss dachte er an Antonia Panduri. Ja, sie allein würde zu ihm kommen, denn er wusste, dass sie ihn liebte wie verrückt. Er stellte sich vor, dass sie Blumen zu seinem Grab bringen würde wie Feliciuzza Combarise in diesem Augenblick zum Grab ihres Sohns, und in seinem Herzen stieg eine neue Dankbarkeit auf.

Jemand klopfte an die geheime Tür. Don Venanziu stand sofort auf, hielt aber nach einigen Schritten inne. Warum sollte er aufmachen? Weil er tatsächlich Lust hatte, eine Frau zu besitzen, oder weil er sklavisch dem Prinzip von Ursache und Wirkung gehorchte, demzufolge auf das Anklopfen das Öffnen der Tür zu folgen hat? Erneut wurde geklopft. Ursache und Wirkung. Eine Weile rührte er sich nicht vom Fleck, dann löschte er lautlos das Licht und setzte sich wieder hin. Zum zweiten Mal innerhalb weniger Tage folgte er nicht dem Naturgesetz der vorgesehenen Wirkung und schlug die Einladung einer Frau aus. Und er dachte, dass es eine Stunde später noch genauso sein würde, auch am Tag danach und womöglich sogar eine Woche später, wer wusste das schon. Als wäre die Tür, der Eingang zum Paradies, völlig nutzlos, und ihm kam ein Gedanke, der wenige Tage zuvor noch unvorstellbar gewesen wäre. Er wartete einige Minuten, dann fuhr er fort, die Hose zu nähen, bis er aufgrund eines bedeutungsvollen Zufalls Maestro Ielapi an der Schneiderei vorbeigehen sah und ihn zu sich rief.

»*Buongiorno maestro,* arbeiten Sie in diesen Tagen?«

»Nein, Don Venanziu. Warum, brauchen Sie mich?«

»Ich überlege, ob ich eine Tür zumauern soll.«

»Wo denn?«

»Hier, kommen Sie, ich zeige sie Ihnen. Erinnern Sie sich? Sie haben sie selbst eingebaut.«

Als er die Tür sah, fiel es dem Meister wieder ein.

»Normalerweise werde ich gerufen, um Türen zu öffnen, nicht, um sie zu schließen, aber nun gut. Ich brauche einen halben Tag dafür. Wann soll ich anfangen?

»Einen halben Tag, sagen Sie ... Ich muss noch eine Weile darüber nachdenken. Wenn ich mich entschieden habe, rufe ich Sie an.«

Don Venanziu zögerte noch. Er dachte an all die Dorfbewohnerinnen, die zu dieser Tür hereingekommen waren, an die vom Duft der Körper verklärten Winternachmittage, an die durch heimliche Küsse gelinderte Einsamkeit, an die magische Geste, mit der die Frauen ihren BH aufhakten, einziges Erbe ihrer Vergangenheit als Hexen und Zauberinnen. Und dann tauchten plötzlich Mikaelas Bild vor seinem inneren Auge auf und mit ihm die Erinnerung an die Leere jener Tage.

»Ich melde mich, wenn ich mich entschieden habe. *Buona giornata.*«

Der Rest ist Warten

Am Tag zuvor hatte er Batral zum ersten Mal seit der Ankunft des Zirkus nicht zu Gesicht bekommen. Er war nach San Marco gegangen, aber vergebens, und auch die anderen konnten ihm nicht sagen, wo er sein könnte. Er hatte sich vorgenommen, bei der Vorstellung nach ihm Ausschau zu halten, aber dann war das Feuer ausgebrochen. Bei ihrer letzten Begegnung war Batral weniger herzlich gewesen als sonst, was bestimmt an dem verlorenen Kopftuch lag. Angeliaddu hatte die ganze Zeit darüber nachgedacht, und seine Gedanken ähnelten vereinzelten, bunt gemischten und nachlässig angeordneten Wachteleiern. Genau wie ich. Ich hoffe, alle haben gesehen, dass der weiße Fleck nicht das Zeichen eines Verbrechers ist. Gestern auf dem Balkon war ich wie er, genau wie er. Vielleicht hat auch mein Vater einen weißen Fleck im Haar, vielleicht ist auch er ein Trapezkünstler. Vielleicht weiß er gar nicht, dass er einen Sohn hat. Mama hat mir nie die ganze Wahrheit erzählt, immer wenn sie von ihm spricht, sieht sie aus, als verheimlichte sie mir etwas, und wenn ich sie frage, sagt sie Nein, aber ich spüre, dass sie mir nicht alles erzählt. Als ich sie gefragt habe, warum sie mir diesen Namen gegeben hat, den sonst niemand trägt, da hat sie gesagt, weil ich ihr Engel bin, aber ich merke doch, dass noch mehr dahintersteckt. Ich wünschte, mein Vater wäre gestern in der Menschenmenge gewesen und hätte mich gesehen. Er wäre stolz auf mich gewesen. Aber warum hat Batral so komisch reagiert, als sein weißes Haar zu sehen war? Er schämt sich dafür, sonst würde er es nicht verstecken.

Am Morgen des 21. August ging er gleich nach dem Aufstehen zum Zirkus, brauchte aber länger als üblich, weil ihn ständig jemand aufhielt, um ihm zu gratulieren. Sie behandelten ihn wie einen Helden, und er erreichte San Marco mit einem Lächeln im Gesicht.

Batral begrüßte ihn ohne jede Spur von Verärgerung. Er trug sein Kopftuch, und der Anblick dämpfte Angeliaddus Freude ein wenig. Die Enthüllung der weißen Strähne stand zwischen ihnen wie eine Wand; sie sprachen über vieles miteinander, aber ihre Worte glichen den niedrigen Spielkarten, die man beim Briscola auf den Tisch knallt, während man auf das Ass wartet. Schließlich spielte Batral es aus: »Damit hast du nicht gerechnet, stimmt's?«

»Nein.«

Batral steckte gerade eine Talkumdose in ein Beutelchen.

»Warum hast du mir das nie erzählt?«, fragte Angeliaddu.

»Ich habe auf den richtigen Augenblick gewartet, aber um ehrlich zu sein, weiß ich nicht, wann der gewesen wäre.«

»Wir gleichen einander.«

»Ja, das stimmt.«

Der Junge senkte den Blick und sagte: »Nicht ganz. Ich verstecke mich nicht.«

Batral schien getroffen, denn er hielt mitten in der Bewegung inne. »Komm, setzen wir uns. Ich erzähle dir noch eine Geschichte.«

Sie gingen ins Zelt und nahmen in einer Reihe von Stühlen mit Armlehnen Platz.

»Gabriel Meinengel wurde in einer kleinen deutschen Provinzstadt in eine Familie von Zirkusartisten hineingeboren«, hob Batral an. »Die Gleichgewichtskunst lag ihm im Blut, denn nachdem er seinem Vater bei einer Vorstellung geholfen hatte, spannte er bereits als Fünfjähriger ein Seil zwischen zwei Bäumen und übte tagelang, bis er ohne Unterbrechung von einem Baum zum anderen gelangen konnte. Auf dem Seil zu gehen wurde zur Besessenheit, so sehr, dass er nicht mehr laufen konnte wie andere Menschen, sondern die Füße hintereinander aufsetzte, als wäre der Boden ein riesiges Geflecht ineinander verschlungener Seile. Mit sechs Jahren trat er zum ersten Mal auf, und von dem Tag an heimste er auf der ganzen Welt Beifall ein. Bis zur Wandlung im Madison Square Garden, wo er ohne Netz auftrat, aber nicht aus freien Stücken, sondern weil es einem Assistenten während der Überfahrt in den Ozean gefallen war. Von da an benutzte Gabriel nie wieder ein Netz. Es war ein Triumph, und es ging von Mal zu Mal besser. Doch dann geschah auf der Place de l'Étoile in Montpellier ein Unfall. An jenem Tag war auch sein Sohn dort, um ihm zuzusehen. Gabriel hatte sich nicht persönlich um die Vorbereitung der Seile kümmern können und verließ sich auf die Arbeiter vor Ort – ein fataler Fehler, denn auf halbem Weg gab das

Seil unter ihm nach, und es kam zu einem verheerenden Sturz. Der schwierigen Disziplin des Seiltanzes wohnt eine Gefahr inne, die die Artisten rasch zu tragischen Figuren machen kann. Wenn ein Jongleur einen Ball verliert, ist die Vorstellung zu Ende, wenn der Clown niemanden zum Lachen bringt, verlässt er die Manege, wenn Pferde einander ins Gehege kommen, ruft sie jemand zurück, aber wenn ein Seiltänzer ohne Netz vom Seil fällt, gibt es keine zweite Chance, kein »Morgen Abend versuche ich es wieder«, keinen zweiten Versuch. Zirkusgeschichten handeln häufig von wiederholten Unfällen, und in dieser Hinsicht ähneln sie sehr dem menschlichen Leben. Eine französische Zeitung brachte die Nachricht auf der ersten Seite, und der Artikel endete in verächtlichem Ton, als es hieß, erneut habe der Fluch der weißen Strähne zugeschlagen, denn mit diesem Zeichen seien von jeher die Menschen gebrandmarkt, die zum Scheitern verurteilt sind. Gabriel las den Bericht viele Tage später, als er, noch immer übel zugerichtet, aus dem Krankenhaus entlassen wurde. Ein Wunder, dass er nicht gestorben war. Der Artikel verletzte ihn und schmerzte schlimmer als der Unfall selbst. Vielleicht war sein Leben voller Wunder vor allem eine Art, Missgunst und Vorurteile zu besiegen, aber jetzt löschte plötzlich eine Sturmflut seine stolze Sandburg aus, ebnete sie ein und warf sie zurück auf den Grund, zu all den anderen vergessenen Sandkörnchen. Für Gabriel war es die größte Herausforderung. Sein Sohn erlebte ihn in jenen Jahren als unbezwingbaren Charakter von grenzenloser Willenskraft, die mindestens ebenso groß war wie die Traurigkeit, die sich auf die Seele des Mannes gelegt hatte. Immer wieder sagte er einen Satz zu ihm, den der Sohn nie mehr vergaß: Leben heißt, auf dem Seil zu stehen, alles andere ist nur Warten. Dem Sohn kam es wie ein Wunder vor, dass dieser Mann, der beinahe gestorben wäre, erneut auf dem Seil tanzte. Vier Jahre nach dem Unfall, nach Tausenden von Trainings, Proben und unerhörten Anstrengungen, verkündete der große Gabriel seine sensationelle Rückkehr in die Manege, und dieses Ereignis wollte er in großem Stil feiern: in Puerto Rico, auf einem Seil zwischen dem Turm des Condado-Plaza-Hotels und dem Turm von San Juan, eine Strecke von sechzig Metern in vierzig Metern Höhe ohne Sicherheitsnetz. Es war ein nahezu unmögliches Unterfangen, aber Gabriel wollte der Welt beweisen, dass der Verfasser des Artikels unrecht hatte. Eine Stunde, bevor er auf das Seil stieg, rief er seinen Sohn zu sich und erzählte ihm eine Geschichte. Sie handelte von Männern, die einmal Engel waren und höher als Vögel fliegen konnten, höher als die Wolken, und die manchmal vom Weg ab- und der Sonne zu nahe kamen, sodass sie sich eine Haarsträhne verbrannten. Die weiße Strähne war das Zeichen derer, die zu hoch hinaufgestiegen waren. Und dieses Zeichen besitzt auch du, mein Sohn, und du musst es hüten wie ein wertvolles Objekt, einen geheimen Schatz. Du musst mir versprechen, dass du es von nun an vor den Menschen versteckst, denn sie dürfen nicht wissen, wer wir in Wirklichkeit sind, *figlio mio*, versprich mir, dass du die weiße, von der Sonne verbrannte Strähne verstecken wirst. Versprich es mir! Der Junge versprach es, umarmte den Vater und ging hinaus auf die Straße. Er mischte sich unter die Zuschauer, um sich ein Schauspiel anzusehen, das nicht stattfinden würde. Gabriel war höchst konzentriert, und kaum setzte er einen Fuß auf das Seil, verschwand die Welt um ihn herum. Lange schien alles gut zu gehen, aber als er nur noch fünfzehn Meter vom Ziel entfernt war, stürzte er. Der Sohn erinnerte sich an diese Sekunden, wie wenn er alles noch vor sich sähe, den schwankenden Körper, die Hand, die vergeblich nach dem Seil greift, den Sturz, lautlos wie ein Gegenstand. Gabriel Meinengel starb auf diese Art in einem fremden Land, obwohl für einen Seiltänzer, der es gewöhnt ist, halb in der Luft zu leben, jedes Land ein fremdes ist. Es hieß, er habe den Fuß falsch aufgesetzt, aber der Sohn wusste, dass es der Wind gewesen war, eine unverhoffte Bö vom Meer her, die seinen Vater dem Universum der verirrten Seelen zurückgab. Ehe sie sich für immer voneinander verabschiedeten, hatte ihn der Sohn aus einer unguten Vorahnung heraus gefragt, warum er kein Netz benutzen wollte. Er drehte sich um, sah mir lächelnd in die Augen und sagte, Netze seien zu nichts nütze, sie seien nur eine Reihe von Löchern, die von einem Faden zusammengehalten werden.«

Angeliaddu war verblüfft. Er musterte Batral und versuchte, den Jungen in ihm zu erkennen, der seinen Vater hatte sterben sehen, den Jungen, der versprochen hatte, die weiße Stelle in seinem Haar stets zu verbergen.

»Heute weiß ich, dass mein Vater mir dieses Versprechen nur abgenommen hat, um mich gegen die Vorurteile und die Missgunst zu schützen, die ihm das Leben schwer gemacht haben. Aber das spielt keine Rolle, ich werde mich an mein Versprechen halten, solange es geht.«

»Und die Geschichte von dem Engel, der sich verbrennt?«

»Als mein Vater abgestürzt war und man mich von der Straße holte, sah ich ein weißes Stück Stoff vom Himmel herabflattern. Alle starrten auf den Leichnam und die Blutlache, aber ich blickte auf den weißen Stoff, der im Wind schaukelte und langsam wie eine Schneeflocke herabsank. Ich hob es auf. Es war ein Stück von seinem Trikot, aber aus irgendeinem Grund kam es mir so vor, als hielte ich seine weiße Haarsträhne in der Hand, die sich gelöst und beim Fallen in ein Stückchen Stoff verwandelt hatte, als hätte mein Vater sie mir geschenkt, damit ich sie aufbewahre und mit ihr die Geschichte der Engel, sein Erbe.«

»Also schämst du dich nicht.«

»Nein, ich schäme mich nicht, ich würde das Zeichen meines Lebens gern allen zeigen, aber ich habe ein Versprechen gegeben, und daran halte ich mich. Schäm dich niemals, Angeliaddu, denn gestern Abend hast du allen etwas gezeigt, was ich schon längst wusste.«

Sie redeten noch ein wenig miteinander, dann machte sich der Junge auf den Heimweg, mit einem neuen Wissen, das ihn noch glücklicher machte. Seine Mutter bemerkte es sofort und fragte ihn, was los sei.

»Du müsstest mal sehen, Mama, wie sie mich anschauen, wie sie mir auf der Straße gratulieren und die Hand schütteln, sie streichen mir sogar übers Haar und sagen, dass ich ein Held bin; keiner wendet mehr den Blick ab, kein Einziger. Sie grüßen mich schon von Weitem, und sie laden mich in jede Bar ein, an der ich vorübergehe, ich soll reinkommen und mir nehmen, was ich haben will. Hier, sieh mal, ich habe dir eine Tüte Chips mitgebracht. Es ist so schön, Mama, auf einmal haben mich alle gern.«

Wie glücklich Taliana war, ihren Sohn in diesem Zustand zu sehen!

»Und das ist noch nicht alles«, erklärte sie.

Sie setzten sich aufs Sofa, und sie erzählte ihm vom Besuch des Vermessungstechnikers, von der neuen Stelle und davon, dass er ihnen helfen würde, dass an diesem Tag für sie beide ein neues Leben begann. Angelo freute sich, dass seine Mutter so glücklich war.

»Du wirst dir die Nächte also nicht mehr am Bügelbrett um die Ohren schlagen?«

»Nein.«

»Du stehst nicht mehr früh auf, um Oliven zu ernten?«

»Nein, nein, nein.«

Angeliaddu konnte es kaum glauben.

»Wir kaufen dir eine Brille, Mama, du bekommst eine eigene Brille.«

»Das müssen wir feiern!«

»Lass uns in den Zirkus gehen.«

»Heute Abend nicht, *Angelo mio*, ich möchte meine Arbeit noch zu Ende bringen. Aber morgen. Morgen Abend besuchen wir den Zirkus. Heute gehen wir nur zum Zirkuswagen und kaufen uns zwei Panini mit *salsiccia*, die essen wir zu Hause.«

Während der Sohn hinausging, um eine der Übungen am Trapez zu machen, mit denen er sich seit Tagen beschäftigte, dachte Taliana, dass manchmal ein einziger Augenblick Jahre voller Unglück vergessen lässt und dass sie an diesem Morgen, an dem sie aufgewacht war wie an jedem anderen Tag ihres Lebens, nichts von all dem geahnt hatte, denn wenn man morgens die Füße auf den Boden setzt, weiß man nie, was einem der Tag noch bringt.

Erst am Ende können wir beurteilen, ob es die Mühe wert war, und an diesem Tag schien sich all ihre Mühe endlich einmal gelohnt zu haben.

Unwandelbar und stumm

Von den Vorgängen auf der Erde wussten weder der Himmel noch die Sterne etwas. Und die Tatsache, dass sie die Wechselfälle des menschlichen Lebens nicht bedachten, tröstete ihn, denn die universelle Gleichgültigkeit, getaktet von mathematischen Gesetzen und regelmäßigen Bewegungen, war weniger gefährlich als die Jagd der Menschen nach dem Undurchführbaren. Die Ereignisse überstürzten sich, Wahrheiten veränderten sich, Ideen starben, Brüder verschwanden, aber Cassiopeia und der Große Wagen waren von jeher an ihrem Platz und würden auch immer dort sein, unwandelbar und stumm.

Auch Archidemu wäre gern so gewesen. Unwandelbar und stumm, Kieselstein und Meteorit, hätte er die Ereignisse des menschlichen Lebens gern gemieden wie einen tödlichen Biss, indem er sich einbildete, er würde sich von selbst in etwas anderes verwandeln. Aber ein Zirkus und eine Glaskugel reichten, um ihn wieder zur Menschheit gehören zu lassen, und die Freude, die er in diesem Augenblick unter dem Himmelszelt bei dem profanen, vergänglichen Geschmack einer Mandelgranita empfand, die ihm den Gaumen kitzelte, besiegelte seine Niederlage. Er hatte das Getränk kurz zuvor in Sarvatùras Laden gekauft. Als er das Geschäft betrat, erklärte der Vater der verstorbenen Rorò, der im schwarzen Anzug auf dem Weidenstuhl saß, auf Signora Rivaschieras Nachfrage hin soeben, er käme jeden Tag in den Laden, um sich seiner Tochter näherzufühlen, denn ihm sei nicht einmal genug Zeit geblieben, um sich von ihr zu verabschieden oder sie ein letztes Mal zu berühren. Und diese Worte, die er im Geist verrührte wie die letzten Schlucke der Granita, riefen ihm das erste Prinzip der menschlichen Thermodynamik ins Gedächtnis, an das er tags zuvor gedacht hatte.

Er wusste genau, dass ein erstes Prinzip stets ein nulltes, grundlegendes Prinzip voraussetzt, aus dem alle weiteren folgen. Er stellte den leeren Becher ab und streckte sich auf der Liege auf dem Balkon aus, wobei er die Schildkröte auf Nabelhöhe festhielt. Der Mond erhellte die Nacht mit einem Licht, das an Verlassenheit denken ließ. Ohne den Mond, Sciachiné, würde sich auch die Erde nicht so gut drehen. Die Rotationsachse der Erde würde sich verhalten wie ein Kreisel, der auf einem unebenen Straßenpflaster in Bewegung gesetzt wird und nach wenigen Umdrehungen umfällt. Denn ohne den Mond ist die Erde nichts, und vielleicht ist es das, was uns das Himmelsgewölbe lehren will: Die Wesen des Universums einschließlich der Menschen sind nichts, wenn sie niemanden an ihrer Seite haben. Und so präsentierten ihm die Gravitationwellen, die den planetarischen Raum durchqueren, das Prinzip null der menschlichen Thermodynamik quasi auf dem silbernen Tablett: Wenn das Überleben der Masse A vom Überleben der Masse B abhängt, wenn also A B liebt, dann können A und B niemals getrennt sein. Und in einem von Gravitationskräften errichteten Universum würde am Ende vielleicht ein Meteorit auf die Erde stürzen, sie zu einer annähernd vollständigen, um 23,4 Grad geneigten

Umdrehung bringen und damit die Gesetze der Physik umschreiben und die neuen Prinzipien der menschlichen Thermodynamik begründen.

29
Die letzte Vorstellung

Nach seiner Rückkehr aus dem Krankenhaus nahm er als Erstes die verdammten schwarzen, im *Haus des Handschuhs* in der Leibnizstraße maßgefertigten Handschuhe, zerriss sie und warf sie in den Müll. Er konnte nicht fassen, dass er sie nie wieder würde anziehen müssen. Seine linke Hand war verbunden. An das Weiß des Verbandsmulls und das Gefühl von Reinheit, das davon ausging, hatte er sich bereits gewöhnt. Er öffnete die Fenster und atmete die nach Glyzinien duftende Luft ein. Er wollte sofort ins Dorf gehen, darum öffnete er den Kleiderschrank und nahm das einzige graue Hemd heraus, das er ganz hinten im Schrank unter all den schwarzen Hemden versteckt hatte. Feierlich zog er die Haustür hinter sich ins Schloss. Natürlich wussten alle Bescheid. Cassiel hatte ihn am Morgen ohnmächtig vor dem Auffangnetz gefunden, aber niemand hatte ihn gefragt, was er dort zu suchen gehabt hatte. Die allgemeine Annahme lautete, er müsse betrunken gewesen, nachts umhergestreift und zufällig dort gelandet sein. Es handele sich um ein schreckliches, aber dennoch zufälliges Unglück: Die Streben des Netzes hatten unter seinem Gewicht nachgegeben und seine Hand getroffen. Die beiden Finger mussten amputiert werden.

Zum zweiten Mal in seinem Leben erwachte Caracantulu mit einer verstümmelten Hand. Der Doktor erklärte ihm, was passiert war, aber diesmal regte er sich nicht auf, im Gegenteil. Er betrachtete die verbundene Hand ohne überflüssige Anhängsel und war merkwürdig gelassen. Wie oft hatte er in Erwägung gezogen, zur Axt zu greifen und die beiden Fingerhörner abzuschneiden, denn damit hätte er dem Herrn Jesus Christus einen schönen Streich gespielt, aber ihm hatte stets der Mut dazu gefehlt. Und nun waren die Hörner nicht mehr da.

Am Morgen nach der Operation hatte Caracantulu das merkwürdige Gefühl, in seinem Bett in jenem Krankenhaus in Deutschland aufzuwachen, und ihm schien, als hätte es die unglückselige Zeit zwischen dem ersten und zweiten Erwachen in einer Klinik nie gegeben, als hätte er die verfluchte Fabrik erst am Tag zuvor verlassen. Damals hatte ihn nicht der Unfall selbst zur Verzweiflung getrieben, sondern die schändliche Form, mit der er ihn gebrandmarkt hatte. Und nun war nichts mehr davon übrig, keine göttliche Strafe, die er vor den Augen der Welt verbergen musste. Endlich konnte er seine Hand jedem zeigen. Rocco Chirinu war der Erste, der ihn auf der Straße ansprach, sechs Meter von seinem Haus entfernt. Und Caracantulu sagte zum ersten Mal das Sprüchlein auf, das er wie einen Refrain den ganzen Tag lang wiederholen würde, ein Sprüchlein, begleitet von einem Lächeln, das sich niemand erklären konnte, ebenso wenig wie sein Hemd, das ausnahmsweise grau war. Er müsste ein gebrochener Mann sein, noch wütender auf die Welt als zuvor, aber nein, Caracantulu lächelte und fühlte sich ein wenig wie Giobbe Maludente. Dies war ein merkwürdiger Sommer, eine Jahreszeit mit ungewöhnlichen Sternenkonstellationen, denn auch ihm war das Wunder widerfahren, sich normal zu fühlen. Er war glücklich über die nicht mehr vorhandenen Finger, denn ein Unglück kann man hinnehmen, das ganz normale Unglück, das den Menschen widerfährt, lässt sich ertragen, ja, es macht uns sogar gleich, gibt uns das Gefühl, Kameraden und Geschwister zu sein. Was Caracantulu nicht ertrug, war der Fluch, das Zeichen des Außergewöhnlichen, das ihn von der Gemeinschaft der Menschen abgeschnitten hatte.

An diesem Morgen spazierte er durch sein Dorf und fühlte sich als Mensch unter Menschen. Er grüßte jeden, als wäre er von einer Hochzeitsreise zurückgekehrt, und hob die Hand, um sie vorzuzeigen wie eine Medaille. Auch in der Bar, wo sie ihn kaum wiedererkannten, war er freundlich und gesprächig, sodass Micu *u barista* dachte, dass sie ihm im Krankenhaus wohl irgendeine seltsame Mixtur oder eine geheimnisvolle Droge in den Tropf gegeben hatten. Und dann, als er in der Glasscheibe über den Eissorten sein Spiegelbild sah und erkannte, dass er ein neuer Mensch geworden war, verfinsterte für einen Moment ein Schatten von Reue seinen wundersam geheilten Geist.

»Hat man Lulù inzwischen gefunden?«

»Nein«, antwortete Micu, »wer weiß, was aus dem geworden ist!«

Als sie das Fenster öffnete, blies ihr der warme Schirokko den kräftigen Geruch des Basilikums in den Terracottatöpfen ins Gesicht. Dieser Duftschwall, der ihr in die Nase stieg, war immer eine gute Art gewesen, die Welt zu betreten, aber an diesem Morgen wurde ihr davon so übel, dass sie sich beinahe übergeben musste. Wie seltsam, dachte sie auf dem Weg in die Küche. Sie kochte Kaffee, setzte sich, goss sich ein Tässchen ein, und erneut wurde ihr so schlecht, dass sie das Gebräu beinahe in die Spüle gekippt hätte. Sie hielt einen Moment inne. Warum passierte ihr so etwas Merkwürdiges? Natürlich dachte sie sofort an das, woran jede normale Frau denkt, der schlecht wird, aber sie war keine normale Frau. Sie verstand die Welt nicht mehr. Erst die Resignation wegen der Wechseljahre, dann die Hoffnung wegen der Hitze im Unterleib, danach die Verzweiflung, weil nur noch eine milde Wärme übrig geblieben war, und jetzt diese Übelkeit, die sie erneut an ein Wunder denken ließ. Sie verstand es einfach nicht. Sie ging ins Bad, und als sie sich auszog, um zu duschen, fühlte sich ihre Brust schwer und geschwollen an, und die Brutwarzen juckten ein wenig. Sie trat vor den Spiegel und nahm den Warzenvorhof zwischen zwei Finger. Sie drückte ihn zusammen. Sie glaubte, einen Tropfen zu sehen, noch keine Vormilch, nur ein transparenter, leuchtender Tropfen wie winzige Zuckerkristalle, die Frucht eines Körpers, der süßer wird. Es wäre ein untrügliches Anzeichen gewesen, wäre ihr dasselbe nicht schon viele Male zuvor passiert. Als Cosimo zum Mittagessen nach Hause kam, sagte sie ihm, sie würde am nächsten Tag zum Markt nach Borgia fahren. Aber heute Abend gehen wir noch mal in den Zirkus, weil es die letzte Vorstellung ist, einverstanden? Sie wusste, dass sie ihn damit glücklich machte, aber sie dachte vor allem an sich selbst, denn vielleicht würde erneut eine weiße Taube ihren Bauch berühren und ihr eine Nacht voller Illusionen schenken. Die Erinnerung an das Tier brachte den Satz mit sich, den Tzadkiel gesagt hatte, als sie sich zum ersten Mal am Brunnen begegnet waren: dass es eine nützliche Übung sei, die Dinge des Alltags aus einem anderen Blickwinkel zu betrachten. Cuncettina war sich sicher, dass er diese Worte nicht zufällig ausgerechnet zu ihr gesagt hatte.

Eine kleine Revolution

Taliana bügelte ohne Pause den ganzen Nachmittag. Sie wollte alles noch vor der Vorstellung fertig bekommen, denn wenn sie eingehakt mit ihrem Sohn aus dem Haus ging, sollte von ihrem vergangenen Leben keine Spur mehr zu sehen sein, nicht einmal eine zerknitterte Socke. Sorgfältig legte sie Donna Adelaide Catrumbas Wäsche im Wäschekorb zusammen und ließ ihn ihr von Angeliaddu bringen, während sie selbst sich für den Abend zurechtmachte.

Sie erreichten den Zirkus, als die Vorstellung gerade begonnen hatte. Unterwegs bedachte sie jeder, dem sie begegneten, mit Lob und anerkennenden Worten, und Taliana hüpfte das Herz in der Brust, denn einen schöneren Tag als diesen hätte sie sich nicht erträumen können. Aber der Tag war noch nicht vorüber.

Es geschah nach Batrals Nummer. Die Scheinwerfer leuchteten ins Publikum, Taliana applaudierte, und als sie nach rechts blickte, stockte ihr der Atem. Sie hörte auf zu klatschen, war wie gelähmt. Es war unglaublich. Sie konnte sich nicht irren, dazu kannte sie dieses Gesicht zu gut, und für einen Moment fühlte sie sich um Jahrzehnte zurückversetzt. Ihre Augen wurden feucht, diese Augen, die sich im Lauf der Jahre durch das Weinen abgenutzt hatten wie ein Stück Kreide, mit dem man über eine Wand fährt. Ihre Schönheit war nicht verblüht, aber sie kam nur selten zum Vorschein; sie hatte ihr Wesen verändert, wirkte zersplittert, und um sie zusammenzusetzen, musste man die bunten Bruchstücke vom Boden aufheben und sie wieder zusammenfügen.

Dissertatio de arte combinatoria

F22. Das war der Name eines Jagdflugzeugs, natürlich, aber es war auch das Kästchen der Welt, das sie an diesem Abend besetzen würde. Reihe F Platz 22, wie beim Schiffeversenken. An diesem Abend musste sie eine gute Figur machen, und schon eine Stunde vor der Vorstellung war sie im Bad, um sich herzurichten, denn weil sie sich keinen Friseurbesuch leisten konnte, färbte und wellte sie sich ihre Haare selbst. Sie legte die Perlenohrringe an, die sie bei ihrer Hochzeit getragen hatte, zog ihr einziges gutes Kleid an und nebelte ihre Frisur mit dem letzten Rest Haarspray ein. Mit der Schlange vor dem Zirkuszelt hatte sie nicht gerechnet; sie stellte sich an und hielt nach ihm Ausschau. Im Zelt angekommen, fand sie nur mit Mühe den richtigen Platz. Ein paar Zuschauer mussten aufstehen, damit sie sich endlich setzen konnte. Zu ihrer Rechten saß Cosima Mangiùna, zu ihrer Linken waren vier freie Plätze. Sie richtete ihre Frisur, strich sich den Rock glatt und drehte sich zum Eingang. Sie richtete ihre Frisur, strich sich den Rock glatt und drehte sich erneut zum Eingang. Noch einmal richtete sie ihre Frisur und strich sich den Rock glatt, und da endlich kam Sarvatùra; er folgte seiner Tochter und seinem kleinen Enkel. Sie senkte nicht den Blick, denn sie wollte sehen, wo er Platz nehmen würde, aber als er am Anfang ihrer Reihe stehen blieb, wandte sie sich ab. Dreiundzwanzig, vierundzwanzig und fünfundzwanzig, sagte die Tochter. Gestatten Sie? Die Leute standen auf, um sie vorbeigehen zu lassen, und Sarvatùra setzte sich auf den Platz neben ihr. F23. Unter Hunderten von Plätzen ausgerechnet dieser, gleich neben ihr, aus Tausenden möglichen Kombinationen, neben ihr, nicht neben Mirella Currìja, Rosanna Grattasòla oder Francesca Tagghiòla. Mararosa fühlte sich wie eine Gesalbte, denn die Sterne standen anders, das Universum und der Zirkus waren auf ihrer Seite und überhäuften diese Verbindung mit ihrem Segen. Treffer.

»*Buonasera*«, begrüßte er sie.

»Oh, guten Abend. So ein Zufall.«

»Meine Tochter hat darauf bestanden«, erklärte Sarvatùra, als müsste er sich für seine Anwesenheit rechtfertigen.

»Recht hat sie, was soll man sonst tun? Das Leben geht weiter.«

»Ja, schon, das Leben geht weiter«, wiederholte Sarvatùra und zupfte an seinem Jackett. Treffer, versenkt.

Einen denkwürdigen Abend hatte der Stallmeister angekündigt, und um seine Behauptung zu untermauern, sagte er die Nummer von Masia und Nakir an, aber, fügte er hinzu, auf eine Art, wie ihr sie noch nie gesehen habt. Masia wurde auf die Scheibe gebunden, und der Messerwerfer begann mit der Vorstellung. Alles war wie an jedem Abend, bis ein Trommelwirbel etwas Besonderes ankündigte. Nakir ließ die Messer auf dem kleinen Tisch liegen, ging auf die Drehscheibe zu, band das Mädchen los, und zum Erstaunen des Publikums ließ er sich selbst darauf festbinden. Nun ging das Mädchen zu dem Tisch, nahm die Messer in die Hand, und, begleitet vom Trommelwirbel, der noch immer andauerte, warf sie sie in Nakirs Richtung. Jede Klinge, die sich neben dem Körper des Mannes in die Scheibe bohrte, wurde mit einem Schrei der Erleichterung quittiert. Neun Messer, eins nach dem anderen und immer schneller, bis nur noch eines übrig war. Da verband sich Masia die Augen, griff nach dem Messer auf dem Tischchen und holte aus. Der Trommelwirbel erstarb, und es folgte ein Moment heiliger Stille, in dem alles innezuhalten schien; es war kaum zu glauben, dass sich die Erde noch immer um die Sonne drehte, dass sich die Wellen der Brandung nach wie vor am Felsen Pietragrande brachen, dass die Herzen der Zuschauer weiterschlugen. Das Messer flog durch die Luft, blitzend und präzise. Mit tosendem Applaus und stehenden Ovationen feierte das Publikum Nakirs Rettung. Er wurde unverzüglich losgebunden und umrundete Hand in Hand mit Masia die Manege, um den Beifall entgegenzunehmen. Mararosa war begeistert, und noch begeisterter war sie, als sie sah, wie verblüfft Sarvatùra war. Archidemu, der das Spektakel aufmerksam verfolgt hatte, fiel wieder ein, was ihm am Tag von Roròs Beerdigung durch den Kopf gegangen war, als er die beiden auf dem Plakat gesehen hatte. Schon beim Gedanken an ein solches Spiel sträubten sich ihm die Nackenhaare, er hätte niemals den Mut aufgebracht, ein Messer auf jemanden zu werfen, und sollte er je gezwungen sein, bei diesem Spiel mitzumachen, würde er lieber den Platz der Unglücklichen einnehmen, die auf den Treffer wartete. Nun aber sah er, dass auch sie handeln musste. Auch wer angebunden wird und sich mit dem Rest der Menschheit die Rolle der Zielscheibe teilt, muss gelegentlich in die Haut des Werfers schlüpfen, denn auch die Wesen der Luft sind hin und wieder gezwungen, sich auf Erden schmutzig zu machen.

Wie Wolken, schwebend

»Sehr verehrte Damen und Herren, machen Sie sich bereit für ein einzigartiges, ein außergewöhnliches Schauspiel, denn Sie haben die Ehre, es zum allerersten Mal zu bewundern. Hier kommt für Sie: der Poet der Blätter.«

Der Applaus verebbte, während die Scheinwerfer den Eingang erhellten. Eine junge Frau in einem rosa Trikot kam herein, und aus dem Sack, den sie in der Hand hielt, holte sie Blätter heraus und warf sie in die Manege, wie wenn sie einen herbstlichen Teppich erschaffen wollte. Sie ging wieder hinaus, und für einen Augenblick passierte nichts. Dann tauchte der Künstler auf. Er ging langsam, schleppte sich schaukelnd dahin. Er trug einen sehr schönen schwarzen Frack mit weißem Hemd und Fliege. Die Haare waren zurückgekämmt, pomadisiert und in der Mitte gescheitelt, die Haut gepudert wie bei einem Pantomimen. Verloren sah er sich um und blinzelte, als sein Blick dem Lichtstrahl des Scheinwerfers begegnete. Nach einer gefühlten Ewigkeit blieb er in der Mitte der Manege stehen. An den Seiten begannen sich zwei Ventilatoren zu drehen, und die Blätter wirbelten in der Luft umher wie in einer windgepeitschten Ecke des Waldes. So langsam, wie sich ein Planet auf seiner Umlaufbahn bewegt, steckte er eine Hand in die Tasche und holte ein Blatt heraus.

»Aber das ist ja Lulù!«, sagte Pasquala Ficazzànu.

»Lulù, seht nur, das ist Lulù!«

Der Name des Verrückten hallte im Zirkuszelt wider, begleitet von Scherzen, Lachen und Kraftausdrücken. Für einen Moment befürchtete Luvia das Schlimmste; vielleicht würde sogar jemand aufstehen und ihn auspfeifen. Der laute, lang anhaltende Trommelwirbel wirkte jedoch wie ein Befehl des Löwenbändigers und stellte die Ruhe wieder her. Auf dieser Insel der Stille blickte Lulù zum ersten Mal Luvia an, wie sie ihm immer wieder geraten hatte, ehe sie ihn allein ließ, sieh mich an, sieh mir ins Gesicht, ich sitze in der ersten Reihe.

An dem Tag, an dem sich ihre Schritte auf Cassiels Geheiß einander angeglichen hatten, hatte Luvia den Verrückten aufgenommen wie einen verlorenen Sohn. Sie hatte ihn mitgenommen, um die Tiere zu füttern, und ihn gefragt, was er mit den Blättern in dem Beutel vorhabe, und Lulù hatte wortlos zu spielen begonnen. Luvia war verzaubert, und von da an trafen sie sich jeden Tag in ihrem Wohnwagen, wo er Musik machte und sie ihm zuhörte, bis er ihr eines Tages, angeregt von einer Schallplattenhülle, auf der ein Herbstwald abgebildet war, ins Gesicht blickte, als wäre sie eine Madonna oder seine Mama, und ihr den kompletten traurigen Walzer vorspielte. Luvia weinte, und genau in diesem Moment kam ihr die Idee, dass es ein Jammer wäre, wenn die Welt diese Musik nicht zu hören bekäme. An dem Nachmittag, an dem Lulù aus dem Dorf gerannt war wie ein gehetztes Wildschwein, war er zu ihr in den Wohnwagen geflüchtet. Zitternd und verloren, wie er war, befahl sie ihm, sich auf ihrem Bett auszustrecken, trocknete ihm den mit Tränen und Speichel vermischten Schweiß ab, strich ihm über die Stirn und sang ihm ein Lied vor, bis er schließlich einschlief wie ein kleines Kind. Als er wieder erwachte, stand ihm die Angst ins Gesicht geschrieben. Auf keinen Fall wollte Lulù den Wohnwagen verlassen, und Luvia schickte ihn nicht weg. Willst du bei mir bleiben? Hab keine Angst, ich bin bei dir, und der Verrückte entspannte sich in ihren mütterlichen Armen. Den Carabinieri, die nach ihm suchten, teilte sie mit, sie habe ihn nicht gesehen.

Keine Sorge, sagte sie vor der Vorstellung zu ihm, wenn du dich fürchtest, siehst du mich an, schau mir in die Augen, verstanden? Sieh mich an! Das tat Lulù, und in der Stille fand er das Gesicht seiner Mutter wieder, das zugleich das Antlitz der Madonna war. Vor seinem inneren Auge sah er sie auf der Bank sitzen, unmögliche Leben und Paralleluniversen herbeisehnen und dieser traurigen Musik lauschen, die er für sie gespielt hatte, als er sie das letzte Mal sah, den verzauberten Walzer. Wann immer er den spielte, erschien seine Mama vor ihm, wie in diesem

Moment, und während er ihr in die Augen sah, fing er an, auf dem Blatt zu blasen. Die Dorfbewohner hatten ihn unzählige Male gehört, aber an diesem Abend war es, als lauschten sie ihm zum ersten Mal, und nach den ersten Noten wagte niemand mehr zu reden, weil alle vergessen hatten, dass der Mann im Frack Lulù *u pàcciu* war. Die Leute waren verblüfft. Lulù hatte die Augen geschlossen, und ganze Welten zogen vor der Dunkelheit seines Geistes vorbei, Universen, Galaxien, Planeten auf disziplinlosen Umlaufbahnen und seine Mama. Mit Engelsflügeln flog sie zwischen Sternen und Asteroiden dahin zu seiner Musik, die sie oben in der Luft hielt und ihn mit ihr, schwebend sahen sie Menschen und Kontinente so klein werden wie weit entfernte Sterne. *Mammà*, wie schön die Welt von hier oben aussieht und diese Stille, *mammà*, diese Stille nur für uns, denn nicht alle Welten sind davon ausgeschlossen, nicht alle, *mammà*, wir können fliegen, wenn wir die Augen schließen, uns leicht fühlen wie auf einem Blatt, uns fühlen wie ein Blatt.

Cuncettina konnte die Tränen nicht zurückhalten, denn diese Musik hatte sie noch nie gehört, dabei klang sie, als hätte sie selbst sie in den Tagen ihrer Verzweiflung geschrieben, die Transkription ihrer schlaflosen Nächte, des lautlosen Weinens, der Kopfstöße gegen die Wand, der eiskalten Duschen, als wäre dies das Blatt ihrer Herbstzeiten, das gefallen war, fast schwerelos, und nun aufgehoben wurde. Cuncettina weinte, weil Traurigkeit uns oftmals schön vorkommt, sobald sie vorüber ist, genau wie ein Regenguss: Danach sind die Straßen zwar nass, aber man kann aus dem Haus gehen und lächelnd den Pfützen ausweichen. Cuncettina weinte, weil diese Musik vielleicht die ihres wiedergeborenen Lebens war, ihres gehätschelten Traums, denn ein und dieselbe Melodie kann Traurigkeit und Freude ausdrücken, ein und dasselbe Leben kann als Schmerz und als Glück zugleich gelten. Sie schmiegte sich an Cosimo und legte den Kopf an seine Schulter.

Eine Wunde, die versorgt werden muss

Den ganzen Abend beobachteten sie einander aus dem Augenwinkel, und wenn sich der eine umdrehte, richtete die andere den Blick sofort wieder auf die Manege und umgekehrt. Begleitet von wechselseitigen Entschuldigungen, berührten sich ihre Arme hin und wieder auf der gemeinsamen Armlehne. Dass Mararosa sich so benahm, war verständlich, nicht aber Sarvatùra, denn dessen Zögern, die Worte, die er aussprach oder eben nicht, schienen eine Verlegenheit zu verraten, für die es nur einen Grund geben konnte, und sie dachte, dass sie vielleicht richtig vermutet und er sie doch nicht ganz vergessen hatte. Dann erschien Lulù in der Manege. Während alle ihn verspotteten und sich über ihn lustig machten, wurde Mararosa still, und als der Trommelwirbel das Publikum verstummen ließ, begann sie bei den ersten Klängen des Walzers zu weinen, wie sie es auch am Ende der Telenovelas und Lancio-Fotoromane immer tat, wenn eine Liebe zu Ende ging. Die Musik ging ihr zu Herzen, brachte es zum Klingen wie die Saiten einer Gitarre, darum drehte sie sich zu Sarvatùra und konnte kaum glauben, dass auch er, dieser harte, unverwüstliche Mann, gerührt war, tatsächlich gerührt! Diesmal blickte sie ihm ohne falsche Scham ins Gesicht, das genauso aussah wie viele Jahre zuvor, als sie aus dem Fenster gesehen hatte, an dem Abend, an dem ihr Traum zerplatzt war; sie sah dasselbe schmerzerfüllte, eingefallene Gesicht, dieselben traurigen, schicksalsergebenen Augen. Damals hatte sie noch heftiger geweint, und Sarvatùra hatte sich auf der Straße umgedreht und sie in diesem Zustand gesehen. Seitdem trug er sie in seinem Herzen, schmerzensreich wie das Porträt einer Märtyrerin. In diesem Augenblick sah er sie erneut auf diese Weise, denn er drehte sich zu ihr, anstatt so zu tun, als wäre nichts, und auch er fühlte sich um Jahre zurückversetzt, als warte Mararosa noch immer dort am Fenster auf ihn. Und während sich die Herzen der Zuschauer bei den Klängen von Lulùs Walzer öffneten wie Granatäpfel, legte Sarvatùra eine Hand auf Mararosas Arm und blickte ihr im Schutz des Halbdunkels unter der Zirkuskuppel in die Augen. Er streichelte ihren Arm, als hätte sie eine Wunde, die versorgt werden musste, und *la mala* konnte nicht glauben, dass ihr all das tatsächlich widerfuhr. Als der Walzer zu Ende ging, zog Sarvatùra die Hand zurück und wandte den Blick ab, aber nicht das Herz, sein Herz blieb bei ihr, bei Mararosas Wunde, um sie zu heilen.

Von der epochalen Ausrichtung der Planeten

»*Signori e signore*, wie Sie sehen, wollten wir Ihnen einen besonderen Abend bieten, um Ihnen zu danken, einen Abend, der so besonders ist, wie für uns ein bestimmter Tag vor dreißig Jahren war. Unserem Zirkus, der sich auf einer seiner endlosen Tourneen befand, stellte sich damals der Artist vor, der nun gleich die Manege betreten wird. Ich selbst war es, der ihn aufgenommen hat. Er hatte das Gedächtnis verloren, wusste nicht einmal mehr seinen Namen, aber vor unser aller Augen hob er ein paar Steine auf und ließ sie kreisen und sich drehen und in der Luft hängen wie Planeten. Seitdem gehört er zu unserer Familie, und heute Abend ist er hier, nur für Sie. Applaus für Jibril, den Menschen im Gleichgewicht!«

Im Universum gibt es einen Augenblick, in dem alles harmoniert: Die Sterne und Planeten stehen in einer Reihe, die Rotationen stimmen überein, die Umdrehungen überlagern sich, die Gravitationswellen gleichen sich dem Herzschlag der Menschen an. In diesem Augenblick ordnet sich das Chaos, das Fragment findet zur Gesamtheit zurück, die Ereignisse zeigen ihre wirkliche Tragweite. Es passiert, wenn wir nicht damit rechnen. Wir glauben, durch eine chaotische Wolke zu schreiten, deren Sinn wir nicht verstehen, aber auf einmal kommt ein Windstoß, und in dem, was uns wie ein konfuses Gewirr vorkam, zeichnen sich Anhaltspunkte für eine Struktur ab, und das scheinbar komplexe System legt schlichte Verhaltensweisen an den Tag.

Archidemu spürte das universelle Wohlgefühl auf der Haut und staunte. Er war benommen wie nach einer Explosion in unmittelbarer Nähe und lächelte aus einem selten empfundenen Glücksgefühl heraus, denn vielleicht ist das Wunder nicht die sehnsüchtig erwartete Veränderung des Lebens, sondern das Schimmern seiner Fülle.

Der kosmische Zufall, der sich in den Worten des Stallmeisters widerspiegelte, bestätigte, dass Jibril tatsächlich er war, Sciachineddu, sein Bruder. Daran gab es keinen Zweifel mehr, und während er ihn mit der üblichen Hektik in die Manege kommen, lächeln und mit dem Gleichgewicht der Welt spielen sah, stellte er sich vor, wie er – zu unbestimmter Zeit, an unbestimmtem Ort – dreißig Jahre zuvor entkräftet und zerzaust in abgenutzten, zerrissenen Kleidern in der Nacht bei den dunklen Wohnwagen angekommen und unter einen davon gekrochen war. Er malte sich aus, wie sein Bruder abwartete, bis es Tag wurde, aus seinem Versteck hervorkam und wortlos sieben runde Steine aufhob – sieben, so viele, wie es in der antiken Astronomie Planeten gab, sieben wie die Erzengel im Buch Henoch – und sie rotieren ließ wie in einem unsichtbaren Planetarium. Nachdem er das Staunen und die Bewunderung der Zirkusmitglieder erregt hatte, nahm er die sieben Steine und warf sie weit fort, auf vorgegebene elliptische Umlaufbahnen, denn Steine, die in die Luft oder ins Meer geschleudert werden, gehorchen denselben Gesetzen wie die Flugbahnen der Kometen.

Archidemu betrachtete Jibril mit neu erwachter Zuneigung, und er bekam Lust, ihn in die Arme zu schließen, sein Gesicht in beide Hände zu nehmen, ihm in die Augen zu sehen und zu sagen: Mein Bruder, mein Bruder, wie hast du mir gefehlt, wie habe ich dich gesucht auf der Welt und ja, sogar im Universum, an jedem Tag meines Lebens habe ich mich gefragt, ob du nach mir rufst, ob dir etwas fehlt, wo du bist und woran du denkst. Mein Bruder, jetzt bist du hier bei mir, und ich weiß nicht, was ich tun soll, ob ich dich zwingen soll, an meiner Seite zu bleiben oder ob ich dich weiterziehen lassen soll auf deiner Straße ohne Namen und ohne Vergangenheit. Mein Sciachineddu, an jenem verfluchten Tag hast du meinen zaghaften Versuch zu leben mit dir genommen.

Er hatte den Eindruck, dass die Vorstellung früher endete als üblich, und als Jibril die Arme hob, um den Applaus entgegenzunehmen, verließ Archidemu das Zirkuszelt. Ungefähr zehn Meter vor dem Wohnwagen seines Bruders blieb er stehen. Er schob die rechte Hand in die Jackentasche und berührte Sciachineddus Foto, das er seit einigen Tagen bei sich trug. An diesem Abend hatte er in Erwägung gezogen, auch die Schildkröte mitzunehmen; er hatte sich vorgestellt, sie auf den Boden zwischen den Wohnwagen zu setzen und abzuwarten, ob sie auf Jibrils Wagen zusteuern würde. Aber letztlich hatte er sich dagegen entschieden. Er blickte ins gestirnte Firmament und erkannte das nördliche Sommerdreieck mit den hellen Sternen Altair, Deneb und Vega. Auf einmal hörte er Schritte. Er drehte sich um und erkannte seinen Umriss in der Dunkelheit, seine langsame, methodische und komplizierte Art, sich fortzubewegen.

»Sciachineddu.«

Er wusste selbst nicht, woher er den Mut nahm, diesen Namen zu nennen. Es kam ihm seltsam vor, ihn nach so vielen Jahren laut auszusprechen. Er machte einen Schritt nach vorn, um aus dem Schattenkegel herauszutreten, in den er sich geflüchtet hatte.

Jibril blieb stehen und drehte sich langsam um. Ein Mondstrahl erhellte sein Gesicht. Nie zuvor hatte er ihn aus solcher Nähe gesehen, und erneut hatte er das Gefühl, dass es sich um einen anderen Menschen handelte als den vor Energie sprühenden Artisten aus der Vorstellung: Er war ruhig und ernst, sein Blick wirkte resigniert. Archidemu betrachtete ihn wie seine Sternenkarten und suchte in seinem Gesicht nach einer Reaktion auf den Namen: hochgezogene Augenbrauen, eine Vertiefung der Falten auf der Stirn, ein zögerliches Schürzen der Lippen. Regungslos, offenbar unbeeindruckt musterte Jibril ihn mit der ihm eigenen Intensität.

»Verzeihung?«

Archidemu konnte sich an Sciachineddus Stimme nicht mehr erinnern. Sie war das Erste gewesen, das er vergessen hatte, das erste Detail, das sein Gedächtnis beiseitegeschoben hatte. Seine Erinnerungen waren stumm, höchstens Hintergrundgeräusche mischten sich hinein, der Wind zwischen den Blättern, ein paar Glockenschläge. Die Menschen in seinen Erinnerungen sprachen nicht, darum besaß er keinen Vergleich, kein kindliches Wiedererkennen konnte sich einstellen. Jede beliebige Stimme konnte Sciachineddus Stimme sein, die wie ein Satellit in einem Winkel des Universums hing. Archidemu hatte lange darüber nachgedacht, was er zu seinem Bruder sagen würde, und er hatte sich ausgemalt, wie bei der Erwähnung seines Namens der Himmel aus Papier zerreißen würde, wie sich die Decke, unter der sich Sciachineddus Kindheitserinnerungen verbargen, augenblicklich heben und Jibril durch die beschwörende Kraft des Wortes seine Vergangenheit und seine Herkunft wiedererlangen würde. Stattdessen blieb der Mann ohne Gedächtnis völlig ungerührt, und falls er doch eine kaum merkliche Reaktion an den Tag legte, falls sein Herz einen Schlag aussetzte oder ein Gedanke schwerwiegender war als die anderen, so ließ er es sich nicht anmerken. Lange musterten sie einander, zu lange, als dass es nichts mit diesem Namen zu tun haben könnte, dachte Archidemu, denn unter normalen Umständen hätte Jibril sich längst umgedreht und wäre fortgegangen, aber er brachte es nicht fertig, so als hätte der Name ihn bereits an den Balken der Vergangenheit gefesselt.

»Meinen Sie mich?«

Es war nicht der ungeduldige, verdrossene Ton eines Menschen, der sein Nervensystem und die Muskeln seines Körpers einer harten Probe unterzogen hat und sich nun so schnell wie möglich ins Bett legen und der Welt entkommen möchte. Im Gegenteil, die Stimme klang hilfsbereit und versöhnlich. Archidemu schloss die Faust noch fester um die Fotografie in seiner Tasche.

»Entschuldigen Sie, ich habe Sie kurz mit jemandem verwechselt, den ich schon lange nicht mehr gesehen habe.«

Jibril rührte sich nicht vom Fleck.

»Ähnelt diese Person mir?«

»Ja, sehr. Er heißt Sciachineddu.«

Diesmal sprach er den Namen nicht schnell aus, wie wenn es sich um einen Fluch handelte. Diesmal betonte er jede Silbe, brachte sie mit lauter Stimme dar wie ein verzweifeltes Gebet, wie jemand, der auf ein Zeichen des Himmels wartet.

»Was für einen seltsamen Namen Ihr Freund hat.«

Der Satz hing in der Luft. Jibril starrte auf einen Punkt vor sich, wie wenn er sich an etwas zu erinnern versuchte, und Archidemu schien es, als sei es sein Name, der wieder an die Oberfläche kommen wollte.

»Also dann ... Entschuldigen Sie, es handelt sich um eine Verwechslung.«

»Gute Nacht«, sagte Jibril, drehte sich um und ging fort.

Er war drei Schritte gegangen, da hielt ihm Archidemu mit einer raschen, ungelenken Bewegung das Bild hin, das er in der Tasche gehabt hatte.

»Gehört das Ihnen?«

Jibril blieb stehen, drehte sich um und blickte ihn an.

»Gehört dieses Foto Ihnen?«, wiederholte der Stoiker und deutete mit der freien Hand darauf. Der Jongleur kam näher und nahm es ihm ab. Ein lächelnder kleiner Junge im weißen Hemd war darauf zu sehen, an der Hand eines größeren Jungen, der halb abgeschnitten war. Er drehte das Foto um. Auf der Rückseite stand, von Hand geschrieben, das Wort Crisippu.

»Nein, das gehört mir nicht.«

»Nun, dann hat es wohl jemand verloren. Behalten Sie es, vielleicht sucht jemand danach.«

Jibril betrachtete erneut den Jungen auf dem Bild, dann verabschiedete er sich ein weiteres Mal und verschwand im Wohnwagen.

Der Stoiker blickte ihm hinterher und stellte sich vor, wie er das Foto auf ein Regalbrett legte, sich auszog und das Gesicht wusch, wie er sich aufs Bett legte und das Foto noch einmal in die Hand nahm, um es zu betrachten.

Mit diesem Gedanken verließ Archidemu seinen Bruder, der, ausgestreckt auf dem Bett, sich selbst als Kind betrachtete, wobei Archidemu bei ihm war und ihn wie auf dem Foto bei der Hand hielt, denn Distanz ist nur eine Illusion, es gibt sie vielleicht gar nicht, weil auf einer tieferen Ebene alle Dinge unendlich miteinander verbunden sind. Wenn man zwei Punkte auswählt, die sich in ihrem ursprünglichen Raum nahe sind, lässt sich nicht voraussagen, wo sie sich kurze Zeit später befinden werden. Sie werden möglicherweise durch einen komplizierten Prozess von Krümmung und Dehnung angetrieben, sodass sie sich beliebig weit voneinander entfernen können. Ebenso gilt umgekehrt, dass zwei Punkte, die sich nahe beieinander befinden, anfangs durch eine unermesslich große Entfernung voneinander getrennt gewesen sein können.

Er blickte in den Himmel. Auch die Sterne am Firmament waren nichts anderes als leuchtende Punkte, unendlich nah und zugleich unvorstellbar weit entfernt. Seufzend machte sich Archidemu auf den Heimweg, den gestirnten Himmel über sich, die menschliche Unzufriedenheit in sich.

Überlagerung elliptischer Umlaufbahnen

»Warum weinst du?«

»Ich bin bewegt.«

Die Lichter gingen aus, und Angeliaddu richtete den Blick erneut auf den Messerwerfer, der soeben die Manege betreten hatte. Seine Mutter hingegen drehte sich nach rechts, und trotz des schwachen Lichts waren die beiden Gesichter leicht zu erkennen, hier in Girifalco, nur sechzehn Meter von ihr entfernt. Für Taliana war die Vorstellung in diesem Augenblick zu Ende, denn ihr Geist wurde von widerstreitenden Gefühlen und Gedanken überwältigt. Es war, als wären keine vierzehn Jahre vergangen, oder vielmehr kamen ihr die Jahre vor wie eine einzige schlaflose Nacht. Sie erinnerte sich an die letzte Begegnung mit ihrem Vater, ehe er ihr den Rücken gekehrt hatte und im

Haus verschwunden war. Sie erinnerte sich, wie ihre Mutter, weinend wie eine schmerzensreiche Madonna, sie angefleht hatte, ihnen den Namen zu sagen, endlich zu reden, damit sich die Sache vielleicht doch noch in Ordnung bringen ließ. Es verging kein Tag, an dem sie nicht an die beiden dachte, sie liebte sie noch immer, obwohl sie sie fortgejagt und unter einem Leben voller Unglück und Elend begraben hatten. Wie oft hatte sie sich in tiefer Verzweiflung nach einer Umarmung ihrer Mutter, einer Liebkosung ihres Vaters gesehnt, jenes Mannes, der sie gegen seinen Willen verstoßen hatte, denn sie war überzeugt, dass er ständig an sie dachte, an seine einzige Tochter, die er auf die Art liebte, an die manche Männer zu lieben gewöhnt sind, schweigend, schmerzerfüllt, alten Gesetzen der Ritterlichkeit gehorchend. Da waren sie, sechzehn Meter von ihr entfernt, ihr Vater und ihre Mutter, aus Catanzaro waren sie gekommen, denn ihre Mutter liebte den Zirkus und verpasste niemals eine Vorstellung. Taliana stellte sich vor, wie ihre Mutter von der Ankunft eines bedeutenden Zirkus erfuhr und ihrem Mann Spiegeleier mit Zwiebeln briet, um ihn zu umgarnen, damit er mit ihr nach Girifalco fuhr, ja, tatsächlich, nach Girifalco. Als Geburtstagsgeschenk. Auch daran erinnerte sie sich auf einmal: Ihre Mutter hatte an diesem Tag Geburtstag. Sie betrachtete sie, und dass ein Lächeln ihren Mund umspielte, verletzte sie. Sie hatte gehofft, ihre Mutter hätte vergessen, wie man lächelt, denn unser größter Ehrgeiz als menschliche Wesen besteht darin, ausschließlich und bedingungslos geliebt zu werden.

Jupiter braucht in seiner Sternzeit mehr als elf Jahre, um einmal die Sonne zu umrunden, Saturn beinahe dreißig.

Wäre Taliana ein Planet gewesen, hätte die Himmelsmechanik sie zwischen diesen beiden angeordnet, denn sie hatte vierzehn Jahre gewartet, vierzehn lange Jahre, um ihre Umlaufbahn zu vollenden und zu ihrem Ursprung zurückzukehren. Nie wieder würde sie ihren Eltern so nahe sein. Für einen Moment betrachtete sie Angeliaddu und erinnerte sich an die Verzweiflung, die sie manchmal empfunden hatte, an ihr immer gleiches Gebet um Schutz für ihren Sohn, und nun bedeutete diese Kombination menschlicher Meteore vielleicht, dass seine Beschützer gekommen waren. Ja, sie würde sie ansprechen. Aber was würden ihre Eltern sagen? Würden sie sie ein weiteres Mal zurückweisen, so wie damals? Eine solche Vielzahl an Gedanken und Bildern ging Taliana durch den Kopf, dass sie überrascht war, als der Stallmeister verkündete, die Vorstellung neige sich mit dem letzten Auftritt, dem von Mikaela der Schlangenfrau, ihrem Ende zu. Und während sie zusah, wie diese Frau die Gesetze der Anatomie auf den Kopf stellte, suchte sie nach Mut und Worten, nach Worten und Mut, um ihre eigene kleine Welt auf den Kopf zu stellen.

Beim Schlussapplaus stand Angeliaddu auf und wollte mit seiner Mutter zu Batral gehen, aber sie hielt ihn zurück.

»Später, wir gehen später zu ihm, vorher müssen wir noch etwas Wichtiges erledigen.«

Sie nahm ihn bei der Hand und führte ihn aus dem Zelt, wobei sie den Kopf nach links drehte, um nicht erkannt zu werden.

»Was ist denn, Mama?«

»Bleib bei mir. Und benimm dich.«

Taliana hielt ihn noch immer an der Hand, als sie in einem Schattenkegel etwa zehn Meter vor dem Ausgang stehen blieb. Unter angeregtem Geplauder strömten die Zuschauer aus dem Zelt. Endlich entdeckte sie die beiden, weit hinten noch, aber sie kamen näher. Ihre Mutter hatte sich bei ihrem Mann eingehakt, und das Lächeln war verschwunden, stattdessen wirkte ihre Miene sehnsüchtig und melancholisch, genau, wie die Tochter sie sich vorgestellt hatte. Ihr Herz spielte verrückt; bei jedem Schritt ihrer Eltern drückte sie Angeliaddus Hand fester, versuchte, sich Mut zu machen, bis der Komet Shoemaker-Levy 9 in der vorherbestimmten Kreisbewegung des Sonnensystems endlich Jupiter streifte, mit einem Zischen, das eine menschliche Stimme zu sein schien.

»Papà.«

Versteinert vom gorgonischen Blick, blieben die beiden stehen, und ihr Vater zögerte wie einst Dante, als Vergil ihn warnte, dass es keine Wiederkehr auf die Erde gebe, sobald er die Schreckgestalt mit den Schlangenhaaren erblicke – *nulla sarebbe del tornar mai suso.* Taliana glaubte, auch ihnen sei das Herz stehen geblieben, denn wenn es stimmt, dass unser Stern, die Sonne, im Sterben liegt, wenn es stimmt, dass sie jeden Tag einen Teil von sich selbst verliert, der von koronalen Löchern verschluckt wird, dann kann auch ein schlichtes menschliches Herz einmal unverhofft schwach werden.

Sie hielten inne, wirkten wie gelähmt durch Bruchstücke von Erinnerungen, die auf ihre betagten Körper einstürzten.

»Papà.«

Unter Angeliaddus verblüfftem Blick wiederholte Taliana das geliebte Wort. Nun drehten sie sich gleichzeitig um wie Hirten in einer mechanischen Krippe. Ihre alten Gesichter hüllten Taliana in die Traurigkeit vergeudeter Leben, sie fühlte sich schlecht, und auf einmal hatte sie das Bedürfnis, die beiden zu umarmen und alles wiedergutzumachen. Sie versuchte zu erkennen, ob sie sich freuten.

»Taliana«, sagte ihre Mutter mit trauriger Stimme. *»Taliana mia.«* Sie löste sich von ihrem Mann, lief auf die Tochter zu, umarmte sie und drückte sie an sich. Dann blickte sie nach rechts: Es bedurfte keiner Erklärung.

»Und du, wie heißt du?«

»Angelo.«

Die Frau streichelte ihm die Wange, und die Tränen, die sie bislang zurückgehalten hatte, begannen zu fließen.

»Darf ich dich in den Arm nehmen?« Sie wartete die Antwort nicht ab, sondern zog den Jungen an sich, der zu ihr gehörte wie eine Sehnsucht. Sie nahm Angeliaddu bei der Hand und trat zu ihrem Mann.

»Das hier ist dein Enkel, Blut von deinem Blut, also steh nicht so dumm rum! Unser Wunsch ist in Erfüllung gegangen.«

Orazio streckte eine Hand aus. Er berührte Angelos Haar, dann lächelte er. Er blickte seine Tochter an, und wie auf ein Stichwort hin stürmte sie auf ihn zu. Er umarmte sie, wie er es sich Nacht für Nacht erträumt und dabei den Tag verflucht hatte, an dem er sie fortgejagt hatte, wie jeden Tag, wenn er gehofft hatte, sie vor dem Haus zu sehen. Jedes Mal, wenn er Erkundigungen eingezogen hatte, in welchem Teil der Welt sie gelandet sein mochte, hatte er genau davon geträumt.

»Angelo mio«, sagte Taliana zu ihrem Sohn, »das sind deine Großeltern. Sieh nur, deine Großeltern!«, und sie drückte ihn an sich, um ihn in die Anziehungskraft der Liebe einzuschließen.

»Er ist dir ähnlich, sehr sogar«, sagte ihre Mutter, und bei diesen Worten erfüllte Orazio ein unbekanntes Gefühl von Stolz.

Angeliaddu entdeckte Batral, der in der Nähe des Zelts stand und ihn mit einem Kopfnicken grüßte.

Sie waren die Einzigen, die noch auf dem großen Platz standen.

»Geht nicht gleich wieder fort«, bat Taliana.

»Nein, *figghia mia*, wir werden nicht gleich wieder verschwinden. Nimm uns mit, wohin du willst. Ein schöneres Geburtstagsgeschenk hätte ich mir nicht wünschen können.«

In der Bar Centrale setzten sie sich an den Tisch ganz hinten, und danach lud Taliana sie zum Essen zu sich nach Hause ein: »Heute Abend wird gefeiert, mit Musik.«

Und so saßen sie eine Stunde später am Tisch. Für Taliana war es, als wären ihre Eltern immer schon dort gewesen, denn nach anfänglicher Verlegenheit fühlte sie sich wieder wie das junge Mädchen, dessen Existenz sie irgendwann vergessen hatte, und während sie kochte und die drei Menschen, die ihr die liebsten auf der Welt waren, um den Tisch versammelt sah, empfand sie ein Gefühl von Fülle, das dem Glück sehr ähnlich war.

Ehe sie sich verabschiedeten, nahm der Großvater drei große Geldscheine aus dem Portemonnaie, bei deren Anblick Taliana sich fragte, wie viele Wäschestücke sie für einen einzigen davon hätte bügeln müssen. Er rief Angeliaddu zu sich: »Die sind für dich, für all die Geburtstage, an denen ich dir nichts geschenkt habe.«

»Danke«, sagte er mit glänzenden Augen.

»Wir sehen uns bald wieder, *figghiama*. Wir haben überall nach dir gesucht, und jetzt, da wir dich gefunden haben, lassen wir dich nicht mehr allein.«

Diese Worte der Hoffnung schwebten noch im Zimmer, nachdem die Tür bereits geschlossen war, und sie ähnelten dem Schweif einer Sternschnuppe, bei dessen Anblick man Lust bekommt, sich etwas zu wünschen. Taliana betrachtete ihren Sohn und sah einen weniger dornenreichen Weg vor ihm liegen. Der betrachtete das Geld in seinen Händen, ging zum Schrank, legte die Scheine in die Ovomaltinedose und fühlte sich gut.

Eine Teilchenkollision

Venanziu wartete vor dem Wohnwagen auf sie. Nervös lief er auf und ab, und wenn jemand vorbeiging, senkte er den Kopf, um jeden Blickkontakt zu vermeiden. Er sah zum Nebenausgang der Kuppel, und weil er so ungeduldig war, dehnte sich die Zeit. Endlich erblickte er sie. Sie stand im Schatten, und er lehnte sich zitternd an den Wohnwagen, als gäbe ihm die Schwerkraft nicht genügend Halt. Er versteckte die Hände mit dem Päckchen darin hinter dem Rücken. Als sie ihn bemerkte, lächelte Mikaela. Sie sahen einander zum letzten Mal, und das Bewusstsein des Endes machte alles viel feierlicher. Wie einen Refrain wiederholte Venanziu im Stillen immer wieder: Es ist das letzte Mal, das allerletzte Mal, und er hoffte, dass er auf diese Weise den Mut aufbringen würde, ihr zu sagen, was andernfalls ungesagt bleiben würde.

»Ich dachte mir schon, dass ich Sie hier finde«, sagte Mikaela.

Venanziu war verblüfft, wie wenn sich eine Handlung, die wir für einzigartig und genial hielten, wiederholt und damit in die Vorhersehbarkeit irdischer Phänomene einreiht.

»Ich habe es sogar gehofft, denn sonst hätte ich Ihnen nicht für das Trikot danken können.«

Geschmeichelt senkte der Schneider den Blick und sagte: »Ich wollte mich von Ihnen verabschieden«, und in der Hoffnung, sie würde den Kopf schütteln, fügte er hinzu: »Morgen ziehen Sie weiter, nicht wahr?«

»Ja. Im Übrigen besteht darin unser Leben: Wir halten an und brechen auf, halten an und brechen wieder auf, und so geht es weiter bis in alle Ewigkeit.«

»Es ist wirklich schade, dass Sie nicht länger bleiben können.«

»Eigentlich hätten wir hier gar nicht Station machen dürfen, es war nicht vorgesehen, dass wir nach Girifalco kommen, aber dann ist es doch passiert. Unsere Wege haben sich gekreuzt, obwohl es viel wahrscheinlicher war, dass es niemals dazu kommt.«

»Ein Irrweg also.«

»Gibt es so etwas überhaupt?«

Venanziu räusperte sich. »Haben Sie denn nie Lust, an einem Ort zu bleiben?«

»Jedes Mal, wenn ich irgendwo haltmache, würde ich am liebsten bleiben, und für manche Orte gilt das mehr als für andere. Auch in Girifalco habe ich das Gefühl, dass ich hier leben könnte, aber ich bin mir sicher: Nach einiger Zeit würde mich das Fernweh überkommen.«

»Sie sind eine schöne junge Frau, Sie haben doch bestimmt schon mal jemanden kennengelernt, für den es sich lohnen würde, an einem Ort zu bleiben.«

»Ja, aber es hat nie gereicht, um alles hinter mir zu lassen. Außerdem trete ich gern auf. Wenn man ein Talent hat, muss man es schließlich zeigen.«

»Sie haben recht, und bei Ihnen handelt es sich um eine außergewöhnliche Gabe.

»Und Sie? Was ist Ihre Gabe, Venanziu?«

Da war er, der Schlüsselsatz. So nannte der heimliche Casanova die Worte, die ihm im Gespräch mit einer Frau Gelegenheit gaben, den unverbindlichen Plauderton aufzugeben, die Begegnung in die Spur eines erotischen Angebots umzulenken und, genau, den Köder auszulegen. Unter normalen Umständen hätte Venanziu diese Frage genutzt, um ihr seine Gabe *hic et nunc* zu demonstrieren, aber bei Mikaela war er völlig blockiert. Und während er jeder anderen Frau gegenüber seine wahren Absichten gezeigt hätte, überreichte er ihr lediglich das Geschenk, das er hinter dem Rücken hielt, eingepackt in weißes Papier und geschmückt mit einem roten Band.

»Meine Gabe habe ich für Sie in dieses Päckchen gelegt. Nehmen Sie es, es gehört Ihnen.«

»Das wäre doch nicht nötig gewesen«, antwortete Mikaela, während sie das Geschenk an sich nahm und es öffnete.

Sie hielt ein weißes Trikot in der Hand, so glänzend, wie sie nie zuvor eines gesehen hatte. An dem Tag, an dem er ihre Maße genommen hatte, beschloss er, ein einzigartiges Trikot für sie zu nähen, ein weißes natürlich, aus dem besten Satin, den er bekommen konnte, und er hatte Stunden damit zugebracht, die Säume und Nähte mit Silberfaden zu besticken, dasselbe Garn, das er auch für die Stickerei in der Mitte benutzt hatte, die geöffneten Flügel eines Engels. Mikaela nahm das Trikot aus der Schachtel und bewunderte es in all seiner Schönheit.

»Es ist wundervoll! Sie haben sehr geschickte Hände. Es ist so schön, dass ich es kaum anzuziehen wage, es täte mir leid, wenn auch nur ein Fädchen reißen würde.«

»Ziehen Sie es an, wann immer Sie wollen. Wenn es kaputtgeht, wissen Sie, wo Sie mich finden. Außerdem werden die Flügel Sie beschützen.«

Das sagte er tatsächlich: Sie werden Sie beschützen, denn als er das Trikot nähte, war es, als formte er eine Glasglocke, die sie gegen die Unbilden des Lebens abschirmen sollte. Beim Sticken kamen ihm Stich für Stich die Worte des Gebets wieder in den Sinn, das auf einer Kachel, die Maestro Gatànu gehört hatte, unter der Überschrift *Engel Gottes* geschrieben stand, *mein Beschützer*, denn als der Meister gestorben war und Venanziu ein paar von seinen Sachen wegwarf, *erleuchte*, wobei ihm auch die Kachel in die Hand fiel, *beschütze*, war er wie gelähmt, *regiere*, von einem merkwürdigen Gefühl wie von einer Sünde, *leite mich*, darum ließ er sie an ihrem angestammten Ort, *denn*, auf der Nähmaschine liegen, *Gottes Vaterliebe*, und oft las er das Gedicht wie einen Kinderreim, *hat mich dir anvertraut*, bis er es auswendig konnte, *Amen*.

»Danke«, sagte Mikaela und sah ihm in die Augen.

Es folgte ein Moment des Schweigens.

»Ich möchte auch ein Geschenk haben«, sagte Venanziu.

Sie blickte ihn fragend an.

»Ein Plakat von Ihnen, anstatt eines Fotos, damit ich mich an Sie erinnern kann.«

»Sie wollen sich an mich erinnern?«

Venanziu sah sie lange an. »Ja. Ich möchte Sie nicht vergessen.«

In diesem Augenblick kam Cassiel auf dem Weg zu den Käfigen vorbei.

»Wenn Sie warten, hole ich Ihnen eins.«

Sie verschwand im Wohnwagen und ließ die Tür offen stehen. Venanziu warf einen Blick hinein: Auf einem Sessel lag eine rosa Bürste, zwischen deren Borsten noch ein paar Haare von ihr steckten. Der Anblick machte ihn traurig, so, wie uns jeder Gegenstand einer geliebten Person traurig macht, der uns den Gedanken an eine Art von Intimität nahelegt, von der wir ausgeschlossen sind. Als er sie zurückkommen hörte, trat er einen Schritt zurück und wandte den Blick ab.

»Das ist für Sie, aber es ist nicht so wertvoll wie Ihr Trikot.«

»Doch, das ist es, glauben Sie mir.«

Angesichts der Stille, die auf diesen Satz folgte, begriff Venanziu, dass es an der Zeit war zu gehen, und diese Erkenntnis fühlte sich an wie eine Hand, die sich um sein Herz legte und es am Schlagen hindern wollte.

»Kommen Sie noch einmal nach Girifalco zurück?«

»Wir halten nie zweimal an ein und demselben Ort. Cassiel sagt, es gibt zu viele Männer und Frauen, die darauf warten, glücklich zu sein, und manchmal bringen wir ein wenig Glück.«

»Dann sehen wir uns also nicht wieder.« Venanziu senkte den Blick. »*Addio*, Mikaela.«

»Darf ich Sie küssen?«

Sie war es, die Venanziu darum bat. Er erstarrte, dann nickte er und schloss die Augen, denn diesen Moment wollte er erleben wie einen Traum. Er spürte ihre Hand auf seiner Schulter, nahm den Rosenwasserduft intensiver wahr, den Atem an seinem Hals, und ihre Lippen, diese Lippen, von denen er so oft geträumt hatte und die sich nun auf seine legten, auf dieses Stück Haut, das nie zuvor eine Frau geküsst hatte und das vom Tag seiner Geburt an für diese Kollision menschlicher Partikel vorherbestimmt gewesen war. Als er die Augen aufschlug, stand Mikaela bereits mit einem Fuß auf der Treppe des Wohnwagens.

»Passen Sie auf sich auf«, sagte er.

Venanziu blickte sie ein letztes Mal an, dann machte er Anstalten fortzugehen.

»Warum wollen Sie mich nicht vergessen?«

Er drehte sich um und sah sie vor der Tür stehen wie auf der Kippe zwischen zwei Welten, wie der Mond, wenn er nur halb zu sehen ist, wie eine Hand, die man aus dem Zugfenster streckt und die Vergangenheit und Zukunft zugleich ist.

»Warum?«

Venanziu zuckte nur mit den Schultern. Er sah, wie sie nach kurzem Zögern in den Wohnwagen ging und die Tür hinter sich schloss. Reglos blieb er stehen und malte sich die Umlaufbahnen in diesem Universum aus Montageschaum aus, stellte sich vor, wie sie sich auszog, sich in den Sessel setzte und mit der rosa Bürste die Haare kämmte, wie sie ins Bett schlüpfte, nachdem sie das weiß glänzende Trikot sorgsam aufgehängt hatte. Venanziu war aus diesem Universum ausgeschlossen wie durch einen Meteorschauer. Er seufzte, wie er es so oft von den Frauen gehört hatte, die im Dunkeln aus seinem Schlafgemach gehuscht waren, und er hatte all die Jahre warten müssen, um zu begreifen, dass Seufzen das Zeichen der Kapitulation eines Menschen ist, der angesichts der unwiderruflichen Urteilssprüche des Universums von seinen Ansprüchen zurücktritt.

30
Von himmlischer Gnade

Am 24. August verabschiedeten sich die Statuen des heiligen Rocco und der Madonna voneinander, nachdem sie neun Tage miteinander verbracht hatten, und gingen mit dem Ritual der Trennung, der Spartenza, auseinander. Aber wie überall auf der Welt war auch in Girifalco das Fest am letzten Tag kein Fest mehr, denn an Ottavara, wie dieser Tag genannt wurde, verspürten die Leute dieselbe Traurigkeit, die wir alle empfinden angesichts des unaufhaltsamen Vergehens der Jahreszeiten und mit ihnen der Jahre. Die Ferien neigten sich dem Ende zu, und ein weiteres Jahr war vergangen, denn auf diesem Flecken kalabrischer Erde war das Sonnenjahr durch das des Schutzheiligen ersetzt worden, das am ersten Sonntag im August mit dem Fest der Madonnina von Covello begann und stets am 24. August endete, dem Silvester der Bewohner von Girifalco. Ein Jahr, zusammengefasst in drei Wochen, und was danach passierte, gehörte nicht zu ihrer Zeit; es war wie eine Einstein-Rosen-Brücke, ein Wurmloch, durch das man in den Abstellraum der Existenz hinabstieg, um auf die Rückkehr ins Leben zu warten. Ohne es zu wissen, hatten die Bewohner von Girifalco eine andere Art der Zeitmessung entdeckt, indem sie nicht das öde Vergehen von Stunden und Jahren maßen, sondern göttliche Erscheinungen zwischenschalteten, sodass sich Wartezeiten mit Ereignissen abwechselten.

Darum erwachten die *girifalcesi* am Morgen der Ottavara traurig und mit der Last eines weiteren Jahres auf den Schultern. Der Aufbruch der Auswanderer und Weggezogenen und der Studenten, diesmal noch dazu der Abschied vom Zirkus, standen unmittelbar bevor. Wehmut mischte sich in die langsamen Schritte der Menschen, in die leisen Grüße, die Stille in den Bars, in den kalten Wind, der die bedrückende Schwüle wie einen ungebetenen Gast in Richtung Meer trieb. Gleich nach dem Erwachen setzte sich im Geist der Dorfbewohner wie eine Zecke das Bild der Statuen fest, die sich auf dem Kirchplatz voneinander trennen, und der Verdruss des Abschieds drängte an diesem langen Tag alle anderen Pläne in den Hintergrund. Auch der Klang der Kapelle, die am Morgen vorbeizog, hatte den Schwung der vorhergehenden Tage verloren und erinnerte an den wehmütigen Pfiff eines Zuges bei der Abfahrt.

Ein verspätetes Wunder

Als die Kirchendienerin am Morgen des heiligen Tages der Spartenza gründlich die Kirche putzte, fand sie hinter der Vitrine mit den goldenen Votivgaben des heiligen Rocco die Hand aus Pappmaschee, wegen der Angeliaddu des Diebstahls bezichtigt worden war. Hätte sie den Teufel persönlich gesehen, wäre die brave Christin nicht überraschter gewesen. Sie machte Anstalten, die Hand aufzuheben, überlegte es sich dann aber anders und verließ rasch die Kirche, um Don Guari zu rufen.

»*Venìti*, kommen Sie, ein Wunder, die Reliquie ist nach Hause zurückgekehrt!«

»Wie viele Wunder will der Heilige denn noch an uns wirken?«

Als Don Guari die Hand sah, die wiederaufgetaucht war wie nach einem Versteckspiel, hob er sie auf. Sie flößte ihm Furcht ein, denn bis auf den kleinen und den Zeigefinger waren alle Finger gebrochen. Die Kirchendienerin bekreuzigte sich.

»Und wie kommt die Hand hierher?«

Die alte Jungfer zuckte mit den Schultern. »Hinter der Vitrine hatte ich noch nicht danach gesucht«, erklärte sie.

»Das meine ich nicht, Mariettuzza. Die Hand ist nicht von allein vom Nebenaltar hierhergekommen, darum geht es!«

»Vielleicht hat uns jemand einen Streich gespielt.«

»Ja, oder der Dieb hat sie zurückgebracht.«

In diesem Augenblick hatte Don Guari eine Art Erleuchtung. In den ersten Tagen nach dem Diebstahl, als er darüber nachgedacht hatte, warum jemand die Hand weggenommen haben könnte, hatte ihn eine Annahme am meisten überzeugt. Seit Jahrzehnten wurden die Reliquien ausgestellt, und nie war eine abhandengekommen, außer in diesem Jahr, und wie es der Zufall wollte, war es nur wenige Tage nach Giobbes wundersamer Heilung geschehen. Don Guari dachte schon länger, dass diese beiden ungewöhnlichen Tatsachen miteinander verbunden waren, und nun war es endgültig bestätigt: An dem Tag, nachdem herausgekommen war, dass Giobbes Heilung kein göttliches Wunder, sondern ein vollkommen irdisches und medizinisch erklärbares Ereignis war, ausgerechnet an diesem Tag tauchte die Reliquie wieder auf. Das konnte kein Zufall sein.

»Sie haben dem Heiligen Hörner aufgesetzt, diese *disgraziati!* Da muss eine schwarze Messe im Spiel sein!«, rief die Kirchendienerin aus.

»Also war es mit Sicherheit nicht Angeliaddu, der arme Kerl«, erklärte der Pfarrer im Brustton der Überzeugung.

»Wir müssen den Maresciallo informieren.«

»Ich kümmere mich darum.«

Der verhinderte Vater

Als Angeliaddu beim Zirkusgelände eintraf, hatte der Abbau bereits begonnen. Batral legte gerade ein paar Stühle zusammen, und er ging ihm zur Hand, bis die Glocken Mittag schlugen. An diesem Tag durfte er sich auf keinen Fall verspäten, denn seine Großeltern würden zum Mittagessen kommen. Sie gingen zum Wohnwagen. Eine kleine Wasserflasche in der Hand, nahm Batral auf dem Treppchen Platz.

»Ich habe gehört, was neulich passiert ist. Und ich wollte dir schon lange sagen, dass du das wirklich toll gemacht hast.«

»Das liegt nur an dir!«

»An mir?«

»Ja. Als ich springen musste, habe ich daran gedacht, wie du Anlauf nimmst. Und außerdem: Was hätte ich ohne Training schon ausrichten können? Ich habe den

Balkon nur knapp zu fassen bekommen, und ohne dich hätte ich ihn verfehlt. Du hast das Mädchen ebenso gerettet wie ich, denn bei dem Sprung warst du bei mir.«

Er hatte zu viel geredet und musste einen Augenblick verschnaufen.

»Wir werden uns nie mehr wiedersehen.«

Vor lauter Gefühl brach Angeliaddu beinahe die Stimme.

Auch Batral war gerührt.

»Das kann man nie wissen. Vielleicht besuche ich eines Tages einen Zirkus mit einem großartigen Trapezkünstler, und dann bist du derjenige, der dort oben steht.«

»Glaubst du das wirklich?«

»Natürlich. Und du musst auch daran glauben. Gib nicht auf.«

Nachdem man ihn des Diebstahls bezichtigt hatte, war Angeliaddu versucht gewesen, alles hinter sich zu lassen und Batral zu bitten, ihn mitzunehmen. Eines Abends hatte er ihn sogar beiläufig danach gefragt, aber der Artist hatte so getan, als hätte er nichts gehört. Dennoch hatte diese Fantasie den Jungen eine Zeit lang begleitet und ihm ein wenig Trost geschenkt. Aber nun war alles anders: die neue Arbeit seiner Mutter, seine Großeltern, die Menschen, die ihn gernzuhaben begannen. Nun wäre es ihm schwergefallen, einfach alles zurückzulassen, und Batral rief ihm das ins Gedächtnis: »Wir wachen morgens auf und wissen nicht, was uns begegnen wird. Ein Moment, eine Sekunde reichen aus, und das Leben verändert sich von Grund auf, Angelo. Du hast nicht aufgegeben, und das war gut so. Gib niemals auf, denn vielleicht tust du es in der Sekunde, ehe das Wunder geschieht.«

Der Trapezkünstler würde ihm fehlen wie ein lieber

Mensch, dieser Mann, den er sich als Vater gewünscht hätte, denn bis dahin hatte er sich beim Gedanken an diese abwesende Figur immer einen gesichtslosen Menschen vorgestellt, körperlos, ein undeutlicher grauer Schatten, aber seit jenem Tag kam ihm jedes Mal Batrals Gesicht in den Sinn, wenn er an seinen Vater dachte. Das väterliche Erbe bestand in seinem Können am Trapez, sodass es nicht gar so absurd war, dass auch er die weiße Strähne besaß. Aber es war schmerzhaft, sich von jemandem zu verabschieden, der wie ein Vater war. Seine Augen wurden feucht, und er hätte geweint, hätte ihm *màmmasa* nicht beigebracht, dass man das niemals vor den Augen anderer tut.

»Und lass deine Mutter nicht im Stich, die ist dir nämlich anvertraut.«

Angeliaddu wagte nicht, ihm in die Augen zu sehen.

»Da, nimm.«

Batral löste das Tuch, das er um den Kopf trug, und reichte es ihm.

»Versprich mir, dass du es trägst, wenn du das erste Mal am Trapez bist, nur beim ersten Mal.«

Angeliaddu nahm es und schloss die Faust darum.

»Ich verspreche es.«

»Und jetzt geh, sonst kommst du zu spät. Ich werde hier noch gebraucht.«

»Sehen wir uns wieder?«

»Ja, wir sehen uns wieder. Pass gut auf dich auf.«

Angeliaddu machte Anstalten fortzugehen, aber nach zwei Schritten drehte er wieder um und lief auf Batral zu, um ihn zu umarmen, und diesmal konnte er die Tränen nicht zurückhalten, jetzt, da er endlich den Menschen im

Arm hielt, der seinem Vater ähnlicher war als jeder andere auf dieser Welt. Es war, als hätte er schon immer auf diese Umarmung gewartet, und sie zeigte ihm, welcher Teil seinem Leben gefehlt hatte. Ein weiteres Mal war er nicht rechtzeitig zur Stelle gewesen, um einen Vater kennenzulernen, ehe das Schicksal ihn wieder von ihm wegführte.

Und so ging Angeliaddu fort, weinend und mit gesenktem Blick, damit niemand es sah, während sich Batral schweren Herzens zu seinen Kameraden gesellte, um ihnen zu helfen.

Über das Prinzip der Unbestimmtheit

Cosimo schwieg, als sie ihm erzählte, dass sie mit dem Bus nach Borgia zum Markt fahren würde. Angesichts dessen, was seiner Frau alles im Kopf herumspukte, wagte er ihr nicht zu widersprechen. Er fragte sie nur, ob er sich einen halben Tag freinehmen und sie begleiten sollte, aber sie lehnte eilig ab.

Am Morgen der Ottavara erwachte sie im ersten Licht der Dämmerung, wartete aber im Bett, bis ihr Mann das Haus verlassen hatte. Sie wollte allein sein. Sie ging in die Küche, und als sie die Milch aufsetzte, fiel ihr Blick auf den Schnuller, der noch in dem Wasserglas lag. Das Frühstück bereitete ihr keine Probleme, sodass sie sich ohne die übliche Übelkeit waschen und anziehen konnte. Um zehn nach acht kam der Überlandbus an der Haltestelle vor Rocco Ziparos Bar vorbei. Sie blickte auf die Uhr: eine Viertelstunde noch. Sie nahm die Tasse und das Platzdeckchen und legte beides in die Spüle. Erneut schaute sie auf den Schnuller. Und automatisch, beinahe so, wie man eine Mücke verjagt, griff sie nach dem Kautschukteil, trocknete es ab und steckte es in ihre Handtasche.

Am Beginn des Marktes stieg sie aus und schob sich zwischen den Verkaufsständen hindurch, aber sie ging schnell, wie wenn sie auf ein Ziel zusteuerte. Und tatsächlich, auf halbem Weg bog sie in eine Seitenstraße ab. Eine Stunde später saß sie bereits wieder im Bus, der sie nach Girifalco zurückbrachte.

Zu Hause angekommen, stellte sie die Tasche auf den Tisch und zwang sich zum Kochen, obwohl sie mit den Gedanken woanders war. Nachdem sie die Soße auf die Herdflamme gestellt hatte, schloss sie sich im Badezimmer ein. Sie entfaltete den Zettel mit der Gebrauchsanweisung. Morgens kein Wasser lassen, natürlich, sie hatte extra gewartet, aber dass sie so wenig trinken sollte wie möglich, hatte sie nicht gewusst. Ein Glas Milch und ein Glas Wasser sind bestimmt nicht zu viel, hatte sie gedacht. Wenn Sie bereit sind, nehmen Sie den Teststift aus dem Schutzfilm und entfernen Sie die blaue Verschlusskappe. Sie war bereit, nie zuvor war sie dermaßen bereit gewesen. Vorsichtig nahm sie den Stift und setzte sich auf die Toilette. Den ganzen Morgen hatte sie sich zurückgehalten, und während sie sich erleichterte, achtete sie sorgfältig darauf, dass der Strahl auf das saugfähige Ende traf. Sie nahm einen veränderten Geruch wahr. Die Kappe wieder auf den Teststift setzen und ihn flach hinlegen. Vorsicht: Während des Tests darf das saugfähige Ende des Stifts nie nach oben zeigen. Drei Minuten warten. Das Erscheinen einer blauen Linie zeigt an, dass der Schwangerschaftstest durchgeführt wird. Drei Minuten, in denen sie sich zwang, an nichts zu denken, obwohl Unmengen von Bildern und Gedanken auf ihren Geist einstürmten. Drei Minuten, in denen sie auf den Teststift und auf die Uhr starrte, denn eine Minute reicht aus, um dein Leben völlig zu verändern, in einer Minute können ganze Galaxien entstehen oder explodieren, unzählige Nebelflecke, die Jahrtausende damit verbringen, sich auf eine Explosion von wenigen Sekunden vorzubereiten wie manche Menschen, die ein ganzes Leben warten, nur um ein Wort auszusprechen oder jemanden auf der Straße flüchtig zu berühren. Damit die Zeit schneller verging, zählte sie die Sekunden, aber sie irrte sich, denn Minuten und Sekunden sind nur eine menschliche List, um sich einzubilden, dass die Zeit funktioniert; die Zeit vergeht, und ich lebe, oh doch, die Zeit vergeht, und ich lebe, und wenn die Uhr auf einmal stehen bliebe, hörtest du auf zu leben. Positiv: wenn zwei farbige Linien zu sehen sind und die Testlinie dieselbe Farbe aufweist oder dunkler ist als die Kontrolllinie. Negativ: keine LH-Sekretion. Im Kontrollfensterchen erscheint nur eine farbige Linie, oder die Testlinie ist heller als die Kontrolllinie. Cuncettina starrte auf das Kontrollfensterchen: Ihr gesamtes Universum und ihre Ewigkeit steckten in diesen wenigen mattweißen Millimetern.

Erste Grundsätze der Konservierung

Er ging sehr vorsichtig damit um. Kaum war er am Abend traurig nach Hause gekommen, hatte er es entrollt, auf den Wohnzimmertisch gelegt und jede Ecke mit einem Gegenstand beschwert, damit es ausgebreitet blieb.

An diesem Morgen war Venanziu mit klaren Vorstellungen aufgewacht. Auf dem Tisch lag auch der Bilderrahmen im Format zwanzig mal dreißig, den er eigens gekauft hatte. Er nahm die Glasscheibe und legte sie auf Mikaelas Gesicht, verschob sie ein paar Zentimeter, damit sie mittig lag, und schnitt das Plakat dann passend zur Größe der Scheibe aus. Er schloss den Bilderrahmen und ging zur Wand. Auf einer Höhe mit der Kopie von Lamanteas Bild hatte er einige Tage zuvor einen Nagel eingeschlagen. Daran hängte er das neue Bild auf, Mikaelas Gesicht, das wie der Ursprung einer neuen Welt war, von der er noch nicht wusste, wie er darin leben würde. Er fühlte sich jedoch bereits wie jemand, der in eine andere Stadt zieht und in Kauf nimmt, sich anfangs zu verlaufen, um ein neues Leben führen zu können. Er kleidete sich elegant, parfümierte sich unter den Achseln und am Hals und ging zu Antonia, in der Hand einen Blumenstrauß.

Die Gnade liegt in den Taten

Um genau zu sein, begann die Spartenza bereits am 15. August mit der Begegnung der Statuen des heiligen Rocco und der Muttergottes, denn die Begegnung nimmt oftmals bereits den Moment des Abschieds vorweg. Darum konnte man während der Festwoche, in der die Statuen nahe beieinander und quasi unzertrennlich waren, den Gedanken an die letzte Prozession nicht unterdrücken, die an diesem Tag um halb sechs aus der Kirche kommen würde, um ihre Runde gegen acht auf der Piazza vor der Chiesa Matrice zu beenden.

Die Ottavara machte traurig, denn jede Trennung ist wie ein kleiner Tod. Das wusste der junge Liebhaber aus dem Norden, der seine Sommerliebe in zwei Tagen verlassen würde, wenn er sie im Profil betrachtete und ihm klar wurde, dass er in wenigen Monaten, wenn es in Turin schneite, nur noch eine Erinnerung sein würde. Das wusste Pepè Rosanò, der am Tag darauf seine Tochter und die Enkelkinder zum Bahnhof bringen würde, denn er umarmte sie jedes Mal, als wäre es das letzte Mal. Er schloss die Augen, spürte, wie die kleinen Arme seinen Hals umschlangen, und dachte die ganze Zeit: Präg es dir gut ein, vergiss es nicht, denn vielleicht bist du nächstes Jahr nicht mehr da. Das wusste auch Domenico, der am Tag darauf ins Flugzeug nach Pisa steigen würde, denn er hasste Flughäfen und Bahnhöfe, schon beim Gedanken daran wurde er traurig; eine Traurigkeit, die an Schmerz grenzte. Auch diesmal würde er weinen, wenn er die einsame Gestalt seiner Mutter hinter der automatischen Tür verschwinden sah, *màmmasa*, die bis zuletzt versuchte, die Tränen zu unterdrücken, sich aber, sobald sie allein im Auto saß, gehen ließ und sich in tiefem, ursprünglichem Schmerz verlor – ein vererbter Schmerz, der schon vor ihrer Geburt in ihr Blut geschwemmt worden war, dieser Schmerz, den die Gemeinschaft auf rätselhafte Weise in die Adern ihrer Nachkommen einschleust. Sie musste nur ein Flugzeug oder einen Zug sehen, damit die Wundmale, eingegraben von hundertfachem Aufbruch, Verlassenwerden, Lebewohl, von untröstlicher Einsamkeit, wieder zu bluten begannen, vertieft und verschlimmert durch das frisch hinzugekommene Leiden. Es war ein Schmerz ohne Trost, ein anhaltender Schmerz, denn zukünftige Freuden konnten das Gewicht der vielen Tode, ausgelöst durch die Abreise des Sohnes, niemals ausgleichen.

Bereits um sieben Uhr wimmelte es auf dem Piano und der Piazza von Menschen wie am Ostersonntag, wenn die Cunfrunta bevorstand. Um kurz vor acht trafen die Statuen, gefolgt von der Prozession, aus Musconì ein und hielten nebeneinander vor der Freitreppe der Chiesa Matrice an.

Der Platz war so voll, dass der Asphalt sauber geblieben wäre, hätte jemand eine Schneekugel umgedreht und es schneien lassen. Don Guari nahm das Mikrofon und reichte es zur allgemeinen Überraschung an Don Antonio weiter. Das war seine Art, ihm für den Dienst zu danken, den er der Gemeinde erwiesen hatte. Frieden und Güte waren die ersten Worte, die feierlich in diesem Kirchenschiff unter freiem Himmel erklangen, und sie eröffneten eine herzzerreißende Predigt, in der der junge Priester die Familie und die kleinen Gesten des Alltags pries und alle aufforderte, gleich bei der Heimkehr die Menschen an ihrer Seite zu umarmen, denn dazu wird nicht ewig Gelegenheit sein, auch wenn es uns manchmal so vorkommt. Man muss bei den alltäglichen Beispielen anfangen, denn Taten wiegen schwerer als tausend Worte, und manche Taten wiegen sogar schwerer als Millionen von Worten.

Don Antonio verstummte und richtete den Blick auf einen bestimmten Punkt auf der Piazza.

»Angeliaddu, komm zu mir, komm an meine Seite.«

Der Junge saß in einem Fenster des Rathauses, und auf einmal spürte er die Blicke sämtlicher Dorfbewohner auf sich. Er wurde rot, verstand aber nicht, was vor sich ging.

»Komm her, Angeliaddu, macht ihm Platz, lasst ihn durch!«

Vom Fenster bis zum Kirchplatz bildete sich ein schmaler Korridor, und ermuntert von seiner Mutter, kam der Junge schüchtern näher. Don Antonio legte den Arm um ihn.

»Es gibt Taten, die kennzeichnend für ein ganzes Leben sind, und was Angelo neulich getan hat, ist kennzeichnend für unsere Gemeinde. Dieser Junge hier hat sein Leben aufs Spiel gesetzt, um die kleine Annarella vor einem entsetzlichen Tod zu retten. Er hat nicht gezögert, als seine Nächste Hilfe benötigte, denn die göttliche Gnade zeigt sich in den Taten. Ohne ihn würde Girifalco heute eine unbeschreibliche Tragödie beweinen, doch stattdessen bleibt dieser Tag ein Festtag, und das haben wir ihm zu verdanken. Durch Angeliaddus Tat hat uns die Vorsehung behütet, und das ist das wahre Wunder des heiligen Rocco. Zum Zeichen unserer Dankbarkeit für diesen jungen Helden bitte ich euch um einen kräftigen Applaus.«

Auf dem Piano erhob sich tosender Beifall, und auch der Vermessungstechniker ganz in der Nähe applaudierte heftig und mit gerührtem Blick, nachdem er während der gesamten Predigt seine Tochter an die Brust gedrückt hatte. Als der Applaus verebbte, schickte Don Antonio Angeliaddu wieder auf seinen Platz. Auf dem Weg durch die Menge teilte sich diese, wie sich das Rote Meer beim Durchzug von Moses geteilt hatte, und das Gelobte Land des Jungen waren die stolz ausgebreiteten Arme seiner Mutter.

Mararosa genoss die Spartenza jedes Jahr vom selben Platz in der Nähe der Bar Catalano aus, aber diesmal würde sie es anders machen. Sie erschien gegen halb acht und blieb vor dem Rathaus stehen, wo fünf Minuten nach acht Sarvatùra auftauchen würde, atemlos, weil er gerade erst den Laden geschlossen hatte. Sie kannte seine Gewohnheiten in- und auswendig: Bei jeder Spartenza hatte sie nach ihm Ausschau gehalten, und wenn sie Roró neben ihm erblickte, begann sie, sie innerlich mit Flüchen zu überhäufen, obwohl die Statuen, angekündigt von den Klängen der Kapelle, bereits im Anmarsch waren. Sie kannte den Schmerz der Trennung nur zu gut; jedes Jahr, wenn der heilige Rocco sich von der Madonna verabschiedete, durchlebte sie ihren Abschied von Sarvatùra erneut am eigenen Leib; sie kannte die Qual des Abschieds, das Leid des Verlassenwerdens. Unbeeindruckt von den Abschieden der Menschen breitete sich der Duft von gebrannten Mandeln auf dem Piano aus.

Die Leute reckten sich auf die Zehenspitzen, die Spannung stieg, aber Mararosa blickte nur zu dem Gefälle, wo kurz vor der Prozession Sarvatùra auftauchen würde. Und endlich kam er. Schwer atmend schob er sich durch die Menschenmenge und näherte sich ihr bis auf einen Meter. Er sah sie nicht sofort, entdeckte sie erst, als sich das Profil von Giudecca Pandura wie ein Vorhang zwischen ihnen zur Seite schob. Und im Gegensatz zu früheren Begegnungen betrachtete er sie ungebührlich lange, sodass sie, ausgerechnet sie, Mararosa Praganà, gezwungen war, den Blick abzuwenden. Für einen Moment drehte sie sich zur Kirche, und als sie ihn wieder ansah, schien Sarvatùra näher gekommen zu sein. Das Geschrei wurde lauter, die Kapelle nahte, die Wachmänner drängten die Leute zurück, um den Durchgang frei zu machen, und im Zurückweichen stieß Mararosa Sarvatùra an.

»Entschuldigen Sie.«

»Entschuldigen Sie«, antwortete sie rasch und so ernst wie eine reuige Sünderin am Tag des Jüngsten Gerichts.

Sie richtete den Blick wieder nach vorn, aber seine Worte hallten in ihrem Kopf wider. Entschuldigen Sie. Die Klänge der Kapelle kamen ihr schöner vor, auch der Sternenhimmel und sogar ihre abgenutzten schwarzen Lackschuhe. Als der heilige Rocco und die Madonna auftauchten, begannen die Leute, nach vorn zu drängen. Sarvatùra wurde gegen Mararosa gedrückt, und um ihr nicht wehzutun, legte er ihr eine Hand auf die Schulter und ließ sie einige Sekunden dort liegen. Mararosa lächelte, ein Lächeln, das unter den Trümmern dessen begraben gewesen war, was nicht geschehen war, aber hätte geschehen können.

Von der himmlischen Konstellation

Auch wer nicht an Heilige und Madonnen glaubte, wohnte der Spartenza bei. Alle, ob gläubig oder nicht, begingen in diesem gespielten Abschied ein kollektives Ritual, bei dem sie ihre eigene Verlassenheit noch einmal durchlebten, und indem sie sie gemeinsam mit den anderen und mit allem dazugehörigen Leid empfanden, wurde sie weniger herzzerreißend.

Auch Archidemu war jedes Jahr dabei. Von seinem Fenster aus blickte er direkt auf den Piano, auf diese weite Fläche mitten im Dorf, auf die die vier Hauptstraßen zuliefen und wo sich die Menschen auf ihren existenziellen Wanderungen wie Buckelwale und zugleich nach dem Vorbild der Himmelskörper zu bewegen schienen. Aber an diesem Abend war es anders: Er hatte das Gefühl, seinen Platz in der Sternenkonstellation verlassen zu haben und zwischen die Menschen gefallen zu sein, um zu leben wie diejenigen, die ihre Abschiede in die Statuen projizierten. Die Schwerkraft, die das Universum beherrschte, stellte auch auf Erden die richtigen Verhältnisse wieder her. Er erinnerte sich, dass Aristoteles gesagt hatte, fallende Gewichte seien schlicht und einfach auf der Suche nach ihrem natürlichen Aufenthaltsort, dem Ort, den sie erreichen, wenn sie nicht auf Hindernisse treffen. Und so machen es auch die Menschen, sie gehen vor und zurück, nur um an ihren natürlichen Ort zu gelangen. Die Schwerkraft erinnert sie daran, dass sie auf die Erde gehören. Seit der Ankunft des Zirkus waren zwei Wochen vergangen, in denen die irdische Mechanik offenbar ihre eigenen Gesetze vergessen und ihre Regeln ausradiert hatte, weil sich neue Umlaufbahnen ankündigten.

Archidemu verließ seinen luftigen Aussichtspunkt und ging hinaus auf die Straße. Er wunderte sich nicht, als der Trommelwirbel die Spartenza ankündigte, er wunderte sich nicht, als er sich auf die Zehenspitzen reckte, um besser sehen zu können, und er wunderte sich auch nicht, dass er ein Gefühl von Unterbrechung, von Trauer und bevorstehendem Ende empfand. Es überraschte ihn nicht, dass er in den Statuen sich selbst und seinen Bruder erkannte: Er war die Madonna, diejenige, die bleibt, die begleitet wird und der man bis zur Türschwelle folgt, und Sciachineddu war der heilige Rocco, der bald fortgehen würde.

Archidemu stellte sich vor, wie sein Bruder, während er seine Sachen für den Aufbruch zurechtlegte, hin und wieder sein Bild betrachtete, und eines Tages würde er sich mit Sicherheit an ihn erinnern, der verlorene Sohn würde ins Haus des Vaters zurückkehren. Auch sein Bruder hatte am Tag zuvor gezögert. Er war fortgegangen, hatte aber die Versuchung gespürt, die der heilige Rocco jedes Mal empfindet, wenn die Madonna hinter der Tür verschwindet, und hatte sofort wieder kehrtgemacht. Ich gehe mit, ich verlasse mein Haus und folge ihr, ich bleibe an ihrer Seite. Auch er hatte gezögert, war zurückgekommen und hatte an seinen Schritten gezweifelt, hatte versucht, den Augenblick, in dem sie sich den Rücken zukehren, die Straßen sich gabeln und sie einander wieder fremd werden würden, so weit wie möglich hinauszuzögern. Dreimal entfernen sich die Statuen voneinander und nähern sich wieder an, dreimal eine gefühlte Ewigkeit, bis die Madonna mit dem Rücken zum Altar die Kirche betritt und den Heiligen bis zum letzten Moment anblickt, und wenn sie keine Heiligen wären, könnten sie genauso gut zwei verrückte Liebende sein, Heloise und Abaelard, Francesca und Paolo, Teresa Sperarò und Salvatore Crisante. Während die Madonna in der Kirche verschwand und die Kapelle den Marsch spielte, der den heiligen Rocco, gefolgt von den Dorfbewohnern, zur Piazza begleitete, verharrte Archidemu so einsam und reglos an seinem Platz wie ein Gravitationszentrum. Denn wenn man genauer darüber nachdenkt, ist unser Leben doch eine Kette von unterbrochenen Ereignissen. Die Dinge hören plötzlich und ohne Vorankündigung auf, ohne Warnung, und das ist der Schmerz des Lebens: der versäumte Abschied. Aber dann passiert etwas. Pluto und Neptun, die eigentlich kollidieren müssten, prallen niemals aufeinander, was beweist, dass es auch in der unerklärlichen Himmelsmechanik Platz für Barmherzigkeit gibt. Genauso verhält es sich bei den fehlbaren Menschen, denen es manchmal vergönnt ist, einander genau im richtigen Augenblick zu verlassen, in dem Bewusstsein, dass es das letzte Mal ist.

Der letzte Teil fehlt

Am 24. August um 19:14 Uhr, die Heiligenstatuen bogen soeben in die Straße nach Musconì ein, war der Zirkus Engelmann bereit, Girifalco für immer zu verlassen. Das Dorf wirkte wie ausgestorben, weil alle bei der Spartenza waren, und der leichte Nebel, der sich von Covello aus über den Ort gelegt hatte, wirkte wie der melancholische Umhang aus Träumen von Abschied und Trennung, denen die wartenden Bewohner von Girifalco noch keinen Zutritt in ihr Bewusstsein gestattet hatten. Ein paar alte Männer saßen vor der Bar, Straßenhändler begannen, ihre Verkaufsstände zusammenzupacken, Carruba hängte die Todesanzeige eines Dorfbewohners auf, der in der Nacht gestorben war.

Lulù saß im vorletzten Wohnwagen neben Luvia, die seine Hand hielt. Er war froh, ja, sogar glücklich, in der Nähe seiner Mutter zu sein. Durch den Spalt in der Gardine, die halb zugezogen war, damit man ihn nicht sehen konnte, nahm er einige Details wahr: das Firmenschild von Catarnuzzas Werkstatt, Roccuzzu Vonella, der das Rollgitter vor seinem Laden herunterließ, Gogò Mattarùanzus Hund, der auf den geometrischen Mittelpunkt der Welt kackte. Und schließlich tauchte im Fensterglas das Spiegelbild eines Mannes auf. Er glaubte, ihn zu kennen, und unternahm große Anstrengungen, um sich zu erinnern, wo er ihn schon einmal gesehen hatte. Nur mühsam zeichnete sich vor seinem inneren Auge das Bild einer Kirche ab, eine Reihe von Fenstern und Engeln, und auch der letzte, der achte Engel; den hatte er nicht erkannt, aber nun war er da, er stand vor ihm und imitierte seine Bewegungen.

Erneut blickte er aus dem Fenster und sah die Ikone der Madonna della Grazia, die die südliche Ortsgrenze markierte, und es war wie eine Explosion, denn im Nu, innerhalb einer nicht wahrnehmbaren, von ungehorsamen Uhren verschluckten Sekunde setzte sich in der chaotischen Galaxie in Lulùs Kopf eine Konstellation von Wörtern zusammen, eine Quantenordnung von Silben, eine unsichtbare Erscheinung linguistischer Partikel, und zum ersten und einzigen Mal in seinem Leben erinnerte er sich an das Gebet seiner Mutter. Leise, kaum hörbar murmelte er es vor sich hin, endlich in der richtigen Reihenfolge, auch wenn der letzte Teil fehlte wie bei jedem Akt des Menschengeschlechts:

Engel Gottes, mein Beschützer,
Dir hat Gottes Vaterliebe mich anvertraut.
Erleuchte, beschütze, regiere und leite mich heute …

Dank

Ich danke Rosella, meiner Frau, für ihre Worte und Ideen, für ihre quantischen Erleuchtungen.

Die wichtigsten Figuren

Das Dorf

Archidemu Crisippu – Einzelgänger, Stoiker, Sternen- und Menschenbeobachter; hat vor Jahren unter mysteriösen Umständen seinen kleinen Bruder Sciachineddu verloren und dies nie verwunden; hat am Ort seines Verschwindens eine Schildkröte gefunden, die er dem Bruder zu Ehren Sciachiné tauft

Luciano »Lulù« Segareddu – Waise und Insasse der örtlichen Nervenheilanstalt; kann auf Blättern wunderschöne Melodien blasen; wünscht sich seine Mutter zurück

Caracantulu – hat bei einem Unfall zwei Finger der linken Hand verloren, was jedoch niemand weiß, da er sie unter einem speziellen Handschuh verbirgt; seine größte Angst ist, dass jemand sein Geheimnis erfahren könnte; bewirkt trotz übler Absichten im Rausch schließlich unfreiwillig Gutes

Concetta »Cuncettina« Vaiti Licatedda – Tochter von Antonio Licatedda und Maria Licatedda Rondinelli, Frau von Cosimo Vaiti und unglücklich kinderlos; von boshaften Dorfbewohnerinnen darum »die Vertrocknete« genannt

Don Venanziu Micchiaduru – offiziell virtuoser Schneider von Girifalco, inoffiziell alternder virtuoser Liebhaber der Frauen im Allgemeinen und der von Girifalco im Besonderen; wird ironischerweise von den ahnungslosen Männern des Dorfes für schwul gehalten; küsst nie auf den Mund und war noch nie verliebt

Mariarosa »Mararosa« Praganà – fühlt sich von der Welt betrogen, weil ungute Konstellationen sie in jungen Jahren um den ihr zugedachten Ehemann Sarvatúra gebracht haben; seitdem verbitterte Seifenopernzuschauerin, die allen – vor allem Sarvatúras Ehefrau Rorò – nur das Schlechteste wünscht

Sarvatúra Chiricu – geschäftstüchtiger Inhaber des elegantesten Lebensmittelladens von Girifalco; zunächst Mararosa versprochen, heiratet er schließlich aufgrund einer Familienfehde stattdessen Rorò

Rorò Partitaru – führt die örtliche Konditorei; Tochter von Girolamu und Gioiosa und Frau von Sarvatúra, außerdem Glückskind, das nie Schmerz oder Leid erfahren musste; hat aus unerklärlichen Gründen panische Angst vor Feuer; ohne es zu wissen, ist sie Mararosas Erzfeindin

Angelo »Angeliaddu« Passataccu – wegen einer weißen Strähne »der Blonde« genannt; unehelicher Sohn von Taliana, dessen größter Wunsch es ist, seinen Vater kennenzulernen; wird eines Diebstahls bezichtigt, den er nicht begangen hat; außerdem Trapezkünstler-Lehrling, dessen Mut und ungewöhnliches Talent ein Leben retten

Taliana Passataccu – Mutter von Angeliaddu; wird unehelich schwanger von den Eltern verstoßen und muss sich und ihren Sohn fortan allein durchbringen; weist ungünstigerweise den einflussreichen Vermessungstechniker ab und macht ihn sich so zum Feind

Varvaruzza – mütterliche Freundin von Taliana; man munkelt, sie habe Zauberkräfte; schenkt Rorò einen Anstecker, der sie vor dem Neid anderer schützen soll

Filippu Discianzu – örtlicher Vermessungstechniker, einflussreich, eitel und skrupellos; macht Taliana und Angeliaddu aus gekränktem Stolz das Leben schwer

Don Guari Calopresa – Priester von Girifalco, der seit Jahren davon träumt, zum Patronatsfest die echten Reliquien des heiligen Rocco auszustellen

Giobbe Maludente – Erblindeter, der plötzlich wieder sehen kann und damit den Beweis für die Heilkraft der Reliquien (und seien sie aus Pappmaschee) zu liefern scheint

Don Antonio – Hilfsgeistlicher, der Angeliaddu den Beifall verschafft, den er verdient

Carruba – der örtliche Plakatierer, der bei der Platzierung der Zirkusplakate fast prophetisches Geschick beweist

Antonia Panduri – eine der zahlreichen Gespielinnen Don Venanzius; heimlich in ihn verliebt

Dottor Vonella – Arzt und Nachbar von Don Venanziu, der dem Schwerenöter mit seiner Praxis unwissentlich die perfekte Tarnung liefert

Maresciallo Talamone Guido – blasierter Polizeichef, der sich nichts sehnlicher wünscht, als den elenden Süden hinter sich zu lassen und ins zivilisierte Norditalien zurückversetzt zu werden

Der Zirkus

Cassiel – Direktor des Zirkus Engelmann, glaubt an himmlische Zeichen und beschließt, dass der Zirkus anders als geplant in Girifalco haltmachen soll: »Normalerweise entscheiden wir über den Weg, aber heute hat der Weg über uns entschieden.«

Batral – Trapezkünstler, wird zu Angeliaddus väterlichem Freund und Vorbild; auch er hat eine weiße Haarsträhne, die er jedoch unter einem Tuch verbirgt

Mikaela – die Schlangenfrau; Objekt von Don Venanzius Begierde und – wer hätte das gedacht? – Zuneigung

Jibril – Balancekünstler mit Gedächtnisverlust, in dem Archidemu meint, seinen verschollenen Bruder zu erkennen

Luvia – gehört ebenfalls zur Zirkusfamilie und erinnert Lulù an die Madonna und an seine Mutter

Nakir – Messerwerfer, der Rorò in die Manage bittet, um seine Augenbinde zu prüfen

Grafathas – früher Trapezkünstler, nach einem schlimmen Unfall nunmehr hinkender und schwermütiger Manegengehilfe; kann Roròs Sturz im Zirkus nicht verhindern, bei dem ihr Glücksbringer zerbricht

Tzadkiel – Zauberkünstler, der Cuncettina zum Zirkusbesuch überredet und ihr eine Taube auf den Schoß zaubert

EINFÜHRUNG IN DIE LERNPSYCHOLOGIE
DES ERWACHSENENALTERS

STUDIEN-BIBLIOTHEK

Hans Löwe

Einführung in die Lernpsychologie des Erwachsenenalters

Studien-Bibliothek
Kiepenheuer & Witsch

Lizenzausgabe für die Bundesrepublik Deutschland

Printed in the German Democratic Republic
Satz und Druck: Mühlhäuser Druckhaus Mühlhausen
Einband: Bercker Graphischer Betrieb, Kevelaer
ISBN Leinen 3 462 01115 4
ISBN Broschiert 3 462 01113 8

Inhaltsverzeichnis

DRITTER TEIL

VIERTER TEIL

FÜNFTER TEIL

Vorwort

Probleme des Lernens sind in den letzten Jahren immer mehr zum Gegenstand wissenschaftlicher Untersuchungen geworden. Das ist nicht zufällig so. Die wachsende Bedeutung des Lernens ergibt sich aus der entscheidenden Rolle, die das höhere Bildungsniveau aller Werktätigen bei der Gestaltung der entwickelten sozialistischen Gesellschaft in der Deutschen Demokratischen Republik spielt. Die anspruchsvollen Anforderungen, die die Lösung dieser Aufgabe an alle Werktätigen in den verschiedenen Bereichen unseres Lebens stellt, verlangen ein hohes Niveau der Bildung und Erziehung aller Menschen. In diesem Prozeß hat sich die heranwachsende Generation gediegene und umfassende Kenntnisse anzueignen und müssen sich alle Erwachsenen ständig qualifizieren. Immer deutlicher wird, daß die Weiterbildung objektiv ein notwendiger Bestandteil der gesamten Berufsentwicklung ist. Das systematische Lernen der Erwachsenen stellt eine ständige Aufgabe dar, ohne deren Erfüllung kein Mensch auf die Dauer hohe Ergebnisse in seiner beruflichen Tätigkeit erzielen kann.

In der DDR haben sich 1967 mit Hilfe der großzügigen Unterstützung unseres Staates etwa 1,5 Millionen Berufstätige an systematischen Weiterbildungsmaßnahmen beteiligt, um höhere Qualifikationsgrade zu erreichen. In der Industrie nahm jeder vierte Beschäftigte an der Aus- und Weiterbildung teil. Darunter befanden sich etwa 176 000 Frauen und Mädchen. Allein 1968 legten etwa 64 000 Werktätige an den Betriebsakademien die Facharbeiterprüfung ab. Fast die Hälfte von ihnen waren Frauen. Damit sind rund 37 % der neuen Facharbeiter über die betriebliche Erwachsenenqualifizierung zu einem Facharbeiterabschluß gelangt. Vor der Notwendigkeit einer ständigen Weiterbildung und Qualifizierung steht auch jeder Hoch- und Fachschullehrer, wenn er den Aufgaben in Forschung, Lehre und Erziehung gerecht werden will. In den 1969 veröffentlichten Grundsätzen für die Aus- und Weiterbildung der Werktätigen bei der weiteren Gestaltung der entwickelten sozialistischen Gesellschaft in der DDR heißt es dazu:

„Das System der Aus- und Weiterbildung der Werktätigen reicht vom Lernen am Arbeitsplatz über die Bildungseinrichtungen der Betriebe und Kombinate bis zu den Weiterbildungsmaßnahmen der Hochschulen und Führungsakademien und schließt die Volkshochschulen und Frauenakademien des DFD sowie die Bildungsveranstaltungen der wissenschaftlichen Gesellschaften, der Kammer der Technik und gesellschaftlichen Organisationen ein" (S. 6).

Die Lösung der ständig steigenden Aufgaben der Erwachsenenbildung sowie die Verbesserung der pädagogisch-didaktischen Arbeit bei der Aus- und Weiterbildung der Werktätigen verlangen auch entwicklungs- und lernpsychologische Untersuchungen. Nun ist es leider aber eine Tatsache, daß experimentelle Untersuchungen zur psychophysischen Leistungsfähigkeit im Erwachsenenalter gegenüber solchen im Kindes- und Jugendalter einen relativ geringeren Raum einnehmen. Einen zusammenfassenden Überblick zu lern- bzw. erziehungspsychologischen Untersuchungen im Erwachsenenalter gibt es in der DDR bisher nicht.

Die vorliegende Schrift soll dazu beitragen, diese Lücke zu schließen. Wir versuchen, einen theoretischen und experimentellen Beitrag zur Lernpsychologie des Erwachsenenalters zu geben. Zu diesem Zweck werten wir die wichtigste einschlägige internationale Literatur aus und stellen eigene Untersuchungsergebnisse dar, die wir innerhalb unserer Forschungsgruppe Lernpsychologie des Erwachsenenalters erzielten. Diese Gruppe wurde im September 1966 am ehemaligen Institut für Psychologie „Wilhelm Wundt" der Karl-Marx-Universität Leipzig gegründet. Detaillierte Untersuchungsergebnisse, die wir in der vorliegenden Arbeit nicht in extenso darstellen können, finden sich in der Habilitationsschrift des Verfassers: „Der Lerneffekt in Abhängigkeit von Aktivität und Motivation – ein Beitrag zur Lernpsychologie des Erwachsenenalters" (L ö w e 1968 a).

Das vorliegende Buch wendet sich an Wissenschaftler, die auf psychologischem, pädagogischem und medizinischem Gebiet der Erwachsenenbildung tätig sind. Darüber hinaus wollen wir allen Praktikern, die als hauptamtliche und nebenamtliche Lehrkräfte an Hoch- und Fachschulen, Betriebsakademien usw. arbeiten, eine Hilfe geben. Das Buch dürfte auch für Studenten der Psychologie und der Fachrichtung Erwachsenenbildung nützlich sein.

Wir tragen damit zur Erfüllung einer Forderung bei, die in den Grundsätzen für die Aus- und Weiterbildung der Werktätigen bei der weiteren Gestaltung der entwickelten sozialistischen Gesellschaft in der DDR verankert ist:

„Die Vermittlung pädagogischer und psychologischer Kenntnisse ... erlangt ... in allen systematischen Aus- und Weiterbildungsmaßnahmen ... immer größere Bedeutung" (1969, S. 14).

Im ersten Teil des Buches behandeln wir allgemeine lernpsychologische Fragen der Erwachsenenbildung. Besonders stellen wir die Problematik lernpsychologischer Untersuchungen im Erwachsenenalter und Möglichkeiten der Begriffsbestimmungen der Erwachsenenbildung dar.

Da wir der Auffassung sind, daß ein Lehrer in der Erwachsenenbildung die wichtigsten lernpsychologischen Regeln kennen sollte, macht der zweite Teil des Buches den Leser mit Lerntheorien bekannt. Dabei ist es jedoch in unserem Rahmen nicht möglich, die heute in der Diskussion stehenden Lerntheorien auch nur einigermaßen geschlossen abzuhandeln und einer umfassenden kriti-

schen Analyse zu unterziehen. Wir betrachten deshalb die Lerntheorien lediglich unter dem Aspekt der Bedeutung von Aktivität und Motivation für den Lernerfolg.
Der dritte Teil des Buches nimmt den größten Raum ein. Hier behandeln wir einige spezielle lernpsychologische Probleme des Erwachsenenalters und gehen auch auf entwicklungspsychologische Fragestellungen ein. Unter dem Aspekt der psychischen Leistungsfähigkeit im Erwachsenenalter referieren wir u. a. Untersuchungsergebnisse unserer Forschungsgruppe und stellen diese zur Diskussion.
Im vierten und fünften Teil der Arbeit betrachten wir einige psychologische Probleme des programmierten Lernens im Erwachsenenalter und geben Hinweise zur Verbesserung des traditionellen Unterrichts in der Erwachsenenbildung.
Die vorliegende Schrift konnte nur in einer Gemeinschaftsarbeit zustande kommen. Wir sind deshalb den vielen Studenten zu Dank verpflichtet, die in den von uns angeleiteten Forschungspraktika (1966 bis 1969) lernpsychologische Untersuchungen an Erwachsenen durchführten und die Ergebnisse mit den jeweils geeigneten mathematischen Verfahren auf statistische Signifikanz prüften. Dank gilt auch den Diplomanden unseres Fern- und Direktstudiums der Pädagogischen Psychologie, die ihre Diplomarbeiten unter unserer Anleitung auf lernpsychologischem Gebiet des Erwachsenenalters abschlosssen. Sie alle werden an geeigneter Stelle namentlich genannt. Den Herren Prof. Dr. G. Clauss, Prof. Dr. H. Hiebsch und Oberstudienrat Dr. E. Harke gebührt Dank für die kritische Begutachtung des Manuskripts und für wertvolle Hinweise. Dem Leiter des Lektorats Psychologie im VEB Deutscher Verlag der Wissenschaften, Herrn Hertzfeldt, danken wir für die Anregung, das Buch in der vorliegenden Form zu schreiben. Schließlich sagen wir Dank all den ungenannten Erwachsenen, die uns in den lernpsychologischen Experimenten als Versuchspersonen zur Verfügung standen. Nicht zuletzt gilt der Dank meiner Frau, die mir bei der Ordnung und Aufbereitung des Materials behilflich war.
Wir übergeben diese Schrift der Öffentlichkeit in der Hoffnung, einen bescheidenen Beitrag zur Verbesserung der Erwachsenenbildung zu leisten. Dabei sind wir uns bewußt, daß noch viele experimentelle Untersuchungen notwendig sind, um die noch offenen Fragen zu klären und einmal eine „Psychologie des Erwachsenenalters“ schreiben zu können. Das wird nur in kollektiver Zusammenarbeit von Wissenschaftlern der verschiedensten Nachbardisziplinen und Vertretern der pädagogischen Praxis möglich.
Die vorliegende Schrift kann nur ein erster Schritt dazu sein. Für alle kritischen Hinweise danken wir schon jetzt den Lesern.

Leipzig, im November 1969 Hans Löwe

Erster Teil

1. Allgemeine lernpsychologische Probleme der Erwachsenenbildung

1.1. Zur Bedeutung und Problematik lernpsychologischer Untersuchungen im Erwachsenenalter

Gegenüber einer kaum mehr zu überblickenden Anzahl von Forschungsergebnissen auf dem Gebiet der Lern- und Entwicklungspsychologie im Kindes- und Jugendalter ist die Psychologie des Erwachsenen nicht ebenso gründlich bearbeitet worden. Das gilt sowohl für lern- und entwicklungspsychologische als auch besonders für erziehungspsychologische Fragestellungen. Die Psychologie des Erwachsenenalters nimmt innerhalb der bisherigen wissenschaftlichen Bemühungen einen relativ geringen Raum ein. Das ist nicht nur in der DDR der Fall (vgl. Köhler 1964, Bauer 1966 u. a.), sondern auch in der Sowjetunion und in den anderen sozialistischen Staaten (vgl. Szewczuk 1959, Leontjew und Galperin 1966 u. a.) und in der BRD sowie im anglo-amerikanischen Bereich (vgl. Riegel 1958 a, b, Thomae 1959 a, b, Lehr 1959, Hely 1962 u. a.).
In den bisherigen Arbeiten von Psychologen der DDR finden sich bisher geringere empirische Ansatzpunkte und vor allem auch weniger theoretische Verallgemeinerungen zur Psychologie des Erwachsenenalters, als dies in der Kinder- und Jugendpsychologie festzustellen ist. Diese Tatsachen bleiben auch trotz der Bemerkung Shoks bestehen, daß bereits 1951 etwa 18 000 Veröffentlichungen über psychologische Probleme des Erwachsenenalters vorlagen (zit. nach Bauer 1966, S. 21).

Szewczuk (1959) betont u. a.: „Auf dem Gebiet der Lernpsychologie im Erwachsenenalter herrscht eine Praxis vor, die mehr auf dem Enthusiasmus der Praktiker als auf allseitigen und gründlichen Forschungen von Wissenschaftlern aufgebaut ist" (S. 87).

Für die Vernachlässigung lern- und entwicklungspsychologischer Untersuchungen und wissenschaftlicher Theorienbildung im Erwachsenenalter gibt es *praktische* und *theoretische* Gründe. *Praktische Gründe* sind u. a. darin zu sehen, daß für Forschungen im Erwachsenenalter bis vor kurzem derart konkrete Beweggründe fehlten, wie sie im Falle der Kinder- und Jugendpsychologie seit langer Zeit mit bestimmten pädagogischen Zielsetzungen gegeben sind. Zum anderen fehlte auch oftmals die in der Kinder- und Jugendpsychologie günstigere Möglichkeit, lern- und entwicklungspsychologische Untersuchungen an einem größeren Kollektiv (z. B. mehreren Schulklassen, Ferienlagern usw.) durchzuführen. Psychologische Untersuchungen an Erwachsenen sind auch deshalb schwieriger, weil bei ihnen oft eine Voreingenommenheit – die manchmal berechtigt ist – gegenüber den experimentellen Versuchen besteht. Psychologische Studien an Erwachsenen sind also aus organisatorischen und altersbedingten Gründen mit größeren Schwierigkeiten verbunden, als das bei Kindern und Jugendlichen der Fall ist.

Schließlich ist oft eine Unterschätzung der pädagogisch-psychologischen Theorie bei vielen Praktikern der Erwachsenenbildung festzustellen.

Vor allem aber dürfte hinter den bisher nur zögernd durchgeführten Untersuchungen zur Erwachsenenpsychologie ein *theoretisches Motiv* stehen, das besonders auf Grund der in einigen westdeutschen Arbeiten zur Erwachsenenpsychologie postulierten Auffassung zur Lern- und Entwicklungsfähigkeit des erwachsenen Menschen entstand (vgl. Ch. Bühler 1933, 1957, 1959, 1962, Hanselmann 1951, Moers 1953 u. a.). Diese Auffassung „besteht in der Überzeugung, daß der Mensch mit 20 oder spätestens 25 Jahren im Grunde fertig und damit ‚entwicklungslos' sei. Der Erwachsene könne somit nur hinsichtlich seiner individuellen und typologischen Varianten Gegenstand der Forschung sein, nicht aber hinsichtlich von Wandlungen und Änderungen, wie sie den Weg vom Kind zum Erwachsenen kennzeichnen" (Thomae 1959 a, S. 385). Auch Köhler (1964) bemerkt:

„Der Grund für die erwähnte Vernachlässigung liegt vor allem in der Auffassung, daß die Persönlichkeit sich zwar in Kindheit und Jugend bildet, aber dann als stabilisierter, verfestigter Zustand relativ unveränderlich ist" (S. 49). Zu einer solchen Auffassung haben nicht unwesentlich die verschiedenen psychoanalytischen Theorien beigetragen. Sie lassen sich von der Grundhypothese der entscheidenden Bedeutsamkeit der ersten Lebensjahre für alle spätere Entwicklung leiten, die vor allem Freud (1948), Adler (1930, 1947) u. a. entwickelten. „Der kleine Mensch ist oft mit dem 4. oder 5. Jahr schon fertig und bringt nun allmählich zum Vorschein, was bereits in ihm steckt" (Freud 1948, S. 369). Diese extreme Betonung der Bedeutung der frühen Kindheit für die gesamte weitere Persönlichkeitsentwicklung akzentuierte ferner die psychologische Erforschung der Kinder- und Jugendzeit. Der Erwachsene erscheint letztlich als geprägt, und von einer Entwicklung im eigentlichen Sinne könne nicht mehr gesprochen werden.

Die hier nur kurz skizzierten Gründe für die Vernachlässigung lern- und entwicklungspsychologischer Untersuchungen im Erwachsenenalter sind nicht vollständig. Im dritten Teil erfolgt eine Vertiefung und Präzisierung der Problematik anhand einer kritischen Analyse bisheriger Untersuchungsergebnisse.

Gegenüber der Tatsache der geringeren Bearbeitung psychologischer Sachverhalte bei Erwachsenen nehmen Umfang und Bedeutung der Erwachsenenbildung in allen Staaten ständig zu (Hely 1962, Lauwerys 1966, Harke 1966, Birth, Junge und Mäder 1966, Knauer 1967 a, b, 1969 u. a.).

Die wissenschaftlich-technische Revolution stellt an den Menschen, der sie durchzuführen und zu bewältigen hat, erhöhte Anforderungen. Der sich in unserer Zeit ständig beschleunigende wissenschaftliche und technische Fortschritt verlangt nicht nur von der heranwachsenden Generation gediegene und umfassende Kenntnisse, sondern eine ständige Weiterbildung und Qualifizierung der Erwachsenen.

L e o n t j e w und G a l p e r i n (1966) betonen:
„In diesem Zusammenhang verlagert sich der Schwerpunkt der Volksbildungseinrichtungen immer mehr von elementaren auf höhere Bildungsstufen. Wer heute in einem Produktionsbetrieb, der mit modernen technischen Einrichtungen ausgestattet ist, arbeiten will, braucht eine ganz andere Ausbildung als vor einigen Jahrzehnten. Diese Tendenz zeigt sich nicht nur in der Sowjetunion, sondern in allen ökonomisch fortgeschrittenen Ländern" (S. 50).

Das bestätigen die Ausführungen von H e l y (1962) zu „New trends in adult education". Bereits 1930 berichteten K ü h n e m a n n über die Erwachsenenbildung in den USA und M a r c u s (1930) über die in England. Auch in der Ungarischen Volksrepublik, in der ČSSR (Š t e j n 1962) und in anderen sozialistischen Staaten spielen Fragen der Erwachsenenbildung eine immer größere Rolle. Auf die unterschiedlichen Motive, die in kapitalistischen und sozialistischen Staaten die Weiterbildung der Erwachsenen bestimmen, verweist G. F r i e d r i c h (1967, S. 42 ff.). Bei uns in der DDR besuchen bereits heute über eine Million Werktätige jährlich die Einrichtungen der Erwachsenenqualifizierung. Die Zahl der Erwachsenen, die sich neues Rüstzeug für die Meisterung ihrer Aufgaben holen, steigt ständig. Damit wachsen die Aufgaben der Einrichtungen für Erwachsenenbildung. Auch in Westdeutschland werden die Stimmen immer lauter, die die Erwachsenenbildung als eine „Grundforderung unserer Zeit" bezeichnen (v a n d e r B i e 1962) und unwissenschaftliche psychologische Betrachtungen des Erwachsenenalters kritisieren (B e r g l e r 1959, 1966, B e r g i u s 1959, T h o m a e 1956, 1957, 1959 a, b, 1960 u. a.).
Entsprechend den Erfordernissen und Aufgaben der Gestaltung der entwickelten sozialistischen Gesellschaft in unserer Republik haben also die Fragen der Erwachsenenbildung eine eminent große Bedeutung gewonnen. Deshalb betont W a l t e r U l b r i c h t (1967) auf dem VII. Parteitag der SED:
„Bei der Entwicklung der sozialistischen Gesellschaft ist die Weiterbildung der Werktätigen ein erstrangiges gesellschaftliches Erfordernis. Das betrifft sowohl alle Formen der Allgemeinbildung wie die verschiedenen Stufen spezieller Bildung" (S. 14). K n a u e r (1967 a, b, 1969) analysiert sehr eingehend die künftigen Aufgaben auf dem Gebiet der Aus- und Weiterbildung der Werktätigen in der DDR und betont:

„Die Pyramidenform der Qualifikationsstruktur des gesellschaftlichen Gesamtarbeiters verwandelt sich ... bei Vollendung des Sozialismus in der DDR zusehends in das Bild einer Kugel bzw. in ein *reguläres Oktaeder*" (K n a u e r 1967 b, S. 1 042). Aus seinen Untersuchungen wird deutlich, daß die Arbeiterklasse auch zahlenmäßig und in ihrem Anteil am gesellschaftlichen Gesamtarbeiter objektiv weiter anwächst und daß sich innerhalb der Arbeiterklasse die Entwicklung der Qualifikationsstruktur differenziert fortsetzt. Dabei betont er den starken Wechselbezug dieses Entwicklungsprozesses mit dem Vollzug der konkreten gesellschaftlichen Arbeitsteilung und -organisation sowie mit der Entwicklung des funktionalen Arbeitsinhaltes in der sozialistischen Produktion (vgl. Tab. 1).

Tabelle 1: *Die Veränderung der Qualifikationsstruktur des gesellschaftlichen Gesamtarbeiters der DDR bis 1980, Angaben in % (nach Knauer 1969, S. 30)*

Qualifikationsgruppe	1955	1966	1980
Hochschulkader	1,6	2,6	6 bis 7
Fachschulkader	2,8	4,8	11 bis 12
Facharbeiter	25,6	45,6	62 bis 70
An- und Ungelernte	70,0	47,0	13 bis 19

Eine erfolgreiche Erwachsenenbildung ist nur in untrennbarer Einheit mit entsprechenden entwicklungspsychologischen und vor allem auch lernpsychologischen Erkenntnissen im Erwachsenenalter zu verwirklichen. In der Erwachsenenbildung, die Specht noch 1968 als ein „Sorgenkind" bezeichnen muß, wird immer mehr die Frage gestellt, *was* unter den neuen Bedingungen gelernt werden soll und *wie* gelernt werden muß, um den ständig steigenden Anforderungen des gesellschaftlichen Lebens in der DDR gerecht zu werden. Widmann (1965) muß jedoch in diesem Zusammenhang feststellen:

„Die Erwachsenenpädagogik kann sich nicht auf eine pädagogische Psychologie des Erwachsenen stützen. Dieses Gebiet der Psychologie wird in der DDR nicht bearbeitet. Das wirkt sich nicht nur auf die Forschung, sondern auch in der Lehre nachteilig aus" (S. 7). Er hält es für real, daß „allein im Fachschulfernstudium Millionen" eingespart werden könnten, „wenn wir die internationalen Erfahrungen auswerten würden, die es auf diesem Gebiete gibt" (S. 7).

Die Notwendigkeit, psychologische Probleme im Erwachsenenalter in Zukunft stärker zu berücksichtigen, ergibt sich schließlich auch aus der Tatsache, daß das durchschnittliche Lebensalter der Menschen zunimmt. Ebenso schafft der wachsende Anteil der älteren Menschen an der Gesamtbevölkerung und damit der im Arbeitsprozeß stehenden Menschen höchst aktuelle gesellschaftliche und persönliche Probleme (Duyker 1956, Winter 1962, Eitner 1966, Comfort 1967 u. a.). Dieser Wandel und diese Entwicklungstendenzen der Bevölkerungsstruktur sind in allen wirtschaftlich entwickelten Ländern der Erde, darunter auch in der DDR, festzustellen. „So nimmt, vorerst bis 1973, die Veränderung des Lebensbaums unserer Bevölkerung ein Ausmaß an, das vielfach Veranlassung gegeben hat, von ‚Überalterung' zu sprechen" (Eitner 1966, S. 7). Eitner verlangt deshalb als Mediziner, Untersuchungen über den Zusammenhang von Altern, Leistungsfähigkeit, Gesundheit und Krankheit im Erwachsenenalter durchzuführen.

Die große und wachsende Bedeutung, die der Erwachsenenbildung bei der Gestaltung der entwickelten sozialistischen Gesellschaft in der Deutschen Demokratischen Republik zukommt, findet ihren Niederschlag in entsprechenden Gesetzen und Verordnungen der Volkskammer und der Regierung.

Im Gesetz über das einheitliche sozialistische Bildungssystem (1965) ist auch die Erwachsenenbildung fest verankert (§§ 21 und 35 bis 40). Das Gesetz stellt eine gelungene Synthese zwischen den erreichten Errungenschaften auf allen

Stufen unseres Bildungswesens und den neuen Erfordernissen dar, wie sie sich in einem Staat ergeben, der für die Zukunft langfristig zu planen imstande ist und der der Bildung und Erziehung seiner Bürger allergrößte Bedeutung beimißt. Im § 30 des Gesetzes wird der pädagogischen Wissenschaft u. a. die Aufgabe gestellt, „Untersuchungen zu einer rationellen und intensiven Gestaltung des Unterrichts durchzuführen". Im Perspektivplan der Forschung auf dem Gebiet der Berufsausbildung 1967–1970 wird die Erhöhung der Effektivität und Intensität der Bildungs- und Erziehungsprozesse Erwachsener ausdrücklich betont. „Hierbei sind neben den psychologischen und pädagogischen Faktoren und Gesetzmäßigkeiten auch die soziologischen Aspekte des Lehrens und Lernens bei Erwachsenen zu erforschen" (S. 27). In diesem Zusammenhang wurde der Abteilung Psychologie der Erwachsenenqualifizierung am ehemaligen Institut für Psychologie „Wilhelm Wundt" der Karl-Marx-Universität Leipzig die Aufgabe übertragen, lernpsychologische Untersuchungen zur didaktisch-methodischen Gestaltung des Unterrichts in der Erwachsenenqualifizierung durchzuführen (S. 29).
Die Notwendigkeit derartiger Untersuchungen wird durch den Beschluß des Ministerrats der DDR über die Grundsätze für die Aus- und Weiterbildung der Werktätigen bei der Gestaltung der entwickelten sozialistischen Gesellschaft in der Deutschen Demokratischen Republik bekräftigt.
Die vorliegende Arbeit ist ein erstes Ergebnis dieser Forschungen. Sie will einen theoretischen und experimentellen Beitrag zur Lernpsychologie des Erwachsenenalters liefern.

1.2. Probleme der Begriffsbestimmung der Erwachsenenbildung

In der Einleitung wiesen wir bereits auf die zunehmende Bedeutung der Erwachsenenbildung hin, die ihr innerhalb des sozialistischen Bildungssystems zukommt. Wir verwendeten dabei unterschiedliche Begriffe, wie Erwachsenenbildung, Erwachsenenpädagogik, Erwachsenenqualifizierung usw., ohne diese Termini näher zu erläutern. Das soll jetzt – soweit es für die Einordnung der nachfolgenden Untersuchungen notwendig ist – erfolgen.
In der einschlägigen internationalen pädagogischen Literatur werden nicht nur die verschiedensten Begriffe, sondern auch gleiche Begriffe mit unterschiedlichem Inhalt verwendet (vgl. Bryson 1936, Hanselmann 1951, Werner 1953a, b, 1959, 1960, Pöggeler 1957, Friebel 1954, 1958, Böhme 1960, Hely 1962, Škoda 1962, Bogojawlenski 1963, Hylik 1965, Harke 1965, 1966, Widmann 1965, Knöchel und Naumann 1967, Meier 1967, Beiträge zur sozialistischen Erwachsenenbildung 1967 u. a.).
Besonders in der westdeutschen Literatur ist „der Begriff der Erwachsenenbildung reichlich verschwommen" (Böhme 1960, S. 7) und wird mit unwissenschaftlichen Inhalten verwendet. Werner (1959) spricht von der „Erwachsenenpädagogik" als „der Wissenschaft von der Erwachsenenbildung" (S. 5). Nach ihm habe die „Erwachsenenpädagogik das weite Feld der Volksbildung in sei-

nem ganzen Umfang zu erforschen, unter besonderer Berücksichtigung der Praxis der Erwachsenenbildung" (S. 6). Hanselmann (1951) wendet sich gegen den Begriff der „Erwachsenenpädagogik", da „Pädagogik" wortgemäß „Führung des Kindes durch Bildung und Erziehung" heißt (S. 21). Er schlägt deshalb in Anlehnung an Rosenstock (1920) den Begriff „Andragogik" vor.

Hanselmann (1951), Werner (1959), Böhme (1960) bringen als führende Vertreter der Erwachsenenbildung in Westdeutschland übereinstimmend zum Ausdruck, daß bewußt von einer „Erwachsenenbildung", aber nicht von einer „Erwachsenenerziehung" gesprochen werde. „Es wird nicht der Versuch gemacht, Erwachsene zu erziehen", schreibt Böhme (1960, S. 9), und noch ausführlicher behandelt Werner (1960) diese Frage:

„Als Kennzeichen des Jugendlehrers erkannten wir die aktiverzieherische Einstellung gegenüber seinem Zögling. Der Erwachsene wünscht nicht erzogen zu werden. Er ist schon ‚geformt'. Jedem Versuch, ihn umzuerziehen, wird er Widerstand entgegensetzen. Der Erwachsene erzieht sich selbst. Der Erwachsenenlehrer vermittelt Wissen und Können ..., aber zu bestimmten Verhaltensweisen soll er nicht erziehen" (S. 15).

Eine solche Auffassung steht erstens im krassen Widerspruch zur tatsächlichen Praxis der Erwachsenenbildung in Westdeutschland und auch in anderen kapitalistischen Staaten, zweitens unterscheidet sie sich grundsätzlich von unseren Zielen der sozialistischen Erwachsenenbildung. So weist z. B. Harke (1968) nach, daß sich heute im wesentlichen drei Aufgabenbereiche der westdeutschen Erwachsenenbildung unterscheiden lassen:

1. Die Erwachsenenbildung ist ein Instrument der Manipulierung der Menschen im Sinne der herrschenden Ideologie;
2. sie arbeitet an der Durchsetzung imperialistischer Zielsetzungen mit;
3. sie soll schulische Hilfsfunktionen wahrnehmen und insbesondere offensichtliche Lücken schließen helfen (S. 103).

In der Praxis gibt es keine genaue Trennung dieser Funktionen. Wir finden sie immer miteinander verflochten. Im Zusammenhang mit der Analyse der Arbeit in den wichtigsten Einrichtungen der Erwachsenenbildung in Westdeutschland kommt Harke (1968) zu der Feststellung: „Faßt man die verschiedenen Formen, in denen politische Bildung vermittelt wird, zusammen, so liegt deren Anteil ... über 60 %, während die Berufshilfe mit etwas mehr als 20 % stark zurückbleibt. Der Rest verteilt sich auf die verschiedenen sonstigen Kurse" (S. 104). Diese stehen jedoch auch im Dienst der politischen Beeinflussung. So wird z. B. bei Sprachkursen und den verschiedenen Lehrgängen auf dem Gebiet der Kunst und Literatur oft der Anschein erweckt, als handele es sich hier um politisch indifferente Bereiche, so daß der politische Hintergrund nicht immer gleich sichtbar wird. Das macht deutlich, welche Aufmerksamkeit der politischen „Bildung" und Erziehung der Erwachsenen im Sinne der herrschenden Klasse in Westdeutschland gewidmet wird. Theoretiker der Erwachsenenbildung in Westdeutschland wollen jedoch diese Einheit von Bildung und Erziehung nicht wahrhaben.

Im sozialistischen Bildungssystem gilt der Grundsatz der Einheit von Bildung und Erziehung. Dieser Grundsatz versteht sich für alle Stufen des einheitlichen sozialistischen Bildungssystems.
Über die Erwachsenenbildung heißt es deshalb in den Grundsätzen für die Aus- und Weiterbildung der Werktätigen bei der Gestaltung der entwickelten sozialistischen Gesellschaft in unserer Republik:

„Die Aus- und Weiterbildung der Werktätigen als ständiger Prozeß hat auf der Grundlage von Lehrprogrammen zu erfolgen, die der Dynamik des Welthöchststandes von Wissenschaft und Technik entsprechen und die Einheit von beruflich-fachlicher und politisch-ideologischer Bildung und Erziehung gewährleisten" (1969, S. 6).

Allerdings herrschte bei uns lange Zeit die Auffassung vor, die Pädagogik sei die Wissenschaft von der Bildung und Erziehung der *heranwachsenden* Generation. Dabei blieb das Verhältnis von Pädagogik (im oben definierten Sinne) und Erwachsenenbildung völlig offen. Friebel stellte bereits 1954 die Frage: „Sind derartige Erziehungsdefinitionen unwissenschaftlich, oder hat die Erwachsenenbildung keine Berechtigung im System der Erziehungswissenschaften?" (S. 23). Knöchel und Naumann (1967) sind bestrebt, diese Fragen zu klären. In ihrem Beitrag beschäftigen sie sich u. a. mit der allgemeinen Gegenstandsbestimmung der Pädagogik und entwickeln eine Erziehungsdefinition, die, auf eine Kurzfassung zusammengedrängt, aussagt:

„Erziehung wird bestimmt als bewußte und direkte Fremd- und Selbstformung von Menschen mit dem Ziel optimaler gesamtgesellschaftlicher Produktivität" (S. 21).

Sie unterscheiden innerhalb der gesamtgesellschaftlichen Erziehung (der Pädagogik) drei große Altersgruppen: die Erziehungsvorgänge bei Kindern, Jugendlichen und Erwachsenen. Die Autoren meinen, mit diesen Differenzierungen den Fehler in der herkömmlichen Auffassung von Pädagogik ausschließen zu können, der darin besteht, die dritte Stufe (die Erwachsenen) unberücksichtigt zu lassen.
Meier (1967) schließt sich jedoch in seinem Buch „Neue Wege im Erwachsenenunterricht" der Bezeichnung Andragogik an und ist der Meinung, daß sich dieser Begriff „heute international immer mehr durchsetzt" (S. 18). Für sein „Modell für einen rationalen Erwachsenenunterricht" fordert er als *eine* Grundbedingung, daß es „andragogisch" sein muß, d. h., es muß hinreichend die Besonderheiten des Erwachsenenunterrichts berücksichtigen (S. 18).
Harke (1965, 1968) gliedert die allgemeine marxistisch-leninistische Erziehungswissenschaft „einerseits in die Pädagogik, andererseits in die Erwachsenenbildung" (1965, S. 451). Dabei wird die Pädagogik als „die Wissenschaft von der Führung und Steuerung (besser: Regelung, H. L.) der Bildungs- und Erziehungsprozesse *des Kindes und des Jugendlichen* mit dem Ziel einer optimalen gesellschaftlichen Wirksamkeit in Form einer geeigneten Vorbereitung und Heranführung an die Arbeit und das gesamte gesellschaftliche Leben" betrachtet (S. 452). Die Erwachsenenbildung ist dagegen nach ihm „die Wissenschaft von der Führung und Steuerung (besser: Regelung, H. L.) der Bildungs- und Erziehungsprozesse *des erwachsenen Menschen* mit dem Ziel einer engen

Verknüpfung von Arbeit und Lernen und der optimalen Unterstützung der gesellschaftlichen Wirksamkeit des erwachsenen Menschen" (S. 452). Es ist nicht das Anliegen der vorliegenden Arbeit, zu einer Klärung und Festlegung wichtiger Begriffe in der pädagogischen Wissenschaft beizutragen. Es zeigt sich jedoch, daß eine einheitliche Begriffsbestimmung im Bereich der Erwachsenenbildung sehr dringend ist. (Škoda 1962 beschäftigt sich in seinem Beitrag „Zu einigen Fragen der Theorie der Erwachsenenbildung in der ČSSR" auf 14 Seiten nur mit den verschiedensten Begriffsbildungen.)

Wir neigen dazu, uns der Einteilung von Harke (1965, 1968) anzuschließen. Innerhalb der *Erwachsenenbildung* unterscheidet er drei Teilbereiche (1965, S. 452):

1. den Bereich der Hoch- und Fachschulbildung. Hauptaufgabe dieses Bereichs ist die Heranbildung mittlerer bzw. leitender Kader.
2. Das Kernstück der gesamten Erwachsenenbildung (hier immer als Oberbegriff gefaßt) stellt die *Erwachsenenqualifizierung* dar. Sie umfaßt *alle* Formen der Aus- und Weiterbildung, die im Arbeitsprozeß bzw. in enger Verbindung mit ihm vonstatten gehen. Ihr Hauptcharakteristikum besteht darin, daß der Erwachsene in erster Linie Werktätiger ist und sich zusätzlich zu seiner beruflichen Tätigkeit erweiterte theoretische oder praktische Kenntnisse, Fähigkeiten und Fertigkeiten aneignet.
3. Ein dritter Bereich wird unter dem Sammelbegriff der kulturellen Massenarbeit erfaßt.

Die Erwachsenenqualifizierung ist also ein Teilgebiet der Erziehung und Bildung Erwachsener.

„Erwachsenenqualifizierung ist die Aus- und Weiterbildung Erwachsener (vorwiegend Werktätiger) in institutionalisierter Form mit dem Ziel der Erhöhung ihrer Allgemeinbildung und der Verbreiterung und der Erhöhung ihrer fachlichen (beruflichen) Kenntnisse, Fähigkeiten und Fertigkeiten, um sie zu befähigen, durch die allseitige Weiterbildung ihrer Persönlichkeit wirksamer als bisher an der Gestaltung der gesellschaftlichen Verhältnisse teilzunehmen. Sie hilft vor allem bei der Entfaltung der Selbstbildung und Selbsterziehung der Werktätigen" (Harke 1968, S. 10).

Eine ausführliche Darstellung über das gesamte System, das die Aus- und Weiterbildung der Werktätigen umfaßt, findet sich in den Grundsätzen für die Aus- und Weiterbildung der Werktätigen bei der Gestaltung der entwickelten sozialistischen Gesellschaft in der Deutschen Demokratischen Republik (1969, S. 6 f.).

Zweiter Teil

2. Lerntheorien unter dem Aspekt der Bedeutung von Aktivität und Motivation für den Lernerfolg

2.1. Probleme der Begriffsbestimmung des Lernens

In der psychologischen Literatur ist man seit langem um die Überwindung des früher im pädagogischen Bereich zu eng gefaßten und oft unwissenschaftlich gebrauchten Lernbegriffs bemüht. Lernen wurde meist lediglich als „Aneignung von Kenntnissen", als auf den Bereich des Intellektuellen beschränkt gedacht, das „Schülersein" als „intellektuelles Persönlichkeitseliminat" aufgefaßt (Heimann 1947, S. 325). Die in der Literatur vorhandene große Zahl von Definitionen des Lernbegriffs läßt vermuten, daß Lernen ein Terminus ist, „der sehr verschiedene Klassen von individuellen Verhaltensweisen zusammenfaßt", wobei in der psychologischen Theorie „die einzelnen Verhaltensklassen ... häufig als partielle Definitionen des Lernens gebraucht" werden (Bergius 1964, S. 7).

Einen unwissenschaftlichen *biologistischen* Lernbegriff verwendet Keilhakker (1951), wenn er die Auffassung vertritt: „Jedes sinnvolle und ökonomische Lernen ist ein dauerndes Wechselspiel von natürlicher Reifung und Ausbildung der Kräfte im Anschluß an die Reifung" (S. 115). Ähnlich hebt Roth (1965) die Bedeutung der Reife als Voraussetzung für das Lernen hervor, wenn er feststellt: „Jedes Lernen hat seine *spezifischen Reifevoraussetzungen* ... Richtiger dargestellt ist dieser Zusammenhang, wenn man sagt, daß mit den sich ändernden *Reifevoraussetzungen* sich auch die jeweiligen *Lernbedingungen* ändern" (S. 183). Hilgard (1954) wendet sich entschieden gegen derartige biologistische Begriffsbestimmungen des Lernens und verweist darauf, daß die Verhaltensänderung, die als Lernen zu bezeichnen sei, nicht durch angeborene Response-Tendenzen, Reifung oder vorübergehende Zustände des Organismus erklärt werden könne (S. 3). Auch McGeoch (1952) meint, die Menschen würden sich mehr in dem unterscheiden, was sie zu ihrer menschlichen Natur *hinzu*gelernt haben, als in dem, was sie als Natur mitbekommen hätten (nach Roth 1965, S. 209).

Eine dialektisch-materialistische Erklärung des Zusammenhangs von Reifen und Lernen, von Entwicklung und Bildung gibt Rubinstein (1958): „Das Kind reift nicht zuerst und wird erst dann erzogen und gebildet. Es reift, indem es erzogen und gebildet wird ..." (S. 200). Dieser Satz von der Einheit von Reifung und Bildung und von Entwicklung und Erziehung bestätigt „in seinem psychologischen Inhalt die enge gegenseitige Verbindung und Bedingtheit, in deren Verlauf das Kind neue Kenntnisse, Fähigkeiten und Formen der gegenseitigen Beziehungen beherrschen lernt" (S. 203). Diese Feststellung Rubinsteins trifft in gleichem Maße auch für Erwachsene, also für den Menschen schlechthin, zu.

Anthropologische Auffassungen liegen dem Lernbegriff bei Hillebrand (1962) zugrunde. Er betrachtet das menschliche Lernen „in seinem kernhaften Bereich als bildendes Lernen, wie es in anthropologischer Hinsicht seinsnotwendig zum Menschen gehört" (S. 7), und wendet sich entschieden gegen den bei Guyer (1952) u. a. „irgendwie behavioristisch orientierten Erfahrungsbegriff (Lernen = Erfahrung = Anpassung durch Aktivität)" (S. 7). Lompscher (1966) kritisiert diese anthropologische Begriffsbestimmung, die das Lernen aus dem Individuum heraus zu erklären versucht. Das Wesen des menschlichen Lernens ist damit nicht zu begreifen. Er versteht unter Lernen „den Erwerb von Erfahrungen im Prozeß der Wechselwirkung zwischen Individuum und Umwelt, der zu bestimmten Veränderungen im Verhalten der Persönlichkeit führt" (S. 13). *Neurophysiologisch* orientierte Begriffsbestimmungen betrachten das Lernen als eine Leistung des Gehirns, besonders des Kortex beim Menschen und bei höheren Tieren (Wazuro 1956, Fischel 1961 u. a.). Rohracher (1953) nimmt an, daß „die Erfahrung und im weitesten Sinne des Wortes jedes Lernen nur auf einer Änderung der Erregungsvorgänge im Gehirn beruhen" können (S. 64). Mowrer (1950) glaubt durch seine Untersuchungen wichtige Belege dafür gefunden zu haben, daß alles Lernen, das physiologisch in den Bereich des autonomen Nervensystems fällt, sich nach den „Gesetzen der Gleichzeitigkeit und der gegenseitigen Berührung" vollzieht, daß aber alles Lernen, das physiologisch in den Bereich des ZNS gehört, unter die höheren Lerngesetze fällt. Er plädiert damit für eine „Zweifaktorentheorie" zur Erklärung des Lernens (vgl. Roth 1965, S. 214). Diese ausschließlich physiologisch ausgerichteten Begriffsbestimmungen des Lernens bergen die Gefahr eines psychophysischen Dualismus in sich. Sie gehen vom „äußeren Gegensatz der psychischen und der physischen Prozesse aus; auf diesem Gegensatz beruht ... der grundlegende Irrtum" (Rubinstein 1958, S. 32). Diese Feststellung gilt zumindest uneingeschränkt für das *menschliche* Lernen.

In der Auffassung Mowrers (1950) wird weiterhin deutlich, daß Begriffsbestimmungen des Lernens bei den verschiedenen Autoren weitestgehend von lerntheoretischen Konzeptionen bestimmt werden. Auf diese Problematik gehen wir in diesem Kapitel noch besonders ein.

Die meisten Begriffsbestimmungen des Lernens sind bei vielen Autoren *pädagogisch* orientiert (Clauss und Hiebsch 1962, Lewitow 1964, Erlebach, Ihlefeld und Zehner 1965, Roth 1965, Rosenfeld 1965, Lompscher 1966, Kossakowski und Otto 1967 u. a.). Das ist durchaus evident. „Lernen ist einerseits Aufnahme von Kenntnissen, andererseits Aneignung von Fertigkeiten. Lernen hat eine kognitive (erkenntnismäßige) und eine praktische (handlungsbezogene) Seite. Es führt einerseits zum *Wissen*, andererseits zum *Können*" (Clauss und Hiebsch 1962, S. 294). Erlebach, Ihlefeld und Zehner (1965) unterscheiden in Anlehnung an Rubinstein (1958) ein direktes und ein indirektes Lernen und betonen damit, daß Kenntnisse und Fertigkeiten auch ein unbeabsichtigtes Ergebnis von Handlungen sein können (S. 235). Das meint auch Bergius (1964), wenn er formuliert: „Wenn auch Motive ... oder andere ... dynamische Momente beteiligt sein mögen, gibt es mindestens als Problem das ‚*incidentelle Lernen*' " (S. 9). Es gibt also Veränderungen von kognitiven Strukturen oder des Verhaltens in bestimmten Situationen, die alle Merkmale des Lernens zeigen, außer der bewußten Lernabsicht.

Lompscher (1966) meint in diesem Zusammenhang, wer die Lerntätigkeit abwechslungsreich und zu einem intensiven Vorgang machen will, „sollte das direkte Lernen durch das indirekte, unbeabsichtigte ergänzen, da letzteres häufig einen hohen Effekt aufzuweisen hat" (S. 15). Das beweisen auch die Untersuchungsergebnisse von Sintschenko und Smirnow (zit. bei Rubinstein 1958, S. 376 ff.), von Dobrynin (zit. bei Lompscher 1966, S. 16), von Blüher (1962) u. a.

Rosenfeld (1965) postuliert die strukturelle Isomorphie des Lernens im Bildungs- und Erziehungsprozeß und meint:

„Lernen im Bildungsprozeß heißt Aneignung und Generalisierung von Leistungsmustern, Lernen im Erziehungsprozeß bedeutet Aneignung und Generalisierung von sozialen Verhaltensmustern. Die Struktur beider Vorgänge ist isomorph ... In beiden Fällen geht es darum, bestimmte Tätigkeitsmuster (einmal den Leistungsbereich, zum anderen den sozialen Verhaltensbereich) intellektuell aufzubauen und gleichzeitig für beide Fälle Verhaltensbereitschaften als Motivationen zu vermitteln" (S. 661).

Kossakowski und Otto (1967) betonen bei aller Anerkennung der Einheit von Bildung und Erziehung, daß die Unterschiede im Lernen nicht verkannt werden dürften, die den Bildungs- und Erziehungsprozeß trotz der partiellen Ähnlichkeit kennzeichnen. Sie geben eine anschauliche Zusammenstellung der wichtigsten Merkmale, die das Lernen im Bildungs- bzw. im Erziehungsprozeß ausmachen (S. 22 ff.). Unter speziell erziehungspsychologischen Prämissen wird die soziale Verhaltensdetermination als ein Lernprozeß aufgefaßt, wobei als Grundvorgang die Interiorisation (Leontjew, Galperin, Elkonin), die Verinnerlichung von Normen, gilt. „Das Verhalten des Menschen ... wird ... vor allem durch die Verhaltensnormen seiner Umgebung gesteuert. Er lernt, sich richtig, das heißt normentsprechend, zu verhalten, indem normadäquate Einstellungen und Verhaltensweisen positiv sanktioniert (gelobt, belohnt), normwidrige Verhaltensformen dagegen negativ sanktioniert (getadelt, bestraft) werden" (Kossakowski und Otto 1967, S. 21). Die hier dargestellten Auffassungen von Kossakowski und Otto, die sich aus ihren bisherigen Veröffentlichungen ergeben, werden von Kossakowski (1969 a) neuerdings korrigiert und präzisiert.

Dieser keineswegs vollständige Überblick über verschiedene Definitionen des Lernbegriffs läßt die Wandlung des Terminus gegenüber früheren, oft einseitigen und unwissenschaftlichen Auffassungen deutlich werden. Das Lernen ist nicht mehr nur ein Grundproblem der Pädagogik bzw. der pädagogischen Psychologie, es gehört heute „zu den wichtigsten Problemen der allgemeinen Psychologie" (Leontjew 1966, S. 11). Von der Erforschung des Lernens erwartet man wesentliche Einblicke in die Entwicklungsgesetze und auch in den Aufbau der menschlichen Persönlichkeit (McGeoch 1953, Leontjew 1966, Hiebsch 1966, Hiebsch und Vorwerg 1968, Kossakowski und Otto 1967 u. a.).

„Jede Art des Lernens ist gleichzeitig eine Art, Eigenschaften zu bilden oder zu ändern; daher erscheint es auf den ersten Blick möglich, das Problem der Persönlichkeitsentwicklung mit dem Lernproblem gleichzusetzen" (Allport 1949, S. 152).

Die große Bedeutung der Erforschung lernpsychologischer Gesetzmäßigkeiten, die schließlich zur Entwicklung einer allgemeingültigen Lerntheorie – die wir heute noch nicht besitzen – führen soll, unterstreicht Bergius (1964):

„Das Ziel der Lernpsychologie ist die Lerntheorie, die gleichzeitig einen mehr oder weniger großen Teil der ganzen psychologischen Theorie ausmacht" (S. 9, vgl. auch Lorf und Rosenfeld 1966, S. 128).

Diese Neuorientierung zum Begriff des Lernens ist aus Gesamtdarstellungen über das Lernen deutlich herauszulesen (Bergius 1964, Probleme der Lerntheorie 1966 u. a.). Im Lernen ist heute „ein universeller menschlicher Akt" zu sehen. „Gelernt werden also neben den Kenntnissen auch Haltungen, Einstellungen, emotionale Stellungnahmen, die Art und Weise, wie man wahrnimmt und denkt, Motive des Handelns und das Handeln selbst, Verhaltensweisen und ihre Begründungen usw." (Hiebsch und Vorwerg 1968, S. 62 f.). Diese Erweiterung des Lernbegriffs führt selbstverständlich zu entsprechenden Definitionen. Wir wollen uns hier nicht mit den mannigfachen Formen und Arten des Lernens beschäftigen, die sich aus einer Differenzierung des Lernbegriffs ergeben. Sie sind in der Literatur in Vielfalt vorhanden. Es erscheint uns notwendiger, auf andere Probleme einzugehen, die mit dem Begriff des Lernens verbunden sind.

Allgemein spricht man dann davon, etwas gelernt zu haben, wenn Erfahrungsinhalte unser Verhalten bestimmen. „*Lernen* wird als *eine erfahrungsbedingte Modifikation des Verhaltens* aufgefaßt" (Clauss 1965, S. 12, in Anlehnung an Murphy 1951, McGeoch 1953 u. a.). Neuerdings werden auch unter kybernetischen und informationstheoretischen Aspekten ähnliche Lerndefinitionen angetroffen. So besteht nach Steinbuch (1963) „das Lernen eines Systems ... darin, daß es entsprechend früheren Erfolgen oder Mißerfolgen (Erfahrung!) das interne Modell der Außenwelt verbessert" (S. 195). Damit kommt Steinbuch (1963) dem Interiorisationsprinzip von Piaget (1948), Wygotski (1964), Leontjew (1966) u. a. sehr nahe. Klix (1966 a), der unter Lernen „alle aus Erfahrung resultierenden Veränderungen des inneren oder äußeren Verhaltens" versteht, betont, daß die Erforschung von Lernprozessen bedeutet, „die zeitabhängige Organisation der Informationsaufnahme, -übertragung und -verarbeitung zu untersuchen" (S. 688).

Leontjew (1966) gibt jedoch zu bedenken, wie weit es berechtigt ist, „den pädagogischen Begriff des Lernens derart zu erweitern" (S. 11). Winnefeld

(1967) erscheint es zumindest bedenklich, „auch ‚negative' Zusammenhangsbildungen, z. B. neurotische Symptombildungen, als Lernen zu bezeichnen" (S. 52). Zur Begründung führt er an, daß sich der Lernbegriff damit allzuweit vom allgemeinen Sprachgebrauch entfernen würde und im pädagogischen Bereich nur mit einem „wertbezogenen Lernbegriff" gearbeitet werden könnte. Demgegenüber beschreiben jedoch Eysenck und Rachman (1967) Neurosen als „fehlangepaßte *erlernte* Gewohnheiten", die nicht auf unbewußte, tiefer liegende Ursachen (z. B. „verdrängte Komplexe") zurückzuführen sind. Daher wäre es auch möglich, neurotische Symptome rückgängig zu machen, indem „Lerntechniken gezielt eingesetzt" werden. Es ist nicht unser Anliegen, diese Problematik zu klären. Wir sind jedoch der Meinung, daß der heute in der internationalen Literatur verwendete Begriff des Lernens – als eine „erfahrungsbedingte Verhaltensmodifikation" – sehr wohl auch die Ausbildung negativer sozialer Verhaltensweisen und unerwünschter Lerneffekte einschließt.

Wir fassen das bisher Gesagte schematisch zusammen:

LERNEN

(eine erfahrungsbedingte Verhaltensmodifikation)

kognitive Seite	praktische Seite
(erkenntnismäßige Seite des Lernens)	(handlungsbezogene Seite des Lernens)
Entwicklung kognitiver Funktionen	Ausbildung von Fertigkeiten
Aneignung von Wissen und Kenntnissen Erwerb von Normwissen	Entwicklung von Gewohnheiten Herausbildung sozialer Verhaltensweisen, Entwicklung von Fehlhaltungen (Neurosen)

In dieser allgemeinen Fassung ist das Lernen „auf keinen Entwicklungsabschnitt des Menschen beschränkt" (Clauss und Hiebsch 1962, S. 293). Schon der Säugling erwirbt vom ersten Tage an Erfahrung, und auch der Greis verändert seinen Erfahrungsschatz – beide lernen. Zeitaufwand und Erfolg beim Lernen sind dabei unterschiedlich; ebenso verändern sich die speziellen Methoden des Lernens. *Die grundlegenden lernpsychologischen Prinzipien sind jedoch für alle Altersstufen in gleichem Maße bedeutsam* (Aebli 1961, Bergius 1964, Harke 1966, Meier 1967 u. a.). Bereits Bobertag (1929) weist darauf hin, „daß es *keine* Verhaltensweise eines Erwachsenen und ... eines Kindes gibt, die nicht erlernt wären ..., die in ihrer konkreten Gestalt nicht durch mehr oder minder starke Lern- oder Erfahrungseinflüsse bestimmt wären" (S. 177).

Der Begriff des Lernens ist in dieser allgemeinen Fassung auch nicht auf den

Menschen beschränkt. Auch Tiere machen ständig Erfahrungen, und diese verändern ihr künftiges Verhalten. Das Lernen ist bei Tieren um so komplizierter, je höher sie auf einem bestimmten Entwicklungsniveau in der Tierreihe stehen. Das Lernen der Anthropoiden und das der Delphine stehen dem menschlichen Lernen relativ nahe. Trotz mancher Gemeinsamkeiten des tierischen und des menschlichen Lernens gibt es jedoch *grundlegende* Unterschiede im Lernen der Tiere und des Menschen (vgl. dazu die ausführlichen Erörterungen bei Leontjew 1964, S. 236–242, 1966, 1967, Friedrich und Kossakowski 1962, Wygotski 1964, Galperin, Saporoshez und Elkonin 1966; Klaus 1966, Hiebsch und Vorwerg 1968, Hiebsch 1966, Kossakowski und Otto 1967 u. a.).

Auf *Gemeinsamkeiten* des Lernens weist u. a. Leontjew (1966) hin, wenn er bemerkt, daß „bei höheren Tieren das Lernen ... schon recht kompliziert und mit Hilfe spezieller Funktionsmechanismen vollzogen" wird (S. 11). Die Gesamtwirkung der „Gesetze der bedingtreflektorischen Hirntätigkeit" unterliegt bei ihnen „schon neuen, komplizierten Gesetzmäßigkeiten ..., es handelt sich hier um *psychologische Gesetze*" (S. 19). Auch Galperin (1966 a) weist darauf hin, daß die sogenannte „vernünftige Lösung von Aufgaben" (Einsicht), das Orientierungs- und Untersuchungsverhalten davon zeugen, „daß es bei Tieren ideelle Handlungen auf der Ebene des Wahrnehmens gibt" (S. 43 f.). Diese Handlungen werden jedoch nicht im „zweiten Signalsystem" (Pawlow) widergespiegelt. Diese Bemerkungen stimmen mit der Formulierung von Engels (1962) überein: „Alle Verstandestätigkeit: *Induzieren, Deduzieren,* also auch *Abstrahieren ..., Analysieren* unbekannter Gegenstände (schon das Zerbrechen einer Nuß ist Anfang der Analyse), *Synthetisieren* (bei tierischen Schlauheitsstückchen) und, als Vereinigung beider, *Experimentieren* (bei neuen Hindernissen und in fremden Lagen) haben wir mit dem Tier gemeinsam" (S. 491). Insofern kommt den Lernexperimenten mit höherentwickelten Tieren Bedeutung für die Erkenntnis lernpsychologischer Gesetzmäßigkeiten beim Menschen zu. Natürlich lassen sich die Ergebnisse der Tierversuche nicht mechanisch auf den Menschen übertragen. Viele der im Tierexperiment aufgeworfenen Fragen sind jedoch für die Humanpsychologie fruchtbar geworden, da ohne diese lernpsychologischen Versuche am Tier mancher Einblick in Vorgänge menschlichen Lernens nicht gelungen wäre.

Wie Untersuchungen von Wygotski (1964), Leontjew (1964, 1966), Galperin, Saporoshez und Elkonin (1966) und anderen sowjetischen Psychologen zeigen, gibt es zwischen dem Lernen der Tiere und dem Lernen der Menschen wesentliche *Unterschiede.* Die wichtigsten wollen wir kurz erörtern.

Das individuelle Verhalten von Organismen hängt von zweierlei Erfahrung ab: Erstens von der Erfahrung der Art, die in den Mechanismen des unbedingtreflektorischen Verhaltens fixiert ist, und zweitens von der individuellen Erfahrung, die im Laufe der Ontogenese erworben wird. Die ererbten Dispositionen (unbedingte Reflexe, Instinkte) führen bei gleichen Umwelt- und innerorganischen Bedingungen regelhaft zu artspezifischen Reaktionen. Diese unbedingt-

reflektorischen Verhaltensmuster wurden im Verlauf der Phylogenese strukturell fixiert. Sie dienen der Selbst- und Arterhaltung und determinieren „von innen her" das Verhalten der Folgegenerationen. Diese Art der Regulation ist beim Menschen vornehmlich auf die vegetativen Funktionen beschränkt. Das Tier zeigt jedoch auch ein Verhalten – besonders das höherentwickelte –, das oft „keinerlei Beziehung zu seinen Instinkten zu haben scheint" (Leontjew 1964, S. 238). Mit Hilfe bedingt-reflektorischer Mechanismen ist das Tier in der Lage, sich – entsprechend seiner Hirnleistungsfähigkeit – in unterschiedlichem Maße seiner Umwelt anzupassen und sein Verhalten zu variieren. *„Die Hauptfunktion, die die Mechanismen zum Erwerb individueller Erfahrung erfüllen, besteht darin, das Artverhalten den sich ändernden Umweltbedingungen anzupassen"* (Leontjew 1964, S. 239). Dabei muß das Tier in erster Linie seine eigenen *individuellen* Erfahrungen machen. Diese Tatsache ist für das Verständnis des wesentlichsten Unterschieds beim Lernen der Tiere und der Menschen bedeutsam.
Das *menschliche* Leistungs- und Sozialverhalten wird nicht von ererbten Dispositionen bestimmt, sondern vollzieht sich im „Prozeß der Sozialisation" (Hiebsch und Vorwerg 1968, S. 60). Menschliches Lernen ist ein *sozialvermitteltes* Lernen. Der Mensch ist ein gesellschaftliches Wesen, und erst aus dem Zusammenhang von Individuum und Gesellschaft wird auch das menschliche Lernen verständlich. Was und wie gelernt wird ist abhängig von der gesellschaftlichen Umwelt. Diese Umwelt ist historisch entstanden. So wird das Lernen beim Menschen zu einem Prozeß, in dessen Verlauf die historisch gesammelte Erfahrung dem Individuum übermittelt wird. Das ist selbst bei den einfachsten Formen des Lernens im Kindesalter der Fall (vgl. die Untersuchungsergebnisse von Wygotski, zit. bei Leontjew 1966, S. 22ff.). „Der Einzelmensch verwertet die Erfahrungen seiner Gattung (die Erfahrungen aller Menschen) ... Unser heutiges Wissen ist das Ergebnis der Erfahrungen aller Menschen der Vergangenheit und der Gegenwart" (Grundlagen der marxistischen Philosophie 1960, S. 335). Auf die Tatsache, daß der Mensch ein historisch gewordenes und ein primär gesellschaftlich determiniertes Wesen ist, verweist Marx in seiner bekannten „Feuerbach-These": „Aber das menschliche Wesen ist kein dem einzelnen Individuum innewohnendes Abstraktum. In seiner Wirklichkeit ist es das Ensemble der gesellschaftlichen Verhältnisse" (1961, S. 377). Kurella (1958) hat in seinem Buch „Der Mensch als Schöpfer seiner selbst" die Marxschen Ansichten zusammengefaßt. Gleichzeitig weist er auf die Bedeutung der *Arbeit* hin, die diese neue Art der Weitervermittlung von Gattungserfahrungen ermöglichte, den Menschen damit weit aus dem Tierreich heraushob und ihn zu einem „außenbedingten", gesellschaftlichen Wesen machte:

„Durch die produktive Arbeit, in deren Verlauf der Mensch sich die Natur nicht nur nach und nach aneignet und unterwirft, sondern sie auch dadurch mehr und mehr erkennt, schafft der Mensch das Besondere, das Neue, das ihn von der Natur und den anderen Lebewesen unterscheidet: eine künstliche Umwelt, in der die Wesenskräfte des Menschen gegenständliche Gestalt annehmen. Dieser materielle Niederschlag der dem Menschen spezifisch zugehörigen Eigenschaften und Fähigkeiten dient jeweils als Grundlage der ständigen Höherentwicklung des Menschen ... In diesem ständigen Austausch zwischen den lebenden Menschen und dem von allen vorhergehenden Menschen hinterlassenen gegenständlichen Niederschlag ihrer Wesenskräfte bildet sich der Mensch im Laufe der Geschichte als *Produkt seiner eigenen Arbeit aus"* (K u r e l l a 1958, S. 21ff.).

Bei der Entfaltung zwischenmenschlicher Beziehungen im Prozeß der notwendig kollektiven Arbeit entwickelte sich die *Sprache* zum wichtigsten Kommunikationsmittel der Menschen. In der Sprache spiegelt sich die Menschheitsentwicklung ebenso wider wie in der vergegenständlichten, vom Menschen bearbeiteten Natur. Das Wort, als eine „ideelle, geistige Kristallisationsform der gesellschaftlichen Erfahrung, der gesellschaftlichen Praxis der Menschheit" (L e o n t j e w und L u r i a 1958, S. 176), spielt für das menschliche Lernen eine ausschlaggebende Rolle (vgl. Probleme der Lerntheorie 1966). Jede neue Erfahrung der Menschheit kann nicht nur *sofort* von jedem beliebigen Menschen jedem anderen Menschen mit Hilfe der Sprache mitgeteilt werden, sondern darüber hinaus ist mit dem Medium der „verfestigten" Sprache eine Fixierung und Weitergabe der Gattungserfahrung möglich. „Während das einzelne Tier ... stets ganz von vorne anfangen muß, kann das menschliche Individuum – cum grano salis – stets von den Errungenschaften ausgehen, die vorhergehende Individuen erreicht und in Gestalt der aus ihren Produkten bestehenden künstlichen materiellen Umwelt des Menschen ... hinterlassen haben" (K u r e l l a 1958, S. 93). S c h i l l e r bringt das in seinem Gedicht „Der Spaziergang" zum Ausdruck:

„Körper und Stimme
leiht die Schrift
dem stummen Gedanken.
Durch der Jahrhunderte Strom
trägt ihn das redende Blatt."

Aus den bisher erörterten Gedanken im Hinblick auf Unterschiede zwischen tierischem und menschlichem Lernen ergibt sich, daß das Lernen beim Menschen nicht auf die Gewinnung individueller Erfahrungen beschränkt bleibt. Im Prozeß des Lernens übernimmt der Mensch vielmehr die in der historischen Entwicklung gesammelten Erfahrungen der menschlichen Gesellschaft und entwickelt sie weiter – dank der Fähigkeit, in kurzer Zeit eine Vielzahl gesellschaftlich unerläßlicher Informationen zu gewinnen und zu verarbeiten.
K l a u s (1966) weist schließlich noch auf ein besonders qualitatives Merkmal des menschlichen Lernens hin. Es ist die Fähigkeit, Ereignisse gedanklich vorwegzunehmen – als eine der wichtigsten Errungenschaften der Gattung Mensch.

„Der Mensch reagiert ... auf bestimmte Situationen bzw. Ereignisse mit einem *Bewußtsein* ..., in dem die Erfahrungen früherer Ereignisse gespeichert sind und das als Modellregelkreis funktioniert, an dem das Verhältnis des Menschen zu seiner Umwelt und die erforderlichen Handlungen gewissermaßen bereits nochmals geistig durchgespielt worden sind" (S. 35). Dies setzt voraus, daß die psychischen Funktionen und Eigenschaften des Menschen nicht unveränderlich sind, „sondern daß sie im Prozeß des Lernens und der Selbstoptimierung, bei der Anpassung des kybernetischen Systems Mensch an die Umgebung sich ständig verändern und verbessern" (Klaus 1966, S. 36).

Diese Grundfragen des menschlichen Lernens werden von marxistischen Psychologen mit dem Vorgang und dem Begriff der Interiorisation beantwortet. Dabei wird unter Interiorisation verstanden: die „Aneignung, Verarbeitung und Verfestigung von gesellschaftlich vermittelten Kenntnissen und Normen" (Kossakowski 1965, S. 664); „die Aneignung und Generalisierung von sozialen Inhalten" (Neuner 1966, S. 1163); das „Erwerben innerer Verhaltensmuster, die den äußeren Verhaltensweisen entsprechen" (Hiebsch und Vorwerg 1964, S. 543) usw.

Es ist wichtig, darauf hinzuweisen, daß sich dieses Wechselverhältnis von „außen" und „innen", von Objekt und Subjekt, von Gesellschaft und Individuum in der *Tätigkeit,* in der „Aktivität des Subjektes" (Rubinstein) vollzieht. Nach marxistischer Auffassung ist die Tätigkeit des Menschen, seine Aktivität, *die* notwendige Bedingung für seine Entwicklung. „Aktivität des Subjekts ... ist – philosophisch verstanden ... eine wichtige Kategorie zur marxistischen Erklärung der Interiorisation" (Dorst 1967, S. 94).
Indem der Mensch sich aktiv mit der Welt auseinandersetzt, werden „objektive – oder objektivierte Gegenstands- oder Ereignisstrukturen" (Hiebsch 1963, S. 15) angeeignet, gewissermaßen verinnerlicht und in der weiteren Tätigkeit verfestigt. Diese Außendetermination der menschlichen Entwicklung verwirklicht sich nicht im Sinne einer mechanischen Formung, sondern mittelbar über die aktive Lebenstätigkeit des Menschen. Die äußeren Einwirkungen und die inneren Bedingungen müssen im Lernprozeß des Menschen in bestimmter Weise aufeinander bezogen sein. Wir gehen mit Rubinstein (1962a) davon aus, „daß die äußeren Ursachen (die äußeren Einwirkungen) immer nur durch die Vermittlung der inneren Bedingungen wirken ... Da sich die inneren Bedingungen, durch die die äußeren Einwirkungen auf die Persönlichkeit gebrochen werden, ihrerseits abhängig von den vorangegangenen Einwirkungen gebildet haben", bedeutet diese These, die für unsere weiteren Betrachtungen zu speziellen lernpsychologischen Problemen im Erwachsenenalter bedeutsam ist, auch, „daß der psychische Effekt jeder äußeren (auch der pädagogischen) Einwirkung auf die Persönlichkeit von der Geschichte ihrer Entwicklung und von ihren inneren Gesetzmäßigkeiten bedingt ist" (S. 279 f.).
Unter der *Persönlichkeit,* die sich in dem hier nur kurz skizzierten *Lernprozeß* bildet, verstehen wir mit Hiebsch und Vorwerg (1968) „die Gesamtheit der individuellen Eigenschaften und Gesetzmäßigkeiten (als Sonderfall allgemeinmenschlicher Eigenschaften) ..., die durch äußere Einwirkungen in der Lebenstätigkeit entstehen und die aktive Wechselwirkung zwischen den Menschen und der Wirklichkeit regulieren" (S. 56). Zur Ergänzung dazu erscheinen uns die Feststellungen Rubinsteins (1962a) bedeutsam:

„Der Mensch ist insofern Individualität, als er besondere, einzelne, unwiederholbare Eigenschaften besitzt. Der Mensch ist insofern Persönlichkeit, als er seine Beziehungen zur Umwelt bewußt bestimmt ... Ein Mensch ist maximal eine Persönlichkeit, wenn er ein Minimum an Neutralität, an Indifferenz, an Gleichgültigkeit und ein Maximum an ‚Parteilichkeit' in bezug auf das gesellschaftlich Bedeutsame aufweist" (S. 283).

Wir haben versucht, den Begriff des Lernens in seiner heute verwendeten Form darzustellen. Dabei übten wir Kritik an unwissenschaftlichen Begriffsbestimmungen und schlossen uns der allgemeinen Definition des Lernens an, indem wir Lernen als eine erfahrungsbedingte Verhaltensmodifikation betrachten. Ungeachtet mancher Gemeinsamkeiten im tierischen und menschlichen Lernen erörterten wir einige qualitative Besonderheiten des Lernens beim Menschen.
Für die vorliegende Arbeit, die sich mit speziellen *lern*psychologischen Fragen im Erwachsenenalter beschäftigt, engen wir die Definition des Lernens etwas ein, wenn wir formulieren: *Lernen ist die Verbesserung oder der Neuerwerb von formalen und inhaltlichen Verhaltens- und Leistungsformen. Dieses Lernen erfolgt durch aktive Auseinandersetzung des Individuums mit seiner Umwelt in einem Interiorisationsprozeß.* Damit verwenden wir einen Lernbegriff mit pädagogischer Akzentuierung, übersehen dabei jedoch nicht, daß „Lernverläufe sehr komplexe, variationsreiche und schwer überschaubare Prozesse sind" (Klix 1966 a, S. 687).
Nach diesen allgemeinen Erörterungen zum Begriff des Lernens halten wir es für notwendig, unsere Leser mit einigen heute zur Diskussion stehenden *Lerntheorien* vertraut zu machen und einige allgemeingültige lernpsychologische Regeln daraus abzuleiten. Eine umfassende Darstellung und kritische Analyse dieser Lerntheorien ist innerhalb dieser Schrift nicht möglich. Das muß späteren speziellen Veröffentlichungen vorbehalten bleiben.
Wir erörtern einige wichtige Lerntheorien lediglich unter dem Aspekt der Bedeutung von Aktivität und Motivation für den Lernerfolg. Diese Akzentuierung ergibt sich daraus, daß erstens eine hohe Lern*aktivität* mit Sicherheit eine Effektivitätssteigerung des Lernens mit sich bringt und daß zweitens ein enger Zusammenhang zwischen positiver Motivation und Lernerfolg besteht. Das sind allgemeingültige Lerngesetze, die sowohl für das Lernen bei Kindern und Jugendlichen als auch bei Erwachsenen bedeutsam sind. Wir weisen das u. a. in umfangreichen lernpsychologischen Experimenten an Erwachsenen und Jugendlichen nach (Löwe 1968 a, S. 145–243).
Bevor wir die verschiedenen Lerntheorien unter den beiden genannten Aspekten besprechen, wollen wir die Begriffe von *Aktivität* und *Motivation* bestimmen.
Eine differenzierte Betrachtung der Bedeutung von Aktivität und Motivation für den Lernerfolg in einzelnen Altersstufen erfolgt nicht. Wir gehen vielmehr davon aus, daß die *Lernprozesse* bei Kindern, Jugendlichen und Erwachsenen im wesentlichen gleich verlaufen (Aebli 1961, Castner 1963, Leontjew 1964, Meier 1967 u. a.).
Aebli (1961) betont z. B.: „Die Lernprozesse ... sind auf allen Stufen die gleichen. Wir kennen bis heute keine qualitativen Unterschiede zwischen dem Lernen des Kindes und demjenigen des Erwachsenen" (S. 14). Wenn gewisse Faktoren der Lernfähigkeit (vgl. Abschnitt 5.4.) für das Kind eine größere

Bedeutung haben als für den Erwachsenen, so handelt es sich meist um graduelle Unterschiede, die auch unter dem Aspekt der Umstrukturierung zu sehen sind. Leontjew (1964) vermerkt: „Der Vorgang des Lernens selbst verläuft bei den Erwachsenen kaum anders als bei den Schulkindern" (S. 306).
Damit wird nicht behauptet, daß es keine Unterschiede zwischen Kindern, Jugendlichen und Erwachsenen im Hinblick auf die *Organisation* der Lernarbeit bzw. auf die im Unterricht anzuwendenden *Lehrmethoden* gibt. Darauf weist neuerdings Meier (1967) hin, wenn er betont, „daß eine rationelle Unterrichtsgestaltung auf den oberen Stufen des Bildungswesens anders erfolgen muß als in den jüngeren Schulklassen" (S. 12, vgl. dazu auch Drefenstedts „Modell der rationellen Unterrichtsstunde" 1965, S. 182). Meier (1967) vermerkt jedoch gleichfalls, daß diese Unterschiede nicht die „Gemeinsamkeit in verschiedenen Elementen und Strukturen" (S. 12) des Lernens ausschließen. Er bezieht sich dabei auf die Anmerkungen von Harke (1966), der ebenfalls Ähnlichkeiten im *Lernprozeß* bei Erwachsenen und Kindern herausstellt (S. 78 f.).
Diese Gemeinsamkeiten des Lernprozesses in allen Altersstufen bestehen u. a. darin, daß wir heute unter lernpsychologischen Aspekten das Lernen als ein *aktives* – und nicht rezeptives, als ein personal*motiviertes* – und nicht personindifferentes, als ein *sozial* – und nicht endogen – determiniertes und als ein hochgradig *methodenabhängiges* Verhalten betrachten (vgl. Wygotski 1964, Rubinstein 1958, Leontjew und Galperin 1966, Piaget 1948, Hilgard 1954, Correll 1965, Claus 1965 d u. a.).

2.2. Zur Begriffsbestimmung der Aktivität – speziell der Lernaktivität

Der Begriff *Aktivität* wird in der internationalen pädagogischen und psychologischen Literatur oft in einem ziemlich weiten, manchmal unbestimmten und mitunter auch in einem unwissenschaftlichen Sinn gebraucht (vgl. dazu die Ausführungen bei Rubinstein 1958, S. 83 und 236 f., Klingberg 1962, S. 33 ff., Rosenfeld 1964, S. 12, Hiebsch 1966, S. 24 ff.). Differenzierte Angaben zur Bedeutung der Aktivität finden sich bei Thomae (1965 b).
Wir distanzieren uns zunächst von idealistischen und metaphysischen Inhalten des Aktivitätsbegriffs, wie sie sich bei Hillebrand (1962), Busemann (1965), Petzelt (1965) u. a. finden. Nach Hillebrand (1962) heißt Aktivität „allgemeine Tätigkeit im Sinne von Bewirken bzw. Hervorbringen und bedeutet psychologisch, daß ein seelischer Vorgang aus inneren Kräften heraus bewirkt und nicht (wenigstens nicht in primärer Bedeutung) durch einen ‚Anstoß von außen' in Gang gebracht worden ist" (S. 144). Diese Auffassungen liegen den entwicklungstheoretischen Betrachtungen Petzelts (1965) zugrunde, wenn er behauptet: „Die Phasen sind Notwendigkeiten. Ihr Prinzip heißt Aktivität." Kein Mensch könne deshalb das am Kinde bewirken, „was hier im eigenen Tun vollzogen werden muß ... Die Aktivität des Ich vollbringt das in eigenem Rhythmus" (S. 20). Und an anderer Stelle heißt es: „Durch keinerlei

Eingriffe der Eltern, durch keinerlei fremde Aufgabenstellung darf die natürliche Phasenhaltung des Kindes gestört werden" (S. 52). Busemann (1965) orientiert sich wie Huth (1957) am energetischen Grundgesetz Ostwalds, wenn er auch die Auffassung vertritt, daß die „dem psychischen Leben zufallende Aktivität ... durch die Bedürfnisse des somatischen Lebens begrenzt" wird und „deren Befriedigung Voraussetzung für eine Entfaltung der Psychik ist" (S. 170). Eine kritische Betrachtung zu derartigen biologistischen Auffassungen veröffentlichten wir bereits (Löwe 1963 b, S. 29 ff.).

Aktivitätsphänomene und ihre theoretische Interpretation unter vorwiegend physiologischem Aspekt haben mit der Entdeckung des sogenannten aufsteigenden retikulären aktivierenden Systems (ARAS) im Hirnstamm und seiner Funktion „große Bedeutung für die Motivations- und Verhaltensforschung gewonnen" (Hebb 1955, Lindsley 1957, Malmo 1959, Berlyne 1960, zit. nach Heckhausen 1965, S. 658). Dabei werden gewöhnlich neuro-vegetative Erscheinungen wie elektrischer Hautwiderstand, Pulsfrequenz und Muskeltonus als Indikatoren für eine zentrale Funktionsaktivierung herangezogen. Schönpflug (1963, 1964, 1966), Schönpflug und Schäfer (1962), Schönpflug und Beike (1964) haben derartige „Aktivierungsprozesse im Lernversuch" durchgeführt. Schönpflug (1963) führt in diesem Zusammenhang den physiologisch orientierten Begriff der „Aktivation" (S. 7) ein. Er meint damit „einen *Erregungszustand* (Duffy 1962, Lindsley 1951), der eine Vielzahl psychischer Korrelate besitzt (Landis 1930; Landis und Hunt 1935), aber offenbar stets die gleiche Funktion zu erfüllen hat, nämlich den Organismus zur Ausführung von Handlungen instand zu setzen (als erste wohl Thouless 1925, Barlett 1927)" (S. 8). Auch Fischel (1962) sieht die Erregung als „Grundfunktion des Lebendigen" an und baut fast die gesamte allgemeine Psychologie auf diesem Begriff auf. Schönpflug (1963) will mit dem Begriff der „Aktivation" den in der Literatur in verschiedensten Bedeutungen verwendeten Begriff der „Motivation" völlig vermeiden und ersetzen. Schönpflug (1966) untersucht die Beziehungen zwischen dem Behalten und der beim Einprägen herrschenden Aktivierung und diskutiert die Ergebnisse im Zusammenhang mit der „Theorie von der kurvilinearen Abhängigkeit des Einprägens von der Aktivierung" („Kurvilinearitätstheorie" – Schönpflug und Schäfer 1962) bzw. mit der „Theorie vom aktivatorisch bedingten Leistungsabfall während eines Stadiums der Spurenbildung" („Theorie des Leistungsabfalls" – Walker 1963). Die Untersuchungsergebnisse stützen die Kurvilinearitätstheorie, d. h., „ein lineares Ansteigen des Aktivitätsniveaus führt zu einem kurvenmäßigen Verlauf des Behaltenseffektes" (Schönpflug 1966, S. 132). „Die Leistung steigt mit der Aktiviertheit ... nur so lange, bis diese ein optimal zu nennendes Niveau erreicht hat; überschreitet die Aktivität dieses Niveau, dann sinkt die Leistung wieder" (Schönpflug und Beike 1964, S. 366). Ein mittleres Aktivierungsniveau ist also optimal; wo das Optimalniveau genau liegt, hängt von der Art der Aufgabe ab (vgl. Heckhausen 1965, S. 658 ff., Hörmann und Todt 1960 u. a.).

In Arbeiten marxistischer Psychologen spielt der Aktivitätsbegriff eine überaus wichtige Rolle für die Entwicklung (bzw. den Lernprozeß) der Persönlichkeit. Nach marxistischer Auffassung ist die Tätigkeit des Menschen, seine Aktivität, die notwendige Bedingung für seine Entwicklung. In der Praxis, der Tätigkeit, der „Aktivität des Subjekts" (Rubinstein) vollzieht sich das Wechselverhältnis von Objekt und Subjekt, von Gesellschaft und Einzelmensch, von „außen" und „innen". Die Tätigkeit des Menschen ist der Grundvorgang seiner physischen und psychischen Entwicklung – besonders aber seiner Formung als Persönlichkeit. Die Aktivität des Subjekts im Sinne einer revolutionierenden Tätigkeit ist – philosophisch verstanden – eine wichtige Kategorie zur marxistischen Erklärung der Interiorisation (vgl. Rubinstein 1962 a, Leontjew 1964, Hiebsch 1966, Dorst 1967 u. a.).

Trotz übereinstimmender Auffassungen zur prinzipiellen Bedeutung von *Aktivität, Tätigkeit,* auch *Selbsttätigkeit* des Individuums für den Lernprozeß im allgemeinen bestehen unterschiedliche Definitionen der genannten Begriffe. Manche Autoren postulieren inhaltliche Unterschiede der Termini (Rubinstein 1958, S. 236 ff. und 1962, S. 232 ff., Leontjew 1964, S. 331 ff.); bei anderen Autoren erfolgt eine relative Identifizierung dieser Begriffe (Klingberg 1962, S. 34, Rosenfeld 1964, S. 12, Hiebsch 1966, S. 24 ff.). Wir können nur einige Hinweise zu dieser Problematik geben.

Rubinstein (1958) differenziert den Begriff der Tätigkeit. Einerseits sei es falsch, „den Begriff Tätigkeit nur in bezug auf die praktische Tätigkeit, die ein materielles Produkt erzeugt, anzuwenden". Andererseits dürfe man nicht „die Tätigkeit des Menschen im echten spezifischen Sinn des Wortes mit der Aktivität des Subjekts überhaupt identifizieren" (S. 237). Er unterscheidet auch klar zwischen „Prozeß" und „Tätigkeit". Nach ihm ist „jede Tätigkeit ... zugleich auch ein Prozeß oder schließt Prozesse in sich ein, aber nicht jeder Prozeß erscheint als Tätigkeit des Menschen" ... Unter *Tätigkeit* ist ein Prozeß zu verstehen, „der ein bestimmtes Verhältnis des Menschen zur Umwelt, zu anderen Menschen und den vom Leben gestellten Aufgaben verwirklicht" (Rubinstein 1962a, S. 233). Leontjew (1964, S. 331 ff.) differenziert sehr detailliert zwischen „Tätigkeit", „Handlung" und „Operation". Ein und dieselbe Tätigkeit (Handlungsablauf) kann im Sinne Leontjews a) eine Tätigkeit sein, wenn das Ziel mit dem real wirksamen Motiv übereinstimmt, bzw. b) eine Handlung, wenn es sich um ein Tun handelt, das Teil der Tätigkeit ist. Unter Operationen versteht er „die Art und Weise, wie eine Handlung vollzogen wird".

Der Begriff der Aktivität wird weder von Rubinstein noch von Leontjew eindeutig definiert. Die detaillierteste Behandlung erfolgt bei Hiebsch (1966), der die „menschliche Lebenstätigkeit" unter „drei Aspekten ... der Aktivität" darstellt (S. 24 ff.). Nach ihm umschließt der Begriff der *Aktivität im ersten Sinne* jene Gesamttätigkeit der inneren und äußeren Organe, durch die die relative Stabilität der „inneren Systembedingungen" des Organismus erhalten wird und sich der Organismus als Ganzes in seiner Umwelt stationär erhält. Im *zweiten Sinne* umfaßt der Begriff der menschlichen Aktivität die bewußte und zielgerichtete Veränderung der Umwelt zum Zwecke der Daseins-

erhaltung, die *Arbeit* mitsamt ihren Vor- und Nebenformen, z. B. dem Spiel u. ä. *Drittens* ist eine spezifisch menschliche Form der Aktivität im Sinne von *theoretischer* (erkennender) Tätigkeit zu unterscheiden. Die Aktivität des Menschen und damit auch die Entwicklung der Persönlichkeit unterliegen einer „überabzählbar großen Menge von Bedingungen, aus deren Wechselwirkung sich die Bewegung des Systems ergibt". Wir gehen darauf nicht ein, möchten jedoch betonen, daß die Verhaltensformen der Reaktivität und der Aktivität als ein dialektisches Gegensatzpaar zu betrachten sind. Sie ergeben sich aus der Wechselwirkung zwischen inneren und äußeren Bedingungen, wobei bei Reaktivität die äußeren und bei Aktivität die inneren Bedingungen dominieren. Diese dialektisch-materialistische Betrachtung ist eine deutliche Antithese zu allen idealistischen Vorstellungen über die Aktivität als spontane Entfaltung „von innen heraus" bzw. zu mechanisch-materialistischen Postulaten der Entstehung und des Ablaufs von Aktivität „von außen".
Unter vorwiegend *pädagogisch-psychologischen* Prämissen wird der Begriff der *Aktivität* zumeist identisch mit „Tätigkeit" bzw. „Selbsttätigkeit" verwendet (Klingberg 1962, S. 34, Rosenfeld 1964, S. 12, Roth 1965, S. 203 und 233, Drefenstedt 1965, S. 124 u. a.). Teilweise wird der Begriff der „Selbsttätigkeit" besonders hervorgehoben und einer differenzierten Betrachtung unterzogen (Jessipow 1957, S. 9, Uhlig 1960, S. 58–67, Wermes 1966, S. 15 u. a.), und oft wird der Begriff der Aktivität gebraucht, ohne ihn besonders zu definieren (Clauss 1965c, S. 24 f., Landa 1966, S. 70, Kossakowski und Otto 1967, S. 24 u. a.). Erlebach, Hoff, Ihlefeld und Zehner (1967, S. 244) unterscheiden in Anlehnung an Makarenko (1956, S. 179 ff.) „sehr aktive", „aktive" und „wenig aktive" Schüler und nennen dazu jeweils einige Merkmale.
Wir orientieren uns an einem Aktivitätsbegriff, der weitestgehend mit dem der Tätigkeit – besonders der Selbsttätigkeit – korrespondiert und wie er unter pädagogisch-psychologischen Aspekten von Klingberg (1962, S. 34), Rosenfeld (1964, S. 12), Drefenstedt (1965, S. 124) formuliert bzw. unter allgemein-psychologischen Gesichtspunkten von Hiebsch (1966, S. 24 ff.) dargestellt wird.
Wir verstehen unter Aktivität eine durch die Wechselwirkung von inneren und äußeren Faktoren entstehende Zustandsänderung eines Menschen. Mit Lernaktivität bezeichnen wir eine pädagogisch wertbezogene, vom Lehrer (Erzieher) direkt oder indirekt hervorgerufene und geleitete Tätigkeit, die sich in der relativ selbständigen Aneignung von Wissen und Können äußert. Mit Selbsttätigkeit meinen wir ein Höchstmaß an Aktivität. Die Aktivität des Subjekts darf nicht zu eng gefaßt werden. Lernen erfolgt nicht allein durch Tun, sondern auch durch das Nachdenken über das, was getan wurde bzw. getan werden soll. Aktivität bedeutet nicht Unruhe, Beschäftigtsein oder gar Betriebsamkeit, sondern eine *innere Aktivität,* die das Lernen intensiviert. Aktivität ist mit zunehmendem Alter durch Bewußtheit, schöpferische Initiative und Verantwortungsbewußtsein charakterisiert und durch gesellschaftlich wertvolle und individuell bedeutsame *Motive* (Motivationsgefüge) bedingt.

Damit wird bereits auf die enge funktionale Beziehung von Aktivität und Motivation hingewiesen.

2.3. Zur Begriffsbestimmung der Motivation – speziell der Lernmotivation

In fast allen Lerninterpretationen wird betont, daß der Lernvorgang entscheidend mit von der *Motivation* beeinflußt wird, ja daß ohne Motivation überhaupt kein Lernen stattfinden könne, abgesehen von der bereits erörterten Möglichkeit des incidentellen Lernens.
Die Feststellungen von Lorf und Rosenfeld (1966) sollen hier für viele andere angeführt werden:

„Der Wissenserwerb ist neben der Aneignung von Kenntnissen immer ein *Motivationsproblem*. Jede geistige Aneignung eines bestimmten Sachverhalts, eines Stoffkomplexes, jeder Lernprozeß überhaupt, setzt entsprechende Bereitschaften des Lernenden voraus. Das heißt, die zu erlernenden Inhalte müssen als persönlich bedeutsam, als zweckgebunden oder als Pflichttendenz erlebt werden" (S. 128).

Allport (1953) betont jedoch in diesem Zusammenhang, daß die „Erforschung der Motivation in der gesunden erwachsenen Persönlichkeit ... aus methodischen Gründen bisher paradoxer Weise das Stiefkind der Motivationsforschung bildete" (S. 10). Die gesunde erwachsene Persönlichkeit rückt aber nach ihm immer mehr in den Vordergrund der Betrachtung.
Während die Bedeutung der Motivation für den Lernprozeß von keinem Psychologen bezweifelt wird, bestehen im Hinblick auf die Definition der Begriffe Motivation bzw. Motiv überaus unterschiedliche, zum Teil widersprüchliche Auffassungen, die sich vor allem aus den verschiedenen philosophischen Konzeptionen der Autoren ergeben.
So stellt bereits Lindworsky (1921 bei Thomae 1965 b) fest: „Der Begriff des Motivs ist sicher einer der schillerndsten in der gesamten Psychologie" (S. 37). Thomae (1965 a) bemerkt, „es sei unmöglich anzugeben, welche Vorgänge innerhalb des Organismus bzw. der Persönlichkeit nicht zur Motivation gehören" (S. 17). Der Begriff der *Motivation* stelle „in der Gegenwart mehr einen *Oberbegriff* dar für alle jene Vorgänge bzw. Zustände, die in der Umgangssprache mit den Begriffen ‚Streben', ‚Wollen', ‚Begehren', ‚Wünschen', ‚Hoffen', ‚Sehnsucht', ‚Affekt', ‚Trieb', ‚Sucht', ‚Drang', ‚Wille', ‚Interesse', ‚Gefühl' usf. umschrieben werden, darüber hinaus für alle jene bewußten und unbewußten psychischen Vorgänge, welche in irgendeiner Hinsicht zur Erklärung oder zum Verständnis des Verhaltens werden können" (Thomae 1965 a, S. 17). Heckhausen (1963 b) spricht von einem „Dilemma der Motivationsforschung", das darin besteht, daß die Methoden weit hinter der Problemlage zurückgeblieben sind. Auch die Unzufriedenheit mit den „hergebrachten Erklärungsmodellen" wachse „aufgrund neuerer experimenteller und phänomenologischer Befunde" der Motivationsforschung (S. 624). Heckhausen (1963 b) entwickelt 10 Thesen zur Motivationsproblematik, die einen theoretischen Auffassungsrahmen darstellen, „der mit Bedacht allgemein gehalten wurde" (S. 622).

Hiebsch und Vorwerg (1968) vermeiden den Begriff der Motivation vollkommen, „weil er theoretisch noch sehr ungeklärt ist und über den sozialpsychologischen Aspekt hinaus auch persönlichkeitspsychologische und charakterologische Gesichtspunkte einschließt" (S. 122). Die Autoren verwenden deshalb den Begriff der Einstellung, der „funktional gesehen der dem Motiv äquivalente Begriff der Sozialpsychologie" ist (S. 126).
Wir hielten es für vermessen, in der vorliegenden Arbeit den Versuch einer theoretischen Klärung der Motivationsproblematik vorzunehmen. Mit den angeführten Feststellungen wollten wir lediglich auf die Problematik der Begriffsbestimmung aufmerksam machen und verweisen auf Thomae (1965 a) und auf die unter dialektisch-materialistischen Gesichtspunkten vorgenommene problemgeschichtliche Darstellung der Motivationsproblematik bei Rosenfeld (1964) bzw. auf die kritischen Betrachtungen zu „Fragen der Determination und Motivation im Lernprozeß" von Linhart (1962, S. 65–75).
Im Zusammenhang mit der Darstellung von eigenen Untersuchungsergebnissen zur Bedeutung der *Aktualmotivation* für den Lernerfolg bei Erwachsenen (vgl. Abschnitt 5.6.) sind jedoch noch einige spezielle Erörterungen erforderlich.
Entgegen idealistischen Konzeptionen des Motivationsbegriffs, in denen die Motivation als ein Ausdruck „zweckmäßig wirkender innerer Bedürfnisse und Interessen" des Menschen dargestellt wird, und entgegen mechanisch-materialistischen Auffassungen, die sich mit der Vorstellung äußerer Anreize und „eines Druckes von außen" begnügen (vgl. Linhart 1962, S. 65), gehen wir – entsprechend unserer ganzen bisherigen Darstellung – davon aus, daß der Motivationsbegriff nur über die dialektische Einheit und Wechselwirkung der äußeren und inneren Bedingungen und über die Widersprüche, die in der aktiven Tätigkeit des Menschen ständig neu entstehen und gelöst werden müssen, erfaßt werden kann.
Untersuchungen sowjetischer Autoren (vgl. Probleme der Lerntheorie 1966), Studien zu „Fragen des aktiven Lernens" von Linhart 1962, zur Bildung aktiver Kenntnisse und intellektueller Fähigkeiten (vgl. Lompscher 1968 u. a.), die speziellen Untersuchungen von Rosenfeld (1964) zu Lernmotiven im Kindes- und Jugendalter und schließlich die Untersuchungen zur Problematik der Ausbildung erwünschter sozialer Verhaltensweisen (vgl. W. Friedrich 1966, Kossakowski und Otto 1967) zeigen, daß die Analyse der determinierenden Faktoren des Lernens sich weder auf eine mechanistische Betrachtung rein äußerer Determination noch auf eine subjektive und idealistische Deutung der Motivation beschränken kann. Drei Gedanken von Rubinstein (1958) seien angeführt, die eine dialektisch-materialistische Betrachtung der Motivationsproblematik zum Ausdruck bringen: 1. „Das Motiv als Anregung ist die Ursache des Handelns, aber um dazu zu werden, muß es selbst geformt werden. Darum darf man die Motive keineswegs als einen absoluten Anfang auffassen" (S. 695). 2. „Die Motive werden durch die Aufgaben, in die der Mensch einbezogen ist, ebenso bestimmt, wie die Aufgaben durch die Motive" (S. 694). 3. „Die Motive der menschlichen Tätigkeit sind außerordentlich vielseitig. Sie ergeben sich aus den verschiedenen Bedürfnissen und Interessen, die

sich im gesellschaftlichen Leben bilden" (S. 695). Hiebsch (1966) betont in seiner dialektisch-materialistischen „Modellvorstellung für den Prozeß der Persönlichkeitsformung", daß im Zusammenhang mit der Interiorisation die „Verinnerlichung und Verfestigung tätigkeitsrelevanter Bezugssysteme bzw. die Ausprägung personaler Eigenschaften ... – wenn man sie von der Struktur der darauf aufbauenden Handlung betrachtet – als ‚*Motivation*' bzw. im ganzen als Motivationsgefüge" erscheint (S. 53 f.).

Innerhalb dieses Motivationsgefüges, das all jene einem Individuum oder einer Gruppe zugeschriebenen Vorgänge zusammenfaßt, welche deren Verhalten erklären bzw. verständlich machen, werden die Begriffe Motivation, Einstellung und Motiv unterschiedlich differenziert bzw. zum Teil identifiziert. Bevor wir versuchen, den von uns verwendeten Begriff Aktualmotivation in das allgemeine Motivationsgefüge einzuordnen und zu definieren, ist eine kurze kritische Betrachtung der oben genannten Termini notwendig.

Heute versteht man unter „Motiv ... im allgemeinen eine ‚Einheit' (‚unit') des Geschehens bzw. Geschehensaspektes, den man mit dem Begriff ‚Motivation' umschreibt" (Thomae 1965 a, S. 19). Jedoch ist diese Begriffsabgrenzung in keiner Weise einheitlich. So kennzeichnet z. B. Atkinson (1958) den Motivbegriff als einen mehr dispositionellen Terminus („eine Disposition, nach einem bestimmten Zielzustand zu streben"), Motivation dagegen „als den aktuellen Zustand, der durch die Erregung einer solchen ‚Strebungsdisposition' ausgelöst wird" (zit. nach Thomae 1965 a, S. 19). Kossakowski und Otto (1967) sind der Auffassung, daß eine „Differenzierung zwischen Einstellungen und Motivationen" erfolgen müsse. Die Begriffe Motivation und Motiv verwenden sie als Synonyme. Die Autoren bezeichnen „eine positive (oder negative) rationale oder emotionale Stellungnahme zu bestimmten Normen (als relativ konstante Dauerhaltung) als *Einstellung*". Von Motiven bzw. Motivation sprechen sie, „wenn mit der positiven Einstellung auch die Bereitschaft verbunden ist, im Sinne der bekannten und als richtig anerkannten Normen zu handeln" (S. 27). Beide Autoren betonen jedoch, daß für eine „exakte Differenzierung ... noch die notwendigen Grundlagen fehlen" (S. 27).

Im Zusammenhang mit dem Begriff der *Einstellung*, der meist im Sinne einer habituellen Motivation, einer habituellen Disposition gebraucht wird, besteht weitestgehend Übereinstimmung. In der deutschsprachigen Literatur ist es Kleint (1925), der im speziellen Feld der Wahrnehmung zuerst auf den Einfluß von Einstellungen hinweist (vgl. auch Schadeberg 1934). In der sowjetischen Psychologie ist es besonders Usnadse (1939), der dem Studium der Einstellung sein Lebenswerk widmete. Er versteht unter „Einstellung die bestimmte allgemeine Disposition der Persönlichkeit, die die reale Position im konkreten Handeln bestimmt", und ist bestrebt, „die Psychologie als Ganzes unter dem Gesichtswinkel der Einstellungen zu betrachten" (zit. nach Rubinstein 1958, S. 769). Rubinstein betont, daß die „Einstellung für die gesamte Tätigkeit der Persönlichkeit von erheblicher Bedeutung ist" und daß jeder Einstellungswechsel „die Umbildung der gesamten psychischen Struktur des Individuums" bedeutet (S. 768). Im anglo-amerikanischen Sprachgebiet erfolgt

in ausführlichem Maße die Diskussion des Einstellungsbegriffs unter den Termini attitude bzw. set. Allport (1949) betont, daß unter attitudes ein „seelisch-geistiger und neurologischer Zustand der Bereitschaft" zu verstehen sei, „der aus Erfahrung erwachsen ist und einen steuernden oder dynamischen Einfluß auf die individuellen Reaktionen gegenüber allen Objekten und Situationen ausübt, mit denen er im Zusammenhang steht" (zit. nach Hiebsch und Vorwerg 1968, S. 127). Der so definierte Attitüden-Begriff deckt sich unseres Erachtens weitestgehend mit dem Begriff der Einstellung, wie ihn Usnadse (1939) gebraucht. Beide Termini können deshalb als Synonyme verwendet werden (vgl. Bergler 1966, S. 102), Hiebsch und Vorwerg 1968, S. 122 u. a.).
Clauss (1961) entwickelt eine Definition der Einstellung in Anlehnung an Usnadse (1939), Rubinstein (1958), wenn er formuliert: „Einstellungen sind erworbene, veränderliche Subjektdispositionen von relativer Konstanz, die sich auf spezifische Gegenstandsbereiche (und Situationen) beziehen und das praktische wie theoretische Verhalten mitbedingen" (S. 29). Damit distanziert sich Clauss (1961) von endogenistischen Betrachtungen und betont statt dessen die außerordentliche Variabilität individueller Einstellungen und ihre Abhängigkeit von exogenen Einflüssen.
Mit der Erwähnung des Bezugs auf „spezifische Gegenstandsbereiche (und Situationen)" weist Clauss (1961) auf die Tatsache hin, daß bei einem Menschen verschiedene Einstellungen vorhanden sein können (Einstellung zu sich selbst, zu anderen Personen, zu Sachen, zu Vergangenheit und Zukunft – S. 31 ff.). W. Friedrich (1966) betont unter sozialpsychologischen Aspekten, daß man von der Einstellungsstruktur einer Persönlichkeit bzw. einer Gruppe sprechen kann. Während die Einstellungsstruktur einer Persönlichkeit „die in der Lebensentwicklung verfestigten Beziehungen zur Lebenslage" widerspiegelt, spiegelt die Einstellungsstruktur einer Gruppe „die in der Gruppengenese entstandenen Beziehungen zu den Normen und zu anderen Bedingungen des Gruppenmilieus wider" (S. 104). Diese beiden Einstellungsphänomene können nicht isoliert voneinander betrachtet werden, sondern bedingen sich gegenseitig. Darauf verweisen besonders Hiebsch und Vorwerg (1968): „Eine Einstellung ist demnach eine für bestimmte Gruppen in konkreten Situationen mit einer gewissen Zwangsläufigkeit und Verbindlichkeit auftretende Reaktionsbereitschaft, die sowohl in ihrem Ausmaß als auch inhaltlich nicht nur vom fraglichen Objekt abhängt, sondern in erster Linie ... eine von der *Gruppennorm abhängige* Gerichtetheit der Person ist" (S. 127). Die beiden Autoren stellen dann ausführlich die „Mechanismen der Einstellungsbildung" (Nachahmung, Identifikation, Belehrung und Unterweisung) dar (S. 129–149).
Für unser Anliegen, u. a. die Wirkung unterschiedlicher Aktualmotivationen für den Lernerfolg bei Erwachsenen und Jugendlichen zu untersuchen (vgl. Abschnitt 5.6.), halten wir es schließlich noch für erforderlich, auf die notwendige Differenzierung von *aktualisierten* und *latenten* Faktoren der Motivationsstruktur bei Erwachsenen hinzuweisen. Rosenfeld (1964) vermerkt in einer seiner Thesen zur „Theorie und Praxis der Lernmotivation": „Die Motivstruk-

tur in der pädagogischen Situation umschließt gleichzeitig *aktualisierte* und *latente* Faktoren" (S. 35). Das ist unseres Erachtens nicht nur in der pädagogischen Situation der Fall, sondern in *jeder* aktuellen Lebenssituation der Persönlichkeit. Deshalb spricht bereits Usnadse (1939) von „fixierter Einstellung" und „aktueller Einstellung". Heckhausen (1965) betont: „Überdauernde und aktualisierte Motivation sind zu unterscheiden" (S. 603). Correll (1965 b) weist im Zusammenhang mit der aktuellen Leistungsmotivation darauf hin, daß diese von dem „Einstellungshorizont" des Menschen abhängig ist. Ein Schüler ist leichter für das zu motivieren, „was zu seinen bisherigen Einstellungen, zu seiner Erwartung und Wissenslage in Beziehung steht" (S. 21).
W. Friedrich (1966) formuliert unter sozialpsychologischem Aspekt: „Neben den habituellen Verhaltensdispositionen (Einstellungen, H. L.) muß der aktuelle Zustand der Persönlichkeit beachtet werden" (S. 105). Newcomb (1959) definiert den Sachverhalt knapp: „Einstellung ist die Bereitschaft zur Motivaktivierung" (S. 49). Das meint auch Clauss (1961), wenn er darauf hinweist, daß sich „Einstellungen ... von Motiven durch die Dauer ihrer Wirksamkeit" unterscheiden (S. 30). Neuerdings zeigt Kessel (1969) in experimentellen Untersuchungen die Bedeutung der Einstellung (habituelle Motivation) für das aktuelle Leistungs- und Sozialverhalten der Schüler speziell unter dem Aspekt der Schüler-Lehrer-Beziehungen.
Nach dieser kurzen Betrachtung der Begriffe Motivation, Einstellung, Motiv und der Betonung der Notwendigkeit, die habituelle Motivation (Einstellung) in Wechselwirkung mit der aktuellen Motivierung zu betrachten, ergibt sich die Erkenntnis, daß die Begriffe zum Teil unterschiedlich verwendet werden. Für die in der vorliegenden Arbeit dargestellten experimentellen Untersuchungsergebnisse zu Aktualmotivation und Lernerfolg bei Erwachsenen und Jugendlichen schlagen wir die folgende differenzierte Betrachtung des Motivationsbegriffs vor:

1. *Unter Motivation verstehen wir ein Gefüge von Motiven (Beweggründen) vielfältiger Art, das in einem Interiorisierungsprozeß entsteht und das Handeln des Menschen (sein Leistungs- und Sozialverhalten) bedingt.* Innerhalb des Motivgefüges unterscheiden wir *habituelle Motivation (Einstellung)* und *Aktualmotivation* (aktuelle Motivierung). Beide bilden eine dialektische Einheit und bedingen sich gegenseitig.
2. Den Begriff der *habituellen Motivation* verwenden wir synonym mit dem Begriff der *Einstellung.* In Anlehnung an Clauss (1961) u. a. definieren wir Einstellungen als erworbene veränderliche Subjektdispositionen von unterschiedlicher Konstanz, die sich auf spezifische Gegenstandsbereiche und Situationen beziehen und das praktische und theoretische Verhalten eines Menschen maßgeblich bedingen. Sie sind Ausdruck der vorwiegend gesellschaftlich determinierten Bedürfnisse des Individuums; entstehen bei der aktiven Auseinandersetzung des Menschen mit seiner Umwelt in einem komplizierten Interiorisierungsprozeß und regulieren als spezifische subjektive Abbilder der objektiven Realität die Auseinandersetzung der Persönlichkeit mit der sie umgebenden Wirklichkeit.

3. Den Begriff der *Aktualmotivation* fassen wir als ein Gefüge von aktuellen Motiven, das in einer bestimmten Situation durch äußere und innere Reize entsteht. Einzelne motivierende Variable lösen in einer aktuellen Situation niemals nur ein einzelnes Motiv aus, sondern immer eine Aktualmotivation, die sich nur in Einheit und Wechselwirkung mit einer habituellen Motivation (Einstellung) verstehen und erklären läßt.
Diese Differenzierung der Begriffe und ihre Definitionen erheben keinen Anspruch auf Vollständigkeit. Sie stimmen jedoch weitestgehend mit der Auffassung Rubinsteins (1958) überein, der formuliert:

„Die konkrete Motivation einer realen Handlung, deren Ausgangspunkt die Verbindung zwischen Antrieb und Ziel ist, kann ... keineswegs erschöpfend durch diese Verbindung erklärt werden. Sie umfaßt auch die Einstellung des Individuums zu den realen Umständen der jeweiligen Lebenssituation, in der die Handlung ausgeführt werden soll. Dadurch wird das Hauptmotiv kompliziert und modifiziert. Die häufig vielgestaltigen und oft widerspruchsvollen Beziehungen zu den Handlungsbedingungen, die mit dem Ziel verbunden sind, verleihen den Motiven Konkretheit, Reichhaltigkeit und zeitweilig auch eine Widersprüchlichkeit" (S. 670).

Mit dieser Differenzierung des Motivationsbegriffs läßt sich unseres Erachtens auch die Tatsache der interindividuellen Unterschiedlichkeit und der relativen Situationsabhängigkeit des Verhaltens verdeutlichen. „Verschiedene Individuen verhalten sich in gleichen äußeren Situationen verschieden oder in verschiedenen Situationen gleich" (Heckhausen 1963a, S. 4). Im praktischen Vollzug des Erlebens und Handelns durchdringen sich die Phänomene, die wir theoretisch als Motivation, Einstellung, Motive, Aktualmotivation bezeichnen, wechselseitig derart, „daß man kaum mit Anspruch auf objektive Gültigkeit Trennungslinien ziehen kann" (Clauss 1961, S. 30).
In den von uns formulierten Begriffsbestimmungen zur Aktivität und Motivation klingt die funktionale Verknüpfung beider Phänomene an. Auf den besonderen funktionalen Zusammenhang von Aktivität und Motivation wird sowohl unter allgemeinen persönlichkeitspsychologischen als auch unter speziell lernpsychologischen Aspekten immer wieder verwiesen. Rubinstein (1958) räumt in seinem Buch „Grundlagen der allgemeinen Psychologie" dem Zusammenhang von Motivation und Lerntätigkeit (Lernaktivität) einen besonderen Abschnitt ein (S. 741 bis 745). Mit dem Hinweis, daß es bei einem Schüler nur dann zu einem Lernen komme, wenn die Aufgaben, die man ihm stelle, „nicht nur verstanden, sondern auch innerlich von ihm aufgenommen werden" (S. 742), betont er die Bedeutung der Aktual- und der habituellen Motivation für die Lerntätigkeit. Das aktuelle Bedeutsamkeitserlebnis, das im Zusammenhang mit einer Aufgabenstellung den Schüler aktivieren soll, tritt meist dann ein, wenn es Widerhall im allgemeinen Erleben findet. Selbstverständlich vermag auch eine aktuelle Motivierung zur Veränderung einer habituellen Motivation (Einstellung) beizutragen. Auf diese Wechselwirkung verwiesen wir bereits. Auch Bogojawlenski und Mentschinskaja (1962) widmen in ihrem Buch „Psychologische Probleme des Kenntniserwerbs in der Schule" dem Problem „Die Motivation des Lernens und die Aktivierung der Erkenntnis-

tätigkeit der Schüler" ein ganzes Kapitel (S. 89–103). Sie referieren und interpretieren mehrere lernpsychologische Untersuchungen, die sowjetische Psychologen vorwiegend an Kindern und Jugendlichen durchführten, und gelangen zu dem Ergebnis: „Die positive Motivation des Lernens" trägt wesentlich „zur Entwicklung der schöpferischen Selbständigkeit der Schüler" bei (S. 103).
Eine ganze Reihe von Untersuchungen zeigt, daß die Motivation für eine bestimmte Lernaktivität „um so größer ist, je intensiver der erwartete Erfolg dieser Tätigkeit vorweggenommen wird" (Correll 1963, S. 68). Damit wird nicht nur auf die besondere Verknüpfung von Aktivität und Motivation verwiesen, sondern es werden darüber hinaus die aus der Schule Lewins bekannten Untersuchungsergebnisse gestützt. Aus den Studien von Lewin (1963) und seinen Mitarbeitern Dembo, Hoppe, Fajans, Jucknath und anderen über das Anspruchsniveau wissen wir, daß dieses und damit die Erfolgserwartungen und die Leistungsmotivation durch Erfolgserlebnisse ebenso gesteigert werden, wie durch Mißerfolge eine Herabminderung entsteht.
Schließlich sei noch darauf hingewiesen, daß auch in den physiologisch orientierten lernpsychologischen Untersuchungen – im Zusammenhang mit dem sogenannten aufsteigenden retikulären aktivierenden System (ARAS) – die Wechselwirkung von Aktivität und Motivation nachgewiesen wird (vgl. die zusammenfassende Betrachtung bei Heckhausen 1965, S. 658 ff.). Mit Hilfe des hautgalvanischen Reflexes haben sich z. B. unterschiedliche Aktivierungsphänomene bei Erfolgs- und Mißerfolgsmotivierten eindeutig sichern lassen. Bemerkenswert ist auch der Befund Bartmanns (1963), nach dem eine aktivierungserhöhende Belastung (z. B. milder Zeitdruck) komplexe Lerntätigkeiten nur bei Mißerfolgsmotivierten verschlechtert, bei Erfolgsmotivierten verbessert.
Schwedische Forscher (zit. bei Klix 1966 a) konnten den Befund sichern, daß bei lernmotivierten Vpn in den Hirngebieten, in denen sich die Lernleistung abspielt, „eine hohe elektrische Aktivität ableitbar ist". Es konnte gezeigt werden, „daß Frequenz- und Phaseneigenschaften der Nervenzellenladungen in wohlumgrenzten Hirngebieten charakteristisch sind für den Stand der Ausbildung einer Lernleistung und daß sie verschwinden (bzw. ihre ursprünglichen Eigenschaften wieder erhalten), wenn der Lernprozeß abgeschlossen ist" (S. 685).
Mit diesen Erörterungen zur funktionalen Einheit und Wechselwirkung von Aktivität und Motivation sollte u. a. vor allem verdeutlicht werden, daß wir bei der Darstellung einiger experimenteller lernpsychologischer Untersuchungsergebnisse zu Motivation und Lernerfolg (vgl. Abschnitt 5.6.) bzw. Aktivität und Lernerfolg (vgl. Abschnitt 5.7.) bei Erwachsenen diesen Sachverhalt immer vor Augen haben müssen, wenn wir die Wirkung von Aktivität und Motivation getrennt voneinander darstellen. In praxi ist diese Trennung nicht möglich. Das gilt übrigens für alle Erörterungen, die wir zu den Problemkreisen „Physische Leistungsfähigkeit bzw. psychische Leistungsfähigkeit und Alter" (Kapitel 4. und 5.) anführen.
Zuvor betrachten wir verschiedene *Lerntheorien* unter dem Aspekt der Bedeutung von Aktivität und Motivation für den Lernerfolg.

2.4. Die allgemeine Problematik der Lerntheorien

Innerhalb dieser Arbeit ist es nicht möglich, auf Wesen und Problematik der heute vorliegenden Lerntheorien ausführlich einzugehen. Wir verweisen auf die umfassenden Darstellungen, die auf dem Gebiet der psychologischen Erklärung des Lernprozesses vorliegen (Hilgard 1956, Bergius 1964, Foppa 1965, Probleme der Lerntheorie 1966 u. a.).

Sowohl in der amerikanischen als auch in der sowjetischen und deutschen Psychologie liegen eine Unmenge von Untersuchungen zur Verifizierung verschiedener Lerntheorien vor. Hilgard (1956), der die gesamte einschlägige Literatur zur Lernpsychologie auswertet, erwähnt z. B. auch die ausgewählte Bibliographie von McGeoch über Publikationen auf dem Gebiet des Lernens, die bereits im Jahre 1933 mehr als 1 200 Titel umfaßte. Bis heute dürfte sich die Zahl außerordentlich erhöht haben. Trotz dieser großen Zahl von Untersuchungen ist es noch nicht zur Ausarbeitung einer allgemeingültigen Lerntheorie gekommen. Der Lernprozeß ist sehr kompliziert. Die Tatsachen sind im Lichte verschiedener Theorien darstellbar. Hilgard (1956) stellt fest: „Was uns fehlt, ist die zusammenhängende Einordnung des umfangreichen Materials (über das Lernen) in ein kompaktes und annehmbares System" (S. 359). Er referiert ausführlich zehn verschiedene Lerntheorien; er bemerkt jedoch selbst, daß diese zehn Theorien nicht das Ergebnis einer systematischen Deduktion sind, sondern mehr die lernpsychologischen Folgerungen verschiedener anthropologisch-psychologischer Standpunkte. Correll (1963) meint deshalb, die Zahl der möglichen Lerntheorien könnte ohne Schwierigkeit um so viele vermehrt werden, „wie es noch weitere Standpunkte in der Psychologie gibt" (S. 18).

Im Zusammenhang mit der Tatsache, daß Lernverläufe sehr komplexe, variationsreiche und schwer überschaubare Prozesse sind, weist Klix (1966 a) auf die Bedeutung einer vergleichenden Systematik der Lernprozesse hin, wie sie von Konorski (1950) und Thorpe (1956) vorgenommen wird (vgl. Klix 1966, S. 688). Danach seien „sechs voneinander zu unterscheidende Lernformen bestimmbar" (S. 688). Clauss (1965 c) vermerkt, daß es eine Vielzahl psychologischer Lerntheorien gibt. Eine einheitliche Theorie des Lernens, die von allen Forschern als verbindlich anerkannt wird, existiert nicht. „Die Kontiguitätstheorie steht neben der Verstärkungstheorie, die Orientierungstheorie neben gestaltpsychologischen Lerntheorien. Neuerdings wurden informationstheoretisch fundierte Lerntheorien und wahrscheinlichkeitstheoretische Modellvorstellungen vom Lernen entwickelt" (S. 11). Dieser Theorienpluralismus ist wohl ein Zeichen dafür, „daß unser Wissen vom Forschungsgegenstand noch lückenhaft ist, daß wir die objektiv wesentlichen Bedingungen noch nicht kennen, denen sein Verhalten unterliegt" (Clauss 1965 c, S. 12). Lorf und Rosenfeld (1966) fordern deshalb, daß „eine wesentliche Aufgabe der pädagogischen Psychologie ... in der Entwicklung einer pädagogisch-psychologischen *Lerntheorie*" besteht (S. 128).

In diesem Zusammenhang ist darauf hinzuweisen, daß die verschiedenen Lerntheorien von unterschiedlichen philosophisch-methodologischen Positionen ausgearbeitet wurden. Wie wir noch zeigen, erweist sich die dialektisch-materialistische als einzig gültige Grundkonzeption. Schließlich dürfen wir nicht vergessen, daß die Ergebnisse der modernen lerntheoretischen Forschung heute im Sozialismus und Kapitalismus unterschiedlichen Klassenzielen dienen und auf entgegengesetzte Weise genutzt werden (es sei hier nur verwiesen einerseits auf die Nutzung lernpsychologischer Ergebnisse in unserem sozialistischen Bildungssystem, andererseits auf die Anwendung lerntheoretischer Resultate bei der imperialistischen Manipulation).

2.5. Lerntheorien

In diesem Abschnitt wollen wir folgende Lerntheorien unter dem Aspekt der Bedeutung von Aktivität und Motivation betrachten: die Assoziationstheorie (Kontiguitätstheorie), die Konditionierungstheorien, die Orientierungstheorie des Lernens, die gestaltpsychologische Lerntheorie, die Theorie der etappenweisen Bildung geistiger Operationen und lerntheoretische Ansätze unter dem Aspekt systemtheoretischer, algorithmentheoretischer und informationstheoretischer Analysen des Lernprozesses.

2.5.1. Assoziationstheorie (Kontiguitätstheorie) des Lernens

Schon Aristoteles (384–322 v. u. Z.) weist mit vier Assoziationsprinzipien (Assoziation der Ähnlichkeit, des Kontrasts, der räumlichen und zeitlichen Beziehung) auf die Rolle hin, die diese für Gedächtnisprozesse spielen. Er gebraucht jedoch den Begriff der Assoziation nicht; dieser wird erst von Locke (1632–1704) vorgeschlagen. Im 17. und 18. Jahrhundert wird die Lehre von den Assoziationen zur Grundlage für die gesamte Psychologie, die das Assoziationsprinzip auf alle psychischen Erscheinungen ausdehnt (vgl. die Ausführungen bei Stössner 1913, S. 50, Smirnow, Leontjew, Rubinstein und Teplow 1960, S. 198 ff.).
Bis etwa 1920 beherrschen assoziationspsychologische Theorien zur Erklärung des Lernens fast uneingeschränkt sowohl den anglo-amerikanischen als auch den europäischen Bereich. In Deutschland gelten bis zu diesem Zeitpunkt die auf assoziationspsychologischen Hypothesen beruhenden Untersuchungen von Ebbinghaus, G. E. Müller u. a. als Basis für jede weiterführende Forschungsarbeit auf dem Gebiet des Lernens. Neuere Vertreter der Assoziationstheorie fassen die verschiedenen Assoziationsprinzipien unter dem Aspekt der „raumzeitlichen Kontiguität" zusammen (vgl. dazu die kritischen Ausführungen bei Rubinstein 1958, S. 366). Dabei gehen sie von dem Satz aus: „Wenn zwei Erfahrungen zusammen und gleichzeitig gemacht werden, dann hat jede von ihnen als Bewußtseinsinhalt die Tendenz, auch die andere wieder ins Bewußtsein zurückzurufen" (Koffka 1925, S. 176, vgl. auch Teplow 1960, S. 82). Ist in räumlicher oder zeitlicher Kontiguität eine Reihe von Eindrücken

A–B–C gegeben, so ruft ein erneut auftretendes A die Vorstellung B–C auf Grund jener Assoziation hervor, die sich zwischen ihnen und A gebildet hatte. Die Assoziationen sind also „eine Bedingung, eine hypothetische Grundlage der Reproduktion bzw. Reproduktionstendenz" (S ü l l w o l d 1964, S. 37).

Wesentlich an dieser Theorie ist, daß die bloße Tatsache der äußeren Beziehungen der Eindrücke als ausreichende Grundlage für das Entstehen von Reproduktionsmöglichkeiten, von Lernleistungen betrachtet wird. Dabei nimmt man an, daß alles mit allem assoziiere. Das ist eine mechanistische Betrachtungsweise, die bereits von B o b e r t a g (1929, S. 183) und später von vielen anderen kritisiert wird – besonders von den Vertretern der Gestalttheorie des Lernens (K ö h l e r 1921, 1958, W e r t h e i m e r 1957 u. a.).

Die moderne Form der mechanistischen Assoziationstheorie des Lernens ist die *Kontiguitätstheorie,* die G u t h r i e (1935, zit. bei H i l g a r d 1956, S. 48–81) entwickelt. Er behauptet, das Lernen vollziehe sich „nach dem Alles-oder-Nichts-Gesetz" (E y f e r t h 1964, S. 99). Das heißt, eine Assoziation bildet sich, wenn ein zeitliches Zusammenfallen von Reiz und Reaktion erfolgt. Intensitätsunterschiede dieser Verbindungen gibt es nach ihm nicht. G u t h r i e erklärt die Beobachtung, daß der Lernerfolg allmählich besser zu werden pflegt, dadurch, daß zunächst eine Anzahl von „molekularen Verbindungen" geschaffen werden muß, bevor der erwartete Effekt sichtbar wird. Seine Theorie wird auch als S-R-Kontiguitätstheorie bezeichnet (F o p p a 1965, S. 336). Seit 1950 wird die Kontiguitätstheorie mit mathematischen Methoden als statistische Assoziationstheorie von E s t e s weiterentwickelt (vgl. F o p p a 1965, S. 175–178).

Obwohl R o t h (1964) bemerkt, daß es verfehlt wäre, diese Art der Assoziationsbildung durch Gleichzeitigkeit oder Berührung (contiguity) völlig zu leugnen (S. 213), so ist doch zu betonen: *Die subjektive Aktivität und die Bedeutung der Motivation für das Lernen werden in den verschiedenen Varianten der Assoziationstheorie unterschätzt.* Lernen wird als rezeptive Informationsaufnahme betrachtet; der Lernende ist mehr oder weniger passives Objekt pädagogischer Einwirkungen – eine Annahme, die sich leider sehr lange in der pädagogischen Praxis gehalten hat. In dieser Theorie bleibt besonders die Bedeutung der Motivation unberücksichtigt (vgl. H i l g a r d 1956, S. 57, R o t h 1964, S. 213, S m i r n o w, L e o n t j e w, R u b i n s t e i n und T e p l o w 1960, S. 199, R u b i n s t e i n 1958, S. 367 f. u. a.).

Menschliches Lernen hängt aber wesentlich von den Interessen, Neigungen, Bedürfnissen und davon ab, „was uns besonders wichtig und wertvoll erscheint, und schließlich von der Einstellung (habituelle Motivation, H. L.), die wir überhaupt zur Wirklichkeit" und speziell zum Lernen haben (S m i r n o w, L e o n t j e w, R u b i n s t e i n und T e p l o w 1960, S. 199).

Das Wissen über die Wirkung von sinnvollen und bedeutsamen Assoziationsmöglichkeiten (nach den Prinzipien der räumlichen Koexistenz und der zeitlichen Sukzession; der Ähnlichkeit bzw. des Kontrasts) hat jedoch große Bedeutung für die Verbesserung des Unterrichts in der Erwachsenenbildung. Bei der Vermittlung von neuem Stoff gilt es z. B. zu überlegen, an welche ähnlichen oder konträren Erfahrungen angeknüpft werden kann, um bei den Hörern dauerhafte Assoziationen entstehen zu lassen. Auch in Wiederholungsstunden und manchmal in bestimmten Prüfungssituationen sollte der Erwachsenenbildner von *solchen* Impulsen Gebrauch machen, die zur Auslösung entsprechend richtiger Assoziationen bei den Teilnehmern führen.

2.5.2. Konditionierungstheorien des Lernens

Naturwissenschaftlich orientierte psychologische Erklärungsansätze laufen auf den Versuch hinaus, das Lernen durch vorausgegangene Erfahrung zu erklären. Sie verwenden dazu die Formel S → R, d. h., sie bestimmen das Verhalten des Organismus (R, response) als eine Funktion vorhergegangener Stimulation (S). Diese Formel ist sowohl Grundlage des klassischen Konditionierens (Pawlow) als auch der amerikanischen Lerntheorien (Thorndike, Skinner u. a.).
Die einzelnen Autoren unterscheiden sich zum Teil in ihren Theoriebildungen. Der heute vertretene *Grundgedanke* läßt sich in Anlehnung an Roth (1964, S. 214) wie folgt formulieren: Alles Lernen besteht für die Reiz-Reaktions-Theorie (S-R-Theorie) im Hinzulernen neuer (sogenannter bedingter) Signale und neuer (sogenannter bedingter) Reaktionen. Dieses Hinzulernen erfolgt nach bestimmten Lerngesetzen, die in den verschiedenen Varianten dieser Theorie zum Teil sehr unterschiedlich sind. Wir erörtern nun das klassische Konditionieren (Pawlow 1954 u. a.), das instrumentelle Konditionieren (Thorndike 1932 u. a.) und das operative Konditionieren (Skinner 1965 u. a.) unter dem Aspekt von Aktivität und Motivation.

2.5.2.1. Das klassische Konditionieren

Den Begriff der bedingten Reaktion prägten die russischen Physiologen Bechterew und Pawlow, die die klassischen Konditionierungsversuche an Patienten (Bechterew) bzw. in Laborexperimenten mit Tieren (vorwiegend Hunden) durchführten. Während unter unbedingten Reaktionen (Reflexen) angeborene, ererbte, arteigene, ständige und spezifische Reaktionen des Organismus auf äußere und innere Reize zu verstehen sind, handelt es sich bei den bedingten Reaktionen (Reflexen) um zeitweilige Reaktionen, die vom Organismus erst im Verlauf des individuellen Lebens erworben (gelernt) werden. Bedingte Reaktionen entstehen dabei in vielfältiger Weise und unter verschiedenen Voraussetzungen (bedingte Reflexe 1., 2., 3. und höherer Ordnung) durch das ein- oder mehrmalige Zusammenfallen mit einer unbedingten oder einer bereits ausgearbeiteten bedingten Reaktion. Pawlow kommt in seiner Vorlesung „Anwendung der Ergebnisse unserer Tierexperimente auf den Menschen" zu der Schlußfolgerung, „daß unsere Erziehung, unser Lernen, jegliche Disziplin und unsere vielen Gewohnheiten lange Reihen von bedingten Reflexen sind" (zit. nach Hinze 1955, S. 7). Steinbuch (1963) zeigt mit seiner Lernmatrix, wie bedingte Reflexe mit Hilfe von Automaten (Lernmatrizen) realisiert werden können. Er ist der Meinung, daß „die bedingten Reflexe ... die Grundlage auch höherer Funktionen im Organismus" sind (S. 215).

Für das Verständnis des Lernprozesses, wie er im Schema des klassischen Bedingens erscheint, sind die von Pawlow (1954) dargestellten Gesetze der höheren Nerventätigkeit (Erregungs- und Hemmungsprozesse, Irradiation und Konzentration der Nervenprozesse, wechselseitige Induktion, die verschiedenen Formen des Hemmungsgeschehens und die Berücksichtigung der verschiedenen Typen der höheren Nerventätigkeit u. a.) bedeutsam. Rubinstein (1958) betont, daß Pawlow mit seinen Untersuchungen „die allzu vereinfachten Vorstellungen der vulgären Assoziationslehre über das ‚Einschleifen' der Nervenbahnen" widerlegte, indem er die oben genannten Prozesse entdeckte, „die die physiologische Grundlage der Bildung der bedingten zeitweiligen (assoziativen) Verbindungen in ihrer ganzen Kompliziertheit sind" (S. 362). Auch Leontjew (1966) unterstreicht neuerdings, daß die Entdeckung der bedingten Verbindung, „die ein physiologisches und zugleich ein psychologisches Phänomen ist", keineswegs zu vereinfachten und mechanistischen Vorstellungen führen muß. „Sie bestätigt zwar die Bedeutung der Assoziationen, ist aber keine Rückkehr zur alten Assoziationspsychologie" (S. 30). Er ist der Auffassung, daß die Lehre Pawlows nicht zu den Theorien zählt, die von einer unmittelbaren Verbindung zwischen Reiz und Reaktion ausgehen, und wendet sich deshalb gegen die Behauptung Hilgards (1956), die Lehre Pawlows stelle sich den sogenannten kognitiven Lerntheorien gegenüber. Allerdings bemerkt Leontjew (1966), daß sich aus den klassischen Laborexperimenten Pawlows eine wesentliche Aufgabe ergibt: „Es gilt das Verhalten unter *natürlichen* Bedingungen zu untersuchen, das stets eine komplizierte und entfaltete Struktur hat" (S. 14). Besondere Bedeutung erhält diese Feststellung für das menschliche Lernen, „das nicht nur in quantitativer Hinsicht komplizierter wird, sondern auch eine neue qualitative Form verlangt; die Übermittlung und Aneignung von Erfahrungen der gesellschaftlichen Praxis" (Leontjew 1966, S. 29, vgl. auch Galperin, Saporoshez und Elkonin 1966, S. 68 ff.).

Nachfolgende Überlegungen seien dafür angeführt, daß es sich beim klassischen Konditionieren nicht um eine mechanische Verbindung zwischen Reiz und Reaktion handelt.

Lernprozesse im Sinne bedingt-reflektorischer Verbindungen kommen nur zustande, wenn der bedingte Reiz bekräftigt wird. Deshalb bemerken Galperin, Saporoshez und Elkonin (1966), daß sich die Lehre Pawlows von der klassischen Assoziationstheorie des Lernens dadurch unterscheidet, daß sie „die entscheidende Bedeutung der Bekräftigung der Reaktion und damit auch die gegenständliche Beziehung der Reaktion zur Bekräftigung betont" (S. 68). Allerdings verweist die physiologische Lehre Pawlows nur in allgemeiner Form auf diese Beziehungen.

Eine wichtige Voraussetzung des Vorgangs der Konditionierung nach Pawlow und seinen Schülern ist es, daß das Versuchstier durch den *unbedingten* Stimulus zur *Aktivität* angeregt, *motiviert* wird (vgl. Correll 1965 b, S. 16, Klix 1966, S. 688, Galperin, Saporoshez und Elkonin 1966, S. 68 u. a.).

Durch die wiederholte Kopplung zwischen einem unbedingten und einem ursprünglichen neutralen Reiz kommt es dann dazu, daß dieser seinen neutralen Charakter verliert und selbst die zunächst an den unbedingten Reiz gebundene Reaktion hervorruft. Die bedingten Reizerreger signalisieren dann Ereignisse, die zur Entspannung von Primärbedürfnissen führen. Diese Signale erhalten somit eine Erwartungswirkung; sie gewinnen selbst eine bedürfnisinduzierende Wirkung. In diesem Zusammenhang betont Klix (1966), daß dies „die dynamische Seite des Lernens ist, die man oft als ‚Erlernen von Motiven' behandelt findet" (S. 688).

Bei der Einschätzung der Lehre Pawlows durch einige bürgerliche Psychologen wird oft die Tatsache übersehen, daß Pawlow und seine Schüler der *Einstellung* des Tieres eine große Bedeutung für die Ausbildung, den Verlauf und die Nachhaltigkeit bedingt-reflektorischer Verbindungen (dynamischer Stereotype, Pawlow) beimessen. „Einstellungen" werden als „latente, qualitativ bestimmte funktionelle Zustände des Zentralnervensystems" definiert (Wazuro 1956, S. 78). Vielfältige Experimente beweisen, „daß die Anwendung eines Reizes, der nicht der Einstellung des Tieres entspricht, eine Reaktion auslöst, die nicht dem Reiz, sondern der Situation entspricht – vorausgesetzt, daß die Intensität der Einstellung ausreichte" (Wazuro 1956, S. 78). Mit diesen Hinweisen wird deutlich die *Bedeutung* von *Aktivität* und *Motivation* für die Ausbildung bedingter Reflexe, für die Verfestigung von dynamischen Stereotypen unterstrichen.

Bei aller Anerkennung der Bedeutung des „Bildungsmechanismus bedingter Reflexe" genügen nach Leontjew (1966) jedoch diese Feststellungen nicht, „um die konkreten Lernprozesse (vor allem bei Erwachsenen, H. L.) zu begreifen" (S. 29). Er verlangt vielmehr spezielle Untersuchungen, um die gesetzmäßigen Veränderungen des Verhaltens zu erschließen. „Bei der Analyse der physiologischen Mechanismen müssen ... die Ergebnisse ... psychologischer Untersuchungen berücksichtigt werden" (S. 29).

2.5.2.2. Das instrumentelle Konditionieren

Eng verwandt mit der Lehre des klassischen Konditionierens ist das instrumentelle Bedingen im Sinne Thorndikes (1928). Fast zur gleichen Zeit, als Pawlow die ersten klassischen Konditionierungsversuche durchführte, veröffentlichte Thorndike (1898) die Ergebnisse seiner Lernexperimente mit „Problemkäfigen" an Katzen.

Bei seinen theoretischen Überlegungen geht Thorndike von der Voraussetzung aus, daß die Bildung von Verhaltensgewohnheiten (sogenannten habits) auf der Verknüpfung von *Situationen* und *Reaktionen* beruht. Auf der Grundlage angeborener Instinkte bzw. früher gelernter Verhaltensweisen reagiert der Organismus auf eine neue Problemsituation, bis eine der Reaktionen *zufällig* zu einem Erfolg führt. Nach Thorndike reicht die zeitliche und räumliche Berührung des unbedingten und bedingten Reizes für das Konditionieren nicht aus. Drei Probleme sind es, die Thorndike mit seinen Lernexperimenten lösen wollte: Erstens versuchte er die Bedingungen zu ergründen, die im allgemeinen für die *Lernaktivität* bedeutsam sind; zweitens interessierte ihn, welcher Gesetzmäßigkeit die Lernversuche überhaupt unterliegen, und drittens wollte er Gesetze ausfindig machen, nach denen es zur Festigung der Reaktion (zu einem Behalten des Gelernten) kommt. Seine wichtigsten Erkenntnisse lassen sich in folgenden drei Punkten kurz zusammenfassen:

1. Im Zusammenhang mit der ersten Problemstellung gelangt Thorndike zu der Feststellung, daß die *Motivation* eine eminent große Bedeutung für die *Lernaktivität* hat. Tiere, deren Bedürfnisse (Hunger, Durst usw.) befriedigt waren, eigneten sich schlecht als Versuchstiere. Es zeigt sich: Je stärker das Motiv auf der einen Seite und je größer auf der anderen Seite das Hindernis ist, das sich der Bedürfnisbefriedigung in den Weg stellt, desto mehr Anstrengungen (Lernaktivität) entwickeln die Versuchstiere (vgl. Correll 1963, S. 23 ff.).
2. Unter der Voraussetzung, daß die Versuchstiere genügend *motiviert* sind, führen sie zunächst relativ beliebige Bewegungen (Reaktionen) aus und befinden sich damit in der Phase von "trial and error". Das Lernen nach „Versuch und Irrtum" ist also ein weiteres Postulat in der Lerntheorie Thorndikes. Dieses Prinzip von "trial and error" wird unter humanpsychologischen Lernaspekten zum Teil heftig kritisiert, erfährt jedoch auch Anerkennung. Linhart (1966) betont die Vorzüge dieser Auffassung, nach der „das Lernen als eine *Tätigkeit* erklärt wird, die wichtige regulierende Funktionen im Verhalten und in der Entwicklung des Organismus hat" (S. 9).
   Galperin (1966), Pantina (1966) u. a. üben Kritik an der Feststellung, daß Lernen auf dem Wege von "trial and error" erfolge. Lernen nach dem Prinzip von „Versuch und Irrtum" trete lediglich dann auf, wenn die Orientierungsgrundlage der Handlung nicht all das umfasse, was für eine richtige Lösung einer neuen Aufgabe notwendig ist (Galperin 1966 b, S. 25). Neuerdings weist Klaus (1966) der Trial-and-error-Methode eine Bedeutung für das schöpferische Denken des Menschen zu und bringt sie in Beziehung zur dialektischen Logik. Im Zusammenhang mit unserer Problematik erscheint die Feststellung von Klaus (1966) wichtig, die er jetzt – entgegen früheren Auffassungen – trifft:

   „Die Trial-and-error-Methode ... hat mit Passivität nichts zu tun. Sie besteht in einer Serie von Versuchen, von denen jeder eine aktive Einwirkung auf die Umwelt bedeutet. Das kybernetische System, das die Trial-and-error-Methode anwendet, wartet nicht passiv ab, bis es Informationen aus der Umwelt erhält, um dann verschiedene Antworten auf die verschiedenen Arten dieser Information zu geben, sondern es wirkt u. a. durch die Trial-and-error-Methode, also durch zufälliges Variieren von Parametern aktiv auf die Umgebung ein und sieht zu, was sich durch diese Einwirkungen jeweils ergibt" (S. 269).

   Zur Klärung der entgegengesetzten Standpunkte hinsichtlich der Bedeutung von "trial and error" für den Lernprozeß muß man unseres Erachtens einerseits die fundamentale Rolle dieser Methode für den Prozeß der Evolution im allgemeinen sowie für den Erkenntnisprozeß eines *selbständig* Lernenden (Wissenschaftler, Neuerer der Produktion, Forscher usw.) sehen. Andererseits ist diese Methode vom Standpunkt der unterrichtlichen Belehrung aus zu betrachten. Im Zusammenhang mit der zuletzt genannten Situation erübrigt sich weitestgehend ein Lernen nach Versuch und Irrtum der Schüler unter der führenden Rolle des Lehrers im Unterricht. Unter diesem Aspekt erscheinen die kritischen Bemerkungen von Galperin (1966a, b), Pantina (1966) und anderen sowjetischen Psychologen berechtigt.

3. Für die Auswahl einer Reaktion und ihre Verknüpfung mit Situationsaspekten bzw. für die Verfestigung des Gelernten werden schließlich das Gesetz des Effektes (law of effect) und das Gesetz der Bereitschaft (law of readiness) verantwortlich gemacht. Die Stärke der Verknüpfung von Situation und Reaktion wird erhöht, wenn sie von einem „befriedigenden Gesamtzustand (satisfying state of affairs) begleitet ist" und umgekehrt (Foppa 1965, S. 333).

Da Thorndike noch an die Notwendigkeit der Annahme eines spezifischen Stimulus glaubte, deutete er sein Effektgesetz so, daß er sagte: Positive Nacheffekte (Erfolgserlebnisse) verstärken eine Assoziation zwischen Stimulus und Reaktion, und Mißerfolgserlebnisse (negative Nacheffekte) schwächen eine Assoziation zwischen Stimulus und Reaktion. Correll (1963) weist jedoch mit Recht darauf hin, daß im humanpsychologischen Lerngeschehen mitunter auch ein „negativer Nacheffekt" die Lernaktivität verstärken kann, wenn ein entsprechend hohes „Anspruchsniveau" (Lewin) vorhanden ist, und umgekehrt kann bei zuviel Erfolgserlebnissen ein „Lorbeereffekt" (Correll) eintreten. Die Wichtigkeit von Erfolgserlebnissen für das Anspruchsniveau und damit auch für den Lernerfolg hat eindeutig Hoppe (1931) nachgewiesen.

Die Bedeutung des Thorndikeschen Effektgesetzes für *Aktivität* und *Motivation* im Lernprozeß ist offensichtlich. Linhart (1966) betont in diesem Zusammenhang: „Eine bestimmte Reihenfolge der Erfolge und der Mißerfolge kann stark motivieren; eine Serie von Mißerfolgen führt in der Regel zu einem Absinken des Aktivierungsniveaus und zu einer negativen Motivierung" (S. 24). Clauss (1965c) betont ebenfalls die Bedeutung des Thorndikeschen Effektgesetzes für den menschlichen Lernprozeß; „jedoch können zur Erfolgsinformation unterschiedliche Mittel verwendet werden (keinesfalls nur solche, die vitale Bedürfnisse befriedigen)" (S. 28). Auch Hiebsch (1966) erklärt in seiner „Modellvorstellung für den Prozeß der Persönlichkeitsformung", daß „bei Betrachtung der gängigen Lerntheorien ... das Lernen nach dem Erfolgs- und Mißerfolgsprinzip am besten unserem Modell zu genügen" scheint (S. 54).

Nach Thorndike könne eine S-R-Verknüpfung jedoch allein auch dadurch an Stärke gewinnen, daß sie wiederholt geübt wird (Frequenzgesetz). In späteren Publikationen (1932, 1935) hat er jedoch seinen Standpunkt modifiziert. Neben den von uns erwähnten Lernprinzipien führt Thorndike noch eine Reihe weiterer Gesichtspunkte an, auf die hier nicht näher eingegangen werden kann (vgl. Hilgard 1956, S. 15–47).

Das Schema des instrumentellen Bedingens wird in Abb. 1 dem Schema des klassischen Bedingens in Anlehnung an E y f e r t h (1964, S. 89 und 91) gegenübergestellt.

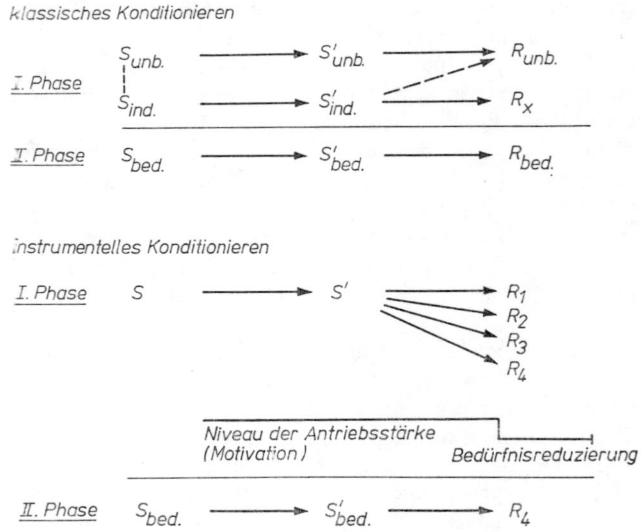

Abb. 1: Schematischer Vergleich des klassischen und des instrumentellen Konditionierens (nach E y f e r t h 1964, S. 89 und S. 91).

S	physikalische Gegebenheit der Umwelt (Stimulus)
$S_{unb.}$	unbedingter Stimulus
S', $S'_{unb.}$	physiologische Prozesse im Organismus
$S_{ind.}$	indifferenter Stimulus
$S_{bed.}$	bedingter Stimulus
$S'_{ind.}$	zeitweilige Verbindung im Organismus (erworben)
$R_{unb.}$	unbedingte Reaktion (angeboren)
R_x	beliebige Reaktion
$R_{bed.}$	bedingte Reaktion
B	Bedürfnis (Antriebsstärke – Motivation)

Diese Art des Bedingens wird nicht etwa als instrumentell bezeichnet, weil T h o r n d i k e Instrumente (z. B. Problemkäfige) für seine lernpsychologischen Untersuchungen benutzte. Die Bezeichnung des instrumentellen Konditionierens ergibt sich vielmehr daraus, daß die Reaktion, die mit einem positiven Nacheffekt verbunden ist, zu einem *Mittel* (an instrument) für die Bedürfnisreduzierung wird und damit zur Verfestigung des Gelernten führt.
Zu der T h o r n d i k e schen Theorie des instrumentellen Konditionierens sind selbstverständlich kritische Bemerkungen erforderlich (vgl. dazu R u b i n s t e i n

1958, S. 86 ff., Wygotski 1964, S. 196 ff., Clauss 1965 c, S. 14, Leontjew und Galperin 1966, S. 52, Leontjew 1967, S. 2 u. a.). Leontjew und Galperin (1966) vermerken z. B. zu der behavioristischen Konzeption des Lernens, nach der das Lernen allgemein nach dem Schema Stimulus → Reaktion → Bekräftigung abläuft, daß in diesem Schema „ein wesentlicher und inhaltsreicher, wenn auch nicht sehr augenfälliger Vorgang ... fehlt, von dem das Ergebnis unmittelbar abhängt. Dieser Vorgang ist der Lern*prozeß*" (S. 52). Auch Clauss (1965 c) verlangt, daß man sich von der mechanistischen Annahme lösen muß, nach der „menschliches Lernen bereits erschöpfend beschrieben sei, wenn die Entstehung hochgradig wahrscheinlicher Reiz-Reaktions-Koppelungen nachgewiesen wird" (S. 14). Innerhalb der vorliegenden Arbeit kommt es uns jedoch in erster Linie darauf an, den Anteil von Aktivität und Motivation in den wichtigsten Lerntheorien herauszuarbeiten, so daß wir auf eingehendere kritische Stellungnahmen zu den einzelnen Lerntheorien verzichten.

In Hulls (1952) „systematischer Verhaltenstheorie" (zit. nach Hilgard 1956, S. 121–184) werden einige wesentliche Gedanken von Thorndike konsequent weitergeführt. Hull unterscheidet sich in seinen Grundannahmen über das Lernen kaum von Thorndike. Lernen wird ebenfalls als Verknüpfung von Reiz- und Reaktionsgliedern aufgefaßt, die unter dem Einfluß der Verhaltenskonsequenzen oder – wie es bei Hull heißt – der Verstärkungen (reinforcements) zustande kommt. Er entwickelt eine eigene Lerntheorie, wobei er es für gerechtfertigt hält, die Verhaltensanalyse „auf die einigermaßen gesicherten Prinzipien der groben, makroskopischen oder molaren nervösen *Aktivität* zu stützen" (Foppa 1965, S. 337). In Hulls Betrachtungen über den Lernprozeß gehen eine Reihe unbekannter Größen ein, die er in Anlehnung an Tolmans kognitive Lerntheorie (auch Orientierungstheorie, Erwartungstheorie oder Zeichen-Gestalt-Theorie genannt) als intervenierende Variable (intervening variables) oder hypothetische Größen bezeichnet. Die wichtigsten Erkenntnisse werden von Hull in 17 Postulaten zusammengefaßt. Sämtliche Postulate und daraus abgeleitete Folgerungen des Hullschen Systems enthalten Aussagen über „a) funktionale Beziehungen zwischen hypothetischen Größen und/oder b) funktionale Beziehungen zwischen hypothetischen und Beobachtungsgrößen und umgekehrt" (Foppa 1965, S. 337). Wir gehen darauf nicht näher ein. Im Zentrum der Theorie Hulls (1952) steht im Grunde nichts anderes als eine neue und präzisere Fassung des Thorndikeschen Effektgesetzes. Das zeigt die Formulierung des 3. Postulats:

„Wenn eine Reaktion mit der Erlebnisspur eines Reizes assoziiert ist und wenn diese Reiz-Reaktions-Verbindung mit einer schnellen Verringerung der Bedürfnisspannung eines Organismus assoziiert wird, dann verstärkt sich die Tendenz dieser Reizspur zur Auslösung der Reaktion" (S. 66 und 178).

Auch hier ist also der Erfolg (Verringerung der Bedürfnisspannung) entscheidend für das Lernen. Es läßt sich darin eine schärfere Formulierung der Thorndikeschen Erkenntnis von der Bedeutung der *Motivation* sehen, denn es wird ja nichts anderes gesagt, als daß die Bedürfnisspannung (als Motivation) das Gewohnheitspotential *aktiviert.*

Die Lerntheorie H u l l s erfährt sowohl bei bürgerlichen Psychologen (vgl. z. B. F o p p a 1965, S. 353–356 u. a.) als auch in der marxistischen Psychologie (vgl. z. B. I t e l s o n 1967, S. 305 ff.) berechtigte Kritik, denn auch H u l l erklärt als Behaviorist die Grundlagen des Verhaltens mechanistisch. Den Inhalt der gesamten psychischen Tätigkeit betrachtet er in der Entwicklung von Fertigkeiten, die den Organismus durch Handlungen, die die Befriedigung seiner Bedürfnisse gewährleisten, der Umwelt anpassen. I t e l s o n (1967) bemerkt:

„Trotz des Operierens mit Ausdrücken, die sich auf innere Zustände des Subjekts beziehen, bleiben diese Modelle phänomenologisch, da in ihnen die Struktur des Lernverhaltens nicht aus dem inneren Mechanismus des Lernprozesses hergeleitet wird, sondern umgekehrt dieser Mechanismus einem willkürlich postulierten Schema angepaßt wird, das eine lineare Beschreibung der beobachtbaren Struktur des Lernverhaltens ermöglicht" (S. 306).

Nach K l i x (1962) kann das S-R-Schema zur Erklärung menschlichen Verhaltens „geradezu als die ins Absurde getriebene Verdichtung eines mechanischen Kausaldenkens bezeichnet werden" (S. 4).

2.5.2.3. Das operative Konditionieren (probabilistische Lerntheorien)

Im Gegensatz zu orthodoxen Auffassungen der bisher besprochenen S-R-Theorien stellt S k i n n e r (1938, 1965, 1967) den Vorgang der Konditionierung im Sinne seiner Lehre vom operativen Konditionieren dar. Er unterscheidet das reaktive vom aktiven Verhalten und wendet sich damit von der ursprünglichen behavioristischen Auffassung ab, nach der das Lernen im wesentlichen als reaktives Verhalten verstanden wird (angeborene und erworbene Reiz-Reaktions-Verknüpfungen). Operatives Verhalten sei dagegen dasjenige Verhalten, das nicht von einem Stimulus hervorgerufen wird, sondern das auf die Umwelt (von sich aus) einwirke und nachträglich durch die Reaktion der Umwelt verstärkt oder nicht verstärkt werde. Der Terminus operativ bedeutet also, daß diese Art des Verhaltens in der Umwelt „operiert", auf sie „einwirkt". S k i n n e r (1956) definiert operatives Verhalten wie folgt:

„Operatives Verhalten ist ein Ausdruck, der betont, daß das Verhalten auf die Umwelt einwirkt und bestimmte Folgen hervorruft. Diese Folgen bestimmen die Eigenschaften, durch die Verhaltensformen einander ähnlich genannt werden können. Wir werden diesen Begriff benutzen, . . . um diejenige Form des Verhaltens zu bezeichnen, die durch ihre Folgen bestimmt wird" (zit. nach C o r r e l l 1965 d, S. 63).

Der Ausgangspunkt für das operative Konditionieren ist die Überzeugung S k i n n e r s, daß der Mensch grundsätzlich aktiv ist, daß er also nicht erst durch einen Stimulus zur Aktivität angeregt zu werden braucht. C o r r e l l (1964 b) betont, daß das operative Verhalten „das typisch menschliche Verhalten im Gegensatz zu dem mehr reaktiven Verhalten der Tiere" darstellt (S. 77). Die Ursachen (im Sinne der multiplen Determination) des Verhaltens liegen nach S k i n n e r in den Folgen des vorausgegangenen Verhaltens. Es entsteht auf diese Weise eine Kontinuität im Verhalten des Menschen, die die eigentliche Dynamik seines Charakters ausmacht. Charakter ist mit anderen Worten das Ergebnis seiner Erziehung.

Das Gesetz des operativen Konditionierens formuliert Skinner (1938):

„Wenn die Darstellung eines operativen Verhaltens (im Sinne einer Verhaltensform) von einem verstärkenden Stimulus gefolgt wird, wird seine Stärke vergrößert." Umgekehrt gilt auch sein Gesetz der Extinktion, das bedeutet: „Wenn die Darstellung eines operativen Verhaltens, das bereits verstärkt ist, nicht von einem verstärkenden Stimulus gefolgt wird, vermindert sich seine Stärke" (S. 21, vgl. auch Foppa 1965, S. 357).

Der Vorgang des operativen Konditionierens beruht also auf der Wirksamkeit der Verstärkung. Sie ist z. B. auch der zentrale Vorgang im Lernprozeß, wie er in der Verhaltenspsychologie von Correll (1965 d) – in unmittelbarer Anlehnung an die Theorie Skinners – dargestellt wird. „Man versteht unter einer Verstärkung die Steigerung der Wahrscheinlichkeit des Auftretens einer Verhaltensform dadurch, daß die Darstellung der Verhaltensform von bestimmten Stimuli gefolgt wird" (S. 72). Die Bedeutung verschiedener Stimuli in Form von positiven Verstärkern, negativen Verstärkern, primären Verstärkern, sekundären Verstärkern (auch konditionierte Verstärker genannt) für die Wahrscheinlichkeit des Auftretens bzw. der Verfestigung von Verhaltensweisen (Lernergebnissen) wird von Correll (1965 d) eingehend behandelt.

Der lerntheoretische Ansatz Skinners betont nicht nur die große Bedeutung von *Aktivität* für den Lernerfolg, auch die *Motivationsproblematik* erfährt in dieser Theorie eine besondere Akzentuierung. Motivation ist nach der Auffassung Skinners nichts, was außerhalb des verhaltenspsychologischen Zusammenhangs von Verhaltensform und Verstärkung steht, sondern es ist das *Ergebnis* einer Konditionierung durch Verstärkung. Skinner (1967) betont dies, wenn er vermerkt, daß all das, was man „dem Bereich der Motivation zuschreibt, ... in der Hauptsache auf Verstärkungsmechanismen beruht" (S. 248).

Der hier nur kurz skizzierte lerntheoretische Ansatz, wie ihn Skinner (1938) entwickelt, läßt sich auch mit dem statistischen Lernmodell (Estes 1950) und dem stochastischen Lernmodell von Bush und Mosteller (1955) unter dem Aspekt sogenannter *probabilistischer Lernmodelle* betrachten (vgl. Foppa 1964, S. 618–640, Clauss 1965 c, S. 12 bis 17 u. a.). Obgleich sich Bush und Mosteller nicht nur formal, sondern vor allem auch inhaltlich deutlich von Estes' statistischem Ansatz unterscheiden (bei Estes steht das Kontiguitätsprinzip im Vordergrund, während Bush und Mosteller von einer Verstärkungstheorie im Sinne Hulls ausgehen), wird der Verlauf des Lernprozesses in Abhängigkeit von (mindestens) drei Klassen von Bedingungen betrachtet: erstens von der Situation, in der sich der Organismus befindet, zweitens von Verhaltensweisen (Reaktionen), über die der Organismus verfügt, und drittens von verstärkenden oder abschwächenden Ereignissen, die der Reaktion folgen (vgl. Clauss 1965 c, S. 12). Der Organismus wirkt *aktiv* auf die Umwelt ein, das führt zu bestimmten Folgen, die erlebt werden und rückwirkend die Wahrscheinlichkeit des operativen Verhaltens für künftiges Verhalten än-

dern. Je nach den Handlungserfolgen kann eine spezifische Aktion unter definierten Situationsbedingungen eine subjektive Wahrscheinlichkeit erhalten, die zwischen den Grenzen $p = 0$ (Handlungsblockierung) und $p = 1$ (reflexoide Handlungsstereotypie) liegt. Grundsätzlich ist jedoch der Lernerfolg (Erfahrungserwerb) empraktisch fundiert.
Wie kompliziert dieses Wechselverhältnis ist, unterstreicht Lomow (1964):

„Für die einen kann eine schwierige Situation zum Aktivierungsmoment werden, das ihre Reserven mobilisiert; bei anderen ruft sie eine Desintegration des Verhaltens hervor" (S. 69).

An dieser Stelle wird auch deutlich, daß zwischen dem operativen Konditionieren und dem Lernen im Sinne der Kybernetik (vgl. Klaus 1965) eine sehr enge Beziehung besteht. Auch das operative Konditionieren – als eine Variante der probabilistischen Lerntheorie – beruht auf der Wirksamkeit des „feedback" als Rückkopplung zwischen der geäußerten Verhaltensform und der Verstärkung als ihrer Wirkung. Die kybernetischen Modelle (Klaus 1965, 1966, Frank 1962, Klix 1965, v. Cube 1967 u. a.) gehen ebenfalls von Vorstellungen aus, die der Verhaltenspsychologie – im Sinne des operativen Verhaltens – nahestehen (vgl. Correll 1965 c, S. 12 ff.).
Clauss (1965 c) ist der Auffassung, daß die probabilistischen Lerntheorien, in die er die Theorie Skinners einbezieht, von einem Organismus-Umwelt-Modell ausgehen, „das nicht mehr so verhängnisvolle Simplifikationen einschließt, wie sie der klassischen deutschen Assoziationspsychologie, dem amerikanischen Behaviorismus und der russischen Reflexologie mit Recht vorgeworfen wurden" (S. 15). Er ist der Meinung, daß dieses Modell grundsätzlich die Möglichkeit biete, „die für menschliches Lernen wesentlichen Denk- und Abstraktionsleistungen unterzubringen" (S. 15).
Die Verdienste Skinners, der *hohe Aktivität, positive Motivation* und regelmäßige unmittelbare Bekräftigung richtiger Verhaltensweisen als wesentliche Bedingungen des Lernens betrachtet, liegen vor allem auf praktischem Gebiet – besonders im Zusammenhang mit Problemen des programmierten Unterrichts. Darauf verweisen u. a. auch Leontjew und Galperin (1966), wenn sie betonen:

„Skinners Ziel war es im wesentlichen, die Darbietung des Unterrichtsstoffes und die Bekräftigung der Schülerantworten auf eine Art und Weise zu organisieren, die einen möglichst guten und ökonomischen Kenntniserwerb garantiert" (S. 51).

Wir kommen darauf im Kapitel 7. kurz zu sprechen.

2.5.3. Orientierungstheorie des Lernens

Als weitere Variante einer behavioristischen bzw. gestaltpsychologischen Konzeption ist die Theorie Tolmans (1932, 1949) für das Aktivitäts- und Motivationsproblem beim Lernen von Interesse. Gelernt werden nach dieser Theorie Erwartungen, und diese sind zentrale Phänomene. Jede Erwartung könne mehrere Responses auslösen. Welche Reaktion beobachtet wird, ist nicht von einem Reiz, sondern von der erwarteten Zweckmäßigkeit der Reaktion in der jeweiligen Situation abhängig. Durch *handelnde* Auseinandersetzung mit seiner Umgebung erwirbt der Organismus Erfahrungen (als Erwartungen = Antizipation von Verhaltensfolgen), von denen er sich bei künftigen Aktionen in ähnlichen Situationen leiten läßt. Dem eigentlichen Erlernen liegt ein „Orientierungsbedürfnis" zugrunde.

Überlegungen dieser Art haben Tolman zu seiner Theorie des zweckmäßigen Verhaltens (purposive behavior) geführt, die tierisches und menschliches Lernen als Aus- und Umbildung subjektiver Erwartungen deutet. Entscheidend für den Lernprozeß sei – psychologisch gesehen – die Einbeziehung *kognitiver* und *motivierender* Komponenten. Dabei mißt er „der Verknüpfung von Zeichen miteinander oder von Zeichen mit Bedeutungen" eine eminente Bedeutung zu (Eyferth 1964, S. 97). Die Lerntheorie Tolmans wird deshalb neben der Bezeichnung „Orientierungstheorie" auch als „Erwartungstheorie", als „kognitive Lerntheorie", als „Zeichen-Gestalt-Theorie" benannt und hebt sich damit von dem orthodoxen „S-R-Modell" ab. Wichtig ist u. a., daß für Tolman die wahrgenommenen Reize nicht „über einfache Schalter mit den ablaufenden Reaktionen gekoppelt", sondern daß sie „in einer Zentrale zu vorläufigen, kognitiven Landkarten (cognitive maps) der Umgebung ausgearbeitet werden" (Tolman 1948, S. 192).

Tolman (1949) unterscheidet sechs Arten des Lernens, die nach seiner Auffassung noch nicht aufeinander zurückgeführt werden konnten: 1. das Lernen von Vorlieben und Aversionen (cathexes), 2. das Lernen von Ersatzzielen für geliebte oder nicht geliebte Objekte (equivalencebeliefs), 3. das Lernen von Erwartungen, Einstellungen (field-expectioncies), 4. das Lernen von Denk-, Behaltens- und Beobachtungsverfahren (field-cognition-modes), 5. das Unterscheidungslernen von Bedürfnissen (drive discrimination) und 6. das Lernen von motorischen Fertigkeiten (motor patterns) (vgl. Hilgard 1956, S. 206 f.). Tolman ist der Meinung, daß diesen verschiedenen Lernarten auch verschiedene Lerngesetze und Lernschritte entsprechen, ohne daß sie heute schon im einzelnen genau nachgewiesen werden könnten.

In seiner Konzeption des Lernprozesses sind folgende Postulate für unser Anliegen bedeutsam: Nach Tolman entstehen Lernprozesse als Ergebnis spezifischer (räumlicher oder zeitlicher) Anordnungen von Reizobjekten, die dem Organismus wiederholt dargeboten werden. Die dadurch im Lebewesen entstehenden Zustände oder Prozesse – intervenierende Variable – (eine Gruppe von Erwartungen oder Hypothesen) werden als Einstellung (set) verstanden.

Im Zusammenhang mit unserem speziellen Anliegen ist es nicht möglich und auch nicht notwendig, auf weitere von Tolman aufgestellte Lernschritte, Lernbereiche und Lernprobleme einzugehen. Entscheidend ist für uns die Bedeutung der *aktiven* Auseinandersetzung des Subjekts mit seiner Umwelt und die Einbeziehung *kognitiver* und *motivierender* Komponenten, die Tolman in seinen lerntheoretischen Postulaten herausstellt. Rubinstein (1958) vermerkt,

daß sich „um diesen zentralen Kern der Forschung . . . die umfassende methodologische Konstruktion" Tolmans aufbaut (S. 146).
Tolman, der sich zwar selbst zu den Behavioristen zählt (vgl. Foppa 1965, S. 358), kann man unseres Erachtens nicht eindeutig dazu rechnen, da seine Theorie einerseits in Abkehr von der mechanistischen Kontiguitätstheorie entstand und andererseits die Bildung und Überprüfung von Hypothesen für entscheidend hält und einsichtiges Lernen betont, das zur Orientierung in bestimmten Situationen führt. Rubinstein (1958) bemerkt deshalb, daß es sich bei der Lerntheorie Tolmans um „eine komplizierte Legierung aus Behaviorismus, Gestaltlehre, mechanistischer Auffassung und Teleologie" (S. 146) handelt, die man kritisieren muß. Neben einer eingehenden sachlichen Kritik, die Rubinstein an der Theorie Tolmans übt (vgl. Rubinstein 1958, S. 146 ff. und besonders 1963, S. 241–259), vermerkt er jedoch auch anerkennend, daß „die psychologische Erforschung der Evolution der Verhaltensformen . . . sich tatsächlich auf die Entwicklung der motivierenden und kognitiven Komponenten des Verhaltens konzentrieren" muß (Rubinstein 1958, S. 147). Da wir der Auffassung sind, daß die Lerntheorie Tolmans mit gestaltpsychologischen Lernauffassungen verwandt ist, ordnen wir sie zwischen den Konditionierungstheorien und der gestalttheoretischen Interpretation des Lernens ein.

2.5.4. Gestaltpsychologische Lerntheorie

Besonders schroff erweist sich der Gegensatz zwischen den Konditionierungstheorien einerseits und der *Gestalttheorie* des Lernens (W. Köhler 1928, Koffka 1925, Metzger 1954, Wertheimer 1957, Lewin 1963 u. a.) andererseits. Die tierpsychologischen Untersuchungen Köhlers auf Teneriffa zwischen 1913 und 1917 und Wertheimers erste denkpsychologische Arbeiten (1912, 1920) geben nicht nur den Anstoß zu einem gründlichen Wandel in den bis dahin vorwiegend vorherrschenden assoziationspsychologischen Betrachtungsweisen, sondern sie spielen bis zum heutigen Tage eine Rolle in den Diskussionen über lernpsychologische Probleme.
Wir stellen auch im Zusammenhang mit gestaltpsychologischen Lernpostulaten nur die wichtigsten heraus, die engen Bezug zu unserer Thematik haben, und verweisen im übrigen auf die ausführliche Erörterung dieser Lernkonzeption bei Hilgard (1956, S. 222–289) und auf die kritischen Einschätzungen durch Rubinstein (1958, S. 95 f. und S. 166–170, 1961, S. 20–24, Müller 1964, S. 118–143, Leontjew 1964, S. 148–156, Itelson 1967, S. 315–321 u. a.).
Im Gegensatz zum Behaviorismus, der die Welt in Reize und das Verhalten des Organismus in Reaktionen zergliedert, betont die Gestaltpsychologie die Einheitlichkeit der physikalischen und psychischen Struktur, deren Eigenschaften sich nicht auf die Eigenschaften ihrer Elemente zurückführen lassen. Die Gestaltpsychologie geht von der These aus, daß die Erscheinungen des Psychi-

schen und der physiologischen Prozesse im Gehirn isomorph sind. Das Isomorphieprinzip nach Köhler besagt, „daß die Struktureigenschaften der Erfahrungen gleichzeitig die Struktureigenschaften ihrer biologischen Korrelate seien" (Köhler 1958, S. 86). Schon daraus wird verständlich, daß in der gestaltpsychologischen Version allgemein die Tendenz besteht, auf die herkömmliche Einteilung der psychischen Prozesse Wahrnehmung, Gedächtnis, Denken, Lernen usw. zu verzichten. Es wird statt dessen nach neuen Klassifikationsgesichtspunkten gesucht. Kennzeichnend für diese Bestrebungen ist z. B. Metzgers (1954) Gesamtdarstellung der Psychologie. Besonders werden die kognitiven psychischen Funktionen einheitlicher als früher und mittels neuer kategorialer Abgrenzungen beschrieben. Die Bemühungen um eine einheitliche Theorie der Erkenntnisvorgänge haben zu Begriffen wie Organisation, Gestalt, Struktur, Bezugssystem, Zentrierung u. a. geführt (Hilgard 1956, S. 222–257, Müller 1964, S. 118–143).

Unter diesen Gesichtspunkten wird das *Lernen* nicht mehr als Resultat von Zusammenhängen zwischen einzelnen Elementen der Umwelt (Reizen) und Elementen des Verhaltens (Reaktionen) betrachtet. „Das Lernen ist hier die Entstehung eines einheitlichen Systems des Verhaltens, der Struktur der psychischen Prozesse und der Persönlichkeit unter der Einwirkung einer einheitlichen Situation" (Itelson 1967, S. 316). Wenn sich auch die Standpunkte der Psychologen, die man gewöhnlich zur gestaltpsychologischen Schule rechnet (Wertheimer, Koffka, Lewin, Köhler, Metzger), voneinander unterscheiden, so vereint sie doch die gemeinsame Stellungnahme gegen orthodoxe assoziationspsychologische und behavioristische Auffassungen des Lernens. Aus dieser Ablehnung heraus wurde auch der für die Lernpsychologie so entscheidende Begriff der Einsicht entwickelt. *„Einsicht bedeutet Verständnis eines Beziehungszusammenhanges* (von Figur und Grund, von Mittel und Zweck, von Ursache und Wirkung, von Teil und Ganzem, von Einzelfall und Gesetz)" (Roth 1964, S. 216). *Lernen erfolge durch Einsicht in Beziehungszusammenhänge.* Der Begriff der Einsicht wird von den Gestaltpsychologen auf keinen grundlegenden Terminus zurückgeführt. „Einsicht ist dann vorhanden, wenn die Struktur einer Sache durchsichtig geworden ist, wenn sie der Versuchsperson, um mit Descartes zu sprechen, ‚evident', d. h. ‚claire et distincte' erscheint" (Aebli 1961, S. 185).

Der Prozeß der Einsichtgewinnung erfolgt im allgemeinen in der Weise, daß sich im Wahrnehmungsfeld des Organismus (Tier und Mensch) bestimmte Gegenstände als passend oder tauglich für die Lösung einer Aufgabe erweisen. Die Aufgabenlösung, die *Aktivität* voraussetzt, führt Köhler (1921) auf die besondere Struktur des Gesichtsfeldes der Tiere zurück, die die Entstehung einer zielgerichteten Anregung zum Handeln bedingt, die sich in entsprechenden Verhaltensakten löst. „Das Feld organisiert sich also so, daß sich spontan ein Zusammenhang, ein Zueinander zwischen bestimmten Struktureigenschaften von Objekten (z. B. der Längserstrecktheit) und Eigenschaften der Problemsituation ergibt" (Müller 1964, S. 133). Der Vorgang des Zusammenschlusses erfolgt nach Metzger (1954) in einer Weise, die sich im menschlichen Denkverhalten in der Selbstbeobachtung „als plötzlicher Einfall", als „Aha-Erlebnis" (Bühler), als „Einschnappen", „Ineinanderkippen" (Wertheimer) zu erkennen gibt (S. 272).

Neuerdings versucht Park (1966), den gestalttheoretischen Ansatz einer Lerntheorie weiter auszubauen und abzusichern. Er prüfte Vpn auf das Behalten von sprachlichem Material mit der „Paar-Assoziations-Methode" und ist der Ansicht, „daß das Lernen – relativ unabhängig vom Lernmaterial – grundsätzlich bestimmten gestaltpsychologischen Organisationsgesetzen gehorcht, mit denen sich das Lernen sowohl sprachlichen als auch nichtsprachlichen Materials beschreiben läßt" (S. 91).

Leontjew (1964) nimmt zur idealistischen Interpretation Köhlers zum Problem des „einsichtigen Verhaltens" kritisch Stellung, indem er die Untersuchungen an Anthropoiden analysiert. Er ist der Auffassung, daß die „Plötzlichkeit der Aufgabenlösung das *Ergebnis* der Fähigkeit zu weitgehender Übertragung von *Operationen* ist, und nicht etwa umgekehrt (vgl. S. 152 f.). Die Tätigkeit, die *Aktivität* des Tieres „richtet sich ... auf den Gegenstand, durch den das Tier unmittelbar angeregt (*motiviert*, H. L.) wird, und verläuft in Abhängigkeit von den objektiven gegenständlichen Bedingungen. Es wird irgendeine Operation vollzogen, die zu einer genügend gefestigten Fertigkeit geworden ist" (Leontjew 1964, S. 154). An anderer Stelle heißt es: „Was die Gestaltpsychologen zu einem *Postulat* verwandelt haben, betrachten wir als Untersuchungs*problem*. Unter dem Aspekt der Lerntheorie bedeutet das: Was die Gestaltpsychologie als Lern*faktor* ansieht, betrachten wir als Lern*produkt*" (Leontjew 1966, S. 17). Das meint auch Klix (1966 a), der die Einsichtsleistung als „höchste Lernform" bezeichnet, weil sie beim Lösen von Problemen, insbesondere von Denkproblemen, eine besondere Rolle spielt. Damit jedoch Einsicht auftritt, „sind Vorinformationen über mögliche Zusammenhänge im Rahmen des Geforderten notwendig. Der Einsichtsleistung selber geht das innere Durchspielen dieser Möglichkeiten, die verinnerlichte Vorwegnahme des Resultats voraus. Daher erscheint dann das Lösungsverfahren selbst plötzlich, zielstrebig und ohne Probierverhalten" (S. 688). Auch Rubinstein (1961), der sich mit dem gestaltpsychologischen Einsichtsbegriff kritisch, aber auch anerkennend auseinandersetzt, betont, daß die Einsicht im Denkprozeß kein heterogener Akt ist, der zwischen „uneinsichtige" Akte „eingekeilt" ist. „Die Einsicht ist vielmehr ein eigenartiges, aber organisches Glied des einheitlichen Denkprozesses, zu dem sie ebenso gehört wie das, was vor ihr kommt und auf sie folgt" (S. 92). An anderer Stelle vermerkt er, daß man bei aller Kritik der methodologischen Position der Gestaltpsychologie „jedoch keinesfalls ihre unzweifelhaften Verdienste auf dem Gebiete der Forschung übersehen" darf (Rubinstein 1958, S. 96).

Auf die besondere Bedeutung von *Aktivität und Motivation* unter gestaltpsychologischen Lernaspekten verweist Correll (1965 b), wenn er vermerkt, „daß die Möglichkeit einsichtigen Lernens einerseits von der Überschaubarkeit der Problemsituation, andererseits aber auch von der Motiviertheit des Lernenden abhängig ist" (S. 18). In jedem Fall muß es dem Lernenden möglich werden,

die Sachverhalte zu überschauen, geistig zu ordnen und *aktiv* zu durchdringen. Ist das nicht der Fall, dann bleibt die Lernsituation ohne inneren Bezug zum Schüler, so daß keine Motivation zum Lernen vorhanden ist. *Aktiv* angeeignetes Wissen und Können – im Sinne des einsichtig gelernten – bringt auch den Vorteil mit sich, daß sich das Üben sehr stark einschränken läßt. Und schließlich läßt sich das einsichtig Gelernte auch leicht auf andere Gebiete übertragen (transfer). „Nicht nur die gleiche Situation wird als solche einsichtig erkannt, sondern auch eine ähnliche oder vergleichbare Lage zeigt sich dem Einsichtig Lernenden so, daß er unter ihren Faktoren ähnliche oder vergleichbare Beziehungen erkennen kann und dadurch das Ergebnis der ersten *Lernaktivität* – eventuell in entsprechender Abwandlung – wieder anzuwenden in der Lage ist" (Correll 1963, S. 35 f., vgl. auch Clauss 1963, S. 230 f.). Dieses damit verbundene Erfolgserlebnis verstärkt die positive Lernmotivation.
Im Zusammenhang mit gestaltpsychologischen lerntheoretischen Betrachtungen ist über das bisher Ausgeführte noch auf die topologische Psychologie, auf die Vektor-Psychologie von Lewin (1963) zu verweisen, Lewin (1963) versucht, mit Hilfe topologischer Begriffe (vgl. Hilgard 1956, S. 258–289, Lewin 1963, S. 68–85) „ein inhaltliches Modell der psychischen Tätigkeit und des Unterrichts zu konstruieren, das deren gestaltpsychologischer Darstellung adäquat ist" (Itelson 1967, S. 316). Zur Anwendung gestaltpsychologischer Gesichtspunkte auf das Handeln durch Lewin wird vor allem der Begriff des „Lebensraumes" als einer dynamischen Ganzheit aller für das Handeln wirksamen Momente bedeutsam. Lewin (1963) definiert:

„Der ‚Lebensraum', das heißt die Person und die psychologische Umwelt, wie diese für jene existiert. Gewöhnlich beziehen wir uns auf dieses Feld, wenn wir von Bedürfnissen, Motivation, Stimmung, Zielen, Angst oder Idealen sprechen" (S. 99).

Die allgemeine Bedeutung von *Aktivität* und *Motivation* in der Feldtheorie Lewins kommt u. a. darin zum Ausdruck, daß eine der Grundvoraussetzungen der von Lewin eingeleiteten bzw. angeregten Untersuchungen zur Handlungs- und Affektpsychologie lautet: „Damit ein Prozeß stattfindet, muß arbeitsfähige Energie freigemacht werden" (Lewin 1926, S. 313). Dieses Freimachen seelischer Energie könne nicht durch die „Assoziation" erklärt werden, sondern allein durch die unter „Willen" und „Bedürfnisdruck" geschaffenen „gespannten seelischen Systeme" (S. 313). Auch im Zusammenhang mit der sogenannten Vornahmehandlung, die er durch den Hinweis charakterisiert, in ihr sei „ein Spannungszustand vorhanden, der von innen heraus auf Entspannung durch in bestimmter Richtung liegende Handlungen hindrängt" (Lewin 1926, S. 339), wird die Bedeutung aktivierender und motivationaler Faktoren für das Handeln deutlich. Gleiches gilt für die von einem „echten" Bedürfnis gelenkten Handlungen, die er von den „Vornahmehandlungen" unterscheidet (vgl. S. 348).
Spezielle lernpsychologische Probleme behandelt Lewin (1963) in dem gesonderten Kapitel „Feldtheorie und Lernen" (S. 102–125), wobei er als Haupttypen unterscheidet: „Das Lernen als eine Veränderung des Wissens" (S. 111 bis 117) und „Das Lernen als eine Veränderung der Valenzen und Werte"

(S. 118–123). Er glaubt, daß man das Lernen unter einem „dynamischen Gesichtspunkt" zusammenfassen kann, wenn man „Lernen im Sinne einer Veränderung der Erkenntnisstruktur vom Lernen im Sinne einer Veränderung der Motivation" unterscheidet (S. 124). In diesem Zusammenhang erläutert er die grundlegenden Gesetze über die Bedeutung der Bedürfnisse und Sättigung, der Zielstrukturen, des Anspruchsniveaus und das Problem der Gruppenzugehörigkeit für die Veränderung der Motivation.

Damit geht Lewin bereits über die bloße Klassifikation von beobachteten Daten hinaus und macht Aussagen über nicht unmittelbar beobachtete Strukturen. „Allerdings bleiben auch für ihn nach dieser Klassifikation die Prozesse, die zu den genannten Lernergebnissen führen, das eigentliche Problem der Lernforschung" (Bergius 1964, S. 7).

Eine eingehende kritische Einschätzung der Feld-Theorie Lewins kann hier nicht erfolgen. Itelson (1967) betont, „daß die Idee der Verwendung topologischer Methoden für die Modellierung psychologischer und pädagogischer Erscheinungen und Prozesse sehr ernste Aufmerksamkeit verdient" (S. 319).

Auch Rubinstein (1958) vertritt die Auffassung, „daß Lewin und seine Mitarbeiter mit ihrem neuen Typ des Experiments ein besonders wertvolles Instrument zum Studium des menschlichen Verhaltens geschaffen haben" (S. 96). Die Bedeutung des Einflusses von Erfolg und Mißerfolg, des Anspruchs- und Leistungsniveaus für den Lernerfolg wurde in verschiedenen experimentellen Untersuchungen (Dembo, Hoppe, Fajans, Jucknath u. a.) in der Schule Lewins nachgewiesen. „Diese Arbeiten haben zum erstenmal experimentell den Einfluß der komplizierten persönlichen Elemente auf die Dynamik des Verhaltens geklärt" (Rubinstein 1958, S. 700).

Vom philosophischen Standpunkt aus betrachtet, ist jedoch an der Theorie Lewins Kritik zu üben. Nach seiner Auffassung besteht die Wirklichkeit in dem „Lebensraum" der Persönlichkeit, d. h. in den Vorstellungen und Begriffen, die der Mensch von der Wirklichkeit hat, in seinen Bestrebungen und Wünschen, in seiner Beziehung zu diesen oder jenen Zielen und Objekten. Dieser Bezug des Menschen zur Wirklichkeit erhält damit idealistisch-subjektive Tendenzen. Itelson (1967), der sich auf die Veröffentlichung „Die gegenwärtige Psychologie in den kapitalistischen Ländern" (Moskau 1963) bezieht, betont deshalb:

„In der Lewinschen Theorie der Persönlichkeit verschwinden die letzten Elemente des Materialismus, die es in der Gestaltpsychologie gab: die Versuche, die Mechanismen der psychischen Prozesse im Gehirn zu untersuchen, die strukturelle Übereinstimmung der Psyche und der Umwelt zu zeigen. Die Anerkennung der Existenz einer objektiven Welt ist in der Lewinschen Theorie rein formal und hat keinerlei Einfluß auf die von ihm entwickelte Theorie" (S. 320).

Trotz dieser prinzipiellen philosophischen Einwände hat die Theorie Lewins die lernpsychologische Forschung bereichert, was auch Clauss (1961) unter dem Aspekt der Einstellungsforschung unterstreicht (S. 27). Für unser Anliegen erscheint vor allem beachtenswert die große Bedeutung, die Lewin dem Lernen im Sinne einer Veränderung der Motivation zuspricht.

Insgesamt muß man im Zusammenhang mit den hier kurz erörterten gestaltpsychologischen Interpretationen des Lernens in Anlehnung an Schmidt (1964) feststellen, „daß sich das von Köhler entdeckte einsichtige Lernen – trotz der Einwände Bühlers und Lindworskys, es handle sich nur um Einfall (nicht Einsicht), und trotz der oft recht zugespitzten Polemik Pawlows und Wazuros – einen festen Platz innerhalb der verschiedenen Lernformen behauptet hat" (S. 103). Diese Feststellung erscheint um so berechtigter, je mehr man für das Zustandekommen der Einsicht die von uns angeführten Entstehungsbedingungen berücksichtigt, wie sie u. a. von Rubinstein (1958, 1961), Leontjew (1964), Klix (1966a) und anderen marxistischen Psychologen erklärt werden.

2.5.5. Theorie der etappenweisen Bildung geistiger Operationen

In dem Sammelband „Probleme der Lerntheorie" (1966) wird in verschiedenen Arbeiten sowjetischer Psychologen die von Galperin (1966a, b, 1967) und anderen erarbeitete Theorie der etappenweisen Bildung geistiger Operationen durch experimentelle lernpsychologische Untersuchungen gestützt.
Galperins Absicht war es ursprünglich nicht, eine spezielle Lerntheorie zu entwickeln, die etwa als lern- oder denktheoretische Grundlage zur Effektivitätssteigerung im Unterricht beitragen solle. Seine Untersuchungen sind zunächst grundsätzlich an philosophisch-theoretischen Fragestellungen orientiert. Galperins Hauptanliegen ist es, das Wesen des Psychischen aufzuklären. Dabei geht er von der These Rubinsteins aus, der den „Zusammenhang zwischen der äußeren Tätigkeit und dem Bewußtsein" mit dem Terminus „Einheit" belegt. Galperin bemerkt dazu aber kritisch, daß dieser Terminus „nichts über den Inhalt" des Zusammenhangs aussage (1967, S. 371). Galperin versucht nun, durch Klärung des Zusammenhangs zwischen der Struktur der sinnvollen äußeren Lebenstätigkeit und der inneren psychischen Tätigkeit, durch konkretes Aufweisen des Übergangs von der äußeren, physischen Handlung zu den inneren (geistigen) Operationen diese Frage zu beantworten, indem er die „Hypothese von der etappenweisen Bildung geistiger Operationen" aufstellt (1967, S. 371).
Mit den Untersuchungen, die er zur Verifizierung seiner Hypothese durchführt, will er also zunächst den Nachweis erbringen, daß sich der Übergang von äußeren (physischen) Handlungen zu inneren (geistigen) Operationen (Interiorisierungsprozeß) etappenweise vollzieht. In weiteren – speziell lernpsychologischen – Studien seiner Mitarbeiter zeigt sich nun, daß sich dieser streng gelenkte und etappenweise verlaufende Verinnerlichungsprozeß als eine sehr effektive Methode des Lernens und der Denkentwicklung erweist (vgl. dazu die empirischen Arbeiten in Probleme der Lerntheorie 1966 und die lernpsychologischen Untersuchungen aus dem Arbeitskreis von Lompscher 1966). Galperin (1966a) betrachtet diese Ergebnisse als einen Beweis für die Richtigkeit seiner theoretischen Hypothesen und ist der Meinung, daß damit der

eigentliche konkrete Bildungsweg geistiger Operationen gezeigt werde. Deshalb ist es berechtigt, die Theorie der etappenweisen Bildung geistiger Operationen als eine Lerntheorie zu bezeichnen. Bevor wir diese im Überblick darstellen und dabei wiederum die Bedeutung von Aktivität und Motivation besonders untersuchen, sind einige theoretische Vorüberlegungen notwendig.
Der Ausgangspunkt der Lerntheorie Galperins ist die marxistisch-psychologische Grundthese Leontjews, die darin besteht, „daß nicht das Bewußtsein und die Wechselwirkung des Bewußtseins verschiedener Individuen, sondern nur die reale Tätigkeit des Menschen, die immer sinnvolle Tätigkeit ist, sowohl seine psychische Gesamtentwicklung als auch den Verlauf der einzelnen psychischen Prozesse bestimmt. ... Die sinnvolle Tätigkeit ist der Schlüssel zum Verständnis der Psyche" (Galperin 1967, S. 369). Der „Grundmechanismus" der psychischen Entwicklung besteht nach Leontjew (1964, S. 236–254) in der vom Individuum zu vollziehenden Aneignung sozialer, gesellschaftlich-historisch entstandener und ausgebildeter Formen und Arten der Tätigkeit. Bei diesem Aneignungsprozeß, der pädagogisch vermittelt und gesteuert wird, erfolgt die Umwandlung der äußeren operativen Prozesse und Verfahren in innere Prozesse. Wenn man einem Menschen „eine neue geistige Handlung ... vermitteln" will, so muß man ihn „vorher eine entsprechende äußere Handlung vollziehen lassen, das heißt, die innere Handlung *exteriorisieren.* In dieser exteriorisierten Form, als äußere Handlung, wird die innere Handlung erst vollzogen. Erst danach, durch allmähliche Umbildung, durch Verallgemeinerung, durch spezifische Verkürzung ihrer Glieder und Veränderung ihres Niveaus, wird sie *interiorisiert,* das heißt zu einer inneren Handlung umgestaltet, die nunmehr gedanklich abläuft" (Leontjew 1964, S. 246). Dieser Lernprozeß decke sich „in seinen ursprünglichen Formen unmittelbar mit der Bildung bedingter Signalverbindungen", d. h., der allgemeine Mechanismus, nach dem sich die „dynamischen Systeme" formen, „ist nach wie vor der Bildungsmechanismus *bedingter Reflexe"* (Leontjew 1966, S. 29). Allerdings betont Leontjew (1966), daß man sich bei der Untersuchung des *menschlichen* Lernens nicht darauf beschränken darf, „die äußeren Einwirkungen und die Antwortreaktionen der Versuchspersonen zu betrachten" (S. 30). Vor einem solchen methodischen Vorgehen in humanpsychologischen Lernexperimenten warnte bereits Pawlow.
Leontjew (1964) behandelt z. B. ausführlich die Bedeutung der Struktur und den Aufbau der *Lernmotive* für den Lernerfolg (S. 344–355). Ausdruck der Persönlichkeitsentwicklung ist nach Leontjew (1964) der Aufbau der Motivkoordination, beginnend im frühkindlichen Alter. Die Ausbildung der *Motivstruktur* vollzieht sich im Verlaufe der Ontogenese durch pädagogische Steuerung und Vermittlung der *Lerntätigkeit.* Dabei tritt ein *Motivwandel* deutlich in Erscheinung. Leontjew (1964) unterscheidet drei Hauptetappen in der Entwicklung der Lernmotivationen, die er an Hand von Untersuchungen belegt: „a) die Etappe der Motive, die im Lernen selbst liegen; b) die Etappe der Motive, die im Schulleben sowie in den Beziehungen innerhalb des Klassen- und Schulkollektivs liegen; c) die Etappe der Motive, die in der Umwelt, im künf-

tigen Beruf und in den Lebensperspektiven liegen" (S. 352). Diesen Etappen entsprechen immer auch bestimmte Haupttypen von individuellen Interessen. Der subjektive Handlungsgrund gegenüber Sachverhalten und Forderungen unterliegt also in der Ontogenese inhaltlichen Veränderungen, und wir erhalten „damit eine Vielfalt individueller Entwicklungswege und Typen der Lernmotivation" (S. 353).

Schon aus diesen wenigen Bemerkungen wird deutlich, daß das Schema des klassischen Konditionierens (Pawlow), das zwar von Leontjew (1966) als allgemeiner „Lernmechanismus" anerkannt wird, weiterer spezieller Untersuchungen bedarf, „um die gesetzmäßigen Veränderungen des Verhaltens, vor allem in seinem orientierenden und sensorischen Bereich, zu erschließen" (S. 29).

Die Theorie Galperins von der etappenweisen Bildung geistiger Operationen ist nun als eine Spezialisierung, als eine Konkretisierung des von Leontjew entwickelten Interiorisationsprinzips auf lernpsychologische Probleme anzusehen.

Die erste kurze Mitteilung über die Hypothese der etappenweisen Bildung geistiger Operationen gab Galperin auf der sowjetischen Psychologentagung im Jahre 1952. Die Theorie Galperins hat sich im Prozeß der wissenschaftlichen Diskussionen und des oft harten, aber fruchtbaren Meinungsstreits unter den sowjetischen Psychologen abgeschliffen und profiliert (vgl. Galperin 1967, S. 375, Rubinstein 1961, S. 56 ff., 1962 b, S. 8 ff., Bogojawlenski und Mentschinskaja 1962, S. 101, Probleme der Lerntheorie 1966, S. 8 u. a.). Die heute vertretene Version wird von Galperin (1966, S. 33–47 und 1967, S. 367–405) ausführlich dargestellt.

Galperin (1966 a) differenziert zwischen gegenständlicher und geistiger Handlung. „Es gilt, zwischen dem inneren Modell der Handlung und der Handlung selbst zu unterscheiden, die nach diesem Modell realisiert und kontrolliert wird" (S. 34). Nach den in den letzten Jahren durchgeführten Untersuchungen erweist es sich nach Galperin (1966 a) als zweckmäßig, drei Handlungsphasen bei der „etappenweisen Bildung geistiger Operationen" zu unterscheiden (S. 36–48):

1. Phase: Die Schaffung einer Orientierungsgrundlage der Handlung

In dieser Phase kommt es darauf an, eine vorläufige Vorstellung von der Aufgabe und vom Handlungsablauf zu gewinnen und zugleich das System der Merkmale des neuen Stoffs und der darin vorgegebenen Merkzeichen, nach denen sich die gegebene Handlung richtig vollziehen läßt, zu ermitteln.

2. Phase: Der eigentliche Handlungsverlauf (Arbeitshandlung)

Innerhalb dieser Phase sind fünf Etappen zu unterscheiden:

a) Die materielle Handlung

Diese Etappe entspricht dem Umgang mit den Gegenständen selbst und gilt vor allem für den Neuerwerb von Kenntnissen und Fertigkeiten. Beim weiteren Aufbau von Kenntnissen entfällt diese Etappe.

b) die materialisierte Handlung

Bei dieser Sonderform der materiellen Handlung werden nur diejenigen Eigenschaften der Objekte, die für den Handlungsvollzug wesentlich sind, in materialisierter

Form gegeben (kopiert, dargestellt, aufgeschrieben oder in irgendeinem gegenständlichen Modell abgebildet).
Die materielle oder materialisierte Form kann aber ihre Hauptaufgabe im Aneignungsprozess nur dann erfüllen, wenn ihr Inhalt vollständig erschlossen wird. Dazu dienen die Entfaltung der Handlung (ihre Aufgliederung in einzelne Operationen) und die Verallgemeinerung der Handlung (die Hervorhebung der Eigenschaften der Dinge). Beide Verfahren tragen zugleich dazu bei, daß sich im Bewußtsein des Lernenden die für die Handlung wesentlichen Eigenschaften, Zusammenhänge und objektiven Bedingungen widerspiegeln und er die Handlung auf Grund solcher Widerspiegelung steuern kann.
c) Übergang der materiellen und materialisierten Handlung zur Vorstellung
Die Handlung wird nun auf die Ebene der Vorstellungen und ferner auf die der äußeren Sprache übertragen. Damit wird der gegenständliche Inhalt bereits zum Gedanken, zum Inhalt des Denkens. Er bietet sich jedoch dem Subjekt selbst nicht als eigentlicher Gedanke, sondern als sprachlich ausgelöste Vorstellung vom gegenständlichen Inhalt dar.
d) Die Etappe der „äußeren Sprache für sich"
In dieser Etappe ändert sich wesentlich die Funktion der Sprache. Sie wird vom Kommunikationsmittel zum Mittel des Denkens. Der Inhalt der Gedanken erhält in der äußeren Sprache seine objektive Form, während er in der Sprache für sich Bestandteil des Denkprozesses ist.
e) Etappe der inneren Sprache
Die (materialisierte oder geistige) Handlung wird verkürzt. Jetzt ist der eigentliche sprachliche Prozeß nicht mehr Gegenstand des Bewußtseins. Die Ursache hierfür ist eine Automatisierung. Die innere Sprache ist der Rest der verkürzten äußeren Sprache für sich.
3. Phase: Die Kontrollhandlung als immanentes Prinzip der Handlungsphasen
Jede menschliche Handlung bildet sich nach einem inneren Modell und muß nicht nur vollzogen, sondern auch überprüft werden.
In den Bestand einer menschlichen Handlung geht nicht nur die Arbeits-, sondern auch die Kontrollhandlung ein. Obwohl die Kontrollhandlung die Arbeitshandlung in ihren verschiedenen Etappen verfolgt, entwickelt sie sich viel schneller als die Arbeitshandlung. Die Kontrollhandlung wird sehr schnell zu einer ideellen Handlung. Die Aufmerksamkeit als ideelle Handlung, als Gedanke, ist nichts anderes als eine Kontrollhandlung, „die auf die geistige Ebene übertragen ist und durch maximale Verkürzung auf ein einfaches Bewußtwerden ihres Gegenstandes reduziert ist" (Galperin 1966 a, S. 43). Die Kontrollhandlung wird wieder zum Ausgangspunkt (Orientierungsgrundlage) neuer Arbeitshandlungen.

Danach vertritt Galperin die Auffassung, daß der *Lernprozeß*, der den besten Lernerfolg verspricht, wie folgt verläuft: von den praktischen und anderen gegenständlichen Handlungen, in denen gleichzeitig rezeptive, gedächtnismäßige, sprachliche und intellektuelle Operationen enthalten sind, zur abstrakten Manifestation dieser Handlungen in den sprachlichen und auf künstlichen Zeichen beruhenden Operationen, zu verkürzten Denkoperationen und zu geistigen Leistungen.

Mit dieser Charakterisierung des Lern*prozesses* wird der Tätigkeit, der *Aktivität* des Individuums, eine ausschlaggebende Bedeutung für den Lernerfolg beigemessen. Die Orientierungsgrundlage der Handlung für die Entwicklung gei-

stiger Operationen wurde erst in letzter Zeit voll erkannt. Bevor ein Lernender richtig handeln kann, muß er ein klares Handlungsprogramm besitzen. Die Orientierungsgrundlage ist bei dem einzelnen Lernenden individuell verschieden. Auf Grund empirischer Untersuchungen unterscheidet Galperin (1967) „drei Haupt-, Grenz- oder reine Typen der Orientierungsgrundlage" (S. 376 bis 378), auf die wir hier nicht näher eingehen können. Es erweist sich jedoch in den lernpsychologischen Untersuchungen von Mitarbeitern Galperins als unbedingt notwendig, den Haupttypen der Orientierung im Lerngeschehen Rechnung zu tragen. Es zeigt sich, „daß jede von ihnen eindeutig und in entscheidendem Maße den Verlauf und das Ergebnis des Unterrichts bestimmt" (S. 376). Darauf verweist ebenfalls mit Nachdruck Lompscher (1966), wenn er betont, daß „bei der Ausbildung neuer Operationen ... es gerade auf die Anfangsetappe besonders" ankommt (S. 33).
Interessant ist, daß Aebli (1961) auf der Grundlage der Theorie Piagets (1948) zu ähnlichen Auffassungen wie Galperin gelangt, wenn er u. a. betont:

„Effektive Handlungen vollziehen sich in wirklichen Bewegungen ... Dem Menschen steht indessen noch eine andere Form des Handelns offen. Statt effektiv zu handeln, kann er dies innerlich tun. Wir sprechen dann von einer bloßen Handlungsvorstellung. Zwischen effektiven und innerlichen Handlungen besteht eine enge Beziehung" (S. 64). Und an anderer Stelle heißt es: „Daraus folgt, daß das ... Kind ganz besonders darauf angewiesen ist, neue Handlungen und (geistige, H. L.) Operationen in effektiver Handlung zu erarbeiten. Aber auch bei älteren Schülern und Erwachsenen gilt die Regel, daß eine Handlung im effektiven Versuch leichter erlernt und besser verstanden wird als im reinen Gedankenexperiment" (S. 65).

Zur Theorie der etappenweisen Bildung geistiger Operationen, nach der der Aneignungsprozeß besonderen Gesetzmäßigkeiten unterliegt, „denen die Unterrichtsmethoden entsprechen sollten" (Galperin, Saporoshez und Elkonin 1966, S. 68), werden von anderen sowjetischen Psychologen neben zustimmenden Meinungen auch kritische und sogar ablehnende Ansichten geäußert. Auf einige wollen wir kurz hinweisen.

1. Rubinstein (1961) polemisiert zunächst ganz allgemein gegen den Begriff des „Mechanismus der Interiorisation", wenn er feststellt, daß die geistige Entwicklung des Individuums „nicht etwa in einer einfachen Projektion von Äußerem nach innen" besteht. „Nicht durch ‚Interiorisierung' äußerer Einwirkungen formt sich die geistige Tätigkeit des Menschen. Stellt man sich auf diesen Standpunkt, wie es in unserer psychologischen Literatur im Schwange ist, dann verfälscht man den richtigen Satz von der sozial-historischen Bedingtheit des menschlichen Denkens durch eine mechanistische Interpretation seiner Determinierung" (S. 56). Rubinstein (1961) betont vielmehr, daß jeder Aneignungsakt von Kenntnissen „bestimmte innere Bedingungen für ihre Aneignung voraussetzt", und dies „führt zu neuen inneren Bedingungen für die Aneignung weiterer Kenntnisse . . . Als Fakt findet man die ‚Interiorisierung' vor, wenn man darunter lediglich die im

Laufe der Entwicklung zunehmende Bedeutung der ‚inneren' geistigen, der ‚theoretischen' Tätigkeit versteht; aber in diesem begrenzten Sinne des Wortes ist die Interiorisierung *Folge* und nicht ‚*Mechanismus*' der geistigen Entwicklung" (S. 57).

Diese von Rubinstein (1961) vorgebrachten kritischen Bemerkungen zur „mechanistischen" Betrachtung des Interiorisationsprozesses sind inzwischen von Leontjew (1964, S. 236–254, 1967, S. 21–40) und Galperin (1967, S. 367–405) berücksichtigt worden. So bemerkt z. B. Leontjew (1967): „Handelt es sich um die Bildung innerer geistiger Operationen, Handlungen, die ideellen Erscheinungen entsprechen, so ist dieser Prozeß Interiorisation, H. L.) komplizierter" (S. 30). Im Gegensatz zur äußeren Handlung „kann die innere nicht *unmittelbar* von außen gebildet werden". Sie entsteht erst als Ergebnis einer „allmählichen Umgestaltung, der Verallgemeinerung, der spezifischen Verkürzung ihrer Glieder und der *Veränderung des Niveaus,* auf dem sie vollzogen wird" (S. 30 f.). Nur so erfolgt die Interiorisierung, d. h. die Umwandlung in eine innere Operation.

2. Häufig wird an der Theorie Galperins von der etappenweisen Bildung geistiger Operationen kritisch vermerkt, daß es „falsch ist, zu glauben, der Prototyp *jeder* geistigen ‚Tätigkeit' sei die materielle Handlung". Ebenso falsch sei die Annahme, „eine geistige Handlung könne ausschließlich entstehen durch die Hinwendung zu der ihr ‚entsprechenden' materiellen Handlung, die sie auf geistiger Ebene ‚reproduziere' oder von der sie ausgehe . . . In dieser Behauptung, von der sich die Theorie der ‚Interiorisation' leiten läßt, zeigt sich sogleich deren schwächste Seite" (Rubinstein 1962 b, S. 9). Auch Bogojawlenski und Mentschinskaja (1962), die der Theorie Galperins große Beachtung schenken, betonen, diese Methode liefere jedoch, „und das ist ihr Hauptmangel, den Schülern die Analyse und die Abstraktion der wesentlichen Merkmale bereits in fertiger Form" (S. 101).

   Galperin (1967) erörtert diese Problematik neuerdings selbst und gelangt zu der Feststellung: „Ob man auch in späteren Altersstufen noch die Bildung einer neuen geistigen Operation ebenso beginnen soll (mit ihrer materiellen Form, H. L.), das ist schon zweifelhaft. Im Gegenteil, man sollte logischerweise annehmen, daß die gesammelte Erfahrung es gestattet, ‚nicht jedesmal wieder von vorne zu beginnen'" (S. 378). Auch Lompscher (1966) vertritt auf Grund seiner Untersuchungen in Anlehnung an die Theorie Galperins die Auffassung, daß „im Einzelfall ... die Realisierung eines solchen Lernvorganges natürlich sehr stark von den Eigenarten des Stoffes sowie von den Fähigkeiten und anderen Eigenschaften des Lernenden" abhängt (S. 91).

3. Ihlefeld (1967) weist im Zusammenhang mit der Lerntheorie Galperins darauf hin, „daß die Probleme der individuellen Variation in der Leistungsvoraussetzung der Schüler noch nicht zufriedenstellend eingearbeitet sind" (S. 267). Damit wird nicht nur auf die unterschiedlichen Fähig-

keiten der Lernenden, sondern u. a. auch auf die von Schüler zu Schüler verschiedene Motivationslage für das Lernen aufmerksam gemacht.

4. Immer wieder wird an der Theorie Galperins Kritik insofern geübt, daß er den Erfolgserlebnissen und damit dem Motivationsproblem nicht genügend Beachtung schenke. Galperin ist jedoch der Meinung, daß die Bedeutung motivierender Faktoren für den Aneignungsprozeß geistiger Operationen in dem Fakt der etappenweisen Bildung implizit enthalten wäre (1966 b). Die Bedeutung von Erfolgserlebnissen für den Lernerfolg klingt in der Feststellung an, daß die „Bildung bedingter Verbindungen . . . sich nur vollziehen kann, wenn die Reaktion *bekräftigt* wird" (Galperin, Saporoshez und Elkonin 1966, S. 80). Neuerdings widmet jedoch Galperin der Bedeutung der *Motivation* für den Lernerfolg stärkere Beachtung. „Die Motivierung des Lernens wird jetzt Gegenstand unserer Untersuchungen" (Galperin 1966 b, S. 56). Galperin stellt fest, daß „die direkte innere Motivierung des Lernens wesentlich von der Methode der Vermittlung, von der Unterrichtsmethode, abhängt". Dabei unterstreicht er die Bedeutung solcher „objektiver Kriterien" wie z. B. „persönliche Eigenschaften des Lehrers (Lebendigkeit, Anschaulichkeit, Emotionalität der Darbietung)" und zählt diese „zu den Mitteln der äußeren Motivierung" (1966 b, S. 56).

Zusammenfassend ergibt sich, daß die lerntheoretische Konzeption Galperins von der etappenweisen Bildung geistiger Operationen den gegenwärtigen Diskussionen und Bemühungen um die Weiterentwicklung der Lerntheorie sehr fruchtbare Impulse gibt. Sie ist als eine dialektisch-materialistische Konzeption sowohl von der erkenntnistheoretischen als auch von der normativen Seite her besonders geeignet, als eine marxistische Lerntheorie bezeichnet zu werden, weil sie konstruktive Grundlagen für die Organisation des *Aneignungsprozesses* liefert und das aktive Handeln des Lernenden in den Mittelpunkt stellt. Sie nimmt keine kontemplative Betrachtung der psychischen Prozesse vor, sondern hebt die operative Seite bei den Lern*prozessen* heraus.

Keinesfalls darf jedoch angenommen werden, daß diese Theorie keiner weiteren Entwicklung bedürfe. Die lerntheoretische Konzeption Galperins verlangt vielmehr noch experimentelle Untersuchungen zur Verifizierung der dargestellten Hypothesen. Besonders wichtig erscheinen uns dabei lernpsychologische Experimente im Erwachsenenalter, da anzunehmen ist, daß mit zunehmendem Alter die in dieser Theorie so wichtige Orientierungsphase und die Etappe der materiellen bzw. materialisierten Handlung entsprechende Modifizierungen erfahren müssen. Aber selbst in Anbetracht der Tatsache, daß die dialektisch-materialistische Lerntheorie Galperins noch am Anfang steht, gibt sie eine prinzipiell richtige Orientierung.

2.5.6. Lerntheoretische Ansätze unter dem Aspekt systemtheoretischer, algorithmentheoretischer und informationstheoretischer Analysen

In den letzten Jahren bewährt sich immer mehr ein Erkenntnismittel, das – von sehr verschiedenen Ansatzpunkten ausgehend – rasche Fortschritte in der experimentellen Lernpsychologie bewirkt hat. Es ist dies das Prinzip der Modellbildung, und zwar speziell der *kybernetischen Modellierung* elementarer, aber auch komplexer Lernprozesse (vgl. dazu K l a u s 1965, I t e l s o n 1967, S. 340 bis 467, K l i x 1965, S. 19–46, K l i x 1966 a, S. 684–691, K l i x 1966 b, S. 899–906, C l a u s s 1965 a, S. 60–71, C l a u s s 1965 b, S. 363–378, F r a n k 1962, R i e d e l 1964, S. 99–109, v. C u b e 1967 u. a.).

Wir können die in diesem Zusammenhang zur Diskussion stehenden Probleme nur andeuten und verweisen besonders auf die relativ geschlossene Darstellung der kybernetischen Modellierung pädagogischer und psychologisch-pädagogischer Prozesse bei I t e l s o n (1967, S. 340–467). Er betont, daß die aus der marxistischen Erkenntnistheorie und Psychologie resultierenden Postulate Wege für die Konstruktion von Modellen der psychischen Tätigkeit (des Lernens) eröffnen, „die nicht nur die äußeren Anzeichen dieser Tätigkeit, sondern auch ihren inneren Gehalt und ihre Struktur beschreiben" (S. 343).

Die Grundlage des kybernetischen Herangehens an die Untersuchung „des Zusammenhangs möglicher dynamischer selbstregulierender Systeme mit ihren Teilsystemen" (K l a u s 1965, S. 41) ist die Methode der funktionellen Analogien (vgl. dazu I t e l s o n 1967, S. 345–350). K l i x (1965) vermerkt, daß es einen „der Methodik übergeordneten Gesichtspunkt" gibt, „von dem aus kybernetisch-psychologische Forschungsarbeit begreifbar wird" (S. 22). Zur Erläuterung dieses Sachverhalts orientieren wir uns an einer stilisierten Darstellung des Informationsaustauschs zwischen Organismus und Umwelt, wie sie von K l i x (1966 a, S. 689) vorgenommen wird (vgl. Abb. 2).

In dieser Wechselbeziehung von Organismus und Umwelt sind nach K l i x (1966 a) *zwei* verschiedene Betrachtungsweisen zu unterscheiden: erstens in *horizontaler* und zweitens in *vertikaler* Sicht (ganz in Anlehnung an Abb. 2 gemeint). In *horizontaler* Sicht handelt es sich um die Ebene des Stoffwechsels zwischen Organismus und Umwelt. „Innerhalb dieser Wechselbeziehungen zur Umgebung wird ein Organismus lebensfähig, handlungsfähig, fähig zur körperlichen *Aktivität*, zur Erhaltung der Art;" d. h., dadurch wird er fähig „zur Stabilisierung der physischen Seite seines Lebens" (K l i x 1965, S. 22). Das ist die Ebene der Energiegewinnung aus der Umgebung, die des Energietransports und der Energiespeicherung. Mit der Betrachtung der horizontalen Ebene „erhalten wir einen, wenn auch noch etwas groben, Blick über die hauptsächlichen Forschungsgebiete der gegenwärtigen Lernpsychologie" (K l i x 1966 a, S. 690, vgl. auch I t e l s o n 1967, S. 321–325).

Bei der Erörterung der zweiten Ebene (des in *vertikaler* Anordnung Bezeichneten) finden wir „den Zugang zu modernen theoretischen Behandlungsweisen von Untersuchungsresultaten aus der Lernpsychologie" (K l i x 1966 a, S. 690). Hier sind die Gesetze des Informationsgewinnes, der Übertragung, der Verarbeitung und der Bewahrung (Speicherung) von aufgenommenen Informationen von Bedeutung. Auf dieser Ebene werden Informationen durch Lernen und Denken verarbeitet. Wir speichern sie mit Hilfe der Mechanismen, die unsere Gedächtnisleistungen kennzeichnen, und geben Informationen weiter durch Ausdruck

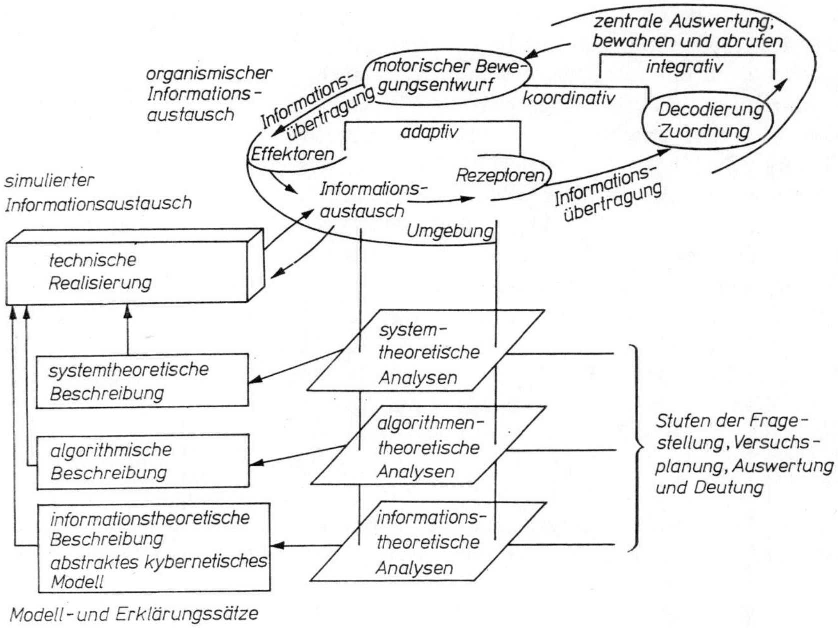

Abb. 2: Stilisierte Darstellung des Informationsaustauschs zwischen Organismus und Umgebung (nach Klix 1966, S. 689).

In der horizontalen Ebene ist der Informationsfluß zwischen Effektoren (Motorik, Tätigkeit, Handlung) und Sinnesorganen (Wahrnehmung von Umweltzuständen) eingezeichnet. In diesem Kreislauf vollzieht sich jeder Erkenntnisgewinn. Die einzelnen Stationen bezeichnen verschiedene Formen der Anpassung (und damit der Assimilation) von Umgebungszuständen. Darunter sind jene Darstellungsmittel bezeichnet, die sich zur (strukturellen und teilweise sogar zur metrischen) Erfassung dieses Informationsaustauschs eignen. Die Kästchen am linken unteren Rand verweisen darauf, daß von diesen Darstellungsmitteln aus die kybernetische Modellierung des Informationsaustauschs prinzipiell möglich ist. Dadurch können Lernprozesse modellmäßig nachgebildet, angeähnelt oder simuliert werden. Dem kommt oft ein wesentlicher Erkenntnisgewinn bei der Strukturanalyse von Lernprozessen zu.

oder durch Darstellung in der Sprache – als dem menschlichen Mittel zum Austausch von Informationen (vgl. Itelson 1967, S. 345–350).
Klix (1965) betont: „Während der Organismus durch den Energieaustausch lebensfähig wird, fähig zur *Aktivität*, zur Erhaltung der Art, zur Verrichtung von Muskelarbeit, gewährleistet der Informationsaustausch, daß er fähig wird zur Erkenntnis, fähig zum Lernen und Denken, fähig zum Erwerb und zur Sicherung seiner geistigen Substanz als ein gesellschaftlich geformtes, soziales

Wesen" (S. 22). Beide Ebenen sind nicht unabhängig voneinander; aber die Gesetze des Informationsaustausches sind andere als diejenigen, die für die Energieebene gültig sind. Abb. 2 demonstriert auch, wie die Wirkung der Umgebung durch innere Systemeigenschaften gebrochen wird (vgl. Rubinstein). Aufgabe der kybernetisch-psychologischen Lernforschung ist es nun, „die Merkmale innerer Zustände wie die der Entwicklung, des Intellekts, der Begabung, des Interesses und des Willkürverhaltens zu untersuchen, zu erfassen und modellmäßig zu formulieren" (Klix 1965, S. 25). Dazu kann man sich verschiedener theoretischer Mittel bedienen: der *Systemtheorie*, der *Algorithmentheorie* und der *Informationstheorie*. Sie sind in vertikaler Sicht als *Darstellungsmittel* zur Erfassung von Lern*prozessen* eingezeichnet, wobei die Algorithmen- und Spieltheorie zu einem Ansatz zusammengefaßt sind (Abb. 2). Gleichzeitig wird durch die Analyse des organismischen Informationsaustausches der Weg zur technischen Modellierung des abstrakten Schemas möglich. Diese Eigenschaft ist der linken Seite der Abbildung (Modell- und Erklärungsansätze) zu entnehmen. Die *Darstellungsweise* der Lernprozesse (mit Hilfe der Systemtheorie, der Algorithmentheorie oder der Informationstheorie) kann nicht willkürlich gewählt werden, sondern muß sich auf die vorgegebene Fragestellung beziehen und den speziellen Untersuchungsbedingungen angepaßt sein.

Es ist innerhalb unserer Thematik nicht möglich, auch nur annähernd auf die damit im Zusammenhang stehenden lernpsychologischen Probleme einzugehen. Wir verweisen auf die bereits genannte Literatur. Im folgenden werden nur einige Hauptsätze kybernetischer Darstellungsmittel von Lernprozessen – ebenfalls vorwiegend unter dem Aspekt von Aktivität und Motivation – skizziert.

1. Der übergreifende Gesichtspunkt jeder kybernetischen Problemstellung ist der gesellschaftlich-philosophische und speziell „der systemtheoretische Aspekt" (Klaus 1965, S. 41). *Systemtheoretische* Darstellungen von *Lernprozessen* bilden vor allem die Steuerungseigenschaften adaptiver, selbstregulierender Prozesse ab. Dazu gehören unter lernpsychologischem Aspekt Leistungen wie Lesen, Schreiben, Sprechen u. a. (vgl. Klix 1965, S. 26 f., 1966 b, S. 899 ff.).

   Systemtheoretische Analysen sind aber auch noch für andere Gebiete der Psychologie bedeutsam. Klix (1965) vermerkt z. B. im Zusammenhang mit der Tatsache, daß sich im Affekt der Tonus des vegetativen Nervensystems verändert und dies im Pupillogramm nachgewiesen werden kann: „Wenn wir das normale Verhalten der Pupillenbewegung standardisiert und systemtheoretisch erfaßt haben, so könnte es möglich werden, Affektzustände oder gar Affektveränderungen messend zu verfolgen" (S. 27). Es wird die Hoffnung zum Ausdruck gebracht, daß das sogar dahin führt, Affektverläufe in Komponentenanteile aufzuschlüsseln – entsprechend jeweils determinierender Bedingungen (vgl. dazu Strauss 1965, S. 111–115). Damit wäre unseres Erachtens die Möglichkeit gegeben, *motivationale* Aspekte im Lerngeschehen systemtheoretisch zu erfassen.

2. Die zweite Modellebene ist mit *algorithmischen* Darstellungen möglich. Mit Klaus (1965) ist unter einem Algorithmus „eine einlernbare und reproduzierbare genaue Vorschrift" zu verstehen, „mit deren Hilfe man Schritt für Schritt Aufgaben eines bestimmten Typs lösen kann" (S. 150). Eine wesentlich differenziertere Definition – speziell für die Analyse von Prozessen des Lehrens und Lernens – gibt Ljapunow (zit. bei Itelson 1967, S. 406). Da ein nicht unbeträchtlicher Teil der Lernleistungen im Erwerb geordneter Handlungssequenzen besteht, ist es notwendig, „einerseits Typen von Aufgaben oder Problemen unterscheiden zu können (Erkennungsalgorithmus nach Landa)", andererseits gilt es, „die zur Lösung einer bestimmten Aufgabenart erforderlichen Handlungen und Operationen in der richtigen und zweckmäßigen Abfolge auszuführen (Lösungsalgorithmus)" (Clauss 1965b, S. 373). Clauss (1965b) betont, daß es für die Lernpsychologie nützlich ist, „das individuelle Lösungsverhalten bei derartigen Aufgaben gründlich zu untersuchen, um herauszufinden: a) welche Teiloperationen angewandt werden, b) an welchen Stellen des Lösungsverlaufs Schwierigkeiten auftreten, c) welche unterschiedlichen Arten des Vorgehens möglich und d) welche dieser Möglichkeiten zweckmäßig sind" (S. 373).
Eine derartige Analyse des individuellen Lösungsverhaltens gibt dann konkrete Hinweise auf notwendige Formen der Belehrung und Übung der einzelnen Schüler, so daß dadurch eine gezielte *Aktivierung* und *Motivierung* des Lerngeschehens möglich wird. Clauss (1965b) kann demzufolge in empirischen Untersuchungen eine Steigerung des Lernerfolgs nachweisen, wenn dem Unterricht ein entsprechendes algorithmisches Schema zugrunde gelegt und das Training der Schüler nach diesem logischen Schema organisiert wird (vgl. dazu auch die Beispiele bei Klix 1965, S. 27–31).
Zu ähnlichen Ergebnissen gelangt Lucas (1969), der in einer von uns angeleiteten Diplomarbeit sehr kritisch pädagogisch-psychologische Probleme im Hinblick auf die Wirksamkeit von Algorithmen bei der Erarbeitung unbekannter Texte in der Erwachsenenbildung analysiert.
Mit Hilfe einer algorithmischen Darstellung des Lerngeschehens können also vor allem *strukturelle* Eigenschaften zeit- und bedingungsabhängiger Prozesse behandelt und überschaubar dargestellt werden. Auf die ausführliche Beschreibung der Untersuchung und Modellierung der Struktur von Lernprozessen mit Hilfe der Methoden der Algorithmentheorie bei Itelson (1967, S. 405–467) und vor allem bei Landa (1969) wird verwiesen.
3. Schließlich zeigt die Abb. 2, daß alle Darstellungsformen durch eine *informationstheoretische* Beschreibung „in dem Sinne majorisiert werden, als mit ihrer Formulierung auch alle anderen Beschreibungsformen möglich werden" (Klix 1966a, S. 691). Die Informationstheorie – als eine Teildisziplin der Kybernetik – untersucht „den Informationsaustausch zwischen kybernetischen Systemen, zwischen solchen Systemen und ihrer Umwelt, zwischen den Gesamtsystemen und ihren Teilsystemen usw." (Klaus 1965, S. 17).
Zu den Grundbegriffen der Informationstheorie gehören vor allem: Infor-

mation, Entropie, Kodierung, Störungen, Durchlaßkapazität des Übertragungskanals, Abstimmung und Voraussage. Die Informationstheorie beruht auf der Messung der objektiven Wahrscheinlichkeiten der Ereignisse „unabhängig von den Kenntnissen des Menschen über sie, unabhängig von ihrem Sinn und ihrem Wert für den Menschen" (Itelson 1967, S. 380 – vgl. auch Klix 1965, S. 31–42, Clauss 1965a, S. 60–71 u. a.). Nach Itelson (1967, S. 351–384) eignen sich diese Grundbegriffe im Zusammenhang mit dem *Lernprozeß* für die Beschreibung der folgenden objektiven Prozesse: „erkennende, praktische und lehrende Tätigkeit, Übertragung von Mitteilungen vom Lehrer auf den Schüler im Verlaufe des Unterrichts, Ausnutzung dieser Mitteilungen durch den Schüler bei praktischen Handlungen" (S. 384). Dadurch wird eine quantitative Erforschung der angegebenen Prozesse ermöglicht und die Konstruktion entsprechender mathematischer Modelle.
Da alles Lernen im Sinne informationstheoretischer Termini einen Informationsgewinn bedeutet und demzufolge mit einer Abnahme der Entropie (Ungewißheit) verbunden ist, würde man einen Einblick in die Dynamik des Lernvorgangs gewinnen, wenn es gelingt, diesen entgegengesetzten Vorgang exakt zu erfassen. Clauss (1965a) zeigt am Beispiel spezifischer Suchaufgaben, daß solche Analysen grundsätzlich möglich sind, „wenn die Aufgabenentropie feststellbar ist und wenn nur informationstheoretisch definierte Operationsklassen zugelassen werden" (S. 71). Sind diese Voraussetzungen erfüllt, dann kann man „den individuellen Lernvorgang in seiner stadialen Gliederung sichtbar machen (schrittweiser Entropieabbau); die Qualität jeder Teiloperation – durch Bezug auf die optimale Operation – metrisch charakterisieren; die Lösungsstrategie – durch Bezug auf die optimale Sequenz von Operationen – objektiv bewerten und prüfen, ob und wenn ja in welcher Weise unzweckmäßige Operationen durch bessere ersetzt werden" (Clauss 1965a, S. 71). Derartige informationstheoretisch orientierte Lernexperimente lassen unseres Erachtens eine Konditionalanalyse spezifischer Lernleistungen auch unter dem Aspekt der individuell unterschiedlichen *Lernaktivität* und *Motivationslage* zu.
Aufschlußreich für unser Anliegen, verschiedene lerntheoretische Ansätze unter dem Gesichtspunkt von *Aktivität* und *Motivation* zu untersuchen, ist schließlich die Tatsache, mit Hilfe informationstheoretischer Methoden eine Analyse der Bildungsbedingungen von *Einstellungen* zu ermöglichen (vgl. Klix 1965, S. 37–40, Birth 1965, S. 89–95). Die aus dem Informationsaspekt erwachsende Erkenntnis besteht darin, „daß die maximale Stärke der Einstellungsbildung der Größe $H(X)$ proportional und damit durch sie meßbar ist ... Da wir die Einstellungsstärke mit dem Informationsmaß messen, scheint auch die dynamische Seite, die Affektkomponente bei der Informationsverarbeitung meßbar geworden zu sein" (Klix 1965, S. 39). Birth (1965) deutet deshalb an, daß diese ersten Ergebnisse – weitere Experimente sind noch erforderlich – von Wert sein könnten „für die pädagogische oder therapeutische Beeinflussung von Einstellungen wahrscheinlich auch in kom-

plexen Bereichen, wie etwa denen der sozialen Kommunikation oder des Lernens" (S. 95).

Zusammenfassend läßt sich feststellen, daß mit Hilfe kybernetischer Untersuchungsmethoden eine genauere quantitative Formulierung objektiver Eigenschaften und Gesetzmäßigkeiten des Lern*prozesses* erreicht wird. Die Bedeutung von *Aktivität* und *Motivation* läßt sich für den Lernerfolg nicht nur postulieren, sondern mit Hilfe kybernetischer Untersuchungsmethoden lassen sich diese wichtigen Lernfaktoren im Verlauf individueller Lern*prozesse* metrisch erfassen. Das ermöglicht dann „die Kontrolle von psychologisch-pädagogischen Erscheinungen unter verschiedenen Bedingungen und darauf aufbauend die vollständigere und wirksamere Steuerung von pädagogischen Prozessen" (Itelson 1967, S. 468). Clauss (1965 a) ist der festen Überzeugung, daß z. B. „die Informationstheorie ein geeignetes Werkzeug ist, um die Lernpsychologie zu befruchten und die Stagnation der lernpsychologischen Forschung zu überwinden" (S. 60).

Nachdrücklich wird jedoch mitunter auch auf die Grenzen kybernetischer Behandlungsweisen der Lernprozesse hingewiesen. Bergius (1964) ist der Auffassung, daß heute „noch nicht entschieden werden kann, ob die informationstheoretischen und kybernetischen Bemühungen ... Abhilfe schaffen werden" und in der Lage sind, den Lernprozeß vollständig zu erfassen (S. 6). Auch Itelson (1967) weist darauf hin, daß mathematische und kybernetische Begriffe „den Gesamtinhalt der Prozesse der psychischen Tätigkeit, des Verhaltens, der Bildung und Erziehung des Menschen (das Lernen, H. L.) weder ganz erfassen noch vollständig widerspiegeln" können (S. 469).

Bei aller Problematik, vieldimensionale und komplexe Sachverhalte – wie das beim Lernen der Fall ist – mathematisch zu erfassen, möchten wir abschließend mit Klaus (1965) die Meinung vertreten: Der Einwand, die Mathematik könne „nur die quantitative, numerische Seite der Dinge erfassen, das Verhalten sei aber in erster Linie immer eine qualitative Angelegenheit ... hält einer dialektisch-materialistischen Kritik nicht stand ... Die Mathematik ist nicht einfach eine Wissenschaft numerischer Art. Die Mathematik kann sehr wohl Qualitäten darstellen" (S. 199 f.). Dieser Einwand kann auch deshalb nicht akzeptiert werden, weil jedes Ding, jeder Prozeß eine Einheit von Quantität und Qualität darstellt. „Freilich ergibt sich die These: Alles ist numerisch erfaßbar, und nichts ist ganz numerisch erfaßbar" (S. 199).

2.5.7. Zusammenfassung und Schlußfolgerungen

Im zweiten Teil der vorliegenden Arbeit stellten wir uns die Aufgabe, die wichtigsten zur Diskussion stehenden Lerntheorien unter dem Aspekt der Bedeutung von Aktivität und Motivation für das Lernen zu untersuchen.

In einem kurzen Rückblick wird folgendes Allgemeine und Spezielle deutlich:

1. *Allgemeines*

Jede Theorie des Lernens stellt jeweils verschiedene Seiten des Lernprozesses und jeweils verschiedene Lernarten in den Mittelpunkt.
So erfassen einige der dargestellten Theorien in mechanistischer Betrachtungsweise nur die einfachen Fälle des Lernens durch Verbindungen nach bestimmten Assoziationsprinzipien. Andere verstehen den Lernvorgang unter dem Aspekt der Entwicklung bedingter Reflexe (dynamischer Systeme) oder einer bestimmten bekräftigten Reaktion. Wieder andere beschreiben Lernprozesse „mit verschiedenen Arten des Verhaltens unter der Voraussetzung, daß eine vom Verhalten des Lernenden unabhängige determinierte oder zufällige Folge von Ereignissen abläuft". Manche suchen die Gesetzmäßigkeit der Entstehung von Reaktionen darin, daß der Lernende „aktiv auf den Zustand der Umwelt einwirkt", und wieder andere wollen „den Zusammenhang des Verhaltens mit der Gesamtstruktur der Persönlichkeit des Lernenden beschreiben" (vgl. Itelson 1967, S. 321). Die Theorie der etappenweisen Bildung geistiger Operationen und die kybernetischen Darstellungsmittel des Lerngeschehens sind unseres Erachtens besonders geeignet, den *Verlauf* des Lernens, den Lern*prozeß*, einsichtig werden zu lassen und ihn metrisch zu erfassen. Natürlich sind die modernen Lerntheorien nicht ohne ihre Vorläufer zu verstehen. Ohne Zweifel beruhen auch die jüngsten informationstheoretischen Auffassungen auf Erkenntnissen, die bereits früher gewonnen wurden.
Die unterschiedlichen Postulate in den einzelnen Lerntheorien scheinen u. a. damit erklärt werden zu können, daß bei der Entwicklung der verschiedenen Betrachtungen unterschiedliche philosophische Standpunkte und auch unterschiedliche Lerngegenstände (bzw. Lernsituationen und Lernaufgaben) sowie unterschiedliche Lernsubjekte (Tiere, Kinder, Erwachsene) Ausgangspunkt für die Experimente und die Theoriebildung waren. Jede der vorliegenden Lerntheorien kann bestimmte Teilleistungen des Lernens erklären, strukturell anderen Lernleistungen gegenüber versagt sie und ist zu Zusatzhypothesen gezwungen. Höhere Lerngesetze heben die niedrigen nicht vollkommen auf, sie überformen sie. Die niederen Lerngesetze sind in den höheren „aufgehoben" – in der dreifachen Bedeutung des Wortes. Das zeigt u. a., daß der Bau mancher kybernetischer Lehrmittel zum Beweis kontiguitätstheoretischer Auffassungen genauso zu einer Steigerung des Lernerfolgs führt, wie das bei denjenigen der Fall ist, die ihre Konstruktionsprinzipien den Hypothesen der Verstärkungstheorie verdanken (vgl. Clauss 1965 c, S. 12).

2. *Spezielle Schlußfolgerungen*

Bei allen Unterschieden haben die betrachteten Theorien jedoch auch viel Gemeinsames.
Unter dem Aspekt unseres speziellen Anliegens läßt sich zusammenfassend feststellen, daß *Aktivität* und *Motivation* conditio sine qua non für alles Lernen darstellen. Diese unabdingbaren Voraussetzungen kommen allerdings in den einzelnen Lerntheorien mit unterschiedlicher Akzentuierung zum Ausdruck. Wir

hoffen, deutlich gemacht zu haben, daß Aktivität und Motivation von allen zentralen lernpsychologischen Standpunkten – ausgenommen die orthodoxe Assoziationstheorie – eine bedeutsame Funktion im Lerngeschehen zugesprochen bekommen. Aus der Kenntnis der Lerntheorien, die sich aus lernpsychologischen Untersuchungen ergeben, lassen sich für die Praxis der Erwachsenenbildung – für *alles Lernen* (Bildung und Erziehung) überhaupt – folgende allgemeine Prinzipien ableiten. Wir übernehmen dabei weitestgehend den Wortlaut der sehr instruktiven Zusammenstellung von Clauss (1965c, S. 15f.). Wenn wir dabei den Begriff des Schülers verwenden, so sind die Regeln für die Teilnehmer in Einrichtungen der Erwachsenenbildung in gleichem Maße praxisrelevant.

1. *Aktivität des Lernenden begünstigt Lernerfolge.* Das heißt, man kann annehmen, daß die Anzahl und Intensität der Kontakte zwischen Lernenden und Situation, der Grad der individuellen Beteiligung Einfluß auf den Selektionsvorgang ausüben. Bei rezeptiv-passiver Haltung ist die Erfolgschance geringer als bei zugreifend-aktiver Haltung. Man muß deshalb beim Schüler eine optimale Lernaktivität auslösen. Spezielle Untersuchungsergebnisse zu dieser Forderung stellen wir im Abschnitt 5.7. dar.
2. *Situationsanalyse durch den Lernenden begünstigt Lernerfolge.* Da eine feine Abstimmung von Operationen und den spezifischen Anforderungssituationen angestrebt wird, ist es ratsam, den Schüler zu veranlassen, äußerlich ähnliche Situationen, die sich aber konditionalgenetisch unterscheiden, folglich auch unterschiedliche Reaktionen erfordern, zu analysieren. Was Landa (1969) „Ausbildung von Erkennungsalgorithmen" nennt, gehört hierher. Man muß jeden Drill auf ein festgelegtes Situations-Auslöse-Schema vermeiden. Statt dessen sollen die Aufgaben und Handlungssituationen in der Lernphase mannigfach variiert werden.
3. *Erfolgsinformation ist conditio sine qua non für alles Lernen.* Das heißt, wenn der Schüler klar, verständlich und eindeutig erfährt, welche seiner Aktionen falsch und welche richtig, welche gut oder schlecht, zweckmäßig oder zweckwidrig war, dann ist mit einer zügigen Lernleistung zu rechnen. Deshalb kommt es darauf an, den Schüler darüber zu informieren, welchen Erfolg jede seiner Aktionen mit Rücksicht auf die jeweilige Situation hatte.
4. *Das Tempo des Lernfortschritts hängt von der Länge des Zeitintervalls ab, das zwischen Handlung und Erfolgserfahrung liegt.* Das heißt, die Wahrscheinlichkeit eines spezifischen Verhaltens ändert sich im allgemeinen um so zügiger, je *kürzer* das Zeitintervall zwischen Handlung und Erfolgserfahrung ist. Folglich muß dem Schüler möglichst rasch nach einer Antwort Klarheit darüber verschafft werden, ob diese richtig oder falsch ist. Klassenarbeiten sollten so schnell wie möglich korrigiert zurückgegeben werden. Erfolgt dies erst nach 4 Wochen oder einem noch längeren Zeitraum, dann ist die Resonanz der Zensuren sehr gering. Gleiches gilt für anerkennenswerte Leistungen im Zusammenhang mit der Ausführung gesellschaftlicher Funktionen. Es sollte nicht erst bis zur nächsten Prämiierungsmöglichkeit gewar-

tet werden, sondern die positive Bewertung (Lob und Anerkennung) sollte sofort nach der Erfüllung eines gesellschaftlichen Auftrages erfolgen – was eine nachträgliche Prämiierung nicht ausschließt.

5. *Verhaltensweisen, die keine positiven Folgen zeitigen, werden bald aufgegeben.* Das heißt, um jemandem unerwünschtes Verhalten abzugewöhnen, kann man es durch negative Folgen bestrafen. Noch wirksamer ist – im Gegensatz zu einer weit verbreiteten Annahme – die Nichtbekräftigung. Folglich sollten unerwünschte Verhaltensweisen dadurch eliminiert werden, daß sie nicht bekräftigt werden. Diese Regel ist allerdings sehr differenziert zu handhaben. Keinesfalls bedeutet sie, daß z. B. die Unpünktlichkeit eines Erwachsenen im Betrieb keine Rüge erfahren sollte. Die Rüge hat aber nur dann Erfolg, wenn sie von einem Leiter (bzw. einem Lehrer) ausgesprochen wird, der Autorität besitzt, und wenn sie darüber hinaus vom gesamten Kollektiv akzeptiert wird.
6. *Verhaltensweisen werden im allgemeinen nicht durch einmalige Bekräftigung erworben, sondern bedürfen der fortlaufenden Bekräftigung.* Folglich müssen *wünschenswerte* Verhaltensweisen auch dann noch eine Zeitlang wiederholt, geübt und bekräftigt werden, wenn sie bereits eingetreten sind. Das ist um so notwendiger, je mehr sich falsche Verhaltensweisen bei Erwachsenen verfestigt haben.
7. *Die angemessene Anzahl und zeitliche Abfolge von Bekräftigungen sind individuell und je nach dem Lerngegenstand verschieden, jedoch optimierbar.* Folglich muß man danach trachten, dem Schüler nicht mehr, aber auch nicht weniger Übungen, Wiederholungen und Bekräftigungen zu bieten, als für den wünschenswerten Lerneffekt erforderlich und ausreichend sind.
8. *Der Lernerfolg wird durch angstfreie Situationen begünstigt.* Manche Lehrer und Erzieher glauben, daß sie mit dem Setzen von Barrieren (Auslösung von Angst, Androhung von Strafen) den Lernerfolg verbessern könnten. Diese sogenannte „Barriere-Druck-Situation" (Metzger) kann nur vorübergehend einmal erfolgreich sein. Auf die Dauer werden dadurch nur die vorhandenen Aversionen gegenüber einem Lernziel verstärkt, und der Lernerfolg wird gemindert. Eine „Ziel-Zug-Lage" (Metzger), die Ausdruck einer positiven Motivation ist, führt mit größerer Sicherheit – bei einem geringeren Energieaufwand – zu dem gewünschten Lernerfolg. Wir kommen darauf noch ausführlich in dem Abschnitt 5.6. zu sprechen.
9. *Negative Verhalteneigenschaften eines Menschen lassen sich mit um so größerer Wahrscheinlichkeit beseitigen, je mehr man bestrebt ist, die positiven Eigenschaften zu erkennen und diese zu bekräftigen.* Diese lernpsychologische Regel hat besondere Bedeutung für die Erziehung von fehlentwickelten Kindern. Sie ist aber nicht weniger bedeutsam für die oftmals relativ verfestigten fehlerhaften Fertigkeiten und Gewohnheiten der Erwachsenen. Wenn man dem Menschen immer nur seine negativen Eigenschaften vorhält, dann sind die Folgen oftmals Resignation oder gar Opposition. Bemüht man sich jedoch, den Menschen mit seinen positiven Eigen-

schaften einmal zum „Mittelpunkt" der Gemeinschaft werden zu lassen, dann sind Lernerfolge sehr viel schneller zu erreichen.

10. *Alle äußeren Ursachen (Einwirkungen) werden durch die beim Individuum vorhandenen inneren Bedingungen gebrochen.* Dieser von Rubinstein formulierte Satz verlangt, daß die oben genannten allgemeinen lernpsychologischen Prinzipien einer differenzierten Handhabung bedürfen, um die Bildungs- und Erziehungsarbeit (den Lernprozeß) jeweils erfolgreich zu gestalten. Diese Dialektik gilt es z.B. auch in der ideologischen Arbeit, in der Leitungstätigkeit zu berücksichtigen. „Die ideologische Arbeit kann ... nur dann den erforderlichen Erfolg zeitigen, wenn die inneren Bedingungen, d.h. die *Einstellungen, Meinungen, Vorurteile, Interessen, Bedürfnisse, Emotionen* usw., der Menschen gebührend berücksichtigt werden. Wir dürfen in den Menschen nicht einfach *Objekte* der ideologischen Einwirkung sehen, sondern müssen sie als das nehmen, was sie sind – *denkende, fühlende* und *handelnde Subjekte mit all ihren Besonderheiten*" (Lompscher und Mäder 1969, S. 251).

Wichtig erscheint uns schließlich noch der Hinweis, daß Lernerfolge nicht nur durch Erfolgsbekräftigungen der Handlungen entstehen. Kossakowski (1969 a, b) unterscheidet zwischen Handlungs*regulierung* und Handlungs*orientierung.* Für die Handlungs*regulierung,* die besonders im Kleinkindalter und im frühen Schulalter notwendig ist, stehen systematische handlungs*regulierende* Maßnahmen der Erzieher (positive und negative Sanktionen wie Lob, Zuspruch bzw. Tadel, Ermahnung usw.) zur Auslösung von Erfolgs- bzw. Mißerfolgserlebnissen im Vordergrund der Erziehung. Bei der Erziehung älterer Schüler und bei Erwachsenen werden dagegen handlungs*orientierende* Maßnahmen zur *Selbsterziehung,* wie Vermittlung und Begründung moralischer Normen, Beispielwirkung und Orientierung an Idealen, emotional wirksame Zielsetzungen und andere erzieherische Maßnahmen bedeutsam, wobei natürlich auch hier nicht auf handlungs*regulierende Maßnahmen* (Lob und Tadel) verzichtet werden darf. Für die leistungsschwachen Teilnehmer innerhalb der Erwachsenenbildung ist die Auslösung von Erfolgserlebnissen im Zusammenhang mit erzielten Lernfortschritten bzw. positiven Verhaltensweisen von außerordentlicher Bedeutung für ihren Lernerfolg. Mit Kossakowski (1969 b) betonen wir:

„Menschliches Handeln ist also nicht in erster Linie durch zurückliegende Erfolgsbekräftigungen (Sanktionen) gesteuertes *rückbedingtes* Verhalten, sondern vielmehr durch denkende Einsicht in die Handlungsnotwendigkeiten ermöglichtes bewußtes *vorbedingtes* (antizipierendes) Handeln" (S. 73).

Abschließend sei vermerkt, daß sich diese lernpsychologischen Prinzipien, die sich aus den wichtigsten Lerntheorien ergeben, beim programmierten Lernen – speziell beim programmierten Unterricht – besser realisieren lassen, als das beim traditionellen Klassenunterricht möglich ist. Wir gehen darauf noch kurz im vierten Teil der vorliegenden Arbeit ein.

Dritter Teil

3. Spezielle lernpsychologische Probleme im Erwachsenenalter

Bereits in der Einleitung stellten wir fest, daß es viel mehr lern- und entwicklungspsychologische Untersuchungen im Kindes- und Jugendalter gibt als im Alter der Erwachsenen. Gründe dafür führten wir an. Verständlicherweise sind deshalb psychologische *Theorien,* die die unterschiedlichsten experimentellen Untersuchungsergebnisse im Erwachsenenalter befriedigend zusammenfassen, nur in Ansätzen vorhanden. „Eine ‚Psychologie des Erwachsenen' gibt es ... bis heute nicht" (Spranger 1953, S. 71). Bauer spricht 1966 noch davon, daß ihm eine solche zusammenfassende Theorie „unbekannt" sei (S. 21).
Eine kritische Sichtung bisheriger lernpsychologischer Untersuchungsergebnisse und entsprechender entwicklungspsychologischer Theoriebildungen erscheint uns deshalb erforderlich.
Zunächst erörtern wir lernpsychologische Betrachtungen im Erwachsenenalter unter dem Aspekt verschiedener Phaseneinteilungen (Abschnitt 3.1.). Wir halten das für notwendig, da wir in eigenen Untersuchungen u. a. auch der Frage nachgehen, inwieweit sich altersabhängige Lernerfolge bei Erwachsenen nachweisen lassen. Danach untersuchen wir an Hand bereits veröffentlichter und eigener Untersuchungsergebnisse etwaige Zusammenhänge zwischen Alter und physischer Funktionstüchtigkeit (Kapitel 4.) bzw. Alter und psychischer Leistungsfähigkeit (Kapitel 5).

3.1. Zum Problem phasenspezifischer Besonderheiten im Erwachsenenalter

Bis nach dem ersten Weltkrieg bestritten selbst solche – für die damalige Zeit – bedeutende Pädagogen und Psychologen wie James (zit. bei Bobertag 1930, S. 57), Kerschensteiner (1928, S. 305), Nohl (1933, S. 47) u. a. die Lern- bzw. Bildungsfähigkeit der Erwachsenen mehr oder weniger. Der Erwachsene, so hieß es allgemein, sei im wesentlichen physisch und psychisch fertig, seine Bildung sei abgeschlossen und könne, von Ausnahmen abgesehen, nicht mehr geändert bzw. erweitert werden.
Hofstätter (1938) faßt die wenigen damals vorliegenden empirischen Untersuchungen zusammen: „Was die Entwicklung der intellektuellen Fähigkeiten anlangt, so kann man auf Grund der heute vorliegenden Untersuchungen diese wohl mit dem Beginn der 20er Jahre für abgeschlossen halten, also, wie schon Spearman betonte, noch vor dem Abschluß der körperlichen Entwicklung"

(S. 303). Zu derartigen extremen Behauptungen haben biologistisch orientierte psychologische Theorien nicht unwesentlich beigetragen (vgl. die kritischen Darstellungen zu jugendpsychologischen Theoriebildungen bei Friedrich und Kossakowski 1962, S. 9–45). Spranger entwickelt noch 1953 ein von der idealistischen Weltanschauung her determiniertes Bild des Erwachsenen und betont:

„Alle Lebensphasen, die man unter dem Namen Jugendzeit zusammenfaßt – sie reicht etwa bis zum 20. Jahre –, zeigen einen hohen Grad von Plastizität oder Bildsamkeit. Kein Zweifel, daß diese in den 20er Jahren stark absinkt" (S. 72).

Heute liegen zahlreiche – oftmals widersprüchliche – Untersuchungsergebnisse psychologischer Leistungsprüfungen im Erwachsenenalter in Form verschiedener Sammelreferate bzw. zusammenfassender Darstellungen vor (Miles 1933, Hofstätter 1938, v. Bracken 1939, 1952, Matzdorff 1948, Kehrer 1952, Lehman 1953, Kaplan 1956, Thomae 1956, Riegel 1958 a, b, Szewczuk 1959, Birren 1959, Ch. Bühler 1959, Ihalainen 1962, Bauer 1966, Bergler 1966, Rösler 1967 u. a.).
Überblickt man diese Ergebnisse, so ergibt sich – trotz Widersprüchlichkeit der Resultate – eine Feststellung, die Riegel (1958 a) in der Einleitung seines sehr differenzierten und umfangreichen Sammelreferates betont:

„In fast jeder Untersuchung ergab sich ein Absinken der Fähigkeiten nach einem Höhepunkt, der im allgemeinen im dritten Lebensjahrzehnt, teilweise aber schon im zweiten und sogar am Anfang dieser Zeitspanne liegt" (S. 53).

In einer solchen Äußerung wird eine eindimensionale Modellvorstellung transparent, nämlich die Abhängigkeit der Leistungsfähigkeit im allgemeinen und die der Lernfähigkeit im besonderen *allein vom Alter* der Erwachsenen. Riegel (1958 a) stellt dazu bereits kritische Betrachtungen an. Zur Verdeutlichung dieses Sachverhalts sei noch eine etwas differenziertere Zusammenfassung aller bisherigen lernpsychologischen Resultate im Erwachsenenalter herangezogen, wie sie Jaspers (1965) vornimmt:

„Man hat nach den Gesichtspunkten der Leistungspsychologie die Fähigkeiten der verschiedenen Lebensalter miteinander verglichen, die allgemeine Behauptung der Leistungsminderung konkretisiert, zum Teil als Leistungswandel begriffen. Man hat festgestellt, daß die Fähigkeit zu rascher Umstellung schon vom 28. Jahr an sinkt, das Gedächtnis vom 30. Jahr ab zurückgeht, Sinnesschärfe und körperliche Gewandtheit vom 38. bis 40. Jahre an leiden" (S. 574).

Ein solch allgemeines, letztlich biologistisch orientiertes Einfaktorenmodell, das wir z. B. im Zusammenhang mit dem Problem der Akzeleration und der psychischen Leistungsfähigkeit bereits mehrfach kritisierten (Löwe 1963 b, 1963 c, 1965), liegt einem Großteil aller empirischen Untersuchungen im Erwachsenenalter bei der Interpretation lernpsychologischer Ergebnisse zugrunde. Nun zeigen aber gerade die Arbeit von Riegel (1958 b) und eine Reihe weiterer Untersuchungen, daß innerhalb der psychischen Funktionen, ja selbst im Bereich der Intelligenz viel differenziertere Unterscheidungen vorgenommen werden müssen, wenn man der psychologischen Realität des erwachsenen Menschen gerecht werden will. Die Gründe für eine derart globale und unwissenschaftliche Interpretation der Untersuchungsergebnisse sind vielfältig. Wir gehen darauf ein, wenn wir Probleme der psychischen Leistungsfähigkeit im Erwachsenenalter diskutieren (Kapitel 5.).

3.1.1. Biologisch orientierte Phasenlehren des Erwachsenenalters

Zunächst sei betont, daß viele lernpsychologische Untersuchungen im Erwachsenenalter schon bei ihrer Anlage von einem einfaktorentheoretischen Vorstellungsmodell konzipiert werden, „das sich wohl auch emotional aufgrund gewisser innerer Beziehungen zu stereotypen Leitbildern weitgehend verfestigt hat" (Bergler 1966, S. 26).
Von diesem objektiv nicht haltbaren Leitbild der eindimensionalen Abhängigkeit der Leistungs- und Lernfähigkeit der Erwachsenen von der jeweiligen Altersstufe sind die meisten lern- und entwicklungspsychologischen Arbeiten im Erwachsenenalter nicht frei (vgl. Bergler 1966, S. 26).
Für eine solche Betrachtungsweise spielen u. a. *die* Arbeiten eine Rolle, die unter entwicklungspsychologischem Aspekt verschiedene biologisch orientierte Phaseneinteilungen des Erwachsenenalters postulieren (Ch. Bühler 1933, 1957, 1959, 1962, v. Tiling 1936, Künkel 1948, Moers 1953, Scharmann 1955, Guardini 1959, Castner 1963 u. a.). Die wichtigsten werden kurz dargestellt.
Bereits Boll (1913) gibt in seiner Abhandlung „Die Lebensalter" eine Übersicht über die Abgrenzung der Altersstufen in Antike und Mittelalter und weist eine Drei- und Vierteilung, vor allem aber die geläufige Sieben-Jahres-Einteilung des Lebens in Literatur und Kunst nach. So kannten schon die Römer eine Fünferteilung des Lebenslaufes: 1. pueritia, 2. adolescentia, 3. juventus, 4. virilitas, 5. senectus (Künkel 1941, S. 7, übersetzt mit: 1. Kindheit, 2. Jugendzeit, 3. Mannesalter, 4. reife Manneszeit, 5. Greisenalter). Bezeichnenderweise sind jedoch keine Jahreszahlen dafür angegeben. Goethe sieht das Leben in vier Perioden (Kindheit, Jünglingsalter, Mannesalter, Greisenalter), wenn man sich an ein Wort hält, das den „Maximen und Reflexionen" entnommen ist (Aphorismus 806, S. 137). Auch bei ihm finden sich keine mit konkreten Jahreszahlen angegebenen Lebensabschnitte. Beide genannten Einteilungen orientieren sich wahrscheinlich an typischen sozialen Verhaltensweisen des Menschen in diesen Abschnitten. Dem ist zuzustimmen.
Ganz anders verhält es sich nun mit *den* Phaseneinteilungen, die in der psychologischen Literatur des Erwachsenenalters vorwiegend verwendet werden. Die Konzeption von Ch. Bühler (1933) ist innerhalb der Erwachsenenpsychologie nicht nur wegen ihres historischen Primats von Wichtigkeit, sondern auch wegen ihres weitreichenden Einflusses auf alle späteren entwicklungspsychologischen Arbeiten und damit auch auf Interpretationen lernpsychologischer Untersuchungen. Für ihr Anliegen, „die Grundtendenzen, den Verlauf und den schick-

salhaften Aufbau des menschlichen Lebenslaufs" (K a r s t e n 1965, S. 5) aufzuzeigen, benutzte sie biographisches Material (50 Anamnesen und 100 Biographien aus der Literatur), „das Werk", also das objektive Produkt, das ein Mensch im Laufe seines Lebens geschaffen hat, und biologische und medizinische Befunde. Ch. B ü h l e r (1933) ist bemüht, eine eindeutig biologische Hypothese zu verifizieren. Nach ihr stellen Kindheit und Jugend einerseits Rekapitulation der Phylogenese, andererseits jedoch, zukunftsgerichtet betrachtet, einen „Entwurf" des ganzen Lebens dar, d. h. der Ontogenese. Kindheit und Jugend erscheinen ihr also als Ganzes gesehen als eine Vorwegnahme und ein provisorischer Aufriß des Lebens, dem dann das Leben als die endgültige Ausführung folgt unter Einbeziehung des Entwurfs als seiner Exposition (S. 315 ff.). Von diesem Ansatzpunkt aus kommt es zur Ausbildung jenes einfaktorentheoretischen Modells, „das heute nicht mehr den Charakter eines Modells, sondern eines verfestigten, stereotypen Vorurteils trägt" (B e r g l e r 1966, S. 17) und das die „Entwicklung der menschlichen Persönlichkeit durch eine geradlinig ansteigende und nach einem Kulminationspunkt abfallende Kurve" symbolisiert zeigt (T h o m a e 1956, S. 106). Ch. B ü h l e r postuliert im Zusammenhang mit der von ihr benannten „Biologischen Lebenskurve" fünf relativ feststehende Lebensphasen (vgl. Abb. 3).

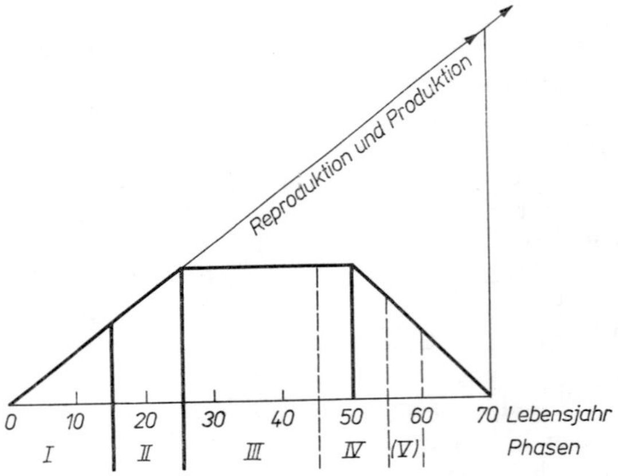

Abb. 3: Biologische Lebenskurve (nach Ch. B ü h l e r 1959, S. 92).

Dabei zeigt die Horizontale eine angenommene Lebensdauer von 70 Jahren. Die Unterteilungen repräsentieren die schematisch angesetzten Phasenabschnitte; die punktierten Linien geben die Variationsbreite von Beginn und Ende der 4. Phase an. Die „gekrümmten Linien repräsentieren die Richtungswechsel vom Aufbau oder generativen zum stationären Wachstum und von da zum Abbau oder Verfall" (Ch. B ü h l e r 1959, S. 93). Die den Aufbau fortsetzende Linie soll das „Wachstum der Produkte des Lebens" angeben, die das Individuum überleben. Schließlich soll die vertikale Linie, die die Linie der „aufsteigenden Produkte" mit der abgestiegenen Lebenskurve verbindet, andeuten, „daß zu diesem Zeitpunkt zwar einerseits das

Individuum sein eigenes Leben beendet, es aber andererseits in seinen Produkten – Kindern, Werken oder sozialer Nachwirkung der Persönlichkeit – weiterlebt" (S. 93).

Diese Auffassungen korrespondieren mit den Ansichten W. Sterns (1933), der den gesamten Lebenslauf eines Menschen „als eine große dynamische Pyramide" betrachtet wissen will. „Kindheit und Jugend bilden den Anstieg: die reifen Erwachsenenjahre bilden die ‚Akme', d. h. den Gipfel; dann erfolgt der Abstieg von Kraft, Leistungsintensität und Leistungsextensität" (S. 651). Duyker (1956) weist in seiner Arbeit „Die soziale Normierung der menschlichen Entwicklung" derartig biologische Betrachtungen im Erwachsenenalter bereits entschieden zurück (S. 10 ff.).

In neueren Arbeiten kommt Ch. Bühler (1957, 1959, 1962) unter dem Einfluß empirischer sozial- und lernpsychologischer Untersuchungen in den USA zu der etwas geänderten Auffassung, „daß Lernen und Motivation die von der biologischen Reifung ausgehenden Antriebe hemmen, modifizieren und in völlig andere Bahnen lenken können und daß es daher beim Menschen keine ausschließlich von der biologischen bestimmte seelische Entwicklung gibt" (1959, S. 12). Trotzdem vertritt sie die Meinung, daß „die durch Tests festgestellten Funktionen ... weitgehend durch die Vorgänge des biologischen Auf- und Abstiegs bedingt sind" (1959, S. 19). In Auseinandersetzung mit der von White (1952) postulierten Kontinuität des Wachstumsprozesses und der von Allport, Bruner und Jandorf (1941) sowie Boder (1956) vertretenen Stabilität der Persönlichkeitsstruktur nach ihrer eigentlichen Ausbildung wird von Ch. Bühler erneut die Fruchtbarkeit einer Phasenlehre betont. Die schematische einfaktorentheoretische Verallgemeinerung der Abhängigkeit der Leistungs- und Lernfähigkeit im Erwachsenenalter von biologischen Faktoren der Persönlichkeit kann auch nicht durch ihre Feststellung entkräftet werden, daß „die Phasenbetrachtung ... der Natur der Sache nach schematisch ist, und die individuellen Variationen ... die konkrete Realität" darstellen (Bühler 1959, S. 93).

Ebenso wie Ch. Bühler ist Moers (1953) der Überzeugung, daß im Erwachsenenleben Phasen nachweisbar seien, die durch endogene Faktoren der Entwicklung bedingt werden. Bei ihrem Buch „Die Entwicklungsphasen des menschlichen Lebens" handelt es sich um eine „entwicklungspsychologische Betrachtung" (S. 125), die allerdings ohne konkrete empirische Befunde entstanden ist. Sie ist bemüht, die von ihr postulierten sechs Lebensphasen „auf die letzten seelischen Antriebe" (S. 21), auf die Art und Stärke der Triebe und Strebungen zurückzuführen. Wir haben diese Lebensphasen in Abb. 4 zusammengestellt.

Die Ähnlichkeit des Ansatzes mit dem von Ch. Bühler liegt darin, daß auch bei Moers „vier Grundantriebe" (1. die Triebe, 2. vital-seelische Strebungen, 3. sachliche Strebungen, 4. geistige Strebungen) die Kriterien für eine Einteilung des Lebens in Entwicklungsphasen sind. Es ist nicht unser Anliegen, die von ihr postulierten Inhalte der einzelnen Lebensphasen kritisch zu betrachten. Unter lernpsychologischem Aspekt erscheint es uns jedoch zunächst höchst problematisch, daß Moers mit ihrer Arbeit vor allem einen Beitrag zu *Möglichkeiten der Erwachsenenbildung* in den einzelnen Lebensphasen liefern will. „Die

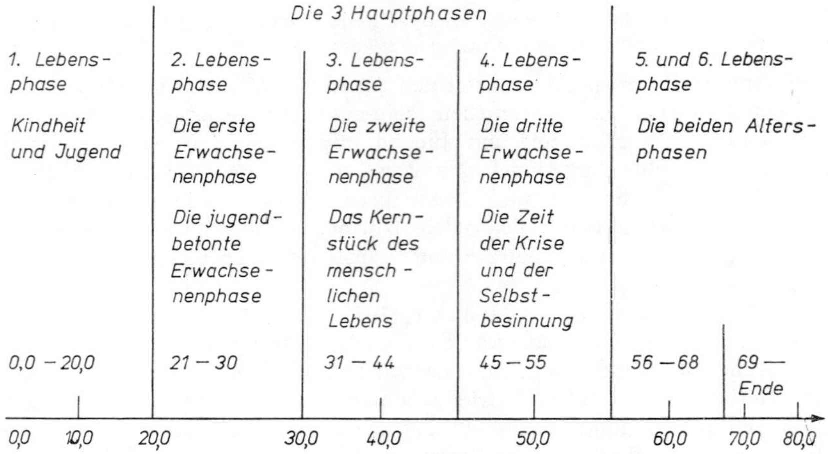

Abb. 4: Die Lebensphasen (nach M o e r s 1953).

Grundaufgaben der Erwachsenenbildung stützen sich ... auf die Kenntnis der menschlichen Lebensalter und ihres wechselnden Verlaufs" (S. 7).
So ist sie z. B. im Zusammenhang mit der Charakteristik der 3. Lebensphase (31 bis 44 Jahre) der Meinung, „daß in diesem Lebensalter durchschnittlich und im Vergleich mit den beiden anderen Phasen am wenigsten tiefgehende Ansprechbarkeit für die Bestrebungen der Erwachsenenbildung zu finden ist ..., da die günstigsten Momente, wie die Tatsache des sich entwickelnden Intellekts und der großen Lernfreudigkeit, jetzt fortfallen" (S. 120). Die 4. Lebensphase (45 bis 53 Jahre) bezeichnet sie als „die Zeit der Krise und der Selbstbesinnung". Der erwachsene Mensch habe auf Grund „allgemeingesetzlicher Beziehungen zwischen den Lebenszeiten und den Antrieben" (S. 23) gegen Mitte und Ende der 40er Jahre „durchschnittlich die stärkste Disposition zum Krisenhaften" (S. 71). Die Bedeutung sozialpsychologischer Einflüsse aus Makro- bzw. Mikrogruppen auf das Individuum und die wechselseitigen Beziehungen zwischen der Persönlichkeit und ihrer Umwelt werden völlig übersehen.
So liegt auch der Betrachtung von M o e r s (1953) zur entwicklungs- und lernpsychologischen Problematik im Erwachsenenalter letztlich ein unwissenschaftliches, biologistisch orientiertes Einfaktorenmodell für die Entwicklung der Persönlichkeit zugrunde. Die Persönlichkeitsentwicklung und damit auch die Entwicklung der Lernfähigkeit werden als ein vornehmlich endogen determiniertes Geschehen betrachtet, durch das bestimmte – anlagemäßig vorgegebene – Triebe und Strebungen in den einzelnen Lebensphasen zur Entfaltung gelangen.
Es gibt noch weitere Versuche, das menschliche Leben unter biologischem Aspekt in relativ feststehende Phasen einzuteilen. So stellt z. B. v. T i l i n g

(1936) das menschliche Leben in fünf (bzw. zehn) Altersstufen dar. Die fünf Stufen haben je eine Dauer von 14 Jahren; sie sind aber noch einmal unterteilt in Zeiten von je sieben Jahren.

Neuerdings kommt Castner (1963) – in Anlehnung an die Gedankengänge von Ch. Bühler 1933, 1959, v. Tiling 1936, Künkel 1948, Moers 1953, Remplein 1958, vor allem aber an diejenigen von Guardini 1959 – wiederum zu der Feststellung, daß das menschliche Leben und damit auch das Lernen einer Entwicklung unterliegen, „die z. T. individuell ist, d. h. auf vorgegebenen, in der Natur des Menschen begründeten Gesetzen beruht ... Sie zeigt sich in dem Auftreten bestimmter Lebensphasen, die mit biologischer Zwangsläufigkeit entstehen und wieder vergehen" (S. 56). Ausgehend von dieser extrem biologistischen Konzeption, schreibt er eine Abhandlung über die „Methodik der Erwachsenenbildung".

Da nach Guardini (1959) – vgl. auch v. Tiling (1936) und Künkel (1948) – am Übergang von einer Phase zur nächsten „Lebenskrisen" stehen, komme – so meint Castner – neben der „Pubertätskrise" insbesondere zwei Krisen große Bedeutung im Erwachsenenalter zu: „der Krise durch die Erfahrung" am Ende der 20er Jahre und der „Alterskrise" oder der „Krise der Loslösung" (Guardini) in der Mitte der 50er Jahre (S. 59). Infolge der Tragweite, die diesen Krisen zugeschrieben wird, versteht Castner (1963) unter dem Erwachsenen denjenigen, „der zwischen diesen beiden Krisen steht" (etwa 26 bis 56 Jahre; S. 59).

Er ist der Meinung, daß für die Methodik der Erwachsenenbildung „das Vorhandensein solcher Lebensphasen von grundsätzlicher Bedeutung" sei, denn es obliege „der Erziehung, ihre Maßnahmen so vorzunehmen, daß sie adäquat, nämlich der jeweiligen Lebensphase des zu Erziehenden angepaßt sind" (S. 56). Allerdings betont er – wie das auch bei Ch. Bühler (1959, 1962) und bei Moers (1953) u. a. erfolgt –, daß sich für keinen Phasenübergang verbindliche Jahreszahlen angeben lassen. Vor allem sei mit einer „Phasenverschiebung ... infolge der Akzeleration" zu rechnen (S. 58, vgl. auch Lauer 1952, S. 76). Diese Bemerkung zur Abhängigkeit lern- und entwicklungspsychologischer Besonderheiten im Erwachsenenalter von einem unter biologischen Gesichtspunkten betrachteten Akzelerationsgeschehen verdeutlicht noch einmal eine einfaktorentheoretische Betrachtungsweise, die bereits des öfteren kritisiert wurde (vgl. Winter 1962, Löwe 1963 b, 1963 c, 1965, Rösler 1963 u. a.).

Diese hier unter phasentheoretischen Aspekten dargestellten Erörterungen des lern- und entwicklungspsychologischen Geschehens im Erwachsenenalter sind wissenschaftlich nicht mehr haltbar. Das beweisen die widersprüchlichen lernpsychologischen Untersuchungsergebnisse bei Erwachsenen, die wir zur Begründung unserer Behauptung in den beiden folgenden Kapiteln 4. und 5. analysieren. Natürlich darf nicht übersehen werden, daß sich die Entwicklung des erwachsenen Menschen auf der Grundlage biologisch bedingter Prozesse vollzieht. Diese werden jedoch in ihrer Ausprägung durch soziale Einflüsse individuell stark modifiziert.

3.1.2. Sozialpsychologisch orientierte Betrachtungen des Erwachsenenalters

Bei einigen empirisch arbeitenden und soziologisch orientierten Psychologen Westdeutschlands wird die Kritik an einer biologisch bedingten, phasentheoretisch ausgerichteten Interpretation von lern- und entwicklungspsychologischen Untersuchungsergebnissen im Erwachsenenalter deutlich. An erster Stelle sind Thomae 1956, 1959a, b, 1960 u. a.) und Bergler (1966) zu nennen.
Es ist innerhalb unserer Arbeit nicht möglich, eine vollständige Einschätzung und umfassende kritische Analyse der oben angegebenen Veröffentlichungen vorzunehmen. Das muß späteren, speziell sozialpsychologischen Untersuchungen vorbehalten bleiben.
Die Untersuchung von Bergler (1966) geht von theoretischen Überlegungen und empirischen Analysen zum Problem der Entwicklung im Erwachsenenalter aus. Die zentrale Thematik seiner Schrift gilt der Frage nach „Verlaufsgestalten menschlichen Verhaltens im zeitlichen Kontinuum in der Vielzahl ihrer Möglichkeiten und Feldzusammenhänge". Dabei konnte die „Hypothese eines mehrdimensionalen Entwicklungsmodells ... verifiziert werden". Bereits in vorhergehenden Untersuchungen wurde die „zentrale Bedeutung sozialer Variablen für die Determination aller Orientierungs- und Steuerungsprozesse im Lebenslauf" nachgewiesen (S. 7). Bergler (1966) betont, daß sich nicht alle Entwicklungsphänomene im Erwachsenenalter „unter dem Aspekt einer Stufenfolge, einer kontinuierlich ansteigenden und dann abfallenden Lebenskurve" bzw. „unter dem bloßen Aspekt der Prägung, wie ihn die Tiefenpsychologie ... vertritt, oder auch unter dem Aspekt sonstiger Modellvorstellungen subsumieren" lassen (S. 21).
Thomae (1959a) gelangt auf Grund seiner empirischen Untersuchungen zu der Feststellung, daß die lern- und entwicklungspsychologischen Besonderheiten des erwachsenen Menschen „weder allein von Nachwirkungen aus der frühen Kindheit noch von dem Druck der unmittelbaren Situation her" verstanden werden können. „Vielmehr ist dazu eine Einsicht in die Formung der Reaktionsweisen notwendig, wie sie sich in der tätigen Auseinandersetzung mit den Grundsituationen des Lebens bilden" (S. 391). Es erscheint ihm deshalb zweckmäßig, die lern- und entwicklungspsychologischen Probleme im Erwachsenenalter „als bestimmt und geformt durch die Auseinandersetzung mit mindestens einigen, wenn nicht den meisten der folgenden Grundsituationen" zu betrachten (S. 391 f.): 1. Situation der beruflichen und wirtschaftlichen Konkurrenz. Notwendigkeit der Durchsetzung, 2. Situation der Familie, 3. Innewerden der Unvollkommenheit des Daseins, 4. Reibung an der Monotonie des eigenen Daseins, 5. Innewerden der Endgültigkeit des eigenen Geschickes, 6. Konfrontation mit der Endlichkeit des Daseins. Unter diesen Punkten nimmt Thomae (1959 a) eine „thematische Analyse des Erwachsenenalters" vor. Thomae gelangt in allen seinen Arbeiten zu einer *völligen Ablehnung von Phaseneinteilungen,* da der menschliche Lebenslauf durch „subjektive Erlebnismarken" gegliedert sei. Er ist der Meinung, daß ein solches Bezugssystems es gestattet, „alle Widersprüche zwischen verschiedenen Forschungsresultaten" im Erwachsenenalter aufzuheben. Damit erfolge

auch eine „Einsicht in eine Gesetzlichkeit, die freilich nun nicht mehr endogenen Impulsen gehorcht, sondern aus dem Zusammenwirken verarbeiteter oder nicht verarbeiteter Vergangenheit, tragender, hemmender oder aufreibender Gegenwart und offener bzw. verstellter oder gar drohender Zukunft erwächst" (1959 b, S. 390). Wir können ihm nicht in allen Punkten zustimmen; jedoch halten wir seine Feststellung für beachtenswert, daß lern- und entwicklungspsychologische Besonderheiten im Erwachsenenalter verstanden werden können durch das ganz „konkrete Studium" der „Rollen" oder „Aufgaben", „die dem Durchschnittsmenschen auf dem Weg von der Jugend in das Alter" erwachsen (S. 390).
Auch Lehr (1959, 1961, 1966), Lehr und Thomae (1958), Lehr und Puschner (1963) wenden sich entschieden gegen phasentheoretische Interpretationen der Besonderheiten des erwachsenen Menschen.

„Jede Phaseneinteilung wie auch jede Zeitbestimmung der Dauer einzelner (Makro-) Perioden wird kritisch, wenn man bedenkt, daß das Leben sich nicht nur nach inneren Gesetzen entfalten kann, sondern sich in ständiger Auseinandersetzung mit den Gegebenheiten der Umwelt behaupten muß" (Lehr 1959, S. 216).

3.1.3. Dialektisch-materialistische Betrachtung des Erwachsenenalters

Die Entwicklung des Psychischen verläuft nicht willkürlich und chaotisch, sondern unterliegt bestimmten objektiven *sozialen* Gesetzmäßigkeiten. Diese Grunderkenntnis des historischen Materialismus wird von Marx in dem bekannten Vorwort zur „Kritik der Politischen Ökonomie" mit folgenden Worten ausgedrückt: „Die Produktionsweise des materiellen Lebens bedingt den sozialen, politischen und geistigen Lebensprozeß überhaupt. Es ist nicht das Bewußtsein der Menschen, das ihr Sein, sondern umgekehrt ihr gesellschaftliches Sein, das ihr Bewußtsein bestimmt ... Mit der Veränderung der ökonomischen Grundlage wälzt sich der ganze ungeheure Überbau langsamer oder rascher um" (Marx 1961, S. 8 f.). Die Bedingtheit des gesellschaftlichen Bewußtseins der Menschen durch das gesellschaftliche Sein anzuerkennen bedeutet jedoch keinesfalls, daß die Bedeutung der inneren Bedingungen des Menschen ignoriert wird. Der marxistisch-leninistischen Psychologie ist die Auffassung fremd, daß das Psychische der Erwachsenen sich nur darauf beschränkt, das ökonomische Sein *passiv* widerzuspiegeln. Bereits Engels setzte sich mit der – wie er schreibt – „blödsinnigen Vorstellung" auseinander, Marx und er (Engels) hätten der Ideologie „jede historische Wirksamkeit" abgesprochen, weil sie eine selbständige historische, d. h. von der Ökonomie unabhängige und losgelöste Entwicklung des Psychischen verneinten (vgl. Engels 1968, S. 98). Lenin betont in diesem Zusammenhang in seinem Buch „Materialismus und Empiriokritizismus", die „Theorie der Identität vom gesellschaftlichen Sein und gesellschaftlichen Bewußtsein ist *totaler Unsinn,* ist eine *ausgesprochen reaktionäre* Theorie" (1964, S. 328). Das Wesen des Psychischen besteht – unter einem dialektisch-materialistischen Erkenntnisaspekt – darin, daß es auf Grund einer *aktiven* Widerspiegelung ein *subjektives* Abbild der objektiven Realität darstellt.

In der marxistisch-psychologischen Literatur wird der Entwicklungs- und Formungsprozeß der Persönlichkeit „als ein gesellschaftlich determinierter *Lernprozeß* angesehen" (Hiebsch 1966, S. 54). Wir verweisen in diesem Zusammenhang auf die Ausführungen, die wir zum Problem der allgemeinen Begriffsbestimmung des Lernens bereits machten (Abschnitt 2.1.). Hiebsch (1966), der eine „Modellvorstellung für den Prozeß der Persönlichkeitsformung" entwickelt (S. 50–59), weist in der Einleitung seines Buches auf einen „Mangel" hin, der darin besteht, daß die empirische Basis für diesen Prozeß, „vorwiegend dem Kindes- und Jugendalter entnommen ist" (S. 8). Er ist aber der Meinung, „daß die grundlegenden sozialpsychologischen Mechanismen der Persönlichkeitsformung ... auch für das Erwachsenenalter, d. h. für die Menschenformung schlechthin gelten" (S. 8). Als „Grundgesetz der Persönlichkeitsformung" wird das „Gesetz der Interiorisation der in der gesellschaftlichen (und natürlichen) Umwelt der Menschen vergegenständlichten menschlichen Wesenskräfte" angesehen (S. 58). Die prinzipielle Bedeutung der Interiorisation für die Entwicklung der Persönlichkeit wird von vielen Psychologen beschrieben. Das Lebenswerk Piagets (1948) und seiner Mitarbeiter verdient hervorgehoben zu werden. In der sowjetischen Psychologie unterstreichen besonders Wygotski (1964) und Leontjew (1967) ihre Bedeutung. In der letzten Zeit wird die systematische Erforschung dieses Prozesses von Galperin, Dawydow, Pantina, Talysina, Elkonin u. a. (vgl. Probleme der Lerntheorie 1966) betrieben. Lompscher (1966), Kossakowski und Otto (1967) u. a. untersuchen in der DDR den Interiorisationsprozeß, wobei letztere unter erziehungspsychologischem Aspekt besonders der *Normverinnerlichung* Beachtung schenken.

Kossakowski (1963 a, b, 1964, 1965, 1966 u. a.) gelangt auf Grund seiner entwicklungs- und lernpsychologischen Untersuchungen im *Jugendalter* zu der Feststellung, daß „die gruppenspezifischen Einstellungs- und Verhaltensweisen eine weit größere Rolle" spielen „als die (durch weitgehende Abstraktion postulierten) sogenannten alterstypischen Besonderheiten" (1965, S. 115). An anderer Stelle (1963 b) kommt er zu der Schlußfolgerung:

„*Es gibt keine altersabhängigen Leistungen und Verhaltensweisen ,an sich', sondern, positiv ausgedrückt, bestimmte alterstypische Besonderheiten entwickeln sich nur unter ganz bestimmten gesellschaftlichen Bedingungen* (S. 812) ... Der Auffassung einer ‚naturhaft' begrenzten, altersabhängigen Leistungsfähigkeit liegt letztlich der Reifungsgedanke einer bürgerlichen Entwicklungstheorie zugrunde" (S. 810, vgl. dazu auch die Ausführungen bei W. Friedrich 1966, S. 41–43).

Köhler (1964) betont bei ihrer kritischen Auseinandersetzung mit den Auffassungen von Ch. Bühler (1959) u. a.: „Durchgängiges Charakteristikum all dieser Aussagen zur Persönlichkeitsgenese ist der fehlende oder nur geringe Bezug der Persönlichkeitsentwicklung zu den selbst wieder veränderlichen und sich verändernden Bedingungen, unter denen der einzelne Mensch lebt und arbeitet und unter denen er erzogen und ausgebildet wird" (S. 50). Köhler (1964) vertritt deshalb die Auffassung, daß die „*Entwicklungsfähigkeit* der Persönlichkeit unter psychologischem Aspekt generell als *unbeschränkt hinsichtlich bestimmter Altersstufen* anzusehen" ist (S. 53). Sie begründet das mit der „Plastizi-

tät der neurophysiologischen Grundlage" und der Tatsache, daß „die besondere Qualität der Widerspiegelung fortlaufende Differenzierungen, Neu- und Umbildungen im weiten Bereich der Tätigkeiten des Menschen gestattet" und sich die psychischen Eigenschaften der Persönlichkeit in der Tätigkeit formen.
Köhler (1964) schließt damit nicht eine unterschiedliche „Qualität der Persönlichkeitsentwicklung in den verschiedenen Lebensaltern aus", die „bei den verschiedenen Veränderungen der Lebensweise" des Menschen entsteht (S. 53). Die *Verfestigung* bestimmter Fähigkeiten und Eigenschaften beim erwachsenen Menschen muß jedoch als *relativ* betrachtet werden. Eine weitere Entwicklung der Fähigkeiten ist auch beim gesunden erwachsenen Menschen noch vorhanden, wenn die Lebensumstände die entsprechenden Tätigkeiten fordern. Die Formulierung Graumanns (1960): „Entwicklung ist wesentlich Verfestigungsarbeit" (S. 133) bedarf deshalb einer Differenzierung. Der Begriff der Verfestigung muß in seiner doppelten Bedeutung gesehen werden: Verfestigung meint den „Prozeß des Verfestigens" innerhalb des Interiorisationsgeschehens wie auch „das Resultat dieses Prozesses", das Verfestigte (vgl. Köhler 1964, S. 54).
Mit dieser differenzierten Betrachtung des Begriffs Verfestigung besitzen wir unseres Erachtens einen sehr brauchbaren Terminus für die Untersuchung lern- und entwicklungspsychologischer Besonderheiten im Erwachsenenalter, da damit die Aufmerksamkeit nicht nur auf die fixierten Ergebnisse, das Verfestigte, sondern auch auf die Verfestigungsprozesse, auf das noch Mögliche gelenkt wird. Das meint auch Harke (1968), wenn er die Frage: „Mit welchen Besonderheiten ist im Erwachsenenalter zu rechnen?" (S. 23) dahingehend beantwortet, daß einerseits bereits verfestigte Leistungs- und Verhaltenseigenschaften vorhanden sind als Resultat einer gesellschaftlich determinierten individuellen Entwicklung, daß aber andererseits bei jedem Erwachsenen ein „Spielraum" für die weitere Entwicklung besteht, dessen Größe von objektiven und subjektiven Faktoren und ihren korrelativen Beziehungen abhängt. Dabei spielen die gesellschaftlichen Verhältnisse und ihre stimulierende Wirkung für die weitere Entwicklung der Persönlichkeit eine Rolle. Auch die eigene Bereitschaft und die Fähigkeit des Erwachsenen zur Veränderung, der Wille, sich Neues aneignen zu wollen usw., müssen Beachtung finden. Deshalb dürfen „beim Bemühen um die Feststellung des persönlichkeitsspezifischen Verhältnisses von Entwicklung und Verfestigung" beim erwachsenen Menschen „weder die Beziehung zu den objektiven Lebensbedingungen noch die zur Aktivierung der Persönlichkeit vernachlässigt werden" (Köhler 1964, S. 56).
Noch konkretere Schlußfolgerungen für eine dialektisch-materialistische Betrachtung des Erwachsenenalters wollen wir nach der Darstellung von Untersuchungsergebnissen im Kapitel 6. ziehen.
Zusammenfassend ist zunächst festzuhalten: Die in diesem Kapitel vorgenommenen theoretischen Erörterungen zur Problematik lern- und entwicklungspsychologischer Betrachtungen im Erwachsenenalter in Abhängigkeit von lediglich altersspezifischen Besonderheiten lassen phasentheoretische Postulate – unter betont biologischen Gesichtspunkten – als wissenschaftlich nicht haltbar erscheinen. „Es gehört ein großer Mut zur Abstraktion und zur Vernachlässigung der

Realität dazu, allgemeinverbindliche Phasen und Stufen mit Einschnitten, Übergängen oder Krisen als wissenschaftliche Erkenntnis auszugeben" (Bergius 1959, S. 179). Bergius (1959) legt deshalb den Versuch einer nichtperiodischen Einteilung psychischer Tatbestände im Erwachsenenalter nach folgenden Kriterien vor:
1. biologische Funktionstüchtigkeit, 2. psychologische Funktionstüchtigkeit, 3. Produktivität, 4. charakterologische Eigenschaften, 5. Persönlichkeitsintegration, 6. sozialer Status und Altersrollen (vgl. S. 180).
Wir halten eine solche Betrachtungsweise als Basis für eine systematische Darstellung einer Psychologie des Erwachsenenalters in Handbuchform für möglich. Das ist jedoch nicht die Aufgabe der vorliegenden Arbeit. Wir greifen lediglich die ersten beiden von Bergius dargestellten Aspekte auf, um auf Grund einer exemplarischen Analyse bereits vorliegender Untersuchungen in der Literatur und von eigenen Untersuchungsergebnissen den Beweis zu erbringen, daß sich lern- und entwicklungspsychologische Besonderheiten der Erwachsenen nicht allein auf das Alter zurückführen lassen. Dabei erörtern wir kurz Probleme der physischen Leistungsfähigkeit im Erwachsenenalter (Kapitel 4.) und anschließend die Problematik der psychischen Leistungsfähigkeit im Erwachsenenalter (Kapitel 5.).

4. Physische Leistungsfähigkeit und Alter

Wir geben zu dieser Thematik, die die physiologischen und zum Teil pathologischen Fragen im Erwachsenenalter betrifft, nur einige Hinweise zur Problemsituation. Differenzierte bzw. zusammenfassende Darstellungen erfolgen durch Landahl, Lansing, Bondareff (bei Birren 1959), Kotsovsky 1951, Bürger 1957, Eitner 1966 u. a. Entsprechend der von Ch. Bühler (1933, 1959) postulierten „Biologischen Lebenskurve" wäre anzunehmen, daß die Leistungsfähigkeit im Erwachsenenalter zumindest im Zusammenhang mit wichtigen Parametern der *physischen Funktionstüchtigkeit* eine geradlinig ansteigende und nach einem Kulminationspunkt (besser: Kulminationsplateau) abfallende Kurve zeige. Das ist jedoch keineswegs so.

4.1. Probleme der Entwicklung des Nervensystems

In der Hoffnung, spezifische Verlaufsformen biologischer Wandlungen vorzufinden, die mit dem Alter parallel laufen bzw. einen klaren Anstieg und nach einem Plateau einen ebensolchen Abstieg zeigen, könnte man glauben, daß das *Nervensystem* vielleicht genauere und deutlichere Beziehungen aufweist als das endokrine oder irgendein anderes Körpersystem. Jedoch sind sogar in bezug auf das Nervensystem die Befunde weit entfernt von einer solchen Beziehung (Harvey 1959, S. 58).
Eine feinere Analyse zeigt selbst während der raschesten Wachstumsperiode ab

und zu auch Rückgangssymptome. Andererseits gibt es selbst im hohen Alter noch Stabilisierungen nach bestimmten Richtungen hin. So erfolgen z. B. während der embryonalen Entwicklung neben einem außerordentlichen Wachstum des zentralen Nervensystems zugleich auch Degenerationen bestimmter Zellgebiete im zentralen Nervensystem. Dabei handelt es sich um „irreversible Degenerationen, welche diese Zellen funktionsunfähig machen" (Harvey 1959, S. 51). Umgekehrt wird im hohen Alter bis zu 70 Jahren, wenn Rückgangserscheinungen erwartet werden, „ein Wachstum und eine feine Differenzierung im autonomen Nervensystem festgestellt" (Kuntz 1938, zit. bei Harvey 1959, S. 51). Das vegetative Nervensystem erweist sich mit fortschreitendem Alter überhaupt erstaunlich widerstandsfähig gegen denkbare Rückbildungsprozesse. Wahrscheinlich gibt es auch einen Entwicklungsfortschritt im Gebiet des Zwischenhirns – speziell bei den Hypothalamusfunktionen. Hirnrinde (Kortex), Brücke (Pons) und Kleinhirn (Cerebellum) erfahren im höheren Alter den größten Massenverlust hinsichtlich des Größenmaßes der Nervenzellen bzw. ihrer zahlenmäßigen Einbuße. Die verursachenden Faktoren sind jedoch keineswegs klar erkannt. Harvey (1959) hält deshalb die Frage für sinnvoll, ob die „berichteten Veränderungen als direkte und unvermittelte Alterserscheinungen oder als Begleiterscheinungen pathologischer Prozesse in anderen Systemen anzusehen sind" (S. 58). Die heutigen Ergebnisse der Forschung erlauben seiner Meinung nach nicht einmal eine versuchsweise Beantwortung.
Eitner (1966) führt an, daß eine optimale Inanspruchnahme des Nervensystems genauso wie das der Muskulatur „zu einem psychisch jüngeren Erscheinungsbild" führt (S. 232). Der Organismus könne in einem breiten Spektrum psychophysisch beansprucht sein, ohne vorzeitig zu altern oder zu erkranken. Dabei betont er jedoch die Bedeutung der Arbeitshygiene im Erwachsenenalter. Die arbeitshygienische Situation beeinflußt maßgeblich das biologische Alter. Damit weist Eitner auf die große Bedeutung der Umweltfaktoren hin, die die sogenannten Eigengesetzlichkeiten des biologischen Geschehens in Frage stellen.

4.2. Organfunktionen und Krankheiten im Erwachsenenalter

Auch im Zusammenhang mit den *Organfunktionen* lassen sich keine eindeutigen Beziehungen zum Lebensalter feststellen. Für einzelne Organe und Organfunktionen sind die Symptome des Alterns in der Literatur vielfach beschrieben. Eitner (1966) spricht davon, daß die Reaktivität nach Erkrankungen sich ändere, und verweist darauf, daß die durchschnittliche Falldauer bei Arbeitsunfähigkeit fast linear im Altersgang ansteigt. Wenn sie bei 21jährigen etwa 15 Tage betrage, so steige sie bis zum 65. Lebensjahr auf etwa 35 Tage an (S. 94). Auch Bergler (1966) hebt diese Beobachtung hervor:

„Bis zum 25. Lebensjahr überwiegen mit mehr als 70 % die kurzdauernden Krankheiten, während die 12 und mehr Monate anhaltenden nur 5 % ausmachen. Nach dem 25. Lebensjahr verschiebt sich die Krankheitsdauer zu den länger währenden, so daß die 12 und mehr Monate beanspruchenden auf 7 bis 10 % ansteigen. Vom

55. Lebensjahr an vermehrt sich ihr Anteil auf 12 bis 13 %, während die kurz dauernden (von 4 Wochen) sich auf 62 % vermindern" (S. 23).

Empirisch ist auch bekannt, daß bestimmte Krankheiten in bestimmten Altersstufen häufiger vorkommen, so daß man geneigt ist, davon zu sprechen, dieses oder jenes Lebensalter disponiere zu diesen oder jenen Krankheiten. Dabei darf man jedoch weitere Faktoren wie Lebensraum, soziale Lage, Lebensführung und psychische Situation nicht unberücksichtigt lassen. Diese Überlegungen sind auch in Betracht zu ziehen im Zusammenhang mit den Auffassungen von Peth (1966), die er von Söder (1958) übernimmt:

„Es ist allgemein bekannt, daß die Funktionstüchtigkeit der menschlichen Organe, der Muskeln ... usw. vom 30. Lebensjahr an in unterschiedlichem Maße und in unterschiedlicher Reihenfolge, aber doch stetig nachläßt. Das höchste Leistungsvermögen liegt zwischen dem 20. und 29. Lebensjahr. Setzt man z. B. die Muskelkraft dieser Altersgruppe gleich 100, so verhalten sich die anderen Altersgruppen wie folgt: 18 bis 19 Jahre gleich 92 %, 40 bis 49 Jahre gleich 90,5 % und 60 bis 69 Jahre gleich 67,7 %" (S. 400).

Die Forschung hat zweifelsfrei festgestellt, daß die Arbeit eine lebensverlängernde Funktion hat. Gessner und Woltereck (1959) betonen dabei: „Hohe Beanspruchung des alternden Herzens ist schädlich, Anspannung des Gehirns dagegen nützlich" (S. 252).

Zunehmend gewinnt die Theorie an Wahrscheinlichkeit, nach der Funktionsstörungen sowie strukturelle Veränderungen in solchen Organen wie dem Herzen, den Nieren, der Leber und der Blutgefäße durch kontinuierliche Spannungen (Streßwirkungen) bestimmt werden (Selye 1950).

Harmsen (1959) betont als Mediziner, daß aus vielen bei ihm genannten Gründen „Lebensalter und Leistungsfähigkeit ... nicht kongruent" sind (S. 404). Der Rückgang der „rein physischen Leistungsfähigkeit wird kompensiert durch seelische Tüchtigkeit", das gilt sowohl für den körperlich wie geistig Arbeitenden. Deshalb betont er: „Wir haben die Beschwerden des Alters mit Thomae als eine Funktion der sozialen Bedingungen erkennen gelernt" (S. 405). Zu gleichen Auffassungen gelangt neuerdings Eitner (1966), der ein Einteilungsprinzip für Krankheiten im Erwachsenenalter in Abhängigkeit von Altersphasen ablehnt und statt dessen in Anlehnung an Schulte (1959), Bürger (1957), Kehrer (1957), Hoff (1962), Hoff und Ringel (1965) u. a. eine Einteilung der verschiedensten Altersstufen nach 5 Gesundheitsstufen vorschlägt. Diese Gliederung nach Gesundheitsstufen bezieht den „kordiopulmonalen Funktionskreis" ein, sie erstreckt sich auf „Gefäßsystem und Blutdruckregulation, auf Magen-Darm-Kanal, Bewegungsapparat, Nervensystem, Psyche und Sinnesorgane" (S. 123). Die enge Verbundenheit von physischer und psychischer Gesundheit mit konkreten sozialen Faktoren geht aus seinen Korrelationsberechnungen eindeutig hervor.

Jokl weist bereits 1954 in einer interessanten Arbeit nach, daß die Streuungsbreite des Beginns von bestimmten Krankheiten so groß ist, „daß von keiner spezifischen Bindung an das Alter gesprochen werden kann" (S. 43). Was die Leistungsfähigkeit anbelangt, so wird in dieser Arbeit „erstmalig bewiesen, daß von einem an eine bestimmte Altersklasse gebundenen Verfall nicht die Rede sein kann und daß durch Training sogar eine leistungsmäßige Überlegenheit von alten Personen gegenüber jüngeren zustande kommt" (S. 44). Müller-Hegemann (1956) betont schließlich auf Grund seines umfangreichen klinischen Materials mit Recht, daß die Leistungsfähigkeit besser und manche berufliche Belastung bei Tausenden Erwachsenen erträglicher wäre, *„wenn nicht ein übermäßiger Konsum von Nikotin, Alkohol, Koffein in steter Abwechslung mit Schlafmitteln, eine mangelnde Ausnutzung der Erholungsmöglichkeiten auf gymnastisch-sportlichem und ähnlichem Gebiet die Belastung des Kortex zur chronischen Überlastung steigern würde"* (S. 60, hervorgehoben von mir, H. L.).

4.3. Klimakteriumserscheinungen

Selbst die im Zusammenhang mit dem biologischen Vorgang des *Klimakteriums* allgemein angenommene „Krisenzeit der Frau" und das „Klimakterium virile" (Mendel 1910, Kehrer 1952), das mit einer „biologischen Krise" des Mannes verbunden wird (vgl. die Phaseneinteilungen bei v. Tiling 1936, Künkel 1948, Guardini 1959, Castner 1963), lassen sich nach den begründeten Äußerungen von Kehrer (1952) nicht aufrechterhalten. Er lehnt deshalb die an diesen Symptomen orientierten biologischen Phasenlehren ab (S. 41–51). Als relative Widerlegung endogenistischer Auffassungen können auch die Ausführungen von Lehr (1966) gewertet werden, die sich auf das Klimakterium beziehen:

„Fast stets geht man bei der Betrachtung dieses Lebensabschnitts – mehr oder minder deutlich ausgesprochen – von festzustellenden Veränderungen im somatischen Bereich aus. Man betont die ‚Veränderungen der endokrinen Drüsentätigkeit' (Moers) und ihre Folgen und leitet von ihnen unmittelbar tiefgreifende Krisen ab" (S. 41).

Lehr (1966) stützt sich bei der Erörterung des Problems auf ein reichhaltiges Ausgangsmaterial, dessen Grundstock 326 ausführlich erhobene Biographien von sogenannten Durchschnittsbürgern (also nicht etwa zum Klientel einer Beratungspraxis gehörend) bilden. Mehrere auf der biographischen Methode basierende Einzeluntersuchungen zu bestimmten klar umrissenen Fragestellungen an etwa 2 000 Personen erweitern die Ausgangsbasis.

Im Ergebnis ihrer Untersuchung bezüglich der *Erwartungshaltung* und dem *eigenen Erleben* des Klimakteriums konnte sie folgendes feststellen:

„Während in fast 40 % der Äußerungen, die die negativen *Erwartungen* begründen, ‚Klimakteriumsbeschwerden', ‚Störungen des gesundheitlichen Wohlbefindens auf Grund körperlicher Umstellungsvorgänge' genannt werden, weisen bei der negativen Beurteilung auf Grund *tatsächlichen eigenen Erlebens* nur 1,5 % der Äußerungen auf den gesundheitlichen Bereich hin. Im Erleben erscheint das 5. Jahrzehnt viel mehr belastet durch sozialpsychologische Gegebenheiten: So einmal durch Schwierigkeiten im beruflichen Bereich (32,5 %), z. B. die Konkurrenz der Jüngeren, durch Schwierigkeiten mit Vorgesetzten, weiterhin erscheint das 5. Jahrzehnt belastet durch Ehe-

und Familienprobleme in der engeren Familie (18,9 %) und in der weiteren Verwandtschaft und Bekanntschaft (21,6 % der Äußerungen).
Aus dieser Diskrepanz zwischen Erwartungshaltung und eigenem Erleben, aus der plötzlichen Konfrontierung mit unerwarteten Schwierigkeiten, die hauptsächlich aus *sozialen Veränderungen* (hervorgehoben von mir, H. L.) hervorgehen, resultiert für viele Frauen die besondere Krisenhaftigkeit dieser Lebensphase" (S. 42 f.).

Lehr (1966) erwähnt dazu, daß diese Ergebnisse „die Behauptung Kehrers (1959) unterstreichen, derzufolge viele psychische Ausnahmezustände im Klimakterium reine Erwartungsneurosen auf Grund des Massenaberglaubens von der krankmachenden Wirkung der Übergangsvorgänge sind" (S. 43). Auch diese Darlegungen lassen erkennen, daß psychische Veränderungen im Zeitraum des Klimakteriums – ähnlich wie in der Pubertät beobachtet – nicht ausschließlich durch Veränderungen im somatischen Bereich, sondern durch soziale Gegebenheiten determiniert werden.
Die Aussagen Lehrs (1966) gewinnen an Gewicht, wenn man berücksichtigt, daß sie von den gleichen Überlegungen ausgehen, auf die auch Bergler (1966) verweist. Er kritisiert die Äußerungen zahlreicher Mediziner – besonders der Psychiater –, die aus ihrer Praxis über somatisch bedingte Beschwerden und Veränderungen im psychischen Bereich während des Klimakteriums berichten. Er hält dem entgegen, daß nur ein geringer Anteil der Frauen eine ärztliche Konsultation in Anspruch nimmt, was eine Verallgemeinerung recht unzulässig werden läßt.
Nach Klumbies (1963), der verschiedene Anlässe kortikoviszeraler Erkrankungen mit der Häufigkeit dieser Erkrankungen in verschiedenen Lebensaltern vergleicht, lassen sich keine Häufigkeitsgipfel psychogener Erkrankungen in sogenannten Krisenzeiten nachweisen. „An Stelle des Herausspringens besonderer Krisenzeiten der Lebensproblematik und der relativen Unbetroffenheit anderer Lebensabschnitte bietet sich hier ein ziemlich einförmiger Ablauf" (S. 212). Entgegen den Erwartungen nehmen psychogene Erkrankungen bis zum 30. Lebensjahr fortlaufend zu und danach fortlaufend ab.

4.4. Die Selbstwahrnehmung des Alterns

Aus den bisher dargestellten Ergebnissen, die das Postulat einer lediglich altersabhängigen Leistungsfähigkeit von der physischen Funktionstüchtigkeit und darüber hinaus sogar die Behauptung einer altersabhängigen physischen Funktionstüchtigkeit sehr in Frage stellen, wird verständlich, daß Untersuchungen zur *Selbstwahrnehmung des Alterns*, zum „subjektiven Befinden" in den verschiedenen Altersstufen keine Ergebnisse brachten, die eine biologisch orientierte Phaseneinteilung im Erwachsenenalter rechtfertigen (Giese 1928, E. Stern 1931, Johnes 1935, Guggisberg und Blum 1954, Tuckman und Lorge 1954, Karsten 1960, Thomae 1959, 1960, Lehr 1961, Thomae und Lehr (1963).
Giese (1928) faßt die Aussagen seiner Umfragen („Wann haben Sie sich das erste Mal alt gefühlt?" und „Woran haben Sie zuerst gemerkt, daß Sie alt ge-

worden sind?") in zwei große Gruppen zusammen, die er als „körperliche und seelische Erlebnisformen" bezeichnet. Sie verteilen sich wie 2 zu 1. Die Angaben über das erste Erlebnis des Altseins schwanken zwischen dem 18. und 82. Lebensjahr. Das Durchschnittsalter war 49 Jahre.

Thomae (1959) stellt in einer Untersuchung bei 30- bis 55jährigen Angestellten fest, daß 39 % bei sich selbst einen Leistungsrückgang annehmen; 30 % glauben, daß ihre Leistungsfähigkeit gegenüber früher unverändert geblieben sei, und 17 % sprechen von einer Leistungssteigerung. „Das Durchschnittsalter derer, die bei sich einen Leistungsrückgang feststellten, liegt bei 44,8 Jahren, das der Probanden, welche an eine Leistungssteigerung bei sich glauben, bei 39,6 Jahren" (S. 389). Ruck (1934) nimmt auf Grund seiner Untersuchungen an, daß ältere Menschen ihre Leistungsfähigkeit unterschätzen, was Einfluß auf die effektive Leistung haben könnte.

Die Ergebnisse von Karsten (1960) zum subjektiven Erlebnis des Lebensalters scheinen die Hypothese zu bestätigen, „daß eine Relation besteht zwischen dem Selbst-Imago des einzelnen und der Einstellung der Umwelt für die Anpassung des Individuums" (S. 7).

Auch von Welford (1958) wird die Vermutung geäußert, daß die allgemeinen Ansichten über den Rückgang der Leistungsfähigkeit im Erwachsenenalter sich als Vorurteile auf das Leistungsanspruchsniveau älterer Leute auswirken könnten.

Aus all dem wird deutlich, „daß die subjektive Alterssymptomatik nicht als Indikator für ein überindividuell geregeltes Einsetzen einer neuen Phase der Entwicklung der Persönlichkeit gewählt werden kann" (Thomae 1959 b, S. 389). Das subjektive „Gefühl" des Altseins, des Nachlassens der Leistungsfähigkeit im Erwachsenenalter hängt auch wesentlich von den gesellschaftlichen Verhältnissen ab, von der Frage, wie sich die Gesellschaft um den richtigen Einsatz der älteren Menschen kümmert und ihnen Aufgaben überträgt, die ihrer Leistungsfähigkeit entsprechen. Das ist u. a. eine wichtige Komponente sozialistischer Leitungstätigkeit (vgl. Sozialistische Erziehung im Betrieb 1962, S. 86–88). Wir kommen darauf noch zu sprechen.

Schulte (1959) kritisiert mit Recht die Tatsache, daß sich der bisherige Beitrag von Psychologie und Psychiatrie beinahe ausschließlich im Registrieren von Versagenserscheinungen im Erwachsenenalter erschöpfte. Er betont die Notwendigkeit, nicht nur Minusvarianten, sondern auch die positiven Seiten der Leistungsfähigkeit im Erwachsenenalter und auch im höheren Alter zu untersuchen. In ähnlichem Sinne äußern sich auch viele andere Autoren, indem sie die Fähigkeit älterer Erwachsener hervorheben, Schwächen, Fehler und Mängel kompensieren zu können.

Kulka (1967) gelangt im Hinblick auf die körperliche Leistungsfähigkeit zu der Auffassung: „Unter dem Altersaspekt unterscheidet man gewöhnlich drei Phasen (nach Graf): Erstens Aufbau und Entfaltung der Leistungsfähigkeit durch das Wachstum (durchschnittlich etwa bis zum 20. Lebensjahr); zweitens Erhaltung der optimal entwickelten körperlichen Leistungsfähigkeit (etwa zwischen dem 20. bis 40. Lebensjahr), drittens Nachlassen der physischen Leistungsfähigkeit (Beginn etwa um das 40. Lebensjahr), meist eine Zeitlang überdeckt durch Faktoren wie Übung und Gewöhnung" (S. 15). Diese Betrachtungsweise müßte eine Kritik erfahren, wenn Kulka (1967) nicht selbst betonen würde:

„Insgesamt sind für die physische Leistungsfähigkeit jedoch vier Faktoren wichtig: die Körperkonstitution, die richtige Ernährung, das anforderungsadäquate Training und die leistungsentsprechende Erholung" (S. 15).

Zusammenfassend gelangt man auf der Basis verschiedenster empirischer Erhebungen zu dem Resultat, daß das biologische Alter durchaus nicht dem kalendarischen Alter entspricht. Eine psychophysische Betrachtung der Leistungsfähigkeit „im Erwachsenenalter und auch im höheren Alter" muß deshalb „in vieler Hinsicht von einem anderen Bezugssystem ausgehen ... als dem der Jahreszahl" (Thomae 1959 b, S. 390). Das ist eine Notwendigkeit, die Bürger (1957) und Verzár (1958) auch im Hinblick auf die biologischen Alternsvorgänge hervorheben. Unterzieht man sich der Mühe, viele Lebensläufe von „einfachen und differenzierten, von erfolgreichen und erfolglosen Menschen" zu betrachten und zu analysieren, so wird man „zurückhaltend mit der Einteilung dieses menschlichen Lebens in Abschnitte" (Thomae 1956, S. 105) und Phasen nach einem biologistisch orientierten Vorstellungsmodell.

5. Psychische Leistungsfähigkeit und Alter

Die meisten empirischen Untersuchungen im Erwachsenenalter und auch verschiedene theoretische Erörterungen zu dieser Problematik beziehen sich in direkter oder indirekter Form auf die *psychische Leistungsfähigkeit* der erwachsenen Menschen. Dabei stehen immer wieder Fragen der *möglichen Altersabhängigkeit* der *Sinnesleistungen*, des *allgemeinen Reaktionsvermögens* und vor allem der *Intelligenzleistungen* im Vordergrund. Das Absinken der Fähigkeiten nach einem Höhepunkt, der „im allgemeinen im dritten Lebensjahrzehnt, teilweise aber schon im zweiten und sogar am Anfang dieser Zeitspanne liegt" (Riegel 1958 a, S. 53), wird in den meisten Untersuchungen postuliert.

Es ist nicht unsere Absicht, die relativ zahlreich dazu vorliegenden Untersuchungsergebnisse zu referieren. Sie sind in der deutschsprachigen Literatur besonders von Riegel (1958 a) und Bauer (1966) nach übergeordneten Gesichtspunkten zusammengefaßt worden. Dabei wird versucht, „eine vorwiegend deskriptiv orientierte Übersicht der Hauptergebnisse zu geben" (Bauer, S. 21). Uns kommt es vielmehr darauf an, mögliche Ursachen der widersprüchlichen Ergebnisse aufzudecken und den Beweis zu erbringen, daß eine von uns schon des öfteren kritisierte eindimensionale Betrachtungsweise der psychischen Leistungsfähigkeit in Abhängigkeit allein vom Alter der Erwachsenen nicht zu rechtfertigen ist. Dazu diskutieren wir einige Ergebnisse, die sich aus der einschlägigen internationalen Literatur und aus den Untersuchungen unserer Forschungsgruppe im Zusammenhang mit *Sinnesleistungen, psychomotorischer Reaktionsfähigkeit* und vor allem *Intelligenzleistungen* und Faktoren der *Lernfähigkeit* im Erwachsenenalter ergeben.

5.1. Sinnesleistungen im Erwachsenenalter

Die Anzahl von Untersuchungen, die man der Entwicklung von *Sinnesleistungen* im Erwachsenenalter widmete, ist außerordentlich groß. Ch. Bühler (1959) meint in diesem Zusammenhang: „Wie zu erwarten, ist der Auf- und Abstieg der Sinnesleistungen – mit individuellen Variationen – weitgehend eine Funktion der biologischen Entwicklung" (S. 62). Natürlich ist z. B. nachweisbar, daß auf dem Gebiete der optischen Wahrnehmungen in den verschiedenen Teilleistungen ein Höhepunkt zwischen dem 10. und 20. Jahre erreicht wird und die Leistungsfähigkeit des optischen Analysators zwischen dem 30. und 50. Lebensjahr abnimmt. Auch die Hörschärfe nimmt bis zum 10. Lebensjahr ständig zu, während eine Hörschwäche im allgemeinen zwischen 50 und 60 Jahren beginnt. Jedoch sind im Bereich der Sinnesleistungen die individuellen Unterschiede so groß, daß sich eine eindeutige phasenabhängige Beziehung nicht aufstellen läßt.

Weiss (1927) fand z. B. bei Untersuchungen an ungelernten Arbeitern, Schaffnern und Lokomotivführern, daß die Sinnesleistungen bis zum 60. Lebensjahr ziemlich konstant bleiben, um dann rasch abzufallen. Bei Untersuchungen des Augenmaßes (an 7000 Personen im Alter von 10 bis 80 Jahren) zeigt sich ein Ansteigen der Leistungen bis kurz nach dem 20. Lebensjahr; sie halten sich dann im Durchschnitt etwa auf gleicher Höhe, und ein ausgeprägter Altersabfall tritt z. B. beim Halbieren erst in den 70er Jahren ein; beim Dritteln überhaupt nicht (vgl. v. Bracken 1939, S. 257).

Differenziertere Untersuchungen zeigen, daß die interindividuellen Unterschiede der Sinnesleistungen mit zunehmendem Alter nicht geringer, sondern größer werden. Interessant sind in diesem Zusammenhang die Resultate der französischen Psychologin Gavini (zit. nach Ananjew 1963), die sie auf Grund langjähriger experimenteller Untersuchungen des Gesichts- und Gehörsinns bei älteren Menschen erzielte. Beim Vergleich der Befunde von 50- bis 80jährigen kommt sie zu dem Schluß, „daß sich das Altern *im großen und ganzen* eher in einem Rückgang der Differenzierungsgenauigkeit äußert als in einem Rückgang der Geschwindigkeit der sensorischen Reaktionen. Erst nahe der Achtzigergrenze zeigt sich ein ‚totaler' Rückgang der optischen und akustischen Funktionen" (S. 56). Ananjew (1963) betont nach der Besprechung verschiedener Untersuchungsergebnisse zur Sinnestüchtigkeit, daß es im Erwachsenenalter „infolge der großen interindividuellen Unterschiede ... bisher noch nicht gelungen" ist, „irgendwelche *Altersnormen* für diese Empfindlichkeitsveränderungen aufzustellen". Die Differenzierungsfunktionen der Analysatoren können auch noch im hohen Alter intakt bleiben, „vorausgesetzt, es ist ein *tätiges* Alter, vorausgesetzt also, daß die Arbeit in irgendeiner Form nicht aufhört" (S. 56).

Die Wahrnehmungsleistungen von Menschen der Altersstufen 15 bis 55 Jahre schwanken vor allem dann sehr gering, wenn man sie in Abhängigkeit von der speziellen Tätigkeit untersucht. „Die Beobachtungsfähigkeit scheint also weniger altersabhängig als vielmehr berufsabhängig zu sein" (Blumberg 1961, S. 10). Damit wird darauf hingewiesen, daß auch die Sinnesleistungen nicht nur biologischen Gesetzmäßigkeiten unterliegen, sondern sozial determiniert sein können.

Vor allem ist die Sinnestüchtigkeit in den verschiedenen Altersstufen wesentlich von ihrem Gebrauch abhängig. Die Sinnesleistungen können sowohl berufsbedingte Verfeinerungen als auch Störungen bei Überbeanspruchung aufweisen. Auf Möglichkeiten spezieller pathologischer Wahrnehmungsstörungen im Erwachsenenalter kann hier nur verwiesen werden (vgl. Giljarowski 1960, S. 26 bis 42). Eine lediglich biologische Betrachtungsweise der Entwicklung der Sinnesleistungen im Erwachsenenalter verbietet sich.

5.2. Psychomotorische Reaktionsfähigkeit im Erwachsenenalter

Über die psychomotorische Reaktionsfähigkeit im Erwachsenenalter liegt ebenfalls eine Anzahl von Untersuchungen vor. Wie besonders Miles (1933) und später andere Experimentatoren zeigen, gipfeln Bewegungs- und Reaktionsgeschwindigkeiten um das 20. Lebensjahr, sie halten sich dann noch ziemlich auf der Höhe bis zu 50 Jahren, wonach ein beschleunigter Abfall erfolgt. Ähnliches gilt von komplexeren motorischen Leistungen. Jedoch läßt sich auch unter diesen Aspekten keine phasenabhängige, lediglich biologisch determinierte Leistungsfähigkeit postulieren. Ch. Bühler (1959) weist selbst darauf hin, daß auch hier „große individuelle Differenzen bestehen, indem 25 % oder mehr der Gruppe über 50 Jahre die jungen Erwachsenen bei weitem in ihrer Leistungsfähigkeit übertreffen" (S. 62). Vor allem nimmt die Genauigkeit und Sorgfalt bei Prüfungen der motorischen Reaktionsfähigkeit im Alter zu, und es verringern sich dadurch Fehlleistungen.
Die Untersuchungen von E. Roth (1961), der mehrere motorische Untersuchungsverfahren an 3 Versuchsgruppen männlicher Erwachsener mit je etwa 15 Jahren Altersunterschied unter gleichen Bedingungen durchführte, sind sehr interessant. Beim Vergleich der Gruppen zeigte sich zunächst ein statistisch signifikanter und nahezu linearer Abfall der durchschnittlichen Leistungswerte bei uneinheitlichen Tendenzen der dazugehörigen Streuungen. Vergleicht man jedoch zwischen den Altersstufen nicht die durchschnittlich erzielten Leistungen, sondern die Änderung der Leistungen mit der Zahl der Versuche, also den Lernerfolg, „dann ergibt sich ein anderes ... sogar überraschendes Ergebnis: Der Lernerfolg bzw. der Übungsgewinn ist für alle Altersstufen in allen daraufhin überprüften Variablen gleich" (S. 96). Zu gleichen Feststellungen gelangt auch Bauer (1966), der im Zusammenhang mit den psychomotorischen Lernleistungen bemerkt: „Wenn ... nicht der absolute Übungsgewinn, sondern die prozentuelle Verbesserung bei den Wiederholungen berücksichtigt wird, ergeben sich bei allen Altersstufen auf unterschiedlichen Leistungsniveaus gleiche Lernfunktionen" (S. 23). Er verweist weiterhin darauf, „daß ältere Menschen nicht für die psychomotorische Reaktion selbst, sondern die folgende Umstellung auf neue Reize mehr Zeit benötigen als jüngere. Bei psychomotorischem Lernen vermindern sich die Schnelligkeit nach dem 30., die Genauigkeit nach dem 40. und beide nach dem 50. Lebensjahr" (S. 22).
Bente und Wanderer (1960) führten mit einer als „Dauerreaktionstest"

bezeichneten Methode eine größere Anzahl von Messungen an Vpn aller Altersklassen durch. Es erweist sich ein linearer Anstieg der Reaktionszeit mit dem Alter. Die Autoren betonen, daß sich der ältere Mensch verzögert auf sein Leistungsniveau *einstellt*, was besonders bei zunehmendem Komplexitätsgrad der geforderten Leistung in Erscheinung tritt. Wenn dieser Verzögerung der Einstellungsvorgänge nicht Rechnung getragen wird, „so können unter Umständen Ausfallerscheinungen vorgetäuscht werden, welche die effektive Leistungsminderung bedeutend übersteigen" (S. 217). Darüber hinaus ergeben sich Kurvenformen, die sich als Ausdruck eines Ermüdungsvorganges interpretieren ließen, nur ganz vereinzelt. „Eine Beziehung zum Alter ist nicht festzustellen" (S. 217).
Spezielle motorische Störungen im Erwachsenenalter, die als pathologisch zu bezeichnen sind, behandelt Giljarowski (1960, S. 71–74).

5.3. Kritische Betrachtung zu Intelligenzuntersuchungen im Erwachsenenalter

Im Zusammenhang mit der Feststellung der *Intelligenzleistung* im Erwachsenenalter haben sich seit den Untersuchungen von Foster und Taylor (1920), Yerkes (1921) u. a., die eine wertvolle Pionierarbeit auf diesem Gebiet leisteten und viele spezielle Fragen zum ersten Mal berührten, mehrere Autoren beschäftigt (vgl. die bereits genannten Sammelreferate). Es liegen recht widersprüchliche Ergebnisse vor.
Auf der einen Seite ergibt sich „bei gleichzeitiger Messung der Intelligenzleistung verschiedener Altersstufen mit demselben Prüfverfahren ... an allen Stichproben und Anforderungen prinzipiell Ähnliches: Die Testleistungen steigen etwa bis zu 20 Jahren, bleiben im dritten Jahrzehnt ungefähr auf gleicher Höhe und sinken dann kontinuierlich wieder ab" (Rösler 1967, S. 223). Auf Grund der Messung der Intelligenz mit verschiedenen Tests kommt es zum Postulat einer *Adoleszens-Maximum-Hypothese.* Sie besagt, die Intelligenz nähme bis zum Abschluß der Adoleszenz zu (diese schließt sich in der Ontogenese an die Pubertät an und liegt zwischen dem 16. und 20. Lebensjahr); verbleibt dann bis zum 40. Lebensjahr auf gleichem Niveau und nimmt anschließend allmählich ab (vgl. die „Biologische Lebenskurve" von Ch. Bühler 1959). Eine solch biologistische Betrachtungsweise wird bereits von Gutjahr und Mehl (1963) kritisiert. Rösler (1967) setzt sich ebenfalls kritisch mit diesen Auffassungen auseinander. Wir kommen darauf noch zurück.
Auf der anderen Seite stehen Untersuchungsergebnisse zur intellektuellen Leistungsfähigkeit im Erwachsenenalter im Gegensatz zu den Feststellungen einer kontinuierlich aufsteigenden und nach einem Kulminationsplateau wieder gesetzmäßig abfallenden Kurve der Intelligenzleistungen. Undeutsch (1959) betrachtet die verschiedenen Untersuchungen über altersbedingte Veränderungen der intellektuellen Leistungsfähigkeit kritisch. Er macht auf die Wirksamkeit von zwei Faktoren aufmerksam. Erstens sinken durch die Verlangsamung des

Ablauftempos mit zunehmendem Alter vor allem die Leistungen in *den* Tests, die stark zeitbegrenzt sind. „Schaltet man diesen Faktor aus, kann unter Umständen ein Leistungsanstieg bis zum 90. Lebensjahr nachgewiesen werden" (S. 95). Das hat u. a. L o r g e (1940) an Hand der von M i l e s und M i l e s gewonnenen Daten gezeigt. Zweitens läßt sich behaupten, daß die Leistungen derjenigen psychischen Funktionsbereiche am frühesten und stärksten nachlassen, „die wenig in Anspruch genommen werden". Bei reger Betätigung der psychischen Funktionen können jedoch die Leistungen nicht nur lange Zeit auf gleicher Höhe bleiben, sondern steigen sogar bis ins hohe Lebensalter hinein noch an (vgl. U n d e u t s c h 1959, S. 95).

Zu ähnlichen Feststellungen gelangt neuerdings K a r s t e n (1965), die die von L e h m a n (1953) aufgestellte Statistik über sogenannte Höchstleistungen in bestimmten Altersstufen kritisiert und widerlegt. L e h m a n (1953), an dessen Statistik sich u. a. Ch. B ü h l e r (1959) bei der Aufstellung ihrer „Biologischen Lebenskurve" orientiert, hat die Meisterwerke oder Meisterleistungen auf verschiedenen Gebieten nach Lebensaltern aufgeteilt, die er auf Grund von Angaben in Biographien, Lexika und anderen Quellen zusammenstellte. Nach seiner Statistik werden die meisten schöpferischen Höchstleistungen in relativ jungen Jahren erzielt (beim Sport zwischen 25 und 30; Lyrik zwischen 25 und 29; Romane zwischen 30 und 39; in der Malerei zwischen 35 und 39; Physik, Chemie zwischen 30 und 40; Medizin zwischen 35 und 39 und in der Philosophie zwischen 35 und 39 Jahren). Diese Statistik ist bereits des öfteren stark kritisiert worden (R é v é s z 1953, D u y k e r 1956, G u t j a h r und M e h l 1963, K a r s t e n 1965 u. a.). R é v é s z (1953) kommt zu anderen Befunden und betont: „Die Geschichte der Künste und Wissenschaften zeigt unzweideutig, daß bei hochbegabten Menschen eine Regression, insbesondere ein Verfall der allgemeinen, geistigen Qualitäten und der produktiven Kraft mit dem Altern in der Regel nicht eintritt. Man könnte eher das Gegenteil behaupten" (S. 687). Auch K a r s t e n (1965) vermerkt im Gegensatz zu L e h m a n (1953):

Eine gründliche Auswertung der Statistik ergibt, „daß Höchstleistungen nicht nur in den genannten Altersstufen vorkommen, sondern bis ins höchste Alter hinein geschaffen werden ... Die bekanntesten Altersleistungen großer Künstler und Gelehrter sind keine Einzelleistungen, sondern stammen von Künstlern und Gelehrten, die schon in jüngeren Jahren Großes geleistet haben" (S. 3).

In neueren Testuntersuchungen zur Intelligenz im Erwachsenenalter werden die Auffassungen von U n d e u t s c h (1959) durch B a y l e y (1966) bestätigt. Seine Vpn (zwischen 20 und 50 Jahren) wurden innerhalb von 12 Jahren zweimal getestet. Dabei zeigten alle Altersgruppen – sowohl die ältesten als auch die jüngsten – einen Punktzuwachs nach 12 Jahren. Die Zuwachsrate vermindert sich jedoch etwas bei den älteren Vpn.

Schon die bisher angeführten Daten und widersprüchlichen Untersuchungsergebnisse rechtfertigen nicht mehr die Behauptung einer Abhängigkeit der Intelligenzleistungen allein von altersspezifischen Besonderheiten im Erwachsenenalter. Für eine solche globale Betrachtungsweise einer altersabhängigen „Lernintelligenz" (E n g e l m a y e r 1956 u. a.) bzw. „Lernfähigkeit" (M e i l i 1965 u. a.) im Erwachsenenalter und auch für die dargestellten widerspruchsvollen Untersuchungsergebnisse sind unseres Erachtens verschiedene Gründe vorhanden, die wir nachfolgend unter vier Gesichtspunkten diskutieren.

1. Zunächst ist festzustellen, daß für die Erforschung intellektueller Fähigkeiten und deren Veränderung bei Erwachsenen fast ausschließlich Tests verwendet wurden, die für Kinder und Jugendliche bestimmt waren. „Da man hingegen nur selten neue Verfahren entwickelte, die speziell für die psychologische Erfassung der Fähigkeiten älterer Menschen zugeschnitten waren, erwächst eine ernste Kritik an fast allen zu besprechenden Untersuchungen" (Riegel 1958 a, S. 53). Dadurch haben die in vielen Untersuchungen verwendeten Methoden den großen Mangel, daß ihre Bedeutsamkeit, ihre Gültigkeit für allgemeine und spezielle Lebenssituationen des Erwachsenen nur selten festgestellt werden. Auch die Tatsache, daß der jüngere Mensch Testanforderungen besser gewachsen ist als der ältere, „besagt nicht unbedingt etwas über seine bessere intellektuelle Leistungsfähigkeit allgemein, sondern nur in bezug auf bestimmte elementare Anforderungen" (Gutjahr und Mehl 1963, S. 206). Correll (1965 d) vermerkt, daß der „genaue Zeitpunkt de. Rückentwicklung des IQ (Intelligenz-Quotienten, H. L.) ... noch nicht ermittelt werden" kann, „weil zu wenige Untersuchungen mit zuverlässigen Testmitteln zur Verfügung stehen" (S. 144).
2. Empirische Untersuchungen „zu der wichtigen Frage nach einer *Geschlechtsspezifität* der altersbedingten Leistungsveränderungen" liegen kaum vor (Bauer 1966, S. 24). Meili (1965) diskutiert verschiedene Untersuchungsergebnisse hinsichtlich geschlechtsspezifischer Leistungsunterschiede, jedoch unabhängig von altersbedingten Veränderungen. Er betont: „Die Unterschiede sind nie größer, als daß man nicht sagen könnte, daß sie durch besondere Übung oder besonderen Leistungswillen ausgeglichen werden können" (S. 359). McKeachie (1967) glaubt auf Grund „der höheren Intelligenzmaße ... für Frauen eine höhere Durchschnittszensur ... als für Männer" voraussagen zu können – „zumindest an der Universität von Michigan" (S. 177). Auch Duff und Siegel (1967) sind der Auffassung, daß Studentinnen die Tendenz zeigen, „ihre akademischen Fähigkeiten ... wirkungsvoller einzusetzen als Studenten" (S. 429). Meili (1965) bemerkt dagegen, daß genaue Untersuchungen „in bezug auf die Streuung der Begabung ... keine Unterschiede zwischen den Geschlechtern" ergeben (S. 361). Er wirft die berechtigte Frage auf, ob psychische Geschlechtsunterschiede konstitutionell bedingt sind oder ob sie vielleicht vielmehr von den verschiedenen Umständen abhängen, unter denen Männer und Frauen leben bzw. unter denen Knaben und Mädchen aufgezogen werden. Es ist hier nicht der Platz, auf diese theoretischen Fragen einzugehen. An anderer Stelle haben wir uns damit – im Zusammenhang mit dem unterschiedlichen Leistungsverhalten von Jungen und Mädchen in der Schule – auseinandergesetzt (Löwe 1975, S. 55–59). In Anlehnung an Mead (1955), Hiebsch (1966) sehen wir in den „Geschlechterrollen" wesentliche Bedingungen für geschlechtsspezifische Unterschiede und schließen uns Meili (1965) an, der nach Darstellung sowjetischer Untersuchungser-

gebnisse betont: „Diese Resultate bedeuten ... ein starkes Argument für die These der Umwelt- und Erziehungsbedingtheit gewisser psychischer Geschlechtsunterschiede" (S. 360).

In unseren eigenen lernpsychologischen Untersuchungen zur Aktivität und zum Lernerfolg bei Erwachsenen und Jugendlichen zeigen sich gewisse geschlechtsspezifische Unterschiede mit der Tendenz eines etwas größeren Lerngewinns bei Frauen und Mädchen. Die Unterschiede lassen sich jedoch statistisch nicht sichern (L ö w e 1968 a, S. 188–190, vgl. auch die von uns angeleiteten Diplomarbeiten von S p e r l i n g 1967 und R a d l b e c k 1967). In einer nachfolgenden Kontrolluntersuchung an Jugendlichen, die S c h ä f e r (1969) in unserer Forschungsgruppe mit den gleichen Untersuchungsmethoden durchführte, lassen sich ebenfalls keine statistisch signifikanten Unterschiede zwischen männlichen und weiblichen Berufsschülern nachweisen.

3. Die meisten Untersuchungen, die im Zusammenhang mit der intellektuellen Leistungsfähigkeit zum Postulat einer „Adoleszenz-Maximum-Hypothese" führten, sind *Querschnittsuntersuchungen.* Von besonderem Interesse ist nun, daß im Gegensatz dazu *Längsschnittuntersuchungen* ein Steigen der intellektuellen Leistungsfähigkeit bis zum Alter von 50 Jahren ergeben (L i v e s a y, H u n t e r, B a r n e s, T h o r n d i k e, S h u e y u. a., zit. bei U n d e u t s c h 1959, S. 95). All diese Untersuchungen zeigen einen beträchtlichen und beständigen Leistungszuwachs im späteren Test, und zwar nicht nur in der Durchschnitts-Testleistung, sondern bei fast jeder Vp. Neuerdings weist R ö s l e r (1967) in einer interessanten Arbeit auf diese Problematik hin. Wiederholte Messungen der Intelligenzleistung von Erwachsenen ergeben nach einigen Jahren bzw. Jahrzehnten noch einen durchschnittlichen Anstieg der Testleistungen, der meist um so größer ist, je niedriger der Ausgangswert und das Ausgangsalter der Vpn sind. Vergleicht man solche Resultate mit Ergebnissen von Querschnittsuntersuchungen in verschiedenen Altersstufen, so fällt die beträchtliche individuelle Zunahme im Gegensatz zur oft postulierten Altersgruppenabnahme der Intelligenzleistungen auf (vgl. Abb. 5).

Gleiche Feststellungen ergeben sich übrigens auch bei Untersuchungen der Körperhöhe nach der Individual- und Querschnittsmethode (vgl. Abb. 6).

R ö s l e r (1967) diskutiert diese Diskrepanzen unter dem Aspekt der Akzelerationserscheinungen:

> „Unter dem Akzelerationsgesichtspunkt darf ... die in Querschnittsuntersuchungen zutagetretende geringere Intelligenzleistung der älteren erwachsenen Probanden nicht so sehr als Folge individuellen Alterns, sondern vielmehr als Generationsunterschied aufgefaßt werden, der Symptom einer säkularen Steigerung der körperlichen und geistigen Entwicklung infolge besserer psychophysischer Entwicklungsbedingungen ist" (S. 226).

Auch R i e g e l (1958 a), B i r r e n (1959), W e l f o r d (1961), G u t j a h r und M e h l (1963), F o p p a (1965), K a r s t e n (1965) u. a. machen darauf aufmerksam, daß die Art des Vergleichs in Querschnittsuntersuchungen höchst problematisch ist. W e l f o r d (1961) schlägt vor, kombinierte Längsschnitt- und Querschnittsuntersuchungen durchzuführen.

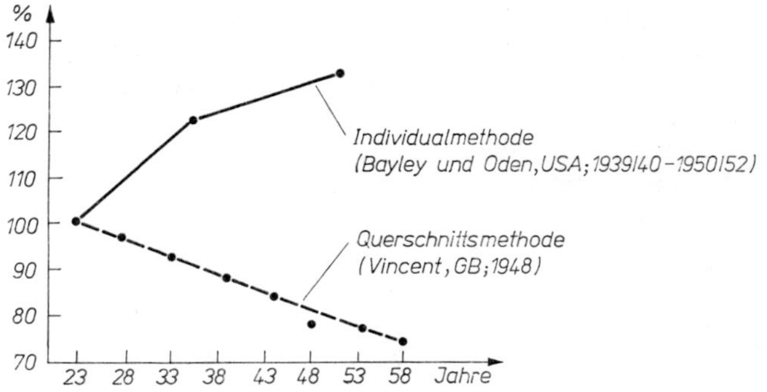

Abb. 5: Intelligenzleistung nach der Individual- und Querschnittsmethode (nach R ö s l e r 1967, S. 225).

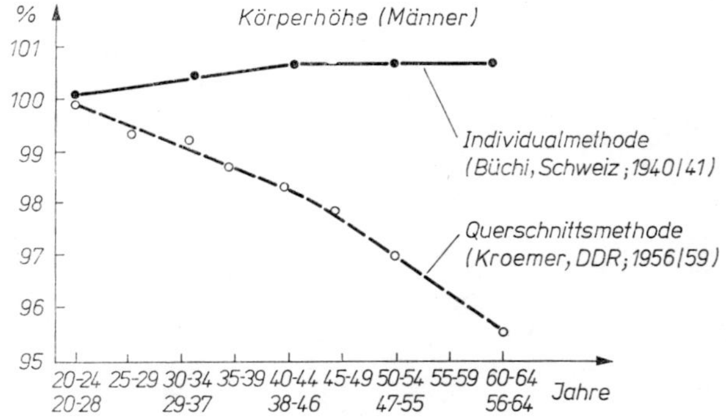

Abb. 6: Körperhöhe nach der Individual- und Querschnittsmethode (nach R ö s l e r 1967, S. 224).

R i e g e l (1958 a), B i r r e n (1959), W e l f o r d (1961) u. a. diskutieren eingehend die *experimentelle* Methode und treten dafür ein, daß Experimente an Erwachsenen nicht im Laboratorium (reine Testverfahren), sondern direkt am Arbeitsplatz der Vpn durchgeführt werden sollten. Wir berücksichtigten diesen uns wichtig erscheinenden Hinweis, indem wir an 714 Erwachsenen Untersuchungen zur intellektuellen Leistungsfähigkeit im Erwachsenenalter unter berufs-, geschlechts- und altersspezifischen Aspekten unter natürlichen Bedingungen durchführten. Ergebnisse dieser Untersuchungen stellen wir am Schluß dieses Kapitels geschlossen dar.

Foppa (1965) betont, daß Längsschnittuntersuchungen „die einzig korrekte Methode" darstellen, „da sonst die Ergebnisse nicht nur von den Altersunterschieden, sondern auch von anderen Faktoren" (z. B. andere Erziehungspraktiken und Bildungsmöglichkeiten, unter denen die jetzt 60jährigen und die jetzt 20jährigen aufgewachsen sind) „determiniert sein können" (S. 308). Wir beabsichtigen deshalb, unsere oben angegebenen Untersuchungen zur intellektuellen Leistungsfähigkeit im Erwachsenenalter, die im Zeitraum vom September 1968 bis März 1969 erfolgten, in fünf Jahren an den dann noch erreichbaren Vpn zu wiederholen.

4. Die Problematik, die mit den oben angegebenen Hinweisen von Foppa (1965) aufgeworfen wurde, bleibt in vielen Untersuchungen zur intellektuellen Leistungsfähigkeit im Erwachsenenalter unberücksichtigt. Bauer (1966) betont, daß die Abhängigkeit psychischer Leistungen von Milieu- bzw. beruflichen Determinanten relativ selten untersucht wurde (S. 24). Wir diskutieren diese Problematik kurz unter dem Aspekt der beiden genannten Faktoren und stellen anschließend eigene Untersuchungsergebnisse zur intellektuellen Leistungsfähigkeit in Abhängigkeit dieser sozialen Determinanten dar.

a) Die Abhängigkeit der intellektuellen Leistungsfähigkeit von der *Schulbildung* der Erwachsenen

Bereits in den umfassenden Studien von Miles (1931, 1932) an 863 Personen im Alter von 6 bis 95 Jahren kann im Zusammenhang mit der intellektuellen Leistungsfähigkeit die Bedeutung der *Schulbildung* nachgewiesen werden. Die Vpn wurden gemäß ihrer Universitäts-, College-, Oberschul- und Volksschulausbildung in vier Kategorien eingeteilt. „Der Leistungsabfall stellte sich nun durch vier leicht divergierende, der Gruppenunterteilung entsprechende Kurven dar. Die Personen niedrigerer Bildung wiesen einen relativ stärkeren Leistungsabfall als diejenigen auf, die länger zur Schule gegangen waren" (zit. nach Riegel 1958 a, S. 120). Anastasi (1967) referiert u. a. Erhebungen, die in den USA durchgeführt wurden und Korrelationen von 0,73 und 0,74 zwischen Intelligenztests und der höchsten Klasse, die in der Schule erreicht wurde, ergaben. Auch Bauer (1966) betont: „Intellektuelle Leistungen liegen bei Personen mit längerer Schulbildung höher, bleiben bei Personen mit Berufen, die intellektuelle Leistungen verlangen, gleich oder nehmen mit dem Alter noch weiter zu" (S. 24). Natürlich gibt es für derartige Korrelationen zwei mögliche Erklärungen: Erstens hebt der längere Unterricht das intellektuelle Niveau; zweitens besteht jedoch für klügere Individuen eine größere Wahrscheinlichkeit, der zunehmend schärferen Auswahl aufeinanderfolgender Stufen eines Schulsystems zu genügen. Allerdings weist Anastasi (1967) im Zusammenhang mit der Bildungsmöglichkeit der Menschen in den USA mit Recht darauf hin, „daß die Länge des Schulbesuchs eines Individuums nicht völlig von seinen Fähigkeiten abhängt" (S. 524). Die finanziellen Möglichkeiten, Traditionen und Einstellungen in der Familie, die Möglichkeit des Schulbesuches in den einzelnen Gebieten und eine Anzahl weiterer Faktoren müssen gesehen werden.

Meili (1965) betont ebenfalls die Bedeutung der Umweltfaktoren – besonders der Schulbildung – für die intellektuelle Entwicklung und damit für die Leistungsfähigkeit im Erwachsenenalter. Mit ihm muß man annehmen, daß bei Querschnittsuntersuchungen „die Testleistungen der heute ältesten Gruppen in ihrer Jugend nicht so hoch gewesen wären, wie es die Kurve zeigt, daß also auch der Abfall nicht so drastisch ist" (S. 347).

Von Bedeutung ist in dem hier zu besprechenden Zusammenhang eine Untersuchung an holländischen Jugendlichen (De Groot 1951). Während der Kriegsjahre zeigten die Intelligenzwerte von Anwärtern einer Berufsfachschule in Holland ein signifikantes Absinken der IQ-Durchschnittswerte. Die Hypothese, daß diese Abnahme durch die Schulbedingungen während des Krieges entstanden sei, wurde durch die Feststellung bekräftigt, daß in den Jahren 1949–1951 nach Wiederherstellung normaler Schulbedingungen der Durchschnitts-IQ (Intelligenz-Quotient) wieder den Stand der Vorkriegszeit erreichte.

Friebel (1954) und Maziarz (1962) weisen als Praktiker in der Erwachsenenbildung auf „die erheblichen Unterschiede bezüglich der Allgemeinbildung der Hörer" hin (Friebel 1954, S. 52). Sie betonen, daß diese durch die Schulbildung bedingten Unterschiede zu ganz verschiedenen intellektuellen Leistungen innerhalb einzelner Altersstufen führen. Interessant sind in diesem Zusammenhang industriesoziologische Untersuchungen in der DDR, in denen die Tendenz nachgewiesen wird, „daß mit zunehmendem Bildungsstand das Streben nach einer weiteren Qualifizierung ebenfalls zunimmt. Das gilt insbesondere hinsichtlich der vorhandenen schulischen Bildung. Eine niedrige schulische Bildung korreliert meist mit einem wenig entwickelten Bestreben, sich zu qualifizieren, und umgekehrt" (Theoretische und methodologische Probleme der marxistischen Industriesoziologie 1967, S. 18). Der gleiche Sachverhalt wird in einer umfangreichen Untersuchung zur Erkundung der Motivation Erwachsener zu Beginn der Qualifizierung von Schwarz (1968) nachgewiesen. Schwarz führte die Erhebungen innerhalb unserer Forschungsgruppe an 769 Probanden der VVB Chemiefaserindustrie durch. Er stellt u. a. signifikante Unterschiede im Hinblick auf Interessiertheit an Qualifikationsmaßnahmen zwischen Arbeitern ohne Qualifikation und Meistern bzw. Hoch- und Fachschulkadern fest. Mit steigender fachlicher Qualifikation nimmt auch das Interesse an weiterer Qualifizierung zu (Signifikanz der Unterschiede auf dem 1-‰-Niveau). Ähnliche Tendenzen zeigen sich auch in den Untersuchungen von Fricke (1968), Laffin (1968) und Juch (1968), die innerhalb unserer Forschungsgemeinschaft als Diplomarbeiten durchgeführt wurden.

Eine Übersicht über weitere einschlägige Arbeiten zur Bedeutung der Schulbildung für die intellektuelle Leistungsfähigkeit im Erwachsenenalter vermittelt der Beitrag von Anastasi (1967).

b) Die Abhängigkeit der intellektuellen Leistungsfähigkeit von der beruflichen Tätigkeit

Unbedingt muß schließlich berücksichtigt werden, daß die intellektuelle Leistungsfähigkeit im Erwachsenenalter viel stärker durch die unterschiedlichen

Berufe bedingt ist als durch sogenannte Altersbesonderheiten. V e r n o n (1964) weist deutliche Unterschiede im Leistungsabfall zwischen verschiedenen Berufsgruppen nach. Er ist am stärksten bei Berufen, die die geringste Intelligenz verlangen, während bei anderen die Leistungsfähigkeit relativ gut erhalten bleibt und sich sogar noch steigert. Das ist ein Ergebnis, das bereits von W e i s s (1927) und von N y s s e n (1952 – zit. nach R i e g e l 1958 a, S. 117) gefunden wurde. Man kann diesen Resultaten, die sich aus weiteren Untersuchungen ergeben (vgl. B e r g l e r 1966, S. 33–46), die Hypothese zugrunde legen, daß Personen, deren Beruf ein geistiges Training mit sich bringt, einen anderen Verlauf der geistigen Leistungsfähigkeit zeigen als Personen mit Berufen ohne ein solches Training. G u t j a h r und M e h l (1963) betonen die Richtigkeit dieser Hypothese, verlangen jedoch noch Längsschnittuntersuchungen, in denen der Leistungsabfall bei Personen ohne geistiges Training eindeutig festgestellt wird (S. 204).
Die Art und Weise der Auseinandersetzung der Erwachsenen mit den beruflichen Anforderungen bringt natürlich nicht nur eine unterschiedliche intellektuelle Leistungsfähigkeit mit sich, sondern bedingt darüber hinaus „Mentalitätsunterschiede zwischen Angehörigen verschiedener Berufsgruppen . . ., die in Verhaltensstilen, Haltungs- oder Denkstilen zum Ausdruck kommen" (B a c h m a n n 1964, S. 563). Damit wird die Problematik einer eindimensionalen Betrachtungsweise der Abhängigkeit psychischer Besonderheiten allein vom Alter der Erwachsenen noch deutlicher.
Wir schließen die kritischen Betrachtungen zu Intelligenzuntersuchungen im Erwachsenenalter ab, indem wir einige Untersuchungsergebnisse darstellen, die wir in unserer Forschungsgruppe zu dieser Problematik erzielten.
In der Zeit vom 1. 9. 1968 bis 31. 5. 1969 führten wir an 714 Erwachsenen (Alter 20–59 Jahre) Untersuchungen zur intellektuellen Leistungsfähigkeit durch. Dank gebührt den Diplomandinnen P e t e r (1969), G r u h l (1969), K r a u s e (1969) und W i n d e n (1969).
P e t e r (1969) bezog 222 Vpn des VEB Kombinat „Otto Grotewohl" in Böhlen in ihre Untersuchungen ein; G r u h l (1969) 197 Vpn aus verschiedenen Institutionen des Volksbuchhandels und Bibliothekswesens in Leipzig; K r a u s e (1969) 195 Vpn aus dem Institut für Ingenieurpädagogik und dem Pädagogischen Institut in Magdeburg und W i n d e n (1969) 100 Vpn der Deutschen Post in Leipzig.

Die Zusammensetzung der *Gesamtpopulation* ergibt – unter Berücksichtigung verschiedener Aspekte – folgendes Bild:

1. Zusammenstellung nach dem Geschlecht

Frauen	469 Vpn
Männer	245 Vpn
Gesamt	714 Vpn

2. Zusammenstellung nach dem Lebensalter

20 bis 29 Jahre	426 Vpn
30 bis 39 Jahre	133 Vpn
40 bis 49 Jahre	79 Vpn
50 bis 59 Jahre	76 Vpn
Gesamt	714 Vpn

3. Zusammenstellung nach jeweils erreichter Qualifikationsstufe (unabhängig von dem speziellen Beruf)

Hochschulabschluß	25 Vpn
Fachschulabschluß	98 Vpn
Fachschulstudenten	195 Vpn
Meister- bzw. Technikerabschluß	57 Vpn
Angestellte und Facharbeiter mit Abschluß der 10. Klasse	119 Vpn
Angestellte und Facharbeiter mit Abschluß der 8. Klasse	86 Vpn
Angelernte und Ungelernte mit Abschluß der 6.–8. Klasse	134 Vpn
Gesamt	714 Vpn

Um einen einheitlichen Untersuchungsgang der Diplomanden zu gewährleisten, erarbeitete unser Mitarbeiter Almeroth (1968) eine detaillierte Untersuchungsanleitung, die wir hier nicht ausführlich wiedergeben können. Es sei nur auf einige Schwerpunkte aufmerksam gemacht:

1. Zunächst ermittelten wir bei den Vpn die für die Auswertungsgesichtspunkte notwendigen biographischen Daten mit Hilfe eines Fragebogens „Angaben aus meinem Leben".
2. Für die Feststellung der intellektuellen Leistungsfähigkeit setzten wir bei allen Vpn die nachfolgenden drei Untersuchungsverfahren ein: erstens den von Raven (1938) entwickelten Progressive-Matrices-Test; zweitens einen Merkfähigkeits-Test, bei dem die Vpn aus einer über Tonband dargebotenen Erzählung sofort im Anschluß daran entsprechende numerische Daten zu reproduzieren hatten; drittens den Zahlen-Symbol-Test aus dem Hawie-Test.

Zu den aufgeführten Untersuchungsverfahren – besonders zu dem Raven-Test, den wir auch zu später noch darzustellenden lernpsychologischen Untersuchungen einsetzten – sind folgende Bemerkungen zu machen:

a) der Raven-Test (vgl. Raven 1956, Wewetzer 1964, Mehl, Müller und Wenke 1965, Meili 1965, S. 80 ff., Kossakowski 1966, S. 58 f. und S. 156) besteht im Unterschied zu vielen anderen Prüfverfahren nur aus einer Aufgabenart, die aber in verschiedenen Schwierigkeitsgraden vom 7. Lebensjahr „bis zum intelligentesten Erwachsenen angewendet werden kann"

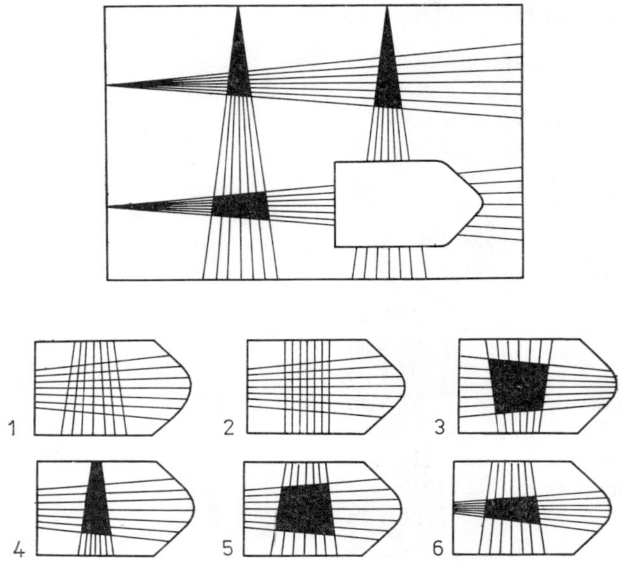

Abb. 7: Das Prinzip einer Aufgabe aus dem Raven-Test.

(Meili 1965, S. 80). Wir verwenden das aus 6 Serien mit je 12 Aufgaben bestehende Verfahren, setzen die Kenntnis des Tests voraus und demonstrieren nur durch eine Aufgabe das allgemeine Prinzip (vgl. Abb. 7).

Nach Raven (1956) läßt der Test die Fähigkeit erkennen, „mit der eine Person Vergleiche zwischen Figuren bilden und eine logische Methode des Analogieschlusses entwickeln kann". Er stellt ein Mittel dar, „alle ordnenden, analytischen und integrierenden Operationen, die in höheren Denkprozessen vorkommen, zu bestimmen" (zit. nach Meili 1965, S. 81). Nach Wewetzer (1964) wird der Test „als ein gutes Instrument zur Prüfung der Allgemeinbefähigung angesehen (im Sinne von Spearmans *g*)" – S. 214. Mehl, Müller und Wenke (1965) stellen im Zusammenhang mit den Gütekriterien u. a. fest: Erstens ergeben sich mit der „split-half-Methode" bzw. der „Re-Test-Zuverlässigkeit" (Reliabilitätsprüfung) in allen von den Autoren untersuchten Altersstufen „gute bis sehr gute Leistungskonstanzen" (S. 411). Zweitens zeigen die Validitätsüberprüfungen mit anderen Tests „mittlere Übereinstimmungen"; jedoch können die Gültigkeitsüberprüfungen an äußeren Kriterien (Lehrerurteil, Diktat- und Rechenzensur) nicht zufriedenstellen (vgl. S. 412 f.). Drittens ist die Objektivität des Verfahrens ohne weiteres gewährleistet. Eine Überprüfung erübrigt sich deshalb.

Vorteile dieses Verfahrens bestehen unseres Erachtens darin, daß a) ein Minimum an sprachlicher Kommunikation zwischen Versuchsleiter und Probanden genügt, b) der Progressive-Matrices-Test im Gruppenverfahren durchgeführt werden kann und c) die Ergebnisse relativ schnell zu ermitteln sind. Diese Faktoren sind aus zeitökonomischen Gründen wichtig. Kossakowski

(1966) weist darüber hinaus darauf hin, daß der Progressive-Matrices-Test nicht etwa in der Schule geübtes Wissen oder speziell trainierte logische Operationen, sondern allgemeine Funktionen des logischen Denkens" prüft (S. 58).

Obwohl man dem Test unterstellen darf, daß sich in ihm sicher „keine von einem bestimmten ideologischen Überbau abhängige Leistungsvarianten zeigen" (Mehl, Müller und Wenke 1965, S. 408), ist doch zu beachten, daß die Ergebnisse in der Untersuchung Kossakowskis (1966) „eine deutliche Abhängigkeit der intellektuellen Leistungsfähigkeit von der konkreten Bildungssituation in der betreffenden Gruppe" erkennen lassen (S. 81). Im allgemeinen erweist sich jedoch, „daß die P. M. *sehr gut geeignet* sind, um als diagnostische Hilfsmittel gruppenstatistisch ... im Sinne einer Grobauslese zu differenzieren" (Mehl, Müller und Wenke 1965, S. 413) und daß dieser „Leistungstest ... entwicklungspsychologisch relevant" ist (Kossakowski 1966, S. 79).

Obgleich der Test nach Raven (1956) ohne Zeitlimit durchgeführt werden soll, halten wir es auf Grund unserer Erfahrungen für notwendig, die jeweils von den Vpn benötigte Zeit bei der Auswertung des Tests zu berücksichtigen. Dabei nehmen wir die Berechnung der Absolutwerte so vor, daß die von jeder Vp erreichten Punkte quadriert und durch die jeweils benötigten Minuten dividiert werden $\frac{(\text{Punkte})^2}{\text{min}}$. Zur Auswertung der Ergebnisse entwickelten wir für die Population der Erwachsenen einen *Auswertungsbogen*, der besondere – für die weiteren Untersuchungen wichtige – Daten enthält.

Nebenbei möchten wir auf einen Sachverhalt aufmerksam machen, der unseres Erachtens für alle lernpsychologischen Untersuchungen bedeutsam sein kann – besonders jedoch bei Erwachsenen: Der Raven-Test wurde bei den Erwachsenen immer im Gruppenverfahren *während* einer Unterrichtsstunde bzw. während der Arbeitszeit durchgeführt. In einer Klasse der Erwachsenen ergab sich die Möglichkeit einmal nicht. Der Test konnte erst *nach* einem achtstündigen obligatorischen Unterricht absolviert werden. Die erwachsenen Vpn wurden darauf hingewiesen, daß es auf genaues und sorgfältiges Arbeiten ankomme; jedoch wurde eingeräumt, daß die Teilnehmer nach Hause gehen könnten, wenn die Aufgaben gelöst sind. Das Ergebnis war in dieser Klasse gegenüber Vpn anderer Klassen, die die Aufgaben *während* einer Unterrichtsstunde lösten, so schlecht, daß der Versuch nicht gewertet werden konnte. Die Vpn waren in erster Linie darauf bedacht, nach Hause gehen zu können. Der Test wurde dann nach einiger Zeit noch einmal *während* einer Unterrichtsstunde wiederholt. Dabei zeigten sich Resultate, die dem Durchschnitt anderer Klassen entsprachen.

Diese Erkenntnis ist nicht nur für die Durchführung einmaliger Leistungstests bedeutsam, sondern gilt vor allem für lernpsychologische Experimente, die sich über einen längeren Zeitraum erstrecken. *Wir führten deshalb unsere Untersuchungen stets innerhalb einer Unterrichtsstunde durch.* (Das gilt vor allem für die lernpsychologischen Untersuchungen, die wir in den Abschnitten 5.6. und 5.7. darstellen.)

b) Der Merkfähigkeits-Test wurde aus einer früheren Untersuchung des ehemaligen Instituts für Psychologie „Wilhelm Wundt", Leipzig, übernommen. Damit der Versuch in allen Untersuchungsgruppen unter gleichen Bedingungen durchgeführt werden konnte, wurde ein kurzer Text (15 Schreibmaschinenzeilen) auf Tonband gesprochen und den Vpn im Gruppenverband vorgetragen. Dadurch waren gleiches Sprechtempo und gleiche Diktion gewährleistet. Den Versuchsgruppen wurde erklärt, daß ihnen eine kleine Erzählung zweimal mit Tonband geboten wird und sie die Aufgabe haben, sich möglichst viele numerische Daten einzuprägen, um diese dann anschließend aus dem Gedächtnis in einem dafür vorbereiteten Bogen innerhalb von zwei Minuten einzutragen. Die Objektivität des Tests ist durch die Auswertung nach Punkten (richtige Lösungen) gegeben.

c) Der Zahlen-Symbol-Test stammt aus dem Hawie (Hamburg-Wechsler-Intelligenztest für Erwachsene). Es ist ein „Handlungsuntertest", bei dem von der Vp die Assoziation gewisser Symbole (Figuren und Zahlen) mit anderen Symbolen (Zeichen) gefordert wird. Geschwindigkeit und Genauigkeit dieser Assoziationen gelten als Maßstab der gemessenen intellektuellen Fähigkeiten. Geprüft werden mit dem Zahlen-Symbol-Test „die allgemeine *psychomotorische Geschwindigkeit,* die *visuell-motorische Koordination,* die *Lernfähigkeit* und das *Konzentrationsvermögen* im Handlungsbereich" (Priester 1959, S. 232).

Im Hinblick auf Untersuchungsergebnisse müssen wir uns auf die Darstellung wesentlicher Resultate beschränken. Eine differenzierte Betrachtung der Ergebnisse wird von Almeroth zur Veröffentlichung vorbereitet.

Die wichtigsten Ergebnisse sind:

1. Die Vpn der Altersgruppen 20 bis 29, 30 bis 39 sowie 40 Jahre und darüber unterscheiden sich in den Ergebnissen des Raven-Tests und des Zahlen-Symbol-Tests nicht signifikant. Im Merkfähigkeits-Test lassen sich jedoch zwischen der Altersgruppe 20 bis 39 Jahre und den über 40jährigen Erwachsenen statistisch signifikante Unterschiede zugunsten der jüngeren Erwachsenen nachweisen. Läßt man jedoch die über 50 Jahre alten Erwachsenen unberücksichtigt innerhalb der Gruppe der über 40jährigen, so zeigen sich zwischen den drei Altersgruppen (20 bis 29, 30 bis 39 und 40 bis 49 Jahre) keine signifikanten Unterschiede. Unsere Untersuchungen erbringen den Nachweis, daß es keine eindeutige Abhängigkeit der intellektuellen Leistungsfähigkeit der Erwachsenen allein vom Lebensalter gibt, wie es in den biologisch orientierten Phasentheorien behauptet wird. Auch im Hinblick auf geschlechtsspezifische Ergebnisse lassen sich die Unterschiede der Testresultate bei Frauen und Männern sowohl im Raven- als auch im Merkfähigkeits- und im Zahlen-Symbol-Test statistisch nicht sichern.
2. Die Streuung der Testergebnisse innerhalb der einzelnen Altersgruppen ist größer als zwischen den Gruppen. Dieses Ergebnis weist besonders auf den Einfluß von sozialen Faktoren hin.

a) So zeigt sich z. B. im Zusammenhang mit der *Schulbildung* ein statistisch signifikanter Unterschied zwischen den Abgängern aus den 6.–8. Klassen bzw. aus den 10.–12. Klassen im Raven-Test (vgl. Abb. 8).

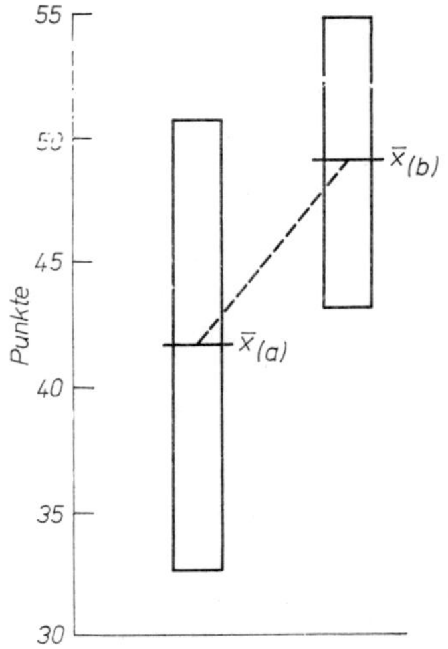

Abb. 8: Unterschiede der Intelligenzleistungen im Raven-Test in Abhängigkeit von der Schulbildung (nach Gruhl 1969). (a) 6. bis 8. Klasse, (b) 10. bis 12. Klasse.

Neben dem signifikanten Unterschied der Mittelwerte fällt besonders die wesentlich größere Streuung der Werte innerhalb der Abgänger aus den 6.–8. Klassen (Gruppe a) auf. Die Varianz ist fast doppelt so groß wie in der Gruppe b. Die Korrelationswerte zwischen Schulbildung und intellektueller Leistungsfähigkeit betragen beim Zahlen-Symbol-Test : $C_{Korr} = 0{,}44$; beim Raven-Test: $C_{Korr} = 0{,}46$.

b) Weiterhin steht die *berufliche Qualifikationsstufe*, die zur Ausübung einer bestimmten Berufstätigkeit erforderlich ist, im engen Zusammenhang mit den jeweiligen Testergebnissen. Die Korrelationen betragen beim Raven-Test: $C_{Korr} = 0{,}62$; beim Merkfähigkeitstest: $C_{Korr} = 0{,}54$ und beim Zahlen-Symbol-Test: $C_{Korr} = 0{,}48$. In diesem Zusammenhang stellten wir auch fest, daß die einzelnen Altersgruppen durch unterschiedliches Qualifikationsniveau gekennzeichnet sind. Die Vpn der ältesten Gruppe sind am wenigsten, die der jüngsten Gruppe am besten qualifiziert.

Unsere Ergebnisse bestätigen, daß die intellektuelle Leistungsfähigkeit der Erwachsenen nicht eindimensional von sogenannten biologisch feststehenden Altersbesonderheiten her betrachtet werden kann. In die Interpretation der intellektuellen Leistungsfähigkeit im Erwachsenenalter müssen die Schulbildung, die spezielle berufsbezogene Ausbildung, die Teilnahme an Weiterbildungsveranstaltungen, die effektive Nutzung der Freizeit für die Entwicklung von intellektuellen Fähigkeiten, die Frage des geistigen Trainings usw. unbedingt einbezogen werden. Maßgebliche Aussagen zur *Entwicklung* der intellektuellen Leistungsfähigkeit im Erwachsenenalter können jedoch mit den von uns zunächst durchgeführten Querschnittsuntersuchungen nicht gemacht werden. Dazu wäre erforderlich, sie zu einer Längsschnittuntersuchung auszubauen.

5.4. Psychologische Probleme der Lernfähigkeit im Erwachsenenalter

Die bisher referierten Untersuchungsergebnisse über die intellektuelle Leistungsfähigkeit im Erwachsenenalter berühren zugleich Probleme der *Lernfähigkeit* bei Erwachsenen. „Das Lernen spielt zweifellos bei mehr oder weniger allen psychischen Funktionen eine bedeutsame Rolle, dennoch sind bisher auf diesem Gebiet verhältnismäßig wenige Studien an älteren Menschen durchgeführt worden" (Riegel 1958, S. 217). Es erscheint uns notwendig, einige kritische Bemerkungen zu dieser Problematik anzuführen, um damit auch unter diesem Aspekt die in der Literatur zumeist postulierte Adoleszenz-Maximum-Hypothese zu widerlegen, sie zumindest in Frage zu stellen.

In den vorliegenden Untersuchungen wird meistens von *der* Intelligenzleistung, von *der* Lernintelligenz, von *der* Lernfähigkeit gesprochen, ohne die Begriffe differenzierter zu verwenden. Es ist auch zu betonen, daß in der einschlägigen Literatur keineswegs eine Übereinstimmung hinsichtlich der Begriffsbestimmung der Termini Intelligenzleistung, Lernintelligenz (Engelmayer 1956 u. a.), Lernfähigkeit (Meili 1965 u. a.) vorhanden ist (vgl. auch Guthke 1969). Wenn Boring (1923) ironisch bemerkt, „die Intelligenz sei, was die Intelligenztests messen" (zit. nach Gutjahr und Mehl 1963, S. 205), so bedient er sich des Intelligenzbegriffs in rein pragmatischem Sinn. „Die Frage, was Tests eigentlich messen, ist nur allzu berechtigt" (Gutjahr und Mehl 1963, S. 205). Verschiedene Autoren (z. B. Thorndike) neigen dazu, Intelligenz als Lernfähigkeit zu definieren. Häufig wird deshalb angenommen, daß die Intelligenztests die Lernfähigkeit messen (Simrall 1967). Dabei wird davon ausgegangen, daß der Test auch zukünftige Lernfähigkeit erfasse. Woodrow (zit. bei Rapier 1962) stellt dagegen fest, daß lediglich in den Anfangsklassen der Schule recht hohe Korrelationen zwischen Testintelligenz und Lernerfolgen zu registrieren sind; in den oberen Schuljahren sei jedoch eine solch hohe Korrelation nicht mehr zu beobachten. Deshalb könne der zukünftige Lernerfolg nicht mehr sicher durch das Ergebnis eines Intelligenztests vorausgesagt werden. Woodrow (1946) zieht daraus die Schlußfolgerung: Die Lernfähigkeit kann nicht mit der Intelligenz identifiziert werden. Der Grund dafür ist seines Erachtens, daß in die Lernfähigkeit viel mehr psychische Faktoren eingehen als nur die Intelligenz (vgl. dazu auch Roth 1965, S. 129–146).

Nach McGeoch, Hull, Smith und Tilton (zit. nach Rapier 1962) haben die älteren Arbeiten oft erhebliche methodische Mängel. Die genannten Autoren meinen, daß bei einer Eliminierung dieser Mängel und bei einer besseren Planung der Lernexperimente sich auch höhere Korrelationen zwischen Intelligenz und Lernfähigkeit ergeben würden.

Meili (1965) gibt in seinem „Lehrbuch der psychologischen Diagnostik" einem

Kapitel die Überschrift „Spezielle Intelligenzformen und Fähigkeiten" (S. 92–96). Mit diesem Doppeltitel deutet er an, daß der zu besprechende Stoff sowohl unter dem Gesichtspunkt der Intelligenz als auch unter dem der Fähigkeit betrachtet wird. Daraus geht hervor, „daß keine scharfe Trennung bestehen kann zwischen sogenannten Intelligenztests und Fähigkeitstests oder zwischen Intelligenz und anderen Fähigkeiten" (S. 94). Dieser Auffassung schließen wir uns an.
Die speziellen Probleme, die mit der Intelligenz- bzw. Fähigkeitsdiagnostik verbunden sind, können wir hier nicht diskutieren (vgl. dazu Meili 1965, S. 31–140). Die methodischen Grundlagen eines diagnostischen Vorgehens besprechen neuerdings sehr kritisch Gutjahr (1967), Helm (1967) und Guthke (1969). Die folgenden Feststellungen erscheinen uns bedeutsam: „Allgemein gilt, daß standardisierte Prüfverfahren (und nur von diesen wollen wir sprechen, nicht von Tests allgemein) methodisch wohldefinierte Leistungen erfassen" (Gutjahr 1967, S. 20). Ähnliches gilt in bezug auf die Entwicklungstendenzen, auf die weitere Lernfähigkeit: „Brauchbare Prognosen lassen sich nur über präzis definierte Validitätskriterien (‚prognostische Gültigkeit') gewinnen" (Gutjahr 1967, S. 21). Dieser Forderung entsprechen nicht alle Leistungstests. Die Bedeutung der Psychometrie für die Persönlichkeitsdiagnostik darf jedoch keinesfalls unterschätzt werden. „Wir müssen ... bedenken, daß die Psychodiagnostik wesentliches Fundament vieler Gebiete der angewandten Psychologie ist. Von ihrem Methodenstand hängen die Qualität von Eignungsuntersuchungen, von Berufsberatung und Kaderauswahl ab ... Die Psychodiagnostik ist ein wissenschaftliches Fundament der Erziehungsberatung und damit einiger Gebiete der pädagogischen Psychologie" (Klix, Gutjahr und Mehl 1967, S. 7, vgl. auch Itelson 1967, S. 136).
Ein *Hauptfehler* vieler lernpsychologischer Untersuchungen im Erwachsenenalter scheint uns nun zu sein, daß man glaubte, mit *einem* Testverfahren *die* Lernintelligenz bzw. *die* Lernfähigkeit eines Individuums erfassen zu können. Neuere Untersuchungen (Thurstone 1953, Vernon 1964, Guilford 1964) lassen es zumindest zweifelhaft erscheinen, ob es einen allgemeinen Intelligenzfaktor überhaupt gibt. Bei der Bestimmung des Begriffs der Lernfähigkeit treten ganz ähnliche Probleme auf. „Die Annahme, daß es theoretisch sinnvoll sei, von einer qualitativ einheitlichen Lernfähigkeit zu sprechen, die wie ein universelles und generelles Merkmal quantitativ variiert, ist von vornherein fragwürdig" (Bergius 1964, S. 213). Die Schwierigkeit der Frage liegt sowohl in der Definition und Meßbarkeit der sogenannten Lernfähigkeit als in der näheren Bestimmung der individuellen Unterschiede, von denen die Variation der Lernfähigkeit abhängen soll. Wenn Langer (1937) „als Lernindex (L) eine Kombination aus der Zahl der Fehler bis zum Beherrschen des Lernkriteriums (F), der Zahl der Wiederholungen (W) und der Lernzeit (Z) vorschlägt ($L = \sqrt{F \cdot W \cdot Z}$), so ist das der unbefriedigende Lösungsversuch des Problems, das darin besteht, daß keines der drei Lernmaße die sogenannte Lernfähigkeit voll repräsentiert, obgleich sie oft einzeln als ausreichend erachtet werden" (zit. bei Bergius 1964, S. 213).
Für die *Lernfähigkeit* eines Menschen sind in dialektischer Einheit mit den ob-

jektiv wirkenden Faktoren (wie gesellschaftliche Verhältnisse, Familiensituation, Schulbildung, Beruf usw.) verschiedene subjektive Komponenten anzunehmen. „Als Ergebnis des individuellen Lebensweges, den jeder Mensch durchmacht, entwickelt sich bei ihm auf Grund seiner Anlagen ein individuell spezifischer Komplex von Fähigkeiten" (Rubinstein 1961, S. 801). Meili (1965) entwickelt in Anlehnung an Thurstone (1953) fünf „allgemeine Intelligenzfaktoren" (S. 51–61). Engelmayer (1956) führt nach Auswertung internationaler Literatur ebenfalls fünf Faktoren der „Lernintelligenz" bzw. der „Lernfähigkeit" an (S. 240). Wir stellen diese hier dar, um daran anschließend einige spezielle lernpsychologische Untersuchungsergebnisse im Erwachsenenalter zu diskutieren. Die Faktoren sind: 1. die *Kapazität* der Lernfähigkeit. Hier geht es darum, wieviel vom Individuum aufgenommen und verarbeitet werden kann. Bei geringer Kapazität spricht man von Lernenge. 2. die *Leichtigkeit* des Lernens. Hier handelt es sich um Fragen der Aufnahmefähigkeit, um die rasche oder langsame Auffassung. 3. die *Nachhaltigkeit* des Lernens. Hiermit ist die Tiefe oder Oberflächlichkeit des Lernens, die Haftfähigkeit (Tenazität), die Erinnerungsfähigkeit gemeint. 4. die *Anregbarkeit* zum Lernen. Darunter sind u. a. die Interessierbarkeit des Lernenden, das Interesse am Lernen zu verstehen. 5. die *Lernintensität,* die man auch als „Lerngewissen" (Guyer 1960), als Lernbereitschaft bezeichnen kann. Hier handelt es sich um Fragen der Motivation des Lernens, um das Erlebnis von Pflicht und Verantwortung gegenüber der Notwendigkeit des Lernens. Diese Lernintensität wird oft als „Seele der Lernprozesse" (Guyer 1960), als die wichtigste Grundlage des Lernerfolges angesehen.

Die in der Literatur vorliegenden lernpsychologischen Untersuchungen im Erwachsenenalter lassen nun bei einer differenzierten Betrachtung der Lernfähigkeit unterschiedliche Entwicklungskurven der einzelnen genannten Faktoren bei ein und demselben Individuum erkennen, so daß eine globale Betrachtung *der* Lernfähigkeit in Abhängigkeit von Altersstufen der Erwachsenen auch unter diesem Gesichtspunkt unmöglich ist. Das zeigen bereits die Ergebnisse von Miles und von Ebinger, die Gutjahr und Mehl (1963, S. 205) zusammenfassen. Beim Vergleich verschiedener Testanforderungen ergeben die Leistungen einen ganz verschiedenen Altersverlauf (vgl. Abb. 9).

Die Leistungen der verschiedenen Altersstufen sind dabei in Prozent der jeweiligen Maxima dargestellt. Für einige Leistungen (Phantasie, Reaktionsgeschwindigkeit, Urteil und Vergleich) erfolgt ein eigentlicher Abfall erst in der letzten Gruppe, d. h. bei den 70- bis 89jährigen. Dagegen ist ein schnellerer Abfall der Handgeschicklichkeit zu verzeichnen. Brockmann (1961) weist in der Arbeit „Zum geistigen Verhalten im Greisenalter" ebenfalls die Notwendigkeit einer Differenzierung der Leistungsfähigkeit nach (vgl. Abb. 10).

Es ist jedoch zu betonen, daß die durchschnittliche Altersverminderung bei Gesunden zwischen 27 und 57 Jahren mit nur etwa 8 % wesentlich geringer ist als die Variabilität. Mit anderen Worten:

> „Die individuelle Variabilität übersteigt die altersbedingte, so daß eine diagnostische Zuordnung einzelner Testergebnisse zu den Niveaus leistungsmäßiger Altersstufen nicht möglich erscheint" (Bauer 1966, S. 26).

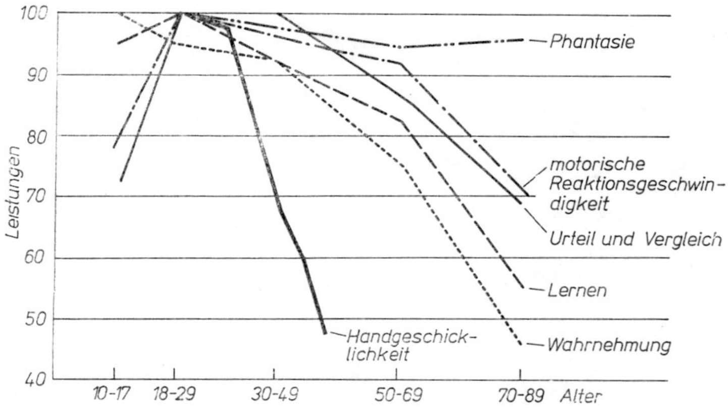

Abb. 9: Abhängigkeit verschiedener Leistungen vom Alter (Angaben in %).

Darüber hinaus ist anzunehmen, daß die Lernfähigkeit im Laufe des Lebens eine *Umstrukturierung* erfährt, worauf zuerst v. Bracken (1939, 1952) hinweist (vgl. auch Hofstätter 1957, Lienert und Crott 1964, Meili 1965, Foppa 1965, Karsten 1965 u. a.). Lienert und Crott (1964) versuchen z. B., die Veränderung der Intelligenzstruktur während verschiedener Lebensalter zu ermitteln. Sie vergleichen dazu die Faktorenstrukturen von 14 Tests bei 290 Kindern, 261 Jugendlichen und 81 Erwachsenen. Es zeigt sich, daß die Intelligenzstruktur vom Kindesalter zur Adoleszenz eine Tendenz zur Differenzierung, von der Adoleszenz zum Erwachsenenalter eine Tendenz zur Integration aufweist („Differenzierungs-Integrations-Hypothese", S. 161). Foppa (1965) meint, daß ein Vergleich der intellektuellen Leistungsfähigkeit eines Kindes und Jugendlichen mit der des Erwachsenen zugunsten des letzteren ausfällt. Die unterschiedliche Lernfähigkeit zu untersuchen bereitet jedoch Schwierigkeiten, da „sich auch die am Lernprozeß beteiligten Faktoren" ändern (S. 307). Meili (1965) bringt deshalb zum Ausdruck, daß hier ein theoretisch wie praktisch gleich interessantes Problem vorliegt, „das wahrscheinlich erst gelöst werden kann, wenn einmal die Faktorenstruktur" – und ihre Umstrukturierung im Laufe des Lebens – „der verschiedenen Leistungen besser bekannt sein wird" (S. 343).

Im Zusammenhang mit der Tatsache der *Umstrukturierung der Lernfähigkeit* im Laufe des Lebens ist darauf hinzuweisen, daß in vielen lernpsychologischen Untersuchungen im Erwachsenenalter der relativ starke Abfall bestimmter Fähigkeiten auf der nachlassenden Funktionsgeschwindigkeit beruht und durch eine höhere Leistungsgenauigkeit, durch größere Sorgfalt und Ausdauer kompensiert werden kann (vgl. Riegel 1958, S. 209–214, Bauer 1966, S. 21 f.).

Bereits Brown (1938) weist nach, daß z. B. beim Schnelligkeitstest die Variation der Leistungen bei den älteren im Gegensatz zu den jüngeren Vpn deutlich eingeengt ist, während die Verhältnisse beim Genauigkeitstest umgekehrt liegen.

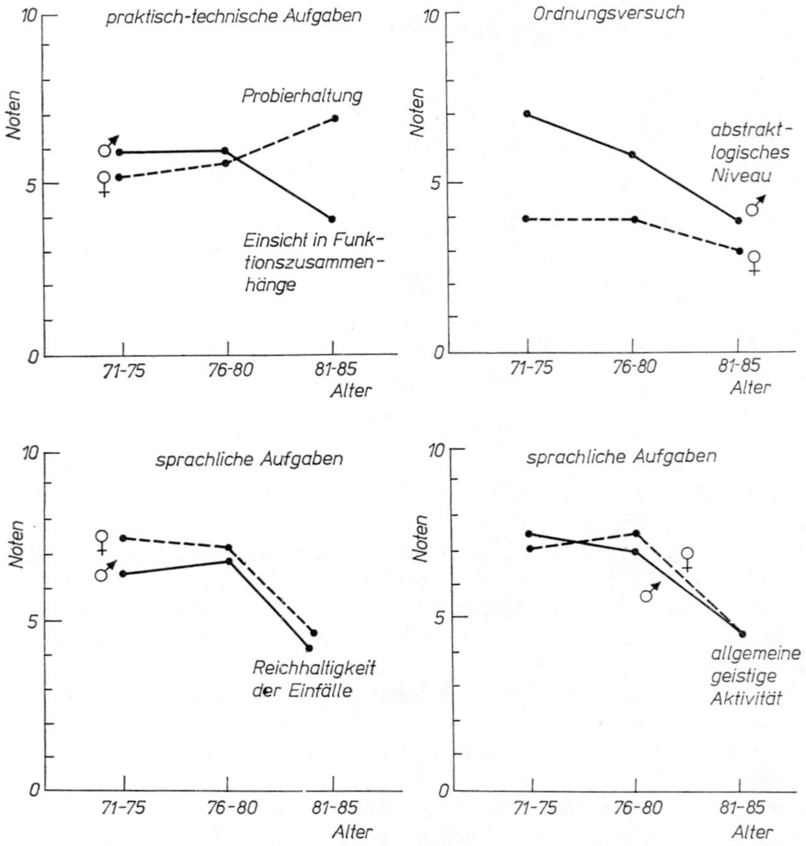

Abb. 10: Ergebnisse der personalen Diagnostik bei Greisen (Beispiele nach Brockmann 1961).

Peterson (1955) ließ 3000 über 60 Jahre alte Arbeiter von Vorgesetzten beurteilen. Betont wird die größere Zuverlässigkeit, Pünktlichkeit und seltenere Arbeitsunterbrechung. „Etwa 65 % zeigten keine altersbedingten Schwächen und produzierten ebensoviel wie die Jüngeren" (zit. bei Riegel 1958a, S. 236). Lutze und Binas (1953) gelangen mit Hilfe des Pauli-Tests, der bei 850 Vpn Anwendung fand, zu dem Ergebnis, daß die durchschnittlichen Additionsleistungen zwischen dem 12. und 20. Lebensjahr erheblich zunehmen, um dann merkbar eigentlich erst nach dem 50. Lebensjahr abzufallen. Gleichsam im Gegensatz zu dieser Verlaufsgestalt nimmt aber die Güte der Leistung bis zum 49. Lebensjahr konstant und in erheblichem Umfange zu.
Auch Gutjahr und Mehl (1963) weisen auf die Problematik einfacher Leistungsvergleiche mit Intelligenztests hin. Sie vergleichen Lösungszeiten und Feh-

lerzahlen bei verschiedenen Altersgruppen in einer Handgeschicklichkeitsaufgabe und stellen fest: „Die Lösungszeit nimmt zwar zu, die Fehlerzahl dagegen ab. Der ältere Mensch kompensiert hier eine Abnahme der Schnelligkeit durch verstärkte Gründlichkeit" (S. 205). Sie führen diese Untersuchungsergebnisse anderer Autoren an, um damit die Adoleszenz-Maximum-Hypothese zu kritisieren.

Wenn schließlich Weisenburg, Roe und Messricke (1936) auf Grund ihrer empirischen Analyse zu dem Resultat gelangen, daß „das Nachlassen gewisser intellektueller Fähigkeiten nicht auf ein sich langsam verminderndes Arbeitstempo, sondern auf die sich vermindernde Fähigkeit der schnellen Anpassung an neue Situationen zurückzuführen sei" (zit. bei Bergler 1966, S. 29), so beweist dieses Ergebnis eigentlich nur, daß die von uns besprochenen verschiedenen Faktoren der Lernfähigkeit noch einer tiefer gehenden Analyse bedürfen. Sie müssen in Abhängigkeit von weiteren persönlichkeitsspezifischen und vor allem sozialpsychologischen Faktoren gesehen werden.

Unter diesen Aspekten erscheint die von Thorndike (1928) entwickelte und bis heute oft zitierte „Allgemeine Kurve der Lernfähigkeit in Beziehung zum Alter" problematisch. Aus ihr ergibt sich ein Nachlassen der Lernfähigkeit bereits ab 30. Lebensjahr (vgl. Abb. 11, zit. nach Bobertag 1930, S. 60).

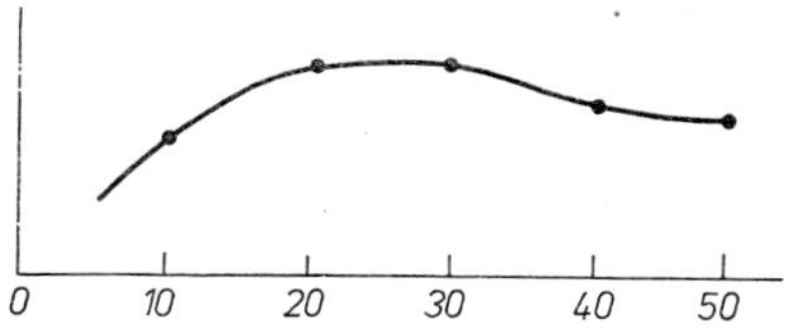

Abb. 11: Allgemeine Kurve der Lernfähigkeit in Beziehung zum Alter (nach Thorndike 1928, zit. nach Bobertag 1930, S. 60).

Diese schematische Kurve für die Lernfähigkeit ist auf Grund der bisherigen Feststellungen sehr kritisch zu betrachten. Sie ist eventuell Ausdruck für die Entwicklung der Gedächtnisleistungen – insbesondere für die Merkfähigkeit –, die in früheren Untersuchungen als *die* Kriterien der Lernfähigkeit betrachtet wurden. Das ist wissenschaftlich nicht haltbar. Es ist deshalb berechtigt, wenn Clauss und Hiebsch (1962) bei der Verwendung dieser Kurve nicht von einer Lernfähigkeit, sondern richtiger von einer „Merkfähigkeit in bezug zum Lebensalter" sprechen (S. 292). Da Probleme des Lernens im Zusammenhang mit der Entwicklung der Gedächtnisleistungen im Erwachsenenalter besonders bedeutsam erscheinen, gehen wir im Abschnitt 5.5. speziell darauf ein. Wir diskutieren dort auch einige Regeln für ökonomisches Lernen im Erwachsenenalter.

Gleiches gilt für die Bedeutung motivationaler Faktoren für den Lernerfolg im Erwachsenenalter. Wir wenden uns diesen speziellen Problemen in den Abschnitten 5.6. und 5.7. zu, indem wir u. a. eigene Untersuchungsergebnisse referieren.

5.5. Gedächtnis und Lernerfolg im Erwachsenenalter

5.5.1. Kritische Betrachtung bisheriger Untersuchungen

Die meisten lernpsychologischen Untersuchungen im Erwachsenenalter sind dem Faktor der Merkfähigkeit – als einer Komponente der Gedächtnisleistungen – gewidmet.

Innerhalb der Gedächtnisleistungen eines Menschen werden Merkfähigkeit (das Neu-Gedächtnis) und Erinnerungsfähigkeit (das Alt-Gedächtnis) unterschieden. Informationstheoretisch orientierte Autoren sprechen von einem Kurzspeicher und einem Langzeitspeicher (vgl. Frank 1962, S. 90 ff.). In der Literatur wird der Kurzspeicher mit einer Informationszuflußkapazität von 10 bis 16 bit/s auch Fluoreszenzgedächtnis oder Gegenwartsgedächtnis genannt. Das vorbewußte Gedächtnis „teilt sich auf in ein Kurzgedächtnis mit einer Zuflußkapazität von etwa 0,5 bis 0,7 bit/s ... und ein langfristiges Gedächtnis" (Frank 1962, S. 137).

Die Untersuchungen des Gedächtnisses wurden in besonderem Maße zur Ableitung eines theoretischen Modells der Lernvorgänge im Erwachsenenalter benutzt. Einen Überblick über die zum Teil recht unterschiedlichen Ergebnisse und die daraus resultierenden verschiedenen Modellvorstellungen gibt Riegel (1958 a, S. 217–222). Wir gehen darauf nicht ein, sondern verweisen auf diese Darstellung. Jedoch möchten wir betonen: Die Nichtberücksichtigung der Tatsache, daß die Gedächtnisleistungen die Lernfähigkeit nicht allein bestimmen, sondern daß diese von mehreren Faktoren und der Möglichkeit ihrer Umstrukturierung in den verschiedenen Lebensetappen abhängt, mag ein Grund dafür sein, daß Vergleiche der Gedächtnisleistungen zwischen Kindern, Jugendlichen und Erwachsenen keine einheitlichen Resultate erbringen.

So zeigen z. B. neuere Untersuchungen über die Altersabhängigkeit informationspsychologischer Parameter, daß sowohl die Informationsaufnahme – Geschwindigkeit des Kurzspeichers – als auch die Zuflußkapazität in das vorbewußte Gedächtnis sowie Gegenwartsdauer und der Anteil des Behaltens von Aufgenommenem bei Kindern und Jugendlichen geringer sind als bei den Erwachsenen (vgl. Abb. 12).

Die Zusammenstellung der Werte erfolgte nach Angaben von Riedel (1964). Differenzierte informationspsychologische Untersuchungen bei Erwachsenen in verschiedenen Altersgruppen und vor allem in Abhängigkeit von Schulbildung und Beruf stehen noch aus. Sie erscheinen aber besonders notwendig.

Häufig wird behauptet, beim Kinde sei das mechanische Gedächtnis leistungsfähiger als beim Erwachsenen. Bereits K. Bühler (1930) nimmt dagegen Stellung und verweist darauf, daß Kinder oftmals „eine beträchtlich größere Anzahl von Wiederholungen aufwenden müssen bis zum erstmaligen fehlerfreien Hersagen" (S. 328). Das einmal Gelernte scheint dann allerdings auch viel fester zu haften. „Die *Lernfähigkeit,* so hat man das auch ausgedrückt, ist beim Kinde eine geringere, die *Merkfähigkeit* dagegen eine größere als beim Erwachsenen" (K. Bühler 1930, S. 328). Dieser Satz wird durch die schwingungsdynamischen

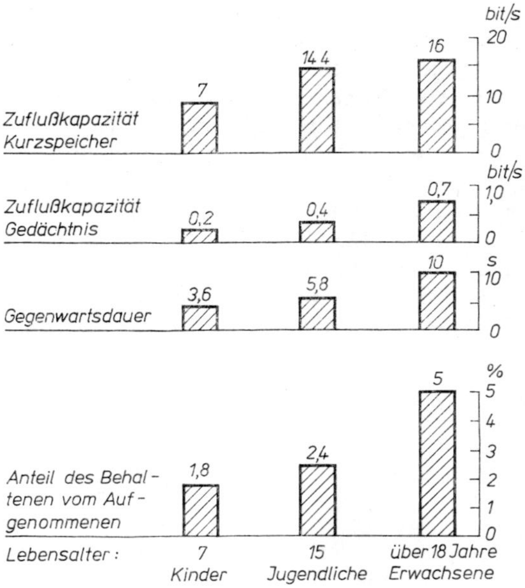

Abb. 12: Die Altersabhängigkeit informationspsychologischer Parameter (nach Riedel 1964).

Ergebnisse im Prinzip bestätigt (Trincker und Trincker 1954, S. 597). Die Autoren betrachten eine Lernkurve als Kurve eines Einschwingungsvorgangs im Sinne der mathematischen Schwingungsdynamik. Grundsätzlich unterscheiden sie zwei Fälle: Der Verlauf vom Anfangs- zum Endwert kann aperiodisch oder periodisch erfolgen. Ihre Untersuchungen zeigen eine um so größere Periodizität des Lernvorgangs, je jünger ein Mensch ist; Aperiodizität tritt häufiger bei älteren Menschen auf. Allerdings wird die Behauptung, daß jüngere Kinder relativ höhere Leistungen im mechanischen Lernen zeigen und erst mit zunehmendem Alter die bekannte Überlegenheit des Lernens sinnvollen Materials auftrete, von Weinert (1962) mit guten experimentellen Gründen bestritten.

Auch Smirnow, Leontjew, Rubinstein und Teplow (1962) betonen: „Die Jungen und Mädchen merken sich nur das mechanisch, was sie nicht begreifen können" (S. 226). Das mechanische Einprägen bringt bereits bei den Kindern niemals so gute Ergebnisse wie das Einprägen von logischen Zusammenhängen. Eine Ausnahme bildet nur das Einprägen eines rhythmisch gut gegliederten Stoffes (z. B. Abzählreime, Schnellsprechverse usw.). Sonst aber behalten die Kinder einen sinnlosen Stoff, der mechanisch eingeprägt werden muß, noch schlechter als Erwachsene. Das zeigen Untersuchungen von Leontjew (1962): Die 7- bis 12jährigen Kinder merken sich 40 bis 50% weniger als die Erwachsenen (zit. bei Smirnow, Leontjew, Rubinstein und Tepl o w 1962, S. 226). Ebenso weist S m i r n o w (1962) in experimentellen Untersuchungen nach, daß Erwachsene einen Stoff gut gliedern und durch Herstellung sinnvoller Zusammenhänge besser einprägen können als Kinder und Jugendliche (S. 228). Ergebnisse einer Untersuchung von F a r a p a n o w a (1962) dokumentieren die Überlegenheit Erwachsener gegenüber Kindern verschiedener Altersstufen beim Einprägen von abstrakten bzw. konkreten Begriffen und Bildern. Setzt man den „Index des eingeprägten anschaulichen und verbalen Stoffes in der 2. Klasse gleich 100, dann erhöht er sich in den folgenden Jahren (in der 5. und 8. Klasse und bei Erwachsenen) wie folgt: 134, 175, 207 – beim Einprägen eines anschaulichen Stoffes, und 193, 252 und 306 – beim Einprägen eines verbalen Stoffes" (vgl. Abb. 13, zit. nach S m i r n o w, L e o n t j e w, R u b i n s t e i n und T e p l o w 1962, S. 226).

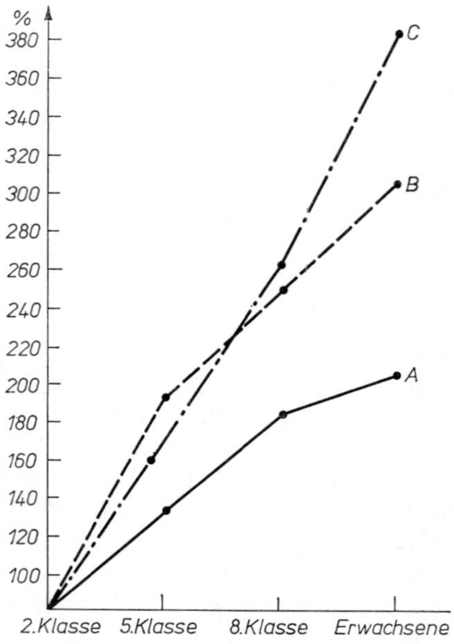

Abb. 13: Das Tempo des Einprägens von verbalen und anschaulichen Stoffen bei Kindern, Jugendlichen und Erwachsenen (nach F a r a p a n o w a, zit. nach S m i r n o w u. a. 1962, S. 227).
A Bilder, B konkrete Begriffe, C abstrakte Begriffe.

L e o n t j e w (1964) referiert zahlreiche experimentelle „Hauptuntersuchungen des Gedächtnisses" bei Kindern, Jugendlichen und Erwachsenen (S. 225–307). Das allgemein bessere Abschneiden der Erwachsenen führt er u. a. darauf zurück, daß das Einprägen des erwachsenen Menschen „unter normalen Bedingungen durchaus keine elementare Tätigkeit" ist; „es ist nicht einfach das Produkt des Festhaltens, das Produkt der ‚rententiveness' . . ., es handelt sich vielmehr um eine komplizierte und variable Operation, bei deren Vollzug der menschliche Verstand seinen unermeßlichen Reichtum entfaltet" (S. 271). Leider wird in den meisten von ihm dargestellten Untersuchungen nur von *dem* Erwachsenen gesprochen, ohne differenzierte Altersangaben bzw. Hinweise auf bestimmte Berufsgruppen vorzunehmen.

In den Lernexperimenten von Luria (1964), die im wesentlichen die Ergebnisse von Leontjew (1964) bestätigen, erfolgt eine Differenzierung nach Berufsschichten. Ihre Vpn (126 Kinder und zwei Gruppen von Erwachsenen – Studenten und Arbeiter) hatten sich Wörter im Zusammenhang mit bestimmten Bildern bzw. ohne diese einzuprägen. Die Ergebnisse dieser Untersuchung zeigt Tab. 2 (zit. nach Leontjew 1964, S. 268).

Tabelle 2: *Ergebnisse des Einprägens bei Kindern, Jugendlichen und Erwachsenen, Angaben in Prozent (nach Leontjew 1964, S. 268)*

Versuchs-serien	Vor-schul-alter	jüngeres Schulalter Schüler der I. Gruppe	III.	mittleres Schulalter Schüler der V. Gruppe	VI.	Er-wachsene Studenten	Arbeiter
Einprägen ohne Bilder	4,0	5,0	6,7	7,5	9,0	11,5	8,5
Einprägen mit Bildern	9,8	11,2	12,7	11,0	13,0	14,0	12,0

Leontjew (1964) bemerkt dazu, daß sich erwachsene Vpn mit hochentwickeltem Gedächtnis den Stoff „stets mittelbar einprägen", gleichgültig, „ob sie sich dazu der Hilfe von Bildern bedienen oder ob sie innere Verfahren benutzen, um sinnlose Wörter, Zahlen oder sinnvolle Wörter im Gedächtnis zu behalten" (S. 272). Auch Foucault gelangt auf Grund seiner Untersuchungen zu dem wichtigen Schluß:

„Der Effekt des Einprägens ist um so größer (um so weniger Zeit wird dazu benötigt), je weiter die Perzeption der Versuchsperson entwickelt ist, das heißt, je mehr Hilfsmittel benutzt werden und je höher ihr Niveau ist" (zit. nach Leontjew 1964, S. 271).

Neuere Untersuchungen der sowjetischen Psychologen Istomina, Preobrashenskaja und Samokhvalova (1967) zur Problematik „Lebensalter und Merkfähigkeit" zeigen interessante Ergebnisse. Sie untersuchten die Merkfähigkeit älterer Vpn (60 bis 65 Jahre), die intellektuelle Berufe ausüben (Professoren und Doktoren). Merkstoffe waren Worte, Zahlen, Paare von Worten und sinnvolle Texte. Die Ergebnisse wurden mit den Merkleistungen jüngerer Vpn (Studenten im Alter von 20 bis 24 Jahren) verglichen. Die Untersuchung zeigt: Sofern das Einprägen nicht intensive geistige Aktivität verlangt, sind die Merkleistungen der älteren Vpn signifikant schlechter als die der jüngeren. Wenn jedoch die Behaltensleistung geistige Aktivität voraussetzt, unterscheiden sich die Ergebnisse in beiden Gruppen nicht. Wörtlich heißt es:

„Die von uns durchgeführten Untersuchungen zeigen, daß sich die verschiedenen Seiten des Gedächtnisses mit zunehmendem Alter unterschiedlich ändern. Während sich die unmittelbare Erinnerung (Merkfähigkeit) mit zunehmendem Alter merklich verschlechtert, ist das Niveau der logisch vermittelten Erinnerung, die von aktiver Denktätigkeit begleitet wird, nicht nur nicht niedriger, sondern im Gegenteil sogar noch etwas angestiegen" (I s t o m i n a u.a. 1967, S. 60, vgl. Tab. 3).

Tabelle 3: *Textreproduktion bei 60- bis 65jährigen Wissenschaftlern und bei 20- bis 24jährigen Studenten, Angaben in % (nach I s t o m i n a u. a. 1967, S. 59)*

Gruppe	Reproduktionsleistungen bei Wörtern	kleineren Sinneinheiten	größeren Sinneinheiten
Wissenschaftler (60 bis 65 Jahre)	19,9	31,2	56,5
Studenten (20 bis 24 Jahre)	31,5	36,9	52,9
Senkungskoeffizient	+36,8	+10,5	−6,8

Die Bedeutung der geistigen Aktivität für den Lernerfolg wird auch von dem finnischen Psychologen I h a l a i n e n (1962) in lernpsychologischen Experimenten an 114 Vpn (29 Männern und 85 Frauen – Durchschnittsalter 17;10 Jahre) nachgewiesen. Wesentlich bessere Merkleistungen weist die Gruppe auf, bei der im Experiment bewußt Lernaktivität ausgelöst wurde.

Gerade die beiden zuletzt angeführten Untersuchungen zeigen, daß Merkfähigkeit nicht mit Lernfähigkeit gleichgesetzt werden darf und daß die Lernfähigkeit im Erwachsenenalter sehr differenziert betrachtet werden muß und keinesfalls eine eindimensionale Interpretation im Sinne der Abhängigkeit von Altersbesonderheiten zuläßt.

Im Abschnitt 5.7. stellen wir eigene Untersuchungsergebnisse zu dieser speziellen Problematik dar.

Allgemein muß man annehmen, daß die Gedächtnisleistungen – besonders die Merkfähigkeit – dem R i b o t schen Gesetz unterliegen. Danach werden besonders im hohen Alter (nach dem 70. Lebensjahr sehr deutlich) bei organischen oder bei traumatischen Schädigungen bzw. im Fall pathologischer Gedächtnisstörungen die zuletzt erworbenen Lernergebnisse mehr betroffen als die älteren. Mit zunehmendem Alter geht immer das zuerst verloren, was zuletzt erworben wurde. R i b o t (1881) formuliert dementsprechend „Gedächtnisinhalte werden in umgekehrter Reihenfolge abgebaut, wie sie aufgebaut worden sind" (vgl. dazu R u b i n s t e i n 1958, S. 406). Nach B u r n s (zit. bei R ü d i g e r 1965) beruht diese Erscheinung „auf einer diffusen Verminderung von Hirnrindenneuronen, die in einem Alter von 70 bis 80 Jahren mehrere Milliarden Zellen ausmachen kann" (S. 147).

Bei pathologischen Gedächtnisstörungen, auf die wir hier nicht eingehen können, ist interessant, daß die speziellen Störungen der Merkfähigkeit („Neu-Gedächtnis") völlig unabhängig von der Erinnerungsfähigkeit (Alt-Gedächtnis) erfolgen können (vgl. Kloos 1956, S. 147–151).

Bergius (1964) bemerkt allerdings, daß die vielfach belegte Beobachtung Ribots „noch nicht als *Gesetz* über den funktionalen Zusammenhang des Alters und der Reproduzierbarkeit von Inhalten ... angesehen werden kann" (S. 214). Er bringt dafür Belege vorwiegend aus amerikanischen lernpsychologischen Untersuchungen, und die von uns dargestellten Ergebnisse sowjetischer Psychologen unterstützen die zurückhaltende Bemerkung von Bergius. Die von Ribot beschriebene Erscheinung kann unseres Erachtens nicht als Gesetz, sondern allenfalls als *Regel* bezeichnet werden, da es keine eindeutige eindimensionale Betrachtungsweise der Abhängigkeit der Merkfähigkeit lediglich vom Alter gibt. Die gesunde Lebensweise der Erwachsenen und das Training der Gedächtnisleistungen spielen u. a. eine wichtige Rolle für den individuellen Verlauf der Kurve für die Merkfähigkeit.

Zusammenfassend läßt sich mit Rubinstein (1958) formulieren:

„Der wesentlichste Zug der weiteren Gedächtnisentwicklung ist seine Spezialisierung, die durch die *Arbeitstätigkeit* des Menschen hervorgerufen wird (und nicht in erster Linie durch Altersbesonderheiten, H. L.); ist die Herausbildung eines sogenannten *Berufsgedächtnisses.* Im Zusammenhang mit seinem Beruf wird bei jedem Menschen seine Gedächtnisarbeit entsprechend den Besonderheiten seiner Tätigkeit organisiert. Daher begegnen uns immer wieder Menschen, die, ohne an sich ein starkes Gedächtnis zu besitzen, sich an alles gut erinnern, was sich auf ihre Berufstätigkeit bezieht. Das vergleichsweise hohe Niveau des Berufsgedächtnisses ist durch ein mehr oder weniger durchorganisiertes System bedingt, das mit der Berufstätigkeit und der auf sie zielenden Interessenrichtungen zusammenhängt. In der Regel bleibt es besonders lange bei einem Menschen erhalten, der arbeitet" (S. 406).

5.5.2. Regeln für die Ökonomie des Lernens im Erwachsenenalter

Im Gesetz über das einheitliche sozialistische Bildungssystem (1965) heißt es u. a.:

„Das selbständige Lernen der Schüler, Lehrlinge und Studenten ist vor allem durch die Einführung in Techniken und Methoden der geistigen Arbeit ... zu fördern" (S. 6).

Daraus ergibt sich auch für alle Lehrkräfte in der Erwachsenenbildung, die Teilnehmer zu lehren, wie sie am besten und ökonomischsten lernen können. Diese Forderung unterstreicht Hyhlik (1965) besonders für die erwachsenen Teilnehmer. Er sieht die Hauptmängel des Lernens bei Erwachsenen in falschen Arbeitsgewohnheiten, in der Unkenntnis der richtigen Methodik der geistigen Arbeit, in der Übernahme alter oder veralteter Methoden aus der Schulzeit. Das trifft besonders auf Erwachsene zu, die schon seit langem die Schule verlassen haben. Er betont deshalb:

„Darum ist es eine Hauptaufgabe des Lehrers, die Erwachsenen mit den Methoden des Selbststudiums bekannt zu machen, ihnen in den einzelnen Fächern zu zeigen, wie sie die Aufgaben zu bewältigen vermögen, wie sie an die Lösung der mathematischen Probleme bei den Hausarbeiten herangehen müssen und wie sie sich Studiengewohnheiten und -fertigkeiten aneignen" (S. 11).

Die hierzu in den folgenden Abschnitten zu behandelnden Probleme stehen im Einklang mit der Feststellung, die in den Grundsätzen für die Aus- und Weiterbildung der Werktätigen bei der Gestaltung der entwickelten sozialistischen Gesellschaft in unserer Republik getroffen wird:

„Das gezielte Selbststudium entspricht im besonderen Maße den individuellen Lernbedingungen der Werktätigen und wird zu einer Hauptform der Weiterbildung und Bestandteil einer sinnvoll gestalteten Freizeit. Das erfordert, zur selbständigen geistigen Arbeit anzuregen, sie planmäßig zu fördern und Methoden und Fertigkeiten wissenschaftlicher Arbeit zu vermitteln" (1969, S. 10).

Bevor wir einige Regeln für die Ökonomie des Lernens im Erwachsenenalter entwickeln, sind einige Vorbemerkungen notwendig.
Die Begründer der Lernpsychologie betrachteten das Lernen im wesentlichen als eine Funktion des Gedächtnisses. Sie untersuchten deshalb die Gesetzmäßigkeiten des Einprägens, Behaltens, Reproduzierens, Vergessens und stellten Regeln für ein zweckmäßiges und vorteilhaftes Lernen auf. Damit glaubten sie, die wichtigsten Determinanten des Lernerfolgs gefunden zu haben. Tatsächlich ist das Gedächtnis für den Lernerfolg sehr wichtig. Wenn ein Erwachsener nämlich etwas vergessen hat, was er zur Lösung einer Aufgabe wissen muß, dann wird er versagen. Insofern ist das Behalten aufgenommener Wissensinhalte conditio sine qua non für jedweden Lernerfolg eines Menschen. Deshalb ist auch die Forderung der Psychologie an die Lehrkräfte in der Erwachsenenbildung berechtigt, die Teilnehmer das Lernen zu lehren.
Allerdings erheben sich Bedenken gegen die Annahme, daß die Lernleistung hinreichend erklärt werden könnte, wenn man nur die daran beteiligten mnemischen Funktionen (Erinnerungsfähigkeit) untersucht und beschreibt. Entsprechend der marxistischen Persönlichkeitstheorie, die von der Einheit aller psychischen Eigenschaften sowie von ihren gegenseitigen Wechselwirkungen ausgeht, muß das Leistungsverhalten eines Erwachsenen als Ausdruck der *gesamten* Persönlichkeit betrachtet werden. Die Leistung eines Menschen ist immer eine personale Leistung, und das Zurückbleiben hinter den Anforderungen in der Erwachsenenqualifizierung ist immer ein Versagen der gesamten psychophysischen Persönlichkeit, aber nicht einzelner, isolierbarer Eigenschaften und Funktionen.
Alle neueren Untersuchungsergebnisse zur Frage der Bedingungen der Leistungsfähigkeit zeigen, daß der Lernerfolg bei Erwachsenen (natürlich ebenso bei jüngeren Schülern) ein sehr vielschichtiges Phänomen ist. In umfangreichen Untersuchungen weisen wir z. B. die Richtigkeit der Thesen von Rubinstein (1958) nach, daß die Leistung der Schüler und Lehrlinge vor allem vom *Grad der Leistungsbereitschaft* abhängig ist (Löwe 1964, 1975). Diese Lernbereitschaft bestimmt die Lernfähigkeit wesentlich. Das heißt, wenn bei den Teilnehmern eine mangelhafte Lernbereitschaft vorhanden ist, wenn sie eine negative Einstellung zur Weiterbildung und Qualifizierung haben, dann wird man kaum erwarten können, daß die folgenden Regeln zur Ökonomie des Lernens zur Ver-

besserung des Lernerfolgs beitragen. Aus der Einsicht in diese Zusammenhänge und der Bedeutung, die dem motivationalen Faktor für den Lernerfolg zukommt, beschäftigen wir uns im nächsten Abschnitt mit dem Problem „Motivation und Lernerfolg im Erwachsenenalter".

Aus der Vielzahl der Regeln für das Lernen können hier nur einige wesentliche besprochen werden. Die Lehrkräfte in der Erwachsenenbildung sollten jedoch ihre Teilnehmer damit bekannt machen. Weitere Hinweise zur Ökonomie des Lernens finden sich in populärwissenschaftlicher Form bei Trogsch (1966) und bei Smitmans (1969). Besonders die Broschüre von Smitmans (1969) „Studieren – aber wie?" gibt den erwachsenen Teilnehmern gute Hinweise für ihr Studium. Darüber hinaus ist die überarbeitete Auflage der bekannten populärwissenschaftlichen Schrift von Riechert zu empfehlen (vgl. Riechert und Schwarz 1970).

Einige Regeln für die Ökonomie des Lernens, die wir an anderer Stelle bereits veröffentlicht haben (Löwe 1965 b), werden hier in überarbeiteter Form wiedergegeben:

Aktives Wissen ist leichter reproduzierbar als passives Wissen.

Rubinstein (1958, S. 752) betont ausdrücklich, daß der aktiven freien Wiederholung, dem Sprechen über einen bestimmten Stoff, eine wesentliche Bedeutung für die dauerhafte Aneignung von Kenntnissen zukommt. Die Notwendigkeit, frei zu reproduzieren und den Stoff selbständig darzulegen, hilft sehr, den Merkstoff sinnhaft zu durchdringen. Das weist Iwanowa (zit. bei Lewitow 1964, S. 80) in einem lernpsychologischen Experiment nach. Dabei sollte eine Gruppe von Vpn einen Stoff viermal lesen, während ihn die zweite Gruppe zweimal lesen und zweimal frei reproduzieren sollte. Die Ergebnisse zeigt Abb. 14.

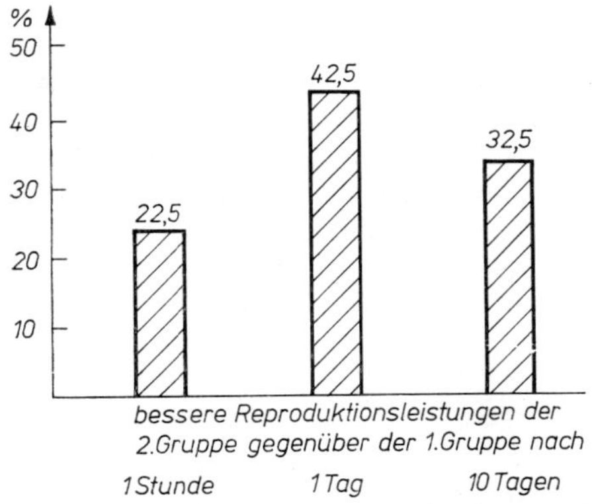

Abb. 14: Aktives Wissen und Lernerfolg (nach Iwanowa, zit. nach Lewitow 1964, S. 80).

Die Erkenntnis daraus lautet: Bereiten sich die Erwachsenen auf den Unterricht (oder auf Prüfungen) vor, dann sollten sie nicht nur aufmerksam lesen, sondern

auch nacherzählen und sich selbst überprüfen. In Lernaktiven sollten die erwachsenen Teilnehmer dazu angehalten werden, kleine Referate zu einem bestimmten Stoffgebiet zu halten und anschließend darüber zu diskutieren.
Der enge Zusammenhang von Denken und Sprechen bzw. die fruchtbare Rückwirkung des Sprechens auf die Gedankentätigkeit ist eine längst bekannte, jedoch nicht genügend genützte Erfahrung. Heinrich v. Kleist schrieb schon eine Briefabhandlung „Über die allmähliche Verfertigung des Gedankens beim Reden". Es heißt darin: „Wenn Du etwas wissen willst und kannst es durch Meditation (Nachdenken, sinnende Betrachtung) nicht finden, so rate ich Dir, mit dem nächsten Bekannten darüber zu reden ... ich meine es nicht so, daß Du ihn befragen sollst, nein, vielmehr sollst Du ihm selber zuallererst erzählen ... Ein solches Reden ist ein wahrhaft lautes Denken." Examenskandidaten gibt Kleist eine durchaus wertvolle Anregung, die im Zusammenhang mit der zur Diskussion stehenden Regel nicht unerwähnt bleiben soll: „Wenn diese jungen Leute sich in Gesellschaft befunden hätten, wo man ... sich schon eine Zeitlang unterhalten hätte, so würden sie vielleicht mit Leichtigkeit, durch Vergleichen, Absondern der Begriffe die Definition gefunden haben." In kollektiven Aussprachen werden die Kenntnisse der Teilnehmer zu einem aktiven Wissen, das leichter zu reproduzieren ist als das, das nur passiv angeeignet wurde.

Halblaut lernen ist effektiver als laut oder leise lernen.

Alle entsprechenden lernpsychologischen Experimente verweisen darauf – und das ist aus der ersten Regel psychologisch verständlich –, daß es für den Lernerfolg am besten ist, halblaut zu lernen. Das ist nicht nur für den akustisch-motorischen Typ am vorteilhaftesten, sondern auch die Menschen eines visuellen Typs profitieren beim Lernen infolge der Unterstützung durch kinästhetische (sprechmotorische) Empfindungen. Bei einem „Leise-Lernen" ertappt man sich oft dabei, daß die „Gedanken spazierengehen", man läßt sich leichter ablenken. Bei einem „zu lauten Lernen" besteht die Gefahr, vom Sinn des Einzuprägenden abgelenkt zu werden, weil man sich zu stark auf den lautlichen Eindruck konzentriert. Beim halblauten Lernen dagegen wird der visuelle Eindruck durch richtig dosierte akustische Empfindungen und durch sprechmotorische Eindrücke verstärkt. Damit diese Lernregel wirksam werden kann, müssen sich die erwachsenen Teilnehmer an Qualifizierungslehrgängen die Möglichkeiten zur individuellen „Stillarbeit" schaffen.

Das sinnvolle, verstandesmäßige Lernen ist ökonomischer als das mechanische Einprägen.

Obwohl selbst Erwachsene niemals ganz auf das mechanische Einprägen verzichten können (z. B. beim Lernen von Vokabeln, Formeln, Gedichten, Telefonnummern usw.), soll doch das sinnvolle, das verstandesmäßige Einprägen im Vordergrund der Lernarbeit stehen. Wenn sich Erwachsene – und natürlich auch jüngere Schüler – bestimmte Sachverhalte (etwa Definitionen) nur mechanisch einprägen, dann ist das sehr unvorteilhaft. Das mechanische Lernen, bei dem nur die Worte beachtet werden, ist immer nachteiliger als das Lernen, bei dem die

Aufmerksamkeit auf den Sinn gerichtet ist. Selbst das vollkommene Auswendigkönnen der Worte eines Textes garantiert keinesfalls, daß auch der Sinn erfaßt wurde. Erwachsene Teilnehmer, die sich mechanisch etwas einprägen (auf Grund laufender Wiederholungen), versagen oft in Prüfungen, weil sie beim Aufsagen einer mechanisch eingeprägten Definition „steckenbleiben". Sie sind nicht in der Lage, einen Sachverhalt mit eigenen Worten wiederzugeben. Das wirkt sich vor allem bei der Anwendung der Kenntnisse im Beruf negativ aus.

Für den Erwachsenen ist also stets das volle Verständnis des Inhalts und insbesondere die Erkenntnis des logischen Zusammenhangs von Sätzen die wichtigste und absolut unentbehrliche Hilfe beim Lernen. Die Leistungsfähigkeit des Gedächtnisses wächst sowohl für mechanisch als auch für formal und logisch geordnetes Material während der gesamten Schuljugendzeit. Sie verlagert sich jedoch mit zunehmendem Alter immer mehr auf sinnhaft geordneten Merkstoff. Psychologisch steht fest: Der Energieaufwand für das Einprägen ist dem Grad der Einsicht in kausale Zusammenhänge umgekehrt proportional.

Lehrkräfte in der Erwachsenenbildung sollten das sinnvolle Einprägen dadurch fördern, daß sie – vor allem bei Wiederholungen – die Teilnehmer einen theoretischen Sachverhalt mit ihren *eigenen* Worten wiedergeben lassen. Leider gibt es noch zu viele Lehrer – auch in der Erwachsenenbildung –, die das wörtlich wieder hören wollen, was sie den erwachsenen Teilnehmern als Merksätze diktierten. Dadurch wird weder das sinnvolle Einprägen entwickelt noch zum selbständigen Denken erzogen (vgl. zur Denkerziehung u. a. Clauss 1963 a, S. 61 ff.).

Abends lernen ist oftmals wirksamer als das Lernen am Morgen.

Diese Regel gilt freilich nicht ausnahmslos. Es gibt hier große individuelle Unterschiede bei den Menschen. Sie hat jedoch besondere Bedeutung für das Aneignen solcher Stoffe, die auf Grund von häufigen Wiederholungen zu einem Lernerfolg führen (Vokabeln, Gedichte, Formeln). In diesem Falle ist es nicht gleichgültig, ob man frühmorgens, mittags oder abends lernt. Der Behaltenseffekt ist gewöhnlich besser, wenn nach der Kenntnisaneignung geschlafen wird.

Das ist neurophysiologisch nicht leicht erklärlich, aber etwa wie folgt zu verstehen: Die Stabilisierung von Engrammen (wahrscheinlich im Sinne der Strukturveränderung von Ribonucleinsäure-Molekülen) erfolgt desto leichter und besser, je weniger dieser Prozeß durch nachfolgende kortikale Erregungen gestört wird. Das konnten Jenkins und Dallenbach (zit. nach Clauss und Hiebsch 1962, S. 297) in experimentellen Untersuchungen an Erwachsenen sehr deutlich nachweisen (vgl. Abb. 15).

Daraus ist u. a. zu erkennen: Die Unterschiede der Reproduktionsleistungen werden desto größer, je mehr sich die Pause zwischen Einprägen und Reproduktion vergrößert. Man kann z. B. von dem, was 100 % gelernt wurde, nach acht Stunden Wachintervall nur 9 % wiedergeben; während nach einem achtstündigen Schlafintervall noch 56 % reproduzierbar sind. Hieraus ist auch eine wichtige gedächtnispsychologische Einsicht abzuleiten: Das Vergessen des Menschen ist nicht ein passives Verklingen, sondern vor allem eine aktive Hemmung

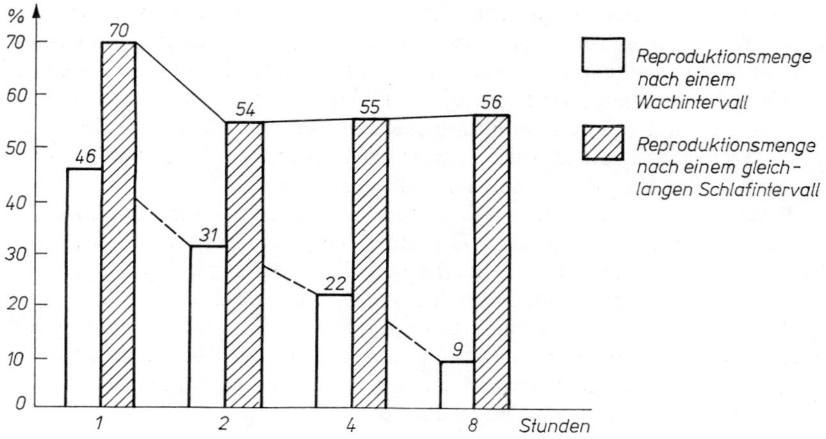

Abb. 15: Das Behalten nach Wach- bzw. Schlafintervallen (nach Jenkins und Dallenbach 1925).

durch neue Eindrücke. Je größer die Vielzahl der Eindrücke ist, desto mehr wird wieder „weggeschwemmt". Ein zu häufiges Fernsehen – besonders nachdem gelernt wurde – verbessert auf keinen Fall den Lernerfolg.
Auf die Probleme der Hypnopädie („Lernen im Schlaf") bzw. der Suggestopädie gehen wir hier nicht ein. Die entsprechenden experimentellen Untersuchungen befinden sich noch in vollem Gange. Gesicherte Ergebnisse müssen abgewartet werden.

Sorge für eine richtige Organisation des Lernprozesses.

Aus den soeben angeführten Untersuchungsergebnissen folgt, daß es nicht gleichgültig ist, was man nach dem Lernen tut. Aus verschiedenen Experimenten läßt sich die Regel ableiten: Je ähnlicher zwei Lernleistungen sind, die zeitlich aufeinander folgen, desto schlechter ist der Behaltenseffekt und umgekehrt. Die Tatsache, daß eine nachfolgende Lernarbeit ein vorher erfolgtes Lernen verschlechtert, wird auf *retroaktive Hemmung* zurückgeführt. Die Stärke der retroaktiven Hemmung (rückwirkenden Hemmung) hängt von der Gleichheit des Stoffes ab. Je ähnlicher der folgende Stoff ist, desto schlechter prägt er sich ein (z. B. Lernen von russischen Vokabeln und anschließend Lernen von englischen Vokabeln). Diese Erkenntnis ist auch für die richtige Organisation der Hausaufgaben wichtig. Die Aufgaben sollten in einer Reihenfolge erledigt werden, in der möglichst verschiedenartige Tätigkeiten einander folgen (Erledigung der Mathematikaufgaben – Anfertigung einer technischen Zeichnung – Durcharbeiten des Geschichtsstoffes – Physikaufgaben usw.).
Die Erscheinung der retroaktiven Hemmung sollte auch durch die richtige Anordnung der Unterrichtsstunden weitestgehend vermieden werden. Betont intellektuell-theoretische Fächer sollten mit mehr manuell-praktischen abwechseln.

Das begünstigt den Lernerfolg. Leider werden bei der Gestaltung der Stundenpläne häufig die Forderungen der Lehrkräfte und andere objektive Bedingungen berücksichtigt, aber lernpsychologische Regeln, die für die Teilnehmer gültig sind, werden kaum beachtet.
Eine retroaktive Hemmung tritt schließlich auch dann ein, wenn nach dem Lernen eine affektive Erregung erfolgt. Solche Erscheinungen trifft man mitunter in Prüfungssituationen an, wenn ein Teilnehmer derart erregt ist, daß das vorher Gelernte plötzlich „weg ist". Neurophysiologisch ist das mit der Gesetzmäßigkeit der „negativen Induktion" (Pawlow) zu erklären. Psychologisch wenig geschulte Lehrkräfte in der Erwachsenenbildung können in Prüfungssituationen solche Erscheinungen durch falsche Fragestellung provozieren.
Im Gegensatz zur retroaktiven Hemmung gibt es auch die *proaktive Hemmung*, bei der sich ein *vorher* gelernter Stoff ungünstig auf die Wiedererinnerung des später Gelernten auswirken kann. Eine *ekphorische Hemmung* tritt dann ein, wenn man versucht zu lernen, nachdem eine starke gefühlsmäßige Erregung stattgefunden hat. Ein sich daran anschließender Lernprozeß wird dadurch verschlechtert.

Planvolles Einprägen begünstigt den Lernerfolg.

Beim Durcharbeiten und Einprägen eines Lernstoffes ist es sehr wichtig, die *Hauptgedanken*, die *wesentlichen* Fakten klar herauszuarbeiten. Ein Lernender, der es nicht versteht, das Wesentliche im Text zu erkennen und hervorzuheben, prägt sich den Stoff ungegliedert ein. Demzufolge sind seine Kenntnisse oft unsystematisch und wenig dauerhaft. Das konnte u. a. Smirnow (zit. bei Lewitow 1964, S. 78) nachweisen (vgl. Abb. 16).

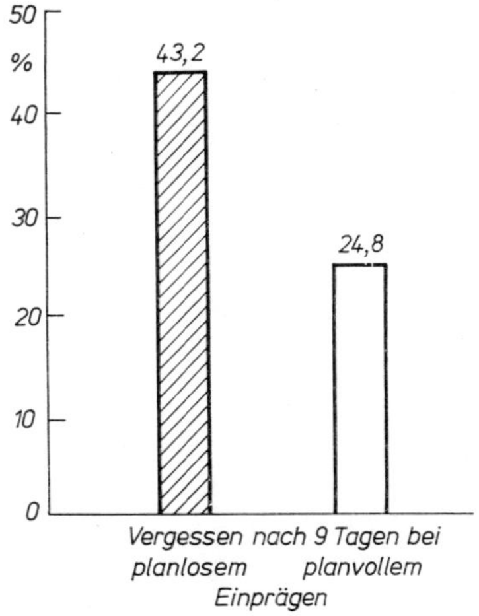

Abb. 16: Planvolles Einprägen und Lernerfolg (nach Smirnow, zit. nach Lewitow 1964, S. 78).

Die Untersuchung zeigt: Geht man beim Lernen planmäßig vor, dann gelingt die Festigung der Kenntnisse fast doppelt so gut. Deshalb ist es zweckmäßig, die wichtigsten Probleme beim Einprägen schriftlich, in Gedanken oder – noch besser – in einem Schema festzuhalten. Für die Lehrer in der Erwachsenenbildung – und natürlich auch schon für diejenigen der allgemeinbildenden polytechnischen Oberschulen – ergibt sich daraus: Halte die Schüler zur richtigen Arbeit mit dem Lehrbuch an! Damit sind u. a. auch Probleme der Algorithmierung im Unterrichtsprozeß verbunden, auf die Landa (1969) ausführlich eingeht.

Die verteilte Wiederholung ist effektiver als die gehäufte.

Schon Ebbinghaus konnte als Vertreter der klassischen deutschen Gedächtnispsychologie belegen, daß die Verteilung der Wiederholungen eine außerordentlich wichtige Bedingung für die Ökonomie unseres Lernens ist. Er fand nämlich, daß wir mit viel weniger Wiederholungen auskommen, wenn diese auf einen größeren Zeitraum verteilt werden. Der Lernerfolg ist also nicht mit Gewalt zu erzwingen, sondern die Wiederholungen sind rationell aufzuteilen. Das ist besonders bei Prüfungsvorbereitungen zu beachten. Keinesfalls sollte man sich erst kurz vor Prüfungen hinsetzen und versuchen, den Stoff „auf einmal" zu erarbeiten und einzuprägen. Die auf einen größeren Zeitraum sinnvoll verteilten Wiederholungen sind wesentlich effektiver. Das gilt nicht nur für die Aneignung von Wissen und Kenntnissen, sondern auch für die Entwicklung von Fertigkeiten im Produktionsprozeß. Abb. 17 läßt erkennen, daß die Verteilung von 24 Übungen über 12 Tage zu einem besseren Lernerfolg führt als die Absolvierung dieser gleichen 24 Übungen in 3 Tagen.

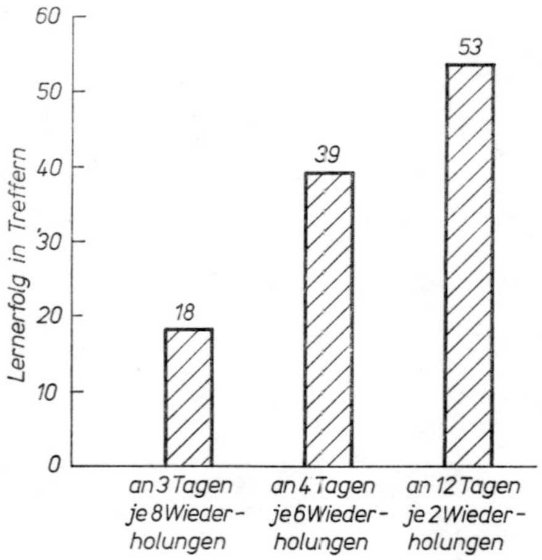

Abb. 17: Unterschiedliche Verteilung der Wiederholung und Lernerfolg (nach Engelmayer 1960, S. 100).

Der Lernerfolg ist auf Grund der unterschiedlich verteilten Wiederholungen verschieden. Nach den experimentellen Ergebnissen verhält er sich – in Treffern ausgedrückt – wie 18:39:53 (vgl. Engelmayer 1960, S. 100). Dabei ist besonders bei Übungen zur Entwicklung von *neuen Fertigkeiten* eine weitere Regel wichtig und beachtenswert:

Umlernen ist schwieriger als Neulernen.

Der pädagogische Grundsatz Makarenkos: „Es ist viel leichter, ein Kind von Anfang an richtig zu erziehen als es umerziehen zu müssen" hat auch für die Ökonomie des Lernens Bedeutung. Umlernen ist immer schwieriger als Neulernen. Diese Regel ist nicht nur für den Erwerb von Kenntnissen, für die Aneignung von Wissen zutreffend, sondern auch beim Erwerb von Fertigkeiten im Berufsausbildungsprozeß bzw. bei Umschulungen Erwachsener wichtig. Wenn sich bei einem Erwachsenen bestimmte Handlungen bereits verfestigt haben und als automatisierte Komponenten der bewußten Tätigkeit zu Fertigkeiten geworden sind, so ist es oft nicht leicht, diese zu verändern und andere handwerkliche Fertigkeiten zu entwickeln. Hier wird die psychologische Gesetzmäßigkeit der *Interferenz* wirksam. „Die Interferenz ist ... die hemmende Wechselwirkung zwischen den Fertigkeiten, bei der die bereits entstandenen Fertigkeiten die Entstehung neuer erschweren oder ihre Wirksamkeit herabsetzen" (Rubinstein 1958, S. 689). Die Wirkung der Interferenz ist am besten zu überwinden, wenn der Erwachsene von dem Vorteil der neuzuerlernenden Fertigkeit überzeugt ist. Sowjetische Untersuchungen zeigen in diesem Konnex: „Je vollständiger und *bewußter* der Mensch seine Fertigkeiten meistert, um so geringer ist der hemmende Einfluß, den sie aufeinander ausüben. Je besser der Mensch die dominierende, bereits vollausgebildete Fertigkeit beherrscht, um so leichter ... befreit sich die neu erworbene und mit ihr interferierende Fertigkeit von deren hemmendem Einfluß" (Rubinstein 1958, S. 690). Dieser paradox klingende Satz hat für die Praxis der oftmals notwendigen Umschulung von Erwachsenen große Bedeutung. Er bedarf jedoch noch einer differenzierten Analyse, auf die wir hier nicht eingehen können.
Zum Schluß soll noch auf eine Regel hingewiesen werden, die in unserer schnelllebigen Zeit nur von wenigen Menschen beachtet wird:

Nimm dir Zeit beim Lernen.

Viele Menschen neigen dazu – besonders vor Prüfungen –, sich den Stoff so schnell wie möglich einprägen zu wollen. Sie befinden sich in Zeitnot, und dieser Umstand fördert den Lernerfolg keineswegs. Aus lernpsychologischen Untersuchungen geht allgemein hervor: Je mehr man versucht, schnell zu lernen, desto weniger dauerhaft wird behalten. Die Geschwindigkeit des Lernens muß dem Bekanntheitsgrad des Stoffes angepaßt sein. Wenn man beim ersten Durchlesen eines neuen Stoffgebietes so langsam und aufmerksam wie möglich liest und dann das Lernen allmählich beschleunigt, erreicht man bessere Resultate, als wenn unter Zeitdruck ein oberflächliches und meist „nervöses" Lernen erfolgt.

Das weist u. a. Schardakow (zit. bei Lewitow 1964, S. 82) nach. Es wurde untersucht, wie sich Schüler bei unterschiedlichem Zeitaufwand – in Abhängigkeit vom erreichten Grad der Beherrschung des Stoffes – die Regeln für die Addition und Subtraktion von Dezimalbrüchen einprägen. Die erste Gruppe hatte dabei immer die gleiche Zeit zum Lernen zur Verfügung, während die zweite Gruppe für die erste Beschäftigung mit dem Stoff mehr Zeit bekam, die dann allmählich verkürzt wurde. Das Ergebnis zeigt Abb. 18.
Diese Untersuchung zeigt deutlich: Ein anfangs rasches Lernen hat keinen vorteilhaften Einfluß auf das dauerhafte Behalten. Die durchschnittliche Fehlerzahl ist bei der ersten Gruppe größer als bei der zweiten.

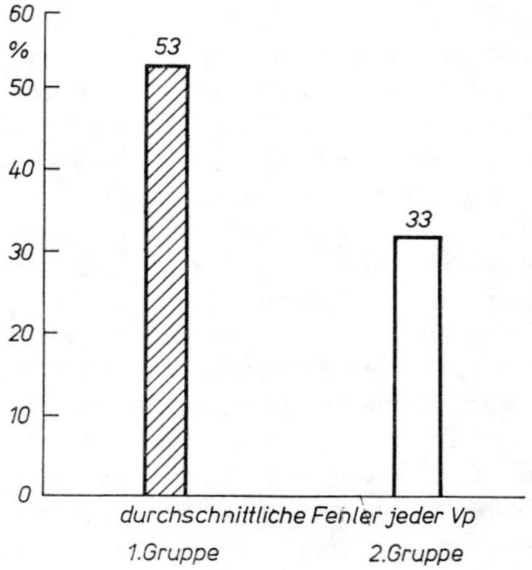

Abb. 18: Lerntempo und Lernerfolg (nach Schardakow, zit. nach Lewitow 1964, S. 82).

Diese Ausführungen stehen nicht im Widerspruch zu einer Forderung, die man wie folgt formulieren kann:

Trainiere die Schnell-Lese-Technik.

Es ist sehr nützlich, schneller lesen zu können, wenn aus einem Text nur ganz bestimmte Informationen gesucht werden oder wenn man sich nur grob orientieren möchte. Mit Hilfe des Trainings und einiger dabei zu beachtender Bedingungen ist es möglich, nach einer individuell verschiedenen Zeit mehr Wörter bzw. Sätze erfassen zu können als vorher in der gleichen Zeit (vgl. die ausführlichen Darstellungen bei Zielke 1965, 1967 und auch die Hinweise bei Trogsch 1966, Riechert und Schwarz 1970 u. a.).
Ziel der Leistungssteigerung ist nicht das Schnell-Lesen schlechthin, sondern das zeitökonomische, dem Schwierigkeitsgrad des Textes angemessene Lesen.

Zunächst ist für eine gute Beleuchtung der Schrift und für einen störungsfreien Arbeitsplatz Sorge zu tragen, um sich besser konzentrieren zu können. Die Konzentration ist eine wichtige Voraussetzung für das Training der Schnell-Lese-Technik. Das schnellere Lesenkönnen verlangt ja auch die schnellere Verarbeitung des schneller Wahrgenommenen.

Derjenige, der in der Schnell-Lese-Technik nicht geübt ist, wird durch Selbstbeobachtung leicht feststellen können, daß er auf jeder Zeile des Textes immer nach ungefähr zwei Worten einen (wenn auch kaum merklichen) „Haltepunkt" zu verzeichnen hat, so daß jede Zeile in drei bis vier Einzelstrecken zerlegt wird. Damit können in der Minute durchschnittlich nur 150 Wörter gelesen werden. Versucht man nun, jeweils immer ein Wort mehr und schließlich fünf bis sechs Wörter zugleich zu erfassen, so ist festzustellen, daß in der Minute die doppelte Anzahl von Wörtern verarbeitet werden kann. Mit *einem* Blick wird dann schließlich die *ganze Zeile* wahrgenommen. Dabei kommen moderne, zweispaltig gesetzte Seitentexte dem Bedürfnis entgegen, in kurzer Zeit mehr lesen zu können.

Will man die Leseleistung noch weiter steigern, so muß die durch Übung erzielte physiologische Weitung des Blickes – auch Blickspanne genannt – gekoppelt werden mit der ebenfalls durch Training steigerbaren Fähigkeit, beim Lesen blitzschnelle *Wertungen* vorzunehmen. Die Wertungen bestehen darin, die *Sinnträger* des Satzes zu erkennen und das „Beiwerk" weitgehend zu vernachlässigen. Das kann man anfangs dadurch üben, indem mit dem Bleistift die Träger des Sinnes in den verschiedenen Sätzen unterstrichen werden. Dabei ist festzustellen, daß oft 50 bis 75 % des Textes vernachlässigt werden können. Das ist nicht verwunderlich, da aus Erfahrung bekannt ist, daß sich sprachlich umfangreich dargestellte Sachverhalte oftmals durch ein Schema oder eine Skizze viel schneller und kürzer ausdrücken lassen. Viele Texte weisen eine unterschiedliche Redundanz (Weitschweifigkeit) auf, die beim Schnell-Lesen manchmal hinderlich ist.

Mit größerer Blickweitung und schnellerer Sinnerfassung lassen sich Leseleistungen zwischen 250 und 500 Wörtern pro Minute erreichen; in seltenen Ausnahmefällen sogar 700 und mehr Wörter je Minute. Auf zwei Fehler, die dem Anfänger in der Schnell-Lese-Technik unterlaufen können, sei noch hingewiesen:

Erstens darf man beim Lesen nicht die Lippen mitbewegen, und zweitens ist das innere Mitsprechen-Wollen zu vermeiden. Beide Erscheinungen hemmen die Schnelligkeit des Lesens, da man nicht so schnell sprechen wie denken kann.

Nützlich ist die Schnell-Lese-Methode z. B. beim Lesen von Zeitschriften sowie bei Büchern, in denen etwas Bestimmtes gesucht wird oder deren Inhalt man genauer kennenlernen möchte, ohne die Zeit für ein ausführliches Lesen im Moment aufbringen zu können. In diesem Zusammenhang ist es auch durchaus sinnvoll, grobe Arbeitsschritte – im Sinne eines allgemeinen Algorithmus – zu kennen, um ein *kursorisches Lesen* zu ermöglichen. In Anlehnung an Riechert und Schwarz (1970) sei dieser Vorgang des kursorischen Lesens zum Zwecke einer Entscheidung darüber, ob ein bestimmtes Buch für den Leser wichtig und wertvoll ist, in einem Schema dargestellt (Abb. 19):

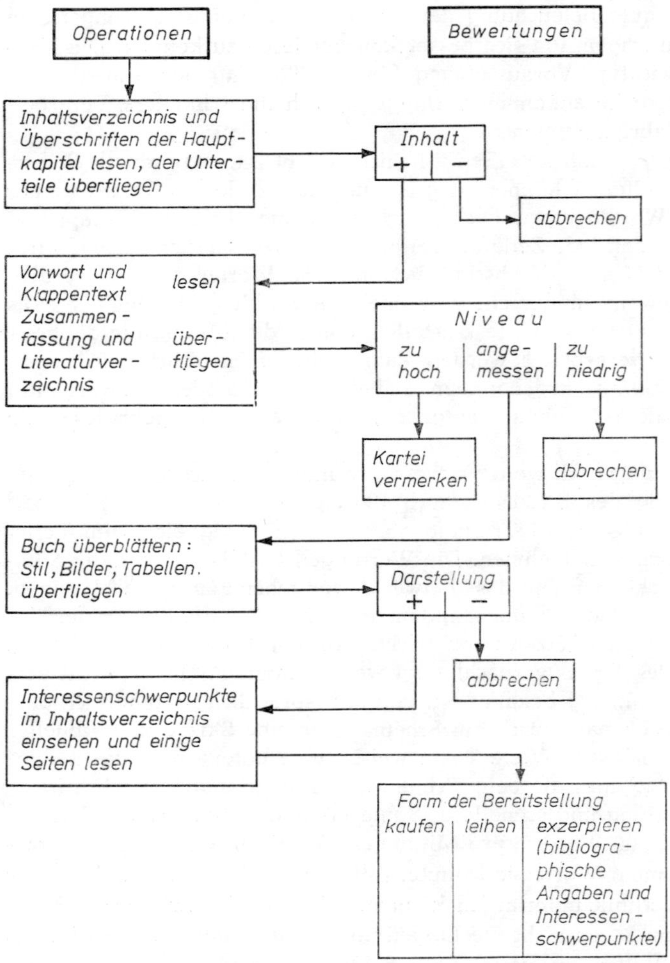

Abb. 19: Algorithmische Anleitung für kursorisches Lesen zum Zwecke der schnelleren Einschätzung eines Buches (nach Riechert und Schwarz 1970).

Wer die Anleitung zum kursorischen Lesen befolgt, läuft beim ersten Bekanntmachen mit einem Buch weniger Gefahr, Wichtiges zu vernachlässigen bzw. Überflüssiges zu tun. (Wo ein Minuszeichen steht, so bedeutet das „Ende" oder „Abbrechen".)

Zusammenfassend ergibt sich: Jeder Lernende – ganz gleich, ob als Schüler in der allgemeinbildenden polytechnischen Oberschule oder als Erwachsener in den verschiedenen Ausbildungs- und Qualifizierungseinrichtungen – sollte sich

darum bemühen, die hier entwickelten Regeln für die Ökonomie des Lernens sinnvoll zu übernehmen und konsequent zu beachten. Natürlich können wir innerhalb dieser Abhandlung keinen Anspruch auf Vollständigkeit dieser Regeln erheben. Für die Verbesserung des Lernerfolgs in der Erwachsenenbildung ist es notwendig, daß die Lehrenden ihre Teilnehmer auf die bereits erwähnten Schriften von Trogsch (1966), Smitmans (1969), Riechert und Schwarz (1970) hinweisen. Die dort gegebenen Hinweise und Ratschläge, Regeln und Methoden stellen zwar kein Universalrezept für erfolgreiches Lernen und Studieren dar; sie tragen jedoch in bedeutendem Maße dazu bei, grobe und unnötige Fehler beim Lernen und Studieren zu vermeiden.
Man darf auch nicht annehmen, das Wichtigste sei getan, wenn man Schüler und Teilnehmer an Einrichtungen der Erwachsenenbildung mit Regeln für das richtige Organisieren des Lernens bekannt macht. Die Anwendung von Hinweisen und Regeln setzt eine gute *Lernbereitschaft*, eine positive Einstellung (habituelle Motivation) der Lernenden zum Beruf und zu den notwendigen Qualifizierungsmaßnahmen voraus. Auf einige lernpsychologische Probleme dieser Art gehen wir im nächsten Abschnitt ein. Sind die genannten Voraussetzungen vorhanden, dann sollte man das Lernen der Schüler nicht dem zufälligen Gelingen, dem tastenden und planlosen Probieren überlassen. Der Erwachsene sollte nicht den Zeit- und Kraftverschwendungen oder gar Mißerfolgen preisgegeben sein, die sich aus der Zufälligkeit und Planlosigkeit des Lernens leicht ergeben. Das sind Erscheinungen, die sich bei vielen Erwachsenen feststellen lassen, wenn sie nicht nach programmierten Lehrmaterialien Unterweisung erhalten – was jedoch niemals in allen Fachdisziplinen und speziellen Stoffeinheiten möglich sein wird (vgl. dazu die Ausführungen im vierten Teil).

5.6. Motivation und Lernerfolg im Erwachsenenalter

5.6.1. Kritische Betrachtung bisheriger Untersuchungen

Bisher haben wir die Problematik der Lernfähigkeit im Erwachsenenalter besonders im Zusammenhang mit den Faktoren Leichtigkeit und Nachhaltigkeit des Lernens betrachtet. Damit brachten wir die Lernleistung mehr oder weniger mit dem Gedächtnis und den damit zusammenhängenden Fragen in Verbindung. Gemäß den von uns genannten verschiedenen Faktoren der Lernfähigkeit bzw. der Lernintelligenz betonten wir bereits, daß das Lernen von vielen äußeren und inneren Bedingungen abhängt und keinesfalls nur eine Funktion des Gedächtnisses ist. *Lernen ist vor allem motivational bedingt*, d. h., der Lernerfolg ist wesentlich von solchen Faktoren wie Anregbarkeit (Interessiertheit), Lernintensität, Lernbereitschaft, Lerngewissen (Guyer) abhängig. Das ist experimentell wiederholt nachgewiesen worden, und die Praxis beweist es täglich.
Bereits Meumann (1920) betont in seinen „Experimentellen Untersuchungen

über das Merken und Behalten": „Es ist eine unumstößliche Tatsache, daß es nicht die Wiederholungen als solche sind, die das Einprägen besorgen und das Behalten – insbesondere die freie Reproduktion – ermöglichen, sondern in der Regel behalten wir nur das, was mit Aufmerksamkeit und mit der *Absicht*, es zu behalten, aufgefaßt wurde" (S. 128). Ein interessantes Untersuchungsergebnis von Lewin (zit. nach Okon 1957, S. 157) sei dazu angeführt.

Lewin beauftragte einen Studenten, seinen Kommilitonen einen Merkstoff so lange vorzutragen, bis diese ihn auswendig wußten. Der eine Student fungierte also als Versuchsleiter, die anderen als Versuchspersonen. Als die Kommilitonen den Merkstoff lückenlos und fehlerfrei reproduzieren konnten, wurde der Versuchsleiter von Lewin gebeten, die gleichen Leistungen zu bringen. Das Ergebnis war erschreckend. Er hatte sich fast gar nichts gemerkt. Obwohl er bei diesem Experiment „aktiver" beteiligt war, obgleich er den Lernstoff mehrfach wiederholt und selbst ausgesprochen hatte, war seine Lernleistung nahezu gleich Null. Bei ihm hatte die Absicht – als wichtiger motivationaler Faktor – gefehlt, sich den Merkstoff einprägen zu wollen.

Wir sind der Auffassung, daß diesen motivationalen Faktoren eine besondere Bedeutung für den Lernerfolg im Erwachsenenalter zukommt und daß wahrscheinlich das oftmals bessere Abschneiden der Erwachsenen gegenüber Kindern und Jugendlichen in den von uns bisher referierten lernpsychologischen Untersuchungen maßgeblich auf diese Faktoren zurückzuführen ist. In Anlehnung an Rubinstein (1962, S. 800) und Grassel (1961, S. 26 ff.) sehen wir in der Lernbereitschaft eine wichtige Komponente für den Lernerfolg, die natürlich auch selbst wieder durch verschiedene Bedingungen determiniert ist (Löwe 1964, 1966, 1968 a, 1975).

Hofstätter weist bereits 1938 darauf hin, daß man neben „den technischen Hindernissen" bei der „Erforschung der Lernentwicklung" im Erwachsenenalter vor allem „noch mit dem Faktor der verschiedenen Motivation zu tun hat, und hier tritt uns ein ganz prinzipielles Problem entgegen, das für das Gesamtgebiet der Leistungspsychologie von Bedeutung ist" (S. 299). Die einseitige „Prüfung der Fähigkeiten ist zwar experimentell am leichtesten, doch für ein wirkliches Entwicklungsbild nicht ausreichend" (S. 300). So fand schon Kitson (1925) unter 18- bis 49jährigen Schriftsetzern nur „verschwindend kleine Alterskorrelationen der Lernfähigkeit, da der Altersabbau durch erhöhte Lernmotivation (Lohn) kompensiert wird" (zit. bei Hofstätter 1938, S. 299). Nach Untersuchungen von Burgess (1962) übertrafen Angestellte, die als leistungsvermindert durch Altersveränderungen (nach dem Testergebnis) eingestuft worden waren, die jüngeren in ihrer Leistung am Arbeitsplatz. Bauer (1966) gibt als Ursache dafür unterschiedliche Motivationsbedingungen an, die im Experiment unkontrolliert bleiben (S. 25). Bogojawlenski und Federenko (1963) betonen:

„Die Psychologie eines erwachsenen Menschen, der bewußt und überlegt sich den Weg zur Schule ausgewählt hat, unterscheidet sich in vielem von der Psychologie eines Schülers der Kinderschule" (S. 5).

Man kann deshalb bei der Untersuchung der Lernfähigkeit Erwachsener nicht nur von Lerneffekten ausgehen, sondern muß bei der Beantwortung lernpsychologischer Fragen unbedingt die Bedeutung der Motivation berücksichtigen. Bayley (1966) gelangt im Zusammenhang mit Längsschnittuntersuchungen an Erwachsenen u. a. zu der Feststellung: „Es hat den Anschein, daß Motivation und Antrieb wichtigere Determinanten für viele lernende Erwachsene sind als die kleinen Abweichungen der Intelligenz" (S. 137). Werner (1959) formuliert als Praktiker der Erwachsenenbildung:

„Das Alter ist für den Lernerfolg Nebensache, wenn auch nicht ohne Einfluß. Die Lernfähigkeit des Erwachsenen hängt von der Bereitschaft zum Lernen ab. Lernbereitschaft wieder setzt Interesse voraus" (S. 27).

Im allgemeinen kann man wohl Smitmans (1969) zustimmen, der auf Grund seiner Erfahrungen erklärt, daß der Erfolg eines Studiums in der Erwachsenenbildung nie größer sein kann als die Bereitschaft dazu (vgl. S. 8 ff.). In diesem Zusammenhang muß jedoch Bauer (1966) mit Recht feststellen:

„Das Charakteristische der Leistungserwartungen, Interessen und Zielstellungen" bei Erwachsenen „ist bisher nur selten bearbeitet worden. Ihre wesentliche Bedeutung für das Leistungsgeschehen ergibt sich jedoch aus den meisten der vorliegenden Untersuchungen, obgleich diese vorwiegend andere Fragestellung hatten" (S. 25).

Innerhalb unserer Forschungsgruppe haben wir uns deshalb seit 1967 in verschiedenen Untersuchungen der Bedeutung der Motivation für den Lernerfolg in der Erwachsenenqualifizierung zugewandt. So wurden z. B. in den Diplomarbeiten von Schwarz (1968), Fricke (1968), Laffin (1968) und Juch (1968) umfangreiche Erhebungen zur „Erkundung der Motivation Erwachsener zu Beginn der Qualifizierung" durchgeführt. In diese Untersuchungen sind insgesamt 2 172 Vpn einbezogen (769 Vpn aus Betriebsakademien der VVB Chemiefaserindustrie – Schwarz 1968; 498 Vpn aus der Betriebsakademie des Schwermaschinenbaus Magdeburg – Fricke 1968; 811 Vpn aus Weiterbildungseinrichtungen des Gesundheitswesens und 94 Vpn aus Qualifizierungslehr gängen in der Landwirtschaft – Laffin 1968 und Juch 1968). Diese Untersuchungen wurden jetzt in einer sehr aufschlußreichen experimentellen Arbeit von Thiele (1969) fortgesetzt. Alle genannten Erhebungen und Experimente haben zunächst Erkundungscharakter; sie werden weiter fortgeführt und sollen nach einem relativen Abschluß später publiziert werden.
Nachfolgend stellen wir einige Ergebnisse zur Diskussion, die wir in lernpsychologischen Experimenten an Erwachsenen und Jugendlichen zur Frage „Aktualmotivation und Lernerfolg" erzielten (Löwe 1968 a).

5.6.2. Lernpsychologische Experimente zur Frage „Aktualmotivation und Lernerfolg im Erwachsenenalter"

Im Zusammenhang mit unseren lernpsychologischen Experimenten an Erwachsenen und Jugendlichen ist es die *spezielle* Aufgabe dieser Untersuchungen, etwaige Unterschiede der Lernleistungen nach verschiedenen Aktualmotivierungen festzustellen. Vor allem versuchen wir, die Bedeutung von habituellen Motivationen (Lerneinstellungen) für die Wirkung von Aktualmotivierungen qualitativ und quantitativ zu erfassen. Dabei gehen wir von Arbeitshypothesen aus, die sich aus dem Abschnitt 2.3. ergeben:

1. Motivation und Lernaktivität bilden eine funktionelle Einheit und bedingen sich wechselseitig. Bereits Claparede (zit. nach Ihalainen 1962) formuliert:

   „Jedes Bedürfnis strebt danach, Reaktionen hervorzurufen, die zu dessen Befriedigung geeignet sind, und jede Aktivität wird von einem Bedürfnis geleitet" (S. 8).

   Wir erwarten deshalb von den stärker motivierten Versuchsgruppen eine größere Lernaktivität, die sich in besseren Lernerfolgen zeigt. Das gilt sowohl für die Population der Erwachsenen als auch für die der Jugendlichen.
2. Es ist anzunehmen, daß bei unseren Erwachsenen, die einen für sie freiwilligen Qualifizierungslehrgang absolvieren, leichter eine Lernmotivation auszulösen ist als bei Jugendlichen 9. und 10. Klassen der Oberschule. Jedoch ist denkbar, daß der bei den Erwachsenen stärker wirkende motivationale Faktor für den Lernerfolg bei den Jugendlichen durch bessere Gedächtnisleistungen (mechanisches Einprägen) kompensiert wird.
3. Aktualmotivationen, die in einer bestimmten Lernsituation durch äußere Einwirkung (hier: durch unterschiedliche verbale Instruktionen für die Versuchsgruppen und Kontrollgruppen) entstehen, lassen sich nur in Einheit und Wechselwirkung mit habituellen Motivationen (Einstellungen) verstehen und erklären (vgl. die Begriffsbestimmungen im Abschnitt 2.3.). Wir erwarten deshalb, daß in Teilgruppen, in denen eine bessere Lerneinstellung (habituelle Motivation) anzunehmen ist, eine größere Wirksamkeit der durch verbale Instruktionen ausgelösten Aktualmotivation entsteht, die sich auch im Lernerfolg dieser Gruppen widerspiegelt.

5.6.2.1. Untersuchungspopulation und Untersuchungsmethoden

Zunächst erörtern wir einige *allgemeine Gesichtspunkte* für die Zusammenstellung der Untersuchungsgruppen und für die angewandten Untersuchungsmethoden.

In unseren lernpsychologischen Experimenten handelt es sich um Effektanalysen mit Hilfe des psychologisch-pädagogischen Experiments (Rubinstein, Mjasnikow, Kowaljow, Slawina, Boshowitsch, zit. nach Kowaljow 1958, S. 594, vgl. auch Klix 1962, S. 13, Ihalainen 1962, S. 3f., Foppa 1967b, S. 3–13, McKeachie 1967, S. 160f., Hiebsch 1967, S. XII f. u. a.).

Die Untersuchungen bei Erwachsenen und Jugendlichen werden mit Versuchsgruppen (VGn) und Kontrollgruppen (KGn) durchgeführt; dabei benutzen wir das Verfahren der Rotation – besser der Inversion (vgl. Clauss und Ebner

1967, S. 167) –, indem wir in einem zeitlichen Nacheinander die Bedingungen für die Versuchs- und Kontrollgruppen austauschen. Die Experimente erfolgen in relativ natürlichen Situationen.

McKeachie (1967) betont in diesem Zusammenhang: „Wenn auch die pädagogisch-psychologische Forschung sowohl mehr Grundlagenforschung als auch mehr angewandte Forschung erfordert, so ist es zur Zeit doch am dringendsten nötig, theoretische Vorstellungen und Beziehungen in lebensnahen Untersuchungen in natürlicher Umgebung zu überprüfen" (S. 160). Das sowjetische Autorenkollektiv (Hiebsch 1967) vermerkt, daß bei Anwendung von Forschungsmethoden der Tatsache „eine beträchtliche Aufmerksamkeit" geschenkt werden muß, „die psychische Tätigkeit unter *‚natürlichen' Bedingungen* zu untersuchen ... Da der Gegenstand der Psychologie im Endergebnis die psychischen Prozesse sind, die sich unter den Bedingungen des wirklichen Lebens abspielen, und da die direkte Übertragung der Laboratoriumsergebnisse auf die natürlichen Bedingungen bei weitem nicht immer gerechtfertigt ist, so entsteht hieraus die Notwendigkeit, die psychische Tätigkeit unter den dem wirklichen Leben entsprechenden Bedingungen zu untersuchen" (S. XII).

Unsere Untersuchungsmethoden und -verfahren (Effektanalysen bei Versuchs- und Kontrollgruppen im Inversionsverfahren) setzen voraus, daß sich bei den Erwachsenen die Probanden der Versuchs- bzw. Kontrollgruppe in wichtigen Parametern entsprechen (hinsichtlich differenzierter Altersgruppen, Geschlecht, „Intelligenz", sozialer Herkunft, bisheriger Schulbildung und Berufskategorien). Ähnliches gilt auch für die experimentellen Untersuchungen bei Jugendlichen. Hier achten wir auf die Übereinstimmung im Hinblick auf Alter, Geschlecht, „Intelligenz" und „Schulleistungszahl" (Weiss 1964a, 1964b). Diese Zusammenstellung möglichst homogener Gruppen ist notwendig, um den Einfluß unserer unterschiedlichen Instruktionen zur Auslösung verschiedener Aktualmotivierungen für den Lernerfolg qualitativ und quantitativ vergleichbar zu machen.

Die Zusammensetzung der Probanden (Pbn) der Versuchs- und Kontrollgruppen hinsichtlich Alter, Geschlecht, sozialer Herkunft, Schulbildung und der „Schulleistungszahl" (Weiss 1964a) ist weniger problematisch – wenn auch nicht immer einfach. Größere Schwierigkeiten ergeben sich im Zusammenhang mit der Anwendung eines geeigneten Untersuchungsverfahrens zur Feststellung der „Intelligenz".

Wir sind uns bei der Anwendung eines Tests der Problematik bewußt, die den Tests überhaupt anhaftet (vgl. die Ausführungen im Abschnitt 5.3.). Zum Zwecke der Zusammenstellung von Probanden in Versuchs- bzw. Kontrollgruppen halten wir jedoch eine Überprüfung der Teilnehmer an den Experimenten mit einem geeichten Untersuchungsverfahren für unbedingt erforderlich.

Für die Zusammenstellung unserer Versuchs- und Kontrollgruppen benutzen wir – sowohl bei den Erwachsenen als auch bei den Jugendlichen – den von Raven 1938 entwickelten Progressive-Matrices-Test (vgl. dazu die Ausführungen auf den Seiten 108 f.).

Zusammenfassend ergeben sich im Hinblick auf allgemeine Gesichtspunkte für die Zusammenstellung der Untersuchungsgruppen und für die Untersuchungsmethoden:

1. Nach Durchführung eines sprachfreien Leistungstests (Progressive-Matrices-Test) in vier Klassen von Erwachsenen werden die Pbn zunächst so zusammengefaßt, daß sie sich nach Alter, Geschlecht und absoluten R a v e n -Werten nicht signifikant unterscheiden.
2. Die beiden so erhaltenen Gruppen vergleichen wir dann nach den anderen Parametern (Schulbildung und soziale Herkunft) und nehmen die endgültige Zusammenstellung der Gruppe A und der Gruppe B vor.
3. Es werden Effektanalysen im Sinne psychologisch-pädagogischer Lernexperimente mit Hilfe des Inversionsverfahrens durchgeführt.
4. An den lernpsychologischen Untersuchungen nehmen in den einzelnen noch zu schildernden Experimenten stets alle Schüler der einzelnen Klassen teil. Es beteiligen sich also mehr Pbn an den Untersuchungen, als dann tatsächlich in die Endauswertung einbezogen werden. Eine Auswertung der Ergebnisse erfolgt nur bei den Mitgliedern der Gruppen, die an allen Untersuchungen teilgenommen haben. (Es ist ein allgemeines Problem bei lernpsychologischen Experimenten, die sich über einen längeren Zeitraum erstrecken und in relativ natürlichen Situationen durchgeführt werden, daß einzelne Schüler fehlen bzw. neu hinzukommen. Dadurch wird die Ausgangspopulation oft wesentlich verändert.)

Diese angeführten Punkte hinsichtlich allgemeiner Aspekte für die Zusammenstellung der Untersuchungsgruppen und für die Untersuchungsmethode der Erwachsenen gelten analog für die Jugendlichen – mit den oben angegebenen Einschränkungen. Das heißt: Nach Voruntersuchungen in verschiedenen Klassen erfolgt bei ihnen die Zusammenstellung zu Versuchs- bzw. Kontrollgruppen innerhalb bestehender Schulklassen hinsichtlich der Übereinstimmung nach Alter, Geschlecht, „Intelligenz" und „Schulleistungszahl" (W e i s s 1964 a): jedoch erübrigt sich bei ihnen ein Vergleich nach differenzierten Altersstufen, nach sozialer Herkunft, bisheriger Schulbildung und Berufskategorien.
Weiterhin sind die im Zusammenhang mit den lernpsychologischen Experimenten zum Thema „Motivation und Lernerfolg bei Erwachsenen" erörterten allgemeinen Gesichtspunkte für die Zusammensetzung der Untersuchungsgruppen und für die Untersuchungsmethode die gleichen wie bei den Untersuchungen zum Thema „Aktivität und Lernerfolg bei Erwachsenen" (vgl. Abschnitt 5.7.). Das heißt: In dem folgenden Abschnitt 5.7. wird auf die bisher gemachten Ausführungen nur verwiesen.

Die Stichprobe der Erwachsenen

Die experimentellen lernpsychologischen Untersuchungen an Erwachsenen zur Frage „Aktualmotivation und Lernerfolg" führten wir in der Zeit vom Oktober 1966 bis Mai 1967 in vier Klassen (Klasse A, B, C und D) des Lehrmeister-Fernstudiums Karl-Marx-Stadt – Konsultationspunkt Leipzig – durch.

Nach Voruntersuchungen wurden die Pbn der Gruppe A aus den Klassen A und D und die der Gruppe B aus den Klassen B und C nach den bereits erläuterten Gesichtspunkten zusammengestellt. An den Untersuchungen, die wir innerhalb von obligatorischen Unterrichtsstunden durchführten, nahmen stets alle Schüler der jeweiligen Klassen teil (insgesamt 124 Erwachsene). Eine Absprache bzw. ein Austausch der Pbn der beiden Gruppen A und B untereinander war ausgeschlossen, da die Schüler der Klasse A montags, die der Klasse B dienstags, die der Klasse C donnerstags und die der Klasse D freitags (also jeweils einmal in der Woche) aus dem gesamten Bezirk Leipzig zu einem achtstündigen Unterricht im Bezirkskabinett für die Weiterbildung der Lehrer und Erzieher in Leipzig zusammenkamen. Die Teilnehmer sind Handwerksmeister der verschiedensten Berufe und erwerben im Fernstudium die Qualifikation eines Lehrmeisters.

In die endgültige Auswertung der Experimente sind 88 Erwachsene einbezogen. 44 Pbn bilden die Gruppe A (aus den Klassen A und D) und 44 Pbn die Gruppe B (aus den Klassen B und C). Beide Gruppen werden einmal als Versuchsgruppe und einmal als Kontrollgruppe eingesetzt (die Erwachsenen der Gruppe A in der 1. Versuchsanordnung als Kontrollgruppe und die der Gruppe B als Versuchsgruppe; in der 2. Versuchsanordnung umgekehrt). Einen Vergleich der Struktur der Gruppen A und B nach den bereits dargestellten Gesichtspunkten für die Zusammenstellung der Untersuchungsgruppen zeigt Tab. 4.

Aus dieser Tabelle wird die sehr gute Übereinstimmung der Pbn der beiden Gruppen hinsichtlich Alter und Geschlecht, sozialer Herkunft, Schulbildung und allgemeiner Berufskategorie ersichtlich. Auch im Hinblick auf die erzielten Absolutwerte der Raven-Punkte ergibt sich Homogenität beider Gruppen (vgl. Punkt 7 von Tab. 4).

Tabelle 4: *Die Untersuchungspopulation. Vergleich der Struktur der Gruppen A und B (Motivation und Lernerfolg bei Erwachsenen)*

1. Anzahl und Geschlecht der Vpn

Gruppe	Männer	Frauen	Gesamt
A	32	12	44
B	33	11	44

2. Alter der Vpn (arithmetisches Mittel)

Gruppe	Jahre	Streuung
A	31,70	$s = \pm 8{,}76$
B	32,23	$s = \pm 7{,}55$

3. Einteilung der Vpn nach Altersgruppen

Gruppe	20,1 bis 25	25,1 bis 40	40,1 bis 55 Jahre
A	8	29	7
B	8	28	8

4. Soziale Herkunft der Vpn

Gruppe	Arbeiter	Angestellte, Handwerker oder Intelligenz
A	37	7
B	37	7

5. Schulbildung der Vpn

Gruppe	Abschluß der 8. Klasse Volks- bzw. Grundschule	Abschluß der 10. oder 12. Klasse oder Fachschule
A	36	8
B	36	8

6. Erlernte Berufe (Kategorie)

Gruppe	Arbeiter	Angestellte
A	35	9
B	35	9

7. Erreichte Punkte beim Raven-Test

Gruppe	Gesamtpunktzahl	Punkte pro Vp
A	2 187	49,70 $\pm$ 4,22
B	2 107	47,89 $\pm$ 6,10

(Als Raven-Punkte gelten die Absolutwerte jeder Vp, da beide Gruppen in der altersmäßigen Zusammensetzung weitgehend übereinstimmen.)

8. Differenzierte Einteilung der Vpn nach Altersgruppen

Gruppe	20,1 bis 25,0	25,1 30,0	30,1 35,0	35,1 40,0	40,1 45,0	45,1 50,0	50,1 Jahre 55,0 Jahre
A	8	16	7	6	1	2	4
B	8	11	10	7	5	3	0

Damit sind die Voraussetzungen gegeben, die jeweiligen Lernerfolge der Vpn der beiden Gruppen in unseren lernpsychologischen Experimenten miteinander zu vergleichen.

Die Stichprobe der Jugendlichen

Die Untersuchungen über den Einfluß unterschiedlicher Aktualmotivierungen auf den Lernerfolg bei Jugendlichen wurden unter unserer Anleitung nach Vorversuchen in verschiedenen 9. und 10. Klassen aus allgemeinbildenden polytechnischen Oberschulen schließlich in zwei 10. Klassen der Friedrich-Engels-Oberschule (Leipzig-

Engelsdorf) von Herrn D r o b i g bzw. in zwei 9. Klassen der polytechnischen Oberschule in Wurzen von Herrn R o h d e innerhalb ihrer Staatsexamensarbeiten durchgeführt.
Die Untersuchungspopulationen wurden dann – nach Überprüfung der Voraussetzungen für die Möglichkeit der Zusammenfassung – von uns vereinigt, so daß insgesamt 100 Jugendliche (Gruppe A=50; Gruppe B=50) – 52 Mädchen und 48 Jungen – in die Experimente einbezogen sind (vgl. Tab. 5).

Tabelle 5: *Die Untersuchungspopulation*

Gruppe	Jungen	Mädchen	Gesamt
A			
Klasse 9 b	11	14	25
Klasse 10 b	13	12	25
A (Gesamt)	24	26	50
B			
Klasse 9 a	11	14	25
Klasse 10 c	13	12	25
B (Gesamt)	24	26	50
A und B	48	52	100

Da das Durchschnittsalter der Jugendlichen in den 9. Klassen bei 14;9 Jahren, in den 10. Klassen bei 16;1 Jahren liegt, beträgt das durchschnittliche Alter sowohl in der Gruppe A als auch in der Gruppe B 15;5 Jahre. Beide Gruppen stimmen auch in der „Schulleistungszahl" (W e i s s 1964 a) überein (zum Vergleich sind herangezogen die Noten in Biologie, Mathematik, Physik und Chemie). Eine Überprüfung beider Gruppen im Hinblick auf die R a v e n-Werte ergibt keine signifikanten Unterschiede (vgl. Tab. 6).

Tabelle 6: Vergleich der erzielten Punktwerte der Gruppen A und B im R a v e n-Test

Gruppe	Gesamtpunkte	$\bar{x}$	s	Signifikanz	
A ($N = 50$)	3 191	63,8	± 15,0	$t_{ber.}$ <	t
B ($N = 50$)	3 127	62,6	± 9,7	0,502	2,009
Differenz	64	1,2	5,3	p : 0,05	

Damit ist auch in der Population der Jugendlichen eine Homogenität beider Gruppen in den wichtigsten Merkmalen vorhanden, so daß die Voraussetzungen für unsere lernpsychologischen Experimente gegeben sind.

Die speziellen Untersuchungsmethoden

Wir verweisen zunächst auf die allgemeinen Bemerkungen zu den von uns verwendeten Effektanalysen. Im Zusammenhang mit unserem speziellen Anliegen,

die Wirkung motivationaler Faktoren für den Lernerfolg zu untersuchen, muß noch betont werden, daß „Motivationen ... nur schwer direkt erfaßbar" sind (Aebli 1961, S. 168). Brown (zit. bei Thomae 1965) bemerkt, daß „eine Variable ... im allgemeinen als ‚motivierend' bezeichnet" wird, „wenn das Lernen neuer Reaktionen von angemessenen Beeinflussungen dieser Variablen abhängt" (S. 18). Graumann (1965), der zu den Methoden der Motivationsforschung (S. 123–204) ausführlich Stellung nimmt, betont: „Die meist verwendete Umwelt-Variable, die gelernte Motive zum Zwecke eines Versuchs induzieren (oder besser: evozieren) soll, ist die *Instruktion*" (S. 152). An anderer Stelle heißt es: „Instruktion im weiteren Sinne der Unterweisung unter Einbeziehung überhaupt von motivierenden Situationsreizen spielt bei der Analyse der Motivation der Schulleistung eine Rolle" (S. 153). McKeachie (1967) sucht unter diesem Aspekt nach Variablen, die den Schulerfolg (am College) determinieren (S. 159–188). Leontjew (1964) versucht, durch Instruktionen „unterschiedlich motivierte Tätigkeiten zu untersuchen" (S. 345), um „die Rolle der Motive für den Verlauf und die Entwicklung einiger psychischer Prozesse bei Vorschulkindern" (S. 344) zu erfassen.
Auch wir bedienen uns der Methode, mit Hilfe unterschiedlicher – schriftlich fixierter – Instruktionen verschiedene Aktualmotivationen in VGn bzw. KGn auszulösen und ihren Einfluß auf den Lernerfolg bei Erwachsenen und Jugendlichen zu untersuchen.

Unsere lernpsychologischen Experimente zur Frage „Motivation und Lernerfolg bei Erwachsenen und Jugendlichen" bestehen aus zwei Versuchsanordnungen: *Versuchsanordnung I* (Lernen anatomischer Daten) und *Versuchsanordnung II* (Lernen physiologischer Begriffe).
In der Versuchsanordnung I gehören die Pbn (Erwachsene und Jugendliche) der Gruppe B zur Versuchsgruppe (VG) und die der Gruppe A zur Kontrollgruppe (KG); in der Versuchsanordnung II ist es umgekehrt.
Bevor wir die Versuchsanordnungen I und II kurz darstellen, sind noch einige wichtige Hinweise zum allgemeinen methodischen Vorgehen bei der Untersuchung der Erwachsenen notwendig, damit die erzielten Untersuchungsergebnisse eingeschätzt werden können.
Die Gruppe A besteht aus Pbn der Klassen A und D und die Gruppe B aus Pbn der Klassen B und C. Während der lernpsychologischen Experimente erteilte der Verfasser der vorliegenden Arbeit in der Zeit vom September 1966 bis Februar 1967 in den Klassen A und C den Unterricht im Fach Psychologie (jeweils 3 Stunden pro Woche). Er hatte auch die Prüfungen in diesen Klassen im Februar 1967 abzunehmen. In den Klassen B und D trat er nur als Versuchsleiter auf. Der Unterricht im Fach Psychologie wurde von einem anderen Kollegen durchgeführt.
Dadurch entstand also folgende Situation:
In der Gruppe A, die sich aus Pbn der Klassen A und D zusammensetzt, war der Vl in der Klasse A gleichzeitig der Lehrer für das Fach Psychologie; in der Klasse D trat er nur als Vl auf. In der Gruppe B, die sich aus Pbn der Klassen B und C zusammensetzt, erteilte der Vl in der Klasse C den Unterricht im Fach Psychologie, während er in der Klasse B lediglich als Vl erschien. Der Verfasser der Arbeit war also jeweils in einer Klasse der Gruppe A bzw. in einer Klasse der Gruppe B zugleich Vl und Lehrer für das Fach Psychologie.

Durch diese spezielle Versuchsanordnung hoffen wir, eine qualitative und quantitative Aussage zum Problem der unterschiedlichen Auswirkung der Aktualmotivierung bei verschiedener habitueller Lernmotivation (Lerneinstellung) vornehmen zu können. Alle lernpsychologischen Experimente führten wir während des Unterrichts im Fach Psychologie durch, und zwar jeweils in der Zeit von 9.45 Uhr bis 10.30 Uhr.
Nach diesen notwendigen Vorbemerkungen zu den speziellen Untersuchungsmethoden kennzeichnen wir kurz die Versuchsanordnung I und die Versuchsanordnung II (eine ausführliche Darstellung erfolgt bei L ö w e 1968 a, S. 212–216).

Versuchsanordnung I (Lernen anatomischer Daten)

Die Versuchsanordnung I besteht aus drei Versuchsteilen: Im 1. Teilversuch erhalten die Pbn der Gruppen A und B die gleichen Bogen mit 25 anatomischen Daten, die es innerhalb von 20 Minuten einzuprägen gilt.
Die Aktualmotivierungen für das Lernen der Daten sind jedoch unterschiedlich. Wir entwickelten dazu verschiedene Instruktionen zum Lernbogen anatomischer Daten, die jedem einzelnen Pb schriftlich fixiert vorgelegt wurden (die wörtlichen Instruktionen finden sich bei L ö w e 1968 a, als Anlagen 12, 13, 14 und 15).
Die wesentlichen Unterschiede dieser Instruktionen sind:

1. Die Instruktionen für die Versuchsgruppen haben einen Ernstcharakter: Das zu Lernende ist wichtig für den späteren Unterricht im Fach Psychologie (bei den Erwachsenen) bzw. im Fach Biologie (bei den Jugendlichen). Die Überprüfung des Gelernten erfolge in einigen Wochen, besonders aber bei den Abschlußprüfungen. Den Versuchsgruppen wurde jedoch nicht mitgeteilt, daß die gelernten Fakten sofort im Anschluß (nach 20 Minuten) überprüft werden.
2. In den Instruktionen für die Kontrollgruppen wird die Bedeutung des zu Lernenden nicht herausgestellt. Es wird lediglich gesagt, daß die zu lernenden Daten sofort im Anschluß überprüft werden (nach 20 Minuten).

Der 1. Teilversuch schließt in allen Gruppen damit ab, daß die Reproduktionsleistungen sofort im Anschluß geprüft werden. Die Pbn erhalten einen Antwortbogen, der in 10 Minuten auszufüllen ist (maximal 25 richtige Antworten).
Im 2. Teilversuch wird von den Erwachsenen eine Reproduktion der 25 Daten nach 7 Tagen gefordert. Dazu wird nur der Antwortbogen ausgegeben (Beantwortungszeit: 10 Minuten).
Auch im 3. Teilversuch (nach weiteren 7 Tagen bei den Erwachsenen) wird lediglich die Überprüfung des Gelernten mit Hilfe des Antwortbogens durchgeführt (Zeit: 10 Minuten) – ohne den Lernbogen nochmals vorgelegt zu haben.

Versuchsanordnung II (Lernen physiologischer Begriffe, die in einem Sinnzusammenhang stehen)

Auch diese Versuchsanordnung besteht aus drei Teilversuchen, die im Prinzip genauso aufgebaut sind wie in der Versuchsanordnung I. Die Gruppen A (der Erwachsenen bzw. der Jugendlichen) fungieren jetzt als Versuchsgruppen, die Gruppen B als Kontrollgruppen.
Im 1. Teilversuch gilt es in allen Gruppen, 25 physiologische Begriffe, die in einem Sinnzusammenhang stehen, einzuprägen (20 Minuten). Die VGn der Erwachsenen bzw. Jugendlichen und die KGn der beiden Populationen erhalten wiederum unterschiedliche Aktualmotivierungen, die allen Pbn in schriftlich fixierter Form vorgelegt werden (die wörtlichen Instruktionen finden sich bei L ö w e 1968 a, als Anlagen 18, 19, 20 und 21).
Die wesentlichen Unterschiede zwischen den einzelnen Instruktionen sind im Prinzip

die gleichen wie in der Versuchsanordnung I. Auch die Reproduktionsleistungen werden mit einem Antwortbogen in der gleichen Weise – wie bereits beschrieben – im 1., 2. und 3. Teilversuch überprüft, so daß sich eine weitere Erläuterung erübrigt. Die Lernbogen für die anatomischen Daten bzw. physiologischen Begriffe wurden nach Voruntersuchungen bei Schülern von 9. und 10. Klassen der allgemeinbildenden polytechnischen Oberschule und bei Lehrmeistern in volkseigenen Betrieben in der jetzt vorliegenden Form zusammengestellt. Es sollte der jeweilige Grad der Bekanntheit der Fakten bzw. der Schwierigkeitsgrad des zu Lernenden geprüft werden. Wir wollen in diesem Zusammenhang bereits jetzt vermerken, daß die Streuungen der Werte in den einzelnen Untersuchungen auf eine gute Bewältigung des angebotenen Lernmaterials hinweisen.

Die von Lienert (1961) geforderten Hauptgütekriterien für die Verwendung von Tests (Objektivität, Reliabilität, Validität) werden von unserem Lernmaterial erfüllt:

Zur Objektivität des Testmaterials

„Ein Test ist objektiv, wenn er dasjenige Persönlichkeitsmerkmal, das er mißt, eindeutig mißt" (Lienert 1961, S. 13).

Für Leistungstests und Fragebogen soll der Objektivitätskoeffizient $r_{obj} = 1{,}0$ sein. Die Objektivität unserer Verfahren ist dadurch gesichert, daß die Angaben auf dem Antwortbogen nach der Alternative „gewußt – nicht gewußt" bzw. „richtig – falsch" bewertet werden. Für die richtige Antwort – und es gibt immer nur eine – wird ein Punktwert gegeben (Höchstpunktzahl bei jedem Teilversuch 25 Punkte pro Vp). Eine Verfälschung der Ergebnisse durch subjektive Deutung ist nicht möglich, da ein objektives Kriterium vorgegeben ist. Alle Antwortbogen wurden vom Vl und einer weiteren Person – zunächst ohne vorherige Sortierung nach den Pbn der KGn bzw. VGn – ausgewertet. Erst daran anschließend erfolgte die Zusammenfassung der Werte in den KGn bzw. VGn.

Zur Reliabilität des Testmaterials

„Ein Test ist dann zuverlässig, wenn er dasjenige Persönlichkeitsmerkmal, das er mißt, exakt mißt, d. h. wenn er bei einer Wiederholung unter gleichen Bedingungen zu dem gleichen Ergebnis führt ... Leistungstests und Fragebogen sollen mindestens eine Zuverlässigkeit von $r_{tt} = 0{,}7$ haben" (Lienert 1961, S. 13f.).

Wir überprüften die Verfahren an unseren Stichproben von je 44 Vpn auf Reliabilität mit der „split-half-Methode" (vgl. Clauss 1964, S. 13). Für den Lernbogen I (anatomische Daten) ergibt sich für die VG ein r_{tt}-Wert von 0,62 und ein Standardfehler von $\sigma r_{tt} = 0{,}0938$. Die Vertrauensgrenzen (*CL*) liegen demzufolge bei 0,43 und 0,81. Der tiefste mögliche Wert von 0,43 stellt immer noch eine mittlere Korrelation dar (nach Guilford 1965). Die Werte für den Lernbogen 2 (physiologische Begriffe) ergeben ein r_{tt} von 0,70 und einen Standardfehler σr_{tt} von 0,0777 (bei $N = 44$). Die Vertrauensgrenzen (*CL*) liegen folglich bei 0,54 und 0,86. Im ungünstigsten Falle von 0,54 ist immer noch eine hinreichende Zuverlässigkeit des Verfahrens gesichert.

Zur Validität des Testmaterials

„Ein Test ist dann gültig, wenn er dasjenige Persönlichkeitsmerkmal, das er messen soll, zuverlässig mißt, d. h. wenn er sich zur exakten Untersuchung des fraglichen Persönlichkeitsmerkmals eignet und nicht etwa irgendein mit ihm verwandtes mißt" (L i e n e r t 1961, S. 14).

Bei unserem Testmaterial kann die Gültigkeitsüberprüfung entfallen, da die Validität logisch und psychologisch evident ist. Die Menge der richtigen Fakten, die in den durch unterschiedliche Instruktionen entstehenden Reproduktionsleistungen zum Ausdruck kommen, ist der Maßstab für die Messung der Auswirkung verschiedener Aktualmotivationen für den Lerneffekt (vgl. L i e n e r t 1961, S. 15).

Alle Untersuchungsergebnisse in der Population der Erwachsenen bzw. in der der Jugendlichen sind mit jeweils geeigneten mathematischen Verfahren auf statistische Signifikanz überprüft. Dank dafür gebührt Herrn G. F r i e d r i c h, der die Berechnungen innerhalb seiner Diplomarbeit vornahm (1967). Unterschiede zwischen den VGn und KGn, die sich auf dem 5-%-Niveau sichern lassen, betrachten wir als statistisch signifikante Differenzen.

Die Unterschiede zwischen den Ergebnissen, die wir in der Population der Erwachsenen bzw. in der der Jugendlichen erzielten, erlauben nur einen eingeschränkten Vergleich, da aus schulorganisatorischen Gründen die zeitlichen Abstände der einzelnen Teilversuche bei den Jugendlichen kürzer sind als bei den Erwachsenen.

Wir haben unsere Untersuchungsmethoden bewußt ausführlich dargestellt, um dem Leser eine bessere Einschätzung der nachfolgenden Ergebnisse zu ermöglichen.

5.6.2.2. Allgemeine Untersuchungsergebnisse

Die sehr differenziert vorliegenden Untersuchungsergebnisse (vgl. L ö w e 1968 a, S. 216–244) können hier nicht in extenso dargestellt werden. Wir beschränken uns auf wesentliche Resultate, indem wir im Abschnitt 5.6.2.2. erstens eine Zusammenfassung der drei Teilversuche der Versuchsanordnung I und zweitens eine Zusammenfassung der drei Teilversuche der Versuchsanordnung II vornehmen und diskutieren. Im Abschnitt 5.6.2.3. erfolgt die Darstellung und Diskussion einiger spezieller Ergebnisse, indem wir die Wirkung unterschiedlicher Aktualmotivationen in Abhängigkeit von habituellen Motivationen (Lerneinstellungen) betrachten und einige Lernergebnisse in Abhängigkeit von den verschiedenen Altersgruppen der Erwachsenen diskutieren.

1. *Zusammenfassung der drei Teilversuche der Versuchsanordnung I (Lernen von anatomischen Daten)*

a) Eine jeweilige Zusammenfassung der Ergebnisse für den 1., 2. und 3. Teilversuch erfolgt in Tab. 7, 8 und 9:

Tabelle 7: *Vergleich der Ergebnisse zwischen Versuchs- (VG) und Kontrollgruppe (KG) im 1. Versuch der Versuchsanordnung I*

Gruppe	Gesamtpunkte	Prozent	$\bar{x}$	s	Signifikanz
B (VG)	989	89,91	22,36	$\pm$ 2,46	$D_{max} < D$
A (KG)	972	88,36	22,09	$\pm$ 3,57	0,05 0,29
Differenz	17		0,27	1,11	p : 0,05

Tabelle 8: *Vergleich der Ergebnisse zwischen Versuchs- (VG) und Kontrollgruppe (KG) im 2. Versuch der Versuchsanordnung I*

Gruppe	Gesamtpunkte	Prozent	$\bar{x}$	s	Signifikanz
B (VG)	888	80,73	20,18	$\pm$ 3,06	$D_{max} = D$
A (KG)	787	71,54	17,89	$\pm$ 5,04	0,29 0,29
Differenz	101		2,29	1,98	p : 0,05

Während sich in dem 1. Versuch keine signifikanten Unterschiede zwischen den Lernergebnissen der Versuchsgruppe und denen der Kontrollgruppe nachweisen lassen, sind die Differenzen zwischen beiden Gruppen im 2. und 3. Teilversuch statistisch signifikant auf dem 5-%-Niveau zugunsten der stärker motivierten Versuchsgruppe.

Tabelle 9: *Vergleich der Ergebnisse zwischen Versuchs- (VG) und Kontrollgruppe (KG) im 3. Versuch der Versuchsanordnung I*

Gruppe	Gesamtpunkte	Prozent	$\bar{x}$	s	Signifikanz
B (VG)	828	75,27	18,82	$\pm$ 3,55	$D_{max} > D$
A (KG)	663	60,27	15,07	$\pm$ 5,50	0,39 0,29
Differenz	165		3,75	1,95	p : 0,05

b) Eine zusammenfassende Betrachtung der Ergebnisse des 1., 2. und 3. Teilversuchs der Versuchsanordnung I zeigt Abb. 20.
Der Vergleich der relativen Werte, die in der VG (B; $N = 44$) bzw. in der KG (A; $N = 44$) in den drei Teilversuchen erreicht werden, läßt sowohl die Unterschiede zwischen der VG (B) und der KG (A) als auch die Veränderungen von einem Teilversuch zum anderen zugunsten der besser motivierten VG (B) erkennen.

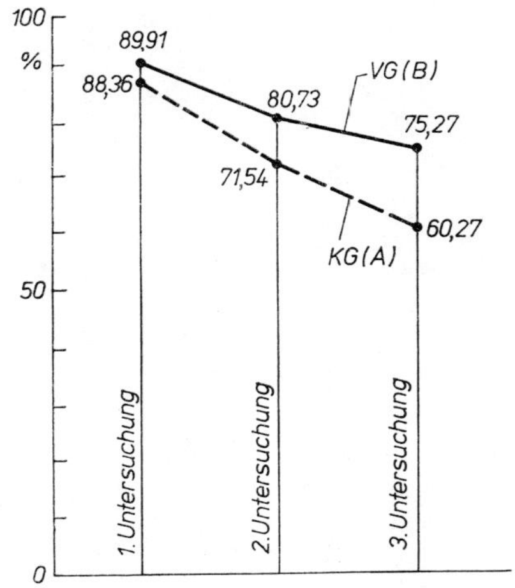

Abb. 20: Vergleich der erreichten Werte in den drei Untersuchungen der Versuchsanordnung I.

c) Die Differenzen zwischen den beiden Gruppen im Hinblick auf die Verschlechterungen der Reproduktionsleistungen vom 1. zum 2. Teilversuch bzw. vom 2. zum 3. Teilversuch sind in Abb. 21 veranschaulicht.

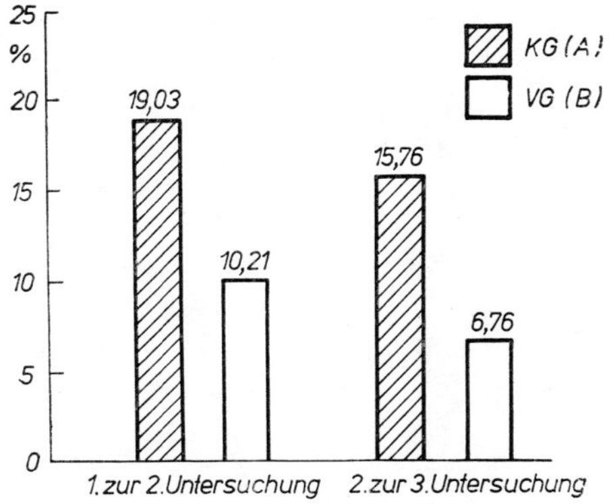

Abb. 21: Vergleich der Verschlechterung von der 1. zur 2. und von der 2. zur 3. Untersuchung in der Versuchsanordnung I.

Die Darstellung der relativen Verschlechterung in beiden Gruppen basiert auf der Ausgangssituation der jeweiligen Gruppe. Die Ergebnisse des I. Teilversuchs sind mit 100 % im Verhältnis zum 2. Teilversuch angesetzt. Die sich daraus ergebende Abnahme der Reproduktionsleistungen gestattet einen Vergleich der VG (B; $N = 44$) mit der KG (A; $N = 44$). Das gleiche Berechnungsverfahren ist bei der Gegenüberstellung der Verschlechterung der Reproduktionsleistungen in beiden Gruppen vom 2. zum 3. Teilversuch angewendet. Es erweist sich deutlich die jeweils größere Verschlechterung der Leistungen der Pbn in der weniger motivierten Kontrollgruppe (A).

d) Eine weitere Veranschaulichung des Versuchsverlaufs erfolgt schließlich in Abb. 22. Diese Darstellung gestattet, die jeweiligen Gruppenleistungen differenziert zu betrachten.

Die senkrechte Skala entspricht den Relativwerten einer Gruppe (Gesamtgruppe = 1,0; halbe Gruppe = 0,5 usw.). Die waagerechte Skala gibt die Punktwerte an (Höchstpunktzahl: 25 pro Vp), die von einem bestimmten Teil der Pbn innerhalb der VG (B; $N = 44$) bzw. KG (A; $N = 44$) bei den drei Teilversuchen erreicht werden.

Das heißt z. B.: Alle Vpn der VG (B) erzielen in dem 1. Teilversuch mindestens 16 Punkte, der vierte Teil dieser Gruppe erreicht 25 Punkte. Entsprechend verteilen sich die Werte von 17 bis zu 24 Punkten auf die anderen Teilgrößen der Gruppe. Die stark ausgezogene Linie entspricht den Vpn der VG, die schwach gezeichnete den Pbn der KG. Dieser Vergleich mit Hilfe der graphischen Darstellung von „Treppenkurven" läßt die bereits beschriebene relative Übereinstimmung beider Gruppen in dem 1. Teilversuch und

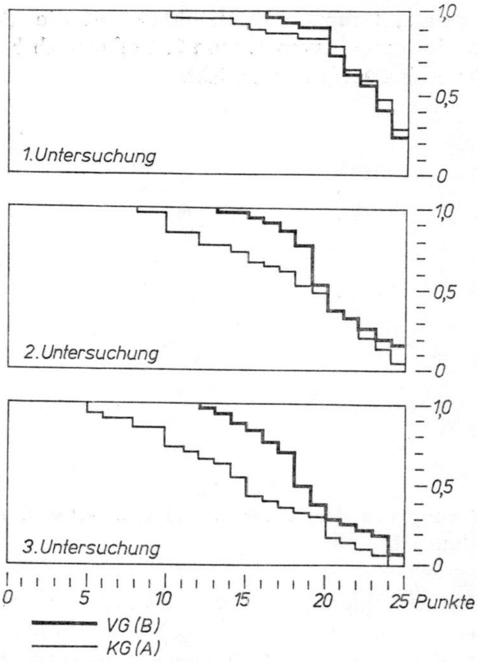

Abb. 22: Relativwerte in den drei Teilversuchen der Versuchsanordnung I (prozentualer Anteil der jeweils erreichten Punkte in den Gruppen A und B).

die immer stärker werdende Differenzierung zwischen den Gruppen in den weiteren Teilversuchen zugunsten der VG (B) deutlich werden, bei der durch eine bestimmte Instruktion eine praxisrelevante und auf längere Zeit orientierte Aktualmotivierung für das Lernen erfolgte. Darüber hinaus gibt diese Darstellung einen gewissen Hinweis auf die unterschiedliche Wirkung verschiedener Aktualmotivierungen in Abhängigkeit individueller innerer Bedingungen der Pbn. Wir kommen darauf noch zurück.

2. *Zusammenfassung der drei Teilversuche der Versuchsanordnung II (Lernen von physiologischen Begriffen, die in einem Sinnzusammenhang stehen)*

Entsprechend dem dargestellten Inversionsverfahren gehören jetzt die Pbn der Gruppe A zur Versuchsgruppe und diejenigen der Gruppe B zur Kontrollgruppe. Während es in der Versuchsanordnung I darauf ankam, anatomische Daten (Zahlen) einzuprägen, gilt es jetzt, physiologische Begriffe zu erlernen, die in einem Sinnzusammenhang stehen.

a) Eine jeweilige Zusammenfassung der Ergebnisse für den 1., 2. und 3. Teilversuch erfolgt in Tab. 10, 11 und 12:

Tabelle 10: *Vergleich der Ergebnisse zwischen Versuchs- (VG) und Kontrollgruppe (KG) im 1. Versuch der Versuchsanordnung II (physiologische Begriffe)*

Gruppe	Gesamtpunkte	Prozent	$\bar{x}$	s	Signifikanz
A (VG)	920	83,63	20,91	$\pm$ 3,41	$D_{max} < D$
B (KG)	844	76,73	19,18	$\pm$ 4,07	0,25 0,29
Differenz	76		1,73	0,66	p : 0,05

Tabelle 11: *Vergleich der Ergebnisse zwischen Versuchs- (VG) und Kontrollgruppe (KG) im 2. Versuch der Versuchsanordnung II (physiologische Begriffe)*

Gruppe	Gesamtpunkte	Prozent	$\bar{x}$	s	Signifikanz
A (VG)	830	75,45	18,86	$\pm$ 4,19	$D_{max} > D$
B (KG)	673	61,18	15,30	$\pm$ 4,78	0,38 0,29
Differenz	157		3,56	0,59	p : 0,05

Tabelle 12: *Vergleich der Ergebnisse zwischen Versuchs- (VG) und Kontrollgruppe (KG) im 3. Versuch der Versuchsanordnung II (physiologische Begriffe)*

Gruppe	Gesamtpunkte	Prozent	$\bar{x}$	s	Signifikanz
A (VG)	762	69,27	17,32	$\pm$ 4,73	$D_{max} > D$
B (KG)	585	53,18	13,30	$\pm$ 4,79	0,43 0,29
Differenz	177		4,02	0,06	p : 0,05

Im 1. Teilversuch lassen sich – trotz der Differenz von 76 Punkten – keine statistisch signifikanten Unterschiede zwischen den Ergebnissen der VG (A) und der KG (B) nachweisen. Wir hatten jedoch noch geringere Unterschiede erwartet, da anzunehmen war, daß die in dieser Versuchsanordnung II weniger motivierte KG (B) auf Grund ihrer Erfahrungen aus der Versuchsanordnung I stärker angeglichene Leistungen an die jetzige VG (A) zeigen würde. Wenn sich der zu erwartende Effekt nicht ergibt, so ist bereits dieses Ergebnis des 1. Teilversuchs Ausdruck für die Bedeutung unterschiedlicher Aktualmotivierungen für den Lernerfolg bei Erwachsenen. Diese Annahme wird noch dadurch gestützt, daß im Vergleich zum 1. Teilversuch der Versuchsanordnung I die Differenz zwischen den Gesamtpunkten der beiden Gruppen im 1. Teilversuch der jetzigen Versuchsanordnung II größer ist (17 Punkte, vgl. Tab. 7; bzw. jetzt: 76 Punkte. Die Streuungsunterschiede weisen ebenfalls nach, daß jetzt die Werte der Vpn der VG (A) dichter um den Mittelwert gruppiert sind als die der KG (B), vgl. Tab. 7 und 10).
In dem 2. und 3. Teilversuch der Versuchsanordnung II sind die Differenzen zwischen beiden Gruppen statistisch signifikant auf dem 5-%-Niveau zugunsten der Gruppe A, die jetzt praxisrelevanter motiviert wurde.

b) Eine zusammenfassende Betrachtung der Ergebnisse des 1., 2. und 3. Teilversuchs der Versuchsanordnung II zeigt Abb. 23.

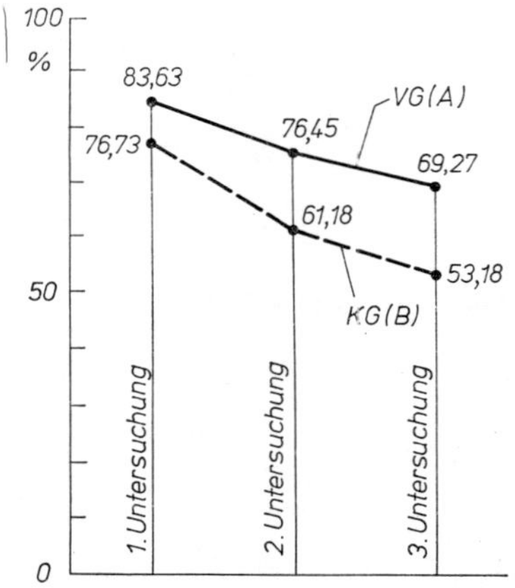

Abb. 23: Vergleich der erreichten Werte in den drei Untersuchungen der Versuchsanordnung II.

Der Vergleich der relativen Werte, die jetzt in der Gruppe A (Versuchsgruppe) bzw. in der Gruppe B (Kontrollgruppe) erreicht werden, läßt sowohl die Unterschiede zwischen der VG (A; $N = 44$) und der KG (B; $N = 44$) als auch die Veränderungen von einem Teilversuch zum anderen zugunsten der jetzt stärker motivierten Gruppe A erkennen. Im allgemeinen liegen die in diesen Versuchen erzielten Relativwerte in beiden Gruppen etwas niedriger als in den drei Teilversuchen der Versuchsanordnung I (vgl. dazu Abb. 20).

c) Die Verschlechterung der Reproduktionsleistungen in beiden Gruppen vom 1. zum 2. Teilversuch bzw. vom 2. zum 3. Teilversuch ist in Abb. 24 veranschaulicht.

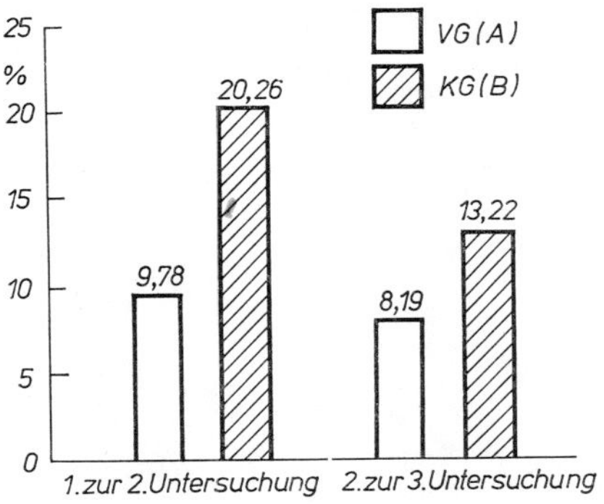

Abb. 24: Vergleich der Verschlechterung von der 1. zur 2. und von der 2. zur 3. Untersuchung in der Versuchsanordnung II.

Dabei basiert die Darstellung der relativen Verschlechterungen wiederum auf der jeweiligen Ausgangsposition der beiden Gruppen (vgl. dazu die Ausführungen zur Verschlechterung der Reproduktionsleistungen in der Versuchsanordnung I).

d) Schließlich nehmen wir auch bei der Versuchsanordnung II die gleiche Veranschaulichung des Versuchsverlaufs vor (vgl. Abb. 25), wie das bei der Darstellung der Ergebnisse der Versuchsanordnung I erfolgte (vgl. Abb. 22). Diese Darstellung gestattet wiederum, die jeweiligen Gruppenleistungen differenziert zu betrachten. Auch dieser hier vorgenommene Vergleich mit Hilfe der graphischen Darstellung von „Treppenkurven" gewährt einen Einblick in die unterschiedliche Auswirkung von verschiedenen Aktualmotivationen auf den Lernerfolg in Abhängigkeit von individuellen Besonderheiten (inneren Bedingungen) der Gruppenmitglieder. Diese Besonderheiten der inneren Bedingungen bei den einzelnen Pbn nachzuweisen ist nicht Anliegen unserer lernpsychologischen Experimente, obwohl wir uns der Notwendigkeit und Wichtigkeit derartiger Untersuchungen bewußt sind. Wesentlich ist uns zunächst, den besseren Lernerfolg der VG (A; $N = 44$) zeigen zu können, der sich in der Abb. 25 in einer immer stärker werdenden Differenzierung der Relativwerte (vom 1. bis zum 3. Teilversuch) erkennen läßt. Auf die Bedeutung *einer* allgemeinen inneren Bedingung machen wir noch aufmerksam, wenn wir die Wirkung von Aktualmotivationen in Abhängigkeit von habituellen Motivationen (Einstellungen) betrachten. Jedoch erfolgt zunächst die Darstellung und Diskussion der Hauptergebnisse bei Erwachsenen und Jugendlichen in der Versuchsanordnung I bzw. in der Versuchsanordnung II.

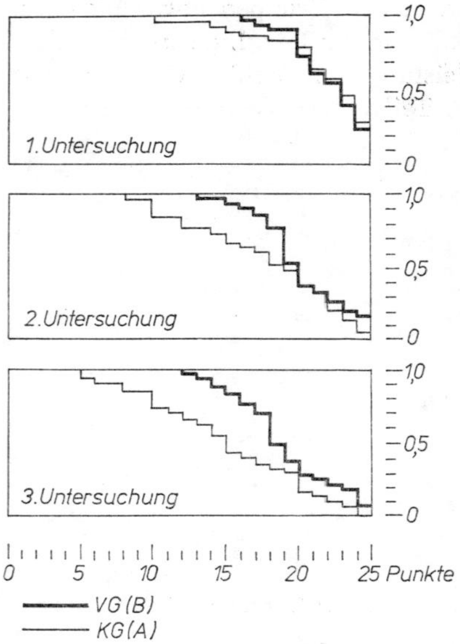

Abb. 25: Relativwerte in den drei Teilversuchen der Versuchsanordnung II (prozentualer Anteil der jeweils erreichten Punkte in den Gruppen A und B).

Vergleich und Diskussion der Hauptergebnisse der Versuchsanordnungen I und II bei Erwachsenen und Jugendlichen

Zur Veranschaulichung der Ergebnisse, die wir in gleichen lernpsychologischen Experimenten an Jugendlichen erzielten, dient die Zusammenfassung in Abb. 26. Interessanterweise ergibt sich im Prinzip das gleiche Resultat, das wir auch für die Population der Erwachsenen hervorheben können: Die Vpn der Versuchsgruppe (Gruppe B — $N = 50$ — in der Versuchsanordnung I bzw. Gruppe A — $N = 50$ — in der Versuchsanordnung II), die eine praxisrelevante und auf längere Zeit orientierte Instruktion zur Auslösung einer entsprechenden Aktualmotivation für das Lernen erhalten, zeigen in allen Teilversuchen bessere Lernerfolge (Reproduktionsleistungen) als das bei den Pbn der Kontrollgruppe (Gruppe A in der Versuchsanordnung I bzw. Gruppe B in der Versuchsanordnung II) der Fall ist. Die Unterschiede zwischen den Kontroll- und Versuchsgruppen sind in jedem der sechs Teilversuche statistisch signifikant auf dem 1-%-Niveau zugunsten der Pbn der jeweiligen Versuchsgruppe. Auf eine weitere differenziertere Betrachtung der einzelnen Ergebnisse muß hier verzichtet werden (vgl. dazu Löwe 1968 a, S. 223–227). Wichtiger erscheint uns eine Diskussion der bisher dargestellten Hauptergebnisse zur Frage „Motivation und Lernerfolg im Erwachsenenalter".

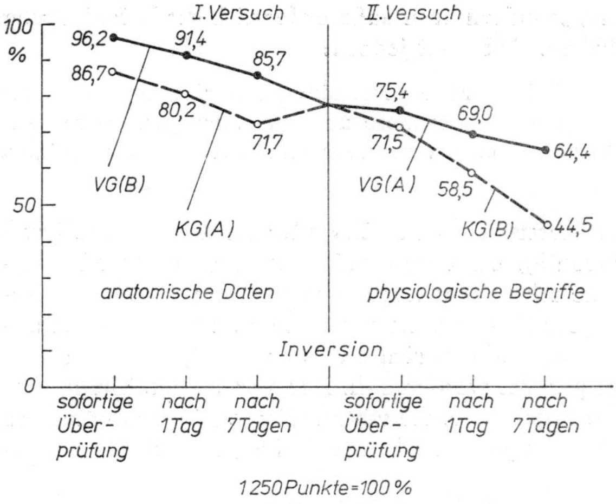

Abb. 26: Vergleich der erreichten Werte bei Jugendlichen in den Versuchsanordnungen I und II.

Diskussion der bisherigen Hauptergebnisse

Untersuchungen zur Bedeutung der Motivation für den Lernerfolg wurden an Kindern und Jugendlichen schon in zahlreichen Experimenten durchgeführt (Zeigarnik 1927, Mittag 1955, Jäger 1959, Sankow u. a., zit. bei Smirnow, Leontjew, Rubinstein und Teplow 1960, S. 196–228, Blüher 1962, Ihalainen 1962, Istomina, zit. bei Leontjew 1964, S. 345 f., Roth 1965, S. 231–242, Miller, Wiley und Lambert, zit. bei Correll 1965 b, S. 52 f. u. a.).

Auch für das Erwachsenenalter sind einige lernpsychologische Untersuchungen unter betont motivationalem Aspekt vorhanden (Smirnow, zit. bei Lompscher 1966, S. 111, McKeachie 1967, Wegener 1967 u. a.). Bergius (1964) referiert im Zusammenhang mit einfachen Lernvorgängen unter dem Aspekt „Variation der Motivationsstärke und Kontrolle der ‚Verstärkungen' (reinforcements)" eine Reihe von Untersuchungen, aus denen sich der Zusammenhang von Motivation und Lernerfolg entnehmen läßt (S. 205–212). Heckhausen (1965) gibt einen umfassenden Überblick zum Problem der Leistungsmotivation (S. 602–704).

Metzger (1949) verweist mit den Begriffen „Druck- und Barriere-Situation" einerseits und „Ziel-Zug-Situation" andererseits auf die Bedeutung von negativen bzw. positiven Motivationen für den Lernerfolg. Ihalainen (1962) bemerkt, daß im allgemeinen ein verstärkender Einfluß auf das Lernen infolge positiver motivationaler Faktoren nachzuweisen ist, „wenn auch die Bedeutung des unmittelbaren Anteils der Motivation in verschiedenen Situationen sehr unterschiedlich zu sein scheint" (S. 35). Leontjew (1964) ist der Auffassung, daß alle bisherigen Angaben über die motivationalen Bedingungen des Lernerfolgs „nicht nur theoretisch interessant" sind, „sondern auch außerordentlich große Bedeutung für die pädagogische Praxis" haben. Er betont jedoch:

„Um das Problem der Dauer des Behaltens restlos zu klären, bedarf es noch weiterer gründlicher Experimente, durch die es insbesondere zu ergründen gilt, welche Art von Verbindungen bei der Reproduktion nach verschiedenen Zeiträumen den größten Effekt liefern" (S. 292 f.).

Unsere Ergebnisse, die wir in Untersuchungen an Erwachsenen und Jugendlichen nachweisen können, zeigen eindeutig, daß eine praxisrelevante, auf gesellschaftliche Zielstellungen ausgerichtete Aktualmotivierung mit einer persönlichen Bedeutsamkeit und einem auf längere Zeit orientierten Lernen zu besseren Lernerfolgen führt als die bloße Aufgabenstellung, sich etwas einzuprägen, weil es sofort im Anschluß daran einmal geprüft werden soll. Zur Veranschaulichung dieses Sachverhaltes stellen wir die Ergebnisse, die wir zur Frage „Aktualmotivation und Lernerfolg bei Erwachsenen und Jugendlichen" erzielten, in Abb. 27 als Zusammenfassung dar.

Daraus ergibt sich: Die VGn gelangen in jedem Falle zu besseren Lernerfolgen; die Reproduktionsleistungen der Jugendlichen sind im I. Versuch (Auswendiglernen von anatomischen Daten in beiden Gruppen – VG bzw. KG) etwas besser als die der Erwachsenen. Im II. Versuch, in dem es gilt, physiologische Begriffe einzuprägen, die in einem größeren Sinnzusammenhang stehen als die numerischen Daten für die anatomischen Sachverhalte, erzielen die Erwachsenen eindeutig bessere Lernergebnisse.

Unsere Untersuchungsergebnisse stützen diejenigen, die Ihalainen (1962) an finnischen Jugendlichen nachweist (S. 35–40). Er betont, daß „der Grad, in dem das Lernmotiv mit dem Ich verbunden ist, für die Lernergebnisse eine wesentliche Rolle" spielt (S. 36). Mierke (1955) hat darüber hinaus nachgewiesen, daß ein Appell an überindividuelle, gemeinschaftsbetonte Verantwortung die Lernergebnisse außerordentlich stark beeinflussen kann (S. 32 ff.). Nach einer von Pressey (zit. bei Ihalainen 1962, S. 36) berichteten Untersuchung spielt der Zweck des Lernens eine große Rolle für die Reproduktionsleistungen. Einer Gruppe von Schülern wurden 20 Wörter an die Tafel geschrieben. Ohne ihnen die Mitteilung zu machen, daß eine Erinnerungsprüfung durchgeführt werden soll, mußten sie die Wörter abschreiben. Eine zweite Gruppe schrieb die Wörter nach vorheriger Ankündigung einer bevorstehenden Prüfung ab. Die zweite Gruppe erzielte wesentlich bessere Reproduktionsleistungen als die erste. Bei einer weiteren Untersuchung dieser Gruppen ergaben sich Unterschiede je nachdem, ob die Schüler aufgefordert waren, das Material für kurze oder für lange Zeit zu behalten.

Diese bisher angedeuteten Sachverhalte, die sich in unseren Untersuchungen sowohl bei Jugendlichen als auch bei Erwachsenen eindeutig nachweisen lassen, stehen auch im Einklang mit den von Mittag (1955) und Blüher (1962) erzielten Ergebnissen. Die von Mittag (1955) durchgeführten Untersuchungen zeigen, daß der Zeigarnik-Effekt (besseres Behalten der unerledigten gegenüber den erledigten Aufgaben) nur in bestimmten Situationen auftritt. Er ergibt

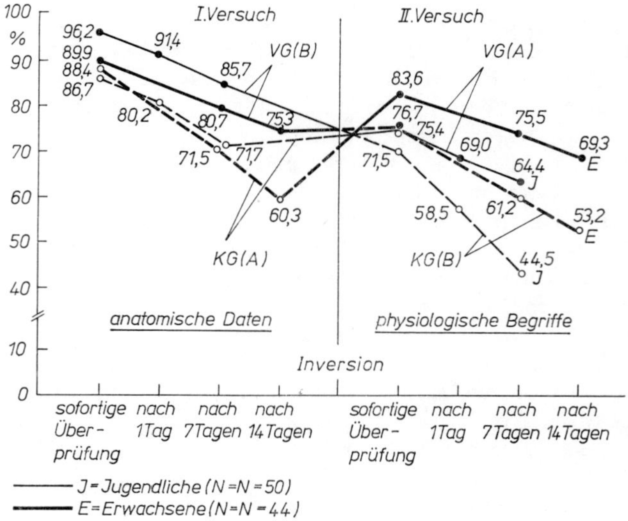

Abb. 27: Vergleich der erreichten Werte bei Erwachsenen und Jugendlichen in den Versuchsanordnungen I und II.

sich nur dann, wenn es sich für die Vpn um sozial relativ neutrale Situationen handelt. Mittag (1955) betont u. a.: „Als erstes funktionales Wirkungsmoment läßt sich die soziale Bedeutsamkeit der Aufgabensituation feststellen" (in der Zeit vom Beginn des Lernens bis zur Reproduktion) (S. 116). Zu ähnlichen Ergebnissen kommt Blüher (1962). Alle seine Versuche ergeben, „daß im Gedächtniseffekt persönlich Wichtiges gegenüber persönlich weniger Wichtigem dominiert" (S. 47). Und an anderer Stelle heißt es: „Persönlich wichtig wird alles, was mit der zielgerichteten praktischen Tätigkeit des Menschen zusammenhängt" (S. 49). Die Untersuchungen von Smirnow (zit. bei Lompscher 1966) zeigen, daß Erwachsene auf die Aufforderung hin, sich einen bedeutsamen Stoff genau bzw. dauerhaft einzuprägen, wesentlich mehr Beziehungen zum eigenen Erfahrungsschatz herstellen, als bei der Aufforderung, sich einen Stoff schlechthin einzuprägen" (S. 111).

Unsere Untersuchungsergebnisse bestätigen auch die von Zoltobrocki (1961) und Ihalainen (1962) erzielten Resultate. Beide Autoren untersuchten u. a., ob eine für einen bestimmten Reproduktionstermin herbeigeführte Motivation Einfluß auf den Lernerfolg habe. Diese Frage ist zu bejahen. Smirnow, Leontjew, Rubinstein und Teplow (1960) betonen: „Stellen wir uns speziellere Aufgaben, so wird dadurch nicht nur der Prozeß des Einprägens, sondern auch des späteren Reproduzierens beeinflußt und verändert" (S. 201). Unsere Resultate sind im Zusammenhang mit diesem Sachverhalt von besonderer Aussagekraft, da sich der entsprechende Effekt bei Anwendung des Inversionsverfahrens in den jeweiligen Versuchsgruppen nachweisen läßt. In all den bisher

besprochenen Untersuchungen anderer Autoren zur Bedeutung der Motivation für den Lernerfolg fand dieses Untersuchungsverfahren keine Anwendung.
Die relativ besseren Leistungen der Jugendlichen gegenüber den Erwachsenen in unserer Versuchsanordnung I (Lernen von anatomischen Daten) bzw. die wesentlich besseren Reproduktionsleistungen der Erwachsenen in der Versuchsanordnung II (Lernen von physiologischen Begriffen) – vgl. Abb. 27 – können verschieden interpretiert werden: Erstens ist daran zu denken, daß die Jugendlichen bei einem vorwiegend mechanisch einzuprägenden Stoff (hier Zahlen) den Erwachsenen überlegen sind. Zweitens ist anzunehmen, daß Begriffe, die sich aus einem sinnvollen Zusammenhang ergeben, von Erwachsenen besser behalten und reproduziert werden als von Jugendlichen. Drittens besteht die Möglichkeit, daß die einzuprägenden Begriffe für die Jugendlichen zu schwer waren.
Nach Thorndike (zit. bei Bobertag 1930) ergibt sich bei Erwachsenen „beim rein mechanischen Lernen ... bezeichnenderweise zum ersten Male eine deutliche Minderleistung der ältesten Gruppe ...; beim Erlernen solcher Dinge, wie sie Erwachsene in der Regel zu erlernen haben, ist die Minderleistung wesentlich geringer" (S. 59). Weiterhin wird in einer Analyse von Conrad (zit. bei Riegel 1958) ein Vergleich von Jugendlichen (10 bis 17 Jahre) und Erwachsenen (18 bis 54 Jahre) durchgeführt; dabei werden Unterschiede zwischen unmittelbaren und zeitlich späteren Reproduktionen untersucht. „Hierbei waren die Jugendlichen stets schlechter als die Erwachsenen. Sie beantworteten unmittelbar 56 %, später 65 % der jeweiligen Fragen; die Erwachsenen 75 % bzw. 90 %" (S. 215).
Die Untersuchungen von Leontjew (1964, S. 265–273) und die Angaben bei Rubinstein (1958, S. 406) bestätigen diese Erkenntnisse.
Auf keinen Fall darf man annehmen, daß Erwachsene den Jugendlichen im Lernen „stets unterlegen" sind, wie das in den meisten biologisch orientierten Interpretationen der psychischen Leistungsfähigkeit Erwachsener in Abhängigkeit von sogenannten feststehenden Altersbesonderheiten behauptet wird.

5.6.2.3. Spezielle Untersuchungsergebnisse

Die Wirkung der Aktualmotivation in Abhängigkeit von habituellen Motivationen (Einstellungen)

Innerhalb des Motivationsgefüges unterscheiden wir habituelle Motivation (Einstellung) und Aktualmotivation (Bedingungsgefüge aktueller Motive). Sie bilden eine dialektische Einheit und bedingen sich gegenseitig (vgl. Abschnitt 2.3.). Unsere 3. Arbeitshypothese (vgl. die Einleitung zum Abschnitt 5.6.) lautet demzufolge: Aktualmotivationen lassen sich nur in Einheit und Wechselwirkung mit habituellen Motivationen (Einstellungen) verstehen und erklären. Wir nehmen deshalb an, daß in Teilgruppen, in denen eine bessere Lerneinstellung anzunehmen ist, eine größere Wirksamkeit der durch verbale Instruktionen ausgelösten Aktualmotivationen entsteht, die sich auch im Lernerfolg widerspiegelt.
Es sei noch einmal daran erinnert, daß sich in der Population der Erwachsenen

die Gruppe A aus Pbn der Klassen A und D und die Gruppe B aus Pbn der Klassen B und C zusammensetzen. Bei der Darstellung der Untersuchungsmethoden betonten wir bereits, daß der Autor der vorliegenden Arbeit in der Klasse A der Gruppe A bzw. in der Klasse C der Gruppe B nicht nur als Vl auftrat, sondern selbst den Unterricht im Fach Psychologie erteilte (September 1966 bis Februar 1967 – pro Woche drei Stunden) und die Prüfungen in diesen Klassen abzunehmen hatte. In der Klasse D der Gruppe A und in der Klasse B der Gruppe B erschien der Autor lediglich als Vl. Der Kontakt in diesen Klassen war also ein ganz anderer; ein echtes Lehrer-Schüler-Verhältnis fehlte.
Zusammengefaßt ergibt sich für die beiden Versuchsanordnungen folgendes Bild (in den mit einem Kreis versehenen Klassen ist der Vl gleichzeitig der Lehrer für das Fach Psychologie):

	Versuchsgruppe	Kontrollgruppe
Versuchsanordnung I:	Klasse B und (C)	Klasse (A) und D
Versuchsanordnung II:	Klasse (A) und D	Klasse B und (C)

Diese Situation erlaubt unseres Erachtens, eine gesonderte Untersuchung in den Teilgruppen (Klasse A und D) der Gruppe A bzw. in den Teilgruppen (Klasse B und C) der Gruppe B im Hinblick auf die Auswirkung von Aktualmotivierungen für den Lernerfolg in Abhängigkeit von habituellen Motivationen (hier: Lerneinstellungen) vorzunehmen.
Einen Gesamtüberblick über die Ergebnisse gibt Tab. 13.

Tabelle 13: *Aktualmotivation und Lernerfolg bei Erwachsenen [differenzierte Betrachtung der Lernergebnisse in den Klassen A und D (Gruppe A) und in den Klassen B und C (Gruppe B) in den drei Teilversuchen der Versuchsanordnungen I und II]; Angaben in %*

	Teilversuch 1	2	3
Die Klassen A und D in der Versuchsanordnung I:			
Klasse A	91,00	75,60	65,20
Klasse D	86,17	68,17	56,17
Die Klassen A und D in der Versuchsanordnung II:			
Klasse A	91,20	84,20	78,80
Klasse D	77,33	68,17	61,33
Die Klassen B und C in der Versuchsanordnung I:			
Klasse B	89,21	81,56	76,69
Klasse C	89,71	79,81	73,71
Die Klassen B und C in der Versuchsanordnung II:			
Klasse B	76,69	57,91	47,30
Klasse C	76,76	64,76	59,62

Daraus ist ersichtlich, daß im allgemeinen die Vpn innerhalb der einzelnen Gruppen und in den jeweiligen drei Teilversuchen der Versuchsanordnung I bzw. der

Versuchsanordnung II bessere Ergebnisse erzielen, die den Teilgruppen angehören, in denen der Vl gleichzeitig als Lehrender und Prüfender im Fach Psychologie fungiert.

Eine differenzierte Betrachtung der Ergebnisse in den Versuchsanordnungen I und II können wir hier nicht vornehmen. Besonders interessierte Leser verweisen wir auf die Darstellung unserer experimentellen Untersuchungen (L ö w e 1968 a, S. 214 ff.). Wir stellen im folgenden nur die Hauptergebnisse dar und diskutieren diese.

1. In Tab. 14 erfolgt ein Vergleich der $\bar{x}$-, s^2- und s-Werte der Klassen A ($N = 20$) und D ($N = 24$) mit der Gesamtgruppe A ($N = 44$) in den drei Teilversuchen der Versuchsanordnung I.

Tabelle 14: *Aktualmotivation und Lernerfolg bei Erwachsenen (Vergleich der $\bar{x}$-, s^2- und s-Werte der Klassen A und D mit der Gesamtgruppe A in der Versuchsanordnung I)*

		1. Untersuchung	Gruppe (A)	2. Untersuchung	Gruppe (A)	3. Untersuchung	Gruppe (A)
$\bar{x}$	Klasse A	22,75 >	22,09	18,90 >	17,80	16,30 >	15,07
	Klasse D	21,66 <		17,04 <		14,04 <	
Differenz		1,09		1,86		2,26	
s^2	Klasse A	7,36 <	12,76	22,37 <	25,41	36,06 >	30,25
	Klasse D	16,27 >		18,65 <		24,17 <	
s	Klasse A	2,71 <	3,57	4,73 <	5,04	6,00 >	5,50
	Klasse D	4,03 >		4,32 <		4,92 <	

Die Relativwerte sind aus der Gesamtübersicht (vgl. Tab. 13) und aus Abb. 28 zu entnehmen.

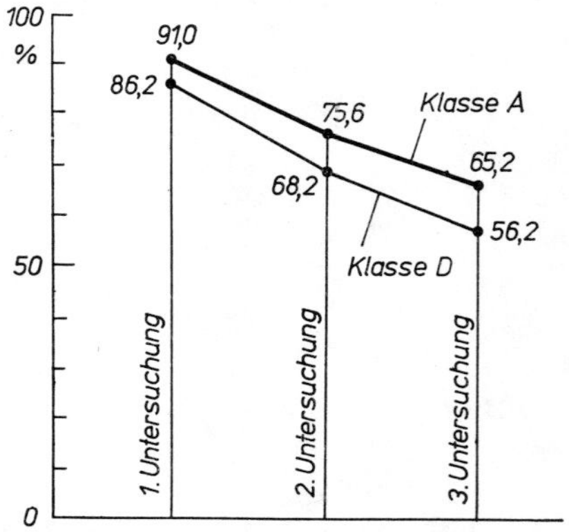

Abb. 28: Vergleich der Relativwerte in den Klassen A und D (Kontrollgruppe) in der Versuchsanordnung I.

Die Differenzen sind zwar statistisch nicht zu sichern, jedoch zeigt sich eine stärkere Auswirkung der Aktualmotivation für den Lernerfolg bei den Pbn der Klasse A, bei denen durch die Zusammenarbeit mit dem Vl im Unterricht eine günstigere habituelle Motivation (Lerneinstellung) – und sei es auch nur im Sinne eines „Sich-mehr-verpflichtet-Fühlens" – anzunehmen ist.

2. In der Versuchsanordnung II erweisen sich wiederum die Vpn der Klasse A ($N = 20$) den Vpn der Klasse D ($N = 24$) in allen drei Teilversuchen überlegen. Das zeigen die Vergleiche der $\bar{x}$-, s^2- und s-Werte der beiden Teilgruppen mit der Gesamtgruppe A (vgl. Tab. 15).

Tabelle 15: *Aktualmotivation und Lernerfolg bei Erwachsenen (Vergleich der $\bar{x}$-, s^2- und s-Werte der Klassen A und D mit der Gesamtgruppe A in der Versuchsanordnung II)*

	1. Untersuchung	Gruppe (A)	2. Untersuchung	Gruppe (A)	3. Untersuchung	Gruppe (A)
$\bar{x}$ Klasse A	22,80 $>$	20,91	21,05 $>$	18,86	19,70 $>$	17,32
Klasse D	19,33 $<$		17,04 $<$		15,33 $<$	
Differenz	3,47		4,01		4,37	
s^2 Klasse A	5,75 $<$	11,62	11,20 $<$	17,56	17,90 $<$	22,41
Klasse D	11,27 $\approx$		17,26 $\approx$		18,06 $<$	
s Klasse A	2,40 $<$	3,41	3,35 $<$	4,19	4,23 $<$	4,79
Klasse D	3,35 $\approx$		4,15 $\approx$		4,25 $<$	

Die Relativwerte sind aus der Gesamtübersicht (vgl. Tab. 13) und aus Abb. 29 zu ersehen.

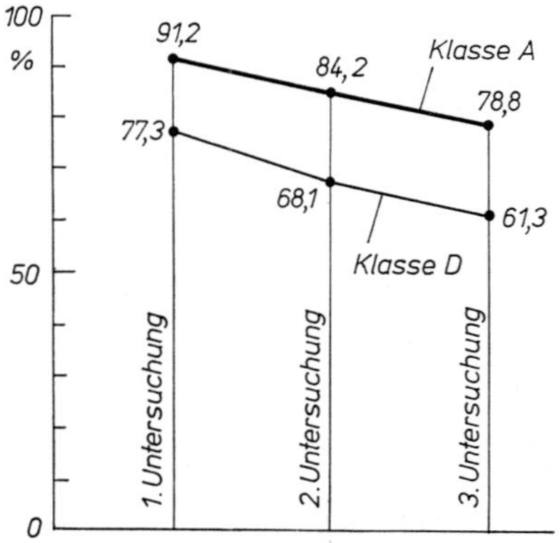

Abb. 29: Vergleich der Relativwerte in den Klassen A und D (Versuchsgruppe) in der Versuchsanordnung II.

3. In der Versuchsanordnung II ergeben sich auch in der Kontrollgruppe B Unterschiede zwischen den Pbn der Teilgruppen B und C zugunsten derer der Klasse C, in der der Vl auch gleichzeitig den Unterricht im Fach Psychologie erteilt (vgl. Abb. 30).

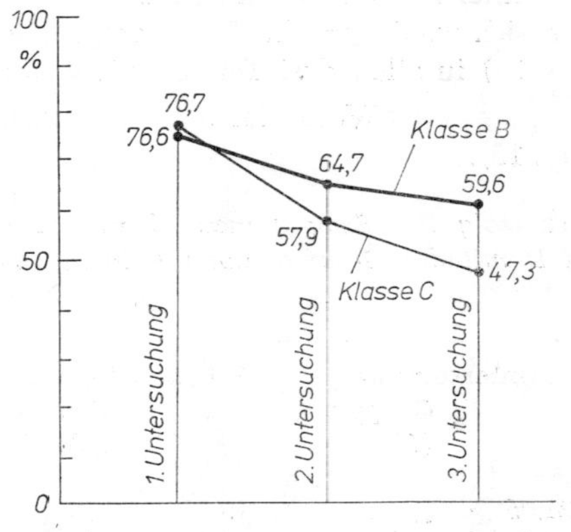

Abb. 30: Vergleich der Relativwerte in den Klassen B und C (Kontrollgruppe) in der Versuchsanordnung II.

In der Versuchsanordnung I lassen sich jedoch zwischen diesen beiden Klassen B ($N = 23$) und C ($N = 21$) keine Unterschiede feststellen.

Diskussion der Ergebnisse

Wir weisen mit unseren lernpsychologischen Experimenten zur Frage „Aktualmotivation und Lernerfolg im Erwachsenenalter" mit Hilfe einer geeigneten Untersuchungsanordnung nach, daß in allen Teilversuchen die Pbn bessere Lernleistungen zeigen, bei denen der Vl selbst als Lehrer in den Klassen den Unterricht im Fach Psychologie erteilte. Wir beweisen damit zwar nicht, daß in diesen Klassen unbedingt eine bessere habituelle Motivation, eine positivere Lerneinstellung besteht, sondern wir können aus diesen Ergebnissen nur ableiten, daß die Wirksamkeit einer bestimmten Aktualmotivierung immer in Einheit und Wechselwirkung mit einer bestehenden allgemeinen Einstellung im Sinne einer habituellen Motivation betrachtet werden muß.
Seit den Untersuchungen von McClelland, Atkinson, Clark und Lowell (1953) steht fest, daß dieselbe Vp bei der gleichen Aufgabe einmal sehr gute, ein andermal sehr niedrige Leistungen zeigen kann, je nach der Gesamtsituation, in die die spezielle Aufgabe eingebettet ist. Ebenso wissen wir aus anderen Untersuchungen dasselbe über die Aktivierung (Mücher, Grünwald und Fuchs 1964 u. a.). Die Situationen unterscheiden sich in der Bedeutung, die sie für das spezielle Leistungsmotiv haben. Gesamtsituationen „haben auf Grund verschiedener thematischer Motiv-Relevanz unterschiedlichen Anregungswert für das Motiv, von dessen momentaner Anregung sowohl die Höhe

der Leistung wie die Aktivierung abhängig scheint" (K o r n a d t 1967, S. 174). Das heißt: Eine Aktualmotivierung, die bei den Schülern – auch bei Erwachsenen – durch einen Lehrer ausgelöst wird, ist im Hinblick auf ihre Wirksamkeit für den Lernerfolg immer von habituellen Motivationen abhängig – besonders von den konkreten Lehrer-Schüler-Beziehungen, die unterschiedliche Gesamtsituationen schaffen. Wir gehen auf diese spezielle Problematik noch besonders ein, wenn wir im vierten Teil des Buches Hinweise zur Verbesserung des traditionellen Unterrichts in der Erwachsenenbildung geben. Dabei stellen wir Untersuchungsergebnisse unserer Forschungsgruppe zur Bedeutung der Lehrer-Teilnehmer-Beziehungen für den Lernerfolg in der Erwachsenenbildung dar (Abschnitt 8.2.).

Unsere Untersuchungsergebnisse sprechen dafür, daß die von uns vorgeschlagene Differenzierung des Motivationsbegriffs (habituelle Motivation im Sinne von Einstellung einerseits und Aktualmotivation andererseits – vgl. Abschnitt 2.3.) gerechtfertigt erscheint.

R u b i n s t e i n (1958) weist auf „die Rolle der Einstellung beim Einprägen" (S. 372–375) hin und betont im Zusammenhang mit dem Vergessen u. a.: „Das Vergessen trägt, ebenso wie das Einprägen, auswählenden Charakter. Es hängt darum auch von den Einstellungen ab, die dem Menschen nicht immer bewußt werden, die aber eine spezifische Gerichtetheit der Persönlichkeit zum Ausdruck bringen" (S. 394). R o s e n f e l d (1964) bemerkt, daß möglicherweise „die in einem konkreten pädagogischen Geschehen aktualisierten Motivkomponenten in ihrer Wirkung vom Vorhandensein nicht aktualisierter (latenter) Faktoren unmittelbar abhängen" können (S. 35).

Unsere Untersuchungsergebnisse bestätigen diese Auffassungen. Obwohl die Resultate zwischen den Teilgruppen statistisch nicht zu sichern sind, würden ähnliche lernpsychologische Experimente mit einer noch differenzierteren Methodik an größeren Stichproben signifikante Unterschiede ergeben. Die Schulpraxis beweist die Richtigkeit dieser Postulate tagtäglich; leider werden diese Tatsachen von den Lehrern nicht immer erkannt und bei der Bildungs- und Erziehungsarbeit an Kindern, Jugendlichen und Erwachsenen nicht genügend berücksichtigt.

Zum Abschluß unserer lernpsychologischen Untersuchungen zum Problem „Aktualmotivation und Lernerfolg bei Erwachsenen" wenden wir uns der Frage zu, ob sich innerhalb der beiden Versuchsanordnungen bei den Gruppen A und B der Erwachsenen eindeutige Unterschiede der Lernleistungen in Abhängigkeit von bestimmten Altersgruppen feststellen lassen.

Lernergebnisse in Abhängigkeit von Altersgruppen bei Erwachsenen

Die Notwendigkeit, diese Frage zu beantworten, ergibt sich aus den kritischen Bemerkungen, die wir im theoretischen Teil der vorliegenden Arbeit (vgl. Abschnitt 3.1.) zu den eindimensionalen Betrachtungen der Lernfähigkeit im Erwachsenenalter vornehmen. Wir bezweifelten auf Grund der in der internationalen Forschung vorliegenden unterschiedlichen Ergebnisse zur Lernfähigkeit im Erwachsenenalter die Abhängigkeit von biologisch bedingten und sogenann-

ten feststehenden Altersbesonderheiten und verwarfen die sogenannte Adoleszenz-Maximum-Hypothese, die von manchen Autoren in Anlehnung an die „Biologische Lebenskurve" (Ch. Bühler 1959) postuliert wird.
Wir untersuchen die in den Gruppen A und B erzielten Lernergebnisse innerhalb der drei Teilversuche der Versuchsanordnung I bzw. der Versuchsanordnung II, indem wir die Pbn in fünf Altersgruppen einteilen:

1. Altersgruppe = 20;0 bis 25;0 Jahre,
2. Altersgruppe = 25;1 bis 30;0 Jahre,
3. Altersgruppe = 30;1 bis 35;0 Jahre,
4. Altersgruppe = 35;1 bis 40;0 Jahre,
5. Altersgruppe = 40;1 bis 55;0 Jahre.

Zu bedenken ist bei der Darstellung der folgenden Untersuchungsergebnisse, daß es sich weniger um Fragen der Lernfähigkeit verbunden mit Übungsmöglichkeiten handelt, sondern um ein Lernen von Fakten, die von den Erwachsenen nach verschiedenen Zeitintervallen zu reproduzieren sind.
In Tab. 16 sind die in den einzelnen Altersgruppen erreichten relativen Punktwerte im Überblick dargestellt. Es ist auch die Anzahl der Pbn in den jeweiligen Altersstufen innerhalb der Gruppen A und B ersichtlich. Nachfolgend veranschaulichen wir die Resultate, die die einzelnen Altersgruppen der Gruppe A bzw. der Gruppe B in beiden Versuchsanordnungen erzielten.

1. Ergebnisse der Gruppe A in der Versuchsanordnung I

Aus Abb. 31 sind die Ergebnisse der fünf Altersgruppen in den drei Teilversuchen ersichtlich.

Tabelle 16: *Vergleich der erreichten relativen Werte in verschiedenen Altersgruppen – differenziert nach 5 Altersgruppen und jeweils drei Teiluntersuchungen in den Versuchsanordnungen I und II (Aktualmotivation und Lernerfolg bei Erwachsenen)*

Die Altersgruppen: 1. AG = 20;0 bis 25;0 Jahre
2. AG = 25;1 bis 30;0 Jahre
3. AG = 30;1 bis 35;0 Jahre
4. AG = 35;1 bis 40;0 Jahre
5. AG = 40;1 bis 55;0 Jahre

Altersgruppen	Teilversuche 1	2	3
Gruppe A in der Versuchsanordnung I (Kontrollgruppe)			
1. AG (9 Vpn)	88,77	75,55	61,78
2. AG (16 Vpn)	93,50	76,50	71,25
3. AG (7 Vpn)	85,13	72,00	63,33
4. AG (6 Vpn)	93,35	72,67	58,67
5. AG (6 Vpn)	71,33	50,67	43,33
Gruppe A in der Versuchsanordnung II (Versuchsgruppe)			
1. AG (9 Vpn)	88,89	80,89	74,22
2. AG (16 Vpn)	86,00	80,67	75,00

Altersgruppen	Teilversuche		
3. AG (7 Vpn)	84,59	74,29	65,14
4. AG (6 Vpn)	78,67	69,33	66,67
5. AG (6 Vpn)	73,33	62,00	56,67
Gruppe B in der Versuchsanordnung I (Versuchsgruppe)			
1. AG (8 Vpn)	90,50	78,00	73,00
2. AG (11 Vpn)	88,00	80,00	76,33
3. AG (10 Vpn)	91,00	84,00	77,60
4. AG (7 Vpn)	93,14	88,86	80,59
5. AG (8 Vpn)	84,50	75,00	68,00
Gruppe B in der Versuchsanordnung II (Kontrollgruppe)			
1. AG (8 Vpn)	78,50	63,50	56,50
2. AG (11 Vpn)	75,27	62,55	46,91
3. AG (10 Vpn)	81,20	55,80	46,80
4. AG (7 Vpn)	74,29	57,14	50,86
5. AG (8 Vpn)	73,50	65,50	56,00

Im 1. Teilversuch liegen die Relativwerte der 1., 2., 3. und 4. Altersgruppe über 85 %. Nur die 5. Altersgruppe (40 bis 55 Jahre) erreicht 71,3 %. Im 2. Teilversuch streuen die Leistungen der ersten vier Altersgruppen zwischen 72 und 75 %. Die fünfte Altersgruppe erreicht nur 50,7 %. Im 3. Teilversuch liegen die Reproduktionsleistungen der Pbn der Altersgruppen 1, 3 und 4 zwischen 58 und 63 %. Die Altersgruppe 2 (25 bis 30 Jahre) bleibt über 70 %; die 5. Altersstufe erreicht nur noch 43,3 %.

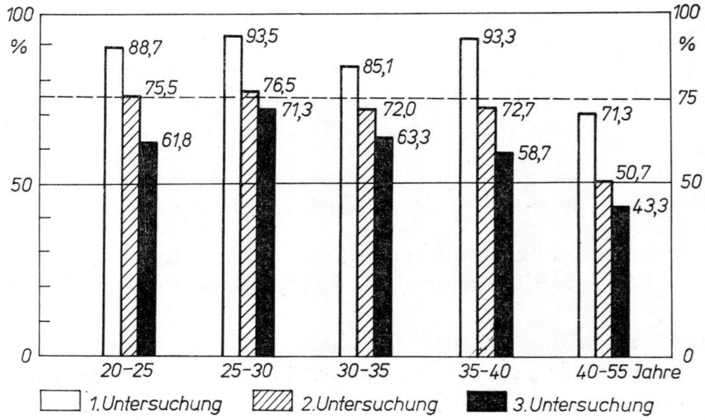

Abb. 31: Vergleich der Relativwerte in den verschiedenen Altersgruppen der Gruppe A (Klassen A und D) als Kontrollgruppe in der Versuchsanordnung I.

2. *Ergebnisse der Gruppe A (N = 44) in der Versuchsanordnung II*

Die jeweils erreichten relativen Werte der Reproduktionsleistungen innerhalb der fünf Altersgruppen zeigt Abb. 32.

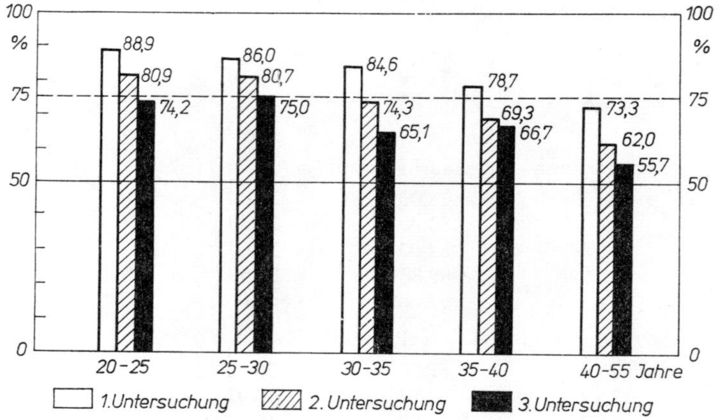

Abb. 32: Vergleich der Relativwerte in den verschiedenen Altersgruppen in der Gruppe A (Klassen A und D) als Versuchsgruppe in der Versuchsanordnung II.

Die Prozentwerte verteilen sich in ähnlicher Weise; jedoch sind die Verschlechterungen der Reproduktionsleistungen von dem 1. bis zum 3. Teilversuch geringer als in der Versuchsanordnung I.

Im 1. Teilversuch liegen die Ergebnisse der 1., 2. und 3. Altersgruppe zwischen 84 und 88 %. Die Pbn der 4. Altersgruppe erreichen 78,7 %, diejenigen der 5. Altersgruppe 73,3 %. Im 2. Teilversuch erzielen die 1. und 2. Altersgruppe fast gleiche Werte (80,9 % und 80,7 %). Die Pbn der 3. Altersgruppe reproduzieren 74,3 %, die der 4. Altersgruppe 69,3 % und die der 5. Altersgruppe 62,0 %. Der 3. Teilversuch zeigt eine ähnliche Verteilung: Die ersten zwei Altersgruppen liegen dicht beieinander (74,2 % und 75,0 %), die 3. und 4. Altersgruppe haben ebenfalls einander ähnliche Werte (65,1 % und 66,7 %), die Pbn der 5. Altersgruppe erreichen 56,7 %.

3. *Ergebnisse der Gruppe B (N = 44) in der Versuchsanordnung I*

Hier erzielen im 1. Teilversuch alle fünf Altersgruppen relative Reproduktionswerte, die im Bereich 84,5 % (5. Altersgruppe) bis 93,1 % (4. Altersgruppe!) liegen (vgl. Abb. 33).

Im 2. Teilversuch werden von den Pbn der 2., 3. und 4. Altersgruppe relative Werte zwischen 80,0 % und 86,8 % erzielt. Die Pbn der 1. Altersgruppe erreichen nur 78,0 %, die der 5. Altersgruppe 75,0 %. Im 3. Teilversuch steht die Altersgruppe 4 mit 80,6 % an der Leistungsspitze. Nur die 5. Altersgruppe bleibt mit 68 % etwas zurück. Auffällig sind die guten Reproduktionsleistungen der Pbn der 4. Altersgruppe (35 bis 40 Jahre). Diese Gruppe ist in allen drei Teilversuchen die beste Gruppe. Interessanterweise sind in dieser Altersgruppe Pbn vereinigt, die eine bessere Schulbildung haben und heute als Angestellte tätig sind – also in der geistigen Tätigkeit ein größeres Training besitzen.

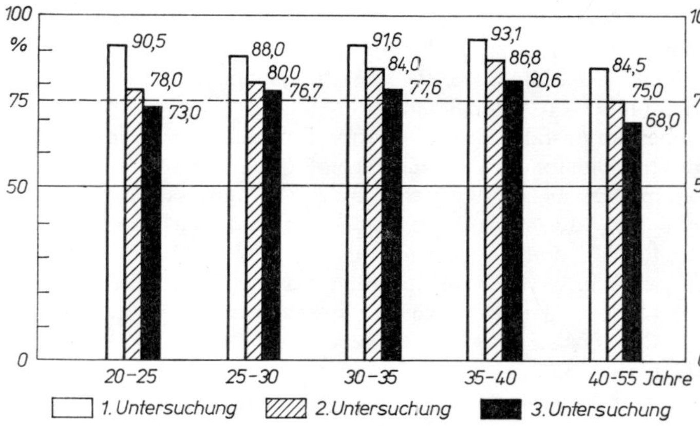

Abb. 33: Vergleich der Relativwerte in den verschiedenen Altersgruppen der Gruppe B (Klassen B und C) als Versuchsgruppe in der Versuchsanordnung I.

4. Ergebnisse der Gruppe B (N = 44) in der Versuchsanordnung II

Die Resultate der einzelnen Altersgruppen sind in Abb. 34 veranschaulicht.

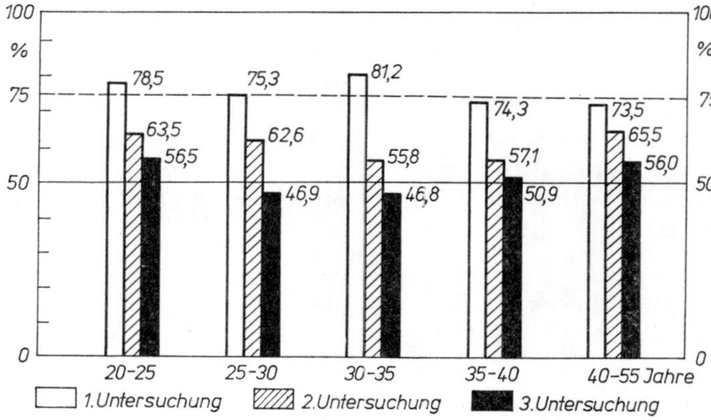

Abb. 34: Vergleich der Relativwerte in den verschiedenen Altersgruppen der Gruppe B (Klassen B und C) als Kontrollgruppe in der Versuchsanordnung II.

Im 1. Teilversuch steht die 3. Altersgruppe mit 81,2 % an der Spitze. Es folgt die Altersgruppe 1 mit 78,5 %. Die Altergruppen 2 und 4 liegen mit 75,3 % bzw. 74,3 % dicht nebeneinander. Auch die 5. Altersgruppe ist mit 73,5 % nicht viel schlechter als die anderen Gruppen. Im 2. Teilversuch liegt sogar die 5. Altersgruppe mit 65,5 % an der Spitze. Es folgen die 1. Altersgruppe mit 63,5 % und die 2. Altersgruppe mit 62,6 %. Die 3. und 4. Altersgruppe bleiben unter 60 %

(55,8 % und 57,1 %). Im 3. Teilversuch erreichen die Pbn der 5. Altersgruppe mit 56 % ähnliche Werte wie die der 1. Altersgruppe (56,5 %). Ihnen folgt die Altersgruppe 4 mit 50,9 %. Auf fast gleicher Leistungshöhe befinden sich die Altersgruppen 2 und 3 (46,9 % bzw. 46,8 %).
Diese Vergleiche ergeben keinesfalls eine eindeutige Beziehung zwischen Altersgruppen und Reproduktionsleistungen, wie das in biologisch orientierten Phasenlehren des Erwachsenenalters behauptet wird. Unsere Ergebnisse stehen auch nicht im Einklang mit der Adoleszenz-Maximum-Hypothese, nach der ein Leistungsabfall der „Intelligenz" gesetzmäßig nach dem 20. bzw. 25. Lebensjahr eintreten soll. Sie lassen sich ebensowenig im Zusammenhang mit der „Biologischen Lebenskurve" (Ch. Bühler) deuten, nach der gesetzmäßig ein Anstieg der psychischen Leistungsfähigkeit bis zum 25./30. Lebensjahr und nach einem Leistungsplateau ein Abstieg erfolge.
Die Anzahl der Vpn in den einzelnen Altersgruppen ist zu gering, um allgemeingültige Aussagen vornehmen zu können. Wir möchten jedoch betonen: Die Reproduktionsleistungen sind weniger Ausdruck sogenannter altersbedingter Besonderheiten, sondern vielmehr Erscheinungen, die unter mehrdimensionalen Aspekten (biologischen, sozialen, vor allem rollenspezifischen – im weitesten Sinne des Wortes) betrachtet werden müssen. Die sozialen Einflüsse, die den Lernerfolg im Erwachsenenalter mitbedingen, sind vielfach von größerer Bedeutung als sogenannte reine Gedächtnisleistungen, von denen man – unter biologischen Versionen – annimmt, daß sie der Gesamtpersönlichkeit und ihrer vorwiegend sozialen Determiniertheit gegenüber indifferent wären. Auch die motivationalen Aspekte der Lernfähigkeit sind sozialpsychologischer Natur und nicht Ausdruck von bestimmten Altersbesonderheiten. „Die Motive der menschlichen Tätigkeit sind außerordentlich vielseitig. Sie ergeben sich aus den verschiedenen Bedürfnissen und Interessen, die sich im gesellschaftlichen Leben bilden" (Rubinstein 1958, S. 695). Auch unter diesen Gesichtspunkten verbietet sich deshalb eine lediglich altersbedingte Betrachtung der intellektuellen Leistungsfähigkeit im Erwachsenenalter.

5.6.2.4. Zusammenfassung der wichtigsten Ergebnisse und pädagogische Schlußfolgerungen

Die wichtigsten Ergebnisse sind:

1. Eine praxisrelevante, auf gesellschaftliche Zielstellungen ausgerichtete Aktualmotivierung mit einer persönlichen Bedeutsamkeit und einem auf längere Zeit orientierten Lernen führt sowohl bei Erwachsenen als auch bei Jugendlichen zu besseren Lernerfolgen als die bloße Aufgabenstellung, sich etwas einzuprägen, weil es sofort im Anschluß daran einmal überprüft werden soll.
   Abb. 35, aus der die in den lernpsychologischen Experimenten erzielten Relativwerte der Reproduktionsleistungen der Erwachsenen in den Versuchsanordnungen I und II zu ersehen sind, läßt die Bedeutung unterschiedlicher Aktualmotivationen für den Lernerfolg bei Erwachsenen deutlich erkennen.

Die Unterschiede zwischen Kontroll- und Versuchsgruppen ($N = 44$) sind jeweils im 2. und 3. Teilversuch der beiden Versuchsanordnungen statistisch signifikant auf dem 5-%-Niveau zugunsten der Versuchsgruppen. In den jeweiligen ersten Teilversuchen ist keine Signifikanz der Differenzen nachzuweisen.

2. Es ergeben sich zwar bessere Reproduktionsleistungen der Jugendlichen beim Lernen anatomischer Daten (Einprägen von Zahlen); beim Einprägen von physiologischen Begriffen, die in einem sinnvollen Zusammenhang stehen, sind jedoch die Erwachsenen den Jugendlichen überlegen.
3. Innerhalb der Population der Erwachsenen lassen sich keine eindeutigen Beziehungen zwischen Altersgruppen und Reproduktionsleistungen nachweisen.

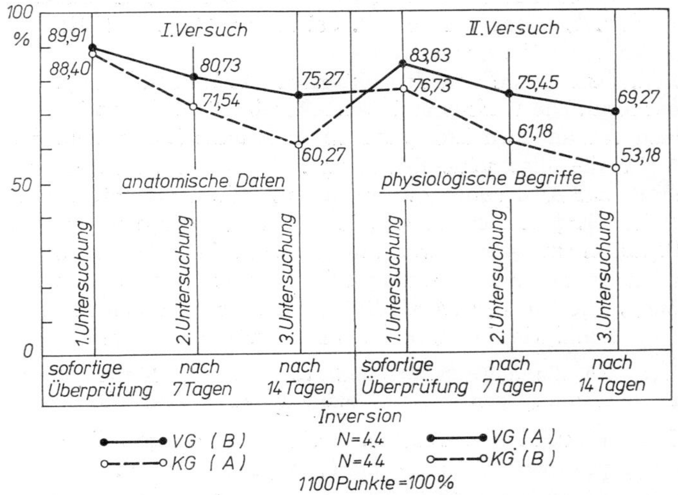

Abb. 35: Aktualmotivation und Lernerfolg bei Erwachsenen. Zusammenfassung der Gesamtergebnisse der Versuchsanordnungen I und II.

(Wir untersuchten die Reproduktionsleistungen von fünf Altersgruppen: 20 bis 25, 25 bis 30, 30 bis 35, 35 bis 40 und 40 bis 55 Jahre.) Bei dem mehr mechanischen Einprägen anatomischer Daten (Zahlen) erzielen zwar die Vpn der 5. Altersgruppe (40 bis 55 Jahre) die geringsten Reproduktionsleistungen; beim Lernen physiologischer Begriffe, die in einem Sinnzusammenhang stehen, ist dies aber nicht durchgängig nachzuweisen.

4. Es erweist sich, daß die Lernleistungen bei Erwachsenen nicht unter einem ausschließlich biologischen Aspekt der Altersbedingtheit betrachtet werden dürfen, sondern vor allem in Abhängigkeit von sozialen Faktoren (bisherige Schulbildung, spezieller Beruf und damit verbundene unterschiedliche Möglichkeiten des Trainings der Gedächtnisleistungen usw.) gesehen werden müssen.

5. Mit Hilfe einer besonderen Versuchsanordnung können wir nachweisen, daß eine durch unterschiedliche Instruktionen ausgelöste spezielle Aktualmotivierung hinsichtlich ihrer Wirksamkeit für den Lernerfolg immer in Einheit und Wechselwirkung mit einer bestehenden Einstellung der Erwachsenen (im Sinne einer habituellen Motivation) betrachtet werden muß.
Mit diesen Ergebnissen können wir die Richtigkeit der für diese lernpsychologischen Experimente aufgestellten Arbeitshypothesen (vgl. S. 136 f.) bestätigen.

Einige pädagogische Schlußfolgerungen

Entsprechend unseren Untersuchungsergebnissen und in Anlehnung an Ausführungen von Clauss (1962), Cronbach (zit. bei Roth 1965, S. 235 ff.) ist für die Praxis der Erwachsenenbildung zu betonen:
Der Lernerfolg ist in hohem Grade von den aktuellen Motiven abhängig, aus denen ein Erwachsener lernt. Die Wirksamkeit von Aktualmotivationen wird von den bei den Lernenden vorhandenen Einstellungen (habituelle Motivation) bedingt. Daraus ergibt sich die allgemeine Erkenntnis: Ein und dieselbe verbale Instruktion eines Lehrers zur Auslösung gewünschter aktueller Lernmotive kann zu ganz unterschiedlichen Ergebnissen führen, je nachdem, welche allgemeine Lerneinstellung (z. B. auf Grund der Lehrer-Teilnehmer-Beziehungen u. a.) bei den Schülern vorhanden ist. Diese Feststellung entspricht der dialektisch-materialistischen Auffassung, die in der Persönlichkeitstheorie Rubinsteins (1962 a) ihren Ausdruck u. a. darin findet, daß er immer wieder betont:

„Wir gehen davon aus, daß die äußeren Ursachen (die äußeren Einwirkungen) immer nur durch die Vermittlung der inneren Bedingungen wirken" (S. 279).

Aus diesem Grund können auch keine Rezepte, sondern nur einige allgemeine *Regeln* für die Erzielung positiver Lernmotivationen gegeben werden.

1. Wenn man Lernaktivität entfalten will, um bessere Lernergebnisse zu erreichen, dann muß diese in ein *Ziel* einmünden, das für den Lernenden sozial relevant und persönlich bedeutsam ist. Man muß also die Schüler (auch die Erwachsenen) auf erstrebenswerte Lernziele orientieren. Es ist ihnen die praktische oder theoretische Bedeutung eines Unterrichtsfaches, eines Stoffgebietes bzw. eines Lehrgegenstandes überzeugend darzulegen. Dadurch werden die objektiv notwendigen Lernziele, die sich aus den Lehrplänen unserer sozialistischen Schule ergeben, subjektiv bedeutsam und reizvoll. Lernziele, die sich mit praxisrelevanten Aufgaben in einer Unterrichtssituation vereinen, wirken stärker motivierend und führen damit zu einem größeren Lernerfolg als isolierte Einzelbeispiele. Lernaufgaben werden anziehender, wenn sie doppelt und dreifach motiviert sind. Für Jugendliche und Erwachsene sind Lernziele mit einer größeren Spannweite wichtig für den Lernerfolg. Sie benötigen für die Motivation des Lernens mehr Lernziele, die höhere Erwartungen auslösen.
2. In der Erwachsenenbildung ist es notwendig, das größere Wissensbegehren

und das berufliche Interesse der Teilnehmer zu nützen, um daran im Unterricht anzuknüpfen. Dadurch werden positive Einstellungen für den unterrichtlichen Lernprozeß nutzbar gemacht.

3. Lehrer in der Erwachsenenbildung müssen den laut Lehrplan zu behandelnden Stoff so auswählen, so anordnen und so darbieten, daß er dem Niveau der Hörer angemessen ist. Inhalt und Systematik eines Lehrbuches sind nicht gleichzusetzen mit der methodischen und inhaltlichen Aufbereitung einer Unterrichtsstunde. Methodische Fehler beim Unterrichten, ein unangemessen hohes Anforderungsniveau bewirken bei manchen Erwachsenen Mißerfolge und führen zu Entmutigung und Frustration. Dadurch wird die Lernbereitschaft sowohl des einzelnen als auch des Kollektivs beeinträchtigt.
4. Die Teilnehmer an Einrichtungen der Erwachsenenbildung sollte man befähigen, daß sie sich ihre Fortschritte auf dem Weg zum Lernziel auch *bewußt* machen können – ohne daß sie dabei Gefahr laufen, den Eindruck zu erhalten, schon alles erreicht zu haben. Das Erlebnis, einen Kenntniszuwachs gewonnen oder eine neue Technik für die berufliche Weiterentwicklung erlernt zu haben, bekräftigt positive Lernmotivationen. Dabei sollte ein Lehrer der Erwachsenenbildung auch mit Lob nicht sparsam umgehen. Das Erlebnis erwachsener Teilnehmer, „nicht voranzukommen", etwas nicht begreifen zu können, beeinträchtigt die Lernmotivation und damit auch die Lernhaltung.
5. Schließlich muß man der Tatsache eingedenk sein, daß ein ständiger allzu hoher „Druck" gegenüber erwachsenen Teilnehmern zur Erreichung der Lernziele die Lernmotivation ungünstig beeinflußt. Selbstverständlich sind Forderungen an die Teilnehmer zu stellen, und mitunter wird sich auch eine „Barriere-Druck-Situation" (M e t z g e r) bei Erwachsenen nicht völlig vermeiden lassen. Wenn jedoch der autoritative Druck eines Lehrers zum Selbstzweck und zum einzigen Mittel der Steuerung des Lernprozesses bei Erwachsenen wird, dann bedeutet das die Preisgabe unseres sozialistischen Erziehungsziels und bewirkt bei den erwachsenen Schülern nicht selten Erscheinungen des Ressentiments, der Aggression, der Introversion bzw. auch teilweise der Regression (vgl. C l a u s s 1962).
6. Letztlich müssen wir darauf hinweisen, daß eine erfolgreiche pädagogische Beeinflussung der Lernmotivation nur möglich wird, wenn man die „innere Widerspruchslage eines Schülers" kennt, „nur dann läßt sich die Wirkung pädagogischer Maßnahmen voraussehen" (R o s e n f e l d 1964, S. 209).

Diese hier vorgetragenen Schlußfolgerungen zur Verbesserung der Lernmotivation lassen sich vor allem mit einem teilweise programmierten Lernen im Erwachsenenalter realisieren. Wir gehen darauf im vierten Teil des Buches ein, wenn wir im Kapitel 7 einige psychologische Probleme des programmierten Lernens im Erwachsenenalter behandeln.

5.7. Aktivität und Lernerfolg im Erwachsenenalter

Im zweiten Teil der vorliegenden Schrift behandelten wir im Zusammenhang mit verschiedenen psychologischen Lerntheorien die allgemeine Bedeutung der

Aktivität für die Persönlichkeitsentwicklung und die spezielle Relevanz der Lernaktivität für den Lernerfolg. Im Abschnitt 2.2. entwickelten wir nach kritischer Betrachtung des Begriffs der Aktivität eine auf dialektisch-materialistischer Konzeption basierende Definition für den Begriff der Lernaktivität. Resümierend stellten wir fest: Aktivität des Lernenden begünstigt den Lernerfolg.
Die Bedeutung der Aktivität für den Lernerfolg ist schon oft postuliert, jedoch weniger in konkreten humanpsychologischen Lernexperimenten untersucht worden. Diese Feststellung gilt besonders für Lernexperimente mit Erwachsenen. Untersuchungen an Kindern und Jugendlichen liegen in größerer Anzahl vor (vgl. dazu Hiebsch 1956, Smirnow, Leontjew, Rubinstein und Teplow 1960, S. 199–203, Ihalainen 1962, S. 3–28, Bogojawlenski und Mentschinskaja 1962, S. 89–103, Leontjew 1964, S. 291–307, Lewitow 1964, S. 75–83, Foppa 1965, S. 166–170, Clauss 1965c, S. 24–27, Lompscher 1966, S. 100–120 u. a.). Riegel (1958a) bespricht auf den Seiten 217 bis 220 einige lernpsychologische Untersuchungen an Erwachsenen. Er bemerkt zu diesen Experimenten:

„Die zuletzt referierten Studien leiten unmittelbar zu den Untersuchungen der Lernfähigkeit älterer Menschen über ... dennoch sind bisher auf diesem Gebiet verhältnismäßig wenige Studien an älteren Menschen durchgeführt worden" (S. 217).

5.7.1. Aufgabenstellung und Arbeitshypothesen

Im folgenden ist es unser Anliegen, die Auswirkung *unterschiedlicher Grade* der *Lernaktivität* auf den Lernfortschritt bei Erwachsenen zu untersuchen (zu Vergleichszwecken führen wir die gleichen Experimente auch an Jugendlichen durch). Entsprechend der Gesamtkonzeption der vorliegenden Arbeit stellen wir uns die spezielle Aufgabe, etwaige Unterschiede des Lernerfolgs in Abhängigkeit vom *Alter*, vom *Geschlecht*, von der *sozialen Herkunft*, von der *bisherigen Schulbildung* und vom *Beruf* der Vpn festzustellen.
Dabei lassen wir uns von Arbeitshypothesen leiten, die sich aus dem theoretischen Teil der vorliegenden Arbeit ergeben:

1. Lernen ist eine durch Erfahrung bedingte Verhaltensmodifikation. Die Veränderung des Verhaltens erfolgt um so schneller, je aktiver der Mensch ist. Der Lernerfolg eines Individuums ist Resultat der Einheit und Wechselwirkung von objektiven und subjektiven Faktoren. Lernleistungen sind komplizierte Phänomene; sie unterliegen vielen Bedingungen, so daß eine isolierte Betrachtung der Auswirkung des unterschiedlichen Grades der Lernaktivität auf den Lernfortschritt der Vpn nur relativ möglich ist.
2. Lernen ist kein reaktives, sondern ein aktives Verhalten. Der Lernende ist nicht als ein „Gefäß" zu betrachten, das es zu „füllen" gilt; nur eine aktive Aufnahme und Verarbeitung des Stoffes garantieren einen Lernerfolg. Lernfortschritt und Aktivitätsgrad korrelieren miteinander, d. h., je größer die Lernaktivität, desto erfolgreicher ist die Lernarbeit. Der Lernerfolg ist wesentlich von der beim Lernen ausgeführten *Tätigkeit* abhängig; je aktiver und

selbständiger die Vpn bei der Aneignung von Wissen und Können vorgehen, desto besser sind die Lernfortschritte.

3. Wir nehmen an, daß sich die Auswirkung unterschiedlicher Aktivität für den Lernfortschritt Erwachsener in gleichem Maße zeigt wie bei Jugendlichen. Es erscheint jedoch möglich, daß bei Erwachsenen die Verfestigung von eventuell fehlerhaften Kenntnissen bzw. falschen Fertigkeiten und Gewohnheiten dazu führt, daß eine stärkere Aktivierung zur Überwindung der Mängel notwendig ist.
4. Lernfortschritte bei Erwachsenen sind nur zum Teil durch das Alter der Vpn bedingt. Entsprechend unserer Kritik an eindimensionalen biologischen Betrachtungen der Lernfähigkeit gehen wir von der Annahme einer mehrdimensionalen Determiniertheit des Lernerfolgs im Erwachsenenalter aus. Dabei nehmen wir an, daß die Lernfortschritte Erwachsener wesentlich von sozialen Faktoren (z. B. von der bisherigen Schulbildung, von berufsspezifischen Besonderheiten und der damit verbundenen unterschiedlichen Möglichkeit des geistigen Trainings) abhängen.
5. Im Zusammenhang mit geschlechtsspezifischen Ergebnissen erwarten wir – entsprechend unseren Erörterungen im theoretischen Teil der Arbeit – keine wesentlichen Unterschiede im Lernfortschritt von Frauen und Männern.
6. Schließlich nehmen wir an, daß sich eine stärkere Aktivierung besonders günstig auf den Lernfortschritt leistungsschwacher Erwachsener und Jugendlicher auswirkt.

5.7.2. Untersuchungspopulation und Untersuchungsmethoden

Allgemeine Gesichtspunkte für die Zusammenstellung der Untersuchungsgruppen und für die Untersuchungsmethoden

Auch in den folgenden lernpsychologischen Experimenten handelt es sich um Effektanalysen im Sinne des psychologisch-pädagogischen Experiments (vgl. dazu die Ausführungen im Abschnitt 5.6.2.1.). Das heißt: Auch die jetzt zu besprechenden Experimente zur Frage „Aktivität und Lernerfolg im Erwachsenenalter" führen wir mit Versuchsgruppen (VGn) und Kontrollgruppen (KGn) durch und verwenden dabei das Verfahren der Inversion. Die Pbn der VGn und KGn sind auch in diesen Experimenten so zusammengestellt, daß sie sich in wichtigen Merkmalen nicht signifikant unterscheiden (z. B. hinsichtlich des Alters, Geschlechts, der Intelligenz – mit Raven-Test geprüft –, der sozialen Herkunft, der bisherigen Schulbildung und Berufskategorien).

Die Stichprobe der Erwachsenen

Die experimentellen lernpsychologischen Untersuchungen an Erwachsenen zum Problem „Aktivität und Lernerfolg" führten wir innerhalb eines Forschungspraktikums mit vier Studenten des 4. Studienjahres in der Zeit vom April 1966 bis

Oktober 1966 in den gleichen vier Klassen des Lehrmeister-Fernstudiums Karl-Marx-Stadt – Konsultationspunkt Leipzig – durch, die auch in die bereits dargestellten motivationspsychologischen Experimente einbezogen waren (insgesamt 88 Vpn – Gruppe A = 44; Gruppe B = 44 – zur Orientierung wird auf Tab. 4 verwiesen, aus der die Homogenität beider Gruppen im Hinblick auf die angegebenen Parameter zu ersehen ist). Die Auswertungen erfolgten durch Herrn Sperling (1967), dem an dieser Stelle besonderer Dank gebührt.

Die Stichprobe der Jugendlichen

Die Untersuchungen an Jugendlichen zum Problem „Aktivität und Lernerfolg" wurden in unserer Forschungsgruppe von Herrn Radlbeck (1967) an zwei Oberschulen in Leipzig durchgeführt. Nach Voruntersuchungen in verschiedenen Klassen konnten an zwei Oberschulen je eine 9. Klasse ermittelt werden, die für unsere Untersuchungen geeignet erschienen. Die Klassen fungieren einmal als Versuchsgruppe (VG) und einmal als Kontrollgruppe (KG). Eine gegenseitige Verständigung innerhalb der Experimente war ausgeschlossen. Die Gruppe A und die Gruppe B bestehen jeweils aus 15 Mädchen und 12 Jungen (vgl. Tab. 17). Beide Gruppen stimmen hinsichtlich Alter und Raven-Werten gut überein. Gleiches gilt für den mit Hilfe der „Schulleistungszahl" (Weiss 1964 a) ermittelten Vergleich der Gruppen A und B. Damit sind die Voraussetzungen gegeben, beide Gruppen in unsere Experimente einzubeziehen.

Tabelle 17: *Die Untersuchungspopulation (Aktivität und Lernerfolg bei Jugendlichen, M Mädchen, J Jungen)*

Gruppe und Alter	Geschlecht	Zahl	Überaltert	A + B Kinder	Leistungsbeste (LB) LZ	Leistungsbeste (LB) Raven	Leistungsschwache (LS) LZ	Leistungsschwache (LS) Raven
A	M	15	2	6	8	5	7	10
Alter:	%	27,7	3,71	11,2	14,8	9,3	12,9	18,5
$\bar{x}$ = 14;11	J	12	—	6	5	6	7	6
	%	22,3		11,2	9,3	11,2	12,9	11,2
B	M	15	1	7	8	6	7	9
Alter:	%	27,7	1,85	12,9	14,8	11,2	12,9	16,7
$\bar{x}$ = 15,0	J	12	—	5	3	6	9	6
	%	22,3		9,3	5,6	11,2	16,7	11,2
A (Gesamt)		27	2	12	13	11	14	16
	%	50,3	3,71	22,3	24,1	20,5	25,8	29,7
B (Gesamt)		27	1	12	11	12	16	15
	%	50,0	1,85	22,3	20,5	22,3	29,7	27,8
Insgesamt		54	3	24	24	23	30	31
	%	100,0	5,56	44,6	44,6	42,8	55,6	57,5

Die Untersuchungsmethoden

Die *Untersuchungsmethoden* (Effektanalysen), die *Untersuchungsverfahren* (Inversion) und die in den folgenden lernpsychologischen Experimenten verwendeten *Aufgaben* sind bei den Erwachsenen und Jugendlichen die gleichen. Wir stellen diese ausführlich dar, um dem Leser eine Einschätzung der Hauptergebnisse zu ermöglichen. Untersuchungsergebnisse haben relativ wenig Wert, wenn die für ihr Zustandekommen benutzten Methoden und Verfahren nicht bekannt sind. Darüber hinaus wollen wir einige Erfahrungen mitteilen, die wir in unseren lernpsychologischen Untersuchungen – speziell an Erwachsenen – sammelten.
Unsere lernpsychologischen Untersuchungen zur Frage „Aktivität und Lernerfolg" bestehen aus zwei Versuchsanordnungen: *Versuchsanordnung I* (Diktatversuche) und *Versuchsanordnung II* (Lese-Erinnerungs-Versuche).
In der Versuchsanordnung I gehören die Pbn (Erwachsene und Jugendliche) der Gruppe A zur Versuchsgruppe (VG) und die der Gruppe B zur Kontrollgruppe (KG). In der Versuchsanordnung II ist es umgekehrt.
Alle Pbn wurden bereits bei der Durchführung des Raven-Tests über Zweck, Ziel und Bedeutung lernpsychologischer Untersuchungen im Erwachsenenalter unterrichtet. Wir sicherten ihnen zu, daß die wichtigsten Ergebnisse der Untersuchung am Ende bekanntgegeben werden, damit die Teilnehmer auch Schlußfolgerungen daraus für ihre eigene Arbeit als Lehrmeister ziehen können. Besonders betonten wir, daß die Ergebnisse nur wissenschaftlichen Zwecken dienen und in keiner Weise Einfluß auf die laufende Qualifizierung haben. Den Pbn wurde auch mitgeteilt, daß uns nicht die Leistungen einzelner Teilnehmer interessieren, sondern daß wir vor allem Gruppenvergleiche anstellen. Trotzdem baten wir die Erwachsenen, bei jedem Versuch den Namen zu vermerken. Im allgemeinen brachten alle Vpn den Experimenten Aufgeschlossenheit und Interesse entgegen. Jedoch möchten wir feststellen, daß Erwachsene lernpsychologischen Experimenten skeptischer gegenüberstehen, als das bei Jugendlichen der Fall ist. Bei Erwachsenen kommt es sehr darauf an, daß der Versuchsleiter in der Lage ist, Kontakt herzustellen und Vertrauen zu erwerben. Wichtig ist bei allen lernpsychologischen Experimenten – besonders bei solchen mit Erwachsenen – die Berücksichtigung des Hawthorne- (oder umgekehrten Hawthorne-) Effekts, der entsteht, wenn die Schüler wissen, daß mit ihnen experimentiert wird (vgl. McKeachie 1967, S. 169 f.). Diesem Sachverhalt versuchten wir durch praxisrelevante Instruktionen zu begegnen.
Alle nachfolgend beschriebenen Versuche erfolgten in den einzelnen Klassen (A, B, C und D) an den bereits dargestellten verschiedenen Wochentagen immer in der Zeit von 10.45 Uhr bis 11.45 Uhr. Das gilt sowohl für die Versuchsanordnung I (Diktatversuche) als auch für die Versuchsanordnung II (Lese-Erinnerungs-Versuche).

Versuchsanordnung I (Diktatversuche)

Die Versuchsanordnung I besteht aus sechs Versuchsteilen:

1. Versuchsteil: 1. Diktat in beiden Gruppen (Dauer 30 Minuten).
Nach 7 Tagen:

2. Versuchsteil: Erste unterschiedliche Belehrung bei der Korrektur der Fehler in den Gruppen A und B, Auslösung unterschiedlicher Aktivität bei den Pbn der VG bzw. bei denen der KG (Dauer 45 Minuten).

3. Versuchsteil: 2. Diktat in beiden Gruppen (der gleiche Text wie im 1. Diktat. Dauer 30 Minuten).
Nach weiteren 7 Tagen:

4. Versuchsteil: Zweite unterschiedliche Belehrung bei der Korrektur der Fehler in den Gruppen A und B, wiederum unterschiedliche Auslösung von Aktivität bei den Pbn der VG bzw. denen der KG (Dauer 45 Minuten)

Nach weiteren 7 Tagen:

5. Versuchsteil: 3. Diktat in beiden Gruppen (der gleiche Text wie im 1. Diktat. Dauer 30 Minuten).

Nach 5 Monaten:

6. Versuchsteil: 4. Diktat in beiden Gruppen (der gleiche Text wie im 1. Diktat. Dauer 30 Minuten).

Die Versuchsteile werden im folgenden kurz erläutert:

1. Versuchsteil:

Den Pbn der beiden Gruppen A und B wird ein gleicher mittelschwerer Text diktiert („Das Fremdwort in der Zeitung" vgl. Löwe 1968 a, Anlage 2). Mit der Verwendung der Methode des Diktatschreibens verfolgen wir in erster Linie den Zweck, die *lernpsychologische* Bedeutung der Aktivität für den Lernerfolg zu erfassen. Darüber hinaus besitzt diese Methode eine allgemeine Relevanz für die Verbesserung der Orthographie und Interpunktion (vgl. Riehme 1965, Gutschmidt und Marnette 1964 u. a.).

Unser Diktattext ist auf Tonband gesprochen, um gleiche Bedingungen in allen Versuchsteilen (und auch bei allen Vpn – Erwachsenen und Jugendlichen) zu schaffen. Das Diktat über Tonband dauert 30 Minuten. Zur Festlegung einer mittleren Geschwindigkeit des Diktierens, die sowohl für die Erwachsenen im Lehrmeister-Fernstudium als auch für die Schüler der 9. Klassen einer Oberschule geeignet ist, führten wir Vorversuche durch: Erstens bei Schülern aus 9. Klassen der Oberschule, zweitens bei Arbeitern und Angestellten und drittens bei Studenten. Auf die Technik des Diktierens wurde dabei besonders geachtet. „Entscheidend für den Erfolg oder Mißerfolg des Diktats ist aber nicht nur die Gestaltung der Texte, sondern auch die Diktattechnik, das heißt die Art, wie der Lehrer diktiert" (Riehme 1965, S. 158).

Die Pbn der Gruppe A und B erhalten vor der Aussage des Diktats folgende Instruktionen:

1. Wir schreiben heute ein Diktat von mittlerer Länge und mittlerem Schwierigkeitsgrad.
2. Damit die Bedingungen für alle Klassen, in denen wir die Untersuchungen durchführen, gleich sind, ist der Text des Diktats auf Tonband gesprochen.
3. In Vorversuchen wurde ermittelt, in welchem Tempo das Diktat angesagt werden kann. Es können alle bequem mitkommen.
4. Ich gebe Ihnen jetzt das linierte Schreibpapier. Sie lassen beim Schreiben zwischen jeder Zeile eine Leerzeile frei (Erläuterungen an der Wandtafel).
5. Während des Diktats darf niemand sprechen; Sie stören sich sonst, weil ja das Tonband weiterläuft.
6. Jeder diktierte Satz wird noch einmal vorgelesen. Auch am Ende wird das gesamte Diktat noch einmal wiederholt.
7. Weitere Hinweise erhalten Sie über das Tonband. Wir hören uns diese Hinweise jetzt an. Wer noch Fragen hat, kann sie dann nach diesen Hinweisen stellen.
8. Wir hören jetzt aufmerksam zu; keiner spricht mehr!

Das Tonband läuft – folgende Hinweise sind darauf gesprochen:

Ich gebe Ihnen jetzt einen Diktattext mit der Überschrift „Das Fremdwort in der Zeitung". Bitte, beachten Sie folgende Hinweise:

1. Bei der Ansage des Diktats wird zunächst immer der ganze Satz vorgelesen.
2. Es erfolgt dann ganz langsam und abschnittsweise die Wiederholung dieses Satzes zum Mitschreiben. Sie brauchen nicht zu hasten!
3. Sollte jemand einmal nicht mitkommen, dann lassen sie das betreffende Wort aus und konzentrieren sich auf den nächsten Satz.
4. Satzzeichen werden nicht angesagt. Nur Punkte sage ich an.
5. Ich möchte noch einmal betonen: Zwischen jeder Zeile lassen Sie unbedingt eine Leerzeile frei!
6. Am Ende des Diktats wird der gesamte Text noch einmal langsam vorgelesen, so daß jeder die Möglichkeit hat, zunächst ausgelassene Wörter einzusetzen. Es wird also Wert darauf gelegt, daß jeder Teilnehmer den gesamten Text nachgeschrieben hat. Hat jemand noch eine Frage?
   (Tonbandansage wird unterbrochen.)
7. Wir beginnen jetzt. Alle konzentrieren sich.
   Die Überschrift zu unserem Diktat lautet: „Das Fremdwort in der Zeitung" (es folgt dann der Diktattext).
   (Schäfer 1969, die in einer Nachuntersuchung die gleiche Diktatmethode benutzt, vermerkt, daß das Diktieren von Nachschriften über Tonband nicht nur in lernpsychologischen Experimenten verwendet werden sollte, sondern in allen natürlichen Diktatsituationen. Sie weist darauf hin, daß Konzentration und Diszipliniertheit der Schüler wesentlich besser sind, als wenn der Lehrer selbst diktiert. Das Sprechen von Diktaten auf Tonband zwingt auch den Lehrer, eine geeignete Diktattechnik bewußt anzustreben.)

Nach dem Diktat wurden die Arbeiten eingesammelt und die Pbn der Versuchsgruppe (Gruppe A – Klassen A und D) aufgefordert, in der nächsten Woche Wörterbücher, Grammatiken, den Duden und ähnliche Nachschlagewerke mitzubringen. Die Pbn der Kontrollgruppe (Gruppe B – Klassen B und C) erhielten diese Aufforderung nicht.
Bis zur nächsten Woche erfolgte die Korrektur der Diktate durch den Verfasser der Arbeit mit Hilfe der Studenten im Forschungspraktikum. Die Korrekturrichtlinien zur Festlegung der Fehlerzahl für die einzelnen Wörter und Satzzeichen wurden in Voruntersuchungen ermittelt. Sie sind schriftlich fixiert (vgl. Löwe 1968 a, Anlage 3) und weichen aus untersuchungstechnischen Gründen von allgemeinen Korrekturrichtlinien für Diktate ab (vgl. Riehme 1965, S. 158–161). Folgende Fehler werden unterschieden: orthographische Fehler, grammatische Fehler, Interpunktionsfehler, Fehler beim Schreiben der Fremdwörter.
Zur Ausschaltung subjektiver Faktoren bei der Korrektur der Diktate wurden die Arbeiten der Pbn beider Gruppen vorerst nicht getrennt. Erst nach der zunächst gleichen Korrektur der Arbeiten und dem entsprechenden Vermerk der Fehler sortierten wir die Diktate nach den Gruppen A und B und nahmen eine Gruppenauswertung vor. Die Unterschiede der Ergebnisse des ersten Diktats zwischen beiden Gruppen werden mit geeigneten mathematischen Verfahren auf statistische Signifikanz geprüft. Es wird angenommen, daß sich beide Gruppen im Hinblick auf die Fehlerzahl statistisch nicht signifikant unterscheiden.

2. Versuchsteil:

Die Korrektur und die Belehrung der Pbn bei der Rückgabe der Diktate (nach 7 Tagen) erfolgte unterschiedlich: Gruppe B (KG) wird wenig zur Eigenaktivität angehalten im Gegensatz zur Gruppe A (VG).

Bei den Pbn der Gruppe B (KG) wurden die Fehler vom Vl korrigiert, indem er die richtige Schreibweise der Wörter bzw. die richtige Interpunktion in der Leerzeile vermerkte. Der Vl gibt bei der Rückgabe der Diktate folgende Hinweise:
„Sie erhalten jetzt Ihre vor einer Woche geschriebenen Diktate korrigiert zurück. Ich habe die richtige Schreibweise der Wörter vorgenommen. Sehen Sie sich genau an, welche Fehler Sie gemacht haben und wie die einzelnen Wörter zu schreiben sind. Prägen Sie sich die richtige Schreibweise ein, damit Sie dieselben Fehler nicht noch einmal machen. Achten Sie auch auf die richtige Zeichensetzung. Falls es noch besondere Fragen gibt, dann melden Sie sich bitte, und ich erkläre Ihnen dann die unklaren Stellen." Das ist übrigens eine Belehrungsmethode, die leider im Deutschunterricht noch viel zu oft vorkommt (vgl. Riehme 1965, S. 169 ff.).
Jeder Erwachsene der Gruppe B hatte die Möglichkeit, die Korrekturen längstens 45 Minuten zu betrachten. Die Arbeiten wurden dann wieder eingenommen. Bei den Pbn der Gruppe A (VG) erfolgte keine Angabe der richtigen Schreibweise der Wörter durch den Vl in der Leerzeile. Die Fehler wurden lediglich mit Rotstift unterstrichen. Wir forderten die Vpn auf, die richtige Schreibweise der Wörter in den von ihnen mitgebrachten Wörterbüchern selbst nachzusehen. Für Interpunktionsfehler haben die Vpn die entsprechende Regel im Duden nachzulesen und aufzuschreiben. Die Vpn der Gruppe A (VG) erhielten folgende Hinweise:
„Sie erhalten jetzt Ihre vor einer Woche geschriebenen Diktate zurück. Alle falsch geschriebenen Wörter sind rot unterstrichen. Ich bitte Sie nun, die Korrektur selbst vorzunehmen. Wenn Sie nicht wissen, wie die einzelnen Fremdwörter oder andere im Text vorkommende Wörter geschrieben werden, so suchen Sie die richtige Schreibweise in den von Ihnen mitgebrachten Wörterbüchern. Bei Interpunktionsfehlern suchen Sie die entsprechende Regel für die Zeichensetzung im Duden und schreiben diese auf. – Gehen Sie jetzt an die Arbeit und tragen Sie jedes als falsch geschrieben bezeichnete Wort orthographisch richtig in die frei gelassene Leerzeile ein. Prägen Sie sich hierbei die richtige Schreibweise gut ein, damit Sie dieselben Fehler nicht noch einmal machen. Sollten sich Schwierigkeiten für die Korrektur ergeben, so melden Sie sich bitte. Im Bedarfsfall bin ich Ihnen auch bei der Auffindung eines Wortes im Wörterbuch behilflich."
Auch bei dieser VG beträgt die Korrekturzeit höchstens 45 Minuten – wie bei der KG.

3. Versuchsteil:

Eine Woche nach der ersten unterschiedlichen Korrektur in den Gruppen A und B wird das 2. Diktat geschrieben. Die Einleitung für diese 2. Diktatübung lautet für beide Gruppen:
„Nachdem wir in der vergangenen Woche das erste Diktat korrigierten, schreiben wir heute das zweite Diktat mit dem gleichen Text. Es gelten die gleichen Bedingungen wie für das erste Diktat. Wir hören uns die Hinweise, die auf das Tonband gesprochen wurden, zunächst noch einmal an."
Die Auswertung dieses Diktats erfolgte wie bei dem ersten.

4. Versuchsteil:

Die Korrektur und Belehrung der beiden Gruppen ist wieder unterschiedlich: Bei den Pbn der Gruppe B (KG) werden die Fehler wiederum vom Vl selbst berichtigt. Die Pbn haben also auch dieses Mal nur die Aufgabe, sich die richtige Schreibweise der Wörter anzusehen und einzuprägen (höchstens 45 Minuten).
Die Vpn der Gruppe A (VG) hatten dagegen die Korrektur in der gleichen Weise

auszuführen, wie im 2. Versuchsteil bereits beschrieben. Sie mußten sich also selbständig um die richtige Schreibweise der Wörter bemühen. – Als alle Vpn der Gruppe A (VG) die Korrektur beendet hatten, erhielten sie den gedruckten Diktattext mit folgendem Hinweis:
„Diese Abzüge des Diktattextes zeigen, wie alle Wörter richtig zu schreiben sind. Bitte, vergleichen Sie nun die eigenen Berichtigungen mit dem Text und verbessern Sie, bis alles fehlerlos ist. Prägen Sie sich die richtige Schreibweise ein, damit Sie die Fehler nicht noch einmal machen."
Nach Beendigung des Vergleichs mit dem Originaltext (höchstens nach 45 Minuten) wurden die Abzüge des Diktattextes wieder eingesammelt. Bei der Korrektur der Diktate lobten wir in beiden Gruppen die allgemein guten Fortschritte der Vpn in gleichem Maße, um das Interesse an den Versuchen zu erhalten.

5. Versuchsteil

Nach einer weiteren Woche schrieben beide Gruppen das 3. Diktat mit dem gleichen Text unter den bereits geschilderten Bedingungen. Die Arbeiten wurden von uns korrigiert und ausgewertet. Es erfolgte jedoch nicht noch einmal eine unterschiedliche Korrektur in den Gruppen A bzw. B. Die Pbn erhielten die Diktate nicht zurück.

6. Versuchsteil

Fünf Monate nach dem 3. Diktat wurde der gleiche Diktattext noch einmal der Gruppe A (VG) und der Gruppe B (KG) gegeben. Damit wollten wir überprüfen, ob sich die Auswirkung unterschiedlicher Grade der Aktivität bei den Korrekturen für einen längeren Zeitraum im Hinblick auf die Lernfortschritte nachweisen läßt. In beiden Gruppen erfolgte danach nicht noch einmal eine Korrekturmöglichkeit.

Die Ergebnisse aller vier Diktate in den Gruppen A (VG) und B (KG) sind nach verschiedenen Gesichtspunkten mit jeweils geeigneten mathematischen Verfahren auf statistische Signifikanz überprüft. In unseren lernpsychologischen Experimenten verwenden wir zwar ein nichtstandardisiertes (informelles) Testverfahren, das jedoch für die Hauptaufgabe, Lernfortschritte bei unterschiedlicher Aktivierung der Pbn zu überprüfen, sehr geeignet erscheint. Nach den Angaben von Lienert (1961) kann bei der Verwendung von Rechtschreibetests in lernpsychologischen Experimenten eine Überprüfung der Hauptgütekriterien (Objektivität, Reliabilität, Validität) entfallen (er spricht z. B. in diesem Zusammenhang von einer „trivialen Gültigkeit", S. 255, vgl. auch Clauss 1964, S. 21). Darüber hinaus sind wir der Meinung, daß unsere Verfahren auch den „Nebengütekriterien": der Zulänglichkeit, der Vergleichbarkeit, der Ökonomie und der Nützlichkeit eines Tests entsprechen (vgl. Lienert 1961, S. 12–18).
Bei der Auswertung der Ergebnisse interessiert vor allem die Abnahme der Fehler in den Haupt- und Untergruppen der Erwachsenen.
Die Resultate, die in gleichen Untersuchungen an Jugendlichen gewonnen wurden, werden nur zum allgemeinen Vergleich herangezogen. Eine exakte statistische Berechnung der Unterschiede zwischen den bei Erwachsenen und Jugendlichen gewonnenen Ergebnissen verbietet sich, da die zeitlichen Abstände der einzelnen Versuchsteile bei den Jugendlichen aus schulorganisatorischen Gründen unterschiedlich zu denen der Erwachsenenpopulation sind. Bei den Jugend-

lichen konnten auch nur insgesamt drei Diktate geschrieben werden (gleicher Text wie bei den Erwachsenen). Im Prinzip entsprechen sich jedoch die Versuchsanordnungen. Die Versuchsanordnung II ist bei Erwachsenen und Jugendlichen in allen Punkten übereinstimmend – auch hinsichtlich des zeitlichen Abstandes der drei Versuche.

Versuchsanordnung II (Lese-Erinnerungs-Versuche)

Dem Inversionsverfahren entsprechend, gehören jetzt die Pbn der Gruppe A zur Kontrollgruppe und die der Gruppe B zur Versuchsgruppe. Wir wählten für die Versuchsanordnung II Lese-Erinnerungs-Versuche, da Foppa (1956) im Zusammenhang mit dem „Einfluß des Lernmaterials und der Darbietungsweise auf die Lernleistung" (S. 155–170) u. a. bemerkt, daß „für zusammenhängendes Material (sinnvolle Texte) ... noch geeignete Untersuchungen fehlen" (S. 156). Zum anderen war es auch aus psychologischen Gründen notwendig, in der Versuchsanordnung II nicht noch einmal Diktatübungen zu verwenden, um keine „Sättigung" (Lewin, Karsten) bei den Pbn entstehen zu lassen (vgl. auch Lienert 1961, S. 34).
Bei der Entwicklung eines geeigneten sinnvollen Lesetextes ließen wir uns von folgenden drei Überlegungen leiten: Erstens mußte gewährleistet sein, daß der Inhalt allen Pbn unbekannt ist. Davon überzeugten wir uns durch vorherige Ermittlungen. Zweitens sollte es ein Text sein, der einen Ernstcharakter besitzt, indem der Inhalt sowohl bei den Erwachsenen als auch bei den Jugendlichen im nächsten Jahr tatsächlich Gegenstand des Unterrichts ist. Drittens orientierten wir uns bei der Textaufbereitung an den von Klix (1965) mitgeteilten Untersuchungsergebnissen, nach denen „weitschweifige Textteile ... signifikant schlechter reproduziert" werden „als nicht redundante". Aber auch „die weitschweifigen Textteile bleiben nicht ohne Wirkung auf die Gedächtnisleistung. Ihr einprägungsfördernder Effekt liegt darin, daß sie die semantisch gleichwertigen Textteile in ihrer Bedeutsamkeit erhöhen und auf diesem Wege verursachen, daß redundant gestaltete Textteile besser behalten werden. Also: Weitschweifige Elemente werden vom Gedächtnis vernachlässigt. Aber sie wirken auf die redundant gestalteten Elemente bedeutungserhöhend und damit behaltensfördernd" (S. 41).
Diese drei Überlegungen berücksichtigend, entwickelten wir für unsere experimentellen lernpsychologischen Untersuchungen der Versuchsanordnung II den Lesetext „Zur Lehre Pawlows von der höheren Nerventätigkeit" – in Anlehnung an Wazuro (1962) (vgl. Löwe 1968 a, Anlage 4). Zur Überprüfung der Reproduktionsleistungen bei Erwachsenen und Jugendlichen erarbeiteten wir die Kontrollfragen I und die Kontrollfragen II (vgl. Löwe 1968 a, Anlagen 5 und 6). Die Höchstpunktzahl ist festgelegt und beträgt jeweils insgesamt 35 Punkte. Die Fragen sind so zusammengestellt, daß der Schwierigkeitsgrad bei beiden Kontrollfragen relativ gleich ist.
Die Versuchsanordnung II besteht aus drei Versuchsteilen
(bei Erwachsenen und bei Jugendlichen gleich):

1. Versuchsteil:

Beide Gruppen (A und B) lesen den Text. Die Pbn der Gruppe B (VG) werden dabei stärker aktiviert als die der Gruppe A (KG).
Jeder Pb erhält eine schriftlich fixierte Instruktion. Dabei ließen wir uns von den speziellen Hinweisen leiten, die Lienert (1961, S. 189 ff.) gibt. Kossakowski und Otto (1967) betonen, daß die Instruktionen „den allgemeinen Zielen der Gruppenmitglieder entsprechen" müssen (S. 67). Die Instruktionen sind deshalb den je-

weiligen Ernstsituationen bei den Erwachsenen bzw. bei den Jugendlichen angepaßt und jeweils unterschiedlich bei den VGn bzw. KGn.
Wir erarbeiteten folgende detaillierte Instruktionen:

a) für die Versuchsgruppe der Erwachsenen
b) für die Kontrollgruppe der Erwachsenen
c) für die Versuchsgruppe der Jugendlichen
d) für die Kontrollgruppe der Jugendlichen

Wir verweisen auf die Instruktionen (Löwe 1968 a, Anlagen 7, 8, 9 und 10), die jeder einzelne Pb in schriftlicher Form erhielt, und geben hier nur einige allgemeine Hinweise:

Die Pbn der Gruppen A (KGn) erhalten die Aufgabe, den Text in 45 Minuten so oft wie möglich durchzulesen. Die Vpn der Gruppen B (VGn) werden durch die Instruktionen jedoch dazu angehalten, den Text nach von uns vorgegebenen Schritten durchzuarbeiten. Wir berücksichtigten dabei die bei Meier (1967) angegebenen Hinweise für „einfache Algorithmen für den Wissenserwerb" bei der Durcharbeitung von Lesetexten im Selbststudium (S. 75). Die Vpn der Gruppe B (VG) hatten demzufolge die Aufgabe, den Text abschnittsweise zu bearbeiten; sie mußten für jeden Teilabschnitt eine Überschrift formulieren und sich die Frage beantworten, welche Fakten besonders bedeutsam sind. Das Hervorheben der Fakten mit Farbstiften wird verlangt; die wichtigsten Zusammenhänge eines Abschnitts können auch in Stichworten festgehalten werden. Die Exzerpte sind jedoch mit dem Lesetext wieder abzugeben (nach 45 Minuten).
Für beide Gruppen (A und B) erfolgt sofort im Anschluß – aber ohne vorherige Ankündigung – die schriftliche Überprüfung der angeeigneten Kenntnisse mit den Kontrollfragen I. Die Ergebnisse in beiden Gruppen werden verglichen und auf statistische Signifikanz überprüft.

2. Versuchsteil:

Nach einer Woche erfolgt eine zweite Untersuchung mit den gleichen unterschiedlichen Instruktionen für die Gruppen A und B, wie bereits angegeben (die Vpn der Gruppen B (VGn) erhalten selbstverständlich neue, noch „unbearbeitete" Lesetexte). Sofort im Anschluß (in beiden Gruppen nach 45 Minuten) erfolgt wiederum eine unangekündigte Überprüfung der angeeigneten Kenntnisse – jetzt jedoch mit den Kontrollfragen II. Die Ergebnisse werden verglichen und mit geeigneten statistischen Verfahren auf Signifikanz überprüft.

3. Versuchsteil:

Im 3. Versuchsteil werden nach weiteren 7 Tagen beiden Gruppen die Kontrollfragen I und II zur Beantwortung vorgelegt. Jedoch wird der Lesetext in beiden Gruppen nicht noch einmal gegeben.
Allgemein erwarten wir auf Grund unserer Arbeitshypothesen (vgl. Abschnitt 5.7.1.), daß in der Versuchsanordnung I (Diktatversuche) die Ergebnisse der Gruppe A (VG) und in der Versuchsanordnung II (Lese-Erinnerungs-Versuche) die Ergebnisse der Gruppe B (VG) besser sind als die der Kontrollgruppen – sowohl bei den Erwachsenen als auch bei den Jugendlichen.
Alle diesbezüglichen Resultate sind mit jeweils geeigneten mathematischen Verfahren auf statistische Signifikanz überprüft (vgl. Löwe 1968 a, Anlage 23). Alle Unterschiede, die sich auf dem 5-%-Niveau sichern lassen, bezeichnen wir als statistisch signifikante Differenzen zwischen den VGn und KGn.

5.7.3. Darstellung und Diskussion der Hauptergebnisse der Untersuchung

Nachfolgend referieren wir nur die Hauptergebnisse unserer lernpsychologischen Experimente zur Frage „Aktivität und Lernerfolg im Erwachsenenalter". Dabei vergleichen wir diese zum Teil mit denen, die wir an Jugendlichen erzielten, und nehmen jeweils eine Diskussion der Resultate vor. Eine detaillierte Darstellung der Ergebnisse erfolgt an anderer Stelle (vgl. Löwe 1968 a, S. 169–205).

5.7.3.1. Ergebnisse und Diskussion von Diktatversuchen (Versuchsanordnung I)

1. Ein Vergleich der Gesamtfehlerzahl in den einzelnen Diktaten bei Erwachsenen und Jugendlichen erfolgt in Tab. 18 und Abb. 36.

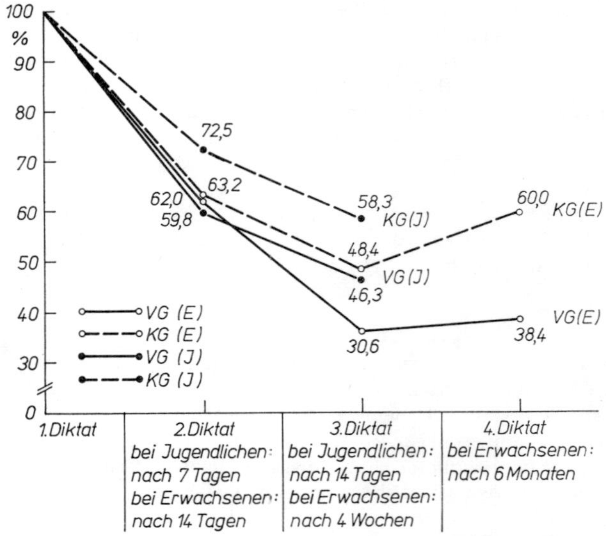

Abb. 36: Vergleich der relativen Gesamtfehlerzahl in den einzelnen Diktaten bei Erwachsenen (E) und Jugendlichen (J).
VG (E) $N = 44$; 100 % = 1 734 Fehler ($\bar{x} = 39{,}4$)
KG (E) $N = 44$; 100 % = 1 788 Fehler ($\bar{x} = 40{,}6$)
VG (J) $N = 27$; 100 % = 1 892 Fehler ($\bar{x} = 69{,}5$)
KG (J) $N = 27$; 100 % = 1 568 Fehler ($\bar{x} = 56{,}1$).

Es ist u. a. zu erkennen: Im 1. Diktatversuch bei den Erwachsenen zeigen sich relativ gleich hohe Fehlerzahlen in der VG (1 734) bzw. in der KG (1 788). Das spricht für die Homogenität beider Gruppen auch in diesem speziellen Leistungsbereich der orthographischen Kenntnisse und Fertigkeiten. Die Streuung der Fehler ist jedoch in beiden Gruppen der Erwachsenen sehr groß. Die

Tabelle 18: *Vergleich der Gesamtfehlerzahl in den einzelnen Diktaten bei Erwachsenen –E– (N = 88) und bei Jugendlichen –J– (N = 54). Die Prozentwerte geben jeweils das Verhältnis zum 1. Diktat an.*

Gruppe	Absolut $\bar{x}$ %	1. Diktat Jugend-liche	1. Diktat Erwach-sene	2. Diktat Jugend-liche	2. Diktat Erwach-sene	3. Diktat Jugend-liche	3. Diktat Erwach-sene	4. Diktat Erwach-sene
A (VG) =	absolut	1 892	1 734	1 132	1 071	876	532	666
N (J) = 27	$\bar{x}$	69,5	39,4	41,1	24,3	33,9	12,1	15,1
N (E) = 44	%	100,0	100,0	59,8	62,0	46,3	30,6	38,4
B (KG) =	absolut	1 568	1 788	1 137	1 151	914	866	1 102
N (J) = 27	$\bar{x}$	56,1	40,6	42,9	26,2	33,9	19,7	25,0
N (E) = 44	%	100,0	100,0	72,5	63,2	58,3	48,4	60,0

Fehlerzahlen streuen in Gruppe A (VG) von 5 bis 82; in Gruppe B von 10 bis 93. Das weist auf starke Leistungsunterschiede beider Gruppen hin.
Dieser Tatbestand macht es schwierig, den Lernfortschritt der einzelnen Vpn nach einem einheitlichen Maßstab zu erfassen. Es lassen sich bei zu breiter Streuung der Ausgangswerte weder die absoluten Fehlerverbesserungen noch der relative Fehlerrückgang der einzelnen Vpn qualitativ gleichsetzen. Nehmen wir an, eine Vp verbessert sich von 80 auf 40, eine andere von 10 auf 5 Fehler, dann entsprechen 40 ebenso wie 5 Verbesserungen gleich 50 %. In dem einen Fall werden aber 40 Absolutfehler, im anderen Fall nur 5 korrigiert. Auf diese Problematik weisen u. a. Carlson, Fisher und Young (1945) hin, wenn sie betonen, daß die logische Folge aus dieser Tatsache der nicht genügenden Differenzierung zwischen leistungsstarken und leistungsschwachen Pbn ist, daß der leistungsschwache Pb, der von einem niedrigeren Niveau ausgeht (bei uns von einer größeren Fehlerzahl), einen größeren Übungsanstieg zeigen kann als der leistungsstärkere. Auch Guthke (1969) vermerkt aus gleichen Erwägungen, daß man bei einer undifferenzierten Betrachtung des absoluten Übungsgewinns als Maß der Lernfähigkeit zu dem paradoxen Resultat gelangen kann, „daß der Intelligentere die geringere Lernfähigkeit habe" (S. 30).
Wenn auch diesen Feststellungen eine besondere Bedeutung bei individualdiagnostischen Untersuchungen zukommt, dürfen sie bei gruppenstatistischen Vergleichen nicht unberücksichtigt bleiben.
Diese Überlegungen verlangen eine Teilung der Gruppe A (VG) sowie der Gruppe B (KG) nach der Höhe der Ausgangsfehler der Pbn, um eine bessere Ausgangsbasis für den weiteren Vergleich der Lernfortschritte in beiden Gruppen zu schaffen. Dabei gehen wir davon aus, daß als Trennlinie die Fehlerzahl 28 angenommen wird. Das heißt: Diejenigen Pbn der Gruppe A bzw. der Gruppe B mit unter 28 Fehlern zählen wir zu den leistungsbesseren; diejenigen mit über 28 Fehlern gehören zu den leistungsschlechteren Erwachsenen. Diese Differenzierung ergibt sich aus folgender Überlegung: Der $\bar{x}$-Wert der Fehler beträgt 40,0 (Gruppe A = 39,4; Gruppe B = 40,6 – vgl. Tab. 18). Die-

jenigen Vpn, die nur 70 % (28 Fehler) von diesen durchschnittlichen Fehlern machen, zählen zu den leistungsbesseren, die anderen zu den leistungsschlechteren Erwachsenen. Dadurch ergeben sich die Teilgruppen A_1 und B_1 (leistungsschlechtere Erwachsene) bzw. A_2 und B_2 (leistungsbessere Erwachsene).
Die so gewonnenen Teilpopulationen A_1 und B_1 bzw. A_2 und B_2 unterscheiden sich interessanterweise nicht im Hinblick auf Alter und Raven-Werte, jedoch hinsichtlich Geschlecht, sozialer Herkunft, bisheriger Schulbildung und Zugehörigkeit zu bestimmten Berufskategorien. Bei den leistungsschwachen Erwachsenen (A_1 und B_1) sind die Männer etwas stärker konzentriert, weiterhin die Pbn, die meist nur den Abschluß der 8. Klasse der früheren Volksschule bzw. der Grundschule besitzen und die heute als Arbeiter tätig sind.

2. Die Jugendlichen aus 9. Klassen der Oberschule weisen im 1. Diktat erstaunlicherweise höhere Fehlerzahlen im Durchschnitt auf als unsere Lehrmeister des Fernstudiums. In Gruppe A (VG) ergibt sich bei den Jugendlichen ein $\bar{x}$-Wert von 69,5 Fehlern gegenüber einem entsprechenden Wert von 39,4 bei den Erwachsenen. In der Gruppe B (KG) weisen die Jugendlichen 56,1 Fehler im Durchschnitt pro Vp gegenüber einem $\bar{x}$-Wert von 40,6 der Erwachsenen auf (vgl. Tab. 18 und Abb. 36). Radlbeck (1967) bemerkt dazu:

   „Die ... in den Diktatversuchen zum Ausdruck kommende Mittelmäßigkeit in den Orthographieleistungen der Untersuchungsgruppen (bei den Jugendlichen, H. L.) stellt nach unserer Auffassung keinen Einzelfall dar, sondern kennzeichnet ganz allgemein die Tatsache, daß die Leistungen der Schüler im Fach Orthographie oftmals nicht den Erwartungen und Erfordernissen entsprechen" (S. 63).

   Interessant ist weiterhin die Tatsache, daß die Fehlerverbesserung bei der Population der Erwachsenen größer ist als bei den Jugendlichen (vgl. Abb. 36). Hierfür sind motivationale Faktoren maßgebend, die wir aber in diesen Experimenten nicht nachweisen können. Die Erwachsenen, die sich in einer für sie bedeutsamen Qualifizierungssituation befanden (Lehrmeister-Fernstudium), waren offensichtlich stärker an der Verbesserung ihrer Leistungen interessiert, als das bei den Jugendlichen der Fall war. Wir verweisen auf die Ausführungen im Abschnitt 5.6.

3. Sowohl die stärker aktivierten Versuchsgruppen der Erwachsenen als auch die der Jugendlichen gelangen zu signifikant größeren Lernfortschritten als die jeweiligen Kontrollgruppen. Mit diesem Ergebnis bestätigen wir unsere erste und zweite Arbeitshypothese (vgl. Abschnitt 5.7.1.). Dabei lassen sich Lernfortschritte der Erwachsenen bei den einzelnen Diktatversuchen in allen Altersgruppen nachweisen (Alter der Vpn: 22 bis 55 Jahre). Damit können wir eine unserer wichtigsten Arbeitshypothesen verifizieren: Der Lernfortschritt, die Lernfähigkeit sind nicht eindimensional vom Alter der Erwachsenen abhängig. Soziale Faktoren, wie bisherige Schulbildung und Beruf, spielen eine weitaus größere Rolle für den Lernerfolg im Erwachsenenalter als sogenannte biologisch bedingte Altersbesonderheiten.

4. Die Auslösung einer stärkeren Lernaktivität führt jedoch in der Versuchsgruppe der Jugendlichen bereits vom 1. zum 2. Diktatversuch zu einer signifi-

kanten Verbesserung gegenüber der Kontrollgruppe (auf dem 5-%-Niveau – vgl. Tab. 19).

Tabelle 19: *Vergleich der relativen Verbesserungen bei der VG und KG der Jugendlichen vom 1. zum 2.; 2. zum 3. und 1. zum 3. Diktat*

Gruppe	1 : 2 Verbesserung			2 : 3 Verbesserung			1 : 3 Verbesserung		
	%	$\bar{x}$	s	%	$\bar{x}$	s	%	$\bar{x}$	s
A (VG) (N = 27)	40,2	28,7	18,8	22,2	10,3	13,0	53,7	36,1	19,2
B (KG) (N = 27)	27,5	16,1	15,6	18,6	9,4	9,6	41,7	24,3	16,9
Signifikanz	$K_D \geq K_D$ 0,05			$K_D < K_D$ 0,05			$K_D < K_D$ 0,05		
Zeitabstände	7 Tage			7 Tage			14 Tage		

Das ist bei den Erwachsenen nicht nachweisbar. Bei ihnen kommt es erst vom 2. zum 3. Diktatversuch zu einem signifikanten Unterschied, der sich jedoch auf dem 0,1-%-Niveau zugunsten der stärker aktivierten Versuchsgruppe A sichern läßt (vgl. dazu Tab. 20 und Abb. 37).

Wir erklären das u. a. mit einem *negativen Verfestigungseffekt*, der sich bei Erwachsenen auf Grund jahrelanger falscher Schreibweise von Wörtern herausgebildet hat. Erwachsene bedürfen deshalb oft einer stärkeren Aktivierung, um fehlerhafte Kenntnisse und Fertigkeiten zu beseitigen, um mit Hilfe der Übung Interferenz-Effekte zu überwinden (vgl. dazu Rubinstein 1958, S. 682, Aebli 1961, S. 162 u. a.). Daraus wird verstehbar, daß bei Erwachsenen die Fehler in der Schreibweise von Fremdwörtern, die von ihnen bisher kaum verwendet wurden, in unseren Versuchen schneller verbessert werden als allgemeine orthographische Fehler, die sich relativ verfestigt haben.

5. Obwohl es bei den Erwachsenen vom 3. zum 4. Diktatversuch (Zwischenraum: 5 Monate) zu einem Anstieg der Fehler in beiden Gruppen kommt – jedoch stärker in der weniger aktivierten Kontrollgruppe –, ist die Gesamtverbesserung vom 1. zum 4. Diktatversuch (zeitlicher Abstand: 6 Monate) statistisch signifikant auf dem 0,1%-Niveau zugunsten der stärker aktivierten Versuchsgruppe (vgl. Abb. 37).

Unsere Ergebnisse, die bessere Lernfortschritte der Schüler bei einer stärkeren Aktivierung im Zusammenhang mit der Korrektur des Diktats zeigen, bedeuten eine Unterstützung der Forderungen von Riehme (1965) in bezug auf die „Rückgabe und Berichtigung des Diktats" (S. 169 f., vgl. auch Aebli 1961, S. 172 f.).

Die bisher vorgetragenen Untersuchungsergebnisse, die für die Praxis der Erwachsenenbildung allgemein bedeutsam sind, stehen im Einklang mit ähnlichen Experimenten.

Smirnow (zit. bei Bogojawlenski und Mentschinskaja 1962)

Tabelle 20: *Vergleich der relativen Verbesserungen bei der Versuchs- (VG) und Kontrollgruppe (KG) der Erwachsenen vom 1. zum 2.; 2. zum 3.; 1. zum 3.; 3. zum 4. und 1. zum 4. Diktat*

Gruppe	1:2 Verbesserung			2:3 Verbesserung			1:3 Verbesserung			3:4 Verschlechterung			1:4 Verbesserung		
	%	$\bar{x}$	s	%	$\bar{x}$	s	%	$\bar{x}$	s	%	$\bar{x}$	s	%	$\bar{x}$	s
A (VG) ($N = 44$)	38,0	15,0	9,00	50,0	12,3	7,28	69,0	27,3	12,2	25,0	3,0	5,24	62,0	24,3	11,2
B (KG) ($N = 44$)	36,8	14,5	8,81	25,0	6,5	5,97	52,0	20,9	10,1	27,0	5,4	9,30	40,0	15,6	11,5
Signifikanz	$t < t_{0,05}$			$t > t_{0,01}$			$t > t_{0,01}$			$t < t_{0,05}$			$t > t_{0,001}$		
Zeitabstände	14 Tage			14 Tage			4 Wochen			5 Monate			6 Monate		

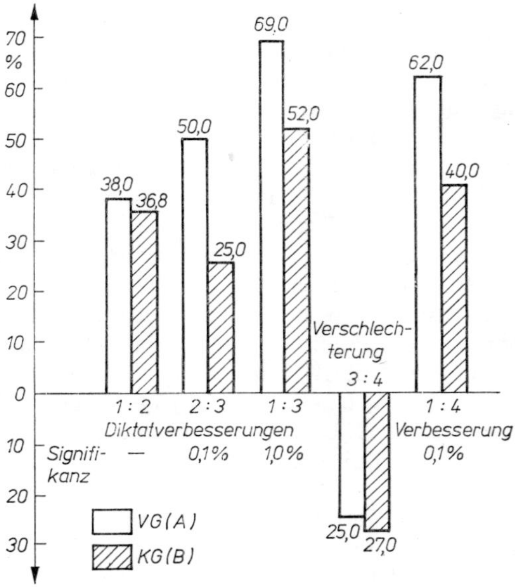

Abb. 37: Vergleich der relativen Verbesserungen bei der VG bzw. KG der Erwachsenen vom 1. zum 2., 2. zum 3., 1. zum 3., 3. zum 4. und 1. zum 4. Diktat ($N = 44$).

nahm u. a. an Erwachsenen einige Untersuchungen vor, in denen sich die Vpn eine Anzahl von Beispielen für bestimmte orthographische Regeln merken sollten. „Hatte ihnen der Versuchsleiter die Sätze bereits in fertiger Form gegeben, dann behielten sie viel weniger davon, als wenn sie sie selbst zusammenstellen mußten. Im ersten Falle waren es 24, im zweiten 74 Sätze" (S. 99).

Die aktive Auseinandersetzung mit Fehlern und ihre Berichtigung durch den Lernenden (Durchschnittsalter der Vpn 17;9 Jahre) führt auch in den Untersuchungen des finnischen Psychologen Ihalainen (1962) beim Üben der Rechtschreibung früher zur Verminderung der Fehlerzahl als die wiederholte passive Kenntnisnahme der vom Lehrer durchgeführten Korrekturen. Dieses Ergebnis deckt sich völlig mit den Resultaten, die wir an älteren Erwachsenen (Durchschnittsalter 31;9 – bei einer Streuung von 21 bis 55 Jahren) erzielten. Ähnliche Ergebnisse weisen Holmes, Green, Gates (zit. bei Ihalainen 1962, S. 9f.) nach. Die förderliche Wirkung der Eigeninitiative der Schüler für den Lernfortschritt zeigt sich bei den meisten Experimenten. Ihalainen (1962) bemerkt jedoch richtig, daß „die Ergebnisse vieler Versuche auch in Widerspruch zueinander stehen" (S. 10). Verschiedene Gründe dafür werden von ihm angeführt. Vor allem verweist er auf die oft nicht genügend exakten Untersuchungsmethoden.

Foppa (1965) stellt einen Ausschnitt aus einem Lehrprogramm für Rechtschreibung nach Skinner dar (S. 167 ff.) und bespricht eingehend den Einfluß des Lernmaterials und der Darbietungsweise auf den Lernerfolg. Bemerkenswert ist dabei, daß eine höhere Lernaktivität und damit ein besserer Lernerfolg – neben der Verwendung von Lehrmaschinen – auch von „programmierten" Lehrern erreicht wird, „die ihre Unterrichtsgestaltung auf die Regeln der verwendeten Lehrprogramme abgestimmt hatten" (S. 168). Der Lehrerfolg ist bei ihnen beträchtlich größer als der Lehrerfolg unterrichtender Dozenten, die nur wenig Eigentätigkeit beim Lernen der Schüler auslösen.

6. Die stärkere Aktivierung bei der Korrektur der Fehler wirkt sich vor allem zum Vorteil der leistungsschwachen Erwachsenen aus. Gleiches gilt für die Jugendlichen. In Abb. 38 sind die Absolutwerte der durchschnittlichen Fehler pro Vp in den einzelnen Diktaten so angeordnet, daß sowohl die Unterschiede zwischen der Versuchsgruppe A und der Kontrollgruppe B als auch die Unterschiede zwischen den Teilgruppen A_1 und A_2 bzw. B_1 und B_2 zu erkennen sind. Auf der Ordinate sind die Ausgangsfehler (1. Diktatversuch) eingetragen, auf den anderen Senkrechten ist der Fehlerstand in den weiteren Diktatversuchen markiert.

Aus dieser Abbildung wird deutlich, wie notwendig die von uns vorgenommene Differenzierung der Gruppen A (44 Vpn) und B (44 Vpn) in leistungsschlechtere Erwachsene (A_1 —31 Vpn und B_1 —31 Vpn) und leistungsbessere (A_2 —13 Vpn und B_2 —13 Vpn) ist. Die Kurven des Lernfortschritts für die Gruppe A (VG) bzw. diejenige für die Gruppe B (KG) lassen zwar die Bedeutung der Aktivierung für den besseren Lernerfolg in der Gruppe A (VG) deutlich erkennen; wichtige Informationen im Hinblick auf den unterschiedlichen Lernfortschritt bei leistungsbesseren Erwachsenen (A_2 und B_2) bzw. bei leistungsschwächeren Pbn (A_1 und B_1) würden aber verlorengehen. So wird jedoch aus Abb. 38 ersichtlich, daß sich die stärkere Aktivierung bei der Lerntätigkeit vor allem für die leistungsschwächeren Erwachsenen günstig auswirkt (vgl. die Unterschiede der Kurven zwischen A_1 und B_1 bzw. A_2 und B_2!).

Auf die Tatsache, daß Lehrmethoden, die eine stärkere Lernaktivität bewirken, besonders den leistungsschwachen Schülern zugute kommen, wird in verschiedenen Untersuchungen hingewiesen (vgl. Dietz und Kuhrt 1960, Kupisiewicz 1960, Kalmykowa – zit. bei Bogojawlenski und Mentschinskaja 1962, S. 99 f., Klingberg, Paul, Wenge und Winke 1965, S. 145, Lompscher 1966, S. 44 f., Löwe 1963 a, 1968 b u. a). Mit Dietz und Kuhrt (1960) läßt sich die Behauptung aufstellen, „daß die Leistungen der stärkeren Schüler relativ ‚methodenresistent' und die Leistungen der schwächeren Schüler außerordentlich methodenabhängig sind" (S. 608). Kalmykowa (zit. bei Bogojawlenski und Mentschinskaja 1962) gelangt zu dem Ergebnis, daß der „Unterschied in den Unterrichtsmethoden ... auf die guten Schüler keinen erheblichen Einfluß" hatte S. 100). Wird jedoch der schwächere Schüler veranlaßt, „seine Kenntnisse aktiv zu erwerben, dann regt das (den Lernfortschritt, H. L.) mehr an als eine Methode, bei der er nur passiv wahrnimmt" (S. 101).

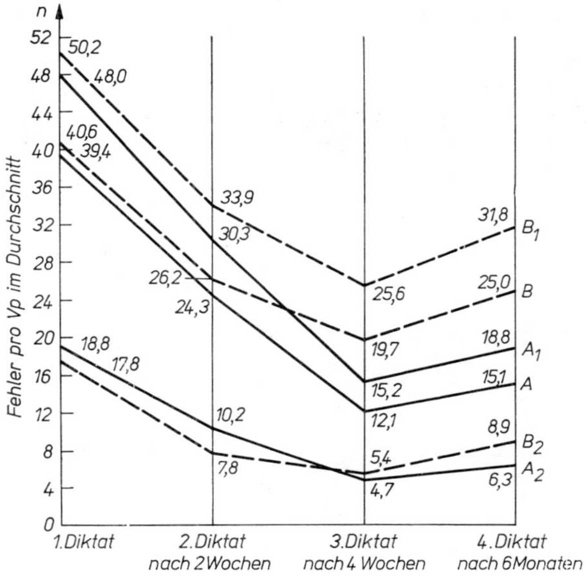

Abb. 38: Vergleich der Ergebnisse nach dem 1., 2., 3. und 4. Diktat.

Wir können diese Ergebnisse, die bisher vorwiegend in lernpsychologischen Untersuchungen an Kindern und Jugendlichen gewonnen wurden, auch für Erwachsene bestätigen.

7. Im Hinblick auf *geschlechtsspezifische* Unterschiede zeigt sich die Tendenz des besseren Lernerfolgs der Frauen in unseren Diktatversuchen. Auch bei den Jugendlichen sind die Mädchen etwas erfolgreicher als die Jungen.
Wir haben gleiche Unterschiede bei der Untersuchung des Leistungsversagens zwischen Jungen und Mädchen bereits an anderer Stelle nachgewiesen und interpretiert (L ö w e 1975, S. 55–59). H a r k e (1966) betont, daß die Erfahrungen aus der Unterrichtspraxis mit Erwachsenen darauf hindeuten, „daß weibliche Teilnehmer in gesellschaftswissenschaftlichen Fächern (vor allem in Deutsch und Russisch) besonders gute Leistungen aufzuweisen haben, während die männlichen Teilnehmer in den naturwissenschaftlichen Fächern besser sind" (S. 11). H a r k e (1966) führt das u. a. auf Nachwirkungen der früheren gesellschaftlichen Stellung der Frau zurück.
Eine relativ zusammenfassende Diskussion geschlechtsspezifischer Leistungsunterschiede findet sich bei M e i l i (1965), der sehr nachdrücklich bezweifelt, daß psychische Geschlechtsunterschiede konstitutionell bedingt sind. Er vertritt die Auffassung, daß diese vielmehr „von den verschiedenen Umständen" abhängen, „unter denen Männer und Frauen leben, unter denen Knaben und Mädchen aufgezogen werden" (S. 359). Dieser Meinung schließen wir uns an (vgl. L ö w e 1975, S. 55–59).

5.7.3.2. Ergebnisse und Diskussion von Lese-Erinnerungs-Versuchen (Versuchsanordnung II)

1. In den Lese-Erinnerungs-Versuchen zeigen jetzt die Versuchsgruppen, die in den Diktatversuchen als Kontrollgruppen fungierten, bessere Reproduktionsleistungen als die weniger aktivierten Kontrollgruppen. Das gilt sowohl für die Population der Erwachsenen als auch für die der Jugendlichen (vgl. Tab. 21 und Abb. 39).

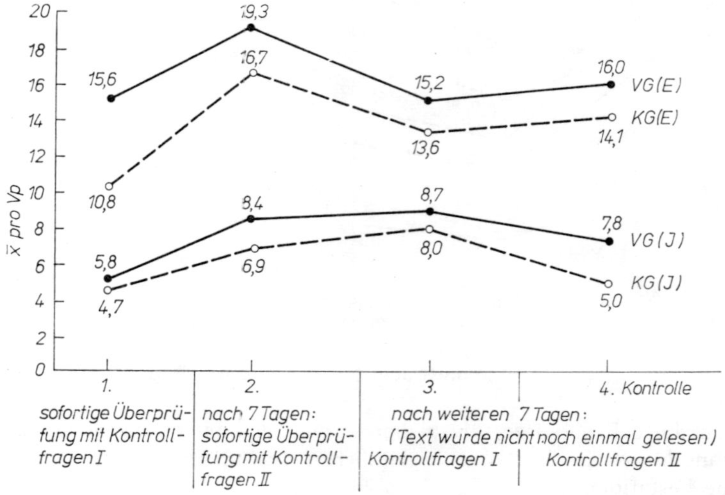

Abb. 39: Vergleich der Ergebnisse in den einzelnen Lese-Erinnerungs-Versuchen bei Erwachsenen (E) und Jugendlichen (J) – differenziert nach $\bar{x}$-Werten pro Vp.

Vergleicht man die Ergebnisse der Reproduktionsleistungen in den Versuchen 1 bis 4, indem man die Summen der jeweils in den Gruppen A und B erreichten Gesamtpunktzahl miteinander in Beziehung setzt, so ist bei den Erwachsenen ein besserer Lernerfolg bei der Gruppe B (VG — $N = 44$) nachzuweisen, der sich gegenüber der Gruppe A (KG — $N = 44$) auf dem 0,1-%-Niveau sichern läßt. Die Unterschiede in den Reproduktionsleistungen zwischen der Versuchsgruppe B ($N = 27$) und der Kontrollgruppe A ($N = 27$) der Jugendlichen lassen sich – trotz besserer Leistungen der Pbn der Versuchsgruppe B – statistisch nicht sichern.

2. Der Vergleich der Ergebnisse in den einzelnen Lese-Erinnerungs-Versuchen bei Erwachsenen und Jugendlichen (vgl. Abb. 39) zeigt, daß sowohl die Kontrollgruppe A als auch die Versuchsgruppe B der Jugendlichen sogar der Kontrollgruppe B der Erwachsenen unterlegen sind. Dieses Ergebnis ist überraschend. Keinesfalls ist anzunehmen, daß unsere Erwachsenenpopulation vor den Versuchen über eine Kenntnis der in dem Lesetext enthaltenen Fakten verfügte.

Tabelle 21: *Vergleich der Ergebnisse in den einzelnen Lese-Erinnerungs-Versuchen bei Erwachsenen und Jugendlichen*

Gruppe		1. Kontrolle sofortige Überprüfung mit Kontrollfragen I		2. Kontrolle (nach 7 Tagen) sofortige Überprüfung mit Kontrollfragen II		3. und 4. Kontrolle (nach weiteren 7 Tagen) Kontrollfragen I		ohne vorheriges Lesen mit Kontrollfragen II	
		Jugendliche (27)	Erwachsene (44)	Jugendliche (27)	Erwachsene (44)	Jugendliche (27)	Erwachsene (44)	Jugendliche (27)	Erwachsene (44)
	Gesamt	155	688	235	847	245	668	210	706
VG	%	15,1	44,6	22,9	55,1	23,9	43,3	20,5	45,7
	$\bar{x}$	5,8	15,6	8,4	19,3	8,7	15,2	7,8	16,0
	Gesamt	126	476	186	732	210	597	136	627
KG	%	12,3	30,8	18,1	47,4	20,5	38,9	13,3	40,3
	$\bar{x}$	4,7	10,8	6.9	16,7	8,0	13,6	5,0	14,1

Eine wesentliche Ursache dafür besteht darin, daß die Jugendlichen aus 9. Klassen noch nicht genügend geübt sind – oft infolge mangelnder Anleitung durch die Lehrer und Eltern –, einen ihnen unbekannten größeren Lesetext selbständig und systematisch zu erarbeiten.

Auf die Bedeutung der Entwicklung bestimmter Techniken – bereits bei Kindern und Jugendlichen – für die selbsttätige und planvolle Erarbeitung von Lesetexten in verschiedensten Unterrichtsfächern wird in einigen neueren Untersuchungen hingewiesen (vgl. Guyer 1960, S. 110, Smirnow, Leontjew, Rubinstein und Teplow 1960, S. 203–215, Lewitow 1964, S. 73–85, Ihalainen 1962, S. 23–28, Roth 1965, S. 278–294, Lompscher 1966, S. 107–112, Wermes 1966, S. 61 ff., v. Cube 1967, S. 191–200 u. a.).

Untersuchungen sowjetischer Psychologen (Smirnow, Kalinin, Malzewa, zit. bei Lompscher 1966) zeigen die Bedeutung für den Lernerfolg beim Durcharbeiten eines Textes, wenn der Stoff in relativ geschlossene Stücke eingeteilt und diesen jeweils eine Überschrift zugeordnet wird, „die das Wesentlichste des betreffenden Teilgebietes bezeichnen soll" (S. 108). Smirnow (zit. bei Lewitow 1964) weist in einer speziellen Untersuchung nach, daß Schüler in 9 Tagen 24,8 % eines sinnvollen Stoffes vergessen, der nach einem bestimmten Plan, einer bestimmten Technik, erarbeitet wird; gegenüber 43,2 % des Vergessens, wenn das Lernen ohne Kenntnis der Technik für die Erarbeitung eines Stoffes erfolgt (S. 78). Amerikanische Studien dieser Art (Woodrow u. a., zit. bei Roth 1965) zeigen z. B. einen wesentlich größeren Lernerfolg bei Studenten, die in Lerntechniken für die Durcharbeitung von Lesetexten geschult waren, als bei denen, die „ihren subjektiven Zufallsmethoden bzw. mechanischen Drillmethoden überlassen" sind (S. 289).

Wermes (1966), der die Entwicklung der Fähigkeit untersucht, die Hauptgedanken eines Lehrbuchtextes zu erfassen, betont, daß dies „im 6. Schuljahr knapp vier Monate, im 9. Schuljahr etwa drei Monate" dauert (S. 62). Nach seiner Erfahrung ist es am günstigsten, „im Durchschnitt in jeder 2. Stunde eine Übung zu dieser Fähigkeitsentwicklung durchzuführen, um Überlastungen zu vermeiden" (S. 62).

Schließlich sei noch darauf hingewiesen, daß Dubowis-Aranowskaja (zit. bei Lompscher 1966) in ihren Untersuchungen zeigt, daß solche Lerntechniken besonders rationell ausgebildet werden, wenn der Lernprozeß als etappenweise Ausbildung geistiger Operationen (nach der Konzeption Galperins) organisiert wird (vgl. Abschnitt 2.5.5.). „Man sollte schon im 1. und 2. Schuljahr mit solchen Übungen beginnen" (S. 109). Wir verweisen in diesem Zusammenhang auf die Regeln für die Ökonomie des Lernens, die wir im Abschnitt 5.5.2. darstellen.

Leider wird von vielen Lehrern versäumt, die hier vorgetragenen lernpsychologischen Erkenntnisse für die Erarbeitung von Lehrbuchtexten in der Praxis des Schulalltags systematisch zu realisieren. Das erklärt unseres Erachtens auch die relativ geringeren Unterschiede, die sich zwischen unseren stärker aktivierten Jugendlichen der Gruppe B (VG) zu denen der Gruppe A (KG) in den Lese-Erinnerungs-Versuchen ergeben.

Wir nehmen an, daß die Erwachsenen infolge persönlich gewonnener Erfahrungen oder durch Belehrung über die Technik der geistigen Arbeit mehr Kenntnisse und Fertigkeiten in der Bearbeitung von Lesetexten besitzen als Jugendliche.
Eventuell müßte daran gedacht werden, daß der Text „Zur Lehre Pawlows von der höheren Nerventätigkeit" – weniger vom Inhalt als von der Textstruktur her – etwas zu schwierig für die Jugendlichen war. (Diese Thematik wird laut Lehrplan im zweiten Schuljahresabschnitt der 9. Klassen behandelt – also *nach* unseren Untersuchungen.) Aus neueren Experimenten ist bekannt, daß zwischen Texteigenschaften und Gedächtnisleistungen Abhängigkeiten bestehen. Fechner (1965) bemerkt, wenn man etwas über die Entwicklung des Gedächtnisses „für sinnvolles sprachliches Material aussagen" will, „so reicht es nicht aus, nur die Behaltensleistungen zu prüfen, sondern man muß eine Analyse des sprachlichen Materials vorausschicken und feststellen, ob die Auffassung der Textstrukturen altersabhängig ist" (S. 60). Als wichtiges entwicklungspsychologisches Ergebnis stellt sie in ihrer Studie zur Problematik „Textstruktur und Behaltensleistung in der Ontogenese" fest, „daß die Ungewißheit eines Textes in der Erwartung mit zunehmendem Alter der Vp sinkt. Ein Kontext wird also in der Erwartungsstruktur in Abhängigkeit vom Alter unterschiedlich widergespiegelt, er enthält für die Jüngeren ein größeres Maß an Unbestimmtheit als für die Älteren" (S. 62). Diese unter informationstheoretischen Gesichtspunkten mit Hilfe des Rateversuchs gewonnenen Ergebnisse stimmen inhaltlich mit den Resultaten der Lernexperimente von Farapanowa bzw. Leontjew u. a. (zit. bei Smirnow, Leontjew, Rubinstein und Teplow 1960, S. 227 bzw. 228) überein. Farapanowa weist in ihren Untersuchungen über das Einprägen von verbalen und anschaulichen Stoffen die Überlegenheit der Erwachsenen gegenüber Kindern und Jugendlichen nach. Schülern fällt es schwerer, „einen Text in einzelne, logisch zusammenhängende Abschnitte zu gliedern, sie tun das oft ungenau und zerstückeln den Text zu sehr" (S. 227).
Halstead (zit. nach Riegel 1958) stellt fest, daß Erwachsene – besonders ältere Menschen – sich dann am besten etwas merken, wenn sie sich Auszüge aus Texten gemacht haben. Am stärksten bewahren sie ihre „Merkfähigkeit für geschriebene Dinge" (S. 217). Das heißt, sie merken sich das am besten, was sie aufgeschrieben haben.
Unsere Untersuchungsergebnisse bestätigen die vorgetragenen Auffassungen der erwähnten Autoren und stehen im Widerspruch zu extrem biologisch orientierten Postulaten der Abnahme der Lernfähigkeit im Erwachsenenalter, die wir im theoretischen Teil der vorliegenden Arbeit bereits kritisierten (vgl. Abschnitt 3.1.1.).
Allerdings verlangen unsere Untersuchungsergebnisse, die einen signifikant höheren Lernerfolg in der stärker aktivierten Versuchsgruppe B der Erwachsenenpopulation gegenüber der Kontrollgruppe A nachweisen, daß nicht nur die Kinder und Jugendlichen, sondern auch viele Erwachsene, die sich in der Qualifizierung befinden, einer konkreten Anleitung hinsichtlich der Technik der geistigen Arbeit bedürfen.
Roth (1965) betont: „Man muß dem Lernenden bessere Lern- und Studientech-

niken anbieten, wenn man bessere Gedächtnisleistungen erreichen will" (S. 289). Meier (1967) fordert für die Erwachsenenqualifizierung, daß die Lernenden neben den fachspezifischen Arbeitstechniken auch *einfache Algorithmen für den Wissenserwerb* gelehrt bekommen müssen. Er empfiehlt für das Durcharbeiten von Lesetexten sieben Regeln, die von dem Lernenden zu beachten und zu üben sind. „Dabei kann eine Abstimmung unter den Fächern herbeigeführt werden, so daß die Arbeitstechnik in einem Fach eingeführt, dann aber von vielen Fächern im Übungsunterricht (der Erwachsenen, H. L.) gefestigt und erweitert wird" (S. 75).
Die Richtigkeit dieser Forderungen bestätigen unsere Untersuchungsergebnisse in den Versuchsgruppen der Erwachsenen, die für das Durcharbeiten des Lesetextes Hinweise erhielten, die den von Meier (1967) empfohlenen Schritten zum Teil entsprechen. Inzwischen sind in unserer Forschungsgruppe differenzierte lernpsychologische Untersuchungen von Lucas (1969) zur Wirksamkeit von Algorithmen bei der Erarbeitung unbekannter Texte in der Erwachsenenbildung abgeschlossen worden. Die sehr interessanten und aufschlußreichen Ergebnisse haben Bedeutung für weiterführende Forschungen auf dem Gebiet der Algorithmierung des Selbststudiums bei Erwachsenen. Nach weiteren klärenden Experimenten sollen die Ergebnisse in einer speziellen Arbeit veröffentlicht werden. Gute Erfahrungen mit programmierten Instruktionen für das Selbststudium Erwachsener machten weiterhin Bürger (1966), Schirm (1966), Bartel (1969). Bürger (1966) teilt wertvolle Erfahrungen mit programmierten Instruktionen im technischen Unterricht der Berufsbildung mit; Schirm (1966) referiert Programmierungsmethoden für die berufliche Aus- und Weiterbildung Erwachsener, und Bartel (1969) führte Untersuchungen zur Effektivitätssteigerung des Anatomie-Physiologie-Unterrichts an medizinischen Schulen mit Hilfe des teilprogrammierten Selbststudiums durch. Wir verweisen auf diese Arbeiten und empfehlen darüber hinaus das wertvolle Buch von Landa (1969) zur „Algorithmierung im Unterricht".

5.7.3.3. Zusammenfassung der Ergebnisse zur Untersuchung „Aktivität und Lernerfolg"

1. Ein Vergleich der Gesamtergebnisse unserer lernpsychologischen Untersuchungen zur Frage „Aktivität und Lernerfolg bei Erwachsenen und Jugendlichen" erfolgt in Abb. 40 bzw. 41.
   Beide Abbildungen zeigen deutlich, daß sowohl die stärker aktivierten Versuchsgruppen (VGn) der Erwachsenen als auch die der Jugendlichen zu signifikant größeren Lernfortschritten (in den Diktatversuchen) bzw. zu besseren Lernerfolgen (in den Lese-Erinnerungs-Versuchen) gelangen als die jeweiligen Kontrollgruppen.
2. Lernfortschritte der Erwachsenen lassen sich bei den einzelnen Diktatversuchen in allen Altersgruppen nachweisen (Alter der Vpn: 22 bis 55 Jahre). Damit können wir eine unserer wichtigsten Arbeitshypothesen verifizieren:

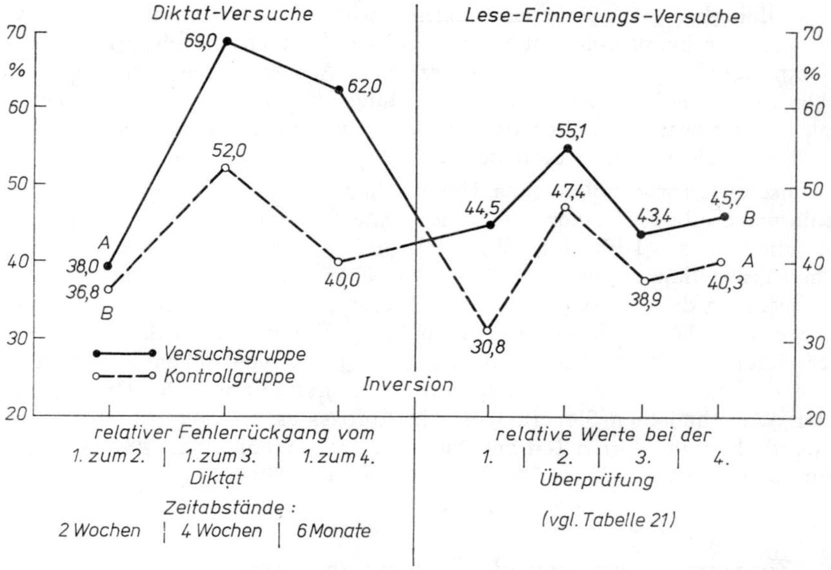

Abb. 40: Vergleich der Gesamtergebnisse der Untersuchung Aktivität und Lernerfolg bei Erwachsenen.

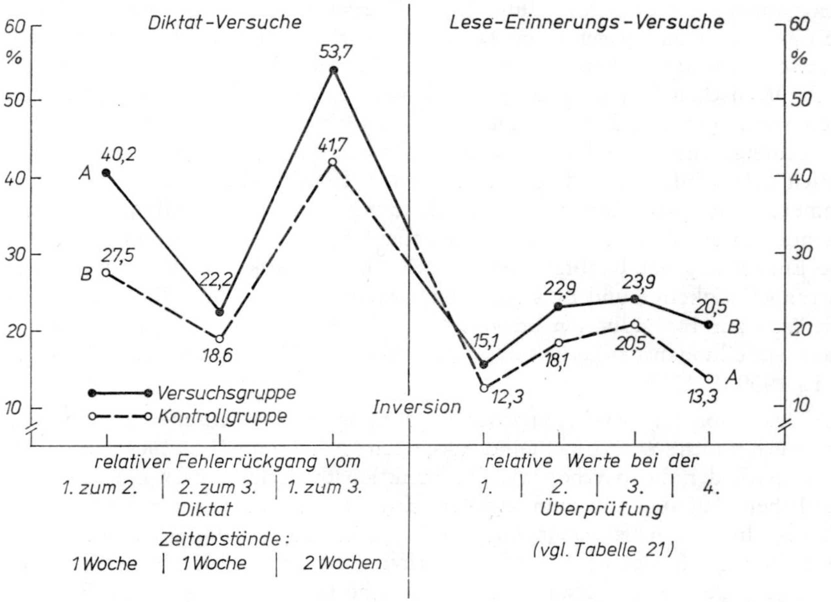

Abb. 41: Vergleich der Gesamtergebnisse der Untersuchung Aktivität und Lernerfolg bei Jugendlichen.

Die Lernfähigkeit – im Sinne eines Lernfortschritts – ist nicht eindimensional vom Alter der Erwachsenen abhängig. Soziale Faktoren wie bisherige Schulbildung, Beruf und weitere rollenspezifische Aspekte haben eine weitaus größere Bedeutung für die psychische Leistungsfähigkeit – speziell den Lernerfolg – im Erwachsenenalter als sogenannte biologisch bedingte und ein für allemal feststehende Altersbesonderheiten.

3. Aus unseren lernpsychologischen Untersuchungen an Erwachsenen und Jugendlichen ergibt sich eindringlich die große Bedeutung von Aktivität und Motivation für den Lernerfolg. Wir stimmen L a n d a (1966) voll zu, daß aus solchen Feststellungen nicht die allgemein bekannten Empfehlungen resultieren dürfen „in der Art, daß man in der Klasse eine ‚hohe Aktivität' aufrechterhalten muß, daß die ‚bewußte Aneignung der Kenntnisse durch die Schüler' zu erreichen ist u. a. m." (S. 36). Mit L a n d a (1966, 1969) sehen wir vielmehr die Lösung des Problems in der teilweisen Programmierung des Unterrichts, in der algorithmischen Steuerung des Lern*prozesses*. Daraus ergibt sich die Notwendigkeit, im vierten Teil des Buches einige psychologische Probleme des programmierten Lernens im Erwachsenenalter zu erörtern.

6. Zusammenfassung und Schlußfolgerungen

1. Wir glauben, mit der Darstellung von Untersuchungsergebnissen zur Frage der physischen und psychischen Leistungsfähigkeit im Erwachsenenalter den Nachweis erbracht zu haben, daß eine eindimensionale Betrachtungsweise der psychophysischen Besonderheiten im Erwachsenenalter in Abhängigkeit von einer vorwiegend endogenen Determination wissenschaftlich unhaltbar ist. Es verbietet sich deshalb, Phaseneinteilungen unter dem Aspekt von biologisch determinierten und relativ feststehenden Altersbesonderheiten vorzunehmen. Jede psychologische Unterscheidung von phasenbedingten Altersbesonderheiten im Erwachsenenleben bedeutet eine Vergröberung, oft sogar eine Entstellung der Realität. „Allmähliche, kaum merkbare Wandlungen der Leistungsfähigkeiten und Einstellungen in einem Fall und Wandlungen . . . auf dem Weg zur Individuation im anderen Fall verbieten es . . . psychologische Phaseneinteilungen des Lebenslaufs als generell verbindlich anzusehen" (B e r g i u s 1959, S. 179).
2. Die Diskussion lernpsychologischer Ergebnisse im Erwachsenenalter erlaubt es weiterhin nicht, eine allgemeine Adoleszenz-Maximum-Hypothese zu postulieren, nach der die psychophysische Funktionstüchtigkeit nach einem kontinuierlichen Aufstieg bis zum zweiten bzw. dritten Lebensjahrzehnt, einem sich anschließenden Leistungsplateau eine gesetzmäßig abfallende Kurve aufweise. Eine solch globale Betrachtung trifft nicht einmal für physische Funktionen zu – geschweige denn für die psychische Leistungsfähigkeit im Erwachsenenalter. Zu dieser Erkenntnis muß selbst M o e r s (1953) kommen, die eine biologisch determinierte Phaseneinteilung entwickelt. Nach der Darstel-

lung einiger – bis zur damaligen Zeit vorliegender – Untersuchungsergebnisse stellt sie resignierend fest:

„So mühsam und relativ wenig ertragreich die erwähnten ‚exakten' Untersuchungen des Absinkens einfacher geistiger Leistungen sind, um so überzeugender, ja evident zeigen die Tatsachen in den Lebensläufen von sehr vielen geistig Arbeitenden ..., daß es keine allgemeingültige Gesetzmäßigkeit für das Absinken höherer Leistungen komplex geistiger Art gibt, es sei denn im höheren Greisenalter, wenn schon gröbere cerebrale Defekte vorhanden sind" (S. 81).

Gründe für die widersprüchlichen Untersuchungsergebnisse im Erwachsenenalter werden von ihr nicht besprochen.
Thorndike vertrat bereits 1928 nach Untersuchungen von 886 Erwachsenen in verschiedenen Unterrichtsfächern die Meinung:

„Der Fortschritt der 30 Jahre und darüber alten Schüler (bis 45) ist beträchtlich größer als derjenige der 14 bis 16 Jahre alten, ebenso groß wie der der 25 bis 29 Jahre alten und etwas geringer als der der 20 bis 24 Jahre alten Schüler" (zit. bei Bobertag 1930, S. 58).

Wenn auch an dieser Formulierung die eindimensionale Betrachtungsweise kritisiert werden muß, so macht das Ergebnis die Lernfähigkeit im vorgerückten Alter recht deutlich. Thorndike (zit. bei Bobertag 1930) kommt zu einem Gesamtergebnis seiner breit angelegten Untersuchungen, das sich in vieler Hinsicht akzeptieren läßt, wenn man die schon des öfteren von uns vorgetragenen kritischen Bemerkungen zur eindimensionalen Betrachtungsweise psychischer Phänomene in bestimmten Altersstufen berücksichtigt.
Dieses Ergebnis lautet:

a) Fast alles ist zu jeder Zeit bis 50 Jahre erlernbar.
b) Im allgemeinen erscheint der Einfluß des Alters auf die Fähigkeit zum geistigen Erwerb von Kenntnissen sehr viel geringer als auf die motorische Geschicklichkeit.
c) Die wirklichen Schwierigkeiten beim Lernen Erwachsener sind in den meisten Fällen geringer als erwartet.
d) Die Ergebnisse der Untersuchung zeigen, daß Erwachsene viel weniger lernen, als sie könnten.

3. Wir hoffen, mit der Diskussion bisheriger widerspruchsvoller Resultate zur Lernfähigkeit im Erwachsenenalter (vgl. Abschnitte 5.3. und 5.4.) und mit der Darstellung und Interpretation eigener Untersuchungsergebnisse wesentliche Ursachen für die oft zitierte – wissenschaftlich jedoch nicht haltbare – Adoleszenz-Maximum-Hypothese gezeigt zu haben. Die von uns angeführten Daten rechtfertigen nicht mehr, die Veränderungen der psychophysischen Fähigkeiten im Erwachsenenalter unter dem Entwicklungsmodell eines synchron verlaufenden Anstiegs und des zu einem bestimmten Zeitpunkt einsetzenden kontinuierlichen Abfalls *der* Lernintelligenz bzw. *der* Lernfähigkeit usw. zu betrachten. Genausowenig läßt sich eine eindimensionale Interpretation psychophysischer Besonderheiten der Erwachsenen – lediglich unter dem

Aspekt der Altersbedingtheit – vornehmen. *Die psychophysischen Unterschiede zwischen Erwachsenen ein und derselben Altersstufe sind oft größer als diejenigen zwischen den verschiedenen Altersstufen.* Bereits Slater (1948) behandelt eingehend die schon von Jones (1933, zit. nach Riegel 1958, S. 116) aufgeworfene Frage, welchen Anteil die Variation der Leistungen innerhalb einzelner Altersgruppen, verglichen mit der Variation zwischen den Altersgruppen, besitzt. Slater (1948) mahnt zur Vorsicht bei der Interpretation der Leistungsfähigkeit in Abhängigkeit vom Alter, da die Gesamtstreuung seiner Untersuchungsergebnisse, die er mit dem Raven-Test (Progressive Matrices Test) bei Erwachsenen erzielte, nur zu 5,81 % auf Unterschiede zwischen den Altersgruppen zurückzuführen ist; 94,19 % dagegen auf Verschiedenheiten innerhalb der Altersstufen. Auch das Forschungsergebnis des polnischen Psychologen Szewczuk (1959) besagt, „daß Unterschiede zwischen Erwachsenen in ein und demselben Alter bedeutend größer sein können als die Unterschiede zwischen Erwachsenen und Jugendlichen, und daß sie vor allem von der Gesamtform der vorhergegangenen Erfahrung und von der Art der bisherigen und der aktuellen Lebenstätigkeit abhängen" (S. 7).

Diese Feststellungen werden weitgehend durch Untersuchungsergebnisse bestätigt, die neuerdings Schleicher (1970) in seiner Dissertation zum Thema „Der Einfluß der beruflichen Tätigkeit auf die Entwicklung der geistigen Leistungsfähigkeit im Erwachsenenalter" erzielte. Er führte die Untersuchungen innerhalb unserer Forschungsgruppe durch. Bei seinen Intelligenzuntersuchungen mit drei Untertests aus dem Intelligenz-Struktur-Test von Amthauer ergeben sich für alle untersuchten Altersgruppen (unter 20 Jahre, 20 bis 30 Jahre, 30 bis 40 Jahre, 40 Jahre und älter) statistisch signifikante Unterschiede zwischen den Leistungen von Pbn, die eine Tätigkeit ausüben, für die a) eine Fach- und Hochschulausbildung, b) eine Facharbeiterausbildung und c) keinerlei berufliche Ausbildung erforderlich ist. Interessant ist dabei, daß sich bei den Beschäftigten mit Fach- und Hochschulniveau mit zunehmendem Alter ein leichter *Anstieg* der Mittelwerte im Gesamttest zeigt; bei denjenigen, die eine gelernte Tätigkeit ausüben, findet sich ein *mäßiger Abfall* und bei denen mit ungelernter Tätigkeit dagegen ein *starker Abfall* mit zunehmendem Alter. Die Leistungsunterschiede zwischen der niedrigsten und der höchsten Altersstufe sind bei der ersten Beschäftigungsgruppe noch als zufällig anzusehen, bei der zweiten dagegen sind sie bereits statistisch signifikant, bei der dritten schließlich hochsignifikant. Daraus kann man den Schluß ziehen, daß sich die intellektuelle Entwicklung im Erwachsenenalter in Abhängigkeit vom Niveau der beruflichen Tätigkeit vollzieht. Werktätige, die eine Arbeit mit niedrigerem Qualifikationsniveau ausführen, lassen in ihrer geistigen Leistungsfähigkeit mit zunehmendem Alter früher nach als Beschäftigte mit höherem Qualifikationsniveau der beruflichen Tätigkeit; bei letzteren steigen die Leistungen mitunter sogar noch an.

Auch diese Untersuchungsergebnisse bestätigen eine unserer wichtigsten Arbeitshypothesen, daß die intellektuelle Leistungsfähigkeit bei Erwachsenen keinesfalls von lediglich biologisch determinierten Altersbesonderheiten abhängt, sondern weitgehend durch soziale Faktoren determiniert wird (bisherige Schulbildung, spezielle Berufstätigkeit und das damit verbundene unterschiedliche geistige Training usw.).

4. Aus all dem ergibt sich, daß die *Forschung im Erwachsenenalter von einem mehrdimensionalen Entwicklungsmodell unter betont sozialpsychologischem Aspekt ausgehen muß.* Dieses Entwicklungsmodell skizzierten wir bereits, nachdem wir verschiedene Phaseneinteilungen im Erwachsenenalter einer kritischen Betrachtung unterzogen (vgl. Abschnitte 3.1.1., 3.1.2. und 3.1.3.). Wir verweisen in diesem Zusammenhang nochmals auf die Ableitung und Begründung einer Modellvorstellung für den Prozeß der Persönlichkeitsformung (Hiebsch 1966, S. 50–60). Diese marxistisch-psychologische Modellvorstellung für die Entwicklung der Persönlichkeit bietet gleichzeitig Raum für die qualitativ unterschiedlichen psychophysischen Verlaufsgestalten im Erwachsenenalter und läßt die Differenziertheit und Vielschichtigkeit psychophysischer Entwicklungsverläufe unter sozialpsychologischen Aspekten in den Griff bekommen.
   Auch Bergler (1966) verlangt neuerdings auf Grund seiner Untersuchungsergebnisse im Erwachsenenalter eine mehrdimensionale Interpretation der Untersuchungsbefunde unter betont sozialpsychologischen Aspekten. Nach ihm ist neben a) qualitativ unterschiedlichen Verlaufsgestalten menschlicher Verhaltensweisen, b) Synchronität bzw. Asynchronität identischer wie differenzierter Verlaufsgestalten menschlicher Verhaltensweisen, c) Konstanz und Variabilität menschlichen Verhaltens im Lebenslauf besonders das *rollenspezifische Verhalten* der Erwachsenen zu berücksichtigen (S. 273 ff.). Das zentrale Anliegen seiner Untersuchung an Erwachsenen „erwuchs aus der grundlegenden Einsicht in die Rollenhaftigkeit menschlichen Verhaltens überhaupt" (S. 274). Über die Entwicklung und Art des Sozialverhaltens im Laufe der menschlichen Entwicklung und besonders im Erwachsenenalter, über den individuellen Grad der Beteiligung, auch der persönlichen Identifikation mit den verschiedensten Gruppen, Gemeinschaften und Institutionen, über die Phänomene der Anpassung und ihrer Stile u. a. gibt es bisher nur sehr vereinzelte empirische Untersuchungen. Im Zusammenhang mit *jugendpsychologischen* Problemen ist auf die Untersuchungen von Kossakowski (1965), Friedrich (1966b), Kossakowski und Otto (1967) u. a. hinzuweisen. Duyker (1956), Schulte (1959), Thomae (1959a, b) und Mitarbeiter, Karsten (1965), Correll (1965) u. a. verweisen auf die Bedeutung einer rollenspezifischen Interpretation der psychophysischen Leistungsfähigkeit und der allgemeinen Verhaltensweisen im *Erwachsenenalter.*

Hiebsch (1966) betont: „Die soziale Normierung des Verhaltens manifestiert sich ... in gruppenspezifischen ‚Rollen', die wir ‚Sozialrollen' nennen wollen ... Diese Rollen existieren als Rassenrollen, Klassenrollen, Nationalrollen, Geschlechterrollen, Berufsrollen, Standesrollen und ... als *Altersrollen*" (S. 34). Den Begriff der Sozialrolle führte Linton (1936) ein. Er bezieht ihn auf das reale Sozialverhalten. Sargent (zit. nach Hofstätter 1963) definiert diese Auffassung: „Eine Rolle ist eine Form des sozialen Verhaltens, die dem Handelnden im Hinblick auf die Ansprüche und Erwartungen seiner Gruppe als einer gegebenen Situation angemessen erscheint" (S. 435). Duyker (1956) betont, daß „während des ganzen menschlichen Lebens die soziale Normierung wirksam" ist (S. 13). Deshalb könne man nicht bezweifeln, daß es für die verschiedenen Altersstufen Normen für das Verhalten gibt. Oder anders ausgedrückt: „Es gibt für jede Altersphase ein Benehmen, das als altersgemäß gilt... Diese Normen und Erwartungen sind nur zu verstehen von den sozialen Funktionen her, die Personen verschiedenen Alters in der Gesellschaft zu erfüllen haben" (S. 13). Schulte (1959) konstatiert als Mediziner, daß der Begriff „alt" immer von einem bestimmten Bezugssystem her bestimmt wird. „Man gebärdet sich weithin entsprechend der *Rolle,* in die einen die Begegnung mit anderen Altersstufen versetzt" (S. 397). So spiegeln sich in den Altersnormen Forderungen wider, „die die Gesellschaft allgemein bzw. bestimmte Personen oder Institutionen an Kinder, Jugendliche und Erwachsene verschiedenen Alters stellen" (Kossakowski und Otto 1967, S. 15).

Die Normen und anderen Faktoren eines beliebigen „Altersgruppenmilieus" (W. Friedrich) hängen wesentlich von drei Bedingungskomplexen ab: erstens von den jeweiligen allgemeinen objektiven gesellschaftlichen Bedingungen. „Jede Gesellschaft und Kultur prägt auch für die Lebensalter Altersrollen aus" (Clauss und Hiebsch 1962, S. 87). Zweitens von dem Entwicklungsstand und den Besonderheiten anderer Makrogruppen. Die Milieubedingungen der nationalen, lokalen, der Geschlechtergruppen (Traditionen, Vorurteile usw.) und der in einem Klassenstaat existierenden klassendifferenten Normen und Bildungsbedingungen haben u. a. großen Einfluß auf das altersspezifische Verhalten – (vgl. W. Friedrich 1966 b, S. 57–78). Drittens werden Altersrollen auch von den biologischen Möglichkeiten und *Erwartungen* bedingt, die mit einer bestimmten Altersstufe verbunden sind. (Die Erwartungen, die man unter biologischem Aspekt z. B. an die psychophysische Leistungsfähigkeit eines 25jährigen Erwachsenen stellt, sind andere als diejenigen, die mit dem Alter eines 45- bzw. 60jährigen verbunden werden.) Die Wirksamkeit von Altersrollen – wie auch aller anderen Sozialrollen – darf jedoch nicht mechanisch interpretiert werden. Darauf verweist nachdrücklich Hiebsch (1966):

„Sie prägen die Person in dem Maße, in dem diese sich mit ihnen auseinandersetzt und sie aktiv – mehr oder weniger adäquat – erfüllt" (S. 35 f.).

Unter *rollenspezifischen* Aspekten werden im Zusammenhang mit dem Kindes- und Jugendalter verschiedene Einteilungen in Alteretappen vorgenommen und diskutiert (vgl. Clauss und Hiebsch 1962, S. 116, Friedrich und Kossakowski 1962, S. 80; W. Friedrich 1966 b, S. 78 u. a.). Eine rollenspezifische Betrachtungsweise und Einteilung des *Erwachsenenalters* wird von Correll (1965, S. 173 ff.), Bergler (1966, S. 65 ff.), Löwe (1968 a) u. a. versucht.

Correll (1965) bemerkt, daß es keinesfalls zutrifft, daß „nach Erlangung der wirtschaftlichen und geistigen Selbständigkeit um das 20. Lebensjahr herum" (S. 179) der Mensch ein für allemal seine Leistungs- und Verhaltensmuster entwickelt hätte, die es lediglich zu erhalten gelte. Er unterscheidet innerhalb des Erwachsenenstadiums drei Abschnitte, in denen es jeweils charakteristische Anforderungen zu erfüllen gilt:

1. das Frühstadium des Erwachsenseins (19 bis 30 Jahre),
2. das mittlere Stadium des Erwachsenseins (30 bis 55 Jahre),
3. das späte Stadium des Erwachsenseins (55 bis Tod).

Bergler (1966) betont im Zusammenhang mit der Arbeit von Breen (1937), daß für die Definition des Alters und des Alterns jener Aspekt von besonderer Bedeutsamkeit ist, „der dieses Geschehen als ein soziologisches und sozialpsychologisches Phänomen, eben als eine Funktion der öffentlichen Meinung ansieht" (S. 65). Bergler (1966) teilt unter diesen Gesichtspunkten das Erwachsenenalter ein in (S. 66):

1. Erwachsene im Alter zwischen 20 und 35 Jahren,
2. Erwachsene im Alter zwischen 35 und 50 Jahren,
3. ältere Erwachsene im Alter zwischen 50 und 60 Jahren,
4. alte Erwachsene und Invaliden über 60 Jahre,
5. Greisenalter 80 Jahre und darüber.

Kritisch ist zu vermerken, daß Bergler (1966) die rollenspezifischen Haltungen der Erwachsenen in den angegebenen Altersstufen vor allem aus Untersuchungen kaufmännischer Angestellter in Westdeutschland gewonnen hat. Die Darstellung der typischen Verhaltensweisen der Erwachsenen in den einzelnen Altersstufen – als eine Funktion der öffentlichen Meinung in Westdeutschland – läßt das ganze Ideal kleinbürgerlicher Menschenformung und einer Manipulierung der Massen im Interesse der herrschenden Klasse erkennen. Bergler (1966) fragt auch nicht nach den sozialen Hintergründen bzw. nach dem determinierenden Bedingungsgefüge für derartige Persönlichkeitshaltungen.

Bei all diesen Versuchen ist zu betonen, daß es eine präzise Festlegung der Begrenzung im Erwachsenenalter – genauso wie im Kindes- und Jugendalter – nicht gibt, weil in allen hochentwickelten Gesellschaften der Wechsel von Altersgruppe zu Altersgruppe viel zu unscharf markiert ist. Die Übergänge sind fließend und weisen mitunter eine starke individuelle Streuung auf.

Eine ausführliche Charakteristik typischer Leistungs- und Verhaltensweisen vom Tage der Geburt bis zum 18./20. Lebensjahr findet sich bei Clauss und Hiebsch (1962), Friedrich und Kossakowski (1962), Kossakowski (1966) und W. Friedrich (1966 b). Eine mehrdimensionale Betrachtungsweise und Charakteristik des Erwachsenenalters unter vorwiegend rollenspezifischen Aspekten ist noch wesentlich eine Aufgabe der Forschung, die nicht allein von den Psychologen erfüllt werden kann.

Wir gehen jedoch davon aus, daß sich die Aufgaben und Erwartungen im *frühen Erwachsenenalter* (18./20. bis 25./30. Lebensjahr) um die Probleme des Berufs, der Familie und der Gesellschaft zentrieren. Diese Altersstufe ist durch den ersten Abschluß der beruflichen Ausbildung und der damit erfolgenden vollen Integration in das gesellschaftliche Leben der Erwachsenen gekennzeichnet. Der Zeitpunkt der Familiengründung und die sich daraus ergebenden Aufgaben lassen bestimmte Erwartungshaltungen entstehen. Im *mittleren Erwachsenenalter*

(25./30. bis 45./50. Lebensjahr) stehen die gesellschaftlichen Verantwortungen verstärkt im Vordergrund. Qualifizierungs- und Weiterbildungsprobleme bestimmen die Erwartungen, die an die Leistungs- und Verhaltensweisen der Menschen dieses Alters herangetragen und von ihnen bewältigt werden müssen. Es ist die Zeit der vollen Entfaltung der beruflichen Leistungsfähigkeit, die Zeit des vollen Einordnens der eigenen sozialen Leistungsmöglichkeiten in die gesellschaftlichen Anforderungssituationen. Das *späte Erwachsenenalter* (45./50. bis 65./70. Lebensjahr) bringt für den bisher im beruflichen und sozialen Leben aktiven Menschen bestimmte Probleme mit sich, die mit der Veränderung der psychophysischen Leistungsfähigkeit (Umstrukturierungsproblematik) zusammenhängen.

Unsere sozialistische Gesellschaft muß sich in den kommenden Jahren verstärkt der Probleme des alternden Menschen annehmen. Diese Notwendigkeit ergibt sich u. a. aus dem nicht gerade günstigen Altersaufbau der Bevölkerung in der DDR (vgl. Eitner 1966, S. 59). Es kommt darauf an, den Menschen des späten Erwachsenenalters entsprechend der Umstrukturierung ihrer Fähigkeiten solche Tätigkeiten zuzuweisen, die der ältere Mensch meistens besser und gründlicher ausüben kann als der jüngere. Es gilt, charakteristische psychische Besonderheiten zu berücksichtigen, die etwa in folgendem bestehen (vgl. Sozialistische Erziehung im Betrieb 1962):

1. Frühere Erfahrungen gewinnen für die Persönlichkeit immer mehr an Bedeutung. Die Vergangenheit erhält oft eine betont subjektive Wertung. Das Gedächtnis für ältere Eindrücke und Erlebnisse bleibt relativ gut erhalten; die Merkfähigkeit läßt bei nicht genügendem Training und der Außerachtlassung von Regeln für einen gesunden Lebenslauf nach. Es bildet sich ein sogenanntes Berufsgedächtnis heraus.
2. Es kommt zu einer relativen Verfestigung der Verhaltenseigenschaften. Damit sind Umstellungsschwierigkeiten verbunden, die bei Veränderungen der Arbeitsbedingungen, z. B. im Zusammenhang mit der Notwendigkeit der Ausbildung neuer Fertigkeiten, auftreten können.
3. Sehr positive Merkmale der Arbeitseinstellung sind allgemein: ein ausgeglichenes Wesen, Konzentration auf die Arbeit, reicher Erfahrungsschatz, Arbeitsfreudigkeit, Pünktlichkeit, Zuverlässigkeit, Betriebsverbundenheit, hohes Verantwortungsbewußtsein. All diese Eigenschaften, die wesentlich zu den motivationalen Faktoren der Arbeitsleistung gehören, vermögen oftmals das Nachlassen anderer Leistungsfaktoren auszugleichen.

Da eine sinnvolle Betätigung immer lebensgestaltend und lebenserhaltend wirkt und Untätigkeit das Altern beschleunigt, ist anzustreben, daß auch der ältere Mensch (nach dem 65. Lebensjahr) freiwillig im Arbeitsprozeß verbleibt. Allerdings sind in der sozialistischen Leitungstätigkeit die erwähnten Umstrukturierungserscheinungen zu berücksichtigen. Besonders bei den älteren Menschen ist die Forderung nach angemessener Arbeitszuweisung (z. B. keine Tempoarbeit, keine physisch und psychisch zu stark belastende Tätigkeit) sowie die Forderung nach optimaler Gestaltung der Arbeitsplätze und Arbeitsmittel zu stellen.

Probleme einer gesunden und leistungsfördernden Freizeitgestaltung spielen in

allen Altersgruppen eine zunehmende Rolle. Für die Arbeitsfähigkeit und Gesunderhaltung älterer Menschen können außerberufliche Faktoren eine große Bedeutung erhalten (z. B. sinnvolle und zur Berufsarbeit unterschiedliche Freizeitbeschäftigungen, Liebhabereien, Befriedigung verschiedenartiger Bedürfnisse und Interessen).
Es ist ein Gebot der sozialistischen Moral, auch älteren Menschen das Verbleiben im Arbeitsprozeß unter geminderten Leistungsbedingungen zu ermöglichen, dadurch das biologische Altern immer weiter hinauszuschieben und die Lebenserwartung für alle Menschen zu erhöhen.
Diese Bemerkungen können nur als erste Hinweise gewertet werden. Lernpsychologische und vor allem sozialpsychologische Untersuchungen müssen zu einer qualitativen und quantitativen Differenzierung der Psychologie des Erwachsenenalters unter mehrdimensionalen – betont rollenspezifischen – Aspekten beitragen.
Abschließend sei vermerkt, daß man auf Grund der kritischen Sichtung bereits vorliegender Untersuchungsergebnisse und unserer eigenen lernpsychologischen Experimente die häufig gestellten Fragen – Was kann ein Erwachsener in einem bestimmten Alter noch leisten? oder: Welche Qualifizierungsmöglichkeiten bieten sich für diesen und jenen Erwachsenen an? – wie folgt beantworten kann: Es ist nicht möglich, eine konkrete Aussage darüber zu machen, wenn man lediglich von sogenannten Altersbesonderheiten ausgeht. Es ist vielmehr der individuelle psychophysische Status eines Erwachsenen zu einem bestimmten Zeitpunkt zu berücksichtigen. Dabei ist seine ganze bisherige Entwicklung, die unter vielfältigen inneren und äußeren Bedingungen erfolgte, in Erwägung zu ziehen, um daraus weitere geeignete Qualifizierungsmaßnahmen abzuleiten.

Vierter Teil

7. Einige psychologische Probleme des programmierten Lernens im Erwachsenenalter

Im ersten Teil des Buches begründeten wir die zunehmende Bedeutung der Erwachsenenbildung bei der Gestaltung der sozialistischen Gesellschaft. Der wissenschaftlich-technische Fortschritt in der Produktion stellt selbst den erfahrensten Produktionsarbeiter ständig vor neue Aufgaben. Kein Mensch kann heute behaupten, er habe ausgelernt. Alle Berufe sind durch die schnelle Entwicklung von Wissenschaft und Technik, durch das progrediente Wachstum des Wissens der Menschheit in relativ kurzem Zeitraum starken Veränderungen unterworfen. Obgleich die meisten Menschen durch die ohnehin lange Ausbildungszeit erst mit 18 Jahren – viele von ihnen erst mit dem 20. bis 25. Lebensjahr – im Berufsleben voll einsetzbar sind, können sie heute kaum länger als 10 Jahre aus ihrem Wissensreservoir schöpfen. Dem ständig anwachsenden Umfang des Wissens steht jedoch eine begrenzte Zeit für dessen Aneignung gegenüber. Alle Möglichkeiten, die geeignet erscheinen, diesen Widerspruch zu lösen, müssen deshalb genutzt werden. *Ein* Mittel dazu ist das *programmierte Lernen*, ist der *teilweise programmierte Unterricht* in der Aus- und Weiterbildung der Erwachsenen.
Bereits im Gesetz über das einheitliche sozialistische Bildungswesen (1965) wird u. a. die Forderung erhoben: „Der Unterrichtsprozeß ist durch vielseitige methodische Maßnahmen rationell zu nutzen ... Das selbständige Lernen der Schüler, Lehrlinge und Studenten (der Erwachsenen) ist vor allem durch die Einführung in Techniken und Methoden der geistigen Arbeit, durch die Nutzung moderner Informations- und Bildungsmittel zu fördern ... *Die Programmierung des Lehr- und Lernprozesses ist zielstrebig zu entwickeln*" (S. 6). Im Staatsratsbeschluß über die Weiterführung der 3. Hochschulreform und die Entwicklung des Hochschulwesens bis 1975 (1969) wird auf die Notwendigkeit der wissenschaftlichen Ausarbeitung und Erprobung von Programmen mit Nachdruck verwiesen. Um ein in seiner Wirkung „optimal gestaltetes Gesamtsystem der Bildung und Erziehung" aufzubauen, sind „als Mittel vorrangig die Programmierung und der Einsatz moderner Lehr- und Lerngeräte zu verwenden" (S. 8).
In den Grundsätzen für die Aus- und Weiterbildung der Werktätigen bei der Gestaltung der entwickelten sozialistischen Gesellschaft in unserer Republik wird betont:

„Die effektive Gestaltung von Lehrgängen und anderen Bildungsveranstaltungen verlangt die Anwendung moderner Lehr- und Lernmethoden ... Der Unterricht ist durch den Einsatz programmierter Lehrmaterialien und maschineller Unterrichtsmittel auf ein höheres Niveau zu heben" (1969, S. 10 f.).

Im folgenden kann nur ein grober Überblick über die wichtigsten Prinzipien, Methoden und einige Ergebnisse des programmierten Lernens im Erwachsenenalter gegeben werden. Vor allem streben wir eine kritische Einschätzung der heute meist verwendeten Programmierungstechniken an. Die an diesen Problemen besonders interessierten Leser verweisen wir auf weiterführende Literatur (Schestakow 1965, Probleme der Lerntheorie 1966, Clauss 1965 a, b, c, 1969 a, b, Clauss u. a. 1969, Meyer 1966, Landa 1966, 1969, Lysaught und Williams 1967, Markle 1967 u. a.).

7.1. Das Wesen des programmierten Lernens

„Programmiertes Lernen ist diejenige Form des Lernens, die durch den programmierten Unterricht herbeigeführt wird" (Clauss 1965c, S. 8). Dabei darf jedoch der Begriff des Unterrichts nicht zu eng gefaßt werden. Programmiertes Lernen beschränkt sich keineswegs nur auf die institutionalisierte Form des Unterrichts, sondern auch auf das Lernen außerhalb der Unterrichtssituation – also z. B. auf die Durcharbeitung programmierter bzw. teilprogrammierter Lehrbücher beim Selbststudium der Erwachsenen.
Als wichtigste Prinzipien des programmierten Lernens betrachten alle Autoren, die sich mit diesen Fragen beschäftigen, den sich wesentlich erhöhenden Anteil der Selbständigkeit in der Arbeit der Schüler sowie die Individualisierung der Lehrunterweisungen. Damit die Schüler während der selbständigen Arbeit erfolgreich Wissen erwerben, muß die Lerntätigkeit auf spezifische Art gesteuert werden, und es bedarf bestimmter Bedingungen und einer speziellen Organisation des Lernens. Beim programmierten Lernen wird zumeist der zu vermittelnde Stoff so aufgegliedert, daß die Reihenfolge der Informationen, Aufgaben, Hilfsoperationen und Kontrollfragen dem Lernenden genau vorgeschrieben werden. Der Schüler erhält Verfahrensvorschriften und auch Kenntnis darüber, ob sein Vorgehen bzw. seine Antworten richtig sind. Beim programmierten Lernen (Unterricht) wird also im Prinzip die Arbeitsweise des Lernenden durch einen vorher ausgearbeiteten *Lehralgorithmus* bestimmt. Nach Landa (1966) ist „der programmierte Unterricht ... die Realisierung eines bestimmten Unterrichtsprogrammes oder Unterrichtsalgorithmus" (S. 36). Unter einem für den programmierten Unterricht aufzustellenden Unterrichtsalgorithmus verstehen wir mit Landa (1966) „eine solche Vorschrift für die Durchführung des pädagogischen Prozesses ... durch die Ziel und Inhalt des Unterrichts genau bestimmt werden, die Tätigkeiten des Lernenden und des Lehrenden in einzelne Komponenten und Operationen aufgegliedert sind und durch die genau gezeigt wird, welche Tätigkeiten der Lehrende und der Lernende zur Erreichung eines Zieles ausführen müssen, welche Tätigkeiten der Lehrende als Antwort auf jede mögliche Tätigkeit des Lernenden ausführen soll und wann der Unterrichtsprozeß nach einem bestimmten Algorithmus zu beenden ist" (S. 36).

Dieser Lehralgorithmus wird in Form eines Lehrprogramms mit Hilfe programmierter Lehrbücher oder Lehrmaschinen jedem Lernenden *einzeln* dargeboten. Hierin liegt die besondere Bedeutung des programmierten Lernens. Ein großer Lerneffekt wird bekanntlich beim individuellen Unterricht erreicht. Bei einem solchen Unterricht zeigen sich die individuellen Voraussetzungen und Fähigkeiten des Schülers, und der Lehrer kann diese ständig bei der Kenntnisvermittlung berücksichtigen. Eine solche unmittelbare und direkte Verbindung des Schülers mit dem Lehrer kann bei den herkömmlichen Unterrichtsmethoden nicht erreicht werden. Der Hauptmangel von Vorlesungen und anderen Lehrveranstaltungen in der Erwachsenenbildung besteht eben darin, daß der Lehrer gleichzeitig viele Hörer mit den unterschiedlichsten Voraussetzungen für den Kenntniserwerb vor sich hat und nicht operativ den Aneignungsgrad des Lehrstoffs jedes einzelnen kontrollieren kann. Bei der Vorlesung entwickelt der Lehrer höchste Aktivität; bei den Schülern fehlt jedoch häufig die so notwendige Lernaktivität. Weiterhin ist der gesamte Unterrichtsprozeß – einschließlich der Vorlesungen – meist für den Durchschnitt des Leistungsniveaus der Hörer berechnet, wobei besonders Befähigte „auf der Stelle treten", während leistungsschwache Schüler zurückbleiben. Rostunow (zit. bei Schestakow 1965) vermerkt dazu: „Alle Versuche, mit jedem Schüler unter Berücksichtigung seiner Vorbildung und Fähigkeiten individuell zu arbeiten, haben infolge der großen Überbelastung der Lehrer zu keinem Erfolg geführt" (S. 14). Clauss (1965 c) vergleicht unter Berücksichtigung der in der internationalen Literatur vorliegenden Untersuchungen die Vor- und Nachteile des traditionellen und des programmierten Unterrichts und gelangt zu der allgemeinen Schlußfolgerung, daß „das programmierte Lernen dem herkömmlichen Lernen überlegen ist", wenn bestimmte – bei Clauss näher erörterte – Voraussetzungen erfüllt sind (S. 17 f.).
Landa (1969) betont, daß der programmierte Unterricht mit Hilfe von Lehralgorithmen völlig neue Perspektiven eröffnet. „Er erlaubt es, den frontalen Unterricht in der Klasse mit einem echten individuellen Eingehen zu verbinden sowie das Niveau und die Art des Unterrichts dem Entwicklungsniveau der Kenntnisse und Operationen aller Schüler anzupassen" (S. 40).
Die Ausarbeitung von *Lehralgorithmen* ist im wesentlichen an zwei Voraussetzungen gebunden (vgl. dazu Landa 1969, S. 59 ff.: „Das Problem der Klassifikation von Algorithmen in Abhängigkeit von den Bedingungen und Typen der Steuerung"). Die *erste* Voraussetzung besteht im Auffinden geeigneter *Lösungsalgorithmen.* Dieses Problem ist relativ leicht bei mathematischen Aufgaben zu realisieren. Inzwischen sind jedoch auch für viele andere Fachgebiete Algorithmen entwickelt worden.

Im Jahre 1962 befanden sich in den USA insgesamt 122 programmierte Kurse im Handel. Die folgende Aufstellung gibt die prozentuale Verteilung dieser 122 Lehrgänge auf einzelne Stoffgebiete wieder (nach Birth 1966, S. 147):

1. Mathematik	44
2. Naturwissenschaft	19
3. Englische Sprache, Grammatik und Orthographie	17
4. Fremdsprachen	8

5.	Sozialwissenschaft	6
6.	Handels- und Wirtschaftskurse	3
7.	Sonstiges	3

Dieser Überblick zeigt, daß sich besonders systematisierbare, formalisierbare Stoffgebiete wie Mathematik, Physik, Chemie, technische Fächer oder Grammatik recht gut eignen. In der Erwachsenenbildung sind also durchaus günstige Voraussetzungen für die Programmierung, für die Aufstellung von Lösungsalgorithmen in den vordringlich geforderten Fachgebieten gegeben. Es ist an solche technischen Fächer wie Elektrotechnik, Elektronik, Meß-, Steuerungs- und Regelungstechnik sowie an Grundlagenfächer wie Mathematik, Physik, Chemie usw. zu denken. In der Sowjetunion sind in den letzten Jahren besonders in diesen Fächern für die Erwachsenenbildung Programme entwickelt worden. Das zeigen die Programmausschnitte bei Schestakow (1965). Es ist dabei kein Zufall, daß in der Sowjetunion solche Arbeiten vor allem an technischen Hochschulen betrieben werden.

Im Zusammenhang mit Lösungsalgorithmen gibt es aber auch eine Anzahl von Aufgaben aus verschiedenen Stoffgebieten, für deren Lösung sich nur schwer ein solches System von Operationen und Bedingungen finden läßt. Für bestimmte Aufgaben ist sogar die Unmöglichkeit einer algorithmischen Lösung nachgewiesen (vgl. Landa 1969, S. 81–96). In den verschiedensten Gebieten sind bisher nur wenige der vielen möglichen Algorithmen entwickelt worden, so daß noch zahlreiche Programmierungsmöglichkeiten bestehen. Es gibt auch niemals einen universellen Algorithmus, sondern „um unter allen möglichen Algorithmen den rationellsten zu finden, muß man zuerst in jeder Menge von Algorithmen, den Merkmalsgruppen entsprechend, den *optimalen* Algorithmus wählen. Hat man für jede Menge diesen Algorithmus bestimmt, so muß wieder unter diesen der beste ausgewählt werden, indem die Formel zur Bewertung der Effektivität verwendet wird" (Landa 1969, S. 154 – vgl. dazu auch die empirische Untersuchung von Lucas 1969).

Die *zweite* Voraussetzung für die Ausarbeitung guter Lehralgorithmen verlangt die detaillierte Kenntnis der Struktur und Verlaufseigenschaften *menschlicher* Lernprozesse. Diese Voraussetzung ist im Augenblick noch wesentlich schwieriger zu erfüllen, da es eine allgemeingültige Lerntheorie noch nicht gibt (vgl. dazu die Ausführungen im zweiten Teil des vorliegenden Buches). Auf die sich daraus ergebenden Probleme für die Aufstellung von *Lehr*algorithmen, für die Schaffung programmierten Lehrmaterials gehen wir im nächsten Abschnitt „Lerntheorie und programmiertes Lernen" ein.

Abschließend sei im Zusammenhang mit der Bedeutung von Aktivität und Motivation für den Lernerfolg betont: Die gewöhnlich genannten Prinzipien des programmierten Lernens (Kenntniserwerb bei einer vorwiegend *selbständigen* Arbeit der Lernenden, Aktivierung der Schüler, Aufgliederung des Unterrichtsstoffs in Schritte, ständige Kontrolle des Kenntniserwerbs, unmittelbare Bekräftigung zur Verbesserung der Lernmotivation und Individualisierung der Kenntnisaneignung) sind untereinander vielfach verbunden und bedingen sich gegenseitig (vgl. Landa 1969, S. 54 f.). Clauss (1965 c) weist auf diese Zusammenhänge speziell unter den Aspekten Schüleraktivität und Lernvorgang (S. 24–27) bzw. Erfolgsbestätigung und Lernvorgang (S. 27–30) hin.

Wir sind der Auffassung, daß sich diese bedeutsamen Komponenten Lernaktivität und Lernmotivation besonders beim programmierten Lernen erzielen lassen. In Anlehnung an Correll (1964 a) ist festzustellen:

1. Lernaktivität und Lernmotivation werden durch Erfolgserlebnisse gesteigert, und diese Einwirkung ist um so größer, je kürzer der zeitliche Abstand zwischen der Lernanstrengung und ihrer Bewertung ist. „Daher kann im programmierten Lernen ein Maximum an Motivierung erreicht werden, zumal hier der Lernprozeß in ... Teilschritte aufgegliedert ist, deren Bearbeitung ... direkt bewertet wird" (S. 36).

   Die Richtigkeit dieser These zeigt sich neuerdings in der Untersuchung von Kneffel (1968). Er verglich die Lernresultate bei Erwachsenen (Lehrerstudenten), die mit gleichem Zeitaufwand an identischen Aufgaben übten: sie erhielten jedoch die *Erfolgsinformation* nach verschieden langen Intervallen (nach 3 Tagen, nach 45 Minuten, nach 1 Minute). Als Lernaufgabe diente die grammatische Analyse des Verbs. Ein Ergebnis zeigt Abb. 42.

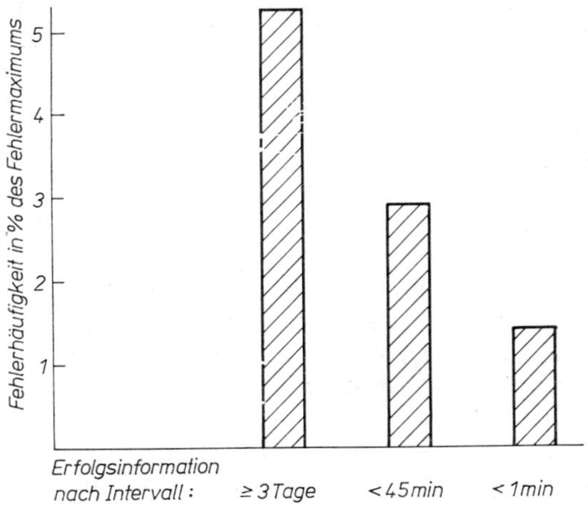

Abb. 42: Lerneffekt nach verzögerter und unmittelbarer Erfolgsinformation (nach Kneffel 1968).

Daraus ist eine maximale Fehlerhäufigkeit zu erkennen, wenn die Erfolgsinformation erst nach 3 Tagen erfolgt; sie ist minimal bei einer unmittelbaren Erfolgsinformation. Ähnliche Resultate erzielten Book und Norbell in einem anderen Zusammenhang (vgl. Rubinstein 1958, S. 702). Die oft besseren Ergebnisse bei dem programmierten Lernen sind gewiß auf die rasche Erfolgsinformation zurückzuführen. Diese Erkenntnis hat jedoch auch große Bedeutung für die Verbesserung des traditionellen Unterrichts (z. B. für die möglichst schnelle Korrektur und Rückgabe von schriftlichen Arbeiten bzw. für die Bestätigung einer richtigen Schülerantwort).

2. Lernaktivität und Lernmotivation werden auch verbessert, wenn der Lehrer den Kenntnisstand beim Schüler und sein Arbeitstempo kennt. Im traditionellen Unterricht kann der Lehrer niemals den individuellen Kenntnisstand und das jeweilig notwendige Arbeitstempo bei allen seinen Schülern berücksichtigen. Das gilt besonders für Erwachsene, bei denen in dieser Hinsicht oft sehr große Unterschiede vorhanden sind. Einige Hörer werden deshalb notwendigerweise über- oder unterfordert und dadurch in ihrer Lernaktivität und Lernmotivation beeinträchtigt. Das ist meist mit einem Nachlassen der Lernleistung verbunden. Beim Lernen mit Programmen dagegen kann jeder Schüler das ihm gemäße Tempo selbst bestimmen.
All diese Feststellungen erfordern, dem programmierten Lernen im Erwachsenenalter in Zukunft eine größere Bedeutung beizumessen.

7.2. Programmiertes Lernen und Lerntheorie

Wir betonten bereits, daß die Ausarbeitung guter Lehralgorithmen (Programme) eine detaillierte Kenntnis der Struktur und Verlaufseigenschaften *menschlicher* Lernprozesse voraussetzt. Dieses Problem ist aber noch keineswegs befriedigend gelöst. Mit Landa (1966) sind wir jedoch der Überzeugung, daß die heute noch vorhandenen Schwierigkeiten und Mängel des programmierten Unterrichts – als eine spezielle Form des programmierten Lernens – „eine *Folge* der Mängel in den Theorien des Unterrichts und des Lernens" darstellen, „von denen die Autoren einer Anzahl der vorliegenden programmierten Materialien und Lehrmaschinen ausgehen" (S. 87).
Im folgenden werden einige der wichtigsten Programmierungstechniken – wie sie heute verbreitet sind – kritisch eingeschätzt. Dabei wenden wir uns kurz der *linearen* Programmierungstechnik (Skinner), der *verzweigten* Programmierungstechnik (Crowder), den *adaptivdiagnostischen* Programmen und den *heuristischen* Regeln zu.
Skinner, der als einer der Begründer des programmierten Unterrichts bekannt geworden ist, entwickelte die *linearen* Programme. Sie lassen sich schematisch folgendermaßen darstellen (vgl. Abb. 43):

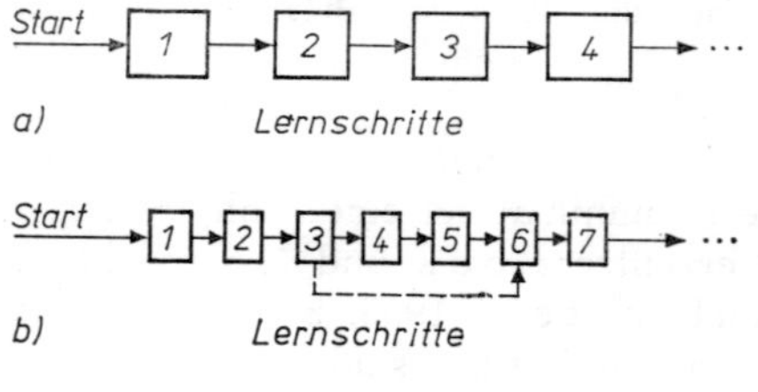

Abb. 43: Schematische Darstellung eines reinen linearen Programms (a) und eines „Springprogramms" (b) als Variante eines linearen Programms (nach Skinner).

Der Stoff wird in kleinsten Einheiten (Lernschritten) vermittelt. Jeder Lernende muß jede Einheit (in Form von Informationen, Fragen, Aufgaben) abarbeiten. Er begeht durch die geringe Schrittgröße wenig Fehler und erhält nach *jeder* erfolgreichen Lösung die Bestätigung seines Erfolges (vgl. Markle 1967, S. 15 ff.).

Keinesfalls dürfen die erheblichen *Nachteile* dieser Programmierungstechnik übersehen werden. Die Prinzipien dieser Programmierung ergeben sich aus den Postulaten einer behavioristischen Lerntheorie, die aus Tierexperimenten resultiert und lediglich die Beziehungen zwischen Stimulus (S) und Reaktion (R) betrachtet. Merkmale des spezifisch *menschlichen* Lernens, wie wir sie in den Abschnitten 2.1. und 2.5.5. dargestellt haben, bleiben unberücksichtigt. Es erfolgt – analog der Dressur von Tieren – lediglich die Steuerung der *Eingänge* (Input – als der wahrzunehmende Lehrstoff und die entsprechenden Aufgaben und Instruktionen) und der *Ausgänge* (Output – als Antworten in Form einer bestimmten psychischen Reaktion). Diese Technik führt also nur zur Verbesserung der Steuerung der „äußeren Faktoren des Unterrichts" (der Eingänge und Ausgänge). Sie vermag jedoch nicht die so wichtige Steuerung des Mittelgliedes (black box), die Lenkung und Bildung komplizierter Denkprozesse und die vielfältig notwendigen Formen der geistigen Tätigkeit vorzunehmen. Landa (1966) betont deshalb immer wieder, daß „die Frage nach den Steuerungsverfahren des ‚Mittelgliedes' ... kein Autor umgehen kann. Sie ist die *zentrale Frage* in jeder Unterrichts- und Lerntheorie. Ihre Lösung legt auch die äußeren Formen fest, die dem Lehrstoff bei der Programmierung gegeben werden" (S. 77). Die Unterrichtsalgorithmen müssen deshalb u. a. auf die Unterweisung in den Algorithmen und anderen regulären Verfahren der *Denktätigkeit* abzielen.

Außer diesen prinzipiellen Einwänden gegenüber der behavioristischen Skinner-Theorie sind die Nachteile dieser Programmierungstechnik u. a. in folgendem zu sehen:

- Das starr vorgeschriebene Vorgehen bei der Abarbeitung des linearen Programms kann den unterschiedlichen Voraussetzungen der Lernenden (Adressaten) nicht Rechnung tragen. Das kommt besonders bei der Aus- und Weiterbildung Erwachsener zum Ausdruck, bei denen mit sehr unterschiedlichen Fähigkeiten und Vorkenntnissen zu rechnen ist.
- In der Regel ist ein rein lineares Programm nur für diejenigen Schüler nützlich, für die der Stoff völlig neu und daher schwer zu bewältigen ist. Es erfolgt jedoch auch in diesen Fällen keine Anleitung zum schöpferischen Denken, da auf eine problemhafte Darlegung bestimmter Stoffeinheiten verzichtet wird.
- Die starr vorgeschriebene Erarbeitung der Kenntnisse führt bei Erwachsenen oft zur Unterforderung und damit zur Auslösung negativer Lernmotivationen. In einer Untersuchung von Schirm (1964) beurteilen Erwachsene, die mit dieser Programmierungstechnik unterrichtet wurden, nachdem ihnen bereits ein Drittel des Stoffes bekannt war, das lineare Programm folgendermaßen: „Das ist vielleicht etwas für Kinder, aber nicht für Erwachsene", „zu primitiv", „langweilig" usw. (S. 21).

Interessant sind in diesem Zusammenhang auch die Untersuchungsergebnisse von Roe (1962). Er verglich wiederholt die Kenntnisse der Studenten, die eine völlig durcheinandergebrachte Reihe von Schritten eines bestimmten Programms absolviert hatten, mit den Kenntnissen derjenigen, die das gleiche Programm mit den gleichen Abschnitten durchgearbeitet hatten, die jedoch logisch geordnet waren. Er stellt fest, daß beide Gruppen den Posttest in der gleichen Zeit und mit den gleichen Lernergebnissen lösten. Die durcheinandergeworfenen Schritte waren zwar für die Studenten unbequemer und verwirrend, jedoch schien es, daß diese Faktoren eine stärkere Konzentration auf die eigentliche Problematik des Unterrichtsstoffes bewirkten. Die streng logische Anordnung der Schritte war für die Studenten so klar, daß sie keine Mühe für die gedankliche Durchdringung des Lehrstoffes aufbringen mußten. Lernaktivität und Lernmotivation sanken dadurch ab.

Es ist deshalb richtig, wenn Möhle (1968) auf einem Kolloquium der Karl-Marx-Universität Leipzig zur Erhöhung der Effektivität der Hoch- und Fachschulbildung durch Programmierung und Einsatz technischer Unterrichtsmittel betont:

„Im Hoch- und Fachschulbereich ... sind zunehmend ... weniger streng der determinierende Programme zum Auslösen wissenschaftlich schöpferischer Tätigkeit anzuwenden. Programme, die auf eine drillmäßige Aneignung des Wissens abzielen, sind demzufolge ungeeignet" (S. 2).

Im Unterschied zu Skinner ist Crowder der Auffassung, daß die Verbindung zwischen Eingang (Input) und Ausgang (Output) beim programmierten Lernen mit sogenannten verzweigten Programmen bedeutend besser verwirklicht wird (vgl. Abb. 44).

Im Gegensatz zu Skinner betont Crowder, daß man den Schülern im Lernprozeß Aufgaben stellen muß, die von ihnen Denken, Probieren, Suchen usw. erfordern (vgl. Markle 1967, S. 136–186). Wird ein verzweigtes Programm in Form von programmierten Lehrbüchern geboten, so spricht man häufig nach Crowder von Mischbüchern (scrambled books). Dabei wird meistens die Form der Mehrfachwahlantwort benutzt (vgl. Kelbert 1964).

Der Vorteil dieses Verfahrens gegenüber der Skinner-Technik liegt u. a. darin, daß die Schrittgröße bei dem zu erarbeitenden Lehrstoff wesentlich umfangreicher ist. Es kann auch auf unterschiedliche Voraussetzungen der Schüler (z. B. Kenntnisse, Denkschulung usw.) mehr individuell eingegangen werden. Dabei wird nicht wie bei Skinner Wert darauf gelegt, daß der Schüler möglichst gar keine Fehler macht. Die Crowdersche Programmierungstechnik berücksichtigt, daß man auch aus den gemachten Fehlern lernen kann. Es wird also dem Schüler z. B. mitgeteilt, daß er eine falsche oder eine nur teilweise richtige Lösung erzielt hat. Ihm wird ferner klargemacht, *welcher* Fehler ihm unterlaufen ist und *was* er zu berücksichtigen hat, um die Aufgabe richtig zu lösen. Je nach der Art des Fehlers wird der Lernende also *individuell* angeleitet. Demgemäß ist auch das Arbeitstempo recht unterschiedlich.

Es ist deshalb einleuchtend, daß z. B. Lohse (1969) bei seinen Untersuchungen zu Effekt- und Verlaufsanalysen programmierten Lernens (untersucht am Mathematik-Programm „Elementare Zahlenfolgen") u. a. nachweisen kann, daß Schüler mit schlechten Mathematik-Ausgangsleistungen, die mit dem verzweigten Übungsprogramm arbeiteten, zu signifikant besseren Lernergebnissen gelangen als diejenigen, die das lineare Übungsprogramm absolvierten. Wichtig erscheint uns noch seine Feststellung, daß Ingenieur-Abendstudenten bei gleichen Leistungsergebnissen im Mittel signifikant *mehr* Zeit zur Abarbeitung beider Programmteile benötigen und auch eine bedeutend *höhere Zeitstreuung* aufweisen als Schüler der 10. Klasse der erweiterten Oberschule. Dafür sind verschiedene Faktoren maßgebend, auf die wir hier nicht eingehen können.

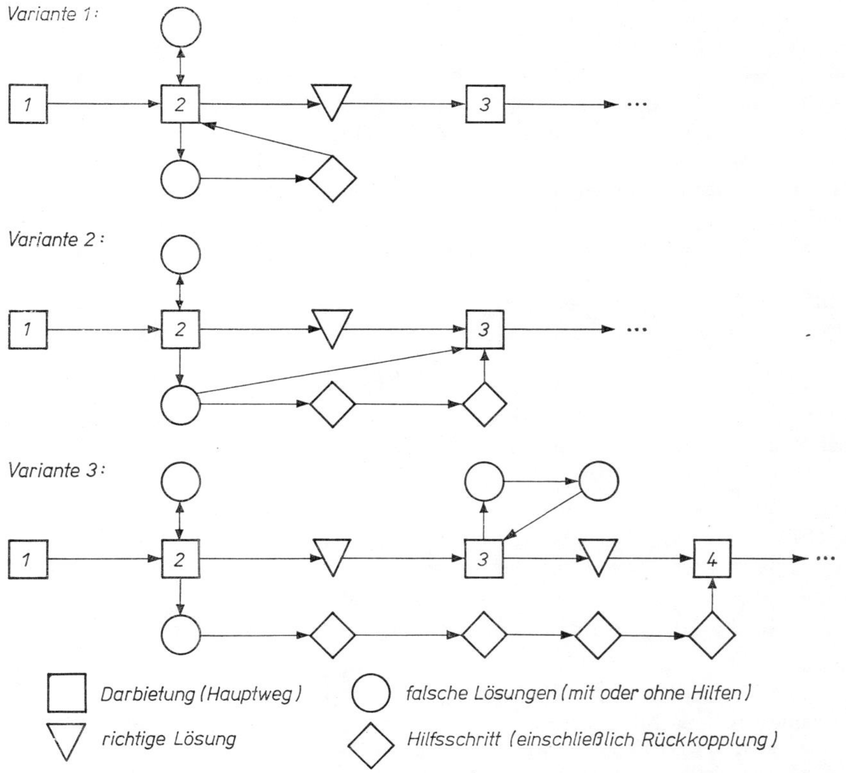

Abb. 44: Schematische Darstellung verschiedener Varianten des verzweigten Programms (nach Crowder).

Neben diesen beiden Programmtechniken gibt es kombinierte Formen; sie werden als *kombinierte* oder *gemischte* Programme bezeichnet. In ihnen sind lineare und verzweigte Abschnitte enthalten. Dabei gibt es keine prozentuale Festlegung des Verhältnisses zwischen beiden Abschnitten. Im allgemeinen überwiegen jedoch in diesen Programmen die linearen Strecken. Wir gehen darauf nicht besonders ein. G r a f (1968), L o h s e (1969) u. a. haben derartige Programmtypen angewandt. Mit T a l y s i n a (1968, 1969) möchten wir betonen, daß es falsch wäre, anzunehmen, „daß die gewonnenen Erfahrungen im Zusammenhang mit dem programmierten Lernen im Ausland (in den USA, H. L.) zu keiner Erhöhung der Wirksamkeit dieses Lernens im Vergleich zu den herkömmlichen Formen geführt hätten. In der Regel erweist sich auch dieses programmierte Lernen als effektiver gegenüber dem traditionellen" (1968, S. 2). Sie führt dazu auch Gründe an, auf die wir hier nicht eingehen können.

Trotz aller Vorzüge der verzweigten Programme gegenüber den linearen Programmen S k i n n e r s ist doch mit L a n d a (1966) zu vermerken, daß auch die C r o w d e r - Programme eine direkte Steuerung des Mittelgliedes zwischen S (stimulus) und R (response) nur schwer ermöglichen. Auf die Steuerung der Denkprozesse und darüber hinaus auf Versuche, ihren Aufbau, ihre Struktur zu erkennen, wird verzichtet (S. 78). In einem seiner Artikel sagt C r o w d e r, daß er keinen Anspruch darauf erhebt, zu wissen, wie der Mensch lernt. Für ihn ist lediglich die Kenntnis wichtig, ob ein Lernender Fehler macht oder nicht und wenn er sie macht, dann was für welche, um ihn durch die Reaktion auf den Fehler zur richtigen Lösung der Aufgaben zu führen. „Das ist sozusagen eine nachträgliche Steuerung, eine Steuerung durch Verbesserung" (L a n d a 1966, S. 78). Obwohl also C r o w d e r die Forderung nach einer differenzierten Reaktion auf einen Fehler erhebt (Steuerung je nach Fehler), formuliert er keine *Prinzipien, wie* man denn auf einen Fehler reagieren soll, um mit Hilfe eines solchen Reagierens das Mittelglied zu steuern. Das bedeutet jedoch nicht – und das sieht auch L a n d a (1966) –, daß C r o w d e r in seinen Lehrbüchern auf mögliche Fehler der Schüler unrichtig reagiere. „Seine Lehrbücher sind talentiert und interessant geschrieben ... Bei den genannten Prinzipien handelt es sich um wissenschaftliche, theoretische Prinzipien des Reagierens, die von C r o w d e r nicht formuliert worden sind" (S. 93).

Sehr aufschlußreich sind in diesem Zusammenhang die Feststellungen von P r e s s e y (1967), der ein Mitbegründer des programmierten Unterrichts in den USA ist. In seiner Arbeit „Die Krise der Lehrmaschine und der Lerntheorie" stellt er resignierend fest, daß sich die Programmschreiber zur Zeit in einer Sackgasse befinden, in die Irre geführt durch eine Theorie, die auf Tierexperimenten beruht.

„Seit Jahren haben die (amerikanischen, H. L.) Lerntheoretiker im ganzen Land Bücher oder anderes Material in zahlreiche kleine Schritte zerlegt, von denen jeder aus einer sehr leichten Frage oder Aussage besteht und einen freien Platz hat, in dem eine ‚erarbeitete' Antwort von einem oder zwei Wörtern geschrieben werden kann ... Fragen mit Mehrfachwahl werden nicht verwendet, weil sie falsche Wahlmöglichkeiten bieten und weil sie außerdem nur Unterscheidungen verlangen. Dies alles schien theoretisch plausibel, und man hat große Hoffnungen auf einen außerordentlichen pädagogischen Fortschritt gehegt ... Statt dessen haben sich die Beweise gehäuft, daß das bei den ... Hypothesen, auf denen die Programmierung beruhte, für das *menschliche Lernen sinnvollen Stoffes* nicht der Fall war" (S. 273).

P r e s s e y (1967) betont, daß es für das *menschliche Lernen* Hinweise gibt, daß das Schreiben von Ergänzungen weniger wertvoll ist als objektive Aufgaben, daß Bekräftigung (reinforcement) nicht den entscheidenden Prozeß darstellt, ja daß Programmieren für die Entwicklung kognitiver Strukturen sogar schädlich sein kann. Er nimmt an, daß eine gesteuerte Selbstanleitung im Zusammenhang mit Texten und andere Möglichkeiten zur Anleitung der Schüler brauchbarer sind und wahrscheinlich am ehesten zum Lernerfolg führen. Die Problematik der amerikanischen Lerntheorien wird deutlich, wenn Pressey (1967) schreibt:

„Kein geringerer Vorwurf wird erhoben als der, daß die gesamte Tendenz der amerikanischen Erforschung und Theorie des Lernens von einer falschen Voraussetzung ausgeht – daß nämlich die wichtigen Züge des menschlichen Lernens bei Tieren zu finden sind. Tatsächlich ist es die wichtigste Tatsache, daß das menschliche Lernen das tierische übertroffen hat" (S. 280). Und weiter: „Am bemerkenswertesten von allem ist jedoch festzustellen, wie Lerntheoretiker, hypnotisiert von den Plausibilitäten einer sauberen Theorie, einen Menschen so zu lehren versuchen, als sei er eine Taube – sie binden seinen Blick an die eintönige, langsame Vorführung eines Guckkastens mit zahllosen Programmkarten, die von ihm eine Reaktion erwarten und Verstärkung geben" (S. 282).

Aus diesen kritischen Einschätzungen eines amerikanischen Forschers, der selbst die Programmierungstechnik mit ausgearbeitet hat, ergibt sich mit aller Eindringlichkeit die Notwendigkeit der Entwicklung einer marxistischen Lerntheorie für speziell menschliches Lernen, aus der sich auch konkrete Programmierungstechniken ableiten lassen. Der Aufbau eines Lehrprogramms setzt die Kenntnis der Struktur der herauszubildenden psychischen Vorgänge voraus. Das Kennenlernen der zu gestaltenden psychologischen Vorgänge ist erforderlich, um sie in der Form eines *Modells* der inneren geistigen Tätigkeit darzustellen. Der Verfasser eines Lehrprogramms muß sich dann von diesem Modell leiten lassen. Ein solches Modell aufzustellen ist in erster Linie die Aufgabe der *Psychologen*, damit sich die speziellen Programmierer (Fachvertreter eines bestimmten Wissenschaftsgebietes, Didaktiker und Fachmethodiker u. a.) daran orientieren können. Ansätze dazu sind durch die Theorie von Wygotski (1964), insbesondere aber durch die Theorie von Leontjew (1966) und Galperin (1967) gegeben (vgl. dazu Abschnitt 2.5.5.). Die Theorie Galperins von der etappenweisen Bildung geistiger Operationen hat jedoch bisher noch nicht zur Herstellung programmierter Lehrbücher und Lehrmaterialien geführt.

„Die unbefriedigende Steuerung des ‚Mittelglieds' in den meisten heute vorliegenden Unterrichtsprogrammen läßt sich dadurch erklären, daß man sich bemüht, die Schüler vor allem Kenntnisse zu lehren, und daß man die Denkmethoden unzureichend oder schlecht lehrt" (Landa 1966, S. 83).

Die Steuerung des Mittelgliedes muß nach seiner Ansicht durch drei Faktoren bestimmt werden:

„1. Durch das Verstehen der psychologischen *Ursache* des Fehlers;
2. durch das Verstehen des psychologischen Mechanismus des richtigen Verfahrens (der Methode) zur Lösung einer solchen Aufgabe; durch das Verstehen, *wie* man denken muß, um sie zu lösen, was man dafür und wie man das machen muß, welche geistigen Operationen durchgeführt werden müssen;

3. durch die Kenntnis der Unterrichtsmethode in den Denkverfahren (-methoden), durch das Verstehen, was man tun muß, um bei den Schülern das erforderliche System geistiger Operationen herauszubilden und wie das zu erfolgen hat" (S. 83).

Von diesen drei Voraussetzungen ausgehend, entwickelt Landa (1966) „acht Etappen bei der Aufstellung eines Programms (Algorithmus) des Unterrichts" (S. 60–87). Dabei betont er u. a., daß zur Aufdeckung der *psychologischen Ursachen* eines Fehlers beim Lernen des Schülers der Aufbau von *adaptiv-diagnostischen Programmen* notwendig ist. Insbesondere wurde im Laboratorium für programmierten Unterricht des Instituts für Psychologie der Akademie der Pädagogischen Wissenschaften der RSFSR von Landa gemeinsam mit Protaspwa ein Abschnitt eines solchen Programms zu einem der Themen des Kurses „Englisch der 6. Klasse" der Mittelschule aufgestellt. Dieses Programm berücksichtigt nicht nur den Charakter der Fehler der Schüler, sondern auch ihre Gründe. Hierfür sind im Programm spezielle diagnostische Tests vorgesehen. Dadurch erfolgt eine Anpassung des Programms an die individuellen Ursachen der Fehlleistungen der Lernenden. Das programmierte Lehrmaterial arbeitet in diesem Fall nicht nur als Lehrmittel, sondern hat darüber hinaus auch eine diagnostische Funktion. Auch in den westlichen Ländern sind ähnliche Programme entwickelt worden. Wir besprechen kurz die *Criterion-Programming-Technik* (nach Mager, zit. bei Schirm 1964), da sie besonders für Erwachsene geeignet erscheint.

Bei dieser Programmierungstechnik wird den lernenden Erwachsenen eine große Entscheidungsfreiheit eingeräumt. Zunächst werden die Voraussetzungen, auf denen das Programm aufgebaut ist, genau dargelegt, z. B.: „Dieses Lernprogramm setzt voraus, daß Sie addieren, subtrahieren, multiplizieren und dividieren können und die Bruchrechnung beherrschen." Ein Lernender, der sich auf diesen Gebieten *nicht* sicher fühlt, wird auf Studienmaterial oder einen Vorkurs verwiesen. Der Adressat, der diese Voraussetzungen jedoch zu erfüllen glaubt, muß dies durch einen Test beweisen. Jeder Abschnitt des Lehrprogramms selbst beginnt mit einer Vorwahl-Einheit (Criterion Option). Darin wird dem Lernenden das nächste Thema mitgeteilt, z. B.: „Auf den nächsten Seiten wird der Dreisatz behandelt." Hier hat der Erwachsene vier Wahlmöglichkeiten:

T: Das beherrsche ich bereits; bitte den Test.

W: Das habe ich gelernt, bin aber nicht mehr ganz sicher; bitte eine Wiederholung.

B: Ich weiß nicht, ob ich das kann; bitte ein paar Beispiele.

I: Das kann ich nicht; bitte die Instruktion.

Das eigentliche Programm beginnt erst mit I (Instruktion). Es kann übersprungen werden beim Bestehen des Tests (Fall T). Eine schematische Darstellung der Criterion-Programming-Technik erfolgt in Abb. 45.

Schirm (1964) bemerkt, daß diese vielseitigen Auswahlmöglichkeiten „kaum zusätzliche Programmierungsarbeit" bedeuten, da sich zur Wiederholung (W) meist der unprogrammierte „Kern" des betreffenden Programm-Abschnitts ver-

wenden läßt bzw. die Beispiele (B) dem programmierten Text entnommen werden können. Es hat sich gezeigt, daß diese Programmierungstechnik, die einem adaptiv-diagnostischen Programm entspricht, dem Erwachsenen gestattet, sich selbst den Weg festzulegen, den er mit Rücksicht auf seine individuellen Voraussetzungen durch das Programm nimmt. Das führt bei den oft sehr heterogenen Adressatengruppen in der Aus- und Weiterbildung von Erwachsenen zu einem rationellen Lernen. Die Beurteilung solcher Programme durch die Erwachsenen ist sehr positiv, weil die weitgehende Selbständigkeit und das Vermeiden sowohl von Überforderung als auch von Unterforderung eine positive Lernmotivation auslösen und erhalten. Die eingebauten diagnostischen Tests verhindern ferner, daß die Selbsteinschätzung unrealistisch wird. Zuverlässige Lernergebnisse werden meist gewährleistet (vgl. Schirm 1964, S. 23 ff.).
Neuerdings werden von Landa (1969), Linhart (1966) u. a. Ausarbeitungen für *heuristische Regeln* zur Ausbildung und Vermittlung von Denkoperationen mit Hilfe von Algorithmen gefordert. Nach Landa (1969) ist die Aufgabenstellung für heuristische Regeln durch folgende fünf Besonderheiten gekennzeichnet:

„1. Es ist ein Ausgangsobjekt (eine Ausgangsaussage) vorhanden (das, was gegeben ist). Es ist ein Endobjekt (eine Endaussage) gegeben, von dem zu beweisen ist, daß es sich logisch aus dem Ausgangsobjekt ergibt.
2. Es ist ein vollständiges Verzeichnis von Mitteln (Regeln), das heißt ein Gesamtfeld an möglichen Mitteln, gegeben, die man bei der Lösungssuche benutzen kann.

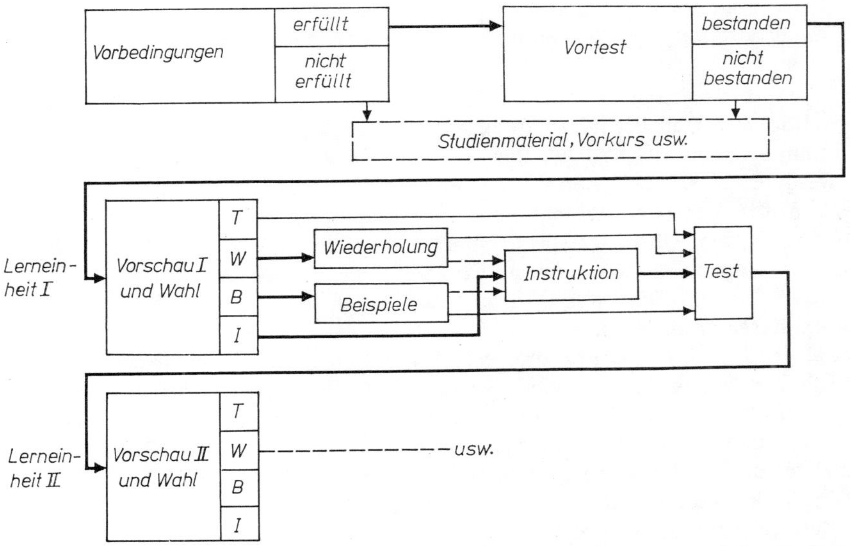

Abb. 45: Schematische Darstellung der Criterion - Programming-Technik (nach Schirm 1964, S. 24).

3. Der Weg, der vom Ausgangsobjekt zum Endobjekt führt, ist unbekannt. Es existiert kein Algorithmus für sein vorheriges Identifizieren. Man kann nur durch Versuche und Erproben verschiedener Mittel von dem Gegebenen zu dem zu Beweisenden übergehen. Der einzig aufstellbare Algorithmus, der auch sicher zur Lösung führt, ist ein Probieralgorithmus.
4. Bekannt ist die Menge aller möglichen Wege vom Ausgangsobjekt zum Endobjekt (oder es besteht die prinzipielle Möglichkeit, sie zusammenzustellen). Bekannt ist demnach das gesamte Lösungsschema für die Beweisführung, das heißt der Weg, der beim Suchen nach einer Lösung beschritten werden soll.
5. Versuch und Erproben können ausgeführt werden, indem diese oder jene Mittel aus der vorgegebenen Gesamtmenge möglicher Mittel ausgewählt werden" (S. 352 f.).

Echte heuristische Regeln setzen also eine gewisse Selbständigkeit des Lernenden voraus; sie verlangen die Fähigkeit zur eigenen Aktivität und Selbstorganisation. Sobald eine Anweisung nicht mehr unbestimmt ist, sondern entsprechende Handlungen beim Lösen einer Aufgabe völlig determiniert, wird sie algorithmisch. Die wichtigsten Funktionen der heuristischen Regeln zur Auslösung der Denktätigkeit bestehen darin, daß sie erstens „entsprechende Kenntnisse und Operationen aktualisieren, deren Funktionieren den schöpferischen Prozeß ausmacht, und zweitens den Ablauf dieses Prozesses steuern, indem die Suche reguliert und zur Lösung geführt wird" (Landa 1969, S. 361).
Wir sind der Auffassung, daß die adaptiv-diagnostischen Programme und die Ausarbeitung heuristischer Regeln besondere Bedeutung in der Aus- und Weiterbildung von Erwachsenen erlangen werden.

7.3. Programmiertes Lernen und traditioneller Unterricht

Sehr oft wird die Frage gestellt: Ist der programmierte Unterricht effektiver als der traditionelle Unterricht? Aus dem bisher Dargelegten ist klar, daß der teilprogrammierte Unterricht bzw. das programmierte Lernen durchaus effektiver oder weniger effektiv sein können als der herkömmliche Unterricht (vgl. Landa 1969, S. 57 ff.). Das hängt wesentlich davon ab, *was* und *wie*, mit welchen Methoden man mit dem Unterrichtsprogramm (Algorithmus) lehrt und was in dieses Programm eingegeben wird. Kurz: *Das hängt wesentlich von der Qualität des Programms ab und damit letztlich auch davon, an welcher Lerntheorie sich die Programmierer orientieren.*
Es ist einleuchtend, daß ein programmiertes Lernen, das auf der Grundlage eines vom Inhalt und von der Methode her schlechten Programms erfolgt, bedeutend weniger effektiv ist als ein nichtprogrammierter Unterricht, der auf der Grundlage eines guten Inhalts und guter Methoden von einem versierten Lehrer durchgeführt wird. Der teilweise programmierte Unterricht schafft jedoch durchaus die Möglichkeit für ein hocheffektives Lernen der Schüler. Wir wollen das an zwei Beispielen demonstrieren.
1. Beispiel: Hentschel (1967) verglich die Effektivität programmierter und herkömmlicher Unterweisungen an 29 Seminargruppen von Lehrerstudenten (565

Studenten eines pädagogischen Instituts) zum Thema „Physiologische Grundlagen des Psychischen“. Der Versuchsplan zum Effektivitätsvergleich sah drei Unterrichtsvarianten vor: 1. individuelle Bearbeitung des Programms und zweistündige Konsultation, 2. individuelle Bearbeitung des Programms ohne zusätzliche Konsultation, 3. sechsstündiges Seminar und angeleitetes Literaturstudium. Die Versuchsgruppe PmK umfaßte 11 Gruppen ($N = 226$), die Versuchsgruppe PoK 10 Gruppen ($N = 185$) und die Kontrollgruppe TU 8 Gruppen ($N = 154$). Die Ergebnisse dieser Untersuchung zeigt Abb. 46.

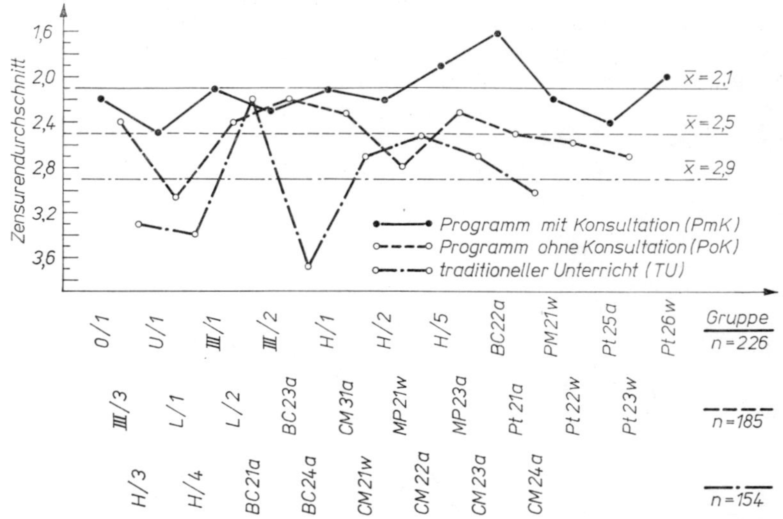

Abb. 46: Zensurenverteilung nach Unterricht in drei Methodenvarianten (nach Hentschel 1967).

Die Lernergebnisse wurden in allen Stichproben mit dem gleichen Post-Test ermittelt. Die Leistung jedes Studenten wurde in Punktzahlen gemessen und in Zensurgraden ausgedrückt. Es ergibt sich: Die besten Leistungen zeigt die Versuchsgruppe PmK (also kombinierter Lehrer- und programmgesteuerter Unterricht). Die schlechtesten Leistungen ergeben sich beim traditionellen Unterricht. Allerdings erzielen auch einzelne Studentengruppen (z. B. die Gruppe BC 21 a) nach traditionellem Unterricht bemerkenswert gute Leistungen; jedoch finden wir bei dieser Methodenvariante auch extrem schlechte Resultate. Daraus ergibt sich, daß die Beantwortung der eingangs gestellten Frage auch wesentlich davon abhängig ist, mit welchem Lehrer der Vergleich durchgeführt wird. Aus der Untersuchung von Hentschel (1967) ergibt sich ferner: Programmiertes Lernen bewirkt eine größere Leistungshomogenität der Gruppen. Die beträchtlichen Niveauunterschiede zwischen einzelnen Seminargruppen, die man in der Erwachsenenbildung häufig antrifft, nehmen nach teilprogrammiertem Unterricht ab. Es kommt zu einem Ausgleich krasser Leistungsunterschiede zwischen den

Gruppen bei gleichzeitiger Hebung des mittleren Leistungsniveaus. Am vorteilhaftesten ist der kombinierte Einsatz des von H e n t s c h e l erarbeiteten Lehrprogramms mit zusätzlicher Konsultation. (Das Lehrprogramm „Die physiologischen Grundlagen des Psychischen" wird heute in etwas überarbeiteter Form in der Lehrerausbildung der DDR verwendet. Wir setzen es mit gutem Erfolg auch im Fernstudium bei der Weiterbildung Erwachsener ein.)

2. *Beispiel:* S c h i r m (1966) berichtet über ein Experiment, in dem der Lerneffekt bei Erwachsenen nach traditionellem und lose programmiertem Selbststudium überprüft wird. Die Untersuchung wird an dem Lehrbuch „Einführung in die Soziologie" vorgenommen. Die Versuchsgruppe ($N = 51$) bekommt den Lehrbuchtext portionsweise zugeteilt und dazu ein Programm mit quizartigen Fragen, die nach der Lektüre jedes Pensums beantwortet werden müssen. Die Kontrollgruppe ($N = 22$) studiert im Selbststudium denselben Lehrbuchtext und arbeitet den Inhalt seminaristisch durch. Am Ende des Semesters wird in beiden Gruppen, deren Ausgangsleistungen gleich sind, ein Post-Test (mit 66 Fragen) durchgeführt. Das Ergebnis zeigt Abb. 47.

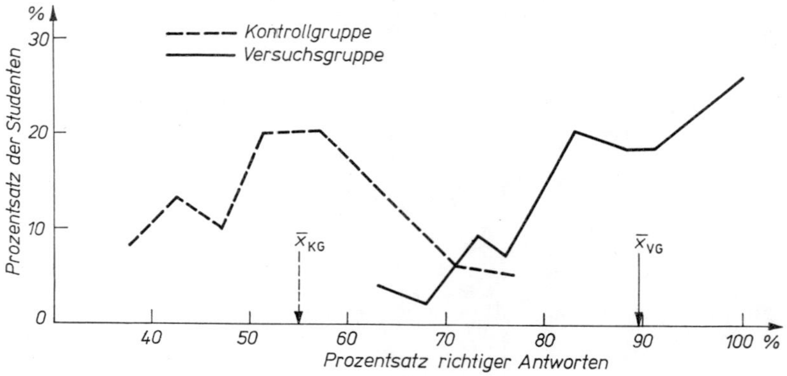

Abb. 47: Lerneffekt nach traditionellem und lose programmiertem Selbststudium bei Erwachsenen (nach S c h i r m 1966).

Es ergibt sich: Die Leistungen der Kontrollgruppe sind etwa normal verteilt. In der Versuchsgruppe sind die Leistungen wesentlich besser und nahezu j-förmig verteilt, obwohl diese Studenten keine Seminare absolvierten. Dieses Ergebnis untermauert die Feststellungen, die wir im Zusammenhang mit unseren Lese-Erinnerungs-Versuchen zum Ausdruck brachten (vgl. Abschnitt 5.7.3.2). Am Beispiel dieser Untersuchungen läßt sich zeigen, was unseres Erachtens für das gegenwärtige Stadium der Programmierung in der Aus- und Weiterbildung der Erwachsenen – im Sinne eines wissenschaftlich-produktiven Studiums – bedeutsam zu sein scheint: Wendet man gewisse lernpsychologische Prinzipien der Programmierung auf die Gestaltung und Einsatzvarianten der traditionellen Lehr- und Studienformen an, dann kann dadurch die Effektivität des Lernens bei mini-

malem Aufwand erheblich gesteigert werden. In der zuletzt referierten Untersuchung wurde die Aufteilung von Lernaufgaben und die Anregung zur Selbstkontrolle beim und nach dem Selbststudium Erwachsener angewandt.
Zusammenfassend ergibt sich: Der programmierte Unterricht wird den Lehrer niemals überflüssig machen. Deshalb betonen wir auch immer die Notwendigkeit eines teilprogrammierten Unterrichts, eines teilprogrammierten Lernens in der Erwachsenenbildung. Es wird immer bestimmte Lehrgegenstände geben, die nicht oder nur mit unvertretbarem Aufwand zu programmieren sind. Es gibt Situationen, in denen der programmierte Unterricht – eine gute Programmqualität vorausgesetzt – effektiver sein wird als der nichtprogrammierte, der sogar von dem erfahrensten Lehrer durchgeführt wird. Es gibt jedoch auch Situationen, in denen der nichtprogrammierte Unterricht, der von hinreichend versierten Lehrern erteilt wird, effektiver ist als der programmierte Unterricht. In dem Unterricht, in dem es auf eine emotionale Wirkung ankommt, bei historischen, literarischen, ästhetischen, ethischen Problemen usw., wird eine streng programmierte Unterweisung der Lernenden kaum möglich und auch nicht angebracht sein. Hier lassen sich eventuell nur Teilstrecken lose programmieren, wie es in der Untersuchung von Schirm (1966) zum Ausdruck kommt.
Schließlich ist zu betonen, daß die erzieherische Einwirkung des Lehrers auf den einzelnen Schüler und auf ein Klassenkollektiv wesentlich von der Lehrerpersönlichkeit, vom Vorbild und der Kontaktnahme des Lehrenden abhängt. Landa (1966) empfiehlt deshalb, daß vor der Direktion einer Lehranstalt immer die Aufgabe steht, „von der Qualität der vorhandenen Unterrichtsprogramme und der Qualifizierung des vorhandenen Lehrerbestandes ausgehend zu bestimmen, in welchen Fällen gerade welches Unterrichtsverfahren, programmiertes oder nichtprogrammiertes, effektiv sein wird" (S. 88).
Wir erachten es folglich für gerechtfertigt, im letzten Kapitel des Buches auch einige Hinweise zur Möglichkeit der Verbesserung des traditionellen Unterrichts in der Erwachsenenbildung zu erteilen. Zuvor sollen noch einige *allgemeine* Grundsätze für die Ausarbeitung von Programmen verdeutlicht werden.

7.4. Einige Grundsätze für die Ausarbeitung von Programmen

Innerhalb dieser Arbeit lassen sich nur einige allgemeine Grundsätze für die Ausarbeitung von Lehrprogrammen darstellen. Detaillierte Hinweise finden sich bei Graf (1968) und vor allem neuerdings bei Clauss, Conrad, Knöchel und Lohse (1974). Da diese Arbeit für einen ausgewählten Adressatenkreis bestimmt ist, orientieren wir uns bei der Darstellung der nachfolgenden Grundsätze für die Aufstellung von Programmen weitgehend an den darin enthaltenen Hinweisen.

1. Da ein Lehrprogramm für eine gewisse Zeit alle Funktionen übernimmt, die sonst üblicherweise dem Lehrenden zufallen, muß es mit größter Sorgfalt ausgearbeitet werden. Die Entwicklung von Programmen stellt also *hohe Anforderungen* an das *Fachwissen*, an die *Methodenbeherrschung* und an das *Ver-*

antwortungsbewußtsein der Programmierer. Während ein Lehrender seinen Unterricht flexibel den Reaktionen der Hörer anpassen kann, entfällt diese Möglichkeit beim Lernen mit programmierten Lehrmaterialien. Das erfordert, daß bereits bei der Ausarbeitung des Programms nach Möglichkeit alles bedacht wird, was das Lernen der Erwachsenen beeinflussen könnte.

2. Die Ausarbeitung eines Programms verlangt folglich ungleich mehr Zeit, Überlegung, methodische Sorgfalt als die Vorbereitung einer traditionellen Unterrichtsstunde.
   Zur Programmierung des Stoffes, der in einer üblichen Vorlesungsstunde behandelt wird, benötigt man zwischen 50 und 1 000 Arbeitsstunden. So programmierten z. B. Frank und Berger (zit. nach Clauss, Conrad, Knöchel und Lohse 1974) den Vorlesungsabschnitt „Einführung des Informationsmaßes", der gewöhnlich eine akademische Stunde von 45 Minuten beansprucht. Sie brauchten für die Ausarbeitung und Herstellung eines Maschinenprogramms rund 1 000 Stunden. Ähnliche Verhältniszahlen werden auch von anderen Autoren angeführt (vgl. Lysaught und Williams 1967).
   Natürlich wird auch über einen geringeren Zeitbedarf berichtet – etwa im Verhältnis 1 : 50. Dabei gilt allgemein: Die Erarbeitung von Maschinenprogrammen erfordert mehr Zeit als die Entwicklung von Buchprogrammen. Auch die Erfahrung der Autoren spielt für den Zeitaufwand selbstverständlich eine Rolle. Es wäre jedoch verhängnisvoll, würden im Unterricht versierte Hoch- und Fachschullehrer glauben, zur Schaffung eines Lehrprogramms nicht wesentlich mehr Zeit zu benötigen als zur gründlichen Vorbereitung einer Vorlesung. Nach den bisherigen Erfahrungen dauert die Entwicklung eines umfangreicheren Lehrprogramms etwa 4 Jahre. In der Zeitspanne sind eingeschlossen: das Schreiben des Textes, die Erprobung und Verbesserung der Erstfassung, der Druck, das Binden und die Auslieferung der Lehrprogrammbücher. Unter günstigen Bedingungen läßt sich der Zeitaufwand in gewissen Grenzen reduzieren, keinesfalls darf man aber darauf hoffen, innerhalb weniger Wochen ein einsatzfähiges Lehrprogramm schaffen zu können.
   Aus diesen Feststellungen werden die Forderungen verständlich, daß das Programm für eine genügend große Adressatengruppe einsetzbar sein muß und der zu programmierende Stoff eine relative Konstanz aufweist.
3. Programme sollten *grundsätzlich* von einem *Kollektiv* entwickelt werden. Selbst der beste Hochschullehrer oder Fachdozent ist einfach überfordert, wenn man von ihm verlangen würde, im Alleingang und ohne Unterstützung durch geeignete Mitarbeiter ein gutes Lehrprogramm zu entwickeln.
   Erfahrungen an den Oberschulen seit 1960 geben ein warnendes Beispiel für einen solchen Alleingang, obgleich die Initiative dieser Kollegen durchaus anzuerkennen ist.
4. Zur Erarbeitung der *Erstfassung eines Programms* sollten dem Kollektiv angehören:

a) Zwei oder mehrere Hoch- oder Fachschullehrer, die auf dem zu programmierenden Wissenschaftsgebiet *Fachexperten* sind. Sie sollten möglichst aus verschiedenen Universitäten oder Fachschulen kommen und über hochschul- bzw. fachschulpädagogische Erfahrungen verfügen,

b) ein Hoch- bzw. Fachschulmethodiker,
c) ein Programmierungsfachmann,
d) eventuell ein Psychologe.

Aus sozialpsychologischen Erwägungen sollten an der Entwicklung der Erstfassung des Programms nicht weniger als drei und nicht mehr als sechs Fachleute beteiligt sein.

5. Zur Erprobung und *Verbesserung der Erstfassung* empfiehlt sich eine Erweiterung des Kollektivs um: a) einen Psychologen, b) einen Mathematiker oder Statistiker sowie c) mehrere technische Hilfskräfte. Die Mitglieder eines solchen Kollektivs werden im allgemeinen als Programmierer bezeichnet.
6. An die *Programmierer* sind bestimmte *Anforderungen* zu stellen:

a) Die wichtigste Voraussetzung ist die sichere Beherrschung des Stoffes, der programmiert werden soll. Der Programmierer muß das Wissenschaftsgebiet, dem der spezielle programmierte Abschnitt entstammt, gründlich überschauen können und über ein Spezialwissen im Hinblick auf den Programminhalt verfügen.
b) Unentbehrlich sind Erfahrungen im Hoch- und Fachschulunterricht. Das heißt, der Programmierer sollte den zu programmierenden Lehrstoff schon mehrfach in traditionellen Lehrveranstaltungen vermittelt haben; er muß die Vorkenntnisse der Hörer abschätzen können, und er sollte auch schon des öfteren Prüfungen abgenommen haben, damit er weiß, in welchen Fragen bei den Hörern besondere Schwierigkeiten auftreten.
c) Sehr nützlich ist auch ein didaktisch-psychologisches Wissen, das es dem Programmierer erleichtert, wirksame und ansprechende Techniken der Stoffdarbietung, der Stoffverarbeitung und der Übung und Anwendung zu finden und auszuwählen.
d) Weitere spezielle Anforderungen sind etwa: die Fähigkeit zum logischen Denken, die Beherrschung eines einfachen und klaren Schreibstils, umfassendes Allgemeinwissen, Kenntnisse über Vor- und Nachteile verschiedener Programmierungstechniken und vor allem Ausdauer.

Innerhalb dieses Buches ist es uns nicht möglich, über die hier angegebenen allgemeinen Hinweise hinausgehend, differenziertere Ratschläge zu erteilen. Die Ausführungen bei Lysaught und Williams (1967), Graf (1968), Landa (1966, 1969) und Clauss, Conrad, Knöchel und Lohse (1974) geben den Programmierungskollektiven konkrete Hinweise, wie bei der Entwicklung eines Programmentwurfs vorzugehen ist und was es dabei zu berücksichtigen gilt. Aus den vorgetragenen allgemeinen Anforderungen für die Schaffung lernwirksamer Programme sollte jedoch deutlich werden, daß diese Arbeit nicht nebenbei erledigt werden kann, sondern nur in zentral gelenkten Forschungskollektiven realisierbar ist.

Eines ist sicher: So vielversprechend die bisherigen Erfahrungen mit programmierten Lehrmaterialien auch sind, so werden doch noch viele langwierige Experimente und vor allem Bemühungen um eine dialektisch-materialistische, praxis-

relevante Lerntheorie, die den komplizierten Prozeß des *menschlichen Lernens* zu erklären vermag, notwendig sein, um zu einem abgewogenen Urteil über den endgültigen Wert des programmierten Lernens zu gelangen. In der Zwischenzeit werden neue Programmierungstechniken entwickelt werden, neue Einsatzmöglichkeiten für das programmierte Lernen und auch für programmierte Leistungskontrollen entstehen, und die Programme von heute werden wahrscheinlich verbesserungsbedürftig sein.
Viele ungenutzte Potenzen liegen nach wie vor in der Möglichkeit der Verbesserung des traditionellen Unterrichts. Einige Hinweise dazu wollen wir im letzten – im fünften – Teil des Buches geben.

Fünfter Teil

8. Zur Verbesserung des traditionellen Unterrichts in der Erwachsenenbildung

Im vorangegangenen Kapitel betonten wir ausdrücklich die Notwendigkeit, das Lernen durch einen *teil*programmierten Unterricht effektiver zu gestalten. Wir begründeten, daß es niemals möglich sein wird (und auch nicht wünschenswert ist), alles Lernen in programmierter Form durchzuführen. L a n d a (1969), der sich sehr für die Algorithmierung im Unterricht einsetzt, warnt eindringlich vor einer Überschätzung.

„Eine volle oder teilweise Programmierung ... kann allerdings oft überflüssig, unzweckmäßig oder sogar schädlich sein. Der Lehrer war und ist führend im Unterrichtsprozeß. Ihm obliegen vor allem die wichtigsten Funktionen in der Organisation des Kollektivs und in der Erziehung der Schüler. *Den Einfluß seiner Persönlichkeit kann kein programmiertes Lehrbuch und keine Maschine ersetzen* (hervorgehoben von mir, H. L.). Der programmierte Unterricht ist nur *eine* Unterrichtsmethode. Er kann niemals eine Reihe von Formen des kollektiven Unterrichts ersetzen, die im Unterrichtsprozeß immer eine wichtige Rolle spielen werden" (S. 55).

Es ist also zu fordern, das programmierte Lernen sinnvoll mit dem herkömmlichen Unterricht zu verbinden und dabei eine qualitative Verbesserung der traditionellen Unterrichtsformen in der Erwachsenenbildung (Vorlesungen, Seminare, Praktika usw.) anzustreben.
Zu diesem Zweck erörtern wir nachfolgend einige *psychologische* Probleme und Hinweise für die Verbesserung der Lehrveranstaltungen. Dabei beschäftigen wir uns zunächst mit der Rückkopplung in Unterrichtssituationen und besprechen dann einige vorwiegend psychologische Regeln, die zur Erhöhung der Effektivität in der Erwachsenenbildung beitragen können. Pädagogische, didaktische und spezielle methodische Aspekte erörtern andere Schriften (z. B. H a r k e 1965, 1966, M e i e r 1967 – dort ist auch weiterführende Literatur angegeben).

8.1. Zur Problematik der Rückkopplung in Lehrveranstaltungen

Ein Lehrer muß stets in der Lage sein, die Wirkung seines Unterrichts bei den Schülern zu „erfühlen", und er sollte die Fähigkeit besitzen, den Unterricht so zu gestalten, daß er bei den Hörern „ankommt". Wenn diese Forderungen für *alle* Lehrer gültig sind, so doch ganz besonders für Lehrkräfte in der Erwachsenenbildung. B i r t h (1966) charakterisiert den Erwachsenen in der Unterrichtssituation sehr treffend:

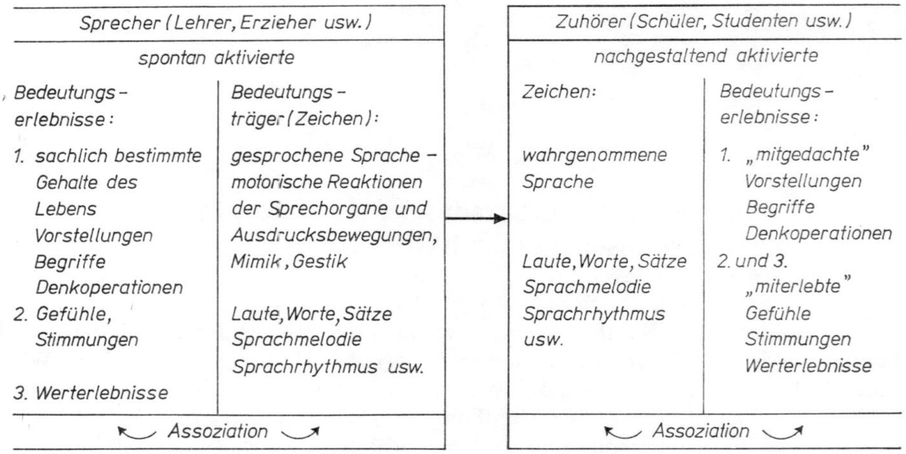

Abb. 48: Der Vorgang der sprachlichen Kommunikation (nach A e b l i 1965, S. 28).

„Zunächst einmal gibt es oft – wenn auch unberechtigt – Hemmungen, die sich aus der neuen sozialen Situation ergeben. Ein schon angesehener Facharbeiter fühlt sich leicht ‚auf der Schulbank' deplaziert. Die ... Form des Klassenunterrichts wird nicht selten gegenüber dem eigenen sozialen Ansehen und Anspruch als inadäquat, manchmal als ‚kindisch', peinlich erlebt. Der erwachsene Schüler fühlt sich geistigen Anforderungen gegenüber manchmal auch unsicher und nicht mehr so leistungsfähig. Er fürchtet, sich durch eine Frage oder Antwort zu ‚blamieren'. All das kann zu weiterer Unsicherheit und vor allem zur Passivität im Unterricht führen. Beide Faktoren wirken sich aber erwiesenermaßen negativ auf die Freude am Lernen und auf dessen Ergebnisse aus" (S. 23).

Wir möchten die Richtigkeit dieser Feststellungen unterstreichen. Natürlich gibt es auch Ausnahmen. Das ist besonders bei *den* Erwachsenen der Fall, die nie aufgehört haben zu lernen und sich ständig Kenntnisse in verschiedenen institutionalisierten Formen der Weiterbildung erwerben. Jedoch läßt sich in vielen Lehrgängen zur Erwachsenenqualifizierung das von B i r t h geschilderte Erleben bei den Hörern feststellen. Es ist oftmals Ausdruck rollenspezifischer Haltungen, die durch einen guten Unterricht des Lehrers wesentlich korrigiert werden können. Die hier kurz skizzierte Situation, die sich in vielen Formen der Erwachsenenbildung nachweisen läßt, führt u. a. zu Fragen der Psychologie der geistigen Kommunikation, zu Problemen der Rückkopplung in den Lehrveranstaltungen verschiedenster Art (Vorlesung, Seminare, Übungen usw.).

A e b l i (1965) bringt in seinem Buch „Grundformen des Lehrens" einen bildlichen Vergleich, der hier angeführt sei. Bei jedem Vorgang der verbalen Kommunikation – vor allem zwischen Lehrenden und Lernenden – „stellen wir fest, daß er symmetrisch organisiert ist" (S. 27 ff., vgl. Abb. 48).

Die Symmetrieachse trennt den Sprechenden vom Zuhörer. Zu beiden Seiten finden wir die Doppelbereiche der Bedeutungen einerseits und der Zeichen andererseits. Aber in einer Hinsicht ist die Symmetrie des Bildes unvollkommen: Die geistigen Gehalte, die der Lehrer übermitteln möchte, werden von diesem spontan aktiviert. Der Lehrer schreitet voran, die Hörer folgen ihm nach. Die Aktivierung der Gedanken erfolgt also beim Zuhörer nachgestaltend, mitdenkend und mit- bzw. nachfühlend. Hieraus ergibt sich immer eine gewisse inhaltliche Verschiedenheit der Bedeutungserlebnisse beim Lehrer und beim Schüler. Wie gut auch die Schilderung und Darstellung eines bestimmten Sachverhalts seien, als Lehrer kann man nie erwarten, daß sich die Schüler die genau gleiche Vorstellung vom Unterrichtsstoff machen. Es treten mitunter große und gänzlich unerwartete Verschiedenheiten der Auffassungen zutage. Die Verarbeitung der äußeren Reize (hier: Schallwellen als Informationsträger) ist von den bei den Hörern vorhandenen individuellen inneren Bedingungen abhängig (von den Einstellungen zum Lernen, zum Fach, zum Lehrer, von ihren Interessen und Vorkenntnissen; von der emotionalen Lage; vom Grad der Aufmerksamkeit, kurz: vom aktuellen psychophysischen Zustand). Das bereits zitierte Wort von Rubinstein (1962 a): „Wir gehen davon aus, daß die äußeren Ursachen (die äußeren Einwirkungen) immer nur durch die Vermittlung der inneren Bedingungen wirken" (S. 279) gilt in besonderem Maße auch hier. Lompscher und Mäder (1969) vermerken deshalb: „Daher kommt es auch, daß gute Vorlesungen von einem Teil der Hörer z. B. als hochinteressant und von anderen wiederum als langweilig empfunden werden" (S. 252).

Für den Lehrer resultiert daraus die gebieterische Forderung nach ständiger Rechenschaft über die Resonanz des dargebotenen Stoffes bei den Teilnehmern in der Erwachsenenqualifizierung. Darauf verweist Klaus (1962), wenn er diese Problematik unter dem kybernetischen Aspekt der Rückkopplung betrachtet (vgl. Abb. 49).

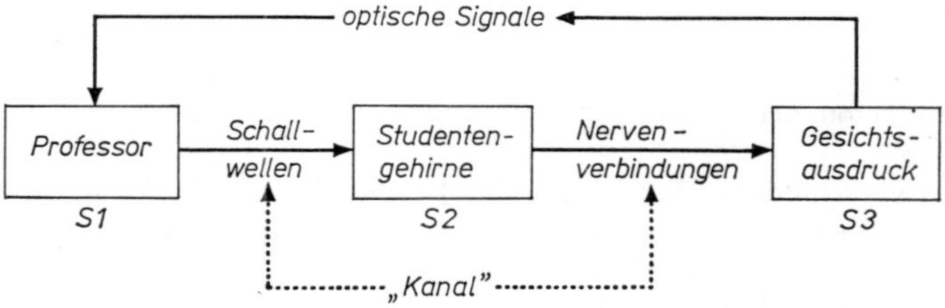

Abb. 49: Lehrer-Schüler-Situation in kybernetischer Sicht (nach Klaus 1962, S. 23).

„Es gibt noch eine dritte Form der Verbindung von Systemen, eine Form, die etwa vorliegt, wenn der Professor vor seiner Hörerschaft spricht und dann etwa feststellt, daß er über die Köpfe hinwegredet. Auch hier liegt eine bestimmte Art der Verbindung von Systemen vor. Es dringen Schallwellen, die Träger der Information sind, vom Professor, S_1, zum System, S_2, der Hörerschaft, erzeugen dort auf dem Umweg über das Gehirn der betreffenden Hörerschaft, das heißt einem Teil von S_2, eine entsprechende Wirkung, z. B. Verwunderung in den Gesichtern oder Anzeichen von Unverständnis, und das wirkt dann wieder zurück. Das System S_3 wirkt optisch wieder zurück auf S_1 (auf den Professor), und er wird (besser er *muß*, H. L.) dann sein Verhalten (die Art seines Vortrages) so lange ändern, bis er merkt, daß das, was er sagt, verständlich ist" (S. 23).

Von Frank und Schnelle (1964) ist zum Einsatz bei Vorträgen (Vorlesungen) in der Erwachsenenbildung ein Kommunikationsgerät, das „Rhetometer" – ein rhetorisches Rückkopplungsinstrument – entwickelt worden (vgl. Abb. 50). Es wurde zunächst mit 40 Adressatenanschlüssen konstruiert, gebaut und in der Praxis erprobt. Die Adressaten (Hörer, Studenten, Schüler) können durch Drehung an einem an ihrem Platz angebrachten Potentiometer einen jeweils interessierenden Parameter, der vom Dozenten vorgegeben wird, zum Ausdruck bringen (z. B. Lautstärke – Lehrer spricht zu leise oder zu laut; inhaltliche Verständlichkeit usw.). Diese jeweiligen subjektiven Urteile über den Vortrag werden als Zahlenwert p zwischen zwei Grenzen (z. B. 0 % und 100 % inhaltliche Verständlichkeit) von den Hörern eingestellt. Durch eine geeignete Schaltung über ein Ausmittlungsgerät wird dem Lehrsystem (dem Vortragenden) das arithmetische Mittel $\overline{p}$ dieser einzelnen Einstellungen angezeigt. In diesem Falle braucht also der Lehrer die Resonanz seines Vortrages nicht zu „erfühlen", sondern er be-

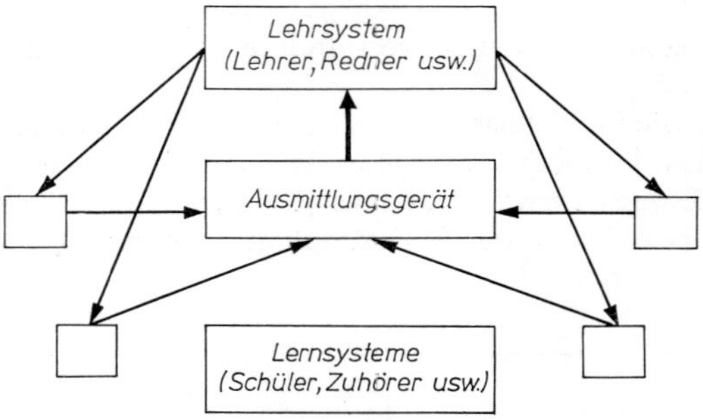

Abb. 50: Schema des „Rhetometers" (nach Frank und Schnelle 1964, S. 60).

kommt sie als $\overline{p}$-Wert verschiedener Parameter (Lautstärke, inhaltliche Verständlichkeit, Überzeugungskraft usw.) quantitativ jeweils einzeln angezeigt. Die Konstruktion und Installierung des „Rhetometers" werden von Frank und Schnelle (1964) eingehend beschrieben.

Neuerdings teilt Clemens (1968) Erfahrungen beim Aufbau einer *Vorlesung mit objektivierter Rückkopplung* an der Hochschule für Bauwesen in Leipzig mit. Bei einer Vorlesung mit objektivierter Rückkopplung kommen in Verbindung mit einer Kommunikationsanlage Testaufgaben und Kontrollfragen zur Anwendung. Dadurch werden nach Clemens (1968) in der Vorlesung Merkmale des programmierten Unterrichts realisiert. Die Übermittlung der Testaufgaben an die Hörer erfolgt durch Projektion und Arbeitsblätter. Das projizierte Bild dient der Verständigung im Vortrag; mit Hilfe der Arbeitsblätter wird die Information gespeichert und wirksam gemacht. Der Einsatz von Testaufgaben erfordert, die Rückkopplung zu objektivieren. Das geschieht mit Hilfe einer für 156 Plätze eingerichteten Kommunikationsanlage, die über 4 Kanäle ja/nein-Entscheidungen zuläßt. Als Testaufgaben kommen zur Anwendung: a) direkte Fragen mit ja/nein-Entscheidung, b) Auswahlantworten aus maximal vier möglichen Antworten, die sich u. a. erstrecken können auf die Anwendung eines Prinzips, die Durchführung einer Probe (z. B. Kontrollrechnung) und auf die Ausführung einer Abschätzung (z. B. Überschlagsrechnung), c) Zuordnungstests (z. B. zur Erfassung funktionaler Zusammenhänge), d) Einschätzung einer Situation mit Hilfe einer einfachen Schätzskala (vgl. Abb. 51).

Es ist selbstverständlich, daß sich die Aufgaben „harmonisch und folgerichtig in den Ablauf der Vorlesung einpassen" müssen und daß „die Durchführung der Tests ... nur wenig Zeit in Anspruch nehmen" darf (S. 155).

Nach den Erfahrungen von Clemens (1968) ermöglicht die Vorlesung mit objektiver Rückkopplung, den Lehrprozeß zu regeln, und aus der durch Lehrerfahrung gesteuerten Vorlesung wird die durch objektive Kommunikation geregelte Vorlesung. Gleichzeitig ist damit die Möglichkeit gegeben, eine Vorlesung zu optimieren. Es wird auch eine Intensivierung des Aneignungsprozesses gewährleistet, indem die Vorlesung mit objektivierter Rückkopplung erhöhte Aufmerksamkeit und Aktivität der Hörer fordert. Derart gestaltete Vorlesungen

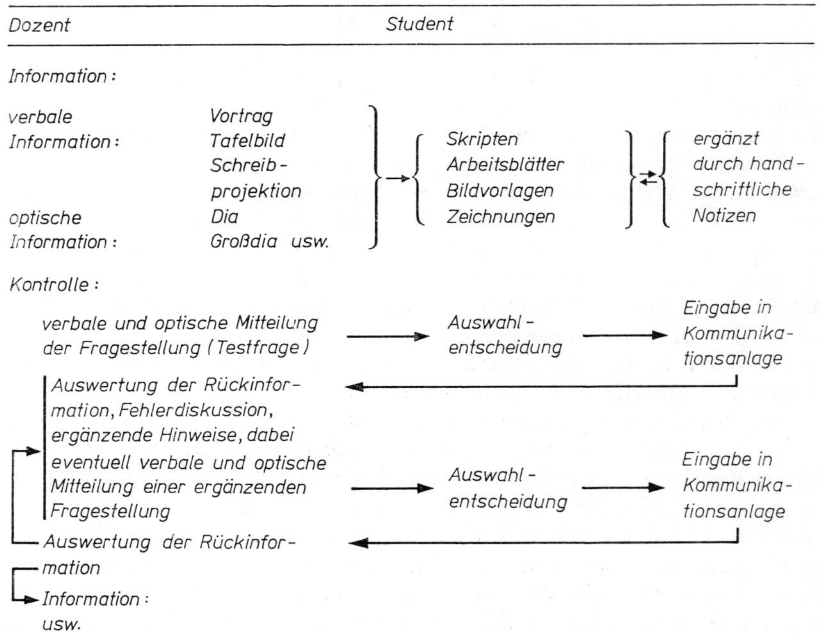

Abb. 51: Schema einer Vorlesung mit Rückkopplung (nach Clemens 1968, S. 159).

orientieren vor allem auf die Vertiefung und einen hohen Wirkungsgrad der Informationsvermittlung und nicht vorrangig auf eine Erhöhung der darzubietenden Informationssumme. Die Testaufgaben sollen dem Hörer das Erlebnis zuteil werden lassen, bei entsprechend aktiver Mitarbeit einen Vorlesungsabschnitt sofort erfolgreich verarbeiten zu können. Damit erfüllt sich auch eine wesentliche erzieherische Funktion. Nach der Auffassung von Clemens (1968) bringt diese Art der Vorlesung auch eine objektivere Möglichkeit der Einschätzung des Verhaltens eines Kollektivs durch den Dozenten mit sich und erzieht ihn selbst zur Gründlichkeit der Vorbereitung von Lehrveranstaltungen und zu kritischer Betrachtung des individuellen Aneignungsprozesses bei den Hörern. Eine Vorlesung mit objektivierter Rückkopplung verlangt von den Studenten eine aktive Mitarbeit und erzieht zu einer rationellen Nutzung der für die Ausbildung zur Verfügung stehenden Zeit. Dadurch werden gleichzeitig Voraussetzungen für ein erfolgreiches *wissenschaftlich-produktives Studium* geschaffen. Clemens wies jedoch auf einem Rostocker Symposium (August 1969) auch darauf hin, daß die Studenten bei dieser Form der Vorlesung stark belastet und beansprucht werden, so daß es unbedingt notwendig ist, die Vorlesung mit objektivierter Rückkopplung sehr sorgfältig vorzubereiten.

Der Einsatz solcher Rückkopplungsinstrumente in Vorlesungen kann auch aus anderen Gründen recht problematisch werden. Eine Voraussetzung des Einsatzes ist, daß es sich um Schüler handelt, die eine solche Anlage nicht als Spielerei betrachten und geneigt sind, sie zweckentfremdet anzuwenden, z. B. zu bewußt falscher Information. Natürlich ist das grundsätzlich möglich, und auch eine mit raffiniert technischen Mitteln ausgestattete Anlage ist nicht gegen eine gewollt irreführende Anwendung durch die Studenten gefeit.

Mit Clemens (1968) möchten wir jedoch betonen, *„wenn wir neue Wege gehen wollen, so müssen wir auch in hohem Maße diese Wege mit unseren Studenten gemeinsam gehen.* Wir müssen auf die Redlichkeit unserer Studenten bauen und ihnen vertrauen. Das Prinzip der Redlichkeit und des gegenseitigen Vertrauens gilt als grundsätzliche Voraussetzung für alle unsere Bemühungen, und keiner unserer Studenten hat von vornherein ein Interesse daran, eine gut dargebotene Vorlesung bewußt und fortwährend zu stören" (S. 156). Schließlich vermerkt Clemens (1968), daß all diese Bemühungen Stückwerk bleiben, wenn sie nicht von der Mehrzahl der Hochschullehrer und der in der Erwachsenenbildung tätigen Lehrkräfte aufgegriffen und genutzt werden.

Eine weitere Voraussetzung für einen erfolgreichen Einsatz sowohl des „Rhetometers" (Frank und Schnelle 1964) als auch des von Clemens (1968) installierten Rückkopplungsinstruments bei Vorlesungen ist die Fähigkeit des Lehrers, auf die angezeigten $\overline{p}$-Werte der einzelnen Parameter bzw. auf die Eingaben der Hörer in die Kommunikationsanlage richtig zu reagieren. Bei einem didaktisch-psychologisch wenig versierten Lehrer besteht die Gefahr, daß er erst recht unsicher wird und die Vorlesung immer weniger „ankommt", wenn ihm geringe $\overline{p}$-Werte der verschiedenen Parameter bzw. fehlerhafte Eingaben in die Kommunikationsanlage angezeigt werden.

Aus alledem ist die zwingende Forderung abzuleiten, daß ein Lehrer Regeln zur Erzielung eines effektiven Unterrichts kennen muß, um sie während der Durchführung von Lehrveranstaltungen bewußt anwenden zu können. Denn für jeden

Lehrer besteht in allen Unterrichtssituationen die Pflicht, sich ständig Rechenschaft über das „Ankommen" des dargebotenen Stoffes bei den Hörern abzulegen und gegebenenfalls regulierend einzugreifen.
Es sei hier noch betont, daß die Steigerung der Effektivität der Unterrichtsstunde wesentlich damit im Zusammenhang steht, wie es einem Lehrer gelingt, bei seinen Hörern Aufmerksamkeit zu erzielen und diese auch über eine längere Zeitspanne aufrechtzuerhalten. Die Aufmerksamkeitshaltung der Lernenden spielt für deren Lernerfolg eine entscheidende Rolle; sie hängt u. a. vor allem von dem methodisch-psychologischen Geschick des Lehrers ab. Viele Erwachsene sitzen auf der Schulbank, nachdem sie bereits einen langen Arbeitstag hinter sich gebracht haben. Hier ist es besonders erforderlich, daß ein Lehrer in der Erwachsenenbildung Regeln für die Verbesserung von Aufmerksamkeitsleistungen und damit für die Effektivitätssteigerung des Unterrichts kennt. Einige Hinweise dazu sollen nachfolgend gegeben werden.

8.2. Hinweise zur Erhöhung der Aufmerksamkeitsleistungen im Unterricht

Wir betonten bereits, daß es unser Anliegen ist, vorwiegend *psychologische* Hinweise zur Verbesserung des traditionellen Unterrichts zu geben. In den folgenden Ausführungen stehen also *diese* Fragen im Vordergrund. Spezielle didaktisch-methodische Probleme behandelt u. a. Meier (1967) in seiner Broschüre „Neue Wege im Erwachsenenunterricht". Wir verweisen darauf. Für uns erhebt sich vor allem die Frage: *Was kann man als Lehrer in der Erwachsenenbildung tun, um die Aufmerksamkeit der Schüler im Unterricht zu verbessern, um damit einen höheren Lerneffekt zu erzielen?*
Die Notwendigkeit der Behandlung dieser Fragestellung ergibt sich aus der Tatsache: Unaufmerksam Aufgenommenes haftet nicht. Verfolgt ein Erwachsener nicht aufmerksam den Unterricht, so geschieht das Lernen langsamer und schwerfälliger (es ist dann eine vermehrte Zahl von Wiederholungen notwendig); das Lernen ist dann auch enger (es wird quantitativ weniger bewältigt); das Lernen ist insbesondere oberflächlicher, flüchtiger und von geringerer Nachhaltigkeit; die Auffassungsleistungen sind herabgesetzt; die Fehlleistungen nehmen zu (es treten gehäuft Fehler bei der Erledigung schriftlicher Arbeiten und beim Ablauf von Fertigkeiten auf), und schließlich wird bei mangelnder Aufmerksamkeit die Vergeßlichkeit wesentlich erhöht.
Selbstverständlich kann eine herabgesetzte Aufmerksamkeit ihre Ursache in einer echten Konzentrationsschwäche haben – hervorgerufen z. B. durch körperlich-gesundheitliche Belastungsfaktoren. Im allgemeinen ist eine eventuell einsetzende Verminderung der Aufmerksamkeitsleistungen mit zunehmendem Alter so gering, daß sie für den Lernerfolg Erwachsener kaum Gewicht erhält (vgl. Tab. 22). Außerdem verbietet sich auch hier, einen kausalen Zusammenhang von Aufmerksamkeit und Lebensalter anzunehmen. Die Konzentrationsfähigkeit eines Erwachsenen wird u. a. entscheidend von einer gesunden Lebensführung beeinflußt (vgl. Müller-Hegemann 1956, S. 56 f.).

Tabelle 22: *Alter und Aufmerksamkeit. (Die Werte sind aus der erreichten Punktzahl berechnet); (nach W e i s s , zit. bei B l u m b e r g 1961, S. 29)*

Zahl der Vpn	45	75	75	80	103	103
Alter (in Jahren)	bis 30	30 bis 35	35 bis 40	40 bis 45	45 bis 50	50 bis 60
$\bar{x}$ der erreichten Punkte	90,8	85,3	84,6	83,3	81,2	78,8

Bei den folgenden Überlegungen gehen wir davon aus, daß die Aufmerksamkeitshaltung der Erwachsenen im Unterricht wesentlich von der Arbeit des Lehrers abhängig ist.
Die oben gestellte Frage kann nicht mit einer Reihe von Rezepten beantwortet werden. Jedoch sollen die Lehrer für ihre Arbeit in der Erwachsenenbildung durch die folgenden thesenhaft formulierten Ausführungen einige Hinweise zur Effektivitätssteigerung des herkömmlichen Unterrichts erhalten, und es sollen auch Möglichkeiten für ein sinnvolles Eingreifen gezeigt werden.

Ständiges Ermahnen der Hörer hat wenig Erfolg!

Zunächst sei erörtert, welche Art des Vorgehens *keinen* Erfolg verspricht: Die ständige Aufforderung erwachsener Hörer zur Aufmerksamkeit hat kaum die gewünschte Wirkung. Durch stereotype Ermahnungen (z. B. Ich bitte um mehr Ruhe! Ich bitte um größere Aufmerksamkeit! Arbeiten Sie aktiver mit! Unterlassen Sie die Unterhaltung! usw.) läuft bereits ein Lehrer bei Berufsschülern Gefahr, sich lächerlich zu machen und seine Autorität zu untergraben. Das gilt erst recht bei der Ausbildung von Erwachsenen. Die „Du-sollst-Methodik" hat nur geringen Erziehungswert.
Entscheidend ist immer der *gute Unterricht* des Lehrers, der auf die gesamte Persönlichkeit des Hörers, auf seine Interessen, Neigungen, Einstellungen und Bedürfnisse wirkt. Der *Kontakt* zu den erwachsenen Teilnehmern spielt dabei eine äußerst wichtige Rolle. Deshalb die Forderung:

Bemühe dich um die Herstellung sozialistischer Lehrer-Schüler-Beziehungen!

Die Entwicklung sozialistischer Menschenbeziehungen ist eine Hauptaufgabe unserer Gesellschaft. Für die Bildung und Erziehung ist die Gestaltung sozialistischer Lehrer-Schüler-Beziehungen von grundlegender Bedeutung. Die Effektivität der gesamten pädagogischen Arbeit wird wesentlich von diesem Faktor bestimmt. Untersuchungen zur Bedeutung des Lehrer-Schüler-Verhältnisses sind bei Kindern und Jugendlichen schon oft durchgeführt worden (vgl. dazu den Überblick und die Untersuchungsergebnisse bei K e s s e l 1969). S i l b e r m a n n stellte bereits 1933 Untersuchungen zum „idealen Erwachsenenlehrer" an (vgl. dazu auch K l e m m 1961, V r a n e k 1965, L ö w e und P r e u s s 1966 u. a.). Die bisher vorliegenden Ergebnisse zur Bedeutung der Lehrer-Teilnehmer-Beziehungen für den Lernerfolg in der Erwachsenenbildung können wir durch unlängst abgeschlossene Untersuchungen in unserer Forschungsgruppe präzisieren und erweitern (vgl. B i n z i n g e r 1968, D e m a n n 1968 und K o c h 1968).

In die Untersuchung von B i n z i n g e r (1968) sind 174 Erwachsene aus 11 Klassen verschiedener Einrichtungen der Erwachsenenbildung einbezogen (drei Klassen der Betriebsakademie des Stahlwerkes „Wilhelm Florin" in Hennigsdorf, drei Klassen der Betriebsakademie des sozialistischen Handels Birkenwerder bei Berlin, zwei Klassen der Volkshochschule Oranienburg und drei Seminargruppen der Zentralschule der Pionierorganisation „Ernst Thälmann"). Das Alter der Pbn liegt zwischen 19 und 55 Jahren. K o c h (1968) untersuchte mit der Methode der Aufsatzanalyse diese Problematik an 480 Frauen aus verschiedenen Bildungseinrichtungen des sozialistischen Gesundheitswesens im Bezirk Gera (das Alter der Pbn: 250 = 17 bis 19 Jahre, 130 = 19 bis 30 Jahre und 100 = 30 bis 55 Jahre). D e m a n n (1968) führte mit Hilfe von Fragebogen, Aufsatzanalysen und Explorationen sehr differenzierte Untersuchungen zur Bedeutung des Lehrer-Schüler-Verhältnisses für den Lernerfolg in der Erwachsenenqualifizierung an 130 Studenten des Instituts zur Ausbildung von Ingenieurpädagogen in Magdeburg durch (65 Frauen und 65 Männer im Alter von 18 bis 30 Jahren). Die Ergebnisse der drei Autoren stimmen weitgehend überein; sie sollen in einem speziellen Beitrag später publiziert werden. Einige Hauptergebnisse seien jedoch angeführt.
Der überwiegende Teil der Pbn fordert vom Lehrer einer sozialistischen Bildungsstätte, daß er den Teilnehmern in jeder Beziehung *Vorbild* sein muß. Wort und Tat müssen übereinstimmen. Er darf nicht launisch, zynisch oder überheblich sein. Ein ausgezeichnetes Fachwissen, verbunden mit guter Allgemeinbildung, sollten den Lehrer in der Erwachsenenbildung auszeichnen. Vor allem werden auch psychologisches Einfühlungsvermögen und pädagogisch-psychologische Fähigkeiten verlangt. Aber auch didaktisch-methodische Befähigungen werden immer wieder gefordert. Lehrer, die nur ablesen oder einen unsystematischen und uninteressanten Unterricht erteilen, werden abgelehnt.
D e m a n n (1968) weist in seinen Untersuchungen einen deutlichen statistischen Zusammenhang zwischen Lehrerbeliebtheit und Fachbeliebtheit nach. Die Ergebnisse der Erhebungen zur Beliebtheit des Lehrers und der Beliebtheit des Faches (881 Wertungen = 100 %) sind in Tab. 23 dargestellt.
Die Überprüfung des Zusammenhangs beider Variablen mit Hilfe des Chi-Quadrat-Verfahrens ergibt eine statistische Signifikanz, die auf dem 1-%-Niveau zu sichern ist. Aus dieser Untersuchung zeigt sich u. a. eindeutig, daß ein und dasselbe Fach an ganz verschiedener Stelle der Rangordnung der Beliebtheit steht – abhängig von der Beliebtheit des Lehrers, der in diesem Fach jeweils unterrichtet.

Wir meinen: Die Erhöhung der Effektivität und Intensität der Bildungs- und Erziehungsarbeit in unserer sozialistischen Erwachsenenbildung ist in bedeutsamem Maße von der Gestaltung der Lehrer-Teilnehmer-Beziehung abhängig. Viele Konflikte im Bereich der Erwachsenenbildung (Lernschwierigkeiten, Mängel in der politisch-ideologischen Erziehung und in der Kollektiventwicklung usw.) resultieren aus gespannten oder gestörten Sozialbeziehungen zwischen

Tabelle 23: *Zusammenhang von Beliebtheit des Lehrers und Beliebtheit des Faches (nach D e m a n n 1968, S. 88).*

Untersuchungspopulation: 130 Studenten – 65 Frauen und 65 Männer; Alter: 18 bis 31 Jahre

		Beliebtheitsgrade verschiedener Lehrer			
		unbeliebt	gleichgültig	beliebt	Summe
		x_1	x_2	x_3	
Beliebtheitsgrade verschiedener Fächer	beliebt y_3	28	93	**[365]**	486
	gleichgültig y_2	44	**[154]**	86	284
	unbeliebt y_1	**[44]**	47	20	111
	Summe	116	294	471	881

$\chi^2_{ber.} = 243{,}06$ (statistisch signifikant auf dem 1-%-Niveau)
Kontingenzkoeffizient $C = 0{,}47$ (gute Korrelation zwischen Lehrer- und Fachbeliebtheit)

Lehrern und Teilnehmern. Unsere Ergebnisse im Bereich der Erwachsenenbildung stimmen weitgehend mit den Hauptergebnissen überein, die K e s s e l (1969) an Schülern der Oberschule nachweist. Geringe Akzentverschiebungen ergeben sich selbstverständlich durch die Altersunterschiede der Probanden. Erwachsene betonen weit mehr die Notwendigkeit einer methodisch-psychologischen Befähigung des Lehrers, als das bei jüngeren Schülern der Fall ist. Daraus resultiert:

Gestalte deinen Unterricht so interessant und wirkungsvoll wie möglich!

Natürlich kann sich der Lehrer im Unterricht nicht nur von den Interessen der Erwachsenen leiten lassen, sondern jeder Unterricht wird in erster Linie von den gesellschaftlich-ökonomischen Notwendigkeiten bestimmt. Diese Determiniertheit des Lehrstoffes enthebt jedoch den Lehrer nicht der Pflicht, diesen von der Gesellschaft bestimmten Lehrinhalt interessant zu gestalten. Es ist eine experimentell bewiesene psychologische Tatsache, daß das Verhalten des Menschen, seine Leistungen, sein Lernerfolg wesentlich von seinen Interessen beeinflußt werden. „Die Interessen sind sowohl die Voraussetzung des Bildungsprozesses wie dessen Resultat. Der Bildungsprozeß stützt sich auf die Interessen der Menschen und formt sie" (R u b i n s t e i n 1958, S. 780).

Dazu gehört u. a., die Erwachsenen *aktiv* in die Unterrichtsarbeit einzubeziehen. Das muß nicht immer durch Übungen erfolgen. Auch in den Vorlesungen kann das Mitdenken der Hörer aktiviert werden. Der „eingleisige" Lehrervortrag wirkt – zumal wenn er abgelesen wird – oft ermüdend und begünstigt die Tendenz, „aus dem Felde zu gehen". Von entscheidender Bedeutung für die Effektivitätssteigerung des Unterrichts ist die Kunst des Lehrers, eine Aufgabe innerhalb einer Lehrveranstaltung so zu stellen und zu motivieren, daß sie vom Hörer erlebnismäßig angenommen wird. Wenn ein Lehrer in der Erwachsenenbildung es

versteht, ein aktuelles Wissensbegehren, ein aktuelles Lösungsbedürfnis für einen Sachverhalt bei den Hörern auszulösen, dann ist für die Steigerung der Effektivität des Unterrichts schon viel gewonnen. Das erreicht man z. B. durch sachadäquate *Problemstellungen* in Lehrveranstaltungen. Es ist psychologisch wichtig, Stoffeinheiten mit möglichst anregenden Problemstellungen einzuleiten, die dem Erfahrungsbereich der Hörer entnommen sind. Dadurch wird das Interesse der Teilnehmer auf den zu behandelnden Stoff gerichtet. Das Interesse und die Aufmerksamkeit – als ein „Sekundärphänomen des Interesses" (Rubinstein) – hängen wesentlich davon ab, wie es dem Lehrer gelingt, seine Lehrveranstaltungen zu motivieren. Die beste Motivierung ist die praxisbezogene Ausgangsproblematik. Das weisen wir in Untersuchungen im naturwissenschaftlichen Unterricht (Mathematik, Physik und Biologie) eindeutig nach (Löwe 1968 b). Problemstellungen im Unterricht sind als ein *Lehrakt*, als eine didaktische Gestaltungskomponente, nicht mit fachwissenschaftlichen Problemen gleichzusetzen. Demzufolge wird der Lehrakt Problemstellung weder durch ein bestimmtes Alter noch durch einen bestimmten Stoff beschränkt. Lediglich der Umfang und die Tiefe (Schwierigkeitsgrad) der jeweiligen Problemstellung sind – wie bei jedem anderen Lehrakt – pädagogischen und didaktischen Prinzipien sowie vor allem psychologischen Überlegungen unterworfen. Problemstellungen können nach unseren Untersuchungsergebnissen die Intensität des Unterrichts wesentlich steigern. Sie geben starke Impulse zu einem wissenschaftlich-produktiven Studium der Erwachsenen, indem diese, durch die Problemstellungen angeregt, zu einem gezielten Selbststudium angehalten werden.
Eine interessante und wirkungsvolle Unterrichtsgestaltung wird weiterhin durch den sinnvollen Einsatz audio-visueller Mittel erreicht. Deshalb gilt die Forderung:

Nutze audio-visuelle Unterrichtsmittel!

Unter audio-visuellen Unterrichtsmitteln verstehen wir mit Schubert und Kroll (1968) „die unter Verwendung grafischer Techniken, der Fototechnik, der Filmtechnik, der Fernsehtechnik, der Videobandtechnik, der Tonbandtechnik bzw. daraus gebildeter Kombinationen hergestellten methodischen Mittel für den Lehr-Lern-Prozeß (S. 89). Der Einsatz dieser Unterrichtsmittel erleichtert dem Lehrer die Stoffdarbietung und befreit ihn auf bestimmten Teilstrecken von Routinearbeiten. Für den Lernenden wird dadurch der Unterricht effektiver gestaltet, indem Diapositive, Filme und Tonbänder zur anschaulicheren Darbietung beitragen und über die Vorlesung hinaus als individuelle Arbeitsmittel bereitgestellt werden können.
An den Hochschulfilm- und -bildstellen stehen heute schon über 800 wissenschaftliche Filme, eine Vielzahl von Lichtbildreihen und Tonbändern für Lehrzwecke zur Verfügung. „Wenn man jedoch die Frage nach der Nutzung dieser bereits vorhandenen Materialien stellt, dann erhalten wir die Antwort: ungenügend" (Schubert und Kroll 1968, S. 86). Nach den Mitteilungen dieser beiden Autoren, die am Institut für Film, Bild und Ton arbeiten, wurde 1968 eine Befragung an 104 Instituten in der DDR durchgeführt. Es sollte die Bedeu-

tung und der Umfang des Einsatzes von Filmen, Diapositiven und Tonbändern vorrangig in naturwissenschaftlich-technisch orientierten Instituten ermittelt werden. Das Ergebnis ist erschreckend:

„Von diesen 104 Instituten verwenden 89 das Diapositiv als Unterrichtsmittel mehr oder weniger ständig, 43 setzen Filme – überwiegend in separaten, d. h. von den eigentlichen Lehrveranstaltungen getrennten Stunden – ein, lediglich 4 berichten von der Nutzung der Tonbandtechnik und 13 messen derartigen Mitteln ‚in der akademischen Ausbildung keinerlei Bedeutung zu' " (S. 87).

Schubert und Kroll (1968) analysieren die Ursachen dafür, auf die wir hier nicht in extenso eingehen können. Fest steht jedoch: Viele Lehrkräfte in der Erwachsenenbildung kennen oftmals gar nicht die vorhandenen Anschauungsmittel oder sind der Meinung, der Einsatz dieser Mittel koste zuviel Vorbereitungszeit. Sie bedenken jedoch nicht, daß dadurch viele Potenzen zur Verbesserung des traditionellen Unterrichts ungenützt bleiben. Wenn sich diese erschreckende Situation in den naturwissenschaftlich-technisch orientierten Instituten feststellen läßt, so kann man sich leicht vorstellen, wie der Einsatz von audiovisuellen Unterrichtsmitteln in mehr gesellschaftswissenschaftlich orientierten Einrichtungen aussieht. Diapositive zur Veranschaulichung von Schemata, grafischen Darstellungen von konkreten Untersuchungsergebnissen, die oftmals von den Lehrkräften auch selbst entwickelt werden müssen, kommen hier sehr selten zum Einsatz. Es wird auch kaum davon berichtet, daß bestimmte Vorlesungs- oder andere Lehrinformationen mit Hilfe der Tonbandtechnik den erwachsenen Teilnehmern für die Nachbereitung von Lehrveranstaltungen zugänglich gemacht werden, obwohl häufig darauf orientiert wird, die Vorlesung müßte abschriftlich zur Verfügung stehen. Zur Speicherung von Informationsinhalten möchten wir auch einen verstärkten Einsatz von *Xerograph-Geräten* fordern, die in der VR Polen produziert werden und die Herstellung beliebig vieler Kopien von Schwarz-Weiß-Vorlagen auf gewöhnlichem Papier gestatten. Dadurch wäre es u. a. möglich, den erwachsenen Teilnehmern die durch Dias projizierten Abbildungen als Arbeitsblätter zur Verfügung zu stellen. Derartige Materialien erfüllen dann den Zweck der Speicherung von Informationen für die Hörer. Mit Schubert und Kroll (1968) sind wir uns darüber klar, „daß methodisch zweckmäßig aufbereitete Mittel und moderne Technik nur dann effektiv wirksam werden, wenn bei unseren Hochschullehrern (und bei allen in der Erwachsenenbildung tätigen Lehrern, H. L.) die Bereitschaft besteht, rationellste Formen der Wissensvermittlung zu nutzen" (S. 95).
Über die bisher gegebenen Hinweise zur Verbesserung des traditionellen Unterrichts seien noch einige spezielle psychologische Regeln erörtert, die in Lehrveranstaltungen beachtet werden sollten. Wir denken dabei an die Bedeutung der Rhetorik für den Lernerfolg, wenn wir fordern:

Gebrauche bewußt die Regeln der Rhetorik!

Dieser Teil der Didaktik wird leider oft noch zuwenig von den Lehrern beachtet. Es gibt nicht wenig Lehrkräfte, deren Sprechtechnik durch Veranlagung und falsche Gewohnheiten mangelhaft ist. Abgesehen von der oft notwendigen Hilfe durch den Sprecherzieher bei funktionellen Sprechstörungen, ist es in vielen Fällen durchaus nicht nötig und auch gar nicht möglich, allen Lehrern eine spezielle Ausbildung in der Redekunst zu vermitteln. Für die meisten genügt es, wenn sie sich eine Reihe von *rhetorischen Regeln* bewußtmachen und sie realisieren bzw. wenn sie bestimmte häufig auftretende Fehler kennen und bestrebt sind, diese zu vermeiden. Inhalt und Form der sprachlichen Darstellung müssen also eine Einheit bilden. Es genügt nicht, daß der Inhalt stimmt, daß er objektiv wahr und parteilich ist, sondern er muß auch in einer solchen Form vorgetragen werden, daß er bei den Hörern Resonanz findet. Die richtige sprachliche, sprechtechnische, gestische und mimische Gestaltung einer Lehrveranstaltung ist eine elementare Voraussetzung für den Lehrerfolg und damit für die Effektivitätssteigerung des traditionellen Unterrichts. Das Richtige muß auch in richtiger Weise gesagt werden! In diesem Kapitel können die damit im Zusammenhang stehenden Probleme nicht ausführlich behandelt, sondern nur einige Akzente gesetzt werden. (Weiterführende Literatur findet sich bei Stötzer 1964, Zacharias 1964, Wolf und Aderhold 1965, Conrad 1963 u. a.).

a) Bemühe dich um eine richtige, wohlüberlegte Wortwahl!

Das heißt, jeder Ausdruck muß im gegebenen Zusammenhang *eindeutig* sein. Ein Lehrer muß sich bemühen, aussagekräftige, anschauliche, bildhafte Wörter zu wählen. Fachtermini sollen zwar gebraucht, aber auch erklärt und durch Beispiele verdeutlicht werden.

b) Bevorzuge nicht bestimmte Ausdrucks- und Redewendungen!

Lehrer, die zu oft bestimmte Lieblingswörter und Redewendungen benutzen, laufen Gefahr, sich lächerlich zu machen. Die Aufmerksamkeit der Hörer wird dann auf die Führung von Strichlisten gelenkt, in denen die Häufigkeit von ständig wiederkehrenden Wörtern bzw. Füllseln (wie hm, äh – äh usw.) registriert wird. Jeder Lehrer sollte durch selbstkritische Betrachtung und mit Hilfe der bei ihm hospitierenden Kollegen seine Fehler in der Wortwahl und in falschen Sprechgewohnheiten korrigieren.

c) Mache bewußt Gebrauch von Sprechpausen und variiere das Sprechtempo!

Sprechpausen und Sprechtempo müssen dazu beitragen, die Gedanken deutlich gegliedert hervortreten zu lassen. Die *bewußte* Variation des Sprechtempos – entsprechend dem Inhalt des Vortrags – trägt wesentlich dazu bei, die Aufmerksamkeit der Hörer aufrechtzuerhalten. Ebenso muß ein Lehrer lernen, die *Lautstärke* bewußt zu variieren. Ein ständiges lautes Sprechen regt die Hörer nicht an, sondern auf! Keinesfalls wird die Aufmerksamkeit der Hörer erhöht, wenn man laut oder gar zu laut spricht. Ganz im Gegenteil! Es läßt sich immer wieder beobachten, daß die „lauten" Lehrer auch meist die größte Unruhe im Hörsaal haben. Ein *bewußt* angewandtes *leises* Sprechen – als eine gewollte didaktische Komponente der Unterrichtsgestaltung – ist ein sehr wirksames Mittel, gute Aufmerksamkeitsleistungen in Lehrveranstaltungen zu erzielen.

d) Verwende Steuerungs- und Verhaltensimpulse mit Bedacht!

Steuerungsimpulse – wie: Überlegen Sie noch einmal! Vergleichen Sie das noch einmal! Das ist ein Problem! – sind ebenso wie rhetorische Fragestellungen – Kann man sich damit einverstanden erklären? Sollte man darüber nicht nachdenken? – sehr geeignet, den Ablauf der psychischen Prozesse bei den Hörern in eine bestimmte Richtung zu lenken und damit ein aktives Mitdenken auszulösen.
Verhaltensimpulse, wie: Beteiligen Sie sich etwas lebhafter am Unterricht! Passen Sie besser auf! usw., können durchaus verhaltensregulierend wirken. Ein Lehrer in der Erwachsenenbildung muß jedoch wissen: Verhaltensimpulse wirken oftmals taktlos und sind um so weniger wirksam, je häufiger sie ausgesprochen werden. Ihre Wirksamkeit hängt auch wesentlich von der Persönlichkeit des Lehrers und vom Kontakt ab, der zwischen Lehrer und Teilnehmern besteht.

e) Gebrauche Mimik und Gestik in natürlicher Form!

Die Ausdruckskraft der Stimme wird in gewissem Maße durch die Mimik und Gestik ergänzt. Impulse für die Hörer müssen gar nicht immer sprachlich formuliert werden. Oft genügen Gebärde und Miene, um die gewünschte Wirkung zu erreichen. Jedoch hüte sich der Lehrer vor einer allzu ausdrucksstarken Mimik und Gestik, da sie leicht Anlaß zu unfreiwilliger Komik geben. Dadurch kann der erzieherische Erfolg der Lehrveranstaltungen ernstlich gefährdet werden.

f) Verstärke den akustischen Eindruck durch den Blickkontakt!

Wir halten diese Regel für besonders wichtig. Manche Lehrer haben die häßliche Angewohnheit, während des Lehrervortrages aus dem Fenster zu blicken oder in selbstgefälliger Weise durch die Klasse zu wandern. Das erhöht die Aufmerksamkeit der Teilnehmer in keiner Weise. Jeder Hörer muß sich vielmehr *persönlich angesprochen fühlen.* Das erreicht der Lehrer, indem er jeden Schüler mindestens zwei- bis dreimal während einer Unterrichtsstunde *ansieht,* wenn er *Blickkontakt* mit den Teilnehmern aufnimmt. Besonderes Augenmerk ist dabei den Hörern zu widmen, die in den vorderen Bänken der Klasse (oder des Hörsaals) sitzen. Den wenigsten Blickkontakt nimmt nämlich der Lehrer zu den Schülern auf, die rechts und links auf den vordersten Bänken (in den vordersten Reihen) sitzen.
Der Blickkontakt ist um so wirksamer, je mehr der Dozent von den Teilnehmern anerkannt wird, je mehr er Autorität besitzt.
Diese Regel verlangt gebieterisch, daß ein Lehrer sich bemüht, die – vielleicht wörtlich ausgearbeitete – Unterrichtsvorbereitung nicht abzulesen. Das gilt auch für Vorlesungen an Hoch- und Fachschulen. Eine Vorlesung sollte auf der Grundlage einer sorgfältig ausgearbeiteten Vorbereitung ohne sklavische Bindung an das Konzept gehalten werden. Ist ein Lehrer (Dozent) dazu nicht in der Lage, dann wird er keinen oder einen nur geringen Blickkontakt mit den Teilnehmern (Schülern, Studenten usw.) aufnehmen können. Darunter leidet dann die Aufmerksamkeit der Zuhörer.

Wir konnten nur in groben Zügen die Bedeutung der Rhetorik für die Verbesserung des Lehrerfolgs in herkömmlichen Lehrveranstaltungen zeigen. Abschließend sei dazu betont: Rhetorische Fähigkeiten und Fertigkeiten können fehlendes fachliches Wissen und Können niemals ersetzen. Einem Vortragenden, der wirklich Bedeutendes zu sagen hat, verzeiht man rhetorische Schwächen, obwohl man sie bedauert. Einem noch so versierten Rhetoriker, der eigentlich inhaltlich nichts sagt, hört man jedoch nicht lange mit Anteilnahme und Aufmerksamkeit zu. Deshalb hüte man sich vor Effekthascherei und Schauspielerei durch Anwendung rhetorischer Kunstgriffe. Entscheidend für den Lehrerfolg sind – von seiten des Lehrers betrachtet – sein Auftreten als Gesamtpersönlichkeit, sein fachliches Fundament, seine Erfahrungen und sein parteiliches Eintreten für fortschrittliche, wissenschaftliche Erkenntnisse. Eine inhaltlich wertvolle Lehrveranstaltung muß durch sinnvollen Einsatz rhetorischer Mittel zu optimaler erzieherischer und bildender Wirkung führen.
Eine weitere Regel, die von vielen Lehrern zuwenig beachtet wird, wollen wir wie folgt formulieren:

Konzentriere dich auf deinen Unterricht, denn von deiner Konzentration ist wesentlich die Aufmerksamkeitshaltung deiner Hörer abhängig!

Klagen Lehrer in der Erwachsenenbildung über Unkonzentriertheit ihrer Hörer, so sind sie unter Umständen durch eigene Abgespanntheit, Gereiztheit und Unsicherheit am Zustand ihrer Hörer mitbeteiligt. Ein nervöser Lehrer braucht sich nicht zu wundern, wenn er unruhige, unaufmerksame und manchmal sogar undisziplinierte Hörer vor sich hat. Wer als Lehrer frisch und unverbraucht im Hörsaal und in anderen Lehrveranstaltungen erscheint, wer die innere Ruhe und Ausgeglichenheit bewahrt und einen praxisverbundenen, lebendigen Unterricht erteilt, wird nur selten über eine mangelnde Konzentriertheit seiner Hörer zu klagen haben – es sei denn, daß die erwachsenen Teilnehmer nach mehreren Unterrichtsstunden oder nach einem anstrengenden Arbeitstag bereits ermüdet und abgespannt sind. Wichtig ist, daß ein Lehrer die Pausen zwischen den Unterrichtsstunden dazu benutzt, wozu sie da sind: zur Regenerierung der Kräfte und zur Erholung. Wie oft kann man jedoch erleben, daß in den Pausen nervös eine Zigarette nach der anderen geraucht wird und der Lehrer dann abgespannt und müde die nächste Unterrichtsstunde beginnt, ohne sich darauf „eingestimmt" zu haben.
Für die Steigerung der Effektivität in Lehrveranstaltungen gilt nach wie vor der alte Satz:

Begeistere dich stets von neuem für deinen Unterricht!

Selbst wenn ein Lehrer ein Thema zum hundertsten Male behandelt, muß er sich dafür „erwärmen" können. Kann ein Lehrer sich nicht für das, was er lehrt, begeistern, dann springt kein „Funke" über. Diese Begeisterung muß echt – und nicht theatralisch übertrieben – in der Mimik und vor allem in der Modulationsfähigkeit der Stimme zum Ausdruck kommen (vgl. die bereits gegebenen Hinweise zur Rhetorik). Wenn man bemüht ist, eine Lehrveranstaltung stets gedanklich neu zu durchdringen, dann bewahrt man sich vor der Schablone, vor einem routinehaften Unterricht ohne Herz und Gefühl, der keine Resonanz bei den Hörern entstehen läßt.

In diesem Zusammenhang bemerkt Beyer (1969) in einer Auseinandersetzung mit der menschenfeindlichen Theorie von Le Bon:

„Unsere Propagandatätigkeit (und unsere gesamte Lehrtätigkeit, H. L.) ist im Gegensatz dazu auf die Förderung des *politischen Denkvermögens* der Bürger unserer Republik gerichtet. Das heißt jedoch nicht, daß wir die emotionale Seite des Erziehungsprozesses nicht beachten. Lenin erklärte, ‚daß es ohne menschliche Emotionen niemals ein *Suchen* nach der Wahrheit gegeben hat, gibt und geben kann'. Das Denken der Menschen ist immer – unterschiedlich stark – durch das Gefühl gefärbt" (S. 465).

Daraus wird deutlich, wie notwendig es ist, diese Gesichtspunkte im Unterricht zu berücksichtigen. Dieses Problem ist nicht nur für alle Lehrer in der Erwachsenenbildung, sondern für alle Propagandisten von großer Bedeutung.

Schließlich soll noch auf zwei psychologische Momente aufmerksam gemacht werden, die ebenfalls bei einer Effektivitätssteigerung des herkömmlichen Unterrichts in der Erwachsenenbildung wichtig werden können.

Gestalte den Unterrichtsablauf mäßig bewegt und schaffe ab und zu Entspannungsmomente für die Hörer!

Ein zuwenig bewegter Unterricht, der langweilig ist, bei dem „auf der Stelle getreten" wird, führt zur Monotonie und Passivität der Hörer. Ein zu stark bewegter Unterricht, in dem der Lehrer „hetzt" und „jagt", damit das Stoffpensum um jeden Preis erfüllt wird, ist meist ebenfalls mit einem „Abschalten" der Hörer verbunden. Wenn Lehrer über die zu vermittelnde Stoffmenge klagen – und natürlich erst recht die Hörer –, dann hängt das in vielen Fällen damit zusammen, daß der Lehrende den Stoff nicht genügend überblickt und beherrscht und demzufolge „alles" bieten will, ohne genügend Akzente zu setzen.

Die Notwendigkeit, in Lehrveranstaltungen auch ab und zu Entspannungsmomente entstehen zu lassen, ist zunächst im allgemeinen darauf zurückzuführen, daß die Aufnahmefähigkeit und speziell die Aufmerksamkeit einen intermittierenden Charakter haben. Das heißt, sie lassen zeitweilig nach und müssen wieder neu erzeugt werden. Bei Erwachsenen, die nach einem anstrengenden Arbeitstag am Abend noch auf der Schulbank sitzen, ist diese Forderung besonders notwendig.

Über das Nachlassen der Konzentrationsleistung im Verlauf von 60 Minuten unterrichtet ein Experiment, dem sich konzentrationsgewohnte Erwachsene (Studenten) unterzogen (Mierke 1957, S. 80 f., vgl. Abb. 52).

Die Studenten hatten in einem Vorversuch 60 Minuten lang Aufgaben zu lösen. Dabei bestand jedoch immer wieder die Möglichkeit für jeden einzelnen, *individuell unterschiedliche* Erholungspausen einzulegen. Der Zeitaufwand für die Lösung der Aufgaben wurde in das freie Ermessen der Vpn gestellt. Im Hauptversuch mußten jedoch die Aufgaben pausenlos in 60 Minuten gelöst werden.

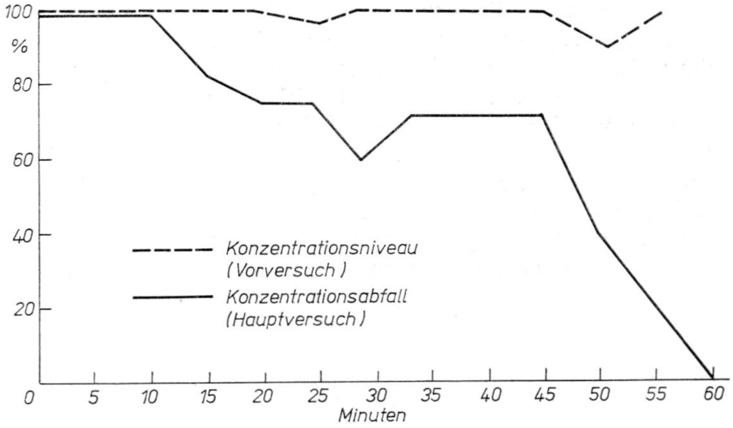

Abb. 52: Ermüdbarkeit der Konzentration im Verlauf von 60 min (nach Mierke 1957, S. 80).

Die Studenten hatten keine Möglichkeit, individuelle Entspannungspausen einzuschalten. Das Ergebnis zeigt: Bei pausenloser und intensiver Belastung im Hauptversuch ist nach der 45. Minute eine stark abnehmende Konzentrationsfähigkeit festzustellen. Dagegen erreicht die Konzentrationsfähigkeit im Vorversuch bei individuellen Entspannungsmöglichkeiten der Vpn nach 60 Minuten wieder das anfängliche Leistungsniveau. Die Differenz der beiden Leistungskurven ist auf unterschiedliche Ermüdungserscheinungen der Erwachsenen in den Versuchen zurückzuführen.

Für die Praxis der Erwachsenenbildung lehrt dieses Ergebnis z. B., daß eine anspruchsvolle Unterrichtsstunde nicht über 45 Minuten ausgedehnt werden sollte. Das gilt vor allem dann, wenn die Lehrveranstaltungen am Nachmittag bzw. in den Abendstunden liegen. Es kann jedoch daraus auch gefolgert werden, daß Lehrveranstaltungen über eine Doppelstunde erstreckt werden können, wenn die Hörer nicht abgespannt sind und der Lehrer während des Unterrichts auch Möglichkeiten zur psychischen Entspannung gibt. Das kann bereits durch sinnvollen Methodenwechsel, durch eine aufgelockerte Diskussion und manchmal auch durch einen Scherz erfolgen.

Abschließend läßt sich wohl behaupten: Die Beobachtung der Lernhaltung, die im aktuellen Unterrichtsgeschehen u. a. in der Aufmerksamkeitshaltung der Hörer ihren Ausdruck findet, ist dem Lehrer ein Barometer, das ihm zeigt, wieweit es ihm gelungen ist, seine Absichten zu verwirklichen. Die Aufmerksamkeitshaltung der erwachsenen Teilnehmer in den verschiedenen Lehrveranstaltungen ist ein Spiegelbild der Arbeit des Lehrers.

Mit diesen Hinweisen zur Möglichkeit der Verbesserung des traditionellen Unterrichts in der Erwachsenenbildung wollen wir unsere Betrachtungen zur Einführung in die Lernpsychologie des Erwachsenenalters abschließen. Wir sind der Auffassung, daß noch viele Reserven in der Durchführung herkömmlicher Lehrveranstaltungen ungenutzt liegen, die – wenn sie realisiert werden – wesentlich zu einer Effektivitätssteigerung der Erwachsenenbildung beitragen. Darüber hinaus bedarf es einer zielstrebigen Forschung, um bestimmten Lehrmaterialien eine programmierte Form zu geben. Das verlangt gebieterisch, eine dialektisch-materialistische Lerntheorie für speziell *menschliches* Lernen zu entwickeln. Schließlich sind die oftmals ungerechtfertigten Vorurteile und relativ verfestigten schädlichen Erwartungshaltungen hinsichtlich der psychophysischen Leistungsfähigkeit im Erwachsenenalter zu überwinden, indem diese einer mehrdimensionalen Betrachtung unter betont sozial-psychologischen Aspekten unterzogen wird. Einen Beitrag zu diesen Forderungen zu leisten war das Anliegen dieses Buches.

Zusammenfassung

Das vorliegende Buch wendet sich an Wissenschaftler, die auf psychologischem, pädagogischem und medizinischem Gebiet der Erwachsenenbildung tätig sind. Darüber hinaus wollen wir allen Praktikern, die als haupt- und nebenamtliche Lehrkräfte an Hoch- und Fachschulen, an Volkshochschulen, Betriebsakademien, Berufsschulen usw. arbeiten, eine Hilfe für ihre Bildungs- und Erziehungsarbeit geben. Das Buch dürfte auch für Studenten der Psychologie und speziell für Studierende der Fachrichtung Erwachsenenbildung nützlich sein.

Im *ersten Teil* der Arbeit gehen wir davon aus, daß Umfang und Bedeutung der Erwachsenenbildung in allen Staaten ständig zunehmen. Der Aufbau der sozialistischen Gesellschaft in der Deutschen Demokratischen Republik und die wissenschaftlich-technische Revolution verlangen nicht nur von der heranwachsenden Generation gediegene und umfassende Kenntnisse und Fertigkeiten, sondern eine ständige Weiterbildung und Qualifizierung der Erwachsenen. Diese Aufgaben erfordern u. a. entwicklungs- und *lernpsychologische* Untersuchungen im Erwachsenenalter. In diesem Zusammenhang ist jedoch festzustellen, daß gegenüber einer kaum mehr zu überblickenden Anzahl von Forschungsergebnissen auf dem Gebiete der Kinder- und Jugendpsychologie die Psychologie des Erwachsenenalters stark vernachlässigt wurde. Das gilt sowohl für lern- und entwicklungspsychologische Experimente und Untersuchungen sowie für wissenschaftliche Theorienbildung im Erwachsenenalter. Dafür gibt es *praktische* und *theoretische* Gründe, die wir an Hand einer kritischen Analyse bisheriger Untersuchungen zur Psychologie des Erwachsenenalters darstellen.

Da wir der Auffassung sind, daß ein Lehrer in der Erwachsenenbildung wichtige lernpsychologische Prinzipien zur Verbesserung seiner Arbeit kennen sollte, macht der *zweite Teil* des Buches den Leser mit *Lerntheorien* bekannt. Dabei ist es nicht möglich, die heute in der Diskussion stehenden Lerntheorien auch nur einigermaßen geschlossen abzuhandeln und einer umfassenden kritischen Analyse aus marxistisch-psychologischer Sicht zu unterziehen.

Nach einer kritischen Sichtung des Lernbegriffs definieren wir die Begriffe Aktivität (Lernaktivität) und Motivation (Lernmotivation) und untersuchen die wichtigsten psychologischen Lerntheorien besonders im Hinblick darauf, welche Bedeutung sie der Aktivität und Motivation für das Lernen zuweisen. Jede der bisher vorliegenden Lerntheorien stellt jeweils verschiedene Seiten des Lernprozesses und verschiedene Lernarten in den Mittelpunkt. Eine allgemeingültige Lerntheorie gibt es zur Zeit noch nicht.

Wir betonen, daß die Realisierung wichtiger *lerntheoretischer Prinzipien* sowohl für den Lernerfolg bei Kindern und Jugendlichen als auch bei Erwachsenen notwendig ist. Dabei gehen wir davon aus, daß *menschliches Lernen* in allen Altersstufen u. a.

darin besteht, daß es ein *aktives* – und kein rezeptives, ein *personalmotiviertes* – und kein personen-indifferentes, ein *sozial-determiniertes* – und kein endogen bedingtes, vor allem ein hochgradig *methodenabhängiges* Verhalten ist. Damit behaupten wir nicht, daß es keine Unterschiede im Hinblick auf die *Organisation* der Lernarbeit bzw. auf die im Unterricht anzuwendenden *Lehrmethoden* zwischen Kindern, Jugendlichen und Erwachsenen gibt.

Der *dritte Teil* des Buches nimmt den größten Raum ein. Hier behandeln wir spezielle lernpsychologische Probleme des Erwachsenenalters und gehen auch auf entwicklungspsychologische Fragestellungen ein. Nach einer kritischen Sichtung der wichtigsten in der internationalen Literatur vorliegenden Untersuchungsergebnisse zur Erwachsenenpsychologie weisen wir nach, daß die physische und psychische Leistungsfähigkeit Erwachsener bisher meist eindimensional betrachtet und als vorwiegend endogen determiniert angesehen wird. Das ist wissenschaftlich unhaltbar. Wir beweisen das u. a. durch eigene experimentelle Ergebnisse und durch Resultate, die wir in unserer Forschungsgruppe „Lernpsychologische Untersuchungen im Erwachsenenalter" erzielten.

Wir verwerfen u. a. biologistische Auffassungen, die das Lernen (speziell die Lernfähigkeit) der Erwachsenen lediglich in Abhängigkeit vom Alter betrachten und dabei, von einer „biologischen Lebenskurve" (Ch. Bühler) ausgehend, zum Postulat einer Adoleszenz-Maximum-Hypothese gelangen.

Die Notwendigkeit einer mehrdimensionalen Betrachtung der psychophysischen Leistungsfähigkeit im Erwachsenenalter betonen wir und fordern mit Nachdruck, sowohl die physische als auch die psychische Leistungsfähigkeit – besonders die Lernfähigkeit – Erwachsener in Abhängigkeit von sozialen Faktoren (gesellschaftliche Verhältnisse, bisherige Schulbildung, Beruf des Erwachsenen, Lebensführung usw.) zu untersuchen.

Wir versuchen, eine dialektisch-materialistische Betrachtungsweise des Erwachsenenalters vorzunehmen, und empfehlen, die psychophysische Leistungsfähigkeit unter rollenspezifischen Aspekten zu betrachten, und schlagen erste Orientierungen dafür vor. Für die Praktiker in der Erwachsenenbildung werden in den einzelnen Kapiteln konkrete Hinweise zur Verbesserung des Lernerfolgs der Teilnehmer an Qualifizierungslehrgängen gegeben.

Im *vierten Teil* der Arbeit betonen wir die Bedeutung des *teil*programmierten Lernens im Erwachsenenalter für die Effektivitätssteigerung des Unterrichts in der Erwachsenenbildung. Dabei setzen wir uns kritisch mit verschiedenen Programmierungstechniken auseinander und verweisen auf die Notwendigkeit der Entwicklung von Programmen, die *erwachsenen*gemäß sind und eine schöpferische Aneignung von Kenntnissen gestatten. Das verlangt gebieterisch die Entwicklung einer dialektisch-materialistischen Lerntheorie für speziell *menschliches* Lernen. Am Ende dieses Teils werden allgemeine Grundsätze für die Entwicklung von Lehrprogrammen in der Hoch- und Fachschulbildung dargestellt.

Da die Erfahrung lehrt, daß noch viele ungenützte Potenzen zur Effektivitätssteigerung der Erwachsenenbildung in der Verbesserung des *traditionellen* Unterrichts liegen, geben wir im *letzten Teil* (fünfter Teil) dazu Hinweise. Ausgehend von der Notwendigkeit der Rückkopplung in Lehrveranstaltungen, werden Möglichkeiten zur Realisierung dieser Forderung dargestellt. Darüber hinaus erteilen wir Ratschläge zur Verbesserung des herkömmlichen Unterrichts und damit zur Effektivitätssteigerung der Erwachsenenbildung unter betont psychologisch-didaktischen Aspekten.

РЕЗЮМЕ

Данная книга предназначена для ученых, занятых на поприще психологического, педагогического и медицинского образования взрослых. Кроме того мы хотим этим путем помочь всем практикам, работающим в качестве преподавательского персонала — основного или подсобного — в высших и профессиональных школах, высших народных школах, производственных академиях, специтехникумах и т. д. Данную книгу следует рассматривать полезной для студентов, изучающих психологию и специально для изучающих «Обучение взрослых».

В первой части работы мы исходим из того факта, что объем и значение образования взрослых во всех государствах все больше возрастает. Создание развитой общественной системы социализма в ГДР и научно-техническая революция требуют от подрастающего не только основательное знание и умение, но и постоянное продолжение дальнейшего образования и квалификации взрослых. Эта задача требует помимо всего прочего учебно-психологические исследования и исследования в направлении развития в взрослом возрасте. В связи с этим приходится однако установить, что по сравнению с многочисленными научными, едва поддающимися обзору, результатами в области детской и молодежной психологии, психология взрослых была сильно запущена. Это распространяется не только на эксперименты и исследования в отношении учения и психологии развития, но и на научное создание теории в отношении взрослых. В этом отношении имеются практические и теоретические причины, которые даются нами на основе критического анализа проведенных до сих пор исследований психологии взрослых. Так как мы придерживаемся того мнения, что преподователю для улучшения своей работы должны быть известны относящиеся к образованию взрослых важные учебнопсихологические принципы, вторая часть книги знакомит читателя с учебными теориями. Однако при этом невозможно сколько нибудь сомкнуто говорить об обсуждаемых в настоящее время учебных теориях, также как и подвергнуть их всеобъемлющему критическому анализу с марксистко-психологической точки зрения.

После критического обсуждения понятия «учение», мы определяем понятия активность (учебная активность) и мотивация (учебная мотивация) и исследуем важнейшие учебные теории, особенно в отношении того, какое значение в учении они придают активности и мотивации. Каждая из до сих пор имеющихся учебных теорий ставит в центр внимания различные стороны учебного процесса и различные формы учения. Единой учебной теории в настоящее время ещё нет.

Мы подчеркиваем, что осуществление важных учебно-теоретических принципов необходимо не только для учебных успехов детей и молодежи, но и для взрослых. При этом мы исходим из того, что учение человека всех возрастных ступеней заключается между прочим в том, чтобы оно представляло бы активное, а не рецептивное, личномотивированное, а не персоно-индифферентное; социально-детерминированное, а не эндогено-обусловленное и главным образом в высокой степени зависящее от метода поведение. Мы не утверждаем тем, что не существует никаких различий в отношении организации учебной работы или в отношении применяемых при преподавании учебных методов для детей, молодежи и взрослых.

Третья часть книги представляет собой относительно самую объемную часть. В этой части мы занимаемся специальными учебнопсихологическими проблемами возраста взрослых и — если необходимо — ставим вопросы в отношении психологии развития. После критического обзора имеющихся в международной литературе исследовательских результатов по вопросу психологии взрослых нами доказывается, что биологическая и психологическая продуктивная способность взрослых в большинстве случаев рассматривается одноразмерно и детерминируется преимущественно эндогено с научной точки зрения. Это научно недопустимо. Мы доказываем это при помощи результатов собственных экспериментов и результатов, которых мы добились в нашей исследовательской группе «Учебно-психологические» исследования в взрослом возрасте.

Мы отклоняем между прочим биологические понимания, рассматривающие учение (специально учебную способность) взрослых только в зависимости от возраста такое понимание, исходящее из «биологической кривой жизни» (Х. БЮЛЕР) приводит к постулату «гипотезы адолесцентного максимума.» Мы подчеркиваем необходимость многоразмерного рассматривания психофизической продуктивности взрослых и требуем пастоятельно исследовать не только биологическую действуюшую способность — особенно учебную способность взрослых в зависимости от социальных факторов (общественные соотношения, школьное образование до сих пор, профессия взрослого, образ жизни и т. д.).

Мы делаем попытку осуществить марксистко-психологический образ рассмотра возраста взрослых и рекомендуем рассматривать психофизическую продуктивную способность исходя из «ролеспецифических» аспектов и предлагаем для этого первую ориентацию. Для практиков в области образования взрослых в отдельных главах даются конкретные указания в отношении улучшения учебных результатов участников квалификационных курсов.

В четвертой части работы мы подчеркиваем значение частично программированного учения для повышения эффективности преподавания взрослым. При этом мы подвергаем критическому анализу различную технику программирования и указываем на необходимость разработки программ, отвечающих требованиям взрослых, позволяющих творческое восприятие познаний. Этого неуклонно требует развитие марксистско-психологической учебной теории специально человеческого учения. В конце этой части даются общие основоположения для развития учебных программ для высшего и профессионального образования.

В виду того, что из опытов известно, что имеется еще большое число неиспользованных возможностей для повышения эффективности образования взрослых, заключающихся в улучшении традиционного преподавания мы даем в последней части (пятая часть) соответствующие указания, исходя из необходимости обратного совокупления в отношении учебных мероприятий даются указания на возможности реализации этих требований. Кроме того, мы делали предложения в отношении улучшения принятого до сих пор образа преподабания и тем самым в отношении повышения эффективности образования взрослых, исходя из подчеркнуто психологическо-дидактических аспектов.

Summary

The present book turns to scholars, working in the field of psychology, pedagogics and medical in adult education. Moreover, we want to give an aid to all practitioners in their educational work, who work as full-time or part-time teachers at universities and trade schools, university extensions, academies in the factories etc. The book may be useful for students in adult education.

In the *first part* of the book, we depart from the fact that extension and importance of adult education are increasing permanently in all states. The construction of the developed social system of Socialism in the GDR and the scientific and technical revolution demand not only of the rising generation solid and comprehensive knowledge and skill, but also a continued professional training and qualification of the adults. These tasks require among other things examinations in *psychology* of development and *learning* in the age of adults. In this connection we must state, nevertheless, that in face of a number of results of investigation in the field of children and youths, which can scarcely be overlooked, psychology of the adult age has been vigorously neglected. This is valid for experiments and examinations in psychology of learning and development, as well as for the formation of scientific theories in the adult age. *Practical* and *theoretical* reasons are existing, which we present in the light of a critical analysis of former examinations for psychology in the adult age.

As we are on the opinion that a teacher in adult education should know important principles of the psychology of learning in order to improve his work in the *second part* of the book the reader makes the acquaintance with the *theories of learning.* It is impossible to treat the theories of learning, in discussion actually, to some extend as a bulk and to submit them to a comprehensive critical analysis in the light of Marxist psychology.

After a critical examination of the conception of learning, we define the conceptions of activity (activity of learning) and motivation (motivation of learning) and examine the most important psychological theories of learning, especially in regard of the fact which importance they give to activity and motivation for learning. Each of the theories of learning, existing up the now, puts into the centre in each case the different sides of the process of learning and different kinds of learning. A universal theory of learning does not yet exist.

We put a stress on the fact that the realization of important *principles of the theory of learning* is necessary for the succes of learning for children and youths, as well as for adults. We depart from the fact that *human learning* in all stages of age exists among other things in the fact that an active and no receptive behaviour, a *personally motivated* one – and none indifferent to persons – onesocially *determined* – and not an endogenously stipulated one –; above all, an intense one, *de-*

pending on methods exist! We do not pretend that there are no differences in regard of the *organization* of the work of learning and of the *methods* of the work of teaching between children, youths, and adults respectively. The third part of the book occupates the relatively largest space. There, we treat special problems of psychology of learning in the adult age, and as a necessity, we traet the questioning of psychology and development too. After a critical examination of the most important results of investigation for psychology of adults, existing in international literature, we prove that biological and psychological efficiency of adults has been considered till now above all as one dimensional and above all as endogeneously determined. This cannot be maintained from the point view of science. We prove that among other things by our own experimental results and by results, obtained in our investigation group "examinations in psychology of learning in adult age".

We reject among other things biologistic conceptions, considering learning (especially ability for learning) of adults as only depending on age and departing from a "biologic curve of life" (Ch. Bühler) get to the postulate of an "adolescent maximum hypothesis". The necessity of a multidimensional consideration of the psychophysical efficiency in adult age makes us emphasize and demand to examine the biologic functional ability as well as the psychical efficiency – above all the ability for learning – of adults, depending on social factors (social circumstances, education till now, trade of profession of the adult, morality etc.). We try to undertake a Marxist psychological consideration of adult age and recommend to consider the psychophysical efficiency under "part specific" aspects and propose a first orientation in that field. For the practitioner in adult education in the singular chapters, concrete hints to improve the success of learning of the participiants in courses for qualification are given.

In the *fourth part* of the book, we emphasize the importance of the partly programmed learning in adult age for the increase of effectivity of teaching in adult education. At the same time, we discuss critically different techniques of programming and refer to the necessity of the development of programs which are suitable for *adults* and allow a creative acquirement of knowledge. This demands imperatively the development of a Marxist psychological theory of learning, especially for *human learning.* At the end of this part, general principles for the development of programs for learning in education at universities and trade schools are presented.

As experience teaches that still many unused potencies to increase effectivity in adult education are in the improvement of *traditional* teaching, we give hints for that in the *last part* (fifth part). Departing from the necessity of reaction in teaching, possibilities to realize this demand are represented. Moreover, we give advice to improve the traditional teaching and to increase effectivity in adult education under stressed psychologic didactical aspects.

Literaturverzeichnis

Adler, A.: Praxis und Theorie der Individualpsychologie, Berlin 1930

Adler, A.: Menschenkenntnis, Zürich 1947

Aebli, H.: Grundformen des Lehrens, Stuttgart 1965

Allport, G. W.: Bemerkungen zu dem gegenwärtigen Stand der Theorie der Motivation in den USA. Psychol. Beitr. 1, 1953

Allport, G. W., J. S. Bruner und E. M. Jandorf: Personality under social catastrophe; Ninety life-histories of the Nazirevolution. Charakter and Personality 1, 1941

Almeroth, H.: Anleitung zu Untersuchungen der intellektuellen Leistungsfähigkeit im Erwachsenenalter. Abt. Psychologie der Erwachsenenbildung der Karl-Marx-Universität Leipzig 1968 (Manuskr.)

Ananjew, B. G.: Psychologie der sinnlichen Erkenntnis, Berlin 1963

Anastasi, A.: Länge des Schulbesuchs und Intelligenz, in: F. Weinert (Hrsg.) Pädagogische Psychologie, Köln, Berlin 1967

Bachmann, W.: Zur Psychologie des Kollektivs. DZfPh 6, 1964

Bartel, H.: Effektivitätssteigerung des Anatomie-Physiologie-Unterrichts an medizinischen Schulen durch teilprogrammiertes Selbststudium. Diplomarbeit Sektion Pädagogik/Psychologie der Karl-Marx-Universität Leipzig 1969 (unveröffentl.)

Bartenwerfer, H.: Bemerkungen zur Beziehung zwischen Aktivierung und Leistung. Ber. 25. Kongr. d. Dt. Ges. Psychol., Göttingen 1967

Bartmann, T.: Der Einfluß von Zeitdruck auf die Leistung und das Denkverhalten bei Volksschülern. Psychol. Forsch. 27, 1963

Bauer, B.: Ergebnisse und Probleme psychologischer Leistungsprüfungen bei alternden Menschen. Probl. Erg. Psychol. 16, 1966

Bayley, N.: Learning in adulthood: The role of intelligence, in: Klausmeier and Harris (Hrsg.), Analysis of concept learning, New York, London 1966

Beiträge zur sozialistischen Erwachsenenbildung: Institut für Erwachsenenbildung der Karl-Marx-Universität Leipzig 2, 1965 und 3, 1967

Bente, D., und E. Wanderer: Die Altersabhängigkeit der Reaktionszeit im Dauerreaktionstest. Vita Humana 3, 1960

Bergius, R.: Entwicklung als Stufenfolge, in: Handbuch der Psychologie, 3. Bd., Göttingen 1959

Bergius, R.: Handbuch der Psychologie, 1. Bd., 2. Hälfte, Lernen und Denken, Göttingen 1964 a

Bergius, R.: Einfache Lernvorgänge, in: Handbuch der Psychologie, 1. Bd., 2. Hälfte, Göttingen 1964 b

Bergler, R.: Die Konstanz von Sozialstereotypen in verschiedenen Lebensaltern Vita Humana 2, 1959

Bergler, R.: Psychologie stereotyper Systeme, Bern, Stuttgart 1966
Beschluß über die Weiterführung der 3. Hochschulreform und die Entwicklung des Hochschulwesens bis 1975. Forum 7, 1969
Beyer, H.: Antikommunismus und Massenpsychologie, in: J. Vorholzer, K. Rum und W. Mäder (Hrsg.), Psychologie in unserem Leben, Berlin 1969
Bie, C. L. van d.: Erwachsenenbildung (Eine Grundforderung unserer Zeit), in: J. Baudrexel, A. Fingerle und H. Lamm (Hrsg.), Erwachsenenbildung heute und morgen, München 1962
Binzinger, K.: Der Lehrer in der Erwachsenenbildung im Urteil seiner Schüler. Diplomarbeit Institut für Psychologie „Wilhelm Wundt" der Karl-Marx-Universität Leipzig 1968
Birren, J. E.: Age changes in mental abilities. J. Business 27, 1954
Birren, J. E.: Handbook of aging and the individual, Chicago 1959
Birth, K.: Experimentelle Untersuchungen zur Bildung von Einstellungen in der Wahrnehmung, in: Psychologie als gesellschaftliche Produktivkraft. Ber. 1. Kongr. Ges. Psychol. i. d. DDR, Berlin 1965
Birth, K.: Zum programmierten Unterricht und seiner Bedeutung für die Erwachsenenqualifizierung. Berufsbildung 1, 2 und 3, 1966
Birth, K., G. Junge und W. Mäder: Stellung und Aufgaben der Psychologie beim umfassenden Aufbau des Sozialismus in der DDR, in: J. Vorholzer, K. Rum und W. Mäder (Hrsg.), Psychologie in unserem Leben, Berlin 1969
Blumberg, B.: Die psychologischen Besonderheiten des erwachsenen Schülers. Vordiplomarbeit Institut für Psychologie der Karl-Marx-Universität Leipzig 1961 (unveröffentl.)
Blüher, K.-H.: Über das Behalten von Aufgaben mit unterschiedlicher persönlicher Bedeutsamkeit. Pädagogik 1. Beiheft, 1962
Bobertag, O.: Das Lernen der Erwachsenen. Das Abendgymnasium, 2, 1930
Bogojawlenski, D. N.: Psychologie der Aktivierung des Unterrichts in der Abendoberschule, Moskau 1963 (russ; Übersetzung in der Sektion Pädagogik/Psychologie der Karl-Marx-Universität Leipzig)
Bogojawlenski, D. N., und L. P. Federenko: Fragen der Aktivierung des Unterrichts in Grammatik und Orthographie an einer Abendschule, in: D. N. Bogojawlenski (Hrsg.), Psychologie der Aktivierung des Unterrichts in der Abendoberschule, Moskau 1963 (russ.; Übersetzung in der Sektion Pädagogik/Psychologie der Karl-Marx-Universität Leipzig)
Bogojawlenski, D. N., und N. A. Mentschinskaja: Psychologische Probleme des Kenntniserwerbs in der Schule, Berlin 1962
Böhme, G.: Psychologie der Erwachsenenbildung, München, Basel 1960
Boll, F.: Die Lebensalter. Neues Jahrbuch über das klassische Altertum, Bd. 31, Leipzig 1913
Bracken, H. v.: Die Altersveränderungen der geistigen Leistungsfähigkeit und der seelischen Innenwelt. Alternsforschung, 3, 1939
Bracken, H. v.: Wandlungen der menschlichen Persönlichkeit im mittleren und höheren Alter. Studium Generale 5, 1952
Brockmann, I.: Zum geistigen Verhalten im Greisenalter. Diplomarbeit Institut für Psychologie der Humboldt-Universität zu Berlin 1961 (unveröffentl.)
Brown, J. R.: The motivation of behavior, New York, Toronto, London 1961
Brown, R. R.: Effect of age on the speed-power relationsship with reference to tests of intelligence. J. educ. Psychol. 29, 1938

Bryson, L.: Adult education, New York 1936
Bühler, Ch.: Der menschliche Lebenslauf als psychologisches Problem, Leipzig 1933
Bühler, Ch.: Zur Psychologie des menschlichen Lebenslaufs. Psychol. Rdsch. 8, 1957
Bühler, Ch., unter Mitarbeit von H. Harvey und E. Kube: Der menschliche Lebenslauf als psychologisches Problem, Göttingen 1959
Bühler, Ch. (Hrsg.): Psychologie im Leben unserer Zeit, München, Zürich 1962
Bühler, K.: Die geistige Entwicklung des Kindes, Jena 1930
Bürger, M.: Altern und Krankheit, Leipzig 1957
Bürger, R.: Erfahrungen mit programmierten Instruktionen im technischen Unterricht der Berufsbildung (zit. bei Elsner, Frey und Klöpfel, Entwicklung programmierten Lehrmaterials für den berufspraktischen Unterricht), Berlin 1967
Busemann, A.: Psychologie der Intelligenzdefekte, München, Basel 1965
Carlson, F., G. Fischer und H. Joung: Improvement in elementary psychology as related to intelligence. Psychol. Bull. 42, 1945
Castner, Th.: Methodik der Erwachsenenbildung, Erlangen, Nürnberg 1963
Clauss, G.: Zur Psychologie der Einstellungsbildung im pädagogischen Feld. Phil. Habil. Karl-Marx-Universität Leipzig 1961 (unveröffentl.)
Clauss, G.: Lernmotivation und Lernerfolg. Berufsbildung 5, 1962
Clauss, G.: Psychologische Hinweise zur Denkerziehung. Berufsbildung 2, 1963 a
Clauss, G.: Denkpsychologie und Kybernetik. Berufsbildung 5, 1963 b
Clauss, G.: Zur Standardisierung psychodiagnostischer Verfahren. Probl. Erg. Psychol. 9, 1964
Clauss, G.: Zur Anwendung der Informationstheorie auf lernpsychologische Probleme. Pädagogik 1, 1965 a
Clauss, G.: Zur Handlungsanalyse durch Algorithmen und ihre Anwendung im Unterricht. Pädagogik 4, 1965 b
Clauss, G.: Einige psychologische Probleme des programmierten Lernens. Probl. Erg. Psychol. 14, 1965 c
Clauss, G.: Neuere Tendenzen der lernpsychologischen Forschung. Vortrag anläßlich der Jubiläumstagung des Institutes für Psychologie am 21. 10. 1965, Leipzig 1965 d (unveröffentl.)
Clauss, G.: Lerntheoretische Probleme und empirische Untersuchungen des programmierten Lernens. Ber. 2. Kongr. Ges. Psychol. i. d. DDR, Berlin 1969 a
Clauss, G.: Neuere psychologische Untersuchungen zur Effektivität des programmierten Unterrichts. Probl. Erg. Psychol. 30, 1969 b
Clauss, G., H. Conrad, W. Knöchel und H. Lohse: Einführung in die Programmierung von Lehr- und Lernprozessen. Eine Anleitung für Lehrende an Hoch- und Fachschulen, Berlin 1974
Clauss, G., und H. Ebner: Grundlagen der Statistik für Psychologen, Pädagogen und Soziologen, Berlin 1967
Clauss, G., und H. Hiebsch: Kinderpsychologie, Berlin 1962
Clemens, G.: Notwendigkeit und Möglichkeit einer Vorlesung mit Rückkopplung. Die Erhöhung der Effektivität der Hoch- und Fachschulbildung durch Programmierung und Einsatz technischer Unterrichtsmittel. Karl-Marx-Universität Leipzig 1968 (Manuskr.)
Comfort, A.: Die Alternsforschung. Wiss. Welt 4, 1967

Conrad, H.: Erziehungswissenschaft – Didaktik. 3. Lehrbrief für das Fernstudium. Institut für Erwachsenenbildung der Karl-Marx-Universität Leipzig 1963
Copei, F.: Echte Lehre und rechtes Lernen, in: F. Weinert (Hrsg.), Pädagogische Psychologie, Köln, Berlin 1967
Correll, W.: Lernpsychologie, Donauwörth 1963
Correll, W.: Die Bedeutung der Motivation für das programmierte Lernen und das Lernen mit Lehrmaschinen. Schule u. Psychol. 2, 1964 a
Correll, W.: Das operative Konditionieren und seine Bedeutung für das Lernen. Schule u. Psychol. 3, 1964 b
Correll, W.: Programmiertes Lernen und Lehrmaschinen, Braunschweig 1965 a
Correll, W.: Programmiertes Lernen und schöpferisches Denken, München 1965 b
Correll, W.: Die verhaltenspsychologischen Grundlagen des programmierten Lernens, in: W. Correll (Hrsg.), Programmiertes Lernen und Lehrmaschinen, Braunschweig 1965 c
Correll, W.: Pädagogische Verhaltenspsychologie, München, Basel 1965 d
Correll, W.: Einführung in die Pädagogische Psychologie, Donauwörth 1966
Cube, F. v.: Informationstheoretische Untersuchungen zum Problem des Auswendiglernens, in: F. Weinert (Hrsg.), Pädagogische Psychologie, Köln, Berlin 1967
Demann, W.: Die Bedeutung des Lehrer-Schüler-Verhältnisses für den Lernerfolg in der Erwachsenenqualifizierung. Diplomarbeit Institut für Psychologie der Karl-Marx-Universität Leipzig 1968 (unveröffentl.)
Dietz, B., und W. Kuhrt: Durch richtige Problemstellung im Unterricht zu hohen Lernergebnissen. Pädagogik 7, 1960
Dobrynin, N. F.: Über die Bedeutsamkeit der von den Schülern anzueignenden Kenntnisse (zit. bei J. Lompscher), Berlin 1966
Dorst, W.: Einige philosophische Grundlagen der sozialistischen Erziehungstheorie. Päd. Forsch. 1, 1967
Drefenstedt, E.: Rationelle Gestaltung der Unterrichtsstunde, Berlin 1965
Duff, O. L., und L. Siegel: Biographische Faktoren in ihrer Beziehung zu über oder unter der Erwartung bleibenden Hochschulleistungen, in: F. Weinert (Hrsg.), Pädagogische Psychologie, Köln, Berlin 1967
Duyker, H. C. J.: Die soziale Normierung der menschlichen Entwicklung. Schweiz. Z. Psychol. 15, 1956
Eitner, S.: Gerohygiene, Berlin 1966
Emmerling, E.: Aufmerksamkeit und Aufnahmefähigkeit in der Erwachsenenbildung. Schriftenreihe zu Fragen der Erwachsenenbildung, 3, 1949
Engelmayer, O.: Pädagogische Entwicklungs- und Lebenshilfe, München 1956
Engelmayer, O.: Psychologie für den schulischen Alltag, München 1960
Engels, F.: Dialektik der Natur, in: K. Marx und F. Engels, Werke, Bd. 20, Berlin 1962
Engels, F.: Engels an Franz Mehring, in: K. Marx und F. Engels, Werke, Bd. 39, Berlin 1968
Erlebach, E., U. Ihlefeld und K. Zehner: Einführung in die Psychologie für Lehrer und Erzieher, Berlin 1965
Erlebach, E., K. Hoff, U. Ihlefeld und K. Zehner: Schülerbeurteilung, Berlin 1967
Eyferth, K.: Lernen als Anpassung des Organismus durch bedingte Reaktionen, in: Handbuch der Psychologie, 1. Bd., 2. Hälfte, Göttingen 1964
Eysenck, H. J., und S. Rachman: Neurosen – Ursachen und Heilmethoden, Berlin 1967

Fechner, B.: Textstruktur und Behaltensleistung in der Ontogenese, in: Psychologie als gesellschaftliche Produktivkraft. Ber. 1. Kongr. Ges. Psychol. i. d. DDR, Berlin 1965

Fischel, W.: Die höheren Leistungen der Wirbeltiergehirne, Leipzig 1956

Fischel, W.: Struktur und Dynamik der Psyche, Bern, Stuttgart 1962

Foppa, K.: Probabilistische Lernmodelle, in: Handbuch der Psychologie 1. Bd., 2. Hälfte, Göttingen 1964

Foppa, K.: Lernen, Gedächtnis, Verhalten, Köln, Berlin 1965

Foppa, K.: Das Dilemma der Lerntheorien. Ber. 25. Kongr. Dt. Ges. Psychol., Göttingen 1967 a

Foppa, K.: Einige Probleme des psychologischen Experiments. Z. erziehungswissenschaftliche Forsch. 2, 1967 b

Foster, J. C., and G. A. Taylor: The application of mental tests to Persons over 50. J. appl. Psychol. 4, 1920

Frank, H.: Kybernetische Grundlagen der Pädagogik, Baden-Baden 1962

Frank, H., und E. Schnelle: Das Rhetometer – ein rhetorisches Rückkopplungsinstrument. Grundlagenstudium aus Kybernetik und Geisteswissenschaft 2, 1964

Freud, S.: Gesammelte Werke XI: Vorlesung zur Einführung in die Psychoanalyse, London 1948

Fricke, H.: Zur Erkundung der Motivation in der Erwachsenenbildung zu Beginn der Qualifizierung. Diplomarbeit Fernstudium Pädagogische Psychologie Leipzig 1968 (unveröffentl.)

Friebel, H. D.: Zur Erforschung didaktischer Besonderheiten des Erwachsenenunterrichts. Gesellschaftswissenschaftliche Pädagogik 1, 1954

Friebel, H. D.: Didaktische Maßnahmen zur Überwindung bürgerlicher Ideologien im Erwachsenenunterricht. Phil. Diss. Leipzig 1958 (unveröffentl.)

Friedrich, G.: Aktualmotivation und Lernerfolg bei Erwachsenen. Diplomarbeit Institut für Psychologie der Karl-Marx-Universität Leipzig 1967 (unveröffentl.)

Friedrich, W.: Pädagogisch-psychologische Probleme der sozialistischen Erziehungstheorie. Pädagogik 1. Beiheft 1966 a

Friedrich, W.: Jugend heute, Berlin 1966 b

Friedrich, W., und A. Kossakowski: Zur Psychologie des Jugendalters, Berlin 1962

Fuchs, R.: Über die Darstellung motivierender Erwartungen. Psychol. Beitr. 8, 1964

Galperin, P. J.: Die geistige Handlung als Grundlage für die Bildung von Gedanken und Vorstellungen, in: Probleme der Lerntheorie, Berlin 1966 a

Galperin, P. J.: Resultate von Untersuchungen des Prozesses der Formierung geistiger Handlungen und Begriffe, Moskau 1966 a (russ.; Übersetzung in der Sektion Pädagogik/Psychologie der Karl-Marx-Universität Leipzig)

Galperin, P. J.: Kurzer Abriß der Lehre von der etappenweisen Bildung von geistigen Operationen. XVIII. Int. Kongr. Psychol., Moskau 1966 c (russ.; Übersetzung in der Sektion Pädagogik/Psychologie der Karl-Marx-Universität Leipzig)

Galperin, P. J.: Die Entwicklung der Untersuchungen über die Bildung geistiger Operationen, in: H. Hiebsch (Hrsg.), Ergebnisse der sowjetischen Psychologie, Berlin 1967

Galperin, P. J., A. W. Saporoshez und D. B. Elkonin: Probleme des Erwerbs von Kenntnissen und Fertigkeiten und neue Unterrichtsmethoden in der Schule, in: Probleme der Lerntheorie, Berlin 1966

Gehring, M.: Fragen der Anwendung der Lehre Pawlows in der medizinischen Praxis, Berlin 1954
Gesetz über das einheitliche sozialistische Bildungssystem, Berlin 1965
Gessner, F., und H. Woltereck: Das unwahrscheinliche Leben, Berlin 1959
Giese, F.: Erlebnisformen des Alterns, Halle/S. 1928
Giljarowski, W. A.: Lehrbuch der Psychiatrie, Berlin 1960
Goethe, J. W. v.: Maximen und Reflexionen (Hrsg. Hoyer), Leipzig 1953
Grassel, H.: Zu einigen Bedingungen des Leistungsversagens. Pädagogik 3. Beiheft 1961
Graf, W.: Empfehlungen zur Methodik der Programmierung und zur Durchführung des programmierten Unterrichts, Berlin 1968
Graumann, C. F.: Eigenschaften als Problem der Psychologie 4. Bd., Göttingen 1960
Graumann, C. F.: Methoden der Motivationsforschung, in: Handbuch der Psychologie, 2. Bd., Göttingen 1965
Green, E.: Adult education – Why this apathy ? London 1953
Griew, R.: Processes of aging. Social and psychological Perspectives, New York 1963
Groot, A. D. de: War and intelligence of youth. J. abnorm. soc. Psychol. 46, 1951
Gruhl, L.: Untersuchungen zur intellektuellen Leistungsfähigkeit im Erwachsenenalter in Abhängigkeit vom Alter, vom Geschlecht und von weiteren Faktoren. Diplomarbeit Fernstudium Pädagogische Psychologie Karl-Marx-Universität Leipzig 1969 (unveröffentl.)
Grundlagen der marxistischen Philosophie, Berlin 1960
Grundsätze für die Aus- und Weiterbildung der Werktätigen bei der Gestaltung des entwickelten gesellschaftlichen Systems des Sozialismus in der Deutschen Demokratischen Republik (Entwurf des Ministerrats der DDR vom 26. November 1969)
Guardini, R.: Die Lebensalter, Würzburg 1959
Guilford, J. P.: Persönlichkeit, Weinheim 1964
Guggisberg, W., und G. Blum: Probleme der Lebenswende, Schwarzenburg 1954
Guthke, J.: Lernfähigkeit und Leistungsdiagnostik, Probl. Erg. Psychol. 27, 1969
Gutjahr, W.: Praktische Aufgaben der Intelligenzdiagnostik und ihre methodischen Grundlagen, in: F. Klix, W. Gutjahr und J. Mehl (Hrsg.), Intelligenzdiagnostik, Berlin 1967
Gutjahr, W., und J. Mehl: Die Intelligenzentwicklung im Alter. Verh. Ges. exp. Med. d. DDR, Bd. 2: Biologie der Lebensalter, Dresden, Leipzig 1963
Gutschmidt, L., und H. Marnette: Verbesserung der Rechtschreibeleistung durch sinnvolle Berichtigung. Deutschunterricht 8/9, 1964
Guyer, W.: Wie wir lernen, Zürich und Stuttgart 1960
Haider, M.: Ermüdung, Beanspruchung und Leistung, Wien 1962
Hanselmann, H.: Andragogik (Wesen, Möglichkeiten, Grenzen der Erwachsenenbildung), Zürich 1951
Harke, E.: Pädagogische Grundprobleme der Erwachsenenqualifizierung. Berufsbildung 9, 1965
Harke, E.: Pädagogische und psychologische Probleme der Erwachsenenbildung, Berlin 1966
Harke, E.: Erwachsenenbildung in Westdeutschland. Berufsbildung 2, 1968
Harmsen, H.: Der alternde Mensch in sozialhygienischer Sicht. Öff. Gesundh.-Dienst 20, 1958/59

Harvey, H.: Die biologische Entwicklung, in: Ch. Bühler (Hrsg.), Der menschliche Lebenslauf als psychologisches Problem, Göttingen 1959

Heckhausen, H.: Hoffnung und Furcht in der Leistungsmotivation, Meisenheim 1963 a

Heckhausen, H.: Eine Rahmentheorie der Motivation in zehn Thesen (Tübinger Symposium über Motivation). Z. exp. angew. Psychol. 4, 1963 b

Heckhausen, H.: Leistungsmotivation, in: Handbuch der Psychologie, 2. Bd., Göttingen 1965

Heimann, P.: Die pädagogische Situation als psychologische Aufgabe. Pädagogik 2, 1947

Helm, J.: Methodologische Probleme der Validierung in der Intelligenzdiagnostik, in: F. Klix, W. Gutjahr und J. Mehl (Hrsg.), Intelligenzdiagnostik, Berlin 1967

Hely, A. S. M.: New trends in adult education (from Elsinore to Montreal). UNESCO 1962

Hentschel, G.: Ausarbeitung und Standardisierung eines Lehrprogramms (Die physiologischen Grundlagen des Psychischen). Phil. Diss. Karl-Marx-Universität Leipzig 1967 (unveröffentl.)

Hiebsch, H.: Lernaktivität und Lernerfolg. Deutsche Lehrerzeitung 28, 1956

Hiebsch, H.: Grundfragen der marxistischen Persönlichkeitstheorie. Probl. Erg. Psychol. VII, 1963

Hiebsch, H.: Sozialpsychologische Grundlagen der Persönlichkeitsformung, Berlin 1966

Hiebsch, H. (Hrsg.): Ergebnisse der sowjetischen Psychologie, Berlin 1967

Hiebsch, H., und M. Vorwerg: Versuch einer Systematisierung des sozialpsychologischen Forschungsbereichs. DZfPh 5, 1964

Hiebsch, H., und M. Vorwerg: Einführung in die marxistische Sozialpsychologie, Berlin 1968

Hilgard, E. R.: Theories of learning, New York 1956

Hillebrand, M. G.: Psychologie des Lernens und Lehrens, Stuttgart 1962

Hinze, K.: Die Lehre Pawlows und die Unterrichtsarbeit, Berlin 1955

Hoff, H.: Psychologie des Alterns, in: W. Doberauer (Hrsg.), Scriptum Geriatricum 1962, Wien 1962

Hoff, H., und E. Ringel: Die Psychologie des Alterns, in: W. Doberauer, A. Hittmaier, R. Nissen und F. H. Schulz (Hrsg.), Handbuch der praktischen Geriatrie, Bd. I, Stuttgart 1965

Hofstätter, F. R.: Tatsachen und Probleme einer Psychologie des Lebenslaufs. Z. angew. Psychol. und Charakterkunde 5/6, 1938

Hofstätter, P. R.: Psychologie, Frankfurt (M.) 1957

Hofstätter, P. R.: Einführung in die Sozialpsychologie, Stuttgart 1963

Hoppe, F.: Erfolg und Mißerfolg. Psychol. Forsch. 14, 1931

Hörmann, H., und E. Todt: Lärm und Lernen. Z. exp. angew. Psychol. 7, 1960

Hull, C. L.: Principles of behavior, New York 1952

Hyhlik, F.: Psychologische Probleme des Studiums der Erwachsenen. Berufsbildung 3, 1965 (Beilage)

Ihalainen, V. J.: Über den Einfluß von Aktivität und Motivation auf das Lernen. Psychol. Beitr. 7, 1962

Ihalainen, V. J.: Auf die Reminiszenz einwirkende Faktoren. Z. Psychol. 172, 1966 und 173, 1967

Ihlefeld, U.: Rezension des Buches „Probleme der Lerntheorie". Pädagogik 3, 1967
Istomina, Z. M., J. N. Preobrashenskaja und V. L. Samokhvalowa: Einige Besonderheiten der Merkfähigkeit bei älteren Personen, die in intellektuellen Berufen tätig sind. Vop. Psichol. 3, 1967 (russ.)
Itelson, L.: Mathematische und kybernetische Methoden in der Pädagogik, Berlin 1967
Jäger, A. O.: Einige emotionale, conative und zeitliche Bedingungen des Erinnerns. Z. exp. angew. Psychol. 6, 1959
Jaspers, K.: Allgemeine Psychopathologie, Berlin, Heidelberg, New York 1965
Jessipow, B. P.: Zum Problem der Verbesserung der selbständigen Schülerarbeit in den Unterrichtsstunden. Sowjetpädagogik 8, 1957 (russ.; Übersetzung im Institut für Pädagogik der Karl-Marx-Universität Leipzig)
Jokl, E.: Alter und Leistung, Berlin 1954
Jones, L. W.: Personality and age. Nature 136, 1935
Juch, M.: Zur Erkundung der Motivation Erwachsener bei Beginn der Qualifizierung. Diplomarbeit Fernstudium Pädagogische Psychologie Karl-Marx-Universität Leipzig 1968 (unveröffentl.)
Kaplan, J.: Das Alter als soziales Problem, Zürich 1956
Karsten, A.: Wahrnehmung des Alterns. Psychol. Beitr. V, 1960
Karsten, A.: Probleme der Alternsforschung. Psychol. Rundsch. 16, 1965
Kehrer, F. A.: Vom seelischen Altern, Münster/W. 1952
Kehrer, F. A.: Psychische Veränderungen in der 2. Lebenshälfte. Med. Monatsspiegel 5, 1957
Keilhacker, M.: Der ideale Lehrer nach Auffassung der Schüler, Freiburg 1932
Keilhacker, M.: Pädagogische Psychologie, Regensburg 1951
Kelbert, H.: Kybernetisches Modell der Abarbeitung eines programmierten verzweigten Lehrbuches. Lehrmaschinen in kybernetischer und pädagogischer Sicht 2, 1964
Kerschensteiner, G.: Theorie der Bildung, Leipzig 1928
Kessel, W.: Beziehungen zwischen Lehrer und Schüler. Psychol. Beitr. 10, 1969
Kirchhoff, H.: Versager in der Grundschule. Psychol. Prax. 37, 1965
Kitson, H.: A critical age as factor in labor turnover. Ind. Pste. 2, 1925
Klaus, G.: Kybernetik in philosophischer Sicht, Berlin 1965
Klaus, G.: Kybernetik und Erkenntnistheorie, Berlin 1966
Kleint, H.: Über den Einfluß der Einstellung auf die Wahrnehmung. Arch. ges. Psychol. 51, 1925
Klemm, H.: Psychische Grundzüge der sozialistischen Lehrerpersönlichkeit und einige Gedanken zu ihrer planmäßigen Entwicklung in der Lehrerausbildung. Diss. Potsdam 1961 (unveröffentl.)
Klingberg, L.: Pädagogische Führung und Selbsttätigkeit in der sozialistischen Schule, Berlin 1962
Klix, F.: Gesetz und Experiment in der Psychologie. Probl. Erg. Psychol. III/IV 1962
Klix, F.: Einige Ergebnisse kybernetischer Forschungen in der Psychologie, in: Psychologie als gesellschaftliche Produktivkraft. Ber. 1. Kongr. Ges. Psychol. i. d. DDR, Berlin 1965
Klix, F.: Aktuelle Probleme der Lernpsychologie. Pädagogik 8, 1966 a
Klix, F.: Zu einigen wichtigen Forschungsgebieten der gegenwärtigen Lernpsychologie. Pädagogik 10, 1966 b

Klix, F., W. Gutjahr und J. Mehl (Hrsg.): Intelligenzdiagnostik, Berlin 1967
Kloos, G.: Grundriß der Psychiatrie und Neurologie, München 1956
Klumbies, G.: Häufigkeit und Anlässe psychogener Erkrankungen in den verschiedenen Lebensaltern. Verh. Ges. exp. Medizin d. DDR, Bd. 2: Biologie der Lebensalter, Dresden, Leipzig 1963
Knauer, A.: Höhere Qualität der Planung und Leitung der Erwachsenenqualifizierung. Berufsbildung 11, 1967 a
Knauer, A.: Pädagogisches Forum. Pädagogik 11, 1967 b
Knauer, A.: Die grundlegende Weiterentwicklung des Systems der Erwachsenenqualifizierung – ein objektives Erfordernis bei der weiteren Gestaltung des entwickelten gesellschaftlichen Systems des Sozialismus in der DDR. Forschungen der sozialistischen Berufsbildung 2, 1969
Knittermeyer, H.: Philosophie der Lebensalter, Oldenburg 1944
Kneffel, H.: Der Einfluß des Zeitpunkts der Erfolgsinformation auf Verlauf und Ergebnis von Lernleistungen. Diplomarbeit Institut für Psychologie der Karl-Marx-Universität Leipzig 1968 (unveröffentl.)
Knöchel, W., und W. Naumann: Zum Gegenstand der Pädagogik. Beiträge zur sozialistischen Erwachsenenbildung 3, 1967
Koch, A.: Die Bedeutung des Lehrer-Schüler-Verhältnisses für den Lernerfolg in der Erwachsenenqualifizierung. Diplomarbeit Institut für Psychologie der Karl-Marx-Universität Leipzig 1968 (unveröffentl.)
Koffka, K.: Die Grundlagen der psychischen Entwicklung, Osterwieck/Harz 1925
Köhler, U.: Aspekt der Entwicklung und Lehre von der Verfestigung in der Persönlichkeitspsychologie. Probl. Erg. Psychol. 10, 1964
Köhler, W.: Intelligenzprüfungen an Menschenaffen, Berlin 1921
Köhler, W.: Dynamische Zusammenhänge in der Psychologie, Bern, Stuttgart 1958
Kornadt, J. H.: Der Erklärungswert des Motivations-Konzepts für die Beziehungen zwischen Aktivierung und Leistung. Ber. 25. Kongr. Dt. Ges. Psychol., Göttingen 1967
Kornadt, J. H., und G. Bäumler: Leistungen und Fehler bei Überwachungsaufgaben. Arbeitswissenschaft 3, 1964
Kossakowski, A.: Zum Problem der „Altersbesonderheiten" im Jugendalter. Pädagogik 2. Beiheft 1963 a
Kossakowski, A.: Altersbesonderheiten und schulische Leistung. Pädagogik 9, 1963 b
Kossakowski, A.: Zum Problem der psychischen Altersbesonderheiten im Jugendalter. Berufsbildung 3, 1965
Kossakowski, A.: Über die psychischen Veränderungen in der Pubertät, Berlin 1966
Kossakowski, A.: Psychologische Probleme der Entwicklung sozialistischer Verhaltenseigenschaften. Pädagogik 9, 1969 a
Kossakowski, A.: Zur Theorie der Verhaltenserziehung. Probl. Erg. Psychol. 30, 1969 b
Kossakowski, A., und K. H. Otto: Erziehung zur bewußten Disziplin und Persönlichkeitsentwicklung, in: A. Kossakowski und K. H. Otto (Hrsg.), Untersuchungen zur Entwicklung der bewußten Disziplin, Berlin 1967
Kotsovsky, D.: Altern und soziale Umwelt. Münch. med. Wschr. 32, 1951
Kowaljow, A. S.: Über das psychologisch-pädagogische Experiment. Pädagogik 8, 1958

Krause, H.: Untersuchungen zur intellektuellen Leistungsfähigkeit im Erwachsenenalter unter berufs- und geschlechtsspezifischen Aspekten. Diplomarbeit Fernstudium Pädagogische Psychologie der Karl-Marx-Universität Leipzig 1969 (unveröffentl.)

Kulka, H.: Arbeitspsychologie für die industrielle Praxis, Berlin 1968

Kupisiewicz, C.: Über die Effektivität einiger Methoden im naturwissenschaftlichen Unterricht. Pädagogik 10, 1960

Kurella, A.: Der Mensch als Schöpfer seiner selbst, Berlin 1958

Künemann, A.: Erwachsenenbildung in den USA. Das Abendgymnasium 1, 1930

Künkel, H.: Die Lebensalter, Jena 1941

Laffin, K.: Untersuchungen zur Erkundung der Motivation Erwachsener zu Beginn der Qualifizierung. Diplomarbeit Institut für Psychologie der Karl-Marx-Universität Leipzig 1968 (unveröffentl.)

Landa, L. N.: Algorithmen und programmierter Unterricht. „Programmierter Unterricht und Lerntheorie". Urania, Abt. Gesellschaftswiss., Sekt. Päd., Berlin 1966

Landa, L. N.: Diagnostik und programmierter Unterricht. Lehrmaschinen in kybernetischer und pädagogischer Sicht 4, 1966

Landa, L. N.: Algorithmierung im Unterricht, Berlin 1969

Lauer, H.: Der menschliche Lebenslauf, Freiburg i. Br. 1952

Lauwerys, J. A.: Vergleichende Studie über Welttendenzen im Bildungswesen. Schule und Nation 3, 1966

Lehman, H. C.: Man's most creative Years: Then and now. Science 98, 1943

Lehman, H. C.: Age and achievement, Princeton 1953

Lehr, U.: Entwicklung und Periodizität, in: Handbuch der Psychologie, 3. Bd., Göttingen 1959

Lehr, U.: Veränderungen der Daseinsdynamik der Frau im Erwachsenenalter. Vita Humana 4, 1961

Lehr, U.: Zur Problematik des Menschen im reiferen Erwachsenenalter. Probl. Erg. Psychol. 16, 1966

Lehr, U., und I. Puschner: Untersuchungen über subjektive Alterssymptome. Vita Humana, 6, 1963

Lehr, U., und H. Thomae: Eine Längsschnittuntersuchung bei 30- bis 50jährigen Angestellten. Vita Humana 1/2, 1958

Lenin, W. I.: Materialismus und Empiriokritizismus, in: W. I. Lenin, Werke Bd. 6, Berlin 1964

Leontjew, A. N.: Probleme der Entwicklung des Psychischen, Berlin 1964

Leontjew, A. N.: Das Lernen als Problem der Psychologie, in: Probleme der Lerntheorie, Berlin 1966

Leontjew, A. N.: Historischer Aspekt bei der Untersuchung der menschlichen Psyche, in: H. Hiebsch (Hrsg.), Ergebnisse der sowjetischen Psychologie, Berlin 1967

Leontjew, A. N., und P. J. Galperin: Die Theorie des Kenntniserwerbs und der programmierte Unterricht, in: Probleme der Lerntheorie, Berlin 1966

Leontjew, A. N., und A. R. Luria: Die psychologischen Anschauungen L. S. Wygotskis, in: L. S. Wygotski, Denken und Sprechen, Berlin 1964

Lewin, K.: Feldtheorie in den Sozialwissenschaften, Bern, Stuttgart 1963

Lewitow, N. D.: Pädagogische Psychologie, Berlin 1964

Lienert, G. A.: Testaufbau und Testanalyse, Weinheim 1961

Lienert, G. A.: Belastung und Regression, Meisenheim (Glan) 1964

Lienert, G. A., and H. W. Crott: Studies on the factor structure of intelligence in children, addescents and adults. Vita Humana 7, 1964

Linhart, J.: Fragen der Determination und Motivation im Lernprozeß. Probl. Erg. Psychol. III/IV, 1962

Linhart, J.: Lernen als heuristischer Vorgang. „Programmierter Unterricht und Lerntheorie", Urania, Abt. Gesellschaftswiss., Berlin 1966

Lohse, H.: Abhängigkeit des Lerneffekts von der Programmgestaltung. Ber. 2. Kongr. Ges. Psych. i. d. DDR, Berlin 1969

Lomow, B. F.: Ingenieurpsychologie, Berlin 1964

Lompscher, J.: Kenntniserwerb und geistige Entwicklung in der Unterstufe. Psychol. Beitr. 5, 1966

Lompscher, J., und W. Mäder: Massenpolitische Arbeit und Psychologie, in: J. Vorholzer, K. Rum und W. Mäder (Hrsg.), Psychologie in unserem Leben, Berlin 1969

Lorf, M., und G. Rosenfeld: Pädagogische Psychologie und sozialistische Bildung, in: J. Vorholzer, K. Rum und W. Mäder (Hrsg.), Psychologie in unserem Leben, Berlin 1969

Lorge, J.: Psychometric; Evaluation of neutral status as function of neutral test. Amer. J. Orthopsychiat. 10, 1940

Löwe, H.: Akzeleration und Bildungssituation der Gegenwartsjugend. Probl. Erg. Psychol. 8, 1963 a

Löwe, H.: Akzeleration und psychische Situation bei unseren Jugendlichen. Berufsbildung 8/9, 1963 b

Löwe, H.: Über Bedingungen und Ursachen des unterschiedlichen Leistungsverhaltens bei Berufsschülern. Berufsbildung 10, 11 und 12, 1964

Löwe, H.: Zur Problematik „akzelerationsbedingter" Verhaltensweisen im Kindes- und Jugendalter. Pädagogik 12, 1965 a

Löwe, H.: Pädagogisch-psychologische Hinweise zum richtigen Organisieren des Lernens. Berufsbildung 7, 1965 b

Löwe, H.: Der Lerneffekt in Abhängigkeit von Aktivität und Motivation (ein Beitrag zur Lernpsychologie des Erwachsenenalters). Phil. Habil. Karl-Marx-Universität Leipzig 1968 a (unveröffentl.)

Löwe, H.: Problemstellung und Lernerfolg im naturwissenschaftlichen Unterricht. Psychol. Beitr. 8, 1968 b

Löwe, H.: Psychologische Grundlagen der Erwachsenenqualifizierung, in: E. Harke (Hrsg.), Leitfaden der Erwachsenenbildung, Berlin 1971

Löwe, H.: Probleme des Leistungsversagens in der Schule. Vierte Auflage, Berlin 1975

Löwe, H., und G. Preuss: Der Berufsschullehrer im Urteil von Berufsschülern. Berufsbildung 10 und 11, 1966

Lucas, W.: Pädagogisch-psychologische Probleme im Hinblick auf die Wirksamkeit von Algorithmen bei der Erarbeitung unbekannter Texte in der Erwachsenenbildung. Diplomarbeit Sektion Pädagogik/Psychologie der Karl-Marx-Universität Leipzig 1969 (unveröffentl.)

Lutze, E., und D. Binas: Die Entwicklung der Arbeitsintensität im Laufe des Lebens. Psychol. Rdsch. IV, 1953

Lysaught, J. P., und C. M. Williams: Einführung in die Unterrichtsprogrammierung, Oldenburg, München, Wien 1967

Makarenko, A. S.: Werke, Bd. 5, Berlin 1956

Marcus, H.: Erwachsenenbildung in England. Das Abendgymnasium 1, 1930

Markle, S. M.: Gute Lernschritte, München, Wien 1967
Marx, K.: Zur Kritik der Politischen Ökonomie, in: K. Marx und F. Engels, Werke, Bd. 13, Berlin 1961
Matousek, O., und J. Ruzicka: Psychologie der industriellen Arbeit, Berlin 1968
Matzdorff, P.: Grundlagen zur Erforschung des Alterns, Frankfurt (M.) 1948
McClelland, D. C., J. W. Atkinson, R. A. Clark and E. L. Lowell: The achievement motive, New York 1953
McGeoch, J. A.: The psychology of human learning, New York, Toronto, London 1953
McKeachie, W. J.: Motivation, Lehrmethoden und Lernen in Hochschulen, in: F. Weinert (Hrsg.), Pädagogische Psychologie, Köln, Berlin 1967
Mehl, J., U. Müller und W. Wenke: Die Standardisierung eines sprachfreien Verfahrens zur Prüfung der Intelligenz, in: Psychologie als gesellschaftliche Produktivkraft. Ber. 1. Kongr. Ges. Psychol. i. d. DDR, Berlin 1965
Meier, A.: Neue Wege im Erwachsenenunterricht, Berlin 1967
Meili, R.: Lehrbuch der psychologischen Diagnostik, Bern, Stuttgart 1965
Metzger, W.: Psychologie, Darmstadt 1954
Metzger, W.: Stimmung und Leistung. Die affektiven Grundlagen des Lernerfolgs, Münster Westfalen 1965
Meumann, E.: Ökonomie und Technik des Gedächtnisses, Leipzig 1920
Meyer, G.: Kybernetik und Unterrichtsprozeß, Berlin 1966
Mierke, K.: Konzentrationsfähigkeit und Konzentrationsschwäche, Bern, Stuttgart 1957
Miles, C. C.: Measurement of certain human abilities throughout life span. Proc. Nat. Acad. Sci. 17, 1931
Miles, C. C.: The correlation of intelligence scores and chronological age from early to late maturity. Amer. J. Psychol. 44, 1932
Miles, C. C.: Age and human ability. Psychol. Rev. 2, 1933
Mittag, H. D.: Über personale Bedingungen des Gedächtnisses für Handlungen. Z. Psychol. 158, 1955
Moers, M.: Die Entwicklungsphasen des menschlichen Lebens. Ratingen 1953
Möhle, H.: Die Erhöhung der Effektivität der Hoch- und Fachschulbildung durch Programmierung und Einsatz technischer Unterrichtsmittel. Materialien eines Kolloquiums am 4. 6. 1968. Karl-Marx-Universität Leipzig 1968
Mücher, H., G. Grünewald und R. Fuchs: Schreibmotorische Effekte der Angst, dargestellt am Beispiel einer Claustrophobie. Psychol. Forsch. 27, 1964
Müller, K.: Denken und Lernen als Organisieren, in: Handbuch der Psychologie, 1. Bd., 2. Hälfte, Göttingen 1964
Müller-Hegemann, D.: Psychotherapie, Berlin 1956
Murphy, G.: Personality, New York 1947
Murphy, G.: An introduction to psychology, New York 1951
Neuner, G.: Sozialistische Bildungskonzeption und Einheit von Bildung und Erziehung. Pädagogik 4, 1965
Neuner, G.: Wissensvermittlung und ideologische Erziehung. Einheit 9, 1966
Newcomb, T. M.: Sozialpsychologie, Meisenheim (Glan) 1959
Nohl, H.: Die Theorie der Bildung, in: Nohl und Pallat (Hrsg.), Handbuch der Pädagogik, Bd. 1, Berlin, Leipzig 1933
Pantina, N. S.: Die Bildung motorischer Schreibfertigkeiten in Abhängigkeit von

der Art der Orientierung in der Aufgabe, in: Probleme der Lerntheorie, Berlin 1966
Park, T. Z.: Experimentelle Untersuchungen über Sinneszusammenhang, Lautgestalt und Wortbedeutung. Psychol. Forsch. 28, 1966
Pawlow, J. P.: Sämtliche Werke, Berlin 1954
Peers, R.: Adult education – A comparative study, London, New York 1958
Peter, H.: Untersuchungen zur intellektuellen Leistungsfähigkeit im Erwachsenenalter unter arbeits-, berufs- und geschlechtsspezifischen Aspekten. Diplomarbeit Fernstudium Pädagogische Psychologie der Karl-Marx-Universität Leipzig 1969 (unveröffentl.)
Peth, W.: Die technische Revolution und die Qualifikation älterer Werktätiger, in: Technische Revolution und Gewerkschaften, Berlin 1966
Petzelt, A.: Kindheit – Jugend – Reifezeit, Freiburg i. Br. [5]1965
Piaget, J.: Psychologie der Intelligenz, Zürich 1948
Pöggeler, F.: Einführung in die Andragogik, Ratingen 1957
Pressey, S. L.: Die Krise der Lehrmaschine und der Lerntheorie, in: F. Weinert (Hrsg.), Pädagogische Psychologie, Köln, Berlin 1967
Priester, H. J.: Intelligenztests für Erwachsene, in: Handbuch der Psychologie, 6. Bd., Göttingen 1959
Probleme der Entwicklung der Aus- und Weiterbildung der Werktätigen im einheitlichen Bildungssystem. Forschung der sozialistischen Berufsbildung 2, 1969
Probleme der Lerntheorie, Berlin 1966
Psychologie als gesellschaftliche Produktivkraft. Bericht über den 1. Kongreß der Gesellschaft für Psychologie in der DDR, Berlin 1965
Radlbeck, K.: Aktivität und Lernerfolg. Diplomarbeit Institut für Psychologie der Karl-Marx-Universität Leipzig 1967 (unveröffentl.)
Rapier, J. L.: Measured intelligence and the ability to learn. Acta psychol. XX, 1962
Raven, J. C.: Guide to using. Progressive matrices (1938), London 1956
Remplein, H.: Die seelische Entwicklung des Menschen im Kindes- und Jugendalter, München, Basel [7]1958
Révész, G.: Höheres Lebensalter und geistige Leistungskraft. Universitas 8, 5, 1953
Riechert, I., und K. Schwarz: Erfolgreich studieren, sich qualifizieren – eine Anleitung, Leipzig 1970
Riedel, H.: Die Altersabhängigkeit informationspsychologischer Parameter und ihre mögliche Bedeutung für Lehralgorithmen. Lehrmaschinen in kybernetischer und pädagogischer Sicht 2, 1964
Riegel, K. F.: Ergebnisse und Probleme der psychologischen Alternsforschung. Vita Humana 1, 1958 a
Riegel, K. F.: Eine Untersuchung über intellektuelle Funktionen älterer Menschen. Diss. Institut für Psychologie Hamburg 1958 b (unveröffentl.)
Riehme, J.: Probleme und Methoden des Rechtschreibeunterrichts, Berlin 1965
Roe, A.: Research on teaching machines and programmed learning. J. of engenering education 7, 1962
Rohracher, H.: Die Arbeitsweise des Gehirns und die psychischen Vorgänge, München 1953
Rosenfeld, G.: Theorie und Praxis der Lernmotivation, Berlin 1964
Rosenfeld, G.: Erziehungspsychologie und Pädagogik. Pädagogik 7, 1965

Rösler, H. D.: Zur Frage des psychischen Entwicklungswandels unserer Jugend. Psychiat. Neurol. med. Psychol. 12, 1963
Rösler, H. D.: Akzeleration und Intelligenzleistung im Erwachsenenalter, in: F. Klix, W. Gutjahr und J. Mehl (Hrsg.), Intelligenzdiagnostik, Berlin 1967
Rostunow, T. I.: Das Wesen des programmierten Unterrichts, in: N. Schestakow, Programmiertes Lernen und Lehrmaschinen, Berlin 1965
Roth, E.: Motorische Anpassungsfunktionen und Alter. Vita Humana 4, 1961 a
Roth, E.: Lernen in verschiedenen Altersstufen. Z. exp. angew. Psychol. 8, 1961 b
Roth, H.: Die psychologischen Lerntheorien und die Bedeutung ihrer Forschungsergebnisse für Unterricht und Erziehung, in: K. Strunz, Pädagogische Psychologie für höhere Schulen, München, Basel 1964
Roth, H.: Pädagogische Psychologie des Lehrens und Lernens, Berlin, Hannover, Darmstadt [8]1965
Rothacker, E.: Altern und Reifen. Geistige Arbeit 1, 1939
Rubinstein, S. L.: Grundlagen der allgemeinen Psychologie, Berlin 1958
Rubinstein, S. L.: Das Denken und die Wege seiner Erforschung, Berlin 1961
Rubinstein, S. L.: Sein und Bewußtsein, Berlin 1962 a
Rubinstein, S. L.: Das Problem der Fähigkeiten und Fragen der psychologischen Theorie. Beiträge zum Begabungsproblem, Berlin 1962 b
Ruck, F. L.: Adult learning. Psychol. Bull. 30, 1933
Rüdiger, W.: Probleme der Psychologie des Gehirns, Berlin 1965
Salber, W.: Motivation des Studierens. Ber. 25. Kongr. Dt. Ges. Psychol., Göttingen 1967
Schadeberg, W.: Über den Einstellungscharakter komplexer Erlebnisse. Neue psychologische Studien 4, 1934
Schäfer, I.: Aktivität und Lernerfolg unter betont geschlechtsspezifischen Aspekten. Diplomarbeit Sektion Pädagogik/Psychologie der Karl-Marx-Universität Leipzig 1969 (unveröffentl.)
Scharmann, D. L.: Beiträge zur psychologischen Lebenslaufforschung. Psychol. Forsch. 25, 1955
Schestakow, N.: Programmiertes Lernen und Lehrmaschinen, Berlin 1965
Schiller, F. v.: Der Spaziergang. Schillers Sämtliche Werke, Säkularausgabe in 16 Bänden. 1. Bd., Gedichte, Stuttgart/Berlin 1917
Schirm, R. W.: Einige Möglichkeiten der Programmierung für heterogene Adressatengruppen. Lehrmaschinen in kybernetischer und pädagogischer Sicht 2, 1964
Schirm, R. W.: Programmierungsmethoden für die berufliche Aus- und Weiterbildung Erwachsener. Lehrmaschinen in kybernetischer und pädagogischer Sicht 4, 1966
Schleicher, R.: Der Einfluß der beruflichen Tätigkeit auf die geistige Leistungsfähigkeit im Erwachsenenalter. Diss. Sektion Pädagogik/Psychologie Karl-Marx-Universität Leipzig 1970 (unveröffentl.)
Schmidt, H.-D.: Rezension zu W. Köhler: Intelligenzprüfungen an Menschenaffen. Probl. Erg. Psychol. 9, 1964
Schönpflug, W.: Über Aktivationsprozesse im Lernversuch, Frankfurt (M.) 1963
Schönpflug, W.: Retention und Aktivation bei zusätzlicher Beanspruchung durch körperliche Tätigkeit. Z. exp. angew. Psychol. 11, 1964
Schönpflug, W.: Paarlernen, Behaltensdauer und Aktivierung. Psychol. Forsch. 2, 1966
Schönpflug, W., und P. Beike: Einprägen und Aktivierung bei gleichzeitiger

Variation der Absichtlichkeit des Lernens und der Ich-Bezogenheit des Lernstoffes. Psychol. Forsch. 27, 1964
Schönpflug, W., und M. Schäfer: Retention und Aktivation bei akustischer Zusatzreizung. Z. exp. angew. Psychol. 9, 1962
Schramm, W.: Programmierter Unterricht – heute und morgen. Schulpolitisches Forum 3, 1963 a
Schramm, W.: Die Forschung auf dem Gebiete des programmierten Lernens. Die dt. Schule 9, 1963 b
Schubert, G., und K. Kroll: Einige Feststellungen zum gegenwärtigen Stand und Gedanken zur künftigen Entwicklung audiovisueller Mittel. Die Erhöhung der Effektivität der Hoch- und Fachschulbildung durch Programmierung und Einsatz technischer Unterrichtsmittel. Karl-Marx-Universität Leipzig 1968 (Manuskr.)
Schulte, W.: Psychologische Aspekte des Alterns. Biorheutische Psychologie. Gesundh.-Dienst 20, 1958/59
Schulte, W.: Zur Psychologie des Alterns. Der alte Mensch – ein ärztliches Problem, Heidelberg 1959
Schwarz, E.: Untersuchungen zur Erkundung der Motivation Erwachsener zu Beginn der Qualifizierung. Diplomarbeit Institut für Psychologie der Karl-Marx-Universität Leipzig 1968 (unveröffentl.)
Seliwanow, W. I.: Die Triebkräfte des Verhaltens der Persönlichkeit. Informationsmaterial aus der pädagogischen Literatur der Sowjetunion und den Ländern der Volksdemokratie 25, 1962
Selye, H.: Stress. Montreal: ACTA Press 1950
Silbermann, P. A.: Der ideale Erwachsenenlehrer. Das Abendgymnasium 1 und 2, 1933
Simrall, D.: Intelligence and the ability to learn. J. Psychol. 47, 1967
Sintschenko, P. J.: Die Entwicklung des unwillkürlichen und willkürlichen Einprägens, in: Gesetzmäßigkeit der Bildung von Assoziationen, Berlin 1955
Skinner, B. F.: The behavior of organismus. Appleton-Century-crofts, New York 1938
Skinner, B. F.: Fünfzig Jahre Behaviorismus, in: W. Correll (Hrsg.), Programmiertes Lernen und Lehrmaschinen, Braunschweig 1965
Skinner, B. F.: Die Wissenschaft vom Lernen und die Kunst des Lehrens, in: F. Weinert (Hrsg.), Pädagogische Psychologie, Köln, Berlin 1967
Škoda, K.: Zu einigen Fragen der Theorie der Erwachsenenbildung in der ČSSR, Prag 1962 (Arbeitsübersetzung)
Slater, P.: The association between age and score in the progressive matrices test. Brit. J. Psychol. 1–2, 1948
Smirnow, A. A., A. N. Leontjew, S. L. Rubinstein und B. M. Teplow: Psychologie, Berlin 1960
Smitmans, H.: Studieren – aber wie?, Berlin 1969
Söder, W.: Die betriebswirtschaftliche Bedeutung des Lebensalters der Arbeitnehmer, Köln 1958
Sozialistische Erziehung im Betrieb. Staatssekretariat für das Hoch- und Fachschulwesen, Berlin 1962
Specht, H.: Erwachsenenbildung – ein Sorgenkind. Neues Deutschland vom 20. 1. 1968
Sperling, H.: Aktivität und Lernerfolg. Diplomarbeit Institut für Psychologie der Karl-Marx-Universität Leipzig 1967 (unveröffentl.)

Spirkon, A. G., und E. P. Brunowt: Die Lehre I. P. Pawlows von den Signalsystemen, Berlin 1953
Spranger, E.: Zur Psychologie der Bildsamkeit des Erwachsenen, in: F. Arnold (Hrsg.), Bildungsfragen der Gegenwart, Stuttgart 1953
Steinbuch, K.: Automat und Mensch, Berlin, Göttingen, Heidelberg [2]1963
Štejn, J.: Nie zu alt für den Hörsaal. Im Herzen Europas 1, 1962
Stern, E.: Anfänge des Alterns, Leipzig 1931
Stern, W.: Allgemeine Psychologie, Haag 1935
Stössner, A.: Pädagogische Psychologie, Leipzig 1913
Stötzer, U.: Redekunst, Leipzig 1964
Strauss, E. H.: Zum Problem der Messung des Aktivitätsniveaus – Untersuchungen mit der Infrarot-Pupillographie, in: Psychologie als gesellschaftliche Produktivkraft. Ber. 1. Kongr. Ges. Psychol. i. d. DDR, Berlin 1965
Süllwold, E.: Gedächtnistätigkeit und Vorstellungsverlauf, in: Handbuch der Psychologie 1. Bd., 2. Hälfte, Göttingen 1964
Szewczuk, W.: Psychologie des erwachsenen Menschen, Warschau 1959
Talysina, N. F.: Die Programmierung der mathematischen Zykluslehre, Moskau 1968 (russ.)
Talysina, N. F.: Theoretische Probleme des programmierten Unterrichts, Moskau 1969 (russ.)
Teplow, B. M.: Psychologie, Berlin 1960
Theoretische und methodologische Probleme der marxistischen Industriesoziologie. Schriftenreihe Soziologie, Berlin 1967
Thiel, H.: Die Entwicklung von Einstellungen und ihre Auswirkung auf den Lernerfolg in der Aus- und Weiterbildung Erwachsener. Diplomarbeit Fernstudium Pädagogische Psychologie Karl-Marx-Universität Leipzig 1969 (unveröffentl.)
Thomae, H.: Die biographische Methode in den anthropologischen Wissenschaften. Studium Generale V, 1952
Thomae: H.: Psychologische Probleme des Erwachsenenalters, in: O. W. Haseloff und H. Stachowiak, Moderne Entwicklungspsychologie, Berlin 1956
Thomae, H.: Psychologische Probleme des Erwachsenenalters. Universitas 1957
Thomae, H.: Entwicklungsbegriff und Entwicklungstheorie, in: Handbuch der Psychologie, 3. Bd., Göttingen 1959 a
Thomae, H.: Zur Entwicklungs- und Sozialpsychologie des alternden Menschen. Öff. Gesundh.-Dienst 20, 10, 1959 b
Thomae, H.: Probleme der alternden Persönlichkeit. Blätter der Wohlfahrtspflege 12, 1960
Thomae, H.: Handbuch der Psychologie in 12 Bänden, 2. Bd., Göttingen 1965 a
Thomae, H.: Die Bedeutungen des Motivationsbegriffes, in: Handbuch der Psychologie, 2. Bd., Göttingen 1965 b
Thomae, H.: Die Motivation menschlichen Handelns, Köln, Berlin 1965 c
Thomae, H., und U. Lehr: Konflikt und Lebensalter, Festschrift für Ch. Bühler, Göttingen 1963
Thorndike, E. L.: Adult learning. Studies in adult education 1, 1930
Thurstone, L. L.: Multiple-Factor Analysis, Chicago 1953
Tiling, M. v.: Die Altersstufen des menschlichen Lebens, Stuttgart 1936
Tolman, E. Ch.: Purposive behavior in animals and men, Berkeley 1932
Tolman, E. Ch.: Cognitive maps in rats and men. Psychol. Rev. 55, 1948
Tolman, E. Ch.: There is more than one kind of learning. Psychol. Rev. 56, 1949
Trincker, D., und I. Trincker: Vergleichende Untersuchungen zur Schwin-

gungsdynamik menschlicher Lernvorgänge. Psychol. Forsch. 24, 1954
Třiska, K., und J. Linhart: Zur Dialektik der psychischen Entwicklung des Kindes. Pädagogik 4. Beiheft 1959
Trogsch, F.: Lernen leichter gemacht, Leipzig [6]1966
Tuckman, J., and I. Lorge: Classification of the self as young, middleaged, or old. Geriatrics 9, 1954
Uhlig, A.: Komponenten der Unterrichtsgestaltung, Berlin 1960
Ulbricht, W.: Die gesellschaftliche Entwicklung in der DDR bis zur Vollendung des Sozialismus, Berlin 1967
Undeutsch, U.: Entwicklung und Wachstum, in: Handbuch der Psychologie, 3. Bd., Göttingen 1959
Usnadse, D. N.: Untersuchungen zur Psychologie der Einstellung. Acta psychol. 4, 1939
Vernon, P. E.: The structure of human abilities, London, New York 1964a
Vernon, P. E.: The psychology of intelligence, in: Readings on psychology, London 1964b
Verzàr, F.: Warum experimentelle Alternsforschung?, in: G. v. Pax (Hrsg.), Der Weg ins Alter, Basel, Stuttgart 1958
Vranek, C.: Die Hauptzüge der Persönlichkeit des Lehrers an der Mittelschule für Werktätige. Berufsbildung 12, 1965
Wazuro, E. G.: Die Lehre Pawlows von der höheren Nerventätigkeit, Berlin 1956
Wegener, H.: Über die Bedeutung des Bildungsniveaus für die Verhaltensmotivation, in: F. Weinert (Hrsg.), Pädagogische Psychologie, Köln, Berlin 1967
Weinert, F.: Untersuchungen über einige Bedingungen des sprachlichen Lernens bei Kindern und Jugendlichen. Vita Humana 5, 1962
Weiss, F.: Leistung und Lebensalter. Industr. Psychotechn. 4, 1927
Weiss, R.: Die Berechnung einer „Schulleistungszahl". Schule u. Psychol. 4, 1964a
Weiss, R.: Über den Zusammenhang zwischen Schulleistung und Intelligenz. Schule u. Psychol. 11, 1964b
Welford, A. T.: Aging and human skill, London 1958
Welford, A. T.: Methodes, longitudinale et transversale dans les recherches sur le vieillissement, in: Le vieillissement, Paris 1961
Wermes, H.: Lehrbuchtext und Fähigkeitsentwicklung im Geschichtsunterricht, Berlin 1966
Werner, C. A.: Die psychologischen und soziologischen Voraussetzungen der Erwachsenenbildung, in: Handbuch der Erwachsenenpädagogik, Bd. 1, Köln, Berlin 1959
Werner, C. A.: Didaktik und Methodik des Erwachsenenunterrichts, in: Handbuch der Erwachsenenpädagogik, Bd. 2, Köln, Berlin 1960
Wertheimer, M.: Produktives Denken, Frankfurt 1957
Wewetzer, K. H.: Intelligenztests für Kinder, in: Handbuch der Psychologie in 12 Bänden, 6. Bd., Göttingen 1964
White, R. W.: Lives in progress. A study of the natural growth of personality, New York 1952
Widmann, M.: Entwicklung der Erwachsenenbildung – Aufgaben der Erwachsenenpädagogik. Beiträge zur sozialistischen Erwachsenenbildung 2, 1965a
Widmann, M.: Erziehungswissenschaft. Institut für Erwachsenenbildung der Karl-Marx-Universität Leipzig 1965b (Manuskr.)
Winden, I.: Untersuchungen zur intellektuellen Leistungsfähigkeit im Erwachse-

nenalter. Diplomarbeit Fernstudium Pädagogische Psychologie der Karl-Marx-Universität Leipzig 1969 (unveröffentl.)
Winnefeld, F.: Psychologische Analyse des pädagogischen Lernvorgangs, in: F. Weinert (Hrsg.), Pädagogische Psychologie, Köln, Berlin 1967
Winter, K.: Die Akzeleration als Ausdruck der gesellschaftlich bedingten Wandlung der Biologie des Menschen. DZfPh 7, 1962
Wolf, E., und E. Aderhold: Sprecherzieherisches Übungsbuch, Berlin 1965
Woodrow, H.: The ability to learn. Psychol. Rev. 53, 1946
Wygotski, L. S.: Denken und Sprechen, Berlin 1964
Yerkes, R. N. (Ed.): Psychological examining in the U.S. Army. "Memoirs of National Academy of Science" Vol. 15, Washington 1921
Zacharias, Ch.: Einführung in die Sprecherziehung (ein Leitfaden für Lehrerstudenten), Berlin 1964
Zeigarnik, B.: Das Behalten erledigter und unerledigter Handlungen. Psychol. Forsch. 9, 1927
Zielke, W.: Schneller lesen – besser lesen, München 1965
Zielke, W.: Schneller lesen – selbst trainiert, München 1967
Zoltobrocki, J.: Lernen mit vorgegebenem Reproduktionstermin. Z. exp. angew. Psychol. 8, 1961

Sachregister